¿Ves el humo, Bonita?

CORAZÓN DE HIELO

TRILOGÍA CORAZÓN

JASMÍN MARTÍNEZ

Copyright © Jasmín Martínez
Segunda Edición: Enero 2023
Diseño de portada: Mireya Murillo, Cosmo Editorial, Lotus Ediciones
Ilustración: Mar Espinosa
Diseño interior: Lotus Ediciones
Corrección y edición: Melanie Bermúdez
Todos los derechos reservados.

No se permite la reproducción total o parcial de este libro, ni su incorporación a un sistema informático, ni su transmisión en cualquier forma o medio, sin permiso previo de la titular del copyright. La infracción de las condiciones descritas puede constituir un delito contra la propiedad intelectual.
Los personajes, eventos y sucesos presentados en esta obra son ficticios. Cualquier semejanza con personas vivas o desaparecidas es pura coincidencia.

Para ti que sigues amando mis letras, recuerda:
Nunca digas «es imposible».
Di: «no lo he hecho todavía».

ADVERTENCIA

Este libro es apto para mayores de dieciocho años con criterio formado, ya que contiene temas que podrían ser perjudiciales para la sensibilidad y susceptibilidad de algunas personas.
Así como temas que implican:
Abuso y violencia explícita.
Escenas sexuales explícitas.
Drogas.
Lenguaje ofensivo.
Problemas psicológicos y psiquiátricos.
Comportamientos sociales ofensivos.
Entre otros.

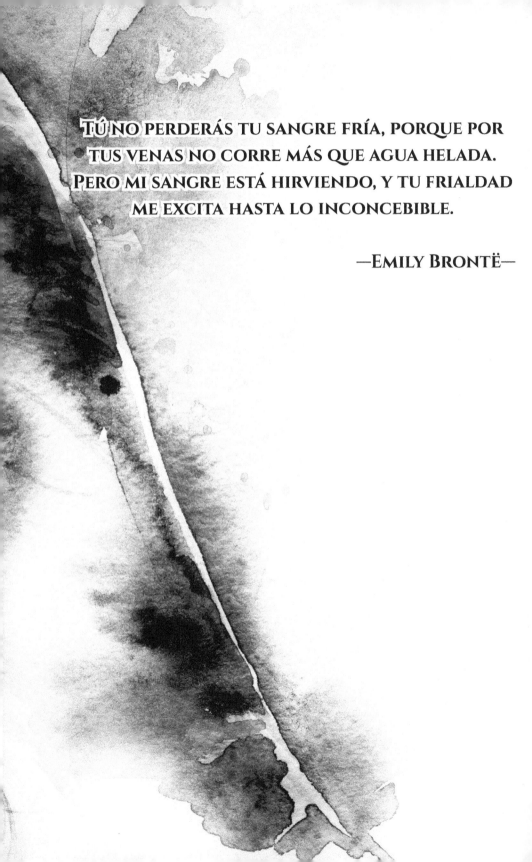

Tú no perderás tu sangre fría, porque por tus venas no corre más que agua helada. Pero mi sangre está hirviendo, y tu frialdad me excita hasta lo inconcebible.

—Emily Brontë—

CAPÍTULO 1

Nunca mires atrás

I SABELLA

Dos años antes...

Estaba en uno de los cementerios más exclusivos de la zona donde vivíamos (Newport Beach, California) y por primera vez vestía de negro. Un color que nunca quise usar, ni siquiera para los eventos de gala que mi padre realizaba constantemente en su empresa. Me negaba porque lo asociaba al dolor, al luto que se llevaba en el alma tras perder a un ser querido.

Jamás participé en un velorio, mucho menos en un sepelio. Me aterrorizaban tanto como la oscuridad. Muchas veces tuve que pedirle a Dios que no me tocara vivir uno, pero ahí estaba yo, viviéndolo en carne propia, atravesando el más doloroso de todos, sintiendo que mi alma se perdía y mi corazón se pulverizaba, queriendo llorar y no pudiendo hacerlo porque mis lágrimas se escasearon desde hace dos días atrás.

«El dolor que no habla, gime en el corazón hasta que lo rompe», pensé sabiendo que ya lo estaba experimentando, siendo consciente de que ese suplicio era de los más terribles, de esos en los que nadie te lograba hacer sonreír por un tiempo.

Mi padre, John White, estaba parado frente al ataúd de la que fue la mujer de su vida (Mi madre). Intentaba dar unas palabras de agradecimiento a todos los que nos acompañaban, tratando de no quebrarse, de no mostrar su verdadero desconsuelo, uno que yo no podía ocultar por más que luchara.

La lluvia comenzó a caer cuando el sarcófago que contenía el cuerpo de Leah White Miller empezó a bajar al sepulcro. Creía que eso solo pasaba en las películas, pero al parecer, el tiempo tenía la virtud (a veces) de mostrarse acorde a los sentimientos que experimentábamos.

Elliot Hamilton, mi novio y mejor amigo desde hacía dos años, estaba a mi lado, apoyándome como siempre. Tuvo la intención de abrir un paraguas para protegernos, pero me negué.

Lancé una rosa blanca después de que mi padre hiciera lo mismo. Nos marchamos cuando la tumba de mamá quedó lista. Por un momento, sentí que se me desgarraba el alma y no tuve la valentía de mirar atrás, más porque necesitaba honrar uno de los tantos consejos que siempre me daba cuando seguía con vida: *«Nunca mires atrás»*.

Tomé del brazo a Charlotte Sellers mientras caminábamos hacia el coche. Ella me sonrió triste. Era la mejor amiga de mamá y uno de mis grandes apoyos en ese momento tan difícil. Además de que se había incorporado a las empresas de papá.

—¿Todo será así de ahora en adelante? —le pregunté a papá cuando estábamos en la limusina.

Miré afuera, a través de la ventanilla y contemplé las miles de lápidas que nos rodeaban. Elliot entrelazó sus dedos con los míos y de soslayo, noté que mi padre observaba atento nuestro agarre. Decidí solo enfrentarlo con la mirada.

Charlotte se encontraba a su lado y cuando nuestros ojos se cruzaron, me pidió con los suyos que lo comprendiera. Entendía su dolor y sabía que lo que yo sufría no era ni la mitad de lo que él estaba sufriendo, pero desde que la tragedia sucedió me hizo a un lado, haciéndome sentir como si yo no le importara. Sin darse cuenta de que lo necesitaba más que nunca, porque por muy fuerte que me hayan criado, perder a mi madre me estaba llevando a un punto del cual temía no regresar.

—No —dijo y carraspeó. Su voz sonaba ronca y me estremeció—. Te prometo que pronto vamos a terminar con esto —añadió y sentí a Elliot tensarse, cosa que me confundió porque no comprendí por qué lo hizo.

Papá y él se miraron por unos segundos, y Elliot negó. No se dijeron nada y al ver el rostro de mi padre lleno de seriedad, entendí que no quería preguntas. Callé solo porque me dolía demasiado la cabeza como para empezar una pelea con él.

La limusina comenzó la marcha minutos después y el viaje a casa transcurrió en completo silencio. Al llegar, mi padre solo tuvo la delicadeza de darme un beso en la coronilla y luego se fue a su despacho, avisando que debía hacer algunas llamadas.

Elliot me acompañó a mi habitación y lo agradecí en silencio, pues si no hubiera sido por él (quien no se despegó de mi lado ni un solo instante desde que nos avisaron de la tragedia), la pérdida de mi madre habría terminado en un final trágico para mí, ya que no creo haber tenido la suficiente fuerza para soportar y atravesar todo por mi cuenta.

—Me preocupa su actitud —le comenté cuando estábamos acostados en mi cama.

Elliot era dos años mayor que yo y papá siempre confió en él. Sus padres y los míos eran amigos y socios de negocios. Yo comencé a relacionarme con Elliot cuando nos conocimos en la escuela a la que ambos asistíamos. Sin embargo, que los Hamilton tuvieran una relación tan estrecha ayudaba a que mi padre no le diera importancia a que nos quedáramos a solas, sobre todo en ese momento, que seguía encerrándose en su burbuja de dolor y haciéndome a un lado.

—Dale tiempo, nena. Tú sabes que no es fácil lo que están viviendo y cada uno lo enfrenta a su manera —me consoló y acarició mi espalda con delicadeza.

Tenía mi cabeza apoyada en su brazo y respiré profundo cuando coloqué la mano en su pecho y sentí su corazón latir tranquilo. Su voz se escuchaba soñolienta, dejándome entrever su cansancio, algo que me angustió.

Elliot no solo estuvo ahí para mí, también apoyó a mi padre en todo lo que necesitaba. Él y su familia fueron esa mano que no nos soltó en ningún momento desde que la noticia de la muerte de mi madre llegó. Incluso se hicieron cargo de los preparativos del velorio y su sepultura, ya que papá simplemente no pudo hacer más que llorar y encerrarse en su habitación para que, según él, yo no lo viera en ese estado.

—Pero lo necesito, Elliot —dije con un poco de molestia.

En ese punto, prefería sentirme enojada con papá y no destrozada porque ya no podría volver a ver a mamá de nuevo. Ya no tendría la oportunidad de buscarla para irnos de compras o comer helado cada vez que me peleara con Elliot, o instarla a irnos de viaje solo para hacerlo sufrir.

Mi compañera de aventuras ya no estaba. Me la habían arrebatado.

—Y él a ti. Pero John sabe que en este momento necesita ser fuerte para poder consolarte, Isa y solo lo conseguirá luego de que se desahogue como su corazón se lo exige. Así que ten calma porque tú has perdido a tu madre, pero él ha perdido al amor de su vida —señaló y pude sentir el dolor en sus palabras.

Elliot quería a mi mamá como si también fuese la suya y yo estaba siendo una insensata en ese momento, pues comprendí su punto: yo perdí a mi madre, a la mejor que la vida me pudo haber regalado, pero papá perdió a una compañera irremplazable, a su pareja idónea. Mamá había sido para papá como la mate para un alfa y siempre fui testigo del amor que ambos se profesaban. Hasta cuando discutían se les notaba y eso siempre fue increíble para mí. Así que sí, mi padre estaba en todo su derecho de encerrarse en su propia burbuja de dolor y llorarla como tanto necesitaba. Así como lo hacía yo.

—¡Joder, Elliot! No sé cómo hacer para dejar de sentir este dolor —le dije de pronto y enterré el rostro en su pecho para que no me viera llorar—. No sé cómo dejaré de extrañarla y necesitarla si ella era mi cable a tierra —seguí.

Elliot se incorporó en la cama y me llevó con él.

—No te voy a mentir, amor —murmuró haciendo que lo viera a los ojos—. La extrañarás toda la vida y la necesitarás siempre, pero el tiempo hará que el dolor merme y te enseñará a vivir esta nueva etapa sin ella —aseguró y lo abracé con fuerza.

Lloré y sollocé, encontrándome de nuevo en un mar de lágrimas y perdiendo la fe en el tiempo porque, justo en ese instante, no creía que algún día dejaría de sentir todo ese cruel dolor que me partía el alma en dos y esa impotencia al ser cada vez más consciente de que ella ya no estaría conmigo nunca más.

Leah White Miller ya no me acompañaría el día de mi graduación como una vez prometió, no me maquillaría ni me ayudaría a prepararme para mi fiesta, incluso sabiendo que haría lo que ella tanto deseaba evitar: que le entregara mi virginidad a Elliot, pero consciente de que tarde o temprano pasaría. Medio sonreí entre mi llanto al recordar esa conversación con mamá dos semanas atrás, cuando me demostró que más que mi madre, también era mi amiga, una en la que podía confiar sin importar nada porque ella tenía ese don que pocas madres poseían: ser las mejores amigas de sus hijas.

—No podré, Elliot —dije entre sollozos.

—Podrás, Isabella —aseguró él tomándome del rostro de nuevo, pero negué—. Lo harás porque por tus venas también corre sangre Miller y tu madre crio a una guerrera —juró y eso solo me hizo llorar más.

Era increíble la fe que ese chico tenía en mí. Y sí, por mis venas corría sangre Miller y mi padre siempre juró que mi fortaleza venía de mi madre y no de él, pero yo siempre lo asocié a que John se desvivía por su esposa, a que la amaba de una manera incondicional y única y, por eso, subestimaba su propia fuerza, ya que juraba que provenía del amor de Leah, esa mujer hermosa de pies a cabeza y de gran corazón que siempre fue.

Una modelo por vocación y madre por decisión, pero sobre todo, una guerrera que me enseñó a afrontar la vida con valentía. Una mujer que sabía defenderse por cuenta propia. Sin embargo, se entregó al cuidado total de mi padre cuando él le prometió protegernos a ambas de todo, mas no pudo cumplir su promesa a último momento y, aunque no lo culpaba, sí lamentaría por el resto de mi vida que no haya logrado mantenerla viva.

Todavía no sabía el motivo de su muerte, tampoco los detalles. Papá no quiso decírmelo y lo dejé pasar porque no estaba para eso en esos momentos. Tampoco me permitió verla en su ataúd porque se negó a que en mi mente quedara la imagen de ella en un estado inerte. Y fue lo mejor después de todo, puesto que no quería recordarla de esa manera, sino con vida, amor y alegría, algo que la caracterizó siempre.

—¡Dios mío! Necesito volver dos días atrás en mi vida —supliqué viendo al techo y me puse de pie, sintiendo de pronto que me estaba ahogando.

—¡Mierda, nena! No me hagas esto —pidió Elliot y trató de abrazarme, pero negué.

No lo hice porque no quisiera su gesto o no necesitara de su amor, sino porque me sentía demasiado vulnerable y comenzaba a odiar que me mirara con lástima.

—¡No lo entiendes! —espeté y me cogí la cabeza, enterrando los dedos en mi cabello castaño—. Necesito retroceder dos días atrás, regresar al momento justo cuando mamá fue a dejarme al instituto para sentir de nuevo el abrazo fuerte que me dio antes de bajarme del coche. Quiero volver a escuchar cómo me susurró en el oído cuánto me amaba y suplicarle que no se vaya, que no me deje sola porque no volveré a verla —chillé.

Y ni siquiera me di cuenta de que había caminado hacia atrás, solo lo supe cuando mi espalda golpeó con la pared y me arrastré en ella hasta sentarme en el suelo. Lloré y pensé en ese último día de mi madre con vida.

Su actitud había sido nerviosa de nuevo, o quizás emocionada (eso era algo que no sabría nunca), pero no le di importancia porque le ocurría con frecuencia y siempre que le preguntaba la razón, solo me decía que sufría ataques de ansiedad y le creí, por eso lo dejé pasar. Sin embargo, justo en ese momento, mientras seguía sentada en el suelo, abrazando mis piernas flexionadas y apretándolas contra mi pecho, comprendí que mamá se despidió de mí sin saber.

«¿Será que presentía su muerte?», preguntó mi conciencia y negué.

Tenía la loca costumbre de hablar y responderme a mí misma, incluso creía que mi yo interior poseía vida propia. Cuando lo descubrí de niña y mamá me encontró hablando sola, le comenté lo que me pasaba y de la vocecita que era capaz de escuchar en mi cabeza. Le pregunté si acaso me estaba volviendo loca y ella sonrió con ternura.

—No, mi vida. *Solo tienes la capacidad de escucharte a ti misma y muchas veces eso es bueno, pero trata de hacer caso solo a las cosas buenas que te diga tu conciencia e ignora las malas* —me dijo en ese momento y asentí más tranquila.

Aunque tiempo después, le pedí que me llevara a un doctor para estar más segura, él confirmó lo mismo que ella y, desde ese entonces, me dejé llevar por mi voz interior. Sin embargo, muchas veces peleaba con mi conciencia, ya que me aconsejaba hacer más cosas malas que buenas, al menos malas para mí en ese tiempo.

—Isa, tu madre te dejó tantos recuerdos, vivencias y enseñanzas, que será imposible que se vaya de tu vida —dijo Elliot poniéndose en cuclillas frente a mí y colocando ambas manos en mis brazos—. No verás su cuerpo, nena, pero su presencia siempre estará en tu corazón y en cada pensamiento —juró y tragué con dificultad.

Como si sus palabras fueran algún tipo de conjuro o estuvieran llenas de magia, la voz de mi madre llegó a mi cabeza de inmediato: «*La fuerza no proviene de lo que puedes hacer. Viene de superar las cosas o situaciones que alguna vez pensaste que no podías. Así que siempre recuerda esto: tu fortaleza no es física, es fuego que viene de tu alma*».

Me mordí los labios al recordar el momento en que me dijo eso, estábamos meditando, ya que ella siempre tuvo una especie de cariño y apego por la cultura japonesa y, por eso, la aplicaba en su vida. Había mandado a construir una zona en la casa que se asemejaba a un monasterio. La encontraba allí cada vez que llegaba de la escuela y, aunque al principio me parecía aburrido y en muchas ocasiones terminaba dormida, luego de que me pidió que practicara con ella la meditación, llegó un momento en que busqué por mi cuenta meditar con ella.

—Gracias por estar conmigo, por no dejarme sola —le susurré a Elliot y lo abracé.

En ese instante, él estaba siendo mi cable a tierra. Era como el ángel guardián que mi madre me dejó.

—Siempre estaré para ti, Isa. No agradezcas eso —pidió y me besó en la coronilla.

«No sabía qué haríamos sin el ojiazul guapetón». Medio sonreí ante ese señalamiento de mi vocecilla interior. Aunque también estuve de acuerdo. Elliot era un chico dulce conmigo y muy respetuoso. Mi propia versión del príncipe azul. Nuestra historia casi se podía comparar con la de los libros románticos, aquellos repletos de cursilería.

«Los de *Friends to Lovers*, por supuesto».

¡Esos!

Le concedí a mi conciencia, ya que era tal cual.

Nos conocimos cuando yo tenía ocho años y él diez; mis padres me transfirieron a su escuela por recomendación de los suyos y, a pesar de que la idea no me agradó, me acoplé muy rápido a mi nuevo entorno gracias a Lisa, una amiga que hice desde el primer día de clases. Íbamos juntas al mismo grado y, por coincidencia, el hermano de ella estaba en el mismo año escolar que Elliot y ambos resultaron ser buenos amigos. Así que, para el almuerzo, Charles (el hermano de Lisa) y Elliot siempre nos buscaban para comer juntos.

Fue así como nos comenzamos a relacionar, ya luego llegaron las comidas de fines de semana entre nuestros padres que ayudaron a que nos acercáramos más. Pero la atracción nació cuando estaba por cumplir catorce años. Por supuesto que Elliot tuvo muchas novias antes que yo, situación que me hizo tragarme los celos como si fuese papel de lija porque para mi suerte, él no se fijaba en mí como yo quería hasta que Lisa tuvo la brillante idea de que le diera celos con su hermano.

¡Joder! El día que decidí salir con Charles, Lisa por poco perdió a un hermano mientras que yo ganaba un novio. Aunque luego de aclarar todo y explicarle a Elliot por qué hice lo que hice, admitió que estaba enamorado de mí y ya nadie pudo separarnos.

—Te quiero —susurré y lo tomé del rostro para darle un beso casto.

—Y yo a ti, hermosa consentida —aseguró y apreté los labios para no llorar de nuevo al escucharlo llamarme así.

Era un mote cariñoso de su parte que me gané a pulso, pero no me avergonzaba; al contrario, me sentía dichosa de haber tenido a unos padres que me trataran siempre con amor, me dieran atenciones básicas y detalles que su esfuerzo de años les permitiera darme. Ellos me hicieron soñar siempre con una vida igual a la de los cuentos de princesa Disney y Elliot se convirtió en mi príncipe perfecto.

Aunque en ese instante y con tristeza, reconocí que cada vez estaba más cerca de obtener mi verdadero y propio cuento de hadas, pues no solo tenía al príncipe encantador, sino que también acababa de perder a mi madre.

«¡Bien! Era mejor buscar un nuevo cuento donde fueras la princesa guerrera y enamorarnos del villano».

¡Puf! Claro que no, quería a mi príncipe.

Alegué cuando mi voz interior sugirió tal cosa.

Los días pasaron, y con ellos todo se volvió peor.

Papá comenzó a cerrarse más en sí mismo y se refugió en su trabajo. Empecé a sentirme más sola a pesar de que tenía a Elliot y a Charlotte, quien no solo fue amiga de mamá, sino también su asistente. Ambas tenían la misma edad y eran mejores amigas desde muy jóvenes y, desde el momento en que mi madre faltó, Charlotte se quedó a mi lado para ayudarme a superar su pérdida. Aunque no era fácil, ni para ella ni para mí.

Busqué a papá para consolarme en sus brazos, pero no siempre tenía tiempo para mí. Cuando llegaba de la empresa se encerraba en su despacho y hacía llamadas en las cuales constantemente terminaba gritando y enfadado. Odiaba en lo que se estaba convirtiendo mi vida, y para ignorarlo terminé por retomar de nuevo mis entrenamientos de artes marciales. Desde que tenía diez años, mamá me inscribió en cursos de defensa personal. Hubo un momento en el que ella también practicó conmigo. Sin embargo, lo dejé cuando comenzaron a interesarme más los salones de belleza y las salidas con amigos.

Asimismo, terminé tomando el camino de mi padre y me alejé de los pocos amigos que tenía. Mis días comenzaron a basarse en ir a la escuela, regresar a casa a entrenar, hacer tareas y pasar algunas tardes con Elliot cuando él no tenía prácticas con el equipo de fútbol al cual pertenecía o pasaba de las salidas con sus amigos.

Estaba a semanas de cumplir los dieciséis años y, en lugar de disfrutar mi adolescencia, comencé a vivir una vida monótona. Había días en los que simplemente actuaba en automático.

—¡Perdón! —exclamé cuando salía del salón de entrenamientos que teníamos en casa.

Había chocado con un hombre. Vestía traje negro y su postura era dura y peligrosa. No era la primera vez que lo veía y Lisa, la única amiga que todavía seguía conservando, me comentó que notó a alguien siguiéndome incluso en la escuela. Ese hombre era la misma persona.

—Perdóneme a mí, señorita White. Fue mi culpa —reconoció y asentí.

—¿Por qué estás aquí y has estado siguiéndome estos días? —quise saber. Él me miró un poco incómodo.

—Trabajo para su padre, son órdenes de él —informó y eso no me sentó bien.

Todos los *nunca* se estaban cumpliendo para mí desde la muerte de mi madre y ese era otro, pues nunca necesité de guardaespaldas y pensé que ya era momento de hacer que mi padre me escuchara, puesto que mi vida estaba dando un giro de ciento ochenta grados y él no se dignaba a explicarme nada.

Decidida a eso y al saber que se encontraba en casa porque vi su coche antes, me dirigí a su lugar sagrado. Noté que el hombre de antes me seguía y eso me hizo sacar lo Miller que llevaba en la sangre.

—A ver, dejaremos algo claro. —Mi voz sonó demandante al decir aquello porque también se me estaba mezclando lo White y eso ya eran otros niveles—. Estoy en casa y no creo que aquí alguien quiera hacerme daño, así que te agradecería que me dejes sola. Me pones nerviosa y ya estoy lo suficientemente estresada como para que tú lo empeores —solté.

El pobre hombre me miró asustado.

—No es mi intención, pero tengo órdenes, señorita —se defendió y negué.

—Voy a hablar con papá y quiero hacerlo a solas —zanjé—. Si insistes en seguirme hasta cuando voy al baño, te juro que te haré tener un trabajo muy difícil de aquí en adelante y créeme, tengo los medios para hacerte maldecir por haber aceptado cuidarme —advertí.

«¡Demonios! Eso no te lo sugerí yo».

Sonreí satírica cuando mi conciencia señaló tal cosa. El pobre hombre creyó que lo hice por él y me miró asustado. No era mi intención ser irrespetuosa, el tipo solo cumplía mandatos, pero la tensión que vivía en esos días ya me estaba pasando factura.

Retomé mi camino y agradecí que ya no me siguiera. En definitiva, papá tenía que escucharme. Y más decidida que antes, me dirigí a su despacho, pero me detuve al escuchar que no estaba solo. La otra voz era del padre de Elliot y, aunque no era mi manera de actuar, me quedé en silencio y escuchando la pequeña discusión que tenían.

—Debes calmarte, John. Estás actuando como un novato, tal cual ese malnacido quiere —pidió el señor Hamilton.

—Es fácil pedir eso cuando no estás en mi lugar, ¿cierto, Robert? —Papá se escuchaba demasiado enfadado—. Dime, ¿qué harías tú si fuese tu esposa la que corriera el destino de mi Leah?

—Ya, John. No digo que sea fácil lo que estás pasando —repuso el señor Hamilton.

—No lo es —concedió papá— y te aseguro que si estuvieses en mi lugar y encontraras a Eliza tal cual yo encontré a Leah, no me estarías diciendo que actúo como un novato.

Hubo silencio unos segundos y se me partió el corazón cuando escuché a papá sollozar, pero la sangre abandonó mi cuerpo en cuanto volvió a hablar y dijo esas siguientes palabras:

—La violaron, Robert. Ese hijo de puta ultrajó el cuerpo de mi preciosa Leah. ¡Lo profanó de la peor manera y no contento con eso, la mató! ¡Me arrebató el corazón y lo pisoteó de la forma más vil que existe! Así que no me digas que no…

Un sonoro sollozo se me escapó. No hubo forma de impedirlo. No existía poder alguno que me quitara el dolor que sentí de nuevo, esa vez intensificado al mil por ciento. Aquel sentimiento se mezcló con el odio y los deseos de encontrar a los malditos que asesinaron a mamá, que la violaron. Quería vengarme de ellos. Necesitaba hacerlos pagar, lograr que se arrepintieran por haberla tocado y dañado.

—¡Isabella! ¡Hija! —me llamó papá.

Él y Robert Hamilton salieron del despacho al escucharme. Me encontraba sentada en el suelo, negando con la cabeza mientras me cubría los oídos con las manos, deseando no haber escuchado semejante atrocidad.

—¡Dime que escuché mal, que es mentira lo que acabas de decir! —supliqué entre sollozos—. ¡Papá, por favor! ¡Dime que mamá murió en un accidente! —No lo vi llorar antes como lo hizo en ese momento.

Y no dijo lo que deseé escuchar, solo llegó hasta mí y me acunó en sus brazos como tanto quise que hiciera desde que mamá nos faltó. Bien decían que existían verdades que era mejor no saberlas, porque desgarraban más que la información no dicha. Muchas veces era preferible mantenerse en la ignorancia al menos por un tiempo, mientras el corazón sanaba de una herida para después soportar otra.

Tras descubrir algo tan aberrante, tuve que enfrentarme a más cambios en mi vida. Al parecer, solo había hecho un giro de ciento sesenta grados, los otros veinte le siguieron y no me agradaron, pues papá decidió enviarme a vivir fuera del país (una semana después de cumplir mis dulces dieciséis), alegando que también corría peligro y no estaba dispuesto a perderme.

Sentí muy injusto que me quitara la vida a la que estaba acostumbrada, que me alejara de mi novio y me hiciera tomar un nuevo destino, aparte de que deseaba estar con él y apoyarnos de forma mutua en nuestro luto; no obstante, el miedo en sus ojos me hizo comprender que hacía eso por amor y fue lo único que me convenció de ceder.

—No será fácil, pero lo lograremos —aseguró Elliot cuando estábamos en el aeropuerto.

Desde que descubrí los detalles de la muerte de mi madre, me la pasé llorando todos los días y otra vez estaba sin lágrimas, aunque mi alma y corazón lloraban con esa despedida. Papá dijo que todo lo que pasó fue porque tenía enemigos que querían el poder que él manejaba con su empresa constructora y por un contrato millonario que le ganó a la competencia. Y todavía me era increíble saber que hubiese personas tan enfermas y capaces de actuar contra la vida humana por simple avaricia.

«Mamá valía más que un contrato millonario».

Sin duda alguna.

—Cumple tu promesa y ve a visitarme en las vacaciones de verano. —Casi exigí aquello.

—Nena, bien sabes que en nuestras familias las promesas son sagradas —me recordó—. Me tendrás contigo desde el primer día que comiencen las vacaciones. —Me besó con suavidad y correspondí agradecida.

—Te quiero —susurré.

El último llamado para tomar mi vuelo fue hecho y papá me tomó con cariño del brazo.

—Te quiero —respondió Elliot antes de que me alejara de él.

Sus ojos azules se volvieron brillosos cuando comencé a alejarme. No quise decirle nada, pero en mi interior sentía que las cosas no serían tan fáciles como él aseguraba y que esa partida cambiaría nuestras vidas para siempre. Esperaba volver, aunque intuía que ya no lo haría siendo la misma chica que se despedía en ese momento de su dulce príncipe. Algo me gritaba en mi interior que la mimada y dulce Isabella White Miller murió el día que también lo hizo su madre.

CAPÍTULO 2

Aston Martin

ISABELLA

El tiempo pasó más rápido de lo que esperé y se cumplieron seis meses desde que salí de mi país.
—*Tómalo como un año sabático, cariño.*

Sugirió mi padre en su momento y me mantuvo viajando en uno de sus aviones privados. Conocí Italia, Inglaterra, Francia, España y muchos otros países, todos de Europa. Mis compañeros de viaje fueron personas que papá ponía para que me cuidaran y en uno que otro, él se unió a mí.

Tal vez mi padre no me dedicaba el tiempo que yo requería, pero me daba lo que podía, lo mejor de su versión después de perder a mi madre. Siempre me decía que evitaba estar cerca de mí para mi protección, aunque nunca me daba más explicaciones de las que quería.

Con Elliot solo tuve contacto por móvil, y en los últimos meses ni eso. Desde que salí de California supuse que nada sería como lo planeamos, pero vivirlo era peor. Aunque papá me explicó que mi novio seguía pendiente de mí y que, si no he sabido nada de él, fue porque lo consideraron mejor para mi seguridad.

—Señorita, mañana viajaremos a Tokio —informó Ella, mi guardaespaldas. Ahora nos encontrábamos en Austria.

Mis orbes casi se desorbitaron de mis cuencas cuando escuché tal cosa.

—Es una broma, ¿cierto? —Ella negó un poco apenada—. Llama a papá, necesito hablar con él —pedí más fuerte de lo que pretendía.

Me estaba hospedando en un hotel increíble, era casi de ensueño y Austria fue uno de los pocos países que disfruté de verdad. Llevaba dos semanas ahí, mismas en las que todos los que me cuidaban actuaban raro. Por órdenes de papá, se deshicieron de mi móvil y solo me he podido comunicar con él por medio de los guardaespaldas. ¡Joder! Ni siquiera me dejaban usar el internet y si mi padre pretendía que disfrutara de mi año sabático, lo estaba arruinando.

Nada sería igual sin redes sociales, salidas con amigos, tardes con mi novio. ¡Mierda! Extrañaba hasta los complicados ejercicios de matemáticas y la aburrida clase de historia en mi instituto de pijos.

«¡Uf! Y de los deliciosos juegos con Elliot ni hablar». Me sonrojé al pensar en eso.

—No puedo, señorita. La comunicación con él estará suspendida hasta nuevo aviso. —Abrí la boca con sorpresa, sin poder creer que de verdad dijera eso—. Le aconsejo que haga sus maletas porque saldremos antes de que salga el sol.

—¡Ni siquiera he aprendido a hablar bien el japonés! —grité cuando la vi irse.

Imaginé que papá desde un principio tuvo planes de enviarme a Tokio, ya que mantuvo siempre conmigo a una maestra de lengua japonesa (aparte de la maestra privada que me ayudó a continuar mis estudios básicos y un psicólogo), a un instructor de artes marciales y a un experto en armas. Al principio, creí que lo hacía para que no me aburriera y estuviera muy ocupada en los viajes, pero sabiendo mi destino, intuí que todo fue planeado.

«¿Y si en verdad nos preparaba para algo?».

Era posible.

En ese momento, la rabia por no entender nada de lo que sucedía a mi alrededor no me dejaba ver más allá de mis narices.

—Todo sería diferente si estuvieras aquí, mamita —susurré viendo al cielo a través de la ventana.

Mi corazón seguía reconstruyéndose después de su pérdida. Todavía dolía, deseaba haber hecho todos esos viajes con ella a mi lado. Nada de lo que hacía era por placer, era un escape. Papá tenía miedo de que sus enemigos me encontraran y esa era la razón de entrenar y aprender a defenderme por mi propia cuenta. Y sí, era consciente de que, si un día esos malnacidos me encontraban, no se las pondría fácil.

—Te prometo que yo no cometeré tu error, mamá —seguí y me limpié las lágrimas—. No pondré mi seguridad en manos de nadie. Cuidaré siempre de mí misma —juré.

«Tú sola contra el mundo, Colega», dijo mi conciencia y sentí una punzada de dolor porque sí, desde que mi madre faltó era yo sola contra todos.

Nueve meses después estaba instalada por completo en Tokio.

Tras seis meses de viajes por Europa, por fin había una ciudad a la que podía considerar como hogar temporal.

Retomé mis estudios ahí y me uní a una academia de artes marciales en la que pasaba la mayor parte del tiempo. Mi maestro Baek Cho se convirtió en mi segundo padre (en realidad, él hacía mejor su papel que mi propio progenitor) y su hija, Lee-Ang Cho, en mi mejor amiga y hermana.

En la segunda semana de julio, Elliot cumplió su promesa y viajó para pasar conmigo lo que restaba de las vacaciones de verano en Estados Unidos. Papá se nos unió por unos días y estoy segura de que después de lo de mi madre, esa fue la primera vez que me sentí en familia y feliz.

—Estás muy diferente…, más guapo —le dije a Elliot cuando estuvimos en mi habitación aquel verano.

Había perdido por completo su imagen de adolescente. En esos momentos, lucía como un chico de diecinueve años. Su cuerpo tenía más músculos y se notaba que debía afeitarse todos los días.

—Tú igual. Estás más hermosa y me gusta la forma que han tomado tus nalgas. —Me sonrojé cuando señaló eso—. Esos jeans que usas me hacen imposible apartar la mirada de tu culo. Creo que hasta tu padre lo notó, ya que me dio un golpe en la cabeza mientras te veía subir los escalones.

—¡Madre mía, Elliot! —exclamé avergonzada y lo hice reír a carcajadas.

Y no se equivocó. Papá notó tanto su mirada en mi culo, que hasta terminó hablando conmigo esa noche.

«Una conversación demasiado incómoda».

¡Joder! Más que demasiado.

Decirle que seguía siendo virgen (ya que, si bien mi relación con Elliot no era del todo inocente, todavía no dábamos ese gran paso) fue más fácil para mí que sus consejos sobre métodos anticonceptivos.

Elliot estuvo conmigo hasta el quince de agosto. Papá, en cambio, se quedó con nosotros solo por tres semanas. Cuando llegó el momento la despedida fue triste, pero ya estaba resignada, así que continué con mi vida. Notando que las cosas comenzaban a relajarse y que mi padre ya no demostraba el miedo de antes, sentía que todo comenzaba a volver a su cauce y una noche me vi suplicándole que me dejara volver a California.

Y, aunque solo obtuve un «ya veremos» de su parte, me dio un poco de esperanza.

Al mes siguiente, me dio la noticia más esperada de mi vida: me dejaría volver. Pero no fue tan bueno como imaginé. Sí volvería a los Estados Unidos, solo que no lo haría a mi ciudad natal. Y no tuve de otra más que aceptar, puesto que esa fue su única condición y me moría de ganas por volver a estar en mi país. Aunque para que el tan ansiado día llegara, esperé tres meses más. Papá quería preparar bien todo antes de que pusiera un pie en mi nueva ciudad: Richmond, Virginia.

Estaría alejada de él y de Elliot por un poco más de cuatro mil doscientos veintidós kilómetros, pero peor era la distancia entre Estados Unidos y Japón.

«Ese era un enorme y buen punto», concordó mi conciencia.

Justo dos semanas y media después de que se cumplieran dos años de la muerte de mi madre, me encontraba en el aeropuerto de Tokio. Enero, sin duda, se convirtió en el peor mes del año para mí y mi luto seguía casi intacto. El color negro se volvió parte de mi guardarropa tras aquel fatídico día y mi actitud alegre y espontánea quedaron en la versión borrosa de la antigua Isabella.

Pero no era para menos, aquella muerte tan horrible que recibió mi mayor ejemplo de vida me marcó la maldita existencia, me cambió desde la punta de los pies hasta el último cabello en mi cabeza y jamás lo olvidaría. Volvería siendo una Isabella diferente, una chica que no se dejaría joder tan fácil de nadie.

«Lucharíamos hasta la muerte».

Totalmente.

Viajaría desde Tokio y haría escala en diferentes países hasta llegar a Richmond, Virginia. El viaje sería largo, pero estaba emocionada por volver, por retomar mi vida y tratar de iniciar de nuevo, intentando olvidar un poco el dolor o, por lo menos, saberlo llevar y aprender de él. Así que no importaba la incomodidad que sufriría en mis músculos y nalgas por tantas horas de vuelo.

Lee-Ang y las chicas con las que estuve todo el tiempo en Tokio, se encargaron de hacerme una bonita despedida un día antes. Mis compañeras de la academia de artes marciales se convirtieron en parte de mi familia y estaba segura de que las extrañaría demasiado.

—Te extrañaré mucho, Chica americana —dijo Lee-Ang con su acento asiático bien marcado antes de salir de mi apartamento el día de mi viaje.

«Chica americana». Fue el apodo con el que me bautizó su padre.

—Y yo a ti. Gracias por todo —repuse sincera. Luego nos dimos un abrazo de despedida.

Mi maestro me esperaba en su coche y durante todo el viaje hasta el aeropuerto, se dedicó a aconsejarme. Le agradecí de corazón todo lo que hizo por mí.

«Agradecías todas las veces que hizo que te patearan el trasero».

Pues sí, de ello aprendí mucho.

«¡Puf! Me diste mucha pena en esos momentos».

Sonreí inconsciente ante las locuras que me susurraba mi loca conciencia. Sufrí mucho, el aprendizaje no fue fácil, pero estaba muy orgullosa de todo lo que logré.

—Bien, Chica americana, aquí termina el recorrido de uno de los tantos viajes que te tocará hacer en la vida —habló el maestro Cho cuando el llamado para abordar el avión fue hecho.

—No soy buena para las despedidas, así que le pido por favor que no lo haga —pedí con un raro gesto entre risa y llanto. Él sonrió al verme.

«Si sabías que se estaba burlando de ti, ¿cierto?»

Ignoré tal locura.

—No me voy a despedir porque esta no será la última vez que nos veamos —aseguró. El último llamado para abordar mi avión llegó—. Vive tu vida a plenitud y aprovecha las oportunidades que la vida te da, y no olvides que el aprendizaje es un tesoro...

—Que seguirá a su dueño a todas partes —terminé por él el lema de su academia. Las palabras con las cuales nos formó a mis compañeras y a mí.

Sonrió satisfecho al oírme. Le di un corto abrazo y tras eso, me marché. Los nervios se hicieron presentes de nuevo y de corazón deseaba que la decisión que había tomado de volver me marcara para bien.

«¡Y que al fin llegara un buen revolcón con Elliot!».

Pensar en las palabras de mi subconsciente me puso peor de los nervios. Y con ellos como mis únicos compañeros (ya que los dos guardaespaldas que iniciaron conmigo hacía dos años atrás: Ella y Max, habían dejado de cuidarme desde que llegué a Tokio), inicié mi larga travesía: el regreso a mi país y a un nuevo hogar.

El viaje fue más largo de lo que esperaba, así que respiré profundo cuando me encontraba en mi nueva casa. Desde que la vi me encantó, tanto por fuera como por dentro y me sorprendió mucho que mi padre escogiera una casa *común* dentro de sus ostentosos estándares. Era de un solo nivel: tenía tres recámaras con su propio baño, una sala, comedor, cocina, jardín trasero y cobertizo al frente.

No era para nada como las mansiones a las que estaba acostumbrada, aunque sí tenía ciertos lujos. Papá era así y no lo juzgaba, pues era lógico que trabajando duro como lo hacía, se diera sus gustos en todo lo que quisiera. Cuando le pregunté el porqué del cambio, me dio una razón que no me agradó mucho: no quería que sus enemigos dieran conmigo y según sus propias palabras: *«no había nada mejor que pasar desapercibida en una casa normal»*.

Nadie se imaginaría nunca que podría encontrar a la hija del empresario más importante en el rubro de la construcción lejos de la vida de lujos y sin estar rodeada de guardaespaldas.

«Eso era lo que él creía».

Y lo que yo esperaba.

Mi padre había ido por mí al aeropuerto y durante unas semanas me acompañó en mi nueva ciudad. Esos días junto a él fueron los mejores después de nuestra estancia pasada en Tokio. Intentamos recuperar un poco del tiempo perdido y de disfrutar como padre e hija.

Me acompañó a la Universidad de Richmond para inscribirme en un seminario de fotografía, puesto que no podía tomar la carrera completa de momento, ya que había llegado tres semanas después del inicio del semestre de primavera. Sin embargo, el semanario iniciaría el ocho de febrero y eso me ayudaría a ir mejor formada para cuando pudiera inscribirme en el semestre de otoño.

También recorrimos un poco la ciudad. Richmond era muy distinto a Newport Beach, carecía de lujos, pero sí se notaba que era más tranquilo y se respiraba mejor aire al estar rodeada de ríos, lagos y algunos bosques densos, mismos que conocimos con mi padre cuando nuestras ganas por hacer largas caminatas nos atacaron. Aunque por desgracia, el día en que tenía que marcharse llegó y la despedida fue inevitable, de nuevo.

«Cuánto extrañaba a mamá». Suspiré con nostalgia ante aquel pensamiento.

Lo único que me mantuvo un tanto emocionada y que logró que olvidara mi tristeza, fue que el inicio de clases sería al día siguiente de que él se marchara. Así que, luego de ir a dejarlo al aeropuerto, me dispuse a irme a la cama temprano después de escoger la ropa que usaría en mi primer día.

Desde hacía tiempo que no me sentía como en esos momentos. Al fin volvía a ser como una chica de mi edad, una de casi dieciocho años queriendo comerse al mundo en una sola noche.

«Pero cuando tenías a tu mundo frente a ti, no te lo comías».

Elliot llegó a mi cabeza en esos instantes.

Como era costumbre desde que me visitó en Tokio, cada noche me comunicaba con él así fuese llamándolo o por mensajes de texto. Para los dos era muy difícil mantener una relación a distancia, aunque hasta ese momento lo estábamos logrando.

—*Pronto cumplirás dieciocho años, nena y quiero estar ahí contigo* —dijo el dueño de mi mundo, recordándome la fecha que se aproximaba.

Todavía faltaban un par de meses para eso, pero supongo que ya era bueno hablarlo.

—Yo también lo deseo, cariño. Serás mi mejor regalo —me expresé sincera y con emoción.

«¡Eeww! Cursilería nivel: ataque de diabetes aproximándose».

Me reí al escuchar tal susurro interior, pues aceptaba que con Elliot se me salía la reina de algodón de azúcar.

—*Te amo, Isa. No lo olvides nunca* —pidió haciendo que mi corazón se acelerara ante sus palabras.

Apenas había dejado de lado el *te quiero* y lo cambió al *te amo* en el verano pasado, pero aun así, que me lo dijera siempre que tenía oportunidad, me seguía estremeciendo.

—Yo igual y lo sabes —le recordé un poco cansada y no de él, sino de todo lo que hice en el día—. Cariño, tengo que dejarte. Las clases comienzan mañana y quiero intentar dormir un rato. —Un bostezo se me escapó.

—*Ojalá puedas. Besos y linda noche, nena* —deseó y se despidió.

Después de terminar la llamada, me quedé un rato dando vueltas en la cama, pensando y recordando cuando mamá estaba viva y su forma tan peculiar de despertarme siempre que cumplía años. No pude evitar derramar unas cuantas lágrimas. La extrañaba mucho y sabía que jamás podría sobreponerme a su pérdida. Pero intentaría vivir lo mejor que pudiera, ya que estaba segura de que eso era algo que ella hubiese querido para mí.

La alarma sonó a las seis y treinta de la mañana. Típico que después de no haber podido dormir, la hora de despertarse llegase como si nada.

Saqué la mano de debajo de las sábanas y a tientas llegué hasta mi móvil. Tras apagar el molesto sonido, salí de la cama con todo el cabello revuelto. Fui a la ducha y al salir, el corazón me martilleaba el pecho como si estuviera a punto de reunirme con Elliot. Tal vez esa era la reacción normal en una chica de mi edad a punto de iniciar una nueva etapa en su vida.

La ropa que escogí para usar ese día incluía el color negro, pues todavía no me sentía capaz de dejar de usarlo. Al estar casi lista, fui hasta la cocina, saludé a Charlotte y desayuné un poco de lo que preparó para mí.

—¿Nerviosa? —cuestionó al verme comer con impaciencia.

No había notado que movía las piernas como si tuviera unas ganas tremendas de ir al baño, tampoco que, por ratos, dejaba la mirada fija en un solo punto, ida por completo.

—Mucho —hablé con la verdad. Me era fácil ser sincera con ella—, pero no sé por qué, ya que ni cuando inicié mis clases en la escuela de Tokio me sentí así. Y eso que allí debía hablar un idioma diferente y usar uniforme con zapatos raros.

—Charlotte sonrió divertida al oírme.

Ella continuó trabajando para papá en sus empresas tras la muerte de mamá y cuando se me permitió volver a Estados Unidos, se mudó conmigo para ser mi compañía. Mi *roomie*, como la apodé, porque me daba vergüenza que, a esas alturas de mi vida, mi padre me pusiera una niñera.

No importaba que me hubiera asegurado de que necesitaba a Charlotte en la sede de la compañía que tenía en Richmond y que ella aceptara porque me extrañaba, pues a Elliot se le salió decirme que, en realidad, había sido Charlotte la que convenció a mi padre de dejarme volver al país y él puso de condición que ella me acompañara. Y no se lo recriminé solo porque le prometí a mi novio que no diría nada para no meterlo en problemas con papá.

—Es normal, cariño. Comenzarás una nueva vida *otra vez* —soltó con ironía y me reí—, pero esta vez estás donde debes, tu destino era aquí desde un principio. —Noté algo raro en su voz y la miré con el ceño fruncido.

—¿A qué te refieres?

—A nada —respondió de inmediato—. No me hagas caso, creo que a mí también me está afectando el cambio. Mejor apresúrate porque se te hace tarde. —Miré el reloj en mi móvil cuando señaló eso.

Corrí al baño para cepillarme y me apliqué un poco de labial rosa al terminar. Cogí mi bolso con todas mis cosas dentro y me despedí de Charlotte. La escuché gritar un: «*¡Vas hermosa!*» cuando salí por la puerta principal y le respondí con un: «*¡Gracias!*».

Llegar tarde el primer día de clases no era de buen augurio.

«Cierto, debías apresurarte».

Di gracias al cielo porque papá se preocupó por dejarme un medio de transporte. Escogió un *Honda Fit* en color naranja. No era de mi gusto, pero era un coche y jamás fui de las que le daba importancia a eso.

Conduje quince minutos hasta llegar a la universidad. Tenía el tiempo suficiente para buscar el salón donde tendría las clases, y me sentí feliz al encontrar pronto un estacionamiento libre cerca de la entrada principal. Aunque justo cuando me disponía a meterme de retroceso entre el espacio libre, otro coche se me adelantó, ganándome de inmediato el lugar.

—¡Me estás jodiendo! —grité e hice sonar el claxon con brusquedad.

«Esa era una falta de educación tremenda».

El coche era un *Aston Martin* deportivo de color negro. No sabía mucho de autos, pero ese era uno de los favoritos de papá y lo reconocería hasta en la sopa. Tenía los vidrios polarizados y no me dejaba ver el interior. Sin embargo, el piloto respondió haciendo sonar su claxon tres veces y, sin pensarlo, le saqué el dedo medio viendo por el retrovisor. Luego salí pitada de ahí a buscar otro estacionamiento libre.

—¡Imbécil! —masculló. No me importaba si fuese mujer u hombre.

No debería dejarme llevar por las primeras impresiones, pero ese primer día no estaba saliendo como lo planeé la noche anterior.

«Solo esperaba que el resto del día mejorara».

También yo, compañera. También yo.

La fuerza no proviene de lo que puedes hacer. Viene de superar las cosas o situaciones que alguna vez pensaste que no podías.

CAPÍTULO 3

LuzBel

ISABELLA

Aparqué el coche cuando encontré un estacionamiento libre. Tomé mi bolso, salí de él y me aseguré de dejarlo con seguro. Di un respiro profundo para tratar de calmar mi enojo por el abusivo o abusiva de antes, observando todo el campus que, para ser sincera, era inmenso. Noté a algunos chicos que se encontraban cerca y me miraron un poco raro y, aunque era extraño que en una universidad pasara tal cosa, creí que sus miradas se debían a que tal vez presenciaron lo que me sucedió con el bendito aparcamiento.

Obviando el momento, me dispuse a seguir mi camino, pero antes de haberlo logrado, alguien a mis espaldas dio un silbido de admiración y dirigí mi mirada hacia esa persona.

—Bonito coche —halagó una hermosa chica de piel blanca, cabello largo color caoba, ojos azules y unos centímetros más baja que yo.

Tenía una hermosa sonrisa y parecía ser muy amable.

—Gracias —respondí sonriéndole.

—Soy Jane Smith —se presentó de inmediato, extendiendo su mano para que la tomara como saludo.

—Isabella White —dije dando un apretón firme.

—Eres nueva, ¿cierto? —preguntó.

¡Mierda! ¿Tanto se notaba? ¿En una universidad?

—Sí, ¿se nota mucho? —expresé haciendo que ella volviese a sonreír.

—La verdad es que sí. Solo a una persona nueva se le ocurriría estacionarse donde tú pensabas hacerlo. —La miré confundida, aunque entendiendo su razón de intuir que era una recién llegada al campus.

—No tenía rótulo de privado —repuse y ella negó.

—No te preocupes ya por eso, Isabella. Ven conmigo y te mostraré parte del campus y los lugares donde no debes estacionarte, aunque no tengan ningún aviso —propuso amable—. Por cierto, ¿qué estudias?

—Fotografía.

—Perfecto, seremos compañeras y, desde estos momentos, también amigas —aseguró.

«¿Tan rápido?»

Como lo intuí, Jane resultó ser una gran chica. Me enseñó parte del campus y luego nos dirigimos al salón donde recibiríamos las clases. Ella llevaba su propia carrera aparte y tomaría el seminario de fotografía solo porque siempre le apasionó tal arte. También se encargó de informarme cada cosa acerca de la universidad y de la ciudad. Era fácil hablar con ella y, de inmediato, me dio confianza y me hizo sentir cómoda.

La clase pasó entre risas y susurros por parte de Jane. No me arrepentía para nada de haberme decidido por ese seminario y estaba emocionada de que llegara el otoño para inscribirme en la carrera de Bellas Artes. Hasta ahora (a pesar de que extrañaba a mi padre y a Elliot), me estaba gustando mucho estar en Richmond y tenía el presentimiento de que en esa ciudad por fin sería feliz y podría recuperar mi vida, aquella que dejé ir cuando mamá falleció.

La hora del almuerzo llegó pronto en aquel primer día de clases y con Jane, fuimos hacia el café más cercano dentro del campus por algo de comer. En el trayecto, pude darme cuenta del gran carisma y amabilidad de mi nueva amiga, ya que por poco no saludó a todos los alumnos a nuestro alrededor.

Tras esperar nuestro turno y pedir lo que queríamos, nos fuimos a sentar a una de las mesas que ella denominó: «*para gente común*». Me reí por su comentario, pero después me explicó la razón.

—Tú sabes que tanto en el mundo de allá afuera como aquí, dentro del campus, hay diferentes clases sociales —comenzó, haciéndome recordar que en mi antigua escuela siempre me colocaron entre los populares, algo que jamás consideré importante—. La universidad cuenta con siete locales, tanto de restaurantes formales como de cafés, y justamente estamos en uno de los mejores —aseguró y asentí.

Ya había notado que el lugar tenía clase y, aunque vi personas dentro de lo *común* (si se le podía llamar así), también noté a otros que veían a los demás como simples plebeyos que no merecían respirar su mismo aire; situación que, así me causara ironía, también un poco de enfado porque no me parecía bien.

Jane, como buena anfitriona, me había mostrado los apartamentos donde se quedaban algunos estudiantes, así como las casas de las fraternidades y hermandades, al igual que las diferentes áreas en todo el campus.

—Esos de allí son los nerds[1] que pueden pagarse un café en este lugar. —Señaló con la cabeza a unos chicos que se encontraban en una mesa a mi derecha—. Y esas que están a tu espalda, son las populares, pero más bien yo las llamaría zorras aprovechadas, porque creen que consiguen todo lo que quieren con solo abrirse de piernas. —Me estaba haciendo reír con sus comparaciones.

«No estábamos en la preparatoria. ¡Por Dios!»

Y estaba consciente de eso, pero al parecer, todo en Richmond era diferente.

—Eres graciosa —señalé todavía riendo.

—Solo soy sincera —respondió encogiéndose de hombros.

—Entonces esta área donde estamos es para nosotros los comunes —afirmé siguiéndole el juego y ella asintió de inmediato, dándole un sorbo a su jugo.

Vi el mío e hice una mueca de desagrado al darme cuenta de que me dieron uno que no era el que quería.

—¿Qué te pasa? —preguntó Jane dándose cuenta de mi gesto.

—Este no es el jugo que pedí. Iré a cambiarlo —informé, pero antes de ponerme de pie e irme, vi que al lugar entraron cinco chicos y una chica.

Todos ahí se quedaron en silencio y mirándolos, algunos se susurraban cosas al oído y se notaba el miedo (o respeto) que tenían hacia esas personas.

«Me sentía como en la película de Crepúsculo».

Sí, la escena de cuando Bella conoce a Edward, pero en lugar de estar en el instituto, yo lo vivía en la universidad.

«Exacto y mira qué casualidad, hasta te llamas igual».

Sacudí la cabeza ante los pensamientos que me hacía tener mi conciencia.

Cada uno de los chicos entró en fila, uno tras otro. Eran muy guapos, rudos e imponentes, de eso no había duda. A lo mejor por eso llamaban la atención de todos los presentes en la cafetería, o quizá por esas reacciones los tipos se creían en ego, puesto que se les notaba uno muy grande y molesto para mí.

La chica era muy bonita, un poco más alta que Jane y más baja que yo. Era delgada, con su cabello rizado color castaño rojizo y unas cejas muy espesas. Y, al igual que los chicos que la acompañaban, caminaba con arrogancia. No le sonreían a nadie y por la actitud de todos, pensé que se creían los reyes del campus. Dejé de concentrarme en ella al ver entrar al último de los chicos de ese grupo… Vaya pinta de matón rebelde y adinerado tenía.

«Vaya mezcla de peligro y sensualidad», contradijo mi conciencia y carraspeé tratando de no verlo demás.

Pero era tarde, pues en breves minutos, noté que (según lo que su jean negro y playera blanca me dejó ver) estaba muy tatuado. Y con *muy* me refería a sus manos, brazos y cuello, dejando libre de tinta solo su sexi rostro. Incluso vi tatuajes en sus rodillas, ya que el pantalón estaba rasgado allí.

—¡Oh, mierda! —se quejó Jane entre dientes cuando uno de los chicos la miró y le alzó una ceja.

Ella era de tez blanca, así que me pareció increíble que su piel se volviera nívea al ver a ese grupo.

---

[1] Persona inteligente que se siente atraída por el conocimiento científico, pero socialmente torpe y aislada del entorno que le rodea.

—¿Estás bien? —pregunté y gracias a que estábamos en una mesa para dos, pude tomarle la mano con facilidad y la sentí muy fría—. ¡Joder, chica! Pareciera que acabas de ver a un demonio —murmuré.

—Lo he visto —aseguró en tono temeroso y fruncí el entrecejo.

Por pura curiosidad busqué de nuevo a aquel grupo. Se habían ubicado en una mesa frente a nosotras con sillones como asientos, justo en el paso hacia la zona para ordenar la comida. Hablaban y reían entre ellos y, aunque la chica lo hacía de manera muy íntima con el tipo tatuado porque estaban uno junto al otro, él parecía darle más importancia a lo que sea que miraba en su móvil.

«El típico *bad boy* que cree que consigue lo que desea con solo una mirada y todos deben adorarle», pensé.

Y dejé de verlo de inmediato cuando, sin hacer un solo movimiento de cabeza, alzó la mirada gélida hacia mí y logró acobardarme.

«Bueno, no conseguirá que lo adores, pero sí te acuilla», se burló mi conciencia.

No rebatí porque, por primera vez, le di la razón por voluntad propia. Ese chico de rasgos fríos y varoniles supo intimidarme con esos ojos y mirada de cazador. Tenía la mandíbula cuadrada y cejas gruesas, pero definidas, cabello color chocolate claro, corto de los lados y largo del frente, muy bien peinado hacia un lado.

Su pinta de matón realzaba con los *piercings* que usaba en ambas orejas y los dos lados de la nariz. Aunque no era de esos malotes de mala muerte, sino todo lo contrario, pues su ropa impoluta y cuerpo definido, con la figura que, para mí, era la más sexi en un hombre (hombros anchos y caderas delgadas), le daba ese toque de adonis que admiraba sin proponérmelo.

«Solo esperaba que lo que colgaba entre sus piernas no fuera como el del adonis que representaba a la mayoría en tiempos antiguos».

Ni yo. En las imágenes se le veía muy chiquita.

Sacudí la cabeza al darme cuenta de que pensaba en algo que no me interesaba. Y sí, admitía que el tipo era demasiado guapo, pero sin temor a equivocarme, también el más arrogante de todos. Cuando entró al café, caminó incluso más altanero que los demás de su grupo, desprendiendo de él: poder, seguridad y un aura oscura a su alrededor que, aunque no la veía, la sentía por muy lejos que estuviéramos.

No sonreía, no miraba a nadie (a excepción de la mirada que me dio a mí) y sus ojos no mostraban absolutamente nada.

Jamás vi atractivo a un chico con su descripción, pero él parecía diferente.

«Muy diferente, empezando con que durante años solo tuviste ojos para tu ángel ojiazul».

—¿Y ellos a qué clase pertenecen? ¿A Richmond Ink[2]? —pregunté a Jane alzando una ceja e ignorando a mi conciencia. Ya que, si algo tenía ese grupo en común, aparte de su arrogancia, era que todos llevaban muchos tatuajes, a excepción de la chica.

—Habla un poco más bajo, por favor —pidió Jane con miedo, casi en un susurro. Alcé una vez más la ceja al notar que ella estaba igual que todos los demás en el café—. Son de cuarto año en sus respectivas carreras y los más respetados

---

2 Ink es tinta en inglés.

y temidos aquí y en toda la ciudad. Cuando estés cerca de ellos no les hables ni mires ni hagas nada que los pueda molestar, como estacionarte en sus lugares —recomendó.

«¡Eso era ridículo!»
Demasiado.

—¿Estás bromeando? —pregunté desconcertada al entender lo último que dijo y negó moviendo la cabeza en repetidas veces—. Oye, lo siento, pero no soy ni fui hecha para bajar la cabeza ante nadie. Y pensé que no podía estacionarme en ciertos lugares porque eran reservados para personas importantes, no para bufones idiotas —refuté un poco molesta por dicha situación.

—Créeme, Isabella. No te conviene hacer lo contrario con ellos —continuó hablando en susurros y eso me estaba exasperando—, pertenecen a una organización llamada Grigori. LuzBel, el chico que está tatuado casi en todo el cuerpo, es el hijo del jefe; por lo tanto, el segundo al mando. Son muy poderosos y los chicos que le acompañan son sus súbditos.

La escuché decir todo con atención y eso fue algo que me costaba mucho de creer. De verdad pensé que Richmond era una ciudad distinta a lo que estaba acostumbrada solo por su tranquilidad y bosques, pero no por esa locura que escuchaba.

¡Joder!

—El primer chico se llama Connor Phillips, el segundo es Jacob Fisher, el tercero Evan Butler, el cuarto Dylan Myers y la chica es Elsa Lynn. Ella es algo así como la amante oficial de LuzBel, son los únicos que pueden acercarse a él, los únicos que pueden hablarle. —Todo lo que estaba soltando me sorprendió y a la vez me causó mucha gracia.

«¿Acaso estábamos en una jodida película?»
Así parecía.

«¡Joder! Y esa chica se sabía hasta los apellidos, en serio daba miedo».
También noté eso, pero no daba miedo, estás exagerando. Solo tenía buena memoria.

«¡Puf! A mí sí me daba miedo».

—¿Por qué la amante y no su novia? —pregunté con curiosidad sobre la chica.

«¿¡En serio, Colega?! ¿Importaba eso?»
Era mera curiosidad.

«¡Ajá!»

—LuzBel no tiene novias, Isa. Y según lo que se ha rumorado siempre, él no ama a nadie. —Escuchar eso me provocó cierta sorpresa, aunque era seguro que fue una de las tantas ridiculeces que me estaban sucediendo ese día—. No hables de él con nadie que no sea yo, ¿está bien? —pidió y asentí.

—¿En serio se llama así? —inquirí.

—Obviamente no, ese es su apodo. Y todo el mundo lo llama de esa manera porque él lo prefiere. Así que no lo olvides: es LuzBel —repitió y esa vez escuchar su apodo por alguna razón, hizo que un escalofrío reptara por toda mi espalda.

«¿Será porque se apodaba como el diablo? ¿Y que por eso tu nueva amiga aseguró ver un demonio?»

—Luz bella —repetí en un susurro, copiando sin intención a Jane y ella asintió con la cabeza—. Los Grigori eran un grupo selecto de ángeles caídos y LuzBel fue el primer ángel en caer. —La chica repitió el ademán anterior y le dio un sorbo a su bebida con la esperanza de bajarse el miedo—. Tiene mucho sentido que lo llamen así, ya que LuzBel fue el ángel más bello creado por Dios —acepté sin pensar.

«¡Puf! Menos mal solo veías a un matón». Rodé los ojos como respuesta a mi pensamiento.

—Sí. Y LuzBel es eso: el hombre más jodidamente bello ante los ojos de muchos, pero por dentro lleva a un demonio y un corazón de hielo.

Cuando Jane terminó de decir tal cosa, mi mirada de inmediato volvió a dirigirse hacia la mesa frente a nosotras y, para mi suerte, me encontré de nuevo con aquellos ojos gélidos mirándome directo y comprobé lo que Jane había dicho: en esos iris solo vi frialdad.

Aunque en ese momento no me retiré de esa guerra de miradas con la misma rapidez que antes. Su forma de observarme me estremeció igual y sentí que todos los vellos del cuerpo se me erizaron, el corazón me galopó con prisa desesperante y las manos se me pusieron heladas. Otro escalofrío me atravesó mientras nuestros ojos permanecieron conectados y, por un instante, me sentí anclada, como si él me hubiese hipnotizado hasta hacerme entrar en un caleidoscopio peligroso y letal.

Y era muy consciente de que mi mirada le estaba transmitiendo muchas cosas, pero en la suya no se percibía más que... ¿miedo?

Bien, ya había comenzado a alucinar.

«Vaya demonio más intrigante».

Luego de unos segundos que me parecieron eternos, me obligué a dejar de observarlo, pero antes de eso alcé una ceja y le dediqué una media sonrisa. Sin embargo, de su parte no recibí nada en lo absoluto y eso me hizo sentir una completa estúpida. La chica que estaba con él le susurró cosas al oído de nuevo y le sonrió con ternura, pero LuzBel solo se limitó a responder con seriedad.

¡Arg! Cómo me exasperaban esos tipos y él más por muy guapo que fuera.

—¡Jesús, Isa! Te digo lo que no tienes que hacer y vas y es lo primero que haces —me reprendió Jane haciéndome reír.

«Estabas a tiempo para dejar esa amistad».

Eso fue cruel.

—No es para tanto, mujer. A mí ninguno de ellos me da miedo —dije segura.

—No juegues ni con el fuego ni con la oscuridad, Isabella. Porque con lo primero te vas a quemar y lo segundo, te puede consumir —advirtió seria.

Bien, tal vez si podía considerar esa amistad.

«¡Ves!»

¡Nah! Jane era una chica buena y linda.

—Jane, nací para arriesgarme, me encantan los juegos peligrosos, me atrae la oscuridad y ya no le tengo miedo a nada —contradije jugando con ella y haciendo que suspirara con fastidio.

—No tienes idea de en lo que te vas a meter si sigues pensando de esa manera —expresó con aflicción.

—¡Ya, Jane! Tampoco es que esté haciendo algo o vaya a hacerlo —aclaré para tranquilizarla—. Mejor espérame aquí, iré a cambiar mi jugo —pedí poniéndome de pie y ella negó con cansancio.

Me reí de su gesto y luego me encaminé hacia el mostrador del café pasando justo a un lado de la mesa de los chicos Grigori. A pesar de lo que acababa de decirle a ella, decidí hacerle caso y no volver a mirarlos para que estuviese tranquila, aunque justo cuando di un paso después del dichoso lugar reservado, sentí cómo alguien me azotó con fuerza el trasero.

«¡¿Pero qué demonios?!»

Puedes respetar a todos, pero jamás bajes tu mirada ante nadie.

CAPÍTULO 4

Chica mimada

ELIJAH

Grigori era una organización fundada por mi padre, Myles Pride (y otros de los compañeros que tuvo en los *Navy Seals*), una especie de grupo anticriminal que muchas veces jugaba igual que los malos para despistar a las grandes potencias. Había tenido tanto éxito que pronto se hizo mundial, teniendo sedes incluso en países que no sabía ni que existían.

Desde que descubrí lo que Grigori era y lo que hacía *padre* (como me gustaba llamarlo por respeto) para ganarse la vida, mi sueño más grande en la vida siempre fue convertirme en un miembro activo de la organización. Por eso luché desde adolescente para que el líder del estado de Virginia me viera como posible miembro. No me importaron los lazos sanguíneos que nos unían, yo anhelaba ganarme mi lugar, aunque mi madre, Eleanor Pride pusiera el grito en el cielo y quisiera impedirlo. Y vaya que casi lo logra, puesto que padre, por muy cabrón que fuera con los demás, tenía esa debilidad derivada del amor por mi madre y deseó que ella se sintiera tranquila tratando de probarme que no daba la talla para convertirme en un Grigori.

No obstante, padre decidió calarme como posible miembro de la organización, sometiéndome a parte del mismo entrenamiento que él atravesó como *Navy Seal* en su momento, llevándose la enorme sorpresa de que no solo tuve la capacidad para vencer las pruebas, sino también que, con cada una de ellas, mi deseo por convertirme en un Grigori crecía más.

Después de eso, *madre* (que, al igual que padre, me refería así por respeto a ella) se dio por vencida y padre descubrió la capacidad de su sucesor en el futuro.

Tras superar el entrenamiento, Myles me tomó como su aprendiz y desde los quince años me mantuvo a su lado, enseñándome cada cosa sobre el manejo de la organización, aunque también usó todo eso para vigilar ciertos temas sobre mi comportamiento que estuvieron a punto de salirse de control.

También me sometió a otras pruebas hasta que tuvo la total confianza en su hijo. A los diecinueve años, me convirtió en su segundo al mando, un lugar que me gané a pulso y, por lo mismo, todos los fundadores aceptaron con respeto que a su grupo élite se sumaría un chico tan joven, sobre todo cuando operé con éxito las misiones en las que tenía que *fingir* que era un chico malo más.

Supongo que hacer cosas malas, escudándome con la protección del gobierno, era uno de mis pasatiempos favoritos y, por lo mismo, desempeñaba mis misiones a la perfección.

Siempre fui rudo, despiadado, frío,ególatra y un hijo de puta en todo el sentido de la palabra; un tipo al cual no le importaba nada ni nadie, a excepción de mis padres y mi hermana Tess. Ellos eran mi talón de Aquiles y jamás me daría el lujo de agregar a nadie más a esa lista. Aunque no era así porque lo premeditara o porque me gustaba jugar el papel del *bad boy* como muchos creían. No. Simplemente era mi forma de ser y no lo podía evitar. Sin embargo, admitía que pasé por cosas en mi pasado que acentuaron más esos defectos en mí.

Tenía amigos con los que por milagro de la vida (si es que eso existía) logré llevarme bien, aunque me gustaba creer que solo los veía como súbditos de la organización y por ende, míos. Dejaba de lado la historia personal que tenía con cada uno de ellos, mismas por las cuales eran los únicos que me conocían un poco más que mis padres y hermana.

Los toleraba, además, porque ellos sabían lo que me enfadaba y lo que no y en el transcurso del tiempo habían aprendido a no tocarme los cojones, pues eran testigos directos de que no me temblaba la mano a la hora de darle su merecido a quien intentara pasarse de listo conmigo. Por la misma razón, aprendieron a llevar mi ritmo.

Además de que no llegaron a la organización solo por haber heredado un lugar sin ganárselo (como pasaba en el caso de algunos imbéciles), sino porque yo los escogí luego de asegurarme de que serían útiles y capaces de defender a la organización y a su líder.

Eran ese grupo selecto que mi padre me dejó escoger, una especie de nueva generación de Grigoris que estaría bajo mi mando siempre, quienes se asegurarían de alejar de mí a todo aquel pobre diablo que creyera que podría jugar conmigo sin saber a qué demonio se enfrentaba.

En cuanto a las mujeres, las buscaba solo para follar. No me consideraba un caballero porque obviamente estaba muy lejos de serlo, pero tampoco iba por la calle lastimándolas a diestra y siniestra. A la que quería un buen acostón conmigo desde un principio le dejaba claro que solo podría tenerme una vez. Jamás las llevaba a casa ni a mi apartamento y nunca las tomaba en mi cama o las besaba en la boca.

¡Mierda! Es que nunca besas a una mujer con la que solo tendrás sexo y menos cuando no sabes en dónde ha puesto los labios, ya que puedo proteger mi polla al follar, pero no mi boca al besar.

Esas eran mis reglas y para quienes las aceptaban, pues era una jugada inteligente de su parte y quienes no, podían joderse.

Lo único que obtendrían las mujeres de mí era un buen polvo, ya que eso sí, me encargaba de que ninguna jamás me olvidara y de que cada vez que estuvieran con otro, recordaran mis caricias y la manera en la que las tomé. Su peor castigo por poner los ojos en LuzBel sería ese: nunca quedar satisfechas con ningún otro hombre.

«Antes de mí pudo haber mejores, después de mí solo habrá peores».

Así era yo, no tenía corazón para ninguna, pero sí placer y pene para todas. Eso y la frialdad definían siempre al hijo de puta de Elijah Pride, el maldito ególatra que se ganaba más odio que amor.

En cuanto a Elsa Lynn, la identificaban como mi amante oficial, sobre todo por las chicas, pero eso me daba igual. Ella era una de mis únicas amigas desde la infancia. Sus padres eran amigos de los míos y por eso también era Elsa quien me conocía un poco más que los chicos dentro de Grigori.

¿Habíamos follado? Habría sido un estúpido si no hubiese sido así. Elsa era una chica hermosa y a los diecisiete años me entregó su virginidad. Creo que fue la única vez que la traté con delicadeza para hacer de su primera vez única e inolvidable. Ella sabía y tenía claro que conmigo jamás obtendría amor. Y se debía considerar afortunada, ya que después de lo que ocurrió en mi pasado, fue una de las pocas mujeres a las que le permití estar conmigo.

Con respecto a mi mundo oscuro, me manchaba las manos cuando era necesario, cuando debía hacerlo para que las personas entendieran con quién se estaban metiendo. También he matado en defensa propia, aunque con esto último, siempre fue a malnacidos; con lo cual le hice un favor al país al desaparecerlos.

Actualmente cursando mi cuarto año de finanzas empresariales porque un día le ayudaría a mi padre con sus empresas fuera de la organización, aunque no necesitara de ellas para vivir, pues con lo que obtenía de Grigori, me daba para pasarla con lujos por el resto de mi vida. Sin embargo, mi madre me hizo prometer que me titularía a cambio de que ella dejara de hostigar por ser un Grigori y con lo importante que eran las promesas en mi familia, le estaba cumpliendo.

Mi vida era sencilla si sabían llevar mis reglas y muchas veces aburrida por mi genio de mierda, además de que se reducía a la universidad, los trabajos más importantes de Grigori, entrenar, tatuar e ir a las fiestas. A eso le agregaba el follar con las mujeres, esas que tenían la mala o buena suerte de cruzarse en mi camino.

Mi día pasó como de costumbre, a excepción de un percance de último momento. Así que ahí estaba, en casa, en mi cuarto y vistiéndome para salir a completar un trabajo que los imbéciles de los chicos no pudieron hacer.

Recibí una llamada de Jacob para darme la dirección de donde se encontraban. Después de tomar una ducha rápida, me vestí, tomé las llaves de mi motocicleta junto con mi móvil, el cual guardé en uno de los bolsillos de la chaqueta que usaba y me dirigí hacia la cochera luego de avisarle a mi padre que iría a hacerme cargo del asunto en el que estaban los chicos.

«Si quieres que algo salga bien, tienes que hacerlo tú mismo», pensé con fastidio.

Me coloqué el casco y conduje rumbo a la dirección que Jacob me dio. A pesar de que me gustaba la adrenalina que me provocaba la velocidad, no era tan imbécil para manejar a lo pendejo en cualquier lugar. Pensando en eso, marché a una rapidez moderada hasta llegar a mi destino: una bodega que años atrás funcionó como fábrica de alimentos procesados y que Evan se encargó de comprar usando documentos falsos. Tenía que reconocer que él era muy inteligente y su pinta de niño bueno nos ayudaba a concretar muchos negocios ficticios.

Operar con clandestinidad, esa era una de las reglas de la organización.

Veinte minutos más tarde, por fin llegué a mi destino. Identifiqué la camioneta en la que se transportaron los chicos junto con nuestro objetivo y otras más con tipos que nos servían como refuerzo cuando las cosas se ponían feas. Luego de estacionar mi *Ducati* y quitarme el casco, me encaminé hacia la entrada de la bodega. Connor era el encargado de recibirme e informar los inconvenientes que tenían.

Negué satírico a la vez que medio intenté sonreír burlón al saber que algo tan fácil les había resultado difícil de hacer, a tal punto de que me tocó ir y encargarme de eso yo mismo.

—Son unos completos idiotas —señalé tranquilo.

Pero era obvio que, aunque yo me sentía así, ellos temían lo peor.

—No nos temen como a ti, LuzBel —respondió Connor encogiéndose de hombros—. O por lo menos no los que nos conocen.

—Bien, déjalo así —espeté con voz dura, fastidiado de escuchar estúpidas excusas—. ¿Dónde están?

—En una de las viejas oficinas. Sígueme —pidió.

Mientras caminábamos hacia allí, pensé en lo mucho que me iba a divertir esa noche con Cameron, un tipo que un día fue mi amigo, mi súbdito, pero que tuvo la osadía de desaparecer una mercancía, así que hasta esa noche estaría trabajando para nosotros. Y respirando.

—Es aquí —informó Connor sacándome de mis pensamientos.

Asentí para que abriera la puerta y él entró primero. Crují mi cuello intentando destensarlo e hice movimientos giratorios con los hombros, preparándome para lo que se avecinaba.

—¡Bien, bien, bien, mi querido Cameron! ¡Llegó papi LuzBel! —gritó Dylan al chico que estaba sentado en una silla con las manos amarradas hacia atrás.

Lo encontré cabizbajo. La tenue luz de una farola que colgaba del techo me permitió ver su rostro y me di cuenta de que los chicos se habían divertido con él.

Sin embargo, no hablé ni hice nada más que pararme frente a él. Cameron me miró de inmediato y noté el miedo en sus ojos al darse cuenta de lo que le esperaba. Lo observé detenidamente y, como siempre, mi mirada fue dura, fría y llena de pura maldad, que es todo lo que tenía dentro de mí, y sobre todo para él.

—Se rehúsa a hablar por más golpes que le demos —informó Jacob desde una esquina con poca luz, ganándose también de mi parte una mirada dura por su incompetencia esa noche.

—Ya sabes que la compasión no es una de mis virtudes —aclaré dirigiendo mi mirada de nuevo a Cameron—. Me sorprende que aun conociéndome, te hayas atrevido a robarme. —Mi voz estaba llena de muchas promesas de dolor hacia él.

—L-lo siento. —Su voz fue casi un susurro ante la debilidad que sufría después de tantos golpes—. Dame la oportunidad de pagarte —suplicó haciéndome reír.

—¿Crees que puedes robarme y luego venir y pedir una oportunidad de pagar? —pregunté con sarcasmo.

No lo dejé responder. Le di un puñetazo en el rostro, pero no me bastó uno, así que seguí golpeándolo hasta que escupió sangre y sollozó. Una de sus cejas estaba partida, sus ojos inflamados y la nariz era una fuente de sangre. No sentí lástima por él y tampoco estaba molesto ya. Si hice lo que hice, fue solo para que quedara como ejemplo para otras personas o miembros de Grigori.

De la organización y de mí, nadie se burlaba.

—No doy segundas oportunidades a nadie —le recordé, extendiéndole la mano a Dylan, quien de inmediato puso un arma en ella. La cargué y apunté directo a su cabeza—. Espero que hayas aprendido la lección —dije y cuando estuve a punto de disparar, el grito ahogado y lleno de terror de una chica me detuvo.

Giré la cabeza buscando de dónde provenía el sonido y vi cómo Connor tiró al suelo a una chica que estaba amarrada de las manos y con un paño en la boca con el que intentaron silenciarla.

—¡¿Quién diablos es ella y por qué cojones está aquí?! —pregunté y esa vez sí lo hice con verdadero enfado. Vi que todos se tensaron, pero ninguno se atrevió a responder—. ¡Hablen de una puta vez! —grité con la paciencia en un hilo.

—Es Jane Smith, hermana de Cameron —respondió Dylan que lejos de ser el más valiente de los cuatro tíos que consideraba amigos, era el más psicópata y no temía morir o que yo lo matara—. Estaba con Cameron, así que no nos quedó de otra más que traerla con nosotros para que no nos delatara —finalizó.

—Po-por favor, no le hagas daño a ella —suplicó Cameron con mucha dificultad para hablar. Mi dura mirada aún estaba en Connor, pero mi arma apuntaba a la cabeza de ese idiota.

—Déjame saldar la deuda de Cameron a mí —pidió en ese momento la chica, quien no supe cómo hizo para sacarse el paño de la boca.

—Son cien mil dólares —repuse sonriendo de manera malévola y comenzando a caminar hacia ella.

—¡Cállate, Jane! No te metas en esto —le exigió su hermano, pero ella lo ignoró.

—Y bien, ¿cómo piensas hacer para pagarlos? —pregunté con malicia cuando la tuve frente a mí.

No era una chica fea. Y para ser sincero conmigo mismo, la vi muy hermosa, pero no era mi tipo. Así que mi malicia no fue sexual, sino más bien malévola.

—Dame dos semanas y veré cómo consigo el dinero —dijo segura y su valentía me sorprendió.

La pobre tipa temblaba al tenerme de frente; sin embargo, la determinación en sus ojos fue palpable, algo que casi no veía en las personas que miraban mis ojos como lo último en sus vidas antes de morir.

—Está bien —acepté, haciendo que todos se sorprendieran y más Cameron—. Desata a este imbécil y que desaparezca de mi vista antes de que me arrepienta —ordené.

—Estás bromeando, ¿cierto? —preguntó Jacob, atónito.

—Ya, ¿y es que acaso yo bromeo? —cuestioné mirándolos y negaron de inmediato.

Por supuesto que no, no se me daba bien hacerlo, sobre todo porque casi siempre mi humor era oscuro y en muchas ocasiones, en lugar de hacer reír con mis juegos, terminaba por hacer llorar a los receptores de mis bromas.

—Solo por esta vez voy a valorar el que esta tipa en lugar de ofrecérseme como una zorra, busque la manera de saldar las deudas de su estúpido hermano —aclaré tranquilo—. Y agradece que tu hermanita tenga más huevos que tú, maldito cabrón —espeté con burla hacia Cameron—. Y tú, recuerda que solo tienes dos semanas y más te vale que cumplas porque si no, me olvidaré de que eres mujer —finalicé viendo a la chica y advirtiéndole mientras salía de la oficina.

Así manejaba las cosas en mi mundo y Cameron debió pensar en eso antes de cagarla conmigo.

Al día siguiente, me levanté a las siete de la mañana después de haber dormido como máximo cuatro horas debido al percance con los hermanos Smith. Las clases ya habían iniciado, pero dado que era el último año, ya no debía ir a la universidad a diario, así que dedicaba los días libres para mi pasantía, el gimnasio, Grigori y algunas noches, los clubes pertenecientes a la familia eran mi destino.

Tomé una ducha, me vestí con ropa deportiva y una gorra. Cogí mi maletín deportivo junto con otro cambio de ropa y me marché en uno de mis coches hacia el gimnasio de Bob. En casa teníamos uno que principalmente fue hecho para mi hermana, aunque casi siempre era yo el que lo utilizaba, pero ese día no me apeteció.

Después de llegar y saludar al viejo pero buen entrenador Bob, me encaminé hacia el área de las máquinas y pesas, ahí me encontré con los cuatro idiotas que tenía como súbditos. Los saludé y me puse a calentar y a hacer los estiramientos necesarios para luego iniciar la rutina que me había indicado Bob.

Me coloqué los audífonos y comencé a reproducir mi música favorita: inicié escuchando a Pop Smoke con *Invincible*. Rato después, estaba sudando y exhausto, pensando en que Bob se sobrepasó con esa rutina, pero aun así, continué hasta finalizarla.

Fui a las duchas y tras pasar diez minutos, salí solo con una toalla amarrada a la cintura. Me dirigí a los vestidores, y al entrar me sorprendí al encontrarme con Elsa. Igual que yo, llevaba solo una toalla amarrada desde el pecho hacia abajo, cubriéndose el cuerpo desnudo, lo que me permitió ver sus largas y apetecibles piernas.

Le sonreí con picardía, ella mordió su labio inferior intentando no corresponderme el gesto y me miró con cara inocente mientras jugaba con un mechón de su cabello, enrollándolo en sus dedos.

—¿Qué haces aquí? —pregunté sin ser brusco.

—Te vi venir a las duchas y decidí seguirte —respondió con voz suave, alzando una de sus gruesas cejas.

—¿Estabas en el gimnasio? —cuestioné. No la vi durante el entrenamiento.

—Sí, pero te vi tan concentrado en tu rutina que no quise interrumpir —señaló, acercándose poco a poco a mí.

—Chica inteligente —halagué y cerré con seguro la puerta. La cogí de la cintura y la acerqué más para poder besarle el cuello—. Creo que mereces un premio por eso —susurré en su oído. Mordí y lamí el lóbulo de su oreja, haciendo que soltara un pequeño gemido— y te lo daré en estos momentos —finalicé.

Luego solté la toalla que cubría su cuerpo.

—Es lo que deseo —aceptó entre jadeos, haciéndome reír con satisfacción en el proceso.

La hice dar la vuelta, provocando que sus pechos y rostro quedaran contra la fría puerta. Soltó un pequeño grito, pero de inmediato le tapé la boca con mi mano y le ordené que guardara silencio. Besé de nuevo su cuello y acaricié sus pechos, bajando hacia su cintura, sus caderas y sus piernas.

Acaricié su entrepierna hasta llegar a mi objetivo y sonreí al sentir lo húmeda que se encontraba solo con mis besos y toques. Fui hacia mi maletín por un condón tras indicarle que se quedara quieta y cuando lo encontré, me lo coloqué e inicié de nuevo con mis caricias en ella. Con una de mis piernas abrí las suyas y me posicioné entre ellas para así acomodar mi miembro en su entrada. Antes de penetrarla sin delicadeza, tapé su boca y, en efecto, su grito quedó en mi mano.

Seguí penetrándola fuerte y, a pesar de que lo hice de manera un tanto brusca, sabía que a Elsa le encantaba lo que le hacía y me lo demostraba al mover las caderas, encontrando así mis embistes. Sus gimoteos y el saber que nos encontrábamos en los vestidores del gimnasio me llenaron de un frenesí estupendo, haciendo que la empalara más rápido. No tardó mucho en encontrar su liberación, llevándome a mí también a la mía, y antes de salir de ella le di un fuerte azote en el culo, obligándola a que diera un respingo y mi mano quedara marcada en su blanco y pequeño pero delicioso trasero.

—Ahí está tu premio —solté sonriendo con picardía y separándome de ella—. Ahora sí, déjame vestirme —pedí ganándome que me mirara con enfado.

—¡Oye! No me hables así. Te recuerdo que no soy como las tipas a las que te tiras cada noche —espetó molesta.

—Bien, tienes razón. Tú eres mi preferida —señalé para evitar que me armara un espectáculo.

La vi morderse el labio inferior para tratar de no sonreír, pero no lo logró.

—Eres un idiota —bufó, dejándose ganar por las ganas de regalarme una bonita sonrisa mientras se colocaba de nuevo la toalla—. Te espero afuera, no tardes —advirtió y la ignoré.

Me levanté temprano la mañana siguiente porque tenía clases.

Mientras me desperezaba, pensé en mi hermana Tess, quien había iniciado su primer semestre en otoño y estaba muy emocionada por comenzar el de primavera, pero todavía se encontraba de viaje en Tokio, por lo que se incorporaría al regresar dentro de dos semanas.

Cuando estuve listo, bajé al comedor para tomar el desayuno con mi madre. Padre se encontraba de viaje, así que no lo veríamos hasta dentro de una semana.

—Myles te dejó unos papeles en su oficina, quiere que los revises y luego se los envíes a Bartholome —informó madre. Solo asentí mientras comía la fruta de mi plato—. Elijah, sabes lo que opino acerca de todo esto —insistió de nuevo. Me puse de pie y rodeé la mesa hasta llegar al lugar donde ella se encontraba sentada.

Sabía a la perfección lo que seguía y no quería meterme de nuevo en ese tema.

—Lo sé, Eleanor y también sabes lo que opino. En todo caso, recuerda la promesa que hicimos —propuse a la vez que la abrazaba y besaba en la mejilla—. Yo estoy cumpliendo mi parte, cumple tú la tuya. —Volví a besarla—. Me tengo que ir. Nos vemos luego —me despedí antes de que respondiera algo, aunque la escuché bufar con molestia y solo me reí de ello.

Elsa me envió un mensaje de texto antes, pidiéndome que pasara por ella porque su coche estaba en el taller. Su casa me quedaba al paso, así que no me costaba nada recogerla. No era común que viajáramos juntos. Me gustaba mantener mi espacio y la soledad, sobre todo en las mañanas.

—¡Guau! Creo que hoy es mi día de suerte. —Silbó tras decir eso y negué—. No solo aceptas pasar por mí, sino que también conduces tu coche favorito. ¿Te lo hice rico ayer?

Reí irónico.

Usaba mi *Aston Martin* negro porque así me apeteció, lo decidí desde la noche anterior, así que no era porque me hubiese follado rico.

—Ves que estoy de buenas y no me aprovechas —satiricé.

Sin esperar a que dijera algo, aceleré a fondo y por suerte para ella, logró quitar las manos de la ventanilla antes de que se las arrancara. Vi por el retrovisor que alzaba los brazos y, por los gestos de su rostro, intuí que me estaba maldiciendo.

Eso le pasaba por fanfarrona. Sin embargo, usando el manos libres en mi coche, llamé a Jacob y le pedí que pasara por ella. Aproveché para advertirle que estaba de malas y que se preparara para la fiera que iba a encontrar.

Llegué al campus con unos minutos de sobra, no me preocupaba encontrar un buen estacionamiento, ya que el mío y el de los chicos siempre estaba reservado y todos allí lo sabían. Pero me topé con tremenda sorpresa cuando encontré un *Honda Fit* intentando estacionarse en mi espacio de reversa.

Me molestó ver tal cosa, aunque me calmé al intuir que quien pretendía hacer aquello, era nuevo en la universidad. Aprovechando que, al parecer, al idiota del conductor todavía se le dificultaba conducir, me metí entre el espacio que estaba dejando, mismo que era justo para mi coche y me posicioné donde solo me correspondía a mí.

Reí sarcástico cuando el conductor, que al parecer era una chica, sonó el claxon y respondí con el mío tres veces. Vi que me saludó con el dedo corazón observando por su retrovisor y estuve a punto de salir de mi coche y hacerle entender un par de cosas, pero se fue como si le hubieses prendido fuego en el culo.

«Sí, mejor desaparece de mi vista», pensé.

Me grabé las características del coche y salí del mío pensando en que muy pronto buscaría a su dueña y le aclararía las reglas de mi puta ciudad.

Las clases pasaron muy aburridas y lentas, ni siquiera puse atención a nada de lo que los maestros dijeron, solo rogaba en mi fuero interno que por fin llegara la hora del almuerzo, ya que tenía mucha hambre y, para mi suerte, fui escuchado.

Como era de costumbre, Elsa y los chicos esperaban por mí afuera del café que más frecuentábamos. Besé la mejilla de la enfurecida chica, quien me apartó de un manotazo, mostrándome así que no me dejaría pasar la que le hice. Me reí divertido de su actitud.

Tampoco era para tanto.

Después de saludar a los demás, nos dispusimos a entrar. Todos nos miraron al hacer acto de presencia: algunos hablaban, otros susurraban cosas. Ya estábamos acostumbrados a eso y lo había llegado a tolerar. Eso sí, nadie se atrevía a hablarnos a menos que se lo permitiéramos, esto porque nos gustaba mantener la intimidad para evitar las fugas de conversaciones que nos comprometerían o nos obligarían a asesinar a inocentes que solo pecaban de chismosos por primera vez.

Algunas chicas me sonreían con sensualidad, pero las ignoraba por completo, no porque no me gustara, sino que lo hacía para no darles mucha importancia o que creyeran que me interesaban.

Mi arrogancia y frialdad era lo que más me caracterizaba. Tenía poder y eso era la causa de que todas las mujeres me desearan. Algunos tipos me respetaban, otros me temían y unos pocos me odiaban porque sus novias me preferirían siempre a mí por encima de ellos. Nada de eso me lo propuse, se dio por sí solo.

Al llegar a nuestro lugar reservado y sentarnos noté que, en la mesa frente a nosotros, se encontraba Jane junto a una castaña que jamás había visto. Aquello despertó mi curiosidad, sobre todo al reconocer en ella ciertos rasgos que conocí en mi pasado y que me marcaron de una manera que preferiría no recordar. La chica tenía la piel blanca, cabello castaño oscuro, ojos claros enmarcados con unas cejas gruesas, nariz estrecha y refinada, labios carnosos y (a pesar de que estaba sentada) podría jurar que era alta y con un buen cuerpo.

Muy bonita y capaz de hacerme volver a lugares peligrosos con ese parecido que tenía a…

—¿Quién es la chica que está con Jane? —pregunté para espabilar y no volver a mis recuerdos del pasado.

Dylan y Evan estaban sentados frente a mí, Elsa a mi lado y Jacob en un extremo de la mesa junto a Connor.

—Solo sé que es nueva y está muy buena —respondió Dylan ganándose una mirada reprobatoria de mi parte. No me agradó que se refiriera a ella de esa manera—. ¡Ah! Y que esta mañana estuvo a punto de estacionarse en tu lugar —añadió con diversión.

Alcé una ceja. Así que era ella la atrevida.

—Para la noche puedo darte toda la información que desees saber sobre ella —prometió Evan, dándose cuenta de mi curiosidad. Asentí en respuesta. Siempre era bueno llevar la delantera con respecto a quienes pisaban la ciudad. Era otro método para cuidarnos de los enemigos.

Miré el móvil al recibir un correo electrónico por parte del senador del estado y no presté atención a lo que me dijo Elsa. Sin embargo, alcé la mirada cuando sentí que alguien me observaba y sonreí por dentro al descubrir a la chica nueva observándome.

Desvió la mirada al toparse con mis ojos y bufé divertido, luego volví a concentrarme en el correo electrónico y lo respondí.

Los chicos seguían hablando de cierta fiesta en la fraternidad de Lucas, uno de los tipos de segundo año y popular en la universidad, que se mofaba de grandes cosas, aunque a escondidas nos servía a nosotros.

Me incorporé a la charla solo lo necesario y rato después, fui yo quien buscó la mesa de enfrente y, tras unos segundos viendo y analizando a la chica nueva (volviendo al pasado sin poderlo evitar y poniéndome de mal humor por ello), sus ojos se encontraron con los míos una vez más.

La miré con frialdad y dureza, más que todo por lo que me provocaban mis pensamientos. En sus ojos noté un poco de nerviosismo. Me sorprendió que se atreviera a sostenerme la mirada, pero más me sorprendí cuando alzó una de sus cejas y me sonrió.

¡Mierda! Con ese gesto mi pasado se esfumó y noté la enorme diferencia a pesar de esos rasgos.

No devolví la sonrisa, no pude hacerlo y me convencí de que era porque no estaba para socializar con nadie y mucho menos con las niñas de papi que creían que podían obtener todo con su cara bonita. Y eso fue lo que quise creer de esa castaña, esa era la impresión que deseé tener de ella: la de una chica mimada y consentida por sus padres.

Decidí dejar de verla, pero antes observé cómo Jane llamaba su atención y se quejaba de algo.

—Irás esta noche a mi apartamento, ¿cierto? —preguntó de pronto Elsa con voz melosa sacándome de mis pensamientos.

—No lo creo. Tengo cosas más importantes que hacer. Además, tú estabas molesta conmigo —respondí sin darle importancia a que ella se molestara más de lo que ya lo estaba.

No dijo nada más después de mi respuesta, sabía que quedarse callada era lo mejor que podía hacer, ya que odiaba que me contradijeran. Miré que la castaña se puso de pie y tal como lo pensé, comprobé que era alta y poseedora de un buen cuerpo. Con ironía coincidí con lo que Dylan dijo de ella, pero a pesar de eso, también concordé con que no era mi tipo de mujer y si seguía creyendo eso, estaba seguro de que me iba a ahorrar muchos problemas. Sin embargo, esa chica parecía atraerlos y cuando pasó frente a nuestra mesa ignorándonos por completo, Dylan nos sorprendió a todos al azotarle el culo.

¡¿Qué demonios?!

Mi sangre hirvió con furia por su actitud. Una cosa era ser conocidos como peligrosos, pero no éramos abusadores y esa acción ocasionaría que ese imbécil se ganara un buen castigo de mi parte. Aunque no pude advertirle nada porque la chica, a pesar de que se paralizó por el impacto en su nalga, se recompuso de inmediato y se dio la vuelta para enfrentarnos.

Bien, eso no me lo esperaba y a mi cabeza llegó la interrogante de si ella era tan estúpida como para enfrentarse a Dylan, o muy valiente porque no sabía nada de nosotros.

Me crucé de brazos dispuesto a obtener la respuesta, esperando no decepcionarme.

CAPÍTULO 5

Bullies

ISABELLA

¡Joder! Había estado en muchas situaciones a lo largo de mis casi dieciocho años, desde las que me habían enfurecido tanto hasta las que me cargaron de adrenalina, pero nunca en una como esa.

La rabia, sorpresa, nervios, mis ganas de despedazar a alguien vivo junto con la adrenalina, fueron sensaciones que se mezclaron en mi interior, provocando un cóctel bastante peligroso y temerario, y no era para menos. Ese azote había dolido como jamás creí que dolería.

«En las malditas películas lo hacen ver diferente».

¡Obvio! Porque solo lo veías, no lo sentías.

El corazón me comenzó a bombear de una manera intensa, al punto de que lo escuchaba martillear hasta en mis oídos. Mis manos se pusieron muy frías y, siendo inconsciente de lo que mi cuerpo hacía, presioné entre ellas el jugo que justo iba a cambiar.

Las risas en el café por parte de aquellos idiotas que, al parecer, le celebraban todo a ese grupo de imbéciles, no se hicieron esperar.

Cerré los ojos y decidí sonreír de lado con sarcasmo. Respiré profundo para intentar calmarme, pero las risas estrepitosas que seguían sin parar, unido a que algunos de los presentes sacaron sus móviles para grabarme, evitó que lo lograra.

¡Mierda! Odiaba demasiado que algunas personas no pudieran evolucionar y dejar sus actitudes de *bullies* en el pasado. Y, a pesar de que en mi escuela nunca fui ni víctima ni victimaria, estar en la primera posición por primera vez me hizo empatizar más con aquellos que muchas veces no podían, o no se atrevían a defenderse.

Al parecer, ese grupo de imbéciles fueron los *bullies* de su escuela en el pasado y continuaban siéndolo en la universidad. Eran de los que se negaban a evolucionar porque se creían perfectos de esa manera y, si al conocerlos minutos atrás me parecieron ridículos, en ese instante me nació un odio hacia ellos que hacía que mi garganta ardiera por la bilis.

Sentía mucho fallarle a mi nueva amiga el primer día de conocerla, pero de ninguna manera iba a quedarme sin hacer nada ante algo como eso. Aparte del escozor en el trasero por ese azote, más ardía la dignidad y, sobre todo, al comprobar cómo chicos en el café seguían celebrando y con sus móviles a la mano.

¡Joder!

Respiré de nuevo con profundidad y me giré hacia la mesa de los idiotas adonis, todos ellos me veían esperando mi reacción o más bien, aguardando a que no hiciera nada y que pasara de largo lo sucedido, ya que todo apunta a que se creían los reyes del campus.

«Había llegado el momento de demostrarles que no todos los plebeyos los respetaban».

—¿Quién fue? —pregunté con una media sonrisa satírica, haciéndole caso a mi conciencia y viendo a cada uno de ellos.

Aunque odié sentir nervios en el momento en que noté cómo ese tipo tatuado me escrutaba con la mirada sin ninguna emoción en sus ojos.

«No ayudaba en nada con nuestra postura de chica ruda. ¡Por Dios!»

—¿Por qué, preciosa? ¿Quieres otro? —preguntó el chico que Jane identificó como Dylan, su sonrisa burlona y llena de arrogancia no hizo más que aumentar mi ira.

El chico que estaba a su lado, que si mal no recordaba era Evan, cerró los ojos y negó en total desacuerdo con su amigo.

—¡¿Me ves cara de que me haya gustado?! —le cuestioné con voz dura y altanera. Al mismo tiempo, abrí el jugo que tenía en las manos actuando casi por inercia.

Mi cuerpo ya había aprendido a identificar lo que mi mente deseaba.

—Pero por lo que veo fuiste tú —aseguré, ganándome una sonrisa llena de superioridad de su parte y confirmando mis teorías—. Por lo visto te vales del supuesto poder que tienes para hacer lo que te plazca —espeté furiosa.

«Era hora de actuar».

—Así es, preciosa. Tú misma lo dijiste: hago lo que me place y tengo el poder... —No dejé que terminara de hablar. Derramé todo el contenido de la botella sobre él, mojando por completo su cabello, rostro y parte de su camisa.

«Adiós rockero fanfarrón», pensé. Su estilo era ese.

Su cabello negro lucía peinado hacia a un lado antes de que lo bañara con mi jugo, lo usaba casi al rape de los lados y muy largo del frente. Su ropa oscura brilló con la humedad que recibió del líquido. Su piel pálida, en ese momento, se volvió roja por la furia y sus tatuajes resaltaron mucho más.

La sorpresa por mi acto lo dejó sin palabras y vi la ira deformar su rostro. Sus ojos azules emergían casi con luz sobre lo oscuro de su ropa y cabello. Sus *piercings* en el labio inferior, nariz y orejas le daban una apariencia de miedo, sobre todo en ese instante. Era delgado, pero se notaba fuerte, y también muy alto.

Los ¡Uhhh! burlescos no se hicieron esperar por parte de todos en el café, demostrándome que era la primera vez que alguien se enfrentaba a uno de ellos.

—¡Oye, idiota! ¡¿Qué diablos te pasa?! —me gritó la chica que estaba con ellos y que de inmediato se colocó de pie.

—Hago lo que me place al igual que el idiota de tu amigo —respondí enfrentándola con desdén—. ¿O qué? ¿Él sí puede azotarme, y en lugar de defenderme debo agradecerle por poner sus ojos en mí para joderme? —inquirí.

—No sabes con quién te estás metiendo, maldita imbécil —bufó Dylan colocándose de pie también y quedando frente a mí, tan cerca que tuve que levantar el rostro para enfrentarlo mientras reconocía que, frente a frente, era mucho más alto de lo que pensaba.

Pero no me dejaría intimidar.

—Ah mira, sabes pronunciar tu nombre —me burlé de él y las risas en ese momento fueron en dirección contraria a mí.

«¡Joder! Amaba ver el mundo arder».

Pero te escondías para no arder en él, pequeña cobarde.

—Me vas a conocer, hija de puta —espetó Dylan entre dientes, con furia.

—Ya te estoy conociendo y no me das miedo, mamarracho —aseguré—. Y podré ser nueva aquí, pero eso no significa que harás conmigo lo que quieras, así que ojalá te vaya quedando claro —aclaré haciendo énfasis en mis palabras y en mi vista periférica noté cómo apretó los puños—. Y por lo que intuyo con tu pobre actitud de *bully*, están tan acostumbrados a que todos aquí les teman o respeten, que creen que yo también lo haré —escupí con ironía, señalando a los presentes en el café, quienes seguían grabando—. Pero…, ¡sorpresa! A mí nadie me impone ni miedo ni terror, eso debes ganártelo a pulso.

Dylan dio un paso más hacia mí, amenazador y mirándome de forma psicótica, pero no retrocedí ni un centímetro.

—¡Sigan riéndose de mí! —pedí alzando la voz al ver que, tras mis palabras, los presentes comenzaron a verme con reproche.

Me pareció estúpido, ya que era como si la que estuviera mal fuera yo y no ese tonto grupo de matones.

«Eso era inaudito».

Y mucho.

—¡Por su bien, es mejor que dejen de grabar ahora mismo! —exigió el tipo que Jane llamó Jacob y todos le obedecieron.

Bufé y me reí con ironía, pues con justa razón esos tipos se creían los dueños de la ciudad.

—Evan, saca a Dylan de aquí —ordenó una voz ronca a mis espaldas. Evan asintió de inmediato y agarró a su idiota amigo del brazo.

El que se llamaba Connor solo estaba atento a lo que pudiese suceder.

—¡Déjame arreglar esto a mí! —masculló Dylan con una voz que llegó a intimidarme por un instante. Su pecho subía y bajaba de manera acelerada por la ira. Se soltó del agarre de Evan e intentó acercarse a mí de nuevo.

Erguí los hombros y lo enfrenté con la mirada.

—¡Sáquenlo de aquí! —volvió a ordenar esa voz que me llegó a estremecer hasta el alma, haciendo que el chico retomara su agarre en Dylan y así impedir que se acercara más a mí.

Antes de que Evan le pidiese ayuda al chico llamado Jacob y obstruyeran mi vista, logré visualizar a Jane, quien se había puesto de pie, pero sin atreverse a acercarse más de lo necesario. Me miró con súplica y miedo. Me sentí mal por ella y odié cuando Connor se le acercó y le reprochó algo.

Él fue quien le alzó una ceja cuando entraron al café.

—Nos volveremos a encontrar —amenazó Dylan mirándome— y me las pagarás.

—Te estaré esperando, *imbécil* —respondí sin dejarme amedrentar por su amenaza y llamándolo por *su nombre*.

Vi que Dylan volvió a sonreírme de esa forma psicótica al entender la referencia y me observó con una latente amenaza. Después se fue junto a Evan y Jacob. Miré a Jane que caminaba hacia donde yo me encontraba, pero se detuvo en seco viendo a un punto fijo detrás de mí y cuando estuve a punto de mirar y saber qué la congeló en su lugar, sentí una respiración golpear la parte de atrás de mi cuello. Me tensé y mi corazón volvió a acelerarse.

—¿Sabes? Aún me sigo preguntando si eres muy estúpida o muy valiente —susurró LuzBel muy cerca de mi oído. Su aliento mentolado y cálido rozó mi mejilla. Su voz era un poco ronca y varonil, con un toque de arrogancia y maldad oculta en ella a pesar de la tranquilidad con la que me hablaba.

Lo notaba a la perfección, hizo que mi piel se erizara por la cercanía y enseguida odié que él causara ese efecto en mí.

—Comprendo que eres nueva y por eso has decidido hacer este espectáculo para demostrar que no eres como los demás.

Con esas últimas palabras suyas, se fue mi nerviosismo.

Sonreí de lado y apreté los dientes viendo a Jane y a la vez escuchando las palabras de ese chico. Me molestó que creyera que solo hice un *show* por gusto y que ignorara el verdadero punto. Sin embargo, decidí dejarlo continuar.

—Felicidades, lo has conseguido, pero que no se repita o te arrepentirás —amenazó haciendo que la paciencia que tuve ante sus palabras se fuera al diablo. Jane lo notó y vi la súplica en sus ojos para que me quedara callada—, ¿entendido? —cuestionó con arrogancia.

«Lo sentíamos mucho, Jane, pero hacía mucho que dejamos de temerle al diablo».

Cerré los ojos por unos segundos, todavía haciendo un último esfuerzo por controlarme antes de responder, pero no lo logré.

Me giré quedando a unos centímetros del chico que intentaba hacerme entender las reglas de *su ciudad* y levanté el rostro para mirarlo. Era un poco más bajo que Dylan, pero en definitiva, más alto que yo. Nuestras miradas se encontraron y como ya era de saber, su forma de observarme fue con superioridad, frialdad y maldad. A pesar de eso, se la sostuve sin dejarme doblegar, así como mi madre me enseñó en su momento.

«*Puedes respetar a todos, pero jamás bajes tu mirada ante nadie*», recordé y aunque en verdad me sentía muy nerviosa, logré no demostrárselo.

Sin embargo, algo sucedió, algo que no fue planeado y no supe cómo controlar: sus ojos. Me fue imposible no notar que sus iris eran una mezcla de color gris con motitas celestes y verdes, causándome por un segundo, un desvío del motivo por el cual lo estaba mirando.

«Bien, concéntrate, chica mala».

—¿Lo has entendido? —repitió LuzBel, dejándome ver un *piercing* en su lengua.

«¡Uf!»

¡Joder!

—A la perfección —acepté, tratando de que mi voz sonara fuerte y entera—, el problema es que lo cumpla —agregué con sorna, logrando que se enfureciera más.

Noté cómo tensó la mandíbula y apretó los puños, pero no dijo nada.

—¡Isabella! Po-por favor, vámonos de aquí —pidió Jane tomándome del brazo y permitiéndome con ese toque sentir cómo temblaba, lo que me causó mucha pena por ella y a la vez curiosidad del por qué respondía de esa manera ante la presencia de ese chico.

—Ahora sí te metes —le reprochó Connor, quien estaba a su lado y casi lo quise asesinar con la mirada por hablarle de aquella manera.

—Enséñale a tu nueva amiga que aquí hay códigos que deben respetarse —recomendó en esos momentos Elsa, posicionándose al lado de LuzBel y tomándolo con cariño del brazo—. Si no lo quiere aprender a las malas —advirtió arrogante, logrando que yo quitara la mirada de Connor y la posara en ella.

—¿Y por las malas me lo enseñarás tú? —pregunté tajante, enfrentándola mientras alzaba una ceja, pero no respondió.

Si insistían en querer intimidarme, no actuaría bien para ellos.

—Debes aprender a quedarte callada —habló de nuevo LuzBel—. Enséñale eso y también haz que aprenda dónde puede estacionarse y dónde no —exigió dirigiéndose a Jane, como si yo solo fuera una perrita que no estaba entrenada aún.

Sentí cuando ella presionó más su agarre en mí, en señal del terror que le daba ese grupo y más con la manera en la que LuzBel la miraba.

Mi cabeza hizo clic cuando me percaté de que hablaba de estacionamientos. Pensé en lo que me sucedió esa mañana y lo que me dijo Jane minutos atrás, concluyendo con que solo un patán como él pudo ser así de irrespetuoso. Antes no lo tenía tan claro debido a que todos en su grupo parecían igual de altaneros.

—L-lo haré —titubeó Jane, terminando de sorprenderme y haciendo que odiara que fuese tan débil con ellos como para perder hasta la capacidad de hablar—. Vayámonos, por favor —rogó y decidí hacerle caso, no por ellos, sino por ella.

«Teníamos mucho que enseñarle a esa pequeña chihuahua».

Demasiado diría yo.

—Deberías tomar unas clases de manejo —sugirió LuzBel cuando me vio dispuesta a irme.

Le sonreí sin gracia.

—Y tú no deberías conducir un *Aston Martin*, ese coche fue hecho para hombres —puntualicé con verdadero desdén.

No iba a seguir con ese tira y afloja, pero antes de darme la vuelta y marcharme con Jane, lo miré con malicia e hice una reverencia hacia él, cruzando las piernas y observando el suelo, inclinando la parte de la cintura para arriba y simulando con mis manos levantar un vestido. Previo a erguirme de nuevo, alcé solo la mirada, guiñándoles un ojo y sonriendo con burla por si acaso no habían entendido que los estaba jodiendo.

—¡Maldita! —espetó Elsa con verdadera furia. Noté cómo LuzBel hizo el intento de dar un paso hacia mí con la ira reflejada en sus ojos por lo que había hecho, pero su amiga lo detuvo.

«¡Ven a mí caliente Tinieblo!»

¡Nah! No quería a eseególatra en mi vida.

CAPÍTULO 6

Tonta Castaña

ELIJAH

Jamás en mi puta vida alguien había tenido la osadía de enfrentarme y que lo haya hecho una chica me enfureció demasiado.

Y no una chica cualquiera, sino *esa* chica.

¿El *Aston Martin* fue hecho para hombres? Por obvias razones lo conducía yo.

Perdí hasta el apetito, y al final comprobé que esa castaña no solo era estúpida, sino que también con muchos cojones y no, no me había decepcionado. Desde el momento en que se detuvo para enfrentar a Dylan, supe que no era una fulana más. Al principio creí que era una chiquilla queriendo llamar la atención, pero me di cuenta de que sabía de nosotros e intuí que fue Jane quien la puso al tanto. Incluso así se atrevió a enfrentarnos.

Aunque le di la razón porque Dylan se pasó de la raya esa vez, no iba a negar las ganas que tenía de matarla por haberse burlado de mí con esa estúpida reverencia. Sin embargo, por primera vez sería muy paciente, ya que estaba seguro de que mi momento llegaría pronto y la haría pagar por eso. Y cuando mi venganza llegara, me divertiría y gozaría mucho. Imaginar todo lo que le haría entonces me hizo sonreír mientras la veía caminar fuera del café con Jane.

—¡Si llego a ver un solo vídeo en las redes sobre este maldito espectáculo, haré que lo lamenten! —advertí a todos en el café.

Noté que varios sacaron sus móviles e intuí que estaban borrando las evidencias. Se habían quedado en un silencio sepulcral después de haber presenciado dicha escena, así que no tuve necesidad de alzar la voz. Muchos debían estar imaginando en cómo esa tipa pagaría lo que hizo y no se equivocaban. Para ella sería sufrimiento y para mí, una satisfactoria diversión. De eso estaba seguro, ya que nadie se burlaba de un Grigori y alardeaba luego de ello. Mucho menos se metían con un jefe y los hermanos Smith eran testigos de eso.

La tipa no tenía idea de con quién estaba tratando y no se imaginaba a la clase de demonio que había tentado. No era de los que se iba contra las chicas, pero en definitiva, ella era diferente.

Sus iris color miel me hicieron comprender que muchos problemas se avecinan con su llegada. Por un momento, su delicioso olor a vainilla me llevó a pensar en todas las cosas que podría hacer con ella en la cama. Su mirada, a pesar de que quiso transmitirme valentía, también me mostró una inocencia que me intrigó mucho, aunque su forma de ser me hizo repelerla más.

Yo iba por las chicas sumisas que siempre hacían lo que yo quería, cuando quería y como quería, y esa castaña no parecía saber lo que la palabra sumisión significaba. Al final, sus rasgos familiares para mí solo quedaban en una simple coincidencia.

—Elijah, salgamos de aquí. Estoy harta de las estúpidas miradas —espetó Elsa tomándome el brazo. Me solté con brusquedad y la miré con dureza. No me gustaba que me trataran como si necesitara que guiaran mi camino.

—LuzBel, Elsa. No lo olvides y no me toques los cojones también tú —exigí y sabía que no estaba siendo justo con ella, pero de todas formas, ¿cuándo fui justo con alguien? Nunca.

Caminé con paso firme sin mirar a nadie en el café. Las clases aún no terminaban, pero eso me importó una mierda y me fui hacia el estacionamiento para marcharme del campus. Necesitaba ir al gimnasio y sacar toda esa frustración que sentía golpeando un saco de boxeo, aunque aún con eso, creía que no me bastaría.

Una tonta castaña logró ponerme como solo una persona lo consiguió en el pasado: frustrado y muy encabronado por no haber podido quedarme con el último golpe de gracia.

Al llegar al aparcamiento, visualicé a los chicos, quienes intuí que todavía intentaban calmar a Dylan. Elsa venía detrás de mí, pero no le tomé ninguna importancia y ni siquiera tuve la amabilidad de esperar y caminar a su lado. Aunque ella tampoco lo esperaba de mi parte.

—Quiero la información de esa tipa ya —le demandé a Evan cuando llegué frente a ellos.

—Mis clases aún no han terminado —respondió, ganándose una mirada seria de mi parte—. Bien, me voy al cuartel de inmediato y te la consigo —se retractó al ver que no le estaba pidiendo un favor.

—¡Esa maldita perra me las va a pagar! —masculló Dylan con furia.

—¡Quién te manda a tocarle el culo, idiota! —lo reprendió Jacob.

—No se lo tocó, lo azotó que es diferente —bufó Evan y pude notar la molestia en su voz.

—Igual sigue siendo una maldita arrogante —se les unió Elsa y me limité a observarlos sin dar importancia a lo que decían.

—¿Vas a agregar algo tú? —ironicé hacia Connor que se había mantenido callado y se abstuvo de sonreír sarcásticamente.

—Tienes que dejar que me divierta con ella —me pidió Dylan mientras yo caminaba a mi coche.

—De ella me encargo yo —aseguré con una clara advertencia hacia ellos—. Yo soy el único que se divertirá con esa chica —recalqué para que les quedara claro a todos y no cometieran ninguna estupidez—. Y no cantes victoria, hijo de puta, porque te pasaste de imbécil y por tu culpa ahora creerán que también somos abusivos, así que ni creas que esto se quedará así —avisé y callé, refrenando lo que sea que quería decirme.

Noté su impotencia, así como la diversión en Jacob y la molestia en Evan, que me llenó de curiosidad, teniendo en cuenta que si bien Dylan se pasó de la raya, él se lo estaba tomando muy a pecho. Connor, por su parte, me observó con dudas, intentado adivinar mis intenciones. En Elsa vi el fastidio. Pero dejé de prestarles atención y me subí al coche e hice rugir el motor para marcharme de ahí rumbo hacia el gimnasio de Bob.

Después de todo, los días de clases dejaron de ser típicos y aburridos.

Luego de una larga rutina de entrenamiento y una prolongada ducha, me sentí un poco más calmado. Aún no sacaba a aquella castaña de mi cabeza y todo lo sucedido, pero ya no pensé en ello con furia. Debía admitir que hasta me causaba un poco de diversión y pensé que por fin la universidad se volvió interesante después de cuatro años.

Llevaba mucho tiempo de no tener retos en mi vida, mas ese día y con ella, llegó uno muy divertido. Y podía ser ilógico y hasta estúpido, pero de la nada me nació el deseo de hacer que esa chica se arrepintiera de haberse cruzado en mi camino.

Era algo así como una necesidad incoherente de alejarla, pero solo hasta donde yo quería, como cuando le pones la correa larga a tu perrito para darle la sensación de libertad dentro de tus términos.

«Eres un hijo de puta», me dije a mí mismo y reí divertido.

Esa misma tarde me fui al cuartel, lo llamábamos así porque era el lugar donde nos reuníamos todos los de la organización. Ahí se planteaban las estrategias y los movimientos que se harían. Entre nuestros trabajos, estaban el limpiar la mierda del gobierno, encargarnos de los malnacidos con los que ellos no podían y tratar de mantener el orden entre pandilleros y narcotraficantes que buscaban hacerse un buen mercado en la ciudad y en todo Virginia.

También le hacíamos favores a los tipos con buena pasta y el tráfico de drogas era como un pasatiempo en el que aprovechábamos para ganar más con aquellos cargamentos que desviábamos de las incautaciones que los políticos no querían notificar a las autoridades.

Al final no éramos peores que el gobierno y los millonarios, y lo mejor de todo es que los teníamos comiendo de nuestras manos.

Ya en el cuartel, me dirigí hacia la oficina de mi padre para enviar desde ahí los documentos que me pidió revisar y después entregarlos a Bartholome, un multimillonario y otro de los fundadores de Grigori. En cuanto terminé de hacer eso, me fui para el laboratorio técnico donde Evan se encargaba de hacer su magia.

—Justo iba a buscarte —exclamó el susodicho cuando me vio entrar.
—Espero que tengas lo que te pedí —sugerí con displicencia.
—Lo tengo —aseguró. Tomé asiento frente a él y esperé a que continuara—, pero la verdad no creo que te sirva de mucho. —Fruncí el ceño ante sus palabras—. Lo único que logré obtener es su nombre completo: Isabella White. Y compaginé ese apellido con el de nuestra base para descartar cualquier coincidencia, pero no apareció en la nómina. Toda su información es solo de su llegada al estado y la de la universidad. No hay rastros de su vida pasada ni de dónde estudió, dónde vivió, ni siquiera el nombre de sus padres aparece.

Todo lo que Evan dijo no hizo más que molestarme. Me fastidiaba cuando las cosas no eran como las esperaba.

—¿A qué crees que se debe? —cuestioné y pensé en muchas razones.
—Es obvio que oculta algo —aseguró.
—O se esconde de alguien —opiné y él asintió.

Desde que conocí a Isabella ese día no hice más que llenarme de intriga y curiosidad sobre ella. Esa chica se había ganado un lugar en mi lista negra y sabía por experiencia que cuando querías destruir a alguien, lo primero que se hacía era saber de su vida, pero con esa chiquilla todo se me complicaba.

Algo tendría que hacer para saber lo que quería y me reí con arrogancia al darme cuenta de que no era algo si no alguien: Jane Smith.

—Envía a Jacob y a Dylan por Jane —ordené de inmediato a Evan.
—¿Eh? —Fue lo único que logró decir al no entender mis planes.
—Si quiero saber de Isabella, ¿qué mejor que charlar con su nueva amiga? —expliqué como si fuera lo más obvio del mundo.
—Está bien, pero ¿no crees que estás buscando demasiado en la vida de esa chica? —señaló haciendo que presionara los dientes con fuerza y tensara la mandíbula.
—Si así fuera, solo obedece, Evan. Porque bien sabes que cuando se me mete algo en la cabeza no es solo por joder —aseveré con voz tranquila, pero llena de rabia, pues me cagaba que cuestionaran mis decisiones.
—También iré por ese encargo. —A ambos nos sorprendió la voz de Connor diciendo aquello cuando entró al laboratorio, pero no le di importancia y asentí.
—Espero que esta vez la traigan solo a ella y no con algún acompañante —advertí recordándoles su última misión.

Ellos sabían que podía pasarles el error una vez porque no eran perfectos, pero también eran conscientes de que no se los perdonaría dos veces, ya que no los escogí por idiotas. Los mantenía a mi lado por saber trabajar bajo mi presión. Sin embargo, en el pasado atestiguaron que no me fue difícil desechar a quien no me servía como esperaba sin importar la historia que nos uniera.

Evan, en especial, pues fue testigo de muchos de mis actos y, sobre todo, sabía a la perfección que cuando algo se me metía en la cabeza, era porque los problemas que se avecinaban podían superarnos si no nos preparábamos a tiempo y mi instinto me decía que esa chica de ojos miel auguraba eso.

Putos problemas. Así que tenía que enseñarle a esa tal Isabella a respetar y obedecer antes de que fuera demasiado tarde.

Pasé un rato esperando a que mi orden fuese cumplida. Me ocupé en muchos asuntos pendientes en la organización, así cuando Myles estuviera de regreso, notaría lo perfecto que marcharon las cosas sin que él estuviese presente.

—Tu pedido llegó —informó Evan dos horas más tarde, como si hubiese ordenado algo de comer. Asentí y salí de la oficina, siguiéndolo.

—Espero por el bien de todos que no haya habido inconvenientes —advertí gélido.

—No los hubo —aseguró con orgullo.

Entré a la sala donde la habían llevado, encontrándome a primera vista con Jacob y Dylan, quienes movieron levemente la cabeza a manera de saludo, se los devolví y elevé mi puño izquierdo a la altura de mi pecho, sobándolo con mi mano derecha, ansioso por comenzar a tener resultados en mi más reciente capricho.

Evan había entrado antes que yo y con la mano me señaló donde estaba mi *pedido*. Giré la mirada hacia allí y encontré a una muy asustada Jane junto a Connor, quien le estaba dando un vaso con agua.

Ella estaba sentada en una de las sillas que se encontraba frente a la mesa que muchas veces ocupamos como interrogatorio. Sonreí de manera maquiavélica cuando su mirada llena de terror se conectó con la mía y logré ver el temblor en su cuerpo, lo cual me causó una inmensa satisfacción, aunque más me satisfaría el día que su nueva amiga fuera quien me mirara de aquella manera.

—Nos volvemos a encontrar, Jane —dije sonriendo y haciéndole saber que el motivo para que estuviese ahí no era muy bueno.

Por lo menos no para su nueva amiga.

El aprendizaje es un tesoro que seguirá a su dueño a todas partes.

CAPÍTULO 7

Rompiendo las reglas

ISABELLA

Por desgracia, mi día no fue como lo esperaba y al final, el entusiasmo con el que me fui a la universidad desapareció en cuestión de segundos con el irrespetuoso del estacionamiento y el altercado en el café, que resultó ser con la misma persona en ambos casos.

Esos ojos de color confuso aún seguían en mi mente, sobre todo la manera en la que me miraron. Era increíble cómo una persona podía atravesarte el alma con pequeñas cuchillas, solo con el simple hecho de observarte de esa forma.

Me sentía estresada y más después de la regañiza que me dio Jane, era sorprendente que esa chica fuera una fiera conmigo, pero una gatita miedosa frente a esos idiotas. Esa actitud me hizo pensar que algo había sucedido entre ellos para que reaccionara así y me propuse averiguarlo, aunque era obvio que no lo podría hacer todavía, recién la conozco y Jane se encontraba indignada con mi actitud.

—¿Así que preferías que me quedara callada mientras ese idiota me azotaba el trasero? —reclamé y cuestioné cuando nos fuimos del café, demasiado ofendida por su actitud.

—¡No, Isa! Por Dios, no es eso. Solo entiende que te hago un favor —fue su respuesta.

Me molestó mucho la manera en la que todo el campus respetaba a esa banda como para llegar al punto de aceptar sus abusos. Trataría de evitarlos solo porque, en realidad, Jane me caía muy bien y no era mi intención matarla de un infarto con tantas malas emociones. Sin embargo, era seguro que, si alguno de ellos volvía a meterse conmigo, de ninguna manera bajaría la cabeza y mucho menos con LuzBel, quien a pesar de cómo logró intimidarme con su forma de mirarme, no me quitó la valentía. Enfrentaría cualquier cosa que me llegara de él porque ser sumisa jamás sería una opción en mi vida.

Llegué tarde a casa ese día y antes de hacer cualquier cosa, decidí llamar a Lee-Ang y contarle todo lo que me sucedió en mi *gran* primer día de clases. De nuestro grupo siempre fuimos las más rudas y entrenar a su lado me ayudó a mejorar cada técnica que nuestro maestro (su padre) nos enseñó. Ella, a diferencia de Jane, me felicitó por lo que hice y dijo que nuestra enseñanza debía ocuparse solo para hacer el bien, pero eso no significaba que si me golpeaban la mejilla derecha, como un corderito miedoso pondría la izquierda.

Me reí de su metáfora, pero también sabía que tenía toda la razón (siempre, de hecho) y le agradecía que estuviese para mí en todo momento. Antes de cortar la llamada, me informó que mi pedido había sido enviado y muy pronto lo tendría conmigo.

«Nuestros juguetes llegarían pronto».

Después de cenar y hablar un rato con Charlotte sobre mi día en la universidad, decidí ir a cambiarme de ropa y colocarme un conjunto deportivo de licra que constaba de un short y un top. Tras ponerme las zapatillas, busqué una sudadera porque el invierno seguía en su apogeo.

Estaba pensando en buscar un gimnasio para poder hacer mis entrenamientos diarios, aunque los que más me interesaban los practicaría siempre en casa.

Estando en Tokio por un año y tres meses, aprendí varias artes marciales, entre ellas: el *Ninjutsu*. Esa fue mi mayor prioridad y gracias a mi gran maestro, Baek Cho, me fue muy fácil aprenderlo. Su consejo siempre fue que tenía que ser discreta, practicar en secreto y jamás utilizar mi enseñanza para hacer el mal.

Tal cual me lo recordó Lee-Ang cuando hablamos.

El *Ninjutsu* trataba el arte de lo oculto y era por eso por lo que el maestro pidió discreción y por respetar su consejo, es que estaba decidida a dejar mis prácticas en casa.

Esperaba con ansias que mi colección de armas ninjas llegase a mis manos lo más pronto posible, las mismas que Lee-Ang se encargó de enviarme desde Tokio y que, por cuestiones de seguridad, no pude traerlas conmigo. Además, no deseaba que mi padre las viera, él estaba empeñado en que aprendiera a defenderme y casi me obligó a hacerlo, pero no le gustaba que tuviera armas en mi poder y prefería mantener aquello como mi pequeño secreto.

«Aunque con disimulo, según él, siempre dejaba armas a tu alcance».

Era extraña su actitud, pero no lo juzgaba.

Desde que sucedió lo de mi madre, mi vida cambió para mal. Yo existía, pero para el mundo no lo hacía. Tenía que ocultarme desde entonces y consideraba que no podía tener amigos porque jamás podría ser sincera con ellos. A excepción de mi padre, Charlotte, Elliot y el maestro Cho, nadie sabía mi verdadera historia y localización. Papá se encargó de borrar todo rastro de mi vida pasada para poder comenzar una nueva en ese estado.

«Aunque nuestra nueva vida no inició muy bien que digamos».

Sí, pero un mal día no hacía una mala vida… O eso esperaba.

Fui hasta el jardín trasero de casa, llevando conmigo un *bokken* (el sable de madera que utilizábamos solo para entrenamientos). Antes de comenzar los estiramientos y el calentamiento adecuado, me coloqué los audífonos inalámbricos y reproduje desde mi móvil la música que más me motivaba en esos momentos.

Cuando ya había preparado mi cuerpo, continué con movimientos de *Taijutsu*, que consistían en una serie de desplazamiento de cuerpo y combate desarmado. En cada uno que hacía, recordaba las indicaciones de mi maestro, las cuales atesoraba en mi mente con un gran valor.

Tomé mi bokken e hice los desplazamientos que me sabía a la perfección. Dos horas más tarde, me encontraba en mi cama luego de una ducha. Me sentía cansada con todo lo sucedido durante el día, incluyendo el entrenamiento. Decidí enviarle mensajes de texto a Elliot antes de dormir y, tras unos minutos, nos despedimos con el ya tradicional «te amo». Cerré los ojos, dispuesta a dormirme y prepararme para el nuevo día que me esperaba mañana.

Estaba en el salón de mi seminario tras una larga mañana. La clase estaba a punto de acabar y rogaba que lo hiciera pronto, ya que moría de hambre.

Como si mis pensamientos hubiesen sido escuchados, la alarma de la maestra sonó de inmediato y me apresuré a tomar mis cosas para salir del salón. Mientras caminaba hacia un café diferente en el que ocurrió *mi show* con aquel grupo, pensaba en lo extraño que me pareció no haber visto a Jane. Esa chica me agradaba mucho y creí que podía llegar a tener una bonita amistad con ella.

Me coloqué los audífonos y reproduje desde mi móvil *Sweet Dream* en la versión de Kat Leon, esto porque me gustaba imaginar escenarios épicos de mi vida con ella y también para pasar desapercibida de todas las miradas que recibía de los chicos que veía a medida que caminábamos. De seguro presenciaron mi desastre con los Grigoris o lo vieron en uno de los tantos vídeos que grabaron. Aunque de esto último no estoy tan segura porque no vi ninguno en las redes.

Decidí ignorar eso y me concentré en mi móvil como si fuese lo más asombroso del mundo. Cuando estuve a punto de entrar al café, no me percaté de que alguien había abierto la puerta, ocasionando que esta pegara en mi frente. Retrocedí como autoreflejo y me llevé las manos a donde recibí el golpe, soltando un sinfín de maldiciones.

«¡Ajá! Sigue escuchando música y viendo al suelo cuando caminas».

—¡Oh, mierda! Lo siento mucho —exclamó una voz varonil acercándose a mí.

—No te preocupes, también fue mi culpa —respondí quitándome las manos del rostro, dándome cuenta de que esa voz pertenecía al chico que recordaba como Evan.

Rodé los ojos al ver la mala suerte que tenía de toparme con idiotas y él pareció notarlo.

—No reacciones así ante mi presencia —pidió de inmediato—. No soy igual que Dylan —aclaró.

—Lo noté; de lo contrario, ya estarías maldiciéndome por *detenerte* amablemente la puerta —solté con evidente sarcasmo, provocando que él me regalara una muy bonita sonrisa.

—¿Estás bien?

—Oh, claro que sí. Peores golpes he recibido —repuse y de inmediato, me arrepentí al ver la duda en su rostro.

—Soy Evan —se presentó dándome la mano, la cual dudé unos segundos en tomar.

—Isabella —acepté. Su calidez envolvió la mía y miré sus ojos oscuros.

Era guapo, de cabello rubio oscuro y corto. Usaba una chaqueta de cuero y, por lo mismo, no vi si tenía tatuajes, pero sí noté un cuerpo alto y musculoso.

—Es un gusto, Isabella y perdón por lo de ayer. —Me sorprendió su disculpa.

—No tienes que disculparte, no fuiste tú el idiota —aclaré.

—De todas formas, lo siento —repitió, consiguiendo que le sonriera.

Estaba por decirle algo más cuando la puerta del café volvió a abrirse, dejándonos ver a Jacob. Él, al verme junto a Evan, se sorprendió. Abrió un poco más de lo normal los ojos y casi me asesinó con la mirada, pero lo ignoré y decidí continuar mi camino sin despedirme de Evan.

Pensé que me encontraría con Jane ahí, ya que me había comentado que también le gustaba frecuentar mucho ese café porque hacían los mejores frappuccinos de caramelo, pero no fue así y me sentí un poco extraña sin su compañía. Aunque también me preguntaba qué pudo haberle pasado para no asistir a clases.

Maldije el no haberle pedido su número telefónico.

Horas después, las clases finalizaron y agradecí no haberme topado con los otros idiotas después de Jacob y Evan..., aunque a este último había reconsiderado no tenerlo como tal. Me dirigí a mi coche y cuando estuve por llegar, me sorprendí al encontrarme de nuevo con él: Evan. Estaba semi sentado sobre el capó de un *Audi* negro, con las piernas cruzadas por los tobillos y los brazos sobre su pecho, estacionado justo al lado de mi coche.

—Hola —saludó con una sonrisa al verme.

—Hola —respondí devolviéndole el gesto.

—Bonito coche —halagó.

—No igual que el tuyo, pero gracias. ¿Esperas a alguien? —me atreví a preguntar.

—Sí, a Elsa. —Hice una mueca de desagrado sin pensarlo, me salió natural y me apresuré a llegar a la puerta de mi *Honda* para abrirlo.

—Bien, supongo que nos veremos luego —dije y él se dio cuenta de mi incomodidad ante la mención de dicha chica.

—Cuídate, Bella —se despidió y reí a la vez que negué con la cabeza por el apodo.

«Evan era un chico muy dulce y se creía un hermoso vampiro».

Estaba de acuerdo con eso.

Pasaron dos semanas en esa nueva ciudad (febrero estaba por finalizar). Fue todo entre prácticas, entrenos, estudios, visitas cortas por parte de mi padre, comidas con Charlotte, llamadas con Elliot y Lee-Ang; cosas que me hacían la vida un poco más fácil, aunque monótona.

Jane comenzó a ir de nuevo a clases luego de dos días de falta y me explicó que su hermano había estado atravesando problemas personales, los cuales ella le estaba ayudando a solucionar. La notaba un poco extraña y haciendo más preguntas de las necesarias. Me sentí culpable al responder con evasivas, pero era eso o tener que huir de nuevo y no deseaba hacerlo más.

Con los Grigori tuve la mala suerte de encontrarme de nuevo, pero esa vez evitando acercamientos. Evan seguía hablándome cuando se presentaba la oportunidad y, a pesar de que eran charlas cortas, me agradaba mucho y pude comprobar que no era parecido a sus amigos.

—Esta noche hay una fiesta, ¿me acompañas? —pidió Jane mientras estábamos almorzando en la cafetería.

—¿Dónde será? —pregunté interesada, pues la idea de volver a tener un viernes de fiesta como en los viejos tiempos me atraía.

—En una mansión a las afueras de la ciudad. Y no toma mucho tiempo llegar allí —informó.

—¿A qué se debe la fiesta? —cuestioné porque la noté un poco tensa.

—Es como una tradición para Lucas, el chico que la organiza —dijo encogiéndose de hombros—. Es una fiesta en la que invita a todos los de la universidad.

Lo pensé un poco. La verdad es que sí quería ir.

—Está bien, te acompañaré —accedí y vi la sonrisa en su rostro.

—¡Grandioso! Dame tu dirección y pasaré por ti a las nueve de la noche —pidió animada y se la di sin rechistar.

No me había dado cuenta de cuánto necesitaba hacer una buena amiga y vivir nuevas experiencias hasta que Jane se interpuso en mi camino. Y rogué para que la amistad que estaba creciendo entre nosotras durara para siempre.

Tal cual lo prometió, por la noche me recogió puntual en mi casa. En el camino, encendimos el estéreo del coche a todo volumen y cantamos como dos locas canción tras canción. Reímos y, por momentos, también aprovechamos para hablar de cosas triviales sobre nuestras vidas.

Esa noche estaba decidida a divertirme en grande con Jane, fingiendo ser solo una chica normal, con una vida tranquila y sin peligros, viviendo como si fueran mis últimos días de existencia y prometiéndome que nada ni nadie jodería mis planes.

Veinte minutos después, llegamos a nuestro destino. Me sorprendí de lo grande que era la fiesta, aunque no me importó. Iba dispuesta a divertirme y pensaba que mientras más grande era, mejor.

«¡UF! En eso te daba toda la razón».

Me refería la fiesta.

«Sí, yo también».

¡Ajá!

Jane me presentó a algunos de sus amigos en cuanto nos adentramos en la enorme casa. Enseguida comenzaba a pasarla muy bien: bailé con muchos chicos de quienes no supe sus nombres y tomé un trago a ruegos de Jane, ya que nunca me gustó el alcohol. Lo había ingerido antes, pero siempre fue en cantidades mínimas y solo para socializar.

Dos horas más tarde, todo seguía marchando de maravilla, hasta que los vi entrar a la mansión. Los Grigori de nuevo caminando con seguridad como si fuesen los reyes del mundo y vaya que odiaba eso.

«Yo hasta los imaginaba caminar en cámara lenta».
Eso era ridículo.

Esa noche, Evan iba en el medio de LuzBel y Elsa. Una chica que no había visto antes, pelirroja, de piel blanca y ojos grisáceos, caminaba tomada del brazo de LuzBel. Era más alta que yo y muy hermosa. Vestía toda de negro y su cabello estaba suelto y completamente lacio.

De pronto, mis ojos se encontraron con los de Dylan y ambos literalmente nos disparamos cuchillas muy afiladas. En su mirada, parecía estar la promesa de una venganza y en la mía, la de no dejarme. Jane se puso muy tensa cuando los vio y caminó de inmediato hacia mí (ya que se encontraba bailando con un chico), haciendo que cortara el contacto visual con Dylan.

—¡Si quieres que nos vayamos podemos hacerlo, Isa! —aseguró gritando para que pudiera escucharla por encima de la música.

Levanté una ceja y ella me observó apenada.

—Primero me animas a venir y cuando la estoy pasando bien me quieres cortar la diversión —le dije irónica—. Ya mejor dime por qué te tienen tan intimidada esos idiotas —pedí y ella abrió la boca tratando de decir algo, pero se arrepintió y negó.

—Solo no quiero que te sientas incómoda —aseguró y negué.

Evan se puso en mi campo de visión antes de que volviera a decirle algo a Jane y me sonrió con amabilidad, a lo cual respondí de la misma manera. No me dejó de sorprender que lo hiciera frente a su pandilla y más cuando lo vi caminar hacia mí.

—Hola, chicas —saludó entusiasmado—. Pensé que no vendrías —me dijo a mí y su suposición me desconcertó un poco y vi que también a Jane.

—Jane me convenció —respondí viendo que ella se puso tensa—, pero creo que ya es hora de irnos —afirmé reconsiderando mejor mi decisión de quedarme.

—¿Tan pronto? La diversión apenas comienza —explicó él con muchos ánimos.

—La mía acaba de terminar —ironicé con una sonrisa forzada.

—¿Tan mal te caigo? —Fingió tristeza y alzó una ceja. Me di cuenta de que no medí bien mis palabras.

—Claro que no, no lo digo por ti —aclaré de inmediato.

—Bien, porque no me gustaría caerte mal. —Sonrió de lado—. ¿Bailamos? —Miré a Jane y ella asintió. No le estaba pidiendo permiso, lo hice más porque no la quería dejar sola.

—Claro —acepté.

«¡Creo que le gustamos a Evan!»

Yo, en cambio, creía que el trago que ingerí le había afectado solo a mi subconsciente.

«Aguafiestas».

Mordí mi labio inferior para no reírme de la voz cantarina en mi interior y las estupideces que me susurraba en la mente.

Comenzamos a bailar y me di cuenta de lo divertido que era mi pareja, ya que me la pasé riendo por un buen rato. Evan era un chico muy mono, con buen humor y además sabía bailar muy bien. Nos hablábamos muy de cerca al oído debido al alto volumen de la música y tratábamos de mantener conversaciones que no implicaran ni mi vida privada ni la de él.

En ese momento, no me había percatado de la presencia de LuzBel cerca de nosotros hasta que Evan me hizo girar y cambiamos de posición. El tipo se encontraba en una barra improvisada, sentado en un taburete y bebiendo algunos tragos con Elsa en su regazo.

Dylan estaba a un lado de ellos y Jacob bailaba cerca con la chica pelirroja, lo que me hizo pensar que ella no era una de las conquistas de LuzBel. Este último se veía realmente guapo. El color negro era su predilecto según noté en las últimas semanas y el que lo hacía lucir tan malo y frío como de seguro era en su interior. Aunque verlo con colores claros esa noche era casi como unas buenas gotas para mis ojos: vestía con jeans azules y camisa celeste, su cabello chocolate claro estaba peinado hacia un lado con leves ondas formándose en él.

Y admito que me encantaba ver cómo sus tatuajes seguían sobresaliendo sobre la ropa. Sin pretenderlo, llegué a pensar en que, si no hubiese sido tan idiota y yo no hubiera estado en una relación, tal vez hasta podría haberme fijado en él, pero siendo quien era, eso no pasaría.

«Nunca digas nunca».

—¡La verdadera diversión dará inicio en estos momentos, señores y señoritas, así que los invito a pasar al patio trasero! —invitó Lucas.

Miré a Evan con confusión y él sonrió al notarlo.

—Jane no te comentó todo sobre esta fiesta, ¿cierto? —Y más que una pregunta, fue una afirmación.

—¿De qué habla? —interrogué.

—Son peleas —informó y mis ojos se desorbitaron con sorpresa—, lo hacen solo quienes quieren y hay diferentes tipos.

—¿Cómo cuáles?

—Hay peleas de chicas, de chicos, ajuste de cuentas, entre los ex o entre novias y exnovias. —Reí con burla por lo que dijo, pero al ver que lo hizo con seriedad, traté de no hacerlo más.

—¿Es como en la película *Never Back Down*[3]? —pregunté incrédula y asintió—. ¿Sabes que es una estupidez? —murmuré.

—Aquí es diversión y tradición —aseguró.

—¿Nunca han tenido problemas legales?

—Nos encargamos de que eso no suceda —respondió con simpleza.

«Esos tipos sí se creían con poder».

Y estaba comenzando a creer que tenían más de lo que imaginaba.

Caminamos a donde Lucas nos indicó, pasando antes por mi gabardina para protegerme del frío del exterior. Me quedé perpleja al ver la extensión de terreno que tenía esa mansión. En California había mansiones con grandes acres, pero no se comparaban a las del estado que me acogía en esos momentos.

Tal como Evan lo dijo, también vi diferentes cuadriláteros para cada pelea. Nos quedamos observando durante un rato y no iba a negar que era muy entretenido presenciar cómo algunos idiotas se prestaban para eso.

«Contemplarlo en persona era mejor que verlo en una película».

---

[3] Rompiendo las reglas en España y Rendirse jamás en Hispanoamérica, es una película estadounidense de 2008, dirigida por Jeff Wadlow. Está protagonizada por Sean Faris, Evan Peters, Djimon Hounsou, Amber Heard, Cam Gigandet y Leslie Hope en los papeles principales.

Y más divertido.

La música seguía sonando a través de unos altoparlantes colocados en todo el patio. Un chico se encontraba en una mesa con todo lo adecuado para un Dj, incluido un micrófono por el cual anunciaba las peleas.

—La batalla entre las ex y novias es mi preferida —dijo Jane con una sonrisa de emoción.

Caminamos hasta ese cuadrilátero y vimos cómo dos rubias se tiraban del cabello y peleaban con todas sus fuerzas. Al final, la ex fue la vencedora y todos le aplaudieron.

—¿Qué ganan? —pregunté curiosa.

—Nada, es una cuestión de orgullo —respondió Evan. Miré a Jane y ella solo se encogió de hombros.

Negué en repetidas ocasiones. Esas personas eran idiotas y muy locas.

—Iré un momento con los chicos —informó Evan más tarde y asentimos.

Seguimos disfrutando un rato más de cada espectáculo. Nos encontrábamos cerca de una de las tantas barras de tragos que estaban en el patio y dirigí mi mirada hacia donde se encontraban los Grigoris, que era algo así como un privado improvisado de sofás blancos, adecuado solo para ellos. No pude aguantar las ganas de reírme sarcásticamente ante eso.

Visualicé que Evan discutía con Dylan y este último solo sonreía. LuzBel los miraba con fastidio, como un papá cansado de las tonterías de sus hijos. La chica pelirroja los miraba con diversión. Luego de eso, Dylan y la pelirroja caminaron hacia uno de los cuadriláteros. Evan bufó con rabia y LuzBel lo fulminó con la mirada.

Como si Evan hubiese sabido que yo los observaba, miró hacia mí y me sonrió apenado, pero no comprendí la razón.

—¡Bueno, atención todos! —pidió Lucas a través del micrófono—. Tenemos lista una batalla de ajuste de cuentas —dijo con ánimos, siendo como un animador de fiestas o eventos parecidos. Todos gritaban con emoción.

Vi a Dylan arrebatarle el micrófono para hablar él.

«¡Imbécil maleducado!»

—¡Bien, bien! Como ya todos saben, hace unos días una… *chica* tuvo la osadía de enfrentarnos en la cafetería —comenzó hablando con esa sonrisa psicótica en el rostro que lo caracterizaba y viendo directo hacia mí—. Prometí que me las pagaría y yo cumplo mis promesas. —Jane me tomó del brazo al escuchar tal cosa y me dejó sentir que comenzó a temblar al entender de qué se trataba todo eso—. Esta batalla es una buena oportunidad para cobrármelas. —Todos comenzaron a gritar con emoción y me miraron curiosos por mi reacción—. Por obvias razones, no puedo luchar contra ti, ya que soy hombre —aseguró señalando con orgullo su entrepierna y algunas chicas le gritaron, emocionadas.

A manera personal dudaba que lo fuese y sonreí con burla.

—Pero aquí, mi querida Tess tomará mi lugar —informó y noté a la chica retándome con la mirada.

«De seguro era otra loca al igual que él».

Sentí una risa interna, pero al mismo tiempo, una ira recorrerme ante todo esto. Odié pasar por eso, ya que cuando me enojaba dejaba de pensar con raciocinio y no medía mis palabras.

—¡Tanto miedo tienes de enfrentarme tú! —grité con una sonrisa burlona y vi cómo su rostro se descompuso a causa de la rabia que le provocó lo que había dicho, sobre todo cuando los demás gritaron con burla—. Acepto el reto, pero que sea contigo —devolví con tranquilidad el desafío y si las miradas mataran, en esos momentos, habría estado bajo tierra con las que él me dedicaba.

«¿No que solo los idiotas se prestaban a eso?»

Ese no era un buen momento para que me dieras buenos consejos, maldita conciencia.

—Va contra nuestras leyes, así que acepta pelear conmigo —pidió la chica—. Hazlo fácil y acabemos con esto. —Su voz era dura y su mirada fría, la cual se me hizo muy familiar.

—¿Y tú qué ganas? —cuestioné. Evan había dicho que era cuestión de orgullo, pero ni siquiera la conocía.

—Solo diversión —respondió tajante y con una sonrisa malvada.

—Lo siento, Isa —susurró Jane a mi lado y me desconcertó que me pidiera disculpas.

«Tonta chihuahua».

—No es tu culpa —dije con seguridad.

—Yo te traje.

—¿Y qué? Ni tú ni yo sabíamos que ellos estarían aquí —aseguré y vi sus ojos cristalizarse.

—Tess puede ser muy mala —musitó con miedo y odié que se sintiera así.

—Jane, todavía no me conoces —señalé amable—. No te preocupes por mí.

—Ya basta de lloriqueos. Aceptas sí o sí —advirtió la pelirroja y me enfureció que quisiera ordenarme.

—Acepto —confirmé segura e irguiendo los hombros—. Si quieres diversión, te la daré —agregué de la misma manera en la que ella me había hablado antes—. Ya veremos quién termina con lloriqueos. —Sonreí satíricamente sin dejar de verla.

Vi una sonrisa macabra en su rostro como respuesta.

«Bueno, había llegado la hora de practicar entonces».

Así era.

Quedarse con lo conocido por miedo a lo desconocido, equivale a mantenerse con vida, pero no vivir.

CAPÍTULO 8

Grave error

ELIJAH

Mi trato con Jane fue claro y si ella hacía todo como se lo pedí, quedaría salvada junto a su hermano de mi castigo. Ellos sabían que no se podían meter conmigo sin pagar las consecuencias y tenían mucha suerte de que mi interés en esa chica nueva les diera la oportunidad de obtener mi clemencia.

Sin embargo, jamás me caractericé por ser paciente y comenzaba a hartarme que después de dos semanas, Jane no lograra nada. Y para acabar de joder mis nervios, mi adorada hermana estaba de regreso. La amaba, pero tenía la capacidad de sacarme más que cualquiera el demonio que llevaba dentro con sus caprichos y juegos tontos.

—¿Quién es esa chica que ha puesto ese brillo en tus bonitos ojos? —preguntó Tess a Evan. Este negó y sonrió nervioso por la pregunta.

Tonta zanahoria entrometida.

—No es nadie —respondió, sin creerse él mismo su respuesta.

—Sabes que lo voy a averiguar de todas formas, así que mejor dímelo tú —advirtió mi hermana con picardía.

Harto de sus estupideces, salí del cuartel y me fui.

Esa era otra de las cosas que me tenía con un humor de mierda: el acercamiento de Evan con esa chica. No me gustaba para nada. Él sabía que Isabella se había convertido en nuestra enemiga hasta ese momento, no solo por su estupidez en el café, sino también por el misterio que envolvía su vida.

Misterio que me estaba carcomiendo mucho y no me agradaba.

Esas dos semanas, Evan se la pasó buscando excusas para acercarse a la castaña y la más tonta que me dio para que no lo cuestionara fue que estar cerca de ella era una buena manera para sacarle la información que queríamos.

No soy estúpido y era evidente que su objetivo era otro, pero estaba idiota, puesto que era obvio que el único que se encargaría de esa chica sería yo. Así que por su bien, no le convenía verla de otra manera porque de ser así, solo él sufriría.

La mañana en la que se cumplía el plazo que le di a Jane para saldar la deuda de su hermano había llegado.

Antes de entrar a clases y después de haberme asegurado de que Isabella todavía no llegaba, intercepté a Jane, la cogí del brazo y la llevé a un lugar del campus alejado de todos. Gimió por mi arrebato, pero no dijo nada. La hice caminar y sentí el temblor de su cuerpo ante el terror que sentía hacia mí y eso me provocó sonreír por dentro y regocijarme de placer.

La solté de forma un poco brusca, haciéndola quedar frente a mí. Tenía que aceptar que me gustaba mucho verla de aquella manera. Esa miedosa tenía mucho que aprender de su nueva amiga.

—El plazo se vence hoy, pequeña miedosa —musité con burla y vi que sus ojos se cristalizaron—. ¿Tienes el dinero o la información? —cuestioné gélido. Jugó con sus manos y noté cuando mordió su labio para evitar llorar.

El terror se hizo más evidente y creo que hasta perdió la capacidad de hablar.

—¿Eres muda? —espeté con furia, haciendo que diera un respingo. Negó y una lágrima escapó de sus ojos—. ¿No? —Ladeé un poco la cabeza, viéndola de manera malvada, jugando al gato y al ratón.

Pero ella no era un ratón listo y yo no era el típico gato juguetón. Así que tomé su barbilla con fuerza y la hice verme a los ojos.

—¡Habla de una maldita vez porque no soy paciente y lo sabes! —advertí sonriéndole de forma psicótica.

—A-aún… m-me falta… p-parte del dinero —logró responder titubeante y muerta del miedo— y no… h-he logrado… sacar-le información a Isa. —Hice un poco de presión en su mandíbula, consiguiendo que sintiera que no estaba para nada feliz con su respuesta—. Lo siento, LuzBel, pero Isa no suelta nada por más que pregunto. Por… favor, no me hagas daño —suplicó y aflojé mi agarre.

Si esa chica hubiera sido de mi agrado, quizá la hubiese castigado de otra forma, pero no era el caso.

—Bien, preciosa, haremos algo —dije acunando su rostro entre mis manos para que así me mirara directo a los ojos. Ya no tenía por qué darle otra oportunidad, pero la miedosa tenía la suerte de estar cerca de mi objetivo y eso la ayudaba mucho—. Te doy hasta esta noche, no más, Jane —advertí—. Llévala a la fiesta de hoy en casa de Lucas y aprovecha tus oportunidades, porque te juro que no quiero pasarme contigo.

No la dejé responder ni asimilar mis palabras. Di la vuelta dejándola ahí parada y llena de terror, escuchando claramente cuando soltó todo el aire que estuvo reteniendo.

Sonreí socarrón, disfrutando del efecto que provocaba en las personas.

—Ya está todo listo para la fiesta de esta noche —informó Jacob cuando estábamos en el cuartel.

—Jane avisó que sí logró convencer a Isabella para que la acompañe —dijo Evan con cierta emoción, provocando que alzara mi ceja y lo viese directo a los ojos.

—¡Es ella quien te hace brillar los ojos de esa manera! —chilló Tess, cagándose mi humor.

—Pero de nada le sirve —solté con voz dura—. Esa chica no es para ti —aseguré y seguí viéndolo con toda la ira que sentía por dentro.

—¿Y para quién sí lo es? —interrogó Tess observándome con curiosidad y diversión.

—Para nadie de mi organización —aseveré—. Así que más te vale que no te ilusiones con ella —amenacé mirando a Evan.

—No lo hago. Solo somos amigos —aclaró con enojo—. ¡¿Qué?! ¿Me lo vas a prohibir también? —me retó. El hijo de puta se quería hacer el valiente conmigo.

—Mientras no busques algo más, no me importa si la quieres de comadre —declaré.

Esa noche sería la fiesta de bienvenida en casa de Lucas, era una pantalla que utilizábamos cada año. Todos pensaban que era él quien la ofrecía, pero en realidad, estaba organizada por nosotros.

Llegamos a la fiesta cuando estaba repleta de estudiantes bailando, bebiendo y algunos drogándose con la mercancía que utilizábamos como fachada para atraer a los malos. Y, para mala suerte de Elsa, Tess había tomado su lugar a mi lado. Ellas nunca se la llevaron bien, pero se toleraban solo porque pertenecíamos a la misma organización.

Tess no era parte de ella, pero por ser hija del jefe se le tomaba en cuenta como tal.

Al estar ahí, todos pusieron su atención en nosotros, algunas chicas observaban a Tess y Elsa con envidia, otras con admiración y respeto, al igual que los tipos miraban a los idiotas que me acompañaban siempre. Sabía que muchos querían formar parte de mi círculo de allegados, pero no todos tenían esa suerte.

De soslayo, vi a Jane e Isabella, quienes se encontraban bailando, confirmándome así que la preciosa Jane intentaba cumplir su parte del trato. Sin embargo, todo el buen humor que intentaba tener se esfumó a la mierda al ver cómo Evan se fue directo hacia la castaña y ella lo recibió con alegría y un tanto sorprendida al notar que él la buscó sin importarle nuestra presencia. Estaba comenzando a fastidiarme la actitud de ese idiota y tendría que hacer algo para evitar que las cosas se salieran de mis manos.

Nos sentamos frente a una de las barras que estaban dentro de la mansión y pedimos unos tragos. Después de unos minutos, Tess se fue a bailar con Jacob, dejándonos a Dylan, Elsa y a mí bebiendo un poco. Connor no pudo llegar con nosotros, ya que se estaba encargando de otras cosas que le pedí esa tarde.

—¿Vamos a bailar? —pidió Elsa con su tono meloso.

—Ve con Dylan si quieres —hablé lacónico. Ella siempre era así de cariñosa, pero a mí me empalagaba demasiado aquello.

—Quiero bailar contigo, no con él —bufó y la ignoré.

A lo lejos, vi que una hermosa rubia me guiñaba un ojo y solo le levanté el vaso con mi bebida a manera de saludo. Elsa lo notó y presencié cómo la furia se apoderó de ella.

«Y ahí va», pensé.

—¡No quieres ir a bailar conmigo, pero sí con ella! —espetó molesta, entendiendo mal la situación.

—No quiero bailar con nadie y a esa rubia solo deseo quitarle la ropa y pasar un buen rato entre sus piernas —bufé con cinismo, aclarando lo que de verdad quería hacer.

—¡Eres un hijo de puta! —aseveró con ira. Me encogí de hombros e intenté sonreír.

Ella sabía que lo era, ¿por qué se quejaba?

—Pero así te gusto —repuse con arrogancia. Rodó los ojos y negó frustrada.

—A veces te odio y lo digo en serio —musitó más para sí misma y reí—. No sé por qué me gustas si eres tan idiota —siguió intentando no reír. Las cosas entre ambos estaban claras, pero a veces tenía que recordárselas.

—¡Ya! Déjate de tonterías y ven aquí —pedí invitándola a sentarse en mi regazo. Aceptó de inmediato con una hermosa sonrisa en el rostro.

Eso era lo que a ella le encantaba: ser la envidia de todas y me gustaba darle ese gusto de vez en cuando.

Visualicé a Evan y a la castaña, estaban bailando frente a nosotros. Ella reía con las cosas que él le decía al oído y se miraban con diversión. Los movimientos de Isabella eran suaves, sencillos y sensuales.

Negué de inmediato en mi mente ante tal pensamiento y traté de no fijarme más en ellos, aunque mi mirada fue traicionera y se me hizo imposible. Esa tipa era muy hermosa y lucía muy bien con cualquier ropa que usara por muy simple que fuera. Y si su actitud no hubiese sido tan soberbia y altanera, creo que hasta habría terminado por llevármela a la cama y hacerla pasar el mejor rato de su vida. Pero no, ella no era mi tipo. Tenía que convencerme de eso.

Nos fuimos hacia el patio luego de que Lucas anunció el momento más esperado por todos. Al principio siempre me negué a las peleas, pero Tess y Dylan juntos podían llegar a ser muy fastidiosos y al final, mi hermana siempre lograba lo que se proponía. La idea de las peleas fue de ellos dos después de ver una película y nunca creí que hubiese sido tan aceptada por todos.

Vaya que estaban locos.

Tomamos nuestros lugares en los sofás que fueron colocados simulando un privado. Tess y Dylan discutían algo, pero no les puse demasiada atención porque me hartaban.

—¿Esta noche te irás conmigo? —preguntó Elsa.

—Sí —respondí sin mucha importancia. La vi sonreír.

Evan llegó a donde nosotros estábamos y no sabía por qué sentía las inmensas ganas de molerlo a puñetazos.

—Qué bueno que llegas. Ya estaba harto de verte fraternizar con el enemigo —reclamó Dylan y él solo rodó los ojos.

—Será enemiga de ustedes porque mía no lo es —musitó con una sonrisa de idiota.

De verdad quería molerlo a puñetazos.

—Bien, como sea —repuso Dylan sin importancia—. Tenemos algo que decirles —informó y le miramos para que continuara—. Todos aquí saben que si alguien se atreve a meterse con uno de nosotros las paga muy caro y esa tipa todavía no lo hace —habló refiriéndose a Isabella—. Quiero cobrar venganza en las peleas —pidió haciendo que lo mirara con incredulidad ante tal estupidez.

—¡¿Quieres pelear con ella?! —espetó Evan de inmediato con molestia.

—¡Yo no, idiota! Tess sí —dijo orgulloso haciendo que mi hermana sonriera con emoción.

¡Joder! Esos dos eran peligrosos cuando estaban juntos.

—¡Eso es peor! LuzBel, no lo puedes permitir —aseveró Evan hacia mí—. Todos sabemos que Tess sabe defenderse y es una maldita loca cuando decide pelear con alguien. No se mide y no se detiene hasta casi matarlos. Eso no sería una pelea justa.

Y lo sabía a la perfección.

—¡Ey! Estoy aquí, idiota. Cálmate, hombre. Prometo no lastimarla... tanto —destacó ella con picardía.

Sabía que Evan tenía toda la razón y no sería una pelea justa, pero también pensé que era necesario que esa chica supiese que no podía hacer las cosas y quedarse como si nada, sería un mal ejemplo para todos si lo permitíamos.

—Hagan lo que quieran. Estoy harto de que esa tipa sea el centro de conversación —solté con notable molestia, dando mi consentimiento, pero a la vez queriendo lavar mis manos.

Vi a Dylan reír y noté la emoción de Tess; asimismo, percibí la mirada llena de furia e impotencia de Evan, pero solo me encogí de hombros y los dejé que hicieran lo que deseaban por esa noche. Al menos lo que deseaban Dylan y Tess.

—¿Estás seguro de esto? —cuestionó Jacob.

—Pienso que será bueno que esa tipa se dé cuenta de que no puede meterse con nosotros —opinó a mi lado Elsa muy satisfecha. Los ignoré.

—Sé consciente de que esa chica no sabe defenderse. No quiero más problemas —advertí a Tess y ella sonrió.

Jamás habíamos tenido ningún problema. Sin embargo, no saber nada de esa castaña me hacía sentir inseguro. En parte, no pude dejar de sentirme como un maldito ante lo que acababa de permitir, pero al final, a mí nunca me importaron las consecuencias de mis actos y eso no comenzaría a cambiar a esas alturas.

Minutos después, reí con sarcasmo al presenciar cómo Isabella podía llegar a ser tan presuntuosa e impertinente. Desde que llegó no había hecho más que sorprenderme. Se opuso a Dylan como si fuese la reina de la UFC,[4] y admitía que por dentro deseaba que no aceptara pelear con Tess, ya que iba a ser una lástima ver su hermoso rostro lleno de moratones, pero con cada palabra que salía de su boca, no hacía más que ganarse el odio de todos. Incluido el mío.

Pero me quedé tieso al ver que se atrevió a aceptar pelear con mi hermana. En definitiva, esa chica no sabía en lo que se había metido.

—Esta será mi noche favorita —exclamó Elsa a mi lado con mucha euforia.

—Esto es una locura —renegó Evan detrás de mí.

—Está más que claro que esa chica tiene más huevos que yo —musitó Jacob con admiración.

—Es porque no sabe en lo que se ha metido —señalé sonriendo de lado.

Evan se fue de inmediato al encuentro de la castaña, creí que para convencerla de que desistiera, pero con lo poco que la había llegado a conocer, supe que esa chica no daría su brazo a torcer y más después de haber visto que Jane le lloraba con culpa.

Tensé la mandíbula al ver cuando Isabella besó a Evan en la mejilla sin ningún descaro después de que él le hubiese dicho algo. Odié que se comportaran de esa manera.

Sin pudor o pena alguna, Isabella se deshizo de su suéter de lana y la gabardina; se los entregó a Evan quedándose solo con un sostén negro que parecía top deportivo, permitiéndonos ver a todos su estilizada y esbelta figura. Tampoco le importó el frío que nos acompañaba esa noche.

Miles de pensamientos se cruzaron por mi cabeza al verla de aquella manera y me obligué a deshacerlos de inmediato. Evan insistió y la tomó de la cintura y, como acto reflejo, apreté los puños y me tensé.

—¿Te molesta lo que ves? —interrogó Elsa con burla, logrando que la mirase sin expresión alguna, deseando que cerrara la boca y no me hiciera enojar más.

—Y si fuera así, ¿qué? —inquirí sin mirarla.

En mi periferia noté que alzó la barbilla y miró hacia el cuadrilátero.

—Te confieso que la detesto no solo por su actitud de *nadie se mete conmigo porque les daré una lección,* sino también porque me recuerda demasiado a…

—Cuida muy bien lo que dirás, Elsa —le advertí y la escuché bufar, pero calló. Perfecto.

Isabella subió al cuadrilátero improvisado minutos después y Lucas le ayudó a colocarse unos guantes de MMA[5] negros. No sé por qué puta razón comencé a arrepentirme de haber permitido eso, pero mi orgullo no me dejó ir y detener todo.

---

4 La Ultimate Fighting Championship (UFC) es la mayor empresa de artes marciales mixtas en el mundo, que alberga la mayor parte de los mejores peleadores del ranking en el deporte y produce eventos por todo el mundo.

5 Guantes de artes marciales mixtas, son los guantes reglamentarios que los practicantes de este deporte utilizan durante las peleas. Pesan entre 4 y 6 onzas y están diseñados para proteger al individuo que los viste, pero deja los nudillos y dedos libres para maniobras de agarres o las sumisiones.

Cuando las dos estaban preparadas, se les informó que no había reglas y ganaba la que quedara en pie, aunque eso Tess ya lo sabía porque eran sus reglas; sin embargo, Isabella, no.

—Te apuesto diez de los grandes a que gana Tess —propuso Elsa a Jacob.

—No vale apostar cuando ya sabes de sobra quién ganará —respondió él.

Dejé de prestarles atención y me concentré en las dos chicas frente a mí. Tess también se había despojado de su suéter y se quedó en top negro al igual que Isabella. Mi hermana la miró con arrogancia y le sonrió con displicencia, invitándola a que le atacara primero.

Isabella le hizo señas con una mano para que fuese ella quien atacara y le sonrió de la misma manera cuando adoptó una postura de combate que me hizo abrir demás los ojos.

¡Joder! A lo mejor mi hermana acababa de meterse en una buena cagada porque esa pose y la actitud de Isabella me dieron la impresión de que sabía defenderse y no solo con palabras.

Tess fue la primera en arrojarse con una de sus técnicas y me quedé sorprendido al ver que para la castaña fue muy fácil esquivarla. Mi hermana reaccionó dándose cuenta de que no tendría una pelea fácil y le dijo algo que no alcancé a escuchar. Esa vez, Isabella arremetió dándole un puñetazo a Tess en el hombro derecho, logrando hacer que retrocediera. De inmediato, mi hermana se reincorporó y atacó, pero de nuevo la castaña logró evitarla y noté que la paciencia de Tess se iba acabando, dándole paso a la frustración.

Una vez más, Isabella le hizo señas con las manos para animarla a atacar y ella respondió enseguida, logrando darle una patada en el estómago, pero antes de que mi hermana consiguiera apartar su pierna del cuerpo de la chica, la aludida la agarró derribándola al suelo.

Sonriendo con arrogancia, Isabella le ofreció una mano para ayudarla a ponerse de pie, Tess se negó con rotundidad y se levantó por su cuenta. En ese momento, confirmé lo que ya temía antes: mi hermana la había cagado.

Isabella sabía defenderse muy bien y comprendí por qué actuaba tan segura de sí misma. Sonreí por mi entendimiento y lo hice de verdad al ver tal espectáculo.

—Sabes, Elsa, mejor sí apuesto quince grandes a que gana Isabella —ofreció de pronto Jacob.

—¡Eres un imbécil! —espetó ella con fastidio.

La pelea continuó con una Tess muy enojada y comenzando a volverse una maldita loca como dijo Evan. Pensaba mejor sus movimientos y con eso logró acertar algunos golpes, aunque no de la manera que ella pretendía.

Sus técnicas eran de las artes marciales que había aprendido y con sorpresa, noté que Isabella le respondía con unas mucho mejor trabajadas. Todos gritaron cuando la castaña dio un puñetazo a Tess en la nariz, obligándola a retroceder. El líquido carmesí comenzó a salir por las fosas nasales de mi hermana y vi que Isabella le dijo algo y, sin esperar respuesta, se dio la vuelta para dar así por terminada la pelea.

Grave error, Bonita.

Tess, al verse de esa manera, sacó de su bota su amada navaja en un movimiento rápido y todos se sorprendieron por dicha acción, incluido yo. Eso no era parte del plan y estaba a punto de ponerme de pie e ir hacia allí para detener la pelea cuando

Isabella se dio la vuelta y no se inmutó ante lo que veía; por el contrario, sin que nadie se lo esperara, hizo un desplazamiento loco el cual reconocí como técnica de *Taijutsu* y la desarmó de inmediato, haciéndola caer al suelo.

Todos gritaron eufóricos al ser claro quién era la ganadora. El pecho de las dos subía y bajaba con meneos acelerados provocados por el cansancio de la pelea. Pensé que Tess estaría humillada y tendríamos uno de sus épicos berrinches luego, pero por lo que estaba presenciando, las sorpresas no acababan y vi que mi hermana se puso de pie y le dijo algo. La castaña asintió y respondió. Tras eso, Tess se inclinó en una reverencia que significaba respeto en la cultura japonesa.

Vaya mierda la que estaba pasando.

Isabella le correspondió y luego se dieron la mano. Negué con un poco de diversión al ver que ahora no solo sería Evan, sino también ella a quienes tendría que soportar con su admiración hacia Isabella. La furia de Dylan fue evidente y en Elsa igual. Jacob solo observaba, todavía sin creer lo que había presenciado y Evan, ese idiota estaba lleno de emoción y orgullo.

Mi expresión seguía siendo desinteresada, aunque por dentro todavía me costaba creer lo que vi. De cierta manera, me sentí un poco más relajado. Una magnífica idea llegó a mi cabeza entonces y sonreí para mí mismo, decidido a echarla a andar.

—Ve por Jane, llévala al sótano y asegúrate de que Isabella se dé cuenta —ordené a Jacob, quien me miró sin comprender, pero no me cuestionó nada. Asintió y fue a cumplir mi orden—. Tú, asegúrate de que todos se vayan de inmediato. Hazlo de la forma escandalosa y luego te quiero armada en el sótano —dije hacia Elsa y, aunque sabía que ella sí quería cuestionarme algo, me di la vuelta y me marché de ahí sin darle la oportunidad.

Pasé al lado de Dylan y le informé de las órdenes.

—Asegúrate de que Isabella logre dar con su amiga —pedí y me fui directo al sótano.

Esa noche mi plan salió mejor de lo que imaginé.

CAPÍTULO 9

Pequeña miedosa

ISABELLA

Acepté pelear con esa chica porque ya estaba harta de la superioridad que esa banda tenía. La manera en que veían a los demás como menos que ellos me hicieron querer darles su merecido.

«Y también porque te dejaste ganar de la idiotez».

Al menos esperaba sacar algo bueno de mi arrebato.

No era de las que buscaban problemas, pero tampoco me quedaba de brazos cruzados si ellos me buscaban a mí y sabía que eso tarde o temprano sucedería al haber enfrentado a Dylan como lo hice.

«¿Y si esa chica te pateaba el culo?»

Era posible, pero como alguien cobarde no iba a quedar.

Caminé decidida al cuadrilátero después de tranquilizar un poco a Jane. Me intrigaba mucho que ella se sintiera tan culpable por todo, pero debía entender que no todo era su culpa y había cosas que debían pasar por ella o porque el destino así lo quería, o al menos eso decía papá: *«las cosas que tienen que ser, serán con o sin ayuda de nadie».*

Vi que Evan caminó a mi encuentro y, a pesar de que él pertenecía a la misma pandilla de LuzBel, algo me dijo que no estaba de acuerdo con eso y comprendí por qué fueron esas miradas que les dio a todos.

—No tienes por qué hacer esto, Isa —señaló llegando a mí.

—Sí tengo y quiero hacerlo —aseguré.

—Por favor, no lo hagas. —Me sorprendió la súplica en su voz.

—¿Te preocupas por mí? —cuestioné haciendo que me mirara indignado.

—¡Claro que lo hago! No tienes que dudarlo —aseveró y noté la sinceridad de sus palabras.

Sin pensarlo, besé su mejilla en un acto reflejo que logró que se quedara pasmado.

—No lo hagas —dije y me quité el suéter junto a la gabardina y se los entregué. Sus ojos se abrieron demás al verme solo en top—. Sé defenderme, Evan. —Continué mi camino, pero me detuve cuando me cogió de la cintura.

—Tess sabe lo que hace y está muy bien entrenada. No quiero que te lastime, Isa —insistió.

—Ten un poco de fe en mí —sugerí y seguí andando sin esperar respuesta.

De soslayo e intentando que LuzBel no lo notara, lo descubrí mirándome fijamente, asombrado porque hubiese aceptado aquel reto y molesto quién sabía por qué.

Subí al cuadrilátero y vi la diversión en Tess. Ella también se despojó de su suéter, quedando en top negro como si fuese un uniforme para ambas.

Lucas me ayudó a ponerme los guantes y nos dio algunas indicaciones, cosa que intuí que la pelirroja ya sabía. Tomé posición de combate y Tess hizo lo mismo.

Con su mano derecha me invitó a atacar primero y sonrió con arrogancia. En ese momento, pensé en que solo era una fanfarrona con la que me divertiría poniéndola en su lugar e hice lo mismo que ella, incitándola a atacarme primero. Obedeció con rapidez, cual niña buena, por lo que su primer ataque llegó y lo esquivé de manera perfecta. La chica se dio cuenta de mi movimiento y lo reconoció.

—Esto será divertido —sentenció. No respondí.

Claro que lo sería y la diversión iba a ser mía.

Esa vez fui yo la que atacó y logré darle un puñetazo en el hombro. Supe que la había sorprendido y deduje que su paciencia se agotó cuando tiró una perfecta patada que, con toda intención, dejé que diera a un costado de mi abdomen. Antes de que se alejara, la tomé y la hice caer al suelo.

Le sonreí de la misma manera que tanto hizo antes y le ofrecí ayuda para que se levantara, pero como era de esperarse, se negó y se puso de pie por su cuenta. Ese orgullo suyo era demasiado familiar.

Tess ya se había enojado y ese fue uno de los errores más grandes que cometió. Pensó mejor sus ataques y aunque logró acertar algunos, no lo hizo de la forma que esperaba y mis movimientos fueron mejores.

Satisfecha conmigo misma y de lo que ya le había demostrado, decidí prepararme para dar el golpe final y así acabar con esa estupidez, esperando con eso que ella y todos los idiotas Grigoris se diesen cuenta de que era mejor no meterse conmigo.

«Y de paso querías lucirte ante el demonio de ojos color tormenta».

Una tormenta es lo que iba a tener él en su vida si seguían jodiéndome.

En lo que Tess siguió queriendo golpearme, se descuidó y aproveché para darle un puñetazo a su nariz. Retrocedió y se llevó una mano a ella, dándose cuenta de que la sangre comenzó a salir de una de sus fosas nasales.

Todos gritaron eufóricos y de soslayo, vi que Dylan maldijo ante lo que estaba viendo.

«¡Ja! Sí idiota, te metiste con la chica equivocada».

—Creo que ya fue suficiente —zanjé y me di la vuelta para salir del cuadrilátero.

Ambas estábamos cansadas y por experiencia sabía que Tess ya no se recuperaría fácil.

«La lección había terminado».

Miré a todos sorprendidos en cuanto me giré y algunos asustados de lo que veían a mis espaldas. Dylan sonrió de manera malvada y me di cuenta de que fue un error darle la espalda a la chica cuando era claro que se encontraba muy frustrada y enojada.

Me giré de nuevo y la encontré con una hermosa navaja. Me sonrió con maldad, pero eso a mí no me asustó y antes de que pudiese reaccionar, me abalancé sobre ella y con un golpe de mano con mano, hice que aflojara el arma y me apoderé de ella a la vez que golpeé la parte de atrás de su rodilla con mi pie, logrando que cayera al suelo de inmediato.

«¿Creías que sería fácil, chica de fuego?»

Mi pecho subía y bajaba por el cansancio. Todos volvieron a gritar eufóricos y me quedé ahí, alerta a cualquier movimiento de Tess. Retrocedí un poco con la navaja en la mano, dándole espacio para que se pusiera de pie y entonces no vi más enojo en ella, sino sorpresa.

«De verdad que estaba loca».

Muy de acuerdo contigo en eso.

—Lo que acabas de hacer solo lo he visto en una persona —comenzó a hablar ganándose mi atención. Estaba entre sorprendida e incrédula—, y según lo que me di cuenta estando en Tokio, es que solo una chica ha logrado dominar la técnica del maestro Baek Cho. —Mis ojos se abrieron demás ante la mención de mi maestro y mi mente voló unos segundos a los recuerdos que guardaba de mis entrenamientos con él—. No la conocí, pero se habla mucho de ella en su academia. —Sonreí de lado al deducir todo—. ¿Eres la «Chica americana»? —Reí de nuevo al escuchar el sobrenombre que mi maestro me dio.

—El aprendizaje es un tesoro —comencé a decir, recordando cada día de entrenamiento que inicié con aquel mantra. La vi sonreír y fue sincero.

—… que seguirá a su dueño a todas partes —terminó por mí el lema del maestro Baek Cho.

—El mundo es muy pequeño —murmuré al darme cuenta de que estaba frente a otra de las alumnas del maestro.

—Siempre quise conocerte y creí que jamás lo lograría. Y las circunstancias me han llevado incluso a luchar contra ti —exclamó con orgullo y me hizo sentir demasiado bien su actitud—. ¡Maldición, chica! Juro que quiero abrazarte —confesó y con la mirada le pedí que no lo hiciera porque esa era una parte de mi vida que esperaba mantener en secreto.

«Toda tu vida tenía que mantenerse en secreto, Colega».

Cierto.

—Espero que me guardes este secreto —pedí y ella asintió haciendo una reverencia a la cual respondí de inmediato.

—Seré una tumba —aseguró y le ofrecí la mano. La tomó, nos dimos un apretón firme y le devolví su navaja.

—Es bueno encontrar a una compañera lejos de Tokio —comenté sincera y antes de que ella respondiera, Dylan la interrumpió.

—Tenemos que salir de aquí, Tess. —Ella lo miró con desconcierto, pero le obedeció de inmediato.

Antes de bajarme del cuadrilátero, escuché gritos desesperados seguido de disparos. Me puse alerta y busqué de inmediato a Jane, pero no la encontré y comencé a preocuparme. Evan tampoco estaba por ningún lado y, aunque supe que no debía asustarme por él, no pude evitar buscarlo con la mirada.

«¿No que tenían todo bajo control?»

Me hice la misma pregunta.

Logré verlo correr hacia adentro de la mansión de Lucas y sentí alivio al comprobar que estaba bien. Todos seguían gritando y comencé a desesperarme al no encontrar a mi amiga. Sin embargo, mi corazón se aceleró al ver cómo Jacob la llevaba hacia adentro en contra de su voluntad. Jane se retorcía y me asusté al presentir su peligro. Corrí en su dirección y, aunque llevaban mucho margen de distancia, no me rendí y seguí corriendo.

«Vaya que esa chica tenía muy mala suerte».

Ignoré el sarcasmo de mi conciencia.

Al entrar a la mansión, los perdí de vista y me frustré demasiado. Escuché un grito de súplica y la reconocí de inmediato. Corrí en dirección del sonido, pero no vi a nadie. ¡Maldición!

—¿Buscabas a alguien? —preguntó Dylan a mis espaldas. Me giré con rapidez y lo fulminé con la mirada.

—¿Dónde está? —exigí saber con la voz llena de rabia.

—¿Y crees que te voy a responder a eso? —cuestionó con su insoportable arrogancia.

—¡Maldita sea, Dylan! ¡No agotes mi paciencia y dime ¿dónde está?! —demandé haciendo que soltara una carcajada llena de burla.

—Si tuvieras más respeto por tus superiores con gusto te lo diría —se burló, provocando que la ira me recorriera.

—¡Hijo de puta! ¡Si no me lo dices por las buenas te lo saco a las malas! —amenacé logrando que se enfadara y su risa burlona se borrara.

Por discutir con ese idiota, no me di cuenta cuando Jacob se puso detrás de mí y me aprisionó los brazos con los de él. No me habría sido difícil sacármelo de encima. Sin embargo, me contuve al escuchar lo que me dijo.

—Yo te llevaré con tu amiga, pero tengo que tomar mis precauciones. —No dije nada y solo caminé junto a él después de que me soltara.

Nos dirigimos a una parte de la mansión muy escondida y luego bajamos por unos escalones hasta llegar a un gran salón. Todo ahí era oscuro: había luces, pero iluminaban con suavidad la estancia, haciéndola lucir un poco tenebrosa. A lo lejos, escuché sollozos y unas voces que cada vez se hacían más fuertes conforme nos acercábamos.

Me quedé tiesa al ver a Jane. Estaba sentada y amarrada en una silla con las manos hacia atrás. Me asusté demasiado al descubrir a mi amiga en esa situación y me sentí muy culpable, pues pensaba que era por mí que estaba así. En esos momentos, me arrepentí de no haberle hecho caso ese día en el café y provocar que mis arranques de ira le afectaran a ella también.

Intenté correr y ayudarla, pero no pude porque el maldito de Dylan me detuvo tomándome de los brazos y llevándolos hacia atrás. Su agarre fue hecho a la altura de mis codos y supe que estaba utilizando más fuerza de la necesaria con toda la intención de lastimarme.

—¡Maldito cobarde, suéltame! —siseé.

—No, nena, el espectáculo lo verás desde aquí —susurró en mi oído, provocándome escalofríos por la repulsión que sentía hacia él.

Dirigí de nuevo mi vista al frente, sintiéndome terrible al no poder hacer nada. Jane se veía indefensa y muy asustada, lloraba a mares y los sollozos no la dejaban respirar de forma correcta.

—Tú sabías que conmigo no se juega, pequeña miedosa. —Escuché esa voz dirigiéndose a ella.

Era LuzBel, el chico que comenzaba a ser como un grano en el trasero para mí. Se colocó frente a ella con esa mirada aterradora y carente de emoción alguna que era capaz de hacer cagarse hasta a su mismísimo creador: el diablo.

—No cumpliste y hoy vas a pagar —amenazó logrando que Jane llorara aún más.

«¡Jesús! ¿Por qué tenía que ser tan llorona?»

—Dame una oportunidad más —suplicó ella entre titubeos, haciendo que me quedara pasmada.

«Sabía que esa chica ocultaba algo».

Y tenía que averiguar qué era.

—No doy segundas oportunidades. Sin embargo, a tu hermano se la di porque confié en ti, pero veo que me equivoqué —respondió él con una sonrisa demoníaca—. Elsa, encárgate de ella —ordenó a la chica que parecía su sombra. Ella se acercó con un arma en la mano.

Me retorcí aún más en los brazos de Dylan, queriendo ir al rescate de mi amiga.

—¡No te atrevas a ponerle una mano encima, maldita zorra! —grité y todos pusieron su atención en mí. Jane me miró con vergüenza y LuzBel con una sonrisa socarrona—. Te arrepentirás toda tu puta vida si le tocas un solo cabello —amenacé y Elsa me observó con insolencia y desprecio, disfrutando de aquel momento y creyéndose mejor que yo.

«No éramos mejor que nadie, pero tampoco nos comparábamos».

—Tu amiga me debe mucho y el plazo ha acabado —espetó LuzBel hacia mí—. Le di dos opciones y no pudo con ninguna, ¿cierto, Evan? —preguntó mirando hacia una dirección. Seguí su mirada y me encontré con Evan.

Él también me miró con vergüenza y era mejor que lo hiciera porque esa traición difícilmente se la iba a perdonar. Apenas lo conocía, pero odié que solo me hubiese usado. Fui una estúpida al creerlo diferente a los demás.

—Conmigo no se juega, Isabella White. —Que LuzBel dijera mi nombre de esa forma me provocó miedo y creí que estaba dando una clara advertencia para mí—. El que me la hace, la paga —finalizó logrando que una corriente fría me traspasara la espalda.

«¿Pero qué demonios? ¡No le habías hecho nada!»

Defenderme, esa fue mi mayor ofensa hacia él.

Odiaba a los machistas como ese tipo.

—¿Eres capaz de matarla? —pregunté y de inmediato, me sentí estúpida al ver su sonrisa fanfarrona de nuevo, como si ser como era le provocara demasiado orgullo.

«Claro que el Tinieblo ese era capaz y sentía orgullo de ser como era».

Y lo estaba comprobando.

—De mí nadie se burla y soy capaz hasta de quemar vivo a alguien si me provoca —aclaró con demasiada seguridad, logrando que me diera más miedo, pero no se lo demostré.

—¿Qué le hiciste? —le cuestioné a Jane, tratando de comprender la razón por la que él fuese tan imbécil con ella. Sin embargo, ella no fue capaz de responder.

—Mejor pregúntale, ¿qué no hizo? —aconsejó Dylan a mis espaldas, logrando que perdiera el hilo, pues no entendí nada.

—Su hermano me traicionó y robó —comenzó a explicar LuzBel—, ella se ofreció a pagar y no cumplió. Le di otra opción y tampoco pudo con ella. Elsa, continúa con lo que te encargué —finalizó viendo a su novia. Me puse en alerta de nuevo.

—¡No! —grité al ver que Elsa golpeó con la pistola a Jane, provocando que saliera sangre de la comisura de sus labios.

Di un fuerte golpe al pie de Dylan y cuando él se encogió por el dolor, dejé ir con fuerza mi cabeza hacia atrás, acertando en su nariz y soltándome de inmediato. Aproveché eso y me di la vuelta para dar un rodillazo en sus bolas, logrando que cayera al suelo retorciéndose del dolor y maldiciéndome. Corrí hacia Jane, pero Jacob se puso en mi camino.

—¡Déjame pasar! —exigí y vi que me miró con algo que no logré identificar en sus ojos. Alzó las manos y se hizo a un lado.

Seguí corriendo y llegué justo a tiempo, cuando Elsa cargó el arma y apuntó a la cabeza de Jane. De un golpe en la mano la desarmé, con un fuerte impacto en el tobillo la desestabilicé y le pegué en el pecho para que cayera con fuerza al suelo. Gimió cuando el aire abandonó sus pulmones.

—¡Maldita cobarde! No ataques cuando alguien no puede defenderse —escupí con odio y la apunté directo a la cabeza con la misma arma que ella antes apuntó a Jane.

Escuché a todos cuando cargaron sus armas y me percaté de que me estaban encañonando, incluso Evan, quien vi que lo hizo con dificultad, pero lo hizo y me sentí estúpida por confiar en él.

«Y ahí se fue la ilusión del niño bonito».

—¿Saben, chicos? —Escuché una voz y reconocí que era la de Tess—. Si Isabella quisiera los hubiese desarmado a todos —aseguró haciendo que la miraran con desconcierto—. Lo que hizo conmigo en el cuadrilátero no es nada en comparación con lo que es capaz de hacer.

Pensé que estaba en lo cierto. Podía hacer más que eso, pero no sin poner en riesgo a Jane. Vi a Tess salir de la oscuridad y me sonrió.

—Es obvio que no quiere atacarlos —añadió.

Sí quería, pero con Jane ahí no podía.

—Dime cuánto te debe Jane y yo te lo pago —propuse viendo directo a los ojos de LuzBel, sin dejar de apuntar a Elsa—. Puedo salir de aquí —aseguré—, pero no soy estúpida y sé que no podré sacar a mi amiga ilesa.

—Eres inteligente —habló él—. Sin embargo, no creo en nadie que se ofrezca a pagar las deudas de otro —agregó refiriéndose a Jane—. O ella cumple o se muere.

—Yo no soy *nadie* y siendo quién eres, deberías conocer mejor a las personas con quienes vas a negociar —ironicé, y no le agradó para nada. Me obligué a calmarme, sabiendo que con provocarlo no llegaría a nada—. Puedo hacer lo que quieras, pero no te metas con ella —pedí—. No te desquites con alguien que es obvio que no sabe defenderse.

—¿Estás dispuesta a hacer lo que yo quiera? —cuestionó retándome, bajando su arma y haciendo que los demás lo hicieran.

Elsa hizo el intento de levantarse, pero en un movimiento rápido la volví a tumbar.

—¡Déjala! —ordenó LuzBel y eso solo hizo que quisiera moler a golpes el rostro de su noviecita.

—Disfruto mucho ver cómo esta cobarde no puede conmigo, pero sí se atreve a meterse con alguien que no puede defenderse —contesté sonriendo de la misma manera en que lo hizo él mientras nuestras miradas se conectaban.

—Responde a mi pregunta. ¿Estás dispuesta a todo por salvar la vida de tu nueva amiga?, ¿incluso cuando apenas la conoces? —repitió.

El maldito se estaba aprovechando de la situación.

«Deberías pensar antes de responder a eso, Isa, para no cargarlo», pidió mi conciencia, pero no tenía tiempo para pensar.

—No lo hagas, Isa —suplicó Evan y lo fulminé de inmediato con la mirada por haberme engañado haciéndome creer que le importaba—. Todo lo que dije antes fue sincero. No me veas así —pidió como si hubiese leído mis pensamientos, pero de nada servía porque no le creía.

—Evan tiene razón, no lo hagas, Isa —habló por primera vez Jane, viéndome a la cara—. No por mí, no vale la pena.

«Ves, hasta ellos estaban de acuerdo conmigo».

—Para mí sí lo vale. Eres mi amiga —respondí con sinceridad—, así que mi respuesta es sí, estoy dispuesta a todo —solté segura y en contra de lo que mi conciencia, Jane o Evan dijeron.

Bajé el arma con la que apuntaba a Elsa y LuzBel sonrió triunfante después de mi respuesta. Era como si hubiese estado esperando ese momento.

—Trabajarás para mi organización —informó seguro. Eso no me lo esperaba— y estarás a mis órdenes. Serás una súbdita más. —Mi mandíbula se tensó por el regocijo que descubrí en sus palabras.

«Hijo de puta».

¡Mierda! Podía trabajar para él, pero su súbdita jamás sería.

—¡No te pases, idiota! —espeté enfurecida—. No seré la súbdita de nadie, menos la tuya.

—Es eso o sacar a tu amiga de aquí metida en una bolsa negra. —Su advertencia fue fría y segura, estaba consciente de que no mentía—. Tú decides. Entonces, ¿qué dices, White?, ¿aceptas?

«Veías en lo que te metías por hablar antes de pensar».

Lo veía, maldita sea, pero no podía dejar a Jane sola en eso.

En momentos así era cuando comprendía eso que decían de que era mejor no sentir nada por nadie, porque la más mínima simpatía se podía convertir en tu talón de Aquiles. Y ese día, ahí, frente a un hermoso, pero imbécil demonio y su banda, viendo a mi nueva amiga indefensa en esa silla, comprendí que dejé que LuzBel descubriera mi talón de Aquiles.

«Y presentía que ese era el principio de algo que no podrías evitar».

CAPÍTULO 10

Bonita

ELIJAH

Si me hubiesen dicho que haría caer a Isabella atacando a su nueva amiga frente a ella, pues habría apurado todo para que se diera antes. Me sentía satisfecho por cómo se dieron las cosas.

—Solo tengo una condición. —Reí cuando la escuché decir tal cosa y no me decepcionó saber que esa chica no era tan tonta como creí en algún momento.

—Creo que no estás en posición de poner condiciones, pero te dejaré hablar —jugué con su humor y vi su mirada de repulsión hacia mí, eso solo logró que me divirtiera más y pensara en todo lo que podría hacer para que esa forma de verme cambiara.

Hacer que me mirase con respeto se convirtió en otro de mis objetivos principales.

—No trabajaré para ti siempre, solo hasta pagar esa deuda. —Bien, no esperaba menos de ella, ya que me había demostrado ser inteligente.

—Está bien. Trabajarás con nosotros hasta que lleves a cabo tres misiones —propuse y no la vi convencida. Lo mejor para mí era que no le quedaba de otra.

—¿Y eso en cuánto tiempo será?

—No comas ansias, muñeca. Solo prometo que serán un par de meses.

—No me llames muñeca —masculló con cólera y reí con suficiencia. La iba a llamar como se me diera la puta gana.

—Está bien, White, entonces, ¿aceptarás? —cuestioné dejando de joderla por un rato.

—Acepto —respondió segura. Por dentro, estaba celebrando el hecho de que mis planes siempre salían como lo esperaba—, solo te advierto que mis manos no se mancharán de sangre. No soy una asesina como ustedes —acusó haciéndome cambiar de humor muy rápido.

A esa chica le encantaba verme molesto.

—Nunca sabes cuándo te tocará defenderte y hay situaciones en las que tienes que matar o te matan —vociferé bruscamente, captando su atención—. En esta organización trabajamos en equipo, por eso somos la mejor en el país. Muchas veces asesinas para defender tu vida o la de tus compañeros, pero eso sí, White, nuestras manos no se manchan con sangre inocente —aclaré y su ceño se frunció ante mis palabras—. Y te daré un consejo. —Me observó esperando a que prosiguiera—: Trata de ser siempre la cazadora y no la presa —dije y recordé todas las veces que estuve en una situación peligrosa.

Esas veces en las que tuve que decidir entre matar o morir y siempre prefería la primera opción y, mientras pudiese, seguiría siendo el cazador.

—Nunca mataría por ti —formuló con repulsión tan pronto como terminé de hablar.

Aunque lo que dijo no tuvo que haberme importado en lo más mínimo, logró remover ciertas espinas en mi interior.

—Prefiero matarte yo primero porque nunca, LuzBel, escúchalo de nuevo y muy bien: nunca mataré por ti —aseguró señalándome con su dedo índice de una manera que no me hizo ni puta gracia.

Esas palabras fueron como dagas afiladas hacia mí y sin pensar en lo que hacía, me abalancé sobre ella y la tomé del cuello haciendo de mi agarre un poco más brusco de lo que pretendía.

Sus palabras me molestaron y no porque necesitaba que en algún momento me defendiera, sino más bien por su arrogancia, por creerse superior a mí. Sus ojos se abrieron ante la sorpresa de lo que hice, pero no me demostró miedo; al contrario, vi la determinación en su mirada y la veracidad de sus palabras.

Llevó sus manos hacia la mía y ese simple contacto me causó escalofríos, logrando que la soltara de inmediato.

—Nunca digas nunca, White —advertí y sonreí con sorna.

La miré con repulsión de arriba a abajo. Aún estaba solo con su top y pantalón, los músculos de sus abdominales se marcaban por su forma brusca de respirar y sentí su incomodidad cuando la miré de aquella manera.

—Ahora, saca a esta pequeña miedosa de aquí. —Señalé a Jane—. Evan, ayúdala y llévalas a su coche —ordené.

—¡No! ¡Evan no! —espetó de inmediato—. Puedo sola —La manera en la que miró a Evan me hizo darme cuenta de que no solo logré hacerla trabajar para mí, sino que, sin proponérmelo, también la alejé de él y no entendí en aquel instante por qué eso me causó cierta satisfacción.

Al final, comprobé que la castaña era bella, estúpida, valiente y muy fácil de manejar.

—No me importa que puedas sola, uno de los chicos te acompañará y punto —mascullé sin estar enfadado.

—Que sea Jacob, entonces. Lo prefiero a él y no a Evan.

También era terca.

—Isa, por favor. No reacciones así —pidió Evan. Me tensé por la súplica que encerró su tono de voz y me provocó asco—. Puedo explicarte las cosas —siguió. En serio existían tipos que se volvían idiotas cuando veían frente a ellos a un buen culo.

—¡Ya basta de estúpidos numeritos de enamorados! —exigí con la voz más fría de lo que esperaba, haciendo que los dos se sorprendieran por mis palabras—. Jacob, acompáñalas y por tu bien espero que no te vuelvas idiota con ella como lo ha hecho Evan —bufé sin poder controlarme.

Estaba asqueado de aquello.

—Idiotas ya son todos —murmuró la castaña sin pretender que nadie la escuchara o eso creí, pero no lo logró.

—Te he escuchado —advertí y ella sonrió mientras alzaba una de sus cejas, dándome a entender que esa fue su intención. Negué de inmediato y bufé, aunque opté por no decir nada más.

Tampoco iba a darle demasiada importancia a esa provocadora.

—Lo que hiciste ha sido impresionante. —Escuché a Jacob halagarle en un susurro cuando estuvo muy cerca de ella, ayudándola a soltar de los amarres a Jane.

—Espero que sigas creyendo eso cuando a ti también te patee el trasero —amenazó ella y sonreí por inercia.

Era más que oficial que esa chica nos odiaba y el sentimiento era recíproco con varios de nosotros, así que no sería tan fácil trabajar juntos, pero sí divertido. Me di la vuelta y decidí marcharme. Tess, Dylan, Elsa y Evan me siguieron. Sabía que querían cuestionarme, aunque dedujeron lo que les convenía y mejor se quedaron callados.

—¿Te divierte lo que estás haciendo o qué pretendes?

A excepción de Elsa claro estaba, ya que ella nunca se quedaba con nada y más si eso le molestaba, pero más me enervaba a mí que, conociéndome, decidiera joderme en un momento como ese.

—Lo que sea que pretenda no es de tu incumbencia. —Traté de no pasarme con ella, aunque dudé de poder lograrlo—. Si estás de acuerdo con ello, bien y si no, no me importa —agregué encogiéndome de hombros y siguiendo mi camino.

—¿Sabías que ella iba a reaccionar así? —Su voz fue acusadora.

Sí, lo sabía y lo había deseado.

—No esperaba que fuera diferente —dije siendo franco.

—¡Dios! ¡LuzBel, esa maldita sabe cómo defenderse y pude haber terminado muerta! —reclamó.

—Sabes que eso jamás lo hubiese permitido, Elsa. Así que no exageres y mejor cállate —aseveré con fingida tranquilidad.

—Ella y yo jamás trabajaremos bien —aclaró y reí.

—Tampoco yo —se unió Dylan.

—¿Y desde cuándo me importa eso? —ironicé deteniendo mi camino y los miré a ambos. No respondieron.

Mi paciencia llegó a su límite y ellos forzaron la situación.

—A mí me cae muy bien, así que será un honor trabajar con ella —declaró Tess logrando que los otros dos la fulminaran con la mirada.

—Lástima que tú no trabajes en la organización —le recordé.

—Y sabes que no estoy de acuerdo con eso. Si tú puedes, yo también puedo, Elijah. No es justo —reclamó haciendo un berrinche tal cual niña de cinco años, provocando que rodara los ojos ante eso—. Papá y tú son muy injustos. Sé defenderme, me he preparado toda la vida para poder ser parte de Grigori, me lo he ganado y hasta me tatué el emblema que me identifica y, aunque me agrade Isabella, no sé por qué prefieres que ella trabaje en la organización si no la soportas —bufó.

—Y es lo único que tendrás de la organización: el tatuaje que te identifica como parte de ella y el cual hiciste sin permiso —enfaticé mirándola. Estaba a punto de ponerse a llorar—. Además, es estúpido que siquiera pongas en duda el porqué prefiero que esa chica esté en la organización y no tú. Si le pasa algo a esa bruja, me dará lo mismo —aseveré y vi que mis palabras le afectaron de diferente manera de cómo fue antes.

No era el típico hermano protector, incluso había momentos en que yo mismo quería golpearla, pero si era entre mantener a salvo a mi hermana o a Isabella, sin pensarlo elegía a Tess.

—Por cierto, Tess, en casa me dirás lo que hablaste con esa chica después de tu derrota —avisé provocando que me mirara indignada al recordarle su primer fracaso.

Seguí mi camino dejándolos ahí antes de que todo empeorara.

Siempre era lo mismo con mi hermana, insistía e insistía en ser parte activa de Grigori, pero tanto mis padres como yo jamás se lo permitiríamos. Era cierto que sabía defenderse muy bien, pero al ser parte de la organización se corrían muchos peligros y nunca me perdonaría que le sucediera algo. Trataría de mantenerla a salvo de nuestros enemigos y los peligros que, estando ahí, existían.

Con Elsa fue lo mismo. Intenté impedir que hiciera parte de la organización por ser mi amiga, pero era tan terca como Tess y no lo pude evitar. Terminó uniéndose, haciendo el juramento y tatuándose la "G" que nos representaba como sociedad u organización. Cada uno de los que pertenecíamos a ella teníamos tatuado un símbolo que nos identificaba como parte de Grigori. En mi caso, me representaban muchos, ya que siempre me gustó tatuarme.

—¡Elijah, espera! —pidió Elsa mientras intentaba detenerme, agarrándome el brazo y haciendo que me girara con brusquedad y quedara frente a ella.

—¡¿Cuántas veces te tengo que decir que no me llames por mi nombre?! —espeté con furia. Esa situación comenzaba a cansarme y estaba harto de los espectáculos que me tocó vivir durante la noche.

—Es tu nombre, por eso te llamo así —se defendió cruzando los brazos a la altura de su pecho.

—Sí y sabes mis reglas: me llaman así quienes yo quiero que lo hagan y solo mis padres y Tess están incluidos en esa pequeña lista —le recordé tajante.

Tal vez aquello era una tontada para muchos. Sin embargo, en mi mundo, el que supieran mi nombre era peligroso por muchas razones y, por lo mismo, solo mis padres y mi hermana me llamaban así. Ni siquiera mis abuelos me llamaban por mi nombre, aunque en el caso de ellos era distinto, pues optaban por decirme apodos cariñosos.

—Así que no me jodas, Elsa, porque mi paciencia ha llegado a su límite.

—P-pero pensé que ya tenía ese derecho también —supuso un tanto tímida y solo reí con burla— por los años que tenemos de conocernos y por lo que hay entre nosotros.

—¿Y qué hay? —cuestioné satírico y siendo un cabrón con ella. Estaba a punto de responder, pero no la dejé—. No te confundas, Elsa. Te he dicho miles de veces que entre tú y yo no hay nada más que amistad. —Su expresión fue de dolor al oírme decir aquello y la ignoré—. Te veo igual a como veo a los demás, con la diferencia de que te llevo a la cama cuando se me da la gana y porque tú te dejas.

Una bofetada por su parte me hizo girar el rostro y enseguida sentí la ira cegarme. Odiaba que actuara como una novia loca y celosa, ya que apenas llegábamos a ser amigos.

—¡Si te molesta que te diga la verdad, pues peor para ti! —escupí con furia, sintiendo el ardor en mi mejilla—. Pero desde que decidiste ser parte de mi vida sabes perfectamente que si yo quiero soy de todas y si no, no soy de ninguna. Y nunca, Elsa. Escúchalo bien: nunca seré solo de una —aclaré y la miré directo a los ojos, transmitiéndole mi frialdad y, aunque mis palabras lo hirieron, no me retracté para que lo tuviese muy claro y no se ilusionara con algo que jamás pasaría—. ¡Tú solo eres mi pasatiempo y es a lo único que llegarás!

El dolor por mi declaración se reflejó en sus ojos. Sin embargo, eso fue lo que buscó por jugar con mi paciencia.

—¡Eres un maldito imbécil! —gritó con odio.

—Qué bueno que por fin lo vayas comprendiendo —espeté cuando me daba la vuelta y la dejaba ahí, sin importarme las lágrimas que caían de sus ojos.

Ese era el verdadero LuzBel: un jodido egoísta.

Llegué a mi *Ducati* donde Tess me estaba esperando. A pesar de que mis planes salieron como lo esperaba, el drama con los chicos me puso de malas y lo único que deseaba era llegar a mi gimnasio y golpear el saco de boxeo hasta que los nudillos me sangraran o la ira que sentía se calmara, ya que presentía que, si no lo hacía pronto, iba a explotar de la peor manera y eso no era nada bueno.

Mis ataques de ira no eran algo muy recomendable de presenciar y no quería arrepentirme después de lo que hacía cuando estaba en ese estado.

Los demás se encontraban en el *Jeep* negro, listos para marcharse a sus casas. Elsa llegó minutos después y se subió al coche. Jacob, como siempre, la consoló y le susurró cosas al oído para que se calmara, aunque no lograra mucho con eso.

—Llama a Connor y dile que mañana a primera hora lo quiero junto a Isabella para que la vigile y le informe solo lo necesario acerca de Grigori —ordené a Evan.

—Si me lo permites, puedo hacer eso —se ofreció y lo fulminé con la mirada.

—O yo —se incluyó Jacob dejando de consolar a Elsa y ganándose una mirada asesina por parte de ella.

—Ninguno de ustedes. Necesito junto a ella a alguien que no quiera matarla —señalé mirando a Dylan y a Elsa—, o a alguien que no se vuelva idiota con su presencia. —Dirigí mi vista esa vez a Tess, Jacob y Evan.

Me coloqué el casco y le di a Tess el suyo; después de que se lo pusiera y se acomodara detrás de mí, encendí la moto y aceleré de forma exagerada solo para que se dieran cuenta de que mi estado de ánimo estaba igual que el rugir de ese motor.

—¿Me dirás lo que hablaste con esa chica o no? —pregunté a Tess a través del intercomunicador de los cascos.

—*Solo la felicité por su forma de pelear* —respondió sin ganas.

—La felicitaste por la manera en la que te pateó el culo —me mofé ganándome un pellizco en las costillas de su parte.

—*Estás más idiota de lo normal hoy* —se quejó— *y sé que esa chica tiene mucho que ver en eso.*

Decidí callar y no continuar con aquella conversación porque de haberlo hecho, hubiese sido solo para empeorar mi estado de ánimo.

Mi respiración era agitada, mi corazón palpitaba acelerado y mi cuerpo estaba lleno de sudor. Golpeé y golpeé el saco de boxeo solo con unas vendas en las manos para intentar protegerlas un poco. Tenía guantes, pero quise sentir en carne propia cada impacto que daba.

Mis brazos comenzaron a arder, di una que otra patada y continué con los puñetazos. Estaba cansado, el estrés aún no me abandonaba y más al darme cuenta de que no podía sacarme de la cabeza todo lo acontecido esa noche y, sobre todo, a la arrogante castaña. Eso me jodía.

Cada vez me intrigaba más saber de ella, su mirada muchas veces era igual que la mía, con la diferencia de que yo quise ser quien era, pero casi con seguridad podía decir que a ella la obligaron a ser quien era.

Era desconfiada hasta con su amiga, pero tenía un instinto protector a pesar de que casi no la conocía y eso me sorprendió. Era arrogante y altanera como la típica hija de papi y no me iba a admirar para nada que su padre fuese un sobreprotector con ella y su madre la consintiera como si de una chiquilla se tratase.

Sabía defenderse mejor que cualquiera de Grigori, incluso mejor que Tess y con eso ya estaba diciendo mucho. Sin embargo, el no saber nada más que su nombre me jodía, porque por mi experiencia era consciente de que solo quien deseaba ocultarse borraba su historial.

Eso me hizo empeñarme en saber más de su vida desde que se cruzó en mi camino en el café de la Universidad de Richmond.

Me fui a la cama después de ducharme, usando solo un bóxer como pijama. Luego de meterme entre las sábanas, cogí el móvil de la mesita de noche y lo revisé encontrándome con un mensaje de texto de Jacob, informándome el número de teléfono de Isabella. Sonreí porque en una noche consiguió más de lo que Evan en días.

Registré el número en mis contactos como «Bonita» y yo mismo me sorprendí ante tal estupidez, pero lo dejé tal cual.

Antes de caer en un profundo sueño, no dejé de pensar en sus ojos color miel y en esa personalidad tan parecida a la mía. Muchas preguntas inundaban mi cabeza.

¿Qué escondes Isabella?

¿Por qué te estás metiendo tanto en mi cabeza?

Porque, aunque me enfureciera, era la verdad. Desde ese día en el café no hice más que querer saber de ella y por cada mil pensamientos que tuviese en mi cabeza día a día, Isabella estaba en la mitad de ellos.

No debía importarme su vida, pero lo hacía y mi odio, así fuese injustificado, estaba ahí. Era casi como un repelente de insectos aromatizado que, aunque sabes que es veneno, si huele bien lo respiras a veces con profundidad.

Ese mismo efecto lograba esa chica conmigo, pero con eso me quitaba tiempo valioso que bien podía invertir en cosas más importantes.

Tenerla trabajando para mí era la excusa perfecta para hacerla arrepentirse toda su puta vida el haberse atrevido a enfrentarme como lo hizo, por mirarme de la manera en que lo hacía y por no tener miedo de hablarme cómo me hablaba. Yo era el rey en esa maldita ciudad y ella tenía que entenderlo y mirarme como tal.

¡Joder! No quería compararla con nadie, pero me era imposible cuando me provocaba así. Su forma de ser, de hablar, de actuar y hasta esos pequeños detalles que había logrado ver en ella, al igual que la valentía, me recordaron a una sola persona, y maldije al dejar que los recuerdos llegaran a mi mente como ráfagas de viento. Volver a sentir esas punzadas de dolor en mi pecho no me hacía ni puta gracia.

Pensé también en la persona que colaboró con esos malos recuerdos y el odio en mí volvió a avivarse y me arrepentí por no haber podido deshacerme de él.

Tuve que haber sido más fuerte, más hijo de puta y mandar al infierno al culpable de que mi forma de ser se volviera peor. No podía ni pensar en sus nombres porque eso solo provocaba que ese demonio dentro de mí quisiera despertar y cobrar su venganza. Una que sabía que tarde o temprano iba a obtener y a disfrutar como nunca.

Y, al pensarlo con la cabeza fría, descubrí que mi odio hacia la castaña era en efecto por eso, porque sus rasgos físicos y su manera de ser eran como los de *ella* y me negué a eso. Dolía no poder evitarlo porque estaba fallando y juré no volver a hacerlo.

Podía ser injusto, pero odiaba a Isabella White por llegar a mi vida tan de repente y sacarme de mi confort, porque puso mi mundo patas arriba desde aquel día que se cruzó en mi camino. Odiaba que me hiciera fallar en lo que me propuse, que me enloqueciera con tanta facilidad y me confundiera con su simple presencia. Odiaba que me obligara a recordarla a *ella* y que me provocara pensar en esa persona que tanto me repugnaba y a la cual y de manera forzada, tuve que perdonarle la vida.

Pero sabía que mi momento llegaría y tanto Isabella como ese imbécil se arrepentirían de haberme conocido.

Juraba saciar la sed de sangre que tenía desde hacía mucho tiempo. No importaban las circunstancias ni el daño colateral que causara.

Lo juraba como que me llamaba Elijah Pride.

Parecerse a *ella*, sería para Isabella su peor castigo y la bienvenida a su nuevo infierno.

Cuando la vida te lance espinas, siempre busca las rosas.

CAPÍTULO 11

Sigue soñando

ISABELLA

Creí que mi vida en esa nueva ciudad sería más tranquila y me alejaría de los problemas, pero por lo que experimenté en los últimos días, podía decir que me equivoqué y confirmaba que nací destinada a vivir metida en líos.

Pues de vivir escapando de los enemigos de mi padre, pasé a ser miembro temporal de Grigori, una organización de la cual no tenía ni idea de a qué se dedicaban, aunque por lo que sus integrantes demostraron, intuía que no era nada bueno. Encima, estar bajo las órdenes del tipo más soberbio, insensible, frío, déspota, insufrible, machista, mujeriego, idiota y todos los sinónimos despectivos habidos y por haber, no era para nada la idea de buena vida que pensé tener en Richmond.

Sin embargo, Jane me contó todo acerca de la deuda y traición de su hermano y por qué ella estaba metida en todo eso. Me molestó ver cómo los hombres podían llegar a ser tan idiotas para arrastrar a sus familias a situaciones como esas. Así que no me arrepentía de haber hecho lo que hice. Jane era solo una víctima en esa situación.

Por supuesto que ella me siguió hablando de muchas cosas acerca de LuzBel y los demás idiotas y, aunque supe que la pobre intentaba hacerme temerles, eso era algo que no lograría. La vida me hizo fuerte a punta de golpes y viví cosas por las cuales dejé de intimidarme ante personas como él.

«El caliente demonio de ojos color tormenta».

LuzBel, solo LuzBel.

La situación de esa noche no fue del todo desastrosa, puesto que me sirvió para mantenerme enfocada en mi objetivo de no confiar en nadie que fingiera buenas intenciones conmigo, igual que Evan. Ya que así me hubiera hecho sentir muy mal que apuntara su arma hacia mí porque estaba cometiendo el error de considerarlo diferente a los demás, también me ayudó a darme cuenta de que no podía bajar la guardia. Y fue bueno que eso pasara antes de encariñarme con él.

Tess, por otro lado, me pareció una chica impulsiva, pero buena y me cayó bien. Aparte, el descubrir que ambas fuimos alumnas del maestro Baek Cho me ayudó a verla de manera diferente. Todos los que habíamos sido sus alumnos formábamos una especie de conexión por la misma enseñanza que él nos daba y esperaba no equivocarme con esa chica. Sin embargo, me iría con cuidado.

Jane también me informó que Tess y LuzBel eran hermanos y eso fue lo único que no me agradó. Pero, en mi interior, mantenía la esperanza de que fuesen diferentes y con ella sí poder tener una amistad, sobre todo luego de que la tendría que ver muy seguido debido al tiempo que estaría trabajando para su dichoso hermano. Hablando de ese idiota, no lograba sacarme de la cabeza sus palabras, su forma de mirarme tan vacía, tan fría y con repugnancia. Me provocaba despreciarlo y más al saber que era capaz de asesinar, aunque fuese en defensa propia.

Había que ver a qué circunstancias él llamaba defensa propia.

Antes de viajar a Tokio, sí pensé en las posibilidades de matar a los asesinos de mi madre, pero todo cambió al hablar con el maestro Baek. Sus consejos me ayudaron a disipar un poco la ira y la sed de venganza que una vez tuve.

Pero con LuzBel, no sé, la manera en la que me tomó del cuello me sorprendió, mas no me inmuté, jamás lo haría. No me lastimó, su reacción fue más para provocarme, aunque sí aceptaba que el contacto de piel con piel me provocó una especie de electricidad y eso sí me asustó. Me di cuenta de que a él también le sucedió lo mismo, lo confirmé cuando me soltó como si hubiese tenido miedo de contagiarse de algo al tocarme y, a pesar de que en ese momento no entendí lo que sentí, tras meditarlo supe que fue molestia por su forma de apartarse. ¡Mierda!

Analicé todo con la mente un poco despejada y me di cuenta de que, por primera vez, estaba viviendo algo nuevo en mi vida, pero las cosas no eran como se suponía que debían ser y sí, todo me lleva a él. LuzBel era la clase de chico que lees en libros o ves en películas y te hacen enloquecer, pero que, en la vida real, no soportas, no por un motivo en especial (aunque tenía muchos con él), sino porque tu forma de ser no choca con personas así.

Asimismo, comprendí que esa acción de su parte no tuvo por qué afectarme, puesto que, así como yo sentía desprecio por ese chico, él también por mí y lo noté a la perfección cuando estábamos frente a frente. Así que, el sentimiento era mutuo. Simple.

Por otro lado, tuve que darle mi número telefónico a Jacob por obligación, ya que ese tipo podía ser muy persistente y aún más idiota. Me negué a dárselo al principio, pero comenzó a hablar tonterías, a darme razones por las que lo necesitaba y fue peor que escuchar una radio de esas donde el locutor hablaba más de lo que ponía música y, con la esperanza de que al fin se callara, se lo terminé dando y el silencio que hubo tras eso fue verdadera música para mis oídos.

«Pero también era lindo».
A ti todos te parecían lindos.
«Lo era».
Como sea, esperaba que siguieras diciendo lo mismo después de la primera impresión.

Recibí una llamada de Connor a la mañana siguiente, informándome que sería el encargado de darme detalles acerca de Grigori, mismos que necesitaba saber para poder desempeñar el trabajo que haría durante unos meses para ellos.

Quedamos de reunirnos en una cafetería que estaba cerca de casa, así que me apresuré a tomar una ducha y luego vestirme con ropa casual y cómoda.

Al llegar a la cafetería, Connor estaba esperándome fuera. Cuando estacioné mi coche, él se acercó y me dijo que teníamos que irnos para el cuartel, que era el lugar donde todos se reunían. Pidió dejar mi *Honda* en la cafetería e ir en un *Jeep* negro.

—Creí que al menos comeríamos algo o beberíamos un café. —Decidí romper el incómodo silencio que nos embargaba mientras nos dirigíamos hacia dicho lugar.

—Creíste mal. —Blanqueé los ojos al escuchar su elocuente respuesta.

—¿Tú también me odias? —pregunté al verlo tan serio.

—¿Tendría qué hacerlo? —respondió con otra pregunta sin dejar de ver la carretera mientras conducía.

—No —dije lacónica, tal cual él respondía.

—Entonces no te odio, ¿y tú a mí? —cuestionó mientras me miraba con rapidez.

—No. —Rio al darse cuenta de que estaba respondiendo con monosílabos y noté que tenía una risa muy tierna y sus ojos casi se cerraban y pequeñas arrugas se formaban en los rabillos de ellos.

Connor tenía la tez blanca, cabello castaño claro, más largo del frente que de los lados. Delgado, pero de complexión definida. Vi en su brazo derecho un tatuaje que lograba sobresalir por debajo de la manga de su camisa gris. Vestía a la moda y dejando de lado a la organización a la que pertenecía y los amigos que tenía, podía decir que lucía como un tipo guay.

—Bien, Isabella. Me alegro de que no sea así, ya que vamos a trabajar juntos y necesitamos hacer todo en equipo. —Asentí resignada, no me quedaba de otra y deseaba salir pronto de eso—. ¿De dónde eres? —su pregunta me tomó por sorpresa y guardé silencio unos minutos.

—No es necesario que lo sepas —formulé tratando de no sonar grosera.

—Solo quería sacarte conversación —aclaró tranquilo—. Jacob me ha hablado mucho de ti, creo que está impresionado con lo que sabes hacer —informó haciéndome sonreír—. Bueno, también Evan lo ha hecho. —Mi sonrisa se borró de inmediato y me removí incómoda—. Él es bueno, creo que el mejor de todos nosotros, no lo juzgues mal —pidió y me extrañó mucho que hablara por su amigo—. Me comentó lo que pasó ayer y se siente muy mal.

—Si se iba a sentir mal luego, entonces no lo hubiese hecho —masculló.

—Ahora que trabajarás con nosotros te darás cuenta de que cuando LuzBel da una orden, se debe cumplir. Es nuestro jefe y actuamos como él quiere que lo hagamos —lo que dijo me puso de malas porque para mí no era correcto que actuaran como si fuese un rey, ya que estaba muy lejos de serlo.

—Pues a mí se me va a hacer muy difícil obedecer en todo. No sirvo para seguir órdenes —espeté un poco molesta. Connor me miró y sonrió de lado a la vez que negó.

—Como se nota que tú no estarás con nosotros por honor —habló con tranquilidad— y eres igual que él. —Alcé una ceja y lo miré incrédula por lo que dijo.

—Te equivocas. Sí estaré por honor, pero no del tipo de honor de ustedes —aclaré— y LuzBel es un idiota, yo no —le aseguré.

Se limitó a sonreír y no dijo nada más.

«El chico sabía que se veía lindo haciéndolo».

Luego de un rato en el que nos volvimos a quedar en silencio, pero ya no incómodos, llegamos al lugar que ellos llamaban cuartel. Parecía un edificio pequeño de oficinas. La seguridad que tenían me sorprendió y, aunque había hombres que intentaban camuflarse como transeúntes, los noté y me di cuenta de que estaban ahí para brindar protección. Vi cámaras por todas partes y, para entrar al edificio, se hacía por medio de huellas dactilares.

Más que un cuartel, eso era una pequeña fortaleza.

«¿En qué nos habíamos metido, Colega?»

Entramos y nos dirigimos a una especie de cocina-comedor con varias mesas que hacían lucir el lugar como una pequeña cafetería. Connor me invitó a sentarme mientras me platicaba algunas cosas sobre el lugar. A lo lejos, escuché voces y gritos de personas que peleaban y él me confirmó que también contaban con un área de entrenamiento.

—¡Al fin llegaron! —exclamó una voz a mis espaldas. Giré la cabeza y vi a Jacob.

Iba entrando con el torso desnudo, usando solo un jean azul, el cual dejaba ver su bóxer de cuadros. Estaba lleno de sudor y se notaba un poco cansado.

—Acabamos de hacerlo. Y tú, ¿estabas entrenando? —preguntó Connor.

—Sí, pero he acabado por hoy. Tess tenía mucha energía y me ha pateado el culo —contestó haciendo que mordiera el interior de mi mejilla para no reírme de lo que dijo.

—Bien. ¿Te quedas un rato con Isabella? Tengo que ir por unos papeles a la oficina para poder explicarle algunas cosas —pidió Connor y Jacob asintió—. No me tardo —me dijo a mí y solo asentí.

Se fue y Jacob se colocó una playera negra sin mangas. No pude evitar ver su trabajado cuerpo y la infinidad de lunares que tenía en todo el torso. Caminó y se sentó frente a mí. Lo miré y también noté que en su rostro había muchos lunares.

«¡Uf! Como quisiera comérselos».

Perra conciencia, ya comenzabas con tus tontos pensamientos.

Desde que los conocí en el café de la universidad comprobé que tenían buenos genes. Todos eran muy guapos, pero no era algo que me quitara el sueño.

Jacob era de apariencia más ruda que Connor, el cabello lo usaban con un corte similar, aunque el de Jacob era negro al igual que sus ojos. Su piel trigueña hacía un contraste especial con todos sus lunares. Su cuerpo era más definido y alto. Usaba una argolla negra en el labio inferior y tenía también un tatuaje en el brazo derecho. Logré distinguir la forma del dibujo: alas con un ojo en medio de ellas.

—Me llamo Jacob Fisher y es un gusto conocerte —se presentó, sonriendo de lado. Rodé los ojos por su tonta presentación.

—Ya sé tu nombre —respondí tajante y fría.

—Ya sé que lo sabes, las chicas suelen siempre investigar sobre mí —dijo de forma juguetona.

—Engreído —espeté.

—Sincero. —Rio y se acomodó bien en la silla—. Solo quería romper el hielo contigo, nena.

¿Qué demonios? ¿Era en serio?

«¡Ay! Déjalo, era lindo».

Y presumido.

—Mi nombre no es «nena» —aseveré.

—Lo sé, pero me gusta llamarte nena. —Suspiré con frustración.

—¿Siempre eres así de idiota? —cuestioné un poco más relajada.

—Es cuestión de perspectiva. —Lo miré dándole a entender que no comprendí su respuesta—. Depende de cómo las chicas quieren verme, aunque te confieso que en lugar de idiota todas me ven como un chico de novela —afirmó y solté una carcajada por lo que dijo.

«Pues… sí era como mi galán de novela».

Solo el tuyo.

—Pues mira, has encontrado a la primera que te ve como un idiota —confesé todavía riendo.

—Por lo menos te he hecho reír y eso ya es algo. —Negué al escucharlo y seguí riendo.

«¡Aww! Ves que sí era lindo».

Un poco.

—Bien, chico de novela, tienes muchos lunares —señalé para tener algo diferente de que hablar y no sobre cómo se consideraba un galán.

—Si te los quieres comer por mí encantado. —Fruncí el ceño por su comentario.

—¿Por qué querría hacer eso?

—Pues porque todas las chicas siempre me dicen: «oye, quiero comerme todos tus lunares» —aclaró fingiendo voz de mujer en lo último y haciéndome reír de nuevo—. Y terminan comiéndome a besos y me encantaría que tú también lo hicieras. —Mi carcajada se hizo más fuerte al escuchar su estupidez.

—Sin duda alguna eres un idiota —logré decir entre risas.

—Ojalá y sea tu idiota favorito, *nena*. —Su forma de hablarme seguía siendo juguetona.

—¿Estás tonteando conmigo? —inquirí de broma y me guiñó un ojo.

—Tómalo como quieras, pero con tal de hacerte reír no me importa hacerme el idiota —respondió sincero—. Tienes una hermosa sonrisa.

—Gracias —dije cordial y sintiéndome un poco intimidada—. Soy Isabella y hoy también puedo decir que es un placer conocerte. —Sonrió complacido con mi presentación y me hizo sentir bien que, al menos, no me llevaría mal con todos en ese lugar.

—Ya sé tu nombre, pero igual te llamaré nena —afirmó con arrogancia y puse los ojos en blanco.

—Entonces yo te llamaré idiota —contraataqué.

—Y créeme que ese apodo le queda perfecto —habló Connor llegando a nosotros y haciéndonos saber que había escuchado parte de la conversación.

—¡Auch! Eso me dolió, cariño. Justo aquí —dramatizó Jacob hacia Connor, señalando su corazón. Este último solo sonrió y negó, aceptando que su amigo era todo un caso.

Pasé casi toda la mañana con esos dos. Me explicaron algunas cosas acerca de Grigori, pero no era idiota y me di cuenta de que solo me dijeron lo que no los comprometería conmigo.

La organización era dirigida por el padre de LuzBel y por ese idiota en el estado de Virginia, quienes se encargaban de hacer tratos con el gobierno y algunos empresarios que necesitaban de sus servicios. En pocas palabras, ellos se encargaban del trabajo sucio y también comercializaban "drogas farmacéuticas", algo que por lógica no creí, pero igual lo dejé así ya que entre menos supiera, mejor para mí.

No solo me informaron acerca de la organización, sino también me advirtieron algunas cosas que por ningún motivo debía hacer; entre ellas, estaba el no divulgar nada de lo que me dijeron y ser discreta. En la universidad haríamos como siempre, ambas partes evitaríamos encuentros para no dar paso a especulaciones, algo que me pareció bien, puesto que no quería que nadie me vinculara con ellos. Tampoco estaba de acuerdo con lo que hacían, y si iba a callarme y a aceptar sus reglas, era solo porque hice un trato.

Y mis padres me enseñaron que cuando un trato se hacía, debía cumplirse, aunque no fuese firmado en un papel. Se respetaba por honor y esa visión siempre la tenía y cumplía.

Connor y Jacob me estaban empezando a caer bien, eran chicos relajados y divertidos, sobre todo Jacob, que en ningún momento dejó de ser un idiota engreído, aunque muy gracioso. Connor, por su lado, era tranquilo, reservado en algunas cosas y serio en otras. Sin embargo, cuando debía también sabía hacer bromas y divertirse.

Me informaron que entrenaría con ellos en algunas ocasiones y era obligación para todos en la organización mantenerse en forma, por lo que me inscribirían en un gimnasio que para Grigori era de confianza. Al menos eso era algo que no me molestaba para nada, igual pregunté por qué eso era un compromiso o requisito y su respuesta fue fácil: «los trabajos que se hacen aquí requieren de una buena condición física porque muchas veces en las misiones, hay enfrentamientos».

«Bonita manera de comenzar una nueva vida».

¡Puf!

Al terminar de informarme lo que debían, salimos de la mini cafetería y nos dirigimos a un salón en el que se encontraban Tess, Elsa y Dylan. Todos estaban vestidos con ropa deportiva, sudorosos, lo que me confirmó que habían estado entrenando.

Me tensé de inmediato cuando mi mirada se cruzó con la de Elsa y Dylan. Ella me miró engreída y con mucho odio. Dylan lo hizo con repugnancia. Supe en ese momento que jamás trabajaría bien con ellos y solo rogaba para que las misiones acordadas pasaran rápido y así evitarnos tal tortura.

—Me emociona que estés aquí, *Yūjin* —exclamó Tess, llamándome *amiga* en japonés con mucha emoción.

—Me alegra saber eso —repuse sincera y correspondí al abrazo que me daba con mucha efusividad.

—¿Cuándo vendrás para que entrenemos juntas? —preguntó entusiasmada.

—¿Quieres la revancha? —cuestioné en broma y ella rio.

—Será divertido —respondió guiñándome un ojo.

Aunque la tensión con los otros dos era palpable, por lo menos sabía que tenía a varias personas con las que podía contar dentro de esa organización para hacer menos torturante mi tiempo ahí.

—Elijah está con mi padre y Evan en su oficina —informó de pronto Tess y me sorprendí un poco.

No me interesó averiguar el verdadero nombre de LuzBel antes. Sin embargo, al escucharlo de su hermana reconocí que era muy bonito, aunque también extraño. Extraño que alguien lo llamara por su nombre, en realidad, pero siendo Tess su hermana, era muy lógico que obviara el apodo.

—Le encantará verte —agregó con sorna y no comprendí a quién de los dos se refería: si a Evan o a su tonto hermano, pero decidí no preguntar para no parecer interesada en ninguno.

—¡Ajá! A mí también —afirmé con sarcasmo y ella siguió riendo divertida por mi reacción.

—Son iguales —musitó y decidí hacerme la que no escuché nada, pero luego de que Connor también dijera lo mismo de LuzBel y de mí, comprendí que hablaba de su hermano.

—LuzBel, ya hemos terminado —habló Connor y de inmediato un escalofrío me recorrió el cuerpo al saber que él estaba ahí.

¡Maldición!

—Entonces, ¿qué hace ella todavía aquí? —preguntó él con molestia y me tensé al escucharlo muy cerca de mí.

«¿Así o más imbécil tenía que ser?», me pregunté a mí misma tras escuchar aquella respuesta que fue como una daga atravesándome la dignidad.

—Es que moría de ganas por verte —bufé con sarcasmo, dándome la vuelta y quedando frente a frente. Descubriendo que sí, se encontraba muy cerca de mí—. Tanto que decidí esperarte.

—Nunca aprenderás a quedarte callada —dedujo con altanería.

—Sí, lo haré cuando tú aprendas a no ser tan idiota. —Su rostro se endureció más y noté cómo apretó los dientes tratando de controlarse.

De un solo paso, se acercó más a mí, poniendo su mano en mi cintura y pegándome a él hasta que su rostro quedó cerca del mío.

El tipo no conocía lo que significaba espacio personal y, aunque quise replicar por ello, me quedé petrificada ante su acto. De nuevo, su contacto me provocó esa electricidad que me sacudió el cuerpo completo. El olor que emanaba de él (tan masculino, fresco, tan hombre) me embargó y su agarre me quemó, pero no de mala manera. En realidad, me hizo sentir muchas sensaciones que no reconocí. Mismas que jamás experimenté.

—Llegará el momento en el que te someteré a mí, White —prometió con un susurro en mi oído.

Su cálido aliento hizo que toda la piel de mi cuello se erizara. Puso el rostro de nuevo frente al mío, mirándome de una forma carente de emociones y sin saber qué responder, se la sostuve.

—Sigue soñando —musité segura y logrando recomponerme de la idiotez en la que fui envuelta por unos segundos—, que es gratis —seguí y él sonrió de lado.

Me fue imposible pensar que, aunque era un jodido idiota, también era muy sexi.

«Y yo comenzaba a creer en las palabras de Jane: *ese Tinieblo era peligro*».

—Llévatela de aquí —ordenó sin dejar de verme y no supe a quién le había dado esa orden. Quité su mano de mi cintura y me separé de él.

Fue su idea meterme a su organización, así que no se la pondría tan fácil.

—Déjame llevarla a mí —pidió Evan.

—Bien, pero sácala ya de aquí —espetó el maldito como si mi presencia le produjera náuseas. No hice más que enfadarme.

Pasé de inmediato por su lado, golpeándolo con el hombro para quitarlo de mi camino y, aunque no dijo nada, de soslayo vi que apretó los puños. Noté la satisfacción de Elsa y Dylan al haber presenciado todo y la sorpresa en los demás chicos.

Caminé a paso rápido para salir de inmediato. No me despedí de nadie, aunque en esos momentos era lo que menos me importaba. Me sentía indignada por la manera en la que LuzBel respondía a mi presencia y también me enojaba sentirme así por su culpa cuando no tenía que importarme lo que él pensara o sintiera por mí.

Escuché los pasos apresurados de Evan detrás de mí y con tal de salir de ahí lo más pronto posible, no me afectó que fuese él quien me llevara de regreso hasta la cafetería en la que dejé mi coche.

—¡Bella, espera! —gritó a mis espaldas, pero lo ignoré y seguí mi camino porque no quería hablar—. Por favor —suplicó y me agarró el brazo, deteniéndome y haciendo que girara en mi propio eje hacia él—. Necesito hablar contigo y explicarte muchas cosas —habló de nuevo.

—¡¿Y qué diablos me vas a explicar?! —espeté con toda la furia que me embargaba.

—Lo siento —dijo tomándome de la cintura y la sorpresa me petrificó cuando unió sus labios a los míos.

«¡Guau! Ese era mi tipo de improvisación favorita».

CAPÍTULO 12

¿Acaso quemas?

ELIJAH

Después de casi dos horas entrenando con Bob, mi estado de ánimo seguía sin calmarse por lo que sucedió con la castaña y sí, no era tan imbécil como para no admitir que yo colaboraba mucho para sacarle lo cabrona, pero... ¡Joder! No me estaba resultando tan fácil como pensé lidiar con una chica como ella.

Vi entrar a Evan con un humor peor que el mío y, sin protegerse los puños, se fue directo a la zona de sacos de boxeo cerca del cuadrilátero y comenzó a darle puñetazos a uno, poniéndole rostro al objeto según veía, ya que lo golpeó con ímpetu y mucho odio, aunque por muy fuerte que le diera, su genio de mierda no mermaba.

Decidí acercarme a él y averiguar qué le sucedía cuando temí que perdiera el control. Caminé hacia el área de boxeo y me coloqué detrás del saco que golpeaba y lo sostuve sin decir nada para que sus golpes fueran más compactos. Me miró unos segundos y continuó golpeándolo.

Algo le enfadaba e intuí la razón.

—¿Qué te tiene así? —pregunté cuando se detuvo para tomar agua.

—¿De verdad te importa? —cuestionó con ironía y lo miré alzando una ceja.

Estaba más cabreado de lo que imaginé.

—No seas idiota, Evan. Somos amigos y por muy hijo de puta que me creas, sabes que nuestra relación es especial. —Lo vi reír por lo que dije y supe bien por qué fue—. Bien, eso sonó muy marica, pero entiendes a lo que me refiero —aclaré.

—Es por Bella. —Lo observé con duda—. Por Isabella, la llamo así —explicó y reí burlón.

¿Era en serio?

Rodó los ojos y me calmé para que continuara.

—La besé —soltó y creo que fue bueno el haber dejado de reírme antes.

Aunque supe que mi mirada cambió luego de lo que dijo porque me miró extraño.

—Se supone que eso debería tenerte feliz si tanto te gusta esa castaña —acoté, decidiendo que le dejaría ese apodo a la chica.

Mi voz sonó más dura de lo que pretendía. Me acerqué al saco de boxeo y comencé a golpearlo.

—Se supone, pero no es así. Al principio intentó corresponderme, aunque después se apartó de mí y me dijo que tenía novio. —Di un golpe fuerte al saco logrando que este se rompiera y la arena comenzara a salir de él—. ¡Guau! Ese golpe fue muy potente. ¿Te sucede algo? —cuestionó sonriendo, pero lo ignoré.

Me sucedían muchas cosas y solo deseaba que Evan no se fuera a convertir en un problema para mí.

—Hablar de esa tipa siempre me pone de mal humor —bufé y a la vez traté de controlarme e ignorar el porqué me afectaba lo que Evan me dijo.

—Isabella no nos ha hecho nada, LuzBel —me recordó y lo miré con frialdad.

Eso era lo que me jodía, que no nos había hecho nada. Sin embargo, mi humor cambió mucho desde que la conocimos. Era como si quisiera repelerla a toda costa por ser tan altanera, como si su sangre chocara con la mía. Pero, por otro lado, estaba mi necesidad por mantenerla cerca, así fuera solo para fastidiarla. Aquella necesidad aumentaba cada vez más sin proponérmelo, y no poder controlar esa situación me exasperaba.

—¿O la odias por ese parecido que todos hemos notado, pero que callamos para no incomodarte? —inquirió con precaución y negué apretando los puños con demasiada fuerza.

—Cuida lo que dices —le advertí y alzó las manos en señal de disculpas—. Y no te confíes porque esa chica guarda muchos secretos y alguien poderoso debe cuidarle la espalda para que no podamos llegar a ellos —seguí y respiró profundo.

Él sabía que tenía razón, pues solo alguien con un poder igual al nuestro podría borrar información incluso de los servidores de la organización.

—Ella en verdad me gusta —confesó cambiando de tema de nuevo y, aunque ya lo sospechaba, no me lo dijo en el mejor momento—, pero me dejó las cosas muy claras y aseguró que mientras esté en una relación, jamás podrá corresponderme.

Sonreí por inercia.

—Siempre puedes deshacerte del novio —increpé y me sacudí la arena que cayó del saco en mis zapatos. Luego lo miré a los ojos.

—¿Tú lo harías si ella te gustara tanto? —Reí sarcástico por su pregunta. Él me conocía bien y todavía ponía en duda mi forma de ser.

La respuesta era fácil. En otros tiempos habría respetado una relación ajena, pero no en ese. Así que sí, lo haría si me gustase o no, lo haría solo por placer, por orgullo.

—A mí las mujeres me gustan solo para llevarlas a la cama y para eso no me importa que tengan novios —recalqué—, pero si una mujer me gustara tanto como para algo más que una buena follada de una sola noche y tuviese novio, me encargaría de que ella se deshiciese de él —aseguré.

—Yo no soy así, LuzBel. No podría meterme en una relación. —Eso ya lo sabía. Evan siempre era así de estúpido. O mucho más hombre, según otras personas.

—Ese es tu problema, Evan. Te detienes ante el primer obstáculo. —Me miró con curiosidad—. Sufres porque quieres. Yo, en tu caso, no pensaría en que ella está en una relación y la conquistaría —decirle esas palabras me costó demasiado, pero las vocalicé, esperando no arrepentirme luego.

—Jamás podré ser así. Recuerda el dicho ese de «no hagas a otros lo que no quieres que te hagan a ti».

¡Ilusos!

—A veces me pregunto ¿por qué tú y yo somos amigos? —me burlé—. Al final ese dicho importa una mierda y siempre llega otro queriendo lo tuyo. Aquí gana el que es más hijo de puta, no el más honorable —finalicé pasando por su lado y dando palmadas en su hombro.

Él sabía que se lo decía por experiencia propia, no solo porque me encantaba ser un hijo de puta.

Dicho eso, decidí dar por finalizada esa charla y caminé afuera del gimnasio, dejándolo ahí. Aunque yo no me sentía mejor que él, puesto que de mi cabeza no salió su confesión y me enervó que se volviera tan idiota por esa castaña recién llegada. También me despertó más la curiosidad sobre su dichoso novio, pero no quise preguntarle nada más a Evan para no darle más importancia a esa chica de la que merecía de mi parte.

Me subí al coche y decidí ir al departamento de Elsa a sacar la tensión que sentía, misma que aumentó tras la charla con Evan. Era consciente de que Elsa estaba molesta conmigo, aunque también sabía que podía ponerla feliz muy rápido. Y para mi jodida suerte, durante todo el camino no hice más que pensar en lo que hablé con Evan y en el acercamiento que tuve con Isabella por la mañana. Percibir su nerviosismo y la calidez de su cuerpo muy cerca del mío me puso muy duro, lo admitía.

Ese éxtasis que tanto me encantaba me lo provocó el simple contacto que tuvimos y fue lo que más me jodió en su momento, ya que me rehusaba a sentir incluso el deseo más carnal por ella. No debía, así de sencillo.

Ya en mi destino, me apresuré a llegar a la puerta del apartamento de Elsa. Toqué tres veces para que supiera que era yo y luego de unos minutos, abrió. No se veía muy feliz, su cabello rizado estaba un poco enmarañado y reí por eso haciendo que rodara los ojos.

—¿A qué vienes? —espetó con cólera.

—¿No me invitas a pasar? —pregunté ignorando a posta su pregunta.

—Estoy por entrar a bañarme —bufó y cruzó los brazos a la altura de sus pechos, haciendo que se miraran más grandes y provocativos.

Estaba molesta, pero igual me provocaba. ¡Mujeres!

—¿Me invitas a bañarme contigo? —dije adentrándome al apartamento sin que me invitara a hacerlo.

—Puedo hacerlo sola —masculló haciéndose la difícil.

No iba a durar mucho.

—Lo sé, pero yo podría limpiarte mejor —ofrecí alzando las manos y lamiéndome los labios—. O ensuciarte. Tú decides.

Le guiñé un ojo tras decir eso y se mordió el labio.

—No estoy contenta contigo, LuzBel. Eres un idiota que me ofende y luego me busca.

—Bien, sé que soy un idiota así que déjame arreglarlo.

—¿Cómo? —cuestionó ocultando una sonrisa.

Ya estaba cayendo.

—Tú sabes cómo. —Me acerqué a ella tras cerrar la puerta y puse las manos en su cintura—. Déjame hacerte olvidar lo que hice —susurré en su oído y lamí el lóbulo de su oreja.

Sin esperar respuesta, la tomé del culo obligándola a subir a mi cintura para enredar sus largas piernas en ella. Comencé a lamerle el cuello y sin parar, me dirigí al baño.

Al llegar nos desnudamos sin tanto preámbulo y nos metimos a la ducha sin darle tiempo al agua para que se calentara. Ambos jadeamos al tener contacto con ella. Le di la vuelta y mis manos viajaron a sus tetas.

Su espalda presionaba mi pecho y sus pezones se endurecieron no solo por el agua que caía sobre ellos, sino también por el roce que mis dedos le daban. Recogí su cabello hacia un solo lado y comencé a lamer desde su hombro hasta su nuca. Mis caricias bajaron a su vientre y encontraron lugar entre sus piernas. La toqué de forma tortuosa mientras frotaba mi dura erección en el hueco de sus nalgas.

Elsa llevó una de sus manos a mi nuca y la otra a mi pierna para presionarme más a ella. Sabía que la tendría rápido.

—Me vuelves loca —jadeó y sonreí en su cuello. Eso ya lo sabía.

Seguí lamiendo sobre su cuello y oreja. Mi mano volvió a masajearle los pechos mientras que, con la otra, abrí su raja y con dos dedos comencé a acariciar su clítoris. A pesar de la humedad por el agua, también sentí la de sus fluidos y sus gemidos me demostraron que amaba lo que le estaba haciendo.

—¿Te gusta lo que sé hacer con mis manos, pequeña loca? —cuestioné con la voz ronca por el deseo.

—Sí, pero necesito más —respondió entre jadeos.

Hice que se diera la vuelta y sin más juegos, la subí de nuevo a mi cintura, enterrándome en ella a la vez que pegaba su espalda a los azulejos del baño. Gimió y no solo de placer, sino también por un poco de dolor, dolor que le provoqué con mi brusquedad, pero no me importó porque estaba seguro de que eso le encantaba. Ya nos conocíamos demasiado bien en ese ámbito.

La embestí con fuerza, mis dedos se clavaron en sus caderas y sus uñas en mis hombros. Me encantaba ver su rostro deformándose con sus gestos de placer y eso solo aumentaba el mío. Estaba consciente de que no había usado condón, pero con Elsa no me importaba, no era la primera vez que eso pasaba y la conocía demasiado para asegurar su buena salud y, aparte de eso, ella solo se acostaba conmigo así que, continué disfrutando de su cuerpo. Enterré el rostro en el hueco de su cuello y apresuré mis penetraciones, provocando más deleite en ambos.

Sentí que su interior comenzó a contraerse y, tras tres embestidas más, explotó en un orgasmo, gritando mi apodo a la vez que enterraba más las uñas en mis hombros. Lejos de dolerme, la sensación me gustaba tanto que tuve ganas de correrme en ese instante.

Salí de su vagina con la intención de masturbarme para llegar a mi liberación, pero me sorprendí cuando la vi agacharse, tomar mi pene con sus dos manos y metérselo a la boca. Gruñí al sentir cómo pasaba la lengua por la corona de mi polla viéndome a los ojos.

La vista que tenía de ella era jodidamente caliente y eso, junto con las caricias que me proporcionaba, hicieron que mi orgasmo se avecinara. Gruñí debido a su boca dándome el máximo éxtasis que existía. Sus manos subieron a mi abdomen y lo recorrieron hacia atrás llegando a mi trasero, hizo presión provocando que me hundiera más hasta llegar a su garganta y juro que en esos momentos adoré a esa chica y todo lo que me hacía.

Mi polla en su garganta le causó una arcada y la sacó de inmediato. Su saliva se volvió espesa y con ella comenzó a masturbarme y, sin poder soportarlo más, me corrí haciendo que mi semen cayera en su cara. Me apoyé con las manos en las baldosas del baño para estabilizarme un poco.

Cerré los ojos luego de verla ponerse de pie, quedando aprisionada entre mis brazos. Se acercó y me besó la mejilla. La miré segundos después y la encontré con un dedo en la boca, saboreando mi semen, provocándome una sonrisa de satisfacción.

—Sabes delicioso —susurró con una sonrisa.

—Igual que tú —dije recordando todas las veces que la saboreé.

—Todavía no entiendo por qué siempre caigo contigo, así me quiera hacer la difícil —confesó.

—Porque soy como una droga —musité sonriendo de lado y pensando en algo que leí hace un tiempo.

—¡Ajá! ¿Y por qué como una droga? —preguntó.

—Porque la que me prueba no me deja y la que me deja no me olvida —respondí encogiéndome de hombros y ella rio con sarcasmo.

—También eres un maldito altanero y muy idiota —bufó haciéndose la molesta.

Pero ya no lo estaba, así era ella, así éramos los dos. Discusiones estúpidas y sexo sin amor. Lo más fácil y saludable para nuestras vidas.

Los días pasaron y entre las clases en la universidad y trabajos con mi padre, no me quedaba tiempo de ponerme a discutir o enfrentarme con Isabella, además de que casi ni la había visto. Los chicos me informaron que inició sus entrenamientos con ellos en el cuartel y ese día comenzaría en el gimnasio, así que me apresuré a terminar con todos los pendientes que tenía y me dirigí hacia la oficina de Bob para planear algo con él y luego ver cómo le iba a la castaña con su entrenamiento.

—¿Puedo saber qué hizo esa chica para merecer *tu juego*? —cuestionó, ironizando lo último y me reí.

—Solo estoy tratando de prepararla para mi mundo —musité sereno. Alzó una de sus gruesas y canosas cejas y luego negó.

—Es gracioso verte tan interesado en esa chica. ¿Es guapa? —su pregunta me tomó por sorpresa y decidí omitir la respuesta.

—Solo haz lo que te pido —solté y supe que era hora de dejar aquel interrogatorio.

—Veo que no solo es guapa, sino que también un reto al que no estás acostumbrado —comentó y negué.

—Ya, viejo. Limítate a cumplir con lo que te pido —increpé y salí de la oficina para no darle oportunidad de que siguiera soltando tonterías.

Al llegar al área de pesas, vi que White aún no llegaba, pero sí se encontraba Dylan, Jacob, Connor y Evan. Los saludé y después de recibir las indicaciones que Bob me dio para mi rutina, comencé mi entrenamiento.

No era nada fácil, pero me gustaba trabajar así de fuerte, así que no me quejaba.

—¿Averiguaste lo que te pedí? —pregunté a Connor en un momento de descanso.

—Sí. Se llama Elliot, pero es todo lo que pude obtener —bufé por su respuesta y también me tensé con ese nombre que me dio—. No te enfades. Jane es su amiga y no suelta nada acerca de ella —se excusó y recordé lo cerca que él comenzaba a estar de esa miedosa. Solo esperaba que esa distracción no influyera en su eficiencia.

—¿Cuál es el apellido de ese tipo? —pregunté de inmediato y Connor negó. No lo sabía—. Me intriga que esa chica esconda tanto. Su vida es un misterio —masculló con molestia y curiosidad por saber el apellido de su novio.

Esperaba que no fuese quien sospechaba, porque si lo era, la pobre pagaría los platos rotos.

—Por lo menos sabemos que el novio se llama Elliot —dijo tranquilo, aunque yo no lo estaba y había algo que no me dejaba estarlo—. Tengo una base para investigar mejor, LuzBel y no creo que sea quien tú piensas. Sería demasiada coincidencia —añadió al verme pensativo.

—Y si lo fuera, sería obra del destino dándome la oportunidad de acabar lo que no pude terminar —aseguré y negó—. Bien, dile a Bob que no olvide las indicaciones acerca de su rutina —ordené dando por terminada la plática y sabiendo que él intuía a lo que me refería, aunque dudaba de algo.

Ignoré su curiosidad.

Continué con mi entrenamiento y cuando estaba por terminar, vi a la castaña entrar al gimnasio acompañada de Tess. Se acercaron a Bob y mi hermana se encargó de presentarlos. Isabella lucía jodidamente sexi con su ropa deportiva y no pude dejar de admirar todos los atributos que poseía. Sacudí la cabeza para sacar de mi mente los estúpidos pensamientos que tuve casi en un segundo y seguí con mi rutina, pero me vi interrumpido por Bob y las chicas.

—Chico, necesito tu ayuda —pidió mi viejo amigo. Terminé mi última serie y tomé la pequeña toalla que dejé en una de las máquinas para limpiarme el sudor.

—¿Sí? —murmuré en un jadeo por el cansancio.

—Tenemos al fin a la nueva Grigori con nosotros. —Señaló a la castaña actuando como se lo pedí—. Pero voy de salida y necesito que supervises su entrenamiento. —Sonreí al ver la cara de Isabella.

—¿No puede ser otra persona? —bufó de inmediato con indignación.

Como si yo lo fuera a permitir, menos con la ropa que usaba.

—Ni creas que es de mi agrado —masculló viéndola con frialdad y sí, estaba fingiendo.

Me estaba gustando mucho joderla.

—¡Ya, chicos! Bob, yo puedo ayudarle —interrumpió Tess y por dentro maldije al ver que podía arruinar mis planes.

—¿Sabes toda la rutina bomba? —le preguntó Bob y ella negó de inmediato—. ¿Ves? por eso no puedo decirle a alguien más que me ayude, ya que solo tu hermano la conoce. Además, es el único que ha logrado hacerla —informó y vi la frustración de Isabella—. Así que vamos, mientras más rápido comiencen, mejor —animó.

Asentí con diversión y Tess e Isabella lo hicieron con resignación.

—No te pases, Elijah —advirtió Tess en un susurro pasando por mi lado. Solo me limité a ver a la castaña fulminándome con la mirada.

Sí, White, tu hora de comenzar a pagar tu altanería había llegado.

—¿Lista para tu entrenamiento, Bonita? —pregunté burlón. Ella solo rodó los ojos y se encogió de hombros—. Bien, comenzarás con los estiramientos, luego veinte minutos de cardio para calentar y seguiremos con una hora de circuitos y una de *crossfit* —informé tomando una pose demandante.

Ahí supe lo bien que se sentía Bob cuando nos mataba a punta de ejercicio.

—Eso es mucho para un día —se quejó.

—Eso es mucho para los débiles —recalqué y vi cómo se enfadó.

Di justo en su orgullo.

Comenzó con lo que le indiqué y sabía que lo hacía con resignación. Por dentro, estaba más que satisfecho al hacerla pagar por todo lo que hizo desde que nos conocimos. Isabella tal vez pudo haber olvidado que tenía una cuenta pendiente conmigo por su forma de ser hacia nosotros, pero yo no y justificado o no, planeé todo a la perfección y debía admitir que Dylan y Elsa fueron los más felices al enterarse de mis planes.

Dylan pudo estar presente para comprobar todo; no obstante, para desgracia de Elsa, ella se lo perdería ya que mi padre la había enviado a una misión especial. Se tendría que conformar con lo que le iban a comentar luego.

Con cada momento que pasaba, presionaba más a Isabella y la obligaba a hacer rutinas que ni siquiera un *crossfitter* con experiencia lograba completar. Me divertía mucho ver su cara de frustración, pero también aceptaba que era perseverante y (aunque con dificultad) lograba terminar cada serie.

—¿Es-esta es una venganza, cierto? —preguntó con torpeza y reí—. ¿Por qué me odias tanto? —jadeó y negué.

—Deja de hablar y continua —ordené con voz tranquila, aunque me puse serio.

—Ayúdame con esta —pidió ya que la barra a la que tenía que agarrarse para trabajar el abdomen estaba muy alta y debido a su cansancio no tenía aliento ni para saltar. Sonreí irónico y negué a su petición—. Anda, ayúdame. ¿O te da miedo tocarme? —preguntó y su burla, a pesar de que me pinchó el ego, también me divirtió.

Incluso viendo lo que le estaba pasando por haberse creído más que yo, tenía la osadía de provocarme.

De una zancada me acerqué a ella y la tomé de la cintura, causando que su vientre se rozara a mi pelvis. Jadeó con sorpresa.

—A ti debería darte miedo estar muy cerca de mí —susurré cerca de su rostro y la reacción que provoqué en ella me satisfizo.

—¿Acaso quemas? —ironizó con un poco de nerviosismo.

Se rehusaba a dar su brazo a torcer.

—Quemo y arrastro al infierno —le advertí y percibí que su cuerpo tembló y me maldije al sentir cómo me ponía su reacción, cómo su olor a vainilla y su cuerpo lleno de sudor me hicieron imaginarla en la cama, debajo de mí mientras gemía mi nombre.

—Prepárate —ordené tratando de borrar mis pensamientos e impulsarla para hacer que se agarrara de la barra.

Me había cabreado.

Su cansancio era notable con cada repetición que, con mucha dificultad, lograba ejecutar y sus jadeos por el esfuerzo eran más fuertes. Eso último solo lograba que mi mente no dejara de lado los pensamientos que antes tuve de ella y que seguían recreando imágenes que, en ese momento, no las deseaba. Así que sacudí de nuevo la cabeza.

«Si así te hago jadear tanto, no quiero ni imaginar cómo gritarías si te tuviera en la cama», pensé.

La vi detener sus repeticiones, saltó al suelo y me miró sorprendida. Maldije al darme cuenta de que no solo lo pensé, lo dije y ella me escuchó.

—Eso no sucederá ni en tus sueños —espetó indignada.

—No te creas tanto, tampoco eres de mi agrado —solté con arrogancia.

—Eres un idiota, LuzBel y qué bueno que no te hagas ilusiones conmigo porque nunca me acostaría contigo —atacó con altanería y asco.

—Te diría que nunca digas nunca, pero esta vez también pienso igual —aseguré—. No me van las chiquillas mimadas de mami y papi —me burlé.

En ese momento, noté en su rostro un choque de emociones: sorpresa, dolor e ira.

—Ni a mí los malditos petulantes y narcisistas de mierda —masculló al recomponerse, pasando por mi lado.

Hija de…

—¿A dónde vas? —cuestioné—. No hemos terminado.

—Voy a buscar a un verdadero hombre. No me apetece estar más con un estúpido macho arrogante —aseveró con voz filosa, haciendo que mi buen humor desapareciera de inmediato.

Era la maldita segunda vez que rebajaba mi hombría.

«Te haré caer, chiquilla insolente», pensé mientras la veía caminar afuera del gimnasio.

No sabía perder y me hice la promesa de hacer que Isabella se tragara cada una de sus palabras y así demostrarle que cuando yo deseaba algo, lo obtenía y con ella no sería la excepción.

CAPÍTULO 13

En el dolor también hay placer

ISABELLA

Salí del gimnasio hecha una furia y matada del cansancio. LuzBel hizo todo a propósito y todavía tuvo la osadía de expresar sus pensamientos morbosos. Reconocía que era una estupidez de mi parte, pero me molestó que, tras decir tremenda insensatez, tuviese la cara de despreciarme como si la que se lo hubiese insinuado fuese yo.

¡Joder! Que me mirara como si yo fuera lo más insignificante hirió mi orgullo.

Y no me consideraba fea ni mucho menos, tampoco era de las mujeres que gustaban de que todos los tipos las desearan, pero hombre, la forma en la que él se refirió a mí fue demasiado desagradable y al ser la primera vez que tenía que lidiar con un patán como él, me provocó ciertas inseguridades.

A lo mejor el cambio de horario, país, ciudad y vida, estaban suscitando un efecto en mi personalidad peor de lo que imaginé, porque los tipos como ese idiota eran a los que menos atención debía ponerle. Sin embargo, ahí estaba, molesta porque lo odiaba, frustrada por lo que me hacía sentir y decepcionada de mi actitud.

—Chiquilla mimada de papi y mami… ¡Puf! —murmuré con dolor al recordar esas palabras.

«Si lo supiese todo, no hablaría así».

Exacto y me molestaba que juzgara sin saber.

Hubiese dado todo de mí por serlo, deseaba volver a ser una niña mimada por sus padres, pero me arrebataron esa oportunidad el día que asesinaron a mi madre y mi padre me envió lejos para "protegerme" y, aunque sabía que me amaba, mantenerme alejada me dolía cada vez más, me hundía en la soledad y me hacía ser quien no era.

¡Carajo! Había pasado tantas fechas especiales sola e intuía que quizá caí en depresión en algún momento, que hasta admiraba seguir con ganas de luchar y forjarme un nuevo futuro.

Me metí a mi coche y le llamé a Elliot mientras trataba de controlar mi desesperación. Necesitaba escucharlo y saber que él todavía me amaba y me deseaba. Precisaba de mi cable a tierra y él era eso: mi novio, mi amigo y la persona que me mantenía en pie.

Aunque me sentí más idiota al darme cuenta de cómo LuzBel me hizo sentir y me maldije por comenzar a volverme tan vulnerable ante él.

«No habías cumplido ni los dieciocho años, Colega. Papá te mantuvo en una burbuja, así que no era de idiotas que te volvieras vulnerable ante situaciones tan nuevas para ti».

¡Dios! Gracias por no haberte burlado de mí en un momento como ese.

«Y que otro te besara tampoco era malo».

¡Diablos!

El beso con Evan también era un tema que me tenía mal, pues me hizo cuestionarme muchas cosas. Sus labios en los míos se sintieron muy bien, la delicadeza con la que tomó mi cintura, la calidez de su cuerpo y todo lo que me provocó me asustó, ya que tenía claro que sentir tal cosa no era correcto. No debía ni podía. Pero tampoco pude evitarlo. Evan me tomó por sorpresa y quizás le hubiese correspondido si no hubiera pensado en Elliot en ese momento.

¡Madre mía! De verdad me asustaba el cambio que estaba experimentando. En mi interior, tenía una revolución de sentimientos y en mi cabeza todo era como los manchones o nubarrones que dibujaban en las caricaturas cuando las querían hacer parecer confundidas.

Por un instante pensé en llamar a mi padre y decirle que necesitaba volver a Tokio. Allá todo fue más fácil y con lo único que debía lidiar era la soledad y falta de respuestas; no obstante, imaginé a mi madre molesta por no enfrentarme a la vida y a las dificultades como ella me lo enseñó y eso me convenció de seguir en Richmond y luchar contra los cambios.

«Los grandes cambios siempre vienen acompañados de una fuerte sacudida, Colega».

Ya, lo sabía. No era el fin del mundo. Era el inicio de uno nuevo.

Me tenía que repetir eso como un mantra.

Había mantenido en secreto lo de mi noviazgo con Elliot porque papá me advirtió de que, a la mínima fuga de información, podría abrir una brecha para que sus enemigos me encontraran, pero tras aquel beso con Evan, tuve que dejarle claro que mientras estuviera en una relación, nada pasaría con nadie.

Eso lo tomó por sorpresa y, por supuesto, también lo decepcionó. De hecho, al principio no lo creyó y dedujo que solo era una excusa de mi parte para no hacerlo sentir mal, pero luego de una breve explicación se dio cuenta de que no mentía y más cuando por cuestiones del destino, recibí una llamada de Elliot y él escuchó todo.

Me sentí una mierda al ver su tristeza, pero era mejor eso a que se ilusionara y yo alimentara una utopía que no tenía caso.

—De verdad lo siento, Evan, pero esto no puede volver a repetirse —señalé en ese momento y suspiró un tanto molesto.

—Discúlpame tú a mí —pidió—. Me dejé llevar, no me diste motivos para creer que algo podía pasar entre tú y yo y aun así me arriesgué. —Asentí apenada y él sonrió tranquilo para que no me sintiera mal. Fue inútil.

«Deseaba poder tenerlos a todos».

Estúpida conciencia, así no me ayudabas.

«Perdón».

Jane se seguía sintiendo culpable por la situación en la que me metió por saldar una deuda que no me pertenecía, pero le dejé en claro que lo hacía por ella y por la amistad que comenzaba a crecer más entre nosotras. Conocí a Cameron, su hermano, y a pesar de que la mayor parte del tiempo era un tonto, también descubrí a un buen chico. Su mayor error fue dejarse llevar por la ambición y tarde se arrepintió de ello.

Se disculpó conmigo muchas veces y prometió pagarme de alguna manera lo que estaba haciendo y, aunque le dije que no era necesario, insistió mucho y dijo que en algún momento encontraría la forma de quedar a mano conmigo.

Dos días pasaron desde que estuve en el gimnasio con LuzBel y había estado evitando encontrarme con él porque no quería verlo, odiaba hacerlo y recibir esa mirada de desprecio que tenía cada vez que nuestras miradas se encontraban. Dylan, por su parte, cambió un poco y su odio hacia mí se calmó, pero LuzBel seguía igual o peor y aún me carcomía la cabeza pensando en la razón de su actitud conmigo.

—¿Cuántos novios has tenido en realidad? —me preguntó Jane.

Estábamos en un descanso de clases y habíamos ido al café de los frappuccinos por uno de caramelo que ella tanto amaba, y la entendía porque con el primer sorbo que le di al mío, me condené a hacerme adicta a ellos.

—Solo él, desde los catorce —admití con un poco de pena.

Me sentía tan estresada con lo que pasó con Evan que terminé contándole a Jane lo del beso, aunque omití el hecho de que quien me tenía más azorada era el mismo tipo que a ella la aterrorizaba.

—¡Diablos! Y yo que me creía inexperta por seguir siendo virgen a mi edad —se burló y la miré con sorpresa y vergüenza.

—¡Jane! —exclamé y río—. ¡Dios! No me hagas sentir como una puritana —pedí y no paró de reírse.

—Bien, lo siento —dijo tratando de calmarse—. ¿Ya tuviste sexo con él? —siguió y decidí sorber mi bebida en lugar de responderle.

No quería que se siguiera riendo de mí.

—Hemos hecho cosas, pero nunca llegamos hasta el sexo de verdad —admití y me alivió que no se riera de eso. Supongo que porque ella también era virgen entendía el punto—. Nuestra relación no ha sido fácil, Jane. De hecho, hasta me sorprende seguir teniendo novio con todo lo que he tenido que pasar —admití y ella me miró con empatía.

Me hacía sentir muy bien que respetara mis límites y que le importara más seguir siendo mi amiga que saber todo mi pasado. Eso de verdad hacía las cosas más fáciles entre nosotras.

—No es necesario que lo admitas o niegues, Isa. Pero por lo que intuyo, no has vivido la vida normal de nuestra juventud, así que es lógico que te sientas así de mal por un beso que ni siquiera provocaste —señaló y miré mi bebida como si fuera lo más interesante—. Mamá siempre dice que nacimos para cometer errores y aprender de ellos, no para ser perfectos. Así que deja de sentirte culpable por algo que no hiciste con la intención de dañar.

—Es que no me siento mal por eso, Jane, sino por todo lo que he puesto en duda después de lo que pasó —confesé y me tomó de la mano.

No le mentía, era muy consciente de que yo no provoqué nada con Evan, pero sí me hacía sentir culpable todo lo que vacilé luego de su beso.

—Rompiste la burbuja en la que tú misma te habías mantenido, amiga. Así que es lógico que tengas muchas dudas porque estás viendo ya el mundo como en realidad es y no como has querido verlo —explicó y entendí su lógica—. Ahora verás que no hay solo cuentos de príncipes y princesas, sino también de villanos.

—¡Mierda, Jane! Yo…

—¡Hola, chicas! —saludó Connor de pronto, llegando a nuestra mesa e interrumpiendo nuestra charla.

—¡Hola! —saludé al verlo.

—Hola —dijo Jane y noté un sonrojo muy tierno en ella cuando Connor la miró y le sonrió.

—¿Puedo? —preguntó señalando el lugar vacío al lado de ella.

—Puedes —me apresuré a responder antes de que Jane negara por los nervios que a leguas se notaba que tenía.

«No que tú eras la puritana».

Me preguntaba lo mismo.

Nos pusimos a charlar los tres un rato mientras comíamos, reíamos y hacíamos bromas, dejando de lado mi plática anterior con Jane. Ella se calmó un poco y vi que entre esos dos había miradas y sonrisas cómplices y especiales. Connor era muy guapo, mi amiga también y viéndolos juntos comprobé que existía mucha química entre ambos. La inocencia de Jane me provocó mucha ternura y supe que a Connor le atraía mucho eso de ella.

—Chicos, tengo que salir un rato —avisé a ambos.

—Voy contigo —dijo Jane de inmediato, dejando claro que sus nervios estaban de regreso.

«Vamos, Isa, tenías que darle un empujón a esa miedosa».

—No, Jane, quédate con Connor —pedí y le guiñé un ojo a él, haciéndolo sonreír y vi su mirada de agradecimiento.

—Quiero acompañarte —insistió.

«¡Ves! Era una tonta, tenía todo un banquete frente a ella y se quejaba por falta de hambre».

—Jane, no me hagas pensar que tú también eres una puritana que deja de vivir la vida como se debe —le dije entre dientes y ella me fulminó con la mirada, provocando que me riera—. Nos vemos a la salida —añadí cuando se resignó.

—Isa, hoy te irás conmigo —avisó Connor de pronto y no fue una petición. Cerré los ojos con fuerza y fastidio al sospechar de qué se trataba—. Ya sabes, órdenes del jefe. Hoy tenemos entrenamiento en el cuartel.

—¡Ya sé! —bufé y él rio por mi fastidio—. Nos vemos luego.

Salí del café y opté por ir a sentarme bajo un gran árbol que estaba en uno de los jardines del campus. Al estar ahí y acomodarme, decidí sacar mi cámara y tomar algunas fotografías.

Capté algunas imágenes de la naturaleza, flores, insectos y uno que otro chico o chica que se encontraba sumergido en algo que acontecía en sus vidas. Eso era lo que me gustaba de la fotografía, que podía capturar momentos rutinarios y los convertía en únicos.

A lo lejos vi a Elsa con su mirada fija en algo, dirigí mi cámara en esa dirección y noté que no era algo, sino alguien: LuzBel.

Estaba a un metro de ella con el móvil en su mano revisando Dios sabía qué. Observé cómo la chica lo miraba con amor y admiración. Unos segundos después, LuzBel levantó la vista y se encontró con la de ella. Elsa sonrió, pero él no lo hizo.

La miró serio y sin ninguna expresión en su rostro. A pesar de eso, noté también que la manera de mirarla era muy diferente a la forma en la que me observaba a mí y, aunque era lógico, me hizo sentir incómoda.

¡Dios! Estaba comenzando a preocuparme.

—¿Espiando, Isa? —Di un respingo al escuchar esa voz y mi corazón se aceleró.

—¡Mierda, Tess! Me has asustado —mascullé mientras llevaba una mano a la altura de mi corazón. Ella rio al ver lo que provocó.

—Bonita cámara —halagó.

—Gracias y no estaba espiando —le aclaré de mala manera por el susto y por su indirecta.

«Fue directa».

Okey, okey.

—Ajá —bufó, rodando los ojos con ironía mientras se sentaba a mi lado—. Al igual que todos, sé que te cuestionas sobre lo que pasa entre mi hermano y Elsa —aseguró y no respondí. ¿Tan obvia era?—. No son novios, eso te lo aseguro. Ella está enamorada de él hasta la coronilla, pero él de ella no.

—No entiendo por qué se rebaja a ese nivel entonces —formulé—, si quiere besos, caricias, flores y algo más, que lo busque en otro que sí la valore —murmuré. Tess se limitó a reír.

—Elsa de mi hermano obtiene sexo y caricias, pero no flores ni besos —confesó—. Por lo menos no en la boca —aclaró y negué al oír tal cosa.

—Ahora entiendo menos —musité. La curiosidad me invadió.

—Es fácil y te lo diré con las palabras de Elijah: «él no besa a quien solo le interesa para tener sexo». Mejor dicho, mi hermano no besa a ninguna mujer porque todas las que están con él es solo para sexo. No se enamora, no ama a ninguna mujer, su corazón lo hicieron de hielo, Isa. —Noté cierta advertencia en su voz.

—¿Lo hicieron? —cuestioné y pensé en que tal vez LuzBel sí se había enamorado antes, pero rompieron su corazón y por eso era así.

«Típico, una la caga y las otras lo pagan».

—Deja eso así —recomendó ella de buena manera y, aunque me intrigó saber más, me encogí de hombros fingiendo falta de interés.

—«A todo hombre mujeriego y fanfarrón le llega su momento de cabrón» —susurré más para mí, recordando las frases que a Lee-Ang le encantaba buscar en la web, viendo hacia Elsa y LuzBel. Escuché la risa de Tess.

—Aún no ha vuelto a nacer la mujer que hará llegar a Elijah a su momento de cabrón. —No pasé desapercibido lo de: «no ha vuelto a nacer»; no obstante, decidí ignorarlo por el momento.

—Él mira de forma diferente a Elsa —seguí—, no como nos ve a las demás, o por lo menos no como me ve a mí.

—En eso tienes razón —aceptó y sentí que mi estómago se estrujó. No era por nada en especial, solo se sentía feo que alguien te odiara sin razón—. Jamás vi a Elijah mirar a una mujer de la forma en la que te mira a ti, es como si luchara entre verte con odio o agrado. Lo confundes, Isabella, como jamás nadie lo ha hecho. —Ella logró captar toda mi atención con esas palabras. La observé con incredulidad y a la vez burla por lo que dijo.

—Me mira con desprecio, Tess —bufé—, y aún no sé qué le he hecho para que sea así.

—Ser diferente —aseguró—. Eres fuerte y no te arrastras ante él, tienes la dignidad y la inteligencia que a muchas les falta. No has caído rendida por él y no dejas que te intimide ni te sometas a su antojo. Eres diferente a lo que él está acostumbrado.

—Solo soy yo —puntualicé. Eso de ser diferente no iba conmigo porque seguía significando que eras reemplazable.

—Exacto y es por eso por lo que lo confundes.

Todo lo que Tess me dijo me hizo maquinar y pensar en la actitud de LuzBel y si hablábamos de confusión, él también me confundía y mucho. Podía comprender la arrogancia y el odio de Dylan por mí, pero no lo de LuzBel. No tenía fundamentos y quizás era eso lo que me molestaba más.

Seguí conversando un rato más con Tess, platicando sobre nuestra estadía en Tokio, la enseñanza que ambas recibimos del maestro Cho y lo que nos hizo llegar hasta allí. En su caso, fue por placer. El mío, necesidad, pero no profundicé en las razones y ella tampoco insistió.

Tess estuvo en la academia antes de que yo llegara y luego viajó de nuevo cuando yo me mudé a Richmond. Fue en ese entonces que supo de mí.

—¿Conociste a Lee-Ang? —pregunté y sonrió.

—Sí, nos odiábamos al principio, creo que era por el hecho de querer ser mejor que la otra. Un día el maestro Cho nos puso a entrenar juntas y terminamos peleando en serio —recordó. Me costaba creerlo, aunque no era difícil. Lee-Ang podía ser muy perra si no la sabían tratar y Tess era de las chicas que siempre buscaban sobresalir—. ¿Qué haces? —preguntó al verme sacar el móvil y marcar.

—Hacer una videollamada con Lee. Quiero que me cuenten todo con lujo de detalles —informé y rio.

—¡Cotilla! Además, la pobre debe estar dormida —dijo, pero no me importó.

Connor me esperó a la salida de clases como me había dicho que haría y junto a Jane nos dirigimos hasta el estacionamiento. Ahí nos despedimos de ella y le pedí que por favor se llevara mi coche y aceptó de inmediato.

De nuevo, fui testigo de las miradas cómplices que ella y Connor intercambiaban y no pude evitar emocionarme por ella, porque a pesar de que él pertenecía a Grigori, también había demostrado ser un buen chico, por lo que intuí que llegarían a ser una muy bonita pareja.

«Y nosotras siempre podríamos servir de celestinas».

Me pareció muy buena idea.

Me subí al mismo *Jeep* negro de siempre. Luego de que Connor se subió, se puso en marcha. Al principio viajamos en un silencio cómodo y nos limitamos a fundirnos en nuestros pensamientos o, por lo menos, yo me sumergí en los míos y disfruté del paisaje que encontramos en el camino al cuartel.

El invierno intentaba desaparecer en la ciudad y algunos árboles estaban recuperando su follaje. Bosques y lagos eran lo que más abundaban por esos lados, también los patos que disfrutaban de la frescura que les proporcionaba el agua. Incluso había ardillas y conejos que corrían libres por las pequeñas zonas verdes.

—Así que tienes novio —habló Connor luego de diez minutos de camino. Lo afirmó, no lo preguntó.

Supuse que Evan había comentado ese detalle mío y medio sonreí y negué a la vez.

—¿Te sorprende? —pregunté con diversión.

—Para nada. Lo que me sorprende es que nunca te he visto con él —aclaró.

—No vive aquí, por eso no me has visto con él.

—No sabía que eras de las que aceptan una relación a distancia. —Fruncí el entrecejo por sus palabras.

—Eres de esos que piensan que *"amor de lejos, felices los tres"* —acusé haciendo comillas con los dedos.

—O los cuatro —agregó, haciendo que rodara los ojos.

—¿Te gusta Jane? —Cambié el tema de repente, haciéndole alternar su cara de diversión a una nerviosa.

—Es muy hermosa y sí, me gusta —aceptó—, pero es una chica tímida y difícil.

—Lo bueno se hace desear —afirmé.

—Tienes toda la razón en eso y ella está muy buena —manifestó con doble sentido.

—Eres un idiota —solté y reí. Él también lo hizo.

Seguimos hablando acerca de sus sentimientos hacia Jane. Me pidió ayuda con ella y acepté dársela, pero no sin antes dejarle en claro que, si la llegaba a lastimar, las pagaría muy caro. Le advertí incluso que sería yo quien lo castigaría.

Llegamos al cuartel y luego de que Connor digitara la clave y pusiera sus huellas, la puerta se abrió. Bajamos del coche y me dirigió enseguida al salón de entrenamiento. Saludamos a Tess y a Jacob y entre los tres me explicaron lo que haríamos. Elsa y Dylan se unieron pronto, logrando que el ambiente se tensara. Traté de mantenerme en calma, algo que no conseguí por mucho tiempo porque Evan también se nos unió y, tras lo que sucedió entre nosotros, no me sentía cómoda. Su presencia me puso nerviosa, no podía evitarlo y él lo notó. Nos saludamos con cortesía, pero entre ambos se había formado una distancia enorme y me sentí mal porque de todos ahí, era Evan con el que mejor me la llevaba.

Luego de unos minutos, Evan fue el encargado de informarnos que esa vez nuestro entrenamiento se conformaría por combates entre nosotros. Aclaró que sería práctica y advirtió que no podía haber golpes directos.

Seríamos mujer contra mujer y hombre contra hombre, algo que no me pareció bien porque, entonces, ¿cuál era el objetivo de entrenarnos?

—¿Por qué debe ser así? —me atreví a preguntar. Vi a Evan sorprenderse por ello y algunos bufaron por lo mismo. Elsa y Dylan para ser específicos.

—Porque no sería una pelea justa —respondió esa voz de barítono a mis espaldas.

De nuevo ese estúpido escalofrío que aparecía cada vez que él estaba cerca de mí, reptó por mi columna y erizó un poco mi piel.

—Pensé que esta vez me libraría de ti —me quejé sin voltear a verlo.

Lo sentí rozar mi brazo al pasar por mi lado y esa maldita pero simple acción, me puso nerviosa. Estaba mal, muy mal.

«Estabas comenzando a disfrutar de ese tira y tira entre ambos».

Tira y afloja.

«No, entre ustedes dos siempre era un tira y tira. Ninguno aflojaba».

—Lo siento por ti —dijo sin sentirlo y se paró frente a todos con esa pose llena de arrogancia y seguridad que siempre carga encima.

Miré su torso desnudo y me dejó en *shock*. Sabía que tenía muchos tatuajes, pero jamás imaginé cuántos y de qué tamaños. Vi algunos tribales, una especie de dragón y rostros tatuados en todo su torso. Tenía *piercings* en sus tetillas y con eso muchos pensamientos llegaron a mi cabeza de forma involuntaria.

LuzBel solo usaba un pantaloncillo de deporte que llegaba abajo de sus rodillas, zapatillas negras y una gorra del mismo color que intuí que era para mantener el cabello en su lugar, ya que lo tenía un poco largo del frente. Un brillo de sudor se notaba en todo su cuerpo, por lo cual, deduje que ya había estado ejercitándose.

—Tanto te gusta lo que ves. —Y no preguntó, sino que lo afirmó con altanería. Sentí que me sonrojé, pero fingí que no me había afectado.

—Eso debió doler —susurré viendo todavía todos esos tatuajes e ignorando lo que me dijo.

—En el dolor también hay placer —afirmó y esa simple respuesta hizo que todos mis sentidos se activaran e imaginé que lo dijo con doble sentido—. Pero regresando a lo que importa, entrenaremos con los combates cuerpo a cuerpo. Mujer contra mujer y hombre contra hombre —entonó con demasiado ímpetu para que me quedara claro.

—No estoy de acuerdo con eso —espeté de nuevo, recomponiéndome de mi estado de idiotez.

—¿Y quién te dijo que lo que digas importa? —bufó Elsa posicionándose al lado de LuzBel.

Esa chica tenía más ovarios para hablar solo cuando él se encontraba cerca y estaba a punto de decir algo más, pero el idiota la calló con un gesto de mano. Ella rodó los ojos molesta por la acción de su amante.

—¿Por qué? —preguntó LuzBel viéndome a los ojos, intentando intimidarme.

—¿Para qué entrenamos? —pregunté. Él rio burlón, como si yo fuese la estúpida.

—Cuando salimos a misiones no es para jugar, chiquilla mimada. —Apreté los puños por cómo me llamó—. Nos enfrentamos a peligros reales y tenemos que saber defendernos.

—Y cuando una mujer va a esas misiones, ¿eres tan poderoso como para hacer que se enfrenten solo a mujeres? —masculló con cólera y mi mirada se volvió fría como la suya.

Juro que intentaba llevar la fiesta en paz, pero él no me lo hacía fácil.

—Quieres que aquí nos enfrentemos entre nuestro mismo sexo, pero en las misiones lo haremos con hombres. ¿Crees que es justo, señor poderoso? —Alcé la voz ante lo último y, al ver que se quedaba callado, continué—: Te crees el mejor de todos aquí, pero no sabes pensar, Elijah Pride —decir su nombre se sintió extraño, aunque también me hizo sentir una especie de control. Su mandíbula se tensó—. Te crees el sabelotodo y perfecto jefe. Sin embargo, tu orgullo y machismo no te dejan analizar con coherencia —finalicé y, por su mirada, supe que toqué profundidades peligrosas.

Se escuchó el sonido de unos aplausos al fondo del salón e intuí que todos dirigieron su mirada hacia donde provenía mientras LuzBel y yo nos seguíamos en una guerra de miradas.

¡Joder! Ya había quedado claro lo que me enervaba la forma en la que él se refería a mí, pero me costaba ignorarlo cuando me trataba tan mal siendo su idea el tenerme en la organización, todo por un capricho suyo. Y supe que él se puso muy molesto también por haberlo desafiado de esa manera.

Pero que se jodiera. Su decisión fue tenerme en Grigori y no solo yo lo lamentaría.

—¿Cómo se llama la chica que ha tenido la valentía de poner a mi hijo y sucesor en su lugar? —preguntó una voz gruesa y masculina.

LuzBel fue el primero en dar un paso atrás en nuestra guerra de miradas y dirigió su vista hacia el dueño de aquella voz. Hice lo mismo y vi a un señor vestido de traje caro, muy refinado y guapo para su edad. Su cabello cuidado a la perfección, sus ojos grises y muy familiares clavados en mí, aunque a diferencia de LuzBel, él me observaba con admiración.

—Hijo, ¿no me dirás el nombre de esta maravillosa chica? —le cuestionó y se notaba la autoridad que ese hombre emanaba.

—Se llama Isabella White y es una nueva súbdita —le informó él y, aunque lo de súbdita no me agradó, lo dejé pasar.

—Es un gusto conocerte, Isabella —dijo el señor acercándose a mí y tomando mi mano para besar el dorso de ella. Su acción me sorprendió, pero lo disimulé—. Soy Myles Pride, padre de Elijah y Tess, también jefe y uno de los fundadores de Grigori.

«Ya sabía de dónde heredó tan buenos genes el caliente demonio».

—Es un placer, señor —respondí con respeto e ignoré aquella perra voz en mi cabeza.

—Solo Myles —pidió y asentí—. Y a ti debería llamarte la gran Isabella —sugirió haciéndome sonreír.

—¿Ha visto Crepúsculo, señor Myles? —pregunté y él rio.

—Culpa a Tess —se defendió—. Y solo dime Myles, por favor. Eres una… súbdita, aunque con tu forma de pensar, llegarás a quitarle el lugar a mi amado Elijah. —Noté la diversión en lo que dijo y supe por qué lo hacía.

«¡Que te den, imbécil!», pensé al mirarlo con burla.

—Si su hijo aprendiera más de usted, sería un excelente sucesor —formulé siguiendo su juego.

—Aún debo enseñarle muchas cosas y creo que tú me ayudarás con eso. —Me guiñó un ojo.

—Estoy aquí —bufó LuzBel a nuestro lado. Aquella queja fue música para mis oídos y, si antes me veía con odio, en esos momentos me asesinaba con la mirada.

—Bien. Todos saben que antes de responder a mí, ustedes están bajo el mando de mi hijo, así que no suelo meterme en sus decisiones porque por algo es mi mano derecha —expresó Myles hacia todos, ignorando a LuzBel—, pero lo que Isabella ha señalado es cierto. Los Grigori nos enfrentamos a peligros reales como lo ha dicho Elijah, pero, sobre todo, las mujeres. Desde el entrenamiento deben encararse en contra de hombres, porque afuera de estas paredes, no podemos elegir sus batallas y el riesgo es mayor. Así que desde hoy los entrenamientos serán hombres contra mujeres, de igual a igual —ordenó viendo a su hijo a los ojos.

«Así que sí había alguien que lo ponía en su lugar».

¡Qué bien!

—Un buen jefe sabe reconocer sus errores, hijo y aprender de ellos —LuzBel solo asintió a lo que su padre le dijo—. Isabella, es un gusto tenerte aquí. Bienvenida a mi familia.

—Gracias, Myles, aunque no será por mucho —le aclaré.

—Espero que el tiempo que estés, te haga cambiar de opinión —deseó y le sonreí.

Me miró entonces por unos largos segundos y me cohibí. LuzBel también lo notó y carraspeó con disimulo.

—Lo siento por eso, es solo que me recuerdas mucho a alguien —confesó al darse cuenta del momento un tanto incómodo.

En mi periferia, noté que LuzBel se tensó demasiado.

—Espero no recordarle a ningún enemigo —bromeé para liberar la tensión.

—No, hija. Todo lo contrario, me recuerdas a alguien que quise mucho —aclaró haciendo que mi corazón se estrujara cuando me llamó hija. Miró a LuzBel y noté que le dijo mucho con ese gesto—. Espero verte de nuevo —añadió tras eso.

—Gracias —musité y lo vi irse segundos después.

Todos volvieron a lo suyo con posterioridad y como lo esperaba, me gané miradas incómodas de algunos.

—Nadie que yo no quiera me llama por mi nombre —aseveró LuzBel detrás de mí. Me erguí tratando de controlar el efecto que causaba esa manía que tanto tenía de ponerse muy cerca de mi espalda— y no quiero que tú lo hagas, White —susurró cerca de mi oído. Su olor tan masculino mezclado con su fragancia golpeó mis fosas nasales y me embriagaron.

Amé su olor y lo admitía, aunque a él lo odiara. Y a pesar del momento, noté que estaba más furioso, pero por alguna razón dudé que en ese momento fuera solo por mi causa.

—Para ti y para todos mis súbditos, soy LuzBel.

—O idiota —me atreví a decir.

Se puso rígido y presionó su cuerpo al mío. Suspiró con fastidio y su aliento rozó la piel desnuda de mi cuello. Mis vellos se erizaron y mi corazón se aceleró.

«¡Joder!»

—Algún día haré que te tragues todas tus palabras —amenazó, alejándose de mi cuerpo.

«Yo también te haré tragar las tuyas», prometí.

La vida entera es una rosa y donde cada pétalo es una ilusión, cada espina es una realidad.

CAPÍTULO 14

Una bruja hermosa de ojos miel

ELIJAH

Salí del salón de entrenamiento muy enfadado. Me sentía traicionado por mi propio padre y que esa tipa me haya llamado por mi nombre, me cabreó mucho más, pero por razones muy distintas que no admitiría, ni siquiera para mí.

Lo único que aceptaría es que estaba dejando que Isabella me tocara demasiado los cojones al permitirle contradecirme y enfrentarme cada vez que se le daba la gana. Me provocaba a límites peligrosos y tenía que ejercer toda mi fuerza de voluntad para no humillarla como quería. Ni siquiera sabía por qué me contenía tanto con ella cuando con facilidad podía decirle lo que se merecía.

Era urgente que entendiera de una vez por todas quién mandaba en esa organización y en esa ciudad, sin importarme qué tanto la avergonzara. Sin embargo, así pensara en eso, terminaba por refrenarme al quererlo llevar a la práctica y eso me cabreaba más que su altanería porque era como si deseara hacer todo aquello, pero por algún motivo que desconocía y cuando de ella se trataba, no lograba ser del todo el cabrón que era con los demás.

Antes de salir del salón le pedí a Evan que comenzaran con el entrenamiento que, gracias a mi padre, se haría como la mimada lo pidió. Y debía admitir que tuvo toda la razón en alegar, pues sus puntos fueron más que acertados y, aunque nunca lo aceptara frente a nadie, me admiró que la castaña tuviera los cojones de decírmelo en la puta cara. Sonreí al recordarlo, la inteligencia que poseía era sorprendente y cada vez me convencía de que no era igual a las demás.

Era peor.

¡Joder! No creía en la magia, en nada que no pudiera ver, de hecho. Pero Isabella me estaba alterando tanto que llegué a suponer que era una bruja que con destreza me hechizó para obligarme a luchar conmigo mismo entre odiarla o soportarla. Esa era la única explicación válida para entender mi idiotez con ella.

—Concéntrate, imbécil —me reproché a mí mismo—. Si la bruja está en Grigori es porque así lo quise —analicé.

Y, aunque al principio la obligué a entrar para castigarla, en esos momentos comencé a considerar que la cagué. ¡Mierda! Ahí iba de nuevo con la duda, otra de las cosas que me enervaban últimamente, pues siempre fui un hijo de puta seguro, aunque en semanas esa seguridad desapareció y en muchas ocasiones me encontré replanteando cada paso que estaba dando.

¿Cómo alguien que no soportabas podía cambiar cada maldita cosa en tu ser?

Porque, ¡joder! Sabía que muchos tipos cambiaban por amor, pero ya había comprobado que eso no me pasaría a mí.

¿Pero hacerlo por odio? Y ni siquiera para ser peor, que era lo más lógico.

¡Me cago en la puta!

Ni siquiera la maldita mujer con la que comparé a esa castaña sin intención, me hizo dudar tanto en mi vida o logró hacer de mi cabeza una mierda. Jamás llegó a enojarme como me enojaba Isabella y no me hizo necesitar de las peleas y los enfrentamientos entre ambos como un poco de sazón para mi vida.

A lo mejor eso me frustraba más que todo lo demás, pues era una insolente la que me estaba haciendo caer en la imbecilidad. Una chica que con sus rasgos me recordaba lo peor de mi pasado, pero que, con su actitud, me obligaba a creer que todo podía ser distinto cuando me prometí jamás volver a ser débil con nadie. ¡Puta madre! Canté victoria demasiado rápido el día que mis pesadillas me abandonaron, las malditas solo me dieron un descanso y volvieron a mí la noche de aquel día en el que la castaña se cruzó en mi camino.

Isabella White, una bruja hermosa de ojos color miel, pero bruja al final de cuentas.

La actitud que mi padre tuvo con ella fue otra de las cosas que me alteró. Myles Pride era un hombre duro, un demonio peor que yo, caracterizado por su arrogancia y altanería. Ejercía su poder como se le daba la gana y su sola presencia hacía que todos temblaran, pero con Isabella fue diferente.

¡Grandioso!

Pude notar el desconcierto en todos los chicos: el asombro en Tess y la envidia en Elsa al ver la amabilidad con la que padre le habló a esa chica. Y que hubiese mencionado su pasado fue algo sorprendente porque ni él ni madre hablaron de eso jamás. Esperaba que no sacara a relucir nada del mío, sobre todo luego de decirle a Isabella que le recordaba a *alguien*.

Toqué la puerta al llegar a la oficina de padre y después de que me permitiera entrar, tomé asiento en la silla frente a su escritorio. Estaba impaciente y con hambre de respuestas que él tenía que darme.

—Sabía que no tardarías en venir a buscarme —señaló con una sonrisa burlona.

—¿Qué sucedió allá afuera? —inquirí sin rodeos.

—Sucedió que al fin conocí a alguien capaz de ponerte en tu lugar. —Reí satírico por su tonta respuesta.

—Nadie que yo no quiera me pone en mi lugar y eso solo se los permito a ti y a madre —señalé—. Te recuerdo, padre, que ni tú puedes controlarme a veces y si lo haces, es solo porque te respeto —aseguré recordándole la infinidad de problemas que tuvimos en el pasado. Lo vi ponerse serio.

—No sé por qué razón has hecho que esa chica entre a esta organización, Elijah. —Tomó una postura de poder como era característico en él cuando diría algo de suma importancia—. Pero tú sabes que, si no permito que Tess entre, es precisamente para protegerla de los peligros a lo que nos enfrentamos.

—¿Y eso qué tiene que ver con Isabella? —masculló con dureza y se tensó.

—¡Tiene todo que ver, Elijah! ¡No tienes ni idea del problema que acabas de traerme! ¡Así que ahora la cuidarás con tu vida! —advirtió y aceptaba que su tono de voz me llegó a intimidar, pero más me desconcertó que se expresara así de Isabella.

Y eso solo podía significar que no estaba tan equivocado con respecto a la vida de la castaña.

—Desde que conocí a esa chica he tratado de investigarla y saber quién es, pero su vida pasada es un puto misterio —aseveré demostrándole que no me intimidaría su forma de hablarme o defenderla— y no soy idiota y lo sabes. Pude ver en tus ojos el asombro cuando escuchaste su nombre. —Lo vi removerse incómodo por mi acusación—. Y ahora me dices esto —largué y él solo se acomodó en su lugar—. ¿Tú sabes quién es ella?

—No es el momento de hablar sobre el pasado, mi amado ángel de alas negras —respondió, llamándome como madre lo hacía cuando era pequeño y, aunque su forma de hacerlo no fue con burla, sí lo hizo con decisión.

Bufé en respuesta. Sabía a la perfección que odiaba aquel mote, pero a él no le importaba, siempre me llamaba de esa manera en los momentos menos indicados.

—Solo te pido que protejas a esa chica —añadió.

—¿Protegerla? ¡Puf! Le estás pidiendo tremenda estupidez a la persona equivocada. ¡Esa chica me vuelve loco! —espeté ante su insistencia—. Y si está aquí es porque voy a darle una lección —admití y lo vi sonreír—. ¿Qué te causa tanta gracia?

—Me recuerdas mucho a mí cuando tenía tu edad —respondió con diversión—. Ya llegará el momento de que hablemos sobre esto y te prometo que entenderás todo —agregó más calmado—. Ahora, deja la estupidez, Elijah Pride y haz lo que te pido —ordenó severo—. Y no olvides que a veces las personas que te vuelven locas son las que más marcan tu vida. Recuerda a Am...

—No te atrevas a mencionarla —advertí. No quería escuchar aquel nombre que tanto dolor me provocaba—. No lo hagas jamás frente a mí.

—Está bien, hijo. Esto será a tu manera y lo de Isabella a la mía, así que haz lo que te he ordenado y, por favor, vete. Tengo mucho trabajo por hacer. —Me despidió con *sutileza*. Negué fastidiado y caminé hacia la puerta sin rechistar.

Sabía que no serviría de nada en ese momento. En eso Myles y yo éramos idénticos, pues cuando nos proponíamos algo, no descansábamos hasta conseguirlo y, en este caso, él tenía las de ganar. Así yo fuera un cabronazo, respetaba los rangos y más el suyo ya que no solo era el jefe de Grigori, sino también mi padre.

—¡Elijah! —Me detuve antes de abrir la puerta al escucharlo, pero no volví a verlo—. Recuerda que muchas veces un demonio no siempre quiere serlo y necesita la luz de un ángel para saber de lo que se pierde. —Sonreí.

—No cuando el demonio quiere seguir siendo un demonio, padre. Así que deja esos cuentos de libro para Tess —le sugerí y salí sin esperar una respuesta.

Me sentí más confundido de lo que había llegado, me cabreaban las interrogantes y descubrí que mi padre tenía muchas. Necesitaba saber todo sobre Isabella y supe que, si seguíamos llevándonos tan mal como hasta ese momento, no iba a lograr nada.

Debía tener una nueva estrategia para obtener lo que deseaba y sonreí al pensar en cuál sería la perfecta para lograrlo, una que nunca me fallaba. Tal vez sería más hijo de puta, pero en la guerra y en el amor todo se valía y para mí, eso era la guerra.

Y atacaría en mi terreno.

Llegué de nuevo al salón de entrenamiento y noté el cansancio de todos los chicos. Elsa estaba en la lona combatiendo contra Dylan y sonreí orgulloso al ver cómo ponía en práctica lo que le había enseñado, logrando así derribar en muchas ocasiones a Dylan.

Tess, Isabella, Jacob y Connor se encontraban a un lado, conversando y observando el combate. Evan servía como referí y les daba algunas indicaciones.

—¿Cómo es la mecánica de los combates? —pregunté llegando a su lado.

—Son rondas y quien gana continúa en la lucha con el siguiente, mientras que el que pierde se va a esperar para luego enfrentarse a los demás perdedores. —Reí por lo que dijo y él se encogió de hombros—. Sugerencia de tu loca hermana —se excusó.

—Debí imaginarlo —repuse con burla.

Continué viendo el combate y lamentaba de vez en cuando cómo Elsa recibía unos cuantos golpes en su hermoso culo, aunque lo bueno de eso era que luego tendría la excusa perfecta para sobarlo. Desvié la mirada hacia los demás chicos y pillé a Isabella observándome, sonreí por dentro al notar que se había avergonzado y la ignoré. De nuevo puse mi atención en el combate.

Elsa perdió y salió de la lona. Jacob entró y comenzó a combatir contra Dylan. Los dos eran muy buenos, pero fue Jacob quien salió vencedor. Connor fue el siguiente y con sus movimientos fluidos de artes marciales, logró vencer a Jacob dejando así un nuevo lugar para mi hermana.

Tess tomó su lugar y se dispuso a combatir con Connor. La sonrisa burlona en el rostro de él me hizo asegurar que había cometido el peor error de su vida. La loca zanahoria odiaba que hicieran eso. Y como lo preví, Connor fue derrotado por Tess y no muy feliz salió de la lona dándole su lugar a Evan. Él era uno de los mejores en la organización después de mí, su combate era limpio y certero, logrando poner a mi hermana en una situación muy difícil.

—¡No te enojes, Tess! ¡Recuerda lo que hemos hablado! —gritó la castaña alentando a mi hermana, pero lo dijo tarde porque Tess cayó a la lona gracias a un golpe de Evan, y se rindió.

Cuando ella salió, entré para enfrentarme a Evan. Vi la intención de Isabella de luchar con él, pero decidí poner en práctica desde ese momento mi estrategia.

Que comenzara el juego.

—¿Listo para la diversión? —preguntó Evan.

—Como siempre —respondí dejándome ir contra él.

Como era combate de entrenamiento, tratábamos de hacerlo sin golpes. Ambos usábamos armas de madera simulando una verdadera lucha a muerte. Los ataques de Evan fueron muy precisos, aunque demasiados obvios para mí, dándome la oportunidad de evitarlos y hacer movimientos que lograban acertar en puntos vitales de su cuerpo.

Lo llevé a la lona un par de veces, así como él lo hizo conmigo, pero, al final, luego de que le apliqué una llave, se rindió. Sonreí al lograr una vez más lo que me propuse.

Evan salió de la lona y le dio paso a la castaña, quien le susurró algo a Tess y luego sonrieron.

—Veo que estás muy confiada, Bonita —dije cuando la tuve frente a mí.

—Para nada, LuzBel. —Escucharla llamarme así me hizo sentir extraño.

Supongo que como un imbécil ya me estaba acostumbrando a que me llamara idiota.

¡Vaya mierda!

—¿No confías en ti? —Traté de provocarla y la vi sonreír con arrogancia.

—No confío ni en mis dientes porque a veces me muerden la lengua. —Reí y lo hice de verdad.

Ella siempre tenía una respuesta listilla para mí. Esa chica, aparte de inteligente, era inquisitiva y cuando quería hasta graciosa.

—¿Lista? —pregunté.

—Siempre —respondió.

Ambos tomamos posición de combate y fue ella quien atacó primero y me sorprendió. Sus golpes eran fuertes y me hizo entender que quería una lucha de verdad. Pero a pesar de lo que la mayoría deseaba y creían de mí, no era capaz de golpearla.

Ni a ella ni a ninguna otra mujer a menos que fuese con un buen azote en el culo después de llenarlas de placer. Podía ser un cabrón con todas, pero jamás maltratador. Aunque de vez en cuando acariciaba sus cuellos con un poco más de fuerza de la necesaria, mas solo cuando tocaban demasiado mis cojones.

Continué evitando sus golpes y tratando de llevarla solo a combate cuerpo a cuerpo. Era muy buena y logró evitar muchos de mis ataques. Algo en mí cambió en ese instante y el respeto comenzó a querer surgir. La chica quiso medirse con hombres sabiendo que era igual o mejor que nosotros.

Un rato después la noté cansada y conseguí llevarla a la lona, sacando el aire de sus pulmones al caer de espaldas. Jadeó y se puso de pie de inmediato. Cuando menos lo esperaba, me dio una fuerte patada en la parte de atrás de mis rodillas, logrando que cayera al suelo, pero descuidando su defensa.

La tomé de un tobillo y la volví a hacer caer. Si hubiese sido Tess en su lugar, en esos momentos hubiera estado maldiciendo a todos, muy cabreada y dándome la oportunidad de vencerla más rápido, pero no era ella y la castaña pensaba muy bien sus movimientos, acertando la mayoría. Con seguridad podía decir que, si hubiéramos estado en un combate real, habría logrado salir muy bien librada.

Cansado de todo eso, decidí hacer mi último movimiento llevándola a la lona de nuevo y demostrándole quién era el mejor ahí. La tomé de los dos pies y se llevó las manos a la cabeza para protegerse y cuando cayó me posicioné a horcajadas sobre ella. Jadeó e intentó recuperar todo el aire que había perdido de sus pulmones.

—¿Te rindes, Bonita? —pregunté arrogante.

—Jamás lo hago —respondió con dificultad mientras se removía intentando zafarse.

—Entonces te jodiste porque yo tampoco lo hago —musité burlón.

—¿Estás seguro de eso? —cuestionó, pero, al hacerlo, sentí que una de sus manos tocó uno de mis muslos. Me removí un poco al no entender lo que hacía y la vi sonreír de forma pícara.

Eso no me lo esperaba.

—Sé lo que intentas hacer. —Mi voz fue dura, pero sin estar molesto.

—¿Qué hago, LuzBel? —susurró con inocencia.

Sus actos me demostraron que con la inocencia disfrazaba la maldad y eso me puso mucho. Su mano siguió avanzando hacia arriba de mi pierna.

—Te gusta jugar con fuego, ¿eh? —dije y sonrió más—. No lo hagas porque puedes quemarte —advertí.

—¿Quién te dijo que no sé jugar con él? —Callé ante su pregunta—. Sí, juego con fuego y me gusta quemarme —musitó cuando estaba a punto de llegar a mi entrepierna, logrando ponerme nervioso al ver que no le importaba hacerlo frente a todos los demás, porque era obvio que ellos estaban viendo y sus jadeos lo comprobaron.

—¡¿Pero qué mierda?! —grité cuando, sin esperármelo, me tumbó con agilidad en la lona y presionó un cuchillo de madera en mi garganta, estando ella a horcajadas sobre mí.

—¡Ups! Acabas de quemarte con el mío, querido LuzBel. —Sonrió triunfante haciéndome reír a mí. Levanté las manos en señal de rendición y acepté mi tan vergonzosa derrota—. Estás muerto —señaló lo obvio.

—Eres muy inteligente, Castaña. Creo que haremos un buen equipo —acepté frente a ella.

Sin pensarlo, dejé caer las manos entre sus piernas y caderas. El brillo de inocencia que antes vi se instaló de nuevo en sus ojos y sonreí satírico al notarlo. Isabella juraba saber jugar con fuego, pero nunca había estado cerca del mío.

—Gracias. —El orgullo en su rostro se notó y se puso de pie ignorando lo que hice.

Me ofreció la mano y acepté poniéndome de pie. Nos quedamos viéndonos sin soltarnos por unos cuantos segundos y vi el instante en que todo entre nosotros dio un giro.

—¡Esto quedará para la historia! —gritó Tess cerca de nosotros y abrazó a Isabella haciendo que soltara mi mano.

Sentí que sonreí de lado y alcé una ceja sin apartar mis ojos de los suyos. Ella le correspondió a mi hermana y cuando no pudo más con nuestra guerra de miradas se concentró en Tess. Caminamos hacia los demás, quienes se rieron burlones cuando me vieron.

—Te dije que ellos piensan más con la cabeza de abajo, así que no lo olvides —le recordó Isabella a Tess y negué riéndome porque ella sabía muy bien que la estaba escuchando.

Pero esa vez se lo pasaría porque acertó muy bien, aunque también sabía que llegaría mi momento de acertar.

Los chicos siguieron riéndose, al igual que Tess después de que dejó de alabar la hazaña de su amiga. Dimos por terminado el entrenamiento y mi hermana se marchó con la castaña hacia las duchas. Me quedé observándolas, sin poder creer lo que sucedió.

—Amo a esa chica. —La voz llena de emoción de Jacob me sacó de mis pensamientos.

—Tú amas que te pateen el culo —dijo Connor a su lado.

—La tipa es digna de formar parte de Grigori, ¿no? —Hasta yo me sorprendí de lo que Dylan había dicho.

—¿Por qué lo dices? —preguntó Evan.

—Porque sabe lo que posee y lo maneja a su antojo y eso la convierte en alguien que es mejor tenerla de amiga que de enemiga. —La seguridad en su voz al responder fue sorprendente—. Una Grigori a la que hay que temer y lo digo en serio —añadió y me tensé con lo último.

—¡Maldita sea! ¿Tú también, Dylan? —espetó Elsa—. Creí que serías el único que no se volvería un idiota por ella —acusó y eso me molestó.

—Yo no estoy idiota por ella —aseguré.

—Sí, ¡ajá! —respondió poniendo los ojos en blanco.

—Ni yo lo estoy —aseveró Dylan—, pero veo la realidad y esa chica es un verdadero demonio con rostro de ángel.

Todos callamos e intuí que por dentro sabíamos que esa era la verdad. Isabella reconfirmó ser diferente a todas las chicas que conocí y que haya jugado así conmigo me seguía manteniendo atónito. Jamás lo esperé de ella y cambió mi manera de pensar, sobre todo porque me convenía que fuera así para la estrategia que tenía pensada en llevar a cabo.

Nos cambiamos de ropa luego de una ducha y preparamos todo para marcharnos. Salimos al estacionamiento del cuartel y cada uno se dirigió a su transporte. Yo caminé hacia mi motocicleta.

—Elsa, te irás con Connor —le avisé cuando habíamos llegado.

—Él viaja con esa tonta y ni loca me voy con ellos —bufó.

—Ella no se irá con él, tú sí —masculló con un poco de rudeza.

Estaba a punto de replicar cuando la castaña y mi hermana se acercaron.

—¿Nos vamos? —le preguntó a Connor.

—Lo siento, pero no viajarás conmigo —le informó él con pena.

—¿Y con quién lo haré? —cuestionó con intriga.

—Conmigo —dije elocuente—. Esta vez tendrás el placer de viajar con tu jefe. —La arrogancia y diversión se reflejó en mí al ver su rostro.

—No me hagas esto, LuzBel —susurró Elsa cerca de mí—. No te vayas con ella.

No entendía por qué después de tantas aclaraciones, Elsa seguía actuando como si le debiera algo, como si acostarnos significara que debía respetarla como pareja.

—No creo que sea necesario dar una explicación, Elsa —respondí lacónico—, pero es solo estrategia. Vete con Connor —añadí entre dientes, haciendo pausa en mis últimas palabras para remarcar la orden.

—¿Estrategia para qué? —preguntó Evan a mi lado y me sorprendió ya que no lo sentí llegar.

—Son mis asuntos, así que no se metan —advertí antes de que me hicieran perder el buen humor.

—Recuerda lo que te hablé de ella —pidió Evan y supe a lo que se refería.

—Si ella me interesara como mujer, te aseguro que no me importaría lo que tú me has dicho —confesé siendo directo—, pero mi estrategia no es llevarla a la cama para obtener lo que deseo. No soy tan mierda y si en algún momento pasara algo entre nosotros, será porque Isabella también lo quiere y lo sabes —le recordé con rudeza y él asintió. Ya que me conocía.

—Lo sé y lo siento —dijo entonces.

—No te disculpes —pedí—, solo ten en cuenta que si ella me interesara como estás pensando, voy y me la consigo. Y me vale que tenga novio o que tú estés enamorado de ella. —Nos miramos directo a los ojos—. Soy así, egoísta y un jodido hijo de puta que obtiene lo que desea y eso va para ti también, Elsa. —Aunque vi el dolor en su mirada, preferí ser claro con ella por milésima vez—. No le pertenezco ni le debo explicaciones a nadie.

—No me lo restriegues en la cara —inquirió ella con enojo.

—No lo hago, solo lo aclaro. —Dirigí mi mirada hacia Isabella, quien no se notaba muy feliz y se susurraba cosas con mi hermana mientras estaban alejadas de nosotros. A mí sí que me hacía feliz—. ¡Anda, Bonita! Mueve tu hermoso culo hasta aquí —pedí con burla. Luego de sacarme el dedo medio, caminó hacia mí, acción que me hizo reír con diversión.

Ese sería un viaje muy divertido.

CAPÍTULO 15

Tregua

ISABELLA

Nunca esperé estar tan cerca de LuzBel a como lo estuvimos en el entrenamiento. Estar bajo su cuerpo y luego sobre él me hizo tener estúpidos pensamientos que requirieron de toda mi fuerza de voluntad para controlarlos. Me sentí poderosa y orgullosa al sentir que se estremeció ante mi contacto, sobre todo después de las veces que demostró que no le interesaba como mujer.

«¿Y si volvíamos a provocarlo?»

Claro que no.

Su sonrisa al darse cuenta de que lo había derrotado fue genuina y eso me sorprendió demasiado, a la vez que me cautivó de sobre manera. No iba a negar que el tipo poseía la belleza que describen en los ángeles, pero también el alma de un demonio. Él mismo se encargó de dejarme claro lo malo que podía llegar a ser.

Tan malo como para atreverse a asesinar a alguien y era eso lo que me hacía mantenerme alerta y alejada lo más que se podía de su presencia.

«Aunque no lo estabas logrando, Colega».

Como sea.

Subirme a esa motocicleta junto a él era lo último que esperaba. Al aceptarlo, me gané una mirada llena de dolor por parte de Evan y otra de odio por parte de Elsa. Sin embargo, estaba acostumbrada a las de ella y no me afectó en nada, pero la de Evan sí me hizo sentir muy incómoda, aunque era consciente de que yo no hacía nada malo y tampoco era mi culpa estar en aquella situación. No forzaba nada; al contrario, me forzaban a mí a actuar como no quería.

Resignada, subí detrás de LuzBel y me coloqué el casco que me entregó. Si sus intenciones eran hacer que lo tomara de la cintura para mayor seguridad, lo logró. Y no porque lo deseaba, sino porque el muy maldito me obligó. Al principio me agarré de la parte de atrás de la moto y sonrió satírico al darse cuenta de que no lo quería tocar.

—Ahora no quieres tocarme, pero hace un rato deseabas jugar con mi entrepierna —formuló todo socarrón, haciendo que pusiera los ojos en blanco.

«Y también que te avergonzaras».

—Solo fue estrategia. Ni sueñes con que algún día lo haga de verdad —repuse segura.

Él solo sonrió en respuesta.

Se puso en marcha acelerando con exageración. Tan rápido que llegué a temer por mi vida y más cuando el agarre que tenía en la *Ducati* no me hacía sentir para nada segura. Tragándome mi orgullo, me vi obligada a rodearlo de la cintura con los brazos para aferrarme un poco más a la vida.

Amaba vivir y no estaba dispuesta a dejar de hacerlo por su culpa.

«¡Puf!»

Sentí que los músculos de su abdomen se contrajeron, indicándome que se reía por lograr lo que quería desde el principio.

—Imbécil —masculló sabiendo que no me escucharía.

—*Te escuché claro, Bonita* —dijo divertido y me sorprendí cuando también yo lo hice a través del casco.

—Esto tiene que ser una maldita broma —bufé.

—*Para nada, solo son los intercomunicadores que poseen los cascos* —explicó.

Jamás me hubiese esperado eso, pero sabiendo a lo que se dedicaban, no me sorprendió la información, más al imaginar que necesitaban estar siempre comunicados en sus misiones.

—Como sea. Prefiero no escucharte —espeté y lo oí reír.

Estando en esa situación, admitía que deseaba sentir su abdomen sin tela de por medio. Anhelé poder trazar con mis dedos la forma de sus tatuajes, sentir sus músculos marcados y su piel tersa. Y… suspiré con pesadez al darme cuenta del giro que tomaron mis pensamientos.

«Es que, ¿cómo evitarlo cuando tenías a semejante Adonis delante de ti?»

Pues sí, era algo difícil.

Lo malo, tal vez, no era querer sentirlo, sino saber que no nos llevábamos bien y, por alguna razón, intentábamos odiarnos. Algo a lo que por supuesto íbamos bien encaminados. Lo malo también era mi situación, pues tenía novio y nos amábamos. No me importaba lo que la gente creyera de una relación a distancia. Elliot era único, crecí con él y confiaba en él. Mi problema era distinto y grave. Toda la situación con LuzBel me estaba abrumando, no sabía si por ser una experiencia nueva en mi vida o por otra razón, pero toda mi existencia comenzaba a ponerse en duda.

«Nacimos para cometer errores».

Sí, eso me había dicho Jane, pero… ¡Carajo! LuzBel no era un error que me podía dar el lujo de cometer.

Nunca había creído en ángeles o demonios, vampiros u hombres lobos, hadas o ninguna de esas idioteces de las que tanto hablaban en los libros, pero si lo hiciera, en definitiva, habría supuesto que LuzBel era un ángel caído y más por su manera de manipular todo a su favor e inducirme a pensar cosas que jamás imaginé.

Él sabía persuadirme y me asustaba.

Por mucho tiempo fui una chica dura, en algún momento mimada e inmadura que, poco a poco, se convirtió en todo lo contrario. Mi padre muchas veces intentó controlar mi carácter y, aunque logró moldearme, siempre supe utilizar mi libre albedrío y solo si me convenía aceptaba cosas que tal vez no me parecían. Quizás era por eso que me daba miedo todo lo que me sucedía cuando estaba cerca de ese hombre, pues mi libre albedrío se iba a la mierda y terminaba haciendo lo que él quería así no me conviniera porque, aunque me doliera admitirlo, de alguna manera me estaba logrando controlar.

Y era contra eso que debía luchar.

—Pensé que me llevarías a casa —dije cuando se detuvo frente a una cafetería.

—Pensaste mal —murmuró seco, quitándose el casco y bajando de la motocicleta.

Lo imité y me pasé las manos por el cabello para acomodarlo y luego sobre mis brazos para darme un poco de calor ya que el viento que azotó mi cuerpo durante el camino fue muy frío.

—Vamos adentro, te invito un café —me animó.

«¿Escuchamos bien?»

Me quedé parada en mi lugar mientras lo veía caminar hacia adentro de la cafetería. Parecía estúpida, pero no me creía el estar ahí, a punto de tomar un café con uno de los chicos que más quería odiar en esa ciudad. Sin embargo, no lo lograba.

Me apresuré a alcanzarlo en cuanto espabilé. Cuando llegamos a la puerta, él la abrió para mí y con un movimiento de barbilla me invitó a entrar. Mi brazo rozó su abdomen al dar un paso y alcancé a sentir su respiración en mi cabeza al terminar de pasar, cosa que me estremeció y solo tragué con dificultad, siguiendo mi camino y fingiendo que no me alteró su proximidad.

Lo escuché carraspear detrás de mí y, tras eso, se puso a mi lado para dirigirme a una mesa del fondo. Nos sentamos frente a frente. De inmediato, un camarero bastante atractivo llegó y nos dejó los menús, avisando que volvería en unos minutos para tomar nuestro pedido. Lo miré cuando le agradecí y noté que me guiñó un ojo, situación que me causó gracia, sobre todo al ver en mi periferia que mi acompañante se tensó al percatarse del coqueteo sutil de aquel chico.

—¿Qué? —inquirí mordiéndome el interior del labio inferior cuando enfrenté la mirada dura de LuzBel.

Él bufó y negó. Aunque eso no debía ser importante, me divirtió un poco.

—Disimula un poco —pidió tajante y lo miré incrédula.

—¿Qué tendría que disimular? —lo enfrenté.

—El que te guste obtener la atención de imbéciles como ese —aseveró y alcé la barbilla, sonriendo sin esconderme.

No me gustaba la atención de nadie, pero sí su reacción.

—¿Acaso a ti no te gusta la atención que te dan esas chicas que babean por ti? —cuestioné y rodó los ojos.

Estaba consciente de que su molestia nada tenía que ver con los celos y, aunque todavía nos hacía falta mucho para siquiera compararnos con buenos compañeros, supuse que a su gran ego le incomodaba que otro tipo tuviese el atrevimiento de coquetear frente a sus narices con su acompañante.

—¿Listos? —dijo el camarero llegando a nuestra mesa minutos después y, por inercia, sonreí.

LuzBel entrecerró los ojos ante mi reacción.

—Tráenos dos cafés vieneses —pidió él en el instante que abrí la boca para hacer mi pedido y fruncí el ceño—. Confía en mí, nena. Si te ha gustado probar el café de mis labios, este te fascinará —añadió y mis ojos se desorbitaron al escucharlo.

¡¿Pero qué demonios?!

—¿Algo más para acompañar? —preguntó el camarero tras carraspear y LuzBel alzó una ceja retándome a decir algo.

Para su jodida suerte, me quedé sin palabras por su actitud, así que solo negué en respuesta.

—Eso es todo —zanjó el imbécil, satisfecho por dejarme estupefacta y darle una lección al chico.

Esa maldita mirada de cazador de la que el patán era dueño, volvió a aparecer en ese momento y solo cerré los ojos por un segundo y solté el aire que contuve.

«¡Mierda! Yo quería más de esa versión posesiva».

¡Carajo! No, por Dios.

Reprendí a mi conciencia y la imaginé ignorándome y llevándose una mano a la barbilla, viendo como una boba a ese idiota y suspirando como tonta.

—¿Probar el café de tus labios? ¿En serio? —satiricé cuando me recompuse y LuzBel sonrió de lado con verdadera diversión.

Aunque me sentía indignada, también admiré verle un gesto tan genuino luego de solo recibir odio de su parte.

—Te juro que ni yo sé cómo se me fue a salir semejante estupidez, pero fue gracioso darle una lección a ese tonto —explicó y rodé los ojos.

—¿Tan grande es tu orgullo que te molesta que haya coqueteado conmigo? ¿Conmigo, LuzBel? Una chiquilla mimada a la que odias —pregunté tratando de entenderlo, pero solo se encogió de hombros.

—Así de grande es —aseguró orgulloso y mis ojos se abrieron de más al entender el doble sentido.

—¡Arg! Eres todo un caso —murmuré y no dije nada más porque el chico llegó con nuestra orden.

Ya que no quería seguirlo poniendo en una situación tan embarazosa con el imbécil de mi acompañante, me limité solo a sonreírle en agradecimiento. LuzBel, por supuesto, que sonrió triunfante y en respuesta negué y suspiré con cansancio. Ese tipo era como un demonio roba energía, aunque uno con un buen gusto por el café. Por poco y gemí al darle un sorbo a mi copa en la que lo sirvieron. La crema batida era esa caricia en mis labios que hacía que lo amargo del líquido pasara con suavidad por mi paladar.

«Me preguntaba si de verdad se sentía más delicioso de sus labios».

¡Puta madre!

Tenía a una enemiga en mi propia cabeza.

—Tu padre es una excelente persona —musité rato después, cuando me había calmado y necesitando entablar una charla civilizada con el energúmeno frente a mí.

—Solo cuando le conviene —murmuró haciéndome fruncir el ceño—. ¿Te ha pasado la molestia, *nena*? —ironizó y blanqueé los ojos.

—Volverá si me sigues llamando así, o si vuelves a recordar esa payasada que has hecho —advertí y alzó las manos en señal de rendición.

—Bien. Volvamos a lo importante —pidió y me limité a mirarlo en respuesta—. Sé que te parece extraño que estemos en esta situación y me refiero a estar aquí, compartiendo mi café favorito —aclaró soltando esa pequeña confesión, mas no le di importancia para que continuara—. Tú y mi asociación no comenzamos bien, White y estoy consciente de que para ti solo soy un idiota arrogante con un orgullo más grande que el Everest —continuó y asentí dándole la razón. Entonces él me ignoró a mí—, pero esa es tu opinión y la verdad es que no me importa lo que pienses de mí, pues para muchos soy un líder y compañero y, aunque te cueste creerlo, también soy un amigo, y no dejemos de lado lo de un excelente amante. —Rodé los ojos ante lo último ya que su charla me comenzaba a interesar.

Pero noté que siempre tendía a cagarla.

—Tan bien que íbamos —satiricé y le di otro sorbo a mi café. Él solo bufó con una sonrisa.

—Muy pronto será la primera misión contigo siendo parte de Grigori y necesito que trabajemos en equipo —señaló, dejando de lado su idiotez por un momento—, así que te propongo una tregua.

—¿Tregua? —cuestioné alzando una ceja.

—Sí, tregua —repitió—. Hoy demostraste ser una chica inteligente y debo admitir que eres la única que ha logrado derribarme. —Sonreí aún con orgullo.

—¿Debo tomar eso como un halago? —pregunté.

Volví a beber mi café tratando de no gemir por lo delicioso que estaba.

—No, solo señalo la verdad, pero no te estoy halagando —bufé exasperada—. Para trabajar bien, necesitamos llevarnos de manera civilizada, como dos *mundanos* educados. —Eso último me hizo reír y vi que se molestó—. ¿Qué te causa tanta gracia? —cuestionó mientras me seguía riendo.

—Perdón, LuzBel, pero podría imaginar todo de ti, menos que seas fanático de la lectura y de Cazadores de Sombras —respondí y lo noté confundido—. ¿Sabes de lo que hablo? —pregunté y negó—. Dijiste que habláramos como personas *mundanas* y esa palabra la usan los cazadores de sombras, la leí ahí.

—¡Ah! Es eso. No tengo idea de lo que hablas ni quién mierda sean esos. La palabra "mundano" la he aprendido de Elsa, esa chica sí que lee mucho. —Que la mencionara me produjo un sinsabor que no pude ignorar.

¿Injustificado? Claro que sí. No debía sentirme de esa manera, pero a veces tampoco podía controlar mis emociones.

—Sé lo que significa porque me lo ha explicado —siguió y decidí ignorar su conversación.

—Te comportas como si la chica fuera solo caca en el zapato para ti, pero ahora mismo podría decir que la amas —susurré más para mí sin pretender que me escuchara, pero no lo logré y él rio por lo que dije.

—Yo no amo a ninguna mujer que no sea mi madre y Tess —confesó—. Elsa solo es una chica más con la que me divierto. —Me removí incómoda al escucharlo—. Y no me lo tomes a mal, White, pero para mí las mujeres son como el chocolate.

«Por deliciosas, esperaba».

—¿Por qué? —quise saber.

—Porque después de que te relames de placer con él, la envoltura se convierte en basura —soltó sereno y seguro. Esas palabras me enervaron tanto que cerré los ojos indignada y lo notó—. O por lo menos es así con todas las que me he acostado. Todas a excepción de Elsa, ella siempre será mi amiga. —Traté de controlarme por semejante estupidez dicha, pero no lo logré.

—Definitivamente solo eres un idiota arrogante que tiene que ir follando a cada mujer que se le pone enfrente para probar su hombría —espeté con veneno y el imbécil sonrió.

—No, Bonita, no te equivoques. No follo a diferentes mujeres para probar mi hombría, lo hago porque me gusta, porque me da placer. —La risa burlona en su rostro me provocó darle un puñetazo para borrarla.

¡Arg! ¡Maldito idiota!

—Con esa actitud tan estúpida que tienes jamás llegaremos a ser buenos compañeros —solté fastidiada—. En serio, LuzBel, intento comprender tu idiotez, pero no lo logro. Tú y yo somos el tipo de persona que jamás llegarán a funcionar bien mientras estén juntos. Somos esos que catalogan como polos opuestos y, sinceramente, no creo que una tregua nos funcione.

La seguridad en mi voz se notó y él me miró hastiado, mas no iba a detenerme para decirle un par de verdades.

—¿Por qué no solo perdonas a Cameron y a Jane, me dejas fuera de esto y nos evitamos el mal gusto de estar trabajando juntos? Porque definitivamente tú y yo no nos soportamos —recomendé jugándome una última carta para librarme de él.

Se tensó de nuevo, empuñó las manos y negó al escucharme.

—Tenemos un trato, así que no lo violes —advirtió—. No los perdonaré y, puesto que tú te propusiste para pagar su deuda con trabajo, me cumples. —Apreté fuerte la copa entre mis manos y, por un momento, creí que se llegaría a quebrar. LuzBel suspiró y continuó—. Mira, White, no tendría por qué decirte esto, pero eres muy valiosa para la organización en estos momentos por tus habilidades y como te ofreciste, te voy a aprovechar. —Lo miré seria—. Prometo tratarte con educación y despreocúpate por mi forma de pensar sobre las mujeres, tú no me interesas como una, solo como súbdita —recalcó y eso me indignó y hartó—. Eso hará todo más fácil.

Había llegado a mi límite.

—¿Te repites eso último para creértelo? —solté cegada por la indignación y vi la sorpresa en sus ojos grises—. ¿Sabes qué? No respondas porque ni siquiera me importa. Mejor trata de que la primera misión que tenga que hacer para ti llegue rápido, me urge que el tiempo comience a correr y así librarme de ti. No quiero terminar loca de tanto estar a tu lado —escupí con enojo—. Te espero afuera —avisé dando por terminada esa *conversación*.

Dejé mi café a medias y me puse de pie para marcharme de ahí. No soportaba estar un minuto más frente a él.

¡Joder! ¿Cómo era posible que me exasperara tanto y a la vez me ofendiera cada vez que decía que no le interesaba como chica?

¡Dios! ¿Qué estaba mal conmigo? ¿Cómo podía permitir que me hiciera sentir tan insegura?

En efecto, yo no era su tipo de chica porque, según había notado, a él le encantaban las mujeres que solo le decían que sí a todo, que estaban de acuerdo incluso con sus errores y que no les importaba que después de un follón, las desechara como la envoltura de un maldito chocolate.

«*¡Arg! No, maldito idiota. Yo no soy tu tipo*», deseé gritarle para que me quedara claro también a mí.

No lo era ni lo sería porque gracias a mi madre aprendí que jamás debía entregarme por completo a un hombre por mucho que lo amara. Solo yo sé mi verdadero valor.

—*Hola, nena. Qué sorpresa* —respondió Elliot luego de dos tonos.

Había decidido llamarle luego de que mis pensamientos me aturdieron a un punto que me asustó.

—¿Aún te parezco una chica atractiva? —pregunté de golpe logrando que se quedara en silencio.

Antes de llegar a Virginia, nunca le habría preguntado tal cosa porque mi nivel de seguridad era demasiado alto. Pero tuve que pisar esa ciudad y mi vida dio otro giro inesperado.

—*Isa, eres la chica más malditamente sexi del puto mundo* —repuso tras unos minutos de silencio, logrando sacarme una sonrisa—. *No sé el porqué de esa tonta pregunta, pero tú mejor que nadie sabes lo hermosa que eres. Ya me urge estar a tu lado y demostrarte de lo que hablo.* —Sentí que mis mejillas se sonrojaron ante lo dicho.

Era eso lo que necesitaba.

«Las palabras correctas que siempre tenía nuestro ángel».

—Te extraño mucho, Elliot y... yo también te necesito a mi lado —dije sincera—. Hay muchas cosas que necesito contarte. —Recordé el beso con Evan y supe que tenía que decírselo, pero no en ese momento, no por medio de una llamada telefónica.

—*Pronto, nena* —formuló—. *Muy pronto te demostraré lo atractiva que eres y lo mucho que te amo.*

—Yo también te a...

—Nos vamos ya. —La voz de LuzBel no me dejó continuar.

—*¿Estás con alguien?* —preguntó Elliot al escuchar la voz demandante.

—Solo es un compañero de la universidad —musité dándome la vuelta, quedando frente al dueño de esos fríos ojos grisáceos que me fulminaban—. Te llamo cuando llegue a casa.

—*Está bien y dile a ese idiota que no se pase de listo* —advirtió—. *Te amo.*

—No te preocupes, no lo hará —aseguré—. También te amo —Terminé la llamada y tomé el casco que LuzBel me extendió.

Caminé cerca de la motocicleta con la intención de subirme a ella y pasé a la par de él, aunque antes de que llegara a ella, me tomó del brazo y de nuevo ese cosquilleo recorrió mi cuerpo al sentir su tacto.

«Estábamos cayendo en un vicio peligroso, Colega».

Y lo sabía.

—Me juzgas por ser un descarado y veo que tú también lo eres —susurró cerca de mi oído. Estábamos lado a lado, él viendo al frente y yo hacia la motocicleta.

Fruncí el ceño al no entender a lo que se refería.

—¿De qué hablas?

—Vas y le dices a tu novio que lo amas, pero luego coqueteas y te besas con otros chicos. Eso te hace peor que yo, White —señaló con burla.

—Lo que le diga a mi novio es mi maldito problema —aseveré y me solté de su agarre—. Y no soy como tú, no te confundas. Yo sí amo, sí respeto y mi corazón no es un bloque de hielo. Y si por lo de besar a otros chicos te refieres a lo que sucedió con Evan, estás muy equivocado, LuzBel. Él me besó a mí y no le correspondí —«*Aunque por unos segundos quise*», pensé para mí— y le dejé muy claras las cosas. Eso me hace muy diferente a ti.

Se quedó callado y al ver que no diría nada más, caminé a la moto y me subí, desesperada por llegar a mi casa y terminar de una vez por todas con esa tortura a la que me había sometido cuando ordenó que viajara con él.

«¡Estúpida! ¿Por qué tuviste que ceder?», me reproché.

LuzBel seguía de espaldas a mí. Me imaginé que estaba pensando en lo que le acababa de decir. Minutos después, se dio la vuelta y se subió a la motocicleta, pero no como era correcto. Lo hizo quedando frente a mí y, sin esperármelo, me tomó de las piernas y me subió a su regazo. Un grito escapó de mi boca cuando me cargó con tanta agilidad que no me dio tiempo de reaccionar.

—¿Qué... haces? —logré preguntar en titubeos mientras ponía las manos en sus hombros para apoyarme.

—¿En serio amas a tu novio? —preguntó cerca de mi rostro, haciendo que me embriagara con su aroma a menta mezclada con café.

Mi corazón estaba galopando, tratando de escaparse por mi garganta.

—Sí —respondí nerviosa.

—¿No sientes nada cuando estás cerca de mí? —Su voz ronca y seductora hizo que apretara mi agarre en sus hombros y tragué con dificultad—. ¿No te provoca curiosidad saber si es cierto que el café sabe bien si lo pruebas de mis labios? —Por inercia, los miré cuando preguntó tal cosa y lamí los míos.

Abrí y cerré la boca como pez fuera del agua. ¿Por qué tenía que hacerme esas preguntas justo en esos momentos? ¿Por qué hacerlo en aquella posición? ¿Por qué tenía que ser tan directo? Y, sobre todo, ¿por qué esas preguntas me hicieron dudar más?

—Bájame, LuzBel —intenté sonar fuerte, aunque no creí haberlo logrado—. No es necesario esto para hacer esas estúpidas preguntas. —Sentí cómo sus manos acariciaban mis muslos, su tacto me quemó incluso sobre la ropa y lo peor es que me estaba gustando.

Siguió con su juego y estaba a punto de llegar a mis caderas, pero utilizando todo mi autocontrol, lo detuve antes de que alcanzara su objetivo, mas eso hizo que colocara las manos en mi espalda y unió nuestros torsos, consiguiendo que nuestros labios quedaran a centímetros de distancia.

Me miró a los ojos de una manera que debía ser prohibida y luego se concentró en mi boca, hipnotizándome, logrando que mordiera mi labio inferior y por increíble que pareciera, sentí como si me los acariciaba.

—Responde lo que te pregunté —exigió y por poco gemí cuando sus labios rozaron los míos, imitando el toque de una pluma.

—LuzBel —supliqué y su agarre en mi espalda se forzó de una manera que sabía que, si hubiera estado en mis cabales, me habría dolido.

—Responde —susurró con dureza y me sonrojé al sentir el choque de su voz en mi vientre.

¡Jesús! ¿Qué me pasaba?

Negué porque no podía hablar. Él jadeó y su aliento cálido me acarició los labios. Se acercó todavía más y mi respiración se volvió un fiasco, a tal punto que, sin pretenderlo, cerré los ojos deseando y esperando como una estúpida a que terminara de cerrar esa distancia entre nosotros.

Pero no lo hizo. Y, de pronto, sus manos se fueron a mi cintura y me separó de él. Abrí los ojos y lo vi sonriendo con burla y arrogancia.

—Bien dicen que las acciones dicen más que mil palabras, Bonita —aseguró explotando mi burbuja con crueldad.

Mis mejillas se pusieron rojas cuando la vergüenza me golpeó y mis ojos ardieron como unos condenados. Ese hijo de puta acababa de burlarse de mí y caí tan fácil como una presa indefensa ante el cazador sin corazón.

«Vaya que ese chico sabía cómo persuadir, Colega».

Y cómo dejarme en ridículo.

—¡Eres un hijo de puta! —espeté con rabia mientras él me bajaba de su regazo y me colocó en el asiento de la *Ducati*.

—Sí, suelen llamarme mucho así —aceptó con orgullo, riéndose por haber probado su punto.

Me negué a decirle algo más porque me sentía tan indignada, que temí ponerme a llorar. Y no solo por lo que me hizo, sino también porque cedí a mis impulsos.

Él siguió riendo y se colocó de forma correcta en la moto. Se puso el casco y lo imité solo porque quería esconder mi rostro de vergüenza.

¡Puta madre!

«Al menos en ese momento lo odiabas de verdad».

Se puso en marcha sin decir más y en todo el camino la culpa me carcomió como garras arañándome la piel. Lo que LuzBel hizo fue para demostrarme que podía tener tanto control sobre mí como él deseaba y me reprendí al entender lo fácil que se lo permitía.

Me manipuló con facilidad y me hizo desear como nunca un beso.

«Él no besa en la boca a ninguna mujer, solo las utiliza para tener sexo y ya». Me recordó mi conciencia y me puse peor.

¡Joder! En el momento en que me hizo quedar en su regazo, mi mente se nubló y no pensé en nada más que no fuera deleitarme con su boca. Y eso no era lo peor. ¡Carajo! Acababa de decirle a Elliot que lo amaba, que no se preocupara por LuzBel cuando me dijo que le advirtiera que no se pasara de listo, pero ¿qué hice cuando lo tuve cerca? Nada, solo esperé a que me besara mientras el imbécil se estaba burlando de mí.

«¿Te dolía fallarle a Elliot o que no te besara?»

Esa fue una pregunta estúpida.

«Claro y siendo así evitabas responderla».

¡Ya!

LuzBel resultó ser peor de lo que imaginé. No le importaba jugar con los sentimientos de nadie, solo demostrar que podía lograr lo que se proponía y tener a cualquier chica babeando por él, dispuesta a irse a la cama así fuese solo por una noche. Lo peor de todo era que no les mentía. Era sincero, hablaba claro y, aun así, muchas estaban dispuestas a complacerlo, incluso yo lo pensé por un momento, y tal hecho me hacía sentir como una mierda.

—Oye, Bonita —dijo después de que bajé de la moto. Estábamos frente a mi casa luego de que le diera las indicaciones para llegar—. ¿Aceptarás la tregua? —Aún me sentía avergonzada y evité mirarlo a los ojos.

—No creo que tú y yo algún día nos llevemos de forma civilizada —masculló—, pero con que no te cruces mucho en mi camino me doy por bien servida —añadí y comencé a caminar hacia la puerta de mi casa sin despedirme de él.

—¡Espera, White! —gritó cuando ya me había alejado un poco de él.

—Ya deja de fastidiarme, Luzbel y vete a la mierda —solté con cólera.

—¿Tan mal te ha puesto que no te besara como tanto lo deseabas? —Hizo que mi ira incrementara.

—No, no te equivoques. Tu presencia me pone mal siempre. —Mi voz estaba llena de amargura.

—Como sea, solo quiero darte un consejo. —Alcé la ceja, incrédula por esa estupidez—. Reflexiona mejor eso de que amas mucho a tu novio porque me demostraste lo contrario hace un rato —recordó la vergüenza que me hizo pasar y sentí que mis mejillas se teñían de rojo otra vez.

—¡Te odio! —espeté—. Y te juro que algún día te haré pagar cada una de tus estupideces —juré y sonrió de lado con altanería.

—¿Eres una mujer de palabra? —cuestionó tranquilo, haciendo que me sintiera aturdida ante eso.

—Sí —aseguré.

—Entonces espero que cumplas eso que acabas de prometerme —dijo y lo vi subir a su motocicleta y colocarse el casco—, porque yo también he hecho algunas promesas que te involucran y las voy a cumplir cueste lo que cueste —confesó y me guiñó un ojo.

Encendió la *Ducati* y se fue dejándome ahí parada, pensando en cuáles serían esos juramentos, en lo que sentía por Elliot, en lo que me sucedía con LuzBel y en lo difícil que sería ese tiempo a su lado después de lo que pasó en la cafetería.

CAPÍTULO 16

Ángel de la muerte

ELIJAH

Desde que conocí a Isabella White comencé a sonreír con más frecuencia (También pasaba más tiempo enfurecido sin razón alguna) y lo hacía satisfecho en esos momentos al recordar sus palabras tras haberla dejado en su casa.

Vaya que disfruté más de lo que debía verla esperando mi beso en la cafetería. Me satisfizo demostrarle que podía hacerla caer sin importar lo dura que quisiera hacerse conmigo. Aunque admito que ella no fue la única afectada con ese acercamiento. Recordar el tono suplicante de su voz cuando la tuve sobre mi regazo en la *Ducati*, me seguía poniendo muy duro, tanto que decidí irme a pasar el rato en mi apartamento en lugar de buscar a Elsa para desahogarme. Por alguna razón, no quise condenarme más como hijo de puta usándola así. Preferí ir a mi lugar, meterme en la ducha y tomar un baño con agua fría. Demasiado fría según mi estado.

Después de haberle jugado esa broma a la castaña decidí tratarla mejor. Creo que probar mi punto fue suficiente para dejarla en paz por un rato. Y sí, su temperamento y actitudes me seguían sacando de mis casillas, pero pondría todo de mi parte para llevarnos de forma civilizada y no era solo porque me naciera tratarla así, sino porque usé mi estrategia para poder acercarme más a ella, para que entrara en confianza y así, poco a poco, saber de su vida.

Los días iban pasando y con eso también estaba muy próxima nuestra siguiente misión. No pude pasar por aludido el darme cuenta de que Dylan iba cambiando su forma de ver a la castaña. Los había visto en los entrenamientos juntos y lejos de intentar matarse, trataban de tolerarse.

Creo que eso a Isabella le salía más fácil con Dylan que conmigo.

—¿Así que el ángel malvado te ganó? —le pregunté a Dylan y rio.

Estaba en la camilla especial que usaba para tatuar mientras yo terminaba de limpiarle las letras que grabé en su cuello.

No tatuaba a nadie que no fuera del grupo, incluso siendo tan bueno. Había aprendido dos años atrás con Scott, el tipo que se encargó de plasmar cada una de sus obras de arte en mi cuerpo. En algún momento, él intentó coaccionarme para que le ayudara con algunos trabajos que no podía tomar por falta de tiempo, pero prefería mantener esa pasión solo para mí y los chicos.

Ellos estuvieron tan emocionados de tener tatuajes gratis, que incluso le pidieron autorización a mi padre para tomar una pequeña habitación del cuartel. La convirtieron en un estudio de tatuajes, comprando el mejor equipo y todas las herramientas necesarias, inaugurándolo como sorpresa para mí en mi cumpleaños diecinueve. Pero no era idiota, ese regalo les serviría más a ellos porque era la única manera en que yo seguía sus órdenes, pues solo al tatuarlos me apegaba a sus deseos y no a los míos.

—No puedo negar que cuando la sabes tratar, puede ser graciosa —dijo sereno.

—Qué bien, así que es tu payasa —me burlé y le di una palmada al poner la venda transparente en su tatuaje.

—¡Mierda! Te quitaré una estrella como tatuador —advirtió por el escozor que le provocó mi golpe y negué divertido.

Jacob había tenido la brillante idea de que me puntuaran como tatuador.

—Pobre de mí, perderé clientela —ironicé con aburrimiento y él rio.

—Volviendo al tema. He estado hablando con mi padre y me arrepentí de muchas mierdas que he hecho mal con Isabella. —Fruncí mi ceño al no entender.

—¿Y eso qué tiene que ver? ¿Qué te pudo haber dicho tu padre sobre ella? —cuestioné y se encogió de hombros.

—Pronto lo sabrás —habló lacónico y odié que él también fuese parte del misterio que estaba envolviendo a los fundadores de Grigori.

Solo eso me faltaba. Pero no insistí porque conocía a Dylan y sabía que no diría nada más mientras no fuera el momento.

Salimos de la sala tras dejar todo limpio y esterilizado. Pasamos y echamos un vistazo en el salón de entrenamiento, donde se encontraban la mayoría. Jacob seguía con sus idioteces siempre que podía y veía que Isabella lo disfrutaba (cosa que me provocaba cierta incomodidad), pero lo ignoré porque era algo que no tenía por qué importarme. Evan, por su lado, no dejaba su lucha y cada vez que se le presentaba la oportunidad intentaba acercarse a ella, así fuera solo como amigos.

Al principio noté que Isabella lo evitaba, aunque con el pasar de los días, lo fue aceptando hasta el punto de volver a ser tan cercanos como al principio. Connor, en cambio, me había sorprendido cuando me enteré de que andaba detrás de Jane, o la pequeña miedosa, como la bauticé. Y la castaña como buena amiga de ambos, por supuesto que servía de celestina.

—Quiero uno también —dijo mi hermana al verme. Ella estaba sentada junto a la castaña.

por medio de drones y cámaras que lograron instalar con tecnología avanzada que nos proveía el gobierno.

Había un total de veinte hombres y mujeres. Se encontraban en el interior y exterior del recinto, vigilando. Cargamos nuestras armas y nos preparamos para entrar. Isabella se colocó un cinturón con una serie de cuchillas y dagas, algunos otros los guardó en lugares estratégicos de su cuerpo, también vi que en sus manos se colocó unas anillas con puntas. Sonreí al ver eso y si no nos lleváramos tan mal, creo que hasta habría estado orgulloso de ella.

Los chicos y Elsa también se prepararon, esta última lo hizo solo con glocks y varios cargadores. Era muy buena con las armas de fuego y su puntería era perfecta.

Mi armamento consistía en una combinación de cuchillas y glocks. Aunque mi técnica era mejor con las pistolas, también me sabía defender muy bien con armas blancas.

Caminamos en pareja y tomamos diferentes rumbos según las indicaciones que recibimos. Isabella seguía conmigo y avanzábamos sigilosos para no alertar a ninguno de los tipos que resguardaban la zona.

—¿Por qué no llevas ninguna glock? —cuestioné en un susurro.

—Me gusta ser sigilosa —fue su respuesta. Su voz era seca y segura, pero por dentro estaba seguro de que se moría del miedo.

Me coloqué un pasamontaña de color negro para no ser reconocido. Ella hizo lo mismo con uno de color rojo vino y me fue imposible no reír al imaginarme a Deadpool en versión femenina mientras nos acercábamos a un muro de piedra que era como de medio metro de grosor por tres de alto. Caminamos en medio de la maleza y, en ese punto, había perdido la ubicación de los demás chicos. No lograba visualizarlos, pero los escuchaba por el intercomunicador.

—No estoy segura de lograr subir esa muralla —confesó la castaña a mi lado.

—Yo te ayudaré. No eres pequeña y si te impulso lograrás subir —dije con tranquilidad y la vi asentir.

Cuando habíamos llegado, nos acercamos a una gran viga hecha de la misma piedra que sobresalía varias pulgadas de la pared. Me acerqué a Isabella para ayudarla a subir, pero antes de lograrlo escuchamos los pasos de alguien.

¡Me cago en la puta!

Tomé de la cintura a la castaña con mucha agilidad y la aplasté contra el muro, obligándola a presionar la mejilla en la piedra. Yo me encimé apretando el pecho en su espalda y rogué para que la viga logrará escondernos a ambos y que no nos descubrieran.

Vaya posición.

Noté que el cuerpo de Isabella se tensó de inmediato al sentirme tan cerca y yo como el maldito que era, me regocijé con su reacción y sonreí queriendo ser travieso en esos momentos. Aproveché para poner las manos de nuevo en su cintura y comencé a moverlas. Cuando ella estaba a punto de replicar, coloqué la otra mano sobre su boca.

—¡Shhh! Quédate en silencio, Bonita. No hagas que nos descubran —susurré con delicadeza en su oído y, de paso, acaricié el lóbulo de su oreja con la punta de mi nariz en un movimiento que se pudo haber tomado como accidente, haciendo que su cuerpo se tensara más.

Bien, eso nos había afectado a los dos.

Escuchamos el sonido de un móvil y después a un hombre que lo respondía. Dedujimos que era uno de los guardias. El tipo hablaba con mucho ánimo, de vez en cuando soltaba palabras guarras, dándonos a entender que era su pareja la causante de aquello.

Aprovechándome de la situación, decidí seguir con mi juego. Solté la boca de Isabella y escuché cómo jadeó cuando mi mano comenzó a bajar con lentitud por su cuello y luego a su clavícula. Con la otra, comencé a descender por su cadera y después a su pierna.

—Admito que desearía estar en otras circunstancias en estos momentos —musité de nuevo en su oído.

—Ya probaste tu punto una vez, idiota. Así que no me hagas pensar que te quedó gustando —masculló con un poco de amargura y me hizo reír.

Antes de responderle algo seguí con mi juego. Subí una de mis manos a su cadera y la dirigí a su vientre. Me detuve unos segundos antes de llegar a su entrepierna, pidiéndole permiso sin palabras y, tal cual lo esperé de ella, me lo negó tomándome de la muñeca con demasiada fuerza. Su respiración era entrecortada y su gesto una lucha más consigo misma entre ceder a mi toque, arriesgándose a que de nuevo me burlara como lo hice en la cafetería. Pero no me di por vencido y seguí tentándola, sabiendo que ella podía detenerme en el momento que quisiera, así que arrastré la otra mano que aún tenía en su clavícula y descendí a sus pechos, consciente del chaleco, pero seguro de que su imaginación la haría sentir lo que deseaba, aunque de nuevo me detuvo.

—¿Y qué si te digo que me quedó gustando? —mentí, pero cometí un grave error.

Descuidé mi punto débil y ella aprovechó para cogerme la polla sin ninguna pizca de cariño, haciéndome gruñir y no precisamente por placer.

—No me jodas, LuzBel —espetó en susurros—. Yo no soy una de tus zorras, así que deja este maldito juego de una puta vez.

—*¡Esa es mi chica!*—Escuchamos a Jacob a través del intercomunicador y, en ese momento, recordé que ellos también nos escuchaban.

—*Será mejor que se apresuren, tienen el camino libre*—indicó Evan. A pesar de la poca luz, noté que Isabella se había sonrojado.

—Ya puedes soltar mi polla —pedí con sorna para terminar de avergonzarla y lo logré.

Ese era yo siendo todo un cabrón.

—Pollita será —se burló como toda una cabrona y me cogió en un buen momento, porque en lugar de ofenderme, me causó gracia su insulto.

No dije nada solo porque teníamos que terminar la misión, así que después de corroborar que el guardia se había ido, la ayudé a subir la muralla, cosa que se le hizo muy fácil a pesar del chaleco de casi treinta y cinco libras que usábamos. Tras un salto y ayudado por las piedras que sobresalían de la pared, logré escalar por mi cuenta y nos dirigimos al interior del recinto.

No nos llevó mucho tiempo entrar, pero al hacerlo nos dimos cuenta de que no lograríamos llegar hasta el cuarto donde se encontraba el chip sin ser vistos. Aunque, de pronto, me quedé pasmado en cuanto vi cómo los cuerpos de algunos guardias comenzaban a caer totalmente inertes. Busqué a Isabella a mi lado y me sorprendí al no encontrarla. Sin embargo, mantuve la compostura y dirigí mi vista de nuevo al frente, viendo que una mancha rojiza era la encargada de hacerlos caer.

Hipnotizado, comprobé que era la castaña. Se movía con agilidad, siendo sigilosa, al punto de que ninguno tenía la capacidad de sentirla. No pude evitar admirarla en esos momentos. Desprendía poder y no compararla con una diosa o un ángel oscuro y glorioso era imposible.

«Era como un ángel de la muerte», susurró una voz en mi cabeza y quizá habría tenido razón, pero al acercarme a uno de los guardias, me percaté de que no estaban muertos, solo los estaba dejando inconscientes.

—Tenemos el chip —informó Elsa—, *pero necesitamos ayuda para salir de aquí.*
—¿Cuántos son? —pregunté.
—*Al menos unos quince y todos están armados.*
—Nuestro lado está limpio, Isabella ya se encargó de ellos. Vamos para allá —dije corriendo e informándole a mi diosa... ¡Mierda!... a Isabella.

Corrimos hasta el segundo piso. Elsa tenía razón, había muchos guardias y todos armados. Segundos después, Jacob y Evan se nos unieron y juntos fuimos al rescate del chip, Elsa y Dylan.

Los encontramos luchando con algunos tipos. Los otros, al vernos, se nos fueron encima. Con movimientos ágiles los derribamos y nos metimos a una lucha con ellos. Tres me rodearon y antes de que sacaran sus armas y me dispararan, los hice caer al suelo, pero no sin antes llevarme un par de golpes.

Me acerqué a Elsa y a Dylan y los ayudé a librarse de los tipos que tenían encima. Luchamos juntos, como equipo, uno cubriendo la espalda del otro. Sentí la rabia recorrerme cuando uno de esos idiotas logró asestarle un golpe en el estómago a Elsa, haciéndola caer al suelo y gemir de dolor. El maldito sacó un arma y estaba a punto de dispararle, pero antes de que lo hiciera, le disparé en la sien, derribándolo a un lado de ella. Por el rabillo del ojo, vi que Isabella presenció todo y se quedó petrificada.

—Era ella o él y definitivamente la prefiero a ella —dije despreocupado cuando la miré a los ojos. Solo logró asentir.

Corrió de inmediato en mi dirección y de una patada, derribó a uno de los grandes hombres que intentaba atacarme, le hizo una llave de esas de luchador de la UFC y lo dejó inconsciente.

—No te prefiero a ti, pero tampoco a él —aclaró poniéndose de pie. Su respuesta, lejos de enfadarme, me provocó gracia y me reí.

Esa chica me odiaba, y con justa razón.

Seguimos peleando hasta que logramos deshacernos de la mayoría de los guardias. Le ordené a todos que salieran de ahí y se llevaran a Elsa, quien quedó débil por los golpes que recibió. Me quedé con Isabella y avisé a Roman que ayudara a los demás a salir.

Volví a quedar estupefacto viendo la manera de pelear de la castaña y deseé que no solo dejara inconscientes a esos malnacidos, sino que también los matara, pero sabía que eso era mucho pedir y como ella lo dijo antes: no era una asesina. Lástima.

Cuando habíamos terminado con todos, fuimos de nuevo a la planta baja, buscando salir de ese lugar antes de que los refuerzos llegaran, pero antes de lograrlo, un tipo nos sorprendió a ambos tomándome del cuello y apuntando su arma en mi cabeza. Su pecho presionado a mi espalda.

—Cálmate —pedí y lo escuché reír. Isabella volteó a vernos y se asustó al darse cuenta de que me estaba apuntando.

—De aquí no sales vivo, ni tú ni la chica —espetó con furia.

Cargó el arma y pensé que iba a disparar, pero entonces Isabella sacó una glock no sé de dónde y, sin pensarlo, disparó directo a la entrepierna del tipo y cerca de la mía.

Esa chica no tenía buena puntería ¡Joder! Y comprendí por qué usaba solo armas blancas.

El tipo cayó retorciéndose del dolor. Maldijo al ver que se quedaría sin descendencia y antes de que volviera a apuntarme, le disparé en la cabeza, dejándolo inerte y sin vida. Me di la vuelta y no permití que Isabella se volviera a quedar en *shock* al ver mis actos.

—¿Lo mataste? —preguntó mientras corríamos a la salida.

—No —mentí para no traumarla más—. Creí que no te gustaba usar pistolas. —Traté de cambiar el tema.

—No tengo muy buena puntería. Soy mejor con las armas blancas. —No lo dudé ni un segundo.

Tenía una puntería de mierda.

—Lo noté. Unos centímetros más arriba y me dejas sin huevos —acusé y me miró extrañada.

—Mi mala puntería no fue para él, sino para ti —soltó dejándome petrificado.

¡¿Qué mierda?!

—¡¿Querías darme a mí?! —interrogué con asombro.

—Ni te asombres, te lo ganaste por lo que me hiciste en la muralla —explicó con parsimonia. Sintiéndome como un idiota, reí.

—Estás jugando —aseguré y al verla tan seria supe que no—. ¡Maldita sea, White! ¿Serías capaz de dejarme sin bolas? —espeté, pero no respondió, solo sonrió como una completa hija de puta, recordándome a mí mismo cuando reía de aquella manera después de hacer alguna cosa similar.

Y me refería a similar en maldad.

Pasó a mi lado siguiendo el camino hacia la motocicleta. Y esa simple sonrisa me dio la respuesta: ella sí era capaz de hacerlo.

Y yo creyéndola un ángel. Pero vaya que su actitud me encantó, me gustó saber que dentro de ella también había maldad y solo era necesario un empujón en la dirección correcta para que saliera a la luz.

Isabella era un ángel (de la muerte) con la combinación perfecta del bien y el mal.

Iba a ser muy divertido jugar con aquel ángel.

CAPÍTULO 17

Fuego que viene de tu alma

ELIJAH

Cuando nos marchamos hacia el cuartel, el viaje fue hecho en silencio, pero por lo poco que había llegado a conocer a esa castaña, intuía que se había estado mordiendo la lengua para no hacer preguntas, aunque en cuanto nos bajamos de la motocicleta, no lo soportó más.

—Sé que no debería importarme y solo hacer el trabajo, pero ¿por qué es tan importante ese chip? —preguntó—. Digo, casi morí por él y creo que merezco saberlo. —Negué y bufé por su curiosidad.

—En primer lugar, no estuviste ni cerca de morir. —Vi cómo abrió más de la cuenta los ojos e intentó replicar, pero no se lo permití—. Segundo, es algo que no te importa, solo tienes que limitarte a hacer tu trabajo y seguir órdenes. —Me miró mal y proseguí—: Pero te lo voy a decir. —Esperó a que continuara.

Su mirada me decía lo mucho que quería despotricar por mi manera de hablarle, claro que no le convenía y era tan inteligente, que sabía cuándo quedarse callada.

—El chip es parte de una tecnología avanzada del gobierno y contiene información secreta de este que se debe mantener así. Además de que también es una llave. La persona que lo tenía pretendía usarlo a su favor, entonces el secretario de estado buscó nuestros servicios para recuperarlo antes de que fuera demasiado tarde. —Se quedó atónita después de escucharme.

—Creí que el trabajo consistía en lo ilegal y que Grigori es más una mafia —confesó y me reí de eso.

—¿Acaso Connor no te explicó nada de la organización? —inquirí y se encogió de hombros.

—Pensé que había mentido —admitió.

—Ya, pues pensaste mal, Bonita. Lo de ilegal es solo una pantalla —expliqué—. Pretendemos mantenernos en el anonimato y que no nos vinculen con nada del gobierno. —Quise golpear con mi dedo índice la punta de su nariz, como si le hubiese estado hablando a una niña de cinco años, pero fue lista y me dio un manotazo para impedirlo. Me causó gracia—. ¿Nunca se te hizo raro que, siendo una *mafia* tan reconocida, el gobierno o las autoridades no se metieran con nosotros? —pregunté solo para hacerle entender nuestra manera de operar.

—Sí, pero deduje que tenían comprada la ciudad —soltó y revoleé los ojos—. ¿Por qué no quieren que los vinculen con el gobierno? —siguió, aprovechándose de mi amabilidad al responder.

—Digamos que solo hacemos el trabajo sucio de ellos y a cambio, somos inmunes a sus leyes —expliqué en palabras que esperaba que sí comprendiera. Se quedó pensando mi respuesta.

—Entonces, ¿por qué la deuda de Cameron? Según sé, fue porque se quedó con una mercancía. —Sabía que no iba a dejar pasar nada y, sobre todo, esa deuda.

—Es correcto. Ya te lo dije, trabajamos con el gobierno, pero mantenemos una fachada. Y bueno, también le sacamos provecho. —La vi negar por mi cínica respuesta. Sin embargo, no dijo nada más—. ¿Acabaste con el interrogatorio?

—¿En verdad no mataste al tipo que...?

—Le volaste los huevos —terminé por ella al ver que no sabía cómo continuar. Me miró con incredulidad por lo que dije, pero asintió con pena—. White, no te atormentes con eso, ya te dije que siempre tienes que ser cazador, no presa y antes de que te maten, mata tú —dije intentando disipar el tormento que veía en sus ojos color miel.

—Eso no responde a lo que te pregunté.

—Sí, White, lo maté. ¿Contenta? —solté con fastidio y contuvo la respiración. Se quedó en silencio por unos segundos.

—¿No sientes nada? Digo, ¿remordimiento o algo? —Suspiré con pesadez antes de responderle.

Esa chica en serio era curiosa y muy preguntona cuando se le daba confianza.

—No, solo lo hago y ya. —La vi dar un paso atrás, asustada por mi respuesta y odié que me mirara de la manera en la que lo hizo, pero no me iba a echar para atrás—. Entiende de una vez que las personas que he matado no son seres inocentes —bufé.

—¡Pero eso no es excusa! —masculló con ira.

—¡Si no te gustan mis respuestas, entonces no preguntes! —largué con brusquedad, sorprendiéndola por mi tono.

Dio un paso más, esa vez cerca de mí y, sin esperarlo, colocó una mano en mi pecho, a la altura de mi corazón y, aunque su toque me provocó ciertas cosas, no me inmuté ni lo demostré.

—¿En verdad no sientes nada, LuzBel? —supe todo lo que ese *nada* abarcaba.

—Nada —formulé seguro—. Ni lástima ni remordimiento ni amor, Isabella. Por nada ni por nadie. —Nuestras miradas estaban conectadas al momento de responderle y vi en sus ojos la decepción—. Los únicos que me importan son mis padres y Tess —aclaré.

La decepción fue más clara en sus ojos.

—Tienes un corazón de hielo —puntualizó y dejó de tocarme. Se alejó de mí y tuve que admitir que sentí un vacío en mi pecho cuando se apartó de aquella forma.

—Qué bueno que lo tengas claro, Bonita —señalé y vi la impotencia en su rostro.

Se alejó de nuevo y me dio la espalda, llevándose las manos a la cabeza y, por la tensión en su cuerpo, noté que mantenía una lucha interna.

—¿Puedo pedirte un favor? —dijo resignada segundos después y se giró para enfrentarme de nuevo. Con una mirada la invité a que continuara hablando—. No me llames Bonita, llámame, Isabella o White. También evita estar muy cerca de mí. —Alcé una ceja al no entender—. Tan cerca como lo hiciste en la motocicleta o en la muralla —recordó y me mordí el labio.

Como todo un hijo de puta, intenté acercarme para jugar de nuevo con ella, pero me detuvo.

—Lo digo en serio, idiota —bufó y apreté los labios para no reír, alzando las manos esa vez—. Has probado tu punto, así que quédate feliz con esa victoria —concedió y alcé una ceja.

—¿Qué punto, White? —inquirí—. ¿Que me deseas, aunque me odies?, ¿o que, en realidad, no estás segura de amar a tu novio tanto como profesas? —la provoqué.

Cruzó los brazos a la altura de sus pechos y alzó la barbilla.

—Que se puede cometer errores ante lo desconocido —zanjó segura—, pero lo importante es recordar que solo es eso, *un error* que te enseña a valorar lo bueno que ya tienes en la vida.

No pasé por alto el énfasis que hizo en un error y negué con ironía.

—Y lo bueno en tu vida es lo conocido, supongo —señalé y, como respuesta, solo alzó más la barbilla.

—Eso solo me concierne a mí, LuzBel —aseveró—. Tú solo limítate a gozar tu pequeña victoria y respétame —exigió y su voz se cargó de seguridad—. O te prometo que la próxima vez que te acerques demás a mí, intentaré dejarte sin bolas usando mis manos como arma.

—Si tu intención era que eso sonara a amenaza, has errado, porque lo he sentido más como una propuesta indecente —me burlé y revoleó los ojos.

—Sigue provocándome y te mostraré un lado mío que lamentarás —repuso con hastío y solo me reí.

—Está bien, White. Respetaré tus límites —concedí y eso la tomó por sorpresa—. Pero antes de dar por finalizada esta *conversación*, te diré algo. —Me miró alzando una ceja, de seguro esperando una estupidez de mi parte y eso me causó gracia—. He escuchado que quedarse con lo *conocido* por miedo a lo desconocido, equivale a mantenerse con vida, pero no vivir.

Ella entendió mi punto, lo noté por la manera en la que se inquietó, pero no dijo nada sobre eso.

—Gracias por el consejo que no pedí —puntualizó y descruzó los brazos, preparándose para marcharse—. Pero aplícalo también para ti —añadió y eso me tomó por sorpresa.

Lo notó, de hecho. Creo que era lo que esperaba porque sonrió satírica y me dio la espalda, alejándose enseguida, caminando orgullosa porque, una vez más, se había quedado con la última palabra.

¡Mierda! Se pavoneó toda endiosada, moviendo el culo de una manera que me hizo olvidar por un instante lo que acababa de pasar. Me pregunté si lo hacía para provocar o le salía natural.

Maldita castaña provocadora. Eso es lo que era.

Dos días después de nuestra misión, me encontraba en el cuartel, en la sala de tatuajes específicamente, practicando en piel sintética una nueva técnica de hiperrealismo fotográfico. Había llegado de mis clases universitarias dos horas atrás y me sentía estresado después de haber entregado un proyecto muy importante, así que opté por relajarme de esa manera.

No necesitaba de mi carrera para vivir, pero tampoco era de los que hacían algo solo por hacerlo. Me gustaba ser el mejor en todo, así que a veces terminaba exigiéndome más de lo necesario y con ese proyecto me sucedió tal cual. Pero estaba seguro de que los resultados serían los que esperaba.

—Adelante —dije y apagué la máquina tras escuchar los toques en la puerta.

Medio sonreí al ver que se trataba de Isabella.

No nos habíamos visto luego de la misión, aunque sabía que ese día se presentaría al entreno de rutina. Sin embargo, era muy temprano y los demás chicos no llegarían hasta dentro de una hora.

—Hola —saludó un poco tímida y alcé una ceja.

—He mantenido mi palabra. Sin embargo, aquí estás —la molesté y rodó los ojos.

—Sí, esto fue un error —se dijo a sí misma y trató de marcharse.

—Ya, espera. Solo fue una broma —la detuve. Soltó el aire que había estado conteniendo, pero obedeció—. ¿A qué se debe el honor? El entrenamiento comienza hasta dentro de una hora —señalé y se adentró un poco en la sala.

—Lo sé, pero estuve hablando con Tess al encontrarnos luego de clases y me animó a venir. —La miré sin entender—. Vi el otro día el tatuaje de Dylan e intuí que tú se lo hiciste, tu hermana me lo confirmó y comentó sobre tu pequeño pasatiempo —explicó y alcé una ceja al comenzar a entender—. La cosa es que siempre he querido hacerme uno, pero nunca me animé porque no estaba segura de lo que quería plasmar para siempre en mi piel.

—¿Y ahora sí lo estás? —inquirí y asintió—. ¿No tiene nada que ver el tatuador? —la provoqué y sus mejillas se sonrojaron.

¡Mierda! La chica era toda una fiera la mayor parte del tiempo y podía lidiar con ella, pero cuando le daba por actuar como una gatita, me lo ponía difícil.

—¿Alguna vez harás que las cosas sean más fáciles entre nosotros? —se quejó cuando se recompuso. Negué divertido.

—No creo que fácil sea una palabra que alguna vez se acople entre tú y yo —admití—. Y no sé si Tess te lo explicó, White, pero no tatúo a nadie que no sea de mi grupo —añadí.

—Soy una Grigori —señaló y eso me causó gracia.
—¿Ahora sí lo aceptas? —inquirí con sorna.
—Solo porque quiero un tatuaje gratis —admitió y eso sí que me causó gracia, sobre todo porque noté que no mentía.

Ella se encogió de hombros y sonrió al verme reír. Tras eso, me quité los guantes que había estado usando.

—Cierra la puerta y dime qué quieres tatuarte antes de que me arrepienta —acepté y su rostro cambió de tímido a victorioso.

¡Mierda!

—Es una frase —informó haciendo lo que pedí.
—Soy disléxico, Castaña aprovechada —mentí y entrecerró los ojos.
—Me arriesgaré —señaló y bufé divertido.

Busqué un bloc de notas junto a un bolígrafo y se lo entregué para que escribiera la dichosa frase. Después de conocernos, esa era la primera vez que nos encontrábamos en el mismo lugar sin tratar de matarnos o dañarnos con palabras, así que, para ser sincero, se sintió un poco incómodo. Al menos para mí.

—¿Dónde lo quieres? —pregunté luego de leer la frase.

Tu fortaleza no es física, es fuego que viene de tu alma.

—Aquí —señaló su costado izquierdo, justo debajo de su teta.

La chica había llegado dispuesta a dejarme sin palabras esa tarde. Sin embargo, me limité a comportarme como un profesional y cogí la Tablet para buscar algún tipo de letra que le gustara.

—¿Qué tipo de tipografía prefieres? —pregunté concentrándome en algunas que tenía en mis archivos.

—Quiero algo único, así que pensé que podía ser con tu letra —respondió logrando que dejara de ver la Tablet y me concentrara en ella.

—¿A qué estás jugando, Isabella? —inquirí lacónico y ella se encogió de hombros.

—Es mi primer tatuaje, LuzBel. Me ha tomado mucho tiempo decidirme a hacerlo y ahora que ha llegado el momento, quiero que sea único. Y llevar esa frase tan importante para mí con una tipografía que cualquiera podrá tener, le quitará lo especial —explicó y le señalé la camilla para que se sentara.

—Tess te dijo algo sobre mí y lo que sucede solo cuando tatúo, ¿cierto? —satiricé y la sonrisa que quiso esconder fue la respuesta para mí.

Maldita zanahoria entrometida.

—Admito que no le creí —dijo y bufé.
—Tengo una letra fea, así que no te quejes luego —advertí.

—Será arte abstracto —aseguró y medio sonreí.

Sin embargo, a pesar de que iba a ceder, decidí que yo también ganaría en ese momento.

—Haré el tatuaje como quieras, pero, a cambio, me dirás una verdad sobre ti por cada palabra que haga —le dije y me miró indignada.

—Eso no es justo —se quejó.

—El tatuaje es gratis y encima, será a tu manera, así que es más que justo —rebatí.

Si no le gustaba, podía irse. Por mí no habría problema ya que sabía que tarde o temprano obtendría lo que quería; no obstante, ella me lo podría poner fácil en ese instante.

—¿Lo tomas o lo dejas? —insistí y negó, pero no la vi con intenciones de marcharse.

—Está bien, pero trata de hacer tu letra más bonita —pidió.

—Promete que dirás una verdad sobre tu vida por cada palabra, White —exigí y apretó los labios pensándolo mejor.

—Son muchas verdades para el honor que te daré de plasmar en mi piel el primer tatuaje —se quejó.

—Yo no te he pedido tatuarte. Si quieres darle el *honor* a alguien más, adelante —la animé haciéndome el desinteresado. Aunque por dentro deseé no perder esa oportunidad de saciar un poco mi curiosidad.

—Dos verdades solamente —propuso ignorando mi puya.

—Seis, es la mitad de lo que debería ser.

—Dos —insistió.

—Ocho, entonces —rebatí.

—¡Joder, LuzBel! Tres y no más —aseguró y solo la miré serio—. ¡Bien! Cuatro y no más —propuso y sonreí.

—Haré una muestra, lo probaremos donde lo quieres y tú dirás si te gusta —acepté y contuvo una sonrisa.

Ambos íbamos a obtener algo a cambio.

Cogí el papel hectográfico y transcribí su frase con mi letra. No hice ningún esfuerzo por hacerla *bonita* como ella pidió, pero le gustó porque asintió con un tinte de emoción muy claro en sus gestos. Le pedí que se levantara la blusa y cuando me senté en mi silla y me acerqué a ella, sonreí por la manera en la que su piel se erizó al mínimo contacto de mis manos enguantadas cuando me dispuse a preparar la zona. Alcé la mirada a su pecho cubierto por la copa del sostén sin poderlo evitar y me fue imposible no relamerme los labios al percatarme de cómo su pezón erecto logró marcarse.

¡Me cago en la puta! Ese sería el tatuaje más simple y difícil que me tocaría hacer.

—Dolerá un poco —le advertí luego de que me diera el visto bueno y preparé todo para marcar esas palabras para siempre en su piel.

Se encontraba acostada en la camilla, se había zafado la blusa del brazo izquierdo y la subió a la altura de su cabeza, también se desabrochó el sostén y lo recogió del lateral para darme todo el acceso necesario a su costado.

Puse un poco de música para que el sonido de la máquina no la pusiera más nerviosa de lo que ya estaba e hice todo el uso de mi autocontrol para no darle más atención a su piel nívea y suave que a las agujas perforándola.

Aunque la voz de Elley Duhé con *Middle of the Night,* aportó una tensión extra a ese momento que no supe si era bueno o malo. Había tentado tanto a Isabella solo por joderla y hasta para humillarla que, en ese momento, me pareció increíble estar así.

Tatuar me daba paz, pero tatuarla a ella lo llevó a un nivel que nunca experimenté.

Su estómago se hundió un poco más por la manera en la que estaba respirando y, tras un leve respingo que dio cuando las agujas la tocaron, se quedó quieta. Su fragancia golpeó mis fosas nasales con más intensidad y en un momento dado, sentí su mirada clavada en mí. Tragó con dificultad cuando la busqué con mis ojos y carraspeó sin saber qué decir o hacer.

—Las líneas duelen más, sobre todo en el área donde decidiste hacerlo —le dije para romper el silencio en el que nos metimos.

—Gracias por decírmelo hasta este momento —ironizó y sonreí de lado.

—Ya he hecho tres palabras, así que es momento de tu primera verdad —señalé y detuve la máquina para que descansara del dolor.

Su ceño se había mantenido arrugado y se mordía con fuerza el labio para soportarlo.

—¿Cómo puedes tener una mano tan suave para esto, pero tan dura para tratar a los demás? —preguntó.

—Es tiempo de que me digas una verdad, no de que me hagas preguntas —le recordé y bufó.

Sin embargo, respiró profundo y, tras soltar el aire con lentitud, habló de nuevo.

—La frase que estás tatuándome, me la dijo mamá. Creo que la sacó de alguno de los tantos libros que leyó de su escritor favorito —admitió y alcé las cejas al ser consciente de la tristeza que tiñó su voz.

—Estará feliz al ver que te las has marcado para siempre —dije y sonrió sin ganas.

—Espero que sí —murmuró, pero sus palabras fueron solo para no hacerme hablar más y pude notarlo.

Volví a encender la máquina y de nuevo nos quedamos en silencio, escuchando solo la música que sonaba en la radio y el motor de la pistola que se incrustaba en su piel sin piedad. Sin embargo, el ambiente cambió entre nosotros, aunque en mi cabeza miles de preguntas nuevas se formaban.

Me detuve de nuevo cuando terminé otras tres palabras, entonces Isabella admitió que en su vida le había tocado hacer un viaje de seis meses que no disfrutó para nada, pero que aceptó solo porque la obligaron. Luego en la tercera oportunidad, agregó que llegó a Richmond porque no le dieron la opción de ir a donde ella quería en realidad.

—Esta vez quiero una respuesta como verdad —advertí cuando finalicé el tatuaje y cogí el ungüento para terminar de limpiar la zona.

—Escoge bien lo que vas a preguntar porque no prometo responder si te pasas de la raya —dijo y nos miramos a los ojos.

Había reclinado la camilla y nuestros rostros quedaron muy cerca del otro.

—Todavía puedo amarrarte a la camilla y tapar esa frase con un Blackout[6] si no me das mi última verdad —amenacé poniendo una mano en la parte acolchada que

---

6 Es una técnica de tatuajes donde se usa tinta negra para cubrir partes enteras de piel y hacer formas geométricas, simulando un negativo.

sobresalía de arriba de su cabeza, y sus mejillas se pusieron tan rojas, que me fue imposible contener la sonrisa al intuir lo que pensó—. Vaya mente más traviesa tienes, Bonita —me burlé y de estar avergonzada, pasó a estar furiosa.

—Haz tu pregunta —exigió.

La tregua había finalizado.

Me reí de ello y puse el ungüento en el tatuaje para luego pegarle la venda transparente. Tras eso, le di las indicaciones correspondientes sobre el cuidado que debía tener.

—Tómate la tarde libre, no es recomendable que entrenes hoy —le dije cuando se puso de pie, lista para marcharse—. ¡Ey! No tan rápido —advertí al verla casi huyendo—. La cuenta todavía no está saldada. —Me había dado la espalda y se giró lentamente, resignada a pagarme.

¡Mierda! Cómo gocé ese momento.

—Disimula un poco cuanto disfrutas esto —pidió exasperada y no oculté mi sonrisa ladina.

—Mi pregunta es sobre tu novio —advertí y cerró los ojos un instante, maldiciendo en la mente seguramente—. ¿Cuánto tienes de estar con él? —inquirí.

Era una pregunta sencilla de responder, pero muy importante para llegar a muchas cosas sobre ella.

—Pronto cumpliremos cuatro años —respondió tras pensárselo unos minutos—. Estamos a mano, así que gracias por tu arte. Me ha encantado —añadió y sin esperar a que le dijera algo, se dio la vuelta y se fue.

«¡Por la puta! No puede ser», pensé y apreté los puños con violencia.

Nos encontrábamos en uno de los tantos clubes que pertenecían a mi padre. Era una noche de primavera bastante fría, pero la calefacción y el calor que emanaban todos dentro del lugar, nos hacía sentir como si estuviéramos en verano.

Evan había invitado a Isabella para que se nos uniera y Connor hizo lo suyo con Jane. Al llegar ahí, todos los empleados se encargaron de atendernos como los reyes que éramos y nos ubicamos, como siempre, en el mejor privado del área VIP. Reí al ver la cara de asombro de las dos chicas que, por primera vez, nos acompañaban como parte de Grigori. Aunque Jane lo era solo por ser amiga de dos de mis súbditos.

—Señor, ¿puedo ofrecerle algo más? —preguntó una de las meseras a cargo de atendernos.

—Por el momento todo está bien. Si se me ofrece algo más, te aviso —dije un poco fuerte para que lograra escucharme por encima de la música.

—No sé por qué intuyo que eres más que un miembro VIP de este club —llamó mi atención Isabella, quien se encontraba cerca de mí—. Lo digo por la forma en que nos atienden o, mejor dicho, te atienden. —Sonreí altivo y di un sorbo a mi vaso con whisky.

—No te equivocas —admití y alzó una espesa y bonita ceja—. Este club nos pertenece. De hecho, es el preferido de Tess, así que en un futuro será suyo —dije como si no fuese nada del otro mundo.

—Debí imaginarlo, sobre todo por el nombre. Grig es... original. —Miró a mi hermana, quien bailaba muy animada con Dylan cerca de la terraza que daba vista hacia la pista de baile. El privado estaba en el segundo piso del club—. ¿Tú también tienes un favorito? —Asentí a su pregunta luego de darle un trago a mi bebida.

A veces me gustaba que fuese tan curiosa.

—Algún día tendrás la dicha de conocerlo —dije desinteresado, pero noté cómo me miró. Creo que se sorprendió por mi respuesta—. Y, por cierto, ese tatuaje que tienes luce perfecto. Quien te lo hizo debe ser el mejor. —Negó y sonrió a la vez, entendiendo que el halago no había sido precisamente para ella.

—Engreído —bufó y solo me encogí de hombros.

Usaba un body rojo de tirantes bastante escotado junto a un pantalón del mismo color. Había llevado puesto un saco a juego al entrar al club, pero se lo quitó en cuanto el calor la azotó, dejando a la vista aquella frase que le tatué cada vez que alzaba los brazos y provocando más miradas de las necesarias en su cuerpo.

Al parecer, solo Tess sabía que yo era el autor de su arte y cabe recalcar que mi hermana todavía no podía creer que hubiese accedido a usar mi propia letra. Pero yo no le veía lo importante a ese hecho.

Dejé de hablar con la castaña y continuamos disfrutando.

Evan y Connor se la llevaron a ella y a Jane a la pista para bailar. Me acerqué a la terraza al percatarme de ello y desde ahí los observé. Tras el acercamiento que tuvimos con Isabella el día del tatuaje, no volvimos a hablar más hasta esa noche. Traté de evitarla y supe que ella hacía lo mismo conmigo, pero debía admitir que extrañé más de lo que debería nuestros enfrentamientos.

Aunque también eludirla sirvió para aclarar muchas cosas y pensar bien si quería o debía seguir con mi plan. Y no debía, pero sí quería. Solo estaba dándole tiempo para que se adaptara y dejara de verme como su Némesis.

Elsa se acercó a mí al verme observando la pista y me pidió que fuésemos a bailar, pero me negué, así que se fue con Jacob. Tess y Dylan los acompañaron. Continué un rato más mirándolos a todos. Isabella se divertía y Evan aprovechaba la oportunidad para acercarse más de lo debido a ella.

En un momento dado nuestras miradas se cruzaron y sonrió, pero no a mí, lo hizo por algo que Evan dijo en su oído. Sin quererlo, me di cuenta de que mis manos apretaban con fuerza la barra del balcón donde estaba recargado, al punto de que mis nudillos se volvieron blancos. Con ironía deduje que Evan había hecho caso a mi consejo, pero en el peor momento, aunque decidí no concentrarme en ello esa noche y opté por dejar de verlos.

No podía ser tan estúpido como para joderme la cabeza con nimiedades.

En una de las mesas cerca de la pista, visualicé a tres mujeres charlando emocionadas a pesar de la fuerte música. Una de ellas llamó mi atención: su cabello era oscuro y llegaba hasta sus hombros. Vestía con un minivestido negro y zapatos de tacón alto, los cuales me permitían admirar sus largas y esbeltas piernas. Su tez era blanca y en ese atuendo lucía demasiado bien.

Una de sus amigas se percató de que la estaba observando y le dijo algo. La morena volteó a verme y me regaló una sonrisa coqueta y un guiño de ojo muy sensual. Le sonreí y tomé su acto como mi señal para invitarla a bailar, así que caminé hacia los escalones y bajé para llegar a su mesa.

De pronto, tenía ganas de bailar.

De pronto, se me antojó una hermosa morena. Y sonreí ante mis pensamientos, intuyendo que esa noche tendría diversión y esperaba que mucha.

Cuando llegué a la mesa, las saludé amablemente y educado, como el caballero que no era. Por el acento que tenían imaginé que no eran del país y luego ellas me lo confirmaron. Todas eran españolas y estaban de vacaciones. Ordené a uno de los meseros que les llevaran los mejores tragos mientras las hacía sentir como en casa.

Noté que la morena alzaba una de sus cejas cuando hablaba (era un tic) y vaya que lograba ponerme mucho con eso. La invité a bailar y encantada aceptó. Mientras estábamos en la pista aproveché para rozar mi cuerpo al suyo. Bailaba muy bien y sus movimientos de cadera me hicieron imaginarla desnuda y meneándose así, pero encima de mí.

—Bailas muy bien —dijo en mi oído con ese acento que se convirtió en mi favorito.

—Hago todo muy bien —me mofé. La tomé de la cintura y la froté más a mí—. ¿Quieres comprobarlo? —propuse con deseo.

—¿Te gusta jugar con fuego? —Sonrió sensual y me puse rígido cuando los recuerdos de Isabella haciéndome esa misma pregunta me azotaron sin piedad.

Me maldije por pensar en la castaña hasta cuando intentaba tontear con alguien más y me obligué a espabilar para darle toda mi atención a la española.

¡Bien! Ya era mi española.

—Me gusta quemarme —respondí con picardía.

—Ardamos juntos entonces —pidió ella y sonreí victorioso.

La llevé a mi privado después de dos canciones y aproveché a hablar un momento más con ella, a conocerla. Decían que a las mujeres les encantaba ser escuchadas y yo con tal de conseguir lo que deseaba, escuchaba hasta misa sin creer en un ser supremo.

Descubrí que Elena (ese era el nombre de la española) era más que una cara bonita. Era una mujer madura, graciosa y muy pervertida, tanto como a mí me gustaban. Terminé disfrutando mucho de su presencia y me sorprendí de ello. Aparte, saber que era una mujer casada me hizo desearla más.

Era como un fruto prohibido que iba a comerme.

La invité a que se quedara esa noche conmigo y después de mucho persuadirla, aceptó.

—Eres mi pequeño diablo —susurró en mi oído y dejó un beso en mi mejilla.

—Esta noche soy lo que tú quieras que sea —susurré mientras daba besos en su cuello hasta llegar al lóbulo de su oreja y la reacción que conseguí en ella me satisfizo.

La miré a los ojos y los encontré negros de puro deseo. Hizo el intento de besarme en la boca, pero me giré de inmediato para que no lo lograra y antes de que dijera algo, volví a besar su cuello.

—¡LuzBel, ¿nos vamos ya?! —nos interrumpió Elsa. Había visto la escena y no solo ella, también Isabella y los otros.

—Espera un momento —pedí a Elena y asintió.

Caminé hacia los chicos y vi los celos de Elsa y la decepción en Isabella, de quien no entendí por qué se puso así.

—Yo no me iré, me quedaré aquí —informé.

—¿No está muy mayor para ti? —Me sorprendió Isabella con su pregunta y más la manera en que la formuló.

—Claro que lo está —respondió Elsa por mí.

Sí, Elena era ya una mujer adulta, pero tampoco como ellas lo hacían ver.

—Pero este idiota con tal de follar se convence él mismo de que gallina vieja hace mejor caldo —soltó con veneno. No pude evitar reírme ante su respuesta, aunque ambas me fulminaron con la mirada.

¿Entonces ya se llevaban bien? ¡Perfecto! Solo eso me faltaba.

—Ya, Elsa. No me salgas con tus escenas de celos —pedí y la vi negar con fastidio—. Y no, White, no está mayor para mí —zanjé y bufó por mi respuesta, pero por fortuna no dijo nada más.

—Bien, como sea —aseveró Elsa al verme decidido a quedarme, pero no dije nada porque yo seguía observando a White.

Con toda la intención de fastidiarla, me acerqué a ella como si solo me fuera a despedir y susurré en su oído:

—¿Sabes qué? Sí me gusta jugar con fuego —dije y aproveché la cercanía para dar un pequeño mordisco en su oreja. Antes de que reaccionara me aparté de ella, aunque me gané de su parte una mirada llena de asco—. Nos vemos mañana, chicos —me despedí.

Caminé hacia Elena (sin esperar respuesta de ellos) y le ofrecí mi mano. La tomó y la dirigí hacia el despacho, ese que era solo para mí y estaba equipado con todo lo necesario de un pequeño apartamento, incluso una cama.

Lo más importante para esas ocasiones.

CAPÍTULO 18

El efecto del ángel

ISABELLA

Tres semanas transcurrieron luego de la noche en que conocí uno de los clubes pertenecientes a los Pride, mismas en las que sin entender por qué, la decepción me golpeó al darme cuenta de hasta dónde era capaz de llegar LuzBel. Sabía que era un mujeriego, pero hacer sus patanerías en la cara de la chica que estaba con él no tenía nombre y no entendía si mi decepción fue por el dolor que vi en Elsa o por otro motivo.

—No justifico a mi hermano, pero Elsa sabe a la perfección cómo es él y lo supo desde antes de dejarse usar. —Miré indignada a Tess. Jane hizo lo mismo. Habíamos estado toda la tarde juntas y hablábamos de nuevo sobre lo que pasó en Grig.

—Es tu hermano, pero eres mujer. No deberías hablar así —le reprochó Jane. La pelirroja solo rodó los ojos y se miró las uñas como si fuese lo más interesante del mundo.

—Hablo así justo porque me indigna, porque si yo fuera ella, ya habría mandado a la mierda a Elijah —se defendió después—. Y me enerva que Elsa no sea capaz de hacerlo.

—Dylan es igual —señalé viendo cómo se sonrojaba. Con Jane habíamos visto la cercanía de esos dos.

—Por eso me alejo de él —siguió a la defensiva. Nos reímos con Jane sabiendo que eso no era cierto y nos fulminó con la mirada.

A partir de ese día traté de ver a LuzBel como lo que era: un idiota con corazón de hielo, alguien a quien no le importaba nada y me concentré en ser exactamente igual con él. Sabía que mi actitud lo molestaba mucho. Saber que no le daba la atención que otras chicas sí, lo enfurecía más de lo que alguna vez admitiría y yo lo disfrutaba.

«El efecto del ángel tenía que dar resultado».

Me reí de aquella tonta metáfora.

Y claro que el maldito no cumplió con su palabra y siguió acercándose a mí (de la manera que le pedí que no lo hiciera) luego de la noche del club, como si no hubiera pasado nada. La primera vez lo hizo con la tonta excusa de ver cómo estaba sanando mi tatuaje y tuve que ejercer toda mi fuerza de voluntad para hacerle creer que eso no me afectaba.

Provocaba acercamientos bastante libidinosos incluso cuando entrenábamos, pero ejercí el autocontrol que me enseñó el maestro Baek Cho, aun cuando luego de eso terminaba en la ducha bañándome con agua fría o cínicamente hablando con Elliot y diciéndole cuánto lo extrañaba.

Aunque sí lo extrañaba y necesitaba tenerlo a mi lado para dejar de sentir lo que sentía.

«O para comprobar si aún sentías lo mismo por el ojiazul».

El veinticinco de abril llegó y con él, el último día de clases del semestre de primavera para los chicos y, por supuesto, mi cumpleaños número dieciocho. La melancolía al recordar a mi madre y todo lo que hacía por mí en esa fecha fue un poco cruel.

Me desperté con la llamada de mi padre deseándome un feliz cumpleaños y prometiendo estar pronto conmigo. Me extrañó mucho no recibir una llamada o mensaje de texto de Elliot y me negaba a creer que se había olvidado de ese día.

«Solo eso faltaba».

Dejé todos esos pensamientos de lado al recibir en mi habitación a Charlotte, mi única compañía en casa, aunque en los últimos días ella también estaba más ausente. En sus manos llevaba una bandeja con mi desayuno favorito: huevos, tocino y tostadas con mermelada de manzana, acompañado con jugo de naranja y una hermosa rosa blanca metida en un vaso de cristal largo.

Aquello me conmovió demasiado porque mamá siempre hacía lo mismo. Por alguna extraña razón, le encantaba estar rodeada siempre de rosas y papá al saber su manía, cada mañana cortaba una del jardín y se la ponía en el vaso con agua que ella dejaba en su mesita de noche.

—*Cuando la vida te lance espinas, siempre busca las rosas, amor* —*me decía cuando llegaba de la escuela y había tenido un mal día.*

—*Mamá, tienes una severa obsesión con las rosas* —*le respondía, sobre todo si me sentía muy pesimista*—. *Te la vives en el invernadero cuidando tus rosas, tienes toda la casa llena de rosas y tus dichos casi siempre incluyen a las rosas* —*me quejé como toda una malcriada.*

Ella se rio de mí y me plantó un beso sonoro en la frente.

—*Ahora mismo no lo entiendes, pero sé que un día te acordarás de mis palabras, pequeño ángel* —*aseguró y me tomó de la barbilla haciendo que la viera a los ojos*—. *La vida entera es una rosa y donde cada pétalo es una ilusión, cada espina es una realidad* —*añadió y pegó una carcajada cuando rodé los ojos.*

Sin embargo, dos años después de su muerte seguía recordando sus palabras, entendiéndolas aún más y vaya que dolían.

«No era día de tristezas, Colega».

Coincidí con mi conciencia y sonreí feliz cuando Charlotte gritó el típico *feliz cumpleaños*. Y después de poner la bandeja en la mesita de noche al lado de mi cama, me abrazó fuerte y ese gesto me reconfortó mucho. No era de las que les gustaba que le llevaran el desayuno a la cama. Sin embargo, lo permití esa vez porque fue un hermoso gesto de su parte.

—¿Fuiste cercana a mi madre siempre? —pregunté en un rato de tristeza. Miré mi comida, acaricié la rosa y ella enseguida notó lo que me pasaba.

—En un tiempo fuimos casi como hermanas, cariño —dijo, tomando mi barbilla y haciendo que la mirara a los ojos. Me sonrió con calidez—. Fui su confidente. Éramos tres amigas muy unidas, pero por cuestiones de la vida nos dejaron siendo solo dos. —La miré con curiosidad. Era la primera vez que ella hablaba de tal cosa.

—¿Quién era la otra chica? ¿Por qué dejaron de ser tres? —cuestioné. Papá siempre evitaba hablar de mamá desde que murió y cuando ella estuvo viva, no conocí a ninguna de sus amigas, a excepción de Charlotte.

—Tomamos caminos diferentes, incluso yo estuve lejos de tu madre un tiempo, pero nos reencontramos y volvimos a ser inseparables. Y de nuestra otra amiga, no supimos más, solo que se casó con un tipo de dinero y no quería saber nada de su vida pasada —explicó y no pude deducir lo que sentía ella al decir tal cosa.

Charlotte muchas veces podía ser misteriosa y solitaria.

—La extraño —susurré y me abrazó.

—Lo sé, pero hoy no es día de tristezas, así que come, por favor —pidió y asentí.

Desayuné en su compañía y charlamos de muchas cosas más que ya no incluían mi pasado. Hablar con Charlotte siempre era bueno, sabía aconsejarme y animarme en momentos tristes.

Después de haber terminado de desayunar, me metí a la ducha, pero no sin antes llevarme una llamada de atención de su parte por no esperar a hacer bien la digestión, pero si no lo hacía de inmediato llegaría tarde a clases. El seminario de fotografía continuaría un par de semanas más y también me había inscrito a un curso de verano para reforzar ciertos temas antes de que el semestre de otoño llegara.

Cuando me aseguré de tener mi hermosa cámara en el bolso y todo lo necesario, tomé las llaves del coche y me dirigí a la universidad. Al llegar, fui recibida por una eufórica Jane, quien al verme gritó como loca y se aferró a mi cuello, al punto de que creí que necesitaría un collarín después de eso.

Me felicitó por cumplir lo que se creería que era la mayoría de edad para algunas cosas y luego colocó en mi mano izquierda un hermoso brazalete de plata con el dije de un águila en vuelo. Al reverso se podía leer la palabra *volemos*. No lo entendí al principio, pero después Jane me mostró un brazalete idéntico en su mano con el mismo dije, aunque a diferencia del mío, en el suyo se leía la palabra *juntas*.

En ese momento fui yo la que se abalanzó sobre ella con un abrazo estrangulador.

Esa fue la mejor manera de continuar mi día. Connor también se acercó y me abrazó, luego fue Evan. Su abrazo estuvo lleno de amor y me sentí mal por no corresponderle de la misma manera, pero ya habíamos hablado antes de nuestra situación y todo comenzaba a marchar mejor entre los dos.

—¡Feliz Cumpleaños, nena! —gritó Jacob acercándose a nosotros—. Te mereces lo mejor —agregó llegando a mí y antes de reaccionar, me besó.

Fue un beso casto, seco y rápido en la boca que logró dejarme pasmada.

—¡Auch! —se quejó cuando Tess apareció detrás de él dándole un golpe en la nuca.

—Te lo mereces por idiota y abusivo —espetó la pelirroja haciéndome reír.

—Gracias. Se lo merecía —dije riendo.

—¡Auch! Eso dolió aquí —señaló él con dramatismo, llevándose la mano al lado del corazón tal cual lo hizo con Connor meses atrás.

Rodé los ojos y negué con burla.

—¡Feliz Cumpleaños, hermanita! —gritó Tess dejando de lado la pelea con Jacob para luego abrazarme.

—¿Hermanita? —susurré en su oído y la escuché reír.

—Yo sola me entiendo. —Se separó de mí y me tomó la mano en la que yacía el regalo de Jane y colocó un dije de llamas. Fruncí el ceño al no entender por qué esa figura—. Cuando era niña, Elijah me llamaba chica de fuego o pequeña zanahoria —explicó señalando su cabello para que lo entendiera y sonreí—. Por eso mi dije es el de una llama. Lo prefiero así a el de una zanahoria. —Ambas nos reímos por aquello.

—A él lo identifica un cubo de hielo —murmuré haciéndola reír más.

—Irónico que mis padres tengan como hijos las dos representaciones: el fuego y el hielo —agregó riéndose—. Y este… —Sacó un dije con la forma del yin yang—, es un regalo de parte de una persona que te ama como si fueras su hija. —Alcé mi ceja al no entender de qué hablaba—. Del maestro Baek Cho. —Abrí la boca con incredulidad—. Dice que luego vendrá y te explicará por qué este dije —Asentí de inmediato.

—No sabía que tenías comunicación con él —musité acariciando el dije.

—Hay muchas cosas que aún no sabes, pero en este momento no importan —soltó y tal cosa me hizo sentir curiosa, aunque no dije nada y ella colocó su brazo alrededor de mis hombros—. Sabía que Jane te daría ese regalo, así que decidí que el mío sería agregarle dijes. —Sonreí con su explicación.

—Son increíbles, chicos. —Los miré a todos—. Aunque tú te pasas de idiota. —Señalé a Jacob y rio encogiéndose de hombros—. Pero gracias a todos por acordarse de este día.

—Eres muy importante para todos, Bella —señaló Evan—. Para todos —repitió e hizo énfasis en la última palabra—, no lo olvides —pidió y asentí agradecida.

Cada uno se marchó a sus respectivas clases después de esas muestras de cariño. Mi día comenzó con energía y optimismo a pesar de que Elliot no daba señales de vida.

A la hora del almuerzo, todos nos reunimos en el café donde nuestros caminos se cruzaron por primera vez, incluido Dylan quien, al verme, me sorprendió con un saludo cargado de amabilidad.

Había cambiado mucho conmigo desde un par de semanas atrás y lo asocié a que se dio la oportunidad de conocerme en lugar de juzgarme por haberme defendido de su abuso. A veces lo cachaba observándome con incredulidad y otras como si me conociera de toda la vida. Era un chico muy intrigante si lo analizaba mejor y, aunque por momentos me entraba la curiosidad por saber a fondo qué lo hizo cambiar conmigo, decidí que era mejor dejarle las cosas al tiempo.

Tal vez su relación con Tess tenía mucho que ver.

Elsa, en cambio, quien también estaba presente, me observó con su típica mirada de odio y LuzBel, como siempre, mantenía su cara de culo todo el tiempo.

«¿Qué? ¿Esperabas que él también te felicitara?»

Maldita voz, obvio no esperaba eso de su parte.

«Ajá».

A pesar de su cara, también lucía extraño ese día.

Comimos y por increíble que pareciera, todo marchó sin las típicas indirectas y tensiones que siempre nos embargaba al estar todos juntos. Era la primera vez que me dejaba ver con ellos y obtuve muchas miradas y cotilleos de los demás en el campus, pero ignoré todo y agradecí que por lo menos ese día, los chicos de la asociación que aún no me tragaban no fuesen tan idiotas.

Para esa noche, todos estaban proponiendo salir a celebrar mi cumpleaños. Al hablar de eso, noté cierta sorpresa en LuzBel y pensé que tal vez él no supo nada sobre eso hasta ese momento.

—Podríamos ir a Elite —ofreció el susodicho—. Tiene todo incluido: restaurante, bar, discoteca y...

—¿Hablas en serio? —lo interrumpió Elsa con asombro y enojo.

—¿Por qué no? —LuzBel se encogió de hombros al responder.

—Bien. Sigan planeando ustedes la salida, yo no iré a ninguna parte —espetó ella mientras se ponía de pie y se marchaba.

—¡Aguafiestas! —le gritó Jacob y sin voltearse a verlo, ella le sacó el dedo medio—. Entonces, ¿tú sí vas? —preguntó a LuzBel mientras ignoraba el gesto de Elsa.

Había misterio en aquella pregunta. Los chicos actuaban un poco raros y solo me quedaba ignorar sus rarezas.

—Claro o no hubiese ofrecido Elite —respondió restándole importancia.

Lo busqué con la mirada tratando de descifrarlo y él me sintió. Sus ojos grises me encontraron, pero estaban cargados de una intensidad que no pude sostener luego de que me penetrara hasta la médula.

Necesitaba a Elliot con urgencia.

Las clases llegaron a su fin una hora después y al salir del salón con Jane, nos encontramos a Tess esperándonos afuera.

—¿Listas para esta noche? —preguntó. Su voz estaba llena de emoción.

—¡Listas! —respondimos con Jane al unísono y nos reímos.

—Amarán ese club, se los juro —aseguró. Según veía, ella lo adoraba.

—¿Tan especial es? —inquirí.

—Es el mejor de la cadena Pride. Un club de ensueño al que solo puedes entrar con invitación exclusiva de su dueño —aseguró y con Jane nos miramos intrigadas.

—¿Por eso Elsa reaccionó así cuando tu hermano lo propuso? —preguntó Jane.

Ella también había notado el egoísmo en la chica al mencionar el club y supuse que era porque iríamos para celebrar mi cumpleaños.

—No, reaccionó así porque está celosa. Elite es el club favorito de Elijah. Papá se lo regaló para su cumpleaños dieciocho hace tres años —explicó fresca y alcé las cejas con sorpresa.

Recordé la noche que estuvimos en Grig y sus palabras al hablar del club.

«Algún día lo conocerás», me dijo y una risa nerviosa se formó en mis labios porque había propuesto que fuéramos esa noche.

—Pero no entiendo por qué se pone celosa de que vayamos allí esta noche. Esa chica tiene serios problemas —dijo Jane mientras atravesábamos el último tramo para llegar a la puerta de salida.

—Bueno, supongo que es porque Elijah no lleva a nadie allí. Lo disfruta para él solo. Yo he ido porque lo he obligado. Suerte de ser la hermana preferida. —Sonrió con suficiencia y en esos momentos y, por alguna razón, yo también quise hacerlo.

—Será porque eres la única —inquirí ignorando lo que sentí.

—Buen punto —reímos con su respuesta—, pero volviendo al tema, creo que ese será el regalo de Elijah para ti, Isa. Te dejará conocer un poco más de él. —Negué por lo que dijo e ignoré lo que sentí en mi estómago ante sus palabras—. ¡Joder! Primero el tatuaje con su propia letra y ahora Elite.

Abrí los ojos demás cuando soltó tal cosa.

—¿Qué tatuaje? —inquirió Jane y deseé golpear a Tess por bocona.

—¡Mierda! —espetó Tess y supuse que fue porque se dio cuenta de su error mientras caminábamos hacia los escalones que nos llevarían al estacionamiento.

—Jane…

—¡Isa! —me llamaron, interrumpiéndome y busqué aquella voz de inmediato.

«Nuestro salvador al fin había llegado».

Elliot estaba a diez metros de distancia, recargado en el coche de mi padre con las piernas cruzadas por los tobillos y las manos metidas en los bolsillos del pantalón. Sonrió de lado al ver mi cara de sorpresa y obligué a mis piernas a funcionar y caminar hacia él.

«En ese momento tendrías que haber corrido».

—¡Elliot! —exclamé.

—¡Feliz cumpleaños, nena! —respondió y como una loca desesperada, me abalancé sobre su cuerpo y con agilidad me atrapó en el aire.

Enrollé las piernas en su cintura y los brazos en su cuello, aferrándome a su cuerpo como si fuese mi salvavidas.

«E intuía de qué océano te estaba salvando».

Ignoré a mi conciencia y besé a Elliot con voracidad, sintiéndome la chica más feliz del mundo y la más afortunada en el momento que él me correspondió.

Su beso fue diestro y necesitado, un gesto que indicaba añoranza, acogida, pasión y desesperación. Sus labios cálidos, tersos y a la vez inclementes, sucumbieron a los míos, temerosos e inseguros, aunque también urgidos, provocándome aquellas mariposas en el estómago que tanto había extrañado.

Su lengua exigió danzar con la mía y no se lo impedí, ya que fantaseé noches enteras con ese momento. Con nuestro reencuentro después de meses obligados a no vernos gracias a unos malditos que no solo me arrebataron a mi madre, sino también la vida.

—¡Dios! Te extrañé tanto —susurré sobre sus labios y seguí besándolo, saboreando mis lágrimas en nuestro beso.

—Y yo a ti, amor —dijo y mordió mi labio inferior.

—Eres mi ancla, Elliot —aseguré y sonrió cuando comencé a darle besos por todo el rostro.

No le mentía. Él era mi cable a tierra y el único hombre por el que debía sentir toda la locura que había estado experimentando días atrás.

—¡Joder! Eres real —dijo él y noté que tampoco creía que estuviéramos juntos.

—Sí y tú estás aquí —susurré pegando mi frente a la suya—. ¡Dios! Estás aquí —repetí haciéndolo reír.

—¿Dónde más podría estar en un día como este? —inquirió y me cogió del rostro tras bajarme de él—. Tu padre va a matarme porque me he venido sin su autorización, pero vale el riesgo con tal de estar cada segundo a tu lado —aseguró y volvió a besarme, esa vez siendo tierno y suave—. Estás preciosa, por cierto —halagó y metió un mechón de cabello tras mi oreja.

Un carraspeo nos interrumpió y vi a las chicas, quienes se habían acercado a nosotros.

—Lo siento, chicas —les dije y volví a acomodarme el cabello un poco avergonzada—. Ellas son Tess y Jane —las señalé—, mis nuevas mejores amigas. Chicas, él es Elliot, mi novio. —Me mordí el labio para no reír al ver el rostro de Tess y la mirada cómplice de Jane.

—Es un gusto conocerlas —dijo Elliot y le dio un beso en la mejilla a cada una.

Se quedó mirando unos segundos a Tess. Ella estaba sorprendida y extraña. Él un tanto nervioso.

—Un segundo más y te follas a nuestra amiga frente a todos—dijo Tess sin descaro alguno.

—¡Tess! —la reprendí mientras Jane le dio un codazo en el costado.

—¡Auch! —exclamó ella sobándose y Elliot rio—. Lo siento —susurró fingiendo que estaba avergonzada.

—Y luego criticas a Jacob por imprudente —bufó Jane con fastidio y Tess solo se encogió de hombros.

Me reí por la pelea que ambas iniciaron y me concentré de nuevo en Elliot, olvidando por completo el comentario de Tess.

—Me agradan tus nuevas amigas —confesó acariciando mi mejilla.

—Espero que sigas opinando lo mismo cuando las conozcas mejor —bromeé y negó sonriendo de lado.

Envolví de nuevo los brazos en su cuello con la intención de volver a besarlo, pero antes de lograrlo, un carraspeo molesto y masculino nos interrumpió.

¡Me cago en la puta!

«LuzBel».

—¿Terminaron con el espectáculo? —inquirió gélido. Su voz sacudió mi cuerpo como un latigazo de electricidad.

No le debía nada, todos sabían que tenía novio, pero admito que me puse muy nerviosa al escuchar a aquel demonio que ya comenzaba a atormentar mis noches. Por un momento me negué a mirarlo, pero eso sería cobarde de mi parte. Así que decidí enfrentarlo, consciente de que ese encuentro sería el principio de algo que no iba a poder evitar por más que lo quisiera. Pero era hora de ser valiente y demostrar de lo que estaba hecha.

Aunque al girarme y encontrar su mirada, me paralicé como una idiota.

«Sus ojos en verdad eran una tormenta en aquellos momentos».

Y yo estaba en el ojo de ella.

CAPÍTULO 19

Apagar el fuego no servía de nada

ISABELLA

Sus iris parecían plata fundida, hirviendo de ira vehemente. La arrogancia le brotaba por los poros como hielo descongelándose y, por un momento, hasta aluciné con que se le formaban tentáculos de frialdad, mismos que extendió hacia mí para envolverme y apretar hasta dejarme sin aire, ya que hubo un instante en el que sentí que no podía respirar.

LuzBel era una bomba de tiempo a punto de explotar.

¿Sentí miedo? Definitivamente no.

El chico no era mi novio ni mi padre y Elliot tampoco era el amante que mantenía en secreto. Sin embargo, me puse muy nerviosa porque LuzBel no me miró con tanta furia a mí, sino a mi chico, algo que me pareció fuera de lugar teniendo en cuenta que era la primera vez que se veían y Elliot no le había hecho nada.

No existía razón alguna para actuar así y menos para que LuzBel se mostrara con unas ganas incontenibles de matar a mi novio. Pero era LuzBel, ¡Por Dios! El mismo tipo que me odiaba a mí sin razón justificable, el idiota que se había encargado de hacerme la vida de cuadritos desde que me defendí en el café, el matón insufrible que se creía dueño del campus y la ciudad entera. Así que no podía esperar nada distinto de ese narcisista.

Sin embargo, lo que más me inquietó fue ver la actitud de Elliot.

Él no era de los que se rebajaba a ese nivel de estupidez; no obstante, no se inmutó ante LuzBel. Aunque al principio también noté que lo miró con una pizca de culpa opacando sus ojos azules y eso me descolocó un poco. Elsa, Dylan, Connor y

Evan acompañaban a LuzBel como si fueran sus malditas sombras. Evan le dedicó una mirada llena de dureza a Elliot y, aunque tampoco tenía ningún derecho, lo comprendía más que a LuzBel.

Los otros tres miraron a mi novio con indiferencia o como si él no mereciera pisar el mismo lugar que ellos y eso sí que me pareció raro, sobre todo de Connor, que desde un principio siempre demostró ser el más sensato. Sin embargo, en ese instante parecía haber sido hecho con el mismo molde de su grupo.

—Surgió algo importante y necesito hablar contigo y con Tess. —La rudeza en la voz de LuzBel se hizo notar y sospeché que ese era uno de esos días en los que se ponía demasiado insoportable.

—¿Tiene que ser ahora? —me atreví a cuestionar y me fulminó con la mirada.

«¿Qué demonios le pasaba?»

—Sí, ahora. —La necesidad de mandarlo a la mierda se sintió amarga en mi lengua y estuve a punto de escupirlo, pero me contuve.

—Isabella, ¿sucede algo? —cuestionó Elliot detrás de mí.

—Nada que a ti te importe —bufó LuzBel y me tensé al escuchar y percibir el asco con el que se refirió a Elliot. Estaba llegando al límite entre lo injustificado y exagerado.

—¿Perdón?

¡Mierda! El tono de voz que Elliot utilizó no me agradó. Las cosas estaban a punto de tomar otro rumbo y odiaba ese tipo de espectáculos.

—Aparte de imbécil, sordo —masculló Dylan.

—No, idiota. No me describas como tú porque no somos iguales —zanjó Elliot con cierta egolatría y mis ojos se abrieron desmesuradamente.

«¡Joder! Nuestro ángel era sexi cuando se ponía en plan de perro marcando territorio».

Sí y solo faltaba que me mearan para dejarlo claro.

—Además, le he hecho una pregunta a mi novia, no a ustedes, ¿o sí? —continuó Elliot.

Y, tras escucharlo, me fue imposible no notar que había una similitud entre él y LuzBel a la hora de ponerse en plan macho alfa.

—Ten cuidado con cómo hablas, hijo de puta, porque aquí no eres más que un extraño. Y no solemos ser amables con los intrusos —se metió LuzBel y me estremecí por la forma en la que dijo tal cosa.

Lo hice a tal punto que mis mejillas se calentaron, sobre todo cuando su mirada me recorrió con fugacidad al decir tal cosa.

«Entonces te seguían viendo como una intrusa».

Intuí lo mismo.

—Si tú tuvieras siquiera el mínimo tacto para medir cómo le hablas a mi novia, entonces yo tendría el sumo cuidado de respetar *tu territorio* —aseveró Elliot sin intimidarse y haciendo énfasis en lo último.

—¡Bueno! ¡Ya basta! —exclamé poniéndome en medio de ellos, sintiéndome harta de aquella competencia de adolescentes que peleaban por ver quién meaba más lejos. Y yo estaba siendo asquerosamente salpicada.

—Sí, Elijah. Compórtense porque están llamando mucho la atención —me secundó Tess y se lo agradecí.

En realidad, no había mucha gente en el estacionamiento y las pocas q[ue] nos prestaban atención. Sin embargo, las palabras de Tess surgieron efecto[s] tanto LuzBel como su grupo se callaron.

De soslayo, vi que Elliot los miró y negó hastiado.

—Mira, LuzBel. Lo que quieras decirme puedes hacerlo en otro mo[mento] porque ahora mismo has acabado con mi poca tolerancia para soportarte — dejándome dominar por el enojo que sentía.

Ese maldito espectáculo no había sido necesario y, en realidad, me of[endía] mucho.

—Debemos hablar ahora mismo —sentenció y alcé la barbilla.

No se saldría con la suya, no esa vez. Respiré hondo para tratar de controla[rme] y vi que Jane buscó a Connor y le hizo un ademán con la barbilla para llama[rlo], situación que agradecí, ya que eso apaciguaba un poco la tensión que se ha[bía] formado.

—Mira, LuzBel. Elliot acaba de llegar y deseo estar con él, así que déja[me] descansar de ti como regalo de cumpleaños —le dije segundos después y m[is] palabras lo tomaron por sorpresa.

—No me tientes, White —advirtió y alcancé a notar que Tess le dijo algo a Ellio[t] en ese momento que no conseguí escuchar—. No sabes de lo que soy capaz cuando[ ] quieren sobrepasar mi autoridad —añadió en tono bajo y rogué para que solo yo lo hubiese escuchado.

Se estaba pasando de idiota. Yo estaba en su maldita organización por una deuda que no era ni mía. No era su súbdita y él lo sabía. Así que debía agradecer que no lo mandara a la mierda allí mismo.

—Dime todo lo que quieras esta noche. Ahora mismo quiero estar con Elliot —insistí y estuvo a punto de replicar, pero continué hablando—: No verte en este instante sería una de las mejores cosas que me puede pasar hoy como regalo, así que concédeme este tiempo con mi novio —solté con frialdad y, aunque trató de ocultar lo mal que le sentaron mis palabras, sus ojos me dejaron entreverlo antes de que consiguiera esconderlo del todo.

Él me obligaba a actuar de esa manera, pero esas palabras me sentaron como un puñetazo en el estómago.

«Que se jodiera, Colega. Merecíamos esos juegos con nuestro ángel».

¡Carajo!

—Bien —dijo y sonrió satírico—. Feliz cumpleaños, entonces —cedió tras unos segundos con un tono gélido que me provocó escalofríos.

Por un corto instante, sentí que no podía respirar por la capacidad que tenía ese chico de hacerme sentir como una mierda con unas palabras tan sencillas. Pues ese feliz cumpleaños dicho con ironía y recelo, fueron como manos crueles apretando mis pulmones.

—Isa —me llamó Elliot y tragué con dificultad al ver esos ojos grisáceos clavados en mí sin darme tregua. Pero espabilé para que mi chico no notara lo que pasaba.

—Gracias —musité irónica, aunque con amargura por dentro—. Nos vemos esta noche en Elite —me despedí de los demás y dejé de mirarlo—. Elliot se nos unirá —añadí.

...to, LuzBel ya se había dado la vuelta para marcharse junto con ... staba segura de que me escuchó.

... Habías conseguido lo que te propusiste».

... a la satisfacción que esperaba.

... mi hermano, Elliot, a veces suele ser demasiado intenso —dijo ... e hay ocasiones en las que su intensidad es justificada —añadió con ... masiado fingida.

... miró con seriedad y fastidio, luego negó. Yo, por mi parte, no podía ... abiendo presenciado todo, intentara excusar al idiota que tenía como

...rees que lo que acaba de hacer es justificable? —inquirí más fuerte de lo ... ndía.

...icas, ustedes no, por favor —suplicó Jane.

...elirroja alternaba su mirada entre Elliot y yo, usando esa frialdad que solía ... su hermano, volviendo a ser por unos instantes la desquiciada que me retó ...ella fiesta.

—No, por supuesto que no —dijo con una sonrisa que no le creí. Aunque ...do le presenté a Elliot fue educada, en ese momento noté que trataba de ...trolarse para no actuar igual que los demás Grigoris.

¡Joder! No sé cómo pude olvidar que ella no era tan distinta a ellos.

—Así es, lo que ha pasado solo ha sido una penosa confusión. Lo siento, Elliot. ...o vayas a pensar que todos en Richmond somos así —habló Jane tratando de ser ...a mediadora. Tess rodó los ojos con fastidio.

Yo la miré alzando una ceja, pidiéndole que al menos ella me diera una explicación razonable para ser así, pero solo se encogió de hombros y se miró las uñas como si fuera lo más interesante.

—No te preocupes, Jane. Por supuesto que estoy consciente de que no todos son iguales en la ciudad —aseguró Elliot y le sonrió volviendo a ser mi chico dulce.

—Como sea, chicos. El espectáculo terminó, así que mejor váyanse a casa y prepárense para la noche —pidió Tess dejando de lado su estoicidad y lo agradecí.

—¡Tenemos un cumpleaños que celebrar! —exclamó Jane con efusividad y solo en ese momento volvimos a sonreír.

Las abracé tras eso y Elliot se limitó a despedirse de ellas con un saludo de mano. Se adelantó para abrir la puerta del coche para mí y le entregué las llaves del mío a Jane, prometiéndonos vernos por la noche.

—Haz que tu chico te borre el enfado a punta de orgasmos —pidió Tess antes de alejarme de ellas y me sonrojé.

Ambas se rieron de mi reacción y no dejé que añadieran ninguna barbaridad más.

Le sonreí a Elliot en agradecimiento al llegar a su lado y me metí dentro del coche, esperando a que él lo rodeara y se subiera. Pero incluso en esos segundos y, a pesar de que ya las chicas me habían ayudado a liberar la tensión de aquel encuentro, mi mente volvió al momento justo en que le dije aquellas palabras a LuzBel y fui más consciente de que lo herí. Algo que me volvió a sentar muy mal.

Era como si mi razonamiento lógico me hubiese hecho actuar y decir las cosas tal cual lo hice. Porque era necesario que le dejara claro a LuzBel que él podía ser dueño de esa ciudad y yo estaba obligada a cumplir un trato con él porque lo prometí, pero eso no implicaba que los pondría a ellos antes que a Elliot.

Él debía entender que yo no era su súbdita. Yo me regía solo por mis reglas. Le gustara o no, mi libertad seguía siendo mía, tomaría mis propias decisiones, sobre todo cuando se trataba de mi vida personal, puesto que estar atada a su organización no significaba estar atada a él. Sin embargo, mi corazón dolía y me sentía como una mierda por lo que dije.

«¿Y cuándo el corazón había estado de acuerdo con la razón, Colega?»

Nunca, era consciente de eso, pero... ¡Carajo! Qué difícil era actuar con razonamiento.

Cuando Elliot se puso en marcha y salimos a la carretera, no habló por un rato. Lo vi pensativo, sumido en sus cosas, pero sabía que no sería por mucho tiempo y que me pediría explicaciones. Solo esperaba sonar muy convincente cuando lo hiciera. Aunque me sentaba mal mentirle, no podía hablarle de Grigori. No lo quería meter en mis problemas.

«Y tampoco cerca de aquel demonio al que acababas de provocar».

—¿Cómo conociste a esos tipos? —preguntó antes de lo que imaginé y traté de no mirarlo, pero era consciente de que, aunque iba pendiente de la carretera, observaba mi reacción.

—Vamos a la misma universidad —señalé lo obvio y lo escuché bufar— y coincidimos en una clase —mentí y sentí que mi lengua ardió.

Él no se lo merecía, pero era de la única manera que podía justificar por qué LuzBel me exigió que habláramos.

—Supongo que el imbécil quería hablar contigo algo referente a la clase —ironizó y lo miré un poco estupefacta por su tono.

Era la primera vez que me hablaba así.

—¿Podemos hablar de este tema luego? —pedí con dureza y él entendió que mi reacción se debió más a la suya.

—¡Puta madre, Isa! Lo siento —se apresuró a decir y me cogió la mano—. He estado pasando por cosas complicadas últimamente. Tu padre no quería que viniera, así que ya puedes imaginar en el tipo de problema que me meteré cuando se entere que estoy aquí. Y cruzarme con esos idiotas me ha hecho explotar —explicó y asentí.

Lo hice porque lo entendía. Yo misma estaba pasando por cosas complicadas que no sabía cómo manejar y era consciente de la actitud de mi padre cuando se saltaban sus órdenes.

Dejé de ver a Elliot por meses cuando estuve viajando porque papá se lo prohibió y convencerlo de que le permitiera visitarme en Tokio para el verano no fue fácil. Así que sí, mi chico se había metido en tremendo lío si estaba en la ciudad sin su autorización. Y el respeto que Elliot le tenía a la palabra de John no se debía solo a que él hacía su pasantía en la empresa de papá, o a que nuestras familias eran amigas y socias en muchos negocios, sino también a que mi novio fue testigo de lo que vivimos tras la muerte de mi madre y los peligros que podían perseguirme a mí si mi padre bajaba la guardia de nuevo.

¡Dios! Después de lo mamá, papá se obsesionaba hasta con los repartidores de comida que llegaban a casa cada vez que se me antojaba algo y no quería cocinar.

—Hagamos que el enfado de papá valga la pena entonces —propuse y Elliot sonrió, dándome un beso en el dorso de la mano.

—Charlotte no está en tu casa —informó con picardía—, podríamos aprovechar para darte mi regalo. —Sonreí y agradecí el giro de la conversación.

«¡Uf! Yo quería ese regalo».

—¡¿Ah, sí!?! ¿Y qué es? —cuestioné siguiéndole el juego.

—La prueba de cuán sexi y apetecible eres —aseguró y soltó mi mano para tomar mi pierna, muy cerca de mi entrepierna. Mi cuerpo reaccionó de inmediato.

Tenía que acelerar el velocímetro.

—Estás tan duro —dije en su boca al pasar las manos por su torso.

Habíamos llegado a casa minutos atrás y tras asegurarnos de que Charlotte no estuviera, corrimos a mi habitación y a duras penas logramos cerrar la puerta antes de ponernos las manos encima.

—Y aún no has tocado más abajo —señalé y sonreí sin dejar de besarlo.

Nuestro beso estaba siendo más necesitado y, sobre todo, lleno de pasión.

Nuestras lenguas se enredaron entre sí y gemí en el instante que mordió mi labio inferior mientras metía sus manos bajo mi blusa, acariciando mi cintura y espalda, arrastrándolas por momentos bajo mis tetas, tentándome, haciéndome desear que subiera y me las apretujara con premura.

La necesidad de sentirnos sin ropa de por medio aumentó más. Así que llevé las manos al dobladillo de su playera con mucho apremio y se la saqué con un poco de ayuda de su parte. Él imitó mi audacia y comenzó a besar mi cuello, raspando con suavidad sus dientes en mi piel hasta llegar a mi clavícula, dejando un rastro de besos húmedos a su paso.

—¡Dios! —dije sobre su sien cuando con destreza y usando una sola mano, desabrochó mi sostén y se metió de inmediato uno de mis pezones a la boca.

El *plop* que hizo al chuparlo explotó justo en el centro de mi entrepierna y el ardor de la necesidad creció de sobremanera. Gemí en cuanto su lengua jugó a hacer círculos en la areola, entretanto su mano le daba la atención necesaria a mi otro seno.

¡Mierda, mierda, mierda! Había necesitado demasiado eso.

Me aferré a sus hombros enterrando las uñas en ellos más de lo necesario y temí ahogarme porque a pesar de que respiraba, el aire que inhalaba no era suficiente para llenar mis pulmones. Y, sobre todo, cuando Elliot llevó sus besos a mi abdomen, poniéndose en cuclillas frente a mí.

—¿Así que te atreviste? —dijo con la voz ronca y me tenía tan ensimismada en sus besos y toques atrevidos, que no supe de qué hablaba hasta que con las yemas de los dedos rozó el tatuaje en mi costado izquierdo.

El corazón se me aceleró con locura y la necesidad de detener ese roce fue súbita.

—Lo hice después de un par de tragos —mentí y él entrecerró los ojos con diversión porque me conocía y sabía que no me gustaba mucho el alcohol.

Aunque después de haber llegado a casa aquella tarde, con un tatuaje hecho por LuzBel, con su puño y letra literalmente, me sentí dentro de una utopía provocada por una botella de ron.

—Me gusta —admitió, dando besos en mi abdomen, subiendo con morosidad hacia mi costado. Cuando me di cuenta de lo que intentaba hacer, lo cogí de la barbilla para que se pusiera de pie y me besara en la boca.

«¡Joder! Iba a ser muy retorcido que lo dejaras besar el tatuaje que te hizo el hermoso Tinieblo».

—A mí me gustan tus besos —dije para que no notara lo que evité—, tus toques malvados —añadí.

—¿Ah, sí? ¿Cuánto te gustan? —inquirió con tono travieso y me desabrochó los vaqueros.

Reí cuando me lanzó a la cama, sobre todo por su agilidad para sacarme los zapatos junto a los vaqueros. Me recargué sobre mis codos y lo miré mordiéndome los labios mientras él me recorría el cuerpo con la mirada.

Estaba más definido, sus músculos se marcaban más que la última vez que nos vimos y su piel blanca estaba perlada en ese momento por la pasión que ambos emanábamos. Cualquiera que nos hubiera visto en ese instante, hubiese creído que éramos dos jóvenes expertos en el sexo. Pero se habría equivocado, al menos conmigo.

«Y esperaba que también con nuestro ángel».

Bien, yo también.

Elliot y yo éramos mucho de juegos perversos, pero nunca pasábamos de eso, principalmente porque los momentos que tuvimos a solas, siempre fueron los justos solo para tocarnos. La única vez que estuvimos a un paso de completar el coito, mi padre por poco nos descubrió, así que preferí mantener mi himen intacto por el bien de todos.

«Pero papá no estuvo en casa en todas las vacaciones de verano cuando Elliot viajó a Tokio. Y aun así no pasaron de los juegos».

Lo sabía.

Ni siquiera yo podía explicarme por qué estuve tan insegura de dar ese paso con él. Era como si amara a Elliot y lo quisiera para todo en mi vida, incluso para experimentar los juegos sexuales habidos y por haber, pero al momento de dar ese paso, de concederle la potestad de adueñarse de mi himen, no pude. Me congelé, me dio miedo. Mi pecho se apretó con culpa y simplemente no conseguí seguir adelante porque me aterró de una manera inefable.

—Eres jodidamente hermosa, Isa —susurró con la voz más enronquecida, regresándome de nuevo al presente.

Se subió a la cama y dio un beso en el medio de mis tetas al inclinarse, arrastrando enseguida la nariz por todo mi abdomen. Con las manos me recorrió las piernas y mi cuerpo entero tembló. Él se dio cuenta y sonrió como un cabrón orgulloso de lo que me provocaba.

—¿Aún tienes dudas de lo preciosa que eres? —susurró dando un beso justo en mi sexo, por encima de la única prenda que cubría mi cuerpo.

La piel se me erizó y mis pezones se endurecieron como diamantes.

—¡Demonios! —gemí cuando abrió la boca y arrastró con delicadeza, pero con la presión justa, toda mi vulva.

Mi clítoris palpitó desesperado por sentir de nuevo esa fricción.

—El cumpleaños es tuyo, pero el postre es mío —aseguró y empuñó la sábana cuando hizo la tanga a un lado y el primer lametazo llegó.

Literalmente vi las estrellas y lo imaginé como todo un chico travieso lamiendo sin permiso la crema de la torta de cumpleaños. Flexioné las piernas hasta apoyar los talones sobre el colchón y me abrí dándole más acceso en cuanto su lengua jugó con aquel manojo de nervios.

Mi mente se nubló por completo y comencé a surfear en un mar infinito de sensaciones. El placer que su lengua me daba era incomprensible y mis caderas actuaban por instinto, como si tuvieran vida propia, sacudiéndose y encontrándose con sus lametazos. Los dedos de los pies se me encogieron queriendo aferrarse a la cama. Arqueé la espalda y eché la cabeza hacia atrás, haciendo más fuerte mi agarre en las sábanas hasta que los nudillos se me pusieron blancos y me mordí el labio para no gritar.

—Elliot —gemí en el instante que él llevó los juegos al siguiente nivel.

Con mucho cuidado de no lastimarme, jugueteó con uno de sus dedos en mi entrada, sin llegar profundo, sin tocar esa barrera, respetando mis límites impuestos el verano pasado. Un hecho que me hizo amarlo más.

El sonido de mis fluidos en sus dedos se volvió erótico. Con la mano libre se aferró a mi cadera, demostrándome lo mucho que se contenía, lo loco que lo volvía saborearme en su boca, tantearme con los dedos. Sin embargo, no poder llegar a más.

—Elliot —lo llamé queriendo decirle que estaba lista.

Que lo necesitaba esa vez.

Que al fin quería sentirlo dentro de mí.

Que tenía mi permiso para tomar aquello que no me había atrevido a darle.

Pero cuando me miró sin dejar de lamerme, volví a congelarme.

¡Me cago en la puta! ¡¿Por qué no podía?! ¡¿Qué carajos me detenía?!

Me frustré por un segundo al no entenderlo.

«Tampoco se trataba de que te obligaras a ti misma».

Mi conciencia me sorprendió con ese susurro y me ayudó a que volviera a concentrarme en aquella boca experimentada que me daba el placer más exquisito.

—Voy a correrme —avisé.

—Lo sé —dijo él y su aliento le dio un toque de frialdad al infierno entre mis piernas.

El tan añorado éxtasis comenzó a formarse como una bola de sensaciones contenidas en mi vientre. Escuché que bajó la cremallera de su pantalón y, así como en otras ocasiones, supe lo que haría.

Liberó su erección para acariciarse a sí mismo, lubricándose con su propia saliva mezclada con mi humedad. Comenzó a bombear su pene y verlo dándose placer fue como una estocada de más excitación en mi centro.

Sonrió y volvió a apoderarse de mi sexo, masturbándose e imitando el placer que me daba. No dejé de mirarlo: su mano subiendo y bajando, apretada cerca de la corona de su pene, poniendo en mi mente imágenes de nosotros dos unidos en cuerpo y alma, como uno solo.

—¡Carajo! —jadeé. Mi vista se ennegreció y Elliot intuyó lo que pasaba.

Aceleró sus caricias y mis caderas se movieron sin control alguno. Enterré los dedos en su cabello y le supliqué en silencio que no dejara de mover su lengua de esa manera. Él gruñó, mis piernas se tensaron, el corazón se me desbocó y la respiración se me atascó justo cuando exclamé su nombre y arqueé la espalda siendo abatida por los espasmos que me provocó el placer más violento que podría experimentar.

—¡Mierda! —Lo escuché gruñir minutos después y, seguido de eso, un líquido viscoso y caliente mojó mi pierna.

Nos habíamos corrido juntos de nuevo.

«Juntos, pero no unidos», aclaró mi perra conciencia entre complacida y molesta y me reí.

Jadeé con un poco de dolor porque Elliot apretó mi pierna con mucha fuerza al correrse y le tomé la muñeca para que espabilara y se diera cuenta de lo que hacía.

—Lo siento, nena —se apresuró a decir y negué.

No tenía que pedir disculpas. En momentos como ese, un poco de intensidad era bienvenida, pues era consciente de que no buscaba dañarme y el morado que se marcaría sería un delicioso recuerdo al día siguiente.

—Solo es el moño de mi regalo —le dije y sonrió de lado.

—Feliz cumpleaños, otra vez —susurró y me besó haciéndome sentir mi sabor en su boca.

—Sabía que tú lo mejorarías todo —confesé y entrecerró los ojos, mordiéndose el labio para luego besarme en la sien.

—Pero que conste que no vine con esa intención, sino porque moría de ganas por estar contigo —aclaró y me reí de su modestia.

Cogió su camisa y sin importarle que la echase a perder, limpió los restos de nuestro juego.

—Te extrañé demasiado —volví a decirle.

—Y yo a ti. Creo que eso se nota —señaló con picardía al ver la cantidad de su simiente y me sonrojé.

«Irónico después de todo lo que hicieron».

Maldita entrometida.

—Gracias por comprender y no presionarme —le dije cuando nos tumbamos en la cama.

—Isa, no quiero que hagas nada solo porque crees que es lo que quiero —aclaró una vez más—. Pasará cuando tenga que pasar y sin prisa —prometió.

Me estremecí ante sus palabras y no entendí por qué sentí culpa. Lo amaba, estaba segura de ello. Elliot era el tipo de hombre con el que muchas soñaban: tierno, leal, seguro, sin miedo a mostrar su amor por mí. Aun así, no era fácil para mí dar ese paso. Desde que mi vida cambió dejó de ser por no tener momentos a solas y se convirtió en temor.

Adoraba que me protegiera, aunque muchas veces eso me agobiaba o incluso me exasperaba, lo que también me hacía sentir culpable y desmerecedora de su amor. Hubo un momento (luego de la primera vez en Tokio que no pude entregarme a él) en el que me convencí de que Elliot merecía a alguien que pudiera darle su cien por ciento en todo, no porcentajes desiguales en lo que le convenía.

Mi ángel de ojos azules se había ganado que lo complementara en cada uno de los sentidos.

«Pero como él te dijo, tenías que complementarlo porque tú deseabas, no porque te obligaras».

Intentaba hacerlo.

—Gracias —susurré. Él me besó la frente en respuesta y cerró los ojos, atrayéndome a su lado para que descansara la cabeza entre su brazo y torso.

Suspiré largo y profundo y sonreí al escuchar su corazón acelerado. Una sonrisa que por supuesto no llegó a mis ojos porque la culpabilidad pinchó mi pecho.

Culpa que incrementó en el instante que él comenzó a acariciar aquel tatuaje que adornaba mi torso recordándome todo lo que sentí en cuanto lo vi por primera vez plasmado en mi piel, cuando reviví lo que experimenté mientras LuzBel me lo hacía. Los nervios que erizaron la piel al sentir tu tacto siendo delicado. Su mirada recorriendo mis pechos, los cuales reaccionaron a él como lo hacían con el viento frío de invierno. Su aliento calentando mi sangre, su intensidad congelándola de inmediato. La tensión que se formó entre nosotros durante esa cercanía.

¡Dios mío!

Me limpié una lágrima sin que Elliot lo notara al darme cuenta de que experimenté más sensaciones intensas con un tipo al cual necesitaba odiar, que con el chico que decía amar.

—¿Estás bien? —inquirió Elliot al darse cuenta de que algo no andaba bien.

—Sí, es solo que todavía no creo que estés aquí —respondí y lo besé.

Lo hice con desesperación, con urgencia de volver a conectarme con él y sacar de mi cabeza a un tipo que solo se cruzó en mi camino para desestabilizar mi vida, romper mis estándares y destruir mis objetivos con sus imponencias.

«Lamentaba ser portadora de malas noticias, Colega. Pero cuando el agua ya había empezado a hervir, apagar el fuego no servía de nada».

CAPÍTULO 20

Bésame

ISABELLA

Recibí un mensaje por parte de Tess en donde avisaba que la salida de esa noche ya no sería a Elite como lo habíamos planeado, sino a Dark Star, otro club de la cadena de los Pride que según añadió en su explicación, era igual de bueno. Me había añadido junto a los otros, a un grupo de chat.

Intuí la razón, por supuesto. Aunque me pareció inmaduro que LuzBel actuara así, porque sabía que él fue la causa de ese cambio a último momento, suponía que después de nuestro enfrentamiento, eso podía pasar. De hecho, hasta creí que la salida se cancelaría.

Rodé los ojos al leer la pobre respuesta de Tess.

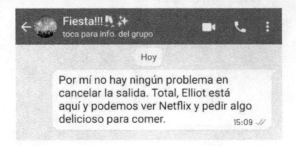

Escribí rebajándome al nivel de inmadurez de LuzBel.

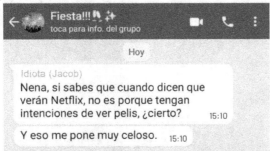

Jacob decidió unirse y fruncí el ceño.

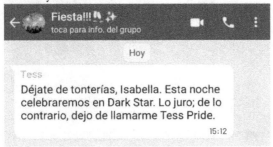

Aseguró la pelirroja y decidí no responderle. Solo leí cuando se pusieron de acuerdo con la hora y envió la dirección del club para mí.

Terminé de vestirme para ir a comer algo con Elliot a un restaurante cercano. Charlotte me había avisado que no llegaría a casa esa noche y me pidió que no me metiera en problemas. Me reí de eso, sobre todo cuando los problemas eran los que me buscaban a mí.

Tras haber llegado al restaurante y mientras comíamos, aproveché para contarle a Elliot todo lo que había pasado conmigo en esos dos meses y medio que llevaba viviendo en Richmond. Y sí, charlábamos mucho de nuestro día a día cuando hablábamos por teléfono o nos escribíamos, pero siempre quedaban cosas que nos guardábamos. Yo, por ejemplo, no le podía decir varias de esas cosas incluso teniéndolo frente a mí.

Terminé dándole una excusa mediocre sobre quiénes eran LuzBel y su grupo. Lo dejé simplemente en que eran los *bullies* de la clase que creían que los demás teníamos que hacer todo lo que ellos dijeran. Intuí que no me creyó nada, pero curiosamente no alegó ni pidió más explicaciones. Y entendí la razón segundos después, pues su interés por saber ciertas cosas sobre mí cambió hacia un tema que, aunque sabía que iba llegar, todavía no tenía idea de cómo enfrentarlo.

—Y qué me dices sobre los pretendientes, ¿ha habido muchos? —preguntó. Me restregué las manos sudorosas en el vaquero y mi corazón comenzó a sufrir una terrible taquicardia.

—¿Me creerías sí te digo que no? —inquirí y sonrió.

—Con una chica tan preciosa como tú, es difícil creerlo, pero si me dices que no, te creeré —admitió y negué divertida.

Elliot no era posesivo ni nada por el estilo, pero de vez en cuando le daba por ponerse celoso, aunque nuestra confianza siempre mantuvo a raya que el sentimiento se volviera enfermizo.

—No ha habido muchos —aclaré y me reí al verlo rodar los ojos con diversión.

—Ya lo intuía. Las cosas no siempre suelen ser fáciles —dijo y le di un sorbo a mi bebida.

—¡Puf! No sé ni cómo empezar —susurré con nerviosismo y sonrió alzando una ceja a la vez que se metía una cucharada de postre a la boca.

«Pero el postre es mío», recordé que me dijo y apreté las piernas.

—¿Tan malo es, cariño? —inquirió, devolviéndome a lo importante y haciendo que mi libido se enfriara de golpe.

«¿Cómo se le explicaba la tremenda confusión en la que te habías metido por un Tiniebло tatuado con ínfulas de demonio come almas?»

¡Madre mía!

—¿Recuerdas al chico de playera blanca de hoy? —pregunté refiriéndome a Evan y asintió—. Somos muy buenos amigos ahora, pero cuando recién nos conocimos las cosas se confundieron entre nosotros y un día me besó —solté sin filtros. Prefería ser directa con ese tema y noté que se tensó. Pero la confianza no desapareció de sus ojos—. Por razones que sabes, he tenido que ocultar buena parte de mi vida e inicié mi amistad con él sin mencionarte.

Seguí explicándole cómo se dio todo con Evan sin hacerlo parecer culpable y tampoco inculpándome a mí. Mi único objetivo era que Elliot entendiera que las circunstancias tergiversaron todo, pero que cuando aclaré mi situación, dentro de lo que podía, todo surgió entre ambos como siempre debió ser: una bonita amistad.

Aunque el idiota estuvo a punto de mandar todo al carajo comportándose como lo hizo cuando me vio en el campus con Elliot, pude darme cuenta de ello.

Mientras me escuchaba, el ojiazul se mantuvo callado. En ningún momento reaccionó como si de alguna manera dejara de confiar en mí. Sin embargo, tampoco era el hombre más feliz del mundo en ese instante. Dejó de comer su postre, optó solo por darle sorbos a su bebida e imaginé que fue para bajarse la amargura.

«Sí, se le notaba en la manera que presionaba el vaso».

—Elliot, dime algo —pedí ante su incómodo silencio luego de que terminé de hablar.

Estaba muy pensativo y viendo a un punto en la pared detrás de mí.

—Deja que me calme —pidió y alcé una ceja.

—Ya te expliqué que todo fue un malentendido —repuse.

«Todavía me seguía preguntando si le dirías que lo de LuzBel también era un malentendido».

No había pasado nada con ese idiota.

«E incluso así no dejaste que nuestro ángel consintiera ese tatuaje que el Tinieblo te hizo».

Ya, eso solo fue algo del momento.

«¡Puf! Eso decían también las personas que intentaban esconder el humo luego de encender el fuego».

¡Maldita conciencia!

—Lo entiendo, pero igual duele, Isabella. Y no porque te culpe —aclaró Elliot y lo agradecí—. ¡Mierda! Desde que pasó lo de Leah todo se complicó y luego tu padre tuvo la brillante idea de enviarte aquí —se quejó y la frustración en su voz me extrañó demasiado.

—Lo sé. Yo he sido la más afectada con lo de mamá —le recordé con amargura y me crucé de brazos, apoyando la espalda en el respaldo de mi silla.

Él maldijo al darse cuenta cómo me afectó ese señalamiento y se cambió para la silla de mi lado.

—Nena, lo siento —se apresuró a decir tomándome del rostro y solo negué.

—Mi vida desde que me la arrebataron ha sido de cambios constantes, Elliot. Cuando creo que uno será para bien, pasa algo que lo altera, regresándome a ese punto que odio —admití y contuve las lágrimas.

—¿Qué punto? —preguntó y negué.

Hablar de eso me hacía llorar y odiaba hacerlo. Lo hice demasiado cuando mamá recién murió, lo seguí haciendo durante el viaje que papá me obligó a hacer y luego con el psicólogo al que vi en terapias durante unos meses en Tokio. Ya estaba harta de sentirme débil.

—Isa, habla conmigo, por favor —suplicó y cogí mi bebida para que ese nudo en mi garganta bajara.

«*Llora amor, no tiene nada de malo; al contrario, así como peinarte te ayuda a deshacer los nudos del cabello, llorar te deshace los de la garganta*». Eso me decía mamá siempre que me enfurecía cuando algo me molestaba y me negaba a mostrarme vulnerable.

Pero, cuando ella me faltó, ni con llorar sangre lograba deshacerme de los malditos nudos en mi garganta.

—Al punto de la soledad —musité y apreté los labios para no llorar.

Me restregué el rostro cuando sentí que no lo soportaría y me quedé así por varios minutos. Él vio mi agonía y respetó mi espacio quedándose en silencio.

—Yo entiendo a papá, Elliot, te lo juro, pero… —respiré hondo en el momento que mis ojos ardieron y reí irónica— lo necesité tanto… —Carraspeé y negué, frotándome los ojos con violencia para hacer desaparecer las malditas lágrimas.

—Nena, quiero que hables conmigo de todo esto si es lo que necesitas, pero no tengas miedo de llorar —pidió al verme tan frustrada.

Pero yo no quería llorar, por eso reprimí mi dolor. Me hacía sentir un fracaso total que después de dos años no pudiera superar aquella angustia y resentimiento contra la vida. Por eso había optado por fingir que era fuerte y que nada me afectaba.

—¿Podemos irnos ya? —inquirí y él negó.

—Isa, esto no te hace bien —señaló y comencé a mover una pierna con impaciencia.

No le dije nada más, solo me cerré y seguí moviendo la maldita pierna hasta que lo escuché suspirar rendido.

—Está bien, Isabella White —dijo, pero me tomó del rostro y me obligó a verlo—. Esta vez será como quieres. Sin embargo, piensa en lo que acabo de decirte.

—Elliot… —Me calló dándome un beso casto y, en cuanto intenté hablar de nuevo, volvió a besarme.

Repitió la acción en mi tercer intento hasta que me hizo reír.

—Es tu cumpleaños, quiero que la pases al máximo y que nos disfrutemos mientras esté aquí. Así que por hoy no hablaremos de cosas tristes —concedió y me mordí el labio inferior—. Eso sí, analiza lo que te he pedido porque llorar no te hará débil. Callar, frustrarte y fingir que todo está bien, te llevará a colapsar en algún momento y eso podrá lastimarte mental y físicamente. Y te juro que no deseo ver mal a mi hermosa consentida.

Solté una carcajada cuando me llamó así, pero asentí dándole la razón.

—Gracias por comprenderme —dije envolviendo los brazos en su cuello y luego lo besé.

Nos pusimos de pie para volver a casa y prepararnos para la noche.

«Me llamaba la atención que no le hubieras preguntado sobre si él tuvo o no aspirantes a ocupar tu lugar».

No era necesario, confiaba en él y sabía que, si hubiese tenido algo que decirme, lo habría dicho sin dudar y sin que yo preguntara.

«Entonces él no confiaba en ti, porque tuvo que preguntar».

Maldita cizañosa, eso era distinto. Elliot preguntó por lo que pasó en el campus.

«Sí, Colega. Preguntó por lo que vio entre tú y el Tinieblo. Pero muy a tu favor, le dijiste sobre Evan».

Porque con LuzBel no había más que aversión, punto.

Me di un último vistazo en el espejo antes de reunirme con Elliot.

Me guiñé un ojo y sonreí porque me encantaba mi reflejo. Pocas veces me sentía tan sexi como esa noche, así que no me cansaba de girar y hacer poses.

—Tan malditamente hermosa y caliente —dijo Elliot sorprendiéndome y me reí porque me cachó en mi momento de diva.

—Gracias, cariño. Tú también luces de infarto —dije y no mentía. Él era increíblemente guapo y hasta con ropa harapienta seguiría luciendo sexi.

Me guiñó un ojo en respuesta y caminó hasta llegar a la cama para coger el abrigo de gabardina marrón oscuro que dejé listo. Usaba un pantalón chino de color verde grisáceo y una camisa manga larga azul oscuro. Los zapatos cafés que tenía puestos los combinó con su cinturón de cuero y su cabello parecía que solo lo había peinado con los dedos.

Se veía increíble.

—Pero no te hago justicia —alegó. Se acercó y me dio un beso rápido en la boca.

Abrió el abrigo para ayudarme a ponérmelo.

—Gracias —musité.

—¿Nos vamos? —Asentí y tomó mi mano.

Los nervios hicieron cosquillas en mi estómago cuando salimos al porche y aumentaron al llegar al coche de papá. La sensación me abrumaba mucho, era como advertencia y emoción al mismo tiempo.

Respiré hondo al subirme al coche y me dispuse a disfrutar al máximo. Era mi cumpleaños y quería olvidar todo lo que experimenté esa tarde en el restaurante, sentirme diferente, convencerme a mí misma de que podía disfrutar como una chica de dieciocho años en su noche de celebración.

Imaginé que por eso decidí ser un poco más atrevida con mi vestimenta y maquillaje, pues escogí un vestido beige con un escote que terminaba justo sobre el inicio de mi estómago, de tirantes finos que se cruzaban en la parte de atrás dejándome expuesta mi espalda baja.

«Lo que hacía lucir ese tatuaje al que tanto cariño le habías tomado».

Con una conciencia como tú, nadie necesitaba enemigos.

De la cintura para abajo, el vestido se traslapaba del frente, aunque amoldaba mi trasero como una segunda piel. Me llegaba hasta la mitad del muslo. Sin embargo, mis piernas no quedaron desnudas porque usaba botas de caña alta en terciopelo marrón para combinar con mi abrigo.

El cabello me lo recogí en una coleta alta e hice ondas en la punta y el maquillaje ahumado lo remarqué con Kohl negro en mis ojos, lo que avivó más el color miel de mi iris. En los labios, en cambio, opté por un labial suave. Como joyería, solo unos aretes largos de finas cadenas de oro.

Introducimos la dirección del club al GPS y notamos que se nos haría fácil llegar. Treinta minutos después, aparcamos en un lugar libre del estacionamiento del club. Debía de admitir que cuando lo vi por fuera me decepcioné mucho, parecía un almacén abandonado, pero cuando entramos nos quedamos con la boca abierta. Bueno, yo me quedé así. Elliot no se mostró tan sorprendido.

La decoración era inspirada en los años ochenta, pero extrañamente era una fachada hermosa. Al entrar, lo primero que nos recibió fue un restaurante de lujo. En la planta subterránea, se encontraba la discoteca.

—Bien dicen que no hay que juzgar un libro por su portada —le dije a Elliot y sonrió.

—¿Creíste que nos habían hecho venir a un club de paso? —inquirió y me encogí de hombros.

—O a un matadero —admití y nos reímos.

—¡Chicos, por aquí! —Los dos nos giramos para buscar a Jane en cuanto la escuchamos llamarnos.

Estaban al fondo.

Nos acercamos a la mesa y vi a mi amiga enfundada en un vestido rojo, sentada al lado de Connor, quien estaba tan guapo como ella.

Tess con su cabello color fuego, largo y lacio, usaba un vestido verde oscuro que la hacía lucir más delgada y bella. Estaba junto a Jacob, quien me sorprendió con su vestimenta casual, todo de negro, dándole un aire sexi y pícaro. Me guiñó un ojo y sonrió con cinismo.

—¿Y a este voy a tener que matarlo también? —inquirió Elliot entre dientes y me reí.

«A él no, pero al Tinieblo de ojos tormenta tal vez sí».

Me cago en la puta contigo.

Evan y Dylan también estaban presentes, lo que me sorprendió bastante porque supuse que no se unirían luego de lo que pasó en el campus. Sin embargo, ignoré ese pensamiento y solo agradecí que Elsa hubiera cumplido su palabra y no estuviese para joder mi noche.

«Y el gran ausente de la noche».

Inhalé profundo ante aquel susurro y solté el aire lentamente.

«Feliz cumpleaños, entonces».

Sus últimas palabras llegaron a mi cabeza y se sintieron igual de frías que en su momento.

Al menos me estaba enterando que el tipo sabía cumplir su palabra y eso debió servirme para disfrutar más la noche, ya que concedió mi deseo.

—¡Hola, chicos! —saludé a todos sintiéndome un poco tensa y rogué para que no hubiese sido una mala idea haber aceptado venir.

—¡Al fin llega nuestra agasajada de la noche! —exclamó Tess con emoción y se puso de pie, saliendo de su silla para abrazarme—. Y su novio —añadió con alegría fingida y rodé los ojos.

—No empieces, Tess. No quiero terminar pateando tu culo esta noche —advertí imitando su tono y correspondiendo a su abrazo.

—Qué ruda —bufó y rio—. Solo bromeo porque me gusta cuando te pones en plan de fiera —dijo y abrí la boca para decir algo, pero ella prosiguió—: Así que relájate porque ambos son bienvenidos.

—Como sea —murmuré poniendo fin a eso—. ¿Podemos comenzar de nuevo? —inquirí para todos y me miraron con sorpresa—. Supongo que si están aquí es porque de alguna manera quieren compartir esta noche conmigo porque espero que no sea para joderla —dije en tono de broma y la mayoría de ellos rio con ironía. Elliot incluido.

—No, no es para eso. Estamos aquí para celebrar —aclaró Dylan—. Bueno, celebrarte —corrigió y se rascó la cabeza, un gesto que me hizo sonreír.

—Perfecto. Entonces finjamos que nada pasó y déjenme presentarles oficialmente a mi novio —sugerí. Se miraron entre sí, pero agradecí que al menos lo intentaran.

Un gesto muy bonito de su parte, teniendo en cuenta que no comenzamos bien desde que nos conocimos.

—Chicos, él es Elliot. —Lo señalé y asintieron como niños buenos—. Elliot, te presento a Evan, Jacob, Connor y Dylan. —Apunté a cada uno. Mi chico, aportando su buena voluntad para que la noche avanzara de maravilla, se acercó a Connor y le extendió la mano.

Al principio, Connor dudó en corresponder, pero, tras unos segundos, cedió y pude soltar el aire que, sin saber, había estado conteniendo.

—Chico con suerte —repuso Jacob cuando Elliot lo saludó.

—Muchos la quisieran, pero solo yo la tengo —respondió él de inmediato.

—Me gusta tu actitud, viejo —murmuró Jacob. Elliot sonrió con sorna mientras negaba con la cabeza.

Cuando saludó a Evan noté cómo los dos se tensaron, no se dijeron nada, solo movieron la cabeza en ese extraño saludo de hombres e hizo lo mismo con Dylan.

Saludó a Jane y a Tess de nuevo con un beso en la mejilla y luego nos dispusimos a tomar nuestros lugares.

Cenamos entre charlas educadas. Poco a poco, conseguimos deshacernos de la tensión, aunque evitamos hablar acerca de temas que Elliot desconocía. Lo mejor fue conversar sobre fiestas y estudio.

—¿Y estarás aquí por mucho tiempo? —preguntó Dylan a Elliot.

A él fue al que más le costó fingir que comenzábamos de nuevo. Sin embargo, consiguió volverse un poco civilizado con el pasar de las horas. Aunque tampoco me fiaba mucho de su actitud.

—Dos semanas, pero pretendo volver pronto o intentar llevarme a Isa de regreso a casa. Lo que salga primero —respondió y le sonreí con ternura. Él colocó una mano en mi muslo, por debajo de la mesa.

Me había quitado el abrigo antes de sentarme porque la calefacción estaba a la temperatura perfecta para lucir mi atrevido diseño.

—¿Nena, te irás? —preguntó Jacob y Elliot lo fulminó con la mirada por su manera de llamarme—. ¡Ah! Perdón, viejo, pero en mi mente creía que era mi chica. Bueno, lo sigo creyendo… ¡Auch! —Se sobó la parte de atrás de la cabeza después de que Tess lo golpeara.

—Gracias por eso —le agradeció Elliot a Tess y ella sonrió.

—Si Elliot logra convencer a mi padre, sí —respondí con seguridad.

Vi la sorpresa de todos ante mi respuesta y supe por qué fue.

«Tu trabajo en la organización aún no terminaba».

¡Exacto!

Sin embargo, no dudaría en volver a California si mi padre me lo permitía. Lo habíamos hablado esta tarde con Elliot cuando volvimos del restaurante, pues comprendió que mantenerme alejada de mi verdadero hogar, ponía en riesgo mi salud mental, algo que es más importante que lo que representaban los enemigos de papá.

—Bueno, chicos. La hora de ir a bailar ha llegado —interrumpió Jane y me alivió cambiar de ambiente.

Tess nos informó que la cena y todo lo que seguía iba por cuenta de la casa y le agradecimos. La seguimos cuando nos dirigió hacia unos escalones. Tras bajar, nos encontramos con una puerta de hierro forjado, alta. Y por lo que veía a simple vista, bastante gruesa.

—¿Listos para la diversión? —preguntó sacando una tarjeta del bolso pequeño que llevaba cruzado sobre el pecho.

—Ya abre —se quejó Jacob y reímos cuando ella rodó los ojos porque le quitaron el protagonismo.

Pasó la tarjeta por una ranura al lado de la puerta y en cuanto esta se abrió, la música fuerte de la discoteca retumbó en nuestros pechos.

Era increíble todo lo que ese club ofrecía y, por lo que observamos, nos dimos cuenta de que nos encontrábamos en uno de los mejores de la ciudad. Contaba con paredes insonorizadas para evitar que la música se escuchara en el restaurante.

Tess nos dirigió a un privado con sofás de cuero negro con forma de medialuna. Una chica con uniforme sexi de mesera llegó de inmediato con una bandeja llena de *shots* repletos de líquido marrón. Jacob cogió cada vaso y nos entregó uno a cada uno.

No estaba acostumbrada a beber, pero esa noche estaba dispuesta a hacerlo.

—¡Sabemos bien que aún no tenemos la edad para estar en estos lugares! —gritó Tess para ser escuchada, refiriéndose a Jane, a ella y a mí—. ¡Pero no importa cuando están con uno de los dueños de uno de los mejores clubes del país! —Rio con arrogancia y me le uní—. ¡Y hoy es el cumpleaños de mi hermanita así que…! ¡Salud!

—¡Salud! —gritamos todos y nos bebimos de un sorbo lo que solo al tragar, supe que se trataba de tequila.

Cerré los ojos y me cubrí el rostro con las manos para intentar ocultar la cara de asco que hice después de sentir cómo el líquido quemaba mi garganta, Elliot se rio de mí y me abrazó.

—A disfrutar, nena —dijo en mi oído y me besó. Sentí el sabor del tequila en su boca y supe que de esa manera sí me gustaba y mucho.

—¡Siento interrumpir! —gritó Tess y nos separamos—. Pero necesito que me acompañes al baño —pidió.

—Vuelvo enseguida —le dije a Elliot y asintió volviéndome a besar.

Caminé con Tess hasta los baños y mientras ella usaba el cubículo, aproveché para refrescarme un poco el cuello. El tequila me había provocado calor.

—¿Sucede algo? —pregunté al verla salir del cubículo.

—No, no, no… Bueno, sí. —Alcé una ceja por su respuesta.

—Habla, Homero Simpson[7] —la animé y sonrió al entender mi mote.

—Elijah está aquí —soltó y miré a mi alrededor un poco asustada—. No aquí en el baño, tonta —explicó y sonrió.

Tragué con dificultad, un poco nerviosa al saber eso, pero fingí tranquilidad.

—Pensé que no vendría luego de lo que pasó en el campus y tras cancelar la salida a Elite —murmuré mientras me retocaba un poco el labial.

—Isa, él no canceló nada. —La miré a través del espejo.

—Jane pudo tragarse tu tonta excusa, Tess, pero no esperes lo mismo de mí —musité restándole importancia. Suspiró dándose por vencida.

—Okey, actuó inmaduro, lo sé —admitió y negué irónica—. Ha estado aquí desde antes de la cena. Quiso darte el espacio que le pediste como regalo, pero me pidió que te dijera que deben hablar antes de terminar la noche sí o sí.

Guardé el labial en mi bolso de mano y seguí actuando como si nada de esa información me afectara.

—Bien. Llévame con él entonces —concedí y Tess se sorprendió de que aceptara tan pronto.

Hasta yo lo hice, pero me convencí de que fue solo porque no quería que LuzBel se pusiera mandón y terminara en un enfrentamiento con Elliot de nuevo. No soportaría estar en el medio otra vez.

Salimos del baño y Tess me tomó de la mano, temiendo a lo mejor que me retractara. Me condujo por un pasillo en dirección contraria a la discoteca. Con cada paso que dábamos, mi corazón se aceleraba y sentía incorrecto caminar directo a lugar que no era al lado de Elliot. Pero antes de que pudiera arrepentirme y dar

---

[7] Se refiere así a Tess, ya que ella usa una palabra muy icónica del personaje Homero en la serie animada: **Los Simpsons.**

la vuelta, la pelirroja dio tres toques en una puerta y enseguida la abrió sin esperar respuesta.

—Pasa —me invitó después de que ella entró, pero se percató de que me quedé congelada afuera.

Me armé de valor y di ese paso que muy en el fondo supe que era como cruzar la línea entre lo correcto y lo prohibido. Había dejado de escuchar la música de la discoteca, sin embargo; el ocupante de esa oficina estaba escuchando su propia melodía.

—He cumplido —murmuró Tess y fruncí el ceño.

—Así que me has vendido —ironicé entre dientes y negó de inmediato.

—Te prometo que luego te lo explico —dijo y negué un tanto decepcionada—. Te espero afuera.

Sin embargo, le di mi bolso porque ya me estaba haciendo estorbo en la mano, y lo tomó de inmediato, saliendo de la oficina antes de que yo la detuviera.

—Créele, White. No te ha vendido —la defendió aquella voz gélida y el escalofrío que reptaba por mi espalda siempre que lo escuchaba, apareció siendo fiel.

Era como si su voz fuera un rayo y el escalofrío el trueno. Siempre de la mano.

Me digné a mirarlo, se encontraba sentado en una cómoda silla detrás de un escritorio inmenso de madera. El ambiente en la oficina tenía un aroma achocolatado y lo inhalé sin pensarlo, deleitándome con él.

LuzBel (por lo que me dejaba ver el escritorio) usaba un pantalón gris, exactamente igual al color de sus ojos y una camisa celeste de rayas blancas y finas arremangada hasta los codos. Los zapatos y el cinturón eran de un marrón más claro que mis botas.

Tenía un reloj plateado en la muñeca izquierda, el cabello muy bien peinado hacia un lado. Se lo había recortado más de los lados, aunque manteniendo el largo del frente. Y esos tatuajes lo hacían lucir como un gánster peligroso, pero con clase.

Sabiendo que había llegado a esa oficina por voluntad propia, alcé la barbilla y decidí enfrentar a mi Némesis.

—Aquí me tienes, así que habla de una vez —pedí cruzando los brazos a la altura de mis pechos.

—¿Impaciente? —se burló.

—Mi novio me espera. —Vi lo mucho que le molestó mi respuesta.

—¿Ya has tenido tiempo para ponerte al día con él? —soltó y sentí que la ira comenzó a recorrerme.

—Eso no te importa —repuse.

—Aunque no lo creas, sí lo hace —contradijo.

—Que esté trabajando contigo para pagar la deuda de Jane, no significa que mi vida personal te pertenezca, LuzBel —aclaré.

Se puso de pie y rodeó el escritorio para acercarse a mí.

—Eso lo dejaste bastante claro esta tarde, Isabella —recordó con amargura y alcé más la barbilla para verlo a los ojos, pues incluso con los tacos de diez centímetros de mis botas, él seguía siendo más alto—. Pero no es por eso por lo que me importa que hayas tenido tiempo para hablar con él y no solo para follar —espetó.

La furia que me provocó sus palabras en ese momento fue tan intensa, que no me di cuenta de lo que haría hasta que él me cogió de la muñeca y detuvo mi bofetada.

—Respétame, imbécil —exigí entre dientes, ignorando lo que me suscitó su fragancia al golpear con mis fosas nasales.

Traté de zafarme de su agarré, pero en lugar de eso solo conseguí que él tirara de mí y me pegará a su pecho.

—Porque te respeto más de lo que debería, es que exijo que te concentres en hablar con ese hijo de puta y no solo en recuperar el tiempo perdido —masculló.

Tragué con dificultad al no comprender sus palabras y puse la mano libre en su duro pecho en cuanto me percaté de que me tomó de la cintura con la suya para retenerme.

—¿Esto es lo que haces siempre con las mujeres cuando no consigues lo que quieres con el primer mandato que lanzas? —inquirí imitando su frialdad y me soltó de golpe.

Jadeé porque separarme de él fue como soltar un cable de electricidad que me dio el latigazo de energía de mi vida.

—No, White. Porque no suelo relacionarme con tipas como tú —espetó y apreté los dientes.

—No lo dudo. Ya me has demostrado que no sabes manejarlas —me burlé y apreté los puños con impotencia—. Y si para esto querías hablar conmigo, pues está más que claro que fue un error aceptar —espeté sin dejarlo decir nada más—. Así que no me hagas perder más el tiempo con tus berrinches de macho frustrado.

Me di la vuelta dispuesta a marcharme sin dejarlo que se quedara con la última palabra porque, conociéndome, sabía que no iba a permitírselo y nos meteríamos en una discusión que no tendría fin. Estuve a punto de celebrar esa pequeña victoria cuando tomé el pomo de la puerta para abrirla, mas no conseguí mucho porque su mano se posó sobre la mía, deteniéndome.

«¡Me cago en la puta, Colega!»

—¿Probamos? —susurró en mi oído y acarició mi mano.

Por mis venas comenzó a correr sangre hirviendo y no solo por causa de la furia, sino también por la intensidad de sus palabras. *Shut Up and Listen* sonaba en su reproductor, una melodía que pareció ponerse de acuerdo con ese momento.

—¿El qué? —musité e intenté verlo por sobre mi hombro, pero su boca estaba demasiado cerca y me congelé.

—Que sí puedo con tipas como tú —declaró y su aliento cálido, muy desigual con su personalidad, erizó la piel de mi cuello y brazo.

—No juegues conmigo y déjame salir —pedí tratando de sonar normal mientras ocultaba mi nerviosismo.

—No estoy jugando, Bonita —aseguró y llevó la otra mano a mi costado, poniéndola justo donde estaba mi tatuaje.

Comenzó a hacer círculos y no supe si lo hizo a consciencia o por instinto, pero que rozara cada frase que grabó en mi piel con tanta pulcritud, me hizo experimentar una electricidad que amenazaba con hacer cortocircuito en cada una de mis terminaciones nerviosas.

—Eres soberbia, altiva, insufrible, obstinada y jodidamente respondona, pero también sexi cuando te bañas.

—Serás imbécil. Yo siempre me baño —aseveré y lo escuché reír.

—Pero no siempre usas estos vestidos que ponen a babear a cualquiera, incluso a mí —refutó y me estremecí cuando rozó la nariz por mi cuello.

—Sé que puedo poner a babear a cualquiera, vista como vista, LuzBel —aseguré—. Incluso a ti —añadí.

—Y luego dices que el narcisista soy yo —ironizó.

Estuve a punto de responderle, pero me mordí el labio cuando sentí que movió su mano hacia mi abdomen y aquella corriente de electricidad se instaló en mi vientre, consiguiendo que mis pezones se endurecieran.

¡Madre mía! Eso no me podía estar pasando, no tenía que sentirme así, no con ese imbécil arrogante que, desde que lo conocí, no hizo más que joderme la tranquilidad.

—Pero volvamos al punto, White —exigió—. ¿Te atreves a que probemos si puedo o no contigo? Prometo hacer que la pases bien.

—Ya tengo a alguien que me hace pasarla bien —susurré y cerré los ojos tratando de controlar todo lo que sentía.

Debía ser fuerte, mantener los pies sobre la tierra y tener claro mis objetivos.

—¿Ah, sí? —dijo con diversión y me hizo dar la vuelta para que quedáramos frente a frente.

Contuve la respiración cuando, con ambas manos, me tomó de la cintura y empotró mi espalda a la puerta.

—Me vuelven locos los retos y acabas de desafiarme para que te demuestre que no puedes decir que ya te hacen pasarla bien si no has estado conmigo —sentenció.

¡Joder! Ser una inexperta con los hombres jamás me pasó tanto la factura como en ese momento. LuzBel se divertía en su territorio con maestría, por eso lograba jugar con mi inocencia.

Mi corazón por poco y se desbocaba al escucharlo, pero no tendía a darme por vencida tan fácil. Ya que nuestros rostros estaban a centímetros en esa posición, sus ojos me dejaron encontrar una leve ventaja en su debilidad cuando su mirada se posó en mis labios.

—No podrías superarlo —aseguré recomponiéndome, cambiando mi actitud a juguetona.

«¿Qué mierda pensabas hacer, Isabella?»

Demostrarle que el juego no acababa hasta que el Game Over se hubiera lanzado.

—No me conoces, Bonita —susurró y su aliento cálido me embriagó. Eso no debía pasar, pero me era imposible controlarlo.

—Ni tú a mí —le recordé—. Y solo hay algo que me podría convencer de dejarte demostrarme que puedes conmigo —murmuré tomando valor y acercándome un poco más a su boca.

Lo sentí presionar más mi cintura y tensarse. Pero me arriesgaría porque estaba segura de que ese juego acababa de ganarlo por muy experto que él se creyera.

—Rétame —pidió y sonreí con malicia.

Acababa de decir las palabras mágicas.

—Bésame, LuzBel —demandé.

«¡Bien, Colega! A ese juego podían jugar los dos».

CAPÍTULO 21

¿Ves el humo?

ISABELLA

Cuando lo vi mirarme los labios, mi corazón se aceleró aún más y sentí que me perdería por todo lo que estaba experimentando. Los nervios fueron los primeros en impactarme, seguidos de la emoción, la expectativa y añoranza. Aunque también me golpeó la culpa, el miedo, la frustración y la tristeza porque muy en el fondo sabía que cometía un grave error. O una cruel traición para ser más específica.

¡Tenía novio, joder!

Estaba en una relación con un chico capaz de darme todo. Un hombre que también era mi amigo, mi apoyo incondicional, quien atravesó conmigo mi peor momento y jamás me soltó la mano. Elliot era mi zona segura, ese lugar conocido en el que me sentía en paz. Sin embargo, las dudas que había estado experimentando en las últimas semanas no me dejaban pensar con claridad.

«He escuchado que quedarse con lo conocido por miedo a lo desconocido, equivale a mantenerse con vida, pero no vivir».

Las palabras de LuzBel tras aquella misión fueron el detonante para que terminara de reconsiderar todo en mi vida. Admitía que luego de escucharlas entré en una especie de negatividad porque, aunque por un momento mi razón y corazón se pusieron de acuerdo, la culpa no me dejó actuar como creí que era debido y preferí mantenerme donde sabía que me podía manejar sin temor a ser dañada.

Elegí ser una hipócrita que, mientras le demostraba al mundo que hacía lo correcto, por dentro me consumía deseando hacer lo incorrecto.

Pero mientras transcurrían los días mi vida se convirtió en un sube y baja, una montaña rusa de emociones con la cual no estaba sabiendo lidiar. Y en uno de esos momentos donde no le encontraba sentido a nada, donde había perdido el rumbo, fue que busqué a LuzBel para hacerme mi primer tatuaje y para mi desgracia, terminé peor luego.

Mi cabeza era un ir y venir entre pensamientos y decisiones, una lucha constante entre lo que quería hacer y lo que debía. Y siempre dejaba que ganara lo que debía, aunque cada vez, lo que quería se convertía en una necesidad fastidiosa que pronto me llevaría a un punto de quiebre.

Y ese punto estaba más cerca de llegar de lo que imaginé, ya que mientras la proximidad de LuzBel se hacía más intensa, fui capaz de ser sincera conmigo misma como quizá nunca lo fui antes: no lo había desafiado solo porque conocía su regla, lo reté con la esperanza de que él deseara hacerlo y diera ese paso que yo no me atrevía a dar sin culpabilizarme más de lo que ya lo había hecho.

Era mi hipocresía en su máximo esplendor buscando una excusa, una salida, la oportunidad de decirme a mí misma: no lo hice yo, lo hizo él. Incluso siendo sabiendo que tanto provocar como ejecutar, eran el mismo pecado.

Y no podía negarlo más.

Durante semanas había deseado sentir sus labios contra los míos, necesitaba saciar la curiosidad que despertó en mí ese *piercing* en su lengua desde el instante en que lo vi. Me urgía verificar si sus labios eran tan suaves como se veían o si, por el contrario, eran tan fríos como los imaginaba.

Quería comprobar por qué esa oscuridad en él me atraía cual polilla a la luz en lugar de aterrarme como siempre lo hizo. si era tan consumidora y capaz de provocarme ese sinfín de emociones que me mantendría a flor de piel todo el tiempo.

La súbita necesidad de atreverme a cumplir mis deseos más prohibidos con él enterraba en lo profundo de mi ser la culpabilidad. Pues LuzBel, incluso con su actitud de hijo de puta, logró que la chica inexperta con miedo a vivir como de verdad quería, despertara de una vez de su letargo, siendo una rebelde a la que le urgía dejar de fingir, ser libre de verdad y mostrarse al mundo sin filtros.

Porque por más que amara a Elliot, por más fiel que intentaba serle, a él le daba mi versión reprimida cuando luchaba por ser auténtica. Y por más amor que jurara tenerle, no podía evitar desear a ese tipo frente a mí e incluso cuando trataba de odiarlo con todo mi ser.

—Bésame —volví a pedir, dándole el gusto a la chica rebelde dentro de mí, aun cuando la niña inocente suplicaba que pensara mejor las cosas. Esa niña veía el peligro que se escondía detrás de aquellos ojos grisáceos.

LuzBel se tensó cuando mis palabras le confirmaron que no escuchó mal la primera vez. Sus ojos brillaron con un atisbo de miedo que pronto se convirtió en frustración. Era como si se estuviese obligando a apartarse. Sin embargo, sus manos se aferraron a mi cintura como si no quisiera dejarme ir nunca. Su iris se oscureció más, volviéndose plata fundida y su respiración se sincronizó con la rapidez de la mía.

¡Madre mía! En ese instante entendí que los dos luchábamos contra la necesidad de ceder a nuestros impulsos.

De pronto, alternó su mirada entre mis ojos y labios y, tras unos segundos, se rindió dando un paso atrás sin soltarme, poniendo entre nosotros unos cuantos centímetros de distancia. Para ese instante, mi chica rebelde le estaba ganando la batalla a la niña inocente y me negué a darle tregua y cerré de nuevo ese pequeño trayecto que recorrió. Eso había estado pasando últimamente: cuando daba un paso atrás, él me seguía con uno adelante o viceversa, pues ninguno de los dos aceptábamos las banderas blancas en esa guerra.

Llevé las manos a su pecho duro y firme, lo acaricié sin dejar de verlo y decidí que en ese momento me tocaba a mí hacerle sentir todo lo que él me provocaba cuando me acorralaba. Arrastré las manos a su estómago y palpé cada músculo abdominal con los dedos.

Fantaseaba con sentirlo sin tela de por medio.

—¿Entonces? ¿Sacarás la bandera blanca? —susurré en tono juguetón. No respondió.

Noté que mantenía una lucha interna y verlo así de alguna manera me satisfizo. Me acerqué más y nuestros labios quedaron a milímetros de distancia.

—¿Y aceptarás de una vez por todas que no puedes con una chica como yo? —inquirí y me estremecí al rozar mis labios con los suyos cuando hablé.

«Estábamos muy cerca de lograrlo».

Sí, pero la situación me estaba afectando más a mí que a él.

De un momento a otro y con una agilidad increíble, me giró de nuevo sobre mi eje, presionando mi mejilla contra la puerta.

—Lo único blanco que sacaré como señal de paz entre tú y yo, será mi semilla cuando me corra sobre tu vientre, justo por encima de ese coñito tuyo —musitó en mi oído y jadeé abrumada al escuchar sus palabras tan crudas.

¡Puta madre!

Mis mejillas se calentaron y las imágenes que llegaron a mi mente fueron incluso más crudas que aquella declaración de su parte. Tanto que la necesidad de apretar las piernas para darme un poco de presión fue terrible. Y más cuando sus manos recorrieron mis pechos y enseguida las arrastró a mi vientre.

—No tienes ni puta idea de cómo me pone tu inocencia, Bonita —susurró con la voz oscura— y esa tonta idea que tienes de que solo besándote podré conseguir de ti lo que ambos deseamos ahora mismo.

—Yo no… —callé y me mordí el labio cuando sus manos bajaron a mis piernas y estas temblaron.

—¿Tú no, qué? —inquirió y esa voz más intensa me sacudió el cuerpo entero.

La taquicardia que comencé a experimentar me llenó de miedo, pero a la vez de más deseo por comprobar en qué culminaría todo donde no lo detuviera. Cuando intenté hacerlo, no pude.

Y tenía la capacidad para hacerlo, estaba entrenada para sacármelo de encima, pero en esos segundos una especie de látigo mágico se envolvió en mi cuerpo, imposibilitándome y manteniéndome justo donde él quería.

—No me voy a la cama con nadie solo por sexo —logré decir, orgullosa de que mi voz saliera entera.

—Siempre hay una primera vez para todo —refutó y estuve a punto de contradecir, pero me congelé en cuanto sentí que sus manos buscaron el dobladillo de mi vestido para meterse debajo de él.

«¡Mierda! Si lo lograba estarías perdida».

Y estaba consciente de ello, por eso traté de detenerlo, aunque solo logré que él dejara su objetivo para arrastrar las manos de nuevo por mi torso hasta obligarme a levantar los brazos. Cuando los colocó sobre mi cabeza cruzando mis muñecas entre sí, las sostuvo con una sola y lamió el lóbulo de mi oreja para que le prestara más atención a lo que me hacía sentir.

—¿Acaso no valgo lo suficiente como para romper tu regla? —inquirí y me mordí el labio inferior cuando él mordisqueó mi hombro.

—No sé a qué estás jugando, Isabella —susurró y su aliento acarició mi mejilla—, pero te aseguro que yo sé jugar mejor —advirtió y la mano libre la arrastró por debajo de mi axila, llegando de inmediato hasta mi teta.

—Quiero jugar con tu fuego solo si me besas —admití—. ¡LuzBel! —gemí cuando apretó su agarre en mis muñecas, mordisqueó bajo mi nuca y bajó la mano de nuevo a mi vientre.

—No sabes en lo que te estás metiendo —bramó y cerré los ojos tratando de controlarme.

—No me deseas —murmuré y lo sentí presionar su pelvis en mi trasero, haciéndome sentir su erección. Me estremecí ante ese contacto y mi cuerpo se calentó más.

—Vuelve a preguntar eso si de verdad no estás convencida —recomendó irónico y entonces lamió mi espalda, llevando la mano de nuevo a una de mis piernas, arrastrándose de inmediato hacia arriba junto con la tela del vestido.

—¿A quién pertenecen tus labios? —pregunté intentando detenerlo con mis palabras y lo conseguí porque su mano se congeló a centímetros de mi sexo—. Sé que si no me besas es porque tus labios pertenecen a otra persona —insistí—. ¿Es Elsa?

Un grito se me escapó cuando soltó mis muñecas y me tomó de una mano para colocarla sobre su pene.

«¡Guau! Esa no era una pollita, Colega».

¡Demonios! Mis ojos se abrieron más al sentirlo.

—Mejor pregúntame a quién le pertenece esto —siseó y, sin pensarlo, lo acaricié haciendo que gruñera de placer—. ¡Pregúntamelo! —exigió.

—¿A quién pertenece eso? —obedecí como una niña buena.

—Esta noche, a ti Bonita —dijo complacido y metió una de sus piernas entre mis muslos haciendo que me abriera para él.

«Te iba a descubrir, Colega».

—¡Para! —pedí, pero no lo logré a tiempo.

—¡Oh, mierda! —exclamó al sentirme—. No me pidas que me detenga después de esto —suplicó—. ¡No estás usando bragas, Castaña traviesa!

¡Me cago en la puta! Yo nunca usaba bragas cuando llevaba puesto un vestido ajustado. No me gustaba.

—Odio que se marquen —logré decir.

—¿Y qué pasa con esas tan sexis que se meten entre tus nalgas? —inquirió con la voz más enronquecida.

—Siempre… ¡Oh, joder! Siempre se marcan —respondí sintiendo cómo su mano estaba llegando más cerca de mi centro.

—No te imaginas cómo me pones —jadeó en mi oído y en respuesta me aferré a su pierna y empuñé la mano sobre la puerta—. Déjame tocarte —rogó.

—Solo si me besas —volví al ataque, pareciéndome increíble que, a centímetros de mi vulva, consiguiera detenerse.

—¿Por qué tanta insistencia con eso? —farfulló molesto.

—¿Por qué quieres tocarme? —ataqué.

—Porque te deseo —respondió sin dudar y mi estúpido corazón dio una voltereta por la emoción.

—Por lo mismo quiero besarte —declaré y de nuevo me dio la vuelta.

Los dos respirábamos agitados. Nos vimos a los ojos y mordí mi labio inferior, él llevó las manos a mis mejillas y con el dedo pulgar lo liberó. Pegó su frente a la mía y lo sentí luchar en su interior.

¡Dulce Jesús! No iba a salir ilesa de ese encuentro. Bueno o malo, todo me iba a afectar de la mejor o la peor manera.

Así que decidida a terminar de caer con él, envolví las manos en su cuello y le acaricié con suavidad. Se acercó más y, en ese momento, supe que lo había logrado, pues sus labios estaban a punto de chocar con los míos.

Por primera vez desde que nos conocimos, fue él quien sucumbió a mis deseos con tal de tocarme.

—¿Ves el humo? —susurré acariciando sus labios con mi aliento.

—Sí, porque el fuego ya es inevitable —respondió a punto de quemarme.

—¡Chicos! —Golpes insistentes en la puerta nos sobresaltaron y nos separamos de inmediato cuando una voz femenina comenzó a gritar más fuerte—. ¡Maldición, LuzBel! ¡Tenemos problemas!

—¡Mierda! —se quejó él.

Nos miramos sin decir nada, aunque odiando esa interrupción. Él estaba sin poder creer lo que estaba a punto de hacer y a mí la realidad me golpeó como un balde de agua fría.

Pegué un respingo cuando la puerta volvió a ser golpeada con insistencia. Espabilamos enseguida, enfocándonos en nuestro alrededor.

—¡Han entrado al club y nos están atacando! —Elsa apareció muy agitada en cuanto LuzBel abrió. Me extrañó verla ahí.

Aunque de inmediato la decepción me golpeó al pensar que era muy posible que ella hubiera estado antes en la oficina con LuzBel, lo que me convertía, sin duda alguna, en un capricho del momento para ese demonio idiota de ojos turbulentos.

—¿Quiénes? —exigió saber él.

—Los mismos a los que les quitamos el chip. Tess se fue a ayudar a los demás —respondió Elsa con cautela al verme.

—¡Oh, mierda! Elliot está ahí —recordé con pena, arrepentimiento y miedo.

Me apresuré a salir, pero LuzBel me detuvo.

—¡No te puedes ir así, White! —señaló—. Te puede pasar algo y no sabemos cuántos son.

—¡Los chicos necesitarán ayuda y Elliot me necesita! —espeté y lo vi maldecir.

Sí, pude estar a punto de terminar de serle infiel a mi novio, pero eso no significaba que no correría a ayudarlo sin dudar en una situación tan delicada, pues lo uno no se tenía que mezclar con lo otro.

LuzBel soltó un sinfín de maldiciones al darse cuenta de que tenía razón y reconocí la necesidad también en él de no dejar solo a su equipo.

—Bien. Iremos a ayudarles, pero no a lo estúpido —advirtió y se apresuró a ir a un estante en la pared.

Lo abrió dejándome ver que atrás había una caja secreta que contenía la mejor colección de katanas y tantos[8] que vi en mi vida. ¡Puta madre! En otro momento me habría emocionado y las hubiera admirado con el detalle que merecían.

—Coge una y prepárate —dijo y obedecí encantada.

Tomé la que me instinto me dijo: una katana preciosa con el cable de envoltura en color gris claro y detalles hermosos que por la falta de tiempo no pude admirar. Lo único que sí noté sin poderlo evitar fue lo que tenía escrito en una parte de la hoja. Era una combinación de hiragana y kanjis[9] que leí sin problema alguno:

—*Puedo ser protectora de vida o portadora de muerte, dependiendo del corazón de quien me porte* —musité y el escalofrío que me provocó esa leyenda me dejó con la piel chinita.

—¿Qué carajos dices? —inquirió LuzBel.

Se había ido para el escritorio y de un cajón sacó dos glocks que le extendió a Elsa, pero ella negó, mostrando que tenía las suyas al sacarlas de la parte de atrás de su cinturón.

—Es lo que dice en la katana —expliqué y alzó una ceja.

—¿También sabes leer chino?

—Esto no es…

—Lo sé, White. Lo digo porque para mí esos símbolos son inentendibles —se apresuró a decir y negué con la cabeza.

—Sé hablar japonés y leer sus alfabetos —admití y noté su sorpresa, pero no dijo nada sobre eso.

—Bien, pero por ahora concéntrate en lo otro japonés que sabes hacer y vamos a patear algunos culos, muñecas —nos dijo a ambas y las dos asentimos.

Aunque no me gustó que me llamara así.

Me quité las botas quedándome solo con mis calcetines cortos como protección y corrimos hacia la discoteca. LuzBel iba primero, se detuvo de pronto y nos hizo una señal con la mano para que nos escondiéramos atrás de unos pilares gruesos de ladrillo. Lo escuché maldecir luego de ver su móvil.

—He pedido refuerzos, los hijos de puta lograron persuadir a los vigilantes. Han cerrado la puerta cambiando los códigos. Estamos atrapados —avisó y maldije por dentro. Me asomé por una orilla del pilar y noté que la gente que antes disfrutaba de un buen baile, ya no estaban.

—¿Qué pasó con las demás personas? —cuestioné.

—Las lograron sacar con la mentira de que algo aquí adentro se había dañado —informó Elsa—. ¡Maldita la hora en la que dejaste a todos libres este día! —le reprochó a LuzBel. Escuchamos unos gritos que reconocí de inmediato y la adrenalina en mi cuerpo aumentó.

Era Jane.

Me asomé de nuevo por el filo del pilar y vi que un tipo la tenía del cabello mientras Connor luchaba contra dos más. La desesperación y el miedo hicieron

---

8 Es un tipo de arma blanca japonesa con la hoja afilada un poco más pequeña que la katana.

9 Alfabetos japoneses.

una combinación peligrosa en mi mente. Jane volvió a gritar y eso le dio paso a mi ira y necesidad por llegar a ella y ayudarla. Sin embargo, me cubrí una vez más e hice acopio de todo mi autocontrol, cerrando los ojos solo un segundo y respirando profundo, tratando de serenar mi mente.

«*No miren hacia atrás con ira, ni hacia adelante con miedo, sino alrededor con atención*», las palabras de mi maestro llegaron a mi cabeza como un mantra que jamás debía olvidar.

Entonces volví a abrir los ojos y puse la katana frente a mí, leyendo aquella inscripción una vez más. Me preparé (decidida y dispuesta a ser esa samurái que entrenó día y noche en Tokio), no para ser mejor que los demás, sino para ser mi mejor versión.

—No lo hagas, White —advirtió LuzBel al ver mi intención.

Lo ignoré.

—LuzBel, si te encuentras a un espadachín, saca tu espada —le dije recordando todos los consejos del maestro Baek Cho y él me miró sin entender al igual que Elsa—. No le recites poesía a quien no es un poeta —zanjé.

—Maldita loca —se quejó Elsa, pero la ignoré.

Le di mi atención a la batalla que libraban los demás y vi a Jacob y Evan pelear juntos contra cinco hombres. Nos superaban en números y por un momento temí lo peor. Sin embargo, no cedí a mi aflicción, consciente de que incluso de las nubes más negras, caía agua limpia y fecundante.

Tess y Elliot le resistían a cuatro tipos y a pesar de la situación, me sorprendió que él supiera defenderse tan bien. Aunque por poco y me petrifico al ver cómo un tipo que luchaba con Elliot sacó un arma y le apuntó.

Me dejé ganar por la debilidad.

—¡No! —grité revelando nuestra ubicación y obligando a mi cuerpo a reaccionar.

Sin pensarlo, corrí hacia ellos y alcancé a escuchar a LuzBel maldiciendo.

Elliot aprovechó esa distracción y arrebató el arma del tipo. Tres venían contra mí y me preparé para luchar. A pesar de que había cosas más importantes por las cuales preocuparme, rogué porque el maldito vestido no se me fuese a subir y quedara mostrando mis cositas ante todos.

¡Joder! Me había preparado para divertirme, no para luchar por mi vida y la de los demás.

«Puedo ser protectora de vida o portadora de muerte».

En ese instante, comprendí a la perfección esas palabras, justo cuando agarré fuerte la katana y con agilidad la atravesé en la pierna del primer tipo. Este cayó al suelo y gruñó. Antes de darle tiempo a reaccionar, le golpeé con potencia la cabeza usando la planta de mi pie y lo noqueé en segundos.

Odié al maestro Cho cuando me hizo golpear cocos con los pies desnudos, pero justo en ese momento lo amaba y lo respeté aún más de lo que ya lo hacía.

El otro tipo estaba a punto de impactar su puño en mi estómago. Sin embargo, logré esquivar su golpe y contraataqué, aunque con ese tuve menos suerte porque no quería matarlo, pero terminé atravesando la katana a un costado de su torso y solo imploré por no haberle tocado algún órgano.

«Soy protectora de la vida», me dije mentalmente al verlo tirado en el suelo, inconsciente, pero todavía respirando.

Fui sorprendida cuando el último tipo que venía contra mí me tomó del cabello y me tiró con fuerza al suelo, haciéndome aterrizar con mi trasero. El vestido se subió un poco, provocando que una de mis nalgas escociera horrible. El golpe desencadenó un dolor que subió por mi columna, pero me recuperé y me puse de pie de inmediato, justo al mismo tiempo que el imbécil se abalanzó sobre mí.

La katana todavía estaba en mi mano. Esquivé el puñetazo que me lanzó. El maldito tenía entrenamiento militar y sabía cómo golpear. Aunque, para su mala suerte, desconocía con quién se había metido, puesto que yo no era débil y fui entrenada igual o peor que él.

Me fui contra él dejando la katana en el suelo y logré asestar varios puñetazos junto a una fuerte patada en los tobillos con la que lo hice caer, pero el maldito tomó con las manos los míos llevándome con él. Logré protegerme la cabeza con las manos, pero mi espalda se llevó un fuerte golpe que ocasionó que todo el aire saliera de mis pulmones. Me obligué a ponerme de pie a pesar de que no podía respirar antes de que él lo hiciera. Me dejé caer con la rodilla en su garganta, gimió ante el golpe y quedó inconsciente.

La música sonaba por los altavoces, aunque no vi al DJ en su lugar. Elsa se unió a Jacob y Evan, viéndolos luchar con más ventaja cuando ella estuvo con ellos. LuzBel estaba matando a golpes al tipo que puso sus manos en Jane y esa vez no sentí remordimiento porque el idiota se lo merecía.

Corrí hasta llegar a mi amiga, quien se encontraba temblando de miedo.
—¿Estás bien? —pregunté.
Me alegré al comprobar que no estaba herida.
—Tengo miedo por Connor —dijo llorando.
—Quédate aquí —pedí y asintió.

LuzBel se estaba encargando de ayudarle a Connor y escuché cuando le ordenó que sacara a Jane de ahí mientras él se encargaría de los tipos con los que luchaban.

Pensé en quedarme a su lado para ayudarle cuando Connor se fue con Jane, pero vi que también Tess y Elliot necesitaban ayuda, así que sin dudarlo corrí hacia ellos. Con un gancho de brazo logré detener al tipo que estaba a punto de golpear a Elliot y lo derribé con una patada en la espalda.

Noté la alegría y tranquilidad de él al verme bien y sonrió. Juntos nos deshicimos de los tipos y ayudamos a Tess.

Cuando terminamos con ellos ayudamos a Elsa y los demás. Elsa perdió un arma al momento que un hombre le dio una patada en la mano y esta cayó a mis pies. La cogí enseguida y me percaté de que LuzBel continuaba luchando contra los dos tipos de antes. Esos parecían ser los más fuertes y noté que a pesar de su propia fortaleza y agilidad, LuzBel tenía dificultad para vencerlos.

«*Trabajamos en equipo y defendemos a los nuestros*», recordé sus palabras y comprobé que él lo cumplía. Podía ser un maldito ególatra insufrible, pero no por eso me volvería testaruda.

LuzBel cuidaba a su equipo cuando el peligro los rodeaba y aunque me negara a pertenecer a Grigori, no podía negar que, me gustase o no, yo no tenía el corazón tan frío como para dejar que ese idiota se las arreglara como pudiera, sobre todo en ese momento, cuando aquellos dos lo estaban doblegando.

Corrí hacia él en el instante que uno de esos tipos lo agarró por la espalda, bloqueando sus brazos y dándole una patada detrás de las rodillas para obligarlo a caer sobre ellas. Tenía cortes en el rostro y de la comisura de los labios le corría una fina línea de sangre. Gruñó de dolor en cuanto el grandote que lo apresó apretó más su agarre a la altura de sus codos, logrando con eso que sus hombros estuviera a punto de sufrir una dislocación.

El otro tipo desenfundó un arma y la apuntó sin dudar a su cabeza, consiguiendo que mi corazón se detuviera por una fracción de segundos.

—Mira qué lujo voy a darme contigo, hijo de puta —masculló el tipo con voz filosa, llena de odio y sed de venganza viendo a LuzBel—. De enviarte por fin a donde perteneces —añadió y fui consciente del momento en el que le quitó el seguro a su arma.

LuzBel, incluso en esos momentos, fue capaz de sonreír de lado con la arrogancia saliendo por sus poros. El miedo me paralizó cuando vi que el tipo se preparó para disparar, disfrutando al máximo de esa oportunidad.

En esos momentos, LuzBel se percató de mi presencia. Los chicos se encontraban sumidos en una batalla contra los otros tipos y no se dieron cuenta de lo que sucedía. Él se asustó y negó con sutileza, pidiéndome de esa manera que diera un paso atrás, obligándose a parecer fuerte y que tenía todo bajo control.

Di un paso al frente y el miedo en sus ojos ya no pudo ocultarse.

—Hazlo ya —le exigió a su ejecutor antes de que se dieran cuenta de mi presencia y tuvo la capacidad de sonreír de nuevo, esa vez de verdad y mis ojos se llenaron de lágrimas al sentir en las profundidades de mi ser que ese gesto era para mí.

Me resigné a lo que iba a suceder. Un remolino de sentimientos se formó en mi interior. Su sonrisa fue tan genuina que logró llegar a mi alma. LuzBel sabía que era la última vez que me vería y decidió ser él y no el tipo frío que siempre me mostró.

Yo me limité a mirarlo y no devolví la sonrisa, no pude. Solo dejé que mis lágrimas salieran libres y, justo en ese momento, se escuchó la detonación del arma impactando en su objetivo. Di un respingo y abrí la boca sin soltar ningún sonido, incrédula por lo que mis ojos estaban viendo.

«¿Ves el humo?»

«Sí, porque el fuego ya es inevitable».

Eso fue todo lo que se repitió en mi cabeza.

CAPÍTULO 22

Nunca digas nunca

ISABELLA

Caí de rodillas en un completo *shock*, aterrada por lo que estaba presenciando. Comencé a temblar y cada espasmo que azotaba a mi cuerpo dolía como el infierno. El estómago se me revolvió al sentir el líquido cálido en mi rostro, consciente de lo que era y contuve una arcada.

—¡Dios, no! ¡No, no, no, no! —grité comenzando a temblar y sintiendo que todo me daba vuelta.

«*Puedo ser protectora de vida o portadora de muerte, dependiendo del corazón de quien me porte*».

Aquellas palabras azotaron mi cabeza, dándome cuenta de que podía aplicarse a cualquier arma. Y yo, me había convertido en portadora de muerte usando una glock.

«*Nunca mataría por ti. Prefiero matarte yo primero porque nunca, Luzbel, escúchalo de nuevo y muy bien: Nunca mataré por ti*».

«*Nunca digas nunca, White*».

Nunca digas nunca.

Una y otra vez esas palabras se repitieron en mi mente dándome una cruel bofetada de realidad. Lloraba sin poder cesar desde que vi al hombre caer frente a mí con un disparo en la cabeza, uno que yo provoqué.

En la distracción que mi acto provocó, LuzBel logró derribar al tipo que lo retenía por la espalda, agarró una de las armas que había caído al suelo durante la pelea y lo mató.

Esa fue la gota que derramó el vaso.

—¡Dios! Perdón, perdón, perdón —supliqué al llevarme las manos al rostro y luego verlas teñidas de sangre.

Había asesinado, tiré de aquel gatillo pensando solo en mi temor. Acababa de convertirme en la culpable de que una familia se vistiera de luto y, de forma inevitable, los recuerdos del sepelio de mi madre llegaron a mi cabeza. El odio que sentí por sus asesinos se avivó en mi interior, el dolor que me desgarró el alma cuando nos avisaron que estaba muerta casi me hizo sucumbir de nuevo.

Y en ese momento me odié a mí misma porque incluso sabiendo todo lo que viví, pasé, sufrí y cuánto cambié cuando me arrebataron a mamá, acababa de condenar a alguien a que atravesara por un infierno similar.

Ese tipo podía ser un padre, un novio, un esposo; era un hijo y yo lo arranqué de los brazos de sus seres queridos y lo que más me quemaba el alma con culpa era que, a pesar de ser consciente de ello, me sentía aliviada de que fuera él y no LuzBel, en su lugar.

—¡Oye, Bonita! Mírame —pidió el susodicho al llegar a mí. Se agachó para quedar a mi altura y me tomó de las mejillas para que lo viera a él y no al cuerpo sin vida de aquel tipo—. Era él o yo y de verdad agradezco que te decidieras por mí y que esta vez no te fallara la puntería —intentó bromear para aminorar la situación, pero no funcionaría.

—¡Te dije que nunca mataría por ti! —reclamé entre sollozos. Él me miró frustrado por mi reacción—. Y no sabes cuánto te odio por haberme advertido que nunca dijera nunca —seguí y empuñé su camisa entre mis manos, queriendo golpearle el pecho sin tener la suficiente fuerza para hacerlo—. ¡Te odio por haberte metido tanto en mi cabeza como para preferirte antes que a él! —seguí porque aferrarme a esa ira era mejor que sufrir la quemazón de la culpa.

—White, mírame —exigió cuando cerré los ojos para intentar contener las lágrimas.

—Yo sé lo que se siente que te arrebaten a alguien que amas, LuzBel —confesé cogiéndolo con más violencia de la camisa—. Ya vestí de luto gracias a unos asesinos que me arrebataron a mamá —seguí y me miró con sorpresa—. Por culpa de ellos dejé de ser una chiquilla mimada —zanjé y lo escuché maldecir—. Y ahora me he rebajado al nivel de esos malnacidos. Me he convertido en una asesina —finalicé con agonía.

—No, Castaña tonta, no te compares —exigió—. Tú acabas de hacer algo en defensa propia… En mi defensa —corrigió—. Eran ellos o nosotros, no había vuelta atrás. —Aunque lo planteara así, la culpa no mermó.

—No quería hacerlo, LuzBel —dije y con sus pulgares limpió mis lágrimas—, pero tampoco te quería muerto a ti —admití y me miró de una manera que no esperaba.

—¡Joder, Isabella! —espetó y acercó el rostro al mío—. ¿Ves el humo? —susurró y en ese breve instante sí que dejé de pensar en lo que hice para concentrarme en lo que esas palabras significaban.

—LuzBel —susurré.

—¡Isabella! —Ambos escuchamos el grito de Elliot y eso nos devolvió al momento.

Llegó a mí y de inmediato se arrodilló a mi lado, arrebatándome de las manos de LuzBel; este cedió volviendo a su actitud fría. Yo me concentré en mi novio, quien intentó limpiarme la sangre del rostro.

—¡Joder, nena! ¿Estás bien? —preguntó revisando que no estuviese heridas. Llevé las manos a sus muñecas y lo detuve.

—No estoy herida, pero tampoco bien —susurré y me miró con preocupación—. Acabo de matar a una persona, Elliot. Soy una asesina —confesé y, aunque eso lo tomó por sorpresa, no dejó de sentir alivio.

«Salvé al tipo que me está volviendo loca, que desde semanas atrás viene poniendo mi mundo patas arriba, el mismo que despierta en mí un lado oscuro que necesitaba mantener controlado», deseé añadir, pero al parecer, era más valiente para tirar de un gatillo que para decir la verdad.

—¡Escúchame, Isa! No eres una asesina, ese hombre se lo merecía, él no se hubiera puesto a pensar en si era correcto matarte o no, lo hubiese hecho y ya —trató de consolarme—. Era su vida o la nuestra.

Me fundí en sus brazos tratando de encontrar consuelo, de creer en sus palabras. Lloré con el rostro metido entre el hueco de su cuello, él me correspondió y sobó mi espalda para calmarme.

¡Maldita manera de celebrar mi cumpleaños! Jamás podría olvidar el día en el que me convertí en una asesina, así haya sido en defensa de otros o no.

—Sé que la primera vez duele y sientes remordimiento —susurró en mi oído y sentí que mi cuerpo se heló—, pero pronto pasará, amor —aseguró y me solté de inmediato de su agarre, mirándolo asustada.

—¿Elliot? ¿Tú ya has asesinado? —pregunté horrorizada.

Observó a LuzBel, fue una de esas miradas que dicen mucho sin necesidad de palabras, que encierran demasiado y, sin embargo, no se puede dejar salir nada. Después me observó a mí.

—¡Respóndeme, Elliot! —exigí.

—Tenemos que salir de aquí. —Nos interrumpió Evan antes de que Elliot dijera algo—. Los refuerzos se encargaron de limpiar todo el perímetro y necesitan que salgamos del club antes de que llegue la policía.

—LuzBel, tu padre nos espera a todos en el cuartel —agregó Jacob.

—Bien, salgamos de aquí —ordenó él y volvió a observar a Elliot, ambos mirándose de nuevo de la misma manera que minutos atrás y eso no me gustó—. Tess, llévate a White en tu coche.

—¡No! Yo vine con Elliot —protesté de inmediato ante su orden.

—Elsa, tú te vas con el *chico bonito* —siguió ordenando con desdén, ignorando mi protesta y lo fulminé con la mirada. Me puse de pie con la ayuda de Elliot y lo enfrenté.

—Me voy con Elliot —vociferé de nuevo.

—Tú te vas con Tess y tú noviecito con Elsa, punto —repitió harto y con voz fría, volviendo a ser el insoportable de siempre—. Jacob, tú los acompañas —agregó y estaba a punto de protestar de nuevo, pero Elliot me lo impidió.

—Cariño, vete con Tess —pidió y alcé la barbilla porque me di cuenta de que me ordenó hacer algo igual que LuzBel, solo que, a diferencia de él, escondió el mandato tras palabras educadas y tono dulce.

—¿Qué está sucediendo, Elliot? —inquirí. Me resultaba demasiado curioso que fuera tan obediente con la orden de LuzBel cuando a leguas se notaba que no se caían bien.

—Ven, Isa, no hay tiempo. Tenemos que salir de aquí —dijo Tess y me tomó del brazo, tirando de mí para alejarme de esos dos.

Sin embargo, los miré a ambos, con el corazón aún acelerado, aunque en esos momentos por una razón distinta, puesto que la similitud entre aquellos dos tipos volvió a ser palpable e incluso más en ese instante, ya que no solo lo noté en sus portes, sino también en algunos gestos faciales y me estremecí, sobre todo al ser consciente que, así Elliot fuera tan dulce conmigo, en el momento que se cruzó con los Grigoris esa tarde, me mostró un lado suyo que nunca vi.

«¿Un lado cabrón que se asemejaba al del Tinieblo?»

Demasiado para mi gusto.

—Hiciste lo que tenías que hacer, Isa —me dijo Tess mientras me sacaba del club, caminando a paso rápido.

—Me lo podrás repetir mil veces y me seguiré sintiendo igual —musité.

En el estacionamiento, dos hombres nos esperaban y los reconocí de inmediato: eran parte de la organización y nos escoltaron hasta una *Hummer* color plomo. Nos subimos en la parte trasera y tras ponernos en marcha, supuse que el conductor era otro hombre de los Grigori.

—Ya, amiga. No te tortures más, por favor —susurró la pelirroja poniendo una mano en mi pierna como consuelo al verme sumida en mis pensamientos y cerrando los ojos por momentos para tratar de olvidar todo—. No me alcanzará la vida para agradecerte que hayas salvado a mi hermano.

—No me agradezcas eso —pedí mirándola a los ojos a pesar de la oscuridad que había dentro de la camioneta—. Asesiné a alguien, Tess. ¿Sabes qué es lo peor? —No dejé que respondiera y continué—: Que lo volvería a hacer si viese a uno de mis amigos en peligro. —Ella me regaló un atisbo de sonrisa—. LuzBel está lejos de serlo, tal vez hoy nos toleramos un poco y ese simple hecho me hizo actuar —aclaré.

«¡Mentirosa!»

—Hay más que simple tolerancia, Isa —aseguró.

—¿A qué te refieres? —cuestioné con fingida ignorancia.

—A nada, hermanita. Olvídalo —pidió y decidí no seguir esa línea de conversación.

—Como sea, Tess. No comprendo lo que está sucediendo. ¿Cómo pasó todo eso? —cambié de tema.

—Por eso vamos hacia el cuartel. Papá nos espera y es importante estar allí. Siento mucho que tu cumpleaños haya terminado de esta manera —dijo un tanto triste y preocupada.

—Por lo menos todos estamos vivos —señalé y traté de consolarme a mí misma.

—De verdad, Isa, siento mucho todo. Perdóname —repitió y la miré con el ceño fruncido. Lucía extraña y me intrigó la razón, pero decidí dejarlo así.

Nos quedamos en silencio durante todo lo que restaba de camino y noté que mi corazón no dejaba de latir acelerado, las manos también me temblaban y sentía una presión en el pecho que no me permitía respirar con facilidad.

Era como un presentimiento horrible que me ahogaba.

Al llegar al cuartel y entrar al edificio, fuimos hacia la pequeña cafetería, encontrándonos con Connor y Jane; esta última corrió a abrazarme al verme viva y bien dentro de lo que cabía. Noté el alivio en Connor y con una mirada le agradecí que hubiese logrado sacar a Jane de aquel lugar.

—¿Estás bien? —pregunté.

—Asustada como la mierda, pero bien. ¿Y tú? —Por primera vez después de lo sucedido, sonreí al escucharla decir una palabrota y asentí.

Nos acomodamos en una de las mesas y Tess nos sirvió unos vasos con whisky. Le agradecí y lo tomé de un sorbo. Mi garganta y estómago se quemaron cuando el líquido hizo su recorrido, pero era lo que necesitaba en momentos como esos para poder enfrentar todo con valor.

Hablamos mientras esperábamos a que los demás llegaran. Connor, Tess y Jane me informaron cómo comenzó la encerrona que nos montaron y Tess les comentó a ellos lo que sucedió después, incluyendo que asesiné a aquel tipo por salvar la vida de LuzBel.

Jane se asustó y me observó con entendimiento por lo que estaba pasando. Tomó mi mano y dio un pequeño apretón en señal de apoyo. No juzgó mi acto, tampoco lo aplaudió y me sorprendí cuando trató de que no me sintiera culpable.

Un rato después, Elsa entró a la cafetería y lo primero que hice fue preguntarle por Elliot, pues me asusté mucho al no verlo con ella.

—Tranquila, chica. No me lo comí —respondió con su tono altanero—. Aún —agregó sonriendo con descaro.

—No me jodas en este momento, Elsa o te juro que me quitaré este puto remordimiento contigo —amenacé y la estúpida solo se carcajeó.

—¿Tú acaso me ves sin brazos o piernas que piensas que te lo dejaré tan fácil? —refutó riéndose.

—No, para nada. Tus extremidades están completas, el cerebro es lo que te falta —ataqué y la vi acercarse a mí. Me puse de pie y la enfrenté.

—Bien, chicas. Este no es un buen momento para estas peleas. —Connor se colocó entre nosotras y nos miró a ambas—. ¿Dónde está LuzBel? —le preguntó a Elsa.

—En la oficina con su padre —dijo ella de mala gana mientras retrocedía.

—¿Y los demás?

—Con él, no tardarán en venir.

«Actuaban muy extraños».

Lo noté.

Y para ser sincera, no estaba segura si era por todo lo que vivimos esa noche o por algo más y eso me ponía inquieta. Sin embargo, volví a sentarme y comencé a mover la pierna con insistencia por culpa de la ansiedad que me atacó. Seguía sin zapatos, protegida solo por mis calcetines blancos manchados de sangre, un cruel recordatorio de lo que hice.

Jane me tomó de la mano de nuevo al darse cuenta de lo que me pasaba y decidí que ver a Elsa sentada en otra mesa, observando algo en su móvil, era mejor que darles atención a las manchas color vino en mis calcetines.

Connor había vuelto a su lugar y nos quedamos en silencio, esperando a que llegaran los demás.

En un momento dado de ese cruel silencio, *las palabras de aliento* de Elliot volvieron a golpearme y tragué con dificultad, sintiéndome terrible porque después de haberlas escuchado y analizarlas, sentía que ya no conocía a mi novio; lo que me pareció absurdo, puesto que esa tarde seguía siendo mi chico dulce.

Aunque los *flashes* de lo que vivimos en el estacionamiento del campus y luego su imagen de pie al lado de LuzBel, borró todo atisbo de ternura que él siempre tenía para mí y entonces no supe qué me mataba más: si intuir que él ya había asesinado, o que cambió mucho desde que nos separamos, a tal punto de que solo quedaba la sombra de mi ángel ojiazul.

¡Joder! Rogaba por estar alucinando.

«¿Y si ya lo había hecho? ¿Si ya no era el chico al que amabas?»

Mantendría la esperanza de estarme equivocando hasta el final.

«LuzBel había asesinado hasta frente a ti y no te vi problemas con eso».

Eso era diferente, a él lo conocí siendo el cabrón que era.

«Bien, entendía tu punto. Del Tinieblo no esperabas nada bueno, en realidad. De nuestro ángel en cambio, las expectativas siempre eran altas».

Exacto.

Desde que conocí a Elliot siempre se mostró ante mí como un tipo respetuoso, romántico y dulce. ¿Rebelde y fiestero? Por supuesto, como todo chico de nuestra edad. Y, en algún momento, fui testigo de una que otra pelea en la que demostró que tenía una excelente derecha, así como de un par de problemas en los que se metió, pero jamás fueron cosas graves.

Y desde que pasó lo de mamá, siempre tuve la idea de que se superaba para bien. Así que definitivamente imaginarlo como un asesino no me estaba sentando para nada bien.

«Okey, Colega. Era mejor no adelantarnos a los hechos».

¡Dios! Gracias por no ponerte en plan perra conmigo metiendo tu cizaña.

«De nada. Sabía intuir cuando tenías suficiente con tus propias deducciones».

¡Puf!

Cuando estuve a punto de ir a la oficina de Myles porque la ansiedad se volvió insoportable, él tuvo la *amabilidad* de mandar a Evan a la pequeña cafetería para guiarnos hacia el salón de entrenamientos.

Jane tuvo que quedarse porque no era parte de la organización, pero noté que a ella en lugar de molestarle que la excluyeran, se alivió por no tener que ser partícipe de todo ese enredo.

—¿Dónde está Elliot? —inquirí hacia Evan mientras caminábamos para el salón. Vi que su espalda se enderezó, un gesto claro de tensión.

—No te preocupes por él, pronto se unirá a nosotros —avisó y algo en su tono no me gustó.

El miedo de que le hubieran hecho algo barrió con todas mis suposiciones anteriores sobre él y hasta me sentí más culpable.

Me aterrorizó pensar en que a lo mejor le hicieron algo por haber sido testigo del enfrentamiento de esa noche y por eso lo separaron de mí, incluso imaginé al frívolo de LuzBel intimidándolo en ese instante, advirtiéndole sobre todas las cosas que le harían si se atrevía a decir una sola palabra sobre lo que vio y la culpa incrementó en mi interior.

—Elliot no merece que le dañen, Evan —le dije tomándolo del codo y él me miró con sorpresa.

—¡Maldita sea, Isa! Entiendo que tengas una mala imagen de nosotros por cómo comenzamos, pero tú has estado en la organización estos meses y sabes que no somos tan mierda —aseveró bastante dolido.

—¿Entonces por qué separarlo de mí? —inquirí y miró a su alrededor con fastidio.

—Nadie lo ha separado de ti, Isabella —se entrometió Dylan.

Los demás chicos ya habían entrado y solo él, Jacob y Evan se quedaron conmigo.

—¿Ah, no? ¿Entonces por qué LuzBel le ordenó que viajara con Elsa y contigo? —inquirí refiriéndome más que todo a Jacob y él miró a los otros dos pidiéndoles apoyo.

—Según vi en Dark Star, LuzBel le pidió que viajara con Elsa y Jacob, pero tú querías impedirlo, así que tu noviecito *sutilmente* te ordenó a ti que obedecieras.

—Bien, es hora de que entremos —pidió Dylan, impidiendo que le respondiera a Evan.

Me limité a encararlo y me mordí la lengua, ya que en eso no se equivocaba. También me di cuenta de la orden disfrazada y tenía en mente hablarlo con Elliot para que me explicara por qué carajos le daba por imitar a LuzBel.

—Vamos, nena —pidió Jacob tomándome de la mano—. Y entiéndenos, a todos nos han puesto entre la espada y la pared desde hace dos noches —dijo y lo miré sin comprender—. Y lo que pasó hace unas horas solo empeoró todo —añadió.

Aunque me quedé en silencio porque cuando entramos al salón, noté que aparte de los chicos y otros Grigoris, también los acompañaban hombres que nunca había visto.

Rostros nuevos y extraños, y cuando le iba a preguntar a Jacob quiénes eran, vi entrar a LuzBel. Caminaba al lado de su padre y odiaba admitirlo, pero justo en ese instante parecían como rey y príncipe de su mundo.

—¿Elliot? —susurré anonadada al verlo caminando al otro lado de Myles.

La respiración se me volvió trabajosa al percatarme de su presencia, luciendo confiado alrededor de los Pride, presintiendo que mi preocupación anterior fue en vano y temiendo que aquellas similitudes entre él y LuzBel fueran más que simples coincidencias del destino.

Vi atenta cómo aquellos hombres a los que no reconocí al entrar al salón lo saludaron con un movimiento de cabeza y cuando me encontró entre la multitud y su mirada se conectó con la mía, el miedo en sus ojos aceleró más mi corazón.

No era miedo de lo que le podía pasar con los Pride, sino de lo que pasaría conmigo.

«¡Por la puta, Colega!»

Sí, mi perra conciencia, por la grandísima puta.

—¿Isa? —Negué cuando Jacob me llamó y apreté los puños, haciendo lo mismo con mi mandíbula.

Myles se detuvo cuando llegó al frente de todos y se plantó con el poderío que lo caracterizaba. LuzBel se posicionó a su lado derecho y sonreí con sarcasmo al ver que Elliot lo imitó, colocándose en el costado izquierdo del señor Pride.

Respiré hondo cuando sentí que mi cabeza dio vueltas y la necesidad de exigir que alguien me explicara qué carajos estaba sucediendo. Fue insoportable, pero el orgullo me obligó a mantenerme callada, puesto que intuía que solo seguiría haciendo el ridículo.

—Chicos, siento mucho que su noche haya terminado de esta manera —habló Myles—. Por primera vez en la historia fuimos atacados y sorprendidos. —Miró a cada uno de los presentes—. Y Elijah estuvo a punto de morir.

LuzBel se tensó al recordar eso y a mí me entraron ganas de vomitar por todo el movimiento que mi estómago hizo debido a los nervios, el miedo y la decepción que sentía de mí misma.

—Pero gracias a ti puedo seguir teniendo a uno de mis herederos aquí a mi lado. De nuevo me vuelves a sorprender, Isabella —siguió Myles. Me observó con detenimiento y vi el agradecimiento en sus ojos.

Un mareo me atravesó de pronto y Jacob me tomó de la cintura al darse cuenta, fue algo leve e imperceptible para los que estaban alejados de nosotros.

—Tenemos información acerca de lo que esos tipos buscaban, y todos los que estuvieron en la misión anterior deben intuir que fue por el chip que recuperamos. —No todos, honestamente. A mí nunca se me pasó por la cabeza que aquellos imbéciles llegaron para buscar venganza—. Chip que, en realidad, es una llave y contiene la información para poder activar una bomba que pretenden detonar en Washington, DC.

A pesar de mi estupor, dejé salir un jadeo ante lo que escuché, puesto que una cosa era saber que tenía que recuperar algo solo porque estaba obligada a pagar una deuda con misiones y otra, que los temas que trataban en esa organización incluían el proteger las vidas de personas inocentes.

—Necesitamos unir fuerzas para evitar que eso suceda y por eso solicité la presencia de los mejores elementos en California, para que colaboren con los mejores de mi territorio.

Comencé a negar incrédula y los ojos me ardieron como si me hubiesen puesto brasas encendidas.

A lo mejor, en otro instante, me hubiera sorprendido que Grigori fuera una organización con presencia en otros estados del país. Sin embargo, justo en esos minutos me importó un carajo porque que mencionara California, abrió una brecha demasiado dolorosa en mi interior.

—Los Grigoris californianos han conseguido información importante que nos ayudará con esta nueva misión —continuó explicando Myles—. Y ya que tú mereces todo mi respeto y gratitud, Isabella y no solo por lo que hiciste hoy, voy a presentártelos puesto que eres un miembro nuevo —añadió.

Y solo por su sonrisa genuina y la sinceridad que escuché en su voz, me obligué a sonreír en respuesta, aunque pronto terminé apretando los labios para no llorar.

—Sé que ya conoces a mi hijo, mi mano derecha y mejor elemento aquí en Virginia, Elijah Pride. —Colocó una mano en el hombro de su sucesor y este nos observó como de costumbre: frío, arrogante y calculador—. Y esta noche tengo el honor de que conozcas a mi sobrino, mi mano derecha y mejor elemento de California, Elliot Hamilton.

«¡¿Pero qué demonios?!»

Mi mente se quedó en blanco, mi sangré se heló y mi cuerpo se congeló. Una baldada de agua con hielo me habría dolido e impactado menos.

Myles hizo lo mismo que con LuzBel y me quedé petrificada, intentando asimilar lo que acababa de escuchar y que me negaba a creer. Elliot me observó con tristeza y vergüenza.

Lo miré con incredulidad, suplicándole que eso fuese una broma, ya que así hubiera intuido que tenía algo que ver con la asociación, que fuesen familia y me lo ocultara no se lo perdonaría tan fácil. Él lo entendió a la perfección y negó mientras formulaba un «lo siento» de forma silenciosa, confirmándome que todo lo que Myles decía era verdad.

«Creo que a Elliot se le olvidó contarte ese pequeñísimo detalle de su vida esa tarde».

Y lo peor de todo es que me vieron la cara de estúpida y no solo él. Todos lo hicieron al fingir que no se conocían.

«Y tú que creías que eras la única que le veía la cara de estúpido a alguien».

Me sentía decepcionada.

Puedo ser protectora de vida o portadora de muerte, dependiendo del corazón de quien me porte.

CAPÍTULO 23

Maldita bruja

ISABELLA

Todo el grupo de Grigoris hipócritas e implícitos en ese maldito circo me miraron con vergüenza y eso me provocó risa.

Y por increíble que pareciera, por la única que sentí respeto en ese instante fue por Elsa, ya que así me haya buscado con la mirada para luego sonreír con descaro al presenciar mi reacción, al menos ella nunca fingió tolerarme. Su odio se mantuvo intacto y ni siquiera por educación recurrió a la hipocresía.

Tess intentó acercarse a mí, pero pensó mejor cuando la miré con una promesa de muerte si intentaba dar un paso, a Evan se le sonrojaron las mejillas con vergüenza y Dylan tuvo la osadía de mostrar lástima. Connor evitó mirarme y Jacob a mi lado trató de tomarme de la cintura al verme todavía afectada por el mareo que me ocasionó el impacto de la verdad luego de haber pasado por un estado de *shock* tras arrebatar una vida.

—No te atrevas a ponerme una mano encima —susurré con voz filosa para no ser escuchada por todos.

—Lo siento —murmuró avergonzado y no solo por su acción, sino también por su engaño.

Sí vi su arrepentimiento, pero no me importó.

LuzBel, como siempre, me observó sin demostrar nada, y supuse que al idiota le daba lo mismo lo que estuviera pensando de ellos en ese momento y eso terminó de joderme el humor.

Si alguna vez sentí el mínimo de respeto y consideración por los integrantes jóvenes de esa organización, en ese momento solo me dio asco estar rodeada de farisaicos, ya que apestaban como la mierda misma.

Respiré hondo; sin embargo, alcé la barbilla tomando una actitud altiva, pues no estaba dispuesta a que se siguieran burlando de mi estupidez y credulidad.

El temor, la confianza y el respeto se ganan y con ese grupo acababa de perder la esperanza de algún día sentir alguna de las tres cosas por ellos. Y, sobre todo, por LuzBel, quien seguía portando el título de ser el peor de su organización, ya que incluso sabiendo que estaba con alguien de su familia, trató de seducirme.

Y no lo culparía solo a él por lo que pasó en su oficina. Jamás.

Yo era tan responsable como él porque Elliot era mi novio. Sin embargo, LuzBel no era ningún extraño. Eran familia e incluso así no le importó llevar a cabo tal traición. Y si en algún momento creí que el tipo no podía decepcionarme aún más, me había equivocado.

¡Maldita sea, eran primos!

«¿En qué mierda nos metimos?»

En la más profunda, eso era seguro.

Si ya antes sentirme atraída por él era una especie de mierda potente, saber el parentesco que tenía con mi maldito novio lo elevó a la máxima.

Mi maldito y mentiroso novio. ¡Puta madre!

No sé si habría sido más fácil procesar que era asesino o que me engañara así. Según en ese punto, me atrevía a decir que lo primero hubiese sido superable, pero lo segundo... ¡Joder! Elliot acababa de perder mi confianza y eso sí que me desestabilizó por completo. Y no, no podía odiarlo, aunque supongo que la decepción era peor. Su cobardía y traición me provocaron un sinsabor que no me abandonaría por un buen tiempo, ya que, él sí me conocía e incluso así fingió.

Prometió jamás mentir u ocultar algo y lo hizo.

¡Maldición! Por primera vez en nuestras vidas rompió lo que para nosotros era sagrado y el pecho se me apretó con un dolor insoportable. Podía esperar lo que fuera de los Grigoris porque al final apenas los conocía y todavía estábamos tratando de llevarnos bien, ¿pero de Elliot? ¡Puta madre!

«Lo conocías de toda la vida».

Exacto y por eso su traición dolía más.

—Isabella, ¿estás de acuerdo? —Myles se dirigió a mí una vez más y salí de mis pensamientos sin saber de qué hablaba.

—Perdón, pero no sé de qué hablas —respondí sincera y sin vergüenza. En esos momentos lo único que sentía era furia.

Y solo porque Myles era mayor y siempre me trató bien, guardé un poco de respeto para él.

—Tenemos que averiguar la ubicación de la bomba. Elliot tiene información importante —repitió y evité mirar a ese mentiroso, me concentré solo en Myles—. Él y Elijah viajarán a Washington y tú has demostrado ser igual de buena que ellos, así que necesito que los acompañes. Allá se reunirán con otros tres miembros de la organización que les ayudarán.

Solo porque me proponía llevar a cabo mi segunda misión es que no me reí en su cara, puesto que me estaba presentando la oportunidad de librarme pronto de ellos.

—Tío, yo no estoy de acuerdo con que ella nos acompañe —habló Elliot y que lo haya hecho para decir eso, solo me lastimó más.

—En este caso, yo estoy de acuerdo con él —declaró LuzBel—. No es necesario que White vaya con nosotros.

—¿Por qué? ¿Los *primos* necesitan tiempo de calidad juntos para ponerse al día? —cuestioné satírica y con voz filosa.

—Mis órdenes no se cuestionan —aclaró Myles—. Y si pido tu opinión, Isabella, es porque te considero alguien muy especial. —Una sensación extraña me atravesó luego de esa declaración.

—Porque la consideras especial no deberías enviarla con nosotros. —Elliot habló con impotencia y Myles solo lo fulminó con la mirada.

—Perdón por esto, Myles, pero no me importa cómo me consideras —confesé sin medir mis palabras—. A las malas he comprobado esta noche que ser especial para otra persona no evita que igual te vean como una estúpida —solté y escuché que Tess susurró mi nombre con voz lastimera y Elliot me miró con tristeza.

—Cada vez me convenzo más de que te pareces tanto a tu...

—¡Padre! —lo llamó LuzBel, interrumpiéndolo—. Ella no desea ir, así que no intentes convencerla.

Busqué con la mirada furiosa a LuzBel y cuando nuestros ojos se encontraron, lo hicieron de igual a igual: fríos, calculadores y sin demostrar sentimiento alguno.

—¿Cuándo será el viaje? —le pregunté a Myles con voz dura.

Si LuzBel pensaba seguir jodiéndome al impedir que hiciera la misión para que así me quedara más tiempo con ellos, no se lo pondría fácil.

—La próxima semana —respondió Myles.

—Está bien, iré —acepté y sonreí satírica solo por joder al estúpido bloque de hielo frente a mí.

—Isa, no sé qué intentas demostrar, pero te aseguro que no es necesario que hagas esta misión —habló Elliot dirigiéndose a mí por primera vez desde que entró al salón—. No quiero que vayas —añadió y dirigí mi mirada hacia él, transmitiéndole lo mismo que a LuzBel.

—Fíjate cómo son las cosas —comencé a hablar con ironía—. Yo tampoco quería que me vieran la cara de idiota y de igual manera lo hicieron; —Cerró los ojos con frustración y enojo—. Ves cómo no todo lo que quieres en la vida lo obtienes, cariño —me burlé y sonreí de lado sin ganas. Intentó hablar, pero lo interrumpí—. Yo sí cumplo mis promesas, Elliot Hamilton —rematé—. Y si ya no hay nada más que decir, me retiro —avisé.

—Evan se encargará de darte toda la información luego —aviso Myles y comencé a caminar fuera del salón—. ¡Isabella! —Me detuvo antes de llegar a la puerta, no me volteé a verlo—. Algún día lograrás comprender muchas cosas. —En esos momentos era lo que menos me importaba, así que me apresuré a salir sin responderle.

«Sin tacones, pero con el orgullo igual de alto». Sonreí y negué por el susurro de mi conciencia.

Pasé por la cafetería y vi a Jane que se puso de pie al verme, pero no me detuve y solo caminé por su lado sin decir nada. La escuché llamarme, mas no le hice caso. Continué mi rumbo, sin mirar atrás y a paso rápido hasta la puerta, viviendo un *déjà vu* cuando alguien me tomó del brazo y me detuvo.

Solo que esa vez no era Evan, sino LuzBel.

—¿A dónde crees que vas? —inquirió con dureza y antes de pensar en lo que hacía, le di un puñetazo en el rostro que me salió del alma.

El impacto y el haberlo tomado desprevenido hicieron que retrocediera.

«Tenías que calmarte, Colega».

¡Demonios!

Por un breve instante me arrepentí de haber actuado con tanta violencia, ya que así él se mereciera todo el desprecio de mi parte, no era de las que le faltaba el respeto de esa manera a nadie. Sin embargo, me dejé ganar por el orgullo y no me inmuté, convenciéndome a mí misma de que él, Elliot y todos los demás me obligaron a desquiciarme desde el instante que se metieron por el trasero el respeto que debían tener por mí.

Y para su jodida suerte, él fue el idiota que se cruzó en mi camino para ser el receptor de mi ira y falta de razonamiento.

—Voy a donde se me dé la jodida gana y ni tú ni nadie me lo va a impedir —aseveré, señalándolo con el dedo índice.

Se llevó el dorso de la mano hacia la boca y limpió el hilo de sangre que salía de ella. Sonrió sarcástico por mi acto y noté su cabreo; aun así, solo esperó a que me desahogara y de paso, tranquilizara.

—No puedes salir del cuartel sola —espetó.

—¡No quiero estar en el mismo entorno que ustedes, malditos hipócritas! —reclamé sacando toda mi furia y desquitándome solo con él—. ¡Y te felicito, LuzBel, porque aparte de ser el mayor de los idiotas, también eres el mejor actor! —Le aplaudí.

—Con lo poco que me conoces, ya deberías saber que no me importa herir a la gente con la verdad —habló acercándose a mí—. ¿Por qué crees que te busqué en el campus al verte con él? —inquirió y me tomó de la cintura sin ningún reparo.

—Suéltame, imbécil —exigí removiéndome.

Me desestabilicé cuando me empujó hacia atrás y sentí que iba a caer de culo, pero fue ágil y me sostuvo, aprovechando mi impresión para meterme al pasillo que me llevaría hacia la puerta de salida.

El lugar nos daba un poco de privacidad para que no vieran lo que hacíamos.

—¿Por qué crees que te hice ir a la oficina de Dark Star, maldita bruja? —siseó y me empotró en la pared—. Porque no, Isabella, no fue solo para intentar meterte mano, eso se dio debido a tu reto —aclaró.

—¿Para qué me llevarías si no era solo para joderme? —pregunté y me sonrojé cuando sonrió de lado.

«Ya tenías que ir aprendiendo a buscar mejor las palabras con él».

Lo estaba aprendiendo a las malas.

—Si no hubiera sido por esos hijos de puta, ahora mismo todavía me tendrías entre tus piernas, jodiéndote ese coñito con mi verga o con mi lengua, Bonita —declaró y tragué con dificultad.

¡Puta madre! Ese chico tenía que aprender a usar un filtro.

—No seas tan patán —exigí, pero los nervios en mi voz le restaron fuerza a mi demanda.

—Soy sincero, White —declaró—. Y así como te digo a la cara todo lo que podría estarte haciendo, también te digo que nunca estuve de acuerdo con que no te dijeran la verdad, pero tu novio pidió tiempo para ser él quien te dijera todo —confesó y eso sí que me sorprendió—. Sin embargo, prefirió saciarse de ti, decidió follarte antes que hacer lo que debía.

—Lo que hizo conmigo no te importa —espeté e intenté zafarme de él, pero me presionó más a la pared y contra su cuerpo.

—Entonces no me eches al mismo saco con él —exigió—. Y no te desquites conmigo la furia que provocó ese puto cobarde.

—Lo hago porque al final los dos son unos idiotas que solo buscan jugar conmigo —zanjé.

—Pero yo no te miento, Isabella. —aclaró sin siquiera intentar desmentir lo que dije—. Te odio casi con la misma intensidad que te deseo, eso te lo he dejado claro y no me pongo una máscara para que te entregues a mí siendo alguien que no soy —aseveró y mi corazón se desbocó.

—Elliot no solo es mi novio, LuzBel, también tu primo, así que al menos respeta eso —pedí intentando (sin éxito), zafarme de nuevo.

—Qué irónico que lo recuerdes esta vez, pero no hace unas horas en mi oficina, cuando estuve a punto de...

—¡Cállate! Eso no debió suceder —chillé y él solo rio—. Nunca tuve que meterme en ese juego sabiendo que tengo novio, pero tú jamás debiste provocarme si sabías que estaba con tu primo.

—¿Y si no lo fuera? ¿Dejarías que terminara lo que comencé en esa oficina? —Mis nervios se avivaron con su cercanía y esas preguntas.

Estaba molesta, decepcionada y la actitud de ese chico no me ayudaba en esos momentos.

—¿Qué acaso no tienes honor? —inquirí y mis palabras lo impactaron.

—Porque lo tengo aún sigues viva —confesó recomponiéndose en un santiamén y eso me descolocó de sobre manera.

—¿Qué quieres decir con eso? —quise saber y él se limitó a verme a los ojos por unos segundos—. Responde, LuzBel —insistí y lo tomé de las muñecas.

Solo en ese momento, dejó su agarre en mi cintura, pero luego dio un paso atrás y la dejó caer, poniendo suficiente distancia entre nosotros.

—Pregúntale a tu novio —me retó.

—¿Sobre qué? —Elliot nos sorprendió a ambos al llegar al pasillo y encontrarnos.

Sufrí un mini infarto al creer que nos había visto en la posición que nos encontrábamos minutos atrás, pero no hizo ninguna referencia sobre eso.

—Aquí tu chica quiere saber sobre si tengo honor —se apresuró a responder LuzBel por mí.

Elliot frunció el ceño al escuchar tal cosa y yo me limité solo a respirar.

—¿Qué te llevó a hacer esa pregunta? —inquirió Elliot hacia mí y rogué para que él no hubiera notado cómo mis ojos se desorbitaron al analizar la razón que me llevó a hacer ese cuestionamiento.

LuzBel, al parecer, se dio cuenta de ello y me miró con una estúpida sonrisa ladina, escaneándome a la vez con esos ojos color hielo, disfrutando de mi reacción.

«Yo también lo hacía».

Maldita voz.

—Supongo que rodearme de gente hipócrita —respondí al recomponerme.

Sí, había cometido mis errores, pero eso no significaba que por sentirme culpable dejaría que me pisotearan como se les diera la gana.

—¡Joder, Isa! Sé que estás en todo tu derecho de estar molesta, pero debemos hablar —dijo Elliot al entender mi respuesta y eso me indignó.

—¿Molesta? ¿Es en serio? —satiricé y los miré a ambos—. Estoy decepcionada, Elliot. De ti y de toda la maldita gente que me rodea, ya que desde que pisé esta ciudad no han hecho más que vapulearme por cosas que ni entiendo —largué y me odié porque la voz se me quebró con lo último.

—¿Qué mierda hiciste? —inquirió el ojiazul con voz filosa hacia su primo y eso me decepcionó.

Lo hizo porque en lugar de concentrarse en lo que él me provocó, decidió darle más importancia a lo que supuso que me hizo LuzBel.

—Para ser sincero, todavía nada —respondió LuzBel con frescura y lo miré incrédula—. Llegaste a tiempo, primo… Esta vez —se burló con orgullo.

—Hijo de puta —espetó Elliot y fue increíble ver cómo cogió a LuzBel de la camisa.

Por supuesto que su primo no se quedaría de brazos cruzados y lo empujó para defenderse. Negué con fastidio.

No estaba para las estúpidas competencias de quién meaba más lejos y tampoco quería seguir cerca de esos mentirosos. Aproveché que se descuidaron de mí para meterse en su pelea y salí del cuartel.

Corrí sin parar hasta alcanzar a esconderme detrás de una camioneta al llegar a los estacionamientos y no le puse atención a mis pies adoloridos. Desde ahí vi cuando Elliot salió con LuzBel detrás de él y maldijeron al no encontrarme. LuzBel sacó el móvil para dar sus órdenes y que me buscaran y solo negué. Esa noche no lo harían.

Sabía ser muy sigilosa cuando me lo proponía.

Utilizando toda mi agilidad y lo que aprendí en Tokio, logré salir del recinto del cuartel sin que se dieran cuenta. No quería regresar a casa porque sabía que era el primer lugar en el que me buscarían y en esos momentos no necesitaba hablar con nadie.

No estaba en condiciones para escuchar explicaciones hipócritas y no podía pedirle ayuda a Jane porque aún no sabía si ella también sabía lo de Elliot, algo que no me iba a extrañar, pero sí a doler de nuevo. Así que decidí buscar a la única persona que se había desligado de Grigori.

—¿*Isabella?* —preguntó incrédulo y adormilado luego del tercer tono.

—La misma —respondí—. ¿Recuerdas que un día dijiste que ibas a pagarme el favor? —Lo escuché reír a través del móvil.

—*Recuerdo también que dijiste que no era necesario, pero por lo que escucho, cambiaste de opinión* —señaló divertido.

—Exacto.

—*¿Qué puedo hacer por ti?* —Esa era la respuesta que necesitaba.

Tal vez no era la mejor idea que se me pudo haber ocurrido, pero me urgía alejarme un poco de la mierda que me estaba rodeando, así que decidida a darle importancia solo a lo que yo quería, apagué el móvil cuando me cansé de rechazar las llamadas de Elliot y los demás, dejándolo tirado por si se les ocurría usar su tecnología para encontrarme por medio del GPS. Y esperé a que mi salvador llegara.

—¿A dónde la llevo, hermosa dama? —preguntó mi chófer llegando a mi lado después de quince minutos. Subí al coche y bufé con frustración.

—A donde pueda olvidar la noche de mierda que he tenido —murmuré y me puse las manos en el rostro en señal de cansancio.

—Pensé que celebrar un cumpleaños era muy divertido —dijo burlón.

—No cuando intentan matarte y luego te enteras de que los que creíste que eran tus amigos, te mienten y, peor aún, tu novio te traiciona.

—Vaya mierda de cumpleaños, pero estar en Grigori es así —añadió y lo miré mal—. Bien, tengo el lugar perfecto para hacerte olvidar, Isa, pero...

—Llévame allí —pedí sin dejarlo terminar. Sonrió y se puso en marcha.

«Solo esperaba que no cometieras una estupidez».

—Iré por unos tragos.
—Gracias por salvar un poco mi noche.
—¡Mierda, debemos salir de aquí!
—¿Qué sucede?
—Te han reconocido.

Desperté con esos vagos recuerdos en una diminuta cama, en un cuarto gris muy pequeño que no reconocí. Cuando intenté moverme, una punzada me atravesó la cabeza. Me sentí como la mierda y recordé que luego de llegar a ese bar, bebí hasta perder el conocimiento.

O eso creía porque no recordaba nada.

Dejé esos pensamientos y me sobresalté un poco cuando escuché la puerta del cuarto abrirse.

—¿Dónde estamos? —cuestioné.

—En un pequeño apartamento fuera de la ciudad —explicó—, era la única manera de mantenerte a salvo.

—¿Mantenerme a salvo? —Intenté vanamente recordar algo, pero de nuevo no lo logré.

—Bien, veo que no recuerdas nada. Te traje aquí para evitar que unos tipos nos siguieran hasta tu casa o la mía. Creo que eran de los mismos que los atacaron en Dark Star —informó y me alarmé.

—¿Dormimos juntos? —Me estremecí por lo que había dicho antes, pero no pude evitar preguntar eso al verme en aquella situación, así que me preparé para una respuesta que no deseaba oír.

—Sí. —Vi un atisbo de sonrisa asomarse a su rostro.

Eso no ayudaba.

«¿Por qué tenías que olvidar esas cosas, mujer?»

—¿Tú y yo?... ¡Em! Ya sabes. —Odié no poder formular palabra y tenía miedo de que al fin hubiese perdido mi virginidad y ni siquiera lo recordara.

—¿Quieres saber si tú y yo tuvimos sexo? —dijo él con facilidad y asentí con vergüenza. El maldito solo rio—. Claro que no, Isabella, la necrofilia no es lo mío. —Solté todo el aire que no sabía que estaba reteniendo por su temible respuesta.

—Me sentí muy *Anastasia* por un momento —confesé y rodó los ojos.

—No te preocupes, no eres mi tipo y soy mejor que *Christian Grey* —aseguró con diversión y negué por su chulería.

—Vaya manera tan sutil que tienes de golpear el ego de una chica —me quejé.

—No, no me malentiendas —intentó excusarse—. Eres preciosa, Isabella, pero amo mi vida y mis bolas, así que no sería tan estúpido como para pretender algo con la chica de la cual LuzBel está interesado. —Escuchar que mencionara a ese idiota me puso mal y, sobre todo, en el contexto que lo hizo.

—A él solo le intereso para fastidiar —le aclaré.

—¡Diablos! Hasta un ciego se daría cuenta de lo que sucede, Isa. —Lo observé con atención ante lo que dijo. Sin embargo, cambió el tema—. Ve a darte una ducha, te dejé ropa mía allí y unas pantuflas que logré conseguir en un *Seven Eleven*[10]. —Señaló hacia una silla cerca del tocador—. La ropa es de deporte así que pienso que funcionará. En el baño también encontrarás un cepillo de dientes nuevo y toallas limpias. Te espero afuera. —Asentí y luego se fue.

Después de estar medio decente y salir del pequeño apartamento, pasamos a un Starbucks por un café y conversamos un poco acerca de la noche anterior. Recordar la traición de los chicos fue inevitable, pero era algo que tenía que aceptar y enfrentar.

Horas más tarde, llegamos a casa y al entrar noté que mis nervios estaban a flor de piel al pensar que me encontraría con Elliot, pero el coche de papá no estaba y la casa se veía muy tranquila, así que suspiré agradecida.

—Gracias por todo —dije sincera a mi salvador.

—Te lo debía y, aunque no fuese así, igual lo habría hecho —repuso con franqueza.

—Luego te devuelvo la ropa —formulé agarrándome la playera y me observó.

—Quédatela, te ves muy sexi. —Sonreí por sus tonterías—. Al final, espero haberte dado una buena noche.

—Lo hiciste —aseguré—, aunque la he olvidado. —Soltó una carcajada y lo imité, pero seguí hablando y siendo sincera—. No me arrepiento de haberte llamado.

—Me alegra saberlo. Ya tendremos tiempo de repetirla y de asegurarme de que sea mejor y esta vez sí la recuerdes —aseguró.

—¿En serio, tú, Cameron? —Di un respingo al escuchar su voz y vi que Cameron palideció—. Al final de nada le servirá a esta chica pagar tu deuda si siempre terminarás muerto.

¡Demonios!

«Sí, Colega, se escuchaba como un demonio».

—No es lo que piensas, LuzBel —se apresuró a explicar Cameron. Me di la vuelta para mirarlo, Elliot estaba a su lado y no se les veía para nada felices.

---

10 Estación de gas y tienda de paso de comida rápida y chucherías.

—No, no lo es. Es lo que observo. —Su voz era rasposa y llena de ira—. Lo último que esperé de ti fue que te aliaras con un traidor. —Se dirigió a mí con una mirada fulminante.

—Y yo, que te desaparecieras en medio de la noche y al día siguiente aparezcas con otro tipo y vestida con su ropa. —Me tensé al escuchar la forma de hablarme de Elliot y me sentí muy incómoda al ver cómo me observaban.

—No es lo que piensas —dije imitando a Cameron y él negó de inmediato. Me decepcioné al darme cuenta de lo mal que pensaba de mí.

—Es lo que vemos, White —agregó LuzBel—, y la verdad no me sorprende.

—¡Tú cállate! —le advertí—. Elliot, tú me conoces mejor —aseveré y lo vi sonreír sin ganas. Me dolía su forma de juzgarme—, pero es triste darme cuenta de que aparte de ser un traidor, me creas una puta —hablé decepcionada.

—Por lo que yo veo, sí lo eres.

Esas palabras me tomaron por sorpresa, pues era lo último que esperaba de él.

«¡Hijo de puta!»

CAPÍTULO 24

Daño colateral

ELIJAH

Dominar las ganas de asesinar a ese hijo de puta no fue algo fácil para mí, incluso padre palideció al suponer que no podría contenerme esa vez. Y si no hubiera sido por madre, la noche habría terminado en tragedia para los Hamilton y en una añorada venganza para mí.

Tenía mi oportunidad y quería tomarla.

—¡Dios, ya basta! —gritó madre y tomó a Elliot de ambos brazos, poniéndose frente a él cuando el puto imbécil decidió ceder a mi provocación.

—¡¿Cómo jodida mierda es posible que nos hayas enseñado a respetar las promesas y ahora estés faltando a una?! —espeté a padre.

Él me retenía, ubicado frente a mí, cogiéndome del cuello de la camisa para que no me concentrara más en el rostro de aquel cobarde.

—Tú me has obligado a faltar, Elijah —aseveró.

—¡Vaya excusa! —ironicé hacia padre—. Y mejor sal de mi maldita vista antes de que me obligues a cometer una locura —le advertí a Elliot.

—No creas que yo estoy feliz de verte la cara ahora mismo, imbécil —siseó Elliot.

—¡Ya, chicos, por favor! —suplicó madre.

—¡Te calmas ya, joder! —me exigió padre, zarandeándome para que lo viera a los ojos.

Éramos de la misma estatura y, así mi cuerpo fuera más musculado, en fuerza nos medíamos de igual a igual, aunque mentalmente él fuera más sabio; no obstante, era por ser mi padre que le permitía que me hiciera tal cosa.

—No me calmo ni una mierda, Myles —aseveré—. Bien sabes que si no maté a este puto cobarde hace más de un año, fue porque me juraron que no volvería a poner un maldito pie en mi territorio. Tú me lo prometiste —le recordé—. Así que ahora no pretendas que lo reciba con abrazos y banquete de bienvenida —me burlé.

—¡Es que no entiendes, joder! —gritó Elliot—. He respetado mi promesa, LuzBel —repitió una vez más.

Aseguró tal cosa desde el momento en que, para la maldita suerte de ambos, yo abrí la puerta de casa esa noche antes de marcharme al cuartel con los chicos y él se encontraba a punto de tocar.

Cambié de colores por la furia y el despertar de mi instinto asesino mientras asimilaba su presencia; asimismo, él se volvió níveo al ser consciente de lo que pasaría.

—Y si estoy aquí es porque me vi obligado —añadió.

—¡¿Obligado por qué o quién?! —exigí saber.

—Por mí, Elijah —zanjó padre y lo miré aún más furioso de lo que ya me sentía y también decepcionado—. Y no me mires así —advirtió—. Llegó el momento que tanto has esperado —agregó—. El momento de que sepas el tipo de problema en el que me has metido.

—¿De qué estás hablando?

—De mi novia —interfirió Elliot y fruncí el ceño al no entender—. Isabella White Miller, ¿te suena? —satirizó.

—¡Jesús, no! —exclamó madre.

La sorpresa fue muy palpable en mi rostro al escuchar ese nombre y si no hubiese estado tan enfadado, quizá y hasta habría buscado donde sentarme.

Mi padre me miró con un gesto de «ves la mierda que has hecho» y, tras segundos de estupor comencé a reír, provocando que en ese momento mi madre me mirara con incredulidad.

—Esto tiene que ser una jodida broma —demandé.

—Sí, lo mismo dije cuando mi tío me informó la estupidez que hiciste al meter a mi chica en la organización —murmuró Elliot con evidente molestia.

En ese instante, sí comprendí que estuviera frente a mis narices luego de nueve meses y dos semanas de haberme jurado que jamás volvería a plantarse delante de mí.

Y no fue una promesa cualquiera, él sabía lo que perdería si la rompía.

Sin embargo, al destino le encantaba jugar con ambos al cruzarnos con las mismas personas. Y, aunque admito que siempre fantaseé con la idea de que él rompiera su juramento para yo poder cobrar mi venganza, justo en ese instante supe que tenía en mis manos la oportunidad de hacerlo sufrir sin siquiera tocarlo.

Elliot Hamilton, el mayor de mis Némesis, conocería al fin de lo que era capaz cuando me joden la vida.

El maldito era hijo de una hermana de mi padre y su mano derecha en Grigori luego de Robert Hamilton (en la sede de California). Teníamos un pasado inconcluso que en los últimos meses deseé poder enterrar. Y, aunque nunca fuimos unidos, antes de que todo se fuera a la mierda, siempre tratamos de tolerarnos por el bien de la organización y la tranquilidad de nuestra familia. Sin embargo, nuestra forma de ser era tan idéntica, que soportarnos nunca fue fácil.

«Son tan exactos en lo hijo de putas que por eso no pueden estar tanto tiempo juntos en el mismo lugar», nos decía Tess siempre que nos veía discutiendo por algo en el pasado.

Y mi hermana nunca se equivocó.

Elliot y yo éramos como dos gotas de agua en lo frío y ególatras. La única diferencia palpable, a parte de nuestro físico, estaba en que él tendía a ser flojo en el ámbito del amor; eso sin contar con la falta de honor y la hipocresía.

Diferencia entre ambos que se acentuó meses atrás, misma por la que estuve a punto de morir y luego de matarlo, pero padre, incluso entendiendo mis motivos para que lo odiara al punto de la muerte, no pudo aceptar que hiciera pasar a su hermana por el dolor de perder a un hijo.

—Ocultarle la verdad a esa chica es el peor error que van a cometer —zanjé luego de aceptar (por ruegos de mi madre), tener una conversación con Elliot y padre.

Como padre aseguró antes, en esa conversación obtuve la información que tanto deseé desde que Isabella se cruzó en mi camino. Todos los secretos de la castaña me fueron revelados por la boca de su dichoso novio y una punzada de incomodidad se instaló en mi pecho al darme cuenta de que siempre la llamé chiquilla mimada cuando mimos fueron los que menos tuvo desde que el destino la obligó a cambiar de vida.

—Sí, pero esa no es tu decisión —señaló Elliot con desdén y solo apreté los puños, diciéndole con la mirada que no se confiara, puesto que mis padres no estarían siempre para interceder por él.

—Te guste o no, dejaremos que sea Elliot quien le diga la verdad a esa chica, Elijah —zanjó padre—. Y cumple mi orden, por favor. Ya por dejarte guiar por tu orgullo, me has conseguido suficientes problemas con los cuales lidiar.

—No estoy intentando desobedecer tu orden, padre —bufé—, simplemente estoy previendo algo y cumplo con advertirte.

—Hablaré con ella mañana, así que solo pido que tú y tu grupo finjan no conocerme mientras no le diga la verdad, esto en el caso hipotético de que nos crucemos —aclaró Elliot y me puse de pie, plantando los puños sobre la mesa.

—Pude haber cometido un error al meter a esa chica en Grigori y si tengo que pagar, lo haré —aseguré viendo a padre y él me miró con ironía, diciéndome sin palabras que no sabía lo que decía, que las cosas no se arreglarían a mi manera esa vez—, pero no mentiré por ti, Elliot, así que ruega por decirle la verdad antes de que se crucen conmigo, porque no respondo.

—Si tú o alguien de tu grupo faltan a mi orden, me veré obligado a proceder —me recordó padre y lo miré indignado.

—Te prometo que mi grupo no dirá nada —juré—, pero no puedo decir lo mismo de mí.

—Elijah, no estoy jugando —aseveró.

—Las promesas se respetan, padre. Y este hijo de puta me hizo una promesa a mí, no a ti, así que antes de presentarse en mi maldita ciudad, tuvo que haber pedido mi autorización.

—¡Es mi ciudad! —gritó padre perdiendo la paciencia.

Me limité a mirar a Elliot y él me enfrentó. Por supuesto que el idiota de mierda no se intimidaría conmigo.

—Pero a quien casi asesinaron gracias a tu sobrino favorito fue a mí, no a ti, padre. Así que, o este mierda cumple antes de cruzarse conmigo de nuevo o no respondo —advertí.

Padre me llamó enfurecido cuando, tras decir eso, me di la vuelta y me marché de la mansión.

No estaba para seguir hablando con ellos, ya que el autocontrol que tuve para no asesinar a Elliot estaba caducando y odié que padre quisiera imponerlo en mi presencia de nuevo solo porque metí a White en Grigori, cuando era más que claro que lo que su dichoso sobrino me hizo ameritaba que me apoyara a mí, no a él.

Pero, aun así, y respetando la orden de padre, le pedí a los chicos que obedecieran luego de informarles sobre la presencia de mi primo en Richmond. Dylan y Connor fueron los más indignados con tener que fingir que no lo conocían, ya que vivieron más de cerca conmigo todo mi pasado. Sin embargo, era necesario que mostraran su respeto al líder de la organización, puesto que incluso yo estaba dispuesto a hacerlo.

Si quería que un día me respetaran a mí, debía dar el ejemplo.

Como Grigori, le mostraba toda mi obediencia a padre, aunque como hijo me tomaba el derecho de plantarle cara en las cosas que sentía que me fallaba y él lo sabía, así que por eso no insistió con mi promesa de callar, aunque tampoco le di la oportunidad.

Ni siquiera volví a casa esa noche, preferí quedarme en mi apartamento haciéndome mierda la cabeza con recuerdos sobre el pasado y también con pensamientos asesinos.

—Joder, White. Cuando pienso en dejarte de joder, viene el destino a insistir en que siga con mis planes y ahora con una razón de peso —dije viendo la foto de su WhatsApp.

Al principio mi odio por ella fue injustificado, pues mi orgullo no soportó que llegara una extraña a querer dominarlo, una con un gran parecido a la persona que tanto deseaba olvidar; sin embargo, tras saber quién era en realidad y lo que significaba para mi primo, ese sentimiento se acentuó con un motivo justificado.

—Lo siento por el daño colateral que tendrás que sufrir, Bonita —dije antes de bloquear mi móvil y lanzarlo a un lado.

Me quedé despierto durante varias horas luego, viendo el techo de mi habitación y pensando en todas las modificaciones que le haría a mi plan, uno que según lo que analizaba, disfrutaría al máximo.

Y como si el destino hubiera confabulado conmigo, al día siguiente, tras terminar mis clases, decidí tomar la oportunidad de cumplir mi palabra con Elliot y disfruté en sobremanera su rostro de fastidio y miedo al verme llegar y exigirle algo a su novia.

Aunque tuvo su momento de gozo al ser consciente de que las palabras que me dijo Isabella me calaron más de lo que debían y eso me ayudó a no dudar de mi plan.

Por eso llegué por la noche al club y Tess, por primera vez, accedió a ayudarme con llevar a Isabella a la oficina para que hablara con ella. Lo hizo porque tampoco estaba de acuerdo con la decisión de padre y si la castaña no me hubiera desafiado como lo hizo, habría terminado por contarle todo luego de ser consciente de que ese maldito de su novio, en lugar de hablar con ella, se dedicó a follarla y ese pensamiento me provocó una amargura que quería sacármela con su chica.

Pero las cosas se torcieron gracias a los putos Vigilantes, asociación enemiga de la nuestra; ellos eran las pesadillas que se formaron tras un sueño, pues dos de sus fundadores comenzaron siendo parte de los seis que iniciaron con Grigori, aunque terminaron por cogerle el gusto a la maldad hasta que se torcieron.

La motivación de esos imbéciles era joder los planes de Grigori y demostrar cada vez que podían que era mejor lucrarse de la maldad, así que siempre que encontrábamos mierda en nuestro camino, sabíamos que los Vigilantes estaban cerca. Pero esa vez traspasaron un límite que jamás debieron.

No solo al entrar a territorio Pride y violar nuestra privacidad como lo hicieron, sino también al joder los planes que ya teníamos.

—Espero que ya estés feliz, hijo de puta —largué a Elliot.

—No es un buen momento para que me toques las pelotas, imbécil. Así que mejor concéntrate en llamar a tus contactos —respondió y me fue encima suyo.

—Quién putas te crees para darme órdenes —inquirí con furia.

—¡Joder, ya! —gritó Tess metiéndose en el medio.

Dylan y Jacob la apoyaron.

—Si te hubieras preocupado por hablar con ella en lugar de pasar metido entre sus piernas, ahora mismo no estaría desaparecida —aseveré y Elliot apretó los puños.

—Tú crees que es fácil, pero quisiera verte explicándole muchas cosas sobre mi vida sin cagarla y hablar demás —refutó.

Me zafé de Dylan cuando dijo tal cosa y solo maldije.

La desesperación que apretaba mi pecho era una mierda. Jamás en mi puta vida me sentí de esa manera y creí que me volvería loco donde no encontráramos a esa chica. Y no sería hipócrita, mi reacción no se debía solo a que me preocupaba por ella, sino al momento que la castaña escogió para actuar con tanta estupidez.

Nuestras vidas corrían verdadero peligro si a ella le pasaba algo.

Y sí, comprendía su enojo, ya que todo parecía como si quisiéramos hacerla quedar de estúpida por mero gusto de joderla, pero ella debió ser más sensata y no cometer una locura como esa, sabiendo que acabábamos de ser atacados en nuestro propio territorio.

Aunque quizá lo que más me enervaba era que me hubiese echado en el mismo saco de su novio cuando le dejé claro que nunca estuve de acuerdo con que le ocultaran la verdad.

—¡Puta madre! Hemos perdido la oportunidad de localizarla porque tiró su móvil —avisó Evan con desesperación—. Roman acaba de encontrarlo.

—¡Me cago en la puta! —gritó Elliot y yo solo apreté la mandíbula.

Todos mis demonios se estaban volviendo locos dentro de mí y si no la encontrábamos a tiempo sería peor.

Me sentía en deuda con ella luego de lo que hizo por mí y eso sí que podía aceptarlo. La verdad era que nunca esperé que me salvara la vida luego de lo que me juró y, sobre todo, tras el odio que nos profesábamos cada vez que podíamos.

«Nunca mataría por ti», me repitió con vehemencia meses atrás.

Sin embargo, lo hizo. Mató por mí sin dudarlo y su rostro de dolor al darse cuenta de que arrebató una vida me torturaba, sobre todo al confesarme por qué le afectaba tanto. Aunque ya sabía lo de su madre gracias a Elliot, que la castaña me lo confirmara con agonía, no fue algo fácil de procesar.

—Es posible que los putos Vigilantes ya se hayan ido a esconder como las ratas que son luego de la emboscada que nos hicieron, pero aun así no voy a confiarme —aseguró Elliot tras minutos de analizar lo que Evan dijo—. Así que te guste o no, voy a desplegar a mi gente y más te vale que la tuya no quiera joderme, LuzBel —añadió y estuve a punto de replicar, pero él siguió para impedirlo—, puesto que esto ya no tiene que ver solo conmigo y lo sabes.

Bufé con fastidio y negué. Elliot estaba disfrutando el aprovecharse de mi cagada, pero sería paciente porque sabía que mi momento pronto llegaría y para eso necesitaba que esa chica siguiera con vida.

—Escoge a cuatro para que acompañen a mis chicos —le dije—. Irán en parejas y buscarán en cada maldito rincón de esta ciudad —me dirigí a mi gente y asintieron—. Tú te vienes conmigo —ordené a Elliot y el hijo de puta sonrió de lado.

Él sabía que estar solos no era el mejor plan, pero tampoco era un debilucho al cual podía joder fácilmente y, además, encontrar a la castaña era más importante que matarlo, así que solo por eso haríamos una tregua silenciosa.

Salimos del cuartel minutos después y buscamos a Isabella en toda la maldita ciudad, pero no la encontramos, y tampoco dimos con indicios de que los Vigilantes le hubieran puesto una mano encima, lo que nos llevó a deducir que alguien tuvo que haberle ayudado a huir y esconderse de nosotros.

Y fui testigo de cómo la desesperación de Elliot fue en aumento cada vez que nos encontrábamos en un callejón sin salida y no nos ayudaba el que Tess nos llamara a cada instante, volviéndose loca por la falta de buenas noticias. Tampoco colaboraba Jane, quien por un momento me hizo creer que iba a morirse si no encontrábamos a su amiga.

—¡Joder! ¿Siempre ha sido así de testaruda e irresponsable? —inquirí cuando el sol salió.

Elliot se encontraba haciendo una llamada.

—No, aunque nunca estuvo en una posición como la de ahora —respondió y maldije por dentro—. ¡Joder, Charlotte! Al fin respondes —dijo de pronto en el móvil y lo puso en altavoz.

—*Le dije a Isa que saldría. Y no sé si has visto la hora, Elliot, pero la gente duerme* —se quejó la mujer con voz soñolienta.

—¿Sabes si Isa llegó a casa?

—*Vaya, qué rápido has extraviado a tu novia. ¿Ya estás perdiendo tu toque, querido?* —se burló la mujer y medio sonreí.

«Y la seguirá perdiendo», prometí en mi interior.

—No es momento para tus bromas, Charlotte —gruñó Elliot y la mujer bufó.

—*No estoy en casa, pero me envió un mensaje anoche diciendo que no llegaría, que se quedaría con un amigo.*

¡¿Pero qué demonios?!

Un amigo. ¿Era en serio?

—Vaya protectora que eres, Charlotte —ironizó Elliot al escucharla y vi cómo su rostro se volvió rojo por la furia—. Espero que John se sienta complacido contigo por dejar que su hija no llegue a casa y que encima, falte por quedarse con un amigo sin que estés consciente que el mensaje sea real —señaló—. Y, sobre todo, luego de que fallaste con su seguridad.

En ese instante noté que su enojo no iba dirigido a lo que escuchó sino más bien a la mujer y fruncí el ceño al intuir que no la soportaba del todo.

—*Es real, Elliot. No soy estúpida. Y si te duele saber que Isa ha preferido pasar su cumpleaños con otro chico y no contigo, pues es tu problema* —zanjó la mujer y me reí abiertamente—. *Ahora déjame dormir, adiós.*

—Hija de puta —dijo él entre dientes y guardó el móvil.

Aunque me seguí riendo de él solo para ignorar la amargura que yo sentí, decidí concentrarme en saber por qué actuó así con la tal Charlotte. Y tras su explicación sobre quién era la mujer, lo entendí.

La tipa era la encargada de la seguridad de la castaña, pero se descuidó tanto de ella, que por eso jamás se enteraron de que Isabella fue arrastrada por mí a Grigori.

Hasta que fue muy tarde.

El coraje en mi interior no mermó. Sin embargo, saber que era real que la castaña no llegó a su casa por quedarse con un tipo, me provocaron ganas de estrangularla, ya que mientras nosotros pasamos en vela toda la noche buscándola, ella de seguro no durmió por disfrutar con su amante y ese simple pensamiento estuvo a punto de hacerme cometer una locura.

Por poco me descontrolo cuando, tras llegar a su casa con Elliot para comprobar que no había nada raro, la vi entrar con Cameron. El malnacido tenía una enorme sonrisa después de la noche que pasaron juntos y un puto orgullo porque encima vistiera su maldita ropa.

¡Demonios! Ese cabrón se había comido lo que yo calenté la noche anterior en Dark Star.

¡Por la puta!

La ira que me atravesó al ser consciente de los hechos fue una mierda total, a tal punto que mi autocontrol se fue al demonio. Dije cosas que no debía porque lo que esa chica hiciera con su cuerpo o su vida no tendría que importarme un carajo; sin embargo, me fue imposible. Y por dentro admití que merecía estar ahí frente a Elliot, limpiándome la sangre que me corría de la comisura de la boca a causa del puñetazo que ese imbécil me propinó por insinuar que su chica era una puta.

Sí, lo merecía, pero jamás lo aceptaría.

—¡Vuelves a insinuar que Isabella es puta y te mato! —amenazó con la respiración acelerada por la furia.

—¿Y qué más se puede pensar cuando viene de pasar la noche con este hijo de puta, vestida con su ropa mientras nosotros nos hemos pasado toda la noche buscándola como imbéciles? —cuestioné y señalé, intentando tranquilizarme y controlarme.

—¡Me importa una mierda! ¡A mi novia la respetas, hijo de puta! —Que recalcara tanto lo de novia comenzaba a fastidiarme.

—¿Sabes qué? Tienes razón, no tiene porqué importarme lo que ella haga. —Disimulé lo que en verdad sentía—. Al final es a ti a quien le ve la cara de imbécil —espeté.

Y por el rostro de vergüenza que puso Isabella, intuí que pensó que esas palabras no se las dije a Elliot solo porque acababa de llegar con Cameron, sino también por lo que era capaz de hacer conmigo. Y, aunque no pensé en lo último, sí me satisfizo que a su cabeza llegaran nuestros momentos de roces.

—¡Vete de mi casa, LuzBel! —pidió ella, dolida y decepcionada.

Me limité a sonreírle con suficiencia.

—Perfecto, White. Una vez más cumpliré tu deseo —dije con voz filosa—, pero tú te vas conmigo —le ordené a Cameron y noté cómo él cerró los ojos con impotencia al saber lo que le esperaba.

Caminé pasando al lado del maldito de mi primo y antes de continuar mi camino, le propiné un puñetazo en uno de sus costados, él se dobló del dolor y la falta de respiración. Yo disfruté aquello y volví a golpearlo en el rostro. Escuché que Isabella chilló por la preocupación por su novio e intentó acercarse, pero Elliot la detuvo con un movimiento de mano.

—La próxima vez piensa bien antes de golpearme —advertí— o se me olvidará por qué carajos estás aquí y cumpliré mi promesa contigo —recalqué y seguí mi camino.

Isabella corrió de inmediato para auxiliarlo y yo solo negué, hastiado y sintiéndome como un imbécil por actuar como un maldito novio celoso y, sobre todo, por la preocupación que pasé por esa tipa mientras ella se encontraba feliz con el traidor de Cameron.

Caminé hacia mi coche dejando atrás la maldita casa y antes de ponerme en marcha, le ordené a Cameron que me siguiera y, sabiendo lo que le convenía, obedeció de inmediato.

Me conduje hacia el recinto del cuartel y al llegar le indiqué a los hombres que dejaran entrar a ese traidor, yéndome luego para una de las oficinas con el imbécil siguiéndome los talones.

—¿La encontraron? —preguntó mi hermana con angustia luego de interrumpir mi camino junto a Jacob.

Asentí en respuesta y conociéndome como lo hacía, evitó seguir con sus preguntas y se conformó solo con saber que dimos con Isabella al verme plagado de furia.

—¿Qué hace este traidor aquí? —Esa vez fue Jacob quien me cuestionó y miró a Cameron con ganas de asesinarlo; aun así, se controló.

—Lo he traído porque necesito aclarar unas cuantas cosas con él. No quiero interrupciones —ordené a los dos y asintieron.

Llevar a ese tipo al cuartel o cruzar palabra alguna con él era lo que menos creí que volvería a pasar. Pero ahí estaba, intentando aclarar todo lo que sucedió en la casa de la castaña, tratando de no volverme loco por la rabia que aún me carcomía por culpa de esa chica.

—Nada es cómo te lo imaginas, LuzBel —dijo Cameron una vez que estábamos dentro de la oficina.

—¿Y cómo es? —exigí saber luego de sentarme tras del escritorio.

—Isabella solo me pidió ayuda para que la sacara de aquí, quería olvidar lo que ella denominó como el «cumpleaños más mierda de su vida». —Solté una risa sin humor.

—¿A dónde la llevaste? —Mi voz era autoritaria, exigente y fría.

—A Rouge —dijo con miedo.

Me puse de pie al escuchar eso y en menos de lo que él esperaba, lo tenía del cuello a punto de estrangularlo. Cameron era un imbécil dispuesto a superar sus cagadas según veía.

—¡¿Qué mierda pensabas?! —largué con unas ganas inmensas de matarlo y ya no solo por tocar a Isabella—. Sabes que la chica es parte de Grigori y no solo por pagar tu traición, imbécil. Y aun así la llevas a un bar atestado de enemigos —espeté y él tosió.

Lo vi ponerse azul, pero no lo solté. Se llevó las manos a mi muñeca e intentó quitarla de su cuello, mas no lo logró.

—S-suél-ta-me —logró articular y lo hice solo por saber con qué estupidez se iba a defender.

Cayó al piso y en ese momento noté que, sin darme cuenta, lo levanté del suelo al cogerlo del cuello y estaba dispuesto a volverlo a hacer donde no me diera una excusa aceptable. Puesto que no le mentí antes, Isabella no era una Grigori solo por pagar su traición y él tuvo la brillante idea de llevarla a un club que, aunque estaba en territorio neutral, era visitado por muchos Vigilantes.

—Sé que cometí un error —habló luego de un rato de toser e intentar coger aire—. Estuvimos unas horas allí, bebió algunos tragos y se emborrachó. Después me fijé que alguien la había reconocido y la saqué del club.

Apreté los puños y volví a acercarme a él. Lo que decía solo me provocaba matarlo sin darle la oportunidad de excusarse.

—Todos sospechan de ella, LuzBel. Todavía no la han reconocido, pero lo intuyen y creo que es porque saben que Elliot está aquí, me infiltré para obtener información. —Imaginé que algo así pasaría con la llegada del imbécil de mi primo, aunque no creí que lo siguieran con tanta rapidez.

—¿Qué ganas con obtener información de ellos? —pregunté con intriga.

—Reivindicarme contigo. —Mi carcajada fue fuerte y esa vez sí reí con ganas ante tal estupidez—. Aunque te cause gracia, es lo que espero, LuzBel y cuando Isabella me llamó lo tomé como una oportunidad.

—¿Y tomaste la oportunidad de follártela también? Vaya manera en la que te quieres reivindicar conmigo —solté con burla.

—No me acosté con ella —reí irónico— y puedes comprobarlo.

—¿No esperarás a que te revise la polla? —cuestioné burlón—. Aparte, no tengo por qué hacerlo. Ella tiene novio, así que no me importa —dije seguro.

—Ella es virgen —susurró y la sorpresa que sentí al saber eso no pude ocultarla—. No lo comprobé —aclaró de inmediato y con miedo de mi reacción—, lo sé porque es lo que decía cuando ya estaba borracha.

—¿Por qué carajos te dijo algo así? —inquirí.

—¡Joder! No intenté nada con ella para provocar esa confesión, te lo juro —aseguró y alcé una ceja.

—No me estás convenciendo de dejarte vivir—advertí.

—¡Me cago en la puta! LuzBel, sé que es raro y te juro que solo me limité a escucharla. Ella estaba muy inquieta por las imágenes que su mente reproducía por más que intentara no recordar, así que bebió trago tras trago y, aunque quise pararla, lloró para que la dejara porque dijo que no soportaba más lo que estaba viviendo —explicó.

Tragué con incomodidad al ver en el rostro de Cameron que no mentía, aunque no lo dudé más porque a mi cabeza llegaron los recuerdos de la noche anterior. La angustia de la castaña se sintió como bilis subiendo por mi garganta.

La pobre no sabía cómo manejar el sentirse como una mierda por haber asesinado y a la vez aliviada porque logró salvarme.

—Luego de borrar esas imágenes de su cabeza a punta de alcohol, comenzó a rabiar por lo que su novio y todos en Grigori le ocultaron. Después volvió a llorar y a despotricar contra ella misma, desesperada, frustrada, asegurando que se desconoce porque incluso amando como ama a Elliot, no puede entregarse a él. Pero no le ha costado nada contigo y eso la hace odiarse a sí misma, ya que le parece inaudito darte el poder y la oportunidad de que te adueñes de lo único que su novio todavía no obtiene. Aunque, aun así, no puede evitarlo.

Yo tampoco pude evitar sonreír mientras escuchaba a Cameron e imaginaba a la castaña borracha, arrastrando cada palabra con frustración mientras el alcohol aflojaba su lengua y la hacía soltar sus pensamientos más oscuros.

—Con que no puede evitarlo —solté por impulso y odié cuando una nueva y estúpida sonrisa se formó en mi rostro.

—También añadió que te odia por eso —confirmó.

Isabella se acababa de volver un objetivo más interesante para mí.

Saber que era virgen fue algo que me tomó por sorpresa y después de todo lo que pasó entre nosotros y que me chantajeara para besarla, asegurando que solo así me dejaría hacerle lo que yo quisiera, me hizo creer que era una chica experimentada, una que sabía lo que quería en el ámbito sexual y por lo mismo lo exigía.

Aunque más sorpresa me causó que habiendo sido Elliot, un hijo de puta tan sátiro como yo y que se mofaba siempre de conseguir lo que deseaba, todavía no se había llevado a la cama a su propia novia cuando le resultaba tan fácil llevarse a otras.

¡Mierda! Y yo que los imaginé en todas las posiciones habidas y por haber y hasta llamé puta a la castaña. Aunque tampoco era imbécil y estaba consciente de que aun así no tuvieran penetraciones, sí que probaban otras cosas.

Cameron siguió dándome detalles de la noche anterior sobre asuntos que no implicaban el estado del himen de Isabella y desde ese momento comencé a planear cómo ese bastardo volvería a servirme.

—Sospechan de ella —repitió de nuevo y eso me puso alerta.

—¿Qué saben?

—Por el momento, que es un nuevo miembro de Grigori y que tú tienes cierto interés en ella. Piensan usarla para cazarte a ti.

¡Joder! Que quisieran hacer eso era lo último que me convenía después de meterla a la organización y lo que ya había provocado con eso.

—Isabella no me interesa —aseguré.

—Pues parece lo contrario y piensan aprovecharlo. —Me tensé ante eso y sabía que tendría que tomar medidas drásticas.

—Bien. Si quieres un lugar de nuevo aquí, tendrás que ganártelo.

—Haré lo que sea necesario —respondió seguro.

—Te seguirás infiltrando en Rouge y tienes que hacerles entender que esa tipa no me interesa. Desvía la atención que tienen sobre ella.

—Está bien, pero para eso tú también tienes que cooperar —sugirió haciendo que lo mirara mal—. Todos creen que ella será como Am...

—¡No! —lo interrumpí de inmediato—. ¡Nunca! Y más te vale que no lo vuelvas a mencionar —amenacé y asintió.

—Solo digo lo que escuché, LuzBel. Aunque no lo creas, no quisiera que Isabella corriera esa misma suerte.

—No lo hará —aseguré—. Limítate a cumplir mis órdenes y no hables demás —increpé cabreado.

Él asintió y seguimos hablando sobre el plan que llevaríamos a cabo. Minutos después se marchó y decidí irme para el salón de tatuajes. Tenía mucho que pensar, mi cabeza estaba hecha un lío y solo podría bloquear mis pensamientos al ocuparme en algo que nada tuviera que ver con mi entorno.

Y por un rato lo logré al practicar nuevas técnicas de tatuaje sobre la piel sintética. Sin embargo, mientras buscaba el papel hectográfico, terminé encontrando el que usé en Isabella cuando marqué en su cuerpo el primero que llevaría por siempre y los recuerdos de ese día llegaron a mi cabeza como una película que recién acababa de ver.

Tanto me metí en esos recuerdos que fui capaz de inhalar su aroma y sentir la calidez de su piel junto a las pequeñas protuberancias que se formaban con su vello erizado. Escuché incluso la manera pesada y rápida en la que llegó a respirar justo en los momentos que más me aproximé a ella, o cuando mis dedos llegaron cerca de sus tetas mientras detallaba cada palabra que grabé.

—Ahora quiero volver a ser tu primera vez y tatuarme en ti hasta que grites mi nombre, Bonita —susurré y sin darme cuenta por estar sumido en mis recuerdos, tomé el móvil y comencé a escribirle.

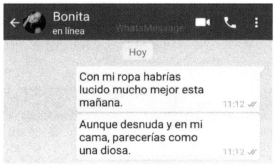

Me reí por la estupidez que estaba haciendo y, tras enviar esos mensajes y ver que ella se puso en línea, la adrenalina que provocaba la expectativa obligó a mi sangre a correr más rápido por mis venas.

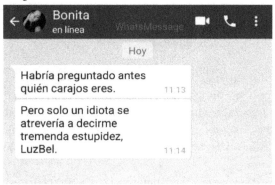

Pegué una carcajada al leer su respuesta y volví a escribirle.

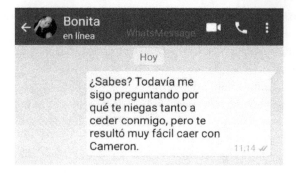

Miré el móvil y me mordí el labio al verla responder de inmediato. Y mientras lo hacía recordé todo lo que Cameron me dijo y cómo describió la frustración de la castaña y el odio que juraba tenerme.

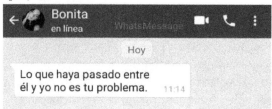

La pude ver en mi cabeza escribiendo cada frase con tanta furia, que la pantalla táctil de su móvil sufriría serios daños. Y, aunque lo que dijo lo sentí como si quisiera hacerme dudar, ya no lo conseguiría luego de lo que Cameron me confesó. Sin embargo, negué y sonreí satírico al leer su siguiente mensaje, pues era Isabella con quien me escribía.

La reina de las respuestas listillas y provocadoras.

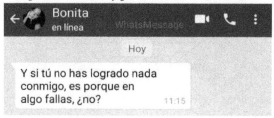

«Ya no más, Bonita», pensé y solo por esa vez, dejaría por voluntad propia que se quedara con la última palabra.

Horas más tarde salí del cuartel rumbo al gimnasio de Bob para quemar toda esa energía y frustración que me embargó tras pasar la noche sin dormir.

La charla con Cameron y luego mis mensajes con Isabella me ayudaron a que mi enojo mermara. Sin embargo, por más que deseaba concentrarme solo en eso, la situación con Elliot me volaba la cabeza y sentía que en cualquier momento cometería una locura.

Tras lo que pasó con padre y al terminar mi rutina, preferí irme a mi apartamento para quedarme en la tranquilidad que me aportaba mi propio espacio. Aunque al estar cerca noté que la paz no llegaría pronto, puesto que encontré a Elsa sentada a un lado de la puerta y al verme se puso de pie y sonrió.

—¿Qué haces aquí? —pregunté siendo más duro de lo que quería.

—Solo me apetece pasar un rato contigo —respondió seductora.

—¿Desde cuándo hemos pasado el rato en mi apartamento? —dije y alcé una ceja al verla acercarse a mí.

—Hoy podría ser la primera vez —insinuó y envolvió los brazos alrededor de mi cuello.

—No, no lo será —respondí seguro mientras ella besaba mi mejilla.

—Entonces vamos al mío —propuso y negué—, podría convencerte —advirtió con una hermosa sonrisa ladina.

Llevó una mano a mi entrepierna y acarició mi miembro por encima del pantaloncillo de deporte que usaba.

—No podrás, Elsa. Quiero estar solo —pedí, pero no cedió y continuó acariciándome y dándome pequeños besos en el cuello. Tomé su mano y la detuve—. En serio, necesito mi espacio. —Esa vez fui más duro y autoritario al hablarle.

—¿Tanto así te afecta la llegada de tu primo? ¿O es el hecho de que sea novio de esa estúpida? —Más que preguntas, fueron un reclamo de su parte.

—Sea lo que sea no te importa, Elsa. Mejor vete y no me hagas pasarme contigo —advertí y se alejó de mí.

—¿Sabes lo que es irónico? —inquirió sin dejarme responder—. Que conmigo o con los demás actúas como el maldito arrogante que no permite que falten a sus órdenes al desafiarte, pero cuando Isabella te desafía, solo te tragas la rabia. —Cerré los ojos tratando de controlarme ante sus reclamos—. Solo te vi de esta manera con una persona y después de cómo terminaron las cosas, creí que aprenderías la lección.

—¡Vete! —le ordené y la hice callar—. Vete, Elsa —dije más tranquilo, trabajando en mi respiración.

—No te pierdas de nuevo, LuzBel —musitó y me limité a mirarla—, porque no quiero ver de nuevo al tipo que por poco muere en aquella cama de hospital —añadió y apreté los puños.

Ella vio mi gesto y con eso se rindió, pasando por mi lado y marchándose, consciente de que consiguió lo que deseaba, recordarme aquel momento patético de mi vida en el que juré que no volvería a caer.

Y yo cumplía mis juramentos.

CAPÍTULO 25

Nuestro secreto

ELIJAH

Tess había pasado como novia intensa todo el sábado y domingo, llamándome sin parar, triste y desesperada porque Isabella no le respondía las llamadas y, tras enviarle un mensaje donde le pedía que la dejara en paz, ya que ella no solía llevarse bien con personas que la tenían por estúpida, la bloqueó de todos lados.

Mi hermana, por supuesto, que se volvió loca con eso y más luego de buscar a la castaña y que esta se perdiera de su vista para que no la jodieran. Y la actitud de Tess me tomó por sorpresa, ya que no solía rogar a nadie, sino, al contrario, hacía que le rogaran.

—Sabías que todos los hombres tenemos a una grosera, malgeniada y contestona que nos vuelve loco —dijo Dylan viendo su móvil.

¡Genial! El imbécil ya estaba viendo esas frases cursis en la web.

—Sabías que puedes ser muy idiota cuando te lo propones —respondí serio y él rio.

—Solo soy sincero, que tú no lo aceptes no es mi problema. —Se encogió de hombros restándole importancia a mis palabras.

—¿Quién es la tuya? —inquirí y se ahogó con el pedazo de manzana que se acababa de meter a la boca—. ¿Entonces? —seguí y sonrió cuando se recompuso.

—Todavía no estoy dispuesto a ser el idiota de ninguna tipa —declaró con convicción, pero no me convenció.

Estábamos en el salón de clases el lunes por la mañana, era la semana de exámenes finales para el semestre de primavera y él era el único de mi grupo con quien coincidimos en un par de clases, ya que nuestras carreras estaban relacionadas.

Todo el domingo me la pasé en mi apartamento y tanto él como Jacob, Evan y Connor, me acompañaron por la tarde, informándome que, al parecer, Isabella se había tomado demasiado mal el que le ocultaran que conocían a Elliot.

Y según lo que Connor nos dijo, solo Jane corrió con *suerte*, ya que era la única que desconocía lo de mi primo.

Tess también me había comentado que Elliot volvió a casa de nuestros progenitores el sábado y durante el domingo se dedicó a resolver algunos asuntos con mi padre, lo que nos hizo deducir que a él también le estaban aplicando la ley del hielo y eso me satisfizo, pues según mis mensajes con la castaña luego de hablar con Cameron, yo aún no estaba del todo en su lista negra.

«Pero no le ha costado nada contigo y eso la hace odiarse a sí misma, ya que le parece inaudito darte el poder y la oportunidad de que te adueñes de lo único que su novio todavía no obtiene. Aunque, aun así, no puede evitarlo».

Las palabras de Cameron llegaron a mi cabeza e imaginarme adueñándome de la virginidad de esa chica me hizo correr la sangre tan deprisa, que terminé escondiendo mi erección para que los demás no lo notaran.

¡Mierda! Ya era más que claro que me había tragado mis palabras al asegurar que no la deseaba, que no era mi tipo. Pero en ese momento no me importó, puesto que mi deseo por esa chica solo iba en aumento con cada puto día que pasaba.

Que fuera la maldita novia de Elliot solo le añadió otro atractivo que me sería difícil ignorar, ya que con ella tenía la oportunidad de hacerle pagar a ese hijo de puta lo que me hizo; recordaría mis palabras, mi juramento. Lo haría sufrir sin siquiera tocarle un solo pelo.

Él inició el juego y yo lo iba a finalizar.

—¡Joder! Recuérdame por qué carajos tengo que estudiar —se quejó Dylan guardando el móvil cuando la maestra entró al salón de clases.

—Porque tú no serás sucesor Grigori —ironicé.

—Eres un hijo de puta —se quejó y me encogí de hombros.

—No jodas, me dijiste que te hiciera un recordatorio de por qué debes estudiar y lo hice. Ahora no te quejes —dije con burla y él rio y negó a la vez.

Y no mentía, su padre no lo quería como sucesor de Grigori, pero sí como el heredero de muchos de sus negocios y, aunque Dylan nunca tuvo problemas con eso porque de hecho llegó a creer que no recibiría nada por parte de su progenitor, de vez en cuando nos gustaba hacerle ciertas bromas sabiendo lo aficionado que era del humor oscuro.

Nuestro examen dio inicio minutos después y me dispuse a poner atención en él. Sin embargo, no lo logré como pretendía gracias a cierta chica que se había empeñado en joderme la cabeza, incluso sin estar frente a mí.

Necesitaba verla, comprobar que yo jodía su cabeza también, demostrarle que a pesar del odio que nos profesábamos podíamos, acoplarnos bien sexualmente. Me urgía robarle la inocencia que aún poseía y sonrojarla con mis palabras guarras que, aunque ella fingiera que le molestaban, asimismo la hacían mojar sus bragas.

Y claro, no dejaría de lado lo que me propuse: arrebatarle a Elliot a quien tanto amaba.

Era deseo y venganza lo que predominaba en mí hacia Isabella en esos momentos, lo que apaciguaba mi odio. Y, consciente de que afuera estaba Elliot acechándola, buscando su oportunidad para que lo perdonara, analicé que buscarla dentro de la universidad era mi mejor plan.

«Quiero otra primera vez contigo, Bonita», pensé y sonreí.

El tiempo de ese maldito examen transcurrió más lento de lo que esperaba y culpaba a Isabella por mi ansiedad, puesto que mis ganas de buscarla se hicieron más intensas conforme pasaban los minutos. Así que antes de que la maestra terminara de decirnos algo sobre algunas reuniones que tendríamos, salí del salón dejando a Dylan y me dirigí a la otra ala del campus, donde se encontraba el área de bellas artes.

Tess estaba cerca del salón de la castaña y antes de que lograra interceptarla cuando la vi salir con Jane, sobrepasé a mi hermana y sorprendí a Isabella tomándola del brazo.

—¿Qué demonios te pasa? —inquirió la castaña, mas no se soltó.

No la tomaba con fuerza, así que bien podía hacerlo cuando le diera la gana.

—Necesito hablar contigo —murmuré.

—¡Joder, Elijah! —gritó Tess con frustración y la ignoré.

En ese momento, Isabella se zafó de mi agarre.

—Puedo caminar sola —formuló seria, ignorando también a Tess.

—Bien, sígueme —pedí y traté de no sonreír con satisfacción cuando obedeció.

Caminé hasta un área del campus que años atrás se utilizó para el ala de bellas artes, lejos de todos los curiosos que nos observaban con intriga y me agradó ver que a la castaña no le importaba ni se dejaba intimidar por esas miradas.

En eso éramos iguales.

Llegué a mi destino y la hice entrar al viejo estudio de ballet (donde sabía que nadie nos interrumpiría) y nos quedamos cerca de una zona llena de espejos y escritorios que, para mi sorpresa, lucían limpios y libres de polvo.

—No sabía de este lugar —dijo mirando a su alrededor y admirando el viejo estudio.

—Es sorprendente que tu amiga no te lo haya mostrado en su recorrido, aunque lo entiendo, nadie viene aquí —respondí y volteó a verme.

—¿Qué quieres, LuzBel? —preguntó enfrentándome, recordando que estaba molesta conmigo.

—Quiero muchas cosas, White —solté y me acerqué a ella—. Follarte de todas las formas posibles que existen, es una de ellas. —A pesar de que intentó parecer molesta por mi manera de hablar, sabía que en realidad estaba nerviosa.

—Ya. Crees que, porque según tú soy una puta, voy a caer rendida a tus pies —espetó y recordé lo mucho que la cagué al llamarla así.

—Acerca de eso... —Me observó esperando a que siguiera hablando y proseguí tras soltar un suspiro—. Siento mucho haberte llamado así —admití y esas palabras se sintieron amargas en mi boca por no decirlas nunca y ella notó el sinsabor que me dejaron.

—Vaya, la próxima vez que te disculpes con alguien trata de que suene real —recomendó satírica y sonreí de lado—. ¿Qué te hizo cambiar de opinión? —inquirió aceptándola igual.

«Saber que eras virgen», pensé y me mordí la lengua antes de vocalizarlo.

—Es tu vida White. Con quien te acuestes no debe importarme —mentí y me di cuenta de que no era la respuesta que ella esperaba—. Tu coño, tus reglas —agregué y la vi cabrearse.

—¡Dios! Eres increíble —se quejó.

—Lo sé —musité con arrogancia.

—Increíblemente idiota —aclaró pensando que no la comprendí antes y reí divertido—. ¿Por qué LuzBel?

—¿Por qué soy idiota? —Alcé una ceja.

—¿Por qué engañarme así?

—No miento, he aceptado que es tu cuerpo y tú mandas en él. Además, si a tu novio no le molesta que llegues a casa a la mañana siguiente con otro tipo y vestida con su ropa, pues menos debe importarme a mí —expliqué.

—Sabes que no me refiero a eso —bufó cansada y se acercó a un escritorio. Dejó en él su cámara y bolso y miró alrededor del salón—. Si no al deseo de verme como la estúpida del grupo —aclaró volviendo a enfrentarme con la mirada y negué—. En serio no entiendo por qué me odian tanto.

—No fue mi idea ocultarte la verdad, White. No estuve de acuerdo y te lo dejé claro antes —le recordé y tragó con dificultad—. Elliot es tu novio y le pidió a mi padre la oportunidad de ser él quien te dijera todo en sus términos. Nosotros solo seguimos órdenes del jefe. Ya si Elliot no te dijo las cosas cuando debía, es su problema y tuyo, así que sácanos de la ecuación —pedí con simpleza.

—No lo esperaba de ti. —La decepción con la que pronunció esas palabras me hizo sentir incómodo—. Tú siempre vas de frente y no haces nada con segundas intenciones, así que creí que al menos tú no te dejarías llevar por lo que pidió tu padre para apoyar a Elliot.

No siempre iba de frente. Recordar todas las cosas que había hecho para que ella fuese parte de Grigori me hizo sentir demasiado hipócrita.

—No te confundas conmigo, Bonita y no esperes que siempre sea sincero —aconsejé—. He hecho muchas cosas contigo que han ido con segundas intenciones. —Ella se desconcertó al escucharme, pero no dijo nada—. Y con lo que ha pasado, analiza bien el momento en que nos cruzamos desde que Elliot llegó. Jamás fingí que no lo conocía —aclaré.

Vi en su rostro que su mente retrocedió tres días atrás, justo cuando nos cruzamos en el campus y respiró hondo. No le mentía en eso porque jamás podría fingir que no conocía a ese imbécil.

—¿Qué es lo que has hecho mal conmigo? —Sonreí sin ganas por su pregunta, sobre todo porque prefirió dejar de lado el engaño de Elliot y cómo nos vimos implícitos.

—Eres muy curiosa —señalé y se quedó en silencio esperando a que le diera una buena respuesta a su pregunta—. Todo —solté complaciéndola— y llamarte puta o chiquilla mimada ha sido lo peor, así que lo siento otra vez.

—¿Por qué cambiaste de opinión? —volvió a preguntar y decidí omitir sobre lo que sabía de su virginidad.

—Sé que tu madre falleció, me lo dijiste en el club —le recordé y se estremeció al pensar en el momento que me dijo tal cosa—. Y ya te dije antes que estás en tu derecho de follar con quien quieras —añadí.

Vi la indignación en ella.

—Pero yo no… —intentó decir algo más, luego se detuvo.

El juego acababa de volverse más interesante.

—¿Tú no, qué? —la cuestioné aun sabiendo lo que iba decir y noté que se arrepintió de hacerlo.

—Nada. —Di un paso cerca de ella y los nervios la atravesaron.

Caminó pasando por mi lado para alejarse del escritorio y sonreí. La pequeña bruja tenía una mente sucia.

—¿Perdonaste a Elliot? —pregunté para que se concentrara en otra cosa y negó.

—Lo habría perdonado si me hubiera dicho la verdad antes de pensar que verme de estúpida era lo mejor —aseguró con convicción.

Perfecto.

—¿Y te explicó todo?

—No todo. —Eso ya lo sabía y noté que la lastimaba.

Se dio la vuelta quedando de espaldas a mí, pero nos observamos a través de uno de los espejos que nos rodeaba.

El estudio era iluminado solo por la luz del día que se filtraba a través de las ventanas, y era suficiente para ver con claridad. Admiré su belleza con detenimiento y cómo lucía con aquel vestido oscuro. Recordé que la noche de su cumpleaños también usaba uno, mas no bragas y ese simple recuerdo hizo que mi polla reaccionara.

—Después de nuestro momento en la oficina de Dark Star, he descubierto que me encanta que uses vestidos —dije acercándome a su espalda y se irguió.

—LuzBel, deja de jugar así conmigo —musitó y le sonreí de lado, bajando un poco la barbilla y regalándole una mirada peligrosa a través del espejo.

—No me lo dejes como opción, White, porque no funciona para mí —sentencié y contuvo la respiración cuando presioné mi pecho a su espalda—. Dime: no juegues conmigo porque no te quiero cerca y te juro que me alejaré —susurré en su oído y tragó con dificultad.

Me deleité viendo el movimiento de su garganta en el reflejo del espejo y mi erección creció al escucharla, más al percatarme de que su respiración se volvió pesada y su aroma a vainilla se intensificó, embriagándome en el proceso. Acerqué la nariz a su cuello y la arrastré hasta llegar detrás de su oreja, inhalando su fragancia e imaginándola mezclada con su sudor.

—¿Lo harías? —inquirió y el pequeño gemido que soltó cuando le mordí el lóbulo de la oreja activó en mí un deseo casi incontrolable por ella.

—Sin dudarlo —aseguré y me mordí el labio inferior sin dejar de mirarla por el espejo cuando en lugar de alejarse, balanceó su cuerpo unos centímetros hacia atrás, permitiendo que el calor de su cuerpo se filtrara con el mío.

Miles de imágenes de su cuerpo desnudo debajo del mío invadieron mi cabeza con ese pequeño acercamiento.

—No… sé cómo lo haces, pero no puedo decir esas palabras —admitió al fin y volví a morderme el labio inferior, pero sonriendo esa vez.

Eso era todo lo que necesitaba escuchar y en respuesta me acerqué de nuevo a su oreja y besé justo debajo de ella.

—Hueles delicioso —susurré enseguida y sentí cómo reaccionó a mi gesto.

—Tú también —aceptó con dificultad y me satisfizo saber cuánto la afectaba.

—Baja la cremallera de tu vestido —pedí tomándola por sorpresa y giró el rostro para verme directamente esa vez.

El vestido era de mezclilla y la cremallera cerraba desde el cuello hasta el final de la falda, un estilo que la hacía lucir inocente. Llevaba el cabello suelto y nada de maquillaje, lo que me permitió ver todavía más cómo sus mejillas se tiñeron de rojo.

Nuestros ojos se conectaron, aunque los de ella alternaron la mirada también con mis labios.

—Si lo hago vas a querer tocarme —señaló.

—Ya quiero tocarte, White —susurré cerca de sus labios y antes de cometer una locura, la tomé de la mandíbula e hice que nos mirara por el espejo—. Quiero meter tus pezones en mi boca y chuparlos hasta que tu coño esté lo suficientemente mojado para recibirme —seguí.

—Cómo es posible que nos odiemos y aun así hacer esto —preguntó más como un pensamiento dicho en voz alta.

—Abre la cremallera y te lo explico —prometí. Su pecho comenzó a subir y bajar con más intensidad y apretó los puños. Su cuerpo le suplicaba que obedeciera, pero su razón la contenía—. Déjame verte —pedí con la voz ronca e hice su cabello hacia un solo lado, descubriendo más su cuello.

Su mano tembló cuando la alzó y respiré sobre el lóbulo de su oreja, viendo cómo su piel se erizó. Lamí en cuanto comenzó a bajar la cremallera y mis ojos brillaron con peligro al ver el asomo de los montículos de sus pechos.

—Tú y yo nos podremos odiar, Bonita —aclaré como se lo prometí en el instante que vi su abdomen—, pero tu cuerpo y el mío no lo hacen —sentencié justo cuando terminó de abrir la cremallera.

El vestido se abrió de lado a lado, permitiéndome verla en un conjunto de ropa interior en color rosa suave. Y, por un instante, esperé decepcionarme al ver que usaba bragas, pero sucedió todo lo contrario.

Mi polla creció ante la imagen sexi e inocente que me regaló y me relamí los labios al ver que sus pezones se volvieron picos duros debajo del sostén.

—Eres hermosa —halagué y con las yemas de los dedos acaricié el dorso de su mano, subiendo por toda la extensión de su brazo.

Su piel cremosa volvió a erizarse y contuvo la respiración cuando me detuve justo sobre la tela en su hombro y la bajé hasta desnudar el espacio entre su cuello.

—¡LuzBel! —jadeó cuando sintió que la besé ahí y con delicadeza arrastré los dientes en su piel—. ¿Qué haces? —inquirió y vi por el espejo que apretó con las manos la tela del vestido.

—Demostrarte por qué has visto el humo cuando este hijo de puta con corazón de hielo está cerca de ti —enfaticé y llevé la otra mano a su torso desnudo, del lado izquierdo.

Se estremeció al sentir que comencé a acariciar su tatuaje y su mirada se volvió intensa al verme tocándola, haciendo círculos perezosos sobre cada marca. El contraste de su piel blanca con mis manos tatuadas fue un aperitivo tan caliente, que mi excitación aumentó aún más.

—Tu cuerpo aún está libre de tinta —señalé y fijó más su mirada en mi toque—, pero quiero encargarme de tatuar mis caricias en tu piel —confesé y di un beso suave y silencioso en su mejilla.

Me estremeció su suavidad y quise saber si todo en su cuerpo era así de terso.

—¿Ves el humo, Bonita? —dije cerca de sus labios, bajando el tono de mi voz una octava.

—Sí —susurró y puso la mano sobre mi muñeca cuando la arrastré a su estómago, muy cerca del dobladillo de sus bragas.

—Es porque el fuego entre nosotros ya es inevitable —sentencié para los dos.

—¡Dios! Pero no debemos —titubeó al tratar de retractarse.

Metí el dedo medio entre su piel y el elástico de las bragas. Jadeó.

—Pero ambos queremos, ¿cierto? —murmuré y tras eso mordisqueé su barbilla.

El sonido que salió de su boca fue entre lastimero y de gozo cuando la cogí con una mano de la mandíbula y eché su cabeza sobre mi hombro, lamiendo su cuello en el proceso.

—Porque yo sí, White. Quiero mostrarte cómo un demonio puede ser capaz de llevarte al cielo sin que despegues los pies de la tierra. —Mordí el lóbulo de su oreja y después lo lamí.

—Yo también quiero, LuzBel —confesó aferrando su mano a mi muñeca justo cuando metí cuatro dedos dentro de sus bragas y acaricié su vientre—, pero no puedo.

—¿Por qué no? —inquirí y comencé a dejar un rastro de besos en su cuello y mandíbula.

Bajé la mano entre sus pechos y me apoderé de uno, masajeándolo como tanto fantaseé luego de hacerle el tatuaje y haber visto cómo su pezón se endureció.

—¿Es por Elliot? ¿O porque te da miedo que te guste más lo que yo hago? —seguí y gimió justo en el instante que froté mi erección en su culo para que se enterara cómo me tenía.

—Sí, me da miedo que él se entere, pero me aterra descubrir cuánto me encanta tu toque —aceptó y aflojó su agarre en mi muñeca.

Lo tomé como su permiso para seguir y cubrí su coño con la palma de mi mano, apretando mi dedo medio sobre sus labios vaginales para que su clítoris sintiera la fricción.

—Llevo deseando tocarte desde lo que te hice sobre la *Ducati* —confesé y nos miramos a los ojos—. Y si me dejas ahora mismo, te aseguro que tu secreto estará a salvo conmigo.

—¿Lo juras? —preguntó y eso me hizo sentir con todo el control.

—No, Bonita —formulé seguro y, sin esperar más, deslicé dos dedos dentro de su coño—. Te lo prometo —añadí y me deleité con su gemido de placer absoluto.

Para mí las promesas eran sagradas y jurar solo era una palabra que se decía a la ligera o como excusa. Y estaba dispuesto a mantener ese momento solo entre nosotros sin importar lo mucho que quería joder a Elliot al arrebatarle a su chica.

No importaba mi venganza, solo el placer que le estaba provocando a Isabella. Así que lo disfruté como si hubiese estado penetrándola en realidad y sonreí con chulería al palpar toda la humedad que ya la cubría.

Y comprobé que en su interior era tan tersa como en el exterior. Besé su cuello y mandíbula una vez más, mordisqueé el lóbulo de su oreja y mantuve un movimiento firme con mis dedos, entrando y saliendo sin llegar profundo, girando sobre su clítoris y a veces apresándolo entre mi dedo medio e índice, sintiendo cómo se estremecía contra mí.

—LuzBel —jadeó cuando con el pie la hice abrirse más de piernas y abarqué todo su coño con mi mano, mojándome todavía más con su placer.

¡Puta madre! Quería que dijera mi nombre, no mi apodo.

—Mi placer está en darte placer —aseguré, pero no pudo responder.

Sus uñas se enterraron en mi brazo. Ya no me retenía, sino más bien se apoyaba en ese agarre.

—Me deseas —gimió al sentir mi verga en su culo.

—¿Aún lo dudas? —dije satírico—. Baja las copas de tu sostén —exigí y se mordió el labio—. Ya, White. Quiero ver tus pechos desnudos.

—Mierda —jadeó tan cerca de mis labios, que volví a cogerla de la mandíbula para que mirara su delicioso reflejo.

—Tu sostén, Bonita —recordé con dureza y se llevó las manos hacia ahí para bajar las copas.

Me lamí los labios al ver sus pezones de tonalidad marrón claro muy endurecidos. Parecían diamantes y babeé como un maldito perro al desear lamerlos.

—Ahora acarícialos por mí —demandé y mis dedos se movieron perezosos en su coño—. ¡Mierda! —musité cuando sus manos cubrieron aquellas pequeñas y deliciosas montañas—. Hazlo como te gustaría que yo lo hiciera —seguí guiándola.

Mi deseo por ella casi me llevaba a la puta locura.

Deseé follarla ahí mismo al ver cómo tocó sus pechos, por la manera en la que usó dos de sus dedos para apretar los pezones y la capacidad que tuvo para mojarse aún más, pero me contuve porque no la desvirgaría sobre el suelo o el escritorio.

Así que solo gruñí y froté más mi erección en su culo, temiendo correrme solo con verla.

—No sabes las ganas que tengo de cambiar los dedos por mi verga y frotarte el clítoris con la corona de ella —susurré y sus ojos se abrieron desmesuradamente.

—¡Dios! —gimió alarmada, pero por la manera en la que se estremeció y cómo intensificó los toques en sus pechos, supe que mis palabras sucias la excitaban más.

—Quiero que mis perlas adornen tu coño —continué y me miró por el espejo sin entender. Me limité a sonreír— y que mi semen se mezcle con tu humedad. Penetrarte hasta la empuñadura.

—¡LuzBel, por Dios! —gimió.

—También deseo ponerte sobre mí, White, con mi rostro metido entre tus piernas, comiéndote el coño mientras tú chupas mi polla.

—¡Joder! —chilló con las mejillas más rojas que antes y la piel perlada por el sudor.

—Sé que odias que sea tan patán, ¿pero quieres que me calle? —inquirí—. Dime que lo haga y por el infierno te juro que lo haré —aseguré—. Pídeme que me detenga —ordené una vez más, introduciendo dos dedos en su vagina y acariciando su clítoris con el pulgar.

Llevé la otra mano a uno de sus pechos y los toqué imitando la manera en la que ella lo hizo.

—Dime que no quieres escuchar cómo deseo cogerte hasta que te vengas sobre mi verga y mojes mis bolas con tus fluidos.

—No, LuzBel —suplicó.

—¿No, qué? —dije ralentizando mis movimientos.

—No… te detengas. No-no te calles —pidió al fin.

Sonreí complacido y lamí su mejilla sin dejar de verla por el espejo, luego seguí hablándole sucio y descubriendo que los movimientos de su cadera me demostraban cuán perdida estaba ya con el placer. La chica me estaba follando la mano y mientras se deleitaba, echó la cabeza hacia mi cuello y llevó una mano a mi nuca.

Los gestos de placer deformaron con morbosidad y sensualidad su rostro, escondiendo a la chica tímida y dejándome entrever a la perversa que siempre escondía ante el mundo.

—Fóllame la mano como me follarías la polla —demandé y sus caderas se movieron de adelante hacia atrás.

Sonreí complacido.

Tenía los ojos cerrados e intuí que fue para imaginar todo lo que puse en su mente con mis palabras. Vi sus pechos rebotar al comenzar a descontrolarse más y me imaginé empotrándola y provocando con mi polla que saltaran de esa manera.

—Abre los ojos —ordené y lo hizo de inmediato—. No vuelvas a cerrarlos y mírate en el espejo. Mira cómo me montarías, Bonita —señalé y fui capaz de notar que todavía se avergonzaba si era consciente de lo que hacíamos—. Quiero conocer a la verdadera Isabella White —advertí—, la que no finge y disfruta, porque yo la estoy gozando a ella —declaré.

—No le digas esto a nadie —suplicó y la cogí del cuello.

—Este será nuestro secreto —le recordé—. Solo déjame verte de verdad.

Sonrió de lado y se mordió el labio en el proceso. En ese instante, acarició sus pechos sin que yo se lo ordenara y vi en la intensidad de su mirada de que esa sí era ella: la diosa ardiente que me montó la mano sin pudor alguno, la que gimió con mis siguientes palabras guarras y crudas, entreabriendo la boca sin poder decir nada más que solo gemir y jadear.

Esa sí era ella, la que llevó la mano libre a mi erección y la frotó sin pudor alguno.

—No hagas eso —pedí con voz ronca.

—¿Por qué? —preguntó desconcertada.

—Porque no voy a poder contenerme y no quiero follarte aquí —dije sincero—. Esta vez solo quiero tu placer, Isabella. Córrete para mí —pedí y mordí el lóbulo de su oreja—. Demuéstrame que te encanta lo que te estoy haciendo y te prometo que no será la única vez que te llevaré al cielo.

—Quiero más —confesó y sonreí.

—Entonces dame más y vacíate sobre mis dedos —exigí y llevé los dedos un poco más adentro.

Isabella soltó un gritito y froté su clítoris lento, pero con la presión justa para enviarla al abismo de placer. Me tomó de la mano con fuerza y se tensó dejando de respirar.

—¡LuzBel! —gimió y se mordió el labio para no volver a gritar.

La fuerza de su agarre me dijo que no quería que la frotara más, pero sí que hiciera la presión justa con mis dedos en su interior para que el placer del orgasmo que estaba experimentando no mermara. Los espasmos la atacaron como unos hijos de puta, mas no dejó de verse en el espejo y supe que se deleitó con mi cara de placer al haberle dado a ella el suyo.

—Eso es, White. Qué buena chica eres —susurré en su oído sin dejar de mirarla.

El placer amenazó con hacerla desvanecer, pero envolví mi brazo en su cintura y la mantuve en su lugar hasta que se relajó y los espasmos comenzaron a desvanecerse.

Y solo cuando me aseguré de que me lo había dado todo, saqué los dedos de su interior y me los llevé hacia la boca, chupándolos y gimiendo al saborearlos.

—Sabes delicioso —susurré y después de todo, sus mejillas volvieron a sonrojarse.

Me tomó por sorpresa cuando se giró para quedar frente a mí y envolvió los brazos en mi cintura, diciéndome de esa manera que la chica perversa se había ido a dormir para dejar de nuevo a la inocente Isabella, la niña a la que yo estaba corrompiendo.

Negué y sonreí con orgullo ante eso, y también le devolví el abrazo porque sentí que lo necesitaba demasiado y yo todavía quería complacerla.

—Quiero pedirte algo —susurré sobre su cabeza, respirando el aroma de su cabello. Ella solo asintió incapaz de mirarme a los ojos—. Prométeme que esta no será la única vez que me permitirás darte placer —dije.

—Lo prometo —respondió sin dudar y sonreí como el cabronazo que era.

Había logrado dar el primer paso.

CAPÍTULO 26

Nadie entra donde no lo dejan

ELIJAH

Alguien una vez me dijo que la primera forma de penetrar a una mujer era mentalmente. Y tras salir de aquel estudio de ballet con Isabella relajada, las mejillas todavía rojas y ese brillo de complicidad en los ojos cada vez que me miraba, supe que lo hice con maestría.

Acaba de meterme en su mente y ella lo afirmó con la promesa que me hizo.

Así que no me importaba haber terminado con una erección del demonio y las bolas azules por la culminación contenida. La satisfacción que me provocó su placer y el saber que estaba logrando lo que me propuse, era suficiente en ese momento.

Mi juego era peligroso y estaba consciente de ello, pero con tal de obtener lo que deseaba, me arriesgaría sin dudar.

«*No juegues con fuego si estás hecho de papel*».

Las palabras de Laurel Stone, la única chica a la que podía considerar mi mejor amiga (como a ella le gustaba llamarse), llegaron a mi cabeza y sonreí satírico, ya que me lo dijo en uno de los momentos que luego de escucharla, consideraría siempre mi peor error.

—Lo bueno de haber jugado con ese fuego es que aprendí a no volver a quemarme, Laurel —musité bajo solo para mí, manteniéndome firme en mi objetivo de vengarme de Elliot.

Isabella me miró al escucharme murmurar y antes de que preguntara algo, la distraje llevándome con disimulo los dedos a la nariz e inhalando su adictivo aroma.

Sonreí con chulería y malicia al ver cómo sus ojos se desorbitaron y se avergonzó al recordar lo que hicimos, aunque quiso enmascararlo mirando a su alrededor.

—Si supieras la erección que me acaba de provocar oler tu aroma de nuevo, te pondrías roja, pero de anhelo porque vuelva a masturbarte —aseguré.

—¡Por Dios, LuzBel! Modera tu vocabulario, por favor —me regañó y aligeró el paso.

—¿Ahora sí? Porque recuerdo que hace unos minutos me pediste que no me detuviera —dije con impertinencia.

—¡Arg! Eres imposible —se quejó y me detuve de pronto, dejando que se adelantara y riéndome de lo que le provocaba por más molesta que fingiera estar conmigo.

Porque sí, al regresar de ese estudio de ballet, ambos fingiríamos que no nos soportábamos, aunque en cuanto tuviéramos la oportunidad de volver a estar solos, le demostraría cuánto le ponía que mi vocabulario no fuera moderado.

Mantendría mi palabra de que ese fuera un secreto entre nosotros, pero me prometí que pronto sería ella la que terminaría por contarle a su dichoso novio que había caído conmigo.

—Dime —le dije a padre tras responder su llamada.

—*Después de todo, sí pagarás tú las consecuencias de lo que hiciste* —dijo sin preámbulos y maldije.

Aunque era algo que de alguna manera esperaba luego de que fui más consciente de la cagada que cometí.

Le pedí que me diera todos los detalles y, aunque aseguró que debíamos hablar personalmente, me dijo lo suficiente para convocar a los chicos a una reunión, puesto que tendría que salir de viaje al siguiente día. Y a pesar de lo que representaba tener que ausentarme por una semana, también lo tomé como una oportunidad para poner distancia con la castaña y así permitirle analizar bien lo que quería seguir haciendo conmigo.

Venganza de mi parte o no, necesitaba que lo de nosotros fuera consensuado y sin límites sexuales.

Tras terminar la llamada con padre, le envié un mensaje de texto a Connor, pidiéndole que avisara a los demás que se hicieran presentes en el cuartel al terminar las clases, ya que tenía que informarles muchas cosas.

Después salí hacia el recinto para reunirme con padre y así acordar hasta el último detalle de mi viaje. Él ya tenía todo listo para mi salida a primera hora de la mañana y como pacto de buena fe, se me permitiría llevar a alguien conmigo, aunque no fuera la persona con la que más quería tiempo a solas después de provocarle un orgasmo que me haría venirme en cualquier momento en los pantalones solo con el recuerdo.

—Te pasaste sus órdenes por el culo, Elijah. Y así seas mi hijo, no puedo interferir por el pacto que hicimos al fundar Grigori —dijo padre con impotencia y solo me llevé el puño a la boca, pensando en lo que pasaría.

Estábamos sentados frente a frente en su oficina y, a diferencia de él, yo no tenía miedo.

—Como buen Grigori aceptaré el castigo, padre. Y si Enoc está permitiéndome ir con alguien, dejando a cambio aquí parte de su pacto de buena fe, entonces no va a matarme —aseguré.

—Que no te mate no significa que te dejará salir ileso, muchacho idiota —señaló y el miedo en sus ojos me hizo replantearme todo—. De los cuatro fundadores que quedamos, a Enoc es a quien más le temo y así lo aprecie porque somos buenos amigos, sé de lo que es capaz cuando pasan por encima de sus órdenes y, sobre todo, si implica a alguien tan delicado.

—En todo caso, él sabe que te puedes vengar fácilmente si me daña. —Myles sonrió sin gracia al escucharme.

—Es que voy a permitir que te dañe, hijo —confesó y alcé las cejas—. Esas son las reglas que pactamos y debido a la falta que cometiste, estoy obligado a dejar que te castiguen como Enoc considere oportuno.

—Vaya mierda —ironicé.

—Él habría hecho lo mismo si uno de sus hijos hubiera irrespetado mis órdenes consciente o inconscientemente.

Entendía ese punto y así yo la hubiera cagado involuntariamente, debía pagar y por ningún motivo mancharía mi nombre o el de padre al eludir mi castigo.

—Bien, entonces saldré de esto de una vez por todas —dije decidido y Myles me miró con orgullo a pesar de su miedo—. ¿Crees que es prudente mi elección como compañía? —inquirí de paso.

—Es la mejor que pudiste hacer —dijo dándome su aval y asentí.

—*Señor Myles, los chicos a cargo de su hijo ya están aquí esperando por él* —se escuchó a su secretaria a través del intercomunicador de la oficina.

—Gracias. Elijah ya sale —respondió él y sin decir más me puse de pie y partí de la oficina hacia la pequeña cafetería.

No negaría que tras esa conversación me sentí un poco nervioso. Sin embargo, como se lo aseguré a padre, afrontaría las consecuencias como el Pride que era y por ningún motivo jodería mi reputación.

Al llegar a la cafetería, encontré a todo mi grupo, incluido Elliot, quien estaba sentado al lado de la castaña y, por sus rostros, intuí que ella seguía molesta con él y que el cabrón de mi primo había aprovechado mi orden de reunirme con todos para interceptarla.

Sonreí con suficiencia cuando mis ojos se encontraron con los de Isabella y desde la distancia noté que se sonrojó, lo que me hizo confirmar que ella imaginó que me estaba burlando del imbécil a su lado.

«Lo siento, Bonita, pero así me ponga loco lo que me provocas, sigues siendo el medio para un fin», pensé.

—¿Ha sucedido algo grave? —preguntó Jacob haciendo que me concentrara en lo importante.

—Se me ha presentado una misión especial que me mantendrá fuera toda la semana —respondí para todos, plantándome de pie ante ellos—. Así que ustedes se encargarán de planificar lo necesario para cuando vuelva, puesto que han llegado más noticias de Washington DC.

—¿Se puede saber qué misión? —preguntó Elliot con malicia.

Hijo de puta. Él ya lo sabía y lo estaba disfrutando.

—La que tanto has deseado que realice en California —dije saciando su curiosidad y aumentando su diversión.

Lo hice solo porque ya sabía cómo me las pagaría.

—¿Irás sólo? —esa vez fue Evan quien cuestionó.

—No, tú me acompañarás —respondí señalando a Elsa y noté la felicidad en ella al ser consciente de que pasaría una semana conmigo.

Y así la apreciara como amiga, esa vez también la usaría para mi propio beneficio, aunque pensaba retribuir bien lo que, sin saber, haría por mí.

—¿Por qué ella? —Esa pregunta me sorprendió y más por quien la hizo. Isabella.

Al ver su rostro, noté que en realidad no quiso preguntar en voz alta, solo fue su curiosidad hablando por ella, o sus celos, y eso me divirtió, sobre todo al ver que Elliot se percató de ello.

—Será un viaje de trabajo, pero pienso tener un poco de diversión y Elsa sabe aportar una buena dosis de ello —respondí como se esperaba de mi parte y noté su decepción.

Sin embargo, habíamos hecho un trato y Elliot no era ningún estúpido. Podía entender que su novia era curiosa, pero de allí a que sintiera celos por un tipo que no fuera él, le diría todo lo que yo deseaba que supiera, mas no era el momento indicado si todavía no llegaba hasta donde quería con Isabella.

Ella, por su parte, intentó disimular su reacción al sentir cómo Elliot la observó, pero ya era un poco tarde y tendría que arreglárselas para convencerlo de que se debió a algo muy distinto a los celos.

—¿Cuándo nos vamos? —La sonrisa de triunfo en el rostro de Elsa me hizo ver que sin querer le di el poder de sentirse más que Isabella.

—Mañana por la mañana —le respondí—. Ustedes prepárense muy bien para la misión de la próxima semana, sobre todo tú —dije a los chicos y señalé a la castaña con lo último.

Ella, en lugar de responderme, me fulminó con la mirada y en ese momento dudé que estuviese fingiendo ese odio que relucía tan genuinamente en sus ojos y rostro entero.

—Claro que lo haré. Será la segunda misión y con ella estaré cerca de saldar la deuda que tengo contigo y los demás —recordó con recelo y percatarme de tal cosa me incomodó.

Los chicos advirtieron la urgencia que ella demostró por dejar de vernos y me tomó por sorpresa notar que a la mayoría no les sentó bien el tono usado. Isabella no les perdonaría tan fácil lo que hicieron, incluso cuando le expliqué nuestras razones.

«Siempre puedo retrasar la última misión, pequeña caprichosa», pensé y sonreí por eso.

—Bien, eso es todo lo que tenía que decirles. Comiencen a trabajar desde ya en lo que sea necesario para ejecutar con éxito la misión —pedí con la voz gélida, ignorando su puya y los vi ponerse de pie a todos para hacer lo que ordené—. Elsa, tú no te vayas. Debo decirte algo —avisé y me causó gracia ver cómo Isabella se irguió al escucharme. Sin embargo, hizo acopio de su orgullo y comenzó a marcharse—. Y Elliot, tú y yo tenemos que hablar a solas —le recordé al verlo irse detrás de la castaña.

—Y supongo que no puedes esperar —ironizó molesto porque con mi demanda, Isabella aprovechó para poner su distancia entre ellos.

—Supones bien. Espérame en mi oficina —dije sin aguardar por una respuesta de su parte y me concentré en Elsa.

—¿Quieres que lleve algún conjunto en especial? —inquirió ella con malicia y sonreí de lado, negando al ver que no perdería su oportunidad.

Me acerqué a ella y alzó la cabeza echándola un poco hacia atrás para poder verme a los ojos y reparé en cómo contuvo la respiración en cuanto me incliné para susurrar en su oído.

—Un conjunto de Arcus 98 DA[11] te quedará perfecto, ya que me encanta cómo se te ve el negro. —Elsa chasqueó con la lengua cuando entendió mi referencia y me apartó de ella de un manotazo.

—¿Que te proteja el culo es el tipo de diversión que te aporto? —se quejó y eso me hizo reír.

—Eso y follar, pero he notado que ya no quieres que te use, así que estoy cumpliendo tu deseo y respetando tus límites —dije con chulería y su rostro me dejó ver la furia que sentía.

—Eres un maldito imbécil —espetó y bufé rendido.

—¡Joder! Quién te entiende —me quejé, pero se encaprichó y solo se cruzó de brazos, librando una lucha interna con ella misma porque de cierta manera, sabía que lo mejor era no seguir con nuestros juegos—. Estate lista a las seis de la mañana, pasaré por ti para irnos hacia el hangar. Salimos en el jet privado para que puedas llevar *tu conjunto* —avisé dando por finalizada esa conversación.

—Vete a la mierda —fue su repuesta y negué divertido, seguro también de que no me fallaría.

Me marché hacia la oficina percibiendo que Elliot ya se encontraba allí, pero me detuve en una esquina antes de llegar en cuanto lo vi afuera. Al final había logrado alcanzar a la castaña y por el rostro furioso que ella tenía, supuse que estaban discutiendo. Sin embargo, el imbécil hipócrita se aventuró cogiéndola de la cintura y la besó.

Ambos ignoraban mi presencia y ella al principio quiso apartarse de él; no obstante, sus ganas por besarlo terminaron por ganarle y le correspondió reticente.

Ella me había pedido que la besara en su cumpleaños, pero ese era un límite que no cruzaría. Era lo mejor para ambos.

—Esto no cambia nada entre nosotros, Elliot —le aclaró ella y el imbécil la cogió del rostro.

—Lo sé, amor. Pero no resistí las ganas. Te extraño como un maldito demente —confesó él y bufé sardónico, sobre todo al ver cómo le afectaba a Isabella.

A pesar de lo que hicimos en la universidad, era sabedor de que ella lo amaba y por eso no podía resistirse a Elliot, incluso después de cómo le mintió. Y hasta yo entendía que (sin importar lo que ese hijo de puta hizo) fuera difícil que todo acabara entre ellos tan fácil, pues tenían una relación de varios años.

---

11 Es una pistola que fue desarrollada por la compañía búlgara Arcus en 1998. Es otra copia del FN/Browning "High Power" (GP-35). Este modelo es idéntico a la del 94, pero tiene un gatillo de doble acción en vez de uno de acción simple, y seguro automatizado adicional de la aguja percutora. El Arcus 98 DA fue adoptado por el ejército y la policía búlgaros como arma estándar, y también vendido para la exportación.

Él la amaba con una intensidad sorprendente, de eso no tenía duda. Y como hombre ya había experimentado lo que era sentir más por una, pero seguir deseando a otras, así que tampoco podía juzgarlo en ese ámbito. E incluso le estaba pasando a Isabella conmigo, pues cuando me veía (después de la broma que le jugué fuera de la cafetería sobre mi motocicleta) notaba su deseo y pasión por mí. Sin embargo, en cuanto miraba a Elliot, incluso con su enojo y decepción del momento, seguía predominando el amor y se notaba a leguas.

White solo estaba experimentando la confusión de la inexperiencia y estaba muy claro para mí, aunque no para ella. Y en lugar de ser el buen tipo que la ayudaría a no cometer un error, me aprovecharía de eso para conseguir una mejor venganza.

—¡Jesús! —exclamó la castaña cuando la tomé del brazo antes de que se fuera.

Elliot se había metido a la oficina después de que ella le pidió espacio. La pared me seguía protegiendo de sus miradas, así que ninguno se enteró de que los vi hasta que sorprendí a Isabella.

—Apuesto a que pensabas en mí cuando lo besabas —susurré burlón tras empotrarla en la pared y supo que había visto todo—. ¿Nos imaginaste de nuevo en el estudio de ballet? —inquirí cerca de su rostro—. ¿Me imaginaste besándote mientras tenía los dedos dentro de ese coñito que se humedece con solo verme? —seguí y, tras el sonrojo que tiñó sus mejillas por la vergüenza, llegó el enojo.

—Para nada —zanjó y puse las manos en la pared, a la altura de su cuello para apresarla cuando intentó huir de mí—. No puedo pensarte ni imaginar tus besos cuando no tengo idea de cómo saben tus labios.

—Pero te aseguro que sí pensarás en mí cuando él intente superar lo que hicimos en el viejo estudio —contraataqué. Mi sonrisa arrogante no me abandonó y al ver cómo volvió a sonrojarse, supe que había dado justo en el clavo— y no lo logrará —juré con suficiencia.

—Eres un idiota —espetó y en ese momento usó su fuerza para bajar uno de mis brazos y salir de la prisión que le hice—. Y espero que disfrutes tu viaje con Elsa, porque yo haré lo mismo con Elliot —avisó con un ápice de ira en su voz y se dio la vuelta para marcharse.

—Así que lo perdonaste —inquirí.

—Aún no, pero te aseguro que con lo que sabe hacer con *ciertas* partes de su cuerpo, lo conseguirá —dijo como toda una cabrona y siguió su camino sin esperar a que le rebatiera.

—Maldita bruja —murmuré para mí, admitiendo que su declaración me incomodó y mucho.

Y al ver que alzó la mano para mostrarme el dedo medio manteniendo su paso seguro, supe que me había escuchado.

¡Me cago en la puta!

Tendía a ser posesivo con lo quería para mí y ella, sería mía.

Aunque con lo poco que la conocía, temí haber mandado a la mierda todos mis planes con llevar a Elsa a ese viaje y dejar que la castaña lo supiera, puesto que eso ponía en riesgo mi plan de llevármela a la cama antes de que Elliot terminara por conseguirlo.

¡Joder!

No contaba con que Isabella siguiera teniendo el sartén por el mango y me confié demasiado por lo que conseguí de ella en el estudio de ballet, ya que como un imbécil, creí que la chica sería igual a todas las que pasaron por mi vida antes.

Aunque me convencí de que así Elliot lograra compenetrarse con su chica en todos los sentidos, yo siempre terminaría saliéndome con la mía. Y si lo hacía luego de que él se sintiera incluso más dueño de ella, resultaría hasta más doloroso para ese imbécil. Total, me acerqué a la castaña para joderlo y eso no cambiaría por nada.

—¿Qué quieres hablar conmigo? —La voz de Elliot me sacó de mis pensamientos cuando entré a la oficina.

Estaba de pie frente a un librero, viendo la colección de libros sobre estrategias para la guerra y otras cuestiones relacionadas que a padre le gustaba leer.

—Tú conoces a Enoc y necesito saber todo acerca de él —dije cerrando la puerta detrás de mí.

—Querrá matarte, pero no lo hará gracias a la promesa que le ha hecho a tu padre. Eso es lo más importante que debes saber —señaló con diversión cuando se giró para enfrentarme.

—Te regocija demasiado que él consiga hacer conmigo lo que tú no puedes, ¿cierto? —dije con voz dura y odio hacia él.

—Nos lo impide una promesa, LuzBel —recordó con voz filosa—. Así que no te mofes, ya que no lo hago porque no puedo, sino más bien por no faltar a mi palabra.

—¿Entonces al fin aceptas que ya te hubieras deshecho de mí si lograras conseguirlo? —inquirí mordaz y tomó asiento frente a mí con frescura.

—Solo porque ahora necesito mantenerme en Richmond, pero debido a nuestra promesa no puedo —admitió.

—Ni podrás —señalé con regocijo y él suspiró cansado.

—Jamás dejarás de odiarme, ¿cierto? —preguntó.

—Cierto —afirmé y me senté en la silla de padre.

—No todo es mi culpa, Elijah. —Me enfurecía que se atreviera a llamarme por mi nombre y él lo sabía.

No lo merecía porque, aunque para todos Elliot fuera mi familia, para mí solo era un puto traidor y nadie que no fuese digno de mí me llamaba por mi nombre.

—La culpa no siempre es del tercero, nadie entra a donde no lo dejan —repitió aquellas palabras que me dijo meses atrás y apreté los puños con furia.

¡Joder! Necesitaba desfigurar su rostro a punta de puñetazos.

—Hace mucho perdiste el derecho de referirte a mí por mi nombre —le recordé, hablando entre dientes por la manera en la que apreté mis molares—. Y recuerda siempre esas palabras tanto como yo lo haré —aconsejé—, porque ahora entiendo que tienes toda la razón en eso —cedí por mi bien.

Vi en sus ojos que intuyó por qué lo hice y solo sonreí con burla.

—¿Eso era todo lo que querías hablar conmigo? —inquirió tras unos segundos de mirarnos con intensidad.

—Sí, aunque no me sirvió nada —recalqué.

—No te mentí. Enoc no va a matarte —afirmó lo que ya sabía—. Aunque intuyo que lo que hará para castigarte no te gustará ni a ti y menos a mí —añadió y fruncí el ceño.

—¿De qué carajos hablas? —exigí saber.

—De que conocerás al más hijo de puta de los fundadores de Grigori y luego de vivir en carne propia cómo impone su ley, te pensarás mejor el volver a sobrepasar sus órdenes —avisó y gemí con fastidio.

—Lo hice inconscientemente —bufé con hastío.

—Y eso es lo que te salvará de la muerte —recalcó y rodé los ojos con cansancio.

—Como sea. Ya mañana tendré el *placer* de conocer al hijo de puta —largué y Elliot se puso de pie dispuesto a marcharse.

—Perfecto. Entonces me voy —avisó y caminó hacia la puerta.

—¿Vas a casa de White? —cuestioné.

—No, su padre está allí. —Fruncí el ceño ante esa información—. Se va mañana muy temprano, creo que su vuelo es tres horas antes que el tuyo —agregó y asentí—. Me voy a la mansión Pride.

—Bien, trata de no cruzarte en mi camino —aconsejé y sin decir nada, se marchó.

Tess siempre decía que ver a Elliot era como verme a mí en muchas de sus actitudes y si era cierto, pues mierda, me repugnaba demasiado.

Solté el aire que había retenido sin saberlo y sonreí con burla hacia mí mismo por lo que pensé.

Me quedé un rato más en la oficina, preparándome mentalmente para lo que pasaría en California y, a pesar de la gravedad de la situación, no logré sacarme de la cabeza lo que White me dijo.

¿Disfrutar con Elsa como ella disfrutaría con Elliot? No pretendía dejarle las cosas tan fáciles.

Su padre podía estar en casa, pero eso no me impediría ir y despedirme de ella por muy arriesgado que fuese. Me urgía recordarle que lo que probó en el viejo estudio, solo fue la antesala de lo que le haría con besos o sin ellos.

Necesitaba demostrarle que la adrenalina de ser descubierta conmigo, solo era como añadir leña para que el fuego que estábamos creando, creciera hasta ocasionar un incendio catastrófico.

Pues a más peligro, más atractivo.

Y mayor dolor.

Antes de ir a casa de mis padres para preparar mi maleta, estuve un rato en el gimnasio tratando de liberar toda la tensión que se me había acumulado y no solo por la expectativa de lo que sucedería en California, sino también por mi encuentro con la castaña en el viejo estudio y luego en el cuartel.

Al llegar, madre me interceptó mientras iba camino a mi habitación, emocionada porque había preparado una cena especial para todos e ilusionada porque los acompañara.

—Sé lo que intentas hacer, madre —le dije en tono neutro.

Me molestaba demasiado que siguiera intentando que todo fuera como antes con Elliot, cuando era sabedora de lo que terminó de joder nuestra relación familiar.

—¿Y está mal que trate de que ustedes dos se reconcilien? —inquirió cruzándose de brazos y negué.

Ya habíamos tenido esa conversación miles de veces y, aunque ellos quisieron que yo entendiera por qué perdonaron tan fácil a ese imbécil, yo jamás lo haría.

—Para nada, lo que está mal es que creas que yo cederé cuando bien sabes que lo que ese hijo de puta me hizo no se lo perdonaré nunca en la vida —aseguré.

—Elijah, ese odio que sientes hacia él es como si hubieras bebido veneno y esperes que muera Elliot en tu lugar —me recordó y chasqueé con la lengua.

—Pues antes de que me mate lo haré pagar por lo que provocó —sentencié y ella suspiró cansada—. Ojo por ojo, madre —sentencié.

—Si todos pensaran como tú, el mundo ya estaría ciego, cariño —murmuró con tristeza y solo negué con la cabeza.

—Iré a tomar una ducha, debo salir luego —avisé y ella resopló haciéndose a un lado.

—Te espero en el comedor en una hora —dijo cuando comencé a alejarme de ella.

—No pasará —advertí.

—No te lo solicité, Elijah Pride —aclaró con dureza y la miré alzándole una ceja— y tampoco te lo he pedido por favor.

—¿Es en serio?

—¿Me ves con cara de que estoy bromeando? —respondió con una pregunta y su actitud me hizo sonreír—. En una hora, LuzBel —sentenció y entonces fue ella quien se alejó de mí.

Me detuve un poco incrédulo de que me llamara por mi apodo, pero a la vez me divirtió esa actitud suya que solo adoptaba cuando me había acabado su dosis de paciencia.

—Me cago en la puta —dije para mí y terminé de llegar a mi habitación.

No cabía duda de que mi padre era un hijo de puta cuando lo ameritaba, pero no tenía como esposa a una mujer sumisa y eso muy pocos lo conocíamos, pues Eleanor era encantadora y educada la mayoría del tiempo, demasiado amorosa para mi gusto, aunque pobre de nosotros cuando la encojonábamos a niveles peligrosos, pues éramos testigos de su mano dura.

Y, a pesar de que su *sugerencia* no me agradó porque verle la cara al imbécil de Elliot era lo último que quería esa noche, tampoco era tan hijo de puta como para desobedecer. En realidad, madre era la única que conseguía que siguiera sus órdenes por voluntad y no por deber. Además, su actitud dura también me divirtió y eso apaciguó un poco mi molestia.

Así que tras dejar lista mi maleta, me metí al cuarto de baño para tomar una ducha. Tenía planes que ejecutaría sí o sí y pensar en ellos me regresó de nuevo al momento en el estudio de ballet. Había mantenido mi polla medio erecta desde entonces y esos recuerdos no ayudaron a que la excitación mermara.

—Maldita bruja provocadora —me quejé en cuanto llevé la mano a mi falo y cerré los ojos, dejando que la ducha siguiera mojando mi cuerpo e imaginando el rostro de la castaña mientras montaba mi mano.

Tomé bien mi polla entre el tallo y el glande y di un tirón suave pero preciso, gruñendo con alivio y aumentando el placer que yo mismo me provocaba entretanto evocaba los recuerdos de sus gestos de placer, su aroma, la calidez de su piel y la tibieza de su interior en mis yemas. Con cada uno de esos pensamientos, mi erección creció a tal punto que el prepucio se retrajo y la corona parecía que estaba a punto de explotarme en la mano.

Bombeé con más rapidez ante el recuerdo de sus jadeos y la manera en la que entreabrió los labios y se mordía el inferior para no gritar. Aumenté la fuerza de mi agarre al imaginarla de nuevo amasándose los pechos y moví de arriba hacia abajo la mano, acariciándome por momentos solo la corona en un toque diestro y muy practicado.

—*Quiero conocer a la verdadera Isabella White, la que no finge y disfruta, porque yo la estoy gozando a ella.*
—*No le digas esto a nadie.*
—*Este será nuestro secreto. Solo déjame verte de verdad.*

Maldije al sentir la oleada de ardiente placer en todo mi sistema y eché la cabeza hacia atrás, disfrutando de mi toque y recordando cómo Isabella me sonrió de lado y se acarició los pechos sin que se lo ordenara esa vez, mostrándome a su verdadero yo. Esa pequeña bruja terca fácilmente podía convertirse en el mismo demonio de la perversidad en las manos correctas y fantaseé teniéndola en las mías.

De pronto, ya no era mi mano la que sostenía mi polla con vehemencia sino la suya. En ese instante, era ella detrás de mí, besando mi espalda mientras bombeaba de adelante hacia atrás, acariciando mi glande con suavidad y arrastrando las uñas sobre el escroto. Gruñí de nuevo, tocándome y pensando que era Isabella quien lo hacía; tirando del prepucio, apretando el tallo, recordando, alucinando y disfrutando de esa masturbación como nunca lo hice ni en mis tiempos de adolescencia.

Mi polla se engrosó al rememorar la forma cuidadosa con la que metí los dedos dentro de aquel coño húmedo por mí, lo terso de su clítoris entre mi dedo medio e índice y la manera en la que lo toqué haciendo círculos con el pulgar, abarcando toda su vulva con mi palma. El olor de su excitación, la rojez de sus mejillas y cómo frotó la mano por toda mi longitud, fue casi suficiente para llevarme al filo del abismo. El placer de haber provocado el suyo, la manera en la que susurró mi apodo, la súplica porque no parara, el ruego para que ralentizara mis caricias…

¡Joder!

Contuve el aire y las venas de mi falo se hincharon en cuanto el semen salió disparado desde mis testículos hasta chocar con las baldosas de la ducha.

Apoyé una mano en la pared tratando de recuperar la respiración y mantuve un agarre apretado en mi polla mientras sufría los espasmos del clímax, incrédulo, lleno de regocijo, pero a la vez sintiendo burla de mí mismo por haberme corrido pensando en Isabella.

Una bruja de ojos miel a la cual solo quería usar y, sin embargo, ahí estaba, dedicándole una de mis mejores corridas.

Vaya mierda.

Hora y media más tarde me encontraba en el comedor, cenando en familia como madre deseaba. Elliot lucía como si hubiese sido amenazado igual que yo y eso me causó gracia. Tess por su bien evitaba hablar de todo lo que tuviese que ver con Grigori y por el rostro de padre, deduje que aún no le había dicho a su esposa lo que en realidad haría su primogénito en California.

En ese aspecto no lo juzgaba, ya que prefería que madre ignorara a lo que me enfrentaría al día siguiente.

—¿Vas a salir? —preguntó Elliot cuando salí de mi habitación rato después de la cena a la que fuimos obligados a compartir.

—Me parece recordar que te pedí que no te cruzaras en mi camino —bufé.

—¡Joder, LuzBel! No me hagas confirmar que sigues siendo un idiota —se burló y tuvo suerte de que lo que hice en la ducha pensando en su novia, me tuviera relajado—. Es difícil no hacerlo cuando tu habitación está frente a la mía, hombre —añadió irónico.

—Como sea. Lo que yo haga no te importa —dije gélido—. Pero sí, voy a mi apartamento, olvidé algo que necesito para el viaje de mañana —mentí sin pretender ocultar que lo hacía y sonreí con descaro.

—Ten cuidado a donde te desvías, primo, porque no me cuesta nada tomar un vuelo para encontrarte en *mi territorio* —amenazó y sonreí divertido.

—Si tuviera siquiera una pizca de miedo o respeto por ti, te respondería como mereces, *primo*, pero me importa una mierda tu advertencia, así que… aprovecha el tiempo que me ausentaré. Lo necesitarás —recomendé y seguí mi camino sin esperar respuesta.

Conociéndolo, deduje que se había quedado de pie, estudiándome y pensando en su siguiente movimiento. Igual ya era tarde, pues di mi primer paso como pretendía y ni él ni nadie me detendría hasta alcanzar mi objetivo.

Enfocándome en eso, me fui directo a mi motocicleta y me puse en marcha hacia la casa de los White sin esperar más. La noche era fría y el aire olía a lluvia, típico en esa zona que, a pesar de estar todavía en primavera, siempre había días lluviosos, algo que me gustaba mucho para ser sincero.

Al llegar a mi destino, estacioné un poco lejos de la casa y escondí la *Ducati* tras unos arbustos. Haber ido antes me sirvió para conocer los lugares estratégicos de la zona y poder entrar.

Observé la casa unos instantes y noté las luces apagadas, señal de que todos estaban ya en sus camas. Me dirigí a la puerta de la cocina y agradecí que fuese de vidrio y me permitiera ver todo. La lluvia se hizo presente, leves rayos iluminaban el cielo oscuro (mi tipo de noche favorita) y cuando estaba a punto de entrar, vi una sombra que se acercaba y me escondí para no ser descubierto antes de llegar a quien quería.

Segundos después, la reconocí.

Era Isabella, había llegado en busca de un vaso con agua. Tenía el cabello recogido en un moño desordenado y usaba solo una playera blanca (que llegaba unos centímetros más abajo de su culo) como pijama. Incluso solo con eso puesto, lucía hermosa. Estaba sedienta y al beber el contenido del cristal, una gota se resbaló por la comisura de sus labios y sin quererlo lamí los míos al observarlos.

Estaba sediento.

En un rápido movimiento, abrí la puerta y me adentré, pero antes de poder reaccionar, un cuchillo fue clavado muy cerca de mi rostro, en el marco de madera.

—¡Mierda! Tienes buenos reflejos —señalé sonriendo.

—¡Maldición, LuzBel! Pude haberte matado —bufó con enojo y llevó una mano a su pecho tratando de calmarse.

—Menos mal tienes mala puntería y fallaste. Lo siento si te asusté.

—No fallé, idiota. Solo lancé un tiro de advertencia. ¿Qué haces aquí? —Fruncí el ceño cuando dijo eso.

—Solo quise despedirme —informé a la vez que me acercaba a ella—. ¿En serio no lanzaste ese cuchillo hacia mí? —pregunté. Sonrió arrogante por mi pregunta y cruzó los brazos.

—Claro que no. Si lo hubiese hecho, ya estarías muerto. Además, yo no sería capaz de ase... —Se quedó en silencio y supe por qué lo hizo.

No era capaz de asesinar antes de conocerme.

—Solo quería venir a despedirme —cambié el tema de inmediato—. Ansío dejar mis huellas en ti antes de marcharme —susurré más cerca de ella y noté que se puso nerviosa al percatarse de que en serio estaba frente a ella.

Sin que se lo esperara, la tomé de la cintura y la alcé para sentarla sobre la isla de la cocina. Jadeó por mi acto y la impresión evitó que me detuviese.

—Abusivo —se quejó y me mordí el labio con diversión.

—Bruja provocadora —acusé viendo sus muslos desnudos y cómo una braguita de seda gris se asomó por el dobladillo de la camisa.

Los labios de su coño se marcaban sobre la tela brillosa y tragué con deseo al verla más tiempo del debido.

—No me he vestido así para ti, ya que no tenía idea de que fueras un suicida. Así que no soy provocadora y menos una bruja —se defendió.

E intuí que lo de suicida lo decía porque su padre estaba en casa.

—Sí que eres una bruja —refuté y subí la mirada de sus piernas hasta sus pechos, notando que sus pezones se endurecieron, marcándose sobre la tela de la playera.

Solamente una bruja tendría la capacidad de hechizarme a tal punto, que no pudiera sacármela de la cabeza.

—Y tú un idiota —musitó y sentí que su respiración se aceleró cuando la tomé de las caderas.

La poca luz que entraba por la puerta de vidrio era lo suficiente para ver lo necesario, pero imaginé que en ese momento tenía las mejillas sonrojadas por mi cercanía y la firmeza de mis manos en sus caderas.

—Eso dicen —susurré llevando a la vez una mano hasta su moño y le saqué la liga para que el cabello le cayera sobre los hombros.

Era más largo de lo que había visto y al tomarlo entre mis dedos, noté que también era sedoso y desprendía un refrescante aroma a coco que me hizo respirar hondo.

Me gustaba mucho y podía decir que era uno de los más grandes atractivos que veía en ella.

—Tu cabello es hermoso —susurré mientras enredaba un dedo en él.

—Gracias. —su voz fue casi un susurro—. Mi padre está en su habitación y no quiero que nos descubra.

—No lo hará —aseguré. Intentó decir algo más, pero la silencié poniendo un dedo sobre sus labios—. Déjate llevar, Bonita.

Desenrollé el cabello de mi dedo y poco a poco comencé a bajarlo por su clavícula, lo pasé por encima de su pezón y sonreí al ver que cerró los ojos disfrutando de mi toque. Llegué a su vientre y me salté hasta su pierna, arrastrando con suavidad la yema sobre su delicada y hermosa piel.

Isabella aferró las manos a la orilla de la isla y las presionó tan fuerte, que sus nudillos se volvieron blancos.

—No te imaginas todo lo que podría hacerte sobre esta isla —dije y la miré a los ojos en el momento que froté la punta del dedo sobre su coño, delineando la marca en sus bragas y ella los abrió, jadeando ante mi toque.

—Yo también puedo hacer algo —aseguró con una valentía que me sorprendió.

—¿Qué...?

«¿... demonios?», pensé en el instante que mi pregunta quedó en el aire por lo que ella se atrevió a hacer, yendo contra mis reglas.

CAPÍTULO 27

¿A quién pertenecen?

ELIJAH

La impresión por lo que la chica hizo solo me atontó por medio minuto. Había logrado unir sus labios a los míos, siendo más un apretón entre nuestras bocas que un beso. Sin embargo, fue suficiente para que mi corazón se volviera desquiciado y mi mente se nublara a tal punto que cuando la cogí de las mejillas, por poco termino con lo que ella comenzó en lugar de apartarla.

Pero me contuve, porque ese fue uno de los límites que impuse en mi vida, que no estaba dispuesto a cruzar y menos con ella, ya que necesitaba mantenerla como el medio para conseguir mi revancha, no más.

—¡Joder! —me quejé y la sujeté con ambas manos de la nuca en un agarre que no pretendía que fuera brusco, pero que lo fue sin que lograra evitarlo—. No vuelvas a hacer eso —pedí en un susurro cruel. Mi corazón seguía acelerado, cerré los ojos y presioné la frente con la suya tratando de controlarme, aflojando las manos para liberarla.

¡Mierda! Ese arrebato suyo me llevó a momentos de mi vida que deseaba enterrar de una vez por todas, pero estaba descubriendo que ella no solo se parecía físicamente a esa persona que me jodió la vida, sino que también compartían las ganas de hacer las cosas siempre a su jodida manera.

—Lo siento —murmuró con pena—, se me olvidaba que tú no besas a quien solo quieres llevarte a la cama —reprochó y me cogió de las muñecas para que la soltara.

Sí, esa era la única razón que quería tener para negarme a los besos, la que mantuve siempre hasta que me volví un completo imbécil.

—De ahora en adelante recuérdalo siempre —pedí cortante y me alejé un poco de ella. Vi lo avergonzada que se sintió por mi rechazo, mas no me contradije.

Era mejor así.

—¿A quién pertenecen? —preguntó una vez más, recomponiéndose de forma asombrosa.

Había hecho esa misma pregunta en la oficina del club y en ese momento pude llevar la conversación hacia un punto más interesante. Sin embargo, en ese instante me percaté de que no podría más.

—Tú no besas a nadie porque tus labios pertenecen a alguien más —aseguró y le di la espalda sin intención de responder—. ¿A quién, LuzBel? —exigió y eso no me agradó.

—No te importa —bufé y me acerqué a la puerta, alzando el puño y presionándolo en el cristal húmedo por las gotas de lluvia que caían.

«Yo seré siempre la excepción de tu vida, te lo juro».

Esa declaración llegó a mi cabeza junto al rayo que relumbró en la lejanía y el trueno que le siguió compitió con el latido de mi corazón. Odiaba mi jodido pasado.

—Eres un idiota —se quejó Isabella regresándome al presente.

—Lo soy —acepté tajante, aunque agradecido de que me sacara de mis pensamientos.

Vaya mierda.

—Perfecto, aclarado eso y con ambos de acuerdo. Lo mejor es que te vayas —me corrió alzando la barbilla con orgullo. Lo noté a través del cristal de la puerta—. Este viaje que harás no ha llegado por casualidad, sino con un propósito —señaló y me di la vuelta para enfrentarla.

—¿A qué te refieres? —pregunté con voz dura.

—A nada en específico, simplemente es la respuesta que me dan a todas esas veces que he rogado para alejarme del mal —respondió de la misma manera y bufé divertido.

—Estaré de regreso en una semana, White. Y así me vaya, sé que *mi mal* no te abandonará, pues ya te he infectado —me mofé y ella sonrió satírica.

—Cuando regreses muchas cosas habrán cambiado, LuzBel, porque eres un mal que aún puedo erradicar —sentenció y la miré con chulería.

—Volveré para terminar lo que comenzamos en el estudio esta mañana —sentencié.

—Cierra bien cuando salgas —se limitó a responder, bajándose airosa de la isla y dándose la vuelta.

—¿White? —advertí indispuesto a que me dejara con la palabra en la boca.

—Feliz noche, LuzBel —zanjó marchándose, contoneando las caderas con un orgullo que pude jurar que formó un halo negro a su alrededor.

—Pequeña cabrona —musité para mí, a punto de seguirla a su habitación para demostrarle que nada cambiaría entre nosotros hasta que yo lo decidiera, pero sabía que si me quedaba más tiempo continuaría con sus interrogantes.

Así que esa vez decidí que era mejor dejar todo tal cual estaba.

Salí de su casa minutos después sin importarme que la lluvia aún no hubiese cesado. Se convirtió en llovizna. Sin embargo, cuando iba en la carretera, la frescura del agua me ayudó a disipar un poco el enojo por volver en mis recuerdos gracias a esa castaña terca empeñada en besarme.

Desde que esa chica se cruzó en mi vida había descubierto que nunca superé mi pasado como creía, solo lo arrastré cada día, pudriéndome por dentro sin darme cuenta.

Cuando llegué a casa de mis padres, tomé una ducha con agua caliente y después me metí en la cama vestido solo con un simple bóxer. Necesitaba dormir así fuera un poco, mantenerme sereno y relajado para enfrentar mi castigo, aunque conseguirlo se volvió difícil, sobre todo en el instante en que puse la cabeza sobre la almohada y cuando cerré los ojos, el beso que me dio esa castaña se reprodujo en mi mente como una puta tortura.

¿Qué habría pasado si hubiera cedido a sus labios inexpertos?

La maldita pregunta se cruzó en mi cabeza una y otra vez. Y me sentí como un hijo de puta porque de pronto, me vi recordando mi último beso, comparando sus labios y la picardía con la que me buscaban.

—Mierda —murmuré restregándome el rostro y luego dando vueltas en la cama, intentando con todo mi ser no volver a ese momento de nuevo.

Pues ese fue el más infame acto de traición que me dieron. Un beso amargo, doloroso y triste que marcó mi destino y me enseñó que el amor solo servía para joder la vida de las personas que lo sentían.

Un beso agridulce, de traición y despedida que dañó mi alma y la hirió para siempre.

Un beso que, sin saberlo en ese momento, llevaba la frialdad de la muerte, pues lo recibí antes de que mi vida se derrumbara por completo. Y luego de eso, el Elijah que muchas personas conocieron, estaba muerto.

¡Joder! Debía aceptar que lo que Isabella me dijo esa noche antes de echarme de su casa podía ser acertado, pues esa semana fuera de la ciudad cambiaría muchas cosas para ambos. Ella tendría el tiempo suficiente para analizar mejor lo que estábamos haciendo y, si por algún motivo, Elliot conseguía su perdón y ella decidía romper la promesa que me hizo esa mañana en el viejo estudio, la aceptaría.

Lo haría porque aunque quisiera llevármela a la cama solo por joder a mi primo, después de lo que la chica se atrevió a hacer incluso con torpeza, se abrió una brecha entre nosotros que no se cerraría así me negara a pensarlo. Y, por lo tanto, necesitaba que ella estuviera totalmente segura de lo que se atrevería a hacer conmigo.

Ya que, si yo llegaba a tocarla en todos los sentidos, nadie más lo haría.

El viaje a California duró cuatro horas y media. Enoc se encargó de que alguien de su gente nos fuera a recoger al hangar para llevarnos directo a un hotel de su pertenencia, donde nos hospedaríamos toda la semana.

Mis nervios estaban a flor de piel y noté que Elsa lucía ansiosa, ambos igual de recelosos con todo a nuestro alrededor.

—Pensé que al menos dormiríamos juntos —reclamó mi acompañante luego de que nuestro chófer me hiciera entrega de las tarjetas correspondientes a nuestras habitaciones.

A simple vista parecía que estábamos siendo bien recibidos por nuestro anfitrión, pero esa era solo la fachada para que nos confiáramos.

—No, no lo haremos —dije fingiendo tranquilidad y la escuché bufar mientras caminábamos hacia el ascensor.

Nuestras maletas las subiría un botones e intuí que antes las revisarían, lo que me pareció una falta de respeto, mas no podía quejarme, puesto que no había llegado a la ciudad de vacaciones.

—¿Te acompañaré a la reunión? —cuestionó y negué con la cabeza—. ¿Por qué me trajiste, LuzBel? —preguntó fastidiada.

—Empiezo a arrepentirme de haberlo hecho —murmuré harto—. Te quejas por todo, me contradices por todo, fastidias por todo —bramé con la poca paciencia que tenía a punto de esfumarse.

—Odio ser solo tu adorno y que me uses cuando se te dé la gana —espetó furiosa.

—¡Maldición, Elsa! Eres una Grigori y esta es una puta misión. No te traje como un maldito adorno y tampoco te estoy usando para mi jodida diversión sexual. Te lo dejé claro anoche cuando propusiste traer un conjunto sexi —satiricé y vi cómo apretó su mandíbula.

—Imbécil —murmuró y bufé.

—Sí, soy un imbécil cuando te busco solo para follar, pero cuando no porque tú me pides que no lo haga, también lo soy, ¿cierto? —ironicé y no la dejé responder cuando quiso hacerlo. Luego el ascensor abrió sus puertas

¡Puta madre! Odiaba los reclamos cuando había sido tan claro y no obligaba a nadie a abrirse de piernas para mí.

Caminé dejándola unos pasos atrás y dejé su tarjeta metida en la ranura de la puerta de su habitación para que la cogiera ella. Ya estaba estresado por mi encuentro con Enoc y que Elsa saliera con sus tonterías no me ayudaba a mantener la serenidad que padre me aconsejó.

Habíamos hablado en el transcurso del vuelo, puesto que tampoco la llevaría a ciegas. Le aclaré todo hasta que lo entendiera por completo y le pedí discreción. Y quizá podía ser tonto de mi parte, pero confiaba en ella; no obstante, cuando la chica se lo proponía, conseguía sacarme de mis casillas, ya que así me pidiera que no la usara solo para follar, en cuanto ponía mi distancia me buscaba haciéndome sus numeritos.

Por supuesto que pensaba recompensarla por acompañarme, pero hasta no estar seguro de lo que pasaría en mi reunión, no podía decirle mis planes. Aunque tampoco había planificado nada sexual; más bien, quería darle algo que ella venía deseando desde meses atrás.

Y se lo cumpliría por mucho que me sacara de mis casillas con sus estupideces.

Tres horas más tarde y después de haber dormido un poco, me duché luego de recibir una llamada en la que me notificaron que pasarían por mí en media hora.

La maldita adrenalina se apoderó de mi sistema y le avisé a padre que había llegado el momento. Él me dio sus últimos consejos y sonreí irónico por la mierda en la que me metí gracias a mi puto orgullo y necesidad de conseguir todo lo que me proponía.

De alguna manera mi respeto por la organización y el anhelo de seguir ganando mi lugar en ella me hizo mantenerme firme en lo que haría; por lo tanto, no me echaría a correr como un cobarde.

Antes de bajar al *lobby* del hotel, pasé por la habitación de Elsa. Ella abrió después de tres toques. Estaba con el cabello húmedo y usaba solo una playera para cubrirse.

—Esa playera me parece conocida —dije y la vi sonreír.

—La dejaste en mi apartamento hace mucho —explicó y asentí, luego se hizo a un lado para dejarme pasar—. ¿Qué haces aquí?

—Vendrán por mí en unos minutos y quería ver cómo estabas. ¿Ya se te pasó el berrinche o tengo que prepararme para uno nuevo? —inquirí y ella solo rodó los ojos.

—Estoy bien, LuzBel —murmuró yéndose para la cama—, pero no me fío de que te vayas solo.

—Hay una promesa en juego, Elsa. Estaré bien —aseguré adentrándome un poco en su habitación.

—No confío en alguien que nunca he visto —me recordó y en eso éramos iguales.

—Padre sí, así que con eso debe bastarnos, ya que sería tonto que él hubiera permitido que viniera si desconfiara de su compañero —señalé y Elsa suspiró, mostrando que mis palabras no la tranquilizaron.

No mencioné el nombre de Enoc porque mi padre fue claro con eso. Le diría a Elsa por qué estábamos en California sin revelar identidades. Ella simplemente sabía que me vería con un fundador de Grigori, pero en esa ciudad había dos y nunca nos cruzábamos con ninguno de ellos desde que teníamos consciencia, ya que jamás hubo necesidad.

—Cuando regrese quiero que vayamos a un lugar que me recomendaron, así que espero que estés lista —dije para darle fin a esa charla y me dispuse a irme.

—¿Puedo saber a dónde?

—No —dije tajante.

—Ajá, lo imaginé —bufó y solo sonreí.

—Nos vemos luego —me despedí y marché sin esperar respuesta.

Estando en el *lobby* aproveché para hablar con Dylan, ya que era el encargado de mi grupo en mi ausencia y, tras asegurar que todo marchaba bien, me avisó que Cameron me había buscado esa mañana, pero que no quiso decirle a él lo que quería. Me limité a pedirle que evitara que alguien más se enterara que ese idiota volvía a tener negocios conmigo y que le llamara para avisarle que yo me comunicaría con él en cuanto me desocupara.

Corté la llamada cuando llegaron por mí y me di cuenta de que el chófer era el mismo tipo de la mañana: un hombre serio que se limitaba solo a conducir sin dar pie a conversación alguna.

Aunque tampoco era como si buscara entablar una charla con él; al contrario, me hacía la vida más fácil con limitarse a obedecer órdenes.

Diez minutos más tarde, nos encontrábamos entrando al estacionamiento subterráneo de un enorme edificio que irónicamente era blanco. Estaba bien ubicado en la zona céntrica de la ciudad de Costa Mesa y por el movimiento de personas que vi, intuí que la infraestructura era el hogar de grandes negocios.

—Creí que iríamos hacia arriba —dije mordaz cuando me metí al ascensor con mi guía.

Padre me había informado que la oficina de Enoc se encontraba en el último piso del edificio, pero ese tipo luego de invitarme a entrar a un ascensor escondido dentro de otro ascensor que usaba cualquier fulano, me dirigió hacia el sótano.

—La reunión que tendrá con mi jefe no amerita ser en un lugar donde se llevan a cabo sus negocios *públicos* —explicó el tipo y serené mi mente para no parecer un crío a punto de cagarse en los pantalones.

¡Mierda! En Richmond, Myles tenía tecnología sofisticada y métodos muy inteligentes para camuflarse, pero Enoc estaba superando incluso al maldito presidente al haber construido un ascensor oculto casi a la vista del público.

Cuando las puertas del ascensor se abrieron minutos después, me sentí fatigado por el cambio brusco del ambiente. Un pasillo largo y muy iluminado junto a paredes de metal me dio la bienvenida y reconocí que eran insonorizadas, ya que lucían igual a las de nuestros clubes.

¿Qué carajos querían evitar que otras personas escucharan cuando, en primer lugar, ese era el sótano? Y acceder a él era difícil si no presionabas la combinación correcta en el panel de botones del ascensor de uso público para que te mostrara el oculto.

¡Me cago en la puta!

El tipo no volvió a hablar, se dedicó solo a dirigirme. La piel se me erizó porque el aire acondicionado era muy frío y mientras caminábamos, el silencio fue siendo interrumpido por la música clásica que se escuchaba a lo lejos.

Y sí, deducía el uso que le daban a ese sótano que se igualaba a una cámara elegante donde guardaban objetos valiosos.

—Señor —saludó el tipo a un hombre que encontramos en un gran salón que parecía museo por todas las obras de arte que colgaban en la pared y las antigüedades que protegían dentro de vitrinas impolutas.

El hombre se encontraba de pie, viendo un cuadro bastante grande y la pintura me impresionó demasiado, pues los rasgos de esa bella mujer retratada en óleo sobre el lienzo eran perfectos y muy…

—Dom, gracias por tu excelente servicio —dijo el gran Enoc cuando se giró para vernos y el tipo que me sirvió de chófer y guía, se inclinó en un saludo lleno de respeto.

Enoc tenía una mano metida en el bolsillo delantero de su pantalón de lino y en la otra sostenía un vaso de cristal pequeño con licor marrón. Era alto, de cabello corto y castaño oscuro (un poco canoso de los lados), esbelto y con un aire de poder que se palpaba.

La música clásica era más fuerte en ese salón y, aunque no me gustaba, admitía que el tipo sabía escoger las canciones hasta para intimidar, ya que con la melodía de ese momento, me sentí en la antesala de mi muerte.

—Señor Pride —me saludó llegando más cerca de mí e inclinó la cabeza como saludo—. He escuchado hablar tanto de ti en estos últimos días, que me debato entre llamarte por tu apellido, tu nombre o tu apodo —señaló.

En ese instante me encontraba de pie con las manos detrás de la espalda, como si me hubiesen ordenado mantenerme en descanso.

—Una leyenda como usted merece todo mi respeto —le adulé y lo hice con sinceridad—, así que dejo a su elección como quiera llamarme.

—En este momento podría escoger un apelativo que no te agradará —sentenció y apreté la mandíbula, mas no fue por enojo.

—Sé que lo merezco, así que, de nuevo, será su elección —acepté y él sonrió de lado.

—Al menos demuestras ser inteligente en este momento —ironizó.

—¿Y cómo debo llamarle yo a usted? —pregunté llevando el tema hacia otro lado.

—Por seguridad, llámame Enoc, aunque ya sepas mi nombre —respondió y le extendí la mano como saludo.

—Como el libro —proferí y, tras unos segundos de ver mi mano extendida, la tomó en un apretón más fuerte del que esperaba.

—Tal cual —aseveró y luego de soltar mi mano la llevé hacia atrás para abrirla y cerrarla tres veces seguidas.

«*No te confíes de la tranquilidad de Enoc, hijo. Él es como la sal y muchos lo confunden con azúcar*».

Las palabras de mi padre llegaron a mi mente justo cuando me estaba sintiendo en confianza al verlo tan tranquilo.

—Veo que todos los miembros de Grigori tienen afinidad con las leyendas y sus nombres —dije luego de que él me indicara con la mano que tomara asiento en una de las sillas que había en el salón.

Eran dos: una frente a la otra, divididas por una mesa de centro hecha de madera maciza y oscura.

—Solo los jefes, mi querido *LuzBel* —aseguró satírico y puntualizando mi apodo—. Y algún día seremos leyendas dignas de imitar o evitar —añadió y asentí estando de acuerdo.

Me senté en el lugar que me indicó. Lo vi servir un poco de bourbon en otro vaso con hielo sobre la mesa y me lo ofreció.

—Enoc, sé a lo que vine. Así que no necesito del alcohol para poder soportarlo —advertí y sonrió divertido.

—Sabes a lo que vienes, pero no me conoces, por eso piensas que no necesitarás del alcohol —satirizó y me acomodé en la silla.

—Me salté sus órdenes inconscientemente, pero eso ya lo sabe —dije para terminar de una buena vez con eso—. Y como el Grigori que pretendo ser, he venido con voluntad hasta aquí para obtener mi reprimenda.

—¿Tienes idea de cuántas personas han sobrepasado mi autoridad inconscientemente? —inquirió y mientras esperaba mi respuesta, le dio un sorbo a su bebida.

—Pocas, supongo.

—¿Y cuántas de ellas crees que siguen vivas? —siguió y negué.

—Intuyo que seré el primero —respondí elocuente y me alzó una ceja—. Somos hombres de promesas, Enoc. Mi padre me ha inculcado el respeto por ellas desde que tengo uso de razón, así que sé que respetará la que le ha hecho a él, así como Myles ha respetado la suya. Y mi presencia por voluntad propia le demuestra que también cumplo mi parte —señalé y alzó la barbilla.

—Ser parte del grupo élite de la organización te ha dado valor —dedujo y negué con la cabeza.

—Al contrario, tener valor me hizo ganarme el ser parte de él —aclaré y, en ese instante, sonrió complacido.

Segundos después, dejó su vaso sobre la mesa y se puso de pie. Caminó de nuevo frente a la pintura que antes estaba viendo y se metió las manos a los bolsillos.

—Ya tu padre te habló de mi pasado y ahora eres sabedor de que los Vigilantes lograron llegar a mí y me arrebataron parte de mi vida —comenzó a decir, más inmerso en aquel retrato que en su entorno—. Y ya que sé que tú pasaste por algo similar, entenderás que me vi obligado a proteger a toda costa lo único que no pudieron tocar, así lo haya hecho de una forma severa.

Su voz estaba llena de ira y yo me tensé porque sacara a colación mi vida privada.

Entendía que cometí un error. Sin embargo, eso no le daba el derecho de meterse en algo que a nadie le importaba, puesto que odiaba que siquiera mis padres quisieran hablar sobre eso; según ellos, porque era necesario para mí.

—Lo entiendo —dije—. Lo que todavía no comprendo es por qué escogió Richmond —admití y su espalda se movió con intensidad cuando respiró hondo.

—Como sucesor de Myles y miembro de una organización que va más allá de este país, te han enseñado la historia de Grigori: cómo comenzó, por qué y cuántos la fundamos —dedujo. Por supuesto que lo sabía—. Y por tu cuenta has comprobado que California y Virginia son las sedes más poderosas, así que por obvias razones escogí a la segunda mejor.

—Sí, por obvias razones escogió a la primera —le corregí y se giró para verme con el ceño fruncido—. Su ciudad dejó de ser la primera desde el momento en que lograron llegar a usted —expliqué y sus gestos se volvieron irónicos pero divertidos a la vez.

—Eres temerario, muchacho —musitó y regresó a su silla—, pero tienes un enorme punto —me concedió y sonreí con orgullo—. Volviendo a lo importante, tu insensatez ha hecho que todo lo que hice en este tiempo, se vaya al demonio —dijo con dureza—. Así que de ahora en adelante será tu responsabilidad cuidar de lo que me queda.

La demanda en su voz fue evidente y me tomó por sorpresa lo que acababa de decirme, ya que no era la mejor decisión que estaba tomando.

—Para ser sincero, no creo que sea su mejor movida —advertí—. Elliot sería una mejor elección.

—Ya, de eso estoy seguro. Pero resulta que tu estupidez ha hecho que incluso lo que Elliot logró, no sirva ahora para una mierda —confesó y alcé las cejas. Enoc vio mi sorpresa—. Hamilton y su familia han sido leales a mí, LuzBel. Y por obvias razones me hizo una promesa de sangre que cumplió sin importarle lo que sacrificaría —explicó.

—¿Entonces mi castigo será servirle en lo que disponga? —inquirí.

—Tu honor será proteger *mi vida* por encima de ti y de quien sea —aclaró— y sellarás tu promesa con sangre —sentenció.

—Alto ahí —dije y me puse de pie.

Entendía su exigencia y en cuanto lo planteó, estuve dispuesto a aceptar; no obstante, ignoraba que quisiera una promesa de mi parte y no llegué a esa ciudad para comprometerme de esa manera, sobre todo al percatarme de que era de mí de quien más me costaría defender lo que pretendía poner en mis manos.

Las promesas de sangre y de vida eran irrompibles en mi mundo. Fui testigo de personas sufriendo al tener que ver cómo dañaban o asesinaban de la peor manera a sus seres amados por romperlas. Así que sabiendo lo susceptibles que éramos a cometer errores, no estaba dispuesto a condenar a nadie de mi familia al hacer una.

—Me comprometo a hacerme cargo de su protección y le doy mi palabra de que haré un excelente trabajo, pero de ninguna manera haré un juramento —aclaré y él me miró con burla.

—LuzBel, no te estoy dando opciones de cambiar mi decisión referente a la promesa, simplemente te dejo la posibilidad de que lo hagas por las buenas… o por las malas —sentenció con una tranquilidad mortal y lo enfrenté con la mirada cuando se puso de pie.

—No tiene idea de la locura que quiere hacer —dije entre dientes.

Era unos centímetros más alto que yo, pero era el poder que manejaba lo que lo hacía sentirse grande ante mí y eso no me sentó bien.

—Ni tú la tuviste el día que fuiste contra mis órdenes. Y si quieres ser el primero en salir vivo de mi castigo, entonces harás lo que te exijo.

—¿Me amenaza? —inquirí.

—Jamás he tenido la necesidad de hacerlo —profirió—. Simplemente advierto una vez con palabras y la segunda, con hechos.

—Le hizo una promesa a mi padre —recordé mordaz.

—Así como él me prometió tu obediencia y si no me la das, entonces estoy en mi derecho de cobrarlo como mejor me plazca —respondió y apreté los puños—. Nuestra conversación está siendo grabada para tu protección y la mía, LuzBel —añadió.

—¿Tengo el jodido derecho de siquiera analizar en lo que me meteré?

—No, pero me ha caído en gracia que tengas las bolas para intentar ponerte a mi nivel, así que solo por eso te dejaré fingir que lo pensarás porque tienes opción —se burló y en ese momento entendí las advertencias de mi padre y las de Elliot.

Vaya hijo de puta el que tenía frente a mí.

—Gracias —dije entre dientes y el maldito sonrió de lado.

—Dom, lleva a uno de los futuros jefes de Grigori de regreso al hotel —pidió y el susodicho apareció de quién sabe dónde—. Regresarás el viernes —dijo para mí—. De momento, disfruta con tu amiguita y el regalo que recibirá de tu parte.

Todas mis alertas se activaron al escucharlo y me maldije por haber hecho ese viaje con Elsa.

—No la metas en esto —pedí.

—No le haré ningún daño. Los Lynn merecen mi respeto —aseguró refiriéndose a la familia de Elsa—. Y te daré un consejo gratis —Callé y esperé a que continuara—: Así tengas al maldito amor de tu vida al lado, no cometas el error de demostrarlo sin antes asegurarte cómo protegerlo, porque con esa petición que me has hecho, me pusiste en bandeja de plata un método efectivo para hacerte besar mi mano.

¡Me cago en la puta! Por supuesto que lo sabía, pero me había cabreado tanto con sus imponencias, que flaqueé y me maldije por eso.

—Yo aprendí a las malas, LuzBel —admitió y la pizca de tristeza que me dejó entrever en su voz, lo confirmaba—. Ahora vete y *piensa* bien lo que decidirás —ironizó y no pude hacer otra cosa que bufar burlón.

Con burla hacia mí, por supuesto.

Ni siquiera me despedí, solo seguí a Dom muy decepcionado de mí mismo, aunque también con una tremenda confusión, pues siempre vi a mi padre como un gran ejemplo a superar; no obstante, Enoc me dejó con un sinsabor, ya que lo odié y admiré al mismo tiempo.

Mi mente dio vueltas en todo el camino de regreso al hotel y, aunque me preocupó lo que le podía pasar a Elsa, también me sentía tranquilo. Enoc podía ser un hijo de puta en todo el sentido de la palabra, pero entendía su actitud. Yo era un maldito orgulloso, mas aceptaba quien se ganaba mi respeto y él sin duda lo tenía.

Sin embargo, que me impusiera esa promesa seguía sentándome como una patada en las bolas y maldije el momento en el que dejé que mi soberbia me ganara si después de todo, conseguiría lo que quería tarde o temprano.

—Maldita la hora en la que te conocí —bufé para mí.

—Vuelvo por usted el viernes a las dos de la tarde —avisó Dom al estacionar frente al hotel.

No le respondí, solo salí del coche y cerré de un portazo.

Me fui directo a mi habitación para tomar un respiro e intentar calmarme. Ni siquiera quise responderle a mi padre cuando me llamó rato después, pues si lo que Enoc me dijo era cierto, entonces ya había visto la grabación de *la conversación* que tuvimos.

Le envié un mensaje donde le pedía que me dejara apaciguar mi molestia antes de afrontar de nuevo ese tema y, aunque no me respondió, supe que sí me leyó.

Y solo cuando me sentí capaz, fui a buscar a Elsa. Estaba aburrida y supuse que tenía ganas de echarme bronca, aunque en cuanto vio mi rostro y la impaciencia reflejada en él, dedujo que no era buen momento para que jugara a la caprichosa.

Nos fuimos a cenar tras asegurarle que todo estaba bien (y en cuanto me dijo que se la pasó en la habitación revisando sus redes sociales) y, para mi suerte, esa noche decidió volver a ser esa amiga que me hacía reír con sus locuras, a tal punto que olvidé por un rato lo que viví esa tarde con uno de los fundadores más hijos de puta de Grigori.

Bebimos un poco y hablamos como en los viejos tiempos, dejando de lado lo más íntimo de nuestras vidas y concentrándonos en temas triviales.

—¡Oh, por Dios! —gritó eufórica cuando un cantante se acercó a nuestra mesa y comenzó a entonar una canción solo para ella.

El restaurante tenía karaoke y pertenecía a Robert Hamilton, el padre de Elliot, quien también era dueño de una arena donde ese mismo cantante se presentaría dentro de tres días para dar su *show*, para el cual había comprado entradas VIP como regalo de cumpleaños adelantado para Elsa.

Su rostro se iluminó y se le escaparon unas lágrimas al ser la musa personal de ese tipo en ese instante. Meses atrás me había mencionado que era su sueño conocerlo porque era su favorito y en cuanto me enteré del concierto que daría en el transcurso de nuestra visita forzada a la ciudad, rebusqué los malditos boletos como aguja en un pajar y, cuando los encontré, tuve que pagar una fortuna por ellos.

Pero valió la pena.

Elsa era mi amiga y después de todo, merecía algún esfuerzo de mi parte.

Laurel llegó a mi cabeza tras mi análisis y me reí de ello; la pelinegra también merecía que hiciera algunos sacrificios, pero con lo ocupada que estaba con su vida, me dejó de lado para joder a otros.

—Estoy en un sueño —dijo Elsa luego de tomarse miles de *selfies* con el tipo.

—Uno que solo tu amigo pudo cumplir —respondió él y Elsa lo miró sin entender—. Nada habría sido posible si tu acompañante no hubiese usado sus contactos para traerme aquí esta noche —añadió.

«*De momento, disfruta con tu amiguita y el regalo que recibirá de tu parte*».

Las palabras de Enoc llegaron a mi cabeza, así como cuando aseguró que los Hamilton le eran fiel, por lo que no me costó deducir cómo supo mis planes con Elsa.

—¡Eres el mejor! —gritó ella eufórica y envolvió los brazos en mi cuello.

El tipo se dirigió al escenario y deleitó a los presentes en el restaurante con dos canciones más. Tras eso, se marchó entre la ovación de las personas.

—Eso lo sabes desde hace mucho —le respondí haciendo que rodara los ojos.

Enoc fue quien hizo posible todo, pero dado lo que me quería obligar a hacer, no sentí ni una pizca de hipocresía por llevarme el mérito. Total, bastante caro que me saldría el *show* privado de ese cantante.

Los días transcurrieron más rápido de lo que pensé y me sorprendí de que, a pesar de que seguí compartiendo con Elsa e intenté olvidarme del motivo real por el que llegamos a California, no me vi tentado a follar con ella y eso que las oportunidades se presentaron.

Pero por esa vez y de mutuo acuerdo, ambos decidimos ser solo amigos sin derecho a roce.

—*Están a punto de saber quién es en realidad Isabella* —dijo Cameron a través del móvil y me tensé.

—¿No sospechan de ti? —pregunté con voz dura.

—*No, me estoy ganando la confianza de Derek y han hablado mucho de ella*.

—¡Maldición! —bufé con odio ante la mención de ese hijo de puta—. Debemos evitarlo.

—*Eso estoy intentando* —respondió tranquilo, aunque deduje que no lo estaba.

Corté la llamada sin despedirme y tiré con brusquedad el móvil sobre la cama.

Maldije una y otra vez porque esa situación solo lo empeoraba todo. Sin embargo, seguía encaprichado con no doblegarme, a pesar de que sabía lo que implicaba.

—Prepara tus maletas, nos devolvemos esta noche a Richmond —le dije a Elsa tras llamarla.

No quise ir a su habitación para comunicárselo en persona porque sabía que me pediría explicaciones que no podía darle.

—*Pero todavía nos quedan dos días* —se quejó.

—Salimos en tres horas, Elsa —advertí y luego colgué.

Mi reunión con Enoc era al día siguiente, pero tras darle una explicación a mi padre, envió el jet por nosotros. Aunque tampoco me marcharía sin hablar con el tipo.

Dom me estaba esperando afuera y sin un saludo de por medio, se puso en marcha hacia el edificio blanco. Me sorprendió que esa vez, en lugar de llevarme hacia el sótano, marcó el piso veinticinco en el panel del ascensor. La música clásica nos recibió de nuevo y negué sardónico.

—LuzBel, qué honor me haces al adelantar nuestra reunión —saludó Enoc luego de que su secretaria nos hizo pasar al enorme despacho.

—Terminemos de una vez con esto —pedí.

—Toma asiento y dime por qué te vas antes de lo estipulado —pidió y negué con la cabeza.

Me acerqué a su escritorio, mas no me senté como pidió.

—De nada sirve alargar el viaje cuando ya tienes la resolución —mentí, tuteándolo esa vez.

La llamada de Cameron influyó en mi decisión, pero no era tan imbécil como para decírselo.

—Entonces sellarás la promesa por tu voluntad —inquirió con ironía y lo vi ponerse de pie para sacar una daga de oro de una caja fuerte detrás del escritorio, junto a un cáliz del mismo material.

—No, John White —sentencié y lo tomó por sorpresa que lo llamara por su nombre—. La sellaré porque es mi castigo —aclaré.

—No te confundas, Elijah Pride —advirtió al ver mi soberbia—. Castigo o no, las promesas se respetan y cumplen.

—Lo sé —aseveré y apoyé la mano sobre el escritorio con la palma hacia arriba.

—¿Cuál es tu promesa entonces? —preguntó y Dom se acercó con un móvil en la mano, grabando ese momento como prueba del compromiso.

—Juro por mi sangre proteger a Isabella White de todo aquel que quiera dañarla —gruñí—. No importa quién o lo que sea —seguí y apreté los labios cuando sin cuidado alguno, clavó la daga con furia y más hondo de lo debido en mi palma. Lo miré a los ojos y los suyos me demostraron que era mi corazón su objetivo, pero estaba cumpliendo con su parte de no matarme—. Y si llegara a faltar a mi promesa, tienes el derecho de cobrarlo con mi sangre, la de mis padres o la de mi hermana —terminé de decir sin jadear.

—Acepto tu promesa —zanjó y maldije cuando sacó la daga con ímpetu. La limpió en un pañuelo blanco que olía a alcohol y, tras eso, la llevó a su palma—. Pongo el cuidado de mi hija en tus manos y si llegas a romper este juramento, tu *sangre* será mi pago —sentenció e hizo un corte más cuidadoso en su carne.

Con mi «sangre» se había referido también a la de mis padres o Tess.

Tomé con brusquedad el pañuelo que Dom me extendió y mientras lo envolvía en mi mano, vi al hijo de puta de Jonh White, el gran Enoc, apretar su palma sobre mi sangre que yacía en su pañuelo blanco. Luego lo metió sobre el cáliz y le prendió fuego.

El primer juramento de mi vida estaba sellado.

—Castigo o no, confío la vida de mi hija en tus manos, Elijah —dijo de pronto y me extendió la mano sana—. Ya me arrebataron a Leah y sobre mi cadáver lograrán llegar a mi nena, así que no soy un hijo de puta solo por el gusto de serlo —aclaró y la sinceridad en su voz junto al respeto que me demostró en ese instante, lograron que lo viera diferente.

—Te entiendo, John —acepté y tomé su mano—. Castigo o no, protegeré a tu hija —añadí y asintió satisfecho.

Y no le mentía. Protegería a Isabella de cualquiera y de lo que fuera, pero no prometía protegerla por encima de mí, ya que podía controlar a otros, mas no a mí mismo.

Sonreí al pensar en eso mientras me marchaba.

Él es como la sal y muchos lo confunden con azúcar.

CAPÍTULO 28

Paraíso e infierno

ISABELLA

Me encontraba en el cobertizo de madera que papá mandó a fabricar para mí en el jardín trasero de casa. Fue una sorpresa que me dio como regalo de cumpleaños y la cual diseñó con todo lo que necesitaba para mis entrenamientos.

Venom de Eminem sonaba a un volumen muy alto en los altoparlantes mientras golpeaba con ímpetu el dummy[12] de madera que era de mi altura.

El sudor ya perlaba mi piel y la respiración se me volvió tan acelerada, que llevar el aire suficiente a mis pulmones se estaba convirtiendo en una tarea difícil y los Kiai[13] cada vez salían de mi garganta más débiles. Incluso así, con todo ese desgaste físico, mi frustración no mermaba y el enojo se mantenía, aunque si bien

---

12 Un dummy de madera es una herramienta de entrenamiento tradicional utilizada en el Wing Chun y en otras artes marciales. En esencia, es muy parecido a la versión de Wing Chun Kung Fu de un saco de boxeo.

13 Kiai es un término japonés usado en varias artes marciales que designa una clase de grito agudo exhalado durante la ejecución de un ataque. Sus representaciones en el cine de artes marciales moderno lo representan también como ¡Hi-yah!, ¡Aiyah!, ¡Eeee-yah! o ¡Hyah!, pero no hay sonidos específicos asociados con él; en su lugar, estos son elegidos por cada practicante individual. La forma tradicional japonesa usa palabras de una sola sílaba empezando con una vocal.

era menos que el que experimenté el día de mi cumpleaños, seguía en mi interior, convirtiéndose en una espinita que cada vez se hundía más hasta el punto de amenazar con alcanzar mi corazón.

—¡Carajo! —me quejé cuando en el descuido que me provocaron los pensamientos, di un mal golpe y me lastimé la muñeca.

«Era tiempo de tomar un descanso, Colega».

Obedecí a mi conciencia y caminé hasta donde dejé mi agua, bebiendo de la botella de inmediato con tanto vigor, que parecía como si hubiese estado caminando por horas en el desierto.

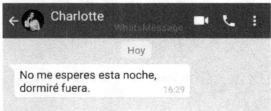

Leí en mi móvil cuando lo revisé. Era un mensaje de Charlotte y fruncí el ceño.

Había estado demasiado ausente en la semana, aunque no podía culparla de poner cierta distancia entre nosotras, ya que desde la noche de mi cumpleaños, mi humor no había sido fácil de llevar y hasta la pobre sufrió las consecuencias.

—*Solo fue una broma por parte de Charlotte, Isabella. No tienes porqué reaccionar así* —me reprendió papá el domingo por la noche.

Había llegado el sábado por la tarde para pasar conmigo así fuera un rato ameno. Y al siguiente día por la noche, Charlotte preparó una cena con bastante esmero para que compartiéramos en familia. Sin embargo, se le ocurrió hacerme una broma en el peor momento y me sentí mal al ver su rostro avergonzado por mi respuesta.

—*¡Dios! Lo siento, Charlotte. Es solo que...* —*Me quedé en silencio porque no era justo y me dio vergüenza admitir que con ella estaba desquitándome lo que solo merecía Elliot, LuzBel y los demás.*

La manera en la que me engañaron me seguía haciendo sentir estúpida y el atrevimiento que LuzBel tuvo de insinuar que era una cualquiera solo porque llegué a casa el sábado por la mañana, vistiendo la ropa de Cameron y acompañada por él, todavía me tenía indignada. Eso sin contar con que estando lúcida no pude dormir sin tener pesadillas con el momento en el que tiré de aquel gatillo y le quité la vida a alguien.

—*No estoy preparada para ver a papá con una novia y sé que es injusto porque tienes derecho de rehacer tu vida* —*dije hacia él y le tomé la mano*—, *pero siento que todavía no nos hemos recuperado de la muerte de mamá y hay tantas cosas aún por resolver, que me parecería precipitado que intentes algo con alguien más.*

Charlotte había insinuado que ya era momento de que papá buscara a una nueva compañera y me sentó tan mal, que le respondí de una manera muy irrespetuosa.

—*Pienso igual que tú, nena* —*admitió y miró a Charlotte como diciéndole: te lo dije*—. *Primero debo recuperar mi relación contigo para luego pensar en conocer a otra mujer* —*añadió y me hizo sentir bien que él también reconociera que las cosas entre nosotros no estaban resueltas.*

—*Siento mucho haberte ofendido, Charlotte* —*repetí cuando todo quedó claro y ella solo sonrió y negó, restándole importancia.*

Tras eso, nos ofreció postre y la conversación quedó zanjada.

Sin embargo, desde ese día, noté que había puesto distancia entre nosotras con la excusa de que tenía cosas que hacer y eso solo aumentaba mi frustración, pues no quería que encima de que mi novio me vio de estúpida, perder a la única persona que no me había fallado y estaba ahí para mí siempre.

—¿Qué te sucedió? —inquirió Elliot al verme luego de que le abriera la puerta.

Había tomado una ducha y, tras ponerme algo cómodo, fui a la cocina para meter la mano en un *bowl* lleno de agua con hielo y luego me la envolví con una compresa fría para aliviar la molestia.

—Di un mal golpe en mi entrenamiento —respondí.

—¿Puedo? —preguntó tras cerrar la puerta y se acercó a mí.

No le dije ni sí ni no, él lo tomó como ventaja y me cogió la mano. Su piel estaba cálida y su fragancia me golpeó como una cabrona, llenándome los pulmones y haciéndome suspirar.

Desde que me besó en el cuartel, cuando aprovechó que no logré escapar, no nos habíamos vuelto a ver. Y sí, el sábado luego de que me defendiera de LuzBel, hablamos, pero su explicación fue tan vaga que terminamos discutiendo como jamás lo habíamos hecho en nuestros cuatro años de relación. Papá, de hecho, había intercedido por él (cuando por la noche nos sentamos a ver la tele y notó que no estaba bien, así que me animó para que le dijera lo que me pasaba), recordándome que Elliot siempre estuvo para mí y que, si me ocultó parte de su vida no fue porque no confiara, sino más bien para protegerme de los peligros que lo rodeaban.

Y por supuesto que me tomó por sorpresa que papá supiera que mi novio era parte de una organización. Sin embargo, me dijo que con todo lo que pasó con mamá, no tuvo cabeza para decirme nada cuando se enteró y, tras los peligros que me amenazaban a mí, eso quedó en segundo plano.

—Odio que siempre decidas por mí, papá —le reclamé al tocar ese tema.

Él había dicho que influyó en Elliot para que no me dijera nada sobre su familia y Grigori porque no me quería involucrada en nada de eso hasta que no estuviera preparada física y mentalmente, situación que me confundió un poco.

«Y que fue bastante irónico, ya que sin necesidad de que Elliot te lo dijera, te metiste hasta las narices y solita en ese mundo».

Touché.

—No me importa, Isabella. Ya cometí el error de dejar que tu madre hiciera siempre lo que ella creía correcto y mira cómo terminó —aseveró y lo miré incrédula.

La noche de pelis se había ido al carajo.

—¿Entonces piensas que a mamá la asesinaron por su propia culpa? —pregunté sin poder ocultar el dolor en mi voz y él maldijo.

—Claro que no, hija. Solo trato de decir que, si Leah hubiera tomado más en cuenta mi palabra, me habría dado la oportunidad de protegerla mejor.

—Pero... me dijiste que tus enemigos nos la arrebataron por ese contrato que les ganaste —le recordé.

—Sí y llegaron a ella porque se negó a usar mis escoltas —zanjó con tristeza—. Leah juró que podía protegerse a sí misma, pero no contó con que usarían su propia debilidad en su contra.

La impotencia, el dolor y la tristeza nublaron sus rasgos.

—*¿A qué te refieres con eso, papá?* —*pregunté volviendo a su lado.*

Nos encontrábamos en nuestra sala familiar, sentados en el mismo sofá, y en mi arrebato provocado por el enojo me puse de pie. Papá se quedó en silencio varios minutos, pensando y sufriendo con los recuerdos que de seguro llegaron a su cabeza.

—*Sé que tu madre te crio y educó como una princesa guerrera, pero si Elliot calló ese lado de su vida es porque te ama y desea protegerte* —*respondió y negué con la cabeza.*

—*Sabes bien que no es eso lo que pregunté.*

—*No, pero es el tema que tocamos en un principio, así que no nos desviemos* —*exigió.*

—*No es justo que me sigas haciendo a un lado, papá* —*musité con la voz entrecortada*—. *No tienes idea del daño que me haces.*

Me tomó las mejillas con delicadeza y me hizo verlo a los ojos.

—*Isa, lo justo a veces por el modo en que lo defendemos, parece injusto* —*aseguró y apreté los labios para no hacer un puchero cuando me besó en la frente, dando por terminada esa conversación.*

Y pude haberle rebatido, pero me sentía tan cansada, frustrada y sin rumbo, que los ánimos para discutir con él me abandonaron.

—Debes tomar analgésicos para que no se inflame —recomendó Elliot regresándome al presente y asentí.

Me tomó de la barbilla para que lo viera a los ojos y entrelazó nuestros dedos aprovechándose de mi vulnerabilidad.

Me seguía sintiendo molesta con él, pero también culpable por lo que hice con LuzBel en el viejo estudio de la universidad. Había tratado de no pensar en ese idiota de ojos grises luego de que nos informara de su dichoso viaje, mas no lo conseguía del todo.

Mi confusión solo empeoró luego de ese día y en algún momento, hasta sentí injusto el haber accedido a hablar con él en ese lugar cuando me negué a enfrentar las cosas de nuevo con mi propio novio. Pero si de algo estaba segura, es de que LuzBel no me mintió a diferencia de otros. Podía ser un cabronazo de primera y era algo que no discutiría, pero incluso Elliot admitió que su primo jamás estuvo de acuerdo con ocultarme la verdad.

Y tal cual LuzBel aseguró, los demás solo siguieron las órdenes de Myles. Sin embargo, el error de ellos fue fingir en lugar de hacerse a un lado y por eso es que todavía me negaba a que habláramos, con Tess sobre todo, quien fue la que más me buscó.

—Gracias por la recomendación —dije elocuente y traté de alejarme, pero Elliot me tomó de la cintura antes de que lo lograra.

—No más, amor. Ya te he dado tiempo y me estoy volviendo loco con esta distancia que has impuesto entre nosotros.

—La impusiste tú con tus mentiras —le recordé y me tomó entre el cuello y la barbilla para que lo mirara a los ojos.

Mi corazón estaba frenético y la respiración parecía que aún no se me había regulado luego del entrenamiento, pero no era para menos.

Podía estar confundida con mi nueva vida y todo lo que estaba experimentando y descubriendo en esa ciudad. Caí en las artimañas de LuzBel y todavía seguía sin entender cómo ese tipo tan insufrible lograba hacerme perder los estribos de una forma rápida y explosiva. Aunque no sería hipócrita, ya que disfruté lo que hicimos y por lo mismo, le prometí que no sería la última vez.

Sin embargo, ahí entre los brazos de Elliot, el chico a quien seguía amando sin duda alguna, sentí los aleteos de esas mariposas en el estómago y los nervios reptaron por mi columna en forma de escalofríos.

—¿Acaso tú nunca me has mentido, nena? —susurró cerca de mis labios y los ojos se me desorbitaron—. Porque yo he cometido una enorme cagada contigo, pero tú, hermosa consentida, me dijiste que LuzBel y su grupo solo eran compañeros tuyos de estudio y ya ambos sabemos que no es así y que incluso *mi primo* pretende algo más contigo.

«Te habían pillado, Colega».

¡Joder!

—¿De qué hablas? —pregunté asustada y sentí que la lengua me ardió como si esas palabras hubieran llevado ácido.

—No soy imbécil, amor. Sé que LuzBel busca acercarse a ti, lo he visto.

—Pero yo no… —Abrí y cerré la boca como pez fuera del agua.

¡Joder! No podía ser tan descarada.

«¡Mierda, no! No podías».

—¿Pero tú no buscas esos acercamientos? —cuestionó y solo lo miré—. También lo he notado. Sin embargo, no sé si es porque no quieres, porque te da miedo o porque me amas demasiado.

A mi cabeza llegaron las imágenes de todos los acercamientos que tuve con LuzBel desde que lo conocí, sobre todo de lo que le admití mientras me tocaba de aquella manera que jamás debí permitir. Y sabía que en ese instante tenía la oportunidad en mis manos de ser completamente sincera con Elliot, pero me aterró tanto la idea de dañarlo con algo sin futuro, que la lengua me pesó.

LuzBel había viajado con Elsa para dejarlo claro y misión o no, no perdió la oportunidad de dejarnos entrever las razones que lo motivaban para que ella fuera su compañía.

¡Dios mío! Mi confusión había llegado a un nivel inaguantable en ese momento y el miedo por sentirme tan perdida en mi vida, estuvo a punto de hacerme sucumbir por un instante. Sin embargo, mi razonamiento decidió hacerse presente y me recordó en ese preciso lugar que Elliot era un hombre que me amaba solo a mí, yo lo amaba a él y, sobre todo, era el príncipe con el que toda princesa soñaba.

—Porque no quiero, me da miedo y te amo —admití al fin, dejando en el aire si hablábamos del mismo contexto o uno distinto.

—Isabella… —puse una mano en su boca para callarlo y seguí hablando.

—Oculté quiénes eran LuzBel y su grupo porque son peligrosos y no quería que… —callé al darme cuenta de la estupidez que diría y él sonrió de lado.

—¿Me dañaran? —inquirió pegando su frente a la mía—. ¿Mentiste para protegerme? —siguió y tragué con dificultad.

—No intentes comparar, Elliot, porque yo a ellos acabo de conocerlos. Tú, en cambio, eres parte de Grigori desde que naciste y me lo ocultaste —reclamé.

—No desde que nací, Isa —aclaró—. Y tú estás en Grigori gracias al imbécil de LuzBel —me recordó, llevando su mano hacia mi nuca y enredó los dedos en mi cabello para que le sostuviera la mirada—. Así que sabes cómo se manejan en la organización y la regla de no hablar sobre ella con nadie —siguió y caminé hacia atrás con él guiándome hasta que mi culo topó con la mesa del recibidor.

—Yo no soy nadie —le recordé—. Soy tu novia, Elliot y… ¡Madre mía! —jadeé cuando me tomó de las nalgas y me hizo sentarme sobre la mesa, metiéndose de inmediato entre mis piernas—. No tenías que ocultármelo.

—Confesarte que soy un Grigori era ponerte en peligro y tu padre me lo prohibió, además —explicó y gemí cuando me mordió el labio inferior sin llegar a besarme.

Mi jodido cuerpo se había peleado con mi razonamiento al parecer, ya que la excitación me corrió por las venas en cuanto frotó su erección en mi centro. Y sí, sabía que mi padre influyó para que Elliot callara, él mismo me lo dijo, pero que le prohibiera decírmelo era algo nuevo para mí.

—Papá dijo que influyó en tu decisión, no que te prohibió que me lo dijeras —dije tomándolo de las mejillas.

Mi muñeca dolía, pero no como para no poder moverla.

—Creo que John usa influir como sinónimo de prohibir —explicó con ironía—. Y para ser completamente sincero contigo, estuve a punto de decirte que me convertiría en un Grigori antes de hacer mi juramento, pero sucedió lo de Leah.

—¿Juramento? —inquirí y detuve sus manos cuando quisieron llegar a mis nalgas.

—Sí, nena. Para ser parte de Grigori, haces un juramento de sangre en el cual recitas una especie de oración. Es una ceremonia bastante importante para los fundadores —explicó y solté el aire que había estado reteniendo.

Nunca me pidieron hacer un juramento, pero era lógico ya que no era mi deseo ser parte de la organización.

—Perdóname, Isabella White —pidió de pronto y nos miramos a los ojos—. Tuve miedo de tu reacción y eso me llevó a equivocarme, pero jamás fue para hacerte sentir estúpida.

—Fallaste —le recordé.

—Y quiero enmendarlo —aseguró.

—¿Me dirás todo lo que quiero saber? —cuestioné y depositó un beso casto en mis labios.

Puse las manos en su pecho para detenerlo y que le quedara claro que no sería tan fácil. Respiró hondo al entenderlo.

—No en este momento y antes de que repliques, no lo hago porque no confío en ti, amor, sino porque para decirte todo lo que deseas, debo tener la autorización de los fundadores de Grigori, puesto que confesaría información que ellos no le confían a cualquiera. Y para mí tú lo eres todo, pero no para ellos y quiero que entiendas eso.

—No se enterarán, Elliot. Yo no diré nada —juré dejando entrever mi frustración y él negó.

—Todavía no comprendes en dónde te has metido, preciosa —señaló y me cogió de las mejillas.

Sí, a lo mejor no conocía ni la décima parte de la organización, pero en esas diez semanas había logrado entender que eran personas peligrosas, recelosas y, sobre todo, muy poderosas. Y si solo pretendía estar de paso con ellos, no me convenía saber más, ya que eso me comprometería y era lo que menos deseaba.

—Está bien —susurré dándome por vencida—. No hablemos más de Grigori, pero respóndeme una última pregunta y te prometo que ya no tocaremos más este tema —propuse y lo tomé de las muñecas.

—Me da miedo aceptar —admitió y luego sonrió—. Hazla, pero si te pone en peligro, no responderé —advirtió y me resigné.

—¿Ya has asesinado? —pregunté tras unos segundos y lo sentí tensarse.

Bajó las manos hacia mi cintura y luego soltó el aire que contuvo.

—Crecí con la enseñanza de ser cazador antes que presa, creo que eso responde tu pregunta —aceptó y tragué con dificultad.

—¿No sientes remordimiento? —titubeé todavía en *shock*.

—Solo lo sentí una vez —aseguró—. Y ni siquiera fui yo quien tiró del gatillo, Isabella, pero fue por mí que esa persona murió.

—¡Dios! —proferí y exhalé por la boca.

A mí cabeza llegaron las imágenes de la noche de mi cumpleaños y me vi tirando de aquel gatillo de nuevo. Los recuerdos fueron tan reales, que cuando Elliot llevó sus manos hacia mis hombros, di un respingo porque me tocó justo cuando escuché de nuevo la detonación del arma y, tras ello, la sensación de tener sangre en el rostro me abrumó.

No olvidaría jamás lo que hice y saber que Elliot, mi príncipe, también cargaba con el peso de haber arrebatado no una, sino varias vidas, no fue fácil de digerir.

—No servirá de nada, amor, pero te aseguro que tuve una buena razón para hacerlo.

—Eso no lo justifica —repuse viéndolo a los ojos.

—Tal vez no, pero si quieres que sea sincero contigo y me muestre tal cual soy, entonces te juro que así me arrepienta de esa vida que arrebaté, lo volvería a hacer por la misma razón que ya lo hice. —La franqueza en su voz me provocó escalofríos—. ¿No lo volverías a hacer tú si LuzBel estuviera en la misma situación?, ¿o yo? —preguntó y presioné la espalda en la pared detrás de mí.

No me esperaba esa pregunta y menos imaginarme de nuevo en la misma situación.

—No es justo que lo plantees así —bufé.

—Solo quiero que entiendas que a veces no es que quieras quitar una vida, Isa, sino más bien, antepones la de tus seres amados o tus amigos antes que la de alguien que no conoces o busca dañar a las personas que te importan —explicó.

—Sigo tratando de convencerme de que no soy una asesina —musité y con delicadeza volvió a darme un beso casto.

—No lo eres, Isabella. Y hasta cierto punto, alégrate de sentirte así de mortificada porque eso es señal de tu buen corazón —aseguró y cansada de estar peleada con él, envolví los brazos en su cuello—. Si fueras una persona mala que actuó como lo hizo por simple deseo y ya no sintieras remordimiento, entonces hasta yo me preocuparía —siguió y supe que tenía razón, que no me decía las cosas solo por animarme, sino porque de verdad lo creía así—. Y aunque LuzBel es un imbécil al que no tolero porque en muchas de nuestras actitudes somos iguales, te confieso que, si tuviera que salvarlo en algún momento, lo haría, porque es mi sangre, mi familia; sin importar que él, en mi lugar, me asesinaría antes de que alguien más tuviera el honor —confesó y una punzada atravesó mi pecho.

—¿Por qué te odia tanto? —quise saber. Ya que así Elliot dijera que era por ser parecidos, LuzBel demostraba demasiado desprecio hacia él.

—Porque no soporta que haya otro hijo de puta como él —respondió seguro—, por eso cuando estoy cerca, se comporta peor, para demostrar que no lo podré superar —añadió y en eso estuve de acuerdo.

LuzBel se había vuelto más insoportable desde que llegó Elliot a la ciudad.

«Un insoportable que te metió mano, obligando a que la verdadera Isabella se asomara».

Maldita conciencia.

—¿Entonces tu segundo apellido es Pride? —dije de pronto y él sonrió de lado.

—No. Tío Myles y mamá son hermanos, pero no comparten el mismo padre —explicó y comprendí—. ¿Me perdonas, entonces? —inquirió y negué, pero me mordí el labio para no sonreír—. Conozco una manera eficaz de convencerte.

—No te sirvió antes —le recordé con altanería y sonrió.

—Me funcionará ahora —aseguró y envolví las piernas en su cintura cuando me alzó y comenzó a caminar hacia mi recámara.

En cuanto entramos y cerró, me puso sobre la cama y de inmediato su boca encontró la mía. En ese momento no me negué a su arrebato y le correspondí con tanta vehemencia como con la que él me poseía los labios.

También lo extrañé y me odié porque adorando sus besos, deseé los de alguien más solo por capricho, por querer probar que conmigo las cosas serían distintas.

Lo agarré por la nuca para concentrarme solo en él y profundicé el beso, sintiendo el calor de su boca arroparme con la protección de siempre, penetrándose en cada miembro de mi cuerpo hasta lo insondable.

—¡Joder, Isa! —gruñó cuando por inercia, me froté en su erección y mi corazón se aceleró con excitación, pero también con miedo.

¡Puta madre! No podía provocarlo si no estaba dispuesta a sobrepasar mis límites.

Me sumergí en su boca de nuevo y él decidió jugar con mi cuello, lamiéndome con codicia y cerré los ojos aferrándome solo a nuestro momento.

—Dime que me amas —me exhortó y me lamí los labios, hambrienta y deseando recuperar su boca una vez más.

Elliot clavó sus ojos en los míos cuando me entretuve sin responder y tragué con dificultad, pegando mi frente en la suya.

—Dime que me amas —repitió.

—Te amo, idiota —dije haciéndolo sonreír y me mordí el labio con picardía, pero él de inmediato llevó su pulgar a mi boca y lo liberó—. Y te he extrañado, aun con las ganas de estrangularte que he sentido por tu mentira.

Sentí sus dedos clavarse en mis caderas y gruñó con suavidad, besándome una y otra vez, ambos respirando con dificultad. Una vez más llegó a mi cuello y bajó el tirante de mi blusa, tirando a la vez del frente hasta que uno de mis pechos salió de ella y lo acunó entre su palma.

—Te amo, Isabella —aseguró y llevó una mano a mi nuca, arrastrando la nariz entre mi cuello y clavícula, inhalando con profundidad mi aroma.

Gemí en cuanto, sin poder contenerse más, intercambió su palma por su boca y lamió mi pezón con una brutalidad exquisita, llevándome a un frenesí descomunal.

—Y jamás me saciaré de ti —juró sobre mi boca, su aliento era espeso y caliente por la excitación.

Alcé las caderas cuando deslizó el *short* de algodón hacia abajo de mis caderas. No usaba bragas porque ya me había preparado para ir a dormir, así que pasé de la ropa interior.

Sus ojos brillaron al verme tan expuesta y subió la blusa hasta la altura de mis tetas. Mi pecho se hundió al inspirar profundo y el calor se arremolinaba en mi vientre, provocando que mi centro palpitara de deseo.

—Elliot —dije con la voz entrecortada. Mis pezones se tensaron ante otra oleada de excitación y expectativa cuando me tomó de las nalgas y las apretó con fogosidad.

—Muero por lamerte completa —sentenció y besó mi abdomen hasta llegar a mi vientre.

«*Pero te aseguro que sí pensarás en mí cuando él intente superar lo que hicimos en el viejo estudio, y no lo logrará*».

¡Demonios! Eso no podía ser cierto.

Las palabras de LuzBel llegaron a mi cabeza como una maldición justo cuando Elliot encontró mi coño y lo abrió con la lengua. Me retorcí de placer y culpa porque, tras ese recuerdo, llegaron las imágenes que vi a través del espejo en aquel estudio de ballet y entonces el deleite le dio paso a lo incómodo, al delito y dolor por ser tan hipócrita y mentirosa con el chico que tenía el rostro metido entre mis piernas.

«Éramos unas perras».

Qué bueno que también te incluyeras, estúpida conciencia.

—*¿Ves el humo?*
—*Sí, porque el fuego ya es inevitable.*

—Elliot, para —le pedí luego de ese recuerdo cuando estuve con LuzBel en la oficina.

Me miró desconcertado, con los labios brillosos y sentí unas ganas tremendas de llorar por lo que me estaba pasando y no podía evitar por más que lo intentara.

¡Madre mía!

Era una bajeza de mi parte pensar en LuzBel mientras estaba con él y, aparte de que la culpa me carcomiera a un nivel atroz, me sentí como una perra traicionera. Me desconocía a mí misma.

—¿Qué sucede? —preguntó y abrí la boca para decirle lo que me estaba pasando, pero al verlo a los ojos el valor me abandonó de nuevo.

Mi madre y mi maestro se hubieran decepcionado de mí.

—No es justo que solo tú me saborees a mí —dije en cambio y él se sorprendió.

Y no, no fue porque nunca hubiéramos hecho algo así.

Lo tomé del rostro al incorporarme y lo besé sintiéndome en su boca. Me ayudó a sacarle la camisa y el pantalón junto al bóxer y me lamí los labios cuando lo tuve frente a mí en todo su esplendor.

Elliot era hermoso en todo el sentido de la palabra: con sus pectorales definidos al igual que sus abdominales y ese cinturón de adonis que me hacía babear. Tenía un solo tatuaje en su costado derecho, unas frases grabadas en vertical.

Justicia, amor y pasión.

Al verlo, el recuerdo de Tess diciéndome que todos los Grigoris tenían un tatuaje que los identificaba, llegó a mi cabeza.

—¿Por qué no tienes un tatuaje alusivo a la organización? —pregunté y antes de que respondiera besé su abdomen bajo.

Me encontraba sentada en la cama y él de pie. Llevé las manos a sus muslos y los acaricié yendo a sus caderas, observándolo desde mi posición.

—Sí lo tengo, es este —aclaró señalando el único que poseía.

Cuando lo vi la primera vez, ni siquiera le pregunté por qué esas palabras, ya que las asocié con él, pues lo identificaban demasiado.

—Justicia, amor y pasión hacen a un Grigori de corazón. Es el lema de la organización —confesó y vio la duda en mis ojos—. Como sería muy evidente y a veces necesito pasar desapercibido, no tatué el lema completo —explicó y asentí—. Pero algún compañero lo reconocería de inmediato.

—He visto que los chicos usan símbolos —dije y gimió porque mientras hablábamos, mis caricias continuaban hasta que con una mano acaricié su escroto y con la otra, cogí el tallo de su pene.

—Somos pocos los que usamos el lema en inglés. A ellos de seguro se los has visto en hebreo, por eso crees que solo son símbolos —explicó y estuve de acuerdo—. A veces solo se tatúan la *G* masónica —añadió y recordé que Elsa, Jacob, Tess y LuzBel la tenían—. ¿Tienes idea de cómo me pone que mientras juegas así conmigo, te pones a charlar? —inquirió y sonreí con malicia.

—¿Mientras juego cómo? —dije con voz traviesa.

—¡Joder, Isabella! —jadeó cuando me metí la punta de su pene en la boca.

«No permitías que te penetrara, pero no tenías ningún problema con chuparle hasta la vida».

Me reí de aquel susurro.

Ese seguía siendo un beso, perra conciencia.

«Bien, tenías un punto», concedió y volví a sonreír mientras disfrutaba de aquel sabor salino de mi chico.

Mi propia necesidad creció al ver cada uno de sus gestos y al imaginarme lo que sentía. Su placer me hizo sentir excitada y deseosa de nuevo. Se mordió el labio para evitar que los gemidos escaparan de su boca y comenzó a mover sus caderas intentando marcar su propio ritmo.

Elliot la tenía grande, así que por más que intentaba lamerlo completo, no podía; por lo tanto, siempre me ayudaba con mi mano, bombeando mientras me deleitaba jugando con su corona como si fuese un dulce. Y sabía que a él le provocaba mucho morbo cuando, de vez en cuando, dejaba de chuparle para coger su falo con ambas manos, una en el tallo y la otra en el glande, bombeando, moviendo el prepucio de arriba hacia abajo, a veces con parsimonia y otras con arrebato, todo dependía de mi propia excitación.

—Me estás matando —admitió y volví a llevarlo a mi boca, mirándolo a los ojos con picardía e inocencia porque amaba su rostro desfigurándose de placer, además de que me gustaba fingir que no tenía idea de lo que le provocaba.

—Tú me matas a mí con esos gestos —le dije luego de hacer que un *plop* sonara al sacarlo de mi boca.

—Aprieta tus pechos para mí —pidió y le obedecí porque sabía que ya no deseaba contenerse más.

Uní mis pechos entre sí al verlo cogerse el falo para masturbarse y el gruñido que soltó en el momento que aquel líquido caliente y espeso se derramó en ellos, fue suficiente para hacerme humedecer más de lo que ya estaba. Sonreí al ser conciente de cómo disfrutaba de su corrida y cuando los espasmos lo abandonaron, me miró con esos ojos azules llenos de la oscuridad que la pasión le había dejado.

—Es increíble cómo puedes ser paraíso e infierno al mismo tiempo —dijo restregando su pene en mis pechos, esparciendo el semen en ellos.

—Soy más paraíso contigo —dije con malicia y sonrió, tomando mi rostro entre sus manos para besarme con pasión y un amor infinito.

«Un amor que no merecías cuando le dabas tu infierno al Tinieblo».

Hija de puta. No era necesario que me lo vivieras recordando cuando me resultaba difícil olvidarlo porque mis pensamientos no lo permitían.

«Ni tu conciencia».

Exacto, ni mi perra conciencia.

Me desperté horas más tarde con una sed desmesurada. Elliot se había quedado conmigo y, aunque quiso hacerme llegar a mi culminación luego de la suya, me negué como castigo autoimpuesto, pues no me merecía el placer de su parte si iba a pensar en otra persona.

—¡Joder, LuzBel! —chillé en un susurro al verlo en mi cocina después de casi una semana.

Él sonrió de lado al ver mi reacción. Estaba de brazos cruzados cerca de la puerta de cristal que usó para meterse a mi casa la primera vez que me sorprendió con papá estando en su habitación.

—Espero que no se te haga costumbre entrar a mi casa de esta manera —murmuré con fastidio y miré hacia el pasillo, rogando para Elliot no se despertara—. Y mejor vete antes de que mi novio despierte.

—Me importa una mierda quién esté durmiendo a tu lado —dijo borde.

Dejé el vaso en la encimera y me aferré al filo de ella al verlo caminar hacia mí con decisión. Mi corazón comenzó a latir agitado y la garganta se me secó al sentir cada vez más su cercanía.

¡Demonios! Esa sensación de impotencia que despertaba en mí me volvía loca porque me desconocía cada vez más y comprobé que su presencia siempre tenía la capacidad de trastocar mi vida. Enloquecía con él, olvidaba mis principios y el maldito lo sabía.

«Y lo disfrutaba que era peor».

—¿Qué haces? —pregunté y jadeé cuando me tomó entre los muslos y las nalgas y me hizo sentar sobre la encimera.

—Lo que tanto he querido —fue su única respuesta y por un momento, sentí que me ahogaría al dejar de respirar.

Me quedé petrificada cuando unió su boca a la mía y se apropió de mis labios como si hubiesen sido creados para encajar como un rompecabezas con los suyos. Y me perdí entre las emociones titánicas que me despertó porque creí que sería rudo, pero no, estaba siendo delicado.

Llevé mis manos a sus antebrazos en cuanto me obligué a reaccionar y gemí al coger un poco de aire antes de asfixiarme.

Una de sus manos me acunó el rostro y la otra la clavó en mi cadera. El corazón se me detuvo por un instante y luego volvió a latir como si estuviera sufriendo taquicardia. Solté un sonoro gemido cuando envolvió el brazo en mi cintura y me arrastró hacia él, metiéndose entre mis piernas y frotándose sin vergüenza alguna en mi centro.

Me aferré a mi agarre en él como si la vida se me fuera en ello y dejé de lado el pudor y el miedo porque Elliot nos encontrara, correspondiendo a su arrebato en cuanto su lengua pidió entrar en mi boca con desesperación

¡Me estaba besando, joder! Lo hizo después de negarse.

Gemí de nuevo cuando se frotó más contra mí y me pareció increíble estar a punto de correrme solo con esa simple fricción de su cuerpo con el mío. Su aliento fresco me embriagó y mi lengua bailó con la suya como si al fin hubiese encontrado a su compañero perfecto.

—¡Carajo! Voy a correrme —admití con vergüenza porque solo se restregaba en mí con la ropa puesta y ya sentía que estaba más chorreada que helado derretido.

—Hazlo —demandó y mordió mi labio inferior.

La pasión me nubló la cordura cuando todo se volvió más hambriento y, justo cuando estaba a punto de llegar a mi clímax, tomé una bocanada de aire y me senté de golpe en la cama.

¡Puta madre! Estaba soñando.

El corazón me latía desbocado, el sudor hacía que el cabello se me pegara en la frente y cuando busqué a mi lado, encontré a Elliot durmiendo profundamente y la agonía que me apretó los pulmones por poco me hizo llorar.

Con cuidado de no despertarlo, salí de la cama. El vientre me dolía por el deseo contenido. Y sintiéndome insatisfecha y como una mierda, me fui hacia la habitación de papá y me metí a la ducha, percatándome de la humedad en mis piernas.

El agua fría me hizo jadear, pero aun así me metí en la regadera y comencé a llorar. Lo hice de dolor, tristeza, frustración y enojo hacia mí misma porque no solo pensé en LuzBel mientras Elliot me daba placer, sino que también tuve el descaro de soñar con él mientras mi chico dormía a mi lado.

¡Madre mía!

Me volvería loca si seguía así y lo peor es que tampoco tenía a nadie con quien hablar. Jane podía juzgarme, Charlotte estaba molesta conmigo, aunque no lo aceptara y papá me mataría si se enteraba que su dulce e inocente Isabella, su hija ejemplar, se había descarriado por un chico al cual debía despreciar con su alma.

Y me daba vergüenza contárselo a Lee-Ang y que ella se decepcionara del tipo de chica en el que me había convertido.

—Te necesito tanto, mamita —susurré restregándome el rostro mientras el agua me mojaba—. Tú no me habrías juzgado, tú me habrías guiado —aseguré y con las manos me eché el cabello hacia atrás hasta tomarme de la nuca.

Era oficial, había perdido el rumbo total de mi vida y no podía con la Isabella en la que me convertí.

Los siguientes días no fueron más fáciles, pero al menos decidí hacer las paces con los chicos, exceptuando a Dylan, ya que me daba lo mismo lo que él hizo, a pesar de tolerarnos más que cuando nos conocimos.

Tess y Jane fueron una buena compañía para no concentrarme tanto en el desastre que se convirtió mi vida, y con Charlotte las cosas seguían igual de *neutrales*.

Elliot, por su parte, estaba cumpliendo eso de enmendar su error, aunque tampoco me hacía las cosas fáciles al invitarme a desayunar con sus tíos, pues se había empeñado con que los conociera mejor, sobre todo a Eleanor Pride, su tía favorita como le gustaba llamarla.

—Elliot, yo entiendo que tu tío solo hizo lo que le pediste, pero me siento un poco incómoda —le dije y negó.

Mi incomodidad era más por ir a la casa de LuzBel luego de haber traicionado a mi novio con él y seguirlo haciendo hasta en sueños y pensamientos. Algo que solo me hacía sentir más estúpida porque, mientras ese imbécil disfrutaba de su viaje con Elsa, yo estaba ahí, deseosa de volver a ese viejo estudio en lugar de disfrutar a un chico que me amaba sin límite alguno.

—Ya, nena. Deja eso atrás y date la oportunidad de conocer a tía Eleanor. Ella está emocionada —me dijo Elliot y puso una mano en mi pierna mientras conducía.

Me había logrado convencer con eso, además que reprodujo un audio que su tía le envió, donde se le notaba que sí quería conocerme y su emoción me tomó por sorpresa.

—Además, quiero que los conozcas ahora que LuzBel no está para que no te incomodes —admitió y escuchar ese nombre me estremeció.

—Tengo una curiosidad —dije ignorando el aleteo en mi estómago y él me miró para que continuara—. ¿Por qué tú no te refieres a LuzBel por su nombre?

—Porque el idiota engreído selecciona a las personas y según él, no merezco llamarlo por su nombre —respondió de inmediato.

«Nadie que yo no quiera me llama por mi nombre», me dijo en su momento, la única vez que me atreví a llamarlo Elijah solo por joderlo.

—¿Hay algo en especial por el que no lo merezcas? —pregunté y lo vi ponerse nervioso.

—Para ser sincero, desde que su amiga le dio ese apodo nunca he merecido llamarlo diferente —respondió.

—¿Elsa lo bautizó como LuzBel? —dije sintiendo una punzada en el pecho, pues eso significaría que la chica era más especial de lo que él quería admitir.

—Por supuesto que no. Elsa es su amiga y aquella que está a su lado solo porque lo ama demasiado y prefiere ser su amante antes que nada —dijo y tragué con dificultad—. Quien lo bautizó como LuzBel fue su mejor amiga, una chica igual de hija de puta que él. La única que sabe jugar a su nivel —confesó y mi corazón se aceleró sin entender por qué.

Creo que no sabría decir si fue por celos, admiración u otra cosa. O porque hubiera alguien a quien él apreciara tanto como para llamarla mejor amiga.

—Es increíble que un tipo como él pueda tener a una mejor amiga —murmuré más para mí y escuché a Elliot reír.

—Al principio pensaba igual que tú, pero cuando vi que Laurel podía ser el tormento para cualquier chica con intenciones de algo más con LuzBel, creí posible que fuera su mejor amiga. Ella es de esas chicas que juega con el mismo fuego que mi primo y hasta me parece sorprendente que nunca hayan terminado enamorados.

«Laurel era sinónimo de peligro». Bufé ante el susurro de mi perra conciencia y también me estremecí ante lo último que dijo Elliot.

—Bien, dejemos de hablar del idiota de tu primo y las pobres desdichadas que caen con él y concentremos en el desayuno con tus tíos —pedí con frialdad e ironía. Él asintió de acuerdo.

Aunque durante el resto del camino, no pude sacarme de la mente todo lo que hablamos y la cabeza me llegó a dar vueltas. Menos mal nos quedamos en un silencio muy cómodo rato después y disfruté de los momentos en los que Elliot me tomaba de la mano, acariciando el dorso con su pulgar mientras nuestros dedos seguían entrelazados.

Minutos más tarde, Elliot se encontraba aparcando frente a una gran mansión que parecía de tres pisos: elegante, hermosa y muy acogedora a simple vista. Tenía un gran y hermoso jardín con flores de temporada, más que todo de girasoles.

Inevitablemente pensé en mamá y su pasión por las rosas y mantener un jardín impecable sin importar la estación en la que estuviéramos. Por fortuna, el clima de California le permitía tener su invernadero bien cuidado sin importar incluso que fuera invierno.

Mayo había entrado con un clima fresco y después del frío del invierno y la primavera, sentir la calidez del sol era delicioso.

—¡Joder! Al fin llegan. Muero de hambre —se quejó Tess abriendo la puerta principal y negué con diversión.

—Tan importante es nuestra presencia que no te permiten comer —inquirí con ironía y subimos los cinco anchos escalones que nos separaban del jardín y la casa.

—Ya conocerás a mamá. Ella respeta el protocolo de una manera descomunal y si ya tiene invitados, no dejará que nadie pruebe un bocado, aunque nos vea vomitando la bilis —explicó y me reí mientras correspondía a su abrazo.

—No miente —aseguró Elliot—. Incluso LuzBel lo respeta y con eso ya te digo todo —explicó y saludó a su prima con un beso en la mejilla que parecía más de etiqueta que de afecto.

«Mierda, nuestro ángel no te hacía fácil dejar a su primo a un lado».

Para nada, coincidí con mi conciencia.

Entramos a la mansión y, en cuanto puse un pie en el recibidor, me di cuenta de que la casa era más hermosa por dentro que por fuera. Quien escogió la decoración parecía tener el mismo gusto que mamá en su momento y eso me provocó añoranza por volver a mi hogar.

Llevaba un poco más de dos años de no ver aquella casa que con tanto esmero ella decoraba en cada estación, ya que le gustaba mantenerla acorde con la navidad, el día de acción de gracias, la independencia, pascua y todas las demás fechas importantes en el país. Suspiré al recordar mis berrinches porque odiaba ayudarle, pero, de alguna manera, mamá siempre me terminaba arrastrando en sus planes y los disfrutaba, porque al final era pasar tiempo de calidad a su lado mientras papá trabajaba todo el día.

Sonreí al recordar la ocasión en la que mamá hizo que mi padre montara una pequeña pasarela y me enseñó todo lo que ella sabía sobre modelaje.

—Isabella, es un honor tenerte en casa —Myles me sacó de mis recuerdos al aparecer frente a mí.

Lo miré y le regalé una sonrisa educada.

—Gracias. Es un gusto estar aquí —respondí sincera.

Al fin y al cabo, Elliot tenía razón. Tenía que dejar atrás lo que pasó, porque si los perdoné, no era para estar dando marcha atrás cada vez que me convenía. Sería madura al menos en eso.

De pronto, noté que detrás de él apareció una hermosa mujer de ojos azules y cabello rojizo. Comprendí en ese momento a quién se parecía Tess, a excepción del color en sus iris. Eleanor (deduje que era ella) era alta al igual que su hija y muy hermosa. Su forma de vestir tan elegante me hizo pensar más en mamá.

Sonreí al verla y mi respiración se cortó cuando se abalanzó sobre mí y me apretujó entre sus brazos.

—Al fin te conozco, mi niña —habló con evidente entusiasmo y mucho cariño. No supe ni cómo responder—. Eres tan bella.

—Gracias, señora —dije cohibida.

—¡Oh! Nada de señora, dime Eleanor —pidió y asentí—. Tienes los hermosos ojos de Leah —murmuró acariciando mi mejilla y de inmediato fruncí el ceño ante la mención de mi madre.

—¿Conoció a mi madre? —pregunté con curiosidad y la vi palidecer.

«Esa visita acababa de volverse muy interesante».

Cielo en tus brazos, infierno sobre tu boca.

CAPÍTULO 29

Quítame el aliento

ISABELLA

Eleanor Pride abrió la boca y volvió a cerrarla, actuando como un pececillo fuera del agua, hasta me la imaginé siendo *Nemo* por su color de cabello, aunque en ese momento lucía más como *Dory* al no saber qué decir. Buscó ayuda en su marido, pero Myles solo sonrió sin gracia.

—No la conoció. Elliot le ha hablado mucho de ti y tú madre. —La voz de LuzBel llegó a mis oídos y de inmediato mi cuerpo fue atravesado por un escalofrío y una tensión que amenazó con hacerme actuar peor que Eleanor—. Creo que le mostraste una foto de ella, ¿cierto? —dijo a Elliot y el susodicho asintió.

Fulminé a Elliot con la mirada en cuanto conseguí reaccionar por haberme mentido.

—Así es. Desde que tía supo que eres mi novia, se ha interesado mucho en ti —explicó Elliot y Eleanor recuperó su efusividad y alegría—. Por cierto, creí que tendría la suerte de no verte por aquí, primo —ironizó, diciéndome de esa manera que él también desconocía de la presencia de LuzBel.

—Estás en la casa de mis padres, *primo*. Así que suerte sería la mía si dejara de verte hasta en la sopa —satirizó LuzBel.

—Vaya, a veces olvido que todavía me rodeo de críos ridículos que pretenden un día liderar la organización —se entrometió Myles con cansancio y su tono fue suficiente para que ambos chicos dejaran ese tira y afloja que mantenían.

—Tienes razón, padre. Lo siento —ofreció LuzBel y Myles asintió.

Elliot se limitó a sonreír con burla hacia su primo y ambos se miraron de una manera que solo ellos entendían.

—Perdona mi emoción, hija. Y ambos chicos tienen razón —añadió Eleanor y negué restándole importancia.

—Tengo hambre —murmuró Tess y fue hacia su padre para entrelazar su brazo al de él, este último le sonrió con dulzura e inevitablemente sonreí al imaginarme a mí con papá.

Él tendía a ser así: duro con los demás, pero dulce y cálido conmigo y mamá.

—Bueno, familia. Vayamos a desayunar —propuso Myles para consentir a su nena y todos asintieron, menos yo.

El hambre se me había ido.

—Por aquí, amor —susurró Elliot tomándome de la cintura con una mano y señalándome el camino con la otra. Lo miré a los ojos para concentrarme solo en él antes de salir huyendo de esa casa.

—Es bueno verte de nuevo, White —habló LuzBel de pronto y ladeó una sonrisa cuando nuestras miradas se encontraron.

El muy cabrón sonrió aún más al ver el agarre de Elliot en mi cintura, deduciendo lo que había pasado en su ausencia. Alcé la barbilla para demostrarle que no me inmutaría, pero no me mentiría a mí misma: me sentía muy nerviosa y con el corazón acelerado por estar de nuevo ante su imponente presencia.

Como siempre lucía guapísimo con lo que fuera que usara, él podía darse el lujo de saltar de lo elegante a lo casual y deduje que incluso en pijamas seguiría viéndose caliente. Esa mañana usaba una playera negra y lisa de mangas cortas junto a unas zapatillas deportivas del mismo color y un pantalón de chándal gris claro que, para mi maldita suerte, dejaba que su entrepierna se marcara más y mis traicioneros ojos no evitaron verlo.

El calor me enrojeció el rostro al recordar el sueño que tuve con él y carraspeé para espabilarme, agradecida de que una venda negra en su mano derecha captara mi atención.

—¿Te sucedió algo? —cuestioné de inmediato, sin prestarle atención a su *saludo*.

Myles y Eleanor se habían adelantado al comedor junto a Tess.

—Gajes del oficio —respondió tranquilo.

—¿Es lo que imagino? —le preguntó Elliot y LuzBel solo se limitó a sonreír con suficiencia y no respondió.

—¿Puedo saber de qué hablas? —inquirí yo, ya que el agarre de Elliot en mi cintura fue un poco brusco de un momento a otro, así que intuí que algo le molestaba.

Puse una mano sobre la suya para que se diera cuenta de que me lastimaba y él me miró con una disculpa implícita.

—De un castigo que recibí, White —respondió LuzBel por él y me llamó la atención que Elliot luciera más molesto que su primo—. Aunque te sorprenda, yo también cometo errores y debo pagar por ellos —añadió.

—Pobre don perfecto. ¿No te dolió el ego al admitir eso? —dije satírica y la sonrisa ladina de ese cabrón creció con orgullo.

—Aceptar errores es parte de la humildad, White —siguió y me pareció increíble que creyera sus propias palabras.

—¡Chicos! En serio me muero de hambre —dijo Tess con voz lastimera, llegando de nuevo a la sala donde nos habíamos quedado.

—¿Vamos? —me dijo Elliot y lo tomé de la mano, asintiendo.

Sentí la mirada LuzBel en mí, pero decidí ignorarlo y caminé guiada por mi chico al comedor.

—¿Le gustó la sorpresa a Elsa? —preguntó Tess a su hermano, quedándose unos pasos atrás para hablar con él y traté de no demostrar mi tensión ante la pregunta.

Lo evité para que Elliot no lo notara y también porque Tess lo hizo solo por curiosidad, ya que ella no tenía idea de lo que me iba a provocar al querer chismear con LuzBel sobre lo que hizo en su viaje.

«O sea que hubo un motivo mayor para llevar a la reina de hielo».

Así parecía.

—Como siempre, confirmó que soy el mejor —respondió LuzBel con orgullo, mandando a la mierda su lado *humilde* y eso provocó un vacío en mi estómago que nada tenía que ver con el hambre.

«Nuestro Tinieblo aprovechó muy bien ese viaje, Isa».

No tenías que recordarlo.

En cuanto llegamos al comedor, me sorprendí con la enorme mesa dispuesta con una infinidad de comida. Parecía como si Eleanor esperara al menos a diez invitados y cuando me atreví a preguntarle si alguien más nos acompañaría, se rio y aseguró que con los tres hombres en la mesa sería suficiente para acabar con todo el banquete.

Elliot sonrió y asintió dándole la razón mientras corría la silla para que me sentara justo a su lado. Para mi mala suerte, LuzBel tomó su lugar frente a mí y así me negara a mirarlo y darle mi atención, podía sentir sus ojos clavados en mí.

Al principio sentí la tensión; sin embargo, Eleanor era una excelente anfitriona y, tras pedir que hiciéramos una oración para bendecir los alimentos (en la que me di cuenta de que LuzBel no puso ni el más mínimo interés, aunque se mantuvo en silencio sin interrumpir a su madre), se deshizo de toda incomodidad con sus conversaciones animadas.

Ella era una mujer que desbordaba amor y devoción por su familia, era ese pilar que no permitía que el hogar se desmoronara por mucho que un par de sus presentes en ese momento se odiaran a morir. E imponía un tipo de respeto derivado del amor que, al final, era el más valioso que existía.

Elliot y LuzBel no se mantuvieron tranquilos porque le temieran, lo hicieron porque la amaban y eso iba más allá de todo lo bueno y malo que podía existir.

Por un momento me quedé absorta al verla reír y jugarle bromas a Tess y, sin quererlo evitar, pensé en mamá y cómo fue conmigo. Ella siempre fue como sus propias rosas, que le aportaban al hogar lo mismo que aquellas plantas al jardín: vida, alegría, paz, sensualidad y amor.

—Es una locura odiar todas las rosas solo porque una te pinchó —me reprendió cuando le dije que ni de loca volvía a sostener las rosas que cortaba del jardín para decorar la casa—. Eso sería igual que renunciar a todos tus sueños solo porque uno de ellos no se cumplió —finalizó con dramatismo y la miré con los ojos entrecerrados.

—Esa es una frase del Principito, mamá —señalé y su rostro se iluminó con una enorme sonrisa.

—Vamos, ven acá, cariño. Tienes que enfrentar los pinchazos de las espinas, así como enfrentarás los obstáculos de la vida —me animó y negué.

—No me convencerás esta vez con tus frases inspiradoras —le advertí y soltó una carcajada. Me gritó que era una llorica porque hui del invernadero, aunque sonrió orgullosa cuando volví con una canasta.

—Si las rosas quieren joderte con sus espinas, échalas en un cesto —le dije imitando su voz y comenzó a descocerse de la risa, contagiándome a mí en el proceso.

¡Mierda! Sentí que los ojos me ardieron ante ese recuerdo y tomé el vaso de zumo para bajar el nudo que se formó en mi garganta. Elliot estaba conversando de algo con su tía y no notó mi tristeza, pero LuzBel me miraba a mí y alzó una ceja cuando lo encontré con la mirada.

Carraspeé y evité volver a mirarlo porque sentí que su mirada me penetró el alma a tal punto, que consiguió leer mis pensamientos y palpar mi dolor y eso no se sintió bien para mí.

Desde que comencé a experimentar esa confusión con él, me sentía más vulnerable y necesitada de la presencia de mi madre. Eso, por momentos, me hacía decaer a un punto que deseaba mandar todo al carajo y cometer los errores que la falta de razón me demandaba, porque creía que era más fácil que vivir conteniéndome, controlándome cada maldito segundo por no hacer una locura.

Traté de incorporarme a la conversación al sentir que el dolor me dominaría y terminaría llorando. De vez en cuando, notaba cómo Elliot y LuzBel me miraban en cuanto Eleanor logró hacerme reír con sus ocurrencias, pero al enfrentarlos con mi mirada, se hacían los desentendidos.

—Aunque no lo creas, cariño, yo sé un poco de modelaje —dijo Eleanor hacia mí.

—¿En serio? Pero nunca modelaste de manera profesional, ¿o sí?

—Gracias a Dios jamás lo hizo —respondió Myles por ella y todos nos giramos para verlo—. Soy un hombre muy celoso y no hubiese soportado que todos desearan a mi mujer. —Reímos por su respuesta, yo lo hice sobre todo por la mirada que Eleanor le dio a su marido, diciéndole «cuida lo que dices si no quieres que esto termine mal».

Ella parecía la esposa complaciente y dedicada, pero el brillo pícaro en sus ojos me indicaba que esa era solo una fachada que le mostraba al mundo para que su marido se luciera como el del poder.

Al parecer, LuzBel disfrutaba mucho de eso. Y, de hecho, verlo tan relajado, aunque sin dejar de lado su frialdad, era algo que me seguía sorprendiendo, sobre todo porque nunca lo vi sonreír tanto como esa mañana con las ocurrencias de su madre.

No decía palabras bonitas, pero la calidez que se plantaba en sus ojos cada vez que miraba a su madre, me indicó que tan hijo de puta no era, o al menos no con la mujer que le dio la vida y quien quizá era la única a la cual respetaba. Situación que me dejó estupefacta, puesto que desde que lo conocí se encargó de mostrarme su lado déspota e idiota.

«Y no olvides su lado juguetón y sexi».
No me dejarías olvidarlo, aunque quisiera.

Retomando lo importante, verlo en esa faceta de hijo me hizo darme cuenta de que debajo de esa apariencia de chico malo, existía un ser que sentía y que, a lo mejor, sufrió alguna pérdida que lo obligó a ser quien era ahora.

«Me recordaba mucho a Diego».

¿Diego?

«Sí, de *La Era de Hielo*».

Me gustó esa comparación.

LuzBel era duro por fuera, pero al estar ahí y presenciar todo junto con su madre, me di cuenta de que al menos con ella tenía un lado bueno.

—¿Cómo aprendiste a modelar? —pregunté a Eleanor. Ella me miró un segundo y sonrió con tristeza.

—A mi mejor amiga de la juventud le encantaba el modelaje y me enseñó un poco —respondió con un ápice de dolor en su voz—, pero luego ella se fue a otro país y perdimos el contacto.

—Lo siento mucho —dije avergonzada por hacerla recordar algo que se notaba que le dolía mucho.

—No te preocupes —me tranquilizó y luego se dirigió a LuzBel—. Por cierto, hijo, ¿qué le pareció a Elsa la sorpresa que tenías para ella? —inquirió y sonreí sin gracia.

—Por el rostro de felicidad que ha tenido desde esa noche, intuyo que fue un éxito —se mofó él y apreté el cubierto entre mis manos al captar su provocación. Pero enmascaré lo que sentí cuando me percaté de que su mirada se posó en mí y sonrió con burla.

—Elsa cumplirá años pronto y Elijah aprovechó el viaje para llevarla a ver su cantante favorito —explicó Eleanor con emoción y puse mi mejor cara de chica ilusionada por ese gesto.

—¡Aww! La cucaracha tiene sentimientos —dije con *dulzura*.

Aunque Eleanor no la notó porque me miró con sorpresa.

—¡Madre mía, Isa! Así no va la frase —dijo Tess entre risas y apreté los labios para no soltar una carcajada, sobre todo porque LuzBel entendió mi puya y la sonrisa ladina de Elliot me demostró que él también.

—¿A qué te refieres? —dijo Eleanor.

—Es la frase de una peli, mamá. Se la dicen a un monstruo, a un *malévolo cucarachón* en son de burla, aunque va diferente a como Isa lo dijo…

—Ya, hija, deja de hablar de esas asquerosidades en la mesa, por favor —la cortó Eleanor y la cara de asco que hizo nos causó risa a todos.

Menos a LuzBel, por supuesto.

Myles se disculpó segundos después de eso cuando su móvil sonó con una llamada y se levantó para ir a responder. Minutos después, regresó con el rostro serio y le pidió a Tess que fuera de inmediato al cuartel a resolver algo y a Elliot que lo acompañara a atender una reunión de emergencia que surgió en ese instante.

LuzBel, por su lado, tomó su móvil y le marcó a alguien y se fue del comedor sin decir adiós.

Me pareció un poco extraña la actitud de todos y noté que a Eleanor no le agradaba ver ni escuchar hablar de nada relacionado con Grigori, ya que se tensó, pero lo disimuló para no incomodar a su familia.

—Lo siento, cariño —se disculpó Elliot conmigo porque tendría que dejarme.

—¿Sucede algo grave? —pregunté siendo lo más discreta posible para que no nos escucharan y negó.

—No es grave, aunque tampoco agradable —admitió y eso me preocupó—. Te hablaré de eso más tarde, ahora mismo te llevaré a casa.

—¡No! ¿Por qué? —protestó Eleanor tomándonos por sorpresa—. Puedes quedarte aquí y conocernos más. Me la paso un poco sola en esta gran casa y me caería bien tu compañía.

¡Joder! Aceptar esa propuesta no era inteligente, aunque todos se hubieran ido ya.

—Yo creo...

—Me caes bien, Isa. Y no me gustaría que, debido a *ciertos* temas, este desayuno tenga que terminar más pronto de lo pensado. No es justo —añadió en voz alta y sabiendo que Myles todavía estaba cerca, no fue difícil intuir porqué lo hizo.

Elliot me miró esperando mi respuesta y sentí un poco de pena por Eleanor.

—Está bien —acepté y él me miró un poco inseguro.

—¿Estás segura? —inquirió y la inquietud en mi interior me gritó que no era buena idea.

—¡Por Dios, muchacho! Lo haces ver como si se quedará en casa de enemigos —lo reprendió Eleanor y él la miró con ironía—. No empieces, Elliot —le advirtió.

—Bien. Si está bien para ti, lo estará para mí —aseguró tras la advertencia de su tía y me causó gracia—. Dentro de un rato vendré por ti —avisó y me dio un beso que correspondí de inmediato.

Lo vi marcharse junto a Myles después y solté todo el aire que estuve conteniendo por tristeza, molestia o sorpresa.

Ya era claro que la presencia de LuzBel no me sentaba bien, aunque esa mañana fue diferente y no solo porque me sentía molesta por haber cedido con él tan fácil y que luego me restregara que se iría con Elsa de viaje, sino también porque traté de poner más distancia entre nosotros tras mi reconciliación con Elliot, pues no deseaba seguir fallando.

Sin embargo, debía admitir que él hizo lo suyo, ya que, a pesar de que siempre se mostró como un idiota frío, tras nuestro encuentro en la sala se comportó más distante y me debatía entre si era porque sus padres estaban presentes o porque entendió que perdoné a su primo y estaba dispuesta a salvar nuestra relación.

—¿Quién es ella? —le pregunté a Eleanor, señalando a una chica que estaba al lado de LuzBel en la fotografía que veía.

Al terminar de desayunar y quedarnos solas, conversamos más sobre nuestras vidas (dejando de lado lo que me comprometiera) y luego me invitó a ir a la sala familiar, ahí sacó un álbum de fotos en cuanto le dije que estaba en un seminario de fotografía y me mostró las que fueron hechas de forma profesional, junto a las que ella misma inmortalizó de sus hijos.

Vi solo una de LuzBel siendo un adolescente en donde no tenía ni *piercings* ni tatuajes y me sorprendió el parecido que tenía con Elliot en esa etapa de su vida. Luego contemplé la metamorfosis que fue sufriendo con el paso de los años y acepté lo bien que le sentó, ya que, aunque siempre fue guapo, en el presente también era sexi y su halo de peligro le daba un toque adictivo.

«Definitivamente los tatuajes eran parte de lo que lo hacía único».

Y peligroso.

—Es la mejor amiga de Elijah. Vivió aquí un tiempo —respondió Eleanor y pensé de inmediato en la chica que Elliot mencionó.

La foto parecía haber sido tomada al menos cuatro o cinco años atrás; ella estaba sentada en el regazo de LuzBel y riendo al igual que él con verdadera diversión por algo que su amigo le susurraba en el oído.

La reconocían como su mejor amiga, pero esa foto daba a entender que tuvieron algo más que amistad.

«*Quien lo bautizó como LuzBel fue su mejor amiga, una chica igual de hija de puta que él. La única que sabe jugar a su nivel*». Las palabras de Elliot llegaron de nuevo a mi cabeza y me tensé.

«¿Celosa, Colega?»

Maldita entrometida.

—¡Dios! ¿Me ayudas a escoger ropa para donar? Había olvidado que debo entregarla hoy —pidió Eleanor en tono preocupado de pronto y asentí.

Me llevó hasta su recámara en el segundo piso y, mientras llegábamos, me comentó que en esa área estaban las habitaciones para sus invitados, pero a ellos como buenos anfitriones les gustaba mantenerse cerca, por eso decidieron tomar la habitación principal en ese nivel.

Vi seis habitaciones con puertas de madera maciza y la entrada a la escalinata que llevaba al tercer piso en donde Eleanor dijo que se encontraba la recámara de Tess y LuzBel, junto a la que Elliot ocupaba cada vez que llegaba de visita.

Al llegar a la suya, descubrí que su adicción por la ropa era igual a la que tuvo mi madre, ya que su *walking closet*, era tan grande como la habitación y al meternos en él, perdimos la noción del tiempo.

Me reí mucho con la pequeña pasarela que montamos y mientras escogíamos la ropa que ya no le quedaba (que no usaría más porque había dejado de gustarle o no le sentaba bien), también nos contamos anécdotas; yo, sobre todo, pues le hablé más de mi madre y la manera tan peculiar en la que a veces combinaba su ropa. Ella me conversó sobre sus mejores amigas de la juventud y cómo cada una conoció a sus parejas.

—Intuyo que esa tristeza en tus ojos no es solo por pensar en tu madre —me dijo mientras metíamos la ropa en cajas y las etiquetábamos.

—Sí lo es. Últimamente he pensado demasiado en ella y la he necesitado más —acepté y suspiré profundo.

—Pero ¿qué te ha llevado a necesitarla? Porque entiendo que la extrañes, es tu madre y siempre te dolerá no tenerla, cariño. Sin embargo, después de un tiempo llegamos a tolerar bien esa ausencia hasta que atravesamos por algo duro en el que nuestra primera excusa es que, si tuviéramos a esa persona, nada complicado nos pasaría, solo porque queremos encontrar un por qué en lugar de aceptar que lo que vivimos es un proceso que el destino ya lo tenía deparado.

Tragué con dificultad ante lo que me dijo y sentí que la respiración me faltó al pensar en mi confusión, en los cambios y la manera tan nefasta en la que los estaba llevando.

—¡Dios! —dije frotándome el rostro y ella me tomó del brazo con ternura.

—Si quieres hablar, para mí será un honor escucharte —aseguró y la sinceridad en su voz se notó, algo que contrastó con el deseo en sus ojos de ser esa voz de la experiencia que tanto necesitaba.

—Mi vida no ha sido fácil desde que mi madre murió —comencé y conforme los minutos pasaban, fui contándole todo lo que pasé desde aquel fatídico día.

Eleanor en ese momento, se convirtió en esa amiga que muchas veces una chica como yo necesitaba: con experiencia pero sin jactarse de ser una sabelotodo. En ningún momento sus ojos me juzgaron al hablar de mi relación con su sobrino y los miedos que experimentaba.

Y, al darme cuenta de que de verdad quería escucharme y comprenderme para saber aconsejarme, me atreví a mencionarle las confusiones por las que estaba pasando sin incluir a su hijo. Por suerte, logré plantearlo sin implicar a un tercero y con cada palabra que salía de mi boca, mi interior comenzaba a sentirse más liviano.

El peso que me había echado en los hombros era demasiado pesado y solo lo entendí en ese preciso instante.

—Amo a Elliot, de eso no tengo ninguna duda, pero… ¡Dios! Sin pretenderlo yo misma me metí en una burbuja distinta a la de mi padre y cuando explotó al llegar a la ciudad, descubrí cosas…, experimenté situaciones y probé circunstancias que antes aseguré que no probaría —dije y cada encuentro con LuzBel llegó a mi cabeza—. Es como cuando juras que jamás beberás alcohol, pero un día lo pruebas y poco a poco los sorbos van aumentando hasta que se te hace adicción y sé que está mal, Eleanor —añadí con voz lastimera.

Ella se acercó a mí y me tomó de las manos.

Nos habíamos quedado sentadas en el parqué del clóset, como dos viejas amigas aprovechando el tiempo que tenían sin verse para ponerse al día.

—Temo que, sin darme cuenta, permití que esta nueva vida arruinara mi relación con Elliot —acepté con dolor.

—Isabella, solo tienes dieciocho años y has pasado por situaciones tú sola, situaciones que tu padre debió vivir contigo en lugar de alejarte, porque por protegerte, te expuso a peligros peores —dijo ella tomándome del rostro—. Y no, no voy a juzgarlo porque cada padre intenta cuidar y educar a sus hijos de manera distinta, pero por la manera en la que has tenido que sobrevivir por tu cuenta, me sorprende que sigas teniendo la sensatez de analizar tus errores —admitió y sonreí.

—¿No me odias por admitir que le he fallado a tu sobrino? —pregunté y ella negó con la cabeza.

No mencioné que traicioné a Elliot al involucrarme con LuzBel, pero sí le admití que me vi envuelta en situaciones que, si fuera al revés, yo no le habría perdonado.

—No podría odiarte porque veo el dolor que te causa estar en esta situación, Isa. Pero debo ser sincera contigo —respondió y el corazón se me aceleró con temor a sus palabras—. Si piensas que tu relación con Elliot se dañó por lo que has vivido desde que regresaste de tu viaje, es porque en realidad ya estaba arruinada desde mucho más tiempo de lo que puedas imaginar.

La boca se me secó al escucharla y los ojos me ardieron.

—Pero... yo era feliz con Elliot antes de venir aquí —dije tratando de no titubear.

—¿Eras feliz?, ¿o solo te empeñaste en que te vieran feliz sin estarlo de verdad? —preguntó y me quedé sin palabras—. Cariño, no dudo que ames a Elliot, lo veo claro en tus ojos y en el dolor que experimentas solo con pensar que lo dañarás, pero ¿te amas a ti misma como para ser egoísta con el mundo y decidir ser feliz de verdad? —dijo y deseé correr hacia el jardín para tomar un poco de aire—. No me respondas a mí, respóndete a ti cuando seas capaz. Solo ten en cuenta que buscar la verdadera felicidad te llevará a cometer errores y aciertos. Sin embargo, es parte del proceso.

Nos quedamos en silencio tras esas palabras y confieso que, aunque al principio me sentí aliviada por descargar mis tormentos con ella, en ese momento todo me golpeó con más fuerza.

«¿Porque te habló con sabiduría? ¿O porque en lugar de decirte que te alejaras de lo que te alejaba de Elliot, te hizo entender que debías amarte más a ti que a los demás?»

Tampoco pude responderle a mi conciencia.

—No sé qué decir —confesé rato después y ella me abrazó. Su gesto fue tan maternal, que por un momento imaginé que era mamá la que me arropaba con tanto amor.

—No te concentres en darme explicaciones a mí porque yo no importo, lo que opine personalmente de ti, tampoco. Tienes que valorar lo que tú pienses de ti misma, Isabella. Y vive tu vida como desees y consideres que te hará feliz de verdad. Solo evita dañar con mentiras a quienes te importan —pidió y la miré a los ojos—. Pero si el daño será inevitable, al menos asegúrate de que sea por decir la verdad —añadió y asentí regalándole una sonrisa—. Ahora, sigamos con la tarea —me animó.

Y le agradecí que hiciera eso, que supiera el momento correcto para hablar o callar respetando mi sentir y no solo imponiendo su opinión.

Confundida todavía, pero un poco más aliviada de mis cargas, cambié de tema y seguimos concentrándonos en la cantidad de ropa que nos quedaba por doblar. Ella optó por hablarme de su pasado y de un rato a otro volví a reírme de sus ocurrencias hasta que la señora del servicio nos interrumpió porque alguien llegó a visitarla.

Se disculpó conmigo al tener que dejarme, ya que era necesario atender a su visita y me ofrecí a terminar de acomodar la ropa por ella, sabiendo que Elliot todavía no llegaría por mí y me agradeció por eso. Se fue después de darme un beso en la mejilla y me dejó ahí pensando en por qué estaba siendo tan amable conmigo.

No se trataba solo de su educación, de eso estaba segura, puesto que notaba que me miraba como si me hubiese conocido en el pasado o como si inconscientemente, hubiese sido parte de su vida y por eso me apreciaba de esa manera.

No tenía idea, pero sí agradecería siempre que me diera un poco del amor maternal que tanto extrañaba.

Una hora después, terminé con mi labor y salí de la habitación para buscar a Eleanor.

Ella no había regresado conmigo y tras enviarle un mensaje a Elliot para saber si se desocuparía pronto y recibir un *lo siento* de su parte como señal de que no podía responder, decidí que lo mejor era volver a casa por mi cuenta. El tiempo compartido con las personas de la mansión Pride se había extendido más de lo que pretendía, aunque no me quejaba. Hablar con Eleanor me sirvió de mucho a pesar de que, por un instante, me sentí más confundida.

El pasillo en ese segundo piso era largo y los nervios me acompañaban en cada paso que daba, incluso sabiendo que Tess y LuzBel tenían sus habitaciones en el tercer piso y que de momento no se encontraban en casa; no obstante, el simple hecho de saber que me encontraba en el territorio de ese demonio insufrible provocaba que mi ansiedad se alborotara.

«Demonio insufrible, desbocado y caliente, muuuy caliente».

Sentí que me sonrojé ante ese señalamiento de mi conciencia, porque concordé aun cuando me obligaba a querer hacer lo correcto.

—¡Madre mía! —grité cuando al pasar por la entrada a la escalinata que conducía al tercer piso, me cogieron de la cintura y tiraron de mí hasta esconderme detrás de la pared.

—¿En serio creías que teniéndote en casa desaprovecharía la oportunidad? —susurró LuzBel, plantando las palmas de las manos en la pared, a cada lado de mi cabeza.

«Lo dicho antes: demonio insufrible y muuuy caliente».

¡*Carajo*!

—Tenía la esperanza de no volver a verte —mentí sintiendo el corazón desbocado y la respiración echa un fiasco.

—¿Y qué es más fuerte? ¿La esperanza de no verme o el deseo de otro encuentro conmigo? —se mofó y tomé su muñeca cuando llevó una mano a mi cintura.

—Según veo, el que no puede controlar su deseo eres tú —dije con burla—. ¿Acaso tu compañía de esta semana no te dejó satisfecho y por eso te fue inevitable pasar de mí? —inquirí y sonrió de lado.

Me maldije porque esa pregunta, en lugar de sonar burlona, lo hizo con molestia.

—¿Me estás reclamando, White? —cuestionó divertido y eso me enfadó.

Sin embargo, cuando quise decirle que no y que era un imbécil, solo pude abrir y cerrar la boca, tratando de encontrar mi voz, pero al final terminé por hacerle otra pregunta.

—¿Qué demonios quieres? —espeté e intenté alejarme de él, pero fue ágil y puso la otra mano en mi cintura para retenerme justo donde quería.

—Como supuse —volvió a mofarse y apreté mis molares—. Ven conmigo —pidió de pronto y me tomó de la mano, comenzando a subir los escalones.

—¿A dónde? —pregunté, pero ya estaba siguiéndolo como una niña buena a la que engañaban fácilmente diciéndole que, si hacía lo que le ordenaban, obtendría muchos de sus dulces favoritos.

Y no respondió, solo siguió guiándome hasta que llegamos al tercer piso. A lo lejos, escuchaba la música inundando el pequeño pasillo y tragué con dificultad al ver aquella puerta abierta e intuir a la habitación que me llevaba.

Y no me negué. Situación que trató de instalar una presión de culpa en mi pecho. Sin embargo, la adrenalina de la expectativa lo sucumbió y no permitió que mis piernas se detuvieran.

LuzBel me miró cuando llegamos a la puerta abierta de su habitación y, tras intuir que no me negaría, dio un paso dentro junto conmigo. La música de antes provenía de ahí y la garganta se me secó provocándome la necesidad de tragar varias veces.

Take my breath away sonaba en una versión moderna con la voz de EZI y con el volumen suficiente para que no fuera molesto a la hora de hablar. LuzBel soltó mi mano dejándome ver todo a mi alrededor y cuando escuché el clic de la puerta al cerrarse, aquel escalofrío que solo sentía con él cerca, reptó por mi espalda.

Todo dentro de esa recámara gritaba LuzBel.

Dos paredes laterales, incluyendo el techo, eran negras por completo. La del frente era de cristal, lo que permitía ver la luz natural y el bosque de fondo. La que estaba a un lado de la cama, fue cubierta con piedra gris oscura y el piso de madera clara se contrastaba a la perfección.

La cama tenía sábanas negras también junto al *chaise lounge* largo al pie de ella y las almohadas. Y la luz de las lámparas de techo y de noche junto a la del exterior, era lo único que me aseguraba que seguía en la tierra, no en la entrada del infierno.

Suponiendo que el infierno era oscuro antes de encontrar el fuego eterno.

«Y suponiendo que el demonio que te rodeaba no llevara el fuego hasta ti incluso estando en la tierra».

—Quítame el aliento —susurró LuzBel detrás de mí y pegué un respingo ante su cercanía.

—¿Eh? —susurré y me rodeó hasta ponerse frente a mí.

—Eso dice la canción, White —explicó y me lamí los labios dando un paso hacia atrás, lo que me hizo ganarme un amago de sonrisa ladina por su parte—. Y respondiendo a la última parte de tu pregunta anterior, sinceramente, no puedo pasar de alguien que obtiene toda mi puta atención incluso cuando no quiero dársela —aseguró con un deje de molestia y no entendí por qué.

—¿Para esto... —Callé cuando volvió a tomarme de la cintura y siguió guiándome hacia atrás hasta que mi culo presionó la madera del escritorio que también adornaba su habitación— me trajiste aquí? —terminé de decir y la respiración se me cortó al sentir su mano acariciando mi mandíbula.

—No, White. Te traje aquí para recordarte lo bien que la pasamos juntos en el viejo estudio. —Mis mejillas se calentaron y solo conseguí jadear cuando me alzó hasta sentarme en el escritorio.

La falda de cuero negro que usaba llegaba hasta la mitad de mis muslos y gracias a que era un poco pegada, él no consiguió meterse entre mis piernas. Sin embargo, la cremallera al frente que la mantenía cerrada desde la cintura hasta su final, no era difícil de abrirla si LuzBel lo quería.

«¿Y tú querías?»

—¿Llevas bragas? —inquirió de pronto con malicia y no pude responderle. Pero la sonrisa que me regaló me dijo que intuyó la respuesta y me mordí el labio un poco avergonzada—. Si fueras mía, no te dejaría salir de la habitación al saber que las evitas con este tipo de atuendos —susurró.

297

«¿Si fueras suya? ¡Mierda, Colega! El Tinieblo acababa de mandar mi decisión propia por un tubo».

Casi sonrío ante el susurro de mi conciencia y su facilidad para dejar a un lado sus creencias con LuzBel tan cerca.

—Qué bueno que soy mía, porque no te dejaría decidir por mí, ni a ti ni a nadie —logré decirle y me estremecí cuando tras sonreír, me dio un beso en el cuello que erizó cada maldito vello de mi cuerpo.

—No lo dije porque te lo prohibiría, sino porque con el simple hecho de saber que no usas bragas, mi polla se engrosa, crece y lucha para salir de mi pantalón y encontrar ese coñito desnudo —susurró en mi oído y dejé de respirar.

La canción tenía una melodía sensual que, en ese instante, solo intensificó lo que las palabras de LuzBel me provocaron, a pesar de que también me avergonzaba que fuera tan crudo.

Puse las manos en su pecho al sentirlo tan cerca y giré un poco el rostro para que nuestras mejillas se rozaran mientras él seguía con el suyo metido en mi cuello. Inspiré hondo su aroma mentolado y a la vez achocolatado, mezclado con el jabón de baño y me embriagué.

Todo lo que me aturdía antes de estar en su habitación pasó a segundo plano y la culpa me abandonó, volviéndome por un momento una chica descarada.

—¿Qué me estás haciendo? —susurré sin pensar al dejarme llevar por todas las emociones que él me provocaba. Volvió a dar otro beso en mi cuello, entretanto arrastraba las manos por mi torso, hasta presionar su agarre en mis caderas.

—Solo dándote a probar un poco de lo que hay más allá de esa burbuja en la que te encerraste tú misma —dijo y a la vez depositó besos castos por toda la longitud de mi cuello hasta que subió a mi barbilla.

Me aferré más a mi agarre en su pecho y empuñé la tela de su playera entre mis manos.

—Estoy enseñándote a vivir un poco.

—Con peligro —susurré y sonrió.

—¿Y no te gusta? —preguntó llevando las manos a mis muslos y acariciándolos con pereza, subiendo poco a poco.

—El problema no es si me gusta o no. El problema es que no puedo sentir esto contigo —recordé entre la bruma.

Me miró a los ojos y siguió arrastrando las manos hacia arriba, hasta meterlas debajo de mi falda, yo lo imité con las mías, pero llevándolas a su abdomen y sonrió. Lo hizo porque vio mi lucha, notó que mi raciocinio me decía que me bajara de ese escritorio y pusiera una distancia prudente entre nosotros. Sin embargo, mi deseo me ancló sobre la madera.

—Detenme, entonces —pidió—. Tú tienes el poder aquí, Bonita. Dime que no siga y obedeceré —aseguró y la respiración comenzó a faltarme ante el primer roce de sus dedos en mis pliegues.

—Eres un imbécil —susurré y sonrió de lado.

Y me miró triunfante porque no lo detuve. En lugar de eso, me dejé ganar por mis deseos más oscuros, esos que siempre ocultaba debajo de una coraza y mientras él hacía círculos perezosos cerca de mi centro, yo bajaba a su abdomen sin apartar nuestras miradas.

Ese chico ya había ganado esa batalla entre nosotros, pues lo dejé meterse tanto en mi cabeza, que mi mundo se puso patas arriba, obligándome a quitarme una venda que me puse en los ojos, arrancando mis creencias de raíz, demostrando que no solo existía el blanco y el negro, también estaba ese punto medio, ese gris como sus ojos donde el destino se tambaleaba como si estuviera parado en una cuerda floja, sin saber si caería en el lado bueno o en el malo.

—Cuando abres y cierras la boca de esa manera, mi polla palpita por acariciar esos labios fríos y resecos por el aire que se filtra en cada jadeo que das —confesó y, por inercia, volví a entreabrirlos para tratar de respirar.

¡Madre mía!

Era tan arrogante e idiota y me hacía odiarlo la mayor parte del tiempo, pero luego llegaban esos acercamientos y lo único que deseaba era dejarme ir con él, sin frenos, sin ataduras, sin razonamiento, sin importarme el impacto y el daño colateral que provocaríamos.

No existía el miedo en ese instante; al contrario, esa revolución de sentimientos y contradicciones me daba vida y me hacía vivirla de verdad. Y cegada por mi deseo, terminé de bajar una de mis manos a su entrepierna y lo acaricié, sintiendo su dureza y…

—Si continúas haciendo eso no podré detenerme, Bonita. Y no quiero que me culpes luego de lo que pueda suceder —gruñó tomando mi muñeca.

Lo miré a los ojos e insistí con mi caricia.

—Tomo el riesgo —aseguré y, por un segundo, hasta yo me sorprendí de lo que dije.

Aunque más me sorprendió sentirme tan segura de esas palabras, que ni siquiera titubeé.

«Te habías cansado de fingir, Colega».

Sí, no podía esconder el humo si ya había encendido el fuego.

—Entonces lo tomaré yo también —susurró cerca de mis labios y jadeé sobre los suyos.

Yo era quien lo acariciaba, quien sentía su polla crecer aún más. E incluso así, mi centro ardía como si el placer que le provocaba fuera también el mío.

Tuve que valerme de mi autocontrol para no cerrar esa distancia entre su boca y la mía. En lugar de eso, rocé mi nariz con la suya y volví a jadear, tentándolo, coaccionándolo para que fuera él quien terminara de unirse a mí. Y solté un gemido en cuanto me tomó una teta con la mano y la amasó con destreza mientras que con la otra, comenzó a bajar la cremallera de mi falda.

—Ves el humo, ¿cierto? —dijo y cerré los ojos cuando rozó nuestros labios al hablar.

Asentí en respuesta. El fuego ya era inevitable.

—Termina de encenderlo —lo animé cuando la tela de mi falda se aflojó y subió mi blusa hasta arriba de mis pechos, viéndome desnuda de la cintura para abajo.

—¿Crees que bastará con un beso? —preguntó y lo miré, congelándome en cuanto sus ojos se fijaron en mis labios—. Responde —exigió y me mordí el labio inferior, con la respiración vuelta mierda y el pecho subiendo y bajando con intensidad.

¿En serio me besaría?

«Eso parecía y no estabas soñando».

—Compruébalo —logré decir.

Pegué un gritito cuando lo que había en el escritorio cayó al suelo justo en el instante que me cogió por debajo de los muslos y me obligó a echarme hacia atrás, apoyando los codos sobre la madera oscura.

—¡Joder! —gemí con voz intensa cuando se inclinó hacia el sur de mi cuerpo y enterró el rostro entre mis piernas.

Maraschino Love, de la misma cantante a la cual escuchaba cuando llegamos a la habitación, se tragó mi siguiente gemido y arqueé la espalda cuando con sus brazos, separó más mis piernas y con la lengua se abrió paso entre mi vulva.

El *piercing* en su lengua hizo contacto con mi manojo de nervios y, por un instante, creí que me correría.

Mi cuerpo se tensó cuando comenzó a lamerme de arriba abajo con lentitud, deleitándose con mi coño, probándolo como si fuera un manjar que debía degustarse bien desde el primer bocado; arrastrando la lengua sobre mi clítoris y aferrándose a él, succionándolo con fuerza.

Mi respiración se volvió más dificultosa y apenas conseguí arquear el cuello para mirarlo enterrado entre mis piernas, lamiéndome, chupando y mordisqueando; girando la lengua en mi clítoris y llevándola hasta la entrada de mi vagina para esparcir más mi humedad.

—¿Querías un beso mío, White? —inquirió con la voz ronca.

Me miró a los ojos y mi entrepierna palpitó, resentida por la ausencia de su lengua. Sonrió de lado como el hijo de puta que era y el calor me invadió en el momento que un golpe de humedad abandonó mi interior, más que preparado para él.

—Sí y ahora no quiero que pares —supliqué perdiendo la vergüenza con él porque el deseo me superaba y verlo con los labios brillosos a causa de mis fluidos, logró que mis pezones se endurecieran como piedras.

—¿Él logró superarme esta semana? —inquirió y abrí la boca para responderle, pero las palabras no salieron.

Había reto en su mirada, anhelo porque le dijera que no, pero también noté algo más que no identifiqué.

«Ni siquiera dejaste que te diera placer», respondió mi conciencia y negué, aunque en ese instante mi respuesta valió también para LuzBel.

—No lo recuerdes —pedí— o te pediré que pares —advertí cuando la punzada de culpa me atravesó el pecho.

Odié que LuzBel tuviera que llevar a Elliot a ese momento, sobre todo al ver que a él le divertía e incluso podía decir que hasta le excitaba dejar claro que le estaba comiendo el coño a la novia de su primo.

—¿En serio pedirás que pare? —me retó y antes de que le respondiera, empujó una de mis rodillas flexionadas y volvió a atacar mi coño con más intensidad y avidez.

—¡LuzBel! —gemí y me mordí el labio volviendo a echar la cabeza hacia atrás, sintiéndome a punto de llegar cuando su lengua lamió y con sus dientes arrastrándose en mi clítoris, me provocó.

—Qué magnífico sabe el coño de la chica de mi primo —dijo entre gemidos y mi estómago se hundió gracias a las respiraciones aceleradas que daba.

300

—Maldito imbécil —gruñí y lo sentí sonreír, agarrando mis muslos para que no los cerrara.

Me mordí el labio con más fuerza cuando ayudado por sus dedos, acarició mi botón con el pulgar y su lengua llegó de nuevo a la entrada de mi vagina.

El remordimiento y la culpa aumentaron mi placer y no supe en qué tipo de perra me convertía eso.

—Maldito hijo de puta suertudo. Mira todo lo que te has estado comiendo —siguió como si hablara con Elliot y los ojos me ardieron.

La lujuria se apoderó de mí, el remordimiento y el placer hicieron una combinación tan peligrosa, que me quedé vulnerable ante ella y no pude detenerlo; al contrario, giré las caderas tratando de que profundizara más cuando llevó otro dedo a la entrada de mi vagina sin dejar de rozar mi clítoris con el pulgar y arrastrar la lengua de arriba abajo.

La humedad ya había hecho un charco en el escritorio y la sentía correr por la raja de mi culo.

—¡Mierda! Gracias por dejarme saborearla, Elliot —siguió.

—Imbécil —logré decir mientras sostenía los bordes del escritorio con las manos.

Lujuria, pasión y odio, eso era en ese momento. Los tres sentimientos igual de intensos formando una bola en mi vientre que explotaría y arrasaría con toda mi cordura.

—Tu novia es cielo e infierno, primo —aseguró.

Agarré su nuca y lo apreté más a mi coño, moviendo las caderas con locura. El aire dejó de llegar a mi cerebro, la sangre comenzó a hervirme y las venas se me hincharon por la presión que estaba provocando el placer en todo mi sistema nervioso.

—Todo depende de cómo la traten, ¿lo sabías, Elliot? —siguió y contuve mi grito al sentir cómo el hormigueo crecía donde su lengua y dedos me tocaban hasta que cada músculo comenzó a contraerse con fuerza y aquella bola de placer bajó más en mi vientre—. Y yo tengo el infierno justo en mi boca —sentenció.

—¡Joder! ¡Sí! —grité cuando sincronizó la lengua con sus dedos y me envió directo al limbo del orgasmo.

Mi espalda se arqueó, los nudillos se me volvieron blancos por la fuerza con la que tomé el borde del escritorio y cada milímetro de gozo se extendió de mi vientre hacia mis muslos, destruyéndome en partículas que luego se unieron, se concentraron e hicieron recorrer el deleite desde la cabeza hasta mis pies.

Mi pecho se detuvo por varios segundos porque dejé de respirar y, en cuanto recuperé el aire, comenzó a bajar y subir como si acabara de correr una maratón. El pulso de mi corazón y clítoris se sincronizaron y a duras penas logré detener a LuzBel porque mi centro se volvió sensible.

Tenía la piel febril y en el momento que la sangre volvió a correrme por las venas, llevó las pulsaciones a todo mi cuerpo, concentrándose en mis oídos y ensordeciéndome, siendo apenas consciente de que LuzBel comenzó a subir dando besos en mi abdomen hasta llegar a mi cuello, mi barbilla y justo cuando llegó a mi boca, contempló mis labios.

Tenía los ojos oscurecidos por el deseo y de pronto, sentí que su corazón también estaba acelerado.

—Hazlo —susurré viendo el anhelo en sus iris tormentosos—. El agua ya hierve, así que no te funcionará apagar el fuego —aconsejé y lo tomé de la nuca.
—Maldición —bufó y noté su lucha por cruzar esa barrera.
—Quiero probarme en tus labios —lo tenté.
—Sabes a adicción —aseguró.
—Envíciame entonces —musité con sensualidad.
—Cielo e infierno —susurró él y vi que se acercó con la intención de ceder.
—Cielo en tus brazos, infierno sobre tu boca —concedí y moví las caderas logrando que soltara un gruñido.

Sentí su dureza y supe que mi humedad quedaría en su pantalón de chándal. Aunque eso quedó en segundo plano cuando la distancia entre nosotros fue cerrándose hasta que por fin sus labios…

—¡Elijah! ¿Estás ahí? —La voz de Eleanor nos interrumpió y nos separamos de inmediato cuando comenzó a golpear la puerta como loca.

¡Me cago en la puta!

«Al menos esa vez no te sacaron de un sueño».

La realidad podría ser peor.

CAPÍTULO 30

Tu pecado

Isabella

L as reacciones cuando te encontraban in fraganti tendían a ser muy estúpidas, de eso no había ninguna duda, sobre todo en ese instante, pues la puerta estaba cerrada, así que Eleanor no podía vernos.

Sin embargo, el instinto me obligó a bajarme del escritorio, apenas tirando de la falda para cubrir mi desnudez. Aterrorizada porque esa puerta no tuviera seguro y se abriera enseguida, dejando que aquella buena mujer me encontrara medio vestida en la habitación de su hijo.

—¡Elijah! —insistió su madre y pegué un respingo haciendo que el broche del cierre no encajara con su contraparte y maldije porque de nuevo la tela se abrió de par en par.

—Cálmate, White. Madre no entrará si yo no le autorizo que lo haga —aseguró en un susurro y mis ojos se desorbitaron.

Si solo era su autorización lo que bloqueaba esa puerta, estaba jodida.

—¿Qué demonios haces? —le dije cuando lo vi sacándose la playera.

—Lo haría yo, como todo un *caballero*, pero debo atender a madre —dijo con ironía, tendiéndome la playera y vi que por debajo de ella había estado usando un *tank top*[14] masculino color negro.

---

14 Es una camiseta de tirantes o esqueleto. Nació en el mercado de las Halles en París, a mediados del Siglo XIX, en donde una poderosa corporación de estibadores llamada: «Forts des Halles», inició esta tradición llena de estilo, comodidad y sofisticación.

—Va a verme aquí —dije con aflicción.

—No lo hará, solo métete al baño —pidió y vi con asombro cómo sin pena alguna, se metió la mano dentro del pantalón y acomodó su pene hacia arriba para que la erección no se le notara.

—¡Me cago en la puta, LuzBel! Tus pantalones —dije y él vio lo mismo que yo.

Como lo predije antes, mi humedad había quedado impregnada en ellos y se notaba más por el color gris claro, haciéndolo parecer como si se hubiese derramado una bebida.

—El gemido puede engañar, la humedad no —se mofó y deseé matarlo—. Al baño, ahora —dijo antes de que lo intentara y señaló hacia su derecha.

Vi la puerta que también era negra y solo se notaba que era una por la manija que brillaba, y corrí hasta ahí sin perder más tiempo.

—¡Elijah, te escucho! ¿Qué haces que no abres, muchacho del demonio? —se quejó Eleanor y a duras penas logré sostener mi falda.

Cerré la puerta con cuidado de no ser escuchada y el nerviosismo no me dejó analizar que en el baño había papel. Simplemente obedecí la orden de LuzBel porque estaba actuando en automático y me limpié la entrepierna con su playera lo mejor que pude.

—¿Isa está aquí? —preguntó Eleanor cuando LuzBel la dejó pasar y presioné la espalda en la puerta del baño, tratando de encajar las malditas partes de la cremallera y escuchando a la vez.

—¿Por qué intuyes que esa chica puede estar en mi recámara, madre? —devolvió él con voz gélida.

—No lo intuyo, hijo. Te estoy preguntando —aclaró ella.

—No, madre. Si White hubiera subido a este piso, entonces deberías buscarla en la habitación de su novio, no en la mía —aclaró él y cerré los ojos con frustración, maldiciendo a la vez por ese recordatorio.

«Más recordatorios hizo mientras te comía el...»

No te metas.

—No está allí, acabo de revisar —informó Eleanor.

—Bien, aquí tampoco. Créeme cuando te digo que mi espacio personal es lo último que buscaría esa chica —aseguró él y entrecerré los ojos por la ironía implícita.

Hijo de puta.

—Me siento avergonzada, hijo. Tuve una visita no agendada y no pude evitarlo. Isa se ofreció a acomodar la ropa para la donación y me tardé más de lo debido. Ahora no la encuentro y comienzo a sospechar que se marchó.

—Deberías buscarla en el jardín, ya ves que a tus visitas les encanta perderse entre las flores que tienes plantadas. Y no creo que White se ofenda por algo que te fue imposible evitar —la consoló él.

—Tienes razón, amor. Iré al jardín a buscarla —avisó y comencé a soltar el aire que estaba reteniendo por los nervios—. Por cierto, ¿qué has comido para que tus labios brillen así?

—Déjalos así —exigió él y me tapé el rostro con ambas manos, roja de la humillación al imaginarla queriendo limpiar los labios de su hijo.

¡Puta madre! Qué maldita vergüenza.

No escuché nada más a parte de la puerta cerrándose luego de eso y me llevé las manos al pecho, justo al lado izquierdo, tratando de contener mi corazón desbocado. Pegué un respingo cuando escuché unos toques en la puerta detrás de mí y abrí enseguida.

—Dejaste mis labios muuuy humectados, Bonita —ironizó y estuve tentada a cerrarle la puerta en la cara por su sonrisa arrogante.

Pero me encontraba en su baño, así que de nada me serviría.

—¿Qué carajos pasa contigo? —espeté, pero en cuanto el miedo por ser descubierta me abandonó, comencé a reírme con un poco de histeria.

LuzBel me acompañó segundos después y, por un par de minutos, no pudimos parar hasta que tuvimos que hacerlo y volver a la realidad.

—¿Esta es tu manera de enseñarme a vivir? —inquirí con burla.

—¿Acaso no te gusta la adrenalina que te provoca el peligro? —devolvió él y me cogió de la cintura, pegando mi pecho al suyo—. ¿No te excita saber que puedes ser descubierta y, sin embargo, sabes mover tus piezas y lo evitas? —siguió y dio un beso cerca de mis labios.

Me gustaba tanto como a algunas personas les gustaba la droga al probarla por primera vez. La sensación de escape y libertad temporal era única, sentirme yo misma, sin máscaras ni deberes morales era exquisito.

Sin embargo, al igual que la droga, lo que LuzBel me hacía sentir era adictivo y ya sabía cómo podía terminar.

«¿En rehabilitación o muerta?»

Exacto. Con suerte en la primera y sin ella, en la segunda.

—No importa si me gusta, LuzBel. Esto no es correcto —dije más para entenderlo yo.

—Y si no es correcto, ¿por qué se siente tan bien? —preguntó y puse las manos en su pecho para alejarlo y verlo a los ojos.

Alterné la mirada entre sus iris y sus labios y me lamí los míos cuando la tentación volvió a tocarme.

—Porque soy prohibida para ti —susurré y alzó una mano para sacar con su pulgar, mi labio de entre mis dientes luego de que lo aprisioné con ellos.

—Por eso tu sabor es adictivo para mí —concordó y no sé qué carajos me poseyó, pero arrastré los dientes (en un pequeño mordisco) por la yema de su dedo y de inmediato lo lamí.

Él se mordió su labio e hizo un gesto tan sensual, que volví a humedecerme.

—Me haces difícil no follarte ahora mismo —declaró.

—Debemos parar, LuzBel —musité con voz lastimera.

—Debemos, pero ni tú ni yo queremos —aclaró y no pude contradecir—. Me fui por una semana, White, dándote la oportunidad para que aclararas tu mente y ¿sabes por qué?

—¿Porque tú también necesitabas aclarar la tuya? Y lo hiciste entre las piernas de Elsa —inquirí con celos y esa vez no los oculté.

—No necesitaba follar con Elsa para aclarar nada, la he follado solo porque lo he deseado.

—Maldito infeliz —siseé tratando de zafarme de su agarre, pero envolvió con firmeza su brazo en mi cintura para impedirlo.

—Hablé en pasado, White. Antes del viaje —aclaró, pero no le creí—. Y no te debo ninguna explicación, pero nada pasó con ella en California —aseguró y dejé de removerme para enfrentarlo con la mirada.

LuzBel era libre de hacer lo que quisiera y también un idiota descarado que no necesitaba mentir o endulzarle el oído a nadie para conseguir sexo, así que terminé por creerle.

—Sé lo que quiero y si necesitaba que tú te aclararas también, es porque si me dejas seguir jugando contigo, deseo que lo hagas sin arrepentimientos. Solo disfrutando del momento y de lo que provocaremos juntos —explicó y me estremecí.

¿Disfrutar de lo que provocaremos juntos?

Elliot y su dolor llegó a mi cabeza.

—Hemos creado una hoguera entre nosotros, Bonita. Sigamos añadiendo leña hasta que nos consumamos —siguió.

—No quiero dañar a Elliot y tampoco pienso dejarlo por ti —dije dándole la misma sinceridad que él a mí y sonrió soltando mi cintura y dando un paso hacia atrás.

—Nunca se me cruzó por la cabeza que lo dejaras por mí —aseguró— y tampoco estaba en mis planes pedírtelo —añadió.

—Siendo quién eres, me sorprende que te conformes con ser mi amante —señalé.

—No quiero ser tu amante, White —declaró y lo miré sin entender—. Quiero ser tu pecado y delito, tus malditas ganas de romper las reglas, tus momentos inapropiados y clandestinos, ese deseo perverso del cual no puedes escapar —añadió y lo miré sin poder decir nada.

Nunca habría podido describirlo con tanta certeza como él lo hizo.

—Y sé cuánto amas a Elliot —siguió y advertí una pizca de amargura en esas palabras, pero la cubrió con altivez—, así como siento cuánto me deseas a mí, tal cual como yo a ti. Así que no quiero que dejes a mi primo, porque él te dará lo que yo no puedo.

—¿Besos? —inquirí con ironía por lo que él me negaba.

—Amor —aclaró y fue bueno que no me estuviera riendo con burla al hacer mi pregunta, porque se me habría borrado de golpe ante sus palabras.

Y no, tampoco era que buscara eso de él, pero joder, que casi me lo restregara en el rostro no me sentó bien. Aunque agradecí que fuera sincero y no hiciera promesas que no cumpliría.

—No busco una relación contigo —continuó y tragué al sentir la garganta seca—. Fueras soltera o no, mi propuesta sería la misma: sexo sin amor —zanjó.

—¿Con todas ha sido así? —indagué y asintió con la cabeza—. ¿Cómo haces para no mezclar sentimientos? —pregunté con amargura.

—Cada vez que follo con alguien, me los quito junto con la ropa. —Esa respuesta me causó cosas que, en realidad, me afectaron más de lo que debía—. Una metáfora acertada y eficiente —señaló—. Y para que las reglas de nuestro juego queden claras, es necesario que seamos totalmente sinceros con lo que deseamos.

Respiré profundamente al escucharlo y di un paso hacia atrás para poner más distancia entre nosotros.

—Jugar con fuego es un peligroso juego —le dije recordando el refrán que Lee-Ang se repetía siempre.

—Para aquellos que se queman a sí mismos, por supuesto. Para mí, es un gran placer —aseguró dándome a entender que no era la primera vez que lo hacía. Pero con el repertorio de chicas detrás de él y con el ejemplo de Elsa, eso ya lo tenía claro.

Eché la cabeza un poco hacia atrás para mirarlo a los ojos cuando volvió a cerrar la distancia entre nosotros, pero no me tocó.

—Solo quiero sexo contigo, White. Tu cuerpo, no tu corazón —musitó. Eso lo sabía y aceptaba, pero escucharlo me decepcionó—. No te ofrezco ningún otro sentimiento que no sea deseo y placer, ni te prometo las estrellas. —Alzó la mano para acariciar mi mejilla y no se lo impedí. Lo tomó como permiso para inclinarse y llegó a mi oído—. Sin embargo, sí prometo llevarte a la cama y hacer que las veas —susurró y analicé que algo debía estar muy mal conmigo como para reaccionar con nerviosismo y no con molestia por su descaro.

—¿Eres así con todas? —dije en un susurro. Él no se había separado de mí.

—No, con algunas ni siquiera necesito hablar ya que solo son follones de una noche —admitió y lamió el lóbulo de mi oreja—. Contigo, sin embargo, no me bastará solo con una vez —aseguró y mi pecho subió al respirar hondo—. Acepta mi propuesta, Bonita. Juega conmigo —suplicó tomando mi cintura de nuevo y presionándome más a él—. No te arrepentirás.

Suspiré con pesadez por todo lo que experimentaba en mi interior y ante la locura que estaba a punto de decir.

—¿Lo juras? —pregunté y me miró sonriendo de lado y entendí por qué.

—No, Bonita. Te lo prometo —respondió y la imagen de mi cuerpo semidesnudo mientras él estaba detrás de mí en el viejo estudio inundó mi cabeza.

—Voy a perder el miedo a quemarme —dije más para mí, con mi raciocinio vencido por mi deseo—, confiando en que eres de hielo. —Sonrió victorioso al escucharme.

—Sexo sin amor —sentenció y besó mi mejilla. Contuve la respiración al pensar en que me estaba adentrando en terreno peligroso, ya que yo seguía siendo una inocente metiéndome solita en un infierno que me podría quemar las alas—. ¿Aceptas? —preguntó con esperanza.

Y antes de que le pudiera responder, puso las manos entre mi cuello y barbilla en un agarre firme que me estremeció, ya que volvió a intentar cerrar la distancia entre nuestras bocas.

«¿Iba a sellar el trato con un beso? ¡Un beso en la boca esa vez!»

Me sonrojé ante esa aclaración.

—Acepto —respondí al fin, dejándome llevar por una locura que esperaba no lamentar.

—¿Qué aceptas, Isabella?

«¡Oh Mierda!»

Quiero ser tu pecado y delito, tus malditas ganas de romper las reglas, tus momentos inapropiados y clandestinos, ese deseo perverso del cual no puedes escapar.

CAPÍTULO 31

Dáñame con la verdad

ISABELLA

Mi primer pensamiento fue alejar a LuzBel de mí al escuchar a Elliot, pero ni siquiera lo conseguí, ya que este último llegó a nosotros y de un golpe en el hombro lo apartó con brusquedad. Sentí terror al pensar en que se meterían en una pelea. Sin embargo y por primera vez desde que los veía juntos, LuzBel sonrió con chulería sin corresponder el ataque.

—¿Quién va a responder mi maldita pregunta? —cuestionó Elliot con dureza.

Su gesto de furia había barrido el hermoso brillo de sus ojos azules y no tenía idea de cuánto había escuchado o visto, aunque por su actitud intuí que lo suficiente.

—¡Elliot, no! —supliqué y me metí en el medio de ambos para detenerlo cuando trató de irse encima de LuzBel de nuevo.

Cuando me enfrenté a LuzBel en el aparcamiento de la universidad el día de mi cumpleaños, por un instante juré que tenía frente a mí a un verdadero demonio a punto de arrancarme la cabeza, pero al ver a Elliot en ese instante, con una actitud tan idéntica a la de su primo, admití que fui una estúpida por nunca haber notado esas similitudes entre ellos.

«Y también por creer que el Tinieblo era un demonio peor».

Lo aceptaba.

—Responderás tú, entonces —inquirió con voz gutural y me dolió verlo así.

Era mi jodida culpa.

—Solo es un juego entre nosotros, *primo* —respondió LuzBel sin preocupación y eso empeoró las cosas.

—Entonces explícame para participar en él —aseveró Elliot y volvió a irse sobre LuzBel.

Lo cogí de la camisa y lo contuve como pude.

—Llévame a casa. Yo te lo explicaré —supliqué y lo cogí del rostro.

Sacudió la cabeza para soltarse de mí y los ojos me ardieron. El miedo, la culpa y la frustración compitieron con mi adrenalina y sentí que el cuerpo entero me tembló.

—Te metiste con el hijo de puta equivocado, LuzBel —dijo Elliot entre dientes y su voz ronca por la ira me atravesó el corazón.

De soslayo vi que LuzBel volvió a sonreír y eso provocó más la locura de mi chico.

—Elliot, por favor. Vamos a casa, yo te daré todas las explicaciones que necesitas —rogué y él apenas me miró.

—Bastante irónico que me digas eso, ¿no crees? —le dijo LuzBel.

—No lo compliques —le gruñí yo y el maldito demonio alzó las manos.

—Lo que tú digas, White. Como te dije antes, aquí la del poder eres tú —me recordó y mis ojos se desorbitaron por lo implícito en esa declaración.

—¡No más, Elliot! Por favor —supliqué apenas conteniéndolo esa vez.

—¿Qué hay entre ustedes dos? —largó para mí y tragué con dificultad cuando su mirada me enfrentó.

«No hay nada de lo que tengo contigo, solo me dejé ganar por un deseo que me ha venido dominando desde que me crucé en el camino de ese imbécil. Un impulso mortífero que por más que lo intente, no consigo apaciguarlo», pensé.

Y quise decírselo, anhelé tener el valor para ser sincera de una vez con él, pero de nuevo no pude. Solo abrí y cerré la boca como pez muriendo fuera del agua.

—No la enfrentes aquí —le exigió LuzBel cuando vio mi *shock* y no supe el porqué de esa demanda.

—¿Por qué no? ¿Te da miedo mi reacción por lo que vaya a decirme? —se burló el ojiazul y LuzBel bufó divertido.

—No, imbécil. Sabes bien que he buscado por todos los medios que tú y yo al fin nos enfrentemos —aseveró LuzBel—, pero lo que White tenga que decirte debe ser solo entre ustedes dos, ya que lo que sea que imagines que ha pasado entre nosotros, sucedió en privado.

—¡Que puto imbécil eres! —espeté yo al escucharlo y él me miró un poco sorprendido.

No sabía si su intención era defenderme o hundirme más, pero con esa declaración solo conseguiría lo último.

—¿Ves? Yo solo conseguiría tergiversar más las cosas —dijo entonces para Elliot—, porque tu cara de idiota me puede más que el deseo de tu chica porque entiendas lo que pasa. Así que, si la confrontas frente a mí, me dedicaría a soltar mierda para joderte más —explicó con una sonrisa.

—Considérate muerto, hijo de puta —ladró Elliot y cogió a LuzBel de los tirantes de su *tank top*.

—¡Fue suficiente! —espeté sintiéndome dolida y frustrada por estar en el medio de ambos. Decidí salir de esa habitación sin importar que Elliot me siguiera o se quedara ahí matándose con el imbécil de su primo.

Corrí por el pasillo con el corazón desbocado y los ojos ardiéndome por las lágrimas y la certeza de que acababa de cagarla sin haber comenzado el juego. Bajé los escalones sin cuidado alguno y fue una suerte que no terminara rodando por ellos.

Supliqué para no encontrarme con Eleanor y seguí corriendo por la escalinata que me llevaría al primer piso hasta que alcancé la puerta principal, pero no logré abrirla, Elliot lo hizo por mí y al mirarlo noté sus ojos oscurecidos por la furia y la tristeza.

—Ocupa bien tu tiempo de camino a casa, ya sea para mentirme con maestría o para coger el valor suficiente y decirme la puta verdad —aseveró y simplemente callé.

En ese momento, había despertado en él un lado que jamás me mostró y ni siquiera lo culpaba porque me puse en su lugar y sabía que si hubiese sido yo la que lo encontró con otra tal cual como LuzBel me tenía a mí, me habría convertido en una loca de atar.

Lo seguí hacia el coche sin decir una sola palabra y me sorprendí de que incluso furioso, tuviera el detalle de abrir la puerta para mí, aunque pegué un respingo cuando la cerró con más fuerza de la necesaria. Los neumáticos derraparon en el camino al salir de la mansión por la velocidad con la que se puso en marcha y el silencio que nos inundó fue tan incómodo, que incluso con la música de la radio no se apaciguó.

Llevaba la mano derecha en un puño apretado sobre su muslo y los nudillos de la izquierda se le volvieron blancos por la fuerza con la que tomaba el volante. Mi chico luchaba por controlarse y en mis pensamientos solo rondaban excusas y mentiras para poder persuadirlo.

Pero él no se lo merecía.

«Había llegado el momento de ser sincera, Colega».

Pero ser totalmente sincera me llevaría a perderlo y analizar eso me aterró de una manera que no esperé.

«Era perderlo a él por decirle la verdad o seguirlo engañando y no solo con tus mentiras, sino también por lo que seguiría pasando con el Tinieblo».

Mi corazón se aceleró ante ese señalamiento que no puede contradecir ya que, a pesar de lo que estaba pasando, nunca se me cruzó la idea de parar lo que inicié con LuzBel y eso me hizo sentir enferma y decepcionada de mí misma.

¿Qué carajos me pasaba? ¿Cómo era posible que hubiese cambiado tanto en esas semanas como para no importarme arriesgar mi amor con Elliot por algo sin futuro?

Eleanor me dijo que debía ser egoísta, pero… ¡mierda! El daño colateral que estaba provocando no era justo para nadie y menos para el chico que me amaba y al cual yo amaba.

Me negaba a arruinarlo todo.

«Lamentaba decirte que no podías dañar lo que ya estaba dañado desde hace tiempo».

¡Mierda, no! Mi relación se dañó por haber llegado a Richmond.

«Tenías que dejar de ser tan cobarde, Isa. Y aceptar que lo que Eleanor dijo era verdad».

«Si piensas que tu relación con Elliot se dañó por lo que has vivido desde que regresaste de tu viaje, es porque en realidad ya estaba arruinada desde mucho más tiempo de lo que puedas imaginar». Apreté los ojos con fuerza cuando sus palabras llegaron de nuevo a mi cabeza.

«Y se dañó luego del funeral de mamá».

Me limpié una lágrima con brusquedad por lo que me provocó el susurro de mi conciencia, ya que me hizo ver que lo que creí dos años atrás era cierto: la Isabella que Elliot merecía murió el día que sepulté a mi madre.

—¿Qué sucede entre LuzBel y tú? —preguntó Elliot en cuanto entramos a la casa.

Nos quedamos en la sala y rogué que Charlotte no estuviera ahí para que no se enterara de nada. La voz de Elliot fue oscura y lo miré por varios minutos sin responderle al percatarme de que solo mentiras llegaban a mi cabeza.

—Yo no... —callé y mi corazón dolió en cuanto intenté soltar la primera estupidez que llegó a mi cabeza.

—¡Miénteme bien, Isabella! ¡Hazme quedar como el más grande idiota! —espetó y el pecho se me apretó al contener la respiración. El dolor en su voz fue tan crudo como la ira y el respingo que di fue inevitable—. ¡Maldición! —gruñó al darse cuenta del tono de sus palabras.

Eso solo consiguió que mi corazón doliera más porque incluso teniendo motivos para estar fúrico, se odió por alzarme la voz. Podía ser un hijo de puta como LuzBel aseguró, pero con el mundo, no conmigo.

—Vuelve a ser mi Isabella —suplicó entre dientes y comencé a respirar con dificultad— y dáñame con la verdad, por favor.

Sus palabras terminaron de quebrar algo en mi interior y las lágrimas corrieron libres por mis mejillas. Sus ojos brillaron y se pusieron rojos y negué aturdida porque me ardía el alma verlo así, pero no me arrepentía de nada de lo que hice cuando debí estar avergonzada por dejar de ser la chica de la que él se enamoró.

—Yo... estoy confundida —solté al fin en un susurro y vi cómo el dolor terminó de atravesarlo—. No hay nada entre tu primo y yo. Y jamás lo habrá —aseguré al recordar las palabras de LuzBel—, pero sin buscarlo, me metí en un tira y afloja con él que me hace odiarlo tanto como necesitarlo. LuzBel es como ese veneno aromatizado, que sabiendo que te dañará, no puedes dejar de respirar —admití.

Me mordí el labio cuando un sollozo quiso abandonarme y sentí crecer el nudo en mi garganta, esa vez tenía agujas y el dolor se volvió insoportable.

Decían que la verdad liberaba, pero yo solo me sentía más prisionera de mis errores, sobre todo al ver a Elliot dándome la espalda y luego llevándose las manos a la cabeza, enterrando los dedos en su cabello y maldiciendo.

Lo acababa de dañar, de destruir lo que creamos cuatro años atrás y no me importaba que dijeran que todo se había jodido desde antes de que lo pudiera imaginar. Para mí, en ese momento, fue nuestro punto de quiebre.

—Cuando tu padre me dijo que vendrías aquí, rogué para que no te cruzaras en el camino de ese imbécil porque sabía que esto podía pasar —dijo con la voz ronca y lo miré sin entender cuando se giró para enfrentarme—. Soporté las ganas de verte con la esperanza de que él no supiera que eras mi novia, pero según parece, todo comenzó entre ustedes desde antes de que yo pusiera un pie aquí.

—No hay nada entre nosotros, Elliot. Y te juro que nos odiamos al menos veintitrés horas al día y los siete días de la semana —dije con convicción porque en eso no le mentía.

—Pero bastó una hora al día para confundirte con él, ¿no? —satirizó y tragué con dificultad—. Lo odias la mayor del tiempo; sin embargo, en el poco que se dan tregua, hace que te olvides de que tenías novio, uno que juraste amar.

—Te amo, Elliot —acoté con dolor.

—Y gracias al cielo por eso, ya que si no lo hicieras te hubiera encontrado follando con él y no a punto de besarse —aseveró con burla.

Le di la espalda ante ese señalamiento y la vergüenza me corroyó el cuerpo entero.

Me vi una vez más con LuzBel en el viejo estudio y luego en su habitación minutos antes. Me había follado ya: primero con los dedos y después con su boca. Entonces lloré aún más, frustrada de que algo que estuviera tan mal, me haya hecho sentir viva y libre.

—¿O me equivoco en eso? —inquirió y sentí el miedo en su voz. Negué con la cabeza sin voltear. Seguí dándole la espalda porque no soportaría mirarlo a los ojos— ¿Isabella? Me equivoco en eso, ¿cierto? —insistió.

—Elliot, por favor —supliqué cuando me tomó del brazo para que lo enfrentara.

—¿Fuiste capaz con él cuando no has podido conmigo? —satirizó.

—Mi himen no se ha roto por nadie si a eso te refieres —solté al sentirme tan atacada y él rio sin gracia.

—No es tu himen lo que me preocupa, Isabella. Porque al final se lo puedes dar a quien quieras. Tu coño, tus reglas —soltó con rabia y mis ojos se abrieron de forma desmesurada.

Mi primer pensamiento fue darle una bofetada. El segundo, que no podía ser tan hipócrita, ya que LuzBel me dijo las mismas palabras y no lo puse en su lugar.

«Hasta tenían los mismos pensamientos. ¿En qué más eran iguales?»

No quería descubrirlo.

—Pero siendo sincero, no solo me destruirías el corazón, sino también el ego, ya que respeté tanto tus deseos, suprimiendo los míos porque te amo, como para que ahora ese hijo de puta llegue a tomar sin esfuerzo lo que yo cale…

—No seas como él —supliqué entre llanto, callándolo.

—Debí haber sido contigo más como LuzBel, porque de serlo ni siquiera estaríamos teniendo esta discusión —aseveró y no pude contradecir.

Era tan estúpida que prefería el veneno antes que la cura y ellos dos eran la prueba viviente.

—Lo siento, amor —lloré no pudiendo más—. Sé que he cometido un grave error, que te he dañado, pero te juro que te amo.

—¿Y te arrepientes? —preguntó con la voz ronca por las lágrimas que contenía—. Porque te veo dolida, pero más porque te descubrí con él y no porque deseas volver atrás y resarcir el daño —señaló y simplemente callé.

No podía ser tan cobarde de seguir hablando sino lo haría para decir la verdad. Suficiente lo había dañado ya como para continuar haciéndolo.

—Creí que muchas cosas cambiaron en mí desde que llegué a esta ciudad, pero ahora entiendo que cambié desde mucho antes y debo aceptarlo —cedí y él se alejó de mí, riéndose con burla.

—Comenzando por tu amor por mí —señaló y negué con la cabeza—. No me amas lo suficiente, Isabella y acepto que no es LuzBel el culpable —añadió y lo miré con sorpresa—. Qué hijo de puta —soltó y comenzó a reír de nuevo, negando con la cabeza con entendimiento y frustración.

Yo, en cambio, no comprendí esa burla en sus palabras ni hacia quién iba dirigida.

—Elliot —susurré y se alejó de mí en cuanto quise tomarlo de la mano.

—La culpa no es del tercero, pues nadie entra a donde no lo dejan —musitó con amargura y mi única reacción fue mirarlo y tratar de negar—. Así que antes de que tú y yo lleguemos a odiarnos, me hago a un lado.

—¡Joder, no! Amor, no quiero perderte —dije llorando con miedo.

Miedo y culpa.

—Y yo no quiero ser tu imbécil por más que lo merezca —repuso mientras se acercaba a mí y acunaba mi rostro entre sus manos—, ya que todo lo que he hecho siempre ha sido porque te amo. Y terminar con lo nuestro es una prueba más.

—¿Cómo es eso posible? —dije y miré su rostro nublado por las lágrimas en mis ojos.

Lo cogí de las muñecas y me aferré a él.

—Prefiero terminar contigo antes que repudiarte, Isabella. Necesito dejarte libre para saber si en realidad fuiste mía alguna vez. No en cuerpo, sino en alma —susurró sobre mis labios y sollocé al sentir el roce de su aliento.

Depositó un beso casto que creí que duró una eternidad y, en ese instante, entendí que un gesto como ese podía reconfortarte tanto como destruirte.

Y a mí me destruyó.

—Elliot —lloré perdiendo la voz mientras lo veía alejarse de mí.

—Él no te amará nunca, nena. Te destruirá antes de que tengas la oportunidad de defenderte, así que no te equivoques —suplicó y negó cuando vio que intenté tirarme sobre él para abrazarlo.

Estaba dispuesta a rogarle para que no me dejara en ese momento, pero su amor por mí era tan grande, que su mirada llena de lágrimas me rogó para que no me rebajara.

—¡Puta madre! —grité en cuanto se apresuró a salir de casa y comencé a llorar como tanto deseaba.

Caí al suelo de rodillas y apreté mi pecho por el dolor que suprimió mis pulmones. Me dolía perderlo, me destrozaba verlo marcharse y maldije que mi vida hubiera cambiado tanto hasta llegar a ese punto en el que me desconocía, en el que no sabía el rumbo que debía tomar.

«Sí sabías, Colega. Y lo tomarías tarde o temprano».

¿*Así me quemara?*

«Ya te estabas quemando».

—¡¿Qué demonios estabas pensando?! —El grito de papá me hizo encogerme.

Durante todo el fin de semana no salí de mi casa en Richmond y lo único que logré hacer para distraerme y sacar de mi cabeza todo lo que me aturdía, fue entrenar. Agradecida de que mi colección de katanas al fin hubiese llegado.

Sin embargo, el lunes por la mañana mi desesperación llegó a niveles peligrosos y sin analizarlo bien y yéndome contra las órdenes de mi padre, compré un boleto hacia California, agradecida de que las millas acumuladas en mi cuenta sirvieran para obtener un vuelo de emergencia. Y valiéndome de la excusa de que se me presentó una urgencia, envié un correo a la universidad para avisarles de que faltaría al seminario al menos tres semanas.

Ser aplicada me valió para que no me pusieran peros, sin embargo, no me libraría de presentar pruebas que fundamentaran mi mentira. Aunque de eso decidí preocuparme luego. Asimismo, le envié un mensaje de texto a Tess para que pidiera por mí en la organización que me sacaran de la próxima misión que realizaríamos, ya que estar de nuevo en el medio de LuzBel y Elliot era lo que menos me convenía.

Sin embargo, lo que menos esperé, aunque sabía que papá iba a molestarse, fue que me recibiera con tanta furia al verme llegar a casa, mojada por la lluvia, pues no quise que mi Uber me llevara hasta la entrada.

—No habría venido si no te necesitara tanto, papá —le dije en un susurro.

—Podrías haberme llamado en lugar de ser tan insensata —gritó y alcé la barbilla, negándome a llorar.

—Señor, todo está listo —dijo Dom llegando de pronto.

Papá le había ordenado que preparara el jet privado para volver a Richmond y no le importó que le pidiera que al menos me dejara descansar, ver la casa o ir al cementerio para visitar la tumba de mamá.

—Papá —dije una última vez.

—Andando, Isabella. Descansarás en el jet —ordenó con voz dura.

No protesté, solo apreté los puños y caminé hacia la limusina como lo ordenó. A duras penas alcancé a ver el rosal en el que mamá se la pasaba en sus momentos libres, relajándose al plantar más semillas, arrancar maleza y pincharse los dedos con las espinas de las rosas solo por el simple gusto de enfrentar el dolor de la belleza, como ella lo describió.

«La rosa solo tiene espinas para aquellos que quieren tomarla. Si la admiras desde donde te corresponde, solo te deleitará con su belleza».

Eso me decía cuando le recriminaba que no podía entender que le gustara tanto cortarlas incluso sabiendo que terminaba pinchada. Y siempre me juró que, por adornar la casa entera de su vida y sensualidad, valía la pena.

No hablé durante todo el camino hacia el hangar privado, me limité a observar a mi alrededor, notando que mi padre usaba a más escoltas que la última vez que lo vi.

Estar en california así fuera por un par de horas, me llenó de nostalgia y más al recordar que fui feliz en su momento antes de que asesinaran a mi madre; solo antes de que todo eso pasara me sentí en el camino correcto, pero cuando me la arrebataron, fue como destruir el pilar más fuerte de mi vida.

—Shss —me calmó papá horas más tarde.

Me había dormido en la pequeña habitación del jet, el cansancio al fin me encontró y el destino me dio una tregua al permitirme dormir sin tener pesadillas o pensar en cómo jodí mi vida.

—¿Hemos llegado? —le pregunté con la voz soñolienta.

—Aterrizaremos en veinte minutos —respondió y asentí frotándome los ojos.

Él acomodó mi cabello y luego de eso acarició mi mejilla. Lo miré y vi en sus ojos azules el caos que escondía de mí.

—Siento mucho haber ido en contra de tus órdenes —musité y me senté, recostando la espalda en la pared de metal.

—No debí hablarte como lo hice, hija —dijo y me tomó de las manos—, pero debes entender que no me sacrifiqué estos años sin ti para que vengas a arruinarlo todo con tus imprudencias.

—Pero papá…

—Lograron llegar a Leah porque decidió ir contra mis órdenes —me calló—. Ella sabía el peligro que nos rodeaba, pero aun así tomó su decisión y se valió de sus habilidades. Fue insensata y… me duele haberla perdido, aunque también el resentimiento me corroe el alma porque fue egoísta con nuestro amor y… ¡Dios! —Sus ojos se desbordaron en lágrimas y yo ya no contuve más las mías.

Solo en ese instante comprendí su reacción y busqué sentarme en su regazo como cuando tenía cinco años, abrazándolo por el cuello y aferrándome a él como mi héroe.

—Me he perdido, papito —lloré y me abrazó por la cintura, tomándome con la protección que tanto necesitaba—. Y en mi arranque de desesperación he cometido esta locura, tú sabes que yo no soy así.

—Lo sé, mi niña. Esto también es mi culpa, porque me he preocupado más por mantenerte protegida que por darte el amor que mereces. No soy un buen padre y…

—No te cambiaría por nadie, papito —dije entre sollozos y por un rato solo nos aferramos el uno al otro, llorando y diciéndonos en silencio todo lo que no podíamos con palabras.

A lo mejor debía aprovechar ese momento para decirle por todo lo que atravesaba, mas no quise arruinarlo porque después de años, hasta ese día volví a conectarme con papá como cuando mamá estaba viva. Y al llegar a casa decidimos concentrarnos en cosas menos tristes.

Aunque por un momento todo estuvo a punto de irse al carajo de nuevo, ya que papá le llamó la atención a Charlotte por no haber estado pendiente de mí. Intenté defenderla, pero ella no lo permitió, asegurando que su jefe tenía razón de estar molesto.

Esa noche la tensión entre ellos se palpó en la cena, al siguiente día igual, al tercero los noté un poco más relajados y el cuarto día Charlotte aceptó una tarde de películas con nosotros, un momento ameno que me regresó a mis días pasados, cuando ella llegaba de visita a casa en Newport Beach y nos la pasábamos entre juegos y charlas con mamá siendo parte de nosotros.

—Trabaja en tu respiración, Isabella —demandó papá el domingo por la mañana.

Habíamos ido a una zona de tiros para practicar con mi puntería, aunque los recuerdos de la última vez que sostuve un arma me robaban la concentración, consiguiendo que mi respiración se volviera irregular.

—Inhala —ordenó poniéndose a mi lado.

Papá usaba un pantalón cargo con tela de camuflaje y una playera de algodón verde olivo. Llevaba gafas de protección y sus botas de combate. Mamá siempre le dijo que lucía sexi en ese atuendo y él cada vez que podía, dejaba de lado los trajes para usar ropa que le hiciera ganar halagos subidos de tono por parte de su esposa, algo que siempre me divirtió presenciar.

Papá había sido *Navy Seal* años atrás, pero luego dejó el servicio para dedicarse a su carrera de ingeniería y con lo que ahorró mientras estuvo destacado, logró montar su propia empresa hasta convertirse en el mayor y exitoso empresario en el rubro de la construcción. Y como el buen *Navy Seal* que fue, en sus tiempos libres le gustaba llevarme a practicar tiro al blanco.

—Y si uso mejor un *shuriken*[15] —propuse y río.

—Ya hiciste orgullosa a una Miller con tus prácticas ninjas, cariño. Ahora te toca hacer feliz a este White —dijo y golpeó el dorso de mi mano izquierda, que tenía como apoyo de la derecha con la glock.

—Eso te pasa por no haberme dado un hermano —dije y se quedó en silencio. Lo miré para saber qué le pasaba y noté que estaba ido, viendo el centro del blanco que me había puesto a disparar—. De haberlo tenido, él posiblemente te hubiese hecho feliz a ti con su excelente puntería —añadí y sacudió la cabeza.

—Mi nena también puede hacerlo, así que déjate de excusas y mejor concéntrate porque no iremos a ese restaurante que tanto te gusta si no mejoras un poco esa puntería —me regañó y negué divertida.

A veces me amenazaba como si siguiera siendo esa niña que no daba un paso sin sus padres. Sin embargo, me concentré y decidí dejar mis traumas de lado porque me gustaba volver a sentirme como la vieja Isabella; la chica que no tenía más preocupaciones que hacer sentir bien a su padre consentidor.

Luego de esa tarde, terminé por confesarle que Elliot había roto conmigo, pero le aclaré que no fue solo por eso que corrí el riesgo de ir hasta Newport Beach. Le hablé de los cambios que habíamos tenido en nuestra relación desde que mamá faltó y opté por no profundizar en nada más, ya que vi en sus ojos que se sintió culpable y después de verlo llorar por el amor de su vida, no quise echarle más sal a su herida.

Terminó por quedarse una semana más conmigo cuando le dije que había pedido permiso de faltar a mis clases y me ayudó a conseguir una prueba falsa para que no tuviera ningún problema. Que me acompañara para que no me sintiera sola fue todo lo que necesitaba.

Por las noches lloraba por mi ruptura, sobre todo cuando la debilidad me vencía y terminaba por llamar a Elliot o enviarle mensajes de textos que ignoraba, cosa que me dolía. Sin embargo, reconocía que el chico tenía todo el derecho de actuar así.

Él siempre me lo dio todo y yo fui muy injusta y malagradecida con el amor que me profesó.

—Deja que le pase el enojo, cariño. Y dedícate este tiempo solo a ti, también lo mereces —aconsejó papá al encontrarme llamándolo en medio de un entrenamiento.

---

15 Es un tipo de arma blanca arrojadiza, similar a un proyectil, originaria del Japón medieval. Posee una gran variedad de formas y estilos, pero predominantemente en forma de estrella, con filos cortantes y de un tamaño lo bastante pequeño para ocultarlo con facilidad. Su uso está asociado con los ninja, lo que le ha valido el apelativo popular de «estrella ninja».

Él había tenido cosas que atender, así que aproveché para meterme en mi zona de confort y por un rato me perdí entre patadas y puñetazos, hasta que los recuerdos de mis encuentros con LuzBel y luego mi ruptura con Elliot volvieron a nublarme la razón.

—Creí que sería más fácil con los días, pero siento que todo empeora —admití y lo vi coger una katana de su estuche. La admiró atontado y me reí de eso.

—Una vez cometí el error de decirle a tu madre que la letalidad de un arma blanca jamás se compararía a la de una glock —dijo cambiando el tema de forma radical y vi con sorpresa cómo giró la katana en su mano.

Aunque me indigné por lo que dijo.

—¿Cómo pudiste? —inquirí con exageración y él sonrió.

—Ahora me pregunto lo mismo —admitió divertido—. Leah casi me corta las bolas esa vez.

—¡Papá! —exclamé y soltó una carcajada.

—Ven aquí y dame una lección —pidió en cambio y encantada, cogí mi katana y llegué hasta las esteras.

Tomé posición, estirando la pierna izquierda hacia un lado y la rodilla derecha la flexioné un poco, balanceando mi peso. Alcé la katana a la altura de mi pecho y le sonreí de lado cuando noté que él me miró con orgullo.

Papá sabía de artes marciales, pero se enfocó más en su entrenamiento militar, así que él flaqueaba en eso, pero yo emergía, siendo el conjunto de un todo perfecto en cuestión de combate.

Nos metimos en una lucha que duró solo quince minutos, ya que me dejó a la vista sus debilidades y lo hice caer en las esteras hasta que se rindió por voluntad propia.

Esa fue nuestra última noche juntos. Al día siguiente, volvió a California con la promesa de que no me dejaría sola tanto tiempo y le creí, lo hice porque en esas dos semanas juntos aprendí que el John White que yo conocí, seguía ahí, aunque temeroso y con la necesidad insaciable de protegerme de sus enemigos.

Pero no volví a la universidad como se suponía que debía hacerlo, ya que no me sentía preparada para enfrentarme a la realidad de nuevo. Con papá a mi lado recuperé fortaleza, aunque cuando se marchó, se la llevó con él.

Presenté mis clases en línea en su lugar y gracias a la prueba médica que papá me consiguió, los profesores me consideraron por dos semanas más, mismas que aproveché para buscar cualquier actividad con la que pudiera serenar mi mente.

Lately de Celeste sonaba en la radio de mi coche cuando el lunes al fin volví a mis clases presenciales. Me estacioné en un lugar disponible y por un momento, la letra de esa canción llegó a estremecerme, pues casi describía lo que estuve pasando.

Durante un tiempo corrí en círculos en mi relación con Elliot hasta quedarme sin aire en los pulmones. No lo quise ver antes, pero tras cuatro semanas, ya era más claro. Y valoraba lo que me dio. Sin embargo y sin darme cuenta, también luchaba por ser libre de alguna manera; no de él, sino de lo que me ataba.

Aunque en mi lucha terminé mintiendo, replanteándome la vida entera y buscando una forma de sacudirla con la esperanza de encontrar el rumbo incluso en el caos, sintiéndome inútil al volver al punto de partida cada vez y descarriándome para intentar ser alguien diferente, hasta que empujé las cosas y adelanté lo inevitable.

Y sabía que pagaría por siempre el daño que le hice a mi ángel ojiazul. Cuando entendí eso, decidí que no lo decepcionaría más y por lo mismo dejé de llamarle, de insistir como me aconsejó papá y me hundí en mi soledad porque lo necesitaba. Y mirando a través del desastre que ocasioné, quise convencerme de que la culpa no fue solo mía.

Me equivoqué, sí. Pero de alguna manera a mí también me forzaron a cambiar de golpe.

—¿Y si te invito al cine mañana? —le dije a Jane en un susurro.

Me había abordado en cuanto me vio, dolida porque la dejé de lado por un mes sin darle una explicación, ya que en los mensajes que me envió durante todas las semanas anteriores, solo le pedí que me diera tiempo. Y dejó sus reclamos hasta que le expliqué que papá estuvo en la ciudad; no obstante, seguía resentida conmigo.

—No lo sé, veré mi agenda —respondió sin voltear a verme y sonreí.

Era dulce y miedosa, pero esa mañana le dio también por ser difícil.

—Lo siento, Jane. Sé que mereces más explicación y te prometo que te la daré cuando sea el momento —dije y ella suspiró con cansancio.

Su gesto de alguna manera me dio una bofetada en el rostro, ya que era lo mismo que me pasaba a mí con papá cuando le pedía explicaciones, mencionando que no me las daba para protegerme según él, tal cual lo estaba haciendo yo con Jane.

—Te avisaré si puedo. En serio tengo algo que hacer con mamá —explicó cediendo y me provocó ternura.

Era la amiga que siempre necesité.

Terminamos la clase minutos después, el maestro nos dejó como proyecto final crear un álbum fotográfico con el tema que quisiéramos. Jane me comentó muy animada que lo haría sobre insectos porque el día anterior había estado viendo cómo las hormigas trabajaban para llevar comida al hormiguero y me causó gracia.

Me invitó a un *frappuccino* y dado que ya la había alejado demasiado, evité negarme, aunque no me apeteciera estar tanto tiempo en el campus y menos en los cafés donde podía encontrarme con los Grigori si alguno todavía estaba yendo a la universidad por algún motivo (ya que sus clases finalizaron semanas atrás), puesto que no estaba dispuesta a dar mayores explicaciones sobre mi ausencia.

Por fortuna solo nos encontramos a Tess, ella se encontraba en un curso de verano para reforzar las clases que perdió por su entrada tardía al semestre de primavera. Su mirada al vernos me dijo que estaba enterada de lo que sucedió y no me sorprendí. Elliot era su primo, era obvio que lo sabría.

Lo que sí me provocó un poco de vergüenza fue que igual supiera la razón principal de nuestra ruptura, aunque no dijo nada. Se limitó a darme un fuerte abrazo y luego se nos unió en la mesa y charlamos como si las cuatro semanas no hubieran pasado.

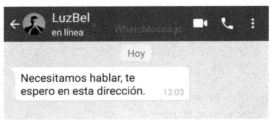

Mi corazón se aceleró al leer aquel mensaje de LuzBel y, al ver a través de las paredes de cristal del café, lo encontré caminando hacia el estacionamiento. Vestía todo de negro y después de tanto tiempo, descubrí que verlo me causó la misma impresión que la primera vez.

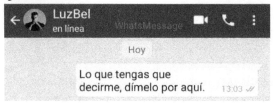

Respondí tras unos minutos de pensármelo. Él siguió su camino y desapareció de mi periferia.

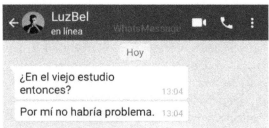

«Ni por mí, Colega. Ya me habías tenido en castidad por demasiado tiempo».
¡Arg! Maldita perra.
Maldije a mi conciencia por no ayudarme en un instante donde no necesitaba recordar lo que pasó en ese estudio.

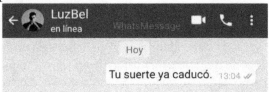

Le escribí y cuando quise incluirme en la conversación de las chicas, noté que las manos me temblaban y al coger el vaso de mi bebida, la frialdad de ella se impregnó hasta mi médula.

Volver a ese estudio era peligroso, sobre todo con él como mi compañía, así que lo evitaría a toda costa.

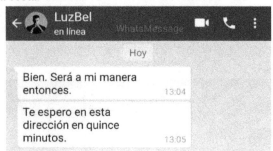

Bufé al leer esa respuesta tan autoritaria, aferrándome al odio que me provocaba cuando me daba órdenes todo el tiempo.

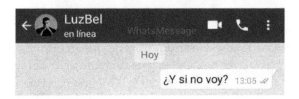

Su respuesta fue rápida.

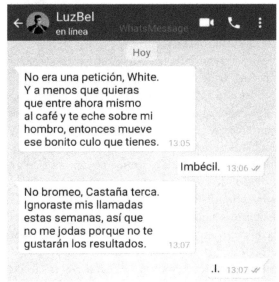

Me sentí inmadura, pero bien al responderle con ese símbolo, sabiendo que lo entendería. No recibí más mensajes de su parte; no obstante, por momentos esperaba que cumpliera su palabra y cuando la ansiedad me venció, me despedí de las chicas con la excusa de que Charlotte me necesitaba.

No me permitiría que ese tonto me abochornara y no dudaba de que lo haría, porque conociéndolo, me obligaría a cumplir su orden costara lo que costara.

Aunque decidí obedecer a mi manera y, tras meter la dirección que me envió en el GPS de mi móvil, tomé la ruta larga al lugar, descubriendo media hora más tarde que se trataba del gimnasio privado de un complejo de apartamentos de lujo.

Le escribí en cuanto estuve frente a la puerta doble de vidrio. Todos los cristales eran tintados, por lo que no podía ver nada. Y tampoco respondió, simplemente vi el mando digital sobre la manija cuando de rojo a verde y un suave *clic* me indicó que estaba desbloqueada.

Mi corazón galopó a toda velocidad y mi mano temblaba cuando tomé la manija, abriendo con cuidado. Noté enseguida que todas las máquinas para ejercicios habían sido arrinconadas y el suelo estaba recubierto por esteras acolchadas, dejando solo un pequeño rectángulo de parqué en la entrada.

A unos metros, vi una mesa llena de armas de entrenamiento, aunque lo que me dejó sin aire fue percatarme de LuzBel, parado frente a ella, sin camisa y dándome la espalda. La luz que se filtraba por las ventanas oscuras hacía un contraste perfecto con su piel tatuada y me intimidé al ver por primera vez el diseño en su espalda. Aquellos ojos negros parecían que me observaban con una amenaza, eran parte de un enorme cráneo que lo cubría desde donde terminaba su nuca y se perdía dentro del pantalón de chándal que usaba como única ropa, bastante bajos en sus caderas y dejándolo lucir la cinturilla del bóxer.

Ojos, nariz, dientes y mandíbula era lo más remarcado en su tatuaje. Los huesos de la frente solo fueron sombreados para simular el beige del hueso. Justo en la nuca vi un cáliz y sobre él, una G con una corona encima de ella que abarcaba hasta la parte trasera de su cabeza. En los costados libres de la espalda le habían hecho símbolos que no reconocí y sus brazos los revistieron con imágenes de obras de arte, personajes icónicos de la historia y estrellas de David.

Nunca vi su torso con tanto detalle como en ese momento y agradecí haberme llevado el bolso de donde cogí con cuidado mi cámara y, sin pedirle permiso, comencé a fotografiarlo, disparando tres fotos consecutivas hasta que se giró mostrándome una hermosa pero desquiciada sonrisa.

Bajé la cámara un tanto embobada y luego volví a subirla, captando también los tatuajes de su pecho y la tensión de sus músculos al moverse. Y, sin preverlo, sus pectorales bien marcados adornados con los *piercings* en sus tetillas me provocaron hacer lo último que esperé frente a él.

Lamí y mordí mi labio inferior.

«Vaya que eras una depravada».

Con un hombre como ese frente a mí, ¿quién no?

«Me estaba gustando tu nueva yo».

Salí de mi ensoñación al percatarme de que mi mirada se quedó fija en su cinturón de adonis más tiempo del que pretendía y él carraspeó para que me concentrara en su rostro a la vez que, de nuevo, sonreía con suficiencia.

—Debo admitir que me intimidas con tu manera de comerme con la mirada —habló con arrogancia y diversión.

Traté de recomponerme un poco.

—¿Para qué querías que viniera aquí? —ignoré su comentario y fui al grano.

—Te has olvidado de los entrenamientos y necesito mostrarte algunas técnicas antes de irnos a la misión —informó.

Tess me había mencionado lo de la dichosa misión en el café. Ni siquiera hubo necesidad de que ella pidiera que me excluyeran, ya que la pospusieron gracias a que los tipos contra los que arremeteríamos sospecharon de nuestro ataque y jugaron sus cartas para desviarnos. Aunque los Grigoris volvieron a dar con ellos.

—He entrenado por mi cuenta —dije elocuente.

Me sentía igual de nerviosa que antes con su presencia, pero lo demostraba menos. El dolor de lo que viví en los últimos días me ayudaba a ser más fría.

—Muéstrame entonces —me retó.

—¿Por qué me has hecho venir aquí y no al cuartel? —inquirí curiosa.

—Porque quería que tuviéramos intimidad e intuyendo que te negarías a volver al viejo estudio, opté por este gimnasio que está solo a mi disposición por el resto del día —respondió sin problema.

—¿Qué privilegios tienes para que te otorguen eso? —cuestioné.

—Deja esa cámara junto a tu bolso, White. Me gusta más la acción que los interrogatorios —aseveró.

Y haciendo acopio de mi orgullo, puse la cámara junto a mi bolso y luego tomé mi posición, cogiendo la katana que me tendió. Él sostenía la misma que yo usé el día de mi cumpleaños y recordar la frase grabada en la hoja me estremeció.

—¿Preparada? —cuestionó y asentí.

Antes de comenzar el entrenamiento, sacó un mando a distancia del bolsillo de su pantalón y tras presionar un botón, *Vega* de Doja Cat inundó todo el gimnasio.

«¡Uf! Hasta tenían los mismos gustos musicales».

Negué y me reí de la estupidez de mi conciencia.

Comencé con mis movimientos marcados y fluidos. Los de él fueron delicados y certeros. En segundos, nuestros cuerpos se convirtieron en una perfecta sincronía, cada uno adivinando el siguiente ataque y contraatacando con una técnica diferente.

Fui la primera en hacerlo caer en la estera, pero, de inmediato, él también me tumbó y aprovechó para subir sobre mi cuerpo en un acto que me pareció de provocación, ya que antes de ponerse de pie, rozó su pelvis en mi entrepierna y un jadeo silencioso se me escapó de la boca al sentir su miembro contra mi sexo.

«El Tinieblo hacía el entrenamiento más interesante».

Un poco aturdida, me puse de pie y continuamos atacándonos y defendiéndonos. En un ágil movimiento, hizo que la katana entre mis manos cayera al suelo, mas no me di por vencida solo por estar desarmada. En lugar de eso, golpeé la suya y lo desarmé, después me abalancé sobre él en una lucha de cuerpo a cuerpo y antes de lograr derribarlo de nuevo, me tomó de las muñecas, girándome y provocando que gimiera en cuanto mi espalda golpeó su pecho.

Mis vellos se erizaron cuando la calidez de su cuerpo tan pegado al mío me recubrió.

—¿Sabes por qué no involucro sentimientos con nadie? —preguntó en un susurro y de inmediato negué—. Porque ellos te hacen débil y vulnerable —respondió para luego darme un pequeño empujón y así alejarme de él.

Esa vez se abalanzó sobre mí y en un último instante, logré adivinar su ataque y lo esquivé, pero cuando contraataqué, me hizo caer sobre él y me volvió a tumbar haciendo que se me escapara el aire.

—Tu técnica siempre ha sido buena, Isabella, pero veo que lo que ha pasado con Elliot te ha desconcentrado mucho. —Me tensé cuando sacó ese tema y me enfureció, ya que así la culpa de mi ruptura fuera solo mía, él disfrutó lo que pasó en mi enfrentamiento con Elliot la última vez que nos vimos.

—Es lo que buscabas, ¿cierto? —espeté mientras me ponía de pie y me tiré de nuevo sobre él, atacándolo sin tener suerte y viéndome envuelta en sus brazos de nuevo.

—No, Bonita. Te dejé claro que no buscaba que rompieras con él. —Me liberó de su agarre e hizo que lo viera.

323

—Pero aun así te daba placer confundirme; de lo contrario, no me habrías dicho todas esas cosas el día que… —Me quedé en silencio al no saber cómo continuar y él lo notó.

—Dilo, no te cohíbas conmigo —exigió y negué—. ¡Dilo, Isabella! —rugió y la ira me recorrió el cuerpo entero.

—¡Disfrutaste burlándote de Elliot y haciéndome saber cuánto poder te di mientras hablabas sobre él al comerme el coño! —grité fúrica y sonrió complacido.

—Se siente bien, ¿cierto? —dijo y no le entendí—. Hablar sin tapujos, sin que te juzguen o tengas que fingir siempre que eres la chica tímida e inocente —aclaró.

Y aunque no lo acepté, en mi interior me sentí aliviada.

—Me confundes demasiado, LuzBel —solté como respuesta—. Desde que te conocí solo has servido para eso y lo odio, ya que gracias a esa maldita confusión me convertí en una perra traicionera.

Odié aceptar eso frente a él, pero no me contuve porque, a pesar de mi dolor esas semanas por la pérdida de una relación que creí sólida, la normalidad volvió a llegar y por un par de días, me sentí como antes de llegar a Richmond. Sin embargo, solo bastaron unos minutos en su presencia y todo en mi vida volvió a alterarse de esa forma explosiva.

—Solo eres débil por amar, Isabella. Eso te hace vulnerable y un blanco fácil para nuestros enemigos. Necesito que entiendas eso —bufó exasperado y me molestó que me incluyera así en su mundo.

Mi único pecado era pagar una deuda, pero por eso no sería una Grigori nunca.

—¡Yo no tengo enemigos! —espeté—. No soy parte de esta organización y no he hecho ningún juramento para serlo. Sabes por qué estoy aquí y al llegar el tiempo, me marcharé de tu grupo. —Lo vi reír sarcástico y eso logró que me enfadara más.

—Tú eres más parte de este mundo que yo, Isabella. Criticas lo que aquí se hace e intentas huir cuando eres la que corre más peligro de todos —soltó de golpe dejándome sin palabras. Él se dio cuenta de lo que dijo e intentó camuflarlo, pero la duda ya había sido sembrada.

—¿A qué te refieres, LuzBel?

—Solo intento que te quedes y no pienses salir de Grigori —su respuesta carecía de veracidad. Sabía que solo era una excusa para que ignorara lo dicho.

—Mientes —aseguré.

—No, Isabella. Tenemos enemigos que te identifican ya como parte de la organización y estarás más segura si permaneces en ella. —Esa vez vi sinceridad en sus ojos.

—Explícate mejor —exigí con un tinte de miedo en la voz.

—Grigori fue fundada por seis miembros, dos de ellos se contaminaron con la codicia y la avaricia que les daba el bajo mundo, así que traicionaron a la organización y crearon a los Vigilantes —admitió y abrí los ojos con sorpresa—. No te hablo de tipos cualquiera, White, ya que por algo fueron Grigoris antes. Su organización se fundó como la contraparte de la nuestra y desde entonces nos hemos dedicado a cazarlos. Aunque pasaron situaciones que lo empeoraron todo y eso nos ha llevado a permanecer en una guerra sin cuartel que cada vez se vuelve más interminable.

La seriedad en su voz me permitió comprender la gravedad del asunto y me estremecí.

«*Todavía no comprendes en dónde te has metido, preciosa*», las palabras de Elliot llegaron a mi cabeza y tragué con dificultad.

—¿Por qué me identifican como parte de Grigori? —pregunté tras carraspear.

—Porque el chip que recuperamos en aquella misión estaba en su poder. —Maldije por dentro al oír eso—. Porque en el club fueron Vigilantes quienes nos atacaron y en las dos ocasiones te vieron. Y porque dentro de dos días seremos a ellos a quienes confrontaremos de nuevo.

Eso último sí logró hacerme palidecer.

¡Jesús! ¿En qué carajos me metí?

«¡Puf! Yo te lo advertí, pero no me hiciste caso, como siempre».

—Por eso Elliot y yo nos negamos a que nos acompañaras, pero como la cabezota que eres decidiste ser parte de esta misión y no hay vuelta atrás. —Lo vi a los ojos y entendí todo, aunque ya era muy tarde—. Quiero que te deshagas de esos estúpidos sentimientos que solo te hacen débil.

No estuve de acuerdo con eso, los sentimientos no me hacían débil, mas no me dejó decir nada y tomó la katana del suelo, animándome a coger la mía.

Sin estar lista por completo, golpeó mi arma, pero logré defenderme a tiempo.

—Y si por eso soy culpable de que Elliot te dejara —volvió a atacarme y logré esquivarlo—, lo acepto, ya que prefiero eso a verte muerta y fallar en mi misión.

Eso, aunque no lo hubiese dicho con cariño o amabilidad, logró llegarme al corazón y, sin poderlo evitar, sonreí, gesto que lo hizo descuidarse y que aproveché para atacar. Lo desarmé y lo llevé al suelo quedando a horcajadas sobre él y con mi katana en su hermosa garganta.

—Digamos que acepto que los sentimientos te hacen débil y por eso te has deshecho de ellos —dije entre jadeos, muy cerca de su rostro sin retirar la katana—, pero ¿por qué te niegas a besar a las chicas con las que te acuestas?

«Vaya que no desaprovechabas la oportunidad, Isa».

—Porque los besos implican sentimientos y porque no sé dónde han puesto la boca las chicas con las que follo —respondió sincero.

Pensé en las veces que vi su deseo por besarme y las pocas en las que casi lo consiguió y sonreí de lado con ganas de tentarlo, pues le gustaba ser un cabronazo descarado conmigo, pero ¿qué pasaría si invertía los papeles?

—Y si te digo dónde la he puesto yo, ¿tomarías el riesgo? —pregunté y retiré la katana de su garganta—. De nuevo —recordé y coloqué las manos a cada lado de su cabeza, sobre la estera.

—Jugar con fuego es un peligroso juego, White —dijo tomando mis palabras, pero puso las manos en mi cintura.

—Puse mis labios sobre una deliciosa polla, pero eso fue hace un mes —solté y el deleite que sentí al ver su cara de asombro terminó por excitarme de alguna manera.

—Hija de... —Sus palabras murieron sobre mis labios esa vez.

La adrenalina había provocado un descontrol en mi sistema, una locura tremenda que me daba ese valor adictivo; así que no le di oportunidad a escapar o a que alguien nos interrumpiera de nuevo, excusándome con que él en muchas ocasiones se aprovechó de mi vulnerabilidad para conseguir mi permiso.

Entonces, solo le estaba devolviendo un poco de lo que él me enseñó.

Mi boca fue lenta y delicada, sus labios se mantuvieron cerrados por el *shock* que le provocó mi acto. Sin embargo, esa vez no me apartó; por el contrario, la presión que hizo en mi cintura me animó a continuar.

Conseguí morderle el labio inferior y tiré de él para chuparlo, arrancándole un gruñido y cuando menos lo esperé, llevó las manos a mi nuca y enterró los dedos en mi cabello tomándolo en un agarre firme en el cuero sin dañarme, solo lo suficiente para separarme y en cuanto nuestros ojos volvieron a encontrarse, noté los suyos oscurecidos.

—Viste que no fue tan malo —susurré y chillé cuando en un rápido movimiento, me tomó de la cintura y me tumbó en la estera acomodándose entre mis piernas.

Sentí el tremendo aleteo de las mariposas en mi estómago.

«Eran pterodáctilos, Colega».

—No vuelvas a provocarme diciéndome lo que le has hecho a otro infeliz porque odiarás lo que desencadenarás en mí —aseveró y me mordí el labio, demostrándole que no me arrepentía de haberlo dicho—. Y no, Isabella —repuso tomándome del rostro con una mano mientras que, con la otra, se recargaba para no dejar caer su peso sobre mí—. No fue malo, pero sí lo más peligroso que has hecho en tu vida —sentenció.

Y su voz encerraba tal amenaza, que me hizo saber que estaba perdida.

«Acababas de tentar al demonio, Colega. Y yo iba a disfrutarlo».

CAPÍTULO 32

Si bailas con el diablo

I{SABELLA}

La amenaza de LuzBel hacia mí, lanzada con voz grave y que indicaba que estaba furioso e incrédulo a la vez, solo fue la antesala de lo que experimentaría con lo que acababa de provocar.

—Deja los sentimientos de lado. Ese fue tu consejo, ¿no? —lo reté siendo temeraria y su agarre en mi rostro se tensó.

—Aquí no hay sentimientos —acotó sin dejar de mirar mis labios y me mordí el inferior.

—La posesividad es un sentimiento peligroso, LuzBel —aclaré con picardía.

—Mejor cállate —largó.

—Cállame tú si te atreves, imbécil —aseveré.

Y no medí la magnitud de mi acto hasta que, a duras penas, conseguí tomar un poco de aliento en el instante que se abalanzó sobre mi boca y se adueñó de mis labios. Ambos gimiendo en sincronía por el dulce dolor de nuestro choque abrupto.

«¡Me cago en la puta, Isa! Que te callaran así valía el mundo entero».

Sentí una auténtica bomba de reacciones químicas en mi interior, como si me hubiese subido a la montaña rusa más alta. La adrenalina y las endorfinas eclipsaron mi miedo y vértigo, y le dieron paso a la relajación de mis músculos y una sensación inexplicable de bienestar. Era como si mi cuerpo se estuviera sometiendo con voluntad a fuerzas que duplicaban a la gravedad, gracias a la aceleración de la atracción vertiginosa.

Mierda, mierda, mierda.

Sentí que el corazón se me escaparía del pecho cuando su boca se movió tomando mis labios y me obligué a salir de mi *shock*, descubriendo que, a pesar de su enojo, estaba siendo suave. Sin embargo, en cuanto introduje mi lengua, desaté a su demonio interior.

Su forma de besarme se volvió posesiva y hambrienta. El calor de su lengua y la sensación de su *piercing* se arremolinaba en mi vientre y luego se concentró entre mis piernas. La pizca de miedo que llegué a sentir al tentarlo desapareció con rapidez y fue sustituida por el deseo.

Gemí de nuevo por lo inesperado de la sensación, pero el sonido se perdió en su boca. Su sabor llenó mi cuerpo y juré que sentí el extraño calor de nuestro primer beso cocinándose a fuego lento bajo mi piel. Necesitaba que me terminara de devorar.

«O tú te lo devorarías a él».

Subí las manos y aferré una bajo su cuello y la otra la arrastré a su nuca, sosteniéndolo para que no se le ocurriera alejarse. Si habíamos comenzado, no pararíamos hasta reventarnos los labios por los besos que nos daríamos. Se acomodó mejor entre mis piernas y me hizo palpar todo su cuerpo duro y dominante, y odié lo bien que se sentía cada parte de mi ser encajando con el suyo.

Odié lo correcto que parecía ese beso con él cernido sobre mí.

Y odié lo fácil que me hizo olvidar todos los besos que recibí antes de él porque ninguno fue tan poderoso, salvaje y devastador.

LuzBel me despertó un hambre incontrolable que se robó hasta el poco aire que me quedaba en los pulmones. Mi sangre corría febril en mis venas, calentado cada célula de mi cuerpo, pero quería más, joder. Necesitaba que la convirtiera en lava o aguanieve, que me destruyera y reconstruyera.

Moví la boca sincronizándome con la suya, pasando la lengua por sus labios, gimiendo y saboreando todo lo que podía hasta que entendí que cuánto más le daba, más me devolvía él. Era como si en ese momento, nos hubiéramos metido de nuevo a una lucha e intercambiábamos besos, tal cual con los golpes. Aunque en esa batalla no se podía saber quién iba ganando.

Sin planearlo o poder contenerlo, moví las caderas rozándome más con su entrepierna. LuzBel vaciló con su beso y aproveché para recuperar un poco el aliento, pero la tregua no duró demasiado, ya que volvió al ataque, comiéndome la boca, besando la comisura de mis labios y mordiendo el inferior.

Su lengua rozando la mía hacía que el suelo debajo de mi espalda temblara, desatando una catástrofe que no debía suceder, pero el éxtasis de ese beso era irracional y barría con mi fuerza de voluntad para detenerlo. Su mano había dejado mi rostro hace mucho y, en cambio, las arrastró por mi torso hasta meterlas dentro de mi blusa, encontrando mis pechos y acariciándolos con premura.

—LuzBel —gemí cuando su mano bajó a mi cadera y apretó el cachete de mi culo, pero en lugar de detenerlo, aferré mis piernas en su cintura y con los talones presioné su trasero para obligarlo a que se apretara más a mí.

Besó mi barbilla y arrastró los dientes por mi cuello. Jadeé ante el roce de su erección en mi sexo y con el acto, mi humedad se desbordó por los pliegues. Mi mente se nubló por el crudo deseo y me abandoné en el mar de sensaciones, dejándome llevar por la marea y no más por mi raciocinio.

Alcé las caderas una vez más y provoqué otra fricción entre nosotros. Gruñó sobre mi boca al encontrarla de nuevo y me tomó de las nalgas para que volviese a hacerlo. Acaricié cada centímetro de su torso desnudo y en cuanto volvió a arrastrar los dientes por mi cuello, lamí el espacio entre su hombro, mordisqueándolo con suavidad y llevándolo a un punto de no retorno.

—Sé mía, Isabella —rogó todavía metido en mi cuello y por increíble que fuera, mi corazón fue capaz de acelerarse más.

Me miró al percatarse de mi silencio y volvió a tomar mi rostro para dar besos castos, esta vez por mi mandíbula hasta llegar a la comisura de mi boca y luego a mis labios. La piel se me fue erizando con cada roce hasta el punto de que mis pezones se endurecieron.

—LuzBel —rogué y jadeé sobre sus labios cuando empujó su dureza en mi centro, siendo contenido solo por la ropa.

Aunque logró su cometido, porque mi mente puso imágenes en mi cabeza sobre ese embiste que me sacó otro golpe de humedad.

—Te prometo que tu placer será mi único placer —susurró, bajando su tono una octava y mordió mi labio, dejándome sufrir el dolor de ese arrebato.

«El humo ya se había convertido en llamas, Isa», me dijo mi conciencia y tragué con dificultad.

«El agua ya estaba hirviendo», siguió y negué.

Jugar con fuego es un peligroso juego.

«Pero ya estabas jugando con fuego, solo te quedaba cuidar de no quemarte».

Negué ante mis pensamientos y me obligué a analizar mejor las cosas.

—No me vas a desnudar aquí —le dije con la voz temblorosa y sonrió como si tuviera frente a él a una chica inexperta.

Y lo era, pero no en todos los sentidos y él lo sabía.

—Puedo follarte incluso con la ropa puesta y lo sabes —aclaró con voz hipnótica y dio un beso en la punta de mi nariz—, solo destrozando el medio de tus *leggins* para que tu coñito quede libre para mí —siguió y besó mis labios.

Su mano llegó a mi pecho mientras me coaccionaba y lo masajeó con la presión justa para darme placer. Volvió a frotar su polla en mi sexo y me mordí el interior de la mejilla para no gemir cuando el ardor en mi vulva se corrió hacia el interior de mi vagina.

—Lo imagino de nuevo en mi boca y siento que me correré solo con el recuerdo —jadeó sobre mis labios y sacó la lengua para arrastrarla por ellos hasta que succionó el inferior.

—¡Mierda! —logré decir.

—Me estás imaginando con el rostro enterrado en tu coño, ¿cierto? —No le respondí, me limité a besarlo cuando volvió a unir su boca a la mía.

Nuestras lenguas se lamieron entre sí y su *piercing* me provocó un morbo irascible, al punto que lo tomé de las nalgas y fui yo quien lo obligó a frotarse en mí una vez más. Comenzó a besarme con dureza y dulzura a la vez, volviendo el gesto algo tortuoso.

—Vamos a mi apartamento antes de que te folle aquí —dijo determinante.

—¿Eh? —fue lo único que salió de mi boca y él sonrió poniéndose de pie.

—Mi apartamento está al lado, Bonita. Y ya me dejaste claro que no permitirás que te desnude aquí. Y después de recordar lo dulce que sabe tu coño, te necesito completamente desnuda. —Contuve el aire al escucharlo y miré su mano extendida hacia mí.

—No he dicho que vaya a dejar que me desnudes —susurré al tomar su mano y ponerme de pie.

—Tampoco has dicho que no lo permitirás —señaló—. Vamos, te prometo que no sucederá nada que tú no quieras —continuó y dio un beso casto en mis labios.

En ese instante, parecía como si le costaba contenerse de no seguir besándome.

—No pasará nada que yo no quiera —le advertí y sonrió con el triunfo bailando en sus ojos.

—Te lo prometo —dijo con voz melosa y antes de que me arrepintiera caminó hacia donde dejé mi bolso y, tras tomarlo, me guio hacia una puerta interior dentro del gimnasio.

Salimos hacia un pasillo descubierto y logré ver una enorme piscina enfrente y dos metros después, estaba abriendo una puerta y con una mirada me invitó a pasar.

«Maldito Tinieblo inteligente. No te exigió verlo en el estudio, pero sí se aseguró de que su apartamento estuviera a la mano».

Concordé con mi conciencia.

Supongo que su idea era no dejarme analizar bien lo que haría, aunque tampoco es que lo estuviera haciendo últimamente; no obstante, cuando entré al apartamento, estuve a punto de flaquear ante el recuerdo de lo que había estado viviendo, lo que perdí y aprendí.

Mi ruptura con Elliot todavía pesaba, aunque en ese mes me obligué a convencerme de que había sido lo mejor, pues cometí errores que le hicieron perder la confianza en mí y tenía claro que una relación en donde una de sus partes no pudiera confiar más, era como un coche sin neumáticos.

No llegaría a ninguna parte.

—¿Quieres algo de beber? —ofreció LuzBel tras dejar mi bolso sobre un enorme sofá en forma de C que cubría toda la pared gris claro de la sala.

—Agua está bien.

—¿Fría? —inquirió con picardía y sonrió al ver que entendí.

—La necesitas más tú —dije y con la mirada señalé su entrepierna que se marcaba demasiado en el pantalón de chándal.

—Si me dejaras meter la mano ahora mismo entre tus bragas, te demostraría que no estás mejor que yo —profirió y carraspeé.

«Demonio adivino».

Conciencia metida.

—Fría está bien —concedí y noté que contuvo su sonrisa de victoria.

—Pon música si deseas. Vuelvo enseguida —avisó y con la barbilla señaló una barra reproductora sobre la mesa flotante apoyada en la pared frente al sofá.

Lo vi perderse por un pasillo pequeño y me acerqué a la mesa de madera oscura, detallando mi alrededor. Un televisor de al menos ochenta pulgadas estaba unido a la pared, al igual que la lámpara del lado izquierdo, que parecía una luna llena metida dentro de un cuadro de metal. Seguido, se encontraba una puerta doble de vidrio.

La decoración era minimalista pero perfecta. El sofá que era de un gris más oscuro que la pared estaba sobre una alfombra blanca con rombos negros que parecían pixelados. No tenía muchos cojines, solo tres de cuadros pequeños que combinaba con la alfombra.

En el centro, vi una mesa sencilla que se acoplaba con las tonalidades del piso de madera.

Ex de Kiana Ledé inundó la estancia y sonreí irónica mientras veía un cuadro blanco en el lado derecho del televisor, con la imagen de un rostro en negro a quien le habían simulado una venda en los ojos.

—Gracias —musité cuando se paró detrás de mí y me rodeó con el brazo para entregarme el vaso con agua.

—Bonita canción.

—No empieces —advertí con nerviosismo y depositó un beso justo detrás de mi oreja.

—Lo digo en serio, White. Y no por lo que pasó con Elliot, sino por lo que ha pasado entre tú y yo a pesar de no tener una relación.

—Entonces no le eches agua al fuego —pedí junto a la voz de Kiana. Y él entendió que no me refería a lo que estábamos haciendo, sino más bien a que dejara de cagarla si quería que siguiera en su espacio.

—Yo también tengo problemas para cortar de raíz esto que nos corroe —dijo y besó mi cuello—, no creas que te pasa solo a ti. También lucho contra el deseo de tenerte cerca cuando mi lógica me asegura que lo mejor es que te aparte.

Le di un trago al agua y me bajé con ella un poco del nerviosismo que me provocaba su cercanía y el estar en su apartamento.

—No quiero arrepentirme de hacer esto —dije con la voz apagada y, con cuidado, me quitó el vaso de las manos, lo puso en la mesita del frente y tras eso, me giró para que lo mirara.

—¿Qué pasa si en realidad te arrepientes, pero de no hacerlo?

—Que conveniente para ti que me digas eso —musité y vi su mirada divertida—. ¿No te arrepientes de haberme besado a pesar de saber en donde tuve…?

—Si finalizas esa pregunta terminaré poniéndote sobre mis rodillas para darte unos buenos azotes —advirtió y me mordí el labio para no reír— y pararé hasta que tu culo esté rojo y tu coño chorreando de necesidad por mí —zanjó y tragué varias veces al sentir la garganta seca.

—Como si fuera fácil que me doblegues así —dije y me puse en puntillas para acercar más mi rostro al suyo.

Nos miramos a los ojos unos segundos y respiramos el mismo aire. Él me cogió de la cintura y me presionó a su pecho.

—Responde mi pregunta —pedí en un ronroneo y rocé sus labios con los míos.

—Me arrepiento de no haberte besado desde la primera oportunidad que me diste —confesó y, de paso, besó la comisura de mi boca—. Me arrepiento de gastar mi tiempo en estúpidas peleas contigo —siguió y mordió mi labio, logrando que me estremeciera—. Me maldigo por no haber probado lo adictivos que son —añadió—. Sabes a adicción, Isabella White —repitió las palabras que me dijo en su habitación un mes atrás y gemí cuando terminó de unirnos.

Su boca en ese instante reclamó la mía como si se tratara de un demonio real queriendo mi alma, consumiendo mi aliento y chupando tan fuerte mis labios, que gemí de dolor y deseo. Habíamos entrado de nuevo a ese frenesí incontenible y me

331

perdí entre el cataclismo que él me provocaba, dejando que metiera su lengua y acariciara la mía. Su sabor, su olor, su dominio, todo me invadió, me quemó como si yo fuera de papel.

La humedad entre mis piernas aumentó y sentí su erección crecer de nuevo sobre mi vientre, y ni siquiera me di cuenta de que me había hecho caminar hacia atrás hasta que mi espalda presionó la pared de madera negra, muy cerca del televisor.

—¡Dios! —gemí cuando con una mano, alzó mi pierna para que me aferrara a su cadera y la que sostenía mi cintura, la metió bajo mi camisa hasta bajar la copa de mi sostén y encontrar mi teta.

Usó su pulgar e índice para retorcer mi pezón sin dañarme, solo provocándome más placer y lo logró a tal punto, que restregué mi centro en su entrepierna. Él cogió mi trasero para contenerme, pero olvidó que mis manos estaban libres y las llevé entre nuestros cuerpos hasta que cogí su polla y lo acaricié de arriba abajo.

—Si sigues haciendo eso no pararé —advirtió.

—Será tu decisión, no la mía —le dije y me miró solo por una fracción de segundos—. Hazme tuya por esta tarde —concedí y sonrió como un auténtico cazador.

El miedo me había abandonado de pronto y ni yo entendía por qué estaba resultando tan fácil, pero tampoco quise sobre analizarlo, simplemente decidí que por esa tarde sería quien yo quería ser, sin máscaras o preocupaciones por el rumbo que estaba llevando.

Cometería un error o un acierto, no importaba. Si me arrepentía luego, quería que fuera por lo que hice y no por lo que me negué. Me subiría de nuevo a ese coche sin frenos y en lugar de evitar el impacto, aceleraría. Porque LuzBel también era mi droga y como tal, con él no existía el futuro, solo el presente, ese momento en el que ambos nos estábamos incinerando.

De pronto, estaba preparada y no para quien amaba, sino para un chico frío y peligroso que me hizo despertar de un letargo. En un segundo, no quería ser de nadie y, al siguiente, necesitaba ser suya.

—No me bastará solo una tarde y ni siquiera la noche —confesó enronquecido y me tomó de las caderas, alzándome un poco para que yo terminara el trabajo y enganchara las piernas en su cintura.

—Entonces haz que valga la pena lo que dure —pedí y como respuesta, volvió a unir su boca a la mía, dándome besos voraces mientras caminaba hacia su habitación.

Y ni siquiera me percaté del camino que tomó, solo supe que segundos atrás estábamos en su sala y al siguiente, el *clic* que hizo al cerrar la puerta me avisó que ya estábamos en su habitación.

Me recostó en la superficie acolchonada y solo fui capaz de ver que las sábanas eran de satén y color azul marino. Se quedó de pie unos segundos delante de mí e intuí que me seguía dando la oportunidad de pararlo. Sin embargo, desde que lo conocí había dejado de pensar en las consecuencias de algunas de mis decisiones tomadas, así que solo esperé a que continuara.

Su siguiente movida fue quitarme la ropa y vacilé solo un segundo al sentir que desabrochó mi sostén y, por inercia, intenté cubrir mis pechos. Él me alzó una ceja en respuesta.

«Sí, lo hizo porque fue estúpido que te avergonzaras cuando ya habías permitido que te viera desnuda: una vez en el estudio y la otra en su habitación».

¡Joder! Estaba consciente de eso, pero de alguna manera se sentía diferente, ya que por primera vez estaría desnuda por completo.

—Eres preciosa, White —halagó y la oscuridad en su voz me provocó escalofríos.

Tras sus palabras, dejé de lado mi desnudez y disfruté de su boca hambrienta sobre la mía. Bajó de inmediato a mi cuello y llegó pronto hasta mis pechos, tomando uno en su boca, lamiendo y mordisqueando, pero sin entretenerse, ya que noté su urgencia por llegar a mi vientre. Sin embargo, se desvió un poco a mi costado izquierdo y me estremecí en cuanto lamió mi tatuaje, convirtiendo ese momento en único. Luego continuó hacia el sur, dejando un rastro húmedo como camino para no perderse al regreso.

La sensación de su boca cálida provocó que la cabeza me diera vueltas y, sobre todo, ante la expectativa de lo que pretendía hacer luego de haber besado mi estómago y saltar hasta mis muslos, besando el interior, lamiendo y mordisqueando mi sexo por encima de las bragas.

—¿Sabes qué es más adictivo que tus labios? —preguntó y me recargué sobre mis codos. La cercanía al inclinarme lo dejó amasar mis pechos sin perder su posición entre mis piernas y gemí.

—Sí, pero no me harás decirlo —advertí y sonrió con malicia.

Se incorporó solo para tomar el dobladillo de mis bragas y, con una mirada, me pidió que le ayudara a sacarlas. Lo hice alzando las caderas y no sé en qué momento se me ocurrió levantar ambas piernas, llevándolas un poco a mi vientre y cruzarlas por mis tobillos para hacerle el trabajo fácil. Solo sé que mi rostro ardió porque así pareciera mágico, ese hombre me comió con los ojos. Sus iris grises se oscurecieron y me saboreó en su boca incluso sin haberme probado en ese instante.

Bastó que le regalara un vistazo de mi coño y culo desde atrás.

—Cielo e infierno, White —me recordó, creyendo que mi acción fue para provocarlo.

«A lo mejor te salía natural con ese demonio».

Y no le respondí, sobre todo porque él me tomó de las pantorrillas para que apartara las piernas abriéndolas de nuevo. Las dejé flexionadas y LuzBel abrió más mis muslos para deleitarse viendo mi sexo.

—Esto es más adictivo que tus labios —aseguró con la mirada fija en mi centro—. Tu coño dulce, apretado y hermoso.

—¡Mierda! —gemí cuando enterró la cabeza en él.

Me arqueé perdiendo el aliento justo cuando me lamió de arriba abajo, envolviendo mis muslos con sus brazos para abrirme todavía más. Esa vez no me estaba devorando con parsimonia como en su habitación, lo hizo con arrebato, succionando mi clítoris y bebiendo de mí como un sediento.

—Me envicias, Isabella —gruñó y tras eso, movió su lengua en mi protuberancia, haciendo círculos tortuosos.

—Y tú… a mí —logré decir.

Desplomé la cabeza sobre la cama y enterré los dedos en su cabello, queriendo apartarlo y retenerlo al mismo tiempo. Grité cuando mordisqueó mi clítoris y calmó el dolor succionando, besando mis muslos internos y demostrando que no mentía, que el sabor de mi coño le provocaba adicción.

Gruñó cuando solté otro grito al sentir la punta de su lengua introducirse en mi agujero, usando uno de sus pulgares para darle atención a mi manojo de nervios y cuando intercambió, sustituyendo su lengua por el índice sin dejar de lamerme, clavé las uñas en mis muslos, siseando porque estaba a punto de correrme.

—¡No, no! —chillé en cuanto me abandonó, dejándome insatisfecha.

—¿Quieres tu orgasmo, Bonita? —susurró y asentí famélica.

Estaba de rodillas en ese momento y su pulgar hacía círculos perezosos en mi bulto, solo manteniéndome al punto de la ebullición.

—Por favor —rogué. Necesitaba que acelerara o hiciera más presión.

—Por favor, ¿qué? —me retó y moví las caderas buscando más fricción—. Háblame, White. Pídeme lo que quieras en este instante y lo haré.

Sabía lo que buscaba, él era crudo para hablarme y le ponía mucho que yo también lo fuera, que perdiera los estribos con eso. Gemí cuando llevó otro dedo a mi entrada y al sentirlo ir profundo y ser atravesada por un leve pinchazo, hablé.

—Ten cuidado —pedí y sus ojos se abrieron con sorpresa.

Supongo que después de que le dije dónde había puesto mi boca, imaginó que mantuve una vida sexual activa con Elliot.

—¿Eres virgen? —preguntó, no incrédulo, sino más bien para saber cómo proseguir.

—Solo ten cuidado —pedí sin darle una respuesta en concreto y asintió.

Y al intuir que mi deseo por correrme se había disipado, volvió a bajar para lamerme y activó de inmediato mi placer. Su lengua giró sobre mi clítoris y su dedo índice siguió trabajando en mi entrada, llegando profundo sin dañar, solo tanteando, preparándome.

Por momentos lamía rápido y en otros iba lento, acompasándose con mi respiración hasta que deseé que ese dedo fuera más profundo porque otra vez aquella bola en mi vientre quería explotar. Abrí más las piernas demostrándoselo, permitiendo que se enterrara más. Eché la cabeza hacia atrás, arqueando la espalda hasta donde pude y me concentré en los cuadros que colgaban en la pared del cabecero de su cama y...

—¡LuzBel! ¡Joder, sí! —dije entre dientes, respirando a duras penas, consiguiendo que el aire llenara mis pulmones ardientes, pero justo cuando estaba a un paso de venirme, se detuvo.

Por unos segundos solo apreté los ojos esperando a que continuara, pero al abrirlos y recomponerme, lo encontré mirándome y negué.

—No me hagas esto —supliqué.

Dio un beso en mi coño y comenzó a subir de nuevo hasta llegar a mi boca.

—¿Me quieres dentro de ti? —inquirió con malicia y me besó para que sintiera mi sabor en sus labios.

—Por favor —susurré sobre sus labios y sonrió complacido.

—Ahora ya estás lista para mí —aseguró y apreté la sábana entre mis manos cuando llevó la suya a mi coño.

Con el pulgar frotó mi manojo de nervios y el dedo corazón lo introdujo en mi vagina, con cuidado, pero hundiéndose más que la primera vez que lo hizo. Mi humedad le permitió hacerlo junto a mi deseo contenido que nubló el dolor. Siguió haciendo eso por varios minutos hasta que de nuevo me tuvo ahí, al borde del colapso y deseé golpearlo por torturarme así.

—Ya no lo retrases —pedí sobre su boca. Saborearme en ella hacía que los besos fueran más adictivos.

Se quitó de encima de mí y bajó de la cama para sacarse el pantalón junto al bóxer. Sus zapatillas habían desaparecido y ni siquiera supe en qué momento. Lo noté solo porque se arrancó los calcetines de paso. Me recargué sobre los codos para observar su ritual y recorrí la mirada desde su rostro hasta llegar a la V en su vientre. No tenía ninguna zona sin tatuar a excepción de sus caderas, aunque justo cuando seguí hasta su pene, me quedé de piedra.

—¡Puta madre! —musité más para mí y él sonrió.

Era enorme y grueso, y libre de tatuajes hasta la pelvis. Pero no fue eso lo que me dejó sin palabras, sino las protuberancias que noté en el tallo, debajo de su prepucio, en forma vertical. Había tres filas de tres. Una en el medio y las otras a los lados.

Y no era tan estúpida como para pensar que se trataba de alguna enfermedad o algo por estilo, no. Esas eran bolitas que fueron incrustadas a propósito.

«No. Me. Jodas».

—Son perlas —informó cuando notó mi curiosidad.

«¡Mierda! El Tinieblo te dijo en el estudio que quería que sus perlas adornaran tu co…».

Sé lo que dijo, joder.

Aunque no entendí la razón hasta ese momento.

—Y te aseguro que te van a encantar —siguió y lo miré a la cara, después de nuevo a su pene. Hice eso tres veces consecutivas hasta que rio.

Una risa que me embobó, ya que nunca lo vi hacerlo de verdad.

Hasta ese momento recordé que ya había escuchado hablar sobre esas famosas perlas en el pasado, incluso las busqué en *San Google* para salir de mi curiosidad y, aunque me dejaron traumada, verlas en el paquete de LuzBel le quitaban lo desagradable.

—Después de todo, adornarán mi coño —musité y tomó mi tobillo hasta acercarme más a él.

—¿Quieres que use condón? —preguntó—. Estoy sano y si soy sincero, me gustaría sentirte piel a piel al menos la primera vez.

Sabía que con una vez bastaba para que una desgracia pasara, pero de nuevo, no analizaba bien cuando estaba con ese hombre, así que me vi haciendo mis preguntas tontas porque bien podía mentirme.

—¿Lo haces piel a piel con todas las chicas que desvirgas?

—Me he cuidado siempre, White. Pero por alguna razón que no deseo analizar en este instante, me apetece sentirte en carne propia, aunque me cueste un infierno salir de ti cuando quiera correrme —admitió.

Yo también lo quería así.

—No tienes que hacerlo, tomo la píldora por recomendación médica —dije.

Comencé a tomarla luego de irme del país, gracias a que el estrés me provocó un desorden hormonal que afectó mi periodo y solo con la píldora anticonceptiva podía controlarlo.

—Perfecto —dijo y se subió en la cama.

Volví a recostarme y miré atontada cuando se tomó el pene por el tallo y lo bombeó. Su glande estaba hinchado y brilloso. Él esparció su propia humedad con el pulgar y mi primer reflejo fue cerrar las piernas al necesitar la fricción.

«¿Cómo podía ser tan bello incluso de la polla?»

—Mierda —dije más para mi conciencia.

Aunque también admitía que lo que dijo era cierto. Ese imbécil parecía haber sido hecho con mucho amor para ser tan hermoso incluso de ahí.

—Nunca creí que pudieras superar tu propia belleza hasta que te he visto aquí en mi cama, desnuda y con las mejillas rojas por el deseo —dijo sobre mis labios, recargándose con una mano en la cama y sosteniendo su polla con la otra.

Con sus piernas abrió las mías y se acomodó en mi centro. Tomé su boca en un beso tierno y gemí cuando con el glande, acarició mi raja de arriba hacia abajo, usándolo como si fuera su dedo. Me provocó de esa manera por unos segundos y mi necesidad volvió a surgir.

—Ábrete más —pidió y obedecí.

Miré entre nuestros cuerpos cuando comenzó a hundirse, manteniendo el control al tomar su pene con la mano, llevándolo hasta el punto justo donde el dolor no fuera molesto. Las perlas de verdad hacían lo suyo, ya que mientras su punta me estiraba, ellas rozaban los puntos exactos.

Aferré las manos a los lados de su torso y comencé a enterrarle las uñas sin darme cuenta, sacudiendo mi cuerpo cuando la presión se hizo más molesta. Sin embargo, su gruñido de placer me distrajo y jadeé, abriendo la boca sin volver a cerrarla, incrédula de estar haciendo eso al fin y deseosa por llegar al final.

—Eso es, Bonita —susurró LuzBel sobre mis labios y me besó.

Soltó su pene cuando se dio cuenta de que no necesitaba controlarlo más y me tomó ambas manos para llevarlas sobre mi cabeza. Por momentos, el dolor era más fuerte que el placer o viceversa, pero su boca se encargó de darme la distracción perfecta al besarme con pasión.

En un momento, salió casi por completo y al siguiente, se hundió con un poco más de fuerza; ambos gemimos, él de placer y yo cegada entre el gozo y el dolor.

—Mierda, estás tan caliente —gruñó y empujó más fuerte—. Tan mojada que tu coño reviste mi verga —dijo en mi boca, besándome mientras me soltaba sus palabras crudas—. Tan estrecha que me estrujas con violencia.

—¡Joder! —gemí al sentirlo llegar profundo.

Mi espalda se arqueó, cerré los ojos con fuerza, el escozor en mi vagina fue cruel, pero sus palabras y el deseo que ya me había provocado evitaron que fuera peor.

—Eso es, Bonita. Qué perfecta eres —halagó besándome con suavidad—. Mírame —pidió y le obedecí. Se había quedado quieto—. Te follaré hasta que tus piernas tiemblen y grites mi nombre una y otra vez —advirtió.

Volvió a salir de mi interior, moviéndose lento hasta que nuestros fluidos se mezclaron y el dolor fue desapareciendo, dando paso de nuevo al placer.

—No pararé hasta que te grabes en la mente que a partir de hoy…

—¡Dios! ¡Sí! —dije sobre su boca en cuanto llegó más profundo, lento pero fuerte.

—… Eres mía, Isabella —terminó de decir y grité de puro éxtasis. Mis pechos se rozaron al suyo y soltó mi mano para arrastrar una de las suyas por mi cuerpo, deteniéndose unos segundos en mi teta hasta llegar a mi cuello y luego me sostuvo el rostro para que lo mirara—. Solo mía —agregó.

—Solo tuya —concedí cegada por el placer en ese instante y sonrió.

Me penetró de nuevo mientras lamía mi oreja, chupaba mi cuello y gruñía de placer. El dolor ya era historia para ese instante y la sensación de ser llenada por él en sentidos que nunca imaginé, me hicieron tomarlo de la cintura para guiar sus movimientos.

Se recargó con ambas manos y nos miramos a los ojos. El sudor perlaba nuestra piel y el aroma de nuestras fragancias se mezclaba, creando ambrosía y drogándonos aún más. Giré las caderas para empalarme más y el caleidoscopio de placer en el que me metían sus perlas parecía mágico.

Su vaivén era perfecto. Me cogió una pierna y metió su brazo debajo de ella, sacándome un gemido intenso porque llegó más profundo. El calor líquido comenzó a bajar por todo mi cuerpo cuando se movió con más fuerza.

—¡Joder! No vayas a detenerte esta vez, por favor —supliqué y en respuesta me besó.

Lo estaba sintiendo por todas partes.

—¡Mierda! —gruñó.

Su boca se adueñó de nuevo de mis pechos y mis terminaciones nerviosas colapsaron, haciendo que todo el éxtasis se agrupara en mi vientre dando paso a que el orgasmo se formara.

—¡LuzBel! —gemí al sentir que estaba llegando a donde anhelaba.

—Grita mi nombre —pidió con necesidad y no lo comprendí—. Cuando te corras, grita mi nombre.

—¿LuzBel? —pregunté.

Grité de placer cuando me embistió con fuerza.

—No, Isabella, mi nombre —aclaró y asentí un tanto desconcertada ante su petición, pero lo olvidé cuando de nuevo agilizó sus movimientos.

Arañé su espalda a punto de correrme y lo escuché gruñir, pero no de molestia. Entró y salió de mí, logrando que mi cuerpo se tensara y temblara a la vez. Gemí y grité, metí el rostro en su cuello y lo lamí hasta llegar a su boca y enterrar mi lengua en ella.

Lo besé con voracidad y desesperación, sintiendo que mi vagina se contrajo, arrancándole una maldición a él que casi me envió directo al limbo y, en cuanto volvió a empujar con más fuerza, no lo retuve más.

—Elijah —gemí en su boca y se tragó mi siguiente grito.

—¡Puta madre! —gruñó perdiendo el control.

Mi humedad se vació sobre su ingle, el corazón por poco y se me escapa por la garganta, perdí la respiración y lo aferré a mi cuerpo con violencia, sintiendo que me descomponía por el placer más crudo y puro. Y solo cuando mis partículas volvieron a unirse, grité de gozo por la furia con la que tomó mis caderas cuando él también comenzó a correrse junto conmigo. Su semen me llenó y por poco vuelvo a correrme por la sensación de ser bañada con su semilla.

Mierda.

Mierda.

Mierda.

Mis pulmones se vaciaron y sentí que me desplomaría por la intensidad de lo que estaba sintiendo.

¡Carajo! Eso se sentía al llegar al cielo.

—Elijah —jadeé una vez más saboreando su nombre en mi lengua.

Sus embistes se ralentizaron solo cuando le di hasta mi último espasmo de placer y segundos después, dejó caer su cabeza entre mi cuello. Su corazón y el mío estaban igual de acelerados y tuvimos que respirar por la boca para recuperar el aliento.

No dijimos nada por unos segundos, solo nos quedamos ahí tumbados en la cama, él todavía en mi interior y sosteniéndose con un brazo para no aplastarme. Devastados por el placer, sintiéndonos aún en el cielo y escuchando que en la sala se reproducía *Animal* de AG y MOONZz.

If you dance with the devil.
Uh oh, I come for the jugular[16].

«El mensaje llegó tarde, Colega. Porque tú acababas de bailar con el diablo».

Y temí entregarle mi yugular por voluntad propia.

---

16 Si bailas con el diablo. Uh oh, iré por la yugular.

CAPÍTULO 33

Mía

Isabella

Siempre tuve la idea de que al perder la virginidad no lo disfrutaría mucho, que tendría sexo con molestia, con dolor. Sin embargo, con LuzBel había descubierto (en una sola tarde) la facilidad con la que alcanzaba el clímax en diferentes posiciones que imaginé que solo practicaría al tener un poco más de experiencia.

Pero al estar en cuatro, de lado, frente a frente, montándolo o con mi espalda pegada a su pecho, descubrí que la experiencia se adquiere teniendo a un guía tan excelente como él que consiguió hacerme correr en seis ocasiones.

El chico se volvió insaciable y solo paró hasta que vio que de verdad mis piernas temblaban y grité su nombre en cada orgasmo, a veces fuerte y otras en susurros lastimeros.

«Su nombre, Colega. No su apodo».

Mierda, pensar en eso hacía que la molestia en mi entrepierna cesara y el deseo aumentara.

—Madre mía —dije cayendo sobre su pecho, todavía jadeando y sintiendo que con el movimiento todo su semen salió de mi interior.

LuzBel o Elijah (sería difícil acostumbrarme a llamarlo por su nombre), parecía dispuesto a seguir, ya que su erección no disminuía, algo que me hubiese parecido imposible si en lugar de vivirlo, me lo hubieran contado.

—Te acostumbrarás —avisó sobre mi cabeza. Su aliento meció mi cabello y lo miré con incredulidad. Se estaba riendo cuando encontré su rostro—. Mira que soportar seis orgasmos la primera vez, es de campeonas —añadió y solté una carcajada.

—Serás idiota —le dije y me ayudó a quitarme de encima suyo.

Me tumbé a los pies de la cama y apenas me percaté que salió de ella. Estaba viendo estrellas a mi alrededor y mientras se perdía en lo que imaginé que era el baño, comencé a reírme porque el cabrón había cumplido otra de sus promesas.

«Te hizo ver las estrellas sin que despegaras los pies de la tierra».

O el culo de la cama, pensé para mi conciencia y me mordí el labio.

Minutos después, regresó con una toalla limpia. Tenía el bóxer puesto y sin decir nada, comenzó a limpiar mi entrepierna, algo que me tomó por sorpresa y me avergonzó, además. Supongo que hubiera sido más creíble para mí que dejara que me aseara por mi cuenta, ya que nunca se mostró como un chico atento. Aunque llegué a conocer sus atenciones en la cama solo porque acabábamos de tener el sexo más formidable, así que callé y me concentré en los enormes cuadros colgados en la pared del lado del cabecero de la cama.

Eran dos que formaban uno solo. El de la derecha, era de fondo blanco con una pieza negra de ajedrez en el medio: el rey. Y el de la izquierda, jugaba con colores contrarios, fondo negro y la reina del ajedrez en blanco.

Como el *yin* y el *yang* del ajedrez.

Me dio mucha curiosidad que los tuviera, pero conociéndolo no creí que los cuadros tuvieran algún significado romántico para él y podía jurar que solo era simple decoración que le gustó cómo combinaba en la pared gris oscura.

—Ven aquí —pidió de pronto, acomodándose del lado de la pieza de ajedrez del rey.

Alcé una ceja ante la sorpresa de que me siguiera queriendo a su lado, ya que se suponía que el sexo siendo solo eso: algo carnal, no implicaba acurrucarnos juntos.

Y no es que estuviese comportándose romántico; al contrario, bromeaba cuando tenía que hacerlo, me hablaba sucio en los momentos indicados y su voz mantenía un toque de frialdad si nos metíamos en alguna conversación. Sin embargo, le bajó un poco a su intensidad tras tantos orgasmos y se mostró relajado ante mí.

Me acerqué a él y me tumbé a su lado, recostando la cabeza sobre su brazo, disfrutando de cuando comenzó a acariciar mi cabello, que debía parecer un desastre con los nudos que se me formaron al revolcarme en la cama. Aunque su gesto hizo que dejara eso de lado, ya que todavía seguía siendo inefable que acabara de entregarle mi virginidad a él: un tipo tan malo pero paciente y suave en la intimidad.

Un tonto arrogante que me dio un tipo de placer que ni siquiera sabía cómo describir.

Un demonio con manos de ángel a la hora de acariciar mi cuerpo.

—¿En qué piensas? —preguntó al verme tan absorta y en silencio.

—En tus cuadros —mentí.

En realidad, estaba pensando en muchas cosas: en miedos e incertidumbres que me embargaron tras ser consciente que no había vuelta atrás con lo que hice. Y en lo tranquila y libre que me sentía, sin arrepentimientos hasta el momento.

—¿Qué pasa con ellos? —inquirió y casi gemí cuando enterró los dedos en mi cuero cabelludo.

—¿Por qué el rey y la reina del ajedrez? ¿Y por qué están sobre tu cama? ¿Hay alguna reina en tu vida que vaya a venir a sacarme de su lugar?

—Mierda, recuérdame no darte alas para que hagas preguntas la próxima vez —se burló y le di un golpe en el estómago.

No fue fuerte, pero tampoco le hubiese dolido, ya que parecía tener abdominales de acero.

—¿Qué pasará a partir de ahora entre nosotros? —añadí y su pecho se movió de la risa que le provocaron mis golpes y por continuar con mis preguntas.

—Por ser dos de las piezas más importantes en el ajedrez —habló luego de unos minutos, comenzando a responder mis preguntas—. Cuando mi abuelo materno estaba vivo y lo visitaba con madre, me pasaba tardes enteras jugando con él. Y no me gustaba, pero el viejo podía ser bastante manipulador y siempre encontraba la manera de arrastrarme a sus juegos…

Quise decirle que tras ese dato entendí de dónde sacó él esos *dotes,* pero me contuve y solo sonreí. Lo escuché con mucha atención, entretenida porque me hablara de esas pequeñas anécdotas de su juventud.

—Y mientras me enseñaba los movimientos y la importancia de cada pieza, aprovechaba para darme sus lecciones de vida. Así que se me grabaron más sus palabras que la manera correcta de hacer las movidas —añadió.

A mi cabeza llegaron muchas imágenes de él siendo un niño junto a un señor con porte poderoso pero lleno de amor a la vez. Y no, no hubo molestia en la voz de Elijah al contarme sobre él y sus manipulaciones, sino más bien añoranza de aquel tiempo donde la preocupaciones o problemas no existían.

—Están sobre mi cama porque cuando me acuesto en ella para dormir —aclaró y rodé los ojos—, es cuando más reflexiono sobre lo que he hecho o haré, así que son un recordatorio para no perder el enfoque. Y no, White, no hay ninguna reina en mi vida. Las piezas están juntas como parte de la decoración.

«Como lo imaginé», pensé pero me quedé en silencio.

—Y lo que pasará entre nosotros es que seguiremos con este juego hasta saciarnos, porque lo que te dije antes no era mentira. Eres adicción y después de probarte, me he quedado con ganas de más.

—¡Dios! —chillé cuando se colocó sobre mí y se metió entre mis piernas.

Me reí por su arrebato, aunque mi gesto de dolor por mi entrepierna tampoco pasó desapercibido para él.

—Descansa, Bonita —demandó y acarició mi cabello de nuevo.

—Dime alguna de las enseñanzas que te dio tu abuelo sobre la vida aplicando el ajedrez —pedí y bufó divertido.

—Me dijo muchas.

—Perfecto, pero solo dime una —lo animé al notar que quería desviarme y medio sonrió.

—Solía decir que la vida es como el ajedrez. Cada decisión que tomas es una jugada que define tu futuro —concedió y, por unos minutos, me quedé en silencio.

Porque en eso su abuelo tenía razón.

Cada decisión tomada y ejecutada define el futuro. Sin embargo, la que yo acababa de hacer no sabía si sería para mejorar el mío o para empeorarlo. Y estaba consciente de que solo tuvimos sexo, no más. Sexo sin amor como lo denominó él e incluso en ese momento, al volver a analizarlo, el arrepentimiento no llegó.

—Me gusta tu cabello —susurró de pronto, acariciándolo y enredándolo en sus dedos. Un escalofrío me atravesó y mi piel se erizó.

Esa vez no se debió a lo que él me provocaba, sino también porque era una reacción natural en mí cada vez que me acariciaban el cabello.

—A mí me gustan tus perlas —solté haciéndolo reír y de paso, me mordió el labio inferior, chupándolo a la vez para calmar mi dolor.

—Lo sé —musitó con chulería—. Ya…

—Si dices que ya te lo han dicho antes, las vas a perder justo en este momento —advertí sabiendo cómo le gustaba jactarse.

Se rio en respuesta y negó.

Luego volvió a acomodarse a mi lado y tiró de mi cuerpo a su costado para volver a jugar con mi cabello. Parecía un niño travieso haciendo eso, aunque no me quejaba porque se sentía demasiado relajante y, por unos minutos, solo me quedé ahí entre sus brazos, suspirando por el placer que me seguían dando sus dedos sin implicar nada sexual.

—Deberías hacerme otro tatuaje —murmuré con la voz soñolienta al acariciar los suyos.

Había un león rugiendo, cubriendo su pecho. Flores silvestres, lotos y tribales que abarcaban sus hombros y cuello, y un dragón poderoso y feroz sobre todo su abdomen. Todos los tatuajes adecuados de manera perfecta y sincronizada en la piel para que se vieran como arte y no como un desorden hecho por principiantes.

—Voy a comenzar a cobrarte —advirtió con tono de broma y sonreí.

Y no, no quería llenar mi piel de tinta, aunque me apetecía hacerme uno o dos más en partes donde no estuvieran a la vista del público siempre y no porque me avergonzara ya que vivía en un país donde nadie juzgaba por eso, pero de cierta manera, me gustaba mantener esos detalles de mi cuerpo solo para mí o para personas de mi total confianza.

—Te dejaré hacerme lo que tú quieras si es gratis —propuse.

—¿Segura? —inquirió con voz hipnótica y su caricia en mi cabello bajó por toda mi espalda, usando solo el índice y el dedo medio como si caminara hacia mi…

«¡Mierda! El Tinieblo iba a por todas».

—Me refiero al diseño del tatuaje, pervertido —aseveré.

—Bueno, explícate mejor la próxima vez —recomendó conteniendo la risa y regresó a mi cabello.

—Además, un tatuaje tampoco vale tanto —musité y entonces sí que se rio.

—Mi arte, sí —se jactó sin dejar de reír.

Lo miré atontada, con una media sonrisa en mi rostro, admirando lo increíble que era que después de querer matarnos, estuviéramos ahí, en su cama, riendo y hablando como dos amigos a los que les encantaba jugar bromas.

—Entonces, si dejarás que yo escoja el diseño, te pondré *mía* justo aquí —dijo acariciando mi cuello— y entrelazaré una E y una P como firma para que quede claro.

—¡Puf! En tus sueños —ironicé.

—Mientras te follaba lo aceptaste —me recordó.

—Solo porque quería mi orgasmo —confesé con descaro y él negó con la cabeza.

—Mejor duerme antes de que te haga declararlo de nuevo —amenazó y disimulé la necesidad de apretar mis piernas.

«¡Demonios! Me gustaban esas amenazas».

Maldita cachonda.

CAPÍTULO 34

Venganza

ELIJAH

No había nada como acostarte con esa persona que una vez dijo «ni en tus sueños va a pasar» y pasó.

Y para mí, el mayor placer estaba más en darlo que recibirlo, pero tener sexo con la chica que una vez aseguró tal cosa, lo llevó a otro nivel, pues el gusto que me di con ella no fue solo para mi cuerpo, sino también para mi orgullo.

Nos habíamos quedado dormidos luego de charlar un poco y reírme con sus tonterías. Sin embargo, me desperté dos horas más tarde por el hormigueo en mi brazo al tener su cabeza tanto tiempo en él, presionándolo hasta que la sangre dejó de fluir como debía. Lo zafé con cuidado y sonreí por su sueño profundo. La dejé tan cansada que simplemente se acomodó bocabajo, desparramando su cabello en la almohada y dándome una vista espectacular de la curva de su espalda y cómo se abultada al llegar a su trasero.

Se quedó desnuda y la sábana apenas se aferraba a su culo.

La luz del sol se filtraba por la ventana y los rayos hacían que su piel cremosa y tersa reluciera, dándole brillo a los finos vellos de su cuerpo que me invitaban a pasar la mano y acariciarla, pero no lo hice. Preferí observarla dormir, su respiración era lenta y tranquila, asegurándome que dormía plácidamente después de haberla agotado tanto.

Siendo sincero conmigo mismo, todavía me seguía sorprendiendo que hubiese aguantado tanto, ya que, aunque estaba dispuesto a cumplirle mi promesa de dejar de follarla hasta que sus piernas temblaran, que ella no se rindiera fácil siendo su primera vez, me indicó que había mantenido un deseo sexual contenido durante mucho tiempo y cuando explotó, no bastó con que se corriera una vez para apaciguarlo. Necesitó seis orgasmos.

Sonreí como un hijo de puta orgulloso por haberla llevado al limbo del placer y que haya gritado mi maldito nombre, no mi apodo.

El recuerdo de escucharla llamándome Elijah entre gritos, jadeos, gemidos y susurros cuando intentaba aferrarse a mí al penetrarla con fuerza o mientras ella enterraba los dedos en mi cabello para que no dejara su coño, logró que la sangre bombeara rápido en mi sistema y llenara mi polla haciéndola endurecer.

Y si no la hubiera visto dormir tan plácidamente para recuperarse, juro que la habría despertado para calmar mi erección follándola hasta saciarme de ella una vez más.

Al menos por lo que quedaba de la tarde.

Todo entre nosotros pasó mejor de lo que alguna vez lo planeé, pues cuando la cité en el gimnasio privado de mi apartamento, no lo hice con la intención de llevarla a la cama. No todavía. Buscaba tantear el terreno y ver cómo llevaba las cosas después de su ruptura y ausencia, tanto en la universidad como en la organización. Aunque admito que me lo pensé por un momento. porque mientras su padre estuvo en la ciudad, aprovechó para recordarme mi puta promesa.

—¿Es ese un nuevo tipo de tatuaje? —había preguntado en tono burlón cuando entré en la oficina de padre.

Enoc y él estaban tomándose un par de tragos mientras hablaban de lo que lo había hecho llegar de improvisto a la ciudad.

—Sí, Elliot todavía está aprendiendo —ironicé yo y padre negó con la cabeza mientras Enoc sonreía con suficiencia.

Los golpes en mi rostro gracias a la pelea con el imbécil de mi primo todavía se marcaban. Ambos habíamos necesitado bandas de sutura para que nuestros cortes cerraran y si no hubiese sido por los hombres que se encargaban de cuidar a madre, nos habríamos terminado matando luego de que llegó de dejar a White tras encontrarnos en mi habitación.

Iba furioso, enloquecido de rabia, en realidad, asegurándome que sabía lo que quería con ella, amenazándome para que no fuera a tocarle un solo cabello porque entonces, por primera vez rompería una promesa, jurando que Enoc lo respaldaría al enterarse de mis motivos reales para acercarme a White. Me limité a reír en su cara como respuesta, pues su advertencia había llegado muy tarde.

El sabor del dulce coño de su chica todavía estaba en mi boca y los recuerdos de su agonía mientras gozaba de mi lengua jugando con su clítoris, me mantenían con una erección perenne que traté de bajarla con ejercicios luego de volver a masturbarme pensando en todo lo que le hice en mi habitación y cómo se vino sobre mis labios mientras me burlaba de Elliot.

Y el placer que le mostré a ese imbécil a la vez que me seguía riendo, fue suficiente para hacerlo explotar.

El gimnasio de casa quedó destruido y fue una suerte para ambos que a ninguno se nos ocurriera usar las mancuernas como armas, aunque en varias ocasiones estuvimos a punto de estrangularnos con las barras. A los guardaespaldas no les resultó tan fácil separarnos, pero lo hicieron justo a tiempo.

Luego de eso, los dos recibimos un par de bofetadas por parte de padre y Elliot terminó marchándose esa noche, no por lo que hicimos, sino porque Enoc le había ordenado volver esa mañana.

—Dáñala y te prometo por mi sangre que ni siquiera entenderás de donde te llegará la bala que te meteré entre ceja y ceja —largó y, tras eso, escupió la sangre que le había llenado la boca para sellar su promesa.
—¡Es suficiente, Elliot! —exigió padre y yo me limité a reír con victoria.
—¡La culpa no es del tercero, primo. Nadie entra a donde no lo dejan! ¡¿Lo recuerdas?! —grité para que alcanzara a escucharme e intentó zafarse de los dos tipos que lo arrastraban lejos de mí.
—Vuelves a hablar y te cortaré la lengua, Elijah —amenazó padre y alcé una ceja, aunque gruñí por el dolor.
Aun así, lo miré incrédulo porque no vi en su rostro que esa fuera una amenaza vana.

—Bien, el chico solo hizo lo que yo me abstuve de hacer por respeto a mi amigo —dijo Enoc viendo a padre y tensé la mandíbula.
El tipo me exasperaba, pero no lo podía odiar más de lo que lo respetaba, ya que así fuera un hijo de puta, lo seguía admirando.
—¿Para qué me necesitan? —inquirí en cambio.
—Elliot mencionó que te has acercado a mi hija con una intención distinta a la que me prometiste —soltó y ni siquiera tuvo que mirarme para que maldijera por dentro—. Pero sé que estaba molesto y en ese estado se dicen muchas cosas equivocadas o exageradas, ¿cierto? —añadió con ironía.
Ese no había sido un comentario dicho porque confiaba en mí y entendía el enojo de Elliot, no. La amenaza escondida en sus palabras era palpable hasta para un idiota.
—¿Cierto, LuzBel? —repitió cuando me tardé en responder y alcé mi mandíbula.
No estaba dispuesto a que me intimidara más.
—Cierto, Enoc —dije sin titubear—. Solo intento hacer las paces con ella para que cumplir mi promesa contigo sea más fácil, ya que sabes que no iniciamos bien —añadí y sonrió dándole un último sorbo a su vaso.
—Perfecto, me gusta que las cosas estén claras —dijo y se puso de pie. Padre lo imitó y se dieron un abrazo como despedida, dando por terminada su visita—, porque odiaría perder la amistad de tu padre —añadió llegando a mí y dio golpecitos en mi hombro como si en realidad estuviera al lado de alguien que apreciara.
Sonrió sin gracia luego y le devolví el gesto con una imitación exacta. Tras eso, se marchó dejándome solo con padre.
—Y yo que te creía un hijo de puta a ti —dije entre dientes y Myles solo se limitó a reír con verdadera diversión.
—Es que lo soy cuando tocan a los que amo, hijo. John solo está actuando tal cual yo lo haría si un cabrón como tú se acercara a mi Tess —admitió y bufé.
—Y qué pasaría si una cabrona se acerca a mí, ¿me defenderías igual? —me burlé.
—Si tú la provocas, le ayudaría a ella. De lo contrario, la mataría sin dudar —juró y a pesar de que lucía divertido, también supe que no me mentía.

La visita de Enoc fue uno de los motivos para darle más espacio a White luego de enterarme que Elliot le puso fin a su relación de cuatro años. Hasta consideré no seguir adelante con mi venganza, pero bastó que la chica se atreviera a besarme para desencadenar hasta mis deseos más prohibidos. Así que estar ahí con ella no era solo mi culpa y adueñarme de su virginidad, un regalo que el destino deseó darme, pues creí por un momento que mi primo al fin había conseguido dar ese paso con su novia.

Pero no, el imbécil en serio se entregó a ella con amor verdadero como para darle la oportunidad de que estuviera lista y no coaccionarla para hacerla suya. Y con eso, solo la preparó para mí. Elliot cometió el error de dejarla libre incluso sabiendo que, si yo la probaba, ya no permitiría que nadie más lo hiciera, pues mi posesividad no le daría tregua alguna a nadie.

Ella tal vez lo pudo haber tomado como la pasión del momento, pero no le mentí al decirle que sería solo mía mientras la penetraba. Y no porque existiera algún tipo de interés romántico entre nosotros (eso lo dejamos bastante claro. Solo sería sexo sin amor), sino más bien porque nunca me enseñaron a compartir o jamás quise aprenderlo ni con las cosas más vagas, para ser sincero.

Y si ella se atrevió a tentar a mi demonio posesivo al besarme, tendría que atenerse a las consecuencias, ya que, desde ese día en adelante, nadie que no fuera yo volvería a tocarla.

Sería solo mía mientras el juego durara.

Y mientras el fuego siguiera haciéndonos arder sin quemarnos.

—¡Oh, mierda! —Me sobresalté cuando vi a Tess entrar en mi habitación y chillar al verme en la cama con su amiga. Se dio la vuelta para evitar ver demás, aunque nuestros cuerpos estaban cubiertos por la sábana.

Maldita fuera la hora en la que se me ocurrió darle una copia de las llaves.

—Sal de aquí —pedí en un susurro para que Isabella no se despertara. Ella obedeció de inmediato sin decir nada, muy pálida por lo que acababa de descubrir—. Jodida mierda —bufé para mí y cogí el pantalón de chándal.

Mi playera había quedado en el gimnasio y no me preocupó buscar otra, pues mi hermana tendría que marcharse enseguida y solo rogué en mi interior para que lo hiciera sin causar un alboroto.

Salí de la habitación un minuto después, asegurándome de cerrar bien la puerta y encontré a Tess en la sala, dándole un gran trago al vodka que se había servido en un vaso corto. Apenas y frunció el ceño y la falta de su gesto de asco me hizo entender que seguía impactada.

Y muy enfada según noté cuando me observó fulminándome con la mirada.

—¡¿Qué mierda has hecho, hijo de puta?! —espetó llegando a mí y empujándome con brusquedad.

Debí prever que ella llegaría, ya que quedamos de reunirnos para pasar el rato porque aseguró que quería que habláramos de algo, pero, en realidad, no estuvo en mis planes llevar a la castaña a mi apartamento, solo lo hice y ya. Y tras ver el rostro de Tess y analizar lo sucedido, fui más consciente de mi cagada.

La besé, la follé en mi cama y en mi apartamento.

¡Mierda!

—Bueno, ahora que me lo haces ver, pues una tremenda cagada —dije riéndome de mí mismo—. Aunque en mi defensa, nos vimos para entrenar. Lo de acostarnos surgió en el momento —me defendí y ella me miró en *shock*.

—¡Eres una mierda, Elijah! —siseó con furia y me aparté de ella cuando quiso volver a empujarme—. Elliot tenía razón, entonces. Tú buscabas vengarte de él —acusó y rodé los ojos.

—Mejor baja la voz o vas a despertarla —bufé comenzando a fastidiarme, dejando de lado la estupidez que hice al llevar a la castaña a mi apartamento.

—¡Pues que se despierte y se vaya enterando ya de que solo es tu puta…!

—¡Cállate, joder! —rugí y llegué cerca de ella, tomándola de los hombros para sacarla de mi territorio, pero se sacudió para alejarse de mí.

—Esa chica es mi amiga, Elijah —dijo señalando hacia la habitación— y no dejaré que la dañes solo por una maldita venganza —espetó y me propició una bofetada que me giró el rostro y me hizo saborear el sabor metálico de mi propia sangre.

—Vete —gruñí antes de perder los estribos.

—¡No! ¡Me vas a escuchar, maldita mierda! —sentenció y trató de empujarme de nuevo, golpeando mi pecho cuando no lo logró y solo volví a gruñir.

«Cálmate», me dije a mí mismo y la tomé de las muñecas, pero de nuevo fue ágil y se zafó de mi agarre, volviendo a darme otra bofetada que me hizo respirar con dificultad y apretar la mandíbula.

—No me provoques, Tess, por favor y vete a la mierda fuera de mi apartamento. Hablaremos cuando te calmes.

—¡Cuando me calme y una mierda, LuzBel! —gritó— ¡Isabella no es como la puta de Amelia! ¡Ah! —chilló cuando la tomé del cuello de su blusa y la empotré en la pared, consiguiendo que diera un golpe sordo con la espalda.

—¡No la menciones! —gruñí dejándome cegar por la ira.

—Deja ir ya a esa puta y no te ensañes con Isabella —siguió.

Y en un intento por zafarse, llevó las manos a mis muñecas y cuando intentó golpear mi ingle con su pierna, la detuve con mi muslo.

—¿Qué putas te pasa, maldita tonta? —inquirí con la respiración pesada—. Me pides que cambie, pero te atreves a hacer lo único que te he pedido que no hagas y te importa una mierda —reclamé y me escupió en el rostro—. ¡Deja de provocarme, joder! —grité y la cogí del cuello con una mano—. No he forzado a Isabella a hacer nada conmigo y lo que pasó ni siquiera fue planeado, hija de puta.

—Su-suél-tame —pidió con dificultad, pero no obedecí.

Le encantaba acusarme de misógino por mi manera de llevarme con la castaña, pero no se midió para agredirme. No se fue, no se calmó cuando se lo pedí y en cuanto me vio endemoniado, entonces se asustó.

—¡Por personas como tú es que soy un hijo de puta! —espeté—. Porque si soy bueno les importa una mierda mi palabra y quieren verme de imbécil. Incluso se atreven a ponerme una mano encima —añadí cerca de su rostro rojo por la presión en su cuello y la fuerza que hacía al querer zafarse.

—¡LuzBel! ¡¿Qué haces?! —La voz de Isabella me sobresaltó haciendo que soltara de inmediato a Tess. Cayó al suelo tosiendo e intentando coger aire para llenar de nuevo sus pulmones.

Mi ira estaba a punto de llevarme a un punto donde conseguiría que todos me odiaran o temieran y ni siquiera me importaba, ya que solo así mantenían su distancia conmigo y cumplían mis malditas órdenes.

La castaña corrió hacia Tess para ayudarla a ponerse de pie y luego llevarla al sofá, revisándole el cuello y preguntado a cada segundo si se sentía bien. Y estaba seguro de que no le encontraría más que piel roja, puesto que no la estrangulé con la fuerza o el tiempo necesario para hacerle daño de verdad. Solo la silencié lo suficiente como para dejarle claro un par de cosas.

Las observé con la mirada fría y llena de ira, negando y maldiciendo por dentro porque Tess nos hubiese llevado hasta ese punto en lugar de marcharse y hablar conmigo cuando estuviera calmada para no provocarme, ya que no iba a conseguir que el tiempo retrocediera por muy cabreada que me dijera las cosas.

Había follado a White. Venganza o no, estaba hecho.

Nada revertiría lo que hicimos, pero la pelirroja en lugar de analizarlo, decidió tocarme los cojones. Y fue una suerte para ambos que incluso cegado por la furia, hubiera controlado mi agarre, ya que, de lo contrario, en ese momento hubiese estado lamentando la muerte de mi hermana a causa de mis propias manos.

Podía ser un vil hijo de puta, pero eso me hubiera condenado y perdido por completo. Aunque no me arrepentía de darle esa lección y sabía que si se repetía lo de Tess mencionando un nombre que le prohibí decir de nuevo frente a mí y actuando como una maniática, la pondría en su lugar de una manera u otra.

Todo dependía de ella y mi hermana era consciente, pues sabía a lo que se enfrentaba desde el instante en que, en lugar de irse, se quedó.

—Recupera el aire y luego deja la copia de la llave que te di y te marchas —le pedí con la voz gruesa por la furia que me carcomía por dentro—. Y más te vale que de aquí en adelante cuides tus palabras y pienses antes de tocarme los cojones, Tess, porque bien sabes que solo advierto una vez y no te gustará conocer al verdadero misógino. —No obtuve respuesta de su parte; en cambio, me gané una mirada amenazante por parte de Isabella, pero no me importó.

Me di la vuelta y me fui a mi habitación.

Entré al baño y reproduje música en el altavoz que siempre mantenía ahí y le di un volumen bastante alto porque necesitaba concentrarme en algo distinto a los recuerdos de lo que acababa de pasar. Me deshice del pantalón mientras *Enemy* de Imagine Dragons inundaba el pequeño cuarto. Ni siquiera esperé que el agua llegara a su punto al abrir la alcachofa, solo permití que la frialdad del líquido me recorriera el cuerpo para calmar mi enojo antes de seguir cometiendo locuras.

La mirada llena de odio que Tess me dio antes de marcharme, junto a la incredulidad de Isabella no abandonaba mi cabeza y tensó más mis músculos.

¡Maldita la hora en que Tess llegó solo para joderlo todo!

Revolvió mis pensamientos, haciéndome ver cosas que antes ignoraba y obligándome a pensar en lo que deseaba olvidar. Y así mi hermana me hubiese dicho la puta verdad, no usó el mejor método y me entraron ganas de salir de la ducha para volvérselo a recordar. Sin embargo, me contuve y solo abandoné el cuarto de baño cuando me sentí más calmado.

Me sorprendí al ver a Isabella en la habitación en cuanto entré, ya que por un momento llegué a creer que Tess la convencería de marcharse con ella, pero no, seguía en mi territorio. Estaba sentada sobre sus talones, de rodillas en la cama, dándome la espalda y viendo con detenimiento aquellos cuadros que tanto le llamaron la atención. Me detuve en la puerta para observarla unos segundos. Cubría su desnudez con una de mis playeras y su cabello seguía suelto.

Muchos de los consejos que me dio mi abuelo llegaron a mi cabeza al verla tan absorta en las piezas de ajedrez y me estremecí un poco por la comparación que me inundó la cabeza.

—Serás imbécil —susurré para mí y ella giró el rostro para verme por encima de su hombro y, al darse cuenta de mi presencia, se recompuso quedando de frente, mostrándome el asomo de sus bragas al mover las piernas.

No le dije nada; sin embargo, pasé frente a ella directo al closet escondido en una de las paredes y saqué de un cajón un bóxer limpio. Me giré y la caché mirándome con detenimiento mientras jugaba con sus manos, causándome gracia su inquietud e inseguridad para enfrentarme.

—Supongo que Tess ya se marchó —inquirí y asintió—. Ya suéltalo, White —pedí animándola a hablar antes de que su garganta se hinchara por todas las cosas que se estaba conteniendo.

—Me pidió que me marchara con ella, asegurándome que acababa de cometer el peor error de mi vida y cuando me negué, dijo que tuviera cuidado contigo. Aunque no sé si lo advirtió por lo que le hiciste o por lo que pasará entre tú y yo después de lo que ha sucedido —explicó.

No me hizo ni puta gracia que Tess dijese tal cosa, aunque tampoco podía juzgarla tras cómo terminaron las cosas entre nosotros.

—Sí, cómo no. Como mi hermana es una santa paloma, ahora tiene miedo de mí —me burlé e Isabella me miró sin comprender.

Tenía la maldita mejilla cortada por dentro luego de los bofetones que Tess me dio, pero tampoco me pondría de chismoso con White. Además de que no buscaba justificarme con ella.

—La tenías del cuello, LuzBel —susurró, a lo mejor para terminar de creerlo.

—Ya, es que quería callarla de una puta vez —ironicé y ella me miró con sorpresa—. Y en todo caso, ¿por qué no te fuiste si viste lo que viste entre ella y yo? ¿No me tienes miedo? —pregunté con curiosidad.

—A lo mejor lo que pasó entre tú y yo me ha dejado idiota, porque incluso sabiendo que Tess es una de las pocas personas que te importan, te atreviste a agredirla. Y no, te tengo miedo —declaró y noté que ni ella lograba comprender lo que decía.

Aun así, sonreí.

—No te equivocas en eso. Tess es una de las pocas personas que me importan, pero incluso así, cuando no me toma enserio y se pasa por el culo lo que amablemente le pido que no haga, no me limito a ponerle un paro. Y si me contuve con ella es porque se trataba de mi hermana ya que, si no lo fuera, te aseguro que ni tú hubieras conseguido que la soltara hasta que lograra silenciarla para siempre —confesé.

Y no me sentía orgulloso, incluso aunque fuera de los tipos que lastimaba mujeres solo si eran enemigas, amenazas o intentaban matarme (o cuando estábamos en la cama y les gustaba lo rudo), no me atrevía a ponerles una mano encima solo porque me encantaba ser violento y mucho menos a mi hermana, pero la maldita bocona me llevó al límite con un tema que sabía que debía evitar. Encima, me provocó con sus golpes.

Así que lo sentía, pero me fue imposible quedarme de brazos cruzados. No se me daba eso de poner la otra mejilla.

—Te expresas como si fueras Dios y tienes el derecho de decidir quién vive o muere —reclamó y reí sin gracia.

—Al menos yo existo —me burlé y alzó las cejas dándose cuenta de que no creía en alguien que ni siquiera podían ver.

—¿Por qué hiciste eso? ¿Qué fue lo que hizo Tess para que reaccionaras así? —preguntó poniéndose de pie e ignorando mi comentario.

—Mejor no escarbes en ese tema —advertí inquietándome de nuevo y caminó hasta llegar a mí y me miró.

—No sé qué es lo que te pone así y me asusta, pero respetaré tu silencio. —Llevé la mano a su cabello y tomé un mechón enrollándolo en mi dedo—. Tess también me dijo que tú nunca has traído a una chica aquí y que por eso jamás cruzó por su cabeza encontrarme en tu cama, sobre todo a mí, después de llevarnos tan mal —Sonrió al decir eso.

—No mintió en eso —aseveré tranquilo, pero lo hice con palabras falibles que le pusieron un brillo distinto al de siempre en los ojos y me arrepentí, ya que no quería darle una idea equivocada—, aunque siempre hay una primera vez para todo, ¿no? —añadí tratando de sonar frío.

—Ya —musitó—, pero ¿por qué saltarte tus límites conmigo? —Me miró a los ojos buscando una respuesta sincera en ellos y no encontró nada.

—¿Por qué tu primera vez ha sido conmigo y no con el hombre que amas? —solté haciendo que me mirara con sorpresa—. ¿Por qué entregarme a mí tu virginidad y no al hombre que te ama?

Abrió la boca intentando responder, mas no lo logró. En su lugar, dio un paso atrás para alejarse de mí y la tomé de la cintura para impedírselo y acercarla más a mi cuerpo.

—Así como no tienes respuestas para mis preguntas, yo tampoco para la tuya, White —dije sobre sus labios y llevé una mano hacia su nuca, enterrando los dedos en su cabello para que me mantuviera la mirada—. Tuviste cuatro años para entregarte a Elliot como te entregaste a mí. Sin embargo, no pudiste. Y tú sabrás tus razones, o a lo mejor ni lo entiendas aún.

Miré su boca entreabierta y no conseguí contener las ganas que me embargaron de darle un beso casto para que se tranquilizara cuando noté su confusión. Gimió suave cuando le lamí los labios, un sonido que me hizo palpitar la polla con crudo deseo por enterrarme en ella.

—No hay necesidad de encontrarle explicación a todo, White, ya que no siempre se puede. A veces solo debemos aceptar que las cosas pasan porque tienen que pasar —seguí y le planté un beso en la barbilla—. A lo mejor sucedió así porque el deseo entre nosotros es más fuerte que tu amor por Elliot y mi voluntad por respetar los límites que impuse en mi vida.

Aferró las manos a los lados de mi torso cuando le besé el cuello y no paré hasta arrastrar la nariz por él, inspirar su aroma y luego detenerme en su oreja.

—El odio y la pasión son sentimientos tan fuertes como el amor, White. Y yo te odiaba y tú amabas a mi primo, pero la pasión terminó siendo más fuerte entre nosotros, así que nos nubló el maldito raciocinio y míranos ahora —musité y lamí el lóbulo de su oreja—. Deseándonos como si no acabáramos de tener una maratón sexual y no sé tú, pero yo no me arrepiento de nada de lo que hemos hecho —aseguré con convicción.

La miré a los ojos al terminar y tragó con dificultad. Sus mejillas estaban rojas y sentí sus pezones duros rozarse en mi pecho.

—Yo tampoco —respondió con la misma seguridad y sonreí victorioso.

—Y si lo estuvieras, te volvería a follar hasta que te retractes —aseguré y sonrió con picardía—. ¿Cómo te sientes?

—Adolorida —se quejó, pero zafó la toalla de mi cintura y le alcé una ceja.

—¿Estás segura? —inquirí y se mordió el labio.

—He fantaseado con hacerlo en la ducha —respondió y fue mi turno de sonreír, sobre todo cuando se lamió los labios al ver mi erección.

—Bien, pero tendremos que ser rápidos porque debemos ir al cuartel —avisé sacándole la playera a la vez y ella me ayudó con las bragas—. Hay mucho que preparar para la misión —añadí cogiéndola de las piernas para subirla a mi cintura.

—Haz lo tuyo, entonces —me animó y ambos reímos mientras nos besábamos.

¡Joder! Los chicos tendrían que esperar un largo rato.

CAPÍTULO 35

Tómalo en cuenta

ELIJAH

Tuvimos que marcharnos al cuartel cada uno por nuestra cuenta, ya que Isabella había llegado en su coche. La sonrisa que me dio cuando se separó de mí consiguió hacer crecer más mi orgullo, pues el gesto de esa chica iba cargado de satisfacción y el que yo le devolví, una promesa de que apenas estábamos comenzando.

Y claro que íbamos retrasados, media hora para ser exactos y habría sido más si esa castaña no me hubiera apurado, aunque al ver el rostro de padre cuando me presenté en su oficina, agradecí que no hubiese sido más tiempo de retraso.

—¿Qué ha sido tan importante como para que llegues a esta hora? —preguntó con molestia.

Perfecto.

Él era un fanático del tiempo y desde que tuve uso razón, me enseñó a no desperdiciar el de los demás retrasándome, ya que según su instrucción, en el instante que lo hacía, demostraba mi falta de respeto hacia la otra persona.

Así que entendía su molestia, aunque era la primera vez que le faltaba el respeto de esa manera.

—No tengo justificación alguna —dije asumiendo mi falta.

—Y el que vinieras al mismo tiempo que Isabella no tiene nada que ver —inquirió.

—No —aseguré y no mentía.

De hecho, la castaña no quería que le comiera el coño cuando estábamos en la ducha, pretendía que la follara sin preliminares, asegurando que ya se encontraba lista para recibirme. Pero me era imposible no probar su adictivo sabor al tenerla solo para mí, así que lo hice de todas maneras.

Y comprobé con mi lengua que sí estaba lista para recibirme mientras la empotraba a los azulejos de la ducha, pero como buen caballero, decidí lubricarla un poco más para que no sintiera molestias luego. Así que, de haberle obedecido, habríamos llegado justo a tiempo, mas hice las cosas a mi antojo.

Entonces no, Isabella no tenía nada que ver.

—Ten cuidado con el terreno que pisas, Elijah, porque no podré interceder por ti una segunda vez —me advirtió y, por un momento, creí que a lo mejor Tess le había dicho lo que pasó en mi apartamento.

Pero me relajé porque de haberlo hecho, padre no me hubiese hablado *tan tranquilo* incluso con el enojo que le ocasionó mi retraso.

—Ya. No te preocupes —pedí y me senté en la silla frente a él, ya que me mantuve de pie para tantear el territorio.

—Elliot está de nuevo en la ciudad —avisó al verme cómodo en la silla—. Aquí en el cuartel para ser exactos —añadió e imaginé que para ese momento debió haberse encontrado con la castaña, pues ella se fue al salón junto con los otros chicos—. Y solo te lo diré una vez, así como lo hice con él: vuelven a crear otra jodida pelea entre ustedes y los expulsaré a ambos de la organización, porque estoy harto de que se la pasen como perros rabiosos o en celo cada vez que respiran el mismo aire.

Reí irónico ante lo que implicaba su comparación con lo de perros en celo e intuí que debía estar demasiado cansado como para no darse cuenta de que esa elección errónea de palabras le hubiese ocasionado problemas con Enoc si él nos hubiera acompañado.

—Imagino que está aquí con la información que Enoc te prometió conseguir —mencioné dejando el tema de nuestra pelea de lado.

Enoc estaba haciendo lo suyo desde California y se comprometió más cuando se enteró de que arrastré a su hija a la organización. De alguna manera quiso impedir (desde que Isabella nació) que ella supiera algo de Grigori incluso cuando sería su heredera y, tras mi jugada, en lugar de hacer que yo mismo la sacara porque fue mi responsabilidad que entrara, permitió que siguiera adelante, pero forzándome a protegerla.

Y obligado o no, le hice una promesa que cumpliría no solo para proteger a los míos.

—Y porque ejecutará la misión como ya se tenía planeado —aclaró—. Y antes de que me digas que tú y tus chicos pueden sacarla adelante sin su ayuda, te recuerdo que no me gusta que te creas grande, hijo. Y no cometas el error de subestimar a nadie y menos a tus enemigos porque eso de que más grande es un poste y los perros los mean, no es solo un refrán popular —me recordó y sonreí.

—Bien, dame la información entonces para terminar de planear todo con los chicos —pedí.

—No llegaste a la hora acordada, así que Elliot se está encargando de la reunión —avisó y tensé la mandíbula, apretando con violencia los puños a la vez.

—Son mi grupo, padre, no el suyo y sí, cometí un error, pero es la primera vez que sucede. Así que no tenías porqué permitir que él tomara mi lugar —aseveré.

—No, Elijah. Elliot está llevando a cabo la reunión desde *su* lugar, ya que bien sabes que no necesita el de nadie más —aclaró haciendo énfasis en la palabra de propiedad—. Y sí, es la primera vez que cometes este tipo de faltas y espero que con esta lección que estás recibiendo, también sea la última —espetó y me puse de pie.

Había llegado con muy buen humor como para dejar que Elliot con su presencia o padre con sus enseñanzas, me lo jodiera.

—¿Añadirás algo más o puedo retirarme? —pregunté entre dientes y por unos largos segundos no respondió.

Luego alzó la mano señalando la puerta y me marché sin decir más.

¡Mierda! Odiaba cuando le daba por ser así de estricto.

Cuando se aprovechaba de mi respeto hacia él, pues padre sabía bien que podía ser un hijo de puta despreciable para la mayoría, pero jamás olvidaba mi lugar con ellos. Aunque por dentro fantaseaba de vez en cuando con mandarlo a la mierda.

Pero dejándolo de lado, caminé a paso rápido hacia el salón de entrenamientos con plena seguridad de que encontraría a todos allí escuchando al imbécil de mi primo, aunque al pasar por el laboratorio de comunicaciones, logré ver a través de una de las ventanas a Jacob y Elsa.

Se encontraban uno al lado del otro. Él le acariciaba el cabello a ella y dudé de que así fueran amigos, ese gesto se debiera solo a la fraternidad. Imaginar que entre ellos podía existir atracción me hizo bufar un poco divertido a pesar de sentirme todavía molesto por mi discusión con padre y la llegada de Elliot.

Y admito que me sorprendió sentirme solo divertido y, de cierta manera, hasta aliviado de que Elsa pudiera estar con Jacob y no molesto o posesivo como una vez imaginé que me sentiría al pensar en alguien acercándose a ella.

Lo dicho antes: era posesivo, pero me di cuenta de que no con ella.

Nuestro sexo-relación había llegado a su final definitivo tres semanas atrás y lo hicimos bien a pesar de que creí que eso no sería posible. Y, supuse en ese momento, que fue fácil porque a lo mejor Jacob con su cercanía influyó.

Y me alegraba verlos juntos, los dos eran mis amigos y se lo merecían.

—¿Por qué no están en la reunión? —les pregunté y me causó gracia que Elsa pegara un respingo y Jacob se alejara de ella.

¡Mierda! No era su jodido ex para que actuaran así.

—No me apetecía estar en una reunión de tu primo —dijo Elsa con sinceridad.

Miré a Jacob esperando su respuesta.

—Acompañarla me resultó más divertido —admitió—. Y, además, no estamos presentes, pero sí nos mantenemos atentos —aseguró y señaló el monitor de la cámara de seguridad.

Vi en el aparato a los demás reunidos, escuchando atentos lo que Elliot les decía. Isabella estaba junto a Tess y Connor.

—No los vi tan atentos hace unos minutos —musité serio, deleitándome con el nerviosismo de ambos. Y antes de que mi sonrisa delatara que los estaba jodiendo, decidí marcharme—. Pongan atención a lo que se diga porque de esta junta depende que todo salga bien en la misión —añadí.

—Hemos escuchado todo —aseguró Elsa y, sin pedírselo, me relató cada cosa que habían dicho y los puntos que debatieron.

Se lo agradecí con un asentimiento de cabeza antes de terminar de irme, ya que eso me ayudaba a no llegar a la sala sin una puta idea de lo que escucharía.

Continué con mi camino de una buena vez y cuando llegué al salón de entrenamientos, entré sin interrumpir, aunque los chicos me miraron al notar mi presencia. Sin embargo, los ignoré y me detuve al lado de Isabella gracias a que Tess se había movido. Elliot se quedó en silencio solo unos cuantos segundos y, sin contenerme, le sonreí con arrogancia, deseando que entendiera la razón que me llevó a quedarme a la par de su preciosa y exquisita ex.

Su mandíbula se apretó por la ira que estaba conteniendo y me limité a ser *educado*, esperando a que continuara con su charla mientras que sentía la mirada de Isabella en mí y, sobre todo, su tensión por tenerme tan cerca una vez más.

—Supongo que alguno de tus súbditos te dirá lo que necesitas saber ya que no estuviste presente —dijo Elliot cuando terminó de hablar.

—Ya se me ha informado. Sé que partirás antes que los demás para reunirte con los Grigoris en Washington. Tess y Connor viajarán en mi grupo junto a Isabella, ambos se encargarán de los intercomunicadores para guiarnos y Evan como siempre, llevará a cabo la distracción. La castaña, en cambio, se mantendrá a mi lado para recuperar el disco duro —dije y él alternó su mirada entre la chica y yo.

Nos estudiaba como siempre tendía a analizar todo y no dejó entrever lo que sea que concluyó cuando sonreí con arrogancia.

—Bien, entonces he finalizado mi parte —avisó.

Tomé mi lugar frente a mis súbditos y terminé de darles las indicaciones que requerían de mi parte, ya que como nos moveríamos me concernía más a mí, puesto que Elliot se encargaría de su gente.

Finalicé la reunión minutos después y les di la autorización para que se marcharan. Tess fue la primera en partir y, aunque no nos dirigimos la palabra, sí pude sentir que me acribillaba con la mirada, pero la ignoré, sobre todo cuando me percaté de que Isabella se acercó a Elliot, aprovechando que él estaba recogiendo unos documentos. Me tensé en cuanto comenzaron a hablar.

Él estaba serio, pero deseoso de la cercanía de ella. Isabella, por su parte, lucía nerviosa y hasta tímida.

—De ninguna manera harás esto conmigo, Castaña provocadora —susurré para mí y, sin pensarlo, me acerqué a ellos—. ¿Todavía existen dudas sobre la misión? —inquirí mordaz.

Elliot alzó el mentón con altanería e Isabella trató de controlar su nerviosismo.

—Si quieres hablar, lo haremos en tu casa —dijo Elliot en tono frívolo, ignorando mi pregunta, pero sin abandonar mi mirada.

Sonreí de lado sin gracia alguna y dejé de mirarlo solo porque busqué a la castaña y, tras tragar con dificultad, respiró hondo, observándome sin dejarme ver lo que pensaba y luego se concentró en Elliot.

—Está bien, vamos —lo animó y evitó mi mirada.

Cerré los ojos solo un par de segundos, intentado controlarme y reí irónico cuando Elliot salió del salón, rozando mi hombro con el suyo y me mordí el labio con violencia, ladeando la cabeza, respirando profundo y cogiendo a Isabella del brazo en cuanto ella intentó marcharse también.

—Yo no soy ese imbécil, Isabella. Así que cuida muy bien lo que haces —le advertí en un susurro cerca de su oído.

—¿Acaso tenemos alguna relación como para que me adviertas esto? —inquirió ella—. Aunque de tenerla, ni siquiera deberías atreverte a hacerlo porque no soy… —Alcé una ceja ante lo que diría y cerró la boca de golpe, avergonzada según me indicaron sus mejillas rojas.

No iba a juzgarla de nada, ya que reconocía el papel que jugué con ella, pero aun así le advertiría lo que pasaría si se atrevía a tomarme por imbécil.

—Juego o no, lo que te dije mientras te hice mía no fueron solo palabras dichas para que te corrieras —aclaré y ella tragó con dificultad—. Así que no me retes, Bonita, porque no respondo de mis actos.

—Yo no soy un maldito juguete al cual puedes reclamar cuando se te dé la gana —siseó entre dientes.

—Por supuesto que no, White. Eres el delicioso coño que me estoy comiendo y por ningún motivo permitiré que alguien más lo obtenga —dejé claro.

—Eres un imbécil —espetó y se zafó de mi agarre con furia.

—Y tú eres mía —zanjé con fingida tranquilidad—. Así que rétame si quieres, pero luego no te sorprendas de mi reacción.

—¿Qué? ¿Me estrangularás como lo hiciste con tu hermana? —inquirió mordaz y di un paso lejos de ella.

Mi mandíbula se tensó y negué.

—No me voy a justificar, White, pero lo que pasó con Tess no fue solo porque me desobedeció —respondí entre dientes—. Y no, no te estrangularía a menos que sea para darte placer —añadí y sus cejas se alzaron con sorpresa—. Y si tanto amas a ese imbécil de tu ex, adviértele que no vuelva a tocar lo que es mío, porque esta vez sí lo mataré —aconsejé.

Y antes de que siguiera protestando, la tomé de la nuca con una mano y del rostro con la otra, presionando enseguida mi boca en la suya.

Jadeó ante mi arrebato y puso las manos en mi pecho, mas no para apartarme, sino más bien para aferrarse a mí. Y no le di un beso profundo, pero sí uno implacable y posesivo, aunque me separé de ella en cuanto intentó corresponderme.

—Tómalo en cuenta —susurré sobre sus labios entreabiertos.

Me observó sin saber qué decir y me limité a darme la vuelta para marcharme también, dejándola desconcertada y no solo por mi acción frente a algunos de los chicos que aún seguían en el salón, sino más por mi advertencia a su amado Elliot.

El hijo de puta que una vez se atrevió a tocar a alguien que lo fue todo para mí.

Lucho contra el deseo de tenerte cerca cuando mi lógica me asegura que lo mejor es que te aparte.

CAPÍTULO 36

El arte de la felicidad

ISABELLA

Me quedé de pie mirando a LuzBel marcharse, ya que no era capaz de darle la cara a Dylan, Evan y Connor después de ese acto egoísta y posesivo por parte de su jefe. Y sobre todo tras el silencio que inundó el salón y que me hizo intuir que ellos estaban tan estupefactos como yo de que el idiota dejara ver lo que estaba pasando entre nosotros.

¡Carajo!

Había creído que mantendríamos en secreto nuestro juego, pero con ese beso que ni siquiera me dejó corresponder, supuse que cualquier intención de mantenernos en la clandestinidad se fue al carajo y solo rogué para que los chicos no hayan escuchado nuestra discusión.

—¡Ese hijo de puta va a oírme! —Pegué un respingo al escuchar a Dylan espetar tal cosa y luego tirar al suelo con brusquedad una silla cercana a él.

—¡Maldición, Dylan! No la cagues —pidió Connor mientras intentaba detenerlo, pero el tonto roquero iba tan furioso que no le importó lo que su amigo le decía y ambos salieron del salón.

Miré a Evan tratando de entender qué pasaba, pero él solo negó, observándome con una pizca de decepción en los ojos que me hizo respirar hondo.

«Perfecto. Don posesivo acababa de hacer un espectáculo y te miraban mal a ti».

Pensé lo mismo.

—¿Qué hice? —pregunté con ironía al quedarnos solos y Evan sonrió sin gracia.

—Tanto LuzBel como Elliot son unos cabronazos, Bella. Pero definitivamente debiste haberte quedado con Elliot, porque al menos él te ama —respondió tajante y tragué con dificultad.

La punzada de dolor que me atravesó el pecho fue horrible y apreté los labios para no demostrarlo.

Nunca supuse que las cosas serían fáciles y menos con LuzBel, porque juego o no, había quedado bastante claro que el tipo pretendía tener exclusividad. Sin embargo, que señalaran que cometí un error era molesto y no porque yo no lo pensara, sino porque ya bastante tenía con tratar de ser la hija perfecta, como para que ahora personas que ni siquiera me conocían lo suficiente pretendieran que siempre debería de caminar recto.

—No pretendo casarme con el imbécil de tu jefe, así que deja el amor de lado —bufé y decidí marcharme.

Evan me detuvo tomándome del brazo con delicadeza cuando pasé por su lado y me deshice de su agarre con sutileza.

—No busco ofenderte, Bella y tampoco te estoy juzgando —aclaró y soltó el aire, tratando de buscar las palabras adecuadas para no discutir más conmigo—. Solo no quiero que salgas lastimada.

—Gracias por preocuparte por mí, pero no es necesario.

—¿Sabes lo que estás haciendo? —preguntó y mi primera reacción fue negar, pero, en su lugar, cerré los ojos unos segundos y sonreí sin ganas.

—Solo me estoy dejando llevar por primera vez por lo que yo quiero y no por lo que me exigen hacer. Y para ser sincera contigo, se siente bien —admití y él alzó una ceja.

No le mentía en eso, pues esa tarde, mientras estuve en la cama de LuzBel, me sentí más viva de lo que alguna vez me sentí luego de la muerte de mamá. Y podía ser egoísta de mi parte, pero no hipócrita.

Durante dos años me obligaron a vivir una vida que yo no quería, me sometí a los deseos de mi padre para que no tuviera que lidiar conmigo tras la muerte del amor de su vida, ya que jamás me hubiese perdonado ser una carga para él. Traté de ser perfecta para que no tuviera ninguna queja sobre mí, pero me perdí a mí misma en el proceso y no me di cuenta hasta que LuzBel me animó a explotar la burbuja en la que me encerraron.

Y sí, su pelea con Tess y la forma en la que la agredió tuvo que haberme asustado. Era una alerta para mí si lo veía del lado correcto, pero tampoco ignoré la sangre que corría de su boca cuando los encontré y si todavía no había indagado en lo que sucedió en realidad, fue porque estaba esperando que ambos estuvieran tranquilos para que me hablaran con claridad y no cegados por la furia.

Nada justificaba la agresión física, pero era consciente de que tampoco debía fijarme en el género de las personas para suponer quién era culpable de la violencia. Así que, por lo mismo, no sacaría conclusiones de ningún tipo, sobre todo cuando ni la propia Tess fue capaz de explicarme por qué llegaron a esa situación. Lo único que me dijo fue que se sentía triste, furiosa y decepcionada por haber llegado a esas circunstancias con su hermano y que odiaba que yo estuviera en el medio.

Le asustaban los planes que él podía tener como para romper sus propias reglas conmigo, algo que no sabía cómo tomar incluso con la explicación que LuzBel me dio y que entendía por muy irónico que fuera, puesto que ni yo misma podía analizar cómo me fue posible entregarme a un hombre que no amaba, cuando jamás pude dar ese paso con Elliot.

Me era inexplicable cómo mis miedos desparecieron en un santiamén con ese tonto territorial y, que después de todo, no me arrepintiera de nada.

—No juegues con fuego, Bella —pidió Evan y negué con la cabeza.

«Ya era muy tarde para ese consejo, cosita linda».

Tonta.

—No me voy a quemar. No te preocupes —dije restándole importancia y continué con mi camino.

—No me preocupa que te quemes, Isabella —aclaró y me detuve sin voltear a verlo—. Me preocupa más que empieces a jugar con fuego y te enamores a mitad del incendio —añadió y me estremecí.

Pero no dije nada, solo seguí mi camino. Pensando en sus palabras, en mi discusión con LuzBel y la advertencia que me dio para Elliot, ya que independientemente de que lo haya hecho en un arrebato de posesividad, me soltó una verdad a medias que temía y me hizo imaginar muchos escenarios en los que me aterrorizaba entender que el ojiazul no era ese ángel que amaba.

Las palabras de LuzBel fueron cargadas de odio y resentimiento y le dieron un motivo más a la oscuridad que se instalaba en sus ojos cada vez que miraba a Elliot. Situación que me agobiaba porque, fuera lo fuera que sucedió entre ellos, temía que también me afectara a mí y me dolía entender con eso que ya no conocía al chico con el que mantuve una relación de años.

Me estremecí con ese razonamiento y admití para mí que Eleanor tuvo razón con sus palabras un mes atrás, pues cada vez me convencía más de que mi relación con Elliot estaba arruinada desde mucho antes de poner un pie Richmond, y LuzBel solo fue el detonante para que abriera los ojos y no me siguiera engañando a mí misma.

—Te veo en tu casa —me avisó cuando lo encontré saliendo del cuartel.

—Irás directo allí, ¿cierto? —pregunté nerviosa tomándolo de la muñeca.

—Acepté que habláramos, así que sí, Isa. Voy directo para allá —prometió y asentí, dándole una sonrisa de agradecimiento.

Continuamos caminando hacia los coches y vi que el suyo estaba al lado del mío. No lo reconocí cuando llegué porque nunca lo vi en él, así que deduje que era de su tío y se lo prestó para que pudiera moverse a donde necesitará.

Abrí la puerta de mi *Honda* para no perder más tiempo y antes de subirme, sentí la necesidad de mirar hacia las oficinas y, al hacerlo, encontré a LuzBel observándome desde un ventanal. No me hizo ningún gesto y supuse por su frialdad que seguía queriendo que entendiera que yo era *el delicioso coño que se estaba comiendo.*

—Idiota —bufé ante el recuerdo y por la sonrisa que se formó en su rostro, imaginé que leyó mis labios.

Me subí al coche antes de que yo también terminara sonriendo y salí directo hacia casa, sabiendo que Elliot me seguiría.

Verlo después de cuatro semanas de no saber nada de él fue impresionante, deseé fundirme en sus brazos, decirle que lo extrañé y que lo sentía mucho, pero me contuve y no solo porque no lo creí prudente, sino también por lo que acababa de hacer con su primo. Y me sentí tan perra por eso y también odiada por el destino, ya que era una pésima broma que justo me reencontrara con Elliot luego de entregarme a LuzBel.

«A mi manera de verlo, el destino se divertía contigo, Colega».

Era posible.

E incluso así ver a Elliot me haya emocionado, tampoco fue del todo bueno, pues recordar su rostro de fastidio al reencontrarnos seguía pinchando mi corazón. A pesar de eso, dejé mi orgullo de lado y terminé por rogarle que habláramos, ya que debíamos aclarar las cosas entre nosotros y había sido suficiente de permitirle que me evadiera.

La relación que tuvimos merecía un buen final, no uno lleno de resentimientos, aunque fuera inevitable.

—¿Dónde está Charlotte? —preguntó tras invitarlo a entrar en casa.

—Trabajando —le dije y frunció el ceño, pero no dijo nada.

Solté el aire que había estado reteniendo y con un ademán de mano, le pedí que tomara asiento.

—Jonh me comentó que fuiste a California —mencionó tras unos segundos de silencio y medio sonreí.

Mi corazón estaba acelerado y me había comenzado a doler el estómago por los nervios. Me acerqué al pequeño bar en la sala y serví dos tragos al sentir que los ojos me ardieron y la respiración se me estaba dificultando.

Me frustraba sentirme así con un chico que lo fue todo para mí en su momento.

—Por una hora al menos, ya que ni siquiera dejó que recorriera la casa o que fuera a visitar la tumba de mamá —dije con tristeza y le ofrecí uno de los vasos que llevaba en la mano.

Él negó y respiré hondo, tratando de que mi respiración se normalizara, pero al no conseguirlo con rapidez, me bebí ambos tragos; el primero con más facilidad que el segundo, ya que, al terminarlo, jadeé e hice cara de asco por el sabor del coñac.

No estaba acostumbrada a beber, lo hacía solo en ocasiones especiales y muy poco, pero lo necesitaba en ese momento y escuché a Elliot bufar con burla al percatarse de lo que hice.

—Nunca imaginé que después de tantos años, necesitarías del alcohol para enfrentarte a mí —ironizó.

—Ni yo, pero es horrible tenerte frente a mí y sentir que ya no te conozco —respondí y me miró serio.

—¿Tan grave es lo que quieres decirme? Porque de ser así, no te preocupes. Después de este tiempo me he preparado para lo peor —soltó con sorna y suspiré resignada.

—¿Por eso declinaste todas mis llamadas y mensajes? ¿Para prepararte? —inquirí y rio irónico, pero no le di importancia y tomé asiento en la mesa de madera del centro, frente a él.

—No, simplemente necesitaba estar solo y pensar bien las cosas —bufó.

—Deja de estar a la defensiva, por favor —pedí.

—¿Crees que es fácil? —inquirió—. ¿Quieres que venga aquí y haga como si no hubiera pasado nada? ¿Quieres que olvide que mi novia se confundió con mi primo y tuve que terminarla antes de que me hiciera seguir quedando como un imbécil?

—¡No quise dañarte, Elliot! —solté.

—Fallaste —aseveró y apreté los labios con fuerza para controlarme.

Por supuesto que él estaba a la defensiva y traté de ponerme en sus zapatos, así que me controlé e invoqué toda mi paciencia.

—¿Nunca has pensado que tú y yo nos perdimos desde antes de que yo llegara aquí? —pregunté haciendo acopio de una tranquilidad que no sentía y me miró confundido—. ¿O en serio crees que todo entre nosotros se arruinó desde hace cinco meses?

—Yo nunca he dejado de amarte, Isabella —respondió en su lugar y sonreí con tristeza.

—Ni yo a ti, Elliot. Pero esa no fue mi pregunta —aclaré y me miró durante un par de segundos.

—Sabía que ese viaje nos afectaría, pero me aferré a la idea de que nuestro amor era más fuerte y buscaríamos la manera de superarlo —admitió al fin—. Y tras vernos la primera vez cuando te asentaste en Tokio y comprobar que tu inseguridad conmigo había aumentado en lugar de disminuir, me dolió. Sin embargo, seguí creyendo que todo volvería a la normalidad.

—Te diste cuenta —musité con dolor.

—¿Y cómo no? Si antes de que Leah muriera parecías desesperada porque nunca se nos daba la oportunidad de hacer el amor como tanto deseábamos y luego de su muerte, te volviste miedosa, llena de dudas y siempre que estábamos a punto de conseguirlo, parecía que te obligabas. Por eso retrocedía, por eso nunca te coaccioné, ya que pensar siquiera en intentarlo me hacía sentir como un abusador —confesó y me cubrí la boca con una mano para contener el sollozo.

Habíamos visto las alertas e incluso así no hicimos nada y me dolía, porque eso era todo lo que necesitaba para confirmar que sí, nos perdimos desde que inicié aquel viaje, no luego.

—Joder, Elliot —dije tomándolo del rostro y pegué mi frente en la suya—. Nunca quise que pensaras que me estaba obligando a nada contigo… ¡Dios! —exclamé con voz lastimera y con agilidad me tomó de la cintura y me hizo sentar en su regazo.

No me negué porque necesitaba esa cercanía con él, porque lo amaba a pesar de ser consciente de que no podíamos seguir adelante y menos tras lo que inicié con LuzBel.

—Lo sé, Nena. Veía tu amor por mí a pesar de todo —aseguró y lo abracé enterrando el rostro en su cuello, respirando profundo su aroma, llenándome de él, buscando mi hogar en sus brazos y lloré incluso más al no reconocerlo.

—El día que me despedí de ti en el aeropuerto de Los Ángeles, algo en mi interior me dijo que todo cambiaría entre nosotros y que, al volver, ya no sería la chica de la cual te enamoraste —confesé y me separé un poco de él para verlo a los ojos—. Y no me equivoqué, Elliot, porque cuando nos vimos en Tokio supe que te seguía amando, pero ya no era más aquella chica que se aferraba a ti para ser feliz.

Rio sin gracia, pero fue un gesto que me indicó que él también lo notó.

—Me negué a aceptarlo y cuando no dijiste nada ni buscaste hablar sobre ello, decidí seguir adelante, confiando en que el tiempo nos ayudaría.

Nuestro gran error fue dejarlo todo al tiempo, tener miedo de enfrentar lo inevitable porque nos aferramos a lo que fuimos e ignoramos en lo que nos convertimos.

—Le pedí a papá que me dejara regresar al país porque necesitaba estar cerca de ti, Elliot, porque de alguna manera quería volver a ser la Isabella de antes, ya que solo tú parecías no haber cambiado y me urgía tener algo de lo que tenía cuando mamá vivía y contigo lo encontraba. Pero él decidió que viniera aquí y no a Newport Beach —dije y suspiró rendido.

—Por eso me decías que yo era tu cable a tierra —recordó y decidí que era mejor salir de su regazo, así que me acomodé a su lado en el sofá—, pero en realidad fui tu cable al pasado.

—Cuando me crucé con tu primo comencé a replantearme todo —dije y la molestia se reflejó en sus ojos, pero no me interrumpió y decidí que no callaría más porque él merecía saber lo que me estaba pasando—. Al principio, también lo culpé de mi confusión, aunque luego entendí que no debía.

»Y Dios sabe que no quise fallarte, que he sido una chica que desde que murió mamá, ha intentado ser la hija perfecta para papá porque no quería que él tuviera que lidiar conmigo. Busqué hacerlo feliz obedeciéndole en todo y acepté hacer ese viaje porque vi que necesitaba sacarme del país y noté que tú también lo deseabas, así que los complací.

»Lo hice cuando sabes que era una chica rebelde que se imponía ante lo que no quería hacer porque mamá me crio así, ella me hizo usar mi libre albedrío siempre, aconsejándome para que tomara buenas decisiones por mi cuenta. Me enseñó a ser libre de verdad, sin ponerme una correa solo para dejar que me alejara hasta donde ella quería, pero al arrebatármela, papá cambió y me impuso la distancia entre nosotros cuando yo solo quería permanecer con él y contigo porque los necesitaba.

—Joder, Isabella —musitó con la voz ronca y me limpió las lágrimas.

—Viví mi luto durante seis meses viajando de país en país como una chica que se quedó sin hogar. Me deprimí, Elliot y tuve que tragarme mi dolor y desesperación sola porque los guardaespaldas no eran mis amigos y menos ese psicólogo que parecía que quería imponer todo. Ellos se limitaban a hacer su trabajo, así que se mantuvieron como unos extraños para mí y cuando papá viajaba para verme, lo notaba tan frustrado, que prefería no agobiarlo con mis problemas.

»Así que fingía que todo estaba bien y llegó un tiempo en el que reí solo porque tenía que hacerlo, para que nadie le dijera a papá que estaba mal y él tuviera que correr en mi auxilio, ya que pasaba demasiado agobiado como para que yo me convirtiera en una carga. Hubo días en los que levantarme de la cama era un esfuerzo sobrehumano para mí, respiraba porque tampoco quería morir, ya que eso significaba hacer pasar a mi padre por otro sufrimiento y no me lo perdonaría jamás. Comía porque necesitaba fuerza para mis entrenamientos y ni siquiera lo hacía porque quería ser buena, no…

—Lo hacías para que John fuera feliz y se sintiera orgulloso de ti —dedujo.

—Y para que lo fueras tú también —añadí y negó con la cabeza—. Y creo que por eso a veces intentaba entregarme a ti, Elliot, porque notaba que era algo que deseabas y quería dártelo, pero cuando llegábamos al punto, no conseguía continuar. —En ese instante, yo también comprendí el origen de mis miedos.

Elliot recargó los codos en sus rodillas y enterró los dedos en su cabello, frustrado por no haber visto nada de eso, por escucharme confesar una verdad tan cruel.

—Te vi tan bien en Tokio, que saber esto me hace sentir un imbécil —bufó dolido y no conmigo sino con él, así que negué porque no estaba de acuerdo.

—No, cariño. Me viste bien porque de alguna manera el maestro Cho notó que algo no andaba bien conmigo cuando comencé mis entrenamientos con él, así que como parte de mi enseñanza me hizo aprender el arte de la felicidad[17] y logró con eso que yo sola controlara mis emociones —expliqué y sonreí ante ese recuerdo.

Me pareció aburrido al principio y gracias a mi estado no le puse interés, pero el maestro Baek Cho siempre fue muy paciente y no se rindió conmigo hasta que, poco a poco, comencé a sentirme mejor, así no volviera a ser la misma. Conseguí seguir adelante y dejar de ver al psicólogo.

—Pero no seré hipócrita contigo. Controlé mis emociones y, aunque te amaba y aún te amo, el miedo se mantuvo.

—¿Con LuzBel también? —preguntó y alcé las cejas ante la sorpresa que me provocó esa pregunta—. No quiero reclamarte nada, solo busco entender si el miedo es solo conmigo —se apresuró a aclarar.

Por un momento, no pude respirar cuando los recuerdos de lo que hice esa tarde con él me invadieron, sobre todo porque el miedo jamás fue parte de la ecuación.

—Desde que lo conocí me ha provocado de todo, menos miedo —admití y su mandíbula se apretó—. El odio y la confusión ha sido lo más fuerte que he experimentado con él cerca y por eso todo se me salió de las manos. Y por lo mismo, quise alejarme al principio. Sin embargo, mientras más lo intentaba, más me confundía.

»Fue como si el destino quisiera que me cruzara con él para que me desordenara la vida porque, a través de ese caos que me provocaría, comenzaría a resurgir de nuevo. Y sí, cometí errores en el proceso e hice cosas que no debí y de las cuales no me siento orgullosa porque…

Callé avergonzada y miré hacia sus piernas.

—Porque estabas conmigo —añadió por mí, sonriendo sin una pizca de gracia.

—Perdóname —susurré.

—¿Por qué? —inquirió y entendí su pregunta.

Quería saber si estaba arrepentida de lo que hice o porque no lo hice bien.

—Por no haber sido sincera contigo —dije y se puso de pie.

Se llevó las manos a la cabeza y desordenó su cabello, dándome la espalda, negando y maldiciendo.

—¿Estás con él? ¿Te enamoraste de él? —preguntó y negué de inmediato.

—No —dije segura.

---

17 El arte japonés llamado Jin Shin Jyutsu o "el arte de la felicidad" o como dicen otras traducciones "el arte del Creador a través de la persona compasiva", se trata de un conjunto de técnicas de respiración con toques y presiones que permiten despertar el poder y las cualidades curativas naturales que todos tenemos latentes y, al controlar la tensión emocional, lograr direccionar las propias energías vitales restableciendo la salud y el bienestar general.

Una cosa era no haber tenido miedo de entregarme a LuzBel, de iniciar ese juego con él y no arrepentirme. Y otra, era ser tan tonta como para desarrollar sentimientos amorosos por ese tonto sabiendo que apenas estábamos comenzando a llevarnos bien en la cama.

Y error o no, era la primera vez en años que hacía lo que yo quería, porque lo deseaba y necesitaba complacerme a mí misma.

«Tenías que mantenerte firme en eso porque el que se enamora, siempre es el que pierde».

—Te lo dije hace un rato, Elliot. Al principio, yo también llegué a culparlo a él, creí que era su responsabilidad que pasara por esto, pero luego entendí que no. LuzBel solo fue el detonante para que me diera cuenta de que ya había sido suficiente de hacer lo que a los demás les hace feliz y dejarme por último a mí. Y sí, la atracción que siento hacia ese idiota es fuerte, pero sé el terreno que piso.

—No, Isa. No tienes idea de donde estás parada —me corrigió y entrecerré los ojos—. Así que ten cuidado y no la cagues con él porque te dañará —advirtió—. LuzBel no es lo que parece.

Mi corazón latió frenético al escucharlo y me puse de pie.

—¿Qué le hiciste para que te odie tanto? —solté de pronto y se tensó.

—Nada que él no hubiera hecho si estuviera en mi lugar —respondió seguro.

Estuve a punto de pedirle más explicación, de mencionarle la advertencia que LuzBel me pidió que le hiciera, pero me mordí la lengua porque no sabía cómo enfrentarlo sin delatarme.

«¡Uh! No podías decirle que no volviera a tocar lo que era de ese Tinieblo sin que supiera que tú ya eras suya».

Yo no era de nadie.

«Eso no fue lo que dijiste mientras te follaba».

—Antes de venir hacia acá él me insinuó que tocaste algo que era suyo y no soy estúpida, Elliot —dije ignorando a mi conciencia, como siempre.

«Como siempre cuando te convenía».

—Que te explique él mejor a qué se refiere, porque el hijo de puta se cree dueño de muchas cosas que yo he tocado —zanjó con ironía.

—¿Fue una chica? —seguí y apretó sus molares.

—La única manera en la que yo tocaría a una chica que él cree suya, es solo si me obligan —aseguró y dio un paso hacia mí. Alcé la barbilla para enfrentarlo e incliné la cabeza para mirarlo a los ojos cuando estaba a centímetros de distancia.

Jadeé suave en cuanto me tomó del rostro y busqué la mentira en sus ojos o el truco, pero no lo encontré. Solo vi determinación, seguridad y mucho deseo. Sobre todo, cuando rozó su nariz con la mía sin dejar de mirarme.

—O si antes de él, ella quiso ser mía —juró y, sin preverlo, me atrajo hacia sí.

Gemí cuando me besó robándome el aliento con tanta dureza y deseo, que me fue imposible no abrir la boca y permitir que su lengua encontrara la mía.

«La puta madre. Ese era el tipo de hijo de puta que me enloquecía».

CAPÍTULO 37

Beso de despedida

ISABELLA

Lo tomé como un beso de despedida, así que correspondí y cuando el aire nos faltó y nos obligamos a separarnos, Elliot se marchó sin decir una sola palabra y yo me quedé todavía estupefacta y pensando en todo lo que me estaba pasando.

No cabía duda de que ahora que sabía el parentesco entre él y LuzBel, más notaba las similitudes que ambos poseían y que ignoré cuando los conocí por separado.

Aunque tenía claro que, en cuestión de ser unos cabrones, LuzBel seguía tomando la delantera y no se debía al amor que Elliot sentía por mí lo que lo hacía ser diferente, sino a esa posesividad que caracterizaba al tonto demonio de ojos tormentosos.

Una posesividad que odiaba tanto como me gustaba y sabía que eso estaba mal, que era una enorme bandera roja que él llevaba alzada, pero…

«¿Te estabas volviendo daltónica porque veías esa bandera de color verde?».

¡Dios, no! Simplemente no veía ningún color, eso era todo.

Por fortuna, tuve dos días de descanso de los Grigoris luego de hablar con Elliot y mi discusión con LuzBel por la manera en la que se comportó como un perro meándome para marcar su territorio. Y gracias al cielo que tampoco me lo encontré en la universidad, pues aparte de que ya no tenía clases, todos estaban inmersos en los preparativos de la misión que se llevaría a cabo en una semana.

Elliot se había ido para Washington DC, ya que organizaría todo con los Grigoris de esa ciudad. Y todo lo que yo necesitaba saber, me lo ha informado Tess.

Así que mientras ese día llegaba, me dediqué a mi seminario que estaba por finalizar y al curso de verano que tomé para poder adelantar algunas clases del semestre de otoño que comenzaría en nueve semanas.

Al final me decidí por estudiar una licenciatura en Bellas Artes con especialidad en cine y fotografía. Me sentía muy emocionada; de hecho, no solo era emoción, sino también libertad lo que estaba experimentando luego de arriesgarme a hacer algo que me hiciera sentir bien solo a mí y sin importarme lo que pensaran los demás.

«Estabas siendo egoísta con el mundo por primera vez y pensando solo en ti».

—Debemos ir al cuartel, Isa. Habrá una reunión importante —avisó Tess justo cuando faltaban dos días para la misión.

—¿Ya? —pregunté.

Había terminado mi clase y la encontré esperándome en el estacionamiento.

—Sí, ven conmigo. Luego te regreso aquí —indicó.

—Mejor me llevas a casa. Jane puede llevarse mi coche —avisé y la pelirroja asintió.

Le envié un mensaje a Jane, puesto que ella todavía estaba en las oficinas de la universidad resolviendo algunas cosas de su carrera y agradecí haberle dado una copia de las llaves.

Sonreí en cuanto llegamos al coche de Tess y ella se puso en marcha, ya que *Boom Clap* de Charli XCX comenzó a sonar a un volumen prudente y ambas movimos la cabeza al compás de la melodía.

—¿Has estado con Elijah estos días? —inquirió de pronto y negué.

No lo había visto ni nos habíamos comunicado por ningún medio, pero no me molestaba. Le entregué mi virginidad, mas eso no significaba que solo por ese motivo debíamos iniciar una relación en donde nos diríamos hasta cuando necesitábamos ir al baño; al contrario, la distancia ayudaba a que mantuviéramos claro que todo era un juego donde nos divertiríamos, nada más.

—No estaría de tan buen humor de ser así —ironicé y ella rio—. ¿Y tú ya has arreglado lo que sea que pasó entre ustedes? —quise saber y negó—. ¿Me dirás por qué lo encontré estrangulándote? ¿O fue solo porque le pegaste muy fuerte?

—¿Por qué debería ser yo la que arregle las cosas? —preguntó riendo—. ¿Y acaso me acusó contigo de haberle pegado?

Solté una carcajada y negué.

—Te metiste a una pelea conmigo solo por joder, Tess y todo por seguirle el juego a Dylan, así que solo tengo que sumar uno más uno. Además, tú y Elijah llevan la locura en la sangre, entonces no es difícil llegar a esa conclusión.

—Conque Elijah, eh —se burló y hasta ese momento, me di cuenta de que lo llamé por su nombre—. ¿Así de bien te lo follaste que hasta te pidió que lo llames por su nombre?

—Eres una idiota —dije entre risas.

Aunque la verdad fue que hasta yo me sorprendí de haber usado su nombre, pues me había acostumbrado a llamarlo por su apodo u otros apelativos que le encajaban perfecto.

—Bien. Puede que lo haya provocado un poquito —admitió y entrecerré los ojos, segura de que sentiría mi mirada—, pero esa no es justificación para que me estrangulara.

—No, no lo es. Sin embargo, no lo digo porque sea hombre, ya que la violencia no tiene género y bien pudiste matarlo tú antes con tu *pequeña provocación* y tampoco tendrías justificación, Tess —aclaré y me miró por unos segundos—. ¿Tan grave es lo que ha pasado? Y me refiero a lo que sea que desencadenó su pelea, ya que no creo que lo hicieras por defender mi virtud —dije con ironía y, aunque se rio de mi broma, también noté su tensión.

—Me metí con su pasado, Isa. Un pasado oscuro que despierta los demonios de mi hermano y, antes de que siquiera pidas que te hable de eso, no, no lo haré. Ya suficiente la cagué con él como para hablar de algo que solo le corresponde a Elijah. Pero sí, acepto que ese día en su apartamento me alteré demasiado porque no quiero que tú pagues lo que no debes —explicó y me sentí muy nerviosa.

—Tu hermano no me ha prometido nada que no me pueda dar, Tess. Así que despreocúpate porque tengo claro que este es solo un juego y me metí en él solita —le dije y respiró profundo.

No me dijo nada luego de eso y yo tampoco quise seguir indagando.

«¿Te daba miedo lo que podrías descubrir?»

No, solo no quería que me hicieran perder por distraerme.

—Bien, chicos. Eso es todo. Pueden marcharse y, por favor, duerman bien y mantengan un perfil bajo —pidió Myles tras terminar la reunión.

Me había mantenido al lado de Tess desde que llegamos y no pasé desapercibidas las miradas que sentí de los demás, sobre todo cuando LuzBel entró a la sala de juntas con su padre y evité mirarlo, ya que odiaba ser el centro de atención y el tema principal de los chismes.

Incluso con Elsa presente, quien de seguro ya se había enterado del numerito que su amante montó. No dejó de mirarme con asco cada vez que se le dio la oportunidad de cruzar miradas conmigo.

—¿Vamos a tomar algo con Jane? —propuso Tess.

—Lo siento, quedé de verme con Charlotte —avisé.

Había recibido un mensaje de ella mientras estábamos en la reunión, donde me invitaba a que fuéramos a beber algo o de compras y no me negué, puesto que la extrañaba y no quería perder la oportunidad de arreglar cualquier roce que hubiéramos tenido luego de las discusiones que tuvo con papá por mi viaje improvisado.

—Bien, vamos —me animó.

—Yo me encargo, Tess —dijo de pronto LuzBel y su fragancia me golpeó antes de que estuviera más cerca de nosotras.

Aquel escalofrío con el que mi cuerpo reaccionaba a su presencia no se hizo esperar y carraspeé como si eso fuera a ayudarme. Tess me miró esperando una aprobación de mi parte y asentí. Se marchó sin decir adiós, aunque supe que no fue por molestia, sino más bien para no seguir en presencia de su hermano.

—Adelante —me invitó a caminar con un gesto de mano y su seriedad no contrastaba con la diversión en sus ojos.

«El Tinieblo sabía lo que te provocaba».

Al salir de la sala de juntas, algunos de los chicos todavía se encontraban en el cuartel y me sentí un poco incómoda, sobre todo porque una vez más Dylan actuó como si deseara asesinar a alguien y estaba segura de que no era a mí.

—¿Qué pretendes? —le pregunté entre dientes a LuzBel cuando echó un brazo sobre mis hombros y lo miré en busca de una respuesta.

Él se había colocado unas gafas de sol que ni siquiera noté de dónde sacó porque se mantuvo detrás de mí hasta en ese instante y sonrió de lado.

—Es mejor que te acostumbres, White. Deja de actuar como si te diera vergüenza que te vean conmigo —recomendó y rodé los ojos.

—¿Qué te hace creer que estoy actuando? —inquirí fingiendo que hablaba en serio.

—La próxima vez trata de no sonreír —aconsejó y me fue imposible no hacerlo de manera abierta tras sus palabras.

Aunque ya no dije nada, solo me dejé guiar por él hacia donde tenía estacionado su *Aston Martin* y alcé una ceja, bastante impresionada de que haya tenido la caballerosidad de abrir la puerta para mí.

—Supongo que *los hombres* que manejan un coche como este deben ser también caballeros —explicó y la manera en que sus cejas se arquearon detrás de las gafas, me indicó que estaba divertido por el recordatorio.

Me limité a negar con diversión y me subí, dándole las gracias por su gesto, y al estar dentro del lujoso coche, me reí con emoción aprovechando que no me veía.

El espacio olía y gritaba LuzBel por todas partes y cuando él entró en el lado del conductor, intensificó ese aroma de Armani que siempre usaba, provocando que mi piel se erizara y obligándome a reunir todo mi autocontrol para no saltarle encima y besarlo como tanto deseaba, ya que no estaba dispuesta a comportarme como una desesperada en su presencia.

Y agradecí que se pusiera en marcha antes de que perdiera la batalla y que la música sonando en la radio me distrajera de los pensamientos obscenos que desarrollé al verme encerrada con él en ese coche. Aunque EZI con *Afraid of the Dark* me lo puso bastante difícil.

«Así que le temías a la oscuridad por algo distinto».

Apreté los labios para no sonreír ante el señalamiento de mi conciencia con una estrofa de la canción.

Admitía que (luego de lo que hice con LuzBel), por las noches imaginaba demasiados escenarios de lo que quería hacer con él en la cama, en el baño, en la cocina, en la sala...

«¡Mierda, Colega! Te habías convertido en una pequeña atrevida».

—Quiero pensar que esa sonrisa es porque estás recordando todo lo que te hice en mi apartamento —dijo LuzBel, sacándome de mis pensamientos y lo miré con asombro, sintiendo de inmediato que me sonrojé.

—¡No! —me apresuré a decir.

«Pensaba en realidad en lo que quería hacerte, Tinieblo».

Mierda.

—¿Qué es tan interesante entonces? —preguntó.

«¡Dile!»

No.

«¡Cobardica!»

—Solo escuchaba atenta la canción porque me gusta y pensaba en… cosas —admití y lo vi sonreír.

Tomaba el volante con una sola mano y hasta conducir se le daba bien y lo hacía lucir caliente.

—¿Cosas que nos incluye a ambos desnudos?

—¡Por Dios, LuzBel! —exclamé.

Sonrió en ese momento con verdadera diversión, mostrando sus dientes en una risa real y sentí que el pecho se me apretó. Veía muy poco esos gestos en él y raras veces su ceño dejaba de estar fruncido por esa molestia perenne que parecía mantener.

—Bien, no quieres hablar de tus pensamientos, entonces háblame de cómo te fue en tu *charla* con Elliot —pidió cambiando de tema y rodé los ojos.

—Bien, supongo. Y fue una charla, así que no lo digas con ironía —respondí y luego miré hacia la carretera.

—¿Solo charlaron? —indagó y bufé.

—También follamos.

—No juegues, White. No con eso —advirtió gélido y me mordí el interior de la mejilla.

Quería hacerle creer lo contrario porque no me gustaban los interrogatorios, aunque también le veía su gracia al tomarle el pelo. Cuando le convenía tenía sentido del humor y cuando no, parecía un petardo de mecha corta que explotaba enseguida.

—Si no te gustan mis respuestas, entonces no hagas preguntas tontas —le dije y vi que su diversión se había esfumado—. Solo hablamos, LuzBel. Aclaramos todo y espero que hayamos quedado en buenos términos, porque Elliot es un chico importante para mí y si te soy sincera, no quiero perderlo…, al menos no como amigo —confesé y lo vi negar con la cabeza.

Sabía que tampoco sería tan fácil. Elliot me amaba aún como mujer y yo también lo amaba, aunque no supiera bien en qué sentido. Así que lo mejor fue darle fin a nuestra relación, sobre todo tras lo que estaba haciendo con LuzBel. Con eso último, era consciente de que reconstruir una amistad con el ojiazul llevaría su tiempo, pero esperaba conseguirlo.

«Entonces a la próxima debías evitar los besos con él».

—¡Mierda! —murmuré recordando el beso. Sentí la mirada de LuzBel en mí al escucharme y no me atreví a buscarlo, así que, tras unos segundos, terminó bufando.

—Entonces… ¿Solo hablaron? —ironizó al suponer que recordé algo y apreté los párpados con fuerza mientras negaba con la cabeza.

—Puede que me haya besado —dije y fue increíble la manera en la que apretó el volante hasta que sus nudillos se volvieron blancos—. O bueno…, puede que nos hayamos besado —aclaré.

—Hijo de puta —siseó y, por un momento, hasta esperé que comenzara a despellejarse para dejarme ver el verdadero demonio que escondía detrás de su piel.

—Solo fue un beso de despedida, LuzBel —me expliqué.

«No, Colega. Debías evitar explicarte con esas excusas».

—Despedida y una mierda, White —aseveró.

—¡Joder! No seas exagerado. ¿Y a dónde carajos vas? —pregunté al ver que se salió del camino que nos llevaba a mi casa.

No respondió nada, se limitó a conducir a toda velocidad y, antes de lo que esperé, lo vi meterse al camino que nos conducía hacia su apartamento. Miré atrás un par de veces en el recorrido, temiendo que algún policía nos detuviera, pero el idiota tenía suerte.

—Baja —ordenó cuando se estacionó frente al edificio de su apartamento y lo miré incrédula—. Baja o te follo aquí mismo.

—¡Demonios! ¿Qué carajos sucede contigo? —espeté.

Pero me bajé porque sabía que era capaz de cumplir su palabra y, para ser sincera, no creía que lo fuera a detener, ya que esa amenaza suya me golpeó de manera deliciosa la entrepierna y lo último que quería es que mi padre se enterara de que me llevaron a la comisaría por desorden público.

«Por follar en público».

—Si no te hubieras encargado de recalcar a cada momento que esto solo es un juego, hasta creería que estás celoso —ironicé cuando entré con prisa a su apartamento, sintiendo escalofríos.

Pegué un respingo en cuanto cerró la puerta de golpe y me giré para verlo.

—Qué bueno que lo tengas claro —largó como el cabronazo que era, dando un paso hacia mí y retrocedí dos—. ¿Crees que jugaba con la advertencia que te di con respecto a ese imbécil? —inquirió siguiéndome.

—No y según él, tienes que explicarte mejor por qué te crees dueño de todo lo que toca —dije.

—Qué conveniente —murmuró y sonrió cuando maldije porque choqué con la parte de atrás de las rodillas en el sofá de su sala.

—¿Vas a explicarme lo de esa advertencia? —inquirí, fingiendo que no me había puesto nerviosa.

—No, Bonita. Mejor te dejaré claro cuáles son los únicos besos que tendrás de aquí en adelante —declaró y me cogió entre la barbilla y el cuello y tiró de mí hacia él.

Ese pequeño trayecto fue todo lo que tuve para respirar antes de que su boca estuviera sobre la mía, y me fue inevitable no sonreír mientras me seguía sosteniendo del cuello y la otra mano la envolvió en mi cintura, presionándome tan fuerte a su cuerpo, que temí quedarme sin aire.

¡Joder! Pero no me importaba, lo único importante y necesario era seguir sintiendo su calidez y sabor; esa posesividad al tomar mi cuerpo que, en ese instante, sí me gustó y enloqueció. Envolví mis brazos en su cuello y no dejé que se alejara de mí cuando me hizo subir al sofá, solo se lo permití para sacarle la camisa por encima de la cabeza, rompiendo el beso unos breves segundos cuando me obligó a retroceder un poco para acomodarnos mejor.

Y, al encontrar la comodidad del enorme sofá, se inclinó de nuevo, buscando mi boca y profundizando el beso.

—¿Lo tienes claro ya? —susurró.

—No —dije desabrochando su cinturón, muy desesperada por quitárselo para ser sincera.

«¿Ansiosa, Colega?»

Famélica.

—Estoy más que encantado de seguirlo dejando claro —gruñó, mordiendo mi labio—. De seguirte haciendo entender que no juego —siguió y levantó mi blusa con todo y sostén.

—¡Mierda! —gemí cuando se lanzó por mis pechos: lamiendo y mordiendo mis pezones.

Dejé caer mi espalda hacia atrás y la arqueé, cerrando los ojos y gimiendo, retorciéndome debajo de él como si quisiera alejarme cuando en realidad, necesitaba acercarme más si era posible.

La humedad llenó mi entrepierna y miré cómo mamaba mi endurecido pezón, golpeándolo con la punta de la lengua y rozándolo con el *piercing* en ella, sintiendo esa ruda caricia en mi clítoris, a tal punto que palpitó y la respiración se me cortó.

¡La puta madre! No podía correrme solo con sus besos en mis pechos.

—¡Elijah! —gemí, recordando que me pidió que lo llamara por su nombre. Me estremecí al sentir aquella bola de placer en mi vientre a punto de explotar, calentándome las entrañas y miré hacia abajo, encontrando al maldito sonriendo porque supo lo que me pasaba—. Mierda, así no —supliqué.

—¿Quieres correrte? —preguntó y tragué sintiendo la boca seca y asintiendo de inmediato.

—Pero no así —dije y alzó las cejas.

—¿Y cómo? —inquirió poniéndose de rodillas y desabotonando mi vaquero.

—Con tu verga —le dije sintiendo las mejillas rojas, pero al verlo morderse el labio, conteniendo una sonrisa pícara, supe que le gustó.

—Mierda, Isabella. Me enloqueces —admitió y mi vaquero cayó al suelo— y necesito que uses más esa palabra —dijo y bajó su pantalón solo lo necesario para liberar su polla.

Las piernas me estaban temblando de la excitación que sentía y lo hicieron más al verlo sacarse el falo. Su glande estaba brilloso por el líquido preseminal y me mordí el labio cuando lo vi esparcirlo con su pulgar.

—¿Solo contigo? —pregunté con malicia y jadeé cuando envolvió una mano en mi cuello y me besó con fuerza.

—Díselo a alguien más, vuelve a besar a alguien más y lo mato —sentenció con la voz ronca y me mordió el labio.

¡Mierda! Estando en esa situación me excitaba que fuera posesivo y hasta le estaba encontrando el gusto a provocarlo.

—¿Te quedó claro ahora? —inquirió sacándome las bragas solo de una pierna y me tomó entre el muslo y la ingle, guiando su polla a mi entrada—. Eres mía, pequeña Bruja provocadora —juró y tiró con ambas manos de mi cadera para coronarme a su antojo.

—¡Sí! —lloriqueé, temblando mientras deslizaba su polla hasta lo más profundo de mi interior.

—Eso es, Bonita —gruñó.

No me dio tiempo de coger un poco de aire, solo gemí y grité al ser follada con potencia. Como pude, tiré de su cuerpo hacia el mío y me apoderé de su boca, envolviendo las piernas en sus caderas y anclando mis tobillos sobre sus nalgas. Su polla se deslizó más profundo en esa posición y se tragó mis jadeos.

—Me aprietas tan bien, que me haces difícil contenerme —gruñó.

Su polla me golpeaba como un martillo y el choque de nuestros cuerpos se hizo más fuerte. El sudor nos perló la piel y curvé los dedos de los pies al sentirme en la cima del orgasmo cuando esas perlas rozaron las paredes de mi vagina.

Nos besamos, bebiéndonos los gemidos. Con una mano se apoyaba en el sofá, y la otra la llevó a mi cadera, clavándose en mi carne. Acaricié sus labios con mi lengua y comencé a sentir el fuego extenderse por mi estómago, empezando a sacudir mi interior.

—¡Joder, así! ¡Elijah! —lloriqueé de nuevo.

—Puta madre —gruñó él, empujando con tanta fuerza que sentí que dejé de respirar.

Me aferré a sus hombros y sentí que él comenzó a correrse junto conmigo. Presioné la frente en su barbilla y supe que los nudillos se me pusieron blancos por la fuerza de mi agarre, clavándole las uñas y tensando cada músculo de mi cuerpo.

—Elijah —gemí sin fuerza, sufriendo los espasmos devastadores de mi clímax, sintiéndolo pulsar en mi interior.

Segundos después, desplomé la espalda en el sofá y cerré los ojos. Él enterró su rostro en mi cuello y jadeó. Ambos respirábamos con dificultad y sentí que todavía se sacudía en mi interior. Todos los espasmos desaparecieron por completo tras unos minutos y nuestra respiración se normalizó.

—Así que… te gusta mi verga —susurró rato más tarde y pegué una carcajada.

—Si quieres que lo vuelva a decir, tendrás que llevarme al límite —advertí y me miró con los ojos soñolientos.

—Puedo con eso —aseguró con chulería y solo escondí el rostro en su cuello.

Ambos habíamos terminado tan agotados, que solo conseguimos acomodarnos bien en el sofá uno al lado del otro, medio desnudos, pero satisfechos.

«Jugar con el fuego del Tinieblo te seguía iluminando la sonrisa, Colega».

Estaba valiendo la pena arder con él mientras duraba el juego.

CAPÍTULO 38

El club de la primera vez

ISABELLA

Tomé una ducha rápida en el apartamento de LuzBel para limpiarme un poco, ya que no me daría tiempo de ir a casa. Además, estaba más cercana al *mall* al que iría con Charlotte, así que le envié un mensaje a ella para que nos reuniéramos allí.

También le dije a LuzBel que podía pedir un Uber, así le ahorraba la molestia de llevarme, pero con una simple mirada me indicó que no volviera a proponer tal cosa y me causó gracia que se impusiera así. Ya no lucía *posesivo*; al contrario, parecía relajado y con la intención de no dejarme salir de su territorio. Sin embargo, le aseguré que no deseaba fallarle a Charlotte y lo comprendió.

—Invéntale una excusa a tu niñera y quédate conmigo mañana, así me evitas el ir a recogerte a tu casa el jueves —propuso LuzBel cuando estacionó frente a la entrada del *mall*.

—Charlotte no es mi niñera —exclamé y él trató de no sonreír—. Y si te retrasa ir a recogerme a casa, entonces puedo irme con alguno de los chicos —expliqué con simpleza.

—No. Tú viajarás conmigo —aseguró y rodó los ojos.

—Entonces me recogerás sin tanta queja —señalé.

—Que te quedes conmigo sería más divertido —dijo con su voz hipnótica y le alcé una ceja.

LuzBel tenía que ser consciente de que con su voz oscura y a veces ronca, conseguía hechizar a las personas cuando utilizaba el tono correcto, ya que, en ese momento, me vi tentada a ceder sin rezongar tanto, pero no se lo pondría fácil.

Si quería pasar la noche conmigo tendría que decirlo sin utilizar excusas.

—Tu padre nos pidió que descansáramos. Y si tú y yo estamos compartiendo la misma cama, descansar es lo último que haremos. Necesitamos toda la energía posible para sacar adelante esa misión —le recordé.

—¿Y quién dice que me desgasto en lugar de recargarme al follar? —inquirió y me mordí el labio.

Se quitó el cinturón de seguridad para girarse un poco en el asiento y acercarse más a mí. Yo había quitado el mío minutos atrás y lo enfrenté.

—Entonces…, ¿quieres que me quede contigo para follar o para ahorrarte el tiempo de ir a casa a recogerme? —devolví y alcé la mano para acariciar su mandíbula con la yema de mis dedos.

—Por ambas razones —aseguró.

—Dime la de más peso y lo consideraré —susurré juguetona cerca de sus labios.

—Para ahorrar tiempo —respondió sin dudar y lo miré a los ojos.

El idiota era muy orgulloso y estaba aprendiendo que así le gustara tenerme en su cama o en su apartamento, no daba su brazo a torcer. Pretendía ser el desinteresado del juego, aparentando que lo manejaba a su antojo, sin darse cuenta de que por muy novata que fuera en ello, tampoco era inocente.

—Lástima, te hubiese dicho que sí si tu razón principal fuera para follarme, ya que me habría encantado decirte en qué lugares fantaseo con que me pongas tu verga.

Sus ojos mostraron sorpresa al escucharme y, aunque todavía me diera vergüenza usar esas palabras, me gustaba el efecto que provocaba en LuzBel y lo difícil que le resultaba tragarse el orgullo.

—Lo dicho antes, pequeña Bruja provocadora —susurró sobre mis labios y sonreí alejándome de él y abriendo la puerta del coche.

—Nos vemos el jueves en Washington —me despedí y bufó con ironía.

—Vas a quedarte conmigo —dijo demandante y sonreí satíricamente.

—Acepta que me deseas en tu cama toda una noche y te lo concederé —propuse cerrando la puerta e inclinándome en la ventana para verlo—. Di que tras probarme se te hace difícil resistirte a mí y te juro que me tendrás en cuatro sobre la superficie que escojas, desnuda y muy mojada, esperando para que te empujes en mí.

Me miró desafiante al escucharme, sonriendo pero no con gracia, sino con peligro. Movió la palanca del coche de la P a la D y no dejó de observarme ni un segundo.

—Connor pasará por ti a las cuatro de la madrugada el jueves —demandó y logré quitarme a tiempo antes de que saliera pitado.

—Maldito orgulloso —dije despidiéndolo con el dedo medio, segura de que me vería por el retrovisor.

Y, aunque me picó su decisión, también me divirtió porque estaba segura de que se negó solo porque su orgullo era más fuerte, pero a mí me criaron siendo constante.

«Seguías siendo solo su juego, Colega».

Tal vez, pero él también era el mío, así que no debía olvidarlo.

Horas más tarde, me encontraba riendo de algo que me dijo Charlotte mientras las asistentes del spa nos masajeaban los pies. Las dos teníamos una copa de mimosa en mano, aunque la mía tenía más jugo de naranja que champagne y, aunque deseaba dedicarme solo a ella y nuestras charlas, no podía evitar pensar en mamá, ya que siempre disfrutábamos de momentos como ese.

—Parece que tu padre vendrá a verte el domingo. Será una visita rápida, ya que tiene que atender algunos negocios cerca de acá —avisó y eso me puso feliz.

No hablaba a diario con papá, pero sí lo suficiente y cuando yo no sabía algo, Charlotte sí porque se mantenían en comunicación gracias al trabajo.

—¿Ya no están mal entre ustedes? —pregunté, recordando que, tras mi viaje a California, provoqué que le llamara la atención.

—No, cariño. Al final tu padre entendió que hay situaciones que debían pasar y no por mi negligencia —explicó y gracias a que nuestras sillas masajeadoras estaban unidas, recosté mi cabeza en su hombro.

Charlotte había sido la única figura materna que me quedó luego de lo de mamá y cuando viajé a Tokio me dolió dejarla, pero ambas entendimos que no podíamos hacer nada contra la decisión de papá.

—¿Te estás viendo con alguien? —pregunté de pronto y se tensó, lo que me causó gracia.

Si no estaba molesta conmigo, supuse que se ausentó de casa porque se veía con alguien, ya que no creía que el trabajo le consumiera tanto tiempo.

—¿Por qué haces esa pregunta? —dijo y la miré divertida.

—A veces no llegas a dormir a casa, Charlotte. Y tú nunca has sido una compulsiva del trabajo como papá, así que no creo que eso te haga dormir en la empresa.

Ella se encargaba del área de relaciones públicas en la compañía de papá, no era solo mi niñera como LuzBel aseguró.

—Tal vez —concedió tras unos minutos y reí emocionada. Ella sonrió de lado mientras bebía un sorbo de mimosa.

—Me encanta la idea porque me estaba preocupando de no conocerte una pareja desde que tengo uso de razón.

—¡Madre mía, Isa! He tenido algunas parejas a lo largo del tiempo, pero no es como que lo ande gritando a los cuatro vientos —explicó entre risas.

—¿Piensas casarte con este nuevo amor? Por eso hiciste esa broma de que papá debía conseguir a alguien —seguí y negó con la cabeza.

—A penas nos estamos conociendo, Isa. Así que es muy pronto para hablar de boda. Y lo de tu papá solo fue eso, una broma, una que casi me cuesta la vida, por cierto —ironizó y me sonrojé por la vergüenza.

—Ya, no me lo recuerdes —pedí en tono de arrepentimiento y ella solo rio y me echó el brazo sobre los hombros para llevarme hacia sí.

Me arrepentiría siempre de lo que le dije y sabía que no importaba que ya me hubiera perdonado por mi falta de respeto, la había lastimado y su rostro de dolor no salía de mi cabeza a pesar de los días.

—Entiendo tu reacción, cariño. Ya no te agobies por lo que pasó, pero sí quiero que tengas en cuenta que en algún momento tu padre deberá rehacer su vida. Es un hombre joven aún y tiene derecho a ser feliz con alguien más —explicó con voz maternal.

Y la entendía, pero el dolor que me apretaba el pecho al pensar en papá amando a otra mujer que no fuera mamá, abrazándola y besándola como siempre lo hizo con ella, hacía que me ardiera el alma. Y no ignoraba que eso era muy egoísta de mi parte, mas no lo podía evitar.

Él y mamá me hicieron ver en ellos un amor tan puro, que no estaba dispuesta a que lo tuviera con nadie más. Mis celos de hija no lo permitían, aunque tuviera claro que papá enviudó joven y a sus cuarenta y ocho años, todavía era muy capaz de hacer feliz a otra mujer.

Y lo merecía.

—Sé que tiene derecho, Charlotte. De verdad que lo entiendo, pero no estoy dispuesta a verlo, aunque lo intente. Creo que solo conmigo muerta, papá tendría la oportunidad de ser feliz con otra mujer —dije y hasta la chica que me hacía el masaje en los pies se tensó, ya que apretó más de la cuenta mis dedos.

—Lo siento —se disculpó cuando tiré de mi pierna.

—No te preocupes —la tranquilicé y sentí la mirada de Charlotte en mí.

—Te desconozco, Isa —murmuró con tristeza y el dolor punzó mi pecho con crueldad.

Pero la entendía, lo hice porque nunca fui una chica egoísta y en ese instante dejaba mucho que desear.

—Yo misma me desconozco —admití en un susurro y ella suspiró profundamente.

Pero no dijo más y cambió de tema sabiendo que no estaba lista para seguir adelante con eso y se lo agradecí, pues así no estuviera de acuerdo conmigo, tampoco era de las que me obligaría a cambiar de opinión en un santiamén.

—¿Me presentarás a tu hombre misterioso? —le pregunté cuando ya íbamos hacia casa y ella rio, sabiendo que no lo dejaría pasar tan fácil.

Charlotte era una rubia muy hermosa y siempre dije que lucía más joven de lo que era, pues en lugar de reflejar los cuarenta y tres que tenía, parecía de treinta y, al verla de soslayo, no pude evitar suspirar con melancolía, segura de que mamá hubiera lucido tan bella como ella, ya que tendrían la misma edad.

—A lo mejor, sí. Pronto —respondió con malicia y aplaudí emocionada, lo que la hizo negar con la cabeza.

—Tengo que contarle a papá que alguien te tiene loquita —chillé.

—¡Oh, no amor! Mejor no lo hagas —recomendó sin perder la sonrisa y la miré alzando una ceja, sorprendida de que no quisiera que hablara de su amorío—. Si cree que me distraigo de ti por dedicarme más al trabajo, no quiero ni pensar en lo que dirá si se entera de que me veo con alguien —explicó.

Chasqueé con la lengua, pero la entendía. Papá era muy estricto y, aunque trabajara para él en la sede de la empresa en Richmond, también se hizo cargo de ser mi compañía con tal de que me dejara volver al país. Por esa razón le exigía tanto y no me gustaba ser la culpable de que ella dejara de vivir su vida, así que deseché la idea de hacerle algún comentario a mi padre.

No la perjudicaría después de todo lo que hizo por mí.

Al día siguiente, acompañé a Jane a una tienda de juguetes para adultos. La chica me sorprendió con esa petición y fue víctima de algunas de mis bromas, aunque ya era sabido que ella podía defenderse muy bien de mis ataques verbales, así que de victimaria me convertí también en su víctima.

—¡Jesús! Ese es muy grande y mira esas venas —dijo horrorizada con el dildo frente a mí y pegué una carcajada.

«Una muy nerviosa al ver que hablaban de la réplica exacta del pene del Tinieblo».

Perra entrometida.

—No me parece que sean venas, Jane —le dije conteniendo la risa y ella alzó una ceja.

El juguete me había llamado la atención por esos detalles que le hicieron en el tallo, aunque callé y no le dije nada a Jane.

—¿Llevarás uno? —me preguntó, mostrándome un pequeño vibrador en su mano.

—¡Carajo! Todavía no me creo que hagas eso —admití y se encogió de hombros.

Su explicación para arrastrarme a la tienda fue que había leído sobre las mujeres capaces de ser multiorgásmicas y, aunque me juró que todavía era virgen, dijo que no deseaba continuar siendo una novata, entonces cuando hiciera el amor por primera vez, le daría una dosis de buen sexo a su chico. Ya que no era justo que esa primera experiencia fuera memorable solo para nosotras.

«Me gustaba su perspectiva».

—Leí también que, si nos conocemos bien nosotras mismas, podemos experimentar un *squirting* y según los comentarios que leí de muchas mujeres, aseguran que tener un orgasmo de esa magnitud es inefable, pero muchas veces solo lo consiguen dándose placer a sí mismas.

—¡Madre mía! ¿Dónde has estado leyendo esas cosas? —pregunté entre risas.

—En un foro que encontré. Se llama *el club de la primera vez* —respondió—. Deberías entrar, te enviaré el enlace —recomendó.

Estaba tentada a decirle que ya no encajaría, pero me mordí la lengua porque al parecer ella ignoraba lo que estaba pasando con LuzBel y lo prefería, pues no quería dar explicaciones de algo que ni yo misma me podía explicar.

Me limité a acompañarla por cada pasillo, alzando las cejas y riéndome de verla coger lubricantes y otras cosas que no tenía idea de para qué usaría. Jane se mostraba como una verdadera experta y cualquiera podía imaginar que su recorrido por el placer era extenso.

«Esa chihuahua era el claro ejemplo de que las calladitas son las más perversas».

¡Mierda! Tenía que estar de acuerdo con eso.

—Ponga uno de cada uno en bolsas separadas, por favor —le pidió a la cajera cuando fue a pagar.

La chica asintió amable y le pidió su identificación para escanearla como la política de la tienda lo pedía.

—Son trescientos cincuenta dólares. ¿Pagará con efectivo o tarjeta?

—Efectivo —dijo Jane sacando el dinero.

—¡Carajo, Jane! Invertiste demasiado dinero en juguetes de los cuales podías comprar solo uno de cada uno, no dos —señalé.

Su familia era acomodada y ella trabajaba por su cuenta haciendo trabajos *freelance* de fotografía donde le pagaban muy bien. Tampoco era que yo haya tenido carencias económicas gracias a la posición de mi padre, pero nunca fui de las que despilfarraban el dinero, así que me parecía tonto que mi amiga haya gastado tanto.

—Ten —me dijo entregándome una bolsa de papel y fruncí las cejas—. Tú misma acabas de decirlo. Invertí parte de mis ahorros en estos juguetes porque compré también para ti, así que lo mínimo que espero es que los uses bien.

«¡Joder! Esas eran las amigas que te convenían, Isa».

—¡Jesús! Jane, no inventes. Te aseguro que no necesito nada de eso —le dije sin tomar la bolsa.

—Isa, según el club, las mujeres siempre necesitamos de esto. Ya sea para placer personal o en pareja. Así que coge la jodida bolsa y por favor, úsalos. Necesito que experimentes conmigo.

—¿¡Qué?! —solté alarmada y comenzó a reírse.

—O sea, no conmigo, así frente a frente. Tú por tu lado y yo por el mío —explicó y comencé a reírme—. ¡Dios! ¿Te imaginas que estemos las dos en tu casa o la mía, usando estos juguetes e indicándonos cómo hacerlo?

—¡Por favor, no! No pongas esas imágenes en mi cabeza —pedí y estallamos en carcajadas.

Y no tenía nada en contra de las chicas que hacían eso, pero a mí nunca se me cruzó por la cabeza estar con una. Creo que era un límite que personalmente no cruzaría porque me gustaban demasiado los hombres por muy imbéciles y orgullosos que fueran.

—Ya, Isa. Coge la bolsa y entra al foro. Ya te he enviado el enlace —recordó y rodé los ojos.

«Y tomaste la bolsa».

—No prometo usarlos —advertí.

—Sí lo harás —aseguró—. Piensa que es un entrenamiento y parte del amor propio.

—¿Cómo parte del amor propio? —inquirí riendo de nuevo.

—Si sabes darte placer, no mendigarás porque otra persona te lo dé —aseguró y, aunque me seguí riendo, pensé en su respuesta.

«No me disgustaba la idea de ser la conciencia de la chihuahua».

Traidora.

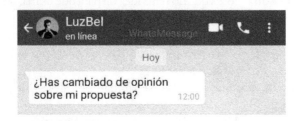

Sonreí al leer el mensaje de LuzBel mientras esperábamos por nuestra comida con Jane. No había tenido noticias sobre él ni lo esperaba, así que me sorprendió ese pequeño paso que dio.

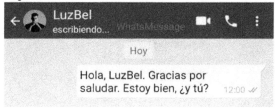

Respondí con sarcasmo y de inmediato vi los tres puntos bajo su contacto, en señal de que estaba escribiendo.

—Maldito engreído —murmuré para mí y contuve la risa para que Jane no lo notara—. ¿Qué haces? —le pregunté al verla tomando una foto con su móvil a las compras que hizo.

—Digamos que comprar todo esto fue una tarea de la gurú del foro, así que estoy subiendo mi prueba para que vea lo dedicada que soy —explicó.

—Jane, estás muy decidida a ser la diosa del sexo —le dije y sonrió con una timidez que ya no le creía—. Me envías la foto para verla —pedí de pronto cuando una idea se cruzó por mi cabeza.

Le agradecí cuando lo hizo y me mordí el labio con picardía al ver a detalle cada objeto.

Le escribí a LuzBel y envié la foto de Jane antes de arrepentirme, sintiéndome eufórica por lo que estaba haciendo.

383

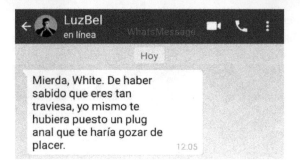

¿Un qué?

¡Me cago en la puta!

No tenía idea de lo que estaba hablando, así que puse la palabra en el buscador para saber qué era y si no hubiese estado sentada, me habría ido de culo en cuanto vi las imágenes y las explicaciones de para qué servía.

—¡Joder, Jane! ¿Para qué necesitas meterte algo en el trasero? —pregunté alarmada y ella comenzó a reírse después de entender mi pregunta, tapándose la boca para que no se le saliera el pedazo de pan que acababa de meterse.

—Según yo, no tenías idea de para qué eran todos esos juguetes, Isa —recordó y me sonrojé, tragando a la vez al sentir la garganta seca—. ¡Espera! No querías la foto para verla, sino para alardear —adivinó y no respondí—. ¿Isa? ¿A quién se la enviaste? —inquirió.

No podía responderle con la verdad y tampoco implicaría a Elliot, eso era ser muy perra de mi parte.

—A una amiga de Tokio —dije pensando en Lee-Ang— y ahora cree que necesito meterme algo en el trasero —añadí como reclamo y su risa fue estridente.

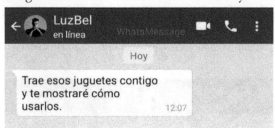

Proponía LuzBel en otro mensaje que me había enviado y que leí para ignorar a Jane, pero terminé por maldecirlo por suponer que no sabía usar todo eso.

«Es que no sabías, Isa».

Pero él no tenía por qué saberlo.

Y si bien nunca usé nada de eso, tampoco era como si jamás hubiera jugado a darme amor a mí misma. Era solo que no necesitaba algo adicional a mis dedos para eso.

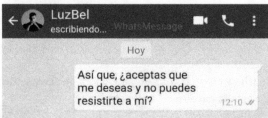

Lo chinché.

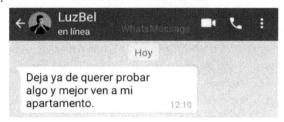

Lo imaginé diciéndome eso con la voz cabrona y rodé los ojos. Yo también podía ser orgullosa.

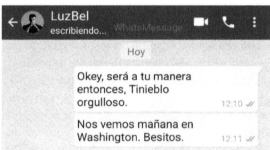

Lo bloqueé tras eso para que no me siguiera escribiendo, aunque me podía llamar, pero no lo hizo, así que seguí disfrutando de la tarde con Jane.

Al siguiente día, Connor pasó por mí puntual y en el camino me informó que los demás ya se habían adelantado. Creí que sería incómodo viajar con él luego de lo que presenció, pero en cuanto actuó como si nada hubiera pasado, entendí por qué LuzBel lo envió por mí.

El chico sabía escoger dónde meter la nariz y, por supuesto, que no lo hacía en los asuntos de ese demonio orgulloso.

—¿Tatuarás todo tu brazo? —le pregunté cuando nos bajamos de la camioneta en el búnker de los Grigoris en Washington.

Había visto el apósito transparente con el que cubría desde su codo hasta la mitad del antebrazo izquierdo, aunque intentara ocultarlo con las mangas largas de su camisa.

—Eso pretendo, pero ahora debo saber en qué momento pedirle a LuzBel que me tatúe la otra parte, ya que *alguien* lo puso de mal humor ayer y sentí que me desgarraría la piel —comentó con picardía haciendo énfasis en el pronombre indefinido y entrecerré los ojos.

—¿Fue por la tarde noche?

—Isabella, ¿cómo es que adivinas? —ironizó y puse los ojos en blanco.

Aunque también sonreí al recordar que estuvimos escribiéndonos y terminé bloqueándolo.

—Así que... ese orgulloso sí conoce el buen humor —inquirí y Connor se limitó a reír.

No seguimos hablando cuando Tess salió a recibirnos y nos dirigió a donde los demás nos esperaban, LuzBel incluido, quien solo se limitó a regalarme una mirada gélida, de esas que nos marcaron cuando recién nos conocimos cuatro meses atrás; aunque esa vez me produjo placer porque sabía qué provocó esa frialdad.

Y aumentó cuando en su momento me crucé con Elliot, quien me saludó con un beso en la mejilla al verme y se encargó de presentarme a dos Grigoris capitalinos que se encargarían de apoyarnos e informarnos cómo se manejaban en esa ciudad.

—La última vez lo localizamos en esta zona —dijo Brianna Less, señalando un punto en un mapa digital.

La sexi Grigori rubia era la encargada de ubicar nuestro objetivo, pero quienes lo tenían estaban resultando ser muy escurridizos, así que debía estar en constante monitoreo.

Hablé un rato con ella sobre la capital, ya que me pareció una chica agradable y graciosa, aunque seria y nerviosa cuando su mirada se cruzaba con la de LuzBel y peor cuando, por algún motivo, él se acercaba. Los demás chicos se dedicaron a hacer la parte que les correspondía y en cuanto me dieron un informe detallado que proporcionó el senador Gibson (un hombre aliado de la organización), busqué la soledad de una oficina.

Tal vez Connor y Tess actuaban como si nada hubiese pasado entre LuzBel y yo, pero Evan, Jacob y Dylan no me lo estaban haciendo fácil. Y de Elsa mejor ni hablaba.

Así que, empaparme de todo lo que necesitaba saber sobre el disco duro que teníamos que recuperar, me resultó más atractivo.

—Saldremos pronto, así que más te vale estar preparada, White —avisó LuzBel entrando a la oficina en la que me encontraba.

—Lo estoy, no te preocupes —aseguré. Me puse de pie y acomodé todo lo que desordené en el escritorio—. Tuve el tiempo suficiente para relajarme —añadí y me alzó una ceja.

Me sonrojé al imaginar lo que estaba pensando, ya que no lo dije por eso y ni siquiera por chicharlo esa vez. Usé las palabras con inocencia.

—¿Tanto como para preferir jugar sin mí? —preguntó con malicia—. ¿Tanto como para no querer estar rodeada de nadie?

—No hice nada —admití y me maldije por eso— y tampoco estoy aquí por lo que imaginas —añadí, pues si ya había dicho lo que no debía, no tenía que ocultar lo que sí era necesario decir. Él sonrió, satisfecho con mi confesión.

Mi corazón se aceleró como loco cuando se acercó a mí, tanto como para verme en la obligación de presionar mi trasero en el escritorio.

—Veo que encuentras placer en provocarme, White —señaló y recliné la espalda un poco hacia atrás cuando puso una mano sobre el escritorio, a cada lado de mis caderas e inspiré su fragancia como si fuera un afrodisiaco—, pero dejemos eso para después y mejor dime por qué te escondes aquí —pidió y me lamí los labios al ver los suyos tan cerca.

—Odio que los chicos me vean como si hubiera tocado algo que no debía —admití y sonrió de lado.

—Entiendo. Dylan me mira así —reconoció y le alcé una ceja al no entender—. Sin embargo, no me importa y te sugiero que hagas lo mismo

—aconsejó y me estremecí cuando acercó la nariz a mi cuello y lo acarició de esa manera.

Mi cuerpo reaccionaba de una manera escandalosa ante su cercanía.

—Para ti es fácil, pero no para mí —aclaré poniendo las manos en sus brazos.

—Es mejor que se acostumbren de una buena vez y que te acostumbres tú porque así esto sea un juego, estás conmigo y no pienso esconderme y menos permitir que te escondas —aseguró y me mordí el labio cuando él mordisqueó el lóbulo de mi oreja—. Así que, relájate, Bonita —sugirió y me sorprendió cuando me tomó del rostro y me dio un beso casto.

Después de todo lo que habíamos hecho, me seguía resultando difícil acostumbrarme a esas muestras de *tolerancia*, así como a llamarlo por su nombre, pues por demasiado tiempo me referí a él por su apodo.

«No te veía incómoda cuando gemías su nombre».

—Lo intentaré —prometí y me estremecí a la vez cuando bajó sus manos a mi cintura y presionó su frente a la mía.

Estar a solas con él y que se comportara así me resultaba irreal, ya que meses atrás no podíamos estar juntos en el mismo espacio sin querer matarnos.

«Supongo que ya se estaban sacando el veneno a punta de orgasmos».

¡Jesús!

Sonreí ante tal señalamiento y antes de que LuzBel se percatara de eso y creyera que era su cercanía lo que me ponía así, envolví mis brazos en su cuello y cerré la distancia entre nuestros labios, besándolo como tanto había deseado desde que estuvimos juntos la última vez en su apartamento.

Una hora más tarde, partimos hacia el lugar que Evan nos indicó luego de que lograra conseguir la ubicación que a Brianna se le había dificultado obtener. Tess y Connor tomaron sus lugares en la sala de mando y comunicaciones. Jacob salió junto con Elsa, Evan, Elliot y Dylan en el primer grupo, acompañados por Luca, uno de los Grigori capitalinos encargados de recibirnos en su ciudad.

Brianna nos acompañó a LuzBel y a mí y tan pronto como los demás limpiaron un poco nuestro destino, irrumpimos en un laboratorio clandestino ubicado en una vieja fábrica, tal cual actuamos cuando recuperamos el chip. Tuvimos que enfrentarnos a los Vigilantes, esa contraparte cruel de Grigori que siempre estaba buscando joder a personas inocentes con sus atrocidades.

Y, aunque no salimos ilesos, sí conseguimos recuperar el disco duro, deshaciéndonos de una vez de esas escorias y dejándoles fuera de juego para que no siguieran jodiendo.

«Bueno, al menos tú los dejabas fuera de juego, porque el Tinieblo disfrutaba mandándolos al infierno».

—Guarda esto —pidió LuzBel en cuanto llegamos al búnker.

Tess y Connor habían preparado un ejército por si a los otros acaso se les ocurría seguirnos.

Tomé el objeto que era más pequeño de lo que imaginé y lo metí en el bolsillo interior de mi cazadora de cuero. Estábamos en verano y el calor en su apogeo, pero para ocasiones así servía cubrirse bien y mis brazos lo agradecieron, puesto que los cortes en las mangas largas indicaban que estuve a punto de terminar con varios cortes.

LuzBel resultó con uno cerca de la mandíbula que, aunque no era grave, sí muy escandaloso. Brianna había corrido con mejor suerte.

Limpié la herida de LuzBel en cuanto entramos al búnker mientras esperábamos a los demás. Jacob y Elsa llegaron luego de nosotros, esta última luciendo un poco pálida, pero asegurando que estaba bien cuando LuzBel le preguntó. Dylan y Luca se unieron una hora después y me preocupó no ver con ellos a Evan y Elliot.

—¡Mierda, Isabella! ¿Estás bien? —Me quedé anonadada cuando Dylan hizo esa pregunta—. ¡Me cago en la puta, imbécil! ¡Tenías que protegerla! —le gritó a LuzBel, perdiendo un poco el control y pegué un respingo al ver que lo empujó.

«¿Qué diablos le pasaba? Estaba empeñado en hacerte pedazos y luego ese cambio».

—¡Joder, Dylan! ¡Cálmate! —exigió LuzBel tomándolo de la playera—. ¡Cuida cómo actúas, puto loco! —siseó entre dientes y eso pareció hacer entender a Dylan, ya que alzó las manos, asustado. Pero no supe si de su reacción o de estar a punto de morir en manos de su amigo.

—¡Puta madre, lo siento! —dijo y se sacudió la camisa cuando LuzBel lo soltó de golpe—. Creo que me pasé de dosis —intentó bromear y traté de sonreír, pero solo fue una mueca—. Tienes sangre en la boca —señaló y me limpié con el dorso de la mano.

Ya LuzBel me había limpiado antes, pero el corte se negaba a dejarme tranquila.

—Estoy bien, no te preocupes. Solo fue un rasguño —dije cuando me recompuse y asintió con rapidez.

Solo conseguí respirar con normalidad de nuevo cuando se alejó para saludar a Tess, quien cambió su gesto de preocupación a alivio al ver a su príncipe loco llegar bien dentro de lo que cabía.

—¿Se droga? —le pregunté a LuzBel para que dejara de ver a esos dos con el ceño fruncido.

Tess trató de disimular frente a su hermano el miedo que sentía porque Dylan no aparecía, y al ver a LuzBel intentando descifrar lo que pasaba con ellos, supe lo difícil que debía ser para la pelirroja no demostrar que algo sucedía entre ella y el amigo del Tinieblo.

—Ya no, pero parece que todavía sufre los efectos —dijo regresando su atención a mí y, aunque la pregunta la hice como broma, su respuesta me abrumó.

Sin embargo, no indagué más, ya que la inquietud que me embargaba porque Elliot y Evan no aparecieran, recobró su fuerza, sobre todo al ver que el reloj seguía avanzando. Connor se mantuvo insistiendo para establecer comunicación con ellos por medio de llamadas telefónicas y por radio, mas no lo conseguía.

Mi terror creció cuando buscó la señal de sus localizadores y los encontró desactivados.

—¡Puta mierda! —Todos nos sobresaltamos al escuchar el grito de LuzBel.

Se había encerrado minutos antes en una oficina con Connor, dejándome a mí afuera con los demás chicos, desesperada y caminando de un lado a otro, pero en cuanto lo escuché, el corazón se me aceleró y el pecho me dolió.

Y creí que me desmayaría cuando lo vi salir hecho una furia.

—¿Qué pasa? —le preguntó Dylan.

Lo miré esperando respuesta también y cuando él encontró mis ojos, vi pena en los suyos y negué, llevándome una mano al cuello al sentir que me brotaron agujas que me dañaron.

—Emboscaron a Evan y a Elliot. Los han secuestrado —escupió con ira y quise morirme.

«¡Mierda! ¡Nuestro Ángel y el chico lindo, no!»

La vida es como el ajedrez. Cada decisión que tomas es una jugada que define tu futuro.

CAPÍTULO 39

No confíes en el sol

ELIJAH

Ese había sido el mensaje de Cameron antes de que llegáramos a Washington DC y, aunque no lo entendí ni pude preguntarle a qué se refería porque me bloqueó para no arriesgarse a ser descubierto, tras el secuestro de Evan y Elliot comencé a comprender.

—He conseguido reiniciar los localizadores —dijo Connor y sus dedos volaron sobre el teclado táctil en su escritorio.

—Están en una zona céntrica, a quince minutos de aquí —avisó Tess.

Segundos después, nuestros móviles sonaron en conjunto. Connor nos había enviado las coordenadas.

—Recuperemos a Evan —alenté a todo mi equipo—. Tú y tú vienen con nosotros —añadí hacia la rubia y el otro chico que delegaron para que nos ayudaran, pero que no nos estaba sirviendo para una mierda.

—Señorita, usted nos dice cómo proceder —dijo un tipo californiano a Isabella y ella se sorprendió.

Era parte del equipo de Elliot, así que sabía quién era la castaña y según lo que noté, tenía instrucciones claras, ya que en ningún momento se refirieron a ella por nombre o apellido. Con maestría estaban manteniendo su identidad oculta y podía jurar que Enoc les ordenó obedecerla si se daba el caso.

Isabella me miró por un momento al no entender por qué ese tipo se dirigió a ella, pero me limité solo a mantener su mirada, pues sabía respetar rangos y Enoc no era un hijo de puta al que volvería a desafiar, y no porque me provocase miedo, sino porque un día pretendía ser el jefe absoluto de la organización y lo haría ganándome mi lugar, no forzándolo, imponiéndome o robándolo.

Cuando ella se dio cuenta de que no me entrometería, alzó la barbilla y los miró. Sonreí con ironía al verla y me concentré en mi equipo; en Dylan, sobre todo, quien no dejó de mirarla.

Hija de puta, se le daba bien coger el poder que ni siquiera imaginaba que tenía en sus manos.

—Recuperen a Elliot y a Evan, ese será su objetivo principal. Nosotros limpiaremos el camino —zanjó segura y me miró tras dar la orden.

Era como si de alguna manera se sintiera herida porque en mi orden jamás incluí al maldito hipócrita de mi primo, mas no me importó. Ella lo podía amar, pero yo solo esperaba el día en el que pudiera deshacerme de él sin romper mi promesa.

Y estaba más ansioso de hacerlo luego de que el hijo de puta decidiera desafiarme tras la advertencia que le di.

—Vuelve a tocarla, hijo de puta y no respondo —le había dicho en cuanto entré al búnker esa mañana y lo vi.

El malnacido había sonreído al verme llegar, sabiendo que yo ya estaba enterado de su dichoso beso de despedida y no pude controlarme, no después de que de Isabella me haya desafiado como lo hizo cuando le pedí que se quedara conmigo, queriendo que le admitiera algo solo para alimentar su ego.

No podía contenerme luego de que le di una oportunidad y la pequeña Bruja tuvo la osadía de tentarme mostrándome todos esos putos juguetes, pasando con gloria de mí en cuanto volví a negarme a dejar mi orgullo.

Éramos un maldito juego, así que no tenía por qué alardear como lo estaba haciendo. Y así me enloqueciera y solo pensara en hundirme dentro de su apretado coño desde que la hice mía, seguía siendo parte de mi jodida venganza.

—¿En serio crees que me lo vas a impedir tú? ¿Con qué puto derecho, LuzBel? —inquirió él poniéndose de pie y enfrentándome cuando pegué mi pecho al suyo. Ninguno de los dos retrocedería.

Podía decirle que ya la había hecho mía, jodidamente necesitaba escupirle a la cara que me comí el coño de su ex chica de maneras que él no consiguió. Y estuve a punto de soltarlo, pero la declaración apuñaló mi lengua y me la tragué.

No se lo diría yo, le daría ese honor a ella.

—Recuerden lo que papá advirtió, malditos idiotas —nos dijo Tess, entrometiéndose.

Elliot sonrió de lado, sin gracia pero con ironía y dio un paso atrás. Lo imité porque los dos sabíamos dónde estábamos parados y con Tess molesta aún por la pelea que tuvimos en mi apartamento, corría el riesgo de que no me cubriera esa vez.

—Andando —animé volviendo al presente.

Jacob y Elsa se subieron al coche de la rubia y Luca. Dylan buscó su motocicleta y yo tomé la mano de Isabella para llevarla a la mía. Di gracias en mi interior de que no protestara. Nos colocamos los pasamontañas antes del casco y, en cuanto estuvimos listos, salimos rumbo a la dirección que Tess y Connor consiguieron, justo cerca del parque Smithsoniano.

Los demás nos seguirían por sus propios medios, siempre cuidándose de mantener un perfil bajo para no delatarnos.

Evité hablar con Isabella en el trayecto a pesar de que podíamos por medio de los intercomunicadores, pero la sentí aterrada y yo no era la mejor persona para animar a alguien, mintiendo con que todo estaría bien cuando sabía que cualquier cosa podría pasar. Sin embargo, me propuse salvar a Evan y admito que fantaseé con la idea de que no pudieran hacerlo con Elliot, que lo dejaran olvidado y así me concedieran mi deseo de cumpleaños adelantado: deshacerme de una maldita vez de ese hijo de puta sin ensuciarme las manos.

—No te alejes de mí, White —demandé al estacionarme en un callejón sucio y oscuro.

Ella casi saltó de la motocicleta y se sacó el casco, acomodándose el gorro para que estuviera listo para cubrir su identidad cuando entráramos al edificio de oficinas privadas.

—¡Oye! —dije y la tomé del interior del codo, haciendo que me viera cuando se dio la vuelta con la intención de marcharse sin responderme—. Recuerda que haremos algo peligroso, así que necesito que estés lúcida y tranquila —exigí con dureza, pero acuné su rostro para que me mirara a los ojos.

Sus iris miel se negaban a conectar con los míos, pero se rindió cuando supo que yo no lo haría.

—Recuperamos ese maldito disco duro para que no dañen a nadie, pero a cambio, Elliot y Evan corren peligro, Elijah —dijo como si no lo supiera y estuve a punto de sonreír porque me llamara por mi nombre sin gemirlo—. Y odio estar aquí, desesperada por salvarlos, pero sintiéndome sola porque así los Grigoris de California hagan todo por Elliot, el equipo al que supuestamente pertenezco me ha abandonado y sé que no perderán la oportunidad de dejar atrás al chico que a...

Calló antes de terminar su verborrea y tragó con dificultad. Dejé de tomarla del rostro para arrastrar mis manos a su cuello y me erguí en toda mi altura.

—Termina de decirlo —la animé y noté que se mordió el interior de la mejilla—. No te detengas por mí, White. No me dañarás —aseguré y, aunque me sentía tenso, no lo demostré.

Podía odiar que se siguiera aferrando a sus sentimientos por ese maldito, me enervaba cómo lo miraba y suspiraba cada vez que el hijo de puta le daba su atención; sabiendo que, aunque estuvieran separados y sospechara que yo estaba trabajando su mente, él seguía manteniendo poder sobre ella.

Pero tampoco era estúpido y por experiencia propia, sabía que los sentimientos no se podían cambiar de la noche a la mañana y a veces, ni con los meses.

—Al chico que amas, dilo —demandé y apreté la mandíbula.

—Ahora estoy contigo —susurró y reí sin gracia porque lo dijo como si quisiera consolarme.

Como si yo necesitara esa mierda.

—Es bueno que te hagas a la idea —dije, aunque más como advertencia—. Ahora, vamos por ellos, pero mantente entera porque no me sirves con esas debilidades —señalé y me aparté de ella.

Vi el cambio en su mirada cuando incluí al imbécil de mi primo y decidí acomodar mi propio gorro antes de apretar los puños a cada lado de mi cuerpo.

—Gracias —susurró, mostrándose más esperanzadora.

—Somos un equipo, White y no abandono a nadie de los míos —le aseguré.

—¿Aunque hubiese sido solo Elliot? —preguntó con intriga y bufé.

—No me refería a él, en primer lugar —aclaré—. Me sigue dando igual su vida y si lo matan, solo terminarán lo que yo no pude gracias a una jodida promesa que fuimos obligados a hacer —seguí y palideció ante mis duras palabras.

Isabella supo que no mentía ni hablaba solo por asustarla; al contrario, le confirmé lo que ya sospechaba y así ella amara a Elliot y yo quisiera seguir follándola, tampoco escondería mis verdaderos deseos con el malnacido de mi primo.

Lo quería muerto y punto.

Y prefería que ella supiera y conociera bien al hijo de puta con el que seguiría yéndose a la cama, ya que, aunque le doliera mi verdad, al menos sabría que no estaba con un hipócrita que fingía lo que no sentía por la oportunidad de comerle el coño.

—Pero tú eres parte de mi equipo y por ti lo tomaré en cuenta —zanjé cansado de seguir con esa maldita charla.

Me tomó por sorpresa cuando, a pesar de lo que le dije antes, se lanzó hacia mí y me cogió del rostro, plantando un beso casto en mis labios.

—Gracias —repitió y entendí que fue por declarar que la consideraba de mi equipo.

—No te acostumbres —señalé y sonrió.

—¿A qué, LuzBel? ¿A tus besos o a ser parte de tu equipo? —Me limité a negar con la cabeza y bufé un poco divertido.

—¿Así que vuelves a mi apodo? —pregunté en cambio y alzó una ceja al no entender—. Hace un momento me llamaste por mi nombre y ahora por mi apodo. Y debo admitir que, aunque me gusta cuando gimes *Elijah* —imité su voz y eso la hizo reír más—, podría acostumbrarme a que me llames siempre por mi nombre —admití desinteresado.

—¿Ya tengo ese derecho? —Su voz, aunque fue seca, también la sentí con un atisbo de picardía.

—Desde que te dejé besarme —le recordé volviendo a cerrar la distancia entre nosotros—, desde que te hice mía —musité sobre sus labios y le di un beso seco y rápido.

—Admito que es raro —dijo con una sonrisa traviesa y la miré sin entender—. Exiges demasiado que se te llame por tu apodo y ahora que me has *permitido* llamarte por tu nombre —ironizó haciendo énfasis en mi permiso—, se siente muy íntimo.

La miré fijamente, notando que sus mejillas se sonrojaron y comprendí su respuesta.

—Son las ventajas de nuestro juego, así que considérate afortunada —satiricé y me dio un suave puñetazo en el hombro.

—Idiota me sigue gustando más —bromeó.

O al menos creí que era una broma.

—Chicos, es hora —interrumpió la rubia de pronto—. Los demás han rodeado el edificio y detectamos a Evan y Elliot en el ala oeste del edificio, en el tercer piso. Luca los tiene en la mira.

—Vamos —respondí animando a Isabella y asintió.

—*Todo está limpio aquí* —informó Dylan por el intercomunicador y escuché en su voz la misma duda que yo sentía.

—*Nuestro lado también* —avisó Elsa.

—*Esto parece una jodida…*

—¿Jacob? —lo llamé, apretando el pinganillo en mi oreja cuando su voz se perdió—. ¿Elsa? ¿Dylan? —dije hacia los otros, pero solo el silencio me recibió.

Miré a Isabella y la encontré frunciendo el ceño mientras estudiaba todo a nuestro alrededor.

Avanzamos sigilosos hacia donde la rubia nos indicó. La castaña se mantuvo a mi lado mientras nos escondíamos para no ser vistos por nuestros enemigos, pero ambos ya habíamos notado que las cosas estaban siendo demasiado fáciles: sin guardias merodeando y cuidando que no los atacaran por sorpresa. Y para ser un secuestro, eso tendría que haber estar atestado por un ejército.

Y a falta de todos esos cuidados, junto a perder la comunicación con los demás chicos, se me ocurrieron dos cosas: o los Vigilantes estaban siendo muy estúpidos (que lo dudaba), o los estúpidos éramos nosotros y nos dejamos emboscar muy fácil.

—La pieza que recuperamos, ¿qué la hiciste? —susurré a la castaña.

—La tengo conmigo —respondió y maldije.

Sabía que ella también lo hizo en su interior, ya que intuyendo que nada estaba bien, tener el maldito disco duro sería como haber hecho la misión por nada.

A pesar de eso, seguimos adelante y me arrepentí de no haber visto el mensaje de Cameron justo cuando me lo envió, ya que eso me hubiera facilitado las cosas, pues al final él me estaba resultando útil y haberlo declarado traidor funcionó, aunque todavía podría apuñalarme por la espalda.

Llegamos al tercer piso y sin ningún problema, entramos al lugar donde Evan y Elliot se encontraban. Estaban sentados en el suelo, pegados espalda con espalda, amarrados con las manos hacia atrás y de los tobillos. Todo el lugar era oscuro y solo una lámpara de techo, vieja y mohosa se encargaba de iluminarlos.

—Esto no me huele bien —murmuró la castaña cuando entramos. Los dos estábamos de frente a los chicos y Luca con la rubia detrás de nosotros.

—Esto ha sido una puta emboscada —aseguré dándolo por hecho. Elliot levantó la cabeza al escuchar nuestros susurros y nos buscó con la mirada—. ¡Jodida mierda! —espeté en cuanto sus ojos se llenaron de terror al encontrar a Isabella a mi lado y terminó de confirmarme lo fácil que habíamos caído.

—Sácala de aquí, LuzBel —rogó.

Isabella intentó correr hacia él para auxiliarlo, pero logré detenerla.

—Suéltame, LuzBel. Necesito ayudarlo —suplicó intentando zafarse de mi agarre, mas no lo logró.

—De ninguna manera —zanjé.

Sobre mi cadáver la dejaría avanzar hacia su maldita muerte.

Incluso así trató de luchar para hacer su jodida voluntad, pero no cedí. Evan estaba golpeado y medio inconsciente, a Elliot le vi cortes en ambas cejas, aunque lúcido y no me extrañó; el maldito era fuerte y difícil de vencer si no lo enfrentaba un igual.

Solté a la castaña para cargar mi arma, consciente de que no trataría de avanzar hacia los chicos porque en ese instante ella vio lo mismo que yo, así que empuñó las dagas que tenía como arma y esperamos, sabiendo que ya era tarde para escapar.

—Hijo de puta —gruñí por lo bajo, viendo cómo de la oscuridad comenzaron a salir hombres vestidos de negro igual que nosotros.

Aunque la diferencia en sus vestimentas estaba en la V grabada de color rojo que tenían sus sudaderas a la altura del corazón, lo que los identificaba como organización. Algunas usaban gorros pasamontañas cubriéndose el rostro y otros, como el imbécil que los dirigía, se mantenían descubiertos.

—Debo confesar que dudé por un momento en hacer caer al gran LuzBel con este plan. —Escuché su maldita voz y mi furia creció—. Y, sobre todo, por salvar a su querido primo —se burló.

Apreté la glock en mi mano y contuve las ganas de irme sobre él, ya que no estaba frente a ningún estúpido y la cicatriz en mi abdomen, que cubrí con un tatuaje, era testigo de eso.

—Baja tu gorro y asegúrate de que no te reconozcan —le dije en voz baja a Isabella.

Ella, con disimulo, dio un paso hacia atrás y escudándose con mi cuerpo, hizo lo que le pedí, simulando que se movería hacia el lado de la rubia. De soslayo, noté que solo dejó libres sus ojos y sonreí con suficiencia hacia Derek.

—Si te soy sincero, solo quería asegurarme de que tuvieras las bolas para deshacerte de tu puta —dije con ironía y actitud arrogante. En mi periferia, vi a Elliot sonreír sarcástico por mis palabras, pero siendo inteligente guardó silencio—. Lamentablemente me sigues decepcionando —añadí y el imbécil comenzó a reír.

—¿Estás celoso de que lo escogiera a él como mi puta y no a ti? —lanzó, creyéndose poderoso por estar rodeado de sus matones.

—Ahorrémonos los putos espectáculos, Derek —pedí aburrido—. Haz de tu puta lo que quieras y deja que me lleve a Evan —ofrecí y escuché el jadeo de Isabella ante mi propuesta.

Elliot se mantuvo sereno para que ella no terminara haciendo una locura y rogué porque la chica fuera inteligente también.

—Así que prefieres a tu súbdito por encima de tu familia —ironizó.

—¿Te suena familiar que deje la sangre de lado? —devolví y lo vi tensarse. Elliot hizo lo mismo y me reí de ambos.

—¿Quién es la chica que está contigo? —preguntó a cambio y disimulé mi tensión.

En su lugar, observé a cada uno de sus hombres, evaluando nuestras posibilidades y reconocí a Cameron entre ellos.

—Tengo a dos, así que deberás ser más específico a la hora de preguntar. Aunque te advierto que no te servirá de nada, ya que tiendo a familiarizarme antes con sus coños que con sus nombres o vidas privadas —dije con chulería.

Mi actitud de cabronazo era mi mejor arma en ese instante.

—¿Tan irresistible eres? —satirizó él.

—¡Diablos! Mi humildad no me permite responder por mí mismo esa pregunta, mejor que te lo digan ellas —me burlé y me acerqué a ambas chicas.

La rubia se tensó ante mi cercanía e Isabella empuñó más las dagas, lo que me hizo sonreír al suponer que estaba indignada por mi actitud.

—Ya sabes cómo es esto. Chicas nuevas que literalmente caminan sin bragas cuando ven al hijo del jefe frente a ellas —seguí y eché un brazo sobre los hombros de cada una y, al sentir que Isabella se irguió, supe que usé las palabras erróneas, aunque no lo hice intencionadamente—. Ruegan por una noche conmigo y como sabrás, un caballero no le puede negar nada a una dama. Sin embargo, cómo gimen mientras les doy el placer de su vida, es lo único que me importa saber.

Por un momento, creí escuchar que la castaña susurró *pendejo*, aunque lo oí solo yo y eso me hizo reír.

Podía estar indignada, pero era inteligente, así que se mantuvo callada.

—Ya despertaste mi curiosidad —dijo Derek fingiendo interés—. Ahora siento el deseo de probar si lo que te llevas a la cama es de alta calidad. —Sonreí fingiendo desinterés al captar que buscaba provocarme—. Supongo que no te importará, ya que después de todo, tú mismo rompiste con la regla de que las mujeres de nuestras organizaciones se respetaban, ¿no?

Esa vez fui yo quien empuñó más el arma en mi mano, deseando clavarle una puta bala en medio de las cejas a ese malnacido. Pero debía jugar bien mis cartas, porque con Isabella a mi lado, no podía actuar de manera temeraria. No sin ponerla en peligro y romper mi promesa.

—Adelante, prueba un poco de paraíso o infierno —lo alenté y di un paso al frente, dejando a las chicas flanqueando a mis costados—. Aunque si eres como yo, sé que amarás el paraíso —dije señalando con la barbilla a la rubia y pude captar a Cameron guiñándome un ojo.

Tras eso, noté la tensión en Derek y…

«No confíes en el sol».

El mensaje de Cameron llegó a mi cabeza y, al ver el cabello de esa chica: amarillo como el sol, todo encajó.

¡Maldita perra! Por eso trató de desviarnos con la ubicación del disco duro, fingiendo que no lo localizaba. Por lo mismo, salió bien librada cuando lo recuperamos.

—Suelta soniditos que te prenden cuando la estás follando. La mezcla perfecta entre una gatita traviesa. Lo he comprobado esta tarde en la ducha —agregué y di un paso hacia a un lado para cubrir a la puta rubia con mi cuerpo y así evitar que me delatara con sus gestos.

Los ojos de Derek centellaron furia y a duras penas lograba contenerse.

—¿Y qué me dices del infierno? —se obligó a preguntar con la voz ronca, viendo a Isabella.

Sonreí con malicia al mirarla.

—Que está a punto de escupir fuego si los sigo escuchando hablar tanta mierda —espetó ella con rudeza y maldije—. Este no es un jodido concurso de quién mea más lejos. Hemos venido aquí por nuestros compañeros de equipo y está claro que es algo que tú ya tenías planeado, así que suéltalo. ¿Qué es lo que quieres? —añadió con una fuerza que no esperaba.

No en ese momento.

Derek dirigió toda su atención a ella y deseé ponerla en mi rodilla para darle un par de azotes por imprudente, ya que consiguió lo que yo deseaba evitar hablando toda mi mierda. Pero como siempre, la maldita niña buscaba hacer las cosas a su jodida manera sin tener idea de dónde estaba parada.

—¡Vaya! Así que una de tus putas habla —se burló Derek.

—Y también patea traseros de pocos hombres como tú —se defendió ella—. Así que, si no quieres que esta puta patee el tuyo, ve al grano y no nos hagas perder el tiempo.

—¿Y qué te hace pensar que puedes negociar conmigo, perra? ¿Cómo sabes que te dejaré salir viva de aquí? —espetó Derek con suficiencia.

Y, como respuesta por parte de Isabella, nos sorprendió moviéndose con rapidez hacia la rubia y con una mierda rara que le hizo en el cuello usando solo dos malditos dedos, la hizo caer al suelo. Brianna cogió su garganta con ambas manos dando un grito ahogado y luego solo jadeos cargados de desesperación.

Luchaba por poder respirar como si fuera un jodido pez fuera del agua.

—Porque si quieres volver a saborear el paraíso en vida, harás lo que yo quiera para mantenerlo —sentenció con un gesto de victoria.

Si no hubiésemos estado en aquella situación, creo que hasta le habría aplaudido porque esa castaña astuta no solo se dio cuenta de lo que sucedía, sino que también lo supo usar a nuestro favor.

—Felicidades, hombre. Tienes al diablo frente a ti y te concederá un solo deseo —siguió alardeando y la sangre me hirvió, corriendo con prisa hacia mi polla.

—Maldita hija de puta —largó Derek con desesperación.

—Buena jugada, pequeña diabla —halagué yo, pero me ignoró, lo que me hizo reír divertido.

Sí, estaba más que indignada conmigo.

—En otro momento me alabas —le aconsejó ella a Derek—. Ahora preocúpate por hacer que tus hombres liberen a mis compañeros porque si tu chica es fuerte, soportará los cinco minutos que te doy para que jodidamente hagas lo que te ordeno.

—Considérate muerta, maldita zorra —rugió Derek y agradecí que Isabella tuviera el rostro cubierto.

—Muerta estará tu puta si no te mueves, imbécil —le dije yo y le señalé a la rubia.

Sus jadeos se fueron haciendo más débiles y se encogió sobre sí misma, ahogándose poco a poco. Derek trató de llegar a ella, pero alcé mi glock, quitándole el seguro para que retrocediera.

—¡Muévanse! Hagan lo que esta pu…

—¡Cuidado con lo que dices! Porque de ti depende que Brianna vuelva a respirar —le advirtió Isabella.

El lugar sucumbió en un silencio mortífero y solo las navajas cortando los amarres de los chicos realzaron por encima de los leves jadeos de la rubia.

—Ayúdame con la chica y vámonos —pidió Isabella hacia mí.

Obedecí sin refunfuñar porque, por primera vez, alguien que no era yo cogió la sartén por el mango y respeté eso.

—¡Alto, perra! No la sacarás de aquí —habló Derek, haciendo que sus hombres nos apuntaran.

—Le quedan tres minutos para entrar en *shock*, así que mejor deja tu maldito número porque ni por el mismo infierno la haré respirar aquí —le advirtió Isabella sin perder la dureza que la embargó.

Tomé a la rubia en mis brazos y vi a Elliot y Luca ayudando a Evan a salir.

—¿Quién me asegura que no la dejarás morir? —preguntó Derek angustiado y me reí por lo patético que se veía.

—Debiste leer las letras pequeñas en el contrato antes de venderme tu alma, Cariño —le dijo Isabella y estuve a punto de correrme con solo escucharla siendo tan cabrona—. Pero tienes suerte, soy una diabla de palabra —añadió.

Brianna jadeó tratando de respirar con todas sus fuerzas y el rostro de Derek fue digno de retratar para regocijarme con su imagen luego.

—¡Fuera ya de aquí! —gritó él al ver cómo la rubia en mis brazos abría y cerraba la boca, y antes de salir por la puerta que nos separaría, lo miré con una sonrisa cretina en mi rostro.

—Está en mis manos ahora y yo sí soy un demonio traicionero —le dije.

Solté una carcajada y lo escuché gritar lleno de rabia e impotencia cuando la puerta se cerró gracias a Isabella.

Mi jodida venganza se estaba cumpliendo mejor de lo que lo planeé.

No me preocupa que te quemes. Me preocupa más que empieces a jugar con fuego y te enamores a mitad del incendio.

CAPÍTULO 40

Mátame de una vez

ELIJAH

Derek siguió gritando maldiciones, pero no pudo hacer nada porque la vida de su perra estaba en mis manos y, sobre todo, en las de Isabella, quien se encargó de asegurar las puertas con su propio cinturón, entrelazándolo en las manijas.

Elliot y Luca corrieron, arrastrando a Evan de cada brazo que echaron sobre sus hombros y, cuando estuvimos en la primera planta, Isabella se encargó de volver a hacer su magia sobre el cuello de Brianna, logrando que respirara de nuevo.

—¡Jesús! —exclamó la castaña con alivio y se llevó las manos a la cabeza, agradecida cuando la rubia comenzó a toser, respirando con gula el aire que se le había robado.

—¿Estabas segura de lo que hacías? —le pregunté con burla al verla tan aliviada.

La tos incesante de la rubia no paraba. Elliot y Luca siguieron su camino hasta afuera del edificio, y segundos después gritaron pidiendo auxilio a los demás chicos.

—Por supuesto, de lo que no estaba segura era de si ella conseguiría aguantar —dijo y pude notar el terror que sintió, pues si la rubia llegaba a morir, sería por su culpa.

Y después de lo que hizo en su fiesta de cumpleaños para salvarme, no estaba seguro de que lo soportaría.

—Tenemos que salir de aquí. Más Vigilantes llegarán pronto —avisó Dylan, entrando con una glock en cada mano.

Asentimos y cogí a Brianna del brazo, obligándola a ponerse de pie sin importarme si ya respiraba bien o no. Al salir, vi que Jacob y Elsa habían ayudado a Luca y a Elliot con Evan.

Los tres últimos se subieron en la parte de atrás de la cabina de la *Tahoe* negra en la que Jacob conducía con Elsa de copiloto, coche que de seguro tomaron de alguno de los Grigoris que nos acompañaron como apoyo.

—Los californianos van a flanquearnos, creando un poco de caos para que más Vigilantes no lleguen al edificio —dijo Dylan—. ¡Mierda! —exclamó cuando vio que Isabella desarmó a la rubia.

La traidora apenas jadeó, todavía débil por lo que había vivido. Y con docilidad, dejó que la castaña le quitara su cinturón y la amarrara con el mismo, las manos hacia atrás. Luego la obligó a caminar hacia el coche en el que Brianna se condujo antes.

—Si hubieses visto lo que hizo adentro, estarías adorándola ahora mismo —le dije con tono divertido.

—Y tú que decías que era yo el que traía la locura en la sangre —ironizó haciéndome reír.

—Todavía lo pienso, hasta que termine de conocerla bien —señalé y me cogió del hombro antes de que fuera hacia las chicas.

—Eres mi amigo, imbécil, pero hazla llorar y te juro que...

—¿Acaso no eras tú el que azotó su culo hace unos meses y querías hacerla mierda? —lo interrumpí, sintiendo que el cuerpo comenzó a temblarme—. ¿Qué me dijiste luego de que te humillara frente a los demás en el café? ¡Ah sí! Que te dejara divertirte con ella —le recordé y su rostro se puso rojo por la vergüenza y la furia.

Me sacudí de su agarre con brusquedad y me acerqué a él hasta que solo centímetros nos separaban.

—Recuerda la promesa que me hiciste hace casi un año —le dije y se irguió. La piel se me enfrió para ese momento, pero mi sangre parecía lava—. Una vida por una vida, Dylan y así no piense en asesinar a la castaña, la usaré como mi venganza hasta que sea necesario. Así que no te metas en mi camino porque White y esa rubia, son la recompensa que el destino me está dando —informé y me miró sin entender.

—¿De qué hablas? —inquirió con la voz gruesa y miró hacia donde la castaña estaba, metiendo a Brianna en el coche.

—Vete al búnker y asegúrate de poner en custodia a Luca hasta que yo llegue. Brianna Less es la puta de Derek y quiero estar seguro de que el otro imbécil no nos haya jodido —dije y vi su sorpresa.

—Mierda —jadeó.

Pero ya no dejé que me dijera nada más, pues me alejé de él y comencé a caminar hacia Isabella.

—¿A dónde se la entregaremos? —preguntó ella al verme acercándome. Sonreí de lado por lo inocente que todavía era.

—Sígueme —pedí y me fui hacia mi motocicleta.

Isabella se limitó a subir al coche y obedeció cuando me puse en marcha.

Fingí diversión y tranquilidad mientras estuve con ella y Derek en la misma habitación, conteniendo mi ira, mi pasado, mis demonios. Pero mientras iba en la carretera, los recuerdos me invadieron y comencé a sentir un frío que me penetró hasta la médula y nada tenía que ver con el clima, pues estábamos en verano.

El sabor metálico en mi boca se intensificó y el casco comenzó a estorbarme, los pulmones se apretaban a mi pecho y la respiración empezó a escasear, sintiendo que inhalaba fuego en cada bocanada de aire que tomaba.

—¡Mierda! —gruñí cuando los escalofríos me corrieron por la espalda, los brazos y las piernas.

El temblor en mi cuerpo se intensificó y la vista se me nubló a tal punto, que comencé a ver borroso.

Giré el cuello en círculos al llegar a un semáforo en rojo y cuando apreté las muelas, mordiéndome la lengua en el proceso, supe que me estaba perdiendo y solo derramando la sangre de esa rubia traidora me tranquilizaría. Así que tomé la salida hacia la carretera interestatal y busqué un lugar alejado de las personas.

El pasado me estaba haciendo mierda la cabeza y recordar la desesperación del hijo de puta de Derek al presenciar que la vida de su chica se le escapaba de entre los dedos, se convirtió en la mía. Y, de pronto, entretanto la carretera y las luces de la noche pasaban por mi lado como un borrón, me materialicé en aquel maldito hotel, amarrado a una silla, siendo torturado física y mentalmente mientras suplicaba por una vida que no era la mía.

Y luego me vi despertando en el hospital, conectado a las malditas máquinas para conseguir vivir, intentando tener fuerzas para levantarme de allí y buscar mi venganza. Una que al fin había llegado.

—Espérame aquí —ordené a Isabella al estacionar frente a la oficina de un motel de mala muerte.

No lograría llegar al búnker si no me sacaba esa furia que amenazaba con hacerme sucumbir.

Vi a lo lejos a Connor y Tess en una *Hummer* e intuí que Dylan les pidió que vigilaran mi espalda, así que estaba seguro de que no interferirían en nada y se mantendrían en las sombras.

Tras reservar una habitación con una identificación falsa y darle un fajo de dinero a la recepcionista para que me asignara la más alejada de la carretera, prometiéndole más efectivo si hacía lo que le pedía, salí con la llave tarjeta en mano y con un movimiento de cabeza, le indiqué a la castaña que me siguiera.

—¡Jesús, Elijah! No tienes por qué ser tan bruto —aseveró cuando saqué a Brianna del coche con un fuerte tirón.

La ignoré y la rubia solo gimió, aterrorizada. En cuanto entramos a la habitación, saqué mi arma y la encañoné.

—¿Qué demonios haces? —preguntó Isabella sorprendida.

—Dale el móvil satelital —le ordené, sabiendo que ella lo llevaba en su cazadora.

Mi respiración para ese momento era pesada y el temblor en mi mano no pasó desapercibido.

—¿Elijah?

—Dale el puto móvil, Isabella —largué y lo sacó de inmediato al no entender mi actitud, intuyendo erróneamente que solo era otro capricho mío.

—Por favor, no me dañes —lloró Brianna y solo sonreí.

—¿Por qué debería considerarte? Si solo eres una puta que nos vendió a esas mierdas —inquirí con voz filosa.

—Elijah, por favor —habló la castaña, intentando ser la mediadora.

—¿Hiciste un juramento de sangre o de vida? —le pregunté a Brianna.

Sabía que no era ninguna novata, no cuando manejaba la comunicación en esa sede de Grigori. A ese cargo solo conseguía llegar quien ya tenía años en la organización y con un juramento de por medio.

—¡De sangre! —chilló cuando presioné el arma en su frente y le quité el seguro.

—¿Y cómo se paga la traición en Grigori?

—¡Madre mía, LuzBel!

—No te sigas metiendo, Isabella o te juro que vas a conocer un lado mío que odiarás más que el que ya has visto —rugí y ella pegó un respingo.

Sabía que me estaba desconociendo en ese momento y deseé que no intentara pasarse de lista porque, en ese instante, no creía poder controlarme.

—Con muerte —susurró Brianna como respuesta a mi pregunta al suponer que no se salvaría de mí.

Escuché a Isabella jadear y mirar hacia todos los lados.

—Llama a Derek —demandé entonces y tragó con dificultad, tomando el móvil que la castaña seguía sosteniendo.

—LuzBel, por favor. Hicimos un trato y nuestra palabra se respeta —suplicó Isabella, comenzando a comprender que no tenía ningún interés de dejar viva a la rubia traidora.

—Porque nuestra palabra se respeta, así como los juramentos, es que hago esto, así que no te metas porque esto va más allá de lo que tú puedas evitar —le expliqué entre dientes—. Y ponlo en altavoz —le exigí a Brianna de paso.

—¿Brianna? —dijo la voz desesperada de Derek cuando contestó.

—No, soy Morfeo, el dueño de tus futuras pesadillas —respondí con burla y escupí.

El sabor a hierro en mi boca se había intensificado y respiré hondo para controlar mi corazón que estaba a punto de entrar en taquicardia.

Ese era uno de esos momentos en mi vida en los que una batalla sangrienta era lo único que lograría calmarme. Me urgía golpear y ser golpeado, o matar y mucho.

—*Dime que está viva.* —Hice más presión en la frente de Brianna cuando quiso hablar y se tapó la boca, callando su sollozo luego de que el hueso de su cráneo sonara contra el metal de la glock.

Entró en modo supervivencia al convencerse de que no sería fácil deshacerse de mí.

—No, pequeña mierda. Lo único que te diré es que cometiste un grave error al confiar en mi súbdita cuando sabes que la última palabra la tengo yo —expliqué y lo escuché maldecir.

—*No la dañes* —suplicó y comencé a reír.

—La dañaste tú al usarla contra nosotros sabiendo cómo pagamos la traición —le aclaré.

—*Hago lo que quieras, te doy lo que desees, pero déjala fuera de esto* —continuó y la aflicción en su voz fue más palpable.

—¿Qué fue lo que me dijiste cuando yo te rogué para que la dejaras vivir, siendo tu maldita sangre? —inquirí y el sollozo de Brianna fue audible para él cuando esa vez le corté la frente por la presión que le ejercía con el cañón del glock.

Isabella me miró, paralizada y con terror al ser consciente de que nada de eso era solo para alardear.

—¡Joder, LuzBel! No la dañes, ella no lo merece.

—Perdono las traiciones, pero no las olvido, querido Derek —dije usando sus palabras y con toda la oscuridad apoderándose de mi alma y cuerpo.

—¡LuzBel! Ella no m…

Terminé la llamada antes de escucharlo suplicar más y le sonreí a Brianna.

—¡No, LuzBel! —suplicó Isabella y me tomó la mano, levantando el arma y posicionándose frente a Brianna.

Me sacudí con violencia, golpeándole el brazo con el cañón del glock y volví a alzarla.

—Muévete —demandé con la voz oscura y negó.

—Su único error fue enamorarse del enemigo —dijo y la cogí del brazo justo cuando se movió hacia la puerta—. ¡Corre! —le gritó a la chica.

—Maldita bruja —espeté yéndome sobre ella.

Pero la cabrona sabía defenderse, así que me encontró en el camino, lanzándose hacia mí sin miedo alguno, o al menos fingió no tenerlo, y antes de perder de vista a Brianna, disparé; sin embargo, Isabella logró desviar mi brazo.

Y mis demonios rugieron con furia.

—¡Hija de puta! —grité con odio.

Ella, en un rápido movimiento, cerró la puerta de la habitación y presionó la espalda contra la madera, respirando agitada por el esfuerzo que hizo para contenerme.

—Hazte a un lado —exigí y solo negó con la cabeza, extendiendo los brazos a los extremos, sirviendo de barrera—. Hazte. a. un. lado —largué sintiendo el fuego lamerme la piel.

Quería ir detrás de la puta de Derek. Necesitaba conseguir mi venganza y hacerlo sufrir, devolverle un poco de lo que el malnacido me hizo a mí, pero la maldita bruja me tentaba sin tener una puta idea de los terrenos que pisaba.

—Déjala, por favor —suplicó y su voz solo sirvió para nublarme la jodida cabeza.

Las ganas por asesinarla a ella fueron tan insoportables, que di un puñetazo en la puerta, justo a dos pies de su cabeza y brincó ante el sonido y la abolladura en la madera.

—Deberías de dejar de tentarme con tanta estupidez, Isabella. Porque en este momento, matarte a ti me daría la misma satisfacción que matar a esa puta —largué sintiendo el temblor en mi cuerpo a punto de desquiciarme.

Ella me miró asustada, pero sin amedrentarse, de seguro pensando que solo dije lo que dije porque me frustró los planes y que estaba actuando de esa manera por el simple gusto de ser un misógino cuando, en realidad, hablaba en serio.

Descarté la idea de matarla porque follarla también me funcionaría, pero la pequeña cabrona me estaba subestimando sin saber al tipo de demonio que tenía frente a sus narices.

—Entonces hazlo —pidió.

—Con gusto —dije perdiendo la cordura y alcé el arma hacia ella.

Sin embargo, Isabella esperaba mi movimiento y con una técnica que solo podía ser de artes marciales, me desarmó.

Levantó la pierna enganchando la parte de atrás de su rodilla izquierda en mi antebrazo y utilizó el impulso de la otra para alzarse hasta subirse a mi cuello. Mi glock cayó al suelo y retrocedí con ella encima de mí, girando a último minuto para lanzarla en la cama.

Gruñimos porque Isabella jamás dejó que me separara y el impacto no fue suave; al contrario, la brutalidad fue tanta, que reboté fuera de la cama. Pero utilicé mi habilidad para ponerme de pie enseguida, encontrándola a ella en posición de ataque en el otro extremo.

Sonreí con peligro y la recibí gustoso cuando se encaramó en la cama y gritó lanzándose una vez más al ataque. La cogí en el vuelo, pero se zafó de mi agarre y me propinó una patada haciéndome retroceder, esperando mi momento, solo defendiéndome hasta que bajó la guardia y la tomé del cuello, logrando empotrarla a la puerta con un golpe sordo de su espalda en la madera.

—Luego no digas que el malo soy yo cuando te he devuelto las piedras que me has lanzado —rugí y me cogió la muñeca.

Nunca la hubiera tocado de esa manera si ella no se hubiese medido así conmigo y la maldita lo sabía, ya que, así la hubiera acorralado cuando recién nos conocimos, jamás utilicé la fuerza que ejercí en su garganta en ese momento.

—Tú no... Tú no manchas tus manos con sangre... inocente —consiguió decir e hice mi agarre más fuerte.

—No, pero algunas veces el daño colateral es inevitable —señalé.

—Eres... mejor que quien te dañó —siguió y logró respirar cuando aflojé mi agarre en su cuello para contener el golpe que me daría.

—¡Jodida mierda, White! No remuevas el puto fuego con un cuchillo —grité y volví a dar otro golpe en la puerta.

Gimió en cuanto presioné más su garganta al intentar zafarse y volvió a dar otro golpe sordo con su cabeza en la madera.

Pero debía tener en cuenta que ella no era Tess, así que logró mantener su control para buscar una tregua y estuvo a punto de conseguirlo cuando enganchó sus piernas en mi cintura y bloqueando los tobillos en mi culo, me unió más a su cuerpo, restregando su coño en mi polla.

—Tú no eres él —aseguró con dificultad, volviendo a su ataque mental.

—No, pequeña Bruja. No me conoces, no sabes nada de mi vida ni entiendes de qué manera un par de hijos de puta me jodieron la existencia, así que no asegures que soy mejor. Soy peor y muy capaz de follarte mientras te estrangulo si sigues moliéndote así en mi verga —advertí y la hija de puta sonrió de lado.

—Pruébalo —me retó y eso me tomó por sorpresa.

Lo hizo solo por un par de segundos que le dieron toda la ventaja, ya que fue suficiente para que sacara la daga que colocó en mi cuello. Y el calor líquido en mi cuerpo recorrió mis putas venas hasta concentrarse en mi polla, de nuevo.

¡Me cago en la puta! ¿Cómo en el infierno me podía excitar en esa situación?

—Pero te advierto que, mientras a mí se me escapa la vida por dejar de respirar, la tuya se escapará al perder tu sangre —añadió y volvió a moler su sexo en mi erección, lo que me hizo aflojar un poco mi agarre.

—Sega mi cuello entonces —pedí en un gruñido, odiándome por reaccionar así a su cuerpo seduciéndome—, porque es de la única manera que evitarás que vaya detrás de esa puta luego de follarte y matarte a ti también —añadí y, en lugar de jadear por falta de aire, gimió.

Malditamente gimió como si la estuviera penetrando y, asimismo, siseé porque mientras apretaba más mi agarre en su cuello para probar mi punto, ella rozó el filo de su navaja en mi garganta para dejar claro el suyo.

—¡Mátame de una vez! —grité golpeando de nuevo la puerta, pero esa vez se debió más a lo que hizo, ya que me provocó a un nivel que nunca experimenté antes.

Y la lujuria junto con la ira no estaban siendo una buena combinación.

—Dicen que para terminar una pelea se necesita que uno sea fuego y la otra agua —dijo y que hablara sin dificultad en ese momento, me hizo darme cuenta de que ya no la dañaba con mi agarre—, pero ¿qué pasaría si en lugar de agua, te doy más fuego?

—Arderíamos —respondí sin dudar y vi confundido cuando dejó caer la daga al suelo y su mirada, en lugar de miedo, mostró deseo.

—Entonces fóllame —demandó.

—No me subestimes —advertí—. Porque no estoy bromeando, Isabella. Ahora mismo podría matarte si te tengo sumisa entre mis brazos. —Sonrió ante mis palabras y apreté la mandíbula por su insolencia.

—No te subestimo y tampoco me tendrás sumisa, pero tengo fe en ti —aseguró y esa declaración me impactó de una manera que no esperaba.

Mi reacción fue soltarla de golpe, haciendo que ella dejara ir mi cintura para pararse sobre sus propios pies y que así yo pudiera alejarme todo lo que necesitaba antes de perder mi mierda.

—Te vas a decepcionar —aseguré y tuvo la osadía de dar un paso al frente y eso fue todo lo que necesité como señal para encontrarla a mitad del camino.

Volví a tomarla del cuello, pero para tirar de ella hasta estrellar con brutalidad sus labios con los míos. Gimió ante la sorpresa y volvió a hacerlo de gozo y dolor cuando cogí su trasero y se lo apreté con la furia que todavía me ardía en las venas, peleando con mi deseo de poseerla a lo bestia o matarla para compensar mi intento fallido de deshacerme de aquella rubia.

Y, a pesar de que Isabella estaba demostrando que podía convertirse con facilidad en mi pequeño infierno, todavía no se acostumbraba a mis besos rudos y salvajes, sobre todo en ese momento, cuando mi intensidad subió de nivel gracias a su agravio. Aun así, no se atemorizó y envolvió los brazos en mi cuello. Cubrí su boca con la mía de forma obscena, comiéndola viva y no logrando saciarme.

—Suelta un poco de ese veneno en mí —dijo cuando la cogí de la cintura.

Y sonreí tras sus palabras, lo hice porque comprendía a qué se refería. Buscaba bajar mi furia por medio del sexo y, para ser sincero, no estaba seguro de poder controlarme en cuanto me hundiera en ella, pues las consideraciones que tuve al principio, por saber que eran sus primeras veces, volaron a la mierda cuando me desafió.

El hotel era una mierda, así que dudaba que la cama estuviera limpia, por lo que prefería mantenernos fuera de ella.

—Así que te mueres por mi polla, eh —me burlé mordiendo su labio y arrastrando los dientes en él cuando buscó la hebilla de mi cinturón y la desabrochó junto al pantalón táctico.

—Tanto como tú te mueres por hundirte en mí —me desafió.

La empujé hacia la puerta como recompensa y chilló entre excitada y sorprendida cuando la hice darse la vuelta y la cogí de la coleta, cerca del cuero cabelludo para ejercer mi fuerza y que lo disfrutara. Tras eso, tiré de su cabeza hacia atrás y hundí el rostro en su cuello, lamiéndolo y gruñendo, sorprendido y hasta un poco divertido porque en lugar de querer huir como esperaba, la Bruja provocadora sacó el culo y lo restregó en mi erección.

Soltó un gritito cuando le azoté el cachete del culo y, en ese momento, no me medí, deseaba que le doliera y la hiciera humedecerse a la vez.

—No seré suave y tampoco te follaré en la cama —le dije mientras le sacaba la cazadora sin cuidado alguno y bajé el tirante de su blusa junto al del sostén.

Jadeó con dolor cuando mordí el músculo de entre su cuello y hombro y eso consiguió que la sangre llenara más mi polla.

—No esperaba ninguna de las dos cosas —aseguró y me cogió de la nuca, manteniendo así mi boca en su carne.

¡Joder!

De alguna manera quería que se negara ante mi brutalidad, que me rogara que parara porque no buscaba darle placer en ese instante, sino más bien castigarla por meterse donde no debía. Pero una vez más, Isabella me estaba demostrando por qué podía ser más infierno que paraíso.

—Bien, tú lo pediste —gruñí.

Chupé el lóbulo de su oreja y le subí la blusa, bajando las copas de su sostén para cubrirlos con mis manos y retorcer sus pezones, manteniéndome brusco, pero asegurándome de que lo disfrutara esa vez. Gimió mi nombre y ese sonido encendió más el fuego en mi sangre, provocando que restregara mi cresta en su culo, permitiendo que sintiera cómo me tenía.

Desesperada por sentirme, enterró los dedos en la parte de atrás de mi cabello y dirigió mi boca a la suya, hambrienta. La tomé entre la barbilla y el cuello para besarla rápido y duro, embutiendo mi lengua y encontrando la suya entretanto mi otra mano trabajó en el botón de su pantalón y cuando lo arranqué, la metí entre sus bragas, viajando a su raja hasta abrirla y jadear cuando la encontré empapada.

—Me deseas tanto, Castaña provocadora —gruñí, babeando como un perro hambriento al imaginar su sabor.

—¡Elijah! —gimió cuando dibujé círculos en su clítoris con el dedo medio.

Su respiración se volvió más estrangulada que cuando le apreté el cuello y mis labios se pusieron fríos al recibir su aliento sobre ellos. Usando dos dedos en ese momento, busqué su entrada y los hundí, arrancándole un grito lleno de placer y dolor a la vez porque no estaba dispuesto a dejar de ser una bestia con ella.

Quería seguir castigándola, pero ella siguió restregando el culo en mi polla y su humedad me bañó la palma de la mano.

—Tan lista y dispuesta para mí —dije sobre su boca—. Y yo muriéndome por abrirte las piernas, penetrarte hasta la empuñadura y partirte en dos.

—Hazlo —suplicó con voz lastimera, sufriendo y gozando en el momento que con el pulgar froté su clítoris mientras seguía hundiendo el dedo corazón y el anular en su vagina—. Fóllame, penétrame, hazme tuya —suplicó y enseguida sentí mi propia humedad recubriendo el glande de mi polla.

¡Pero qué demonios!

Mordí su labio con más fuerza hasta que gruñó de dolor de nuevo y cuando lo chupé, sentí el sabor metálico de su sangre. Volví a comerle la boca con violencia sin dejar de frotar aquel manojo de nervios que cada vez se mojaba más. Y cuando sus paredes vaginales apretaron mis dedos, supe que estaba a punto de correrse.

Jadeó con frustración cuando dejé de tocarla, pero me ayudó en cuanto le saqué una bota y el pantalón táctico junto a las bragas, solo de una pierna Y con locura y frenetismo, bajé el mío lo suficiente para liberar mi polla y separé con mi pie los suyos.

—¡Maldito imbécil! —chilló en cuanto le azoté el culo, dejándole la piel en carne viva.

—¡Joder, al fin! —gruñí yo porque me mostrara más dolor que placer.

Pero la maldita contuvo una sonrisa y en recompensa, le separé las nalgas, guiando mi falo a su entrada caliente y me hundí en ella de una sola estocada.

—¡Joder, sí! —gritó.

Su espalda se arqueó y me mordí el labio cuando su calidez y constricción me envolvieron la polla como si fuera un puño molesto, cortándome la respiración y acelerando mi corazón como un maldito desesperado.

—Mía —dije en respuesta a su petición anterior cuando me rogó porque la follara.

Empujé las caderas, tomando las de ella con una mano y el cuello con la otra para recostar su cabeza en mi clavícula, manteniendo mi cuerpo al ras del suyo mientras seguía bombeando hacia adentro y luego para afuera en un ritmo duro y salvaje.

—¿Esto querías? Que sacara mi furia con tu caliente y apretado coño —gemí en su oído y sonreí al verle la piel chinita y los pezones duros como unas malditas balas.

—¡Elijah! ¡Demonios, sí! —gritó cuando tomé uno entre mis dedos y lo apreté.

Cualquiera que pasara fuera de la habitación podía creer que la estaba torturando más de dolor que de placer.

Conduje la mano que tenía en su cadera por el interior de su rodilla y lo enganché en mi antebrazo (solo que yo en lugar de desarmarla como ella hizo conmigo antes), la abrí más para mí, alzando su muslo y plantando la palma en la puerta para apoyarme y servirle de apoyo.

Isabella se ayudó poniendo sus manos también en la puerta y arqueando más el culo para mí. Los dos jadeábamos ante la nueva sensación. Ella abierta para mí como una hermosa flor con el sol de la mañana, sintiendo mis perlas frotar su útero.

—Maldita sea —gruñí con la voz entrecortada y empujando las caderas una y otra vez.

Estaba tan estrecha que a veces dolía deslizarme en ella, pero, asimismo, lo disfrutaba.

Sus gemidos cada vez se hacían más fuertes y la sentí encogerse más alrededor de mi pene. Las tetas le rebotaban de adelante hacia atrás, incluso con el sostén todavía puesto y en ningún momento dejé de hundirme en ella hasta la empuñadura.

—Mierda, Elijah —gimió y estuve a punto de correrme antes que ella solo con la excitación sensorial que me provocaban sus sonidos.

Mis abdominales se tensaron sintiendo la sangre correr hasta mi glande y la acumulación de calor en mi polla me hizo palpar que cada vez se me hinchaba más.

—Así, mi pequeño infierno —gruñí cuando sus caderas comenzaron a buscar más mis embestidas—. Exprime hasta la última gota de mi furia —demandé—. Muéstrame cuánto gozas de mi polla.

Gritó cuando llevé la mano libre a su clítoris y lo froté sin ejercer demasiada presión porque hasta ese pequeño botón se encontraba hinchado ya. Nuestros cuerpos hacían un sonido compacto al chocar entre sí y sus fluidos cubrieron por completo mi polla, haciendo más fácil los movimientos.

Tiré de su coleta hasta zafarle la liga y que así su cabello se desparramara por su espalda y la atraje hacia mí, dejándome invadir por la fragancia de sus hebras que, por increíble que fuera, me inyectó más placer y comenzó a drenar mi ira.

Ella mantenía los ojos cerrados y sentí que su placer aumentó cuando volví a hablarle al oído mientras la seguía jodiendo a mi antojo, disfrutando de mi vocabulario sucio, ese que odiaba en público pero adoraba en privado.

—¿Cómo es posible que me encante tanto tu cabello? —gruñí y abrió esos ojos miel para mirarme.

Observé su precioso rostro y el sonrojo de sus mejillas. Una capa de sudor le perlaba la piel y entreabría la boca como si se le dificultara respirar. Con la mirada me decía cuánto gozaba mi manera de zambullirme dentro de su calor húmedo una y otra vez, lo mucho que les gustaba cada pulgada mía hundiéndose hasta lo profundo y cómo le fascinaban mis perlas frotando su vagina.

Mi irá mermó otro poco y el placer comenzó a concentrarse en mis bolas solo con verla, pues parecía una diosa traviesa en ese momento.

—¡Puta madre! ¡Elijah! —gimió y no pude esconder la sonrisa cuando sentí que mojó la palma de mi mano con algo más que humedad.

Su rubor se extendió por todo su rostro y mi pene se hinchó.

—No te contengas, Bonita. Dámelo todo —pedí.

El frenesí que la invadió barrió con su vergüenza y gritó enterrando las uñas en mi brazo, queriendo detener mis movimientos en su clítoris, pero necesitando que no parara. Gruñí de puro gozo al comenzar a correrme junto a ella en cuanto su vagina me apretó mientras formaba un charco en mi mano de su liberación.

¡Joder! Sabía que en algún momento la haría correrse así, pero sucedió más pronto de lo que esperaba.

—¡Elijah! —repitió sin saber cómo enfrentar ese tipo de orgasmo y gruñí en ese instante de dolor y placer cuando sus uñas atravesaron mi piel hasta provocarme sangrar.

El escroto se me comprimió junto a los testículos, vaciándome como si tuviese meses sin correrme y ella se sacudió junto conmigo, sufriendo los espasmos de aquel salvaje clímax.

El maldito orgasmo acababa de recorrerme cada pulgada del cuerpo, sintiéndolo incluso en mi cabeza y no me salí de su interior hasta que derramé la última gota, sosteniéndola en ese momento con la otra mano de la cintura en cuanto noté que sus piernas temblaban.

Sus párpados, para ese momento estaban cerrados y su pecho subía y bajaba con brusquedad intentando recuperar la respiración que acababa de perder. Tenía los labios hinchados y rojos por los besos rudos que nos dimos. El nacimiento de su cabello se veía húmedo por el sudor y nuestros aromas se mezclaron, formando un olor almizclado y adictivo.

Su piel se mantenía roja y sentí que volví a ponerme duro solo con verla, deseando tomarla de nuevo, pero la dejé recomponerse y me recargué un poco más en la puerta, intentando recobrar mi propia respiración.

—¿Cómo te sientes? —preguntó minutos después en un susurro cuando abrió los ojos y me encontró mirándola.

Estaba un poco más calmado, pero famélico por seguir penetrándola.

—Si quieres saber si ya no tengo ganas de salir de aquí y buscar a esa traidora para matarla, pues no… Ya no —respondí sincero.

—Entonces…, ¿he ayudado a calmar a la bestia? —Sonreí por su tonta pregunta, sintiendo el pinchazo en mi barbilla cuando me dio un mordisco.

—No, White. La has despertado —dije y mi erección dentro de ella volvió a reaccionar—, pero ahora con un hambre distinta —aclaré y gimió en respuesta.

—¿Todavía quieres matarme? —preguntó con picardía y lamí su labio, empujándome una vez más, pero lento dentro de ella.

—Sí, pero de placer —aseveré y su gemido me dijo que se entregaría a los brazos de la muerte con gusto.

Estaba valiendo la pena arder con él mientras duraba el juego.

CAPÍTULO 41

No eres un juego

ELIJAH

Solo cuando de verdad me sentí más calmado y sin ganas de asesinar a alguien, dejé de follarla, aunque la segunda y la tercera vez ya no fui brutal con ella, pero sí rudo.

Y gracias a que *expulsé un poco de mi veneno* dentro de ella, no volví a enfurecerme cuando le llamé a Connor para saber si vieron huir a la rubia y me respondió que no. Sin embargo, se encargó de desplegar a un buen grupo de nuestros hombres para que hicieran una búsqueda intensa de la traidora.

—No te atrevas a decir algo o te juro que no saldremos esta noche de aquí —le advertí a Isabella y sonrió.

Negué con la cabeza un tanto divertido al darme cuenta de que mi amenaza solo la incitaba.

—Sé que apenas nos conocemos y que desconozco todo de tu pasado, pero intuyo que no ha sido tan bueno y, por lo mismo, tiendes a actuar así. Sin embargo, lo que te dije hace un rato no fue solo para calmarte —habló de todas maneras y solo bufé—. Tengo fe en ti y puedo asegurar que no eres como esas personas que te jodieron la vida. No manchas tus manos de sangre inocente, Elijah y menos por venganza —añadió con convicción y me reí.

Se acomodó el cabello en un moño flojo mientras tragaba con dificultad al ser consciente de mi reacción y, tras abrocharme el cinturón, caminé hacia ella y le tomé la barbilla.

—Y lo que yo te respondí no fue una respuesta vaga, Bonita —dije y me incliné para darle un beso en los labios—. Te vas a decepcionar cuando te des cuenta de que sí soy ese tipo de hombre, así que mejor hazte a la idea de que estás follando con un hijo de puta tan miserable como esos que me jodieron la vida —recomendé y se limitó a mirarme a los ojos.

—Sé que si me hubiera acostado con uno de ellos no se habría controlado como tú en un estado como en el que entraste —insistió y eso me hizo reír más.

Las marcas rojas en su cuello y en su culo podían decir lo contrario. Yo no me habría controlado si ella no me hubiese seducido, ya que matarla por haberme jodido la venganza era todo lo que deseaba, pero no dije nada y solo le besé la frente.

—Si hubieras estado con uno de ellos en especial, te habría hecho el amor a diferencia de mí —confesé y vi en sus ojos que trató de descifrar lo que quise decirle.

Pero pasado unos minutos, suspiró conforme, creyendo que solo se lo dije porque lo nuestro se limitaba a un juego donde el placer era el único protagonista cuando, en realidad, le hablé con la verdad.

—Elijah, yo sé que...

—Vámonos, White —pedí cortando lo que sea que diría. Tras tomar nuestras armas y asegurarnos que no dejábamos nada, la conduje hacia mi motocicleta.

Dejamos el coche de la rubia tirado en el estacionamiento y medio sonreí al verla por el espejo hacer una mueca cuando se sentó detrás de mí.

—¿Te sucede algo, White? —pregunté burlón mientras me ponía el casco.

—Idiota —bufó, pero la vi sonreír cuando ella se colocó el suyo y solo negué.

Los cachetes de su culo en carne viva lucían preciosos y apetecibles. Y esperaba que eso le sirviera de lección para no volverse a meter en lo que no le importaba, puesto que esa noche lo dejé pasar, pero no respondía si había una siguiente.

Era pasada la media noche cuando llegamos al búnker y, como lo supuse, los chicos nos estaban esperando. Connor y Tess estacionaron junto a mi moto minutos después y el primero se encargó de darme toda la información necesaria antes de que entráramos.

—No encontramos a Brianna, así que suponemos que los Vigilantes lograron rescatarla. Sin embargo, nuestros hombres se mantendrán vigilando la zona —avisó Connor e Isabella me miró con sorpresa, pero no dijo nada.

Era mejor así.

—Luca está encerrado en una bartolina del búnker, tal cual lo pediste —añadió mi hermana con voz cortante, tan fría como yo cuando lo requería.

—¡Por Dios! ¿Vas a seguir con esto? —inquirió Isabella y no le respondí.

—Al menos no decidió asesinarlo antes de investigarlo —me excusó Tess y la castaña se sorprendió ante eso.

—Hemos sufrido una traición, Isa. No nos vamos a quedar de brazos cruzados cuando ese hecho casi condujo a la muerte de nuestros amigos —le recordó Connor y solo en ese momento, ella entendió el punto.

Se dio cuenta de que lo que evitó no solo fue algo personal de mi parte.

—Ya has conocido otro punto de vista que no es el mío, así que deja de creer que estás en una ONG, White. Aquí matamos y nos defendemos cuando es necesario —añadí dando por zanjado ese tema. Se limitó a tragar con dificultad y evitar mi mirada.

Y sí, yo podía tener deudas personales, pero el daño colateral también lo pagaba mi equipo, así que esperaba que dejara de joder con eso de que me veía diferente a mis enemigos.

Sin decir una palabra más, entramos al búnker. El lugar se encontraba escondido y bien asegurado en la ciudad, así como adecuado con todas nuestras necesidades como nuestro cuartel en Richmond, aunque en ese momento los sistemas de bloqueo estaban siendo reiniciados, por lo que uno de los miembros se encargó de abrir la puerta luego de que Tess le diera una clave hablada.

Como lo supuse, los demás todavía estaban en guardia cuando llegamos. Encontramos a Evan lúcido y con varias bandas de sutura en el rostro. Isabella llegó de inmediato a él y lo abrazó con cuidado de no lastimarlo. Negué al verla siendo tan amistosa, aunque lo dejé pasar y me concentré en escuchar a Connor dándome información sobre lo que habían investigado de Luca.

Según su explicación, el tipo no opuso resistencia a la hora de ser apresado y hasta estaba colaborando de buena fe, entregándole todas sus claves para que investigáramos toda su vida. Sin embargo, su tranquilidad no me hacía descartar una posible traición, ya que me habían enseñado a cuidarme del lobo que lamía y no del que mordía.

—¡Jesús! Elliot. —Escuché a la castaña gritar y la busqué con la mirada justo cuando corrió hacia mi primo y él la recibió con los brazos abiertos.

Parecía el típico cliché de los enamorados reencontrándose luego de una situación peligrosa. Él incluso la levantó del suelo en cuanto la abrazó y ella envolvió los brazos en su cuello como si se estuviera aferrando a la vida.

—¡LuzBel, joder! No hagas una locura —se quejó Connor al verme caminar hacia ellos.

No me detuve.

Podía pasar que fuera tan amigable con Evan, pero por encima de mi cadáver actuaría de esa manera con Elliot frente a mis narices y, sobre todo, en mi estado. Pues mi furia solo se estaba adormeciendo tras lo que pasó, y ver a esos dos la hizo despertar, dándome un blanco perfecto para dirigir mi frustración.

Y según veía, al imbécil le gustaba jugar a la ruleta rusa con la muerte, ya que notó mi atención en ellos cuando se separaron e incluso así, tuvo el atrevimiento de acariciar la mejilla de la castaña y no solo eso; asimismo, acercó su maldito rostro a ella con la intención de besarla, lo que mandó a la mierda el poco autocontrol que había conseguido.

—¡Jesús! —Escuché que exclamó Isabella justo cuando cogí a Elliot de la cazadora y lo hice retroceder.

Lo empujé con violencia, pero él bloqueó los pies en el piso y solo retrocedió un paso.

—Tan mierda te trata la vida que ruegas porque te mate, eh —dije.

—¿Crees que será fácil, hijo de puta? —me provocó, dando un paso hacia mí.

Lo enfrenté, cara a cara y nariz con nariz, manteniéndonos firmes, viéndonos a los ojos y prometiéndonos que en algún momento nos mataríamos como tanto deseábamos.

—No vuelvas a ponerle una mano encima a esa chica y menos frente a mí o te haré pedazos, maldita mierda —espeté.

—Chicos, por favor —suplicó Isabella, pero ambos la ignoramos.

—¿Y con qué derecho me exiges eso, LuzBel? ¿Cómo siquiera te atreves a amenazarme con no tocar a una chica que hasta hace poco fue mi novia?

—Justo por eso. Ya no es tu novia —le recordé y golpeé su pecho con mis palmas, pero de nuevo, no retrocedió mucho y sonrió de lado, enfrentándome.

—¿Y es la tuya? —inquirió—. ¿Has enviado a la mierda tus límites? —continuó, volviendo a poner su cuerpo al ras del mío.

—Salgan de aquí —le pedí a los demás antes de responderle.

Elliot alzó la mandíbula tomando mi desafío y ambos vimos que nadie se movió. Se quedaron a nuestro alrededor, alertas con lo que sucedería.

—¡Salgan de una maldita vez! —espetó él. Su gente también estaba presente, pero ninguno se movió hasta que Isabella asintió en señal de que era mejor que nos dieran privacidad, ya que lo que estábamos a punto de discutir no les importaba.

—Y no, imbécil, no es mi novia —respondí cuando estuvimos solo los tres—, pero tampoco necesito que lo sea para...

—Ya, Elijah. Por favor, paren de pelear —rogó la castaña y fue mi turno para sonreírle a Elliot cuando intuyó por qué su ex me detuvo.

—¿Elijah? ¡Joder, ya usas su nombre! —ironizó viendo a Isabella y ella tragó con dificultad.

Odié que ella se comportara así, como si necesitara su aprobación para hacer lo que se le diera la gana conmigo.

—¿Cómo conseguiste ese privilegio? —siguió cuestionando ese imbécil y hasta yo fui capaz de notar que no lo hizo para dañarla, sino como rogando para que no fuera lo que imaginaba.

Esperé a que Isabella respondiera, dándole la oportunidad de que se lo dijera ella, pero calló y noté su vergüenza y eso me enfureció más que cuando evitó que matara a la puta traidora.

—En mi cama —respondí por ella y la escuché jadear, pero el rostro lleno de dolor de Elliot evitó que la mirara— mientras la hacía mía.

—Maldito miserable —gruñó antes de irse encima de mí y lo recibí gustoso.

El primer puñetazo llegó a mi rostro y se lo devolví justo en la otra mejilla, alzando los brazos en modo de bloqueo cuando él me lanzó una serie de golpes que conseguí evitar. Luego vino mi turno de atacar de nuevo y golpeé sus costillas, esquivando sus patadas hasta que nos fuimos a una lucha de cuerpo a cuerpo que terminó con Elliot en el suelo.

Y como desde hace mucho el honor entre nosotros se había ido a la mierda, lo ataqué desde mi posición sin darle la oportunidad de que se levantara, y a duras penas logró contenerme con los pies hasta que encontró su oportunidad de derribarme y recibí un par de puñetazos tumbado en el piso. Sin embargo, conseguí girarme a un lado para alejarme y, al apoyarme en una rodilla para ponerme de pie, me lanzó una potente patada que evité al bajar el torso.

—¡Por Dios! Ya basta —gritó Isabella, colocándose en el medio cuando nos dimos una tregua para poder respirar.

Elliot sangraba de la nariz y yo sentí el sabor metálico en mi boca, así que escupí rojo y me limpié con el dorso de la mano.

—Cometiste el peor error de tu vida al ponerla a ella en el medio de nuestros putos problemas —gruñó Elliot hacia mí.

—La pusiste tú, maldita mierda. Yo solo tomé lo que ella me quiso entregar a mí —largué.

—No tienes ningún derecho a humillarme de esta manera, LuzBel —rugió Isabella, girándose para enfrentarme.

El dolor en su voz era palpable, mas no me importó porque pudo decirle lo que pasaba en lugar de hacerme sentir como si pretendiera seguir ocultando lo que sucedía entre nosotros, como si yo fuera a permitir que me mantuviera como un puto secreto mientras ella seguía suspirando de amor por ese malnacido.

—¿Humillarte? —inquirí y sentí una punzada de dolor en el costado derecho cuando respiré—. Dejarle las cosas claras a este pedazo de mierda no es humillación, Isabella. Simplemente le estoy aclarando cómo son las cosas ahora y si no quiso entender mi advertencia por las buenas, lo hará las malas —advertí.

—¿Qué quieres que entienda, puto aprovechado? —espetó Elliot—. ¿Que te la tiraste para vengarte de mí? —soltó y bufé divertido.

—¿De qué estás hablando, Elliot? —preguntó ella y alcé una ceja.

—¿Siquiera le dijiste por qué la metiste en este juego? —siguió Elliot y rio burlón cuando lo enfrenté con la mirada y me quedé en silencio.

Bien, que ella se enterara de mi venganza de esa manera no me lo esperaba.

—¿Elliot, de qué estás hablando? —suplicó Isabella de nuevo y sentí el miedo en su voz.

—¿Qué te dijo para convencerte de que te acostaras con él? —le preguntó en cambio y ella alzó la barbilla.

—No es lo que le dije, sino lo que le hice —aclaré yo.

—¡Ya, LuzBel! —me exigió ella—. Y no, Elliot. No me ha prometido amor si es lo que piensas. Hemos dejado claro que esto solo es un juego —respondió, cogiendo valor gracias a su furia.

—No, Isabella. No eres un juego porque si siquiera fueras eso, entonces este pedazo de mierda te habría follado porque le gustas —espetó él con dolor y desesperación.

—Cuida tus palabras —le advertí yo y me ignoró.

—LuzBel se obsesionó contigo porque se enteró de que eres mi novia y ha buscado joderme desde hace un tiempo, así que solo eres su maldita venganza contra mí —zanjó y ella jadeó con sorpresa.

—No —susurró, sacudiendo la cabeza con obstinación, negándose a creerle.

—¡Sí, Isabella! —rugió desesperado.

—¡No, Elliot! LuzBel no es... no es...

Se quedó en silencio de pronto y me enfrentó con la mirada, negándose a creerle a él, pero supuse que también pensando en todas las veces que le dije que no confiara en mí, que no me tuviera fe porque podía ser peor que cualquiera de mis enemigos y maldije porque, aunque en algún momento yo mismo le diría la verdadera razón por la que deseé desflorarla, no quería que fuera de esa manera.

—Elijah, tú no... —Tragó con dificultad antes de continuar y maldije en mi interior.

Esa era mi oportunidad perfecta para deshacerme de Elliot, lo estaba destruyendo como tanto había deseado y solo era necesario que sacara el arma de mi cinturón para dar el tiro de gracia, pero por alguna razón, la reacción de esa chica me dejó paralizado por unos segundos.

—¿Es cierto? —logró preguntar con la voz entrecortada y sus ojos se cristalizaron.

No respondí de inmediato, solo la miré y solté el aire que ni siquiera sabía que estaba conteniendo mientras pensaba en mi siguiente movimiento y observaba a Elliot cada pocos segundos, viéndolo derrotado, dolido y decepcionado porque su reina decidió proteger al rey del otro lado del tablero.

—¡Responde de una maldita vez, LuzBel! —exigió Isabella, tratando de contener las lágrimas.

«Planea tu jugada, pero no la reveles».

Esa frase que una vez me dijo mi abuelo mientras jugábamos ajedrez llegó a mi cabeza. Y desde que entré al mundo de Grigori, la apliqué en todo lo que ejecutaba.

«Déjalos que te subestimen y cuando sea tu turno, muestrales quién eres», añadía en cuanto estaba a punto de ganar la partida y lo entendí el día que llegó mi turno y creyeron que me destruyeron.

Había planificado cada uno de mis movimientos desde el día que me levanté de aquella camilla de hospital, sabedor de que mi momento llegaría. Conseguiría ganar la partida sin importar qué o quién, por eso arrastré a Isabella, dejándole claro que lo nuestro solo sería un juego, sin revelarle el origen de mis movimientos.

Porque así era el juego, ¿no?

Quería ganar y, para conseguirlo, tuve que derrocar a la reina, porque de esa manera conseguiría moverme en silencio para hablar solo cuando fuera el momento de decir *jaque mate*.

—Te advertí que te ibas a decepcionar —respondí al fin, viendo en sus ojos el dolor que le provocaron mis palabras—. Te dije que no confiaras en mí, Bonita. Así que espero que ahora al fin entiendas que el diablo antes de ser diablo, fue ángel. Y judas antes de ser traidor, fue discípulo —añadí.

Y la decepción que nubló sus ojos me hizo sonreír, pero no estaba seguro si lo hice por gusto o resignación.

CAPÍTULO 42

Jamás serás ella

ELIJAH

Yo sabía que Isabella podía ser impulsiva a veces. Y también letal, eso ya estaba claro. Aunque por muy consciente que estuviera que siempre se ponía a mi nivel, jamás esperé su reacción siguiente.

—¡Puta mierda! —gruñí y reí a la vez como un psicópata al estar tumbado sobre mi espalda en el piso.

No lo vi venir; por el contrario, esperaba que se pusiera a llorar como una bebé dolida por lo que acaba de descubrir. Que sollozara y me preguntara por qué, esperando una explicación creíble de mi parte para luego perdonarme y seguir adelante, pero no.

Jodidamente no.

Gruñí de nuevo de dolor y me cubrí el rostro. Me había propinado un puñetazo que me tomó desprevenido y me envió al suelo. Y, sin perder la oportunidad, se colocó a horcajadas sobre mí y me atizó más golpes con el puño sólido y apretado.

No me estaba golpeando como una chica normal dolida, lo hizo como la profesional que era: con furia, odio y asco y no la detuve porque estaba consciente de que lo merecía; eso y más para ser honesto, así que tampoco me defendí. Permití que se desahogara y acepté gustoso su reacción, ya que una vez más, la chica no me decepcionó y al final, actuó de acuerdo con su altura.

—¡Maldito, hijo de puta! —escupió cuando Elliot consiguió sacarla de encima de mí—. ¡Te odio, LuzBel! Te odio como nunca creí odiar en la vida —siguió, sacudiéndose para tratar de zafarse de los brazos que la apresaban, pero no lo logró.

Miré hacia el techo y negué con la cabeza, todavía riendo y respirando con dolor y dificultad. Ella continuó gritando cuánto me odiaba y evité responderle, tratando a la vez de ponerme de pie, pero maldije al sentarme cuando un mareo me atravesó.

Mierda, la chica tenía un buen juego de brazos y una potencia increíble. Entonces entendí por qué noqueaba con facilidad a sus contrincantes.

—Ya, Isa. Cálmate —dijo Elliot y gruñó cuando Isabella, en su intento por zafarse, lo golpeó también.

—Y una mierda que me calme. Este hijo de puta se merece esto y más —continuó ella desahogándose y la miré al conseguir ponerme de pie, limpiándome la nariz al sentir el hilo de sangre que descendía de una de mis fosas nasales—. Te odio, malnacido.

—¿Me odias por usarte para vengarme de este puto cobarde? —pregunté con ironía y escupí la sangre de mi boca—. Estás tan molesta ahora y lo entiendo, pero no te pones a pensar por qué te usé como mi mayor venganza, White —señalé con tranquilidad y sonreí al ver el miedo en el rostro de Elliot.

Sí, pedazo de idiota. Había llegado de nuevo mi turno para mover mis piezas en el tablero.

—No solo estoy furiosa, sino también decepcionada —largó Isabella y gracias a mis palabras anteriores, logró soltarse de Elliot.

—El que avisa no es traidor, Isabella. Y yo te dije que no confiaras en mí. Te advertí que te ibas a decepcionar si me idealizabas como lo estabas haciendo, pero aun así lo hiciste —señalé y alzó la barbilla, respirando agitada y con dolor.

—No tenías ningún derecho —dijo entre dientes.

—No, no lo tenía, Bonita. Pero tampoco desaprovecharía mi oportunidad y, para mala suerte tuya, fuiste ese daño colateral inevitable —acepté con frialdad.

—Eres una mierda, LuzBel —siseó Elliot al percatarse del dolor de Isabella y lo miré gélido.

—Y tú un puto hipócrita —devolví y se tensó—. ¿Qué? ¿Te duele que dañe a quien amas? —inquirí con ironía y apretó tanto los puños que sus nudillos se volvieron blancos—. Porque si saber que me follé a tu chica te está destrozando, no quiero ni pensar cuánto disfrutaría si te obligara a ver cómo la maltratan frente a tus narices para luego asesinarla.

—¿Pero qué clase de enfermo eres? —espetó Isabella y comencé a reírme con verdadera diversión.

—¡Joder! Pero si has estado con uno en una relación de cuatro años, Bonita. ¿Por qué te sorprendes? —me burlé y me miró sin entender—. ¡Ah! Ya lo recuerdo. Tu noviecito se mostró siempre ante ti como un ángel, ¿cierto? —seguí con el mismo tono burlón.

—No intentes llenar a otros con tu mierda —exigió ella con voz contundente y solté una carcajada burlona.

—Joder, hombre. ¿Acaso no sientes vergüenza de que tu chica te defienda así? —enfrenté a Elliot y solo calló.

Su respiración acelerada me mostró la desesperación que estaba sintiendo y comencé a caminar alrededor de ellos, como un león disfrutando de jugar con su presa.

Y sí, en mi interior lamentaba dañar a Isabella, incluso me incomodaba que me mirara con tanto odio como en ese momento lo hacía, ya que así la hubiera seducido por venganza, era una chica con la cual disfrutaba y no quería dejar de hacerlo.

¿Sinvergüenza de mi parte? Tal vez. Pero era la verdad. Lo nuestro comenzó como una venganza que se convirtió en un juego del que ambos nos estábamos haciendo adictos por muy decepcionada que se sintiera de mí ahora mismo.

—Vamos, primo, demuestra que no eres parte de mi familia solo porque el destino quiso premiarte con mi sangre —lo reté y la castaña alternó su mirada entre él y yo—. Y ten las bolas para decirle a Isabella por qué la utilicé como mi mayor venganza contra ti. Hazlo o lo haré yo —advertí.

—No te atrevas. Eso no te corresponde —espetó él y comencé a reírme de nuevo.

Isabella lo miró con sorpresa cuando lo escuchó y yo me mantuve caminando alrededor de ellos hasta que me posicioné frente a Elliot.

—¿Y a ti sí te correspondía decirle sobre mi venganza? —ironicé.

—Dejen los malditos juegos y habla de una vez, LuzBel —exigió Isabella con voz rasposa, intentando controlarse y dirigiendo su decepción hacia Elliot esa vez—. Si él no tiene las bolas, tenlas tú y dime por qué carajos me has usado —añadió, quebrándose en las últimas palabras y el corazón se me aceleró un palmo.

Miré a Elliot y vi su impotencia, sus ganas por echarse al hombro a la chica para sacarla del búnker antes de que destruyera con mis palabras el pedestal donde ella lo había puesto, pero conteniéndose porque así no deseara que ella supiera la verdad al fin, tampoco era capaz de impedirlo.

E imaginé que liberarse del remordimiento con el que cargaba al haberle fallado, ya lo estaba llevando al límite.

—¡Habla! —pidió Isabella queriendo mantenerse fuerte, pero su dolor la estaba dominando.

—La advertencia que te di para él no fue solo para marcar mi territorio y sé que no eres tan estúpida como para no haberlo entendido, White, pero supongo que obligarte a creer o a ignorar la verdadera razón te salió más fácil. ¿O creíste que merecías cualquier cosa que Elliot pudo haber hecho solo porque te sentías culpable por lo que te permitiste conmigo? —comencé y ella contuvo la respiración.

Elliot negó rendido y dolido a la vez porque con mis palabras, no solo lo estaba exponiendo a él, sino también a ella. Isabella sonrió sin ganas, observándolo todavía culpable a pesar de lo que pasaba, cosa que me enfureció.

Los errores no eran para lamentarlos, sino para asumirlos, enfrentarlos y aprender de ellos y esa chica necesitaba entenderlo de una jodida vez.

—Y no, White. No siempre he tenido un corazón de hielo como lo aseguras. Ya me enamoré una vez…, o al menos creí estar enamorado —admití y vi la sorpresa de Elliot por entender en ese momento que sí estaba dispuesto a darle una explicación a la castaña.

Bien podía dejarle las explicaciones a él y limitarme a decirle a Isabella la razón principal por la que la arrastré a nuestra mierda, pero como ya dije, comencé como una venganza con ella, pero en el camino empecé a disfrutarlo y por eso le propuse mi juego.

Así que en honor a los buenos polvos que me daba, se ganó una explicación extensa de mi parte.

Por eso y porque tampoco me hacía una puta gracia que ella creyera que yo era el único malo en ese cuento. No, joder. Quería que entendiera que muchas veces el lobo actuaba en consecuencia de los golpes que recibía y que su ángel solo era otro demonio tan miserable como yo, disfrutando del paraíso que ella podía proporcionar.

—En un mes se cumplirá un año desde la última vez que estuve con ella. Su nombre era Amelia —continué y la garganta se me secó ante aquellos recuerdos que llegaron a mi cabeza. Isabella me observó con amargura y sorpresa y fue irónico que Elliot la imitara—. Sí, White. Hubo un tiempo en el que creí en los sentimientos, en el que fui vulnerable a causa de eso —acepté satírico—, pero creo que con mi primo tenemos el mal hábito de fijarnos en las mismas chicas. ¿Cierto, Elliot? —me burlé.

—No, LuzBel. Sabes que eso no es así. Amelia ha sido la única excepción y es Isabella quien lo ha pagado, pero no comprenderías mis razones —aclaró con la voz ronca e Isabella lo miró incrédula ante lo que estaba admitiendo.

—¿Qué no comprendería? —pregunté con desdén tras su estúpida respuesta—. ¿Que tu maldita hipocresía va más allá de lo que se puede imaginar? ¿Que fuiste un cobarde desleal que puso sus malditos ojos en mi chica? ¿Que no solo la conquistó y se la tiró, sino que también luego de jugar con ella la entregó a mis enemigos para que la asesinaran frente a mi maldita cara? —solté con odio.

—¡Oh, mi Dios! —jadeó Isabella llevándose una mano al pecho y otra a la boca para contener un sollozo tras escucharme.

—Isabella...

—No te atrevas —espetó ella cuando él intentó acercarse y sonreí satisfecho ante la decepción con la que lo miró.

Sus ojos seguían desorbitados por la sorpresa que se llevó y, sobre todo, al ser consciente de que Elliot nunca negó mis acusaciones. Me miró luego a mí en busca de una pizca de mentira, casi rogándome con los ojos para que le dijera que solo estaba jugando con ambos, pero me limité a sonreír y encogerme de hombros.

—Sorpresa —dije lacónico—. Llevamos lo hijos de puta en la sangre, supongo —añadí y se cubrió la boca con ambas manos esa vez para contener de nuevo el sollozo, aunque las lágrimas ya brillaban en sus ojos.

La punzada de dolor que me atravesó al respirar ya no se debió a que era posible que Elliot me hubiera fracturado una costilla en nuestra pelea, sino a la incomodidad que me embargó al verla tan dolida.

Al hacer mis movimientos en ese juego, creí que derrocar a la reina de ese malnacido sería pan comido, pero en ese instante me di cuenta de que no se sentía tan placentero dañarla.

—Sé que de nada sirve y a lo mejor no me lo vas a creer, pero pensaba decírtelo, White. No de esta manera, por supuesto, aunque premedité tu reacción y era lo que buscaba. Sin embargo, ahora que está pasando, debo decir que lo siento por ti —admití y sonrió sin gracia.

—No sé ni por qué me sorprende que seas capaz de superar tu maldita imbecilidad —musitó dejando que una lágrima rodara por su mejilla.

—Siempre espera más de las personas, sobre todo lo malo —dije y tragué con dificultad al verla mordiéndose el labio para no soltarse a llorar—. Sonará cliché, pero no eres tú.

—Ya para, hijo de puta —exigió Elliot y vi cómo se contuvo de no llegar a ella.

Lo ignoré.

—No lo merecías, White —repetí—. Sin embargo, al descubrir cuánto te ama este hijo de puta, porque lo hace y no le quito ese mérito; folló a mi chica, mas no dejó de amarte —ironicé sin dejar ir el tema—. Pero volviendo al punto, al ver ese amor que siente por ti, vi la oportunidad perfecta para vengarme de lo que me hizo, de lo que me arrebató. Tú solo estuviste en el lugar equivocado y te utilicé.

Sabía que estaba siendo crudo, pero no lo hice para dañar a Elliot (al menos no en ese instante) y menos a ella. Fue porque así Isabella me odiara por eso, sabría la verdad por mí y frente a él para que no hubiese oportunidad de que el maldito tergiversara todo a su favor.

—Ya, para por favor —suplicó de pronto y me tensé al verla perder el control.

Mierda.

Comenzó a llorar y sollozar cual niña herida, resentida por los regaños de ese padre que siempre tuvo solo mimos para ella. Me enfadó la necesidad que me embargó de tomarla entre mis brazos y consolarla. Me puso furioso la incomodidad que corroyó mi piel y que la venganza que estaba obteniendo, se sintiera tan amarga en lugar de dulce, ya que se suponía que debía disfrutar de ese momento al máximo y no sentirme tan miserable pues, ni siquiera el rostro contrito de dolor por parte de Elliot, me satisfizo.

—Nena, te prometo que todo tiene una explicación. Yo...

Esa vez, Isabella dejó que él se acercara solo para recibirlo con un puñetazo que lo hizo gruñir de dolor, y ni siquiera ese hecho me provocó deleite.

—Hemos estado juntos desde hace cuatro años —rugió ella con dificultad por las lágrimas que la atragantaban—. No solo traicionaste a tu familia, Elliot. Me traicionaste a mí, a mí que decías amarme tanto —le reclamó con dolor.

—Puedo explicarlo, amor —rogó él.

—¡Vete a la mierda! —Lloró más—. Ambos son dignos de ser familia. Y no, no solo comparten la sangre, sino también la cobardía —añadió recobrando la fuerza—. Los dos son unos hijos de puta malnacidos, pero más tú, idiota, porque yo te amaba y te importó un carajo. Me traicionaste igual —zanjó herida.

—Sí, lo sé. Te traicioné, pero así suene estúpido, yo tengo una razón de peso —explicó él y eso sí que me hizo reír—. ¿Y tú la tienes? —inquirió con amargura y ella lo miró estupefacta— Porque dejando el karma de lado, me traicionaste cuando conociste a LuzBel. ¿Cuál es tu razón? —la enfrentó.

—Yo podría darte varias —satiricé como un cabronazo.

—Por estúpida y ciega —soltó Isabella con toda la intención de que sus palabras nos acuchillaran—. Porque me dejé llevar por un patán con ínfulas de dios que, como otros, resultó ser solo un charlatán que habla más de lo que provoca —dijo y crují mi cuello.

Bien, pequeña diabla. Eso me caló.

—¿Y lo ves hasta ahora? —inquirió Elliot.

—Sí, así como hasta ahora veo al maldito hipócrita con el que estuve por cuatro años —devolvió y solo porque estaba repartiendo parejo, mantuve la compostura.

Era su momento y la dejaría gozarlo.

—Joder, Isabella. Tienes que entender que…

—Entregarme a LuzBel fue un error, Elliot. Pero entregarme a ti hubiera sido peor, ya que al menos él desde un principio dejó claro que no me amaba ni me amará. Me ofreció un juego, aunque haya escondido su venganza, mas no me prometió amor ni juró que yo era la única en su vida —siguió Isabella.

Mierda. No deseé estar en los zapatos de Elliot en ese momento. Isabella influenciada por la ira y el dolor, convertía su lengua en cuchillas filosas.

—¿Y tú? ¿Qué harás hoy? ¿Me entregarás a los enemigos de tu primo para que me maten frente a él? —me preguntó a mí con desdén sacando fuerzas de no sabía dónde—. Es lo que falta en tu lista, ¿no?

—No hay necesidad, Isabella. Su enemigo soy yo y con llevarte a la cama ha sido suficiente —le aseguré y apreté la mandíbula—. Además, nunca he querido matarte. Quiero matarlo a él.

—¿Y eso te devolverá a Amelia? —inquirió con desdén—. Porque hasta el más estúpido puede darse cuenta de que lo hagas o no, ella seguirá donde supongo que está: a tres metros bajo tierra —se burló y sentí la locura tirando de mí por su osadía.

—Porque solo la mencionen, he estado a punto de matar, White. Así que cuida tus malditas palabras —advertí.

—No cuido nada, LuzBel. Si yo te escuché, tú me escuchas —sentenció y apreté los puños, trabajando en mi respiración para no perder mi mierda—. Te metiste entre mis piernas porque yo así lo quise. Te dejé hacerlo —aclaró con dureza—. Y a menos que Elliot me haya engañado también en eso, sé que no es un violador, así que, para llevarse a la cama a *Amelia*, ella tuvo que permitirlo. Lo deseó como yo te deseé a ti.

Hizo tanto énfasis en su nombre, que estaba a punto de hacer explotar mis muelas, sobre todo porque su puta aclaración fue como una baldada de agua fría con cuchillas que sirvieron para abrir una herida que creí cerrada.

—Y para ser sincera con ambos, lo que más me decepciona de la mierda que han hecho juntos, es saber que fuiste capaz de entregarla para ser asesinada —mintió, observando a Elliot. Estaba seguro de que no era eso lo que le dolía más.

Aunque en ese instante me había provocado tanto, que solo deseé que le siguiera doliendo como me dolía a mí volver a los recuerdos.

—No hice nada que este imbécil no hubiera hecho en mi lugar —aseveró Elliot perdiendo el control y arrastrándome a mí.

—No, hijo de puta, no trates de compararte porque bien sabes que si tú no me hubieras traicionado como lo hiciste, jamás habría incitado a nada a Isabella sabiendo que era tu novia —dije y él sabía que no mentía.

No siempre fui un hijo de puta sin honor, no con mi familia. Y lo consideraba como tal meses atrás, aunque no nos lleváramos bien.

—Ella era una Vigilante, Isabella —le dijo como si eso fuera razón suficiente para hacer lo que hizo—. Y no, no los traicioné solo por el simple placer de hacerlo —aclaró para ambos y solo me reí.

—Dame una razón que valga la vida de Amelia —le exigí y su pecho se movía con brusquedad por las respiraciones aceleradas que tomaba—. Dámela, Elliot.

Hazme entender que no fuiste tan miserable con una chica que no se lo merecía, porque según lo que yo conocía de ti, el Elliot de antes no se hubiera amedrentado solo porque yo podría descubrirlos follando a mis espaldas —añadí y él cerró los ojos con desesperación.

—Algún día comprenderán que tuve que hacerlo —declaró cansado, pero ya no me importaban sus razones—. Algún día entenderás que por ti soy capaz de ir en contra de mí mismo si me lo exigen —añadió para Isabella.

Ella se limpió las lágrimas con brusquedad.

—No quiero que sea algún día, Elliot. Necesito saberlo ya para no decepcionarme más de ti —pidió ella y dejó que él se le acercara para acariciarle la mejilla.

Me tensé cuando con el pulgar, dibujó una equis sobre los labios de la castaña y, al asegurarse de que yo vi ese gesto, le dio un beso en la frente y se marchó aceptando su derrota. Lo hizo siendo el mismo cobarde de hace un año que decidió hacer una promesa para no cruzarse en mi camino antes de dar una excusa válida para meterse con la que era mi chica.

Mi cabeza se llenó con miles de preguntas sin respuestas, pero el llanto silencioso y la decepción más cruda que vi en el rostro de Isabella barrió con todas y cada una de ellas.

—Tan cobarde como recuerdo —dije entre dientes.

Ella me observó al escucharme y la enfrenté con la mirada, manteniéndonos así durante unos minutos que parecieron eternos, diciéndonos mucho y nada a la vez.

—Vaya que hay que ser muy hipócrita para querer matar a una chica que pecó igual que tú, ¿no crees? —dijo con voz filosa cuando se recuperó.

—No me compares, White. Esa maldita rubia es una traidora que casi logró que asesinaran a Evan y, por si lo has olvidado, también a Elliot —le recordé.

—¿Y acaso tu novia nunca te dio información que le permitiera a Grigori joder a los Vigilante? —inquirió y eso me tomó por sorpresa, algo que la hizo sonreír con júbilo—. ¡Ups! Parece que acerté, ¿no? —ironizó—. ¿O solo Brianna es traidora por venderlos a ustedes y Amelia una mártir que sacrificó a su gente para complacer a su novio?

—No sabes nada de Amelia, así que por tu bien no intuyas —advertí—. No vendió a los Vigilantes ni nos traicionó a nosotros y por eso la mataron —mascullé con impotencia, deseando que se callara y no se atreviera a hablar más de ese tema.

—Perfecto, le aplaudo —satirizó—. Aunque se olvidó de la fidelidad cuando conoció a mi novio, ¿eso no es traición? —cuestionó—. ¿O solo encontró a alguien que la follara mejor? Qué ironía, ¿no crees?

—Cállate —susurré.

—El karma puede ser una mierda, LuzBel. Mira que jugar así con nosotros... Bueno, yo no puedo comparar porque, para tu suerte, solo he follado contigo, ¿pero ella? Joder. Se comió a dos hijos de puta. Ahora la envidió.

—Si sigues revolviendo el fuego con un cuchillo, luego no te arrepientas —le advertí acercándome a ella y alzó la barbilla como toda una cabrona.

El corazón y la respiración se me habían acelerado y las manos comenzaron a hormiguearme con la necesidad de apretar algo hasta destruirlo.

—Con ella se te olvidó quitarte los sentimientos junto con la ropa, eh. No fuiste un hijo de puta con quien tendrías que haberlo sido. —Noté que esa era su forma de vengarse por lo que le hice, pero se le olvidaba que estaba pisando terreno minado—. Pobre de ti, le entregaste el corazón a la persona equivocada y cuando la mataron, se lo llevó con ella.

—Cá.lla.te —fraseé molesto y la tomé del brazo, presionándolo más cuando la vi sonreír con burla.

Estaba disfrutando mucho de su momento.

—¿Qué te duele tanto, LuzBel? ¿Haberte enamorado de una traidora? ¿O que ahora yo quiera probar lo mismo que…? —dejó de hablar cuando la tomé de las mejillas con una sola mano y presioné mi arma en su sien.

Estaba disfrutando tanto de joderme con las palabras, que ni siquiera notó cuando saqué la glock de mi cinturón.

Y no respondí, porque en ese momento no sabía si me dolían sus preguntas o me enfurecían, así como tampoco tenía respuestas para ninguna.

—Me entregué a ti, te di lo más preciado que las mujeres tenemos, algo que cuidamos con recelo y lo hice con gusto y placer, pero ten claro que no soy Amelia. —Quité el seguro del arma dispuesto a dispararle—. Fui tuya porque lo deseé, acepté este juego y lo disfruté. Has cumplido tu venganza, LuzBel, no te dejes consumir ahora por ella —recomendó.

Y como un completo imbécil que había perdido la cordura, me enfureció más que dijera que fue mía, como si el punto final entre nosotros ya hubiera sido escrito, además de que me jodía que encima de que se burlara de mí, terminara aconsejando sobre cómo llevar mi maldita vida.

—No, no eres Amelia, Isabella White y jamás serás ella —juré y sonrió con amargura—. Pero eres mía —le aseguré aflojando mi agarre y quitando el arma de su cabeza.

Se rio como una trastornada por lo que dije y no me importó.

—Nunca he sido tuya —aseguró y esa vez fui yo quien rio.

—Tu cuerpo siempre me dice otra cosa —le recordé.

—Hasta que pruebe que no eres el único en hacerlo temblar, LuzBel —devolvió y al ver que mi sonrisa murió de golpe, me guiñó un ojo y se dio la vuelta para marcharse.

Apreté la glock en mi mano viendo cómo balanceaba el culo de un lado a otro y estuve a punto de seguirla para demostrarle que el juego no había terminado, pero no era estúpido y supe reconocer que ese no era el momento, aunque sabía que llegaría tarde o temprano.

CAPÍTULO 43

Tendrás que arrastrarte por mi infierno

ELIJAH

Las semanas transcurrieron más lentas de lo normal y cada día mi desesperación aumentaba.

Elliot había vuelto a California por órdenes de Enoc al día siguiente de nuestro enfrentamiento en Washington, donde para mi maldita desgracia, terminé tan jodido como él, ya que las cosas no sucedieron como lo esperaba luego de que Isabella supiera la verdadera razón por la que me la llevé a la cama.

Fue todo lo contrario.

Por un momento, creí que ella dejaría de hablarme, pero me sorprendí cuando al siguiente día, actuó como si nada hubiese pasado y me habló cuando hubo necesidad de hacerlo. Sin embargo, si no tenía por qué recurrir a mí, optaba por tratarme con frialdad e indiferencia, dándome a probar por primera vez una cucharada de mi propia medicina y eso no me estaba sentando bien, aunque al principio me causó gracia, intuyendo como un completo imbécil que pronto le pasaría.

Y no la culpaba. La chica estaba en su derecho de aplicarme la ley del hielo, pero ya se estaba pasando de la jodida raya; por otro lado, habíamos confirmado que Luca no mintió y que era fiel a la organización, así que dejé ese tema a un lado.

Enoc llegó a la ciudad dos semanas después de la misión donde todo se fue a la mierda y, por un instante, cuando solicitó una reunión donde yo estaba incluido, creí que a lo mejor Elliot había abierto la boca y el tipo estaba negociando con mi padre cortarme la polla por haber jodido con su hija. Solo me tranquilicé al comprobar que, en realidad, quería un informe sobre lo que estaba pasando con Isabella como parte de la organización.

—Está muy bien entrenada, aunque a veces todavía cree que es parte de una ONG donde, en lugar de luchar para deshacerse de nuestros enemigos, piensa que puede rehabilitarlos —dije y padre me miró con cara de cierra la jodida boca, pero para nuestra sorpresa, Enoc se rio de mi comentario.

—Culpa mía, lo acepto —murmuró luego de darle un sorbo a su whisky—. La entrenamos desde niña, todavía lo sigo haciendo, pero nunca permití que conociera el lado malo de la vida incluso tras la muerte de Leah —aceptó y con padre fuimos conscientes del matiz de tristeza que recubrió su voz al mencionar a su difunta esposa—. Y está claro que quise matarte por haberla metido en Grigori, aunque ahora que lo he pensado con cabeza fría, creo que el destino lo quiso así.

—Será tu heredera, John, no podías pretender darle una responsabilidad como esta siendo una novata, ya que así Perseo y Bartholome te respeten, tener a una niña como fundadora heredera es lo último que esperan después de que Lucius y Aki nos traicionaron —explicó padre.

Isaac y Bartholome eran los otros dos fundadores originales de Grigori y entendí por qué padre le hizo ver eso a su amigo, puesto que a mí esos dos quisieron ponerme trampas para hacerme desistir cuando me postulé para el grupo élite de la asociación. Y aceptaba que los hijos de puta se manejaban con las tradiciones y enseñanzas que recibieron por parte de los Navy Seals. Así que para ellos solo quienes eran capaces de soportar esos entrenamientos merecían su respeto.

—Lo sé, Myles. Pero después de todo lo que pasamos con Leah, exponer a Isabella es lo último que queríamos. Sin embargo, tu heredero tenía otros planes y, por lo mismo, ahora se ha convertido en el protector de mi princesa —ironizó hacia mí y negué con la cabeza, pero la sonrisa por poco me delata.

—Dale mérito a tu princesa, ya que incluso yo, que sé la clase de hijo que tengo, puedo decirte que muchas veces es ella quien lo protege a él y no al contrario —comentó padre y lo miré incrédulo.

Pero no desmentí lo que dijo, pues yo sabía el poder que tenía; aun así, seguía siendo humano e Isabella me protegió cuando pudo. Incluso asesinó por mí y ese hecho nos había marcado a todos.

—Ella ha cambiado —murmuró Enoc de pronto, viendo a la nada y con padre lo observamos, esperando a que se explicara mejor—. Al principio cuando llegó aquí, creí que lo hizo para mal, pero desde hace unas semanas he notado que está volviendo a ser mi niña valiente. Como era cuando su madre vivía —dijo y tragué con dificultad, sintiendo la mirada de padre en mí.

«Sí, Enoc. Tan valiente como para restregarme en la puta cara que quería probar a otro hijo de puta importándole una mierda lo que pudiera hacerle como castigo», deseé decir, pero me mordí la lengua.

Me gustaba demasiado vivir y no me arriesgaría más.

—Hombre, me alegra que la estés recuperando al fin —dijo padre con sinceridad.

—Solo ten cuidado de no pasarte de la raya, querido compañero —dijo hacia mí y sostuve su mirada—. Porque podrá ser una hermosa mujer para ti, pero sigue siendo mi niña y te prometo por mi vida que si sobrepasas los límites que ella te imponga, no habrá juramento en este mundo que te salve de mi castigo.

—John —advirtió padre y él le alzó una mano, pidiéndole que lo dejara arreglarse conmigo, de hombre a hombre.

—No son necesarias las amenazas, Enoc. Llegaré hasta donde ella me lo permita —dije y escuché la maldición de padre.

«Y donde no, la coaccionaré hasta conseguirlo por su propia voluntad», pensé.

El tipo que había demostrado que dominaba ese juego, sonrió satírico ante mi respuesta y terminó de beberse el licor, sacudiendo la cabeza, divertido y pensando en algo que no nos compartió.

—Te daré el mismo consejo que me dio mi amada Leah hace años —*habló viendo el vaso de cristal que había dejado sobre la mesa. No lo interrumpí esperando a que él continuara*—. Cuando una mujer te permite o acepta jugar, es porque ya ha decidido cómo dejarte ganar... o perder —*añadió lo último con ironía y me limité a sonreír.*

—Yo nunca pierdo, querido compañero —*musité usando sus palabras*—. O gano o aprendo —*zanjé y su reacción fue solo mirarme.*

Aunque no supe identificar lo que hizo brillar sus iris.

Lo dejé de lado. Lo único que me importaba es que el hombre ya comenzaba a entender que así al principio me intimidara, en ese momento ya no.

Lo seguía respetando, pero no le temía.

—¿Vas a Grig esta noche? —preguntó Jacob cuando me encontró en el estacionamiento de la universidad.

Esas semanas estuve yendo al campus porque ya había cursado la mayoría de las materias requeridas para poder graduarme y nos convocaron a algunas reuniones. La pasantía obligatoria la hice en una de las empresas de mi padre, así que en un par de meses más cumpliría la promesa que le hice a madre de titularme. Me urgía dedicarme de lleno solo a lo que en realidad me interesaba.

Grigori.

—No creo, debo terminar los últimos detalles de mi trabajo de graduación —le dije—. ¿Irás con Elsa? —pregunté y me alzó una ceja, sorprendido porque solo la mencionara a ella y no a los demás.

—No tengo idea de si ella irá. Yo voy con los chicos y las nuevas integrantes de la banda —dijo y lo miré sin entender—. Tess, Jane e Isa —explicó llamando mi atención—. Se han convertido en nuestras nuevas compañeras de fiesta.

—Ten cuidado. Elsa tiende a ser bastante territorial cuando su interés amoroso se relaciona con personas que ella no tolera —le dije y me reí con burla al verlo sonrojarse.

—Ella y yo solo somos...

—Joder, hombre. Ni te atrevas a salir con esa mierda de que solo son amigos —advertí y vi que no supo cómo responder.

Tampoco lo culpaba. Yo había influido mucho a que creyeran que tocar a alguna de las chicas que estuvieron conmigo antes los llevaría a perder la vida si ponían sus ojos en ellas, pero Jacob era mi amigo, como ese hermano pequeño en realidad, aunque no se lo dijera en voz alta.

Que creyeran que los veía solo como mis súbditos resultaba mejor para la organización.

—Los he visto a ti y a Elsa cuando creen que nadie más les presta atención. He notado sus miradas íntimas y toques discretos, lo que me hace creer que están en algo y me sorprende que lo mantengas en secreto, para ser sincero —le dije y se rascó la cabeza, un poco tímido aún.

—Y yo que creía que me había vuelto un maldito sigiloso y por eso no te dabas cuenta —ironizó y me reí—. ¿No te molesta? —se animó a preguntar y negué con la cabeza, todavía divertido por su suposición.

—No importa lo que haya pasado entre ella y yo antes, Jacob. Elsa es una de las pocas personas a las que puedo llamar amiga y me alegra que esté en algo contigo y no con otro imbécil al cual deba investigar para asegurarme de que no quiere jugar con ella o usarla contra mí —admití—. Y tú eres uno de los súbditos en los que más confío, así que… espero que lleguen a algo serio en algún momento.

Él rio divertido y negó.

—Dylan, Connor, Evan y yo no somos solo tus súbditos, Idiota orgulloso. Sabemos que nos consideras tus amigos, tus hermanos en realidad, así que deja de fingir que no nos quieres —me chinchó y solo bufé en respuesta.

—Tú eres ese hermano al que quiero matar o mandar a la mierda cada vez que abre la boca —advertí y me miró orgulloso.

—Me haces sentir especial, viejo. Ese es amor del bueno —dijo, haciéndose el imbécil como siempre y llegó a mi lado para echarme el brazo sobre los hombros.

Me quité de inmediato. El idiota tenía el don de sacarme de mis casillas con demasiada facilidad.

—Ya, cariño. No seas arisco —dijo con voz melosa.

—Vete a la mierda —dije y soltó una carcajada.

—Ya, hombre —pidió, respirando hondo para dejar de reír—. Y sobre Elsa, todavía estamos viendo si algo funcionaría entre ambos, disfrutando el momento para ser sincero. Ella aún te ama y asegura que no quiere usarme para sacarte de su cabeza —confesó y me sentí un poco incómodo.

Al final de todo, esa pequeña loca no pudo evitar mezclar sentimientos, pero le dejé claro que no cambiaría de opinión para alimentar sus ilusiones. Nunca la amaría como ella esperaba, así que era mejor cortar por las buenas.

—Sabes lo que pienso sobre las relaciones, Jacob —le recordé.

—Nunca lo olvido, ni ella. Pero a veces los sentimientos hacen lo que les da su jodida gana como si tuvieran vida propia —explicó y sacudí la cabeza.

—Nunca me metería entre ustedes, espero que lo tengan en cuenta —añadí.

—Jamás se me pasó por la cabeza lo contrario. A diferencia de ti, no me da miedo admitir que eres ese hermano que siempre deseé, el que yo escogí. Y puedo jurar que nunca me dañarías —dijo con convicción y solo asentí.

Sabía que él tampoco me dañaría a mí.

Jacob era el menor de tres hermanos en su familia, pero sus padres siempre lo vieron como la oveja negra, sobre todo cuando se plantó ante ellos (luego de que su madre abandonara su hogar para formar otro) y les juró que por nada en el mundo seguiría la tradición familiar de convertirse en abogado como los demás Fisher, pues le parecía un chiste después de lo de su progenitora. Aunque solo consiguió que lo desheredaran.

Sin embargo, el idiota era un puto genio en la informática al igual que Connor y Evan, así que podía jurar que tendría un mejor futuro que los grandes abogados de su familia. Además, Grigori le daba lo suficiente para vivir su vida tranquila, así que no le quitaba el sueño desmerecer del dinero de sus padres.

—Entonces, ¿nos vemos en Grig esta noche? —quiso saber.

—No lo sé —dije.

—Aburrido —bufó y lo miré alzándole una ceja—. Igual, si cambias de opinión, estaremos allí a las nueve y treinta de la noche.

No le dije nada, solo me despedí de él con un asentimiento de cabeza y me fui hacia mi motocicleta.

No estaba de ánimos para enfrentarme a la castaña y menos con su nueva actitud. Me enervaba para ser sincero y no le daría el gusto de amargarme la noche. Así que opté por lo seguro, aunque por dentro, las ganas por ponerle las manos encima me mantenían tomando duchas frías a diario.

Por la noche me fui al cuartel para distraerme un poco luego de ver que Dylan había recogido en casa a Tess. Cuando les cuestioné por qué irían juntos, él aseguró que era el conductor designado y que mi hermana era la primera que le quedaba en el camino.

No le dije nada, pero lo miré con advertencia, lo que me hizo ganarme *halagos amorosos* por parte de mi hermana, esos que siempre tenía para mí.

Con ella las cosas estaban mejorando, habíamos hablado y tras enterarse de mi enfrentamiento con Elliot e Isabella, decidió que me perdonaría solo porque no le mentí a su amiga en el momento que tuve que decirle sobre mi venganza.

Le dejé claro que nunca le pediría disculpas en primer lugar, porque solo reaccioné en consecuencia a lo que ella me provocó, pero le importó un carajo y me pidió que siguiéramos adelante como los hermanos que tanto se amaban, cosa que me hizo reír con ironía.

Tras llegar al cuartel, me encerré en el estudio de tatuajes y comencé a dibujar un diseño que había estado rondando por mi cabeza durante días. Me sumergí en cada línea que tracé y luego en las sombras y el color hasta que dos horas después, me encontré sonriendo con el resultado final.

La pieza era perfecta, aunque nunca vería la luz, ya que era uno de esos diseños que consideraba que nadie merecía. Así que lo guardé en el archivo que tenía designado para ellos y luego tomé el móvil.

En el momento que lo desbloqueé, recibí una notificación sobre un *live*[18] que estaba transmitiendo Tess en su perfil social y la curiosidad por saber cómo se la estaban pasando me ganó, así que terminé pichando en su foto y tras aparecer la palabra *conectando*, escuché gritos divertidos y música a todo volumen, observándola a ella enfocarse y reír.

—*Joder, cariño. Me prendes* —gritó una voz masculina que no reconocí y fruncí el ceño cuando Tess dejó de enfocarse en ella misma para girar la cámara hacia la pista de baile.

No Diggity de Yann Muller sonaba a todo volumen y vi claro a la maldita castaña mover las caderas al compás de la música.

—¿Dónde putas estás, Dylan? —espeté a la nada.

Al imbécil le encantaba meterse conmigo cuando me veía cerca de esa bruja provocadora, pero en ese momento brillaba por su ausencia mientras ella era

---

18 Es la transmisión en vivo de datos a través de internet, en audio o vídeo. Muy usado en las redes sociales.

rodeada por otros hombres que la vitoreaban, comiéndosela con la mirada cuando sacaba el culo y los tentaba.

La ira me incendió las venas en segundos, sobre todo al ver que ella disfrutaba de esa atención. Usaba un vestido de color dorado lleno de lentejuelas que brillaban con las luces estroboscópicas, de tirantes demasiado delgados que apenas se sostenían en sus brazos y bastante corto, mostrando sus muslos tonificados y unas sandalias de tiras.

—Serás cabrona —aseveré cuando se alzó el cabello con las manos y vio sobre su hombro a uno de los chicos, guiñándole un ojo y sonriendo.

Diciéndole con ese gesto que podía disfrutar al verla moverse, le daba el privilegio de que su vista se deleitara ante tremenda imagen en vivo. Y si se portaba bien, tal vez le permitiría gozar de lo que no se veía…

—Jodida mierda. No usa bragas —rugí y, sin pensarlo más, me puse de pie bloqueando el móvil para irme directo hacia Grig.

Antes de ponerme en marcha, le marqué a los chicos para que pararan ese puto espectáculo, pero ninguno respondió y eso logró que mi respiración se volviera pesada y las ganas de asesinar al primer imbécil que se me pusiera enfrente se activaran.

Los neumáticos de mi coche derraparon cuando aceleré a fondo y salí pitado del cuartel a toda velocidad, deseando (gracias a mi ira) pasarme los semáforos en rojo, pero mi razonamiento todavía funcionaba y me negaba a perder la oportunidad de meter en cintura a esa castaña por pasar la noche en una cárcel por rebasar los límites.

Veinte minutos después, estaba entrando en Grig sin ponerle atención a los guardaespaldas que me ofrecían los privados disponibles.

El sitio estaba abarrotado y gracias a que reconocí el lugar donde mi hermana hizo su dichosa transmisión, caminé directo hacia allí, llevándome en el camino a las personas que me impedían el paso, sintiendo mi pecho retumbar por mi corazón todavía acelerado por la ira, acompasándose con el volumen alto de la música. Connor y Jacob fueron los primeros en verme acercarme y maldijeron. Supuse que mi rostro de furia les indicaba por qué estaba en el club.

Isabella se encontraba bailando con Jane, pero los imbéciles de antes seguían ahí, rodeándola como putos perros esperando a que les llegara la oportunidad.

—¡LuzBel!

—Vete a la mierda —le dije a Dylan cuando me encontró en el camino. Iba con unas cervezas en las manos.

Isabella me miró con una sonrisa en el rostro cuando estuve cerca de ella y siguió bailando, pero esa vez para mí. Alcé una ceja, entendiendo que debía estar achispada o borracha como para que me diera, de buena gana, el privilegio de verla meneando las caderas.

—¡No vengas a jodernos la noche, Elijah! —advirtió Tess llegando a nosotros, pero ni siquiera la miré. La castaña se había robado toda mi atención al girarse para quedar de espaldas a mí y, como la cabrona que estaba siendo, rozó el culo en mi pelvis.

Escuché a Tess reír por lo que veía, pero mi rostro endurecido por la furia indicaba que no estaba para sus juegos.

—Dile a los demás que si le dan un trago más a mi hermana se las verán conmigo —le dije a un mesero que pasó por nuestro lado. Él asintió asustado y se giró para dar mi mensaje, dejando de lado la bandeja de *shots* que iba a entregar.

—Ni te atrevas, imbécil —se quejó Tess, pero ya lo había hecho.

—Joder, White —gruñí tomándola de la cintura cuando alzó una pierna para marcar más el movimiento de su cadera.

Bajé su muslo de inmediato y la llevé al centro de la pista. Ella chilló mientras se reía de mi arrebato y los chicos sabiendo que, ya la habían cagado lo suficiente, evitaron entrometerse.

—Si has venido que sea para divertirte —advirtió Isabella y la manera en la que arrastraba las palabras me hizo entender que estaba borracha en realidad.

¿Cuánto había bebido? ¿Cuatro o cinco tragos? Porque con lo poco que bebía y en las raras ocasiones que la vi haciéndolo, no creí que hubiera necesitado mucho para llegar a ese estado.

—Así que estás decidida a probar a otros. ¿Has comenzado ya? —gruñí acercando mi rostro al suyo.

La muy hija de puta tuvo la osadía de reírse y flexionó las piernas para bajarse, bailándome, tentándome sin saber los demonios que me estaba despertando.

—¿Tú qué crees? —ironizó al ponerse de pie de nuevo y la cogí entre el cuello y la mandíbula, haciendo que me viera a los ojos.

—Me importa una mierda si tú lo has permitido, pero si me entero que alguien más te ha puesto una mano encima, lo mataré frente a ti para que entiendas que no estoy jugando —largué cerca de sus labios y sabía que, aunque los demás nos ignoraban, los chicos estaban pendientes de lo que sucedía.

—Haces que me dé más calor cuando te pones así todo tóxico —admitió, animada por el alcohol en sus venas.

—¡Mierda, White! —me quejé al sentir cómo mi falo se engrosó con su descarada declaración.

—Ahora entiendo lo que me dijiste meses atrás —añadió y bajé la mano hasta donde terminaba su cuello y comenzaba su clavícula.

—Te he dicho muchas cosas —le dije. Sus caderas no dejaban de moverse al compás de la música.

—Te odio con la misma intensidad que te deseo —confesó y una chica que iba pasando a nuestro lado, sonrió al escuchar lo mismo que yo.

—Maldición, White. En serio estás borracha —dije y la tomé del brazo para arrastrarla fuera de la pista.

—¿Qué haces? ¿A dónde crees que vas? —gritó con palabras torpes.

—Es hora de llevarte a casa —le dije.

—De ninguna manera. Yo no he venido contigo. Y además eres un imbécil entrometido que pretende joderme la noche.

—Joderte toda la noche es lo que quiero —corregí y soltó una risa, pero se detuvo, negándose a dar un paso más.

—En tus sueños, maldito mentiroso —aseguró.

Bien, estaba borracha, pero no estúpida como para olvidar lo que pasó semanas atrás.

—O caminas o te saco de aquí así sea sobre mi hombro —le advertí.

—Jódete —escupió.

—Como quieras —le dije y la tomé de las caderas para echarla sobre mi hombro.

Gritó con sorpresa al ser medio consciente de lo que hacía y, con la mirada, le dije a los chicos que ni se atrevieran a acercarse después de no haber podido controlar a *sus compañeras de banda*.

—Van a verme el culo, imbécil —chilló y gruñí cuando me dio un azote—. ¡Demonios! —gritó cuando se lo devolví.

—Para eso usas vestidos sin bragas —le dije.

Pero no bajé la mano de su trasero, la mantuve ahí, sosteniéndole el maldito vestido para que nadie se deleitara con esa vista.

Las personas que disfrutaban en el club ignoraron lo que hacía, unos pocos se rieron de ese espectáculo que estábamos montando y los que nos conocían, se limitaron a apartarse de nuestro camino para que pudiera sacarla con más facilidad.

Cuando salí al aire cálido de esa noche de verano, volví a darle otro azote porque se había quedado demasiado dócil y cuando gruñó y comenzó a maldecirme, sonreí contento de que no se hubiera desmayado.

—Si ya me jodiste la noche con tu maldita presencia, llévame a casa —exigió cuando la metí al coche.

—Como prefieras —le dije y me puse en marcha.

No se dignó a mirarme en todo el camino, simplemente se quedó ahí, con los ojos cerrados y sosteniéndose la cabeza, de seguro sintiendo que el alcohol se le había subido al cerebro tras el pequeño viaje sobre mi hombro.

—Ojalá aprendas con eso a no emborracharte —la regañé y bufó soltando el aire con exageración por la boca.

—No eres nadie para darme lecciones —bufó de nuevo y subió el volumen de la música para no escucharme más.

Negué sardónico y solté aire por la boca al reconocer la voz de Montell Fish con su canción *Hotel*, admitiendo en mi interior que Isabella, a veces tan madura, otras tan cabrona y en noches como esa, una inmadura, me demostró también en una habitación de hotel barato que siempre sería una mala noticia en mi vida, un peligro, un infierno del que debía alejarme.

Pero quería seguir jugando con ella como un muñeco de nieve deseando jugar con fuego.

Así que no me quedaba juzgarla, no debía, además, ya que estaba descubriendo que yo también seguía teniendo mis momentos de estupidez, sobre todo con ella a mi alrededor.

Esa noche, por ejemplo, no tenía por qué hacer lo que hice. Isabella era libre para divertirse como se le diera la gana, pero joder, no podía quedarme solo de brazos cruzados viendo cómo otros disfrutaban lo que a mí me negaba.

—Joder, Isabella. Deja de ser tan inmadura —pedí cuando casi saltó del coche en cuanto estacioné frente a su casa.

Me bajé para alcanzarla y la tomé del brazo.

—Ya hiciste lo que querías, ahora vete —exigió.

—Hace un rato me estabas frotando el culo frente a toda la gente del club y ahora me corres, ¿vas a jugar a la calienta polla conmigo? —aseveré y rio sin gracia.

—Es tu problema que te calientes con mi baile. Yo solo hice eso: bailar —aseguró y metí el pie entre la puerta principal de su casa cuando intentó cerrarla en mis narices.

—¿Hasta cuándo vas a seguir con este numerito? —la enfrenté cerrando la puerta detrás de mí al entrar sin importarme si me invitó o no.

—¿Qué numerito, según tú?

—Este, White. Este maldito juego de negarte a mí cuando sabes que me deseas tanto como yo a ti —le dije y rio divertida.

—Antes de volver a caer con un maldito resentido que solo me usó, prefiero darme placer a mí misma —confesó y alcé una ceja, recordando la foto que me envió con todos esos juguetes que había comprado—. No te necesito, LuzBel. Soy capaz de complacerme a mí misma —añadió y solté una carcajada sin importarme que Charlotte supiera que estaba en casa.

Si es que ella se encontraba ahí.

—No como yo lo haría —le aseguré.

—Vete —exigió y una idea cruzó por mi cabeza.

—¿Quieres privacidad? —ironicé sin dejarla responder—. ¿Vas a tocarte tú misma para probar tu punto? —inquirí y debido al alcohol en su sangre, esa vez no se sonrojó—. ¿Vas a usar alguno de esos juguetes que tienes?

—Posiblemente todos —aclaró y contuve la sonrisa.

Me gustaba que fuera así de descarada.

—¿Hasta el *plug* anal?

—Te sorprendería lo que soy capaz de hacer con mi cuerpo —dijo y eso consiguió que alzara las cejas con exageración—. Cosas que tú todavía no consigues.

—¡Maldición, White! No sé qué pretendías con esto, pero ahora quiero verte —admití.

—Estoy borracha, así que a menos que te ruegue porque me folles, no me tocarás —zanjó y comenzó a caminar hacia el pasillo que conducía a su habitación.

—¿Y si me toco yo mismo mientras te veo? —propuse y me miró sobre su hombro.

No sabía si lo hizo para asegurarse de que la seguía, pero lo hice.

—No y si lo haces sin mi consentimiento, sería abuso.

—¡Joder! Pero si me voy a tocar a mí mismo —dije sin dejar de seguirla.

—Sí, frente a mí, cuando ya te he dicho que no quiero que hagas eso —devolvió abriendo la puerta de su habitación.

—Pero tú te tocarás frente a mí —señalé.

—Sí, pero estoy en mi casa y ya te pedí que te vayas. Así que es tu problema si decides ver —dijo y se metió dentro dejando la puerta abierta.

—¿Entonces tengo tu consentimiento para mirarte, pero no para tocarte o tocarme? —inquirí entrando a la habitación.

Caminó hacia una cómoda cerca de su cama y sacó un dildo.

¡Maldita mierda!

—Sí —dijo segura. En ese momento no parecía borracha, sino achispada.

Dejó el dildo en la cama y luego tomó el móvil para poner música. *Can't Get Enough* de Kat Leon inundó el lugar y sonrió de lado entretanto se sacaba el vestido, quedando totalmente desnuda, ya que no usaba ropa interior.

435

Me quedé de pie cerca del pequeño escritorio que adornaba su habitación, sintiendo la rigidez en mi polla al ver su piel lechosa, brillando por alguna mierda que se había puesto. Sin dejar de verme, se sacó las sandalias y se sentó sobre la cama, arrastrándose hacia atrás.

—Es increíble que me haya negado tanto a la penetración y después de ceder, ahora solo quiera eso —murmuró y apoyé el culo en el escritorio, tomando los bordes a mi lado con fuerza.

—¿Me has dese…?

—Shhh —Me calló y alcé una ceja—. Actúa como si no estuvieras aquí sino quieres que te saque —demandó y eso no me hizo ni puta gracia.

Pero me mordí la lengua al ver que se detuvo.

Era un completo estúpido al aceptar sus demandas, pero por el infierno que quería ver cómo se daba placer ella misma. Y cuando entendió que iba a quedarme callado, cogió el dildo y presionó el botón para que comenzara a vibrar.

—Estos días me he estado humedeciendo más de lo normal y no se debe a mi periodo fértil —aclaró y mi polla apretó mis pantalones cuando se engrosó más al verla arrastrando en dildo por su vientre—. Solo quiero follar, volver a sentir todo lo que sentí en tu apartamento y luego en aquel hotel.

Tragué sintiendo la garganta seca y apreté más mi agarre en el escritorio cuando gimió al llevar el dildo a su coño.

—Es un deseo enfermizo que me hace sentir en llamas, una obsesión venenosa y así me toque, nada es suficiente hasta que pienso en ti —admitió comenzando a mover las caderas y a hacer ruiditos de placer que empezaron a despertar mi puta locura.

Me mordí el labio y salivé como un puto perro al notar la humedad en su coño: brillando y tentándome como un maldito diamante que brillaba en la oscuridad de la habitación, iluminado por el reflejo de la luz exterior. Quería sentir esa miel en mi boca, deseaba tomar esa droga que ella me estaba dando y concordé con la estrofa de aquella canción que seguía sonando.

No sería suficiente para mí.

—Siento tus perlas rozándome con precisión —dijo entre jadeos y se puso de rodillas en la cama, frente a mí, abriéndose y frotando el dildo en su coño de arriba abajo.

Sus pezones estaban duros y gimió cuando se acarició una teta, moviendo las caderas sobre el dildo, entreabriendo los labios, llamándome como si de verdad me tuviera debajo de ella, montándome.

—Encajas tan perfecto en mi interior incluso cuando me llenas y aprietas tanto que a veces duele, pero es un dolor placentero que deseo seguir sintiendo —admitió y mi respiración se volvió desastrosa y pesada.

La cresta de mi polla se hinchó al punto del dolor y se sacudió en mi interior, provocando un picor en la punta cuando mi propia humedad comenzó a abandonar el interior de mi falo.

—Me estiras al punto que te siento en todos lados —dijo con la voz entrecortada y vi que el dildo brillaba con su humedad, incluso sus piernas—. ¡Demonios! —gimió y sus caderas comenzaron a moverse con más rapidez.

—Me cago en la puta —susurré al sentir que el semen me contrajo las bolas, a punto de salir.

—¡Sí, Elijah, así! —comenzó a decir y cuando hice el intento de ir hacia ella, me aferré más al escritorio.

¡Por el infierno! Estaba borracha y podía ser un hijo de puta, pero no quería tocarla y que luego al siguiente día me reclamara porque no me estaba rogando para que la follara.

Debía rogar ella, no yo. Así que me mantuve ahí, solo observándola.

—Agradece que estás borracha, Bruja provocadora. Porque si estuvieras lúcida, ahora mismo te pondría sobre tus rodillas y manos para penetrarte hasta el culo y demostrarte lo bien que puedes sentir mis perlas frotándote también ahí —gruñí.

—¡Elijah, sí! Te siento también en mi culo. —Vi incrédulo cuando se apoyó con una mano y sacó el culo, fingiendo que me tenía detrás.

El hielo comenzó a correrme por las venas, también quemándome. Gruñí de nuevo cuando la sensación se concentró debajo de mi abdomen, tensando cada uno de mis músculos. Mi pantalón se sentía más apretado y un sudor frío me corrió por las sienes.

—¡Demonios! Tus perlas me rozan con brutalidad y me gusta, ¡joder! Me gusta que me metas los dedos en el coño mientras embistes en mi culo —gimió— ¡Elijah, sí! —gritó tan fuerte que supe que se estaba corriendo.

Y… jodida mierda.

Mis ojos se abrieron con locura al sentir la humedad en mi pantalón. Me estaba corriendo a chorros solo con verla, su placer se había convertido en el mío y me enfureció tanto como me enloqueció haber llegado a mi maldito clímax de esa manera. Sintiendo la tensión y luego la relajación de cada músculo, volviendo a conectarme con mis sentidos vueltos mierda. Las manos me dolían por apretar tan fuerte la madera, la respiración la tenía acelerada igual que la de ella y me negaba a creer lo que esa maldita bruja borracha acababa de hacerme.

—Sí, pensarte me lleva al clímax y te odio por eso —aseguró y de verdad sentí que lo hacía.

Seguía dolida por haber descubierto que era mi venganza, sin saber que el juego nos estaba consumiendo.

—Déjame quitarte ese odio —pedí y di un paso hacia ella sin que me importara cómo estaba mi pantalón, valiéndome un carajo que ella lo notara.

Pero negó y me miró a los ojos. Estaba sonrojada y satisfecha.

—No, LuzBel —aseguró—. Si quieres volver a merecer mi paraíso, antes tendrás que arrastrarte por mi infierno —añadió, sonriendo como una cabrona.

Te odio con la misma intensidad que te deseo.

CAPÍTULO 44

Secret smile

ELIJAH

Me había ido de su casa como si me hubieran prendido fuego en el culo y maldiciéndola por insolente, por atrevida y por creer que yo me arrastraría ante ella cuando jamás lo hice ni estaba dispuesto a hacerlo por nadie.

Había decidido ir a mi apartamento después de lo mierda que terminó la noche y pasé casi dos horas dentro de la ducha con agua fría, odiándome por recordar a cada momento la manera en la que esa castaña y bruja provocadora me tentó y cómo se tocó, restregándome en la cara lo que pensaba y hacía a solas teniéndome en sus putas narices.

Y dos días después, mi ira aumentó cuando en el entrenamiento que teníamos cada semana todos juntos, llegó actuando una vez más como si nada hubiese pasado. Tan campante y siguiendo con su estúpida ley del hielo.

—Bien, Isa. Ya lo tienes —la animó Connor mientras ella peleaba con Jacob.

Tess gritó una maldición al ver a la castaña dar una voltereta con la intención de coger el muslo de Jacob para llevarlo al suelo, pero este último se plantó bien en las esteras y la cogió con el brazo por la espalda baja, haciéndola girar hacia atrás. Aunque Isabella tenía su astucia y logró caer de pie, enganchando el antebrazo en el cuello de Jacob, queriendo llevarlo de nuevo al suelo.

Sin embargo, Jacob alcanzó a girar las piernas, yéndose a la estera a propósito para plantar un pie en el abdomen de Isabella, lanzándola de espaldas lejos de él.

La castaña rebotó en las esteras acolchadas y se dio por vencida quedando de brazos abiertos, jadeando y riendo porque esa vez Jacob supo sacarle la vuelta y vencerla con una de sus propias técnicas al ponerse de pie y colocar la daga de madera sobre su garganta.

Yo me había mantenido de brazos cruzados y al final de esa lucha, me di cuenta de que estuve apretando mucho los puños y el corazón se me había acelerado con el espectáculo que esos dos montaron, manteniendo el entrenamiento, pero mostrándonos una pelea verdadera.

—¡Jesús! Este día quedará marcado en mi memoria para siempre —alardeó Jacob y negué con la cabeza.

El idiota mostraba una verdadera felicidad por haber vencido a la castaña.

El entrenamiento continuó con Dylan y Elsa y, de soslayo, vi a la castaña sentarse al lado de Tess, mostrándose como si yo no estuviera presente. Eso me irritó más de lo que imaginé. Así que cuando se despidió de mi hermana porque tenía algo que hacer con Jane, no me contuve de seguirla hasta que la tomé del codo y la metí en mi estudio.

—¡Dios! ¿Ahora qué quieres? —espetó cuando la tuve donde quería y se zafó de mi agarre.

—¿De qué carajos va tu juego, White? —Se cruzó de brazos.

—Explícate porque no sé de qué hablas —pidió y di un paso hacia ella.

Vi cuánto quiso disimular que tragó con dificultad ante mi cercanía y eso de cierta manera, fue un roce a mi ego que había estado necesitando.

—Finges que te da igual lo que pasó entre nosotros, pero luego te masturbas frente a mí para después volver a actuar con frivolidad —aseveré y me regocijó ver cómo sus mejillas se sonrojaron más de lo que el entrenamiento consiguió.

—¿Que yo qué? —preguntó escandalizada y alcé una ceja.

—¿Continuarás con esta estupidez? —espeté y entreabrió la boca sin poder decir una sola palabra.

Su rostro se encendió como si hubiese estado frente al fuego y la vergüenza remarcó sus rasgos de una manera que me habría parecido gracioso en otro momento.

—¿Qué pasó hace dos noches? —preguntó alarmada y negué con la cabeza, hastiado de eso—. ¿LuzBel? —demandó ante mi silencio.

—No estoy para estos juegos, White. Madura de una vez —largué comprobando el error que cometí al enfrentarla.

Decidí dejarlo hasta ahí entonces y comencé a salir del estudio, pero en ese momento, fue ella la que me tomó del brazo para que no me marchara.

—¿Tú y yo nos acostamos esa noche? —inquirió afligida y tensé la mandíbula porque de verdad demostraba que era algo que no deseaba que pasara—. Tess me dijo que me sacaste de Grig y yo desperté… —Calló y tragó al no saber cómo continuar—. Desperté sin ropa y con un juguete al lado, pero no recuerdo nada de lo que hicimos.

—¿Hicimos? —pregunté con gracia fingida y la miré a los ojos. Sus iris miel demostraban confusión y vergüenza, pero no mentira—. No follamos, Isabella. Estabas borracha y dejaste claro que si no me rogabas no debía tocarte. Aunque eso no te detuvo de buscar tu liberación, ¿cierto? —Alzó ambas cejas demostrando nerviosismo y se llevó las manos a la boca.

Había despertado desnuda y con el maldito dildo al lado, así que no debía ser demasiado inteligente para deducir lo que en realidad pasó.

—¡Dios! Yo no pude haber...

—¿Haber hecho eso? Claro que pudiste y lo hiciste —sentencié interrumpiéndola y la vergüenza se plantó más en sus rasgos—. Te masturbaste frente a mí y admitiste que lo has estado haciendo, teniéndome en tus pensamientos, imaginando que soy yo follándote.

—La puta madre —susurró y sonreí sin gracia.

Era increíble que encima de que se comportara como una cabrona, también tuviera el descaro de masturbarse conmigo viéndola y de paso lo olvidara, como si solo fuera un juego más que ella quería añadir al que pensaba que ya había terminado entre nosotros.

—Sí, White. La puta madre —dije sardónico—. Me odias y pretendes que nuestro juego termine, pero te tocas pensando en mí y, según me confesaste, no puedes alcanzar el clímax si no es conmigo en tu cabeza —seguí y me volví a acercar a ella.

Retrocedió buscando distancia, mas no cedí hasta que se pegó a la pared y puse las palmas en ella, encerrándola entre mis brazos.

—Eso no debió pasar —susurró, viendo mis labios y los lamí por inercia.

—En mi defensa, yo no hice nada. Fuiste tú sola queriendo demostrar que podías darte placer y, para ser sinceros, el más jodido fui yo, ya que me marché de tu casa tras correrme en los putos pantalones —bufé y sus ojos se abrieron más.

Y no, no me avergonzaba admitirlo; al contrario, me satisfizo porque ella parecía más abochornada que yo ante mis declaraciones.

—Y antes de que digas alguna mierda, no puedo contener siempre los deseos de mi cuerpo. Y para que tu ego crezca, ni siquiera me toqué, Isabella. Bastó verte montando ese maldito dildo mientras imaginabas que te estaba follando por el culo.

—¡Madre mía! —soltó escandalizada.

—Y, por cierto, quería darte más tiempo para llegar a eso, pero veo que en tu mente ya hiciste que te sodomizara —solté y me regocijé con su reacción.

Valiente unas veces e inocente en otras.

—¡No! —respondió segura—. Eso no pasa ni pasará y si es cierto que hice lo que hice...

—Es cierto —aclaré.

—Pues ojalá lo hayas disfrutado, ya que no pasará de nuevo, LuzBel. Estaba borracha y por eso dejé que mis instintos ganaran, pero eso no significa que algo entre tú y yo haya cambiado. Nuestro juego se acabó —zanjó segura y permití que saliera de la cárcel que habían formado mis brazos.

—Eso ni tú te lo crees —dije burlón y alzó la barbilla.

—Pues me obligaré a hacerlo, ya que no seré más tu juguete y menos dejaré que me sigas usando para tu maldita venganza.

—Deja ya eso, White —bufé—. Sí, te usé en un principio, pero con Elliot en el medio o sin él, este juego entre nosotros se habría dado tarde o temprano —declaré y la tomé del rostro—. Y tú lo sabes, Bonita —susurré sobre sus labios y ella me tomó del pecho para mantener la distancia—. Mis ganas de joder a Elliot no valían que sobrepasara mis límites, pero querer follarte sí —confesé y eso la sorprendió.

Incluso a mí, ya que jamás planeé decirle eso.

—Lástima que vengarte de él haya sido más importante —dijo viéndome a los ojos y noté que eso le seguía doliendo—. Y no te perdonaré que me usaras así —zanjó y me empujó para separarse de mí.

La miré con intensidad: serio y con ganas de follarla sobre la camilla de tatuajes para que entendiera que el juego continuaba y que no se terminaría solo porque sí, pero me limité a apretar los puños a cada lado de mi torso.

—¿Seguirás con eso? —pregunté y me miró altanera.

—Sí —aseguró y cegado por mi orgullo, di un paso hacia la puerta y la abrí para dejar que se fuera.

Me miró con sorpresa ante mi reacción, al principio sin saber qué hacer, pero cuando le hice una señal con la mano para que saliera, hizo acopio de su propio orgullo y caminó fuera del estudio.

Sí, la deseaba. Quería enterrarme en su interior y demostrarle que seguía siendo mía. Pero no le permitiría que jugara con mi orgullo de esa manera. No rogaría, así que era mejor que se marchara.

Nunca le había insistido a nadie para que follara conmigo y ella no sería la primera, pues ya le había permitido muchas primeras veces como para que siguiera acumulando.

Ese no era mi estilo y ella lo aprendería tarde o temprano.

Una semana más tarde, me encontraba en el gimnasio de casa, tenso y furioso por la puta indiferencia que se me seguía aplicando. Ya me había hartado y estaba a punto de cometer una locura donde no tomara cartas sobre el asunto.

Había ido a los clubes con los chicos a pasar el rato, nos habíamos encargado de misiones, me concentré en la pasantía que hacía por las tardes en una empresa de padre. Incluso le ayudé a Scott con algunos diseños en su estudio de tatuajes para no darle la atención que no merecía a lo que pasaba con White, pero para mi jodida desgracia, esa testaruda ocupaba mis pensamientos cuando no tenía nada que hacer.

Y esa tarde no estaba dispuesto a permitírselo, así que me dediqué a golpear el saco de boxeo hasta que los músculos en mis brazos, torso y piernas escocieron por el trabajo que hacía.

—¡Eeww! Estás todo sudado. —La voz de Tess me desconcentró y dejé de golpear el saco. Su cara de asco era graciosa.

Nuestra relación había vuelto a la normalidad después de todo y la pequeña mierda hasta disfrutaba de lo que veía que sucedía entre la castaña y yo, siendo valiente incluso para jugarme sus malditas bromas.

—¿Y qué esperas, Tess? Estoy entrenando —bufé.

—¡Dios! Vaya amargado que eres —se quejó con un gesto desinteresado.

—¿Qué quieres? —masculló entre dientes.

—¿Estás en tus días? —inquirió y su sarcasmo me irritó, mas no dije nada, solo golpeé el saco de boxeo una vez de nuevo, indicándole así que me estaba tocando los cojones en un mal momento— Ya, hermanito. Deja el drama y mejor dime qué te sucede.

—Nada que te importe, Tess —aseveré y me acerqué al reproductor de música para darle más volumen, esperando que entendiera la *directa* y me dejara en paz.

—¡Oh, vamos, Elijah! Puedes confiar en mí y quizá hasta podría ayudarte. —Reí satírico ante tal tontería porque ella jamás me ayudaba sin obtener nada a cambio—. Isabella está igual. —Dejé de reírme y seguí golpeando el saco para ignorarla, pero con ella nunca podía—. Y es raro, ¿sabes? Los dos están insoportables desde aquella noche en el búnker y se pusieron peor luego de que la llevaras a su casa.

Miré hacia el jardín trasero gracias a que una de las paredes del gimnasio era de vidrio tintado y traté de contener mis palabras para no darle motivos a Tess de que siguiera metiendo sus narices donde no le importaba.

—No te importan mis razones para estar así y a mí no me interesan las de esa Castaña. Así que deja de buscar lo que no se te ha perdido o puede ser que esta vez te estrangule solo porque quiero que te calles —espeté fastidiado y la escuché reír.

—Bien, como quieras —cedió y la miré sobre mi hombro, frunciendo el ceño al verla actuar así, tan dócil—. Nuestros padres han salido y regresarán hasta muy noche —añadió, ignorando mi mirada y cambiando de tema de una manera radical.

—¿Y? Eso ya lo sé.

—Le dije a Isabella que necesito su ayuda con urgencia y vendrá a casa esta tarde. —Dejé de golpear el saco otra vez y la vi mirar el reloj de su muñeca—. Exactamente dentro de una hora. ¡Ah! Y también le dije que no se preocupara por ti porque no estarías. —Alcé una ceja por su forma tan sutil de correrme de casa y se dio la vuelta para salir del gimnasio, pero se detuvo justo en la puerta de salida—. Aunque en realidad no necesito ayuda y pretendo salir con Jane y regresar hasta muy tarde.

Me giré del todo para enfrentarla y, en ese momento, era ella quien me veía por sobre su hombro, con una sonrisa pícara en el rostro que me plantó un gesto idéntico al suyo, en mis labios.

Jodida zanahoria.

—¿Qué pretendes, Tess? —inquirí, ya que la conocía demasiado bien como para confiar en que estaba jugando a la celestina y peor conmigo involucrado.

Esa pelirroja del demonio era capaz de inyectarme veneno en lugar de antídoto si se le daba la oportunidad, así que me costaba confiar.

¡Mierda! Podía asegurar que me salvaría la vida si era necesario, pero solo porque en momentos de tensión dejaba de pensar, aunque de buena fe, siempre me jodía.

Esa era nuestra forma de llevarnos como hermanos.

—No pretendo nada, Elijah. Más bien te advierto que si hacen algo en mi habitación, te mato —zanjó y tomé una toalla para limpiarme el sudor.

Sonreí al verla guiñarme un ojo y susurrar un «de nada» ante un agradecimiento que no le di. Y, tras verla marcharse negué, pensando en que todo me resultaba demasiado bueno como para ser cierto. Sin embargo, movería mis piezas de ajedrez si había llegado mi turno en la partida y aprovecharía la ventaja que mi hermana me estaba dando para su beneficio, o el mío.

Lo importante era que me estaba poniendo a White en bandeja de plata, lo hizo justo en el momento que ya me había cansado de jugar bajo sus términos, así que era tiempo de volver a los míos.

Pensando en lo que haría, salí del gimnasio diez minutos después (tras girar mis órdenes para que el personal hiciera subir a Isabella a la habitación de Tess cuando llegara, sin decirle que mi hermana no se encontraba en casa) y me dirigí a mi recámara a tomar una ducha manteniendo una sonrisa estúpida en el rostro.

Las imágenes de las posibles reacciones de esa castaña cuando se diera cuenta de que no sería a mi hermana a la que encontraría en la habitación me inundaron la cabeza, y la expectativa de lo que pasaría me provocó esa adrenalina adictiva que me aceleraba el corazón.

Había huido de mí después de enterarse de la venganza para la que la usé, dio por terminado nuestro juego, me provocó en su habitación al montar ese dildo diciendo que me odiaba y siguió actuando con frialdad. Ambos hicimos acopio de nuestro orgullo luego de que olvidara esa noche en su casa. Pero, al final, esa tarde le demostraría que seguíamos viendo el humo y que por más que quisiéramos, ya no podíamos esconder el fuego.

Podía hasta jurar que los dos deseábamos seguir jugando.

—*Joven, la señorita White ha atravesado el primer anillo de seguridad.* —Escuché a uno de los guardaespaldas de la casa por la radio y miré mi reloj.

En cinco minutos llegaría a la casa y después de responderle al tipo pidiéndole que siguiera el plan, salí hacia la habitación de Tess.

Con cada paso que di, experimenté cosas que jamás aceptaría, así que traté de ignorarlas. Y al entrar al territorio de mi hermana (uno que cuidaba con ponderación y, por lo mismo, me seguía pareciendo increíble que me permitiera usarlo al menos para acechar a su amiga), encendí la radio escuchando de inmediato *Secret Smile* de Semisonic, esperando que funcionara para despistar a la castaña.

Dejé la puerta entreabierta y me senté en una de las sillas ubicadas a cada lado de una mesa redonda que, supuestamente, Tess ocupaba para leer cuando le daba por hacerlo. Me acomodé esperando con paciencia, planeando y jugando con un relicario especial en forma de cadena militar que siempre usaba en mi cuello y sonreí con burla hacia mí mismo en cuanto el corazón se me aceleró un palmo tras escuchar unos leves pasos subiendo por los escalones.

—Grandioso —susurré para mí viendo la foto en mi relicario, y negué con la cabeza cerrándolo enseguida.

Sonreí cuando se escucharon unos toques leves en la puerta, pero no respondí y me mantuve en silencio.

—¿Tess? —llamó Isabella y me causó gracia que mantuviera la voz baja, como si con eso quisiera evitar que yo la escuchara si me encontraba en mi habitación, ignorando que en realidad me tenía a pasos de distancia—. ¿Estás aquí? —insistió.

Seguí en silencio, solo con la música llenando la estancia y cuando ella entendió que mi hermana no le respondería, se animó a adentrarse en la habitación. Me fue imposible no respirar hondo en cuanto su fragancia inundó el espacio entre nosotros y golpeó cada terminación nerviosa de mi cuerpo, haciendo que mi sangre corriera con rapidez al imaginar ese olor mezclado con su transpiración mientras la follaba.

El bulto en mi entrepierna se marcó sobre la tela de mi pantalón deportivo.

—¿Tess? —insistió White y gracias a que la silla donde me encontraba estaba al lado de la puerta y me cubría con ella, no se dio cuenta de mi presencia hasta que cerré, provocándole un respingo y confinándola conmigo en esa habitación.

Mierda.

El juego acababa de iniciar de nuevo.

—Al fin llegas, Bonita —musité en cuanto se giró para enfrentarme, sonriéndole de lado justo como un cazador a punto de atrapar a su bella presa.

Su reacción fue un deleite para mis ojos.

Quería ganar y, para conseguirlo, tuve que derrocar a la reina, porque de esa manera conseguiría moverme en silencio para hablar solo cuando fuera el momento de decir jaque mate.

CAPÍTULO 45

El cazador sería cazado

ISABELLA

Me lancé sobre la cama luego de terminar mi clase semanal de verano que tomaba en línea. Exhausta, molesta y sin rumbo de nuevo.

Al menos no sabía cuál tomar con respecto a lo que me estaba pasando con ese desgraciado de ojos grises. La vergüenza al recordar lo que aseguró que hice la noche en la que me llevó a casa luego de Grig, todavía me incendiaba el rostro, aunque también me causaba cierto orgullo.

Orgullo por conseguir que se corriera sin que me tocara.

«Maldita la hora en la que decidías beber hasta perderme».

Sí, mi conciencia seguía dolida por eso.

No recordaba nada después de aceptar la apuesta de Tess sobre tomarme el número perfecto de *shots* de tequila sin parar. De lo único que me acordaba era de que, tras el séptimo trago, la felicidad me inundó y dejé de sufrir por lo que me estaba pasando. Y, aunque me avergonzaba saber lo que hice con LuzBel en mi habitación, por un momento también lamenté no recordarlo, ya que su cara de frustración al confesarme que se corrió solo con verme tocándome, me plantaba una sonrisa en los labios y me aceleraba el corazón por mucho que quisiera odiarlo y por muy dolida que me sintiera con él.

Y sí, podía tener momentos de debilidad, pero seguía odiándolo por lo que hizo.

Me puse los audífonos y reproduje la música en mi móvil. *Chaotic* comenzó a sonar y respiré hondo: pensando, analizando y frustrándome cada vez más,

admitiendo para mí que haber aceptado ese maldito juego con LuzBel fue caótico, pero me lancé sin importarme lo peligroso que era.

—Imbécil —susurré y no estaba segura de si era para mí, para él o para Elliot.

El dolor punzó en mi pecho de nuevo y me limpié una lágrima que me abandonó sin permiso alguno al recordar a Elliot y su traición. Había derrumbado el pedestal que le construí y me sentí patética.

Suspiré profundamente, reviviendo los días espantosos que había pasado y ya ni sabía qué me afectaba más, pues si bien no fui la novia perfecta, saber que Elliot me fue infiel mucho antes de mi confusión era algo con lo que todavía no sabía lidiar.

De juguete sexual pasé a ser en realidad una venganza y la opresión en mi pecho en ese momento me indicaba cuánto seguía doliendo, ya que si bien saber que era lo primero continuaba siendo una mierda, al menos acepté serlo, fue mi voluntad y disfruté con ello. Pero comprobar lo vil que era LuzBel como para llevarse hasta al más inocente entre las patas con tal de conseguir lo que quería, todavía me hacía sentir estúpida.

«A su manera, el Tiniebло siempre te dijo la verdad».

¡Puf! Pero omitió la peor de todas y me hirió el orgullo por cómo me usó para vengarse de Elliot.

«*No, Isabella. No eres un juego porque si siquiera fueras eso, entonces este pedazo de mierda te habría follado porque le gustas*».

—Puta madre —dije haciéndome un ovillo en la cama, recordando las palabras de Elliot.

Apreté los párpados dejando escapar un par de lágrimas más y la quemazón de la vergüenza me lamió la piel con fiereza.

Una venganza, a eso se limitaba todo. El juego solo fue el medio para conseguirlo y con eso LuzBel me demostró lo cabronazo que era como para fingir tan bien que le gustaba con tal de follarme, y eso me hizo sentir peor.

Aunque si intentaba comparar qué me dañó más, lo de Elliot siempre tomaría la delantera, ya que a él lo amaba, lo creí mi ángel, había sido mi único novio, mi príncipe, mi mejor amigo. Creí que lo conocía de años, que entre nosotros no habría secretos de ese tipo y resulta que me ocultó una vida entera.

Saber que se había acostado con otra me dolió más porque sucedió cuando se suponía que éramos él y yo contra el mundo a pesar de la distancia, y lo peor de todo es que me traicionó con la que fue la novia de su primo. Y que la entregara para que la asesinaran frente a LuzBel fue como despertar de golpe de un sueño y que destruyeran por completo la imagen que siempre tuve de él.

Mierda.

¿Dónde quedó mi ángel? ¿Qué pasó con mi chico dulce? ¿Qué diablos hizo con el hombre bueno del cual me enamoré? ¡Joder! Yo, que creí siempre en las relaciones a distancia, me estaba dando un buen tortazo en la cara y, recordar la risa burlona de Connor cuando me dio a entender que los noviazgos de ese tipo eran para imbéciles, fue como el revés en la otra mejilla.

Y yo era la más grande imbécil de todas.

«Irónico que después de ser victimaria, te convirtieras en la única víctima».

Me hervía la sangre de rabia por haberme sentido como la peor de las mujeres, incluso cuando traté de enfrentar mi falta porque no fallé solo por dañar, sino porque todo entre nosotros se había ido al carajo desde mucho antes de analizarlo. Y me preguntaba si Elliot en algún momento sintió remordimiento por traicionarme como lo hizo o si era de los que pensaban que el amor que decía sentir por mí opacaba su falta.

Porque eso es lo que decían los hombres, ¿no? Pensaban que, porque amaban a su novia oficial más que a las mujeres con las que eran infieles, los excusaba automáticamente. Yo, en cambio, a pesar de que sabía que mi relación con él se jodió desde antes de imaginarlo, seguía consciente de que no tenía excusa para fallarle y me seguía doliendo.

Supongo que cargaría con eso por siempre.

—Joder, Elliot —dije en ese momento viendo una fotografía en mi móvil de los dos juntos.

Él estaba a mi espalda, abrazándome por la cintura y con el rostro metido en mi cuello mientras yo me reía de algo que nos dijo Lee-Ang antes de capturar ese momento en Tokio.

—¿Pasó ahí? —le pregunté a la imagen.

Lo hice porque esa foto fue capturada en mi móvil justo el verano que me llegó a visitar cuando ya estaba instalada en Tokio. Fue tan especial conmigo, más cariñoso de lo normal y me abrazaba cada vez que podía como si no deseara que me alejara nunca más de él, pero asocié su actitud al tiempo que teníamos de no vernos y, hasta en ese instante, sospeché que a lo mejor se debió a la culpa.

Porque los tiempos coincidían.

Justo un año atrás, luego de que mi padre me obligara a irme del país, cuando tuve que adaptarme a otra vida y conformarme con la distancia que nos impuso, mi jodido novio se revolcó con otra en la cama y luego viajó para estar conmigo.

¡Dios! Ya no sabía ni cómo reaccionar.

—¿Isa? —Escuché su voz en el móvil luego de que respondiera la llamada que le hice, guiada y cegada por mi dolor.

—¿Estuviste con ella antes de viajar a Tokio? —pregunté en un susurro.

«Vaya ganas de torturarte, Colega».

Lo sabía, pero tampoco podía evitarlo.

No quería sufrir más, pero a la vez tenía la necesidad de saber cuándo pasó y por qué, solo para liberarme un poco de la culpa que me seguía carcomiendo por lo que yo le hice a él.

Elliot respiró hondo al entender mi pregunta.

No quise hablar con él tras lo que pasó en Washington. Me buscó en muchas ocasiones por llamadas telefónicas que corté de una porque sabía que no era el momento, que hablar solo serviría para terminar peor y lo único que necesitaba era olvidar el caos en el que se convirtió mi vida. Incluso estuve a punto de rogarle a papá para que me sacara de la ciudad o del país si así lo decidía, mas no estaba dispuesta a huir esta vez.

Pero ya me había cansado de especular y deseaba con todas mis fuerzas seguir adelante, y para eso necesitaba saber algunas cosas.

—Joder, Isa. Por favor, ya no...

—No te atrevas a pedirme que lo deje de lado, o a decir que ya pasó y que lo olvide, porque sabes que no es fácil, Elliot. Y lo viviste en carne propia cuando yo cometí el error de ceder ante ese idiota —aseveré con un poco más de fuerza.

Y no me avergonzaba tocar el tema de LuzBel, ya que cuando tuve la oportunidad me abrí con él y le expliqué qué me llevó a caer con ese desgraciado.

—Lo sé, nena —susurró y su tono cambió a derrotado. Volvió a respirar hondo y calló por unos segundos en los que esperé paciente—. *Sí, Isabella, pasó antes de que hiciera ese viaje* —admitió de una vez y el nudo en mi garganta parecía tener agujas porque me dolió hasta la médula.

Es decir, ya sabía que me había sido infiel y hasta intuí cuándo pudo haber pasado, pero que lo confirmara lo hacía más real y dolía porque lo amé con locura, y a lo mejor nada entre nosotros se hubiera jodido si yo no hubiese vuelto al país porque estaba segura de que me habría aferrado a nuestra relación, pero su traición era un hecho que no cambiaría incluso si yo siguiera al otro lado del mundo.

—¿Por qué no fuiste sincero si ya no me amabas? —pregunté conteniendo las lágrimas y dejé la hipocresía de lado, ya que esa misma pregunta me la hubiese podido hacer él.

—*Sonará estúpido, pero fue porque te amo que hice lo que hice* —dijo y solté una carcajada llena de amargura.

—Te desconozco, Elliot —apostillé entre risas tormentosas—. O más bien, estoy conociendo a tu verdadero yo y eso no sé si me gusta —corregí.

Odiaba que hubiera fingido ser otra persona conmigo.

—*Amelia nunca significó nada para mí, Isabella y así me creas un hijo de puta, acostarme con ella solo fue parte de una misión.*

—Mierda, ¿quién carajos eres? —espeté desconociendo por completo al tipo con el que hablaba porque ese distaba mucho de ser el hombre al que amé por años.

—*Un imbécil que te ama con locura, capaz de quemar el mundo por ti sin importarme que te hayas fijado en otro* —respondió seguro.

Pero estaba tan molesta que ni siquiera sentí culpa por sus palabras.

—¡Dios! Creo que vivimos en mundos paralelos porque en el mío no se demuestra amor acostándose con otra y menos por una misión —zanjé agradeciendo que la rabia opacara mi dolor.

—*No, nena. Vivimos en el mismo mundo, solo que tú sigues metida en una burbuja que te protege de la mierda que te rodea* —aseguró.

—Parece que ya tiene fugas, porque la mierda ha comenzado a filtrarse —ironicé y bufó.

—*Estoy odiando las promesas que he hecho, Isabella, porque por ellas me he visto obligado a que me veas como un completo hipócrita y a que me creas el peor de los imbéciles* —espetó lleno de frustración—. *Y esa es la ventaja que LuzBel ha tenido, porque él puede hacer y decir lo que yo no y odio a tu... ¡Me cago en la puta!* —gritó conteniéndose y el corazón se me aceleró.

—Háblame de una maldita vez —rogué entre lágrimas.

—*No puedo, amor. No sin perder la lengua en el proceso si es que corro con suerte* —juró y cerré los ojos, llorando en silencio y dándome por vencida, pues yo también odiaba a quien sea que lo obligaba a callar.

—Perfecto. Ya has respondido lo que necesitaba —dije haciendo acopio de mi orgullo.

—Isa...

—Llámame cuando puedas decirme la maldita verdad, porque estoy harta de las palabras a medias —espeté y, tras eso, corté la llamada.

Lancé el móvil lejos de mí, cegada por la furia y me puse la almohada sobre el rostro, ahogando un grito de frustración que me abandonó antes de poder contenerlo.

Estaba a punto de colapsar y le pregunté a la vida cuándo me daría un descanso, pero no me respondió. Así que me dediqué a llorar cansada, furiosa y decepcionada de Elliot y de LuzBel, sobre todo.

—¿Cariño? —Sentí que me quitaron la almohada del rostro rato más tarde y encontré a Charlotte a mi lado—. ¡Hey! ¿Qué pasa? —preguntó preocupada y, sin pensarlo, me incorporé para abrazarla.

—No me sueltes, Charlotte —supliqué entre lágrimas y me abrazó con fuerzas.

—Shhh, nunca lo haré —aseguró sobando mi espalda.

Ella era la única figura materna que había tenido luego de que mamá me faltara, pero no encontraba la manera de decirle lo que me había estado pasando porque siempre sentí como si Charlotte fuera de esas mamás que no comprenden a sus hijas a pesar de amarlas, como si por alguna razón pretendieran que uno entendiera que solo lo que ellas decían era lo razonable, aunque en ocasiones fue flexible conmigo en algunos temas.

Pero no me quejaría jamás porque de una u otra forma, ella estuvo para mí cuando más lo necesité.

—Has discutido con Elliot, ¿cierto? ¿O se trata de ese nuevo chico? —inquirió y negué con la cabeza.

No quería decirle que se trataba de los dos porque eso me hacía sentir peor.

—¿Estás enamorada de ese hombre con el que estás saliendo? —le pregunté a cambio y me alzó una ceja.

—No, apenas nos estamos conociendo —aseguró y me limpió las lágrimas.

—¿Pero ya has estado enamorada alguna vez? —insistí.

—¿Es importante para ti saberlo? —preguntó y asentí. Ella suspiró con pesadez y me acomodó el cabello detrás de la oreja—. Nunca me llevé bien con mi madre, creo que me odiaba para ser sincera —comenzó a decir— y una vez mientras discutíamos, me gritó: *ojalá te enamores y pongas tu corazón en las manos de alguien más* —soltó, imitando otra voz y la miré sin comprender—. En ese momento no lo entendí, pero me estaba maldiciendo.

—Pero... ¿por qué dices que te estaba maldiciendo? —indagué y me tomó la mano, besando el dorso de ella.

—¿Acaso eres feliz en este momento? —preguntó con dulzura y tragué con dificultad cuando sonrió—. Yo tampoco lo entendí hasta que ya no había vuelta atrás, Isabella —confesó sin esperar respuesta de mi parte y el corazón se me aceleró de una manera horrible—. El amor es la maldición más retorcida que existe, cariño, porque te atraviesa el alma y te la rompe en mil pedazos —juró.

En ese momento la pena que me atravesó no fue solo por ella, sino porque de alguna manera, le di la razón, sobre todo cuando Elliot llegó a mi cabeza y de pronto, también LuzBel. Y sabía que no estaba enamorada de este último, pero me dañó gracias a la atracción que sentí por él y eso fue suficiente para que me hiciera mierda.

—Sobre todo el amor no correspondido —añadió después y capté el matiz de tristeza en su voz—, ya que ese además de maldecirte, te envenena a tal punto que todo deja de importarte —siguió y me puse de pie, llegando a la ventana de mi habitación para observar a través de ella.

—¿Qué hiciste para salir de ella? —pregunté sin mirarla.

—Nada todavía —admitió—, pero lo haré —dijo y la miré sobre mi hombro. Estaba observando a un punto fijo, metida en sus pensamientos—. Me arrancaré esa maldición y quien la puso en mí se arrepentirá por el resto de su vida —prometió y la piel se me puso chinita.

Charlotte siempre había sido una mujer dulce. Sin embargo, sus ojos brillaron con odio y resentimiento, convirtiéndose en alguien que desconocía por completo.

—Me asustas —admití y sonrió volviendo a ser la mujer dulce cuando se percató de que no mentía.

Se puso de pie y me abrazó por la espalda.

—No tengas miedo de mí, pero sí de poner tu corazón en las manos de un tipo que pueda pisotearlo, cariño. Porque si lo haces, le darás el poder para destruirte y yo no te deseo esa maldición —aseguró y, por unos segundos, ambas miramos a la nada.

Nunca la había escuchado tan herida como en ese momento, pero de alguna manera también le agradecía porque logró advertirme con su reflejo y estaba segura de que no quería llegar a ser ella en un futuro. Así que debía cuidarme, ya que, si lo de Elliot me dolía, no quería ni imaginar qué pasaría si volvía a poner mi corazón en las manos de alguien más.

«En las manos del Tinieblo, por ejemplo».

Eso ni pensarlo.

La noche siguiente, me desperté de una horrible pesadilla. El corazón me latía como loco, el pecho me dolía y me sentía desesperada.

Había encontrado a Elliot en mi propia habitación, enredado entre las sábanas de mi cama con una chica a la cual follaba con pasión. Verlo hizo que el corazón se me partiera en mil pedazos y la piel se me congeló junto a los pulmones que a penas conseguían llenarse de aire.

Le había gritado, exigiéndole que me dijera por qué me hacía eso, pero Elliot se limitó a reír y, en un parpadeo, ya no era él quien estaba encima del cuerpo desnudo de esa chica sin rostro, sino LuzBel y el maldito incluso tuvo el descaro de proponerme que me uniera a ellos, lo que desató más mi dolor.

Me desperté justo cuando las lágrimas me abandonaron porque me hizo sentir muy degradada. Sin embargo, al abrir los ojos descubrí que, más que humillada, me sentía celosa.

«¿Celosa de encontrar a Elliot con otra o a su primo?»

Ignoré esa pregunta y me senté en la cama para beber un poco de agua al sentir la garganta seca. Cuando encendí la lámpara de mi mesita de noche, miré el regalo que papá me dio semanas atrás cuando viajó para estar conmigo.

—¿Será que alguna vez me amarán como papá te amó a ti? —inquirí tomando el frasco de vidrio donde yacía la última rosa que mamá recibió de papá el día que la asesinaron.

Se parecía a la rosa de la *Bella y la Bestia* metida en una vial de cristal, solo que esa fue preparada en el mismo vaso de vidrio en el que mamá solía meter las rosas que mi padre le daba cada mañana.

Papá la había mandado a preservar, consiguiendo un trabajo perfecto gracias a que la cortó del rosal de mi madre la misma mañana del día en que nos la arrebataron. Y mamá había sido tan cuidadosa con sus plantas, usando solo los mejores productos para abonarlas, que por eso fue posible el proceso de preservación.

—*No puedo aceptarla, papá. Sé lo mucho que significa para ti* —*le dije en ese momento, anonadada al ver lo que hizo con aquel obsequio que le dio a mi madre.*

—*Porque significa todo para mí, quiero dártela, hija. Tú eres lo más importante en mi vida, así como lo fue tu madre. Y sé que debe estar en tus manos* —*Me limpió una lágrima y, con manos temblorosas, tomé su regalo.*

—*Gracias, papito* —*musité con felicidad y tristeza.*

—*Te amo con mi alma, hija. Y no sabes lo feliz que me hace ver que al fin estás siguiendo adelante* —*dijo y lo abracé con fuerzas.*

Y no estaba segura de que al fin conseguía ir hacia adelante, pero sí me sentía diferente y más confiada de lo que hacía y cómo vivía a pesar de las mentiras de Elliot y LuzBel.

Dejé el frasco en su lugar y salí de la cama cuando la tristeza y frustración amenazaron con apoderarse de mí de nuevo y me metí en el cuarto de baño para tomar una ducha. Ya estaba cansada, pero sabía que tenía que seguir adelante.

«No importa cuántas veces te caigas, Isabella. Lo que importa es que te levantes», me animé a mí misma, pues era lo mejor que podía hacer en ese momento.

Durante unos días, conseguí mantener esa buena actitud, dedicándome a hacer todo tipo de actividades para no continuar pensando en lo sucedido con los dos chicos que me tenían metida en un caos. Y, aunque sentí un poco vergüenza al encontrarme con LuzBel en el estacionamiento de la universidad luego de que me dijera lo que hice estando borracha, también pude seguir aplicándole el látigo de la indiferencia, animada por el orgullo, ya que su actitud el día que me acorraló en su estudio me ayudaba a no dar mi brazo a torcer, pues me demostró que para él no significaba nada mi dolor.

Así que no valía la pena perder mi tiempo con los juegos de ese demonio manipulador, sobre todo con el consejo de Charlotte latente en mi cabeza.

«No valía la pena hasta que hablaste con Tess».

Sabía que su propuesta te gustaba más a ti que a mí.

«Y no lo negaría».

Rodé los ojos ante el descaro de mi conciencia mientras escuchaba a Tess y su plan para castigar a su hermano. A pesar de que estuve tentada a decirle que no sin dejarla explicarse, la chica consiguió mi atención y la de Jane, sobre todo, quien se sorprendió al saber lo que había estado pasando entre LuzBel y yo, pero dejó claro que no se metería en mis decisiones, aunque como mi amiga, no perdió la oportunidad de aconsejarme y decir que no creía que me conviniera estar con un tipo como él.

Y era lógico viniendo de ella, más cuando seguía temblando ante la presencia de ese idiota.

—Para ser sincera, no veo el punto de hacer lo que pides, más que solo quedar como una necesitada que no puede vivir sin su polla —le dije.

—Joder, Isa. Acaso olvidas que eso de que nuestro mayor poder está entre nuestras piernas no es del todo una mentira —señaló y solté el aire retenido, acomodándome en la silla donde me encontraba—. Ya lo castigaste con la indiferencia, ahora es tiempo de que subas de nivel —añadió.

Los días que pasé tratando a su hermano con frialdad me dejaron ver que no era inmune a mí y en mi interior, lo disfruté. Tess lo había notado y por lo mismo, aprovechó su momento para conseguir también un poco de venganza por lo que él le hizo con esa propuesta que hacía.

Miré a Jane cuando rio ante la locura de Tess.

—¿Opinas lo mismo? —le pregunté solo para saber si en realidad esa pelirroja estaba loca o era yo la exagerada.

—Bueno, confieso que también he querido hacerle pagar por todo lo que me ha hecho, pero no me atrevo ni siquiera a mirarlo a los ojos aún. Y si tú le afectas tanto, pues deberías sacrificarte por nosotras, ¿no?

—¡Vaya! Gracias. Me honra ser el chivo expiatorio —satiricé y ambas rieron.

—Ya, Isa. Míralo de esta manera: vas a disfrutar tú y harás que él pague un poco por todo lo que nos ha hecho —me animó Tess y solo me reí—. Eres la única que puede conseguirlo, ya que así no lo veas, Elijah es débil contigo —aseguró.

Negué con la cabeza, apretando los labios para no sonreír de nuevo.

«Tu corazón se volvía loco con la idea de estar de nuevo con ese Tinieblo de ojos tormentosos, eh».

Entrometida.

«Sincera más bien. A todos podías mentirles, Colega, pero yo sabía que, incluso odiándolo, querías volver a estar con él».

Eso no era cierto.

«¿Y por qué te tocabas pensando en él?».

¡Arg!

—Lo dudo mucho. Elijah no es débil, sino caprichoso y quiere seguir consiguiendo lo que se ha propuesto. Así que confundes su manipulación con debilidad —señalé y negó al verme indecisa.

—¿Y confundo también cuánto le place que lo llames por su nombre? —ironizó.

«Le encanta cuando lo gimes».

¡Oh, Dios!

—Yo no le deseo el mal a nadie, pero admito que la idea de que lo castigues por nosotras es tentadora —añadió Jane y solté una carcajada.

—Suponía que tú deberías ser la ángelita en mi hombro y Tess la diablilla, pero veo que decidiste vestirte de rojo —le dije a Jane con diversión y las dos se rieron en ese momento.

—Ya, Isa. Acepta que te gusta la idea, porque no solo mi hermano ha estado con cara de culo estos días. Tú también y sé que se debe más a él que a Elliot, así que tómalo como excusa —insistió la pelirroja al verme indecisa y me limité a callar.

Aunque, al día siguiente de esa, charla me encontraba escogiendo la ropa que usaría tras una larga ducha. Deseando no cometer otro grave error al haber aceptado el plan de Tess.

Y evité pensar mucho en las consecuencias mientras me colocaba el vestido rojo de puntos blancos que elegí. Era de tirantes delgados con escote en V y tenía un poco de vuelo de la cintura hacia abajo. Me llegaba hasta la mitad de los muslos y aseguré el lazo (que era hecho de la misma tela), a la altura de mi ombligo.

Me acomodé el cabello en un moño flojo y me calcé unas zapatillas *All Star* en color blanco. Me puse bragas esa vez porque con ese estilo de vestidos, prefería evitar el estar desnuda por completo, pues el viento era traicionero, aunque el modelito que escogí no dejaba mucho a la imaginación, ya que se metía entre mis nalgas y el pedazo de triángulo al frente apenas conseguía cubrirme el coño.

—¡Ay, mierda! —exclamé para mí al estar lista y tomar mi bolso.

Antes de tener tiempo de arrepentirme, cogí las llaves del coche y conduje sin parar hacia la mansión de los Pride.

Tess me había enviado un mensaje para avisarme que ya se había marchado, recordándome que todo lo que hacía era también por ellas y me reí por dejarme chantajear de esa manera. Aunque la sonrisa se me borró en cuanto el martilleo de mi corazón retumbaba incluso en mis oídos mientras iba subiendo los escalones hacia el tercer piso de aquella enorme casa.

Por un breve segundo, pensé en darme la vuelta e irme cuando una señora del servicio me invitó a subir a la habitación de Tess, pero…

«También tenías ganas de ver a ese hermoso Tinieblo».

Joder.

Odiaba cuando mi maldita conciencia me hacía analizar demás, ya que en ese instante olvidé si eso lo hacía por venganza o deseo, aunque también me reproché a mí misma el haber aceptado el plan de Tess, puesto que por mucho que quisiera hacerle pagar a LuzBel lo miserable que fue conmigo, acceder a eso era como darle *play* a un nuevo juego entre él y yo que no sabía si podría jugar.

Pero seguí adelante y pronto estuve en la habitación de Tess y sonreí al ver la puerta entreabierta, escuchando la música que se reproducía desde adentro, cogiendo valentía sin saber de dónde.

Di suaves toques en la puerta (incluso sabiendo que no responderían) solo para hacerlo más creíble y luego la llamé.

Nadie me respondió como ya sabía y, tras respirar hondo, me adentré en la habitación sintiendo de inmediato aquel escalofrío y los vellos de mi nuca erizándose. Su presencia me golpeó antes de que su aroma impactara en mis fosas nasales y, en contra de lo que planeé, inspiré profundo, deleitándome con ese olor característico suyo que podía llegar a volverme loca.

«Era hora de que la diversión con el Tinieblo comenzara».

Era hora.

Di un respingo cuando la puerta se cerró de golpe detrás de mí y eso no lo fingí, ya que debía admitir que ese idiota sabía cómo asustarme, pero tras recomponerme, me giré para enfrentarlo.

—Al fin llegas, Bonita —musitó con ese tono de voz melódico y erótico.

Y me dedicó una sonrisa ladina que prometía mucho.

«Como un cazador a punto de atrapar a su presa».

Exacto, solo que esa vez el cazador sería cazado.

CAPÍTULO 46

Vuelve aquí

ISABELLA

El cazador sería cazado...
Mierda.
Tenía que cumplirlo, demostrarle que sabía jugar a mi manera, aunque eso conllevara toda mi fuerza de voluntad, puesto que al verlo frente a mí: sentado y relajado como todo un señor poderoso, descalzo y vestido solo con un pantalón deportivo, hizo que mi imaginación volara.

Su cuerpo, que era la perfección del cincelado a mano, me invitó a adorarlo y las manos me picaron por poder acariciarlo, sentirlo y disfrutarlo.

Joder.

Tragué con dificultad y me recompuse un poco al darme cuenta de lo fácil que era olvidar mi objetivo. Así que me concentré en mi misión y me dispuse a seguir con el juego.

—¿Qué... qué haces tú aquí? —pregunté y maldije en mi interior cuando los nervios me traicionaron y titubeé.

—Vine a buscar algo que Tess sacó de mi habitación —mintió y eso me hizo recobrar fuerzas.

—Yo vine a buscarla a ella —Mentí al igual que él.

—Tuvo que salir de emergencia —Esa vez él mintió para proteger a su traicionera hermana y me mordí el labio para no sonreír.

«Vaya demonio caliente y embustero».

Quise reírme con aquel susurro, pero me contuve en cuanto lo vi ponerse de pie, obligándome a alzar la barbilla para poder verlo a los ojos y no a su perfecto y gran paquete marcándose por encima del pantalón.

—Y se le olvidó avisarme —ironicé en un susurro que hizo que LuzBel se encogiera de hombros—. Bien, entonces regresaré cuando ella esté de vuelta —dije e intenté salir de la habitación, pero él se puso frente a mí, cortándome el paso.

—De ninguna manera, White —sentenció, logrando con su tono que mi corazón martilleara más rápido que cuando llegué a la habitación.

Di un paso a un lado buscando salir y no supe si lo hacía siguiendo el plan o porque en verdad quería huir, pero por supuesto que él no me lo permitiría y siguió mi movimiento, acercándose hasta que nuestros pechos estuvieron al ras.

—Quítate —exigí sintiendo que la garganta se me secó.

Él sonrió como un cazador justo cuando escuché *I'll make you love me* sonando en el reproductor como si el destino se compaginara con el momento que vivíamos.

—Tú y yo necesitamos hablar —dijo y no me aparté cuando rozó su nariz con la mía.

La puta madre. Qué manera tenía de hipnotizarme.

—Ya lo hicimos y sabes cómo termina cada conversación entre nosotros, LuzBel —le recordé y contuve un jadeo cuando me tomó de la cintura y me giró hasta empotrarme en la puerta.

—Elijah —corrigió cerca de mis labios y eso logró que me pusiera más nerviosa y que las malditas mariposas en mi estómago se alocaran.

—LuzBel —insistí y nos miramos a los ojos, alternando la mirada entre nuestros labios, deseando besarnos, pero conteniéndonos por orgullo.

—O hablamos o follamos, White, pero te prometo por mi maldita vida que no te irás sin que hagamos alguna de las dos cosas…, o ambas —advirtió, llevando una mano hacia mi moño, el cual tomó tirando de él con ligereza, forzando con el acto que mi barbilla subiera más y fijara mis ojos en los suyos.

Gemí cuando me mordió el labio inferior sin llegar a besarme y mi entrepierna se calentó con la rapidez que solo él conseguía.

Mierda.

¿Por qué me gustaba tanto cuando era así de rudo?

«Porque éramos unas estúpidas, querida».

Gracias a la situación no me reí de la respuesta de mi conciencia, pero deseé hacerlo porque se incluía cuando debía. En cambio, puse las manos sobre los hombros de LuzBel para mantenerlo a raya y él rozó su pelvis en mi vientre. La cresta de su polla ya estaba dura y con ello aumentó el calor entre mis piernas.

—Ya conseguiste tu venganza, LuzBel. Lo tengo claro. Ahora es momento de que tú entiendas que nuestro juego terminó —sentencié y solo conseguí jadear cuando estampó sus labios en los míos.

Su boca se movió famélica y necesitada sobre la mía, mas no correspondí y solo intenté alejarlo, fracasando en el intento.

Pero él estaba decidido a conseguir lo que quería y me tomó entre el cuello y la barbilla, mirándome a los ojos y sacando la punta de la lengua para lamer mis labios, arrastrando una mano por mi muslo y llevándola directo a mi nalga desnuda para apretarla, mordiendo a la vez mi labio inferior hasta conseguir que jadeara.

Puta madre.

Eso fue todo lo que pensé al rendirme, abriendo la boca y permitiéndole a su lengua entrar. El calor que recorrió mi cuerpo se volvió frío cuando llegó a mi pecho, endureciendo mis pezones hasta ponerlos más sensibles y haciéndome sentir más el roce del suyo.

Correspondí su beso con la misma intensidad que él me daba y lo cogí de la nuca, sintiéndolo sonreír en cuanto creyó que había ganado esa batalla. Mordió mis labios de nuevo, chupando el inferior. Su aliento cálido y dulce me calentó por completo y gemí cuando el cosquilleo en mi centro aumentó.

—Ves cómo este juego no ha terminado —se mofó, mordiendo mi barbilla y lamiendo mi labio de nuevo.

La sensación de su *piercing* en mi carne llevó pensamientos indecorosos a mi cabeza y la necesidad de cerrar las piernas para conseguir un poco de fricción se volvió insoportable.

Lo besé en lugar de responderle, mordiendo también sus labios con más fuerza de la que él usó conmigo y gruñó frotando su erección en mi vientre. La cresta se había engrosado y latía desesperada por salir de sus pantalones y encontrar mi entrada. Llevó la otra mano debajo de mi vestido, sintiendo cómo cada nervio bajo mi piel ansiaba por ser tocado, y apenas logré detenerlo antes de que llegara a su destino.

—No —susurré pegando la frente en su barbilla, jadeando por la falta de aire.

La mano que había apretado el cachete de mi culo, corrió por mis caderas y apretó el encaje de mis bragas.

—¿No, qué? —inquirió besando mi sien y lo tomé de la otra mano para que no continuara moviéndose.

—Déjame ir —dije fingiendo súplica.

«Vaya cabrona que eres. Hasta yo me lo creí».

—Y si mejor te vienes —susurró en mi oído y luego lamió y chupó el lóbulo—. En mi boca —añadió.

—Idiota —le dije con una sonrisa y bebí de su aliento para luego volver a besarlo, ocultando mi deseo.

—Lo siento —dijo, saboreando mis labios—. Te dañé, lo sé. Pero sabes que no fuiste solo mi venganza, Bonita —añadió sorprendiéndome y me separé de él, presionando la frente en su pecho en ese momento para no verlo a los ojos—. Al menos no después de que te hice mía.

Apreté los párpados unos segundos para no dejarme embaucar de nuevo y seguir con mi plan, puesto que él ya me había demostrado que se valía de todo para conseguir lo que se proponía y era hora de demostrarle que yo también estaba aprendiendo las reglas del juego.

—No te niegues a lo que sientes, a lo que deseas —pidió y me tomó de la barbilla con delicadeza para que lo mirara a los ojos—. Sigue jugando conmigo —pidió y me besó de nuevo, esa vez fue un beso suave y seductor.

«¿Escuchabas bien? Quería que jugaras con él».

Y no se imaginaba el error que cometió con esa petición.

—Solo si esta vez jugamos a mi manera —respondí luego de ese beso y sonrió victorioso.

—Como tú quieras, White.
—¿Lo prometes?
—Lo prometo —Esa vez fui yo la que sonrió victoriosa.
—Llévame a tu habitación —pedí y vi cómo sus ojos brillaban ante mi petición.
«El corderito había caído».
Y la loba estaba a punto de comérselo.

Sonreí con picardía mientras me dejaba guiar por él a su habitación, sabiendo que estaba a punto de tentar al diablo, consciente de que tarde o temprano lo pagaría, pero en lo que ese momento llegaba, disfrutaría al máximo de mi pequeña venganza.

—¡Jesús! —jadeé en cuanto entramos a su habitación y me acorraló en la pared, adueñándose de mi boca con lujuria y necesidad—. ¿Tanto me deseas? —pregunté y mordí su labio.

—Mira lo que me haces —dijo tomando de nuevo mi moño para que expusiera más mi cuello, enterrando su rostro de inmediato en él para inhalar hondo mi aroma y luego lamerlo.

—¿Qué te hago? —susurré y zafó la liga de mi cabello para que este cayera a los lados. Lo tomó en su puño y olió el aroma que se intensificó más al desparramarse.

Por alguna razón, me excitaba que le gustara tanto mi cabello.

—Me vuelves loco —confesó y sonreí.

—Y te arrastras por mi infierno —dije recordando levemente que le dije esas palabras antes, aunque no sabía si solo era una ilusión.

Me tomó de la parte de atrás de la cabeza en respuesta, apretando el nacimiento de mi pelo y provocándome una sonrisa.

—Ten cuidado, pequeña Bruja provocadora —advirtió.

—Vamos, sé que lo deseas. Toma tu pequeña dosis de mi paraíso —lo tenté y mordió mi barbilla.

Su boca volvió al ataque en mis labios, siendo más fuerte y tan áspero, que me robó el aliento. Pero no se entretuvo con ellos, sino que bajó a mi cuello, lamiendo y mordisqueando, soltando mi cabello para que sus manos se arrastraran a mis pechos, apretándolos con fiereza, arrancándome gemidos de placer y dolor, descendiendo a mi cintura hasta llegar a mis piernas.

—¡Joder! —gemí y él gruñó al apartar mis bragas hacia un lado y meter los dedos en mi raja húmeda.

—¿Entonces solo yo lo deseo, pequeña Guarra? —inquirió burlón.

—Elijah —jadeé cuando deslizó el dedo medio de arriba abajo, llevando la punta a mi entrada para esparcir más mi humedad.

Se mordió el labio inferior y luego me tomó con la otra mano del cuello, alzando mi barbilla y lamiendo mis labios. El roce de su *piercing* se acompasó con el movimiento de su dedo y me mojé más al imaginar que me chupaba ahí abajo con el ímpetu que siempre tenía a la hora de devorarme el coño.

—Siempre tan lista para mí.

—¡Ah! —grité cuando me embistió con el dedo y mis caderas se meneaban igualando el movimiento de su mano.

—Dame lo que necesito —jadeó en mis labios y el calor se agrupó en mi vientre, extendiéndose a mi estómago y presionando a la vez mi pecho.

La humedad aumentaba con cada embiste y mis caderas estaban perdiendo el control. Aferré las manos a su cintura para tener un soporte y mis gemidos se volvieron constantes.

—Mierda —dije tomándolo con una mano de la muñeca para que me soltara el cuello—. Voy a correrme —confesé amando y odiando que sucediera tan pronto.

—No así, Bonita —aseguró y enseguida se puso en cuclillas.

Me subió el vestido y me obligó a poner el muslo sobre su hombro y antes de que pudiese asimilar lo que haría, se enterró entre mis piernas.

—¡Madre mía! —gemí.

Su *piercing* hizo contacto con mi manojo de nervios y estuve a punto de gritar por las sensaciones que me provocaba.

—Mira lo que me haces —dijo de nuevo y grité ante el mordisco que me dio y luego lamió.

Sus ojos grises me observaron desde su posición y me volvió loca esa imagen tan perfecta de él. El movimiento de su lengua no fue sutil, sino hambrienta y desesperada, arremolinándola justo por encima de mi clítoris, provocando que cerrara los ojos sintiendo los párpados pesados.

Me froté con su boca perdiendo el control mientras él abrazaba mi muslo, alzándolo un poco más para tener más acceso a mi coño. La humedad aumentó en mi vagina, abandonándome para mezclarse con su saliva. Mordió y lamió mi carne en asaltos que al principio fueron suaves, logrando con eso que mi estómago diera vueltas y un líquido caliente recorriera cada terminación nerviosa de mis piernas.

Dios.

Me sentía como si estuviera a punto de bajar los rieles de una montaña rusa: llena de adrenalina, emoción, nerviosismo y ganas de explotar en mil pedazos ante las sensaciones tan intensas que experimentaba. Incluso así quería más.

Más profundo.

Necesitaba a ese idiota dentro y fuera de mí. Todo. Completo. Muy en lo hondo de mi vagina.

Chupó más fuerte y amasó mi pecho con una mano. Mi estómago se hundía por las respiraciones profundas y aceleradas que estaba tomando y empujé más las caderas sobre su boca, perdiendo el control.

—¿Quieres que el juego finalice? —inquirió, lamiéndome de arriba abajo con lentitud.

Mis mejillas estaban calientes y rojas. Negué logrando que él sonriera.

Cubrió mi clítoris con sus labios y chupó con fuerza, tirando de él hasta hacerme gruñir de dolor placentero. El calor de su boca me torturaba y busqué más la fricción moviendo las caderas.

—Elijah —lo llamé sintiendo la anticipación en mi estómago descendiendo a mi vientre, y a duras penas lo detuve cuando estuve a punto de correrme—. Así no —supliqué ejerciendo fuerza en su cabello para que dejara de torturarme.

—¿Cómo lo quieres? —indagó poniéndose de pie y vi cómo su falo abría un espacio entre su pantalón y cintura al encontrarse tan duro, mostrándome que no usaba bóxer.

—Contigo dentro de mí —respondí sin dudar y recibí gustosa sus labios en los míos, sintiéndome en ellos.

—Debería hacerte rogar por ello —susurró y sonreí.

—Deberías, pero no lo harás porque te mueres por empotrarme hasta la empuñadura —dije dándole un beso casto—. Y si te niegas, te castigarás también a ti —añadí y miró serio mi boca.

Mordió su labio con furia y deseo, observándome con enojo y eso aumentó mi libido porque sabía cómo se soltaba cuando estaba así. Los recuerdos de nuestro momento en aquel mugriento hotel todavía me perseguían por las noches.

—Pequeña Bruja —dijo besándome con intensidad y sonreí al comprobar cuánto me deseaba.

Mientras le correspondía, vi una silla sin brazos de apoyo ubicada a un lado del escritorio y pensé en que sería perfecta para mi plan.

—¿Dónde están tus cinturones? —pregunté y me observó cómo si me hubiesen salido dos cabezas—. Prometiste jugar a mi manera y quiero atarte. —Su sonrisa se ensanchó al escucharme.

—Tu lado travieso me está gustando —declaró y me dio los cinturones que le pedí.

—Espero que sigas pensando igual en cuanto te vuelva loco al estar sobre ti —sentencié altanera.

No dejé de besarlo mientras lo hacía sentarse en la silla. Y seduciéndolo conseguí atarlo de pies y manos sin que soltara quejas o se negara a continuar. Me miró a punto de perder el control en cuanto comencé a darle mordiscos en los muslos y por encima del pantalón. Gruñó desesperado en el momento que arrastré los dientes en su cresta, mas no paré ahí, ya que podía descontrolarme de nuevo y le haría algo que, en ese momento, no tenía ganado.

Fui dejando un rastro de besos húmedos por su abdomen sin dejar de acariciar su falo arropado todavía con la tela y, en cuanto llegué a sus tetillas, vi cumplida una de las fantasías que había tenido con él. Chupé y tiré de los *piercings* en ellas, sonriendo triunfante por tenerlo a mi merced así fuera por una vez.

—Paraíso e infierno —dijo entre dientes ayudándome a levantar sus caderas para bajarle el pantalón y liberar su falo.

—Infierno contigo —dije sacando la punta de la lengua para lamer sus labios e imitar así lo que él hizo conmigo antes.

Gimió de placer cuando tomé su erección en mi mano y me estremecí al recordar todo lo que me provocaban esas perlas que lo adornaban. Dejé caer un poco de saliva en su glande, esparciendo con ella el líquido preseminal que ya adornaba la corona y, con delicadeza, moví el prepucio de arriba abajo, acariciando con la lengua sus tetillas.

—Me estás matando —jadeó cuando jugué con el saco de tus testículos.

Tras eso, tomé su falo en bombeos tortuosos, acariciando con énfasis la corona y sintiendo cómo cada vez se engrosaba más.

—Y todavía no comienzo —presumí irguiéndome para morder su labio.

Di un paso atrás y me saqué las bragas, sintiendo cómo me quemaba su mirada fría y llena de lujuria. Sonreí con inocencia cuando la puse sobre su rostro y me sonrojé en cuanto él inspiró como todo un depravado.

«¡Ay, mierda!»

—Ven aquí, pequeño Infierno —ordenó.

Titubeé solo por un segundo, ya que nunca había tenido el control por completo y, aunque ya hubiéramos follado en esa posición, él siempre me guio. Sin embargo, no me inmuté, diciéndome a mí misma que hacerlo sola no tenía que ser difícil.

«Recuerda las películas porno que has visto».

Me subí el vestido permitiéndole ver mi coño húmedo y me puse sobre su regazo, tomando su erección para frotarme el clítoris con ella y mojándolo con mis fluidos. Sentí su mirada en mi rostro más intensa que antes y eso logró que las mejillas me ardieran.

—Mierda —dijo entre dientes cuando lo guie a mi entrada y flexioné las piernas para empujarlo dentro, envolviéndolo con mi vagina de un solo movimiento.

Gemí sintiéndolo hasta el fondo con el dulce dolor esparciéndose por todo mi cuerpo y lo miré a los ojos, su gris estaba más oscuro por el deseo y la impotencia que sentía al no poder tocarme, pero a la vez disfrutaba de eso.

Acomodé un pie en el apoyo entre las patas de la silla y las manos las envolví en su cuello para luego mover las caderas de adelante hacia atrás, palpando cómo me apretaba y llenaba en los lugares correctos, con mi humedad recubriendo su falo y robándonos gruñidos y jadeos.

Mierda, cuánto extrañé sentirlo.

El corazón se me había vuelto loco igual que la respiración y presioné la frente con la suya, bebiéndonos nuestros jadeos, mordiendo sus labios sin llegar a besarnos.

—Extrañabas mi verga, Bonita —dijo sobre mi boca y jadeé, siendo apenas capaz de pensar en una respuesta.

Cerré los ojos y cambié los movimientos de arriba abajo, sacándolo lo suficiente para que el embiste tocara partes que ni siquiera imaginaba que podía.

—Como tú extrañabas mi coño —aseguré y dejó escapar una pequeña risa.

—Sí, lo hice como un adicto extraña a la droga cuando está en abstinencia —admitió y saboreé su boca, llenando a la vez la habitación de jadeos, gemidos, gruñidos y el choque de nuestros cuerpos.

Nuestra humedad hizo sonidos obscenos y eso solo provocó más nuestra libido, obligándome a besarlo con pasión y deseo feroz. Mordisqueé y lamí su labio, chupando también su lengua como deseé hacerlo con su polla. Mis movimientos aumentaron sin perder el vaivén y el placer se anudó en mi vientre, avisándome que estaba a muy poco de llegar.

—Eso es. Aprieta así mi polla porque me vuelve loco —dijo y le di acceso a mi cuello para que me besara—. Móntame como si me odiaras.

—Te odio —susurré y mordió el lóbulo de mi oreja.

—Me odias a mí, pero estás loca por mi verga —se jactó y gemí—. Y yo estoy loco por zambullirme también en tu culo —soltó y me mordí los labios—. ¿Estás igual de apretada ahí? —preguntó y sus palabras crudas solo me llevaban al frenesí.

—¡Sí! —grité cegada por el placer, sintiendo el calor en mi vientre y la presión a punto de explotar.

—Voy a correrme también en tu culo —juró— y vas a pedirme que no pare de hacerlo.

—¡Oh, mierda! Elijah —supliqué abrazándolo con más fuerza del cuello.

—Sé que me imaginas también embistiéndote por detrás, sodomizándote hasta el punto en que no sepas dónde te gusta más —siguió y las imágenes que puso en mi cabeza casi hacen que el corazón se me saliera por la boca.

—¡Joder! ¡Sí! —grité moviéndome de adelante hacia atrás, frotando mi clítoris con su pelvis mientras sentía que sus perlas masajeaban las paredes de mi vagina y su grosor estiraba más mi perineo.

—Eso es, Bonita. Córrete para mí —demandó.

Y no esperé más, solo necesité de un movimiento para apretar los párpados y enterrar el rostro en su cuello, mordiendo el espacio entre su hombro y tirando de la parte de atrás de su cabello.

Enloquecí en su regazo, moviéndome con tanta naturalidad que parecía como si ya tuviera experiencia montándolo. Los muslos me ardieron ante el ejercicio y el escozor llegó a mi entrada, activando la bomba en mi vientre y haciéndola explotar como si fuesen fuegos artificiales.

El frenesí me nubló la cordura y comencé a correrme gritando su nombre, sintiendo el hormigueo recorrerme la piel como fiebre lujuriosa, apretándome el pecho, cortándome la respiración, tapando mis oídos y cegándome. Mi corazón entró en taquicardia y mis pulmones protestaron a tal punto que sabía que era posible que muriera de placer en ese momento.

—Puta madre, Isabella —gimió en mi oído y me besó la sien.

Los espasmos me habían dejado sin energía, pero continué moviéndome con lentitud, palpando cómo LuzBel se engrosó más dentro de mí y su polla palpitó con el deseo latente de correrse de una vez.

Entonces me detuve.

—No dejes de moverte —demandó y lo miré a los ojos.

—Gánatelo —susurré besando la punta de su nariz y me miró sin entender.

Su polla se sacudió en mi interior.

—¿De qué va este juego? —inquirió frustrado y me moví un poco para mantenerlo a punto de ebullición.

—¿Con cuántas has follado después de que te acostaste conmigo? —pregunté y alzó una ceja.

Detuve el vaivén de mis caderas y entendió la dinámica.

—Con ninguna, solo contigo —respondió con sinceridad y sonreí estúpida.

Intentó mover sus caderas para embestirme cuando vio que yo no lo haría, pero los amarres de sus pies no le permitieron llegar lejos en cuanto me alcé para que no me alcanzara.

—¿Y a cuántas has besado?

—Solo te dejo a ti besarme —gruñó y satisfecha con su respuesta, volví a mi vaivén dándole un poco de alivio y consiguiendo que cerrara los ojos.

Lo tomé del rostro en ese momento y presioné la frente otra vez en la suya, subiendo y bajando, sentándome en su falo con gozo hasta que lo tuve de nuevo en el borde.

—¿Tu disculpa fue sincera o solo por conseguir esto? —volví a cuestionar y abrió los ojos, desesperado porque ralenticé los empujes.

—¡Joder, Isabella! —gruñó más frustrado y al ver mi decisión se rindió—. Fue sincera y te lo repito: dejaste de ser mi venganza cuando te hice mía —aceptó y me moví más rápido en recompensa hasta que sentí que de nuevo, volvió a llegar cerca de su orgasmo.

—No soy tuya, Elijah —dije.

—Lo eres —aseguró y sonrió con satisfacción cuando gemí.

—Soy tu pequeño infierno —le recordé y jadeó cuando lo llevé al límite. Sus rasgos se contorsionaron con placer absoluto y luego se llenaron de confusión cuando paré de golpe—, pero no siempre te gustará cómo quemo.

—¡Me cago en la puta! —gruñó desesperado cuando lo saqué de mi interior y salí de su regazo—. No puedes dejarme así.

—Sí puedo —repuse acomodándome el vestido y el cabello.

—Vuelve aquí y dame mi maldito orgasmo —espetó y le sonreí de lado, tomando mis bragas y amarrándola en su falo como un lazo de regalo—. White, no estoy jugando.

—Ni yo —respondí con convicción y me acerqué a su rostro—. Me enseñaste el juego y ahora te estoy demostrando que aprendo bien —sentencié y caminé hacia la puerta.

—¡Vuelve aquí, maldita Castaña! —gritó.

—Ojo por ojo, ¿cierto? —le dije mirándolo sobre mi hombro.

—¡Hija de puta, esta me la vas a pagar! —juró y solo le guiñé un ojo.

—¿Ves el humo, pequeño Demonio? —inquirí con voz cantarina.

—No te gustará cómo te quemará esta vez el fuego, hija de puta —escupió y me reí.

Salí de la habitación cerrando la puerta, dejándolo amarrado en la silla, insatisfecho y con una erección igual de grande que su impotencia.

Lo escuché maldecir de nuevo, farfullando mierda y media, prometiéndome muchas cosas que me hicieron reír de nerviosismo y a la vez correr para salir de la mansión, ya que así me sintiera halagada por su furia y satisfecha por castigarlo, también sabía que su furia tendría consecuencias.

Pero, en ese momento, no me importó y solo disfruté de mi pequeño triunfo, percatándome de que todo salió mejor de como lo planeamos.

«¡Joder, Isa! Ese ojo por ojo jugaría para ambos».

También lo creía.

Pero no me detuve ni me arrepentí. Y cuando llegué al coche, saqué el móvil para escribirle un mensaje a Tess antes de salir como alma en pena, sabiendo que tenté al diablo y lo iba a pagar con creces.

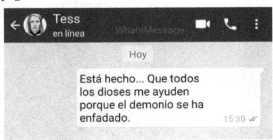

CAPÍTULO 47

Invirtamos papeles

ISABELLA

Con las manos temblorosas acepté la llamada en la pantalla del coche que Tess me hizo tras recibir mi mensaje. La adrenalina me tenía con las emociones vueltas locas. Y el corazón acelerado junto a la respiración, me hacía parecer como si estuviera corriendo y no conduciendo.

Todo empeoró en el instante que Tess me pidió que saliera de inmediato del territorio Pride, ya que su hermano todavía podía conseguir liberarse y era seguro que iría detrás de mí: para follarme hasta obtener su maldito orgasmo, o para castigarme por lo que le hice.

Y no estaba segura de que su castigo sería malo en realidad, al menos no físicamente, pero sí para mi orgullo.

—*Mierda, Isa. Todavía no me creo que tuvieras el valor para dejarlo amarrado y frustrado sexualmente* —me dijo entre risas.

—Ni yo, Tess —admití.

Por un segundo, creí que no lo lograría, ya que sentir su placer era como aumentar el mío.

Era como si sus sensaciones incrementaran las mías, como si de alguna manera su gozo se añadiera al mío y por lo mismo se volviera adictivo, sobre todo con esa manera tan sucia en la que me hablaba y la facilidad con la que me hacía desear cosas que nunca se me cruzaron por la cabeza antes de él.

—¡Joder! ¿Qué carajos acabo de desatar? —dije más para mí que para Tess.

Ella soltó una carcajada.

—*Piensa en el escarmiento que le diste* —me animó muy a su conveniencia—. *Te quejaste de su arrogancia, lo odiaste porque te usó como venganza y te enerva que quiera dominarte como si fueras una más de esas fulanas con las que suele follar* —añadió.

Le di la razón.

Ella me propuso hacer tal cosa precisamente por escuchar mis quejas, por ver mi frustración al no encontrar la manera de castigarlo, ya que incluso con mi indiferencia había momentos en los que la actitud de su hermano me ganaba, como el día en el que me confesó lo que hice estando borracha.

Su forma de sacarme del estudio todavía me sonrojaba las mejillas con vergüenza y ese día juré que no sería tan fácil para él volver a llegar a mí. Así que sí, LuzBel se merecía lo que le hice y estaba aprendiendo lo que se sentía ser usado.

—Pues ahora pensará muy bien antes de compararme con ellas —le dije a Tess con convicción.

Aceptar su juego no era lo mismo que aceptar ser una fulana más en su vida y lo aprendería por las malas.

LuzBel no podía disponer de mi cuerpo a su antojo sin entender que si estuvimos juntos fue porque yo quise, ambos lo deseamos, no solo él. Y desconocía si ya había estado con otras chicas en el mismo plan que estaba conmigo, pero si era así, esa tarde comprendería que conmigo no sería fácil desecharme como si fuera envoltorio de chocolate.

¡Joder, no!

Me negaba a darle ese placer.

—*Isa, acelera* —me dijo Tess de pronto y sin preguntarle por qué, lo hice.

Pero el coche no me respondió como esperaba.

—¡Carajo! ¿Qué está pasando, Tess? —le pregunté y la escuché maldecir.

—*Es…*

—¿Tess? —la llamé cuando no siguió hablando y vi con sorpresa cómo la pantalla del coche se ponía negra—. ¡Me cago en la puta! —espeté.

El territorio de la mansión era muy extenso, así que para mi jodida desgracia, todavía me encontraba en tierra Pride y que mi coche comenzara a fallar así no me dio buena espina.

Traté de volver a encender la radio y la pantalla, pero no me respondió. Volví a acelerar a fondo; sin embargo, en lugar de eso, la marcha se ralentizó y sentí que la garganta se me secó.

—¡Mierda! —dije al ver por el retrovisor una *Ducati* roja—. Esto tiene que ser una jodida broma.

Intenté acelerar de nuevo, pero no respondió y me percaté de que el coche comenzó a detenerse, aunque mi corazón sí que se aceleró más.

No entendía qué pasaba, el coche era nuevo y nunca me falló. Maldije porque lo hiciera justo en ese instante y el temor por las amenazas de LuzBel antes de que saliera de su casa aumentó.

«Bueno, Colega. Tentar al diablo no podía ser fácil».

¡Puf! Fantástico. Gracias por darme ánimos.

—¡Mierda! —chillé cuando el coche se detuvo como si fuera de control remoto y alguien lo manejara por mí y, en cuanto vi la motocicleta detenerse frente a él, lo comprendí todo—. Hijo de puta.

Apreté el volante con ambas manos e intenté activar los seguros de las puertas, mas no funcionaron. Y, a pesar de mi respiración entrecortada por momentos y acelerada en otros, la tensión y la ira al ver a LuzBel sacándose el casco hicieron su aparición, ya que no dudaba que todo eso fuera gracias a él.

Se había puesto una playera y zapatillas deportivas. Y si antes lucía furioso, en ese momento parecía el mismo demonio: rojo por la ira y casi echando humo por los oídos.

—¿En serio creíste que sería tan fácil, pequeña cabrona? —espetó todavía en la moto, frustrado e irónico.

«¡Mierda! Sí lo creíste».

¡Cállate!

—¿Qué carajos le has hecho al coche? —lo confronté saliendo de él.

Se bajó de la *Ducati* y caminó para encontrarme con la gracia de un león a punto de atrapar a la gacela. Tuve la urgencia de volver dentro del coche para protegerme, mas no le daría el gusto de intimidarme y seguí mi camino hasta que él me tomó de la cintura y estampó mi culo sobre el capó.

—¡Demonios! —chillé y menos mal que el metal no estaba tan caliente como para dañarme.

«Pero su arrebato te quemó más que el fuego».

—Mejor pregúntate qué carajos te haré a ti justo sobre tu coche —advirtió y solté un grito cuando abrió mis muslos con los suyos y enterró su erección en mi centro.

La maldita tela del pantalón nos servía como barrera y, por un momento, no importó que estuviéramos a la intemperie porque así mi mente lo odiara, mi cuerpo lo deseaba.

—No me harás nada —sentencié agradecida porque mi voz saliera entera.

—¡Oh, claro que sí! Te haré mucho —aseguró llevando mis manos hacia arriba de mi cabeza, sosteniéndolas con una sola de las suyas—. Crees que solo tú sabes jugar —largó y me mordí el labio para no gemir cuando frotó su polla en mi coño.

«¡Ay mierda! Te iba a convencer».

No.

Bloqueé los tobillos detrás de sus nalgas para que no pudiera moverse más y traté de calmar mi corazón.

—Pero se te olvida que hasta que no hayas hecho *jaque mate*, no debes subestimar a tu oponente —añadió.

—¿Cómo te liberaste? —pregunté para ganar tiempo.

—No te importa —dijo y me mordí el labio para no sonreír, aunque no lo logré del todo—. Pero confórmate con saber que quién me ayudó tuvo tu misma descarada reacción —masculló.

—¡Umm! —gemí ante otro roce, sin contenerme esa vez.

Solo era necesario que bajara la cinturilla de su pantalón para empalarme hasta la empuñadura sobre el capó del coche y vi que mi gemido lo descontroló, pero la rabia lo retuvo.

—¿Te divierte este maldito juego, White? —espetó sin dejarme responder—. Porque a mí no. Y no creo que te gustará del todo cómo quiero hacerte pagar.

—¿Será igual que en el motel? —lo tenté y alzó una ceja—. Cuando follamos como desquiciados y luego nos abrazamos como dos imbéciles enamorados.

—No me sigas provocando, Castaña del demonio —exigió y me tomó de cuello.

—¿Qué le hiciste a mi coche? —volví a preguntar.

Cambiar de tema me jugaba a favor.

—Eres de Grigori desde que aceptaste pagar la deuda de Cameron, así que se le instaló un dispositivo que me permite controlarlo por medio de un ordenador o mando a distancia.

—Eso es una maldita invasión a mi propiedad y yo no le pertenezco a Grigori —espeté y moví las manos para zafarme de su agarre, mas no me lo permitió.

—Perfecto. A Grigori no, pero a mí sí —gruñó mordiendo mi labio y me removí para impedírselo, jadeando cuando solo conseguí frotarme más en su cresta—. ¿Ves cómo tu cuerpo lo acepta? Eres mía, White.

Mierda.

Tuve sentimientos encontrados con su declaración, ya que odiaba que me viera como un objeto, como su maldita posesión, pero… ¡Carajo! También me gustaba cómo se escuchaba y lo que me provocaba.

«Después de todo, yo no era la única tonta».

Carajo.

—No, no soy tuya, Elijah. Ni de nadie —aclaré abrumada por haberlo considerado por un momento—. Y lo que te hice es para que tengas claro que a mí no me usarás como se te da la jodida gana —seguí y la furia centelló en sus ojos ante el recuerdo de cómo lo dejé—. Si me la haces me la pagas y espero que eso te sea suficiente para entender que no soy como las tipas con las que estás acostumbrado a tratar.

—En eso tienes razón, White. Ellas no son tan estúpidas como tú —refutó y jadeé.

Esa vez no fue por deseo, sino por indignación.

Y tras recomponerme un poco, le demostré que me tenía acorralada porque se lo permití. Entonces utilicé mi agilidad para zafarme del agarre que tenía en mis manos y me erguí sin soltarlo de las caderas, cogiéndolo de la mandíbula con furia hasta enterrar las uñas en su carne.

—A mí me respetas, maldito imbécil —largué cerca de sus labios y él se los lamió, frunciendo el ceño ante el dolor que le provocaba mis uñas en su mandíbula—. ¿Tanto te duele que te haga sentir como si solo fueras mi propio chocolate? —interrogué—. ¿Te enerva que ahora que me he relamido de placer, tu envoltura se está convirtiendo en basura?

Su respiración se volvió irregular y sus ojos se oscurecieron con odio recordando sus malditas palabras en aquel café meses atrás.

—Grábatelo bien aquí —seguí presionando el índice de mi mano libre en su sien—. Conmigo te jodiste y si quieres, si insistes en seguir con este juego, vas a aprender a verme diferente porque las cosas no serán igual que como lo han sido con las demás.

Se zafó de mi agarre y desbloqueé las piernas para que se alejara de mí, pero solo lo hizo lo suficiente como para que yo apoyara los pies en la defensa del coche.

Nuestras respiraciones eran aceleradas y nos miramos a los ojos con intensidad, midiéndonos y yo rogando para no ceder, ya que por muy fuerte que quisiera parecer, LuzBel me afectaba demasiado y temía que fuera más de lo que yo lo afectaba a él.

—¿Aceptarás jugar a mi manera? —lo chinché—. ¿O lo dejamos hasta aquí por la paz?

—¿A qué te refieres? —exigió saber con dificultad, tratando de controlarse.

—Invirtamos papeles —dije y alzó una ceja—. Y permítete saber qué se siente ser usado después de solo usar.

—Estás malditamente trastornada si siquiera piensas o sueñas que eso va a suceder —puntualizó sonriendo con burla—. Y más desatinada si crees que incluso no aceptando tu estupidez, el juego entre nosotros acabará.

Volvió a deshacer la distancia entre nosotros y me cogió del rostro con ambas manos. Tragué con dificultad, pero no me inmuté, demostrándole que no estaba dispuesta a ceder porque me cansé de que pretendiera que todo fuera como él quería siempre.

Y no, no quería usarlo, solo pretendía llevarlo al límite para que supiera lo que se sentía estar del otro lado de su orgullo e indiferencia, para que aprendiera que no siempre las cosas serían como se le antojaba, para que se grabara de una buena vez que, si quería propiedad, también debía darla.

No importaba que fuera un juego, pero lo que exigía también debía darlo.

—Solo porque tú lo dices —inquirí—. ¿En serio piensas que porque me desfloraste eres mi dueño? —seguí envalentonándome y no dejando que respondiera—. Porque si es así, estás loco, Elijah —dije cerca de sus labios—. Loco por creer que, porque tomaste lo que yo quise darte, me someteré a tu antojo y te dejaré tratarme como a las demás, permitiendo que me deseches cuando se te dé la gana. —Lo desafié con la mirada y él me correspondió—. Todavía no has entendido que a este juego jugamos ambos, ¿cierto?

Jadeé cerca de su boca cuando llevó una mano a mi espalda baja y unió mi pecho al suyo, tomándome de la barbilla con la otra y provocando un escalofrío en mi cuerpo que también impactó el suyo, ya que me permitió percatarme de ello cuando abrió un poco más los ojos, con sorpresa.

Nuestro tira y afloja había escalado de nivel.

Y admitía que esa tortura a la que lo sometía también me afectaba a mí, pues lo deseaba con la misma intensidad que pretendía despreciarlo. Su aroma embriagador me aturdía, actuando como feromonas en mi sistema, desencadenando una necesidad que me costaba controlar.

Por momentos, mi deseo por dejarle que me hiciera lo quería peleaba con mi cordura, así que tuve que hacer acopio de mi orgullo para no ceder y demostrarle que yo también podía ser tan hija de puta como él conmigo.

—Sí, jugamos ambos porque yo te lo permito —respondió rozando los labios en la comisura de los míos y mi piel se erizó.

—Pero cada vez que hemos estado juntos es porque yo he querido, no tú —le recordé—. Ni una sola vez me has follado solo porque tú lo deseas.

—No te confundas, Isabella —advirtió, bajando su mano a mi trasero, empujándome hacia adelante para que, de nuevo, su falo friccionara mi centro—. Mira cómo tu cuerpo desmiente tus palabras —aseveró y contuve la respiración para no jadear por el roce que continuó haciendo—. Ahora mismo puedes decirme que me odias, pero tu coño ruega por mi atención —dijo. Mis pezones se endurecieron y mi piel se calentó con el deseo que despertó con más potencia—.

Te he follado porque te he provocado hasta el punto en el que suplicas por tenerme dentro.

—No más —susurré y sonrió con arrogancia—. Yo controlo mi libido, no tú.

Gemí cuando metió la mano entre mis piernas y se abrió paso en mi coño.

—¿Segura? —me retó y mordió mi labio inferior sin llegar a profundizar.

—Mucho —jadeé—. En este momento te deseo, pero no quiero que me poseas.

Mi raciocinio le ganó la batalla a mi lujuria en ese instante y vi que eso le sorprendió, sobre todo cuando le tomé la muñeca para que sacara la mano de mi entrepierna.

—Deja ya este maldito juego —pidió y contuve el aire al escuchar el atisbo de súplica en su voz—. He entendido tu punto, White, ahora déjame enterrarme en ti para que ambos consigamos lo que necesitamos, lo que me negaste —susurró pegando su frente a la mía.

Su tono fue seductor, como un canto melodioso que me inducía a caer en sus artimañas de nuevo, pero una vocecita en mi interior que no era mi conciencia me decía que solo me estaba engañando y, tras conseguir lo que quería, volvería a ser el mismo.

Y me dolió.

Me dolió saber que siempre sería un juego para LuzBel, algo que también me confundió porque no debía sentirme así cuando él igual lo era para mí.

—No —dije con voz lastimera—. Porque si soy yo la que cede tan pronto, jamás entenderás que no puedes hacer conmigo lo que se te antoje, Elijah —expliqué y lo tomé de la nuca—. Somos un juego, perfecto, pero no soy el de siempre, el que estás acostumbrado a ganar. —Besé sus labios con rapidez y sentí su tensión—. No soy tuya —susurré en su oído—. No eres mío. —Lamí el lóbulo de su oreja y sentí el tirón que dio para alejarse—. Así que ambos pondremos y aceptaremos las reglas. Ahora, vuelve a activar mi coche y déjame ir.

Gruñó molesto y trató de besarme, pero lo detuve y luchó para conseguirlo, mas no se lo permití.

—Más que poner tus reglas, siento que tratas de controlarme, White. Y si es así, estás perdiendo el maldito tiempo —aseveró molesto y negué con la cabeza.

—Estás tan acostumbrado a que siempre te digan que sí, que cuando yo te digo que no, crees que quiero tener algún poder sobre ti y no, Elijah. Solo quiero que me veas por lo que soy.

—¿Y qué eres?

Muchas respuestas pasaron por mi cabeza que no me atreví a decir y me limité a tragar porque mi garganta se secó más.

—La jugadora del otro lado del tablero de ajedrez —dije con convicción minutos más tarde, usando un lenguaje que su abuelo le enseñó—. Y bien sabes que todos los movimientos que estamos haciendo es para proteger; en mi caso, a mi… —el corazón se me aceleró como loco y mi pecho se movió con brusquedad por la dificultad que experimenté al respirar cuando una palabra llegó a mi lengua. Una que logré contener— rey —dije.

Me sentí un poco mareada por el miedo y él me miró con los ojos entrecerrados, estudiándome.

—Te estás equivocando con tus movimientos —dijo con la voz gruesa, apartándose de mí y sacando un mando de la bolsa de su pantalón—. Y espero que no te arrepientas porque tomaré mi ventaja —añadió y, tras digitar un número en el aparato, se dio la vuelta para volver a su *Ducati*.

Alcé la barbilla observándolo subir a la moto, ni siquiera se puso el casco otra vez, solo aceleró y se marchó de inmediato.

Solté el aire que había estado conteniendo y respiré hondo para que mi corazón se calmara mientras seguía sentada sobre el capó, sobre lo que acababa de hacer.

El orgullo por no ceder a mi deseo me embargó, aunque también sentí una punzada en el pecho, recordando lo último que le dije y dándome cuenta de que él tenía razón. Estuve haciendo mal mis movimientos y comprometí a mi rey de una manera en la que no sabía cómo escaparme.

Y era consciente de que me percaté de mi error cuando me dolió más ser su venganza que la traición de Elliot, pero creí que solo se trataba de la tensión y confusión del momento hasta que estuvo conmigo minutos atrás.

Dios.

¿Cómo podía ser posible que siquiera dudara? Nos aborrecimos desde el principio, comenzamos mal, me manipuló en muchas cosas y lo odié por eso, pero…

«¿Ese Tinieblo tenía un poder sobre ti que no sabías cómo manejar?»

Por supuesto que…

—¡Ay, Dios! —dije cuando las palabras de Charlotte me golpearon como una pelota de béisbol en la sien y me bajé del capó del coche, volviendo al interior y asegurándome de que encendiera.

Lo hizo de una vez y me puse en marcha, aturdida y sin saber qué debía hacer. Analizando si era mejor perder por abandonar la partida o porque él consiguiera hacer jaque mate.

Y la decisión estaba clara.

Lo fue desde el momento en el que tuve claro que ese tipo era un peligro incitante. Un hombre que me hacía vivir con adrenalina a diario desde que nuestros caminos se cruzaron. Me aterrorizaba y atraía a la vez. Me calentaba y enfriaba de un segundo a otro. Me hacía sentir débil en un momento, y fuerte al siguiente.

Me hacía sentir segura e insegura en un santiamén.

Me llevaba al cielo y a la vez me bajaba al infierno. Con él me sentía odiada y deseada con la misma intensidad. Le temía, pero también ansiaba desafiarlo.

LuzBel era más oscuridad que luz y con eso volvió el juego más peligroso.

—No, no y no —dije golpeando el volante del coche.

«De nada servía ya, Colega. El agua ya estaba hirviendo».

Maldita fuera la hora en la que decidí bailar con el diablo.

Cuando una mujer te permite o acepta jugar, es porque ya ha decidido cómo dejarte ganar... o perder.

CAPÍTULO 48

Hora de enfrentar los miedos

ISABELLA

*L*a vida continuaba. No importaba que te cayeras, lo importante es que te levantaras y siguieras adelante.

Eso me decía siempre, era mi mantra y en los últimos meses lo estaba aplicando y repitiendo demasiado en mi vida, ya que iba de caída en caída y de levantón en levantón.

—¿Recuérdame por qué debemos ir a un club en domingo por la noche? —le pregunté a Tess.

Estábamos ella, Jane y yo almorzando una deliciosa pasta en el *Olive Garden* de la ciudad.

—Porque tenemos que aprovechar los últimos días de vacaciones antes de que comience el semestre de otoño. Y, sobre todo, porque iremos a Elite, el club de Elijah —respondió ella con fastidio y, por tercera vez, la misma pregunta que le hice.

Había descubierto que la chica manejaba la manipulación muy fácil, igual que su hermano. Aunque Tess siempre me incitaba a hacer cosas menos peligrosas.

«Y menos deliciosas».

¡Puf!

—Vamos, Isa. Anímate —suplicó Jane—. Le dije a mamá que me quedaría contigo esta noche y quiero aprovechar mi vuelta al mundo después de estar castigada.

Sonreí al recordar lo que pasó con mi *tímida* amiga.

«La chihuahua se cansó de jugar con dildos».
Entrometida.

Pero mi conciencia no estaba del todo mal con eso pues, al parecer, Jane ya había tenido mucho entrenamiento y decidió dar el siguiente paso con Connor, llevando a la práctica todo lo que estuvo haciendo con sus juguetes. Sin embargo, se encargó de entrenar el cuerpo y no el cerebro, puesto que no contuvo las ganas y tuvo su primera vez en casa de sus padres, confiada con que los señores Smith no estarían en la ciudad y volverían hasta el día siguiente.

El problema fue que la tonta no esperó para asegurarse de que sus padres en realidad estarían ausentes y ellos volvieron. Y por cuestiones de la mala suerte que teníamos a veces las chicas traviesas, regresaron a casa horas más tarde, encontrando a su hija dormida al lado de su novio, medio vestidos y exhaustos tras una buena sesión de sexo.

Y por supuesto que se les armó la de *Troya* y gracias a que los señores Smith dentro de lo que cabía supieron controlarse, dejaron ir a Connor intacto, aunque a mi amiga la castigaron, dejándola sin salidas por tres semanas, ya que así tuviera dieciocho años, vivía bajo el techo de sus padres y, por lo tanto, debía respetar sus reglas. Sin embargo, estaba hambrienta de diversión.

Me fulminó con la mirada al saber el motivo de mi risa y solo me encogí de hombros.

—La próxima vez seré como tú y haré el amor con mi novio en su apartamento. —Rodé los ojos cuando sacó ese tema y entonces fue ella la que rio.

En primer lugar, yo no había hecho el amor con LuzBel, tampoco éramos novios, así que no podía comparar.

—Ya chicas, dejen de hablar de follar —bufó Tess.

—¿Tú no lo haces con Dylan? —pregunté haciendo que sus mejillas se tornaran del color de su cabello.

—No. No hemos llegado a eso —masculló y con Jane tratamos de no reír al verla toda enfurruñada—. El cobarde le teme a mi hermano y actúa siempre como si fuésemos a decirle todo lo que hacemos —espetó.

Nos soltamos a reír con Jane y Tess terminó uniéndose, viéndole el lado divertido a sus miserias. Ella estaba viéndose con Dylan a escondidas de todos y, sobre todo, de LuzBel y comprendí muy bien la razón.

«El caliente posesivo quería a su hermana virgen hasta el matrimonio».
O para toda la vida.

—¿Por qué no lo amarras a una silla y te lo follas tú? —propuse haciendo que le escupiera encima a Jane el trago de soda que tenía en la boca.

Jane chilló ante eso, pero a la vez nos reímos de nuestro secreto. Solo las tres sabíamos de lo sucedido con LuzBel y ese secreto moriría con nosotras.

Como les dije antes a ellas, no quería humillarlo, solo darle una lección de la cual yo también terminé aprendiendo y descubriendo errores que cometí sin darme cuenta antes. Pero estaba a tiempo de enmendarlos y es lo que intentaba.

—¿Entonces me acompañarán esta noche? —insistió Tess cuando llegamos a nuestros coches.

Jane me miró como si fuera su salvación y, aunque por dentro presentía que no era buena idea porque quise poner espacio entre ese demonio embustero y yo por una buena razón, también pensé en que no debía privarme de pasar el rato con mis amigas.

—Pero tú serás la conductora designada —advertí y dio saltitos de felicidad junto a Jane.

Rodé los ojos, pero también me divirtió la actitud de ambas.

«Era hora de enfrentar los miedos, Colega».

Muy a mi pesar, sí.

Justo a las nueve y treinta de la noche, Tess llegó por Jane y por mí a casa. Las tres habíamos decidido vestir sensuales, aunque a diferencia de ellas, yo me decanté por usar unas botas Dr. Martens gracias a que me quedaban perfectas con el vestido negro que me llegaba a la pantorrilla.

El vestido era hecho de encaje de la parte superior, con tirantes delgados y escote en V que simulaba un sostén fino en mis pechos. Tenía un cinturón de cuero a la altura del ombligo y la falda llevaba bastante vuelo junto a una abertura en la pierna derecha que terminaba justo antes de llegar a mi cadera.

Dejé mi cabello suelto, con algunas ondas en las puntas y Jane decidió demostrar su destreza con el maquillaje, ya que utilizó mi rostro como un lienzo en blanco y debo admitir que cuando me vi en el espejo, me fascinó lo que había hecho porque no me sobrecargó de productos, utilizó lo justo, dejándome natural y sexi a la vez.

—¿Estás bien? —me preguntó Tess cuando estacionó fuera de Elite.

Jane ya había salido del coche, pero yo me quedé todavía adentro, con el corazón acelerado y la garganta seca, sintiendo como si algo me anclaba al asiento.

—No quiero ser aguafiestas, pero no creo que haya sido buena idea que viniera —admití y ella suspiró con pesadez, entendiendo mis razones.

Estaba muy nerviosa, no solo porque al fin conocería el club de LuzBel, sino también porque sabía que él estaría adentro esta noche y, por un momento, analicé la idea de volver a verlo.

Nos habíamos evitado desde aquel día, ambos poniendo distancia. Él porque seguía furioso gracias a mi dichosa lección y yo por los estúpidos pensamientos que tuve. Tess, por su parte, consiguió evadir su participación, ya que solo yo supe que la idea vino de ella y fue muy audaz al hacernos su propuesta a ambos.

A su hermano le hizo creer que lo ayudaría a volver a estar conmigo y a mí, que me daría el medio para vengarme.

«Vaya, la pelirroja resultó ser más astuta».

Demasiado.

—No vas a dejar de divertirte por Elijah, Isa —bufó—. Y si él puede seguir con su vida como si nada ha pasado, ¿por qué tú no? —inquirió.

Por supuesto, él siguió adelante, saliendo a donde quería con los chicos porque eran sus amigos antes de que fueran míos. Por mi parte, me encerré y me dediqué a entrenar y adelantar clases para el inicio de semestre, ya que Jane estuvo castigada y Tess compartía las mismas amistades con su hermano y por ningún motivo la alejaría de ellos solo porque yo no quería cruzarme con LuzBel.

«Pero Tess tenía razón. Si él siguió adelante, tú también debías seguir».

Tampoco me privé porque me tiré a sufrir, solo quería tiempo para pensar bien todo.

«Y ya habías tenido suficiente».

Respiré hondo tras ese análisis interior y le di la razón tanto a Tess como a mi conciencia.

—¿Chicas? ¿Qué hacen todavía adentro? —preguntó Jane al ver que nos tardábamos en salir.

—Tienes razón, vamos a divertirnos —le dije a Tess y ella aplaudió emocionada.

Me acomodé el vestido al salir y caminé junto a las chicas a la entrada del club donde Connor y Dylan nos esperaban. Este último me miró dándome un asentimiento como saludo y le sonreí, sobre todo cuando Tess lo besó en la mejilla, muy cerca de la comisura de los labios y él miró a Connor solo para asegurarse de que no hubiera notado esa intimidad entre ellos.

En las últimas semanas, Dylan y yo nos habíamos llevado mejor y me sonrió divertido cuando le guiñé un ojo, diciéndole de esa manera que yo sí sabía lo que pasaba y si era necesario cubrirlos, lo haría, ya que, aunque lo creí un patán siempre por cómo nos conocimos, noté que con Tess era distinto y eso me gustaba.

—Luces… bien —halagó Connor cuando lo saludé y me reí de ello.

—Tú siempre siendo un caballero —le dije.

—Inteligente más bien —dijo Dylan—. Sabe que la pequeña miedosa puede cortarle la polla donde diga algo indebido.

—Joder, hombre. No hables así —lo regañó Connor al ver que Jane se sonrojó.

Con Tess nos reímos de esa interacción.

Luego los chicos nos informaron que los demás estaban adentro esperándonos y eso me emocionó tanto como aumentó mis nervios.

Pero no le di más cabida a la inseguridad y dejé que me guiaran hacia el interior del club, dándome cuenta de que el lugar era muy distinto a lo que imaginé; comenzando con que no había filas de personas esperando por entrar, aunque sí muchos hombres de seguridad.

En realidad, en lugar de club, parecía un hotel cinco estrellas muy lujoso.

—Ahora siento que no escogí la ropa adecuada —le susurré a Tess en cuanto nos acercamos a las enormes puertas de vidrio tintado.

Ella saludó a uno de los guardaespaldas y este también saludó a Dylan y Connor de forma amigable, siendo obvio que los conocía.

—Estás perfecta, hermanita. Ya sabes que la elegancia no se lleva en lo que usas, sino en cómo lo usas —me dijo junto a un guiño que me hizo sonreír de manera agridulce.

«Esa era la frase de mamá».

Exacto. Era lo que siempre me decía cuando yo opinaba sobre ciertos atuendos que no creía que fueran acertados.

—Creí que Elite sería distinto —señalé—. Pero no es nada de lo que imaginé.

Al entrar, nos encontramos con una recepcionista que saludó a los chicos con mucho respeto y a Jane y a mí con bastante educación. Y luego de que Tess le dijera que éramos invitadas exclusivas del dueño, nos marcó el interior de la muñeca con un sello y tinta especial que, según la pelirroja, se volvería fluorescente en los sitios adecuados para demostrar que nuestro paso era libre. Sin pedirnos identificación ni revisarnos, así de sencillo podíamos hacer lo que quisiéramos.

—Este es un club demasiado exclusivo. Aquí solo se viene con invitación, por eso el pase no lo tiene cualquiera —dijo Tess y la miré boquiabierta—. Órdenes de Elijah —agregó.

Por supuesto.

Pero dejé esa información de lado y me dediqué a ver todo a mi alrededor, que era demasiado increíble. Con pisos de mármol y lujo por doquier. La planta en la que estábamos era la intermedia, donde se encontraba uno de los restaurantes considerado de los mejores del país; con meseros vestidos a la altura y una educación exquisita.

Los chicos se nos adelantaron mientras Tess nos daba un pequeño *tour* a Jane y a mí. Y la pelirroja hizo bien su trabajo, ya que nos informó que el lugar constaba de dos plantas más. En la de arriba se encontraba un bar karaoke exclusivo y la subterránea fue designada para un club que muchos creían que solo era un mito, ya que como lo supe al principio, no todos conseguían entrar.

—Las paredes son insonoras, por eso no escuchan nada. Es igual que en Dark Star —dijo Tess y un miedo descomunal me recorrió el cuerpo ante los recuerdos que llegaron a mi cabeza.

No me creía capaz de volver a ese club en específico luego de lo que pasó y por el nerviosismo de Jane, supe que ella opinaba igual que yo.

—Chicas, vamos —nos animó Connor alzando una tarjeta y sacudí la cabeza para borrar las imágenes que se reproducían en mi cabeza.

Él nos guio por un pasillo y al final vimos a Dylan presionando el botón de un ascensor. Los cinco nos metimos en la enorme caja de metal y luego de que Connor pasara la tarjeta, sentimos el movimiento en descenso.

Mi corazón también descendió a mi estómago ante la expectativa y tragué con dificultad, viendo a las chicas emocionadas mientras que yo solo seguía pensando en que era mejor volver a casa.

«Odiaba tu maldita inseguridad».

No lo dudaba. Tú eras de las que siempre me aconsejaban ir directo al desastre.

—¡Dios! —dijo Jane en cuanto las puertas del ascensor se abrieron.

El retumbar de la música me cortó la respiración y me quedé con la boca abierta al entrar al majestuoso lugar.

Todo ahí era oscuro, con luces estroboscópicas tenues que iluminaban lo necesario. La tinta en el interior de mi muñeca cobró vida y vi con sorpresa el mismo símbolo que estaba en una enorme bandera cerca de donde se encontraba el Dj.

Era la G de Grigori entrelazada con una E y una P junto a unas alas.

En la bandera, las letras eran doradas y las alas negras, lo que me recordó a un tatuaje que LuzBel tenía detrás de la oreja derecha. Y, en ese momento, entendí que era su emblema.

—¿Te gusta? —preguntó Tess gritando para que la escuchara.

—No se lo digas a tu hermano, pero joder, qué buen gusto tiene —le dije y ella sonrió.

Seguí observando todo, muy impresionada con cada detalle, sintiendo la música metiéndose en mis venas, provocándome ir a la pista hasta que vi a Jacob haciéndonos señas para que lo viéramos. Estaba en un privado, así que fuimos hacia él, encontrándolo con Elsa y Evan a su lado.

Elsa como de costumbre, me miró con cara de asco, mas no me afectó; al contrario, me parecía gracioso que la chica todavía siguiera odiándome como si yo le hubiese quitado algo preciado sin querer ver que tampoco yo tenía lo que ella suponía.

La ignoré porque no le permitiría que me jodiera la noche y era su problema si yo jodía la suya con mi presencia. Me acerqué a Evan y, tras darle un beso en la mejilla, nos pusimos a charlar, riéndome de vez en cuando de los comentarios de Jacob y sus peleas con Tess.

De todos los chicos, ese tonto parecía ser el hermano pequeño de los Pride, a quien debían meter en cintura a cada momento por las imprudencias que soltaba siempre que abría la boca.

Para ese momento, el mal presentimiento con el que llegué ya había pasado y me sentía más tranquila, disfrutando de esa salida, sintiéndome por primera vez, como parte de ese grupo de chicos, incluyendo a Elsa a pesar de su cara de culo. Estaba agradeciendo de no toparme con LuzBel hasta que unas risas escandalosas nos interrumpieron y su maldita voz logró que me estremeciera.

«Cantaste victoria demasiado pronto».

Gruñí en respuesta ante el señalamiento de mi voz interior.

—¿Te pido un trago? —cuestionó LuzBel, bastante animado para mi gusto y una voz femenina que no identifiqué, respondió con afirmación.

Vi que a Elsa le cambió el rostro de asco a furia al ver lo que yo todavía no me atrevía y me di cuenta de que, en realidad, no era mi presencia lo que le provocó un humor de perros.

—Me cago en la puta —dijo Tess y su cara de fastidio se hizo presente.

—¡Joder! Al fin llegaron —dijo LuzBel hacia los chicos. Yo me quedé en mi posición inicial, dándole la espalda—. Y con sorpresa incluida —ironizó pasando detrás de mí y me tensé ante su cercanía, sobre todo cuando tuvo el atrevimiento de besar mi mejilla, logrando que el maldito escalofrío de siempre me erizara la piel—. Hola, White. No esperaba verte por aquí —dijo en mi oído y alcé una ceja.

Jane me miró, más tensa que yo y el rostro de furia que Dylan tenía no auguraba nada bueno.

Pero no estaba dispuesta a joderles la noche. Tenía que actuar como si todo marchara a la perfección, así que di un paso al frente para alejarme de LuzBel y luego me giré para plantarle cara, encontrándome a una mujer a su lado que, justo en ese momento, lo abrazó por la cintura y él le echó el brazo por los hombros.

Mierda.

Mi sangre hirvió más que cuando lo tuve a él dentro de mí al reconocer a la tipa que lo acompañaba.

—¿Recuerdas a Elena? —preguntó animado y me contuve de apretar los puños cuando ella le dio un beso en el cuello y lo único que deseé fue tirarme sobre la tipa y arrancarle pelo por pelo.

«¿Seguías pensando que el Tinieblo tenía buen gusto?».

¡*Agr!*

CAPÍTULO 49

Te quemaste con tu propio juego

ISABELLA

A ver, no quería ser de las chicas que criticaban a otra solo porque estaba en una posición que, según yo, no le correspondía, así que me tragaría las respuestas a la pregunta de mi conciencia. Pero joder, ya lo había pensado.

Y sí, admitía que Elena no me cayó bien la primera vez por algo injustificado, ya que al final ella solo tomó su oportunidad, como ahora. Pero ¿cómo carajos hacía para no sentir ganas de arrancarle esos ojos negros de los que era dueña?

Dios.

Justificado o no, me urgía hacerla pagar algo que no me debía y, sobre todo, al ver la manera tan íntima y divertida en la que ese imbécil la tomaba de los hombros, diciéndole cosas al oído que ella disfrutaba demasiado, siendo la posesión más preciada del maldito hijo de puta que estaba haciendo su movimiento.

Y yo me estaba quedando sin los míos.

«Tenías que respirar hondo, Colega».

Antes de responderle a LuzBel, Jane se acercó a mí y me ofreció un vaso con un líquido color marrón y, sin reparar en qué era, lo bebí de un sorbo haciendo que este me quemara la garganta, lo cual agradecí.

—Sí, tu polvo extranjero y de una noche —le dije al fin a LuzBel, tratando de ocultar mi furia y el hijo de puta se rio de mí.

También quise arrancarle algo a él y no precisamente el cabello.

—Y ahora seré el de dos noches, cariño —respondió ella, como si lo que le dije fue un halago.

Aunque claro, para una tipa como ella, tenía que serlo.

«No que no ibas a juzgar».

Carajo.

—Bien por ti —dije y traté de sonar tranquila e infectada—. Llegas en buen momento para él. Le servirás para que libere todas sus… ¿frustraciones? —ironicé y vi a LuzBel sonreír sardónico.

«Bien jugado, Colega».

—Estoy más que encantada y dispuesta —aseguró Elena observándolo con sensualidad, lo que le hizo merecer una sonrisa pícara por parte de él.

—¿Quieres que nos quedemos aquí un rato o vamos allá y me ves hacer magia? —le propuso LuzBel ignorando mi puya, aunque hablando fuerte para ser escuchado por encima de la música.

—Solo si haces esa magia en mí. —Fue su grandiosa respuesta.

«Puta madre».

Maldije en mi interior tras lo que escuché, y más al ver lo mucho que Elena complacía a LuzBel usando solo palabras acertadas. Mis manos escocieron con la necesidad de sentir su rostro, y no con dulces caricias; el de ambos para ser sincera, pero seguía reuniendo todo mi autocontrol porque no debía.

Sin embargo, la sonrisa de LuzBel satisfecho por tener a su lado a una mujer que se comportaba a su altura, no me lo hacía fácil, sobre todo al darme cuenta de que Elena era perfecta para él.

«¿Por qué era sumisa y complaciente?»

No, porque era una hija de puta igual que él.

—Bien, creo que es hora de que busquen un lugar lejos de aquí —aseveró Dylan tomándonos a todos por sorpresa.

Se había puesto de pie y llegó a mi lado, adelantándose un poco para enfrentar a su amigo cuando este lo miró con una ceja alzada.

—Te recuerdo que estás en mi club, Dylan —acotó LuzBel.

Dylan sonrió y metió las manos en las bolsas delanteras de su pantalón.

—Sí, pero no estamos aquí contigo. Así que busca tu diversión en otro lado y déjanos a nosotros tener la nuestra —exigió sin inmutarse y Evan maldijo.

Yo seguía sin creer que el chico haya salido en mi defensa, porque suponía que estaba actuando así por mí.

—¿Hablas en serio? —inquirió LuzBel y llegó más cerca de Dylan, quedando al ras de su rostro.

—Bien. Esto ya no es gracioso —se metió Tess y Elena estuvo de acuerdo, ya que llegó a LuzBel y le dijo algo al oído.

—Pasa mi límite de nuevo y verás que tan en serio voy —retó Dylan a su amigo y me quedé estupefacta, sobre todo cuando LuzBel permitió que Elena tirara de su mano y lo alejara de nosotros.

«¿Qué demonios?»

Me preguntaba lo mismo.

—Estás de suerte, hijo de puta —ironizó LuzBel dando un paso atrás, cediendo sin problema, lo que me dejó peor—. Nos vemos luego, White —dijo para mí y deseé gritarle muchas cosas, pero me las tragué porque no me gustaba ser el centro de atención.

Y tampoco me sentía bien con que los chicos tuvieran que incomodarse por mi culpa. Dylan, sobre todo. Además de que era consciente de que no debía hacer una escena de celos y rebajarme al nivel de ese idiota. Se suponía que quería demostrarle que era mejor y que no me importaba lo que hacía, puesto que tenía claro nuestro juego.

Porque lo tenía claro, ¿cierto?

«Por supuesto que no, Colega».

¡*Puf!*

—Disfruta tú noche —deseó de paso con una sonrisa burlona.

«Al cabrón le había dado por sonreír mucho».

—Por supuesto. Disfruta tú la tuya —dije con orgullo y me erguí, demostrando que lo que sucedía no me afectaba.

—¡Joder, Bonita! Créeme que lo haré —aseguró y me guiñó un ojo.

—Vete a la mierda ya, hijo de puta —exigió Dylan fingiendo diversión y LuzBel le mostró el dedo medio como despedida.

Elena me dedicó una sonrisa socarrona, hipócrita y victoriosa antes de darme la espalda y me odié por no poder corresponderle de la misma manera, sobre todo cuando Dylan se giró para mirarme serio y sin decir nada, actuando como si solo me defendiera porque me lo debía, para que no me sintiera peor de lo que ya estaba.

«¿Y si esa era la manera del Tinieblo de vengarse por lo que le hiciste en su mansión? Su movida».

Si lo era, lo estaba logrando.

Pero no lo demostraría porque no salí esa noche para terminar mal, así que traté de ignorar ese desastroso encuentro y seguí charlando con Evan, fingiendo que todo seguía igual de perfecto que antes, aunque sentía la mirada de los demás, midiendo hasta cuánto soportaría estar en Elite.

En un momento dado, mi mirada se encontró con la de Elsa y verme reflejada en su expresión aumentó la furia que intentaba apaciguar sin recurrir al alcohol, ya que no quería terminar cometiendo una locura como la otra noche.

«No era grato estar en el lugar de la reina de hielo, eh».

Maldita conciencia perra.

Presioné la copa de piña colada sin licor en mi mano y me llevé la otra al cuello, sobándolo para calmar mi furia y luego sentándome al lado de Jane para mezclarme, conversar y reírme de lo que sea que dijeran porque me negaba a seguir lamiéndome las heridas o sentirme como una víctima.

No podía ni debía, era ilógico y absurdo.

LuzBel solo era un juego que quise jugar, no nos pertenecíamos y estábamos en todo nuestro derecho de hacer y actuar como queríamos, de acostarnos con quien se nos diera la gana y mandar al demonio todo lo demás.

«¡Pues debías cumplir con eso, Colega!»

¡Joder! Lo sabía, pero no podía, carajo.

—¡Ya, Isa! No dejes que lo que pasó con Elijah te pegue tan fuerte —dijo Tess, interrumpiendo mis cavilaciones y la fulminé con la mirada.

—A mí no me ha pegado fuerte nada —dije a la defensiva y ella sonrió con los ojos entrecerrados, burlándose de mi patética respuesta.

Y no estaba para burlas en ese momento, de verdad que no. Pero ella no merecía ser víctima de mi mal humor.

—Soy tu amiga, Isa. No me salgas con esas patrañas —exigió sentándose a mi lado.

La mayoría de los chicos estaba en la pista de baile y solté el aire, cansada de la situación.

—¡Bien! Me ha calado que sea tan imbécil y crea que lo que hace con otras me afectará —respondí dándole el gusto.

—¿Y no es así? —su pregunta fue sarcástica y odié que se pusiera en ese plan justo en esos momentos— Isa, yo te conozco más de lo que crees y sé que finges que no te importa lo que mi hermano haga, pero por dentro te está matando.

—¡No! —chillé—. No me mata, Tess —aseguré tratando de hablar calmada cuando vi a Dylan y a Evan llegar cerca del privado—. No digas eso, por favor. Solo odio que tu hermano sea tan cínico y arrogante —añadí.

—No intentes engañarte a ti misma, Isabella, porque ya no nos engañas ni a nosotros —señaló con seguridad.

Me llevé las manos a la cabeza con mucha frustración por lo que dijo, por esa charla en la que ella quería meterse y por no haber medido mis acciones y percatarme de ello hasta que ya era tarde.

—Te quemaste con tu propio juego, amiga —dijo haciéndome tragar con dificultad y miré a Evan.

Lo hice rogando para que no hubiera escuchado nada porque sus palabras llegaron a mi cabeza y me seguía negando a que tuvieran razón, sintiéndome como una niña terca y traviesa que no quería darse cuenta de su error, fingiendo que todavía podía arreglar el desastre que ocasionó.

—No —dije cerrando los ojos.

—Te has enamorado de Elijah —aseguró Tess sin importarle mi negativa.

Mi corazón se aceleró al escuchar esas palabras que me negaba a aceptar e intenté ignorar a Tess. Sin embargo, muy en el fondo era consciente de que no erraba del todo.

Era una mala reina en ese juego de ajedrez, porque no supe proteger a mi corazón llamado rey.

—Y la verdad no sé si eso me alegre —continuó Tess—, porque yo te quiero mucho, eres como mi hermana y estoy consciente de lo cabrón que es Elijah. —Un nudo horrible de lágrimas y resentimiento me cerró la garganta.

«¡Maldición! Cómo ardían los errores».

Y como provocaba que mi pecho doliera.

Y ni siquiera pude responder ni negar a lo que Tess me dijo porque si soltaba una sola palabra, me pondría a llorar, ya que luego de lo que pasó con LuzBel en su casa la última vez que estuvimos juntos, entendí lo que me pasaba y sabía que, en el instante que alguien más me hiciera ver ese error, me odiaría.

Y Tess lo hizo.

Y me estaba odiando a mí misma por idiota.

—¡Oh, Dios! —dije y le quité su bebida, dándole un sorbo para bajar la horrible sensación que me invadió—. Esto no debía suceder, Tess —espeté y ella me tomó de la mano.

—Cálmate —pidió y negué.

—Es que no entiendes —bufé—. Ha pasado demasiado pronto, pasó incluso cuando creí que seguía amando a Elliot —me quejé y ella sonrió con ternura, comprendiendo mi miedo y confusión—. Y… ¿por qué de un maldito cabrón con quien me llevé pésimo desde un inicio? ¿Por qué de LuzBel?

Mi mirada se nubló ante las lágrimas que luchaban por abandonarme, pero las contuve porque no haría eso en pleno club. No quería que nadie más fuera testigo de mi miseria.

—¿Por qué tuvo que cambiar todo con tu primo? Ese hombre que, a pesar de mis errores, siempre me hizo sentir amada —continué, respirando pesado al observar hacia donde LuzBel y Elena bailaban muy provocativos.

Ella no perdía oportunidad de restregarse en el cuerpo de él como una boa y el imbécil la recibía encantado, con sus manos sin perder detalle alguno de sus curvas.

Y fue ahí cuando al fin acepté los celos que sentía al verlo con ella.

«Aunque ya todos se habían percatado de ello, Isa».

—Cielo, no dudo que hayas amado a Elliot. Pero él solo fue tu primer amor y como tal, cumplió con su objetivo, así como tú lo cumpliste en su vida. —Miré a Tess cuando dijo eso y alcé ambas cejas—. Y bueno, que te hayas llevado mal con Elijah no opacó la atracción que ambos sintieron desde que sus caminos se cruzaron. Y que hayan cedido con la excusa de que solo sería un juego, deja claro que se desearon mucho más de lo que creyeron odiarse.

Solté una risa amarga cuando Tess dijo eso, pero a mi cabeza llegaron todas las veces que nos acercamos con LuzBel y cómo mi corazón se aceleraba incluso cuando me obligué a creer que era por furia.

«Bien decían que muchas veces el amor y el odio se confunden porque ambos nos hacen arder con el mismo fuego».

—Y así Elijah y yo no seamos un ejemplo de hermanos, puedo asegurarte de que algo hace bien, Isa. Porque a pesar de ser un hijo de puta, todas las chicas que han estado con él aseguran que las hace sentir bien y complacidas. Es como una adicción en la que muchas caen y lamento que tú no te hayas salvado.

—Vaya, gracias —ironicé y ella sonrió, echando el brazo sobre mis hombros para atraerme hacia su costado.

—Y con lo último, pues ¿qué puedo decirte, amiga? —dijo tras un suspiro—. Solo que la vida a veces tiene planes que no son los nuestros, muchas veces hace lo que necesitamos y otras nos da lo que queremos. Y supongo que tú y Elliot son de esas personas que confundieron su hilo rojo en el camino y solo estuvieron juntos por el enredo que se formó mientras buscaban a su persona idónea.

Me separé de ella, mirándola a los ojos y se encogió de hombros.

—¿A qué te refieres? —inquirí.

—Imagina diez hilos rojos unidos en la mitad por un enredo que ya se convirtió en nudo. Son cinco parejas destinadas por ellos, pero tú y Elliot en lugar de deshacer ese nudo, se dejaron llevar por donde creían que continuaba su parte de ese hilo y estuvieron juntos por saltarse las reglas, no porque en realidad se pertenecieran el uno al otro.

—Pero no nos obligamos a estar juntos —le dije.

—¿Segura? —cuestionó y la miré con sorpresa.

—No al principio —admití.

—Pero sí en el camino, Isa. Cuando la vida decidió poner a cada uno donde correspondía, e incluso así fueron necios y se aferraron el uno al otro. O podría ser que ambos solo fueron el viaje, pero nunca serían el destino. Ve tú a saber la verdadera razón, pero el objetivo sí que es claro.

—Ya, pero que haya pasado eso no significa que mi verdadero amor sea Elijah —aclaré.

—A lo mejor no; sin embargo, sí es el hombre que una mujer como tú merece.

—¿Tan mala he sido? —satiricé y ella soltó una carcajada.

—No seas tonta —me regañó con diversión—. Me refiero a que hay dos tipos de hombres y mujeres. Están los buenos y amorosos como Elliot que son el príncipe azul de las chicas que traen la sumisión en la sangre, o de chicas que aman ser protegidas por alguien más porque para ellas el amor es sentirse seguras en los brazos de otra persona.

Me sorprendió coincidir en eso con ella, ya que no era difícil ver a Elliot como ese príncipe. Yo lo vi así por mucho tiempo y en mi adolescencia me gustó demasiado que él fuera mi protector.

—Y luego están los hijos de puta como Elijah, esos que no le temen a nada, los que denominan: peligrosos y que están hechos para mujeres fuertes como tú. —Puso el dedo índice en mi pecho y negué—. No necesitas a un príncipe azul o a un héroe que te aburra, porque por más amada que te haga sentir, nunca será suficiente para ti.

—Nací para un cabrón —me burlé.

—Tómalo como broma si quieres, pero sí, Isa —aseguró—. Necesitas a un cabrón que te obligue a sacar la fuerza que aún escondes, que te haga cruzar tus límites y vencer tus miedos. Un hombre que te desafíe y te pruebe día a día, que te haga vivir con adrenalina, que te enoje y a la vez te haga feliz cómo solo él sabe hacerlo.

Me llevé las manos al pecho al sentir mi corazón más acelerado y luego le di otro sorbo a la bebida porque me estaba ahogando.

—Necesitas a un hombre que te complemente y no que te cuide en todo. A un compañero de batalla y no a un guardia protegiéndote como una damisela indefensa. Y todo eso lo has encontrado en...

—Elijah Pride, tu hermano —respondí interrumpiéndola y aceptando al fin en voz alta lo que me había pasado.

—Exacto —afirmó con una sonrisa y me puse de pie.

Para ella podía ser fácil, pero no para mí.

Ambas lo conocíamos, Tess más que yo, pero igual éramos conscientes de que hablábamos de un hombre que se asemejaba a un campo minado, y si no sabía dónde daba cada paso, la bomba me explotaría en el rostro y no estaba segura de salir ilesa.

—Deberías decírselo —dijo segundos más tarde y me reí con burla.

—De ninguna manera —bufé.

—Isa, ambas sabemos que a lo mejor es un error, pero te lo debes —explicó—. Elijah tiene que saber a lo que se enfrenta contigo porque no me parece justo que se lo ocultes y él siga actuando como siempre, ya que te daña sin saber y le estás dando el poder para que te destruya —añadió y de nuevo las palabras de Charlotte llegaron a mi cabeza—. Díselo para que al menos entienda dónde se encuentra parado y deje de ser un imbécil porque no imagina cuánto te afecta.

—Se burlará de mí —aseveré desesperada y ella negó.

—Entonces corta todo lo que tienes con él porque odiaría que una guerrera como tú se rebaje por amor o por miedo y acepte lo que quiera darte —aconsejó y me mordí el labio para no llorar—. O arriésgate, Isabella y enfréntate a lo que sientes, porque es mejor eso a que te acobardes y dejes de ser tú —suplicó—. No cambies por Elijah, por favor —añadió y negué con la cabeza volviendo a sentarme a su lado.

No quería cambiar ni por él ni por nadie. Y sabía que ella tenía razón.

Si no podía terminar con ese juego por mi voluntad, al menos debía ser fiel a mí misma e ir de frente, ya que si permitía que él siguiera así por ignorar lo que me pasaba, solo me dañaría más y no sería solo su culpa.

También mía por permitírselo.

«Bien, Isa. No podías deshacer los movimientos que ya habías hecho en ese juego, pero podías realizar mejor los siguientes».

Respiré hondo tras aquel susurro y asentí, escuchando a Tess y todo lo que me siguió diciendo.

Le agradecería siempre por hablar sin tapujos, como lo esperaba de una amiga de verdad, sobre todo de ella al ser hermana de Elijah y que, en lugar de ponerse del lado de él, me advirtiera sobre lo que podía suceder. Aunque me removí un poco incómoda cuando planteó solo malos escenarios, pero también me sentía más liviana tras quitarme un enorme peso de encima.

Y, solo en ese momento, me di cuenta de cuánto me había afectado callar mi derrota.

Porque haberme enamorado del otro jugador era eso: una gran derrota y, sobre todo, una estupidez sabiendo que él se negaba al amor. Y estaba consciente de que, a partir de esa noche, lo complicado sería cómo moverme sin seguir perdiendo.

Si quieres volver a merecer mi paraíso, antes tendrás que arrastrarte por mi infierno.

CAPÍTULO 50

Es de cobardes abandonar la partida

ISABELLA

Le había pedido a Tess que dejáramos el tema de su hermano de lado porque esa noche fuimos a Elite para divertirnos, no para hablar de mis miserias y ella lo entendió, así que nos dedicamos a compartir con los chicos, agradecida de que aceptar que me enamoré de LuzBel me ayudará a liberar un poco mi corazón.

—Necesito descansar un poco —le dije a Evan tras bailar con él un rato y asintió, tomándome de la mano para sacarme de la pista y volver al privado.

Los demás también estaban ahí, descansando un poco para continuar luego.

—Vamos al baño —nos pidió Jane a Tess y a mí, pero vi que cerca de la entrada estaba LuzBel con Elena y no estaba preparada para enfrentarme a ellos de nuevo, así que me negué.

Ambas entendieron la razón y asintieron, dándome mi espacio y dejándome con Connor, con quien charlé animadamente por un buen rato hasta que fuimos interrumpidos por una voz femenina.

—Hola, guapo. ¿Me invitas a un trago? —le dijo una hermosa chica a Connor.

Los dos estábamos sentados lado a lado, así que me fue fácil verla y la impresión que me dio enseguida no fue solo de que era guapa, sino también de que ya la había visto en algún lado.

Tenía el cabello negro como la noche, suelto y en ondas. Su cuerpo con curvas de reloj de arena era cubierto con un sexi vestido que se le pegaba como una segunda piel. Bastante provocativa y desvergonzada a la vez por lo que noté cuando se acercó a nuestra mesa y puso una mano en el hombro de Connor, acariciándolo con mucha intimidad.

«Zorra a la vista».

Y demasiado conocida cuando la vi mejor.

—Lo siento, pero tengo novia —respondió Connor haciendo que me sintiera orgullosa de él.

—¿Y qué? ¿Te pega? —lo provocó ella y me tensé por su descaro.

«Ves, sí era una zorra. Mi sexto sentido lo intuía».

Tenías buen radar para encontrar a tu clase.

«¡Puf!»

—No, es solo que ella se ha llevado mi billetera.

«¡¿Pero qué mierda con los hombres?!»

Joder. Uno más se acababa de caer del pedestal donde lo puse.

Estuve a punto de decirle algo porque me dolió que se expresara así sabiendo que hablaban de mi amiga, pero, de pronto, ambos se soltaron en carcajadas y, tras eso, Connor se puso de pie y la saludó con mucho cariño y un fuerte abrazo, tanto que la levantó del suelo, obligando a que la chica tomara el dobladillo de su vestido y lo bajara para evitar que se le viese el culo.

Y cuando al fin la devolvió al suelo, ella lo volvió a abrazar y se dijeron cosas que no logré entender por la música fuerte. Minutos después, vi a Jane acercarse y desconcertarse al ver lo mismo que yo, situación que me hizo sentir menos tonta porque eso me dijo que no era una exagerada. Connor se percató de la reacción de mi amiga y antes de que tuviera tiempo de marcharse pensando algo que no era, la tomó de la muñeca y se la presentó a la pelinegra como *la novia que tenía su billetera.*

La sonrisa de la chica fue genuina al darle un beso en cada mejilla a Jane y luego se encargó de saludar a los demás e intuí que conocía a la mayoría.

—Hola, Tess —dijo cuando vio a la pelirroja que acababa de llegar a mi lado.

—Tiempo sin verte, Laurel —respondió ella y la chica clavó su mirada en mí. Le sonreí un poco reticente sin decir una sola palabra y luego volvió a mirar a Tess—. ¡Oh! Perdón. Ella es Isabella, mi mejor amiga —nos presentó dándose cuenta de lo que Laurel esperaba—. Isa, ella es la mejor amiga de Elijah —puntualizó y entonces comprendí por qué me pareció conocida.

Era la chica de la fotografía que Eleanor me mostró.

«La que le puso el apodo a nuestro Tinieblo. No deberías olvidar eso».

Me incomodé al recordar eso y más cuando mi mente comenzó a recrear películas estúpidas sobre qué tipo de mejor amiga debía ser.

«La noche no pintaba nada bien, Colega».

Gracias por el recordatorio.

—Es un gusto conocerte, Laurel —mentí reuniendo toda mi educación porque ella no merecía que me comportara como una perra.

—El gusto es mío, Isabella —dijo y me sentí un poco mal cuando ella me sonrió con sinceridad.

Madre mía. Tenía que controlar mis estúpidos celos porque solo me estaban dañando más. Y menos mal lo conseguí cuando las personas que acompañaban a Laurel llegaron a nuestro privado y ella los presentó con emoción. O al menos vi emoción cuando nos presentó a los dos chicos, porque con la chica parecía más obligada a tener que compartir la noche con ella.

El pelinegro que Laurel llamó Edward fue el encargado de hacernos entrar en confianza, era muy divertido y soltaba cada comentario que nos hacía terminar en risas, tanto que Jacob comenzó a ponerse celoso y eso me causó mucha gracia, más cuando Tess le tomó el pelo a nuestro amigo por perder su magia.

Gracias a esos dos, fui olvidando lo reacia que me sentía al principio con Laurel al suponer lo que debía implicar su amistad con LuzBel, quien para mi desgracia, hizo su acto de presencia minutos después, acompañado por Elena.

Perfecto.

—Juntos otra vez, pequeña Diabla —alcancé a escuchar que LuzBel le dijo a Laurel al rodear su cintura y abrazarla.

«Odié ese mote».

Yo más.

—¿Me extrañaste? —le preguntó ella con picardía y carraspeé, agradeciendo que no me escucharan.

La acción salió de mí sin poder evitarlo y me maldije por dejar que me afectara tanto. Pero al ver a Jace (el rubio que llegó con Laurel) tenso por lo que presenciaba, me sentí menos tonta, aunque no sabía si él reaccionó así porque Andrea, su novia según explicaron, se estaba comiendo a LuzBel con la mirada y no disimuló su entusiasmo. O porque sintió que entre Laurel y el maldito demonio provocador podía haber algo.

«Perra».

¿Andrea o Laurel?

«Ambas».

Edward, por su parte, también observó a LuzBel con fogosidad y eso me desconcertó un poco, pero lo dejé de lado y me dediqué a ver cómo todos entablaban de nuevo una charla animada, dándome cuenta de que solo Elsa y yo nos sentíamos un poco excluidas y eso me causó gracia, puesto que jamás creí que estaríamos en la misma situación y al mismo tiempo.

—¿Quieres darte el honor de bailar conmigo, preciosa? —preguntó Edward rato más tarde y le alcé una ceja.

—Eres muy modesto, Edward —satiricé y él sonrió de lado.

Era muy guapo, igual que Jace. Demasiado para ser sincera, pero mi corazón no se volvía idiota por ellos.

—Solo Ed —pidió y alzó una mano.

—Aprovecha tu noche de suerte —le dije al aceptar y me guiñó un ojo, orgulloso de conseguir llevarme a la pista.

Ed me estaba cayendo muy bien. Su buen humor me contagió, dándome la dosis justa para que olvidara lo que me atormentaba, así que no le costaría mucho hacerme pasar un buen rato.

LuzBel se percató de lo que pretendíamos hacer y se tensó al ver que acepté, mas no me importó, tampoco cuando nos observó con advertencia. Estaba loco si creía que me detendría por alguna razón y menos cuando él se encontraba rodeado por su amante de una noche.

«De dos, querida».

¡Joder! Gracias por la aclaración.

Pink Venom de Blackpink comenzó a sonar justo cuando llegamos con Ed al centro de la pista y él sonrió complacido en el momento que comencé a mover mis caderas con los primeros acordes. Me tomó de la punta de los dedos para que lo sedujera y le seguí el juego.

No lo hice por demostrar nada y ni siquiera porque entre él y yo existiera algún tipo de atracción. La simpatía que estábamos creando me hacía tenerle confianza y su vibra me dio el ánimo que necesitaba. Así que me dejé llevar por el momento, riéndome de las cosas que me decía al oído y descubriendo por qué observó a LuzBel con fogosidad cuando lo conoció esa noche.

Ed era gay. Y uno bastante descarado.

Me confesó que era la primera vez que se lo decía a alguien con tan poco tiempo de conocerle.

—Muévete como si fuese el pedazo de carne que deseas comerte, cielo —me dijo al oído y solté una carcajada cuando me hizo girar, quedando con mi espalda presionada a su pecho y me tomó de la cintura.

Bailábamos con mucha sincronización, aprovechando para conocernos más a la vez. No paré de reír mientras me decía cosas sobre cada chico que estaba en la pista y enumeró cuál le gustaba más. Y tenía un ojo tan crítico, que incluso deducía el tamaño de los penes de cada tipo.

—El de ese es grande y grueso, el tamaño perfecto para volverte loca —dijo de pronto y me giró para que viera al susodicho.

La garganta se me secó en cuanto quedé de frente a LuzBel, quien lucía como un desquiciado a punto de asesinar a alguien.

—Creo que ya fue suficiente de este maldito espectáculo —bufó, logrando que me pusiera nerviosa—. Ahora quítate y déjame bailar con ella —le exigió a Ed y lo fulminé con la mirada por ser tan ególatra.

«Ed no se equivocaba con los tamaños, Colega».

Ese no era el momento para eso.

—Yo la vi primero, cazador. Así que haz fila —le dijo Ed y LuzBel le sonrió sin gracia.

—No te atrevas —le advertí a LuzBel cuando vi su intención de tomar a Ed del cuello y lo cogí de la cintura, alejándolo un paso del pelinegro.

—Fuera de aquí —le espetó y me giré para ver a Ed.

—Lo siento —dije queriendo evitar un verdadero espectáculo y le hice un puchero a Ed que me respondió con una hermosa sonrisa.

—No te preocupes, cielo. El macho alfa ha llegado —se burló guiñándome un ojo y me reí por sus palabras—. Solo dime si me equivoqué o no —pidió con curiosidad y mis mejillas se calentaron al entender a qué se refería.

—Soy una dama —dije conteniendo una sonrisa y eso le bastó.

—Te estás tardando —gruñó LuzBel detrás de mí y me tomó de la cintura.

Ed lo ignoró y se marchó al privado con los demás. Por un momento, me quedé sin moverme, sintiendo la respiración de ese idiota sobre mi cabeza. Me giré para enfrentarlo. Sin embargo, ser consciente de que era la primera vez que bailaríamos (al menos siendo yo consciente de ello, ya que según Tess, bailé la otra noche con él en Grig), me dejó sin habla.

Y hacerlo tras aceptar lo que sentía por él, no me ayudaba para nada a mantener a raya mis sentimientos.

Unholy se reprodujo justo cuando LuzBel volvió a tomarme de la cintura y comenzó a moverse, obligándome a mí a hacerlo. Sus movimientos eran fluidos y, de inmediato, los míos se sincronizaron a los de él. Me giró y sonreí sin querer al darme cuenta de los cambios de humor que ambos dábamos de un momento a otro.

En ese instante, me encontraba en la misma posición que antes estuve con Ed, solo que esa vez me sentí en las nubes y mi cuerpo comenzó a reaccionar a la cercanía de su cuerpo, sobre todo cuando hizo mi cabello hacia un solo lado de mis hombros y acercó su rostro a mi cuello, consiguiendo que su respiración chocara con mi piel.

Cerré los ojos al sentir esa electricidad y, por un momento, olvidé el enojo que tenía.

—Estoy tan molesto, pero incluso así no puedo evitar ver lo hermosa que luces —dijo y me estremecí.

Dios.

¿Cómo era capaz de soltar esa estupidez y que solo reaccionara a su halago?

Y, gracias al cielo, conseguí morderme la lengua para no decirle que él también lucía guapo y sexi con esa camisa verde olivo de mangas largas y un pantalón de lino oscuro. Porque no me lo hubiera perdonado.

—He escuchado mucho cómo me veo esta noche —mentí y le tomé las manos cuando las puso en mis caderas y trató de bajarlas más.

—¿Disfrutabas el baile con ese idiota? —preguntó en mi oído a cambio y reí.

—Sí, hasta que tú llegaste a interrumpirnos —respondí. Me hizo dar la vuelta tras eso y me enfrenté a sus ojos oscurecidos por la rabia que le causaron mis palabras.

¡Demonios! Ahí íbamos otra vez.

—¿A dónde vamos? —grité cuando dejó de bailar y me tomó de la mano para sacarme de la pista.

Tiró de mí como si fuese una niña que apenas aprendía a caminar y, por la forma tan fuerte de tomar mi mano, imaginé que no le gustó mi respuesta.

Pero no por eso dejaría de ser sincera.

—Te encanta provocarme, ¿cierto? —bufó cuando llegamos a un pequeño reservado alejado de los demás.

Y de la música, sobre todo.

—No. Solo respondo con la verdad —lo enfrenté—. ¿O qué? ¿Crees que solo tú tienes derecho a divertirte y piensas que yo me quedaré lamentándome por eso?

—¿Y tu diversión implica dejar que otro se meta entre tus piernas? —inquirió y me reí de lo estúpida que sonaba su pregunta.

—Tú te meterás entre las piernas de otra, LuzBel. Y es tu diversión, no te juzgo. Así que, ¿qué tiene de malo que yo permita lo mismo? —cuestioné cruzándome de brazos.

—Así que es eso, pretendes abrirte de piernas con otro porque estás celosa —aseguró y solté una carcajada amarga.

—¿Y tú por qué me interrumpiste con Ed? —ironicé y dio un paso hacia mí.

Alcé la barbilla sin inmutarme, viéndolo a los ojos.

—Porque no me agrada que toquen lo que es mío.

—No soy tuya —zanjé y rio.

—Sí que lo eres, Bonita.

—Cuando te conviene, ¿no?

—Siempre —argumentó y apretó los puños con fuerza.

—Pues si reclamas ese derecho, entonces merezco reclamar el mío —señalé—. Y tú eres mío —declaré y se tensó—. Y más te vale que te vayas con cuidado porque yo también puedo ser posesiva.

—No, White, no te equivoques. No soy de nadie —espetó muy a la defensiva y sus palabras fueron como una fuerte punzada en mi corazón.

«Eso era increíble e injusto».

—Eres un idiota egoísta, LuzBel —masculló—. Te molestas porque yo baile con otro hombre, pero tú me estás restregando en la cara a otra mujer y lo haces con un descaro asqueroso —reclamé dolida.

—Porque no te debo nada, White. Lo nuestro es solo un juego, un puto juego —gritó y una necia lágrima se me escapó por el dolor que me causaron sus palabras, pero me la limpié con brusquedad.

—¿Te estás escuchando, idiota? —aseveré, odiándome por ser tan patética al dejar salir más lágrimas, pero no pude evitarlo porque esa situación me estaba superando y si no sacaba lo que me jodía, explotaría pronto—. ¡Somos un puto juego! Lo has dicho tú, así que no tienes por qué reaccionar como si fueras mi maldito novio.

—Tu maldita actitud me llevó a esto —se excusó y lo miré incrédula—. Tus ganas de querer demostrarme que tienes poder sobre mí me hacen ser más imbécil.

¿Era en serio? ¿Me culpaba a mí?

«Ay, Dios, mi pequeño demonio. Era más estúpido de lo que imaginé».

—Entonces se acabó, Elijah. Me retiro de este maldito juego —le dije cansada y decepcionada—. Has ganado la partida, así que disfruta de tu victoria.

Ni siquiera lo dejé responder, solo me di la vuelta dispuesta a poner punto final porque Tess tenía razón, no me perdería por un idiota que no sabía ni dónde estaba parado.

—Es de cobardes abandonar una partida —largó tras tomarme del codo y girarme para que volviera a enfrentarlo.

—Pero es de valientes mantenerte fiel a ti mismo y es lo que estoy haciendo —aseguré soltándome de su agarre.

—¡Joder, White! —gruñó desesperado.

—Te has equivocado demasiado conmigo, Elijah —le dije guardando la compostura—. Nunca he querido tener poder sobre ti, eres quién eres y te acepté sin pretender cambiarte al iniciar este juego, pero tú a mí no, e incluso buscando solo follar conmigo, esperas que acepte ser tuya bajo términos que van contra lo que soy —aclaré—. Yo jamás te vería solo como mi maldita posesión o mi puto trofeo porque para mí, eres más que eso.

La sorpresa surcó su rostro al escuchar mi declaración y, sobre todo, por la furia y la impotencia que me embargó al comenzar a abrirle mi corazón.

—No te pedí nada distinto a lo que eres desde que iniciamos con esto, pero si tú me exiges exclusividad, dame lo mismo. Porque si lo que yo obtengo de ti es lo que le das a cualquiera, entonces no lo quiero —añadí hablando con convicción.

Para ese momento, mi dolor era tan fuerte que no me importó nada y esas palabras que solté me desencadenaron una verborrea de la cual solo yo iba a salir lastimada, pero, de nuevo, Tess tenía razón y si me callaba y seguía al lado de LuzBel fingiendo que no me dolía lo que estaba pasando, lo dejaría rebajarme y destruirme.

Me arrebataría mi esencia y me convertiría en una versión patética de la mujer que siempre quise ser.

—¿Por qué eres tan complicada, White? —inquirió y mis ojos se desorbitaron.

—¿Complicada? —ironicé—. ¿Por qué lo soy según tú? ¿Porque no seré alguien diferente solo para que estés feliz conmigo de esa manera cuando yo me destruyo poco a poco? —seguí y me cogí la cabeza con ambas manos, soltando el aire cargado de frustración que retenía—. ¿Eres tan idiota para no entenderlo? —indagué— ¿Eres tan imbécil que no te das cuenta por qué me duele verte con otras? —Sus ojos se abrieron demás al comenzar a entender de lo que hablaba— Sí, Elijah. Es por lo que estás imaginando —acepté y abrí las manos para después dejarlas caer a mis costados, admitiendo mi derrota.

Negó como un loco ante lo que escuchó.

—No, Isabella. Tú no —exigió y su reacción me desconcertó.

—Sí, Elijah. Yo sí...

—¡Cállate! —advirtió y lo ignoré.

No seguiría siendo una cobarde.

—Me quemé a mitad del juego —admití recordando las palabras de Evan—. Me enamoré de ti —confesé al fin.

Dije esas palabras en voz alta y, a pesar de su reacción, me sentí aliviada.

—¡Maldición, Isabella! ¡No pudiste haber sido tan tonta como para caer en tu propio juego! —masculló y aunque presentí esa reacción, mi sangre se heló al escucharlo—. ¡¿Cómo pudiste joder todo con ese estúpido sentimiento?!

Mi respiración se cortó y mi garganta ardió con las ganas inmensas que sentí de llorar. Jamás creí sentirme tan estúpida y todo por decir la verdad.

—No debiste enamorarte de mí, maldita Castaña —bufó lleno de rabia—. ¡No de mí!

—¿Por qué no? —logré preguntar en un susurro al no entender su exagerada reacción.

«Vamos, que si tenía miedo estaba bien, pero no le estabas diciendo nada que lo pusiese en peligro de muerte».

Me observó todavía incrédulo antes de decir algo y a lo mejor me lo imaginé, pero logré ver un atisbo de temor en sus ojos que desapareció de inmediato. Intentó responder, pero fuimos interrumpidos.

—¡Oye, LuzBel! Tu amiga y yo ya estamos listas para divertirnos los tres en tu oficina. —Elena y Laurel estaban muy animadas y melosas.

Comprendí a lo que se refería Elena con esas palabras y me maldije por haber abierto la boca tan pronto para confesarle mis sentimientos a ese idiota.

—Esta noche tu fantasía será cumplida, cariño —agregó Laurel.

Observé a LuzBel, rogando en mi interior porque no aceptara esa proposición, suplicando para que no se negara a mis sentimientos, pero con cada segundo que pasó, me convencí de que no debía hacerme ilusiones. No con él.

El jaque mate al final llegó.

—Porque yo no puedo corresponderte —respondió a mi pregunta y juro que escuché que mi corazón comenzó a romperse—. Yo no siento lo mismo por ti, White —aseguró con su mirada fría y carente de emoción alguna.

Tragué fuerte para bajar mi dolor, pero no lo logré.

Supongo que ese era uno de los momentos en la vida donde en lugar de ser el martillo, me tocó ser el clavo.

—Felicidades entonces —me obligué a decir, extendiendo la mano hacia él, reuniendo cada gramo del orgullo que aún me quedaba—. Has ganado y no porque fui cobarde al abandonar el juego.

—White…

—Dilo, LuzBel. El juego termina con esas palabras —lo animé y cuando se negó y no tomó mi mano, lo cogí de la camisa con la mirada nublada por las lágrimas—. ¡Dilo! —exigí.

—Lo siento —musitó.

—No, no te atrevas a humillarme más —largué entre dientes, poniéndome de puntillas para nivelar nuestros rostros—. Dilo, hijo de puta, porque te juro por mi vida que, si fuera yo en tu lugar, tendría los ovarios para decírtelo —aseguré y vio en mi mirada que no le mentía—. ¡Dilo, joder! —grité soltándolo de golpe.

—Jaque mate, White —concedió entonces con la voz ronca y, tras eso, lo vi marcharse con esas dos chicas para cumplir sus fantasías.

Y mi única reacción fue reír con burla.

Burla de mí misma.

«Fuimos unas estúpidas al enamorarnos del diablo, Colega».

CAPÍTULO 51

Solo jugábamos

ISABELLA

Respiré hondo viéndolo irse sin mirar atrás. Al fondo, Laurel se percató de lo que pudo haber pasado entre él y yo y me miró con un poco de culpa, pero sonrió con malicia cuando LuzBel se acercó más a ella y los pensamientos que llegaron a mi cabeza fueron estúpidos.

Quería ir hacia ellos y matar a esas dos tipas, pero ¿de qué serviría? No fueron las chicas quienes me jodieron la vida y ni siquiera él porque, en realidad, jamás me prometió nada más allá de un juego. La estúpida seguía siendo yo por esperar más de alguien que una vez me aseguró que en su corazón no había cabida para nadie que no fueran sus padres o su hermana.

La confirmación de que no mintió fue un golpe crudo de realidad que me azotó en la cara cuando lo vi perderse a través de la multitud yendo directo a su dichosa oficina junto a esas chicas.

Con cada paso que dio arrastró los pedazos de mi corazón, puesto que, aunque me erguí en toda mi altura con una pose de fortaleza inquebrantable, esa que demostraba que nada me dolía, por dentro estaba como una niña dañada, llorando en un rincón y suplicando porque la consolaran.

«Te creíste especial».

Era especial, pero no para él.

«Voy a perder el miedo a quemarme, confiando en que eres de hielo». Aquellas palabras que le dije meses atrás llegaron a mi cabeza y me sentí más imbécil.

—Eso es, písame más, LuzBel —susurré mientras lo veía entrar en la oficina—, pero cuando me levante, espero que, en lugar de volver a buscarme, corras —recomendé.

Tras eso, me di la vuelta para ir al baño, pensando en el nivel de error que había cometido, pero sintiéndome segura de que asumiría las consecuencias como siempre, ya que así hubiera entrado a un mal callejón, me sentía confiada en que volvería a encontrar el camino.

No me concentraría más en que jugué a la ruleta rusa con LuzBel al aceptar un juego que él dominaba mejor que yo, ya que así me hubiese puesto yo misma ese revólver con una sola bala en la sien, siendo premiada con la suerte de dispararme, no me habían criado para ceder tan fácil.

«Herida en privado, Colega».

—Y brillando en público —me animé porque no llegué hasta donde estaba por ser débil.

Y como me recalcó mi madre cada vez que pudo, siempre se decía que ningún árbol podía llegar al cielo a menos que sus raíces se enterraran hasta el infierno, y las mías ya estaban llegando allí, en ese momento y con el corazón roto, pero sin bajar la cabeza o tirándome a llorar en público por alguien que no merecía ni una sola de mis lágrimas.

Porque por mucho que LuzBel me gustara, por muy enamorada que estuviera de él, no me dejaría humillar más de lo que ya lo había hecho.

«A lamerte las heridas en privado, guerrera».

Como siempre me tocó.

Aunque cuando llegué al lavabo del baño, estuve a punto de ceder porque el ardor en mi garganta ya se había convertido en dolor y los pulmones me oprimían el pecho con furia por la falta de aire y las exhalaciones exageras que me vi obligada a tomar para no romperme. Sin contar con mi corazón desbocado.

—No, aquí no —me dije, tomando el mármol del lujoso lavabo.

Lo apreté hasta que los nudillos se me pusieron blancos y cerré los párpados con tanta fuerza, que sentí que en algún momento me extirparía los ojos. Y solo cuando confié en que no lloraría, abrí el grifo para mojarme las manos con el agua fría y luego las pasé por mi cuello, agradeciendo que la heladez me calmara un poco.

—Bien, es hora de seguir —musité al sentir que mis lágrimas habían vuelto a donde debían estar y decidí que era momento de continuar con la noche.

Los chicos me esperaban, divirtiéndose y yo quería hacerlo también con ellos, así que me acomodé el cabello, me limpié el rímel y caminé hacia la salida, pero me vi interrumpida por Elsa, quien cuando entró y pasó por mi lado, me golpeó el hombro con el suyo.

«Mierda. La chica provocaba más fuego sin saber el infierno que ya ardía».

—Duele, ¿no? —ironizó y la ignoré intentando salir de ahí, pero me tomó del codo y me lo impidió.

Cerré los ojos y bufé antes de voltear para enfrentarla. De verdad no estaba para eso.

—No sé, ilumíname porque no tengo idea de a qué te refieres —bufé y mi voz salió un poco controlada a pesar de cómo me sentía.

—Sí sabes, Isabella —se jactó con orgullo—. Te enamoraste del hombre equivocado y ahora pagarás las consecuencias —sentenció y sacudí el brazo para zafarme de su agarre.

«No hables cuando estés molesta porque en ese momento tu lengua no está conectada a tu cerebro. No golpees cuando estés furiosa porque en ese instante es cuando más débil te encuentras», repetí dos veces antes de cometer una locura, ese mantra que el maestro Cho me había enseñado.

—Creo que me confundes contigo—dije y sonrió con burla.

—Yo no soy la que ha estado a punto de llorar en este baño —refutó y negué con la cabeza.

—No, tú lo haces cuando estás sola. Y lo peor es que no te cansas, ya que vuelves y vuelves como una perrita faldera a mendigar a un amo que te da patadas en lugar de caricias —señalé y su sonrisa socarrona se borró para darle paso a la furia—. ¿Ves la diferencia? Finges que no te duele para seguir recibiendo las migajas que él te da.

—No, estúpida. Yo sé cómo es LuzBel, lo tengo claro, así que no soy tan ilusa como para esperar amor de un hombre que no ama a nadie —habló con arrogancia, copiando a la perfección a su maestro, mirándome de arriba hacia abajo con desdén y haciendo que me riera con burla.

—Dejemos las mentiras de lado, Elsa. Y si quieres dañarme, al menos ve de frente —increpé—. Estás enamorada de ese hombre, lo amas, pero lo niegas porque sabes que jamás te corresponderá —aseguré lo que todos veíamos— y prefieres arrastrarte a sus pies por la poca atención que te da antes que perderlo del todo. —Vi que empuñó las manos y me preparé para un posible ataque de su parte—. La diferencia entre nosotras es que yo sí le dije mi verdad porque me haría bien a pesar de los resultados. Y a él le hacía falta saberlo para que sepa por dónde camina.

—Eres peor que la puta de Amelia —espetó con ira.

Escuchar ese nombre de nuevo y saber que pertenecía a la mujer que LuzBel amó, me tensó y dolió, mas no era momento para sumar más dolores.

—De nuevo te equivocas, Elsa —señalé y, además de la furia, también noté su dolor y me pareció increíble comprenderla—. ¿Sabes qué? Ya dejemos esto de lado. Sé que no lo entenderás en este momento, pero no es mi culpa que LuzBel no te corresponda, como tampoco es culpa de esas tipas que no me corresponda a mí.

—Me importa una mierda lo que tú opines —aseveró entre dientes y me di cuenta de que su frustración iba más allá que la mía—. Lo único que me importa es que por tu culpa mi… ¡Arg! —gritó, callando lo que sea que iba a decir.

La miré alzando mis cejas al no entender su verdadero enojo, pero sí intuí que iba más allá de lo que yo pudiera imaginar en ese momento.

—¡No te atrevas a culparme de nada de lo que te pasa con él y mejor ámate, Elsa! —espeté cansada—. Ámate a ti misma para que alguien más te ame y así no te arrastres por nadie. —Logré detener la bofetada que quiso darme y de inmediato, se zafó de mi agarre—. Duele, ¿no? —devolví sus palabras y noté sus ganas de asesinarme.

No quería seguir con esa antipatía absurda entre nosotras, pero tampoco le pondría la otra mejilla si ella se empecinaba en odiarme, así que le sonreí como toda una perra y salí del baño.

Y de cierta manera sentí que debía agradecerle esa distracción que me dio, ya que el tiempo en el que estuve con ella discutiendo, logré sacar de mi cabeza (así fuera por unos instantes) lo sucedido con LuzBel, cosa que necesitaba para no terminar llorando.

Minutos después, llegué al privado donde se encontraban los demás y me incorporé a la conversación que tenían, aliviada de que Tess estuviera en la pista de baile con Dylan y Connor con Jane, ya que así evitaba dar explicaciones que no soportaría en ese instante.

—¡Eso es! ¡Amo a las chicas sin miedo al alcohol! —gritó Ed cuando vi los tragos sobre la mesa y bebí tres *shots* de una vez.

Con mi poca tolerancia y la falta de costumbre, seguro eso no terminaría bien, pero no me importó. Evan, Jace y Andrea se rieron de eso y negué divertida, limpiando la comisura de mi boca cuando sentí gotas de licor en ella.

—¡Diablos! No sé cómo soportan esto —me quejé, frunciendo el rostro con asco y sufriendo la quemazón en mi garganta.

Aunque, por primera vez, sentí que esa sensación no era nada si la comparaba con lo que quemaba mi corazón en esos momentos.

«O te lo congelaba».

El hielo también quema.

«Ese era un punto al que siempre quise que llegaras».

Pensé con detenimiento en eso, y entonces me di cuenta de cuál fue otro de mis malditos errores en ese juego: creí que todo sería más fácil con LuzBel y que lograría no involucrar sentimientos, confiando en que su corazón de hielo me ayudaría a ser fría como él.

Pero olvidé que el hielo también quemaba.

«Y más que el fuego, amiga».

Varios tragos y horas después, estaba lo suficientemente borracha como para estar hablando incoherencias con los chicos. La voz chillona de Andrea me aturdía más que el licor y me reí como loca con las estupideces que Edward decía.

Estaba volviendo a sentirme bien y no me preocupaba que fuera por el alcohol en mi sistema. Para eso tendría tiempo luego.

—¡Ven acá! —gritó Evan y chillé divertida cuando me tomó de la cintura y me llevó a la pista—. ¿Cómo te sientes?

—¡Feliz! —respondí eufórica y envolví los brazos en su cuello, abrazándolo, aferrándome a él para no dejar de sentir esa sensación caleidoscópica que me sedó los pensamientos.

El vacío en mi cabeza se sintió demasiado bien para ser sincera. La música ya no se escuchaba tan fuerte gracias al licor tapando mis oídos y me reí al ver a Evan igual: borracho, ambos bailando desinhibidos porque queríamos y disfrutábamos de ello sin malicia alguna.

La noche era nuestra.

—¡Me encantas, Isabella! —gritó en mi oído para que pudiese escucharle y el alcohol en mi cuerpo evitó que esa declaración me incomodara—. Y más cuando eres feliz.

—¿Te encanto como amiga? —inquirí y sonrió de lado.

—Y como mujer también, pero esa es otra historia —se sinceró y metí el rostro en su cuello cuando sentí que iba a tropezar con mis propios pies.

—Tenías razón, Evan —dije un poco bajo, pero alcanzó a escucharme, ya que sin dejar de tomarme de la cintura con una mano, cogió mi barbilla con la otra para que lo mirara.

No quería volver a ese punto, pero el maldito alcohol era un arma de doble filo.

—Tengo razón también en que eres fuerte y nadie te hará caer, Bella —aseguró y con eso me hizo entender que ya sabía de lo que le hablaba.

Le sonreí con los labios apretados y suspiré al sentir los suyos besando mi frente.

—Lamento que llegaras a mi vida en el momento equivocado —dije de pronto, soltando algo que siempre quise que él supiera, pero que jamás me atreví hasta esa noche.

Comenzamos a bailar como si la música fuera lenta y no nos importó que los demás sí siguieran el ritmo.

Él volvió a tomarme con ambas manos de la cintura y yo acomodé los brazos en sus hombros. Y no, nada de eso lo hicimos por atracción, sino más por apoyo y en mi interior, le agradecí que fuera ese amigo que tanto necesitaba, porque no dudaba de que Evan era capaz de ser solo eso cuando el momento lo ameritaba: un amigo guapo y caballeroso, el príncipe perfecto para una damisela en apuros como dijo Tess. Y, para mi desgracia, me creí tan guerrera, pero me enamoré del enemigo.

«Ya lo habías dicho tú: eras de las que preferían el veneno en lugar de la cura, Colega».

Hasta ese punto llegaba mi idiotez.

—Sobrio no tengo el mismo valor que borracho y tampoco la idiotez —dijo de pronto y eso me hizo sonreír y mirarlo a los ojos—. Así que debo aprovechar —siguió y le alcé una ceja—. Desde que te besé aquella vez, he fantaseado con la idea de que me correspondieras... al beso —aclaró.

—Evan —advertí manteniéndome cómoda entre sus brazos porque lo hizo parecer solo como una travesura.

—¿Un beso de amigos? —inquirió y solté una carcajada.

—Eres un tonto —le dije entre risas y presioné la frente en su barbilla, dejándome guiar por sus movimientos, girando en la pista sin abandonar nuestro lugar—. Además, si te besara no sería porque quiero algo más que amistad contigo y no necesito más enredos en mi vida —añadí minutos más tarde.

—A menos de que seas tú la que no lo tiene claro, no debería haber enredos, Bella —aseguró, hablándome al oído—. Ambos somos libres de hacer lo que queramos, no le debemos fidelidad a nadie y estamos lo suficientemente borrachos como para atrevernos a esta locura —siguió y me mordí el labio.

—Embustero —le dije tratando de no reír.

—Solo es un beso que no le hará daño a nadie, ni siquiera a nosotros —se excusó y lo miré a los ojos, descansando la punta de mi lengua bajo el filo de mis dientes superiores porque ya no podía contener la risa.

Sin que él se lo esperara, le di un beso en la mejilla y cuando me alejé, me estaba observando con una ceja alzada.

Era bastante increíble hacer eso como un juego y, después de toda la mierda en mi vida, me estaba dando cuenta de que de eso se trataba no mezclar sentimientos.

Mierda.

Así se sentía jugar con fuego sin temor a quemarte.

—No me refería a ese tipo de beso —dijo con diversión y me encogí de hombros.

—Nunca te especificaste.

—Lo hice —juró y pegué una carcajada.

—¿A qué te referías entonces?

—A esto —respondió y unió su boca a la mía.

Me besó con desesperación, hambre y posesividad a diferencia del otro día en el cuartel. Y le correspondí un poco aturdida e idiota, poniendo las manos en su pecho para tener un apoyo, permitiéndole devorar mi boca como se le antojara.

—¡Ay, mierda! —chillé cuando lo apartaron de mí y el mareo me atravesó la cabeza por la forma brusca en que lo hicieron.

—¡Maldición, Evan! —bufó Tess tomándolo del brazo—. Con lo bien que me caes y tú firmando tu sentencia de muerte —espetó, observando hacia el privado.

Por estar ensimismada en mi juego con Evan, no me percaté de que LuzBel ya había vuelto con sus dos amantes tras disfrutar de su fantasía luego de que yo le confesara que me había enamorado de él.

El asco, la ira, el dolor y la decepción volvieron a golpearme al ser consciente de lo que estuvo haciendo, pero mandé todos esos sentimientos a dormir porque no estaba dispuesta a darle el gusto de verme derrotada.

No más.

Me erguí al ver que comenzó a caminar hacia nosotros con esa aura oscura que juraba que lo envolvía, sobre todo en ese momento, que parecía con ganas de asesinar a alguien.

«Sí, a Evan».

Me cago en la puta.

No me importaba lo que estuviera sintiendo, pero tampoco permitiría que se metiera con Evan cuando el chico actuó como yo se lo permití. Así que ignoré que casi vi los rayos centellar alrededor de todo su cuerpo y decidí que iba a enfrentarlo y a dejarle claro que nuestro juego había llegado a su fin y no le dejaría que siguiera actuando como el novio celoso e hipócrita.

—Llévate a Evan de aquí y yo me encargo de sacar a Isabella —habló Dylan, quien estaba al lado de Tess y fruncí el ceño.

—No me iré a ningún lado. Ese idiota no tiene porqué venir a joder mi noche —zanjé y Evan sonrió orgulloso.

Dylan y Tess negaron con fastidio.

—Y te apoyo en eso, Isabella —aseguró Dylan tomándome de la mano y vi a Tess hacer lo mismo con Evan—, pero no tengo ganas de matar a mi amigo por defender a otro. Además, me descuidaré de ti en el proceso y eso no me lo puedo permitir —añadió tirando de mí para que caminara.

Vi que Evan también refunfuñaba con Tess, ambos perdiéndose entre la multitud mientras Jacob y Connor intentaban contener a LuzBel para que no llegara a nosotros.

—Yo me cuido sola —le recordé a Dylan, aunque lo seguí.

—Y no lo dudo, pero en este momento necesitaremos a todo el grupo para contener al imbécil de LuzBel.

—Pero…

—¡Joder, Isa! —espetó tomándome del rostro con ambas manos y me quedé de piedra porque no esperaba ese gesto de su parte—. Ayúdame, ¿sí? —suplicó bajando la voz y mi corazón se aceleró.

«¡Guau! ¿Qué estaba pasando?»

No tenía ni puta idea.

—Evan está borracho, así que no podrá defenderse como debe de la furia de LuzBel. Tú también lo estás y no estoy dispuesto a que el maldito se pase de la raya contigo —continuó y lo tomé de las muñecas—. No podré quedarme de brazos cruzados esta vez, así que, por favor, mándalo a la mierda en cuanto estés sobria y si me dejas, te prometo por mi vida que lo pondré en su lugar por ti —puntualizó y sentí mis ojos a punto de saltar de mis cuencas.

No obstante, no pude analizar nada, ya que de nuevo me tomó de la mano y continuó caminando, obligándome a ir con él, esquivando a las personas, llevándome en zigzag para perdernos entre la multitud.

El contacto de su mano con la mía activó la adrenalina en mi cuerpo y los nervios, aunque no eran maliciosos, sino más bien irónicos, lo que me hizo reír, ya que me parecía inefable estar así con él después de que nos juramos acabar el uno con el otro.

Mierda. Me sentía como si acabara de entrar a un mundo paralelo, aunque los recuerdos de nuestro primer día en la universidad me mantuvieron en el real.

«Quién iba a decir que un azote en el culo los llevaría a ese momento».

Me reí de eso y seguí haciéndolo hasta llegar al estacionamiento luego de subir los escalones de emergencia para evitar el ascensor o el restaurante. Dylan me guio hacia su *Jeep* negro y abrió la puerta del copiloto para mí.

—Llama a más de nuestros hombres y síganos hasta casa de mi padre —le gritó a un tipo.

Me tomó del brazo seguido de eso para ayudarme a subir y fue incluso hasta amable al abrochar mi cinturón.

—¿Estamos en una película de acción? —grité entre risas al ver el alboroto y vi a Dylan negar mientras corría al lado del piloto—. Tú te haces pasar por uno de esos gánsteres todos malotes, solo que, en lugar de gordo, eres atlético y vampírico —le dije en cuanto se subió.

—Me alegra que te parezca tan gracioso todo esto —dijo poniéndose en marcha.

Lo miré mientras él se mantenía concentrado en salir del estacionamiento. No mentí sobre su toque vampírico cuando vestía elegante, aunque con ropa informal lucía como un rockero rebelde.

—Me parece gracioso cómo me proteges, Dylan. Y mucho más que intentes hacerlo de LuzBel, como si fuera un monstruo que va a comerme tan fácil —dije y me di cuenta de que cada vez arrastraba más las palabras—. Me parece gracioso cómo me has tomado de la mano, teniendo en cuenta que la primera vez que la sentí, fue en mi culo —añadí y me reí de nuevo ante el recuerdo.

Y logré ver un atisbo de sonrisa en su rostro.

—Créeme que ahora mismo quisiera volver a azotarte, pero por la tontería que has hecho —su tono fue un poco divertido y me sorprendí de eso porque así hubiera cambiado conmigo, mantuvo su distancia y seriedad.

—Vaya. Cuando no estás en modo idiota llegas a ser hasta agradable —ironicé con picardía y me miró de forma rápida, alzando una ceja.

—¿Estás coqueteando conmigo, Isa? —inquirió y puse cara de horror, pero no me dejó responder—. Porque créeme que eso no sería correcto entre nosotros —se mofó haciéndome rodar los ojos y maldije al sentir que no podía regresarlos a su normalidad por la borrachera que me cargaba.

—¡Por Dios, no! —exclamé—. Y si eres inteligente y no piensas solo con la cabeza de abajo, entenderás que no tengo interés en ti ni en nadie más de la organización —aclaré y asintió de inmediato.

—¿Por qué besaste a Evan, entonces? —quiso saber, demostrándome que no era ironía.

—Solo jugábamos y estábamos borrachos —dije y negó con la cabeza, pero no con reproche.

—Perdón por lo de ese primer día —soltó de pronto, dejándome pasmada con sus palabras— y por los demás —agregó.

Jesús.

—¿Qué te hizo cambiar de opinión sobre mí? —me atreví a preguntar, aprovechando el valor extra que tenía y la oportunidad de ser solo los dos en esa ocasión.

Lo vi tensarse tras mi pregunta y se quedó en silencio unos minutos, deduje que pensando en cómo responder.

—Tu valentía, Isabella. Y, sobre todo, te ganaste mi respeto cuando en lugar de retirarte y huir de imbéciles como nosotros, tomaste las riendas de la situación y lograste llegar a LuzBel. —Una punzada de dolor me atravesó por lo último que dijo y él lo notó—. No lo voy a justificar, pero por mi propia experiencia, puedo decirte que ser fríos e idiotas, es nuestra manera de proteger a quienes nos importan —aseguró.

—¡Mierda! Entonces prefiero valerles un carajo —satiricé y rio sin gracias.

—Sé que no lo podrás ver, que es complicado, Isabella, pero todos tenemos un motivo para actuar como actuamos o hacer lo que hacemos.

—¿Cuál es el tuyo para ser cómo eres? ¿Y para actuar de esta forma conmigo? Porque sé que no es solo por lo que ya me dijiste —dije cambiando el tema.

Hablar de LuzBel era lo que menos necesitaba en esos momentos.

—¿De qué manera? —Alzó una ceja y sonrió.

—No sé... ¿Como un hermano mayor? —Sus ojos azules se abrieron de más al escucharme y, aunque parecía absurdo porque hasta yo lo admitía, era de la única manera que podía describirlo.

Porque nunca vi malicia de hombre en él cuando se trataba de mí, tampoco amistad.

—No tengo ningún motivo. Ser idiota es mi naturaleza —respondió serio y sin dejar de ver a la carretera.

Solté una carcajada por su acertada respuesta y asentí dándole la razón, él me acompañó segundos después, no pudiendo resistirse a mi yo borracha.

—¿Puedo darle volumen? —pregunté cuando *What the hell have you done* de Sir Jude comenzó a sonar en la radio.

—Adelante —me animó.

Noté que él podía hacerlo desde el volante, pero me lo dejó a mí y, tras girar la perilla del estéreo hasta donde quería, me recosté bien en el asiento y cerré los ojos, mareándome más, pero disfrutando del estado de embriaguez que impedía que esa canción calara en mi alma como lo hubiese hecho si hubiera estado sobria.

—¡Dios! —chillé cuando un fuerte golpe en la parte de atrás del *Jeep* me hizo irme de bruces hacia el frente—. ¿Qué está pasando? —le pregunté a Dylan al escuchar en simultáneo varios disparos y neumáticos derrapar sobre el pavimento de la carretera.

Dylan maldijo en respuesta y sacó una radio del compartimento en el medio de los asientos.

—¡¿Dom?! ¡¿Qué está pasando?! —preguntó entre gritos.

—*Joven, nos han sacado de la carretera* —respondió y mi corazón latió con terror.

—¡Joder, Dylan! Mira por los espejos —señalé tratando de mantener el control.

—*Están usando dispositivos eléctricos que dejan inservibles los coches... ¡Mierda! Joven Whi...*

—¡Me cago en tu puta madre! —gritó Dylan cuando la línea en la radio quedó muerta y más disparos siguieron sonando.

—¡Dios mío! Son muchas motocicletas —espeté yo al verlas por los espejos laterales.

Dos se colocaron a cada lado del coche y otro embiste nos llegó desde la parte de atrás. Dylan se vio obligado a frenar cuando una enorme camioneta encendió los faroles atrás y otra nos encontró en el frente.

—¡Son los putos Vigilantes! —masculló entre dientes, haciendo que la borrachera desapareciera de mi sistema al escuchar ese nombre y mis alertas se activaran.

—¿Traes armas? —pregunté y asintió.

Me indicó dónde estaban y de forma sigilosa, las busqué. Le pasé una glock a él que escondió de inmediato y yo tomé un par de cuchillos que metí en mi cinturón.

—Coge mi sudadera que está en el asiento trasero y cúbrete la cabeza con el gorro —pidió.

—Eso me impedirá defenderme —dije y lo escuché murmurar algo que no entendí.

—Haz lo que te pido, por favor. Necesito protegerte, Isabella —suplicó y vi mucho miedo en él—. No hagas que me maten si salimos de esta —añadió y sabiendo que no era el momento indicado para contradecir nada, obedecí.

—Maldición —gruñí al irme de bruces de nuevo cuando nos volvieron a chocar por detrás y, segundos después, el *Jeep* se apagó por completo.

Dylan, a duras penas, consiguió frenar y nos quedamos mirando al frente, temerosos de que esa noche pudiera ser la última de nuestras vidas, sobre todo al ver a un tipo saliendo del coche frente a nosotros llevando un arma en cada mano.

Caminó con poder y cuando estuvo cerca del *Jeep*, lo reconocí.

—Derek —bufó Dylan confirmando lo que ya sabía y desconcertándome al ver su miedo.

«De verdad esperaba que saliéramos de esa».

No te pedí nada distinto a lo que eres desde que iniciamos con esto, pero si tú me exiges exclusividad, dame lo mismo. Porque si lo que yo obtengo de ti es lo que le das a cualquiera, entonces no lo quiero.

CAPÍTULO 52

Mercancía premium

ELIJAH

Apreté los puños sintiendo mis nudillos escocer, con la piel rota y la sangre saliendo de ella luego de utilizar a Evan como mi puto saco de boxeo.

Él estaba frente a mí, limpiándose el hilo de líquido carmesí que salía de su nariz con el dorso de la mano; riéndose, gozando de lo que había conseguido con su estupidez, porque es lo que esperaba. El hijo de puta sabía lo que iba a desencadenar y le importó una mierda desafiarme.

Y su trabajo fue hecho con maestría, ya que no solo probó de nuevo los labios de la maldita castaña, sino que también logró que esa vez ella le correspondiera.

Recordarlo solo me hacía hervir más la jodida sangre en las venas.

—¡Jesús! ¡Ya basta, Elijah! —gritó Tess, lanzándose en mi espalda cuando me vio con la intención de irme de nuevo sobre Evan—. ¡Pareces un demonio! —siguió abrazándome como un puto koala.

Mi traicionera hermana creyó que sería fácil sacarlo por la puerta trasera de mi maldito club, sin contar con que no dejaría que ambos se me escaparan a la vez, campantes luego de reírse en mi puta cara. Isabella corrió con la suerte de ser ayudada por Dylan, quien para mi desgracia, era experto en escabullirse sin dejar rastro.

Pero de ninguna manera dejaría ir a Evan sin darle su merecido.

—¡Madre mía, cariño! Por favor, piensa un poco —dijo Elena a mis espaldas—. ¡Joder! Que esto no tiene por qué terminar así, tío.

—¡Que termine como tenga que terminar, venga! —me retó Evan y se puso en posición de combate, animándome con un ademán de manos para que siguiera.

—¡Me cago en tu puta, hombre! ¿Por qué infiernos no te ayudas? —chilló Tess, aferrándose más a mí—. ¡Ayúdenme, joder! ¡No se queden parados como idiotas! —siguió en cuanto intenté sacármela de encima—. ¡No ven que se van a matar! ¡Demonios, Elijah! —se quejó cuando la tiré al suelo.

Cayó de culo y no me importó. Mi único objetivo era llegar a Evan y encontré tremenda satisfacción cuando estrellé más puñetazos en su maldita cara. Él intentó defenderse, pero seguía borracho y mi furia era incontenible, sobre todo cuando volvió a reírse de mí.

—¿Hace esto solo porque besó a esa tía? —alcancé a escuchar a Elena.

—¡Mierda! Ahora entiendo por qué...

Perdí la voz de Laurel en cuanto sentí la sangre de Evan humedecer mis manos y gruñí con los puñetazos que él consiguió darme, maldiciendo a la vez en el instante que conectó una patada en mi costado. Pero lo dejé golpearme para que se acercara más y cuando lo tuve donde quería, lo lancé al suelo y me tiré a horcajadas sobre su cuerpo.

Jadeé y él gruñó mientras recibía mis puñetazos, apenas cubriéndose el rostro con ambos brazos. Me sentía insaciable y así mis músculos escocieran, no paré de atizarle golpes hasta que tres personas consiguieron cogerme y alejarme.

Connor me tomó de un brazo y Jace del otro. Edward intentó retenerme agarrándome por la espalda, enganchando los antebrazos en mi cuello, pero cometió un grave error, ya que él también me había desafiado con Isabella en la pista de baile, así que, con toda la intención, le propiné un cabezazo que hizo crujir su nariz.

—¡Auch! —se quejó.

—¡Ed! —chilló Laurel—. ¡Joder, LuzBel! —espetó para mí y maldije cuando me dio una bofetada. La miré enfurecido y con advertencia, pero ella no se inmutó—. ¿Te das cuenta de la idiotez que estás haciendo? —inquirió y me limité a sacudirme para que me soltaran.

—Solo hago pagar a quien tiene la osadía de reírse en mi puta cara —gruñí y ella me dio otra bofetada—. ¡Joder, Laurel! No te pases de...

—¿Qué carajos hiciste tú al irte con nosotras? —aseveró callándome.

Mi pecho subía y bajaba por mi acelerada respiración y vi a Jane, Tess y Andrea ayudando a Evan, quien todavía sonreía satisfecho. Traté de zafarme del agarre de esos tres de nuevo, mas no pude, sobre todo con Laurel plantando sus palmas en mi pecho.

—¡No te atrevas! —espeté al verla alzar la mano de nuevo.

—Entonces cálmate, joder —exigió.

Elena se había hecho a un lado y no pudo más que llevarse las manos a la boca, sin poder creer lo que sucedía frente a sus narices. Y el sabor metálico en la mía no me ayudaba a controlarme; al contrario, me sentía como un maldito vampiro con más sed de sangre en ese instante.

Y Evan no disfrutaría con la manera en que se la sacaría de las jodidas venas.

—Ya basta, hermano —pidió Connor cuando intenté zafarme una vez más.

—Este maldito hijo de puta se merece esto, que lo mate a golpes por desafiarme como lo ha hecho —masculló entre dientes. Mi voz era ronca y cargada de ira.

—No te he desafiado, LuzBel —aseveró Evan con dificultad—. ¡Joder! Ni siquiera nos dimos cuenta que estabas allí viéndonos. Bella y yo solo *jugábamos* —ironizó.

El hijo de puta no valoraba su asquerosa vida y el tirón que esos tres ejercieron en mi cuerpo fue lo único que me contuvo de no llegar a él.

—¡Cállate, Evan! No ves que te va a matar —le gritó Laurel.

—¡No, cállate tú! —Todos se sorprendieron cuando él le gritó a Laurel. No era típico de Evan hablarle así a una mujer— Este maldito arrogante no es más que un hijo de puta cobarde que merece sentir en carne propia lo que provoca.

Los chicos maldijeron cuando me logré zafar y llegué a él, quien se enfrentó a mí con valentía y me detuve solo unos segundos para escucharle, para retarlo a que siguiera empujándome a la locura.

—¿Te duele que yo sí le enseñara a jugar? —inquirió empujándome y no permití que me moviera ni un milímetro—. ¿Te arde el ego que conmigo sí se divirtiera?

—Fue solo un puto beso, hijo de puta —le gruñí en la cara.

Un maldito beso que me pareció insignificante ante su burla, pero no para el desafío que me hicieron al ejecutarlo en mi territorio, en mi presencia, aunque no se hayan enterado de que los veía hasta que ya fue tarde.

—Un puto beso que la hizo sonreír más de lo que tú has conseguido en estos meses con ella —zanjó y lo cogí del cuello de su camisa—. Mátame si quieres, LuzBel. Pero ten claro que yo solo aproveché el que tú huyeras como un maldito pusilánime después de lo que Bella te dijo. Y la hice divertirse con el juego sin utilizarla como mi maldito juguete.

Abrí los ojos más de lo normal al saber de qué hablaba y lo solté de golpe, haciendo que trastrabillara hacia atrás.

—Sí, viejo. Escuché todo —espetó sardónico—. Vi cómo lo único que hiciste, aparte de soltar esa mentira, fue irte a follar con estas dos chicas. —Miró de forma despectiva a mis amigas y logré ver que ellas se miraron con complicidad—. Y entonces pensé en aplicar contigo el consejo que me diste aquella vez en el gimnasio de Bob, ¿lo recuerdas? —Sonrió satisfecho y luego escupió sangre a un lado de nosotros.

Maldije en mi interior porque esa vez supe que me arrepentiría de mis palabras y no me equivoqué.

—¿Recuerdas tú lo fácil que será para mí matarte? —inquirí, pero no lo dejé responder—. Y me importa una mierda lo que tú creas, Evan, porque lo que pase entre Isabella y yo solo nos compete a ambos, así que no quieras venir a dártelas de héroe porque yo no soy el villano del que te desharás tan fácil.

—¿Lo comprobamos? —me desafió.

Eso fue todo lo que necesité para propinarle un cabezazo con el que lo lancé al suelo en un santiamén y, en cuanto quise rematarlo con una patada, Jane soltó un grito afligido que nos erizó la piel a todos.

La busqué con la mirada, encontrándola de rodillas en el suelo, con el móvil sobre la oreja, llorando y temblando.

—¡Cariño! ¿Qué sucede? —preguntó Connor corriendo hacia ella y su única reacción fue darle el móvil.

Connor escuchó atento lo que sea que le dijeron y lo vi palidecer, yendo hacia mí y, al ver la pantalla del móvil con el nombre de Cameron como llamada en curso, se lo arrebaté de las manos.

—¡¿Qué sucede?! —espeté sintiendo la garganta seca.

—*Derek organizó una emboscada, LuzBel. La gente de Enoc quedó fuera de juego y consiguió llegar a Dylan.*

—¡La puta madre! —gruñí llevándome una mano a la cabeza.

—¿Dime que no es Isabella quien lo acompañaba? —pidió y no pude responderle porque los nervios me dejaron mudo— *LuzBel, Derek busca su venganza y si sabe quién es la chica que está con Dylan, entonces será doble.*

—¡No! —grité sintiéndome impotente—. ¡Demonios! —Todos me observaron preocupados al ver mi reacción, pero los ignoré—. ¡Escúchame bien! Con tu puta vida me respondes si a Isabella le tocan un solo pelo —amenacé y Tess jadeó—. Es hora de que me demuestres dónde está tu fidelidad, así que quiero a Dylan a salvo y a ella sin un solo rasguño porque te prometo que si le encuentro alguno, te lo devolveré a ti el doble.

—*¡Maldición, LuzBel! Te estoy demostrando mi fidelidad al llamarte* —se defendió—. *Te enviaré las coordenadas de dónde están y ven pronto. Sabes que te sirvo más dentro de esta organización y no puedo exponerme* —bufé en respuesta y corté la llamada.

Miré mi móvil encontrando varias llamadas perdidas de él que no respondí por estar ocupado con Evan y, segundos después, recibí un mensaje de texto con las coordenadas que prometió.

—Llama a Jacob y dile que nos localice en la dirección que te voy a enviar —pedí a Connor reenviando el mensaje de Cameron—. Que se prepare bien y lleve todas las putas armas que pueda.

—¿Qué sucede, Elijah? —preguntó Tess con preocupación.

—Dylan ha sido interceptado por los Vigilantes —dije y el miedo en sus ojos fue inexplicable.

—Isabella —murmuró Jane entre llanto y Evan se puso alerta y preocupado por ella.

—Esto es tu puta culpa —espeté.

—Sabes que no lo es, LuzBel. Pero ahora mismo no importa —me recordó y odié darle la razón.

Importaba más salvar el culo de esa castaña terca y el del traidor de Dylan.

—Llama a los refuerzos —le ordené y asintió de inmediato—. Y tú vete al cuartel, Tess. Te necesito allí —dije caminando hacia mi coche.

—¡No! Esta vez voy con ustedes.

—Estás loca si crees que te voy a exponer. ¡Vete al maldito cuartel!

—Dylan me... nos necesita —se corrigió de inmediato y fruncí el ceño—. Isabella nos necesita. —Maldije en mi interior, sintiéndome impotente porque sabía que tenía razón.

Iba a exponerla, pero necesitaba a los mejores para recuperar a esos dos.

—Bien, pero quiero que me obedezcas —advertí—. Tenemos que ser cuidadosos, no sabemos a cuántos nos enfrentaremos. —Ella asintió sabiendo que me estaba jugando el pellejo con padre al llevarla.

—Jacob está de camino y Elsa ya viene —dijo Evan y vi aparecer a la susodicha y acercarse a nosotros.

Estaba un poco más flaca y, por su rostro, sabía que había estado vomitando. Noté esa delgadez días atrás cuando me invitó a su apartamento porque quería charlar conmigo y, aunque esa conversación me intrigó, me preocupé más por asegurarme de que no estuviera haciendo una locura con tal de tener un cuerpo perfecto, sobre todo luego de sufrir anorexia en su adolescencia.

—¿Estás bien para hacer esto? —le pregunté sabiendo que Evan ya les había dicho lo que pasaba. Ella solo asintió—. En marcha, entonces, no perdamos más tiempo —dije para todos y pasé al lado de Elena y Laurel sin despedirme, pero esta última me tomó del brazo y me detuvo.

—Salva el trasero de esa chica y dile que se ha ganado mi respeto. —La miré haciéndole saber que no estaba de humor para sus ironías, pero ella en vez de intimidarse, me sonrió de lado.

—Me pagarás caro esas bofetadas —le advertí.

—Si me las devuelves en el culo, por mí encantada —se mofó y yo bufé.

Le había dado la oportunidad perfecta para joderme y noté que haría uso de ella todo lo que le fuera posible, pero eso lo veríamos luego.

—¡Elijah! —gritó Tess ya subida en mi coche, afanándome.

Asentí como despedida hacia Elena y Laurel y me apresuré para unirme a mi hermana, encontrándola con un pinganillo en el oído mientras cogía el arma que siempre mantenía oculta bajo el asiento del copiloto.

Me dediqué a conducir a toda velocidad, entretanto ella giraba órdenes a los demás hombres que se nos unirían. Maldijo en varias ocasiones cuando ellos le informaron sobre lo que había pasado con la gente de Enoc, entendiendo con eso que Derek esa vez estaba jugando con más inteligencia.

Mierda.

Si ese malnacido descubría o ya sabía quién era Isabella en realidad, el infierno se desataría sobre la tierra y no estaba seguro de si lo ocasionaría él o yo. Además de que era consciente que Dylan se llevaría una buena parte de la mierda al caer en las manos de ese hijo de puta que no descansaría hasta vengarse de mi amigo por haber matado a su hermano.

«Joder, White. ¿Por qué tenías que hacer tus estupideces esta noche?», masculló en mi mente.

La ira seguía hirviendo en mis venas por cómo me desafió, pero tampoco sería más imbécil de lo que ya había sido y aceptaría mi culpa, ya que fue mi estupidez la que, en realidad, nos llevó a ese jodido punto.

—Dylan protegerá a Isa, Elijah —aseguró Tess, sacándome de mis pensamientos—. Solo intenta que lleguemos completos para ayudarles, por favor.

—Más le vale que la proteja porque si no, yo mismo lo mato, Tess.

—Y yo te mataré a ti —espetó y la miré solo un segundo, frunciendo el ceño por su desafío—. Esto es tu culpa, idiota.

—Perfecto —ironicé y tomé el volante con más fuerza.

—¡Dios! Si tan solo dejaras de ser tan terco —siguió quejándose y callé, ya que no quería tirarla del coche e inventarle a mi padre que murió en el enfrentamiento.

Puta madre. Debía calmarme. Tess era mi hermana y no la dañaría solo porque era la única sin miedo a decirme las mierdas en la cara.

—Sé que Dylan la protegerá con su vida si es necesario y eso me pone peor —dijo con voz lastimera.

—Creí que White era tu mejor amiga, Tess —señalé.

—¡Lo es!

—Entonces por qué siento que te preocupa más la vida de Dylan que la de ella.

—Porque… —calló de pronto y, de soslayo, noté que abrió y cerró la boca sin saber qué decir—. ¡Jesús! ¿Qué pregunta es esa, Elijah? —aseveró recomponiéndose y bufé, sonriendo satírico—. Dylan también es nuestro amigo, así que no lo quiero muerto, ni siquiera que lo dañen de ninguna manera. Pero sé que eso es imposible porque desde que se enteró de quién es Isabella, ha tratado de protegerla como lo más preciado que le dieron y lo sabes —me recordó—. Y si se ha mantenido al margen es solo porque se lo pidieron.

Ya sabía eso. El idiota la cuidaba tanto, que incluso estaba dispuesto a irse contra mí si ella se lo pedía. Y eso me enfurecía y enorgullecía en partes iguales.

—La proteja o no, se las verá conmigo e ileso no saldrá, Tess —gruñí y su tensión se sintió en el aire, sabiendo bien por qué le dije eso.

—Ya soy mayor —susurró aceptándolo de una vez.

—Mayor mis pelotas, maldita zanahoria —señalé.

Sin embargo, dejamos la discusión de lado cuando el GPS nos señaló que estábamos acercándonos al lugar donde Camerón indicó. Apagué las luces del coche para no alertar a nadie y los demás hicieron lo mismo cuando aparecieron por carreteras distintas que se unían en ese mismo punto.

—Me cago en la puta madre —musitó Jacob al ver varios coches volcados en la carretera en cuanto nos reunimos fuera de nuestros coches.

Los malditos Vigilantes debían haber comprado a los policías de tránsito de esa zona e inventar algo para detener el tráfico, ya que ningún coche estaba pasando. Nosotros lo conseguimos porque Cameron nos guio.

—No todos están muertos —avisó Connor.

Habíamos desenfundado las armas, y caminamos protegiéndonos las espaldas.

A lo lejos, vi a Dom, el hombre de confianza de Enoc, quien había llegado a la ciudad esa semana. Elsa tocó su cuello y luego asintió, señal de que estaba con vida. Escuché a Evan avisarles a los refuerzos mientras yo le marqué a Cameron para que me dijera dónde estaba.

Guie a los chicos hacia él y, en cuanto estuvimos frente a frente, todos se sorprendieron al ver que era el *traidor* quien me había puesto al tanto de todo lo que pasaba. Y, aunque alegaron que podía ser una trampa de su parte, los calmé porque en ese momento era la única ventaja que poseíamos para salvar a Dylan e Isabella.

—Vamos —nos animó.

Jacob negó, era el que menos confiaba en Cameron, aunque bastó una mirada de mi parte para que se calmara. Nos dejamos guiar por un camino de tierra en medio del bosque, manteniéndonos atentos porque tampoco confiaba al cien por ciento en Cameron. Pero, en cuanto vimos los coches y motocicletas con las farolas encendidas del otro lado del bosque, supe que no me había fallado.

Dylan estaba rodeado por Derek y su gente y me preocupé al no ver a Isabella por ningún lado.

—Ella sigue en el coche —susurró Cameron al verme buscando por todas partes.

—¿En serio creías que te librarías tan fácil de mí, Grigori de mierda? ¿Creías que dejaría inmune la muerte de mi hermano? —espetó Derek hacia Dylan y puse mi mano en la muñeca de Tess cuando ella le apuntó al malnacido.

—Todavía no —advertí y noté que sus ojos brillaban con impotencia.

—¿Quién es ella? —siguió Derek con su interrogatorio hacia Dylan.

Él se tensó igual que yo y miré a los Vigilantes que acompañaban a Derek. Los igualábamos en número si es que no había más escondidos al otro lado de la carretera.

Mierda. Vivir en una ciudad rodeada de bosques no siempre era ventajoso cuando no lo utilizábamos a nuestro favor.

—Ve a saber tú. La vi en el club, me gustó. Iba rumbo a mi apartamento a pasarla bien, pero decidiste aparecer para cortarme el polvo —respondió Dylan, recurriendo a su locura para esconder el miedo—. Aunque si decides darme tú la misma diversión que ella, podríamos dejarla ir. Agujero es agujero.

Joder.

Dylan gruñó cuando un Vigilante lo golpeó por orden de Derek y yo maldije porque el hijo de puta no podía controlar esa lengua, aunque entendía que buscara desviar la atención de la castaña.

—Así que te gusta el incesto —se burló Derek y, en ese momento, todo mi grupo alzó las armas esperando mi orden.

¡Jodida mierda! Derek ya lo sabía.

—¿Y te extraña eso siendo el hijo de una puta? —le preguntó una voz femenina—. Follar a su hermana le ha de excitar más de lo que pensamos.

—¿Pero qué demonios? —gruñí al ver a Charlotte saliendo de uno de los coches.

—¡Joder, Elijah! —dijo Tess.

—¿Charlotte? ¿Qué haces aquí? —preguntó Isabella saliendo del *Jeep* y la mujer la miró con desdén—. ¿Qué estás diciendo? —siguió la chica, demasiado impresionada al escuchar esa verdad.

Maldita Charlotte.

«Cuida a Isabella de Charlotte. John no me cree, pero ella no me da buena espina».

Las palabras de Elliot me golpearon como un puñetazo. Me las dijo antes de regresar a California cuando estuvimos en Washington, pero no le di importancia gracias al enfrentamiento que habíamos tenido. Además de que luego de notar que la tipa no lo tragaba, supuse que su desconfianza era más por eso, porque la mujer no le hacía las cosas fáciles.

Pero como el maldito perro que era, volvió a tener buen olfato y no se equivocó. Esa puta resultó ser una espía de los Vigilantes y así como entregó a Isabella, no dudé en que también pudo haber entregado a Leah, la mejor amiga de mi madre.

La madre de la castaña.

—Ocúltate bien —le ordené a Cameron—. Y ustedes prepárense porque llegó el momento —seguí y escuché que quitaron el seguro de sus armas.

—Solo la verdad que John jamás se atrevió a decir para no dañar a su princesa —ironizó Charlotte respondiéndole a la castaña y gruñí con furia—. Que este chico es tu hermano, hijo de una puta y tu padre.

Isabella jadeó incrédula al escuchar aquello.

—Maldita hija de la gran puta que te parió —espetó Dylan yéndose contra ella.

Dos hombres se le fueron encima, a punto de golpearlo, pero se detuvieron cuando disparé al cielo y enseguida todos salimos de nuestro escondite, con las armas en alto, apuntándole a todos directo a la cabeza. Aunque ellos no se inmutaron y también nos apuntaron a nosotros con sus armas.

Una vez más, estábamos frente a frente. Grigoris contra Vigilantes.

—El gran hijo de puta ha hecho su aparición —exclamó Derek con la emoción palpable en su voz.

No le quitaría mérito: él y Dylan igualaban la locura.

—Y me tomas de buenas —ironicé—, por eso te doy dos opciones. La primera, disparamos de una buena vez dejándole a la suerte quien queda de pie. O la segunda, se dan la vuelta y se van a la mierda por donde vinieron.

El malnacido rio con burla y dejó de apuntarme a mí para dirigirse a Isabella.

—O tres, matamos a los herederos de Enoc. Al lindo infierno, sobre todo —ironizó llamando a Isabella de esa manera y Dylan consiguió llegar a ella para cubrirla con su cuerpo—. Perfecto, será en el orden que quieras —se burló y apreté la mandíbula.

—¿De qué habla? —preguntó Isabella a nadie en específico y Charlotte soltó una carcajada.

¡Mierda!

—De nada que logres entender, cariño —ironizó Charlotte—. Tu padre se encargó de eso, de que siempre te vean como una estúpida. —Sin pensarlo, apunté mi arma hacia ella cuando siguió con su burla y la hija de puta no inmutó.

Se sentía demasiado valiente por estar rodeada de esos imbéciles.

—Soy conocido por ser el mayor de los hijos de putas —advertí viéndola— y me encanta divertirme con las ratas traidoras —añadí.

—Tú, sobre todo, ¿cierto? —se metió Isabella, regresando al tema que Charlotte tocó.

—No me lo hiciste difícil —se mofó como respuesta.

—¿Por qué, Charlotte? —cuestionó la castaña mostrando su dolor—. Te he visto como mi mayor apoyo luego de lo de mamá. ¿Por qué me haces esto? —añadió con voz lastimera. Esa pobre chica iba de dolor en dolor y me sentí una mierda por haber contribuido con el mayor porcentaje.

Charlotte comenzó a reírse de ella y tuve ganas de cogerla del cuello, meterle la pistola en la boca y llenársela de balas.

—Sí, esa es una costumbre de los White por lo que veo —respondió la perra con amargura—. Apoyarse en mí, pero cuando han recuperado los ánimos, me desechan como a una basura —añadió.

—Pero yo no te he desechado —señaló Isabella.

—¿Segura? —cuestionó Charlotte y la castaña frunció el ceño—. Igual ya no importa, Isabella. Me cansé de ser solo el desahogo de ustedes, pero admito que es mi culpa. Es lo que pasa cuando pones tu corazón en las manos equivocadas, ¿recuerdas?

Isabella contuvo la respiración, asombrada al escucharla y por mero reflejo, buscó mi mirada, acción que me estremeció y, por lo que noté, a ella también.

—No lo valoran, lo pisotean y después esperan que recojas los pedazos y sigas como si nada. Pero yo no soy de las que perdona tan fácil —siguió aclarando Charlotte.

—¿Quién te dañó? —inquirió la castaña, tratando de entender la traición de esa zorra.

Pero antes de que Charlotte hablara, vi que Derek le hizo una señal a uno de sus hombres y este le disparó a Dylan y maldije por mi descuido, aunque cuando miré a Dylan, noté que Elsa premeditó ese ataque y disparó antes hacia el tipo, quien cayó al suelo sin vida.

La pelea se desató en ese momento y al ver a la perra traicionera tratando de escapar, le disparé tres veces sin importar dónde le impactaron los proyectiles. Derek maldijo alcanzando a tomarla en brazos. Isabella estaba siendo protegida por Dylan, aunque al final los papeles se invirtieron cuando uno de los Vigilantes apuñaló a su hermano en el costado izquierdo.

Y era muy buena defendiéndolo con su propio cuerpo y peleando como una pantera enfurecida. Tenía una puta destreza con movimientos al ras del suelo, pero cuando los hacía aéreos, sus contrincantes no tenían ninguna oportunidad.

—¡Jacob, ve por Dylan e Isabella! —grité al ver que él estaba más cerca de ellos. Obedeció de inmediato.

Aunque Tess corrió tras de él para apoyarlo y llegar también hasta Dylan.

—¡Pequeña mierda! —masculló, protegiéndome detrás de un árbol.

Estaba desobedeciendo mis malditas órdenes y me frustró, ya que debía cuidarla también a ella si quería que regresara a casa sana y completa, pero metiéndose en el fuego cruzado no me ayudaba.

—A las tres, cubrimos a Elsa mientras se acerca a los chicos —le dije a Evan. Él estaba escondido detrás de un árbol a mi lado y ella se mantenía en uno del medio. Ambos asintieron— ¡Tres! —grité y los dos comenzamos a disparar.

Elsa corrió hasta donde estaban los demás y les ayudó a enfrentarse a los otros tipos.

—¡¿Y el uno y dos?! —me cuestionó Evan en un momento que logró acercarse a mí.

—Yo dije a las tres, no que iba a contar —aclaré y negó.

Poco a poco, logramos acercarnos a la carretera de nuevo y vi que Derek intentaba llegar a Dylan, pero Isabella se lo impidió enfrentándose a él en una lucha de golpes mientras un tipo se encargaba de sacar a Charlotte del medio, llevándola casi a rastras. Imaginé que la perra todavía iba con vida e intentaban salvarla, mas no se los pondría fácil, así que apunté hacia ellos y disparé, logrando acertar un cuarto disparo en la espalda de Charlotte.

Cubrí a Evan tras eso, quien logró llegar a Jacob y juntos sacaron a Dylan de la zona de batalla. Me asusté al ver que estaba perdiendo mucha sangre y se encontraba muy débil, por lo que solo apoyó cada brazo en los hombros de nuestros compañeros y se dejó arrastrar.

—Saca a Dylan y a los chicos de aquí —le ordené a Cameron tras llamarlo con rapidez.

Corté la llamada enseguida y escuché disparos cerca de mí. Busqué dónde se originaron y encontré a Connor enfrentándose con dos tipos.

Las chicas, por su lado, se enfrentaban a golpes con otros hombres y odié, así como también me asusté, ver que nos ganaban por mayoría en ese momento. Y cuando quise llegar a ellas a ayudar, dos Vigilantes me confrontaron y nos fuimos a una lucha de cuerpo a cuerpo. Los hijos de puta sabían cómo pelear y en varias ocasiones me vi en el suelo recibiendo sus malditos puñetazos.

Logré deshacerme de uno, tratando de no perder de vista a las chicas y me preocupé cuando no encontré a Tess por ningún lado.

Isabella le sacaba de encima un imbécil a Elsa, que estuvo a punto de dispararle, pero la tregua les duró poco, ya que otros dos llegaron a atacarlas.

—¡Mierda! —gruñí cuando uno de mis oponentes logró agarrarme por la espalda debido a mi distracción y otro llegó para golpearme, aprovechando que no podía defenderme. Aticé una patada en sus bolas y le di a su compañero un cabezazo en la nariz, pero no me soltó.

Lo maldije, dispuesto a darle otro cabezazo, mas el derrape de unos neumáticos me desconcertó y seguí el sonido, aunque un fuerte golpe en la mandíbula me mandó directo a besar el pavimento.

—¡Retirada! ¡Más Grigoris están llegando, pero el botín está asegurado! —Escuché que dijeron y vi que los tipos que todavía quedaban corrieron hasta las motocicletas y se marcharon.

—¡Joder, ya era hora! —gruñí intentando levantarme.

No había pasado demasiado tiempo, en realidad, pero en las batallas cualquier segundo era crucial y se sentía como horas.

—¿Dónde están las chicas? —gritó Evan desde algún lugar.

Visualicé a Connor tirado en el suelo y negué desesperado y aturdido al no ver a las chicas también.

—¡Connor! —lo llamé en cuanto llegué a él y me puse en cuclillas tomándolo del rostro—. ¿Y las chicas? —inquirí cuando reaccionó y me miró asustado.

—¡Me cago en la puta, LuzBel! —gritó Evan desesperado.

—¡Demonios! ¡No, no, no! —bramé yo poniéndome de pie, llevándome las manos a la cabeza.

De pronto, la melodía de mi móvil sonó y vi que había quedado tirado sobre el pavimento. Varios coches comenzaron a llegar y supe que eran Grigoris. Disparos se seguían escuchando a los lejos y mi corazón se aceleró en cuanto tomé el aparato entre mi mano y reconocí el número.

—Me voy a cagar en tu puta vida —zanjé al responder y una carcajada se escuchó del otro lado.

—*Se me escapó Dylan, heriste a Charlotte, pero ¿adivina qué?* —Mi respiración se cortó al escuchar su maldita voz—. *Tengo a una pelirroja asustada como una gacela, a una pelinegra bocazas y a una castaña que posee la deliciosa furia de una pantera.* —Volvió a reír con júbilo y escuché el crujir de mi móvil cuando lo apreté con fuerza—. *¿Cómo es eso que dicen de la venganza? ¡Ah, sí! Es un plato que se come frío.*

—Le tocas un solo cabello a alguna de ellas y te arrepentirás de haber nacido —mascullé entre dientes.

—*No mi querido, LuzBel. No solo les tocaré el cabello* —advirtió triunfante—. *Y Lucius estará feliz de tener frente a él a la niña de Pride, a una heredera de Enoc y a la puta del gran LuzBel* —Mi piel se erizó y de nuevo volví a sentir ese frío miedo que me quemaba las entrañas—. *Pero ambos sabemos a quién disfrutará más.*

—¡No te atrevas a ponerle un solo dedo encima! —amenacé y solo escuché su risa burlona.

—*Es mercancía premium, LuzBel. Lo mejor pagado* —me recordó y luego cortó la llamada.

—¡Maldito, hijo de puta! —grité con impotencia y estrellé el móvil contra el pavimento.

Sintiendo en mi interior que yo también me destruía por dentro como ese maldito aparato.

Eso es, písame más, pero cuando me levante, espero que, en lugar de volver a buscarme, corras.

CAPÍTULO 53

Promételo

Elijah

Dos chicos del grupo de Grigoris que llegaron, se encargaron de ayudarle a Evan con Connor, ya que este seguía aturdido tras haber recibido un golpe en la cabeza. Le pedí a otro que se ocupara de mi coche y me subí a una *Hummer*, escuchando a la vez lo que los demás informaban con respecto a la búsqueda que se estaba llevando a cabo.

Padre ya había sido notificado de toda esa mierda y se encargó de cerrar los caminos por donde era posible que Derek huyera junto a otros Vigilantes, pero no pecaríamos de imbéciles, ellos debieron prever cada maldita ventaja y desventaja, además de que esa emboscada no la planearon con poco tiempo.

No cuando les salió perfecta.

—Dylan ha sido intervenido de emergencia en el hospital privado y necesitará sangre porque perdió mucha, pero ya se están encargando de ello —avisó Evan y asentí actuando en automático.

La *Hummer* se puso en marcha tras eso y me dediqué a ver por la ventana, sintiéndome impotente por no poder hacer nada hasta que el equipo de rastreo diera con alguna pista que nos guiara hacia las chicas.

Las ideas de lo que le haría a cada uno de esos malnacidos cuando los tuviera en mis manos, eran lo único que me impedía enloquecer. Y rogué para que las chicas fueran fuertes y sobrevivieran hasta que consiguiéramos rescatarlas. Sin embargo, no me haría imbécil.

No le temía a que no sobrevivieran, sino a cómo las torturarían, a Isabella, sobre todo. Cuando Lucius se enterara de quién era ella en realidad. Aunque no dudaba que ya lo supiera si Charlotte había estado detrás de ese plan.

—¡Demonios! —dije para mí, llevándome un puño a los labios.

Enoc me obligó a hacer una promesa de sangre para proteger a su hija y la cagué por completo.

Y no, no fallé porque fuera una obligación al principio, ya que eso cambió y protegerla se convirtió en algo que quería hacer. La cagué por imbécil y orgulloso. Mandé a la mierda todo en cuestión de minutos por no pensar en las consecuencias de mis actos y palabras, por ser un jodido egoísta que no quería dar nada a cambio, pero en el momento que vi que otro podía tomar lo que deseaba solo para mí, actué como el jodido posesivo de siempre.

—*Dilo, LuzBel. El juego termina con esas palabras. ¡Dilo!*
—*Lo siento.*
—*No, no te atrevas a humillarme más. Dilo, hijo de puta, porque te juro por mi vida que si fuera yo en tu lugar, tendría los ovarios para decírtelo. ¡Dilo, joder!*
—*Jaque mate, White.*

—Seré imbécil —me dije ante aquel recuerdo y cómo sus ojos me mostraron la manera en la que rompí su corazón.

No tenía ningún jodido derecho sobre ella y menos sabiendo sus sentimientos hacia mí y cómo eso la convertiría en un blanco más fácil para mis enemigos. Tuve que haberla dejado seguir como quería y con alguien que sí iba a corresponderle, pero no. Malditamente no pude verla con otro.

—Su padre está adentro —avisó Isaac, el hombre que conducía.

Asentí en respuesta y bajé de la *Hummer* haciendo una mueca al comenzar a sufrir el dolor de todos los golpes que recibí. Había sentido sangre correr de mi sien mientras recorríamos la distancia hasta el cuartel, mas no me interesó. Yo tenía la suerte de estar libre, mi hermana no.

Ni Elsa.

Ni la castaña.

Desde el estacionamiento en el cuartel, todo era una locura: con hombres yendo y viniendo. Y, al estar adentro, vi que era peor y la agonía del ambiente solo aumentó la mía. Me conduje hacia el laboratorio de comunicaciones sabiendo que mi padre estaba allí y al entrar lo encontré de pie, viendo las pantallas donde tres fundadores de Grigori se reflejaban.

Enoc incluido.

Él y mi padre mostrando una serenidad que sabía que no sentían, pero ser los jefes los obligaba a fingir y concentrarse en lo que haríamos para recuperar a las chicas.

—*Que tu hermana haya sido raptada junto con mi hija es lo único que me detiene de hacerte pagar, LuzBel* —dijo Enoc luego de que padre me hiciera decirles todo lo que pasó, incluyendo lo que sabía de Dylan, ya que su padre así lo exigió.

Bartholome y Perseo asintieron de acuerdo, apoyando a su compañero y, aunque vi la tensión en padre, sabía que también estaba de acuerdo. Ellos hicieron las reglas y se apegaban a ellas incluso cuando les jugaba en contra.

Así que acepté de nuevo mi error y solo asentí.

—Voy a recuperarlas —hablé seguro.

Enoc recostó la cabeza en el asiento del jet donde ya se conducía hacia Richmond y, en ese momento, sí vi su desesperación y lo comprendí.

El tipo quería llegar lo más pronto posible, incluso cuando sabía que no haría más que nosotros, porque manejábamos los mismos contactos y medios, pero necesitaba hacer todo lo posible para arrebatar a su hija de las manos enemigas tal cual como padre y yo necesitábamos recuperar a Tess y a Elsa.

Y quería asegurarse personalmente de que Dylan estuviera bien.

—¿Sabes lo que Lucius le hará? —inquirió y no respondí—. *No, no tienes ni una jodida idea* —respondió por mí, pero se equivocaba. Sabía lo que haría con Isabella—. *Tu hermana y tu chica no sufrirán como ella y créeme que me alegro, mas eso no evita que maldiga el momento en que confié en ti* —espetó y me tensé cuando se refirió a Elsa de esa manera, mas no lo corregí.

No era buen momento para aclararle que, hasta esa noche, su hija había estado ocupando el lugar que creía él que era de Elsa.

Vi a Elliot darle un trago para tratar de calmarlo. Por supuesto que él también lo acompañaba, pero de nuevo, no iba a quejarme porque sabía que nadie me ayudaría a recuperar a Isabella más que mi maldito primo.

—John —lo llamó padre.

—*Confié en tu criterio, Myles* —espetó y cerré los ojos con impotencia al escucharlo sollozar—. *Confié a mi hija en tus manos creyendo que la cuidarías como tuya.*

—Mi hija también está secuestrada, John —aseveró padre perdiendo los estribos—. Y que no sufran como Isabella, no significa que las mantendrán ilesas —le recordó.

—*John, Myles tiene razón. Nosotros sabemos bien de lo que es capaz Lucius. Las tres chicas corren peligro y entendemos lo de tu hija, pero debemos permanecer unidos* —dijo Perseo sirviendo de intermediario.

—*Exacto. Todos sabemos que, si ese malnacido no se tocó el corazón para matar a su propia hija por enamorarse del enemigo, menos lo hará con estas chicas* —añadió Bartholome y me tensé ante la mención de Amelia, sobre todo cuando Enoc me miró sabiendo a quién se referían como el enemigo.

—Lucius también me hará pagar a mí por haber ayudado a Elijah cuando se fugó con su hija —puntualizó padre y sentí que destrozaría mis muelas por presionarlas con tanta violencia.

No era momento para volver a esos recuerdos y el rostro tenso de Elliot me indicó que pensaba lo mismo.

—Voy a recuperarlas, se los prometo por mi vida —les dije a ambos con la voz ronca y vi un poco de preocupación en padre—. Así sea lo último que haga, prometo que ellas volverán con ustedes —repetí para que entendieran el tipo de compromiso que estaba haciendo.

No era una promesa vana, no la hice con el rito que sellaba el pacto, pero pensaba cumplirla como si lo hubiese hecho; y los cuatro fundadores de la organización lo entendieron también.

—*Cumple, Elijah Pride. Porque si no lo haces, tomaré una vida a cambio y te prometo que te va a doler por el resto de tu existencia* —juró Enoc y, tras eso, terminó con la videollamada.

Padre me observó atento luego de que Perseo y Bartholome también se desconectaran y, antes de que pudiera siquiera imaginarlo, me cruzó el rostro de una bofetada que me hizo sentir el sabor metálico de la sangre en mi boca.

—Si a las chicas les llega a pasar algo, te prometo que vas a saber en realidad lo que es sentir la furia de un Grigori, Elijah —gruñó y apreté los puños.

—¿Actuarías igual con Tess si fuera yo en su lugar? —pregunté cegado por la ira y porque siempre me viera como el malo en todo—. ¡Joder, padre! —espeté al sentir otra bofetada.

—Vuelve a hacer una pregunta tan estúpida y te arrancaré los dientes a bofetadas —aseguró y lo miré sintiendo mi respiración vuelta mierda—. No te exijo esto porque te ame menos, muchacho idiota. Lo hago porque son tus errores los que nos han llevado a esto y encima estás prometiendo sobre tu vida algo que se nos podría salir de las manos. Y no creas que permitiré que John te dañe de alguna manera, o que se ensañe con tu madre o Tess con tal de hacerte pagar.

Me llevé las manos a la cabeza al comprender su punto y respiré hondo, tratando de idear un plan para agilizar el rescate.

—No dejaré que se nos salga de las manos —dije seguro cuando llegó a mi cabeza la persona indicada para ayudarme—. Las recuperaré y no dejaré que Isabella corra el mismo destino de su madre —seguí.

—¿Qué harás, Elijah?

—Yo también tengo mis contactos, padre —me limité a decir y quiso replicar, pero no lo dejé—. Y cumplo mis promesas.

Maldijo segundos después al ver mi convicción, pero asintió y le agradecí que siguiera confiando en mí. Tras eso, me di la vuelta para ir en busca de un nuevo móvil y así llamar a la persona que sabía que me ayudaría a recuperar a mi talón de Aquiles.

Costara lo que costara.

Había contactado a la persona que podría llevarme directo al nido de ratas antes de que algo peor pasara, pero debía esperar para darle tiempo de hacer sus investigaciones, cosa que no me tranquilizó. Sin embargo, era todo lo que podía hacer mientras los rastreadores de Grigori se encargaban de ejecutar su trabajo.

No quise ir a casa de mis padres ni a mi apartamento, prefería quedarme en el cuartel y enterarme de primera mano lo que sucedía, pero con cada minuto que pasaba mi desesperación aumentaba y lo único que se me ocurrió hacer para calmar mi ansiedad, fue encerrarme en mi estudio de tatuajes. De un momento a otro, terminé sacando el último diseño que creé, viéndolo como si fuera una especie de ancla para contener mi locura.

—¡Joder! —mascullé soltando el diseño y me restregué el rostro.

Miré el reloj en mi muñeca segundos después, sintiéndome como un maniático del tiempo, ya que lo chequeaba a cada segundo, dándome cuenta de que la maldita aguja a veces parecía que se detenía, riéndose en mi jodida cara por la desesperación que se encargaba de aumentar.

Le había llamado a Cameron también, con la esperanza de que supiera algo, pero al ser nuevo en esa organización de mierda, no tenía acceso a todos los lugares y misiones porque todavía lo tenían a prueba, así que lo excluyeron de esa para asegurarse de que no intentaría ayudar a las chicas.

Y me lo esperaba para ser sincero, porque yo también lo hubiera excluido si hubiese estado en el lugar de Derek.

—¡Joder, Jacob! ¡Cálmate! —Escuché a Evan gritar afuera del estudio.

—¡Y una mierda que me calme, carajo! —zanjó Jacob y negué, esperando a que tumbaran la puerta.

Jacob lo hizo segundos después.

—La puerta estaba sin llave, imbécil —masculé.

Su respiración estaba acelerada, su cabello desordenado y lucía como un desquiciado que acababa de escaparse del manicomio.

—¡Tenemos que ir por Elsa, LuzBel! —me exigió y respiré hondo—. ¡Tienes que rescatarla! —rugió plantando los puños con violencia sobre mi mesa de dibujo, donde yo me encontraba.

—Y lo haremos —aseveré entre dientes—. Recuperaremos a Elsa, a Tess y a Isabella —aclaré, recordándole que mi hermana también había sido raptada junto a su chica y a la...

—¡No lo entiendes, joder! ¡Elsa no puede ser tocada de ninguna manera por esos hijos de puta!

—¡Ninguna puede ser tocada, Jacob! —grité poniéndome de pie—. ¡Ninguna! —repetí y nos miramos a los ojos con intensidad.

Comprendía su aflicción y sabía que por dentro también se preocupaba por mi hermana y la castaña, pero odié que me exigiera como si yo no hubiera estado haciendo nada para recuperarlas.

—¡Jacob, hermano! Cálmate —pidió Evan y lo tomó del hombro.

Jacob se sacudió y de pronto, comenzó a sollozar como un niño herido y mi única reacción fue apretar los puños y negar, sobre todo cuando él llegó a la camilla e inclinó el torso sobre ella, apoyando los codos mientras se tomaba de la cabeza para contener el llanto.

Evan lo miró destrozado y con una señal de cabeza, le pedí que nos dejara solos. Dudó por un momento, pero luego obedeció y, por unos minutos, lo único que hice fue ver a Jacob llorando, admirando la facilidad con la que podía desahogar un poco de su preocupación.

—Debí protegerla —dijo entre sollozos—. Tuve que haberme quedado allí con ella.

—A lo mejor te habrían matado y a ellas igual las hubieran raptado —señalé—. Y ahora yo tendría que estar sepultando a mi hermano mientras me preocupo por recuperarlas —añadí y con eso conseguí que me mirara—. Eso sin contar con que Dylan también pudo correr con una peor suerte si no lo hubieras sacado de allí.

Sus ojos estaban rojos y sus mejillas mojadas por las lágrimas y tragué con dificultad al volver a ver en él al chico débil que conocí en el último año de bachillerato. El tonto al que tuve que enseñar a defenderse de su padre abusador, ya que era muy valiente para poner en su lugar a cualquier tipo de su edad, pero cuando llegaba a casa, se convertía en un animalito indefenso que solo recibía golpes y palabras hirientes como muestras de cariño.

Era el acosador y el acosado.

Y ambos comportamientos siempre se generaban el uno del otro, aunque cuando aprendió a protegerse donde en realidad debía hacerlo, se convirtió en una persona totalmente distinta a la que conocí. Se volvió mejor y, por lo mismo, era el que conseguía amigos más rápido que los demás.

Yo le llamaba idiotez solo porque me gustaba gastarle bromas, pero era consciente de que no lo era.

—No sé qué haré si le pasa algo, LuzBel —dijo y caminó hacia mí—. Me moriré si la dañan —aseguró.

—¡Demonios, Jacob! —Lo tomé de la cabeza cuando me abrazó y se tiró a llorar como un niño. No supe cómo reaccionar, ya que no era de los que servían para consolar, así que solo me limité a permitirle desahogarse en mi hombro—. Vamos a recuperarlas, viejo —le dije y sacudió la cabeza.

—No dejes que la dañen, te lo suplico. —Me estremecí ante su ruego.

—Elsa es mi amiga, Jacob. Y la quiero. Así que no pienses ni por un segundo que haré más por salvar a mi hermana o a Isabella. Voy por las tres y si tengo que ir al infierno para recuperarlas, entonces me quemaré —dije con convicción y lo hice mirarme a los ojos—. Pactaré con el diablo si es necesario.

—Promételo —rogó—, prométeme que me la vas a regresar.

—Te lo prometo —dije sin dudar—. Traeremos a las tres de regreso a casa.

La esperanza que vi en sus ojos me estremeció y eso me hizo confirmar que no podía fallar. Debía recuperar a las tres porque de no hacerlo, no solo me condenaría a mí mismo, sino que arrastraría también a muchos conmigo y no me lo iba a permitir.

Aunque solo en mi interior era capaz de admitir por quién pactaría con el diablo, en realidad.

CAPÍTULO 54

Mi pequeña traidora

ELIJAH

Fui para la sala de rastreo rato después de hablar con Jacob (cuando ya lo vi *más calmado*). Evan y Connor estaban haciendo lo que podían y a mí solo me quedaba esperar por noticias de Cameron, o de la persona que prometió ayudarme. Aunque las horas seguían pasando y encontrarnos cada vez con más callejones sin salida no nos ayudaba a mantenernos serenos.

—Dylan ya ha salido de la sala de operación, está estable, aunque inconsciente. Pero según los médicos, va a recuperarse —avisó Evan tras recibir una llamada y asentí, quitándome un peso de encima.

—Haz que aseguren bien el hospital para que a esos imbéciles no se les ocurra llegar para terminar el trabajo —pedí.

—No será necesario. Enoc ya se ha encargado de eso y te aseguro que a ese hospital no entrará ni el demonio así sea invitado por un ángel —respondió y medio sonreí con ironía.

Claro que Enoc no permitiría que siguieran jodiendo a sus hijos y al no poder recuperar a Isabella de momento, se aseguraría de que Dylan estuviera bien protegido.

—Deberías descansar un poco —recomendó Connor y lo miré incrédulo por lo que pedía—. O al menos permitir que te curen esas heridas —señaló al darse cuenta de mi mirada.

No había querido que ningún médico me revisara porque lo sentí innecesario, aparte de que me robaban tiempo para siquiera estar pegado a las pantallas, tratando de ver algo que los chicos de rastreo no habían encontrado aún.

—Nena, deberías estar durmiendo —dijo Connor respondiendo la llamada que de seguro era de Jane.

La pequeña miedosa se mantenía llamándole a cada momento, desesperada por noticias luego de que él le avisara horas atrás lo que sucedió con las chicas. Y recordar el grito que dio y la histeria que la embargó, solo me hacía más consciente de la mía.

—Estaré en el salón de entrenamiento —le avisé a Evan al ver en mi móvil una llamada entrante de Cameron.

La respondí sin esperar respuesta de Evan y tragué con dificultad, sintiendo el corazón acelerado, con terror de que el tipo me llamara para darme alguna mala noticia, ya que el positivismo se me estaba yendo por un tubo.

—Espero que me llames con buenas noticias —le dije cogiendo valor.

—*Ni buenas ni malas* —bufé por su respuesta—. *Lucius está fuera de la ciudad y regresará dentro de dos días, eso significa que a las chicas no las matarán.*

¡Puf! Vaya alivio.

—Si te soy sincero, en este momento preferiría que ya les hubieran pegado un tiro antes de que las sometan a alguna tortura —dije sintiéndome como una mierda.

Pero joder, no dije eso por ser un malnacido, sino porque sabía la clase de enemigo que las tenía. Y la muerte en realidad hubiera sido un mejor camino que el que les esperaba si no conseguíamos rescatarlas antes de que Lucius regresara a la ciudad.

—*¡Joder, LuzBel! No pierdas la esperanza, hombre. Puede que a tu hermana y a Elsa no les hagan nada.*

—¡Eso lo sé, Cameron! —grité—. Tienen a Isabella y eso para ellos es como haberse ganado la lotería.

Se quedó en silencio siendo consciente de lo que acabábamos de decirnos y su respiración se volvió pesada.

—*Siguen en la ciudad si te sirve de algo* —habló segundos después—. *No he logrado averiguar dónde exactamente, pero sí escuché a uno de los hombres diciéndole a otro que Derek estaba furioso porque Grigori consiguió cerrarle los caminos por donde ya habían planeado escapar.*

No quería sentir esperanza de nada porque sabía que si las cosas no resultaban como deseábamos, el golpe sería cruel, pero me fue inevitable al escuchar eso.

—¿Dijeron algo más? —indagué y carraspeó, eso mató mis esperanzas más rápido que cuando las sentí.

—*Añadió que lo único que mantiene a Derek feliz es el preciado botín que consiguió en la emboscada.* —Apreté el móvil y sentí que la respiración se me cortó—. *Asegurando desde ya que con Elsa en sus manos te hará pagar por lo que le hiciste a su chica.*

—No le hice nada a esa puta traidora —espeté—. Y Elsa no tiene por qué pagar algo cuando yo todavía no le he cobrado a ese hijo de puta el haber asesinado a su propia prima frente a mis ojos —masculló entre dientes.

—*Aun así la van a utilizar para torturarte* —señaló y negué con la cabeza, aunque no me viera—. *Tengo que colgar, te llamaré cuando consiga más noticias.*

Tiré el móvil sobre la mesa de armas de entrenamiento luego de su forma tan repentina de finalizar la llamada. Me irritaba que hiciera eso, pero comprendía que estaba siendo estrictamente vigilado, así que tampoco podía exigirle.

—¡La puta madre! —grité al analizar lo que me dijo y cogí una silla que estaba a un lado de la mesa, sentándome en ella y recargando los codos en mis muslos, sosteniéndome la cabeza y tirando de mi cabello.

Me restregué el rostro y grité con frustración, queriéndome arrancar la piel al recibir un mensaje de texto de un número desconocido, pero que sabía de quién se trataba.

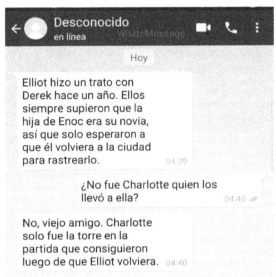

—Me cago en tu vida, Elliot —bufé tras ese mensaje recibido, comenzando a comprender muchas cosas.

Vi con sorpresa cómo los mensajes desaparecieron luego de esa despedida y negué.

—Has aprendido nuevos trucos —murmuré y volví a dejar el móvil en la mesa.

Las horas estaban pasando con demasiada lentitud, aunque cuando volví a ver mi reloj, noté que ya eran las cinco de la mañana y no había dejado de pensar ni un solo segundo.

Traté de encajar todas las piezas en ese rompecabezas y pensé de nuevo en las movidas que hice. Me torturé imaginando los peores escenarios y en muchas ocasiones estuve a punto de montar mi propia búsqueda. Pero, a diferencia de lo que muchos creían dado mi historial de cagadas, las neuronas todavía me funcionaban y era consciente de todo lo que el equipo estaba haciendo para dar con alguna pista.

Así que debía aguantar, sobre todo porque yo era el jefe al mando en ese momento en el cuartel, ya que padre se había marchado horas atrás para consolar a madre. Por lo que tuve que ocuparme de ir de aquí para allá, llamando a todos nuestros contactos e ideando la forma de recuperar a mis chicas.

—Joven Pride, el señor White ha llegado —dijo Roman entrando al salón de entrenamiento como alma en pena.

Alcé la mirada hacia él y me puse de pie en el instante que vi a Dom entrar seguido de otros hombres de Enoc, preparándome para lo que se iba a desatar, pero la cagué al esperar un ataque por parte del padre de Isabella en cuanto lo vi, ya que no me percaté de Elliot hasta que caí de bruces al suelo por el puñetazo que conectó en mi mandíbula.

Pero no me detuve a analizar lo que estaba pasando, la furia que me embargó me obligó a ponerme de pie y me fui contra él, aunque actuó con astucia y me evitó, regresándome otro puñetazo, mas en ese momento ya sabía qué esperar, así que usé mi agilidad y lo lancé al piso. Y justo cuando iba a tirarme sobre su cuerpo para molerlo a golpes y mostrarle lo que se sentía ser mi saco de boxeo, los hombres de Enoc me contuvieron y los míos retuvieron a Elliot.

—¡Así es como ibas a cuidarla, maldita mierda! —reclamó Elliot enfurecido y no me dejó responder—. ¡La metiste en esto con engaños y la expusiste, hijo de puta!

—¡No! ¡No la expuse! —aseguré y lo miré tanto a él como a Enoc—. Los Vigilantes no habrían sospechado que ella estaba en la ciudad si tú no hubieras aparecido de nuevo.

El rostro de Elliot cambió al escucharme y la ira de Enoc se encendió mucho más porque el hijo de puta había vuelto a Richmond sin su permiso y esa desobediencia fue lo que provocó que nuestros enemigos pusieran más atención en Isabella.

—Tú sabías el trato que hiciste con ellos, traidor de mierda, así que era evidente que no te dejarían en paz si regresabas a casa de mis padres después de lo que provocaste. Tu jodida presencia los alertó —seguí.

Al principio, yo no tenía idea de que la hija de Enoc era su novia, pero al parecer los Vigilantes sí, así que tenía mucha lógica lo que me dijeron rato atrás. Elliot de regreso en la ciudad alentó a esos imbéciles a que hicieran su tarea e investigaran a fondo lo que pasaba.

—Lucius seguiría tu rastro porque sabía que eras novio de la hija de su mayor enemigo, así que te usó para dar con ella. El ataque en Dark Star no fue solo por venganza del chip, ellos te seguían a ti, imbécil —rematé, comenzando a hilar todo—. Ahora dime, ¿quién la expuso?

Se quedó en silencio tras mis palabras y me zafé del agarre de los hombres que me detenían para no irme encima de él.

—Entonces me cobraré dos vidas donde no cumplan su promesa, malditos cabrones —espetó Enoc y miré a Elliot con ironía.

—No habría venido en contra de tus órdenes si me hubieras escuchado, John —se defendió Elliot—. Esto se pudo haber evitado si no te hubieses dejado embaucar por esa maldita traidora desde que te dejó meterse entre sus piernas —añadió y eso me tomó por sorpresa.

Aunque al recordar las palabras de Charlotte antes de que todo se fuera al carajo y volver a revivir su odio cuando aseguró que los White la usaron, entendí cómo fue que los Vigilantes la convencieron para que se volviera una estúpida.

—Así que por eso la hicieron colaborar —murmuré y los dos me miraron sin entender—. Por un momento llegué a creer que ella estuvo siempre con los Vigilantes, pero investigué por mi cuenta y me dijeron que no, que Charlotte solo fue una pieza que consiguieron tras tu llegada —expliqué observando a Elliot.

—No sé si fue antes o después, solo sé que desconfié de ella luego de que se mudara aquí y comenzara a descuidarse de la seguridad de Isabella cuando era su misión protegerla y no permitir que ningún imbécil se le acercara —espetó.

—Pues falló desde que dejó que tú te acercaras a ella —refuté.

—Hija de puta —murmuró Enoc llevándose las manos a la cabeza e intuí que él sí imaginó en qué momento convencieron a esa rata de colaborar con ellos—. La investigué a fondo, pero en ese momento todo estaba en orden, así que solo pensé en que era paranoia de tu parte porque nunca te llevaste bien con ella —le dijo a Elliot.

Yo también había notado que no se llevaban bien.

—¡Demonios, John! —espetó Elliot con desesperación—. Como si yo fuera de los que acusa solo porque está dolido con cosas personales —le recordó y su mirada hacia mí me dijo a lo que se refería.

Él nunca llegó a decirle nada en concreto a Enoc de lo que pasaba entre la castaña y yo, lo calló y decidió enfrentarlo a su manera sin exponer a su ex, aunque al final el padre intuyó cosas que no pudimos evitar.

Y porque no era tan imbécil después de todo.

—Sabes que amo a tu hija y siempre he hecho todo para protegerla, incluso traicionar a mi familia, pero… ¡Maldición! No quisiste creerme a mí y confiaste en el enemigo que dejaste entrar a tu casa —siguió reclamando y me sorprendió aquella confesión.

—¡Lo sé, joder! Y ahora lo estoy pagando caro —se reprochó él—. Pero ruego porque llegue la hora de tener frente a mí a esa maldita y hacerle pagar su traición.

—Ruega porque siga con vida para tener tu oportunidad —le dije yo y me observó intrigado, esperando más información—. Le disparé en varias ocasiones antes de que le explicara a tu hija la verdadera razón por la que los traicionó, aunque alcanzó a decirle que Dylan es tu hijo.

Cerró los ojos con fuerza y negó, suponiendo que su hija debió pensar lo peor de él al enterarse de esa manera sobre Dylan.

Aunque todos los que sabíamos quién era el padre de Dylan en realidad, estábamos conscientes de que el secreto se mantuvo por decisión de mi amigo, ya que cuando ambos se enteraron de su parentesco, luego de que la madre de Dylan muriera, él estaba enfurecido con la vida y se negó a ser reconocido como el hijo de un fundador de Grigori.

Y fui testigo, gracias a padre, de la lucha de John para ganarse a su hijo, pero los hermanos White llevaban la terquedad bien arraigada en la sangre y hasta ese día, Dylan seguía prefiriendo ser el bastardo del gran Enoc, aunque su apellido hubiera sido cambiado dos años atrás.

—Maldigo la hora en la que permitiste que Isabella viniera aquí —reclamó Elliot y me concentré en él—. Maldigo la hora en que permitiste que este idiota la involucrara en Grigori y se cruzara en su camino.

—Yo también maldigo muchas horas de tu vida, puto traidor —espeté y caminé hacia él—. Maldigo que te cruzaras en el camino de Amelia y que ahora ella esté muerta por tu culpa.

—Elliot hizo lo que tenía que hacer para mantener a salvo a mi hija —la declaración de John me detuvo y lo miré—, él también hizo una promesa conmigo y sabes bien que no las rompemos.

—¿De qué mierda hablas? —cuestioné.

—De que te traicioné a ti por amor a la mujer que ahora por tu culpa está en manos de nuestros peores enemigos —respondió Elliot y calló sin intenciones de seguir hablando.

Entonces recordé la equis que dibujó en los labios de Isabella cuando estuvimos en Washington. Había prometido silencio, por eso nunca habló de lo que hizo, ni siquiera a ella cuando sabía que la perdería.

—Habla de una maldita vez, Elliot —exigí y miró a John.

—Puedes hacerlo y hay testigos de que yo te estoy liberando del voto de silencio con él —dijo para todos sus hombres y estos asintieron.

Yo me mantuve con los puños apretados, a la espera de que Elliot decidiera hablar al fin.

—No me acosté con Amelia porque me gustara la idea de robarte a tu novia —comenzó y lo miré incrédulo. Eso era estúpido—. Hace más de dos años descubrieron la ubicación de Isabella y casi logran matarla de no haber sido porque el maestro Baek Cho se dio cuenta y la protegió.

Tragué con dificultad y negué, alejándome un paso de él, temiendo el rumbo que tomaría esa declaración, pero me limité a callar.

—Fue un ataque planeado a lo estúpido porque en ese entonces lo más importante para Lucius era hacer pagar a su hija por haberse enamorado de ti y fugarse contigo, eligiéndote antes que a él.

—¿Y eso qué tiene que ver? —inquirí.

—Mucho —respondió John por él—. Elliot era el único que podía acercarse a ti y a tu novia sin levantar sospechas —declaró y empuñé las manos preparándome para lo que seguía—. Y después de la muerte de Leah, me fue fácil hacer mi oferta.

Hijo de la grandísima puta.

—Era tu novia por la mía, LuzBel y ya sabrás a quién escogí —añadió Elliot y sentí que mis ojos se tornaron brillosos por el dolor y la furia que me embargó—. Hice mi promesa y acepté la propuesta de John sin dudar, pero la única manera de alejar a Amelia unas horas de ti era conquistándola.

—Y lo dices tan fácil y sin remordimientos —gruñí entre dientes y se encogió de hombros.

—La venganza y la necesidad de proteger a quien amas te saca más lo hijo de puta y lo sabes, primo —señaló, recordando lo fácil que fue para mí meterme con Isabella con tal de vengarme de él—. Y así como tú sentiste remordimiento en Washington al ver su dolor, yo también lo tuve con Amelia, pero eso no nos detuvo, ¿cierto?

Negué con la cabeza, pero no como respuesta, sino porque me sentía estupefacto ante lo que escuchaba. Furioso y dolido también, pero a la vez más lleno de frustración y mucha confusión.

Mi cabeza revivió el momento en el que llegó a casa un año y medio atrás, una visita que nos tomó por sorpresa porque desde que se unió a la organización y trabajó hombro a hombro con su padre, llegando a convertirse en la mano derecha del mío en California, dejó de aparecerse por Virginia sin antes dar un aviso previo como el protocolo lo demandaba por mera seguridad para los miembros Grigori.

Mi padre lo cuestionó en su momento, pero bastó una llamada de Enoc para asegurarle de que había sido enviado por él por un asunto de la compañía que tenía en la ciudad y que Elliot solucionaría, ya que se encontraba haciendo su pasantía en White Constructions debido a que sus buenas calificaciones le valieron el adelantarse un año en la universidad.

A mí me pareció raro que un pasante se ocupara de un problema que debía solucionar un experto, pero no era algo que me importara, así que lo dejé de lado, sobre todo porque, aunque nunca me había llevado bien con él, nos tolerábamos; y dada la situación en la que me metí un mes atrás de su llegada al llevar a Amelia a la mansión para mantenerla a salvo de los Vigilantes, creí que más apoyo no estaba demás.

Vaya iluso.

Con Amelia siempre tuvimos claro que lo nuestro era prohibido, pero tras conocernos en un enfrentamiento en donde en lugar de matarnos, nos follamos como unos malditos animales, nos fue imposible no seguirnos buscando, metiéndonos en una relación que cada vez nos volaba más la cabeza.

Pero, de nuevo, la relación entre la hija de un fundador y traidor de los Vigilantes con el hijo de un fundador de Grigori, estaba destinada a fracasar desde un principio y, sin embargo, eso no nos detuvo.

—¿*Problemas en el paraíso?* —*preguntó Elliot una noche.*

Había llegado a la sala de entretenimiento en casa de mis padres justo después de que Amelia se fuera con un humor de los mil demonios, dejándome con el plan de ver pelis que ideé en lugar de salir a donde ella quería.

—*De haber sabido que sería así de complicado, la hubiese dejado con su padre* —*ironicé y él negó, riéndose y sentándose a mi lado luego de tomar un refresco en lata y una bolsa de frituras.*

—*Serás cabrón* —*dijo divertido y me reí.*

—*Los primeros días son la gloria, pero luego… te cuestionas si la cagaste o no.*

—*Tu error es que te gustó la gloria en lugar de buscarte una chica que te diera paraíso e infierno en partes iguales, asegurándote que disfrutarías ambos* —*señaló y bufé, riéndome, pero también analizando sus palabras.*

Lo miré por un segundo y noté su satisfacción.

—¿*Tú has conseguido ambos?* —*indagué curioso.*

—*Un caballero no habla de esas cosas.*

—*Pero los hijos de puta sí, así que no te hagas el imbécil* —*refuté y su sonrisa sardónica, aunque llena de satisfacción, me dijo lo que se negó a vocalizar.*

Negué con la cabeza, riéndome de ello y cogí el mando a distancia para darle reproducir a la película.

Luego de eso no volvimos a hablar.

Elliot había llegado justo cuando estábamos atravesando momentos difíciles con Amelia, pues yo pretendía mantenerla en la mansión y ella se rehusaba, se quejaba con constancia de vivir encerrada en una jaula de oro sin comprender que solo intentaba mantenerla a salvo.

Al principio, Elliot actuó cortante y frío con ella, mantenía su distancia y evitaba cruzarse en su camino, pero poco a poco, Amelia fue logrando que él le prestara atención y hasta llegaron a entrenar juntos, consiguiendo con eso que semanas después, mi primo intentara persuadirme para salir con ella por las noches y llevarla a nuestros clubes de vez en cuando y que así se distrajera.

Pero había días en los que yo no podía salir con ella debido a las misiones y Amelia terminaba convenciéndome de que Elliot podía cuidarla bien y lo permití durante unos meses. Hasta que comencé a ver mucha cercanía entre ambos y me enfrenté a Elliot por eso.

—*Así que era mentira eso de que tenías tu propio paraíso e infierno* —*ironicé*—. *¿O has descubierto uno más divertido en el mío?*

—*¡Joder! No seas exagerado, hombre* —*respondió satírico.*

—*No me quieras ver la cara de idiota, Elliot* —*largué*—. *Porque no te gustará el resultado* —*advertí.*

—*Amelia y yo solo somos amigos, LuzBel* —*aseguró usando mi apodo, algo que había comenzado a hacer días atrás y después de todo lo que intuía, prefería que se mantuviera usándolo*—. *No tienes porqué ponerte de esta manera, ya que por muy bella que sea tu chica, sigo eligiendo a la mía* —*respondió con convicción*—. *Así que relájate y deja de ser tan desconfiado.*

—*Por desconfiado estoy donde estoy, primo. La desconfianza ha sido mi más fiel acompañante y juntos hacemos un buen equipo* —*bufé viéndolo a los ojos, pero no se inmutó.*

—*Ya. No seas paranoico porque te lo repito, sigo eligiendo a mi chica* —*recalcó*—. *Además, no deberías reclamarme a mí si tanto te jode mi cercanía con Amelia, ya que en una relación, cuando hay traición la culpa no es del tercero. Nadie se mete donde no lo dejan entrar.*

Me tensé al escuchar eso y apreté los puños.

—*Es bueno que me llames por mi apodo, maldita mierda* —*le dije y vi su tensión también*— *porque nunca has merecido que te vea como mi sangre.*

—*Lo he tenido claro siempre* —*respondió y luego se dio la vuelta, marchándose cuando vio a Amelia entrar al salón donde estábamos y ni siquiera se volteó a verla.*

Ella frunció el ceño, observándolo con un poco de intriga y, tras eso, llegó a mí.

—*¿Pasa algo, amor?* —*preguntó al ver mi expresión y la actitud de Elliot.*

Las palabras de ese imbécil resonaron en mi cabeza, pero decidí no darles atención.

—*Nada de lo que debas preocuparte* —*mentí y besé su frente*—. *Hay algunos asuntos que debo resolver cuanto antes* —*avisé sintiendo la bilis subir por mi garganta.*

—*Pensé que pasaríamos la tarde juntos* —*se quejó haciendo un puchero y la tomé del rostro.*

La miré por unos segundos, deseando equivocarme y luego solté el aire que estaba reteniendo antes de besarla con suavidad. Amelia me correspondió de inmediato y sonrió en medio de ese beso.

—*¿Qué es tan gracioso?* —*susurré mordiendo su labio.*

—*Tus besos me ponen nerviosa* —*respondió y, por un momento, olvidé lo que estaba a punto de hacer y volví a besarla, esa vez con más intensidad, logrando que un jadeo escapara de su boca*—. *Te amo, mi sexi diablo.*

Me reí del tonto apodo con el que me llamaba.

—*Te veo en la noche* —*respondí sabiendo que debía irme enseguida.*

—*¡Idiota! Al menos deberías responder con un "yo igual"* —*aseveró indignada.*

—*Tal vez algún día* —*bromeé y me gané un golpe en el brazo de su parte.*

—*¡Te odio, Elijah! Siempre me das la misma respuesta* —*bufó y me reí por ello.*

—*Sabes que me gusta que me ames tanto como que me odies, Amelia* —*le recordé*—. *Ambos sentimientos son intensos* —*añadí*—. *Ahora déjame ir para solucionar lo que debo hacer y así regresa pronto a demostrarte lo especial que eres para mí.* —*Le planté otro beso en los labios sintiendo amargura, dulzura y frialdad a la vez.*

Pero también algo más que no quise aceptar en ese momento.

Y no esperé queja alguna de su parte luego de eso, solo me marché de la mansión dispuesto más que antes a echar a andar mi plan, ya que las palabras de Elliot me confirmaron que no erraba del todo con mis suposiciones.

Así que llamé a Connor y Dylan para que pusieran en marcha mis indicaciones.

Un rato después, llegué a mi destino, descubriendo que un maldito motel en la carretera más alejada de la ciudad fue el lugar escogido por Elliot para llevar a Amelia. Dylan me había confirmado la ubicación y no quise que nadie me acompañara porque era algo que tenía que resolver por mi cuenta.

Cuando cogí el coraje para salir del coche y dirigirme al piso que me indicaron, abrí la habitación de una fuerte patada y los encontré desnudos en la cama, respirando de forma acelerada tras follarse. Ambos se asustaron en cuanto me vieron y me fui a los golpes con el imbécil de Elliot, encañonándolo con mi arma en el momento que no pudo contra mi furia. Y estuve a punto de matarlo, pero fuimos sorprendidos por Derek y sus hombres, yéndose todo a la mierda.

Me sentía tan herido y cegado por la furia, que no pude actuar bien ante su presencia y me dejé someter por cinco hombres mientras veía cómo Derek sonreía con cinismo y victorioso.

—*¡Vaya, mi pequeña traidora! Tanto tiempo escondiéndote de nosotros y mira cómo viniste a caer* —*se burló el malnacido de ella mientras la chica trataba de cubrirse con las sábanas*—. *Como una puta siguiendo los pasos de su madre* —*añadió satírico y noté el dolor que brillaba en los ojos de Amelia.*

—*¿Qué harás con ella?* —*preguntó Elliot de pronto mientras yo luchaba por zafarme de los tipos.*

Lo miré sintiéndome confundido e incluso más imbécil, negándome a creer lo que intuí. Amelia también reaccionó igual y comenzó a negar, llorando ya no solo por su traición, sino por el gran error que cometió al confiar en Elliot.

—*Aunque sea la hija del jefe, pagará por su traición. Esas son las órdenes de Lucius.*

—*No te la entregué para que la mates, no quedamos en eso* —*se quejó Elliot confirmando que todo había sido un plan.*

—*¡Hijo de la gran puta!* —*grité*—. *¡Maldito traicionero de mierda! No solo te la follaste, sino que también la entregaste a mis enemigos.*

—¡Tuve que hacerlo! —se excusó con frialdad.

—Ruega porque no te encuentre nunca, maldita mierda. Porque te juro que me las pagarás. Juro que te arrepentirás de lo que has hecho —le prometí con los ojos inyectados de furia y sangre.

—Cumplan su parte —se limitó a decirle a Derek y Amelia lo miró dolida—. Y no es nada personal contra ti, preciosa, pero sabes que a veces hay que sacrificar a los peones para proteger a la reina.

—Hijos de puta —satirizó Derek—, cortados con la misma tijera —añadió, pero a Elliot no le importó y, dándole una última mirada a Amelia como de disculpa, salió de la habitación como el cobarde que era.

Lo maldije y seguí gritándole mis promesas, escuchando a la vez las mierdas que comenzó a decir Derek, y antes de proceder con lo que sea que pensaba hacerle a su prima, ordenó que me golpearan hasta dejarme débil. Amelia lloró, suplicando para que me dejaran y pidiendo perdón por traicionarme, pero no era el momento ni pude responder nada.

No cuando solo luché para mantenerme lúcido.

Y cuando al fin Derek se cansó de que me dieran esa golpiza, ordenó que me retuvieran porque era mi turno para presenciar cómo él golpeaba a Amelia. Entre mi debilidad, quise defenderla porque a pesar de cómo la encontré minutos atrás, ella no se merecía ser maltratada de aquella forma, pero terminé amarrado a una silla.

Obligado a ver cómo la humillaran.

—¡No lo hagas! —pedí, sintiendo que la vida se me escapaba entre los dedos al ver a Derek desenfundando su arma para apuntarle—. Hago lo que quieras, pero no la mates. —Él rio al verme rogando—. Es tu sangre, maldito cabrón. No puedes matarla.

—Jamás olvidaré este día, LuzBel —se mofó—, cuando conseguí que el más hijo de puta rogara por amor. —Escuché que cargó el arma y abrí más los ojos.

—Te doy lo que quieras, pero por favor, Derek, no la mates. —Una lágrima corrió por mi mejilla al no poder evitar lo que estaba a punto de suceder.

El miedo en los ojos de Amelia me hizo sentir una mierda al fallarle en mi promesa de protegerla siempre y volví a suplicar.

—Perdóname, amor —susurró resignada a su destino.

—¡Nooo! —grité al escuchar dos disparos y luego verla caer al suelo.

Yo también caí con todo y la silla en mi intento por ir hacia ella, pero nada pude hacer, solo agradecer cuando Derek llegó a mí y me asestó también dos disparos en el abdomen.

Tras eso, desperté en un hospital privado, entubado y conectado a unas putas máquinas.

Padre me explicó que Elliot había vuelto a la habitación y me encontró a punto de morir, aunque logró reanimarme y pidió ayuda antes de que fuera tarde, cosa que me resultó irónica y no mermó mis ganas de acabar con él. Fui intervenido de inmediato y puesto a salvo. Y, al despertar, me confirmaron que Amelia había muerto y que Lucius la sepultó en su cementerio privado para quitarme la oportunidad de visitar su tumba.

Deseé haber muerto junto a ella y juré vengarme de todos y hacerlos arrepentirse por el error de dejarme con vida.

Toqué las cicatrices en mi abdomen volviendo al presente. Ya estaban ocultas por mis tatuajes y traté de asimilar lo que Elliot decía, deseando dejarlo llegar al final antes de que lo matara en ese mismo momento y así cumplir mi promesa.

—Y bien sabes cuánto amo a Isabella —continuó con su explicación—. Así que ejecuté mi plan con tal de salvar a mi chica.

—Dejando que mataran a la mía —espeté.

—El trato fue devolverla con su padre. Y así cargue con la culpa de su muerte, me importó más que ellos cumplieran con su parte —respondió frívolo—. Lo que te hicieron a ti se me salió de las manos y por eso volví, LuzBel, así no sirva de nada.

No, no servía de nada.

—¿Te arrepientes de lo que hiciste? —pregunté tratando de controlarme.

—De volver por ti no, LuzBel. Siento y cargo con la culpa por el fatídico final de Amelia, mas no me arrepiento de eso. Siempre preferiré a Isabella hasta por encima de mi vida, incluso si ella ahora está enamorada de ti —declaró teniendo las bolas para decírmelo en la cara.

—¿Perdón? —preguntó John, incrédulo.

Sí, supuso que su hija estaba disfrutando de mi protección, pero no involucrando sentimientos.

«Y sí, Enoc. Yo también pensé así», dije en mi mente.

—Ese no es el punto en ese momento —les dije a ambos.

—Será el punto cuando yo lo decida, hijo de puta, sobre todo si se trata de mi hija —espetó él cogiéndome de la playera.

—Si me dieran a elegir de nuevo, te juro que no dudaría en actuar de la misma forma así quede como un hijo de puta frente a ella —continuó Elliot, tratando de regresar al punto.

Enoc me soltó y negó, sabiendo bien que no era momento para hablar de los sentimientos de su hija cuando lo que más importaba era salvarla.

—Mi objetivo siempre será mantenerla con vida y a salvo y si tengo que entregar a otra Amelia para eso, entonces lo haré. —Tuve ganas de irme sobre él de nuevo, pero sus preguntas me detuvieron—. ¿Qué harías en mi lugar? ¿Qué hubieses hecho hace un año si hubieras estado en mis zapatos? —Retrocedí y negué con la cabeza—. ¿Qué harías hoy si te dan a elegir? Ahora que ya conoces bien a la mujer que amo, la mujer de la que siempre he estado enamorado.

—También tienen a mi hermana y a Elsa —le recordé y rio.

—Esa es la diferencia entre tú y yo. Te crees un hijo de puta, pero cuando se trata de Isabella, yo lo soy más —confesó dejándome sin palabras—. Soy un puto egoísta, LuzBel y me importa una mierda si matan a mi prima o a Elsa. Mi prioridad siempre será Isabella, mi objetivo es salvarla a ella y que muera quien tenga que morir. Que se queme el maldito mundo si es necesario, pero mientras ella esté a salvo, todo lo demás puede irse al demonio.

Presioné las manos con impotencia y maldije por dentro. Estaba comprendiendo a ese cabrón y no lo creí posible.

—Así que te pregunto de nuevo, LuzBel y responde como hombre, ¿cuál es tu prioridad ahora que conoces a Isabella? ¿Cuál es tu objetivo?

—¡LuzBel! Dylan ha despertado —nos interrumpió Connor entrando al salón sin importarle lo que estuviera sucediendo.

Jonh lo miró aliviado, dispuesto a volver al hospital, ya que, según los informes recibidos de mi gente, se detuvo ahí antes de llegar al cuartel.

—¿Está bien? —preguntó Enoc y Connor asintió.

—Y no solo eso, ha conseguido decir que en la sudadera que usaba Isabella va puesto un rastreador que él mismo colocó antes de hacer que la usara. Lo acabo de activar y ya tengo su ubicación.

—¡Joder, sí! —dije, sintiendo que volví a respirar de nuevo después de esa noticia.

Y agradecí que Dylan estuviese bien y hubiese despertado, pero agradecí más que haya hecho lo que hizo y al fin poder ir en busca de las chicas.

—Llegó la hora de ser un hijo de puta de verdad —respondí observando a Elliot y a John.

—Y de cumplir las promesas —me recordó Elliot.

—Con honor —terminé por él, aceptando por primera vez el por qué hizo lo que hizo.

John nos observó con una sonrisa de satisfacción.

—Bien, pequeños cabrones. Vamos por nuestras chicas —dijo observándonos y comenzando a caminar hasta donde Connor nos esperaba.

CAPÍTULO 55

La mujer correcta

ELIJAH

Era increíble cómo todo en lo que creías y los objetivos que te habías trazado a lo largo de la vida, podían cambiar de un momento a otro; y verme ahí, en el mismo coche con el tipo al que un día juré matar y al que le prometí que lo haría arrepentirse de haberme salvado, era absurdo, pero también la prueba de cómo el destino actuaba a su antojo.

Sin embargo, la situación nos lo exigía y por ese día estuve dispuesto a dejar mi odio de lado, ya que no importaba que hubiese vuelto por mí y evitó que muriera a causa de aquellos disparos, lo seguía viendo como uno de los culpables por la muerte de Amelia y su traición, como mi primo, mi sangre, sin importar las razones que tuvo, no era fácil de olvidar.

Incluso así lo comprendiera, ya que pude visualizarme en sus zapatos y sabía que yo también habría asesinado a Amelia con mis propias manos si hubiera sido mi caso, con tal de salvar a la mujer que amaba.

Elliot procedió como debía, tomó su oportunidad y no podía juzgarlo por más que me siguiera doliendo.

—Makris y Kontos se unirán a nosotros —avisó, refiriéndose a Bartholome y Perseo por sus apellidos—, ya que hay rumores de que Aki Cho está ayudando a Lucius.

—Hijos de puta —bufé—. ¿Cómo llegaron a ese rumor? —inquirí, teniendo una idea.

—Por su hermano —confirmó.

El maestro de artes marciales de Tess e Isabella tenía su contraparte oscura, Aki, el hermano mayor de Baek Cho y uno de los traidores de Grigori.

Él había iniciado la organización junto a Enoc, padre y los otros, pero igual que Lucius, se dejó ganar por la avaricia y la ambición que le ofreció el lado malo del mundo. Y Baek Cho, como su hermano, mantuvo la esperanza de que recapacitara, aunque ya se había dado por vencido al ver que el tipo iba de atrocidad en atrocidad.

—John va de camino hacia donde acordamos —añadió Elliot y asentí viendo a la carretera.

Enoc había ido al hospital para asegurarse con sus propios ojos de que Dylan estuviera bien, además de que quería escuchar de él todo lo que pasó en la emboscada mientras que nosotros nos encargábamos de los detalles para el rescate de las chicas.

Nos reuniríamos en una bodega a las afueras de la ciudad y tanto los hombres de Enoc como los míos se dirigían hacia allí, incluido mi padre, animado por la buena jugada de Dylan al proteger a su hermana de todas las maneras posibles, sin saber que con ello también protegió a Tess y Elsa.

Aunque proteger solo era una manera de animarnos, pues ese rastreador en realidad únicamente nos facilitaba encontrarlas antes de que algo peor sucediera.

—Espero que ese hijo de puta no se atreva a tocarle un solo cabello a Isa —bufó Elliot de pronto.

Íbamos lado a lado en la *Hummer* blindada, conducida por Roman y otro hombre que lo apoyaba como copiloto. Estábamos a veinte minutos de la zona de la bodega.

—Porque soy capaz de despellejarlo vivo, matarlo y volverlo a revivir para repetir el proceso.

Opté por no responder a su monólogo y me concentré en lo que yo también le haría a ese malnacido de Derek si alguna de ellas estaba herida, aunque incluso si no lo estuvieran, ese imbécil tenía una cuenta pendiente conmigo que pensaba cobrarle con creces.

—Sé que tenías un voto de silencio que cumplir, pero ¿nunca pensaste en una manera de decirle a Isabella lo que en realidad pasó? —pregunté tomándolo por sorpresa. Esa duda me estaba carcomiendo para ser sincero—. Porque no entiendo cómo amándola como dices hacerlo, has preferido perderla antes que decirle verdadera razón de tu traición. —Miró a través de la ventana y exhaló con pesadez—. ¡Joder! La dejaste sumida en una profunda decepción y dolor aquella vez en Washington y te diste la vuelta, marchándote como un cobarde.

—No tienes idea de cómo me rogó para que fuera sincero con ella, después de enterarse de que tú y yo somos familia, pero tuve que morderme la lengua antes de perderla por fallar.

—¿Preferiste perderla a ella en su lugar? —ironicé y rio satírico.

—Grigori es una mafia, LuzBel. Para *hacer el bien,* pero una mafia —me recordó haciendo énfasis en las palabras—. Y si no puedo ser fiel a las reglas y mantener mis promesas, entonces no sería digno de merecer a una heredera como ella, o de protegerla antes de romperme en una tortura —explicó.

A mi cabeza llegaron los entrenamientos a los que fuimos sometidos y las enseñanzas que nos dieron y comprendí su punto. No éramos *Navy Seals*, pero fuimos hechos como Grigoris por uno; y padre podía ser bastante cabrón e hijo de puta cuando de nuestra formación se trataba.

—Dudo que ella te delataría si le hubieses dicho algo —murmuré, sin embargo.

Él conocía más a Isabella que yo, pero en los meses que llevaba tratándola, supe que era alguien en quien se podía confiar sin temor a que te delatara.

—Jamás lo haría —aseguró—, pero con el simple hecho de romper una promesa, ya le estaría fallando. Y, en el momento que ella aprenda sobre todo este mundo, se dará cuenta que habría sido una bajeza de mi parte hablar.

Comprendí su punto.

—Entonces eres un hijo de puta para elegirla sobre otra persona, pero no por encima de una promesa —señalé irónico.

—Solo porque le hice la promesa a un tipo más hijo de puta que nosotros —me recordó y medio sonreí— y porque no valía la pena decirle mi verdad cuando ya sabía que estaba enamorada de ti. Ya que entonces no me hubiera sincerado con ella por amor, sino por desesperación.

Un escalofrío me atravesó al escuchar sus palabras y recordar la declaración de la castaña en Elite.

¿Desde cuándo esa chica había comenzado a sentir cosas por mí?

—Pero habrías tenido una ventaja —insistí con la voz ronca, sintiéndome como un imbécil que necesitaba que le sacaran de encima a alguien porque no era capaz de hacerlo por sí mismo.

—Lo sé, pero ese día no solo me enteré de que ella te entregó su cuerpo, LuzBel. Te dio su corazón —dijo entre dientes y el maldito escalofrío continuó—. Y no voy a cometer el error de decir que lo hizo muy rápido, que envió cuatro años de relación a la basura conmigo por un tipo que ni siquiera le corresponde, ya que yo sé que es imposible obligar a tu corazón a no sentir nada por alguien que siente todo por otra persona —bufó y apreté los puños—. Sin embargo, soy consciente de que habría sido fácil conseguir que todo lo que siente por ti, también se fuera a la mierda.

—¡¿Ah, sí?! ¿Y cómo? —cuestioné con arrogancia.

—Conozco a Isabella más que tú, LuzBel. Y en el momento que ella supiera que todo lo hice por amor, por mantenerla a salvo, hubiese regresado conmigo y hubiera luchado por olvidarse de ti. Si la conoces, aunque sea un poco de como yo lo hago, sabrás que no estoy mintiendo. Su gratitud es muy grande y es capaz de hacer muchas cosas con tal de hacer feliz a otros, aun si ella no lo sea.

Reconocí cuánta verdad había en su declaración.

—¿Por qué no aprovecharse de eso? —Mi voz salió un poco dura al formular esa pregunta.

—Porque no quiero su gratitud, sino su amor. Y aprovecharme de eso sería amarrarla a mí por agradecimiento. Además, no soy tan cobarde para valerme de eso. —En ese instante, fui yo el que miró por la ventana del coche y asimilé sus palabras—. Antes de irnos a Washington hablamos y, aunque lucía confundida, supe lo que ya sentía por ti. Y quise matarte, maldito cabrón, porque yo sabía que solo era tu venganza contra mí, pero más me quise dar un tiro a mí mismo por no decírselo en ese momento.

Me tensé, sobre todo al pensar en lo que sucedió después de esas declaraciones. Nunca hubo necesidad de que Elliot tratara de matarme por lo que hice cuando la chica supo aplicarme su propio castigo.

La manera en la que me ignoró durante días, la forma en la que me provocó estando borracha, pero manteniendo su orgullo más alto que los grados de alcohol en su sangre como para no dejar que la tocara. Su dichoso castigo en mi habitación y luego la noche anterior, cuando después de confesarme que se había enamorado de mí y que yo le rompiera más el corazón, siguió con su vida sin dar su brazo a torcer.

No se tiró a llorar.

No me hizo un escándalo por irme con Laurel y Elena.

Se dedicó a seguir con la noche de fiesta, bailando y bebiendo hasta terminar en los brazos de Evan.

—*¿Te duele que yo sí le enseñara a jugar? ¿Te arde el ego que conmigo sí se divirtiera?*

—*Fue solo un puto beso, hijo de puta.*

—*Un puto beso que la hizo sonreír más de lo que tú has conseguido en estos meses con ella. Mátame si quieres, LuzBel. Pero ten claro que yo solo aproveché el que tú huyeras como un maldito pusilánime después de lo que Bella te dijo. Y la hice divertirse con el juego sin utilizarla como mi maldito juguete.*

«La hice divertirse con el juego sin utilizarla como mi maldito juguete».

Esa discusión con Evan y sus últimas palabras retumbaban en mi cabeza como una bola de *ping pong* que no me daba tregua y cada vez que les prestaba más atención de la debida, quería golpear a alguien.

Aunque no sabía si a alguien ajeno o a mí mismo.

—¿Le correspondes? —preguntó Elliot de pronto y no le respondí, solo seguí observando los árboles que nos rodeaban en la carretera—. Porque yo veo que no, ¿o me equivoco? —dijo burlón.

Bufé y lo miré con frialdad, dejando que leyera mi expresión y cerrara la puta boca antes de que me arrepintiera por no asestarle un disparo.

—Como lo imaginé —musitó y se rio como un total cabrón—. De cualquier manera, pienso que debes saber que, al recuperar a Isabella, John se la llevará de aquí —avisó y, por inercia, toqué mi arma. Él lo notó, mas lo ignoró y continuó hablando—. Volverá a donde pertenece y regresará a estar solo bajo mi protección, como siempre debió ser.

—Pues tú y Enoc son unos imbéciles si creen que la seguirán obligando a ir a donde a él se le antoje como si la chica fuera su perrito faldero —aseveré, harto de escuchar esas tonterías—. Ya que así ella esté pasando por esta mierda en este momento, nunca fue más libre en su vida de lo que ha sido aquí, Elliot. Y, sinceramente, no creo que cambie todo esto para seguir viviendo una mentira.

Noté su tensión y supe que él también opinaba lo mismo, aunque se quisiera hacer el idiota. Pero sabía que no le mentía, ya que por mucho que yo haya usado mis maneras para que Isabella entrara a la organización, todas las decisiones que tomó fueron por ella misma.

Así se equivocara, así la haya cagado por enamorarse de mí, fue su decisión.

Había estado viviendo como quería, se permitió seguir sus propios pasos y entendió que si llevó una vida correcta no era porque ella era perfecta, sino más bien porque optó por actuar como un maldito robot luego de que su madre murió. Envió su esencia a un rincón para no darle problemas a su padre sin tener en cuenta que se arriesgaba a perderse a sí misma por vivir la vida que alguien más quería que viviera.

Así que no, me negaba a que volviera a ser la chica perfecta.

—No podré corresponderle como ella desea, Elliot, pero te prometo por el infierno que no permitiré que Enoc la saque de la ciudad sin antes asegurarme de que Isabella jodidamente está de acuerdo con volver a su burbuja de mierda —seguí a punto de perder el control—. Y definitivamente no dejaré que la vean como a otra Amelia, a la cual pueden obligar a hacer lo que ustedes quieran —zanjé y su sorpresa por mis últimas palabras fue evidente—. Y si la conoces como juras hacerlo, sabes bien que a ella no podrás embaucarla llevándola a la cama.

Devolví sus palabras y noté su molestia.

Y no, no me estaba burlando de que fuera tan mediocre al no conseguir que esa chica se entregara a él, ya que lo conocía y era consciente de que en cuestiones de cama era más caballero que yo. Tampoco diría que a Isabella bien podían ponerle más los imbéciles como yo y por eso a mí me resultó fácil. No se trataba de eso.

Se trataba más bien de que por mucho que ella se confundiera, por mucho que amara, su guerrera interior siempre conseguía salir a flote y con el apoyo indicado impondría su voluntad antes que la de los demás.

Y yo no la dejaría ir así de fácil, no sin que antes luchara.

—No la embaucaré de ninguna manera. Haré que comprenda lo que es mejor para ella —aseguró él convencido.

—¿Y ese eres tú? —cuestioné burlón.

—Yo sí la amo, la respeto y la valoro... ¿Tú qué crees?

—Entonces demuéstralo y deja de seguir cada orden de Enoc —espeté—. Si Isabella quiere irse con su padre, lo hará; pero si no, yo me encargaré de que esté donde desea y espero que tú también.

Nos quedamos en silencio con eso último, con una incomodidad peor de la que ya veníamos cargando, pero sabía que por dentro Elliot pensó en mis palabras mientras yo analicé la movida que acababa de hacer.

Y supe que si tenía que moverme en favor de la torre de Enoc con tal de que él se moviera como a mí se me antojaba, lo haría sin dudar.

Minutos después, estábamos llegando a la zona donde Enoc nos pidió reunirnos.

Se trataba de una enorme bodega ubicada en la parte de atrás de una iglesia, en un pueblo muy desierto y perdido entre carreteras menores donde solo transitaban feligreses los domingos para llegar a expiar un poco de los pecados que cometían en la semana.

—Ten un poco de respeto, hijo de puta —murmuró Elliot con burla al ver que me persigné al entrar a la iglesia para luego poder llegar a la bodega donde ya los demás esperaban.

—Shhh, cuida esa boca en la casa del señor —le dije y le fue inevitable no reír, negando a la vez.

Para toda la familia era sabido que yo no creía en alguien que no podía ver, ni siquiera en el cielo o el infierno a menos que fuera aplicado al cliché sexual, pero madre siempre se persignaba cuando entraba a la iglesia y me arrastraba con ella a escuchar los sermones del sacerdote. Y si yo no la imitaba, me regalaba unos pellizcos que todavía me erizaban la piel ante el recuerdo, así que me quedó la costumbre por las malas.

Seguimos de largo hacia la puerta que estaba al lado del altar y, tras eso, nos metimos en un sendero de rosas y otras flores que nos guiaron hasta la entrada de la bodega. Dos hombres de Enoc la custodiaban y noté a más alrededor, escondidos para no llamar la atención.

Al entrar, encontramos a una buena mayoría recibiendo indicaciones, todos armados y dispuestos a matar o morir con tal de recuperar a nuestras compañeras, nuestra familia. Jacob, Evan y Connor se encargaban de dar algunos detalles a Roman y sus hombres y Enoc le giraba indicaciones a los suyos.

Miré a Jacob en un momento que se apartó de los demás y noté que, por más que quisiera concentrarse, la aflicción por no saber nada de Elsa o por imaginar lo que podía estar pasando lo hacía sucumbir.

—Pronto las tendremos de nuevo con nosotros —le dije, poniendo una mano en su hombro.

—Para conseguir recuperarlas, debemos salir sin miedo a morir. Solo así venceremos, solo sin temor a la muerte nos volveremos invencibles ante esos hijos de puta. —Los dos escuchamos a Elliot decirle eso a sus hombres y con Jacob nos miramos sabiendo que tenía razón.

—No temo morir con tal de que vuelvan a casa, a donde pertenecen —le dije a Jacob y soltó el aire que había estado reteniendo.

—Confío en que la protegerás si llegas a ella antes que yo —me dijo con la voz ronca y asentí sin dudar.

La noche estaba entrando de nuevo, la mayoría no habíamos pegado un ojo desde que raptaron a las chicas y, en mi caso, ni siquiera pude ir a ver a Dylan, pero estaba seguro de que a él no le importaba verme la cara más de lo que le urgía que recuperara a su hermana. Y podía jurar que solo por eso se mantenía en el hospital, porque su padre y yo nos haríamos cargo de todo.

—*Quieren sacarlas del país por mar, pero no estoy seguro de cuál puerto usarán, o si usarán alguno en realidad. Solo sé que Lucius está cerrando el trato con proxenetas rusos y europeos* —me dijo Cameron cuando volvió a ponerse en contacto conmigo.

Apreté la mandíbula al escucharlo y mi respiración se volvió pesada. La trata de blancas era el punto fuerte de esos malnacidos y ya sospechaba que intentarían algo así con las tres.

Cameron había añadido que Lucius se conducía hacia allí, además. Adelantado su llegada al saber que tenía en sus manos a la hija de Enoc, lo que me hizo intuir que intentaría improvisar y el temor que me embargó fue inexplicable.

—¿Sabes dónde estás? —le pregunté.

—*No, nos trajeron en una furgoneta cerrada* —dijo y maldije. Lo habían llevado a él y a otros hasta el escondite que usaban, mas no a la zona específica donde las retenían, sino en otra ala—. *Solo sé que es demasiado silencioso, el trayecto fue largo y el camino se sintió flojo bajo los neumáticos, como arena, al llegar. Pero no he escuchado gaviotas ni ningún animal que me indique que estamos en la playa, aunque pasamos por zonas que apestaba a agua podrida.*

La ubicación que lanzó el rastreador de Isabella se había quedado estática en una zona, así que eso nos obligó a replantearnos si lo había perdido, lo que nos estaba retrasando.

—¿Y qué hay de los árboles? —inquirí.

—*El viento silba, así que supongo que hay muchos y...* —Se quedó en silencio un momento, cosa que me puso muy nervioso.

—¿Cameron? —lo llamé.

—*Huele a otoño* —dijo tras parecer oler.

—Abetos —repuse yo.

—¡Mierda, sí! Muchos abetos, por eso los neumáticos sonaron como que quebraban piedras cuando, en realidad, eran las piñas de los pinos —analizó.

—Perfecto, esa información me aclara mucho —dije comenzando a caminar.

—*Haré todo por llegar a ellas, LuzBel. Mientras, conseguiré más información* —me recordó y finalizó la llamada.

Por mi parte, corrí hacia donde se había montado el equipo de rastreo, directo hacia Connor.

—Busca con el satélite zonas con abetos y playas cercanas a partir de la ubicación del rastreador —le pedí y comenzó a circular todo de manera digital en el mapa.

Enoc y mi padre se acercaron al verme dando esa orden. Elliot se le unió luego y todos vimos atentos a Connor usando su magia digital, con el corazón acelerado porque de nuevo nos habíamos acercado a nuestro objetivo hasta que contuvimos la respiración en el momento que el satélite nos mostró lo que añorábamos como el aire mismo.

—Cape Charles —dijo Connor lo que todos ya veíamos—, cerca de Kiptopeke State Park.

—¡Me cago en tu vida, hijo de la gran puta! —gritó Enoc perdiendo el poco control que todavía tenía y mi piel se erizó.

—¿Es la única zona con arena y abetos? —le preguntó mi padre a Connor y este asintió tras ver varias imágenes que le lanzó el satélite.

Estábamos a tres horas de distancia sin tráfico, lo que era casi imposible de evitar, así que debías añadirle una o dos horas más al trayecto. Y usar helicópteros no era una opción, ya que eso alertaría a los Vigilantes, así eso nos dejaba solo el camino terrestre.

—Enviaré a un grupo de hombres en este mismo instante para que preparen lo necesario en puntos específicos donde nos reuniremos. Así nosotros cuadramos la zona —dijo Elliot, sabiendo que lo mejor era actuar en grupos.

—Jacob, llama a Rivera y pídele que te dé acceso a tres patrullas donde te marcharás con tu grupo a la dirección que te enviaré —le dije al susodicho a través del móvil.

—*Lo ejecuto en este momento* —aseguró y cortó para llamar al jefe policial en la ciudad.

Ir en coches patrullas también nos ayudaría a avanzar más rápido.

La adrenalina ya me corría en la sangre como droga y ansiaba el momento de tener en mis manos a Derek, así como a Lucius para hacerle pagar lo que me debía y lo que me estaban haciendo, prometiéndoles por mi vida que los haría arrepentirse de haber nacido.

Padre giró más indicaciones a otro grupo de sus hombres y en el momento que Bartholome y Perseo llegaron a la bodega, asegurando que tenían a su propio ejército esperando por sus órdenes, dimos por sentado que desataríamos una guerra en contra de los Vigilantes.

Y, como en toda guerra, sabíamos que podíamos perder la vida, pero esperábamos ganarla.

Ver a los cuatro fundadores de Grigori, reunidos por primera vez en años para salir al campo de batalla (cuando solo se dedicaban a dar órdenes y asegurarse de que se cumplieran a la perfección), fue un recordatorio cruel de que dos de sus compañeros, con los cuales iniciaron la organización, se habían hecho con un botín que valía mil tesoros perdidos.

—¡La hora ha llegado! —gritó Enoc luego de haber recibido la llamada de uno de sus hombres— ¡Y el objetivo es claro! Nuestra prioridad es recuperar a las chicas sanas y salvas, no importa si hay que matar. —Miró a todos con poder y seguridad—. No importa si hay que morir. —Me observó a mí y luego a Elliot—. Las tres corren peligro, pero gracias a mi pasado, mi hija se llevará la peor parte. Así que esta noche no les hablo como un jefe, hoy les pido como un amigo y les suplico como un padre que me ayuden a recuperarla. —Su voz se quebró un poco luego de eso último y llegué a sentirme muy mal.

Padre se le acercó y puso una mano en su hombro en señal de apoyo.

—Elliot se irá conmigo y un grupo de nuestros hombres por el lado norte —siguió indicando padre al ver que Enoc no podría más en ese momento—. Elijah, Enoc y sus hombres marcharán por el lado sur. Los demás cubrirán el este y oeste junto a la gente de Bartholome y Perseo. —Asentimos tras escuchar sus órdenes y vi que todos comenzaron a movilizarse—. Recuerden que nuestra prioridad es que las chicas estén a salvo.

—¡Y también recuerden que Lucius y Derek son el botín especial! —avisé dando un paso hacia adelante para plantarme frente a todos y me prestaron atención de inmediato—. Golpéenlos, déjenlos inconscientes si es necesario, pero no los maten, ya que ese es un honor que solo Enoc o yo podemos tener. Y únicamente porque esas ratas nos deben a ambos, voy a compartir mi venganza. —Observé a Enoc sobre mi hombro y noté que sonrió con ironía ante mis palabras—. Y si no les bastó con arrebatarme a una, sino que también han tenido la osadía de llevarse a otra, a mí no me satisfará darles una muerte rápida —prometí.

Todos respondieron un «sí, señor» al unísono y ese grito me inyectó más euforia y hambre por venganza. Vi a cada uno marchar a sus coches, con su respectivo grupo y esperé a que Enoc se me uniera para emprender nuestro camino.

—Por esto se llevaron a Elsa —dijo Evan cuando comenzamos a caminar hacia los coches y lo miré sin entender.

—¿Por qué? —inquirí.

—Porque según los Vigilantes, ella es tu chica —me recordó y negué.

—Mi chica o mi amiga, no importa. Igual haría todo por recuperarla —espeté.

—Y nosotros lo sabemos, LuzBel. Pero esas mierdas, en cambio, creen que Elsa es tu nueva Amelia y con eso buscan lastimarte y hacerte caer de nuevo, lo sabes —señaló y me tensé.

Así como mi furia aumentó.

—Para creerse tan inteligentes, no me investigaron cómo se debía, ya que buscan cogerme de los huevos con la mujer equivocada —aseveré entre dientes y él se quedó serio y pensativo.

Aunque habló de nuevo hasta que llegué al coche en el cual iría.

—Con Elsa tienen a la mujer correcta, LuzBel —dijo y supe a lo que se refería, pero no quise seguir aquella conversación.

Nunca lo haría.

—Mueve tu culo y vamos a recuperarlas —ordené subiendo al coche.

Pero, en cuanto estuve sentado dentro de él, las palabras de Enoc cuando fui a California resonaron en mi cabeza.

Mierda.

*Voy a perder el miedo a quemarme,
confiando en que eres de hielo.*

CAPÍTULO 56

Cruel final

ELIJAH

Por un momento, tanto Enoc como yo, nos mantuvimos en silencio mientras avanzábamos a toda marcha en el camino que nos llevaría hacia ellas. Las autoridades estaban avisadas, los de más confianza para ser más claro, así que no corríamos el riesgo de ser detenidos por exceso de velocidad.

Los grupos que enviamos con anticipación ya estaban tomando sus lugares y recibieron órdenes de deshacerse de cualquier Vigilante que se cruzara en sus caminos, siendo sigilosos para no levantar ninguna sospecha.

—Podrás hacer con Derek lo que quieras, pero de Lucius me encargaré yo —dijo Enoc rompiendo el silencio que nos había embargado y asentí porque era lo justo.

Ellos tenían su historia y no iba a meterme con eso, además de que era Derek quien me jodió la vida más que el maldito de su tío.

—Y no olvides tu promesa, muchacho —añadió y sonreí sin ganas.

—No lo haría ni aunque quisiera —satiricé y él entendió la razón y exhalando con pesadez—. Y si te tranquilizará saberlo, dejó de ser una obligación desde hace mucho —añadí y sentí su mirada en mí.

—¿Es por lo que Elliot dijo? —quiso saber y tragué con dificultad.

Negué con la cabeza segundos después.

—Es porque ella se lo ha ganado, mi protección —aclaré y se quedó en silencio un par de segundos—. Sé que no eres un tipo imbécil, Enoc y desde hace un tiempo imaginas lo que ha estado pasando entre tu hija y yo, pero solo fue un juego que ambos aceptamos, aunque Isabella se olvidó de la regla primordial.

—O solo cambió su estrategia —dedujo y lo miré alzando una ceja—. Recuerda mis palabras, Elijah: cuando una mujer te deja jugar es porque ya decidió dejarte ganar o perder, pero eso no significa que sabrás sus reglas —añadió.

—Isabella ya corre peligro por ser tu hija —le recordé yo y él entendió mis palabras no dichas.

—Incluso así quiero que te mantengas a su lado y no la dejes sola por ningún motivo —soltó sorprendiéndome.

Mierda.

Yo era el tipo de hombre del que los padres querían que sus hijas se alejaran y él llegaba a decirme eso, como si ignorara lo que podía causar en Isabella.

—¿Estás seguro? —dije irónico y él sonrió.

—Estoy seguro de que Elliot la ama —refutó y eso me tensó de una mala manera—, pero he visto el cambio en mi hija desde que te conoció —añadió—. Has sacado su verdadera fortaleza, la que necesita para enfrentarse al mundo al que pertenece y en estos meses viviendo acá se ha convertido en la heredera que su madre y yo creamos.

»Y ha sido gracias a que la llevaste a su límite, algo que ni Leah ni yo pudimos conseguir porque nos ganó el amor. Y es lo que también impidió que Elliot la viera como su compañera de batalla, tratándola siempre como su damisela. Y no lo juzgo; al contrario, tu primo tendrá mi agradecimiento y favor por eso por el resto de nuestras vidas. Pero tú sacaste a su guerrera interior, la que ocupará mi lugar cuando yo falte.

—¿Y qué hay de Dylan? —le dije. No me refería a su sucesión, ya que era consciente que el tonto no quería ser el jefe de nada, pero sí a la protección de su hermana.

—Ya mis hombres me dijeron que ha desarrollado una debilidad por ella que no nos podemos permitir —respondió y sonreí recordando todas las veces en las que estuvo a punto de delatarse con Isabella—. Él también la ve como alguien a quien debe cuidar y ya ese error lo cometí demasiado y he visto los malos resultados. Así que no quiero que se repita.

Sí, yo también había visto esos malos resultados y la manera en la que Isabella sufría por ello, pero lo ignoré para que ella tampoco se concentrara solo en lamerse las heridas en lugar de hacer algo para superarlo.

—Amo a Dylan con el alma, es un muchacho fuerte que sobrevivió a una vida de mierda gracias a las decisiones de su madre, y bien sabes todo lo que he hecho para ganarme su amor desde que supe de su existencia —señaló y asentí.

No solo supe todo lo que hizo por medio de Dylan, sino que también me enteré por padre lo que Enoc sufrió al ser rechazado por su hijo, ya que este último lo creyó culpable de toda la mierda que vivió con su madre.

—Pero como te repito, quiero al lado de mi hija a alguien que la defienda si yo falto, sobre todo en el momento que deba tomar mi lugar, pues sé que habrá muchos que no la creerán digna de liderar un clan como Grigori. Aunque si la escuda otro heredero, su camino será menos difícil —admitió, dejándome ver que no me pedía estar con Isabella solo porque confiara en mí, sino porque también le convenía que una de las sedes más poderosas de la organización la apoyara.

Ya decía yo que el tipo no era ningún imbécil.

—Ella no está de acuerdo en muchas de las cosas que hace Grigori —le recordé, siendo ese uno de los obstáculos más grande a lo que la castaña se enfrentaría en el caso que él faltara antes de que ella comprendiera todo.

—Sí, entiendo que mi nena será un ángel guiando a un clan de demonios —murmuró.

—Un ángel con sangre de Grigori y Vigilante —añadí y asintió.

Intuí que su cabeza se fue a otro lugar al ver que se quedó mirando a la nada sin parpadear e imaginé que visitó el pasado.

—Solo apóyala, Elijah —pidió minutos después con un deje de tristeza en la voz—. Sé que ella entenderá en su momento que el bien no puede existir sin un poco de mal.

Miré el camino que íbamos recorriendo y analicé cuan cierto era lo último que dijo.

Nadie conocería el bien sin antes saber lo que era el mal.

—He hablado con Baek esta mañana para pedirle que me ayude a que Isabella entienda muchas cosas si yo no tengo la oportunidad de decírselo. Y te doy mi permiso para que tú también le digas todo lo que necesite saber —dijo después y mi piel se erizó.

—Joder, hombre. Creo que te estás adelantando demasiado a los hechos de este rescate —señalé.

—Tal vez, pero quiero asegurarme de que todo está cubierto en caso de que las cosas no salgan como lo hemos planeado —respondió con convicción—. Así que, prométeme que serás el apoyo que mi hija necesitará, tanto para afrontar mi lugar como líder, como para entender por qué pasó todo esto sin llegar a exponerla más —pidió.

Lo miré alzando una ceja porque, en ese momento, dejó de ser el hijo de puta que imponía sus reglas y promesas para ser solo un hombre que quería que su hija quedara en buenas manos.

Y yo no era esas buenas manos.

—Lo prometo, tienes mi palabra de que la apoyaré —dije, sin embargo—, pero aclárame algo. Cuándo me dices que le diga por qué pasó toda esta mierda, ¿incluyo lo de Charlotte? —bufó cuando terminé, riendo sin gracia.

—Nunca me arrepiento de mis errores porque son los que me han hecho y me han llevado a ser quien soy, pero definitivamente me arrepentiré por siempre de la estupidez que cometí con Charlotte —admitió y vi que el odio que sentía por la tipa barrió con su preocupación anterior—. Nunca debí alimentar su ilusión —se reprochó y alcé una ceja.

—Tenemos todavía una hora de camino, así que puedes explicarme mejor tus enredos si deseas —le dije.

—Nunca imaginé que fueras un cotilla —repuso con burla y me reí de eso.

—Más bien instrúyeme para no cometer las mismas estupideces que tú —me burlé y fue su turno de reír.

Tras eso, inspiró y exhaló profundo, soltando un poco de tensión.

—Conocí a Charlotte antes de Leah, pero me alejé de ella en cuanto descubrí que su hermana era la mujer de David Black, el hermano de Lucius y, por ende, ella tenía nexos con los Vigilantes.

La puta madre.

En ese momento, comprendí mejor por qué Derek la protegió. La tipa era su tía, aunque todavía me seguía resultando extraño que me aseguraran que Charlotte no siempre fue la traidora que entregó a Isabella.

—Nada pasó entre nosotros en ese entonces, lo dejamos por la paz. Y cuando nos volvimos a encontrar, yo ya estaba con Leah y te imaginarás la sorpresa. —Negué y bufé con ironía por los enredos que se hizo—. Se sintió herida porque la rechacé en cuanto supe de sus lazos familiares años atrás, pero no tuve problemas con su amiga, porque sí, Charlotte, Leah y Eleanor resultaron haber sido amigas en la universidad.

Joder.

Al parecer, ese viaje iría de sorpresa en sorpresa, ya que había muchas cosas que yo todavía ignoraba.

—A pesar de eso, ambos decimos omitir lo que estuvo a punto de pasar porque yo me había casado con Leah y ellas eran mejores amigas. Y puedo asegurarte de que Charlotte respetó esa amistad, pero cuando asesinaron a mi esposa, aprovechó para acercarse a mí de nuevo, pero la ignoré deseando vivir mi luto —aseguró quedándose en silencio.

—Aunque no por mucho tiempo —intuí y negó con la cabeza, lamentándose de nuevo.

—Caí en un momento muy vulnerable sin importarme que Charlotte buscara un lugar oficial en mi vida, uno que jamás le daría —admitió—. Pero no paré, seguí acostándome con ella y le di acceso a mi vida en sentidos que no implicaban solo lo íntimo. La dejé trabajar en mis empresas, manejar grandes tratos, le permití incluso inmiscuirse en la organización hasta confiarle la seguridad de Isabella cuando regresó al país. Todo a cambio de que no me pidiera ser nada oficial —añadió.

—Mierda, Enoc. ¿Cómo siquiera creíste que eso la haría más feliz que presentarse ante el mundo como tu mujer? —satiricé y me miró sardónico, lo que me hizo apretar los puños.

—Supongo que a veces somos tan imbéciles como para subestimar a las mujeres, queriendo darles chocolates cuando ellas van detrás de la fábrica que los hace —respondió y fue mi turno de callar—. El punto es que hubo un momento en el que pensé en darle el lugar que quería, Elijah —confesó y eso me tomó por sorpresa—, pero Isabella no había estado pasando por un buen momento desde que la saqué del país y cuando Charlotte me presionó para que le dijera lo nuestro, mi hija se negó a que rehiciera mi vida.

»Charlotte le hizo una broma sobre eso en una cena que tuvimos e Isabella reaccionó como si deseara matar al mundo entero. Y, así parezca tonto, ver su dolor en ese momento me llevó a entender al fin que nunca estuve para mi hija como ella lo necesitó; por el contrario, la alejé de mí para lidiar con mi luto siendo egoísta al no querer enfrentar el de Isabella a la vez.

»Me concentré solo en que perdí a mi esposa y dejé de lado que mi hija también había perdido a su madre y la obligué a vivir su dolor lejos de mí. La forcé a enfrentarse a todo ello sola y... entonces pensé en cómo carajos tenía la osadía para siquiera pensar en rehacer mi vida cuando ni siquiera me tomé el tiempo de ser un buen padre.

—Mierda —murmuré entendiendo su dolor y decisión.

Sus ojos se habían vuelto brillosos por la decepción que lo embriagaba.

—Esa noche le dije a Charlotte que de ninguna manera haría pasar a mi hija por otra mierda y terminé con lo que teníamos. Obviamente a ella le dolió. La herí, Elijah, la deseché como cuando la conocí la primera vez y heme aquí, pagando caro mi error, ya que esta vez Charlotte no aceptó solo alejarse para seguir con su vida, sino que se dejó coaccionar por su familia para joderme bien hondo.

—Por eso te traicionó, por venganza —murmuré entendiendo por completo cada palabra que esa mujer dijo al entregar a Isabella—. Porque primero la hiciste a un lado por Leah y luego por Isabella —deduje.

Ya que así al principio Enoc la apartara por su familia, no se negó con Leah cuando se presentó el caso y eso para Charlotte representaba el mismo desprecio.

—Exacto y David Black fue inteligente al enviar a su hijo para embaucar a su tía y que así entregara a mi hija.

—No cabe duda de que algunas mujeres son unas cabronas cuando uno no les da lo que quieren —murmuré porque, aunque podía entender que a Charlotte le doliera lo que pasaba con Enoc, la seguía viendo como a una perra ardida que, en lugar de alejarse, decidió joder con la peor parte: a quien no la ilusionó.

—Ahora solo ruego por tener la oportunidad de pedirle perdón a mi nena, porque ella no merecía pagar mis cagadas —espetó con furia hacia sí mismo—. Y ojalá Charlotte ya esté muerta, porque donde me entere que no, no descansaré hasta volver a tenerla en mis manos y demostrarle que así como pude darle placer, también puedo provocarle el mayor dolor que existe sin importarme sus ruegos —aseguró.

—No te aseguro que podrás hacerle pagar a Charlotte porque en este momento ya debe estar en el crematorio, pero sí puedo asegurarte de que podrás ver a tu hija y decirle cuánto lo sientes —hablé con convicción—. Vas a volver a abrazarla, John, te lo prometo.

—Gracias, compañero —dijo dándome una palmada en el hombro y noté que me miró con respeto.

Treinta minutos después, llegamos a Cape Charles, dándonos cuenta de que era territorio de Vigilantes, pero conseguimos entrar sin levantar sospechas hasta reunirnos con nuestros hombres cerca de Kiptopeke. La noche ya había entrado bien e íbamos a aprovecharla al máximo.

Noté los cadáveres de algunos enemigos que se cruzaron en el camino de nuestros hombres, escondidos tras los abetos y árboles de hojas perennes, en cuanto nos adentramos al enorme bosque. Los radios que usaban fueron interceptados, sirviéndonos de ayuda para saber los movimientos de los demás imbéciles.

Nos dispersamos tal como lo habíamos planeado en la bodega de la iglesia y conforme íbamos acercándonos, nos dimos cuenta de que el lugar estaba atestado de Vigilantes, todo un ejército que nos aseguró que Lucius se encontraba en la zona donde retenían a las chicas.

—¡Mierda! Makris y Kontos son sádicos —dijo Evan por el intercomunicador que usábamos y medio sonreí.

—Hay alguien más con Lucius —avisó Jacob de pronto y esperamos a que continuara—. *No lo reconozco, pero es asiático por lo que veo.*

—Aki Cho —murmuró Enoc.

—*Afirmativo. Él y su gente están aquí para apoyar a Lucius. A David Black no lo veo por ningún lado* —informó Connor.

Él se mantenía vigilando el lugar con drones que parecían aves, aunque debía tener cuidado para que nuestros enemigos no se dieran cuenta de nuestra presencia.

—A las nueve en punto —dijo Enoc de pronto y me cubrí con un árbol al ver a unos Vigilantes acercándose.

Noté a los demás en nuestro grupo hacer lo mismo y nos dejamos ver hasta que esos imbéciles llegaron demasiado cerca y los enfrentamos dejándolos fuera de combate con rapidez. En los intercomunicadores escuchamos más alboroto al tener los canales abiertos y eso nos dejó saber que los demás Grigoris habían entrado en acción.

Los Vigilantes ya estaban al tanto de nuestra presencia, así que era hora de ser más letales porque la batalla había comenzado de manera oficial y, poco a poco, nos fuimos deshaciendo de muchos imbéciles, aunque en el proceso algunos de nuestros hombres también caían.

—*Hemos entrado a un almacén* —dijo Elliot.

—*Cuidado con la gente de Aki Cho, son los más letales. Atáquenlos en grupos* —pidió padre.

Maldije en cuanto escuché una detonación cerca de mí y, al ver a mi espalda, vi a un Vigilante caer. Enoc le había disparado mientras el imbécil trataba de atacarme al ver que yo me defendía de otro. Él, por su parte, luchaba cuerpo a cuerpo con nuestros enemigos para no ser tan escandaloso y comprobé que no solo Makris y Kontos eran sádicos.

Padre también lo era y Enoc estaba demostrando que también llevaba el sadismo en la sangre, así que deduje que ellos fueron el grupo de los *Navy Seals* más cabrones de su generación.

—¡Por aquí! —le grité a Enoc al ver el camino hacia otro almacén.

Habíamos entrado a una zona de almacenes pesqueros y el hedor era insoportable, pero lo ignoré y me dediqué a luchar contra los Vigilantes que intentaron impedirnos el paso, escuchando disparos por todo el lugar e intuyendo que la batalla se estaba volviendo más sangrienta.

—¡Joder! —gruñí al perder un arma mientras me enfrentaba a golpes con un tipo.

Pero le demostré que no estaba ahí solo por jugar y me fue fácil tumbarlo en el suelo y luego matarlo a puñaladas.

—Sabíamos que vendrías por tus putas —dijo otro que llegó a mí, destilando sus ganas de morir—. Espero que no te importe que las hayamos usado un poco. —Mi sangre se heló cuando escuché eso y maldije.

Me fui sobre él y comencé a golpearlo con toda la furia que embargó cada célula de mi cuerpo. Intentó defenderse, pero no lo logró. Sus palabras me habían descontrolado y lo golpeé hasta que quedó mirándome fijo, aunque sin verme en realidad.

—Espérame en el infierno, hijo de puta, allí continuaré con mi venganza —aseguré con la respiración vuelta mierda, sintiendo un poco de cansancio por todos los puñetazos y puñaladas que le lancé.

—¡Vamos! —gritó Enoc.

Corrí junto a él y los demás hasta el interior de otro almacén y nos encargamos de eliminar a más imbéciles.

—*Vayan hasta el almacén rojo, las chicas están allí* —avisó Connor de pronto y la euforia en su voz me demostró también desesperación.

—Mierda —dijo Enoc.

—Corran, nosotros los cubriremos —nos dijo uno de nuestros hombres y ambos asentimos.

—*Vamos en camino* —avisó padre.

—*Jacob y yo también vamos* —se unió Evan.

Con Enoc corrimos sin detenernos, esquivando balas cada ciertos metros y cuando salimos de donde estábamos y vimos el almacén rojo que Connor nos había indicado, seguí sin parar sintiéndome invencible.

—¡¿A quién escoges, perra?! —gritó Derek cuando estaba a pasos de llegar, sintiéndome a punto de congelarme.

—¡Nooooo! —reconocí el desgarrador grito de Isabella y luego un disparo.

Mi corazón se aceleró pensando lo peor, pero no me detuve a pensar, ni siquiera me importó si me recibirían de frente más Vigilantes. Por el intercomunicador, los demás me preguntaban qué pasaba porque yo era el más cercano al almacén, mas no respondí, solo corrí hasta donde escuché el grito y…

—No —murmuré deteniéndome de pronto cuando encontré a las tres, pero una de ellas yacía sobre un charco de sangre— ¡Mierda! No, no, no, no.

—*Joder, Elijah. ¿Qué está pasando?* —exigió saber padre.

Las carcajadas de Derek me sacaron de mi trance y comencé a disparar como un loco, aunque el cabrón logró cubrirse y alejarse de ahí. Evan pasó de pronto por mi lado y corrió a las chicas mientras yo seguía buscando con el arma en alto al hijo de puta de Derek.

Mi cuerpo ardía y sentía que el corazón iba a explotarme.

—¡Tess! —gritó padre y llegó hasta ella, abrazándola con la necesidad de fundirla en su cuerpo. Ella hizo lo mismo con él.

Mi hermana lloraba siendo incapaz de controlarse. Minutos después, Evan le dio un arma y junto a otros hombres, padre la sacó del almacén. La miré agradecido de que estuviera a salvo y ella me devolvió la mirada con tristeza y pena, lamentando la pérdida y sintiéndose, aparentemente, culpable de seguir con vida.

—Joder, no, no, no, no —volví a decir al tener que enfrentarme a la realidad.

Caminé arrastrando los pasos hasta llegar a Elsa y la tomé entre mis brazos. Su cabello estaba mojado por la sangre que le salía de la cabeza, sus ojos cerrados y en su frente se encontraba el disparo que había recibido.

La habían fusilado.

—¡No, mi pequeña loca! ¡Tú no, nena! —susurré abrazándola y dejando salir mis lágrimas—. Perdóname, por favor —supliqué aferrándola a mí sin importarme que su sangre me empapara—. ¡Joder, Elsa! ¡No! —grité y sentí que comencé a temblar—. Perdóname, por favor —rogué sin recibir respuesta alguna de su parte.

Mi pecho estaba doliendo demasiado—. Te juro que voy a vengar tu muerte. Te prometo que el maldito culpable rogará no haber nacido, rogará no haberse cruzado en mi camino —le prometí.

Lo hice aferrándola más a mí, como si eso fuera a revivirla.

—LuzBel, tenemos que salir de aquí —pidió Evan, pero lo ignoré.

—¡Oh, mi Dios! ¡No, no, no! ¡Por favor, no! ¡Dios, no! —Cada maldito vello en mi cuerpo se erizó al escuchar a Jacob detrás de mí.

Evan le dijo algo e intentó agarrarlo, pero Jacob sollozó y llegó a mi lado, arrodillándose junto a mí. Sus mejillas se bañaron en lágrimas y me sentí como un maldito porque le prometí algo que no pude cumplir.

—Perdóname, hermano —supliqué y su única reacción fue tirarse a llorar sobre el cuerpo de Elsa.

Me rompí peor que hace un año atrás.

Y el *no* lastimero de mi amigo fue cruel y lleno de un dolor desgarrador que aumentó el mío y cuando me suplicó con la mirada que le entregara a Elsa y lo vi acunarla en su pecho, comenzando a llorar con más dolor hasta quedarse sin aliento, me convencí de que esa pesadilla era real. Y más en el instante que Jacob besó los ojos cerrados de Elsa y le prometió por su vida que haría pagar a los culpables de habérsela arrebatado.

Sentí cómo mi corazón comenzó a resquebrajar sus capas de hielo y no fui capaz de volver a ver a los ojos a mi amigo.

¡Mierda! Ella no merecía ese cruel final.

—¿Cómo fue? —logré preguntar con la voz ronca por la ira y el dolor.

Me puse de pie y la persona que podía responderme a eso solo me miró con los ojos llenos de lágrimas, dolor, pena y culpa. Su ropa eran harapos y me enfurecí al no haberlas protegido.

Isabella estaba rota, lo veía en sus ojos, en sus labios resecos y agrietados y su cuerpo tembloroso lleno de morados por doquier.

—Dime cómo fue, White —pedí de nuevo, aunque al recordar cómo las encontré, pude deducirlo.

Isabella estaba de pie, con los brazos abiertos, protegiendo a mi hermana que se encontraba de rodillas y con las manos atadas en la espalda. Elsa yacía a su lado y, por cómo cayó al suelo, supe que la tuvieron en la misma posición que a Tess.

Un juego psicológico y cruel que dejaría daños y culpa.

—Yo no… no quise que la mataran, LuzBel. Te lo juro. —Lloró aún más. Su voz era ronca, rasposa, como si hubiese pasado días gritando hasta que su garganta se hizo pedazos—. No decidí por nadie. Derek quiso hacerme escoger y cuando apuntó a Tess no pude evitar correr hacia ella y protegerla con mi cuerpo y él… —Se quedó en silencio sin poder continuar.

—Tomó tu acción como una decisión y mató a Elsa —terminé por ella y asintió—. ¡Maldito hijo de la gran puta! —grité y ella dio un respingo.

—Perdóname, LuzBel, por favor —suplicó y, sin importarme estar manchado de sangre, me acerqué a ella y la tomé de la nunca para llevarla a mi pecho y abrazarla.

Mi reacción la hizo entrar en tensión y noté cada temblor en su cuerpo. Estaba fría y tardó varios minutos en responderme, tantos que llegué a creer que no quería mi cercanía. Pero en cuanto sus brazos me rodearon, cerré los ojos y sin quererlo, me creí el hombre más miserable del mundo, el más egoísta y el más hijo de puta.

Las razones eran claras para mí.

—… No es tu culpa, Isabella —le aseguré luego de susurrarle algo más en el oído que hizo que me abrazara con más fuerza—. Fue un juego de Derek y se arrepentirá por ello.

—Haremos que se arrepienta —musitó mirándome a los ojos y noté la promesa en sus iris opacos por el dolor y la pena.

Tenía miedo de hacer muchas preguntas, pero ella no merecía mi cobardía.

—¿Qué… qué te hici…?

Sentí a Enoc arrebatarla de mis brazos y un alboroto se formó a nuestro alrededor en cuestión de segundos. Disparos volvieron a escucharse y le grité a Jacob que saliera de ahí y se llevara el cuerpo de Elsa.

Corrimos junto a otros hombres para escondernos detrás de unos contenedores y maldije al darme cuenta de que perdí de vista a Isabella y Enoc porque en medio del dolor, permitimos que nos sorprendieran.

—*¡Salgan de ahí!* —gritó padre por el intercomunicador.

—¿Dónde estás tú? —pregunté.

—*Cuidando tu espalda, Elijah. Tess ya está a salvo.*

Vi a Elliot cerca de mí con un arma en la mano, apuntando en mi dirección y antes de que lograra coger aire, disparó con destreza, pero el proyectil no iba dirigido a mí, sino a un tipo que estuvo a punto de matarme. Asentí en agradecimiento y continuamos defendiéndonos esa vez lado a lado.

Corrimos hacia afuera del edificio y logramos salir ilesos. Los hombres de nuestra organización nos cubrieron hasta que llegamos a las camionetas y nos marchamos de ahí como almas en pena sabiendo que podían seguirnos si les dábamos oportunidad.

—¡Me cago en la puta! —grité todavía lleno de adrenalina por el escape.

Sorteamos a varios Vigilantes que trataron de impedirnos el paso y agradecí que Roman no se detuviera, llevándoselos como mierda en el camino hasta que conseguimos salir a la carretera.

—¿Dónde están Enoc e Isabella? —pregunté al sentir que podíamos tomar un respiro sin temer que nos dispararan por la espalda.

—No lo sé, joven. No conseguimos ver por dónde se fueron —avisó Roman.

—Connor, ¿dónde están Enoc e Isabella? —cuestioné por el intercomunicador.

—*No me responden* —avisó él y maldije.

Escuché que Elliot se puso en contacto con su gente y Roman hizo lo mismo con sus otros compañeros hasta que este último maldijo.

—Isaac me acaba de avisar que Lucius los ha emboscado —soltó y con Elliot maldijimos al escucharlo.

—¡Detente! —ordené y obedeció inmediatamente—. Háblale a mi padre y dile que envíe más refuerzos. Date la vuelta, regresaremos.

—Joven, su padre me ordenó mantenerlos a salvo.

—Me importa una mierda lo que te ordenó. De aquí no me voy sin Isabella.

—Pero joven…

—¡Que te des la puta vuelta, Roman! —gritó Elliot desesperado y el hombre obedeció.

—Por una puta vez en esta vida te necesito a mi lado, Elliot —sentencié—. Y quemaremos el puto mundo si es necesario —aseguré porque me negaba a permitir que los Vigilantes ganaran de nuevo. Él asintió.

—Es hora de cumplir las promesas —respondió él—. Y de que demostremos de qué estamos hechos —zanjó.

Y, por una vez en la vida, supe que tenía al mejor aliado a mi lado.

CAPÍTULO 57

Ángel de alas negras

ELIJAH

Llegamos en un santiamén a la zona de almacenes, algunos de nuestros hombres todavía seguían ahí y nos cubrieron. Padre se enfureció cuando Roman le avisó lo que pasaba y cómo me rehusé a irme sin la castaña, pero él me conocía mejor que nadie y sabía que no me haría ir en contra de lo que quería hacer, ya que por mucho que fuera mi jefe, si yo creía en mis ideales iba a por ellos sin importarme sus órdenes.

Lo respetaba como padre y jefe, pero defendería lo que creía correcto. Y, por ningún puto motivo me harían regresar a casa para ponerme a salvo sabiendo que me necesitaban, antes tendrían que matarme e incluso así, me juré que salvaría el culo de esa castaña y el de su padre en el proceso.

—*Vamos a cubrirles con la gente de Aki* —avisó Perseo por el intercomunicador y le agradecí.

Nos habían advertido que esos Vigilantes eran los más letales, pero no me negaría a una dosis de ellos, ya que el temblor en mi cuerpo, el frío incesante, mi respiración acelerada y el sabor metálico en mi sangre, me indicaron que necesitaba derramar sangre y mucha para llegar a saciarme, porque mi instinto asesino y oscuro había terminado de despertar.

Volví a sentirme como el monstruo que mi madre odiaba, regresé a ese punto que siempre traté de ocultar para no decepcionarla, pero me aferré a él porque lo necesitaba en ese momento. Tenía que volver a ser esa bestia capaz de llevar caos al mundo si hubiera nacido en el lado incorrecto.

Si hubiera pertenecido a los Vigilantes en lugar de a Grigori.

—Mierda —dijo uno de mis hombres al ver cómo le incrusté la daga a un Vigilante y lo segué hasta que la navaja se detuvo en su tráquea.

Siempre supe que con el tiempo mis ganas de asesinar aumentarían, que me convertiría en un desquiciado asesino sin temor a nada; y quizá habría matado a gente inocente si mis padres no hubiesen tomado cartas en el asunto. Pero lo hicieron, me llevaron con un psicólogo luego de que cada mascota que me daban siendo un niño, apareciera muerta porque le encontraba más gusto a jugar con ellas cuando les corría sangre por el pelaje.

Me hipnotizaba ver la manera en la que luchaban por seguir respirando.

—*No llores, mami. Prometo no volver a hacerlo* —le dije limpiando sus lágrimas y manchando su rostro con la sangre que tenía en mis manos.

Su imagen con las mejillas embarradas del líquido carmesí me pareció fascinante.

—*Cuando estabas en mi vientre siempre te creí un ángel* —dijo acunando mi rostro.

—*¿Y no lo soy?* —pregunté con tristeza y ella sonrió.

Me acababa de encontrar en el bosque trasero de nuestra casa, me había robado varios cuchillos de la cocina y saqué a pasear a mi conejillo de indias. Abrí su jaula dándole la oportunidad de correr, pero no fue lo suficientemente rápido.

—*Claro que lo eres, mi pequeño.* —La abracé fuerte y no le importó que manchara de sangre su blusa blanca impoluta—. *Mi pequeño ángel de alas negras* —susurró y sonreí a la vez que veía a la ardilla que subía al árbol y que sabía que correría la misma suerte del conejillo.

Ya que estaba seguro de que a partir de ese día dejaría de tener mascotas. Y Tess tampoco quería una luego de que maté a su pez.

Desde ese día me mantuvieron en terapias con un psicólogo que logró adormecer ese lado atroz mío, esa sed de sangre que me provocaba fiebre y escalofríos; hasta que cumplí quince años y al entrar a la secundaria, me dio por defender a mis compañeros que eran víctimas de *bullying*. Pero nunca lo hice por querer salvarlos de sus acosadores en realidad, sino más bien porque encontré en ello una manera de golpear a los imbéciles sin meterme en problemas graves.

Porque al final los hacía sangrar por una buena causa.

Había ocasiones en las que creía que mi madre también cedió a que padre me dejara entrar a Grigori porque era una manera de mantenerme controlado, pues su ángel de alas negras se estaba convirtiendo en el demonio que llegaría a odiar. Y deshacerme de los hijos de putas que nunca fueron tratados psicológicamente y jodían a personas inocentes, era la forma perfecta de asesinar sin ser el malo de la historia.

Aunque hubo un tiempo en el que me descontrolé. En mis primeros años como Grigori. Según padre había malnacidos que merecían una segunda oportunidad y yo tendía a arrebatárselas siempre porque no los medía por sus pecados. Para mí todos eran pecadores y ya.

Y yo era ese ángel de la muerte que se aprovechaba del poder de padre para crecer más en ese mundo despiadado.

Pero volví al redil por las súplicas de madre y dominé mis deseos más oscuros para complacerla, hasta esa noche donde estaba dispuesto a volver a sacarlos a la luz para vengar la muerte de Elsa y para mantener con vida a Isabella, no importándome lo que me costara o quien se interpusiera en mi camino.

Y deseaba que fuera Derek el primero en cruzarse, ya que el hijo de puta creyó que estaba jugando y quería demostrarle que a lo mejor sí lo estuve, hasta que tocó a alguien con quien no debió meterse nunca.

Saqué otra navaja que llevaba enfundada en el cinturón de mi pierna mientras me mantenía en una lucha a muerte con uno de los Vigilantes que deduje que eran de Aki Cho, ya que vestían un uniforme similar a los de los ninjas y la maestría con la que asestaba cada golpe era impresionante. Tal vez en otra ocasión le hubiera dado la razón a los demás sobre lo letales que eran, mas no en ese momento con la sed y furia que me embargaban.

El maldito gruñó cuando aproveché mi momento y le incrusté las dos navajas en el estómago y con fuerza las subí hasta su pecho. La sangre caliente brotó de él y me manchó las manos. La sensación del líquido espeso y cálido me agradó y me transportó de inmediato a la época de mi niñez, confirmándome con ello que durante mucho tiempo fui como un adicto en rehabilitación y justo esa noche recaí.

Admitía el maravilloso éxtasis que me embargó al ceder de nuevo con mi segunda droga favorita.

Noté el miedo de Elliot al verme en ese estado y trató de mantenerse lo más alejado de mí que le fuera posible, él sabía de mi adicción y acababa de ser testigo de mi recaída, aunque para su maldita suerte, esa noche lo necesitaba; por lo tanto, no disfrutaría de sentir su sangre en mis manos.

Minutos después, diez tipos yacían en el suelo con sus estómagos abiertos hasta el pecho, dejando una estela de sangre en el camino.

—*Han llevado a Enoc e Isabella hasta el último almacén, cerca de la desembocadura del mar* —avisó Bartholome y nos dirigimos allí.

—¿Qué ha pasado con Perseo? —le pregunté.

—*Está conteniendo a la gente de Lucius y Aki para que nosotros avancemos* —respondió y asentí para mi gente, quienes también escuchaban.

—Nos veremos en el almacén —le dijo Elliot.

Seguimos nuestro camino hasta que conseguimos llegar a donde Bartholome nos indicó. Habíamos asesinado a varios Vigilantes siendo silenciosos para no alertar a los que estaban adentro y me burlé de lo confiados que esos malnacidos estaban siendo.

Evan llegó con otros hombres como refuerzo y Jacob había conseguido rescatar el cuerpo de Elsa, lo que me provocó un pinchazo en el pecho por el recordatorio de su muerte, que solo sucumbió con la furia que sentía.

—Vamos —animé y, sin pensarlo, entramos en el almacén actuando con sigilo para deshacernos de los Vigilantes que intentaron impedirnos el paso, tratando de no advertir a los demás.

Le hice una señal de silencio a mi gente cuando logré escuchar la discusión de Enoc y luego sus súplicas para que no mataran a su hija y, tras eso, la risa de Lucius retumbó por todo el lugar, gozando de la sumisión de un grande de Grigori.

Maldije por esa situación y recordé la mía cuando me tocó estar en su lugar para salvar a Amelia.

—¡Maldito, hijo de puta! Si me vas a matar, ¡hazlo! —exigió Isabella dolida al ver a su padre y negué con la cabeza por esa estúpida petición que hizo, mas no la podía juzgar—. Pero no mancharás la memoria de mi madre y no harás que vea de forma distinta a mi padre.

—No cabe duda de que eres igual a Leah —soltó él con admiración y veneración al recordar a la mujer que tanto amó—, lástima que lleves la sangre de este hijo de puta.

—Permíteme matarla, Lucius —pidió una extraña voz robotizada y le hice una señal a Elliot para que se acercara—. Sombra y yo podríamos divertirnos con esta zorra —espetó con desdén.

Me acerqué para saber de quién se trataba, pero no logré nada, ya que los tipos estaban cubiertos de pies a cabeza con ropas negras y gorros pasamontañas que protegían su identidad, casi igual que a la gente de Aki Cho. El chico que habló con ese aparato que robotizaba su voz, era pequeño y delgado, el otro que imaginé que era el tal Sombra, tenía mi complexión y estatura.

—Sé que quieres hacerlo, pero no —aseveró Lucius y el chico bufó—. Esta venganza es mía y la voy a disfrutar —advirtió—. ¡Tráiganme la daga! Esa que probó la piel de mi perra traicionera Leah y que ahora confirmará si la de su hija sabe igual. —Asentí hacia Elliot como señal y él se encargó de avisar a los demás que era hora de actuar.

Salimos de nuestro escondite dejando a todos sorprendidos y comenzamos a luchar con los hombres que los protegían, deshaciéndonos de varios hasta casi igualarnos en cantidad. Vi a Elliot llegar a Isabella y cortar los amarres de sus manos. Evan hizo lo mismo con Enoc y le entregó un arma.

Derek luchaba con Roman y solo ansié deshacerme pronto de los tipos que me rodeaban para llegar a él. El tipo que identifiqué como Sombra, luchaba cerca del chico de voz robotizada y lo protegía de varios ataques, por lo que imaginé que eran hermanos.

—¿Estás bien? —le pregunté a Isabella cuando llegué a ella y le acuné el rostro entre mis manos, manchándola de sangre, pero a ninguno nos importó.

—Estaría mejor con mis dagas —señaló y sonreí sacando unas que llevaba en la parte de atrás de mi cinturón.

—Intuí que las pedirías, ya que las prefieres antes que a las glocks —murmuré y se las entregué.

—Gracias por venir —susurró y negué. No tenía que agradecerme nada.

—Aunque no lo creas, vine a salvar tu culo porque me encanta —dije intentando aliviar la situación.

Me sonrió en respuesta, pero el gesto no llegó a sus ojos y no supe cómo interpretarlo. Ya que así hubiéramos terminado en la peor situación cuando estuvo en Elite, deseé que reaccionara con furia al menos y decepción tal vez.

Pero no, sus ojos lucieron demasiado vacíos.

Iba a decirle algo sobre eso a pesar de que no fuera el momento, pero antes de conseguirlo, la vi hacer un extraño movimiento entre mis costados y los brazos como si fuese a abrazarme. Sin embargo, un quejido a mis espaldas me alertó de lo que había hecho, en realidad. Escuché un golpe seco en el suelo y vi el cuerpo caer y, conociendo a Isabella y sus mierdas japonesas, no dudé en que el tipo solo estaba inconsciente, aunque muy pronto iba a morir desangrado.

—Cuidando tu espalda como un equipo —susurró y sonreí de verdad.

Lo hice porque era una reacción de que ella seguía ahí.

Se dio la vuelta de inmediato e hice lo mismo en el momento que el chico robot se fue a lucha con Isabella y el tal Sombra me atacó a mí. Ambos eran buenos en su forma de pelear y pensé en que era la primera vez que veía a alguien igualarse en combate con Isabella. Los dos cuidaban sus movimientos y acertaban cada golpe que lanzaban. Sombra era un poco más lento y logré derribarlo, aunque antes de matarlo, Derek llegó a mí y lo ayudó.

Sonreí entre golpes, satisfecho de al fin tener a ese hijo de puta frente a mí. Mis puñetazos contra él iban cargados de ira pura y sed de venganza. Tenía la oportunidad de cobrarme la vida de Amelia y la de Elsa y eso era algo que no pensaba desaprovechar por ningún motivo.

Sus golpes, en cambio, eran igual de lentos que el que habla como robot y eso me confirmó que esa lucha la iba ganando yo y cada puñetazo que asesté en su rostro era un puto motivo guardado y acumulado en mi interior.

—¡Mátame si quieres, hijo de puta! —se mofó, mostrándome los dientes manchados con su propia sangre—. Pero me llevaré la satisfacción de haberte arrebatado a tu primer amor y esta noche, también al segundo —se mofó—. Eso, entre otras cosas. —No supe qué quiso insinuar con lo último, mas no me importó porque fue mi turno de reírme y lo hice en su cara, disfrutando al verlo descolocado por mi reacción.

—Mataste a Amelia y ahora a mi amiga y eso lo pagarás muy caro —escupí golpeándolo de nuevo—, pero no me has arrebatado a ningún segundo amor, Derek —le aseguré y enseguida y saqué mi cuchillo.

Aunque un fuerte grito, logró distraerme de mi siguiente objetivo.

Miré a Isabella siendo arrastrada del cabello por Sombra y el otro chico con una daga muy parecida a la de ella. Noté la intención que tenía de clavársela y sin dudarlo, corrí hacia ellos. Elliot se percató de lo mismo y lo vi correr en dirección contraria a la mía y asentimos en un gesto de saber lo que haríamos. De inmediato, él le asestó un fuerte golpe al pequeño chico y yo impacté uno en Sombra que lo hizo soltar a Isabella.

Enoc llegó hasta ella para apoyarnos y la protegió. Evan estaba a su lado y juntos la escudaron mientras se recuperaba de lo aturdida que la habían dejado.

Mi ira me cegó al ver que el imbécil de Derek había escapado y desquité mi frustración con Sombra, clavando el cuchillo en su estómago con todas las fuerzas de mi cuerpo, escuchándolo gemir y gruñir de dolor, pero también miedo al ver a la muerte con ojos grises frente a sus ojos.

—Esto es por quitarme la venganza de las manos. —Subí con destreza la navaja arriba de su estómago y sentí la sangre de nuevo en mis manos—. Esto por cruzarte en mi camino —continué, guiando el filo hasta llegar a donde iniciaba su pecho—. Y esto es por poner tus sucias manos sobre mi chica —finalicé y vi sus ojos perder el brillo de la vida.

—¡Sombra! ¡Nooo! —gritó el pequeño chico al ver caer a su amigo o hermano a mis pies.

El pequeño hijo de puta tenía muchos huevos al irse sobre mí y comenzar a luchar con la ira y el dolor que lo embargaba. Me propinó varios golpes y yo le di otros más hasta que logró hacer que la navaja volara de mi mano y me desarmó.

—¡Sombra era mi mejor amigo! —masculló y lo escuché sollozar, aunque su voz me confundía por la forma tan mecánica que se escuchaba.

Vi un pequeño collar en su cuello que encendía una luz cada vez que hablaba y me di cuenta de que era eso lo que cambiaba su voz para que no lo identificaran.

—¡Y me lo has arrebatado! —acusó.

—¡Me importa una mierda si era tu amigo, tu novio o tu hermano! —me burlé y reí en su cara—. Tu puta organización también me arrebató a personas importantes —espeté con odio, golpeando su rostro y haciéndolo caer al suelo, pero no me fui sobre él y lo dejé ponerse de pie—. ¡Así que no te quejes, imbécil. Ambos hemos perdido!

—No me importa a quién has perdido —gritó—. La vida de Sombra me la cobraré con tu puta White —espetó, como si su pérdida hubiese sido mayor a la mía.

—Eso podría pasar solo si te dejo vivir y si ella fuera mi puta —aclaré y me volví a ir encima de él.

Cayó al suelo de nuevo y esa vez sí me subí sobre su cuerpo, tomándole del cuello, aprovechando que usaba ese collar para hacerle más daño.

—¡Mátame! Porque si me dejas vivir, te juro que me vengaré con esa zorra —advirtió con dificultad y sonreí con descaro y burla cuando vi cómo sus ojos se volvían rojos.

Lo tomé solo con una mano y llevé la otra hasta su gorro.

—Quiero tener la dicha de conocerte con vida —hablé satírico y quité su gorro de un tirón.

Sin embargo, lo solté de inmediato y retrocedí al recibir un fuerte impacto que me dejó aturdido y no por el dolor.

Eso no podía estar pasando.

No sé ni cómo conseguí salir de ese almacén ileso, solo era consciente de que Elliot llegó a ayudarme y no lucía mejor que yo.

Ambos seguíamos idiotas y desconcertados de seguir con vida tras haber recibido golpes dolorosos y certeros. Roman iba detrás de nosotros y apenas luchábamos con otros Vigilantes que se nos cruzaban en el camino.

Evan nos había avisado que Isabella estaba con su padre y luchaban juntos.

—Me cago en la puta —gruñó Elliot y sabía que no era solo por los Vigilantes que nos rodeaban, unos más letales que otros.

Era más porque si salíamos de esa, nos enfrentaríamos a golpes peores.

Yo tendría que afrontar la muerte de Elsa y que le fallé a mi amigo, a mi hermano. Isabella al fin sabría su proceder y se vería obligada a aceptar su destino o a huir de él.

Con Elliot tendríamos que aceptar los golpes recibidos y las verdades que deberíamos soltar, nos gustara o no.

—La batalla no termina, así que andando —ordené tratando de recuperar un poco de aliento.

La cabeza me daba vueltas y sentía el estómago revuelto, pero incluso así me obligué a dar el ejemplo y corrí hacia donde escuchaba el mayor alboroto. Encontré a Isabella, Enoc y a Evan junto a nuestros demás hombres, rodeados de Vigilantes, entre ellos Lucius y Aki Cho, pero ninguno se inmutaba.

Luchaban dispuestos a seguir viviendo.

Mi sangre se congeló en el momento que Lucius apuntó a Isabella con su arma y pensé en lo peor, pero Bartholome llegó a ellos para protegerla mientras Enoc luchaba a muerte con Aki Cho.

Con Elliot y los demás comenzamos a luchar, busqué a Derek y al maldito Fantasma (como se hizo llamar) por todas partes, pero no los encontré, así que seguí golpeando y recibiendo, deseando llegar a Isabella, pero cada vez salían más ratas de sus alcantarillas.

—¡Mierda, espero que tu padre envíe más gente! —gritó Elliot pegando su espalda con la mía cuando nos rodearon.

Esos eran gente de Aki, así que no nos libraríamos tan fácil.

Nos lanzamos de nuevo a la lucha, viendo en ocasiones cómo dos titanes se molían a golpes a lo lejos. Enoc contra Aki Cho, resurgiendo y sucumbiendo cada tanto, mostrándonos una verdadera danza de la muerte. Más allá, Isabella volvió a encontrarse con Fantasma. Evan luchaba contra dos Vigilantes. Bartholome seguía con Lucius y Perseo había sacado a Derek de su escondite.

Mi cabeza seguía dando vueltas y el alboroto había comenzado a aturdirme a tal punto que descuidé mi derecha y no me di cuenta del golpe que me lanzaron hasta que impactó en mi sien. Me tumbaron y entre dos me atacaron a patadas y puñetazos, haciendo difícil que me recuperara y teniendo aliento solo para cubrirme el rostro con los brazos y hacerme un ovillo.

—Esos malnacidos llevan drogas en los guantes —gritó Roman.

—¡Protejan a Enoc y a Isabella! —gritó Elliot al darse de cuenta de que tanto ellos como yo fuimos tocados por esos putos guantes.

Fui medio consciente de que me sacaron a esos dos hijos de puta de encima, pero las ganas de vomitar y el mareo me hacía difícil recuperarme, aun así, me apoyé en mis rodillas y manos.

—¡LuzBel, ponte de pie! —me gritó Elliot de algún lado e intenté responderle algo, pero las palabras no salieron de mi boca, se atascaron en mi garganta.

—Isa… Isabella —conseguí decir, pero dudé que alguien me escuchara.

Gruñí con impotencia al escuchar risas a mi alrededor y jadeé en el momento que recibí un golpe en mi costado que me arrebató el aire de los pulmones.

Elliot me volvió a gritar, pero de nuevo, no logré responder y por puro instinto, conseguí golpear a la persona que me estaba atacando en ese instante, dándole una patada desde el suelo que lo hizo jadear y caer a mi lado. Encontré una navaja a mi lado y se la incrusté en el cuello. Mi vista comenzó a aclararse un poco y aproveché para ponerme de pie y dar fuertes golpes en el abdomen de otro malnacido que intentó sacarme de juego otra vez y le hice arrepentirse por haberme puesto una mano encima.

Enoc lucía igual de aturdido que yo, pero no se rendía y siguió peleando contra Aki Cho hasta que este último alzó los brazos dejando visible su punto desprotegido por el chaleco antibalas y Enoc lo aprovechó clavándole uno de los *tantos* que le robó, justo sobre la axila izquierda.

—¡John! —gritó Perseo y vi con horror que Aki había logrado hacer lo suyo, ya que él también le clavó una daga a Enoc entre su cuello y hombro.

Demasiado cerca de la garganta.

—¡Protejan a Isabella! —grité desesperado al ver que la voz de Perseo llamando a su padre la distrajo.

Sin embargo, todos vimos casi en cámara lenta cuando fue el mismo Enoc quien después de lanzar el cuerpo inerte de Aki al suelo, llegó a su hija antes que todos, justo en el momento que Fantasma estuvo a punto de atravesar a Isabella con sus propios *tantos*.

Mi sangre se heló al ver cómo ese padre lanzó a su hija a un lado y Fantasma le atravesó en ambos de sus costados las armas que tenía destinadas para Isabella mientras le decía algo con burla y con la misma rapidez sacó los *tantos* y huyó.

Aprovechando el impactó que todos recibimos.

El grito desgarrador de Isabella me erizó la piel y mientras seguía corriendo vi a todos los putos Vigilantes huyendo también como unos cobardes. Bartholome había caído herido y Evan llegó para socorrerlo. Perseo, en cambio, buscó a Enoc cuando la castaña se arrastró hacia él.

Eso no podía estar pasando.

De la boca de John comenzó a salir sangre y Perseo se arrancó la camisa para ponerla en el cuello de su amigo y compañero. Isabella sostuvo su cabeza para evitar que se ahogara y Elliot negó intentando hacer algo por el líquido carmesí que salía de los costados.

—Hijo de puta —gruñí al alcanzar a ver a Fantasma y quise correr detrás de él porque no estaba dispuesto a dejarlo escapar.

Pero su voz a través de mi intercomunicador me detuvo, dándome cuenta de que lo había tomado de uno de nuestros hombres caídos.

—*Te dije que si no me matabas yo acabaría con tu zorra. Y apenas estoy comenzando.*

—¿Qué mierda quieres? —pregunté con rabia.

—*Pronto lo sabrás* —respondió y desde lo lejos, vi que se quitó el aparato del oído para terminar con el discurso.

Miré a Isabella y me acerqué a ellos. Enoc yacía sobre sus brazos y le susurraba cosas.

—N-no ol-olvi... des tu... —pidió al verme y luego tosió más sangre.

Apreté los puños al ver que no podía decir nada más, pero me siguió viendo a los ojos con súplica y asentí sabiendo lo que quería. Tras eso, su mirada se quedó clavada en la mía, pero ya no me miraba más.

Y el grito de dolor de la castaña me confirmó el por qué: el brillo de vida había desaparecido de sus ojos.

—No, papito —suplicó temblando.

—Nena... —la llamó Elliot tratando de cogerla.

—¡No, déjame! —exigió ella y apreté la mandíbula y los puños viendo su desesperación—. ¡Papito! —volvió a gritar y Perseo dejó salir sus lágrimas, pero supe que no era solo por haber perdido a un amigo, sino más por el dolor de esa hija—. No me dejes, por favor —suplicó entre llanto—. ¡Papá! ¡Papá! —siguió llamándolo desesperada y la impotencia que me embargó fue inefable.

—¡Isabella! —le grité y me miró desde el suelo.

Pero no pude decirle nada al verla más rota de lo que la encontré en el primer rescate y tragué con dificultad al enfrentarme a esos ojos miel llenos de súplica, sabiendo que yo también me negaba a aceptar la caída de un grande.

Negué con la cabeza y cerré los ojos.

—¡No! ¡No! ¡Noooo! —gritó y pegué un respingo.

Ya era muy tarde para aquella súplica. Su padre estaba muerto. Y me estremecí como nunca al ver a aquella pequeña chica sufriendo tan inimaginable dolor.

Los Vigilantes nos acababan de quitar a un grande, pero estaban obligando a despertar a una gigante.

Y mientras la veía deshaciéndose en llanto, aferrada al cadáver de su progenitor, juré que era mejor que esos malnacidos supieran esconderse, porque cuando el reloj marcara que le tocaba jugar a ella, haría que le temieran como si fuera la muerte misma.

Que se queme el maldito mundo si es necesario, pero mientras ella esté a salvo, todo lo demás puede irse al demonio.

CAPÍTULO 58

Una nueva y gran líder

Isabella

El agua caliente caía sobre mi espalda, pero yo todavía tiritaba sintiéndome aún dentro de aquel congelador, colgada del techo con ambas manos, sufriendo el dolor en mis extremidades, quejándome al murmurar cosas ininteligibles porque mis labios agrietados ardían.

Y, de pronto, el pecho se me apretó con violencia y jadeé en busca de aire, era como si estuviera debajo del océano y mis pulmones ardieran porque ya no daban más.

«Recuérdame como el fantasma que te hará conocer el infierno sin necesidad de morir. Te lo juro, Isabella White».

«Y yo te juro que te arrastraré conmigo a ese infierno».

Pegué un respingo al escuchar de nuevo aquella voz en mi cabeza y abracé mis piernas, apretándolas más a mi pecho, cerrando los ojos y negando mientras las lágrimas bañaban mis mejillas más que el agua de la regadera.

—Nena, nuestras vacaciones en Hawai. Vacaciones, Hawai.
—Shhh, no hables, papito, por favor.
—No, por favor prométeme, nena. No te vayas, no te alejes de Elijah, de Elliot, no...
—Cálmate, amigo. No te esfuerces, vamos a ayudarte.
—No, nena, escúchame...
—Papá, por favor.
—Elijah y Elliot... tienen una promesa que cumplir...

—John, no te esfuerces, hombre. Yo puedo explicarle.
—Qui-quiero que te quedes al lado de ellos y tomes mi lugar... El lugar para el que siempre te preparé, hija.
—¿De qué habla, Elliot?
—Llegó, llegó la hora de que mi ángel caiga y se convierta en una verdadera líder. E-eres mi sucesora, Isabella, no me d-defraudes.
—Papito, por favor, cálmate te lo suplico.
—Te-te amo, vi-vida mía.
—Yo también te amo, papá. Y te necesito, por favor, papito.
—Tú siempre fu-fuiste lo más importante de nuestras vidas. Le-Leah y yo estaremos contigo aun desde la muerte.

—Papito —susurré, mordiéndome las rodillas para que el dolor físico fuera más fuerte que el dolor en mi alma al recordar sus últimas palabras.

Al revivir de nuevo cómo incluso con la sangre ahogándolo, siguió hablándome, desesperado porque entendiera lo que quería decirme.

Su piel se volvió tan caliente en ese momento, pero temblaba con el frío de la muerte en su interior. El olor de su sangre se había quedado impregnado en mi nariz y la sensación de ella en mis manos era como el jabón líquido que quise ponerme en el cuerpo, pero que lavé de inmediato porque no lo soporté más.

«No lo hagas, por favor ¡noooo!»

«Júrame que jamás hablarás de esto con nadie, ¡júrenmelo las dos!»

«Lo juro».

Grité al escuchar la detonación que le arrebató la vida a Elsa y me hice un ovillo en la ducha cuando las carcajadas de Derek inundaron el cuarto de baño.

—Vete, por favor —supliqué—. No más, te lo ruego —lloré.

Sentía el corazón a punto de salirse de mi pecho, el agua de la regadera me ahogaba, pero no podía moverme porque el terror me tenía congelada.

—¿Isabella? —gritaron desde afuera y me estremecí.

—¡Mierda! —siguieron.

Grité cuando tumbaron la puerta, mas no conseguí moverme. Me hice más un ovillo con la esperanza de que él no me volviera a encontrar.

—¡Dios mío, Isa! —gritó Jane, afligida.

—Llama a un médico, Jane. El agua está hirviendo —dijo LuzBel y lo sentí tomarme del brazo.

Pero en cuanto vi su mano tatuada, grité con horror y me alejé de él.

—No, por favor, no. Vete, vete, vete —supliqué y se congeló en su lugar.

Negué con la cabeza, apretando los ojos con fuerza y abrazándome las piernas de nuevo.

«Respira, Colega. Solo respira».

Me dijo esa voz en mi interior e inhalé profundo.

«Eso es, ahora exhala lento».

Le obedecí de inmediato, repitiendo el proceso cinco veces. LuzBel había cerrado la regadera y el frío estaba atacándome de nuevo.

—White, déjame sacarte de aquí —pidió y abrí los ojos, encontrándolo con una toalla en la mano.

Sacudí la cabeza, asintiendo a su petición y se apresuró a cubrirme el cuerpo.

—Voy a tomarte en brazos —avisó y volví a asentir.

Gemí de dolor. Mis articulaciones protestaron y los golpes que recibí en aquella batalla tres días atrás se habían intensificado, pero agradecí su calor corporal.

—El frío no para —le dije tiritando cuando me puso en la cama.

Había llevado otra toalla con él y comenzó a secarme el cuerpo.

—Tienes la piel roja, Isabella. Necesito que el médico te vea para que descarte cualquier daño.

—No, no más médicos, por favor —supliqué y gemí, sintiendo la presión de las lágrimas también en mi estómago, subiendo por mi garganta y quemándola hasta llegar a mis ojos.

Había tenido que ver a demasiados doctores en esos días, algunos de forma privada. Igual que Tess. Y no quería a más, me sentía asqueada ya.

—¿Isa, estás bien? —preguntó Jane llegando de nuevo a la habitación y asentí por inercia, pero sin parar de llorar.

—Métete a la cama conmigo, por favor —rogué y ella miró a LuzBel—. Tú... tú también —dije hacia él.

Jane asintió para animarlo y llegó a mi lado, poniéndome una bata de seda y luego ayudándome a meter las piernas entre los gruesos edredones. LuzBel se quedó de pie, estudiándome y en cuanto mi amiga se acomodó a mi lado, él se fue para el otro, buscando mi espalda, pero me giré para tenerlo de frente.

Dios.

Mi cuerpo se sacudió con violencia al principio, al estar en el medio de ellos, porque el frío en mis huesos se intensificó, pero Jane me abrazó por la cintura, susurrando que ya pasaría, pegándose más a mí para que su calor me llegara. LuzBel hizo lo mismo por el frente y en cuanto su aroma me invadió, el corazón comenzó a latirme al ritmo debido.

—Gracias —susurré para ambos.

Con una mano, tomé la de Jane en mi cintura y con la otra, rodeé el cuello de él para pegarlo más a mí, para olerlo, para sentirme en casa y no de nuevo en ese congelador, oliendo mariscos putrefactos.

Oliendo la muerte y el terror.

Y cuando acepté la realidad, que estaba a salvo gracias al sacrificio de los chicos y, sobre todo, al de mi padre, comencé a llorar de nuevo, aunque en ese momento la sensación que me embargó fue agridulce porque, por un lado, me sentía feliz y por el otro, estaba rota por la pérdida de mi héroe, por la de Elsa y por la de esas noches de terror en el secuestro.

—No agradezcas esto, White. Porque ni Jane ni yo estamos aquí por obligación —aclaró LuzBel y me estremecí de una manera distinta a la de antes cuando me depositó un beso en la frente.

—Solo necesitamos a Tess en el medio para estar completos —dijo Jane y medio sonreí.

Sabía por LuzBel que ella no la estaba pasando mejor que yo. Cada una de nosotras enfrentábamos nuestros demonios como mejor nos parecía y si decidí no visitarla (dándole el tiempo necesario a Eleanor y Myles para que se concentraran en consentir a su hija como se debía), era porque no estábamos en el mejor momento para vernos, ya que eso nos hacía revivir instantes que deseábamos arrancar de nuestra memoria sin importar que con ellos nos sacáramos el cerebro.

—Duerme un poco, White. Nosotros nos quedaremos aquí —prometió LuzBel cuando mi llanto y mi frío se calmaron y asentí sintiendo los párpados pesados.

Con ellos dos a mi lado tuve la esperanza de dormir un poco esa noche y me acomodé en el costado de LuzBel hasta que Morfeo me encontró y le rogué para que me diera una tregua, para que fuera bueno y no me regalara ni sueños ni pesadillas, ya que solo ansiaba que mi mente se quedara en blanco.

Porque mi realidad se había convertido en una verdadera pesadilla.

—Lo siento, White, pero es necesario —dijo LuzBel a la mañana siguiente.

Me había despertado horas atrás sola y el frío a un lado de mi cama me demostró que ellos dejaron de estar conmigo quizá desde en el instante en que me dormí, pero no se los reprocharía y menos a Jane, pues no debía ser fácil para ella compartir un espacio tan íntimo con el hombre de sus pesadillas.

Y si cedió fue solo por mí.

—Todavía no he enterrado a mi padre, Elijah y ya tengo que hacer esto —me quejé.

Me había avisado que su padre llegaría a casa para hablar conmigo y aclararme mejor muchas cosas que ya sabía. Y sí, en mi interior entendía que era necesario, pero mis energías estaban por el suelo.

Además, ver a tantos escoltas yendo de aquí para allá en mi casa me ponían los nervios de punta.

—Es la primera vez que se pierde a un fundador en la organización, Isabella. Las cosas están tensas por esto y es mejor prepararte para lo que se viene —añadió Elliot y reí irónica.

Pero no iba a culparlos más a ellos, ya que por lo poco que Elliot me pudo explicar, siempre se veían obligados a callar por órdenes de mi padre y eso de alguna manera me hacía estar dolida por su muerte, pero también enfadada por mantenerme durante años en una mentira.

—Está bien —cedí y sacudí la cabeza para que las lágrimas que estuvieron a punto de dejar mis ojos desaparecieran.

Estaba harta de llorar.

—¿Sabes algo de Dylan? —le pregunté a LuzBel minutos después y asintió.

—Le dieron el alta hoy y debido a la situación, lo llevamos a casa.

—¿Por qué no aquí? Esta también es su casa —le recordé y sonrió de lado.

Lo había ido a visitar el día de la muerte de papá, justo cuando lograron apartarme de su cuerpo y me condujeron directo al hospital. Dylan estaba despierto en ese momento y al verme entrar en su habitación, vestida con ropa de hospital, pero destrozada y sucia a pesar de parecer limpia, supo lo que pasó y su reacción fue abrir los brazos para que me refugiara en él.

Me mantuve en trance durante horas, pero me desplomé al sentirlo, dándome cuenta de que solo me quedaba él como mi sangre y, aunque descubrirlo así de pronto (y con la malicia que Charlotte usó) fue algo que me confundió en un principio, mi padre tuvo su oportunidad de darme su versión mientras ambos fuimos cautivos de Lucius.

Dylan era el fruto de una aventura de una noche de mi padre y sucedió años antes de conocer a mi madre.

La madre de mi medio hermano le ocultó a papá la existencia de ese hijo hasta hace tres años atrás, cuando ella lo confesó en su lecho de muerte sabiendo que Dylan no merecía quedar desprotegido. Y no fue fácil para mi padre acercarse a él, puesto que Dylan lo creyó culpable de muchas de sus miserias. Sin embargo, nuestro progenitor no se dio por vencido y se lo ganó poco a poco, demostrándole que si hubiese sabido que tenía un hijo con esa señora desde un principio, nada les habría faltado.

Ni siquiera el amor y la presencia de un padre.

Desde ese entonces, mi padre y Dylan trabajaron en formar una relación que se mantuvo en secreto por seguridad de mi hermano (así como mis padres mantuvieron en secreto mi existencia para protegerme, por eso Dylan tampoco supo quién era yo hasta meses atrás), aunque también porque Dylan aseguró que no quería ser conocido por ser el hijo del jefe y que creyeran que por tal motivo tenía privilegios.

Orgulloso, tal vez, aunque padre lo respetó porque Dylan estaba resultando ser más parecido a él de lo que pensaban.

Mamá supo de Dylan y siempre apoyó a mi padre en todo y según lo que papá me dijo, quiso confesármelo en su momento, pero asesinaron a mi madre y, tras eso, todo se fue al carajo. Y decírmelo cuando llegué a la ciudad ya no era una opción porque entonces me revelarían secretos para los que supuestamente él, no estaba preparada.

—*¿Por qué siempre me has creído débil, papá?* —*le reclamé en cuanto me dijo eso.*
—*No, nunca te he visto débil, Isabella. Todo lo contrario, eres demasiado fuerte, pero... pero solo quería que estuvieras lista, hija* —*respondió derrotado.*
—*¿Y cuándo iba a estarlo según tú? Si me has tenido de mentira en mentira* —*seguí reprochándole y vi la culpa nublar sus rasgos.*
—*Lo sé, amor. Y créeme que lo lamento* —*suplicó y me limité a negar.*
Pero ya no pudo decirme nada más porque Lucius llegó con más secretos para desvelar.

—No quería incomodarte, White —respondió LuzBel sacándome de mis pensamientos—. Él prefiere que tú asimiles bien el parentesco que tienen, además de que no desea ser tu carga en este momento.

—Ahora entiendo por qué quiso asesinarte en... —callé de pronto al pensar en esa noche y tragué con dificultad cuando nos miramos a los ojos.

Estuve en Elite creyendo que vivía la peor noche de mi existencia, sin saber que esa solo era la antesala de un tipo de infierno que jamás pensé que pisaría.

—Isa —dijo Elliot y carraspeó al vernos ensimismados—. Hey, nena. Estás aquí, en casa —siguió el ojiazul y me tomó de las manos.

Sacudí la cabeza y no entendí qué pasó, pero supuse que reaccioné mal, ya que Elliot debió interceder.

—Lo siento —me disculpé sin saber de qué, en realidad y Elliot me echó el brazo sobre los hombros para llevarme a su costado.

Él se había sentado a mi lado en el sofá de dos plazas y cuando LuzBel llegó con su aviso, ocupó el del frente. Lo busqué de nuevo con la mirada mientras me apoyaba en Elliot, encontrando sus iris grises llenos de más tormento, de miedo e inseguridades.

—Señorita, el señor Pride está llegando —avisó Dom irrumpiendo en la sala y asentí soltando el aire que retuve.

—Llévalo a la oficina de papá —pedí. Me puse de pie sintiendo un poco de mareo que disimulé y una punzada de dolor que atravesó mi sien.

Elliot y LuzBel también se pusieron de pie en simultáneo y noté de soslayo la mirada intensa que se dieron y en la que se quedaron ensimismados por un par de minutos.

Imaginé que con lo posesivo que era, LuzBel no estaba para nada feliz con la cercanía de Elliot conmigo, pero el tipo se comportaba con inteligencia, siendo consciente de que no era momento para sus exigencias y menos después de que perdió cualquier tipo de beneficio que nuestro juego le dio en su momento.

Uno que él ya había ganado, finalizando la partida. Y yo no estaba en condiciones de buscar una revancha.

—Hija —saludó Myles cuando entré a la oficina de papá escoltada por su hijo y sobrino.

—Myles —dije y lo abracé cuando me abrió sus brazos.

Lo hice desesperada por sentir otro aroma que no fuera el de papá, ya que, al entrar en esa oficina, su olor me golpeó junto al cruel recordatorio de que ya no estaba en este mundo.

—Shhh —dijo sobando mi espalda en cuanto solté un sollozo.

No quería seguir llorando, pero... ¡Dios! ¿Cuándo dejaría de doler tanto? Si incluso al respirar pensaba en él, en esos horrorosos momentos en los que su fragancia se mezcló con su sangre.

Lo veía con una daga incrustada en su carótida y sus costados segados por un par de *tantos* que lo cruzaron en equis.

¡Dios mío! Seguía viendo a ese Fantasma en una posición de ataque perfecta, cruzando sus armas en el interior del torso de mi padre luego de que me tirara a un lado y evitara que fuera yo en su lugar.

—Voy a aceptar los tranquilizantes —dije entre sollozos, sabiendo que me escucharían todos.

El médico me los había ofrecido al ver mi estado, pero me negué. Sin embargo, en ese instante, al darme cuenta de que todo me recordaba a papá y que al cerrar los ojos las pesadillas llegaban a mi cabeza, entendí que era momento de darme una tregua.

—¿Segura? —preguntó Myles y asentí todavía abrazada a él.

—Voy por ellas —dijo Elliot y lo escuché marcharse.

Segundos después, me separé de él y le agradecí a LuzBel cuando me dio unos Kleenex.

—Toma asiento, por favor —le pedí a Myles, sorbiéndome la nariz. Tiró de la silla cerca del escritorio.

Yo lo hice a su lado y con la barbilla invité a LuzBel a que ocupara la de papá. Me miró con una ceja alzada y medio sonreí por su sorpresa y entonces al ver mi gesto, él me lo devolvió y suspiré como boba, alentándolo a que se sentara de una vez.

—¿Así que... el gran Enoc? —dije hacia Myles para evitarle preguntar cómo estaba, ya que además de darle vergüenza, vi que no encontraba la manera de formular la pregunta sin que pareciera tonta.

—Así era conocido dentro de la organización. Y como el más temido en Grigori —confesó y miré a LuzBel, negándome a creer que existiera un tipo más temible que el demonio de ojos grises.

Pero cuando asintió apoyando a su padre, me sorprendí.

—¿Vas a contarme todo o solo lo necesario? —inquirí sardónica, recostándome bien en la silla y Myles sonrió irónico.

—Lo necesario para que entiendas de dónde procedes, Isabella. Y para que sepas a lo que estás a punto de enfrentarte —aclaró y reí sin gracia.

«¡Dios! ¿Cuánto terminaría todo?»

Me hacía la misma pregunta, Colega.

Elliot entró en ese momento con una charola de plata y vi en ella todo lo necesario para aplicarme el tranquilizante en la vena. Tras eso, LuzBel se puso de pie y tomó el objeto en manos, sorprendiéndome al ver que se colocó los guantes quirúrgicos.

—¿Lo harás tú? —pregunté.

—Puede hacerlo padre si prefieres —respondió, dejándome la elección.

—Todos hemos pasado por un curso de primeros auxilios y supervivencia, Isabella, aunque Elliot le teme a las agujas —recordó y sonreímos—. Y sé que John también te hizo tomar uno —señaló y asentí.

«El lugar para el que siempre te preparé, hija».

Sus palabras llegaron a mi cabeza y les encontré más sentido.

Cursos de defensa personal, de supervivencia, primeros auxilios, manejo de armas, estrategia militar. Campos de verano organizados por la milicia y cada cosa en la que me metió y que yo creí que lo hacía por una extraña obsesión cuando, en realidad, me preparaba.

Dios.

Había tanto que asimilar, que aceptar y procesar, que ya sentía que no podía más y sabía que en cualquier momento iba a explotar.

—Hazlo —le pedí a LuzBel casi en una súplica.

Él siguió manos a la obra y preparó mi brazo izquierdo como era debido. El doctor me dio la opción de píldoras o líquido que también podía beber, pero el método intravenoso actuaba más rápido y sabiendo que no lo utilizaría por mucho tiempo, sino más como emergencia, decidí que la inyección era mejor.

Miré a LuzBel cuando llevó la aguja hacia el interior de mi codo y recordé el día que me tatuó, la delicadeza de su mano para esas cosas me seguía pareciendo increíble y así ese día en su estudio pareciera tan lejano, lo reviví como si estuviese sucediendo de nuevo.

—Podría darte somnolencia o incluso mareos —susurró cuando sacó la aguja.

—Gracias por decírmelo hasta este momento —ironicé y lo vi sonreír.

Me miró a los ojos y noté que también había recordado ese día en su estudio.

Aunque tras esos segundos mirándonos, que me parecieron eternos, me obligué a concentrarme en la visita de Myles, en las razones que tenía para hablarme sobre mi padre y lo mucho que seguiría cambiando mi vida luego de sus confesiones.

—Estoy lista para escucharte —lo animé y asintió.

Comenzó con la historia del nacimiento de Grigori, sobre sus seis fundadores originales y las razones que los llevaron a cumplir ese sueño. Luego me narró cómo Lucius Black y Aki Cho, quien resultó ser hermano de mi maestro, los traicionaron para fundar su propia organización: los Vigilantes.

La contraparte de Grigori.

Y agradecí el haberme decidido por el tranquilizante conforme Myles avanzó, ya que en el rescate no tuve tiempo de analizar todo lo que descubrí, no como ahora.

Mierda.

Apenas tenía dieciocho años y ya había perdido a mis padres y descubrí cosas que solo imaginaba que podían pasar en una película; como por ejemplo, que durante toda mi vida fui parte de una organización que desconocía y llegué a odiar al conocer, y lo peor es que todos a mi alrededor siempre fueron Grigoris que supieron ocultarme la verdad por órdenes recibidas.

Y enterarme de cada secreto no fue nada fácil y el precio que tuve que pagar para que me dijeran la verdad era el más doloroso que me tocó vivir.

Tras la muerte de mi madre, siempre fui consciente de que los enemigos de papá iban a encontrarme y no me equivoqué porque sí lo hicieron. Y sobreviví solo gracias al gran Enoc, pero él tuvo que morir por mí y a pesar de sentirme enfada porque me mantuvo en una burbuja, jamás me perdonaría el seguir viviendo a costa de su vida.

«Nuestro héroe cedió ante la kriptonita que éramos para él».

Mi madre, por su lado, resultó ser la mejor amiga de Eleanor, aquella de la que me habló con nostalgia el día que la conocí, sin saber en ese momento que, en realidad, se trataba de mi mamá. Y con la que se alejaron porque ambas se enamoraron de hombres distintos, tipos que jamás volverían a ser amigos luego de la traición perpetrada por el primer esposo de mamá, Lucius Black.

Eso de verdad me impactó cuando lo supe.

Durante mucho tiempo, mamá y Lucius fueron pareja, gobernaron a los Vigilantes y los convirtieron en una de las asociaciones más temidas por el país y, por eso mismo, el gobierno tuvo que recurrir a Grigori para controlarlos, sobre todo al enterarse de que sus fundadores antes pertenecieron al lado bueno.

El gran Enoc conoció a mamá en un enfrentamiento y, tiempo después, el destino los volvió a unir, pero en un viaje de negocios que papá hizo y en el que mi madre se encontraba huyendo de Lucius.

Cuando el maldito fue perdiendo poder en su sede, se ensañó con todos a su alrededor, incluso con mi madre y comenzó a golpearla y humillarla. Ella huyó y a pesar de haber sido de organizaciones enemigas, le dio una oportunidad a mi padre de ayudarla cuando él se lo propuso. Y al conocerse mejor, el amor entre ellos floreció.

Nada fue fácil para Leah y John a pesar de demostrar lo contrario. A mi madre la tacharon de infiltrada y hasta quisieron matarla, pero papá lo impidió y comprobó que ella estaba con él por amor. Y cuando los Vigilantes se enteraron de esa nueva relación, comenzaron una cacería contra mamá que al final provocó su muerte y no bastando con eso, decidieron darme caza a mí.

Algo que papá impidió a toda costa y que terminó con su muerte.

«Muerte que no se quedará impune».

La sed de venganza había vuelto a nacer en mí y en ese momento intensificada, ya que no solo era la muerte de mamá la que me cobraría, sino también la de mi padre y, con ellos, la de Elsa.

—¿Están seguros de que Charlotte murió? —pregunté, recordando que en la emboscada LuzBel le disparó.

—Estoy investigando para estar seguro, aunque con la muerte de Aki Cho, todo lo demás ha quedado opacado por parte de los Vigilantes —respondió LuzBel y me quedé mirando a la nada.

Aki Cho había resultado ser letal, pero mi padre no se fue sin antes llevarse a ese hijo de puta con él.

—¿Investigaron con quién estuvo saliendo esa maldita? —inquirí con odio.

En ese momento, deseé tenerla frente a mí para hacerla pagar por su traición. Aunque tenía que aplaudirle por haber jugado su papel a la perfección, ya que nunca sospeché de ella hasta el día de la emboscada.

Había sido una empleada de confianza de mi padre, una gran amiga para mi madre, la figura materna que yo necesitaba cuando perdí a mamá. Me embaucó a la perfección y no me importaba que dijeran que ella solo colaboró al final de todo el juego.

Para mí era solo una perra traidora, la tercera amiga de aquel grupo del que Eleanor me habló, pero también, la envidiosa y ardida que siempre añoró lo que ellas tenían y que nunca pudo obtener, ya que su codicia e hipocresía jamás la dejó conseguirlo.

—Al principio fue Derek Black, su sobrino, pero luego él la llevó con Lucius —dijo Elliot y sonreí sin gracia—. Hemos deducido que Lucius la conquistó primero de forma romántica y luego la convenció de entregarte.

Mamá y papá confiaron en ella porque la tipa nunca perteneció a los Vigilantes. Su hermana, a pesar de estar casada con David Black (el hermano de Lucius), jamás se inmiscuyó en las cosas de su marido y dado que mi madre sí fue Vigilante e incluso así tuvo una segunda oportunidad, no vieron por qué estigmatizar a Charlotte.

—Luego de sepultar a mi padre haré el juramento —afirmé sorprendiendo a los tres.

Myles había llegado con la intención de convencerme de pertenecer oficialmente a Grigori y me prometió que él me enseñaría lo que me hacía falta por aprender para ser aceptada por Perseo Kontos y Bartholome Makris, los otros dos fundadores de la organización.

Pero no hacía falta que me dijera mucho porque ya había decidido aceptar ser la sucesora de mi padre. Aunque no lo haría solo para no defraudarlo, sino también porque de esa manera obtendría el poder para conseguir mi venganza.

—Cuando te vi en el sepelio de tu madre, reconocí en ti a una nueva y gran líder y me sentí orgulloso, Isabella —confesó Myles y lo miré.

Solo en ese momento, recordé que también lo vi, a él, a Perseo y Bartholome, pero nunca les puse atención porque el dolor me cegaba y al final lo olvidé hasta que los recuerdos me atacaron en ese instante.

—Espero no defraudarte —le dije poniéndome de pie.

Myles no tenía idea de que mis intenciones de ser una Grigori eran muy distintas a las que él creía.

—No importan tus intenciones, Isabella White, ya que lo que está destinado a suceder, siempre encontrará una forma única, mágica y a veces hasta malvada para manifestarse —me dijo sorprendiéndome un poco y sonreí.

Me tendió la mano y se la tomé, entendiendo que era una señal de respeto que me estaba dando.

Minutos después, se marchó y Elliot tuvo la amabilidad de acompañarlo a la salida, dejándome en la oficina solo con LuzBel, quien me observaba intentando descifrarme.

—¿Qué estás planeando, White? —inquirió y sonreí soltando el aire que me había estado ahogando.

—Nada —respondí segura—, aunque sí estoy pensando en que puede que sea el destino el que baraja las cartas, pero somos nosotros los que jugamos, ¿no? —deduje y se puso serio.

—White, no es momento para que…

—¿Para que juegue a mi manera? —lo interrumpí sin dejarlo responder—. Porque según mi tiempo siendo una víctima y un títere, ya es hora de que las cosas cambien a mi favor, Elijah. Y si tengo los medios, no me detendré —advertí y se quedó sin saber qué decir.

Solo me observó durante un rato y cuando me cansé, le sonreí dándome la vuelta enseguida para ir a mi habitación, pensando en que, si tendría monstruos en mi cabeza a partir de aquel secuestro, los usaría para aterrar a quienes me dañaron en lugar de permitir que me ganaran el valor a mí.

Y le demostraría al mundo por qué el gran Enoc me escogió como su heredera.

CAPÍTULO 59

Una cara de la muerte

ISABELLA

Me había dado cuenta de que estar molesta se sentía mejor que dejarse sucumbir por el dolor, la tristeza y el terror. Y las personas a mi alrededor me hacían fácil enfurecerme a cada momento, cosa que, aunque deseara matarlos o golpearlos, también les agradecía.

—¡Ya, Isabella! —me exigió Elliot cuando comencé a golpear el *dummy* sin parar.

—¿Ya? ¿En serio? —le dije empujándolo y lo vi negar—. ¿Qué carajos enterré hace dos años, Elliot? —inquirí y me tomó de las muñecas para que no volviera a empujarlo.

Había llegado a buscarme a mi zona de entrenamientos para avisarme que el sepelio de papá se llevaría a cabo el jueves y Myles había preparado la ceremonia para mi juramento el sábado.

En dos días sepultaría a mi padre de manera oficial y en cuatro tomaría mi lugar como líder del clan de California. Pero no era eso lo que me enfureció, sino que Elliot añadió otra confesión a la larga lista con la que me había tenido que enfrentar desde el rescate.

Nunca sepultaron a mi madre en California hace dos años atrás, la cremaron, en realidad y sus cenizas fueron depositadas en un cementerio de Richmond.

Papá no me impidió verla en su ataúd solo para que no tuviera esa imagen de ella inerte, sino más bien para evitar que me enterara de que ella nunca estuvo allí.

—¡Joder, Elliot! ¿Hasta cuándo pararán con las mentiras? ¿Hasta cuándo dejarán de ocultarme cosas? —grité conteniendo las lágrimas.

Me sacudí de su agarre y le di la espalda, respirando hondo y brusco para no llorar. Lo escuché maldecir, sin respuesta para mis preguntas y eso me decepcionó de una manera a la que me daba miedo acostumbrarme.

—John tenía miedo de que Lucius se robara el cuerpo de Leah, Isa —explicó y bufé.

—¿Así de enfermo es?

—Mató a su propia hija, nena. ¿Tú qué crees? —respondió y negué.

Su hija, el verdadero amor de LuzBel.

—¿Qué había en el ataúd de mamá? —pregunté tratando de sonar tranquila y me giré para mirarlo a los ojos.

—Rosas, muchas y de todos los colores —admitió y tragué con dificultad.

Mamá las amaba, eran sus favoritas, así que entendí que papá llenara su ataúd de ellas como representación de mi madre.

—¿Hay algo más que deba saber? —pregunté cansada y me miró por un largo rato, pensando, analizando, pero al final negó.

—Quedarán juntos… Leah y John —aclaró y me encorvé, rindiéndome solo un poco en ese momento.

Elliot llegó a mí y me tomó de la barbilla.

—Papá nunca quiso ser cremado —le dije y asintió depositando un beso en mi frente.

Lo tomé con ambas manos de la muñeca y apreté los párpados, concentrándome en su aroma, en su calidez, en su piel limpia.

«Inhala, Colega».

Obedecí a mi conciencia.

«Exhala lento».

Siguió y lo hice tal cual.

—Por eso no lo cremaremos —aseguró—. Y John tenía que ser convincente a la hora de sepultar el féretro con las rosas dentro, Isa. Y tu dolor fue el que dio por sentado que tu madre estaba allí cuando, en realidad, era cremada, puesto que solo así tu padre podría traerla a Richmond sin temor a que Lucius robara sus cenizas —explicó a la vez y abrí los ojos para verlo—. Ya que bien sabes que tenerlas en casa solo sería una tortura para ambos.

Cada palabra que salía de su boca incrementaba mi odio por ese malnacido y mi deseo por asesinarlo con mis propias manos.

—La tumba de tu madre en California sigue siendo cuidada hasta el día de hoy para que él siga creyendo que está allí. Y la de John será protegida de igual manera aquí, porque estamos conscientes de que esa mierda intentará robar su cuerpo para profanarlo.

—Son unos monstruos —dije entre dientes y él me acunó el rostro.

—Nosotros también podemos serlo con ellos —me recordó y asentí de acuerdo.

—¿Me ayudarías con algo? —le pregunté tomándolo por sorpresa.

—Con lo que quieras, Isabella —aseguró y sonreí agradecida.

Durante un rato me dediqué a decirle los planes que tenía y, aunque al principio no podía creer lo que salía de mi boca y menos las locuras en mi cabeza, terminó confirmándome que me apoyaría en lo que quisiera y eso me bastó para darle un poco de tranquilidad a mi alma herida.

—¿Interrumpo? —dijeron de pronto cuando Elliot me abrazaba, reiterándome su ayuda en lo que yo quisiera.

Me separé de él para ver al dueño de aquella voz, encontrándolo en la entrada del cobertizo con una cara de pocos amigos con la que no podía ni él solo.

—Ya no —respondí restándole importancia a su actitud y vi a Elliot sonreír con complicidad al saber lo que mi respuesta provocaría.

—Te veo luego —se despidió dándome un beso en la sien y asentí.

Caminé hacia un lado de las esteras para tomar dos bokken y noté cuando Elliot pasó al lado de LuzBel, este último no se apartó de su camino, así que el ojiazul le golpeó el hombro con el suyo y sonreí con disimulo, mirando con interés fingido las armas de madera en mis manos.

—¿Cómo están Tess y Dylan? —le pregunté cuando se adentró en el cobertizo y tomó el bokken con agilidad en cuanto se lo lancé.

Se había ido a su casa para ver a los chicos después de querer incitarme a que me mudara con sus padres.

Myles también lo propuso con la excusa de que era lo mejor para mi seguridad, ya que Charlotte pudo haberle detallado todo sobre mi casa y sus puntos débiles a los Vigilantes y eso les daba una ventaja sobre mí. Y, aunque sabía que asimismo era el deseo de mi padre que me refugiara con los Pride, todavía no me encontraba preparada para ceder.

—Dylan está mejorando y desesperado por verte, ¿puedes creerlo? —ironizó y me reí.

—La verdad es que no. Tras cómo nos conocimos, es increíble la manera en que el karma le dio en la cara —señalé y le di reproducir de nuevo a la música que había pausado cuando Elliot llegó.

Promiscuous de Nelly Furtado y Timbaland inundó el cobertizo y me paré en el medio del pequeño cuadrilátero hecho de esteras y LuzBel entendió lo que propuse.

«¿Con la canción?»

¡Demonios, no! Con los bokken.

—Y, sobre Tess, no sabría decirte —dijo y me tensé—. Finge bien que se encuentra mejor y se ha dedicado a ser la enfermera de Dylan —añadió y sonreí sin ganas.

Tomé posición de combate y él me imitó, pero en cuanto lo vi, recordé a papá el día que llegó a entrenar conmigo y el golpe de realidad me obligó a expulsar el aire por la boca como si estuviera soplando algo.

«El dolor, querida».

—No te contengas —le supliqué, necesitando el dolor físico.

Y antes de que respondiera algo, me lancé sobre él, tomando el mango del bokken con las dos manos para tener mayor precisión.

LuzBel se dio cuenta de mi necesidad y durante media hora me llevó al límite a tal punto, que comencé a respirar por la nariz con pesadez y mi garganta y pulmones ardían horrible por la actividad física.

Daba y recibía con la misma fuerza, metiéndonos por momentos en una lucha de verdad.

—¡Idiota! —le grité cuando me dio un fuerte azote en el culo con la parte plana del bokken.

—Llorica, pediste que no me contuviera —me recordó y jadeé, escuchando el choque de la madera de nuestras armas y conteniendo apenas su siguiente ataque—. Y, aunque no lo creas, debo hacerlo —confesó dándome una mirada lasciva que me erizó la piel mientras girábamos y luchábamos por no ceder en fuerza.

«¡Uf, Tinieblo! Dándome siempre lo justo y necesario».

La perra había vuelto.

Bajé los brazos para que perdiera fuerza y me alejé de su radio, girando el bokken en mi mano antes de volver a alzarlo para lanzar otro ataque, pero lo contuvo ejerciendo más fuerza y acercándose a mí.

—¿Puedo hacerte una pregunta?

—No —le respondí y su sonrisa traviesa apareció después de semanas.

—¿Usas bragas con esos leggins? —cuestionó y me fue imposible no negar con la cabeza, divertida por sus tonterías.

—¿Tú qué crees? —inquirí, medio gimiendo para no ceder en mi fuerza—. ¡Mierda! —chillé cuando imitó mi defensa pasada, quitándome su presión para que perdiera la mía.

Me tomó de la muñeca y me giró en mi eje, colocando el bokken en mi garganta y sosteniendo mis manos hacia atrás en cuanto perdí el mío. Mi corazón se aceleró al sentir su pelvis y la calidez de su cuerpo.

Respira.

—Que no usas porque odias que se te marquen en la ropa —susurró en mi oído y me erizó la piel del cuello—. Pero ese diseño me está torturando, White, porque se te marcan los cachetes del culo de una manera que deja muy poco a mi imaginación.

—Porque eres un pervertido —le dije entre jadeos y lo escuché reír.

Mi pecho comenzó a subir de manera acelerada cuando rozó la pelvis en mis manos y me hizo palpar su erección.

Respira.

Dejó caer el bokken para sostenerme solo con el brazo y cuando mis ojos captaron la sombra de sus tatuajes y su respiración pesada en mi oído, sentí que me iba a perder.

—Solo contigo —susurró y aprovechándome de su distracción, me zafé de su agarre en mis manos y luego lo cogí de la nuca, utilizando toda mi fuerza para doblarlo sobre mi cuerpo hasta que lo lancé en las esteras— ¡Puta madre, White! —gruñó con diversión.

Lo miré en el suelo, jadeando y riendo por su error. Yo seguía con mi respiración tormentosa y al ver lo que hice, espabilé y sonreí con orgullo.

—Siempre pensando con la cabeza de abajo, Elijah —me burlé, chasqueando con la lengua y eso lo hizo reír más.

Inhala.

Exhala.

Trabajé en mi respiración de nuevo para recuperar el aliento y para alejar la niebla en mi cabeza, sintiéndome de pronto más cansada y con la necesidad urgente de tomar una ducha caliente.

—Contigo me es inevitable —admitió poniéndose de pie y negué con ironía.

—Conmigo también puede ser inevitable perder la cabeza, Elijah Pride —le dije con malicia.

Pero no le estaba insinuando nada, lo decía de verdad, aunque la tensión en su cuerpo me indicó que pudo tomarlo de manera errónea a lo que quise decirle.

—Gracias por el entrenamiento —hablé tras unos segundos, sabiendo que era momento de irme.

Y ni siquiera esperé respuesta, solo me di la vuelta y caminé con prisa.

—¡White! —me llamó y me detuve de golpe sin girarme de nuevo—. ¿Todavía ves el humo? —preguntó y tragué con dificultad, sintiendo mis ojos arder.

Apreté los párpados para no soltar las lágrimas y me mordí el interior de la mejilla, volviendo a respirar hondo porque el nudo en mi garganta dolía y me hería mientras pensaba en todas las ocasiones que nos hicimos la misma pregunta y cómo terminamos luego de la respuesta.

Y en cuanto abrí los ojos de nuevo, seguí mi camino sin darle una respuesta.

Cuando el jueves llegó, salir de casa sabiendo a lo que me enfrentaría, se sintió como estar en una película de terror donde cargaba a alguien en mis hombros.

Elliot se había encargado de todo con el velatorio de mi padre, del sepelio y de la ceremonia después, a parte de contactarse con el abogado de la familia que quería que tuviera algunas cosas claras, pero yo no tenía cabeza para eso, así que, tal cual me apoyó en el pasado con mi madre, el ojiazul estaba de nuevo para mí.

Sin importar que ya no fuéramos novios.

LuzBel, por su lado, le ayudó a su primo en lo necesario, hasta donde la tolerancia se los permitía y también se encargó de hablar con Perseo y Bartholome cuando estos quisieron saber lo que sucedería con el lugar de mi padre, llegando a insinuar que para ellos era recomendable que Dylan fuera el nuevo líder, algo que me indignó.

Y no porque creyera que mi hermano no merecía ese lugar tanto como yo, sino más bien porque esos machistas dejaron entrever que no consideraban que una mujer fuera la adecuada para la sucesión.

«Los imbéciles seguían viviendo en tiempos antiguos».

Y les agradecía a ambos haber apoyado a mi padre y a Myles con nuestro rescate, pero no por eso me haría de la vista gorda.

Miré a LuzBel a mi lado en ese momento, conduciendo hacia el cementerio y recordé cómo me defendió con aquellos líderes neandertales. Y no, él no me había querido decir nada sobre el enfrentamiento que tuvo, más bien lo escuché por curiosidad cuando su padre le llamó luego de que Perseo le informara que su heredero les había faltado al respeto.

—*Me importa una mierda que crean que les falté al respeto, padre. Ellos se lo faltaron antes a Isabella al rechazarla solo porque creen que es una niña, cuando tú y yo sabemos que lo que no les convence es que sea una mujer la que tomará el lugar de Enoc* —le espetó a Myles en susurros para que yo no escuchara porque, según él, estaba dormida.

—*Lo supuse, hijo. Por eso te llamé* —admitió Myles por la videollamada—. *Respeto mucho a Makris y Kontos, pero acepto que también son unos cabrones machistas y recelosos con la organización.*

—Confírmame algo, padre —pidió LuzBel de pronto y Myles calló para que continuara—. ¿Fueron ellos los que quisieron deshacerse de Leah cuando supieron de su relación con John?

—Lo fueron —aceptó Myles y me tensé—, pero también fueron los que más la respetaron cuando ella les demostró que no era ninguna traidora —añadió y me llevé la mano al pecho para tratar de calmar mi corazón—. Y sé que harán lo mismo con Isabella.

—¿Seguro? —insistió LuzBel y su padre suspiró.

—Les dejaste claro que nosotros la apoyamos y saben que en California ya la ven como su líder, así que no les queda más que aceptar de una maldita vez que los tiempos han cambiado —respondió con convicción—. Podrán ser tercos, hasta imbéciles, pero no traicionan a su gente e Isabella es una Grigori.

—Más les vale, padre, más les vale —dijo LuzBel y mi corazón volvió a acelerarse.

—¿Tengo algo en la cara? —preguntó LuzBel de pronto, sacándome de mis pensamientos y sonreí.

Me había quedado observándolo como una idiota y se dio cuenta.

—Los ojos, la boca, la nariz.

—Ja, ja, ja —satirizó y apreté los labios.

—*Piercings*, barba… ¿Espera? ¡Tienes barba! —exclamé y rio.

La sombra de una barba de tres días se le marcaba y al verlo con más detalle, noté que no lucía mal con ella. Todo lo contrario, le daba un toque de desorden en medio de la pulcritud que siempre tenía y como ya era sabido para mí, lo lucía a la perfección.

Tras esa pequeña broma, no hablamos más porque la poca diversión que sentí por un momento, se esfumó en cuanto el portón del cementerio quedó a mi vista. A lo lejos, filas de coches de todo tipo me indicaba el lugar donde mi padre descansaría finalmente y el pecho se me oprimió.

La ceremonia que ofrecería el sacerdote también sería para Elsa, ya que propuse que los sepultaran al mismo tiempo.

Y sí, me dijeron que lo recomendable era que un líder tuviera su propio velatorio y sepelio, pero les dejé claro que Elsa también fue Grigori y merecía el mismo honor si sus padres lo aceptaban. LuzBel se sorprendió con mi petición, aunque igual vi su agradecimiento y me hizo saber que los señores Lynn se mostraron honrados por mi deseo cuando se los hicieron saber, accediendo de inmediato.

Soplé el aire retenido cuando me bajé del *Aston Martin* de LuzBel y pegué mi espalda a él, encorvándome para apoyar las manos en mis rodillas al sentir que no podría avanzar en cuanto vi a todas aquellas personas rodeando los dos sarcófagos.

Jesús.

—Vamos, White —me animó LuzBel llegando a mi lado.

Lo tomé de las manos y tiré de su cuerpo sobre el mío para rodearle el cuello con los brazos.

—No me sueltes —le supliqué, sintiendo toda la debilidad que había escondido y él me rodeó la cintura—. No me faltes nunca —rogué dejando salir mis lágrimas.

Las cosas entre nosotros terminaron mal y tenía claro que seguir adelante sin él era lo mejor, porque no me correspondía, pero… ¿cómo hacía para no necesitarlo en un momento tan vulnerable de mi vida?

¿Cómo le hacía entender a mi corazón que no debía sentir nada por él? ¿Cómo demonios dejaba de pensar que la vida era demasiado corta para limitarme a amar?

¿Cómo aceptaba que la muerte era cruel y nos arrebata a nuestros seres amados sin la oportunidad de tener un momento más?

No podía, al menos no en ese instante.

—Aquí estaré siempre para ti, Bonita —respondió seguro y todas mis preguntas se esfumaron porque en ese momento sus palabras fueron suficientes para darme la fuerza que necesitaba.

—Isabella —me llamó Jacob de pronto y me aparté de LuzBel.

Avancé con prisa hacia él y lo abracé.

«Mi idiota favorito».

Agradecí cuando me correspondió el abrazo y supe que ambos tratábamos de reconfortarnos por medio de ese gesto.

Habíamos estado juntos el día anterior, cuando LuzBel lo llevó a casa porque no quería que su amigo estuviera solo luego de pasar encerrado desde la muerte de Elsa. Y a lo mejor yo no era una buena compañía, pero nos sirvió desahogarnos, aunque mi peso y culpa, aumentó al confirmar que ellos estuvieron saliendo en los últimos días y que él la amaba tanto como para destruirse a sí mismo con la ausencia de su chica.

Luego del abrazo, no nos separamos durante el velatorio y juntos presenciamos cómo algunos hombres, como muestra de respeto a un gran líder y fundador de la organización, así como a un miembro honorable y fiel tal cual lo fue Elsa, hicieron guardia al lado de ambos sarcófagos; entre ellos había estado Myles, Elliot, LuzBel y Connor.

Hasta que Jacob también tomó su lugar para rendirle honor a su amada.

Dylan igual hizo su guardia, aunque un poco corta debido a su lesión, pero ya que era su padre y su amiga los fallecidos, estuvo allí como un buen hijo, un buen heredero y un gran amigo.

Asimismo, Perseo y Bartholome nos acompañaron, igual que Dom, Roman y Robert Hamilton.

Sollocé sin poderlo evitar y Jacob me acompañó hasta que sentimos los brazos de Dylan rodeándonos y, segundos después, Evan estaba ahí y luego Connor, en un abrazo grupal que nos destruía tanto como nos reconfortaba.

Por un huequito entre todos esos brazos, vi a LuzBel observarnos con impotencia y dolor y segundos después, Tess llegó a su lado y lo abrazó. Entonces lo entendí mejor. Él no se unía porque no quería, lo evitó porque se creía responsable de lo que vivíamos y eso me destruyó todavía más.

—Ahora vamos a sufrir y durante días no lo soportaremos, pero les prometo que saldremos adelante y haremos sentir orgullosos a Elsa y a John —dijo Dylan con seguridad cuando nos separamos y con Jacob asentimos inseguros, pero esperanzados a la vez.

Vi que Jane también había llegado con Connor y en cuanto fui capaz, me acerqué a Tess y la abracé sin decirle nada, porque nuestras miradas lo dijeron todo.

Jane fue parte de ese abrazo esa vez y me permití sentirme afortunada así fuera por un segundo, porque a pesar de perder a mis padres, todavía tenía a mi hermano y a amigos que valían oro.

Caminé con ellas hasta donde se encontraba todas las demás personas y les agradecí que no me dejaran sola, ya que no deseaba que nadie me diera sus condolencias porque no lo soportaría. Y solo se apartaron de mí en el momento que me posicioné en medio de los dos ataúdes de madera marrón y brillante. Puse una mano en cada uno, temblando, sollozando, cayendo, sucumbiendo.

«Te amo, vida mía».

«Somos mujeres y debemos apoyarnos».

«Tú siempre fu-fuiste lo más importante de nuestras vidas».

«Habrías sido mi amiga si nos hubiéramos conocido en otro tiempo».

«Le-Leah y yo estaremos contigo aun desde la muerte».

«Júrame que jamás hablarás de esto con nadie, ¡júrenmelo las dos!»

—Siempre he escuchado que dicen que es de héroes sonreír cuando el corazón llora —dijo aquella voz con acento asiático que tanto conocía y me mordí el labio para contener otro sollozo.

Me llevé el dorso de la mano hacia la boca cuando me giré y lo vi frente a mí. La respiración se me volvió temblorosa y solo pensé en lazarme hacia él, pero me contuve al verlo erguido en toda su estatura, con el porte de serenidad que lo caracterizaba, vestido con un kimono negro.

—Pero yo opino que es de valientes tener la capacidad de llorar para limpiarte los ojos, el corazón y el alma, Chica americana. Porque las lágrimas que ocultas, el dolor que escondes y la protesta que callas, no desaparecen —siguió diciendo con entereza y comencé a verlo borroso por las lágrimas que desbordaban de mis ojos—. Quedan al acecho del momento en el que puedan estallar. Así que es mejor que lo vivas todo en su tiempo y en su hora.

—Maestro —dije entre llanto y como pude, me incliné hacia él con respeto, pero por primera vez desde que lo conocí, dejó el protocolo de lado y me llevó a sus brazos.

Grité en ese instante, amortiguando el sonido en su pecho porque cuando papá no estuvo, él sí. Y seguía estándolo, continuaba siendo ese padre en el que John White me confió, el que formó parte de mi fortaleza, a quien le debía mucho y con quien jamás la vida me alcanzaría para pagarle todo lo que hizo por mí.

—*Llora, hija, deshace los nudos de tu alma* —me animó, hablando en japonés— *y cuando la hayas limpiado, recuerda que, si caes siete veces, levántate ocho* —añadió.

Y tras unos largos minutos que me parecieron eternos, pero necesarios, me quedé ahí, abrazada a él, llorando hasta que los ojos se me hincharon, con todos los demás dejándome tranquila en mi momento y, en cuanto me sentí capaz, me sorbí la nariz y me coloqué las gafas de sol que llevé conmigo.

Debía dar ese paso por mucho que me rompiera.

El cementerio se encontraba repleto de personas y a la mayoría nunca los había visto, aunque todos eran parte de Grigori. Tomé asiento al lado de Jane y Tess y, tras eso, el sacerdote inició la ceremonia, animado por Myles.

Eleanor lo acompañaba y su nariz roja e hinchada me indicaba que había estado llorando. La pobre se tuvo que repartir el tiempo entre apoyarme a mí y a su hija y, aunque le dije que no era necesario, que debía estar con Tess, me regañó, indignada de que la quisiera incitar a abandonarme cuando ella necesitaba estar también conmigo.

LuzBel se mantenía cerca, acompañando a Jacob, pero noté en sus facciones que ansiaba llegar a mi lado; sin embargo, lo prefería con nuestro amigo, ya que yo no podía estar con él para apoyarlo como se debía.

Tomé la mano de Elliot cuando puso una en mi hombro y la otra en el de Tess, gracias a que se quedó detrás de nosotras y no nos soltó hasta que pasó al pódium de madera para dar unas palabras de agradecimiento y despedida para mi padre.

En cuanto terminó, se quedó observándome con sorpresa al ver que me puse de pie porque le había dicho que no sería capaz de hablar, y él me respondió que no era necesario y tampoco obligatorio por ser la hija de John White.

Pero después de la ceremonia, mi necesidad por dar unas palabras me embargó.

—Gracias a todos por estar aquí —comencé al llegar al pódium—. Sé que muchos de los presentes me conocen, aunque yo no a muchos de ustedes. Algunos han oído de mí y otros pocos apenas y hoy se enteran de mi existencia.

Mi voz era fuerte y, aunque el dolor no me dejaba ni un instante, en ese momento lo oculté.

—Hace poco más de dos años, los Vigilantes me arrebataron a mi madre y ahora a mi padre, con este último hecho han dejado al descubierto muchos secretos que me fueron guardados *para mi bien* —ironicé lo último y miré a Elliot. Él me sostuvo la mirada manteniendo su postura—. Todavía estoy decidiendo si eso es verdad, aunque lo que sí puedo asegurarles es que me han despojado de una parte de mi vida y han despertado en mí sentimientos que nunca creí tener —confesé con la seguridad de que nadie en ese cementerio era ajeno a Grigori—. Me tocó ver cómo dañaron y asesinaron frente a mí a una buena persona.

Señalé el ataúd de Elsa, con quien jamás me llevé bien, pero a pesar de sus celos y los míos, sabía que ella no era una mala chica y sufrió a mi lado y al de Tess lo inimaginable, uniéndonos como mujeres a última hora, aunque perdiendo la oportunidad de contar su lucha.

—Jugaron de una manera vil con mi mente y ahora la muerte de Elsa la cargo en mi conciencia. De corazón, les pido perdón por eso —supliqué plasmando mi mirada en LuzBel y los padres de Elsa.

Estos últimos asintieron y lloraron la muerte de su única hija. LuzBel, en cambio, negó queriéndome hacer sentir menos culpable.

—Comprendo su dolor porque, aunque ustedes han perdido a una hija y yo a mi padre, a mi héroe… el dolor es igual de devastador.

Cerré los ojos para evitar más lágrimas y los abrí al sentir una mano grande y fuerte tomar la mía, un tacto que conocí a la perfección y que por increíble que fuera, me dio fuerzas para continuar y no derrumbarme en aquel instante.

—Me pediste que nunca te soltara —susurró y solo pude sonreírle.

—Una vez alguien me dijo que mis muertos no ganaban nada con mis insomnios de remordimientos —proseguí, tomada de la mano del idiota del cual me enamoré—. Y me recomendó que los amara ahora y los recordara con amor y quizás así, sí ganarán algo… —Sonreí al ver a mi maestro y él asintió— como otro nacimiento, porque ustedes y yo solo vemos una cara de la muerte, la del otro lado se nos escapa —finalicé.

Miré a la mayoría de las personas cercanas a mí llorando, pero, en ese momento, yo me sentí un poco más tranquila porque había conseguido limpiar un poco mi alma.

Rato después acaricié por última vez el ataúd de mi padre y, tras eso, vi cómo poco a poco lo bajaban al osario. Y antes de que lo sepultaran, noté una placa justo arriba del féretro (en la pared lateral de tierra) y mi corazón se volvió loco a leer la inscripción.

La flor que crece en la adversidad es la más hermosa de todas.

Busqué a Elliot con la mirada, apretando la mano de LuzBel y encontré al ojiazul al otro lado del sepulcro. Me sonrió al saber lo que encontré y, tras eso, me guiñó un ojo.

Era la lápida de mi madre con una de sus tantas frases sobre las flores que amaba. Y mi padre yacía con ella y rogué porque estuvieran juntos y si existía otra vida después de la muerte, deseé con el corazón que fueran felices.

—Si la vida no da segundas oportunidades, espero que la muerte sí, porque ustedes se lo merecen —dije hacia ellos, sepultados ya en su última morada.

Cuando me di la vuelta para marcharme, dejé una parte de mi corazón enterrado con ellos, respirando hondo al sentir una vez más, que estaba naciendo otra Isabella.

CAPÍTULO 60

El juramento

ISABELLA

Tras dejar la tumba de mis padres, decidí ir a la de Elsa, aprovechando el valor extra que me había invadido y, aunque no debía, me sorprendió encontrar a LuzBel de pie frente a la tierra recién acomodada.

Había pensado que estaría en el coche o hablando con alguno de los otros Grigoris para girar sus órdenes, o que le dieran un breve informe de lo que pasó a nuestro alrededor mientras estuvimos metidos de lleno en los sepelios.

Y, de hecho, por un momento, imaginé que encontraría a Jacob en lugar de a LuzBel, pero entendí que a lo mejor nuestro amigo pensaba igual que yo.

«Que llorar en la intimidad de tu habitación era mejor».

Exacto.

Intenté darme la vuelta para darle a LuzBel el espacio que merecía, pero por primera vez en días, fui consciente de su dolor, de su impotencia y aún más de la culpa y responsabilidad que se había echado encima. Sentimientos que escondió muy bien para no agobiarme ni aumentar mi propia miseria.

—Si no logro salir de aquí, quiero que le digas algo a Jacob. —Escuché a lo lejos la voz de Elsa hablando con Tess.

—Las tres saldremos de aquí —aseguró Tess tiritando.

Mis párpados pesaban y ni siquiera hice el esfuerzo de abrirlos. Me había desmayado rato atrás luego de una golpiza que nos dieron estando metidas en ese congelador.

A ellas las dejaron encadenadas en unas barras de hierro que se encontraban en el medio de la pared y como pudieron, lograron abrazarse para darse un poco de calor. Yo, en cambio, solo recibí el de los golpes mientras me mantenía colgada del techo como si fuera un enorme pez.

Los hijos de puta me amenazaron con colgarme de la boca y, tras todo lo que hicieron, no dudé que lo cumplirían.

—Solo por si acaso, ¿lo harías? —siguió Elsa con sus susurros y esperó unos minutos, supuse que esperando la respuesta de Tess—. Dile que me equivoqué al no haberlo visto antes que a tu hermano —comenzó con su mensaje y mi debilidad me hizo perder la consciencia por varios segundos.

Quería escuchar, pero agradecía perder el razonamiento porque de esa manera no sentiría el dolor ni el frío.

Tenía la cabeza hacia el frente, con la barbilla pegada a mi clavícula y el cabello echado en el rostro. No soportaba el dolor en las muñecas y mis dedos se habían vuelto más fríos por la presión de las cadenas, pero tampoco tenía fuerza para sostenerme en un agarre y así conseguir que mi sangre fluyera, gracias a que los manguitos rotadores entre mis brazos y hombros se lesionaron al intentar defenderme.

—...Y que me arrepiento de no haberle dicho que me estaba enamorando de él. —Volví a escuchar los susurros de Elsa y mi corazón dolió.

—Elsa, vamos a salir de aquí —le dijo Tess con voz lastimera.

—Solo quiero asegurarme de que, si algo me pasa, él sabrá esto.

—Está bien —cedió Tess y mis ojos comenzaron a arder.

—Asegúrale que estas semanas con él fui más feliz que en todo mi tiempo con LuzBel, recuérdale que solo él me hizo sonreír de felicidad y que para mí habría sido fácil amarlo con locura.

Dejé salir las lágrimas sabiendo que no me verían y el frío del congelador comenzó a ser más latente en mi cuerpo.

Nunca odié de verdad a Elsa, aunque en muchas ocasiones su actitud me enfadó, e incluso con la rivalidad que hubo entre nosotras, podía decir (siendo sincera) que ella no merecía morir. Y si no nos hubiéramos enamorado del mismo hombre, quizá hasta habríamos conseguido formar una amistad. Sin embargo, el destino fue cruel y su muerte me marcó el alma.

«Eso y el infierno que vivieron juntas».

—Aún no sé cómo, pero sé que vengaremos su muerte —musité segundos después de ver a LuzBel sufrir en silencio.

Puse la mano sobre su hombro y deseé ser su apoyo tal cual él lo estaba siendo conmigo. Quise demostrarle que yo también iría al fin del mundo con tal de hacer pagar a los que nos jodieron la vida. Y que no importaba cuándo, pero la muerte de nuestros seres queridos no quedaría impune.

—Dices que no es mi culpa, pero en verdad lo siento, Elijah —lamenté una vez más y sentí su tensión.

—¿Recuerdas lo que te dije cuando te recuperamos la primera vez? —preguntó y asentí, volviendo por unos segundos a ese momento y mi piel se erizó.

Giró un poco la cabeza para mirarme a los ojos y, por un instante, deseé que repitiera esas palabras incluso cuando podrían aumentar nuestra culpa.

—Lo dije en serio —aseguró y volvió a asentir—. Y a pesar de sentirme como una mierda aquí frente a la tumba de Elsa, sigo pensando igual, White. No fue solo por la adrenalina o la euforia del momento.

Quité la mano de su hombro y miré hacia la lápida de Elsa, sintiéndome también una mierda por la emoción en mi corazón cuando ella terminó a tres metros bajo tierra.

Era egoísta de nuestra parte.

«Pero inevitable, Colega».

—Dios —susurré uniendo las palmas de mis manos como si fuera a rezar, pegándolas a mis labios—. A veces pienso que no merezco esta oportunidad y la culpa duele, Elijah. Duele porque papá se sacrificó por mí y yo sacrifiqué a Elsa y… aunque no me arrepiento de haber salvado a Tess, creo que pude haber corrido hacia Derek y recibir esa bala por ellas, pero fui débil.

—¿Pero qué demonios dices? —aseveró incrédulo y me tomó de las muñecas cuando me cubrí el rostro.

—¿Es que no lo ves? —inquirí entre dientes—. Soy débil —zanjé.

—¡Puta mierda, White! No digas eso. Eres más fuerte de lo que crees —masculló molesto—. Has perdido a tus padres, te obligaron a vivir una vida que no querías y aun así le buscaste los beneficios, aunque no fueran para ti. Te mintieron y cuando deberías estar tirada en una cama, dopada de tranquilizantes, te has levantado y has dado un discurso que puso a llorar a todos y mostraste entereza y…

Me soltó de su agarre y maldijo dándome la espalda, llevándose las manos a la cabeza con desesperación y frustración.

—¿Y qué? —pregunté apretando los puños y me miró por encima de su hombro.

—Te usé como mi venganza, pero no te echaste a llorar por eso. Me… me confesaste tus sentimientos y no te victimizaste cuando te rechacé; al contrario, decidiste disfrutar de tu noche sin permitir que yo te la jodiera con mis mierdas y luego, te secuestraron —recordó y cerré los ojos, tensándome—. Vivieron un infierno del que ni tú ni mi hermana quieren hablar. Casi te matan cuando te volvieron a secuestrar y aquí estás, aquí sigues como un roble, echando raíces más profundas en cada tormenta.

«¡Jesús, Tinieblo!»

Sonreí soltando un sollozo que me fue inevitable y me cubrí la boca, pero él llegó a mí y me abrazó con tanta fuerza, que me obligó a rodearle la cintura. Escuché su corazón acelerado al presionar mi oído en su pecho y supe que latía tan rápido como el mío.

Se acompasaban en la misma medida.

Y estaba cálido contra mi piel fría a pesar de haber calor y su olor, ese aroma suyo, me aseguró que estaba en casa, a salvo.

—No me sueltes, Elijah —susurré y me dio un beso en la coronilla.

No me sueltes porque soy fuerte por ti, porque aún te tengo, aceptando en este momento lo que quieres darme. Sigo de pie luego de perderlo casi todo porque siento esto por ti, porque… te amo.

¡Joder, te amo, Elijah Pride!

«¡Mierda!»

La avalancha de palabras y verdades llegaron a la punta de mi lengua, pero me la mordí porque, a pesar de aceptarlo de una buena vez en mi interior, no estaba dispuesta a decirlo en voz alta tras saber lo que él opinaba de mis sentimientos.

Y porque no quería decir nada equivocado por sentirme rota.

«¿Y si el Tinieblo estaba enamorado de ti, pero era asintomático?»

Negué ante las estupideces de mi conciencia.

Podía admirar todo lo que señaló en mí antes, pero había una enorme diferencia entre eso y estar enamorado. Y ya había aprendido mi lección en Elite como para volver a ese punto. Además, él no merecía lidiar conmigo y mis demonios.

No castigaría a nadie con ellos, a menos que fueran mis enemigos.

—No lo haré —aseguró y me aferré a su abrazo.

Lo hice porque inevitablemente, ya se había convertido en mi todo.

Cuando salimos del cementerio, no tenía nada de ganas de llegar a casa y compartir con las personas que se reunieron como parte de la tradición de acompañar a los dolientes; solo deseaba meterme en la cama, dormir y no despertar jamás porque la pesadilla la estaba viviendo despierta.

LuzBel manejó en silencio, con la música suave del radio y cuando *Love Story* de Taylor Swift comenzó a sonar, vi su intención de cambiar de estación porque la melodía era triste, pero le pedí que la dejara si solo la quitaría por mí.

Miré el camino y apoyé el codo en la ventana, llevando la mano a mi boca y sonreí sobre ella cuando escuché una estrofa que, en definitiva, me la hubiera dicho papá si hubiese tenido la oportunidad de contarle que me enamoré de alguien que no me correspondía.

Y sí, también era consciente de que no valía la pena llorar por alguien dispuesto a dejarte ir.

—Si quieres ir a tu habitación, hazlo, White. No tienes porqué quedarte a atender a toda esa gente, para eso está Elliot —dijo LuzBel tras ayudarme a bajar de su coche y rodé los ojos por lo último.

Por supuesto que no le dejaría toda la responsabilidad a Elliot.

—Ya luego tendré tiempo de descansar —le dije.

Miré varias camionetas estacionarse luego de que dos lo hicieran frente de nosotros y me estremecí.

Todos eran guardaespaldas y Grigoris que estuvieron bajo las órdenes de mi padre, personas a las que siempre vi antes de mudarme a Tokio, pero solo los consideré seguridad innecesaria que a papá le gustaba tener. Ella y Max se bajaron de uno de los coches y la mujer se acercó a nosotros, haciendo una leve inclinación de cabeza ante mí.

Tragué con dificultad.

Ambos fueron respetuosos conmigo el tiempo que duró mi viaje por Europa dos años atrás, amigables a veces, pero siempre manteniendo un límite para que no me encariñara con ellos porque sabían que tarde o temprano me dejarían.

—Señorita White, quisimos mostrar nuestras condolencias y respeto antes, pero no tuvimos oportunidad —dijo Ella y apreté los labios.

—No te preocupes, Ella. Es bueno verlos —les dije y los dos sonrieron.

En ese momento, entendí que ambos habían estado en el grupo de Grigoris que nos seguían con prudencia, quienes se estaban convirtiendo en mis sombras desde que volví a casa tras el secuestro, intentando darme mi espacio pero manteniéndome a salvo luego de lo que viví con Tess y Elsa.

—¿Tess también está siendo así de protegida? —le pregunté a LuzBel y asintió—. Al menos esta vez no tendremos que viajar tanto —les dije a Ella y Max y ambos rieron.

No siempre me porté bien con ellos, no lo negaría. En muchas ocasiones tuvieron que buscarme por cielo y tierra cuando se me daba por escaparme, pero ya no era esa chica y sabía que ellos también eran conscientes de eso.

—¿Necesita que hagamos algo por usted mientras está atendiendo a los invitados? —preguntó Max y miré a LuzBel.

Me sentía demasiado extraña, eso de demandar se le daba mejor a él y cuando vio mi duda, sonrió de lado.

—Ellos son Grigoris, pero no están bajo mi mando, White —me recordó y quise matarlo por no disimular.

—Estamos bajo el suyo, señorita White —lo apoyó Ella y me puse nerviosa—. Usted es nuestra nueva líder —siguió y un escalofrío me estremeció cuando lo dejó por sentado porque habló segura.

No vi duda en sus ojos ni en los de Max, tampoco disconformidad por quién decidió mi padre que los liderara al faltar y eso… me dio un poco de fuerzas.

—Solo… —Sonreí nerviosa y LuzBel no disimuló su burla. Negué con la cabeza porque el idiota estaba disfrutando ese momento—. He dejado las maletas listas en mi habitación —dije alzando un poco la barbilla y recomponiéndome—, llévenlas a la mansión Pride, a la recámara que han dispuesto para mí. —Ambos asintieron y, tras eso, se despidieron.

Y sí, luego de la reunión me iría a casa de los Pride gracias a los ruegos de Eleanor, quien sabía que estaba siendo manipulada por su hijo y marido, pero era algo que ya había decidido.

Era la voluntad de mi padre que me quedara con ellos porque él sabía el tipo de peligro que corría y después del infierno que viví, no tentaría más mi suerte hasta estar preparada para enfrentarme a los malnacidos que me jodieron la vida.

—En mi habitación habrías estado más cómoda —insistió LuzBel mientras caminábamos hacia adentro de la casa.

—No habría sido justo sacarte de ella —le dije.

—White…, no estoy jugando, sabes a lo que me refiero —refunfuñó y me limité a reír.

—Yo tampoco estoy jugando, Elijah. Ya no más —murmuré lo último, pero lo escuchó—. Tú y yo no tenemos por qué dormir juntos —le recordé antes de que dijera algo y noté cómo apretó la mandíbula.

Y no lo hacía por castigarlo o demostrarle nada, es más, que hayamos terminado mal me dio una excusa para no tener que… para no despertarlo con mis pesadillas, para que no viviera mis terrores nocturnos.

—Isabella, hija. Qué bueno que ya estás aquí. —La voz de Eleanor me salvó de la *charla* a la que estaba a punto de meterme con su hijo y le agradecí en mi interior.

El maestro Cho y varias personas a las que vi en el sepelio estaban presentes y los saludé a todos con un asentimiento de cabeza. Aguanté por un buen rato sus condolencias, pero hubo un momento en el que sentí que me ahogaría y solo deseaba salir corriendo hacia mi cobertizo y esconderme.

Sabía que las personas no querían ser pesadas, pero si supieran cómo dolían las condolencias, seguro las evitarían.

—Isabella —me saludó de pronto Bartholome.

Usaba un bastón para no forzar su pierna lesionada luego de que Lucius le disparara. También le disparó en el pecho, pero el chaleco antibalas lo protegió.

—Señor Makris —dije con fingida educación.

—Bartholome, para ti —pidió y medio sonreí—. Lamento habernos conocido en esta situación y espero que sepas que estamos aquí para lo que necesites.

—¿Es así? —pregunté cansada de fingir, de usar esa máscara de buena educación con una persona que me toleraba, pero en un ámbito donde no le estorbaba.

Me alzó una ceja ante la sorpresa que le generó mi pregunta y cuando vio que no bajé la mirada, sonrió de lado.

—Sí, Isabella. Después de todo serás nuestra nueva compañera y liderarás a nuestro lado, nos guste a todos o no —aclaró y al menos agradecí que en ese momento fuera sincero.

Me limité a sonreírle como respuesta y segundos después, se despidió de mí, asegurando que nos veríamos el sábado en la ceremonia de juramentación. Y en todo momento que estuvimos juntos le demostré que, aunque lo respetara y agradeciera, no me amedrentaría porque ellos pensaran que una mujer (y menos una tan joven), no era capaz de ostentar un cargo como el que mi padre me dejó.

Nadie nació aprendido y ellos no eran la excepción así que, como él dijo, les gustara o no, lideraría a su lado y les demostraría qué tan capaz era de merecer el lugar de mi padre.

—Ves, y luego dices que no eres fuerte —dijo LuzBel de pronto y al girar un poco el rostro, lo encontré recostado bajo el marco de la puerta del pasillo—. Y no solo eso, también inteligente, política y muy capaz de tolerar a hombres a los cuales yo ya habría mandado a la mierda.

—He tenido suficiente práctica durante estos meses —ironicé conteniendo una sonrisa.

—También eres bastante cabrona —soltó y, en ese momento, no aguanté las ganas de reír.

Aunque los nervios me invadieron cuando dio un paso hacia mí y se quedó cerca de mi espalda.

—E hija de puta, no lo olvides —le recordé y el roce de su pecho en mi espalda me indicó que estaba riendo.

—No olvido —aseguró cerca de mi oído y la manera en la que dijo esas palabras me erizó la piel.

Pero tampoco me dejó sobre pensar lo que dijo, ya que se irguió y dio un beso en mi cabeza.

En los últimos días no habíamos estado juntos con malicia; al contrario, cada gesto que él tenía conmigo era de apoyo y a veces, de necesidad (por su parte) por hacerme sentir protegida, cosa que me gustaba. Incluso se comportaba menos posesivo y ya no veía esas ganas de asesinar a Elliot que siempre tuvo.

Aunque supuse que se debía a que ya conocía mis sentimientos por él y prefería un poco de distancia en ese sentido, para que no siguiera alimentándolos.

Situación que no sabía aún cómo me sentaba.

Cuando la noche llegó, me enfrenté a una despedida más, pero esa fue menos dolorosa.

Todavía no había decidido si vendería la casa, aunque estaba segura de que no deseaba volver a vivir ahí porque, aunque guardaba recuerdos con mi padre, tenía más con Charlotte y de ninguna manera honraría a esa traidora.

Sin embargo, recorrí cada rincón, rememorando las cenas que tuvimos juntos como la pequeña familia que fuimos por un tiempo, y por momentos sonreía con burla por lo buena actriz que esa mujer resultó ser. Ya que debía admitirlo: supo ganarme, consiguió que confiara en ella hasta verla como una figura materna, antes de dejar caer esa maldita máscara que siempre llevó.

—No tienes idea de lo que despertaste en mí, maldita traidora —susurré a la nada antes de cerrar la puerta de casa y dejar encerrada adentro a la niña que llegó siete meses atrás de Tokio.

Y la que salió, me daba miedo, incluso a mí.

—Espera, Bonita —pidió LuzBel cuando llegué a su coche e intenté abrir la puerta del copiloto.

Lo había visto atendiendo una llamada y noté su tensión en cuanto me vio acercándome, por lo que deduje que atendía alguna cosa de la que yo no podía ser partícipe.

—¿Ha pasado algo? —preguntó tomándome de las manos.

—No que yo sepa, ¿por qué?

—Vienes demasiado pensativa —señaló.

—Solo estaba ideando un poco el cómo haré pagar a todos —solté y vi la sorpresa que le causaron mis palabras—. He podido estar sufriendo y a veces demasiado tranquila, Elijah, pero en mi cabeza sigo maquinando cómo me vengaré —continué y le sonreí al verlo estupefacto—. Cada lágrima que he derramado y cuchillada que ha atravesado mi corazón, me lo cobraré el doble —sentencié y solté mis manos, alzando las cejas a tal punto, que por poco llegaron al nacimiento de su cabello—. Con la misma vara que me han medido, mediré —aseveré con convicción.

Miré atenta cuando se llevó las manos a la cabeza y soltó el aire por la boca como si acabara de recibir un puñetazo en el estómago. Y entendí su sorpresa, todos me vieron sufrir y decaer desde que pasó lo de papá, pero solo yo sabía lo que los demonios en mi cabeza me estaban exigiendo.

—No me gusta lo que veo en tus ojos —dijo y me acunó el rostro para que lo mirara.

—Y te aseguro que si vieras lo que está en mi cabeza, te aterrorizarías, Elijah —aseguré y lo cogí de las muñecas. Tragó con dificultad al no saber qué responder en ese momento y volví a sonreírle—. ¿Me ayudarás? —inquirí después.

—¿A qué? —cuestionó y llevó las manos a mi cuello.

Sin presionarlo esa vez.

—¿Recuerdas al tipo con voz robotizada al que te enfrentaste? —Me soltó de inmediato ante esa pregunta y con esa acción me dio la respuesta—. Después de matar a mi padre me juró hacerme vivir un infierno —confesé.

—No lo conseguirá —aseveró inquieto.

—No, pero resulta que yo le juré que lo arrastraría conmigo y quiero conseguirlo —admití y negó—. Quiero a Fantasma arrodillado a mis pies, suplicando por su vida y tú me lo vas a entregar —advertí perdiendo la razón por unos segundos.

«La habías perdido desde que llegaste a Richmond, querida».

Cierto.

—Lo que quieres es hacer una locura, White —bufó y su reacción me desconcertó un poco, pero no dije nada—. No, no pasará. No te arriesgarás así y tendrás que pasar por encima de mi cadáver antes de exponerte de nuevo con esos hijos de puta —añadió y me tensé.

Él se dio cuenta de mi reacción por la mención de su cadáver y maldijo, pero hablé antes de que dijera algo.

—El trato que teníamos tú y yo se acabó, Elijah. Así que recuerda que ya no le hablas a una *súbdita* —dije haciendo énfasis en la palabra porque nunca lo fui por mucho que él lo asegurara—. Ahora soy una...

—No te atrevas a decirlo —advirtió y le sonreí con chulería mientras abría la puerta del coche.

—No es ni necesario —le recordé y me metí dentro del coche.

Consciente de que no le molestaba lo que estuve a punto de aclararle, sino más bien por el contexto con el cual utilizaría mi lugar por primera vez.

Consciente también de que con él o sin él, conseguiría lo que ya me había propuesto.

Cuando me dijeron que Myles haría una ceremonia de juramentación, en serio pensé en algo pequeño e íntimo, pero por poco me fui de culo al ser llevada a otra ala del cuartel y pararme frente a unas grandes puertas dobles.

Elliot y LuzBel me dejaron con Myles y antes de abrir las puertas, él me preguntó si estaba lista, a le dije que no, pero que quería salir ya de eso, así que sonrió y les pidió a dos de sus hombres que las abrieran, asegurándome a mí que todo saldría bien.

La respiración se me cortó en cuanto vi dos escuadrones perfectamente formados uno al lado del otro, creando un pasillo recto con sus cuerpos; vestían de gris oscuro y las insignias de Grigori en sus brazos lucían con orgullo. No tenía idea de cuántos hombres y mujeres había en ese auditorio, lo que sí pude fue reconocer a varios de los súbditos de mi padre y a otros de Myles.

Los chicos estaban al frente, Dylan y Tess incluidos, Jacob también, vistiendo el mismo uniforme de los demás. Asimismo, vi al maestro Baek Cho con un kimono de gala un poco más claro que el gris de los demás.

No sé ni cómo caminé sin tropezarme, solo me di cuenta de que lo hacía y el corazón por poco se me salió por la garganta cuando ambos escuadrones hicieron una especie de reverencia.

«¿En qué putas nos habíamos metido, Isa?»
Créeme que me preguntaba lo mismo.

—Bien, es hora de dar inicio —dijo Myles por el micrófono cuando nos instalamos en una especie de escenario.

No era nada ostentoso, solo daba la comodidad para hablarle a los presentes y que todos pudieran vernos.

A un lado de Myles, se encontraba una mesa con un cáliz y una daga de oro, pañuelos blancos y una vela. Elliot me había explicado un poco sobre la juramentación y me entregó un pergamino con las palabras que iba a recitar (mientras uno de los fundadores me cortaba la palma de la mano), descubriendo que habían sido parte del cuento que mis padres me leyeron siempre de niña.

Perseo y Bartholome estaban uno a cada lado mío y los tres escuchamos atentos cómo Myles hablaba sobre los inicios de mi padre en la organización y toda su trayectoria. Sorprendiéndome cuando confesó que ese sueño nació de mi progenitor y Perseo fue quien lo animó a hacerlo realidad con la ayuda de Aki Cho.

Miré al maestro Baek ante la mención de su hermano. No le di mis condolencias porque odiaba la hipocresía, además de que él sabía que me alegraba que al menos mi padre lograra matarlo antes de morir, así que nos ahorramos el mal momento.

Myles también mencionó la traición que sufrieron por parte de Lucius y Aki, asegurando que solo con la muerte lo pagarían. Y el gran Enoc pereció no solo por salvar a su hija, sino también cobrándose una deuda de vida y sangre.

—He recibido muchas enseñanzas durante toda mi vida y hoy comprendo la razón de varias de ellas —dije cuando Myles me cedió el micrófono antes de proceder con el rito—. Y guiada por los consejos que me dio mi gran maestro cuando me tomó como su alumna, ahora me atrevo a estar aquí frente a ustedes, aceptando un lugar para el que fui preparada de forma inconsciente.

Pegué un poco el micrófono a mi pecho al sentir que la mano me temblaba, y traté de ver sobre las cabezas de todos para no ponerme más nerviosa, aunque sentía la mirada de LuzBel y Elliot clavada en mí desde donde se encontraban.

—Sin embargo, lo acepto de corazón y con un propósito —proseguí—. A algunos les parezco muy joven para tomar el lugar de mi padre, mas no olviden que ustedes, líderes de Grigori, no solo eran jóvenes cuando fundaron esta organización, sino que también inexpertos. Y miren hasta dónde han llegado.

Hablé tomando un poco de valor y mis ojos instintivamente encontraron a LuzBel, sonriendo por mis palabras.

—Para otros pareceré débil por ser mujer, aunque les recuerdo que detrás de ustedes también hay grandes mujeres. Y no porque ellas deben estar en ese lugar, sino porque son quienes los apoyan cuando ustedes se derrumban, la fortaleza que los recarga —aseguré pensando en mis padres y en todas las ocasiones en que mamá le inyectaba su fuerza a mi padre con un simple gesto—. La única diferencia entre sus esposas o sus madres y yo, es que a mí me tocará estar al frente.

Miré a todos en ese instante y me detuve en el maestro Baek Cho, quien asintió animándome a seguir.

—Mi padre confió en mí como su heredera y no pienso defraudarlo. Así que con humildad le pido a cada uno que me dé una oportunidad y confíen también en mí —dije hacia los líderes y los vi asentir.

Tal vez Perseo y Bartholome no estaban convencidos del todo, pero vi que accedieron con respeto y confiando en el deseo que su compañero tuvo en vida y eso me bastó para prepararme a recitar esas frases que mis padres me enseñaron de niña.

Las que mamá me leyó cada noche en forma de cuento y que, hasta ese día, supe cuál era su verdadero significado. Siendo consciente de que al recitarlas no habría vuelta atrás, mas no buscaba retorno, sino más bien una salida. Seguiría el camino recto y sortearía las curvas hasta encontrar mi objetivo.

No importaba lo que tuviese que hacer.

—Ángel fui, pero un día caí —comencé respirando profundo—. *Nadie sabe mi motivo, nadie sabe la razón, más el Todo Poderoso conoce mi corazón y en algún momento recibiré su perdón.* —Cerré los ojos cuando la daga de oro en la mano de Myles cortó la palma de la mía y la sangre cayó en el interior del cáliz—. *Ahora tomo mi lugar, ya sea para salvación o condenación y juro ante ustedes y por mi antecesor, que digna seré de pertenecer a esta organización.*

Vi con sorpresa cuando Perseo se acercó para envolver mi mano en un pañuelo blanco y luego lo metió en el cáliz para coger otro y volver a proteger mi corte, dejándolo en mi palma esa vez. Bartholome tomó la vela y acercó la llama a la tela dentro de la copa de oro y, tras verla arder, se concentraron en mí.

—Bienvenida a Grigori —dijeron los tres al mismo tiempo y les sonreí agradecida.

Aunque no pude musitar un gracias porque la multitud comenzó a golpear el suelo con el pie y los observé a todos. LuzBel también lo hacía, Elliot no se quedó atrás y mi hermano los imitaba.

Jacob.
Connor.
Evan.
Tess.
Todos.

Y la garganta se me cerró.

—Es un símbolo de aceptación —dijo Myles a mi lado.

Iba a decirle que me harían llorar, pero entonces vi a LuzBel subir al escenario con algo en la mano y cuando intuí lo que era, me mordí el interior de la mejilla.

—Años atrás, mi padre fue el último de los fundadores en hacer el juramento Grigori —dijo al llegar a mí y recordé que Myles lo mencionó—. Por eso esta katana y una glock especial han estado en la familia desde entonces, es parte de sus tradiciones —explicó y sacó la espada de la funda.

Puedo ser protectora de vida o portadora de muerte, dependiendo del corazón de quien me porte.

Leí de nuevo aquella inscripción en japonés y me estremecí.

—Ahora tú eres la líder del clan de California y sé que no te gustan las pistolas, pero sí las espadas —susurró con malicia y abrí los ojos demás cuando me guiñó el ojo y dejó claro el doble sentido—. Es tuya, Isabella White —señaló cuando la puso en mis manos.

Observé la katana con atención y aquellos hilos grises en el mango que antes comparé con sus ojos, tenían en realidad el color del uniforme que usaban todos en ese momento.

—¿Qué pasa si ahora quiero ser portadora de muerte? —inquirí en un susurro y él supo que me refería a la inscripción en la katana.

—Que los hilos grises se teñirán de rojo —dijo poniendo su mano en la mía, sosteniendo el pañuelo en ella y haciéndome recordar que lo vi a él meses atrás con un corte en la suya.

Luego de volver de California.

Y las palabras de papá me golpearon.

—¿Cuál promesa hiciste tú? —le pregunté alzando la mirada y encontrando sus ojos.

Él sabía a lo que me refería.

—Aún no es el momento de saberlo, White —respondió sin darme oportunidad de refutar.

La flor que crece en la adversidad es la más hermosa de todas.

CAPÍTULO 61

Otoño

ISABELLA

Cuando la ceremonia terminó, Perseo y Bartholome se despidieron de nosotros y se llevaron al grupo de súbditos que llegaron con ellos, dejando solo a los de mi padre y los de Myles.

«Tus súbditos y los de Myles, querida».

Joder, nunca me acostumbraría a eso.

—¿Así que... ahora eres mi jefa? —ironizó Elliot llegando a mí y me reí por la forma en la que lo dijo.

—¿No te molestará recibir órdenes de mi parte? —lo chinché y comenzó a reírse.

—¿Acaso no me has dado ya? —me recordó y negué con la cabeza.

—Touché —admití y le rodeé la cintura cuando él me abrazó. A lo lejos, escuché a Connor diciéndole algo a LuzBel y cuando lo busqué con la mirada por encima del hombro de Elliot, lo encontré observándonos con frialdad.

«Al parecer, la tregua que le dio su verdadera esencia ya estaba terminando».

Sonreí con el señalamiento de mi conciencia.

—¿Hiciste lo que te pedí? —le pregunté a Elliot al separarme de él y me alzó una ceja con burla— Ya, tonto. Bien sabes que no fue una orden, sino más bien un favor que te pedí —aclaré y rio, negando a la vez.

—¿Nos vamos a casa ya? —inquirió LuzBel llegando a nuestro lado.

Al parecer no soportó vernos más de lejos.

Elliot bufó, riendo con ironía por esa pregunta que se escuchó más como demanda, pero LuzBel lo ignoró y continuó observándome, esperando una respuesta de mi parte. Yo, en cambio, miré al ojiazul para que me respondiera.

—Estará listo en una semana —aseguró y LuzBel nos miró con curiosidad, mas no dijo nada.

Solo esperó por mi respuesta luego de que yo le asintiera a Elliot.

—Tengo algo que hacer antes —le dije al demonio inquieto de ojos grises y alzó una ceja. Iba a decirme algo, pero su padre pasó a nuestro lado y lo llamé—. ¿Me permites dirigirme a tus súbditos y los de papá?

—No tienes que pedirlo, hija. Y recuerda que ahora son tus súbditos —respondió con cariño y asentí con agradecimiento.

LuzBel me miró con intriga cuando regresé al escenario e intuí que odiaba no saber mis planes, pero hasta que no me apoyara, no pensaba contar con él, ya que estaba harta de que quisiera impedirme hacer lo que necesitaba.

—¡Necesito la atención de todos, por favor! —grité y me observaron enseguida, sumiendo el auditorio en un silencio total—. Gracias —dije y carraspeé antes de proseguir—. He supuesto que ya todos saben quién asesinó a mi padre —anuncié y noté a Elliot y LuzBel mirarse entre ellos cuando los demás solo se fijaban en mí—. Y si no, pues quiero que sepan que quien lo hizo es un Vigilante que se hace llamar Fantasma y se esconde bajo un disfraz negro que protege mucho su identidad. Y he decidido que antes de liderarlos en otras misiones, los lideraré en la más importante para mí, cobrar la muerte del gran Enoc —sentencié.

Hubo un mar de murmullos de inmediato, todos en apoyo a lo que dije y entendí que es lo que esperaban, que la nueva líder hiciera pagar al asesino de uno de sus fundadores.

—Quiero a ese malnacido frente a mí —continué— para demostrarle cómo los Grigoris hacemos cumplir nuestras promesas, y para eso necesito su ayuda —puntualicé y obtuve la seguridad de que estaban dispuestos a dármela.

—Isabella, te ayudaré en todo lo que necesites, pero ¿cómo haremos para saber que tenemos a la persona correcta? —habló Evan dándome todo su apoyo.

«¿Sí veías, Tinieblo? Así tenías que responder tú».

—Fácil —respondí, observando a Elliot para luego explicar cómo—. Me enfrenté a ese tipo en la batalla y logré herirlo antes de que me distrajera viendo a mi padre ser apuñalado por Aki Cho —admití.

Carraspeé al sentir que la garganta se me cerró con el dolor de los recuerdos.

—En mi daga quedó su sangre y pedí que hicieran un estudio de ADN —Todos se sorprendieron ante esa declaración, sobre todo LuzBel—. Unos aparatos serán fabricados para saber el ADN de las personas en cuestión de segundos, solo necesitarán una gota de sangre de cualquier Vigilante frente a ustedes y sé que conseguirla no se les dificultará —ironicé y rieron con verdadera diversión—. Cuando obtengan el ADN, el aparato se activará y… ¡Voilà! Tendrán al Fantasma correcto y lo llevarán hacia donde quiera que yo esté.

—Y obtendrás tu venganza por la muerte de Enoc —confirmó Myles y asentí—. ¡Excelente, Isabella! —me felicitó y noté su orgullo—. ¡La primera orden de su nueva líder ha sido dada! —gritó a todos—. ¡Y las órdenes de un líder…!

—¡Se cumplen al pie de la letra! —respondieron todos al unísono y me di por satisfecha.

«Eso se sentía mejor que en las películas».

Me quedé un par de minutos más viendo la euforia que provocó mi *orden* y sabiendo que eso era todo lo que necesitaba para irme a descansar un poco. Comencé a caminar hacia afuera del auditorio, consciente de que, si no era con LuzBel, volvería a casa de los Pride con alguno de los Grigori que me escoltaban.

Aunque opté por esquivar a las personas y busqué pasillos solitarios hasta que llegué a una salida trasera del cuartel y, en cuanto estuve a punto de abrirla, me tomaron del codo.

—¡Mierda, Elijah! —grité horrorizada porque en el arrebato saqué la katana que llevaba a mi espalda y por poco la hundo en su pecho—. No vuelvas a hacer eso —pedí frenética.

—Necesito que desistas de esa orden, White —exigió, ignorando el peligro al que se expuso por sorprenderme de esa manera.

—¿Qué demonios te pasa? —farfullé harta de su actitud. De que me viera como una chica débil que no sabía a lo que se enfrentaría—. ¡O mejor aún! ¿Dime cuántas malditas veces te he obedecido antes? —seguí y guardé la katana, notando su falta de respuesta—. Desde el jueves has estado actuando extraño y sé que piensas que he perdido la cordura y a lo mejor estás comenzando a creer que Makris y Kontos tienen razón, pero te equivocas, Elijah.

—Qué mierdas dices, White —refutó.

—Digo lo que veo, idiota. Me tratas como si no tuviera idea de a quién me enfrento y se te olvida que fui yo la que vivió ese maldito infierno, no tú —grité y presioné la punta de mi dedo en su pecho, perdiendo los estribos—. ¡Necesito esto, Elijah! ¡Necesito vengar a mis padres y a Elsa! Y no entiendo por qué tú, que tanto quieres vengar la muerte de tu amada Amelia, no me comprendes. —Esas últimas palabras salieron amargas de mi boca y él lo notó.

—¡Maldición! No es eso, Bonita… ¡Puta mierda! Entiende que te estás lanzando solita hacia los lobos. —Su forma de hablarme ocultaba sus ganas de protegerme y logré sentirlo a pesar de la frialdad con la que disfrazaba todo.

—Entonces ayúdame a saber cazarlos, Elijah —pedí rendida y se quedó en silencio—. ¡Dios! Todos me están dando su apoyo y tú, que sabes que lo necesito porque me has visto en mi peor momento, no lo haces y, aunque no quiera, me afecta —admití y me llevé las manos a la cabeza.

No quería que me viera vulnerable, pero había momentos en los que fingir que era fuerte frente a él me debilitaba más.

—¡Joder! —espetó frustrado y me crucé de brazos viendo cómo restregaba su rostro con impotencia—. Tienes razón, White y lo siento —ofreció y negué porque no era necesario—. Te ayudaré —cedió segundos después—, pero lo haremos a mi manera —advirtió y, a pesar de eso, sentí ganas de sonreír.

—No me importa que sea a tu manera o a la mía, solo apóyame y entrégame a ese infeliz si lo ves antes que yo —pedí y no contuve las ganas de buscarlo para abrazarlo.

Estaba muy tenso y no respondió a mi abrazo en ese momento.

—Lo haré —aseguró y segundos después, se rindió a mi gesto y correspondió a mi abrazo.

Eso era todo lo que necesitaba.

Los días pasaban y con ellos el dolor persistía. Había momentos en los que tomaba mi coche y conducía sin rumbo, con la música a todo volumen para intentar escapar de la realidad y olvidar que mis padres ya no estaban más conmigo.

Luego estaban los otros días, en los que jugaba a que mi padre seguía de viaje y mi madre retomó su carrera de modelaje y eso los mantenía lejos de mí mientras yo me encontraba en la universidad de nuevo, metida de lleno en el semestre de otoño con una carrera a la que le estaba perdiendo el interés. Sin embargo, ponía todo de mi parte para tener buenas calificaciones y así enorgullecer a mis progenitores el día que volvieran a casa y preguntaran qué tal me iba.

—El otoño era nuestra estación favorita —susurré cuando me dediqué a fotografiar el cambio de color en las hojas de los árboles.

Octubre estaba a la vuelta de la esquina, pero los vientos fríos ya comenzaban a mermar el calor de los últimos días de septiembre. Papá y yo siempre fuimos fans del otoño, mientras que mamá se decantaba por el verano; y cuando inmortalizaba con mi cámara cada imagen de las hojas cayendo, ellos llegaban a mi cabeza, apretando mi pecho y haciéndome consciente de que no era más una chica dedicada en sus estudios con tal de enorgullecer a sus progenitores.

Era una huérfana rota y aterrorizada.

Tras esos días fingiendo lo que no era, llegaban otros en los que me cansaba de ser fuerte, de fingir, y me tumbaba en la cama a llorar y a desahogar mis penas; y lo único que lograba calmarme eran las caricias que LuzBel hacía en mi cabello en su vano intento por mermar mi dolor.

Aunque muchas veces esas caricias solo avivaron mis pesadillas. Pero no podía decirle nada, solo callaba y soportaba en silencio, esperando a que de nuevo se alejara de mí, como poco a poco lo había estado haciendo en las últimas semanas; dedicándose más a sus cosas y desapareciendo de pronto para atender misiones de las que yo no era parte.

Había momentos en los que me dolía esa distancia, pero la mayoría del tiempo pensaba en que era lo mejor para no alimentar mi amor no correspondido y, sobre todo, para no cargar en él traumas de mi parte con los que no merecía lidiar.

—Tienes una severa obsesión con mi cabello —murmuré tras respirar hondo y exhalar con pesadez.

Esa tarde era una de las tantas en las que me dejaba decaer, en las que llegaba a casa luego de la universidad y permitía que toda mi fuerza se fuera al carajo.

Eleanor me había invitado a ir a comer con ella y Tess porque también la notó decaída, pero me negué, necesitando estar a solas.

Aunque esa vez el hambre me obligó a ir a la cocina por algo de comer y terminé sentada en el taburete frente a la isla, con la comida medio hurgada y la cabeza recostada sobre el brazo que apoyé en la plataforma de granito.

LuzBel me había encontrado así y en lugar de hablarme, se limitó a sentarse a mi lado y comenzó a acariciarme el cabello como sabía que a ambos nos gustaba. Olvidándonos con esa acción que todo entre nosotros se había ido al carajo el día que decidí *joder* nuestro juego con mis estúpidos sentimientos.

—No es obsesión, solo me encanta cómo cae de tu cabeza como un velo natural —susurró en mi oído logrando estremecerme—. ¿Sabes cómo me gusta más?

—¡Um, um! —ronroneé, negando y cerrando los ojos al sentir su aliento y respiración acariciándome el cuello.

—Cuando estás desnuda por completo y cubre tus pechos, pareces una diosa —musitó ronco por el deseo y me tensé cuando llevó una mano a mi cadera y la apretó con ímpetu.

—¡Mierda! —dije al darle vuelta al vaso que todavía contenía un poco de batido de betabel con manzana y otras cosas que a Eleanor le gustaba mezclar.

Los nervios me atacaron con la cercanía de ese chico y actué con torpeza, derramando el líquido carmesí en mi ropa.

LuzBel se apresuró a tomar toallas de papel para secar, pero yo había cometido el error de querer limpiarme con las manos, permitiendo que quedaran pegajosas por la miel y el azúcar natural de las frutas.

Me estremecí ante los recuerdos de la sensación de la sangre de papá en mis manos y cuerpo aquella noche y con ellos llegaron más imágenes, reviviendo todo como si estuviera volviendo a pasar, perdiendo la noción del tiempo y encerrándome a mí misma en un túnel oscuro donde escuchaba voces a los lejos.

—¡Isabella! —me llamó LuzBel y vi sus brazos tatuados limpiándome el pecho.

—¡Oh, Dios! ¡No, no, no, no! —supliqué apartándolo de mí con brusquedad y cuando volví en mí, lo encontré mirándome asustado.

—White, cálmate. Soy yo —me dijo y mi miedo aumentó al darme cuenta de mi reacción.

—Yo... yo. —Cerré las manos y apreté los ojos, sacudiendo la cabeza al volver a sentir lo pegajoso del batido—. Dios, yo...

—Ey, tranquila, Bonita. Solo respira —pidió y di un paso atrás, dándome cuenta de que estaba de pie y ni siquiera supe en qué momento bajé del taburete.

—Necesito tomar una ducha —le dije y, sin esperar respuesta, corrí hacia la segunda planta.

Me encerré en el cuarto de baño y abrí la regadera poniendo el agua lo más caliente posible, comenzando a tiritar mientras me quitaba la ropa, desesperada por dejar de sentir ese frío intenso que me congelaba la piel.

Mi cabello se había comenzado a caer por el estrés y la temperatura del agua que utilizaba casi cada noche para olvidarme del frío que dejaban mis pesadillas, mas no me interesaba; lo único importante era dejar de sentirme en ese maldito congelador donde nos metieron durante horas en aquel secuestro y solo nos sacaron para que no muriéramos de hipotermia.

Pero, en cuanto nos vieron recuperadas, volvieron a llevarnos a allí.

—Respira, Isabella. Ya no estás allí. Estás a salvo —me dije, apretando los párpados con fuerza mientras me lavaba con jabón para que la sensación de sangre se fuera de mi cabeza.

«Inhala».

Ordenó mi conciencia.

«Exhala».

Siguió y trabajé en mi respiración hasta que volví a la calma y conseguí cerrar la alcachofa, tomando dos toallas para ir hacia mi habitación y observando cada objeto en ella para concentrarme en mi presente, ya que, aunque la realidad fuera peor que mis pesadillas, no era más cruel que mis demonios.

—Lo siento, pero he estado afuera desde hace mucho, tocando y no respondías —dijo LuzBel al entrar a la habitación.

Lo miré a través del espejo de cuerpo completo donde me había quedado ida, detallando aquellos lugares que antes estuvieron llenos de cardenales; y apreté el nudo de la toalla sobre mis pechos para que no se me cayera.

—No te preocupes —le dije.

Tenía el cabello suelto y húmedo cayendo a cada lado de mi hombro y lo seguí observando por el espejo, siguiendo cada paso que daba para acercarse hasta que llegó a mi espalda.

Vestía con pantalones tipo cargo negros, una playera lisa azul oscuro y botas de combate.

—Quiero saber qué te ha pasado, White —dijo con dureza, pero palpé la pizca de miedo en su tono.

—No quiero hablar de eso.

—Isabella…

—No, Elijah, por favor. Estoy harta de sentirme débil —le dije interrumpiéndolo—. Cansada de permitirle a mis demonios que me ganen el valor, asqueada de mis traumas, decepcionada de no ser más aquella chica que no sabía cómo lidiar con tus juegos —confesé y su nuez de adán subió y bajó al tragar con dificultad.

—Quiero ayudarte —musitó y sonreí con tristeza.

Solo yo podía ayudarme, en realidad y no tenía voluntad para hacerlo.

—Hazme recordar de nuevo lo que se siente estar contigo —pedí y solté el nudo en mi toalla, dejándola caer al suelo y noté que contuvo la respiración.

Le gustaba mi cabello cubriendo mis pechos, eso había dicho.

—¿Estás segura? —preguntó con la voz ronca y asentí con la cabeza.

Quería eso, necesitaba sentirlo y que sus caricias cubrieran cada centímetro de mi piel. Ansiaba el momento en que me susurrara palabras descaradas mientras me hacía suya y que fueran sus embistes y la manera de tomarme lo que sucumbiera mis pesadillas.

—Hace unas semanas me preguntaste si todavía veía el humo —recordé.

Dejó de comerse mi desnudez con la mirada y clavó esos ojos grises en los míos. Y, por un instante, volví a vernos en el viejo estudio de ballet de la universidad.

—Y te fuiste sin responder —gruñó.

—Porque lo sigo viendo, Elijah, pero ahora ya sé cómo quema tu fuego y me da miedo seguir quemándome.

Nos miramos unos segundos más a los ojos y luego los cerré al sentir sus dedos acariciando mi nuca y bajar poco a poco por mi columna vertebral, erizando mi piel con cada centímetro que recorría, consiguiendo con eso que mis pezones se volvieran duros.

—No le temas —susurró en mi oído y llevó la mano por debajo de mi brazo hasta colocarla en mi vientre.

—¿Y si me destruye? —pregunté abriendo los ojos, observándolo detrás de mí.

Vi y sentí cuando dio un beso entre mi cuello y hombro y, segundos después, alzó la mirada para encontrarme en el espejo.

—No, Bonita. A ti no te destruye, te endurece —aseguró y lamió el lóbulo de mi oreja logrando que gimiera.

Lo hice de placer, por primera vez en semanas, sintiendo sus dedos jugar con mi vientre, bajando poco a poco al sur de mi cuerpo.

—Elijah... —jadeé y la curva de sus labios se alzó filosa con el deleite perverso que me prometió mucho sin decir nada.

—Isabella —dijo con la voz oscura y me tomó con la otra mano de la barbilla para que girara el rostro hacia él y entonces me besó.

Fundió su boca con la mía y me obligó a echar la cabeza hacia atrás, acunándola con el otro brazo, profundizando el beso, hundiendo su lengua, acariciándome con su *piercing* y demostrándome con ello lo hambriento que estaba.

Lo estaba volviendo a saborear después de días de negarme a él y, en ese instante, me sentí como una adicta cayendo una vez más en su pecado favorito. Me deleité y embriagué con su aliento cálido. Un remolino de emociones me atacó, bajando de mi pecho hacia mi estómago, llegando de inmediato a mi vientre y desembocando entre mis muslos.

Gemí cuando el calor del deseo barrió con el frío intenso que me había acompañado por días y rogué por más.

Mucho más de él, sobre todo en el momento que su aroma inundó mi sistema y su mordisco en mi labio inferior asustó los malos recuerdos que me quisieron atacar.

—No tienes idea de cómo te he extrañado —gruñó sobre mis labios y me giré para que quedáramos de frente.

—Y yo a ti —le dije y gemí cuando me tomó de las caderas para que envolviera las piernas en su cintura.

Por un instante, nos volvimos a mirar a los ojos y al siguiente, nuestras bocas se encontraron de nuevo, besándonos más fuerte y profundo mientras él caminaba hacia la cama, aunque en lugar de tumbarme a mí, se sentó él.

Lo agarré de la parte de atrás del cabello y me cerní sobre él, tumbándolo en la cama, provocándolo y sumergiéndome en sus labios a la vez que le desabrochaba el cinturón.

—White —gruñó y lo miré quedando cara a cara, respirando el mismo aire sin querer alejarnos.

—¿Puedo... puedo tener el control yo? —pedí y mordí el labio ocultando mi sonrisa.

Alzó la ceja, estudiando mi actitud, pero al comprobar el deseo en mis ojos, asintió.

Le saqué la playera y sus tatuajes relucieron con un halo de brillo. Miré con detenimiento cada uno y los memoricé como si mi cerebro fuera una cámara queriendo captar hasta el más mínimo detalle. Con su ayuda, me deshice también de sus botas, pantalón y bóxer y me lamí los labios al ver la corona de su polla perlada con el líquido preseminal, demostrándome lo que le provocaron mis besos.

—Sin que me ates esta vez —advirtió y sonreí mostrándole los dientes.

Me subí a la cama de nuevo y lo cogí del cuello, besándolo con todo lo que tenía para darle e incluso con lo que él no sabía que sentía.

—Lo prometo —dije en su boca.

Su piel febril me seguía dando el calor que necesitaba y sentí su falo duro como una vara de hierro escabulléndose entre mi estómago. Dejé su boca para besarle el cuello y bajé para lamer sus tetillas y cada centímetro de tinta que me llevó hasta los músculos de sus abdominales y luego a la V en sus caderas.

—Mierda —gimió cuando lo tomé en mi boca.

Joder.

Había deseado eso: sentirlo en mi lengua y en todas partes para ser sincera conmigo misma.

Chupé con delicadeza el glande, rodeando el falo con la mano y gemí ante el sabor salino de su deseo, sintiendo una punzada en mi sexo que había extrañado.

Lo tomé hasta donde pude y me moví de arriba abajo, escuchándolo gemir con morbo al verme cernida en mis rodillas y manos, gruñendo de placer con su aliento entrecortándose cada vez que mi lengua rodeaba su glande.

Gemí cuando me tomó del cabello y contuvo sus caderas para no ir más allá de donde yo lo tomaba. Mi vagina ardió con necesidad y el golpe de humedad llegó al fin y fui tan feliz con ello, que lo lamí sin dejar parte de su piel aterciopelada sin tocar con mi lengua.

Comenzó a bombear cuando el placer se volvió más intenso y apreté los labios en su falo, sintiendo las perlas e imaginando cómo rozaban mis paredes vaginales. Me sostuvo de la cabeza intentando no perder el control y palpé mi propia humedad bañando mis ingles.

—Isabella —gruñó y su voz me excitó de una manera sensorial.

Estaba diciendo mi nombre y yo lo follaba por primera vez con mi boca, sintiéndome en ese momento como la chica de meses atrás, la que solo quería seguir cayendo en sus juegos, pero en ese momento, el amor ya se interponía.

El amor de mi parte.

Un amor tan grande como mis monstruos.

Un amor que podría destruirme tanto como mis pesadillas.

Gemí con LuzBel en el fondo de mi garganta y pasé la lengua en la punta de su polla, saboreando más su humedad, sintiendo cómo se había hinchado y sus venas lucían a punto de explotar.

Pero detuvo mis movimientos cuando estaba a punto de correrse.

—No quiero correrme así —dijo con la voz entrecortada y alzó mi cabeza llevándome hacia él y me besó—. Necesito estar dentro de ti.

—Te necesito dentro de mí —aseguré yo y me acomodé sobre él.

—Dilo de nuevo —pidió sobre mi boca.

—Esta maldita Castaña hija de puta te necesita dentro de su coño —concedí y sonrió, enloqueciendo a la vez.

Hundió su boca en la mía y me plantó un beso duro y áspero, apartándose unos segundos para dejar que me acomodara en su polla. Noté su deseo de tomar el control, pero respetó el mío y esperó paciente, metiéndome el cabello detrás de la oreja, entretanto yo me penetraba con su vara dura, ambos jadeando y respirando entrecortado.

—Joder —soltó sobre mis labios.

Nuestros pechos se acompasaron en movimientos acelerados cuando terminé de envararme con su polla caliente y tragué con dificultad, acostumbrándome a su tamaño y grosor, aferrándome a la sensación de sus perlas.

—Te extrañé, Elijah Pride —musité en su boca y rodeé su cuello con mis brazos.

—Y yo a ti, Isabella White —aseguró y pegó su frente a la mía.

Me tomó de las caderas cuando comencé a moverme y lo sentí penetrar muy profundo dentro de mí en todos los sentidos. Nos respiramos el uno al otro a la vez que nuestros fluidos se mezclaban, provocando sonidos obscenos que se convirtieron en la melodía erótica que nos acompañaba.

Mi coño apretó cada centímetro de su falo y él me estiró en puntos que no sabía que se podía sentir, el sudor perló nuestra piel y facilitó la fricción entre nuestros cuerpos al punto que gemimos y jadeamos, rozándonos los labios, tentándonos.

Mis rodillas se hundían en el mullido colchón y sus caderas bombeaban a mi encuentro. Su polla se deslizó hacia afuera volviendo adentró con más ímpetu, consiguiendo que la cama se sacudiera con ese reencuentro que estábamos permitiéndonos.

—Elijah —lo llamé, rodando las caderas en pequeños movimientos cuando buscó mis pechos y se llevó uno a la boca, chupando y mordiendo mis pezones.

—¿Extrañabas mi polla, Bonita? —preguntó y esa voz cabrona que usaba al decir esas palabras guarras activó más placer en mí.

—Sí, sí, sí —dije como si fuera una oración que le dedicaba solo a él.

—Joder, White —gruñó con dolor y placer.

Sus manos llegaron a mis nalgas y las apretó con fuerza, marcando su propio ritmo. Lo besé de nuevo, mordisqueando su labio y echando las caderas hacia adelante y luego atrás como él me guiaba, manteniendo un ritmo estable pero cruel a la vez.

—Elijah —gemí, cerrando los ojos con fuerza y sintiendo que estaba cerca de mi cúspide.

—Eso es, Bonita —alabó y grité al sentirlo conducirse más profundo—. Córrete conmigo —pidió.

Y lo complací.

Grité su nombre una vez más mientras me convulsionaba, conteniendo la respiración y congelándome de una manera deliciosa en cuanto él comenzó a derramarse dentro de mí, provocando con eso que mi orgasmo se expandiera por todo mi cuerpo.

El fuego corrió debajo de mi piel y me humedecí de una manera que no esperaba, sintiendo que mi cabeza flotaba, con la debilidad corriendo a cada una de mis extremidades, pero incluso así, gozando de sus sacudidas, de cada chorro que derramaba en mi interior, con una mano en mi cadera y la otra en mi cuello, jadeando con intensidad y besándome con torpeza.

—Eres mía, Isabella —dijo contra mis labios y mi corazón fue capaz de acelerarse más—. Dilo —demandó y dejó mi cuello para tomarme de la mandíbula—. Di que eres mía —exigió y lo cogí de la muñeca.

Mi cuerpo estaba dando las últimas convulsiones del orgasmo y su polla las últimas sacudidas en mi interior. Aunque en ese momento otro tipo de intensidad se apoderó de mí e hizo que los ojos me ardieran.

—Di…

—Te amo —solté interrumpiéndolo y sus ojos se abrieron con locura—. Te amo tanto, Elijah, que ahora mismo no me importa que tú no sientas lo mismo por mí —seguí y vi que su piel se erizó y su respiración desapareció—, solo necesito que me dejes sentirlo también por ti.

—Joder, Isabella —susurró con ronquera y cuando intentó hablar de nuevo, puse los dedos en sus labios.

—Mi amor por ti va más allá de lo que yo misma puedo entender, Elijah Pride. —Una lágrima rodó por mi mejilla al decir eso, mas no callé—. Te amo con tanta intensidad, que me alcanza, me sobra y me basta para sentir por ambos. Y no te pido que sientas lo mismo por mí, solo que me dejes sentir esto por los dos —terminé de confesar y pegué mi frente a la suya.

Ahí estaba, lo dije y hasta me sorprendí de que fuera tan fácil de soltarlo una vez más sin pensar en las consecuencias, sin sentirme humillada o rechazada; todo lo contrario.

Fui libre en ese momento.

«Joder, Colega. Habíamos caído demasiado duro por esos iris color tormenta».

Sí y solo en ese instante comprendí que cuando era el corazón el que estaba en llamas, el humo subía a la cabeza.

CAPÍTULO 62

Eres un Yin Yang

ISABELLA

Él seguía sin respirar, congelado. Y por todas partes, ya que a pesar de la impresión que le provocaron mis palabras, se mantuvo duro en mi interior y sentí que se siguió sacudiendo, apretando más mi trasero con la otra mano. Mi corazón latía desbocado y la garganta la sentía como papel: reseca y áspera.

Separé la frente de la suya y me encontré con sus ojos perdidos entre pensamientos y el impacto que le provocó mi confesión.

Y sí, desde el momento en que pronuncié el primer "te amo" sabía que estaba cometiendo una locura, consciente de que él no me correspondía. Sin embargo, por un instante dejé de ser yo y actué más por instinto que por coherencia, pero…

La vida ya me había dado una cruel lección de que podía ser muy corta y mientras me permití estar entre sus brazos de nuevo, consiguiendo disfrutar de nuestro momento y mandar a dormir a mis demonios, quise también dejar los límites de lado. Añoré la posibilidad de amar sin miedo y sin esperar nada a cambio.

Dios.

Solo quería sentir algo que no fuera terror, desesperanza y ruina.

—Perdón por arruinar así el polvo —musité con frialdad ante su falta de reacción y salí de su regazo.

Me dolió que no me detuviera cuando también bajé de la cama y me metí en el cuarto del baño, pero traté de no pensar en eso porque tampoco podía ser tan inmadura y esperar a que me celebrara algo cuando él me había dejado claro sus sentimientos.

No era justo esperar algo distinto si decidí lanzarme bajo mis propios riesgos.

Abrí la ducha para limpiarme los restos de él en la entrepierna, dándole el tiempo suficiente para que se vistiera y se marchara de la habitación sin tener que incomodarnos al vernos de nuevo y no saber cómo actuar. Pero cuando salí, me sorprendió encontrarlo sentado en la silla del escritorio, solo usando bóxer.

Me detuve de golpe bajo el marco de la puerta y me aferré a la toalla.

—No me debes nada, Elijah —aclaré luego de mirarnos a los ojos—. Dije lo que dije bajo mis riesgos y te repito: no es necesario que digas algo.

Alcé la barbilla cuando se puso de pie y llegó a mí. Pegó su frente a la mía, cerrando los ojos y me congelé por su reacción, mas no dije nada, solo estuvimos así por varios minutos hasta que respiró hondo, pesado, frustrado.

—No quiero decir las palabras equivocadas de nuevo —susurró y mi piel se enfrió al palpar culpa y dolor en su tono—. No quiero lastimarte, White, pero… no merezco que me ames —aseguró y presioné el agarre en mi toalla— y menos cuando he sido tan idiota.

—No te amo porque lo merezcas, Elijah. Ni siquiera quería amarte y lo sabes, solo… se suponía que íbamos a jugar —le dije con voz lastimera y puso las manos en mis hombros y alejó su frente de la mía.

Sus ojos estaban más oscuros, como humo turbulento.

—Me encantas, Isabella y lo sabes —comenzó a decir y sonreí con ironía—. Te admiro, te siento mía… ¡Mierda! Pienso en ti cada maldito segundo, pero…

—Pero no me correspondes, no me amas, no te enamoraste de mí —dije y me solté de su agarre, yendo hacia el armario por mi ropa—. Lo sé, así que no lo repitas porque lo tengo claro —continué con el corazón hecho mierda de nuevo—. Y no buscaba algo distinto cuando te confesé lo que siento por ti. —Aunque la esperanza de que hubiera cambiado de parecer en esas semanas fue latente—. Solo… quería liberarme.

Lo vi apretar los puños y tensarse con enojo, pero no me importó.

—Y yo solo quiero que tengas claro que no voy a mentir por lástima, White. Te respeto demasiado como para compadecerme de ti y fingir algo que no pasa de mi parte —dijo con frialdad y solté una carcajada.

«Qué hijo de puta más sincero».

La furia me recorrió todo el sistema y se impulsó con tanta violencia en mis venas, que el corazón me bombeó sangre con potencia al punto de creer que me haría explotar.

Mierda.

Ni siquiera fue su declaración la que me enfureció, sino ese tono gélido y arrogante que siempre solía utilizar.

—Carajo. Tú sí que haces fácil eso de pasar del amor al odio en un nanosegundo —dije poniéndome mi pijama, ya que no pensaba volver a salir de la habitación.

—Prefiero que me odies por decirte la verdad y no que te decepciones de mí por fingir —aseguró.

Me metí a la cama y me froté la cara con frustración porque el odio que sentía era más hacia mí que para él, ya que el imbécil para colmo tenía razón.

No quería que me mintiera y menos que fingiera.

Pero para mi jodida suerte, me sentía tan vulnerable y cansada, que sí quería que se metiera a la cama y se quedara a mi lado para seguir maldiciéndolo, para intentar odiarlo más que a mí porque eso era mejor que el miedo.

Que las pesadillas.

Que la realidad.

—No quiero irme a mi habitación —dijo de pronto, dándome la oportunidad de no sentirme tan estúpida porque yo tampoco quería.

—Suerte que la casa tiene muchas vacías —respondí aferrándome a mi orgullo y me envolví con la sábana, acostándome de lado y dándole la espalda.

Debía ser fuerte, darme mi lugar.

Pero, joder. Era fuerte cada día, fingía que estaba superando mi infierno y en realidad, estaba agotada. Quería dormir una noche completa, me urgía sentirme exhausta y lo peor de todo es que existiendo un hombre que sí me amaba, yo...

«Tú querías al hijo de puta a tu lado».

¿Tan patética era?

«Solo soy humana. Y una de luto, por cierto. Luego de salir del infierno».

—Déjame quedarme aquí contigo —pidió y me estremecí porque se subió a la cama y llegó a mi espalda—. Solo esta noche, White —prometió y apreté los ojos para no llorar.

Para no maldecirme por haberle dejado ver mi necesidad de no estar sola.

Y en mi ilusión de no ser tan tonta, evité responder, pero suspiré agradecida cuando levantó las sábanas y se metió debajo de ellas, tomándome de la cintura y arrastrándome hacia él como si fuera un cavernícola que tomaba lo que deseaba.

Aunque rato después, me di la vuelta para tenerlo de frente, pero me metí en su regazo para no mirarlo a la cara, creyendo que con eso mi orgullo seguiría medio intacto.

Al día siguiente, LuzBel llegó a la universidad por mí, con la excusa de que me quería llevar a un lugar especial.

Y ese fue todo el detalle que dio.

Esa mañana no habíamos hablado de lo que pasó el día anterior y lo agradecí porque yo también lo quería evitar, puesto que todo estaba más que claro. Sin embargo, terminé por confirmar que, aunque no hubiera amor correspondido, sí deseo. Y, ya que me libido decidió volver de su mano, lo quería aprovechar.

Y lo hice con sus *encantos* matutinos.

Lovely de Billie Eilish y Khalid sonó en la radio durante el camino, y hubo un momento en que me perdí tanto en la letra, sintiéndola mía, que comencé a cantarla en susurros, ya que no deseaba que LuzBel creyera que era algún tipo de mensaje subliminal para él.

—*No es maravilloso estar en completa soledad* —susurré cerrando los ojos y recostando la cabeza en el asiento— *con un corazón hecho de vidrio y una mente de piedra. Me hace pedazos, desde la piel hasta los huesos.*

Miré por el espejo lateral de mi lado para disimular los ojos brillosos y noté el coche de Ella y Max siguiéndonos. Adelante de nosotros, iba Dom con otro hombre e intuí que ellos sí sabían a dónde LuzBel me llevaba.

—Si no vinieran ellos, creería que buscas un lugar escondido para matarme —murmuré hacia LuzBel y bufó divertido.

Usaba un *Jeep* esa vez en lugar de su *Aston Martin* y cuando vi las calles de tierra que tomó dentro del bosque, comprendí por qué su coche no hubiera sido recomendable para usar ese día.

—Ellos no saben las formas en las que yo te mato —se jactó y rodé los ojos.

«A mí me gustaban sus formas».

Pequeña perra.

No le dije nada más a LuzBel y minutos después condujo cuesta arriba, bastante alejado de la ciudad y, cuando se detuvo frente a una enorme casa hecha de troncos, me quedé con la boca abierta.

Estaba muy metida en el bosque, pero la construyeron a la orilla de un acantilado. La arquitectura parecía muy segura y el sonido del río abajo y el aroma de los abetos le daba ese toque perfecto, aunque las hojas amarillas, cafés y naranjas le aportaba el encanto otoñal y la paz que en ese momento me sentó de maravilla.

—Es una casa vacacional. Myles se la compró a Eleanor de regalo de cumpleaños —informó cuando me invitó a pasar.

Me gustaba escucharlo llamando a sus padres por el nombre, ya que no lo hacía con falta de respeto sino todo lo contrario, además del cariño que dejaba palpar.

—¿Nos quedaremos aquí? —le pregunté.

—Ese es mi plan, pero tú tienes la última palabra. Puede ser solo por hoy —aseguró.

Me tentó la idea. Tener esa casa solo para nosotros era como un sueño en el que no debía caer. Sin embargo, no le respondí, no deseaba decirle que no sin antes conocer cada rincón de ese mágico lugar.

Durante el recorrido que me dio le hice bromas sobre que sería un buen agente de bienes raíces y nos reímos con algunas tonterías que él soltó; como por ejemplo, cuando me incitó a que fingiéramos que era uno y yo una posible y sexi clienta a la que quería follar en cada rincón.

«Ese juego era divertido».

Jesús.

El frío se sentía cada vez más intenso, sobre todo rodeados del bosque, así que le agradecí cuando tuvo la amabilidad de encender la chimenea.

Hasta que volví a buscar el frío solo porque vi que la parte trasera de la casa era una enorme terraza hecha de madera y más allá del barandal, estaba el vacío. Me aferré al pasamano mientras observaba hacia abajo, notando piedras y plantas y muy en el fondo, el río.

—Mierda —susurré ante el escalofrío que me provocó esa altura, aunque descubrí que la sensación de estar al borde de la muerte era un tanto increíble.

«¡Fantástico! Ya estabas loca».

—Infierno llamando al cielo —exclamó LuzBel pasando la mano frente a mi rostro, sacándome de mi ensoñación.

Lo miré y alcé una ceja.

—¿Por qué no la tierra llamando a Marte? —pregunté y se encogió de hombros.

—Estabas tan perdida viendo hacia abajo, que esa llamada no resultaría —explicó y sonreí—. ¿En qué pensabas?

—En la muerte —respondí de inmediato y lo vi negar con la cabeza—. ¿Qué?

—Últimamente estás más loca que de costumbre. Y muchas veces piensas idioteces —se quejó y me reí de su reacción.

—La muerte no es una idiotez, Elijah. Es algo serio en lo que todos deberíamos parar a pensar un segundo —dije y bufó.

Sabía que él no lo comprendería como yo, y no lo esperaba la verdad. Jamás le desearía pasar por mi situación para llegar a analizar la muerte de esa manera y no solo me refería a nuestros muertos.

—Como sea —murmuró y suspiré mirando de nuevo el paisaje tan perfecto de la naturaleza.

—Cuando yo muera quiero que sea por amor —le dije de pronto y ya no solo bufó, sino que rio.

—¡Mierda! Ya veo —analizó y lo miré para que siguiera hablando—. Quieres la estúpida historia de amor entre Romeo y Julieta y terminar suicidándote —se burló.

—En realidad, Romeo y Julieta murieron por una confusión y no por amor —aclaré—. Si lees el libro te darás cuenta de eso. Julieta fingió su muerte para escapar con Romeo, pero él no lo supo a tiempo y se mató, al final ella terminó haciendo lo mismo.

—Estúpido Romeo y tonta Julieta —espetó—. Por cierto, no deberías hablar de la muerte y menos cuando estás al borde de este acantilado —aconsejó con dureza y me burlé de él.

—Si te dieran a escoger cómo morir, ¿cómo quisieras hacerlo? —cuestioné jugando con él.

—¿Qué mierda tienes con la muerte, White? —farfulló y me encogí de hombros.

—Respóndeme —pedí y negó fastidiado.

—No quiero morir, Isabella. ¿Contenta? —refutó y al sentir la sinceridad en sus palabras y el miedo, me arrepentí de mi broma—. Y si lo hago, por lo menos espero que sea por un motivo que valga la pena. Y ya basta de estúpidas preguntas —zanjó furioso.

—¿Y si nos tiramos de este acantilado? —bromeé solo para que dejara esa cara de culo, pero no le causó gracia.

—¿Y si mejor ocupo tu boca con una parte de mi cuerpo que has demostrado consentir muy bien? Y así dejas de hablar tanta tontería. —Mis ojos se ensancharon al escucharlo.

Y quise mascullar muchas cosas, pero solo pude abrir y cerrar la boca sin saber qué responder a eso.

—Sí, White. Ábrela así —propuso juguetón y terminó por reírse de mi reacción.

—¡Eres un grosero! —me indigné.

—Y tú una tonta —alegó, pero me tomó de la cintura y me acercó a él.

Su hermosa y tan escasa sonrisa hizo que mi corazón se apretujara de felicidad cuando apareció y, en ese instante, de verdad dejé de lado todo el infierno que me precedía, agradecida de que ese demonio me diera una tregua y me regalara momentos que se podían considerar un mito entre nosotros.

—No hables de la muerte, White —pidió—. Tú jamás morirás —aseguró besándome la frente y sorprendiéndome con su acto—. No mientras yo viva y esté allí para protegerte. Siempre cuidando tu espalda, ¿recuerdas? —Asentí anonadada.

—Siendo capaz de quemar el mundo —agregué, recordando parte de aquellas palabras dichas por su boca y guardadas en mi corazón tras el secuestro.

«Ese momento era demasiado bueno, tanto que parecía un sueño, querida».

Sentí miedo tras el susurro de mi conciencia porque me hizo ver que a lo mejor estaba viviendo la calma antes de otra tormenta.

Al final acepté quedarme en la casa del bosque y también cedí a la propuesta de LuzBel sobre fingir que era mi agente de bienes raíces y…

Carajo.

La entrepierna me dolía de una manera deliciosa, pero también el corazón porque tras follar como dos desesperados, nos tumbamos en el enorme sofá de la sala, desnudos, cubiertos con una manta afelpada, según que para ver la tele con la chimenea mermando el frío; pero el chico parecía que no podía tener las manos quietas. Aunque también comimos y fue comida de verdad. y LuzBel me demostró que era tan amante del café como yo y esa vez preparó uno con leche, calabaza, canela y jengibre que, por cierto, se sintió como la gloria cuando los sabores explotaron en mi lengua.

No obstante, al siguiente día, Myles interrumpió con una llamada ese mágico momento entre nosotros y nos hizo volver, ya que había asuntos que quería tratar con su hijo a la brevedad posible. Y aprovechando a que yo quería ver cómo marchaban las cosas, decidí acompañarlo al cuartel.

—Lo siento, pero debo inmortalizar este momento —le dije a LuzBel tras sacar mi cámara y comenzar a grabarlo.

Él negó con la cabeza, pero no se detuvo.

Íbamos en el coche todavía de camino al cuartel y *Demons* de Imagine Dragons sonaba en el estéreo a todo volumen, pero lo increíble para mí fue que ese demonio de ojos grises comenzó a cantar la canción como si fuera su himno.

Joder.

Le ponía el frío corazón a cada estrofa y mientras me reía y lo grababa, lo miré ensimismada a través del lente porque me observó por unos segundos sin dejar de cantar y mi corazón galopó como un caballo salvaje al darme cuenta de que ese instante y la noche en la casa del bosque, habían sido los mejores momentos que vivimos juntos desde que nos conocimos, ya que dejamos a un lado el odio, el orgullo, la venganza, el terror y las pesadillas.

Solo fuimos él y yo creando nuestro propio mundo alterno, uno donde solo fuimos dos chicos viviendo y disfrutando del momento sin importar el pasado ni el futuro y menos el mismo presente.

Y para que lo nuestro no fuera amor, por lo menos de su parte, no sabía qué podía ser.

«Tal vez algo único y sin etiquetas».

Buen punto.

Viví un amor muy hermoso con Elliot y eso nadie lo borraría. Sin embargo, lo que sentía por LuzBel no se comparaba con nada y acepté las palabras de mi conciencia al analizar que en verdad no podía ponerle una etiqueta a lo que pasaba entre él y yo.

«Tenía que repetirlo, Isa, ¿y si era asintomático?»

De ninguna manera.

Y tal vez si él no me hubiera hablado con la verdad como lo hizo siempre en aspectos sentimentales, habría considerado esa idea, pero no. LuzBel nunca simuló ni mintió para estar conmigo, incluso dos noches atrás fue un cabronazo que tuvo las bolas de decirme que no fingiría algo que no sentía solo por lástima.

Mierda. El tipo me había dicho que me odiaba y deseaba con la misma intensidad al principio, sin temor a que yo me alejara de él y lo dejara sin su venganza. Además, yo también era capaz de ver que, aunque fuera posesivo conmigo y necesitara estar entre mis piernas a cada instante, nunca me miró con el brillo que iluminó sus ojos (a pesar del dolor y la tristeza) cuando habló de Amelia.

Ese día en Washington entendí que lo que sintió por ella no lo superaría nadie, sobre todo porque al morir dejó las cosas inconclusas y esos sentimientos que no tuvieron la oportunidad de cocinarse solían ser letales.

«Entonces tenías que ponerle un paro a tu necesidad de estar con él si eras consciente de eso».

Sí, tenía que parar todo.

Porque, aunque lo amara tanto como para sentir por ambos, debía aprender a amarme más a mí misma antes de que fuera tarde. Así que solo estaba disfrutándolo un poco más antes de cortar esa sexo-relación entre nosotros antes de decirle *no más* y continuar mi camino sin él.

—Esto tiene que ser una jodida broma —susurré para mí al ver las señales que me daba la vida sobre que tenía que decir adiós ya y no disfrutar de lo que solo me dañaría.

Sonreí sin gracia, con la ira apoderándose de mí, pero, sobre todo, los celos al ver el móvil de LuzBel encenderse con una llamada entrante y el nombre de *Laurel* reluciendo en la pantalla como si estuviera riéndose de mí.

Sentí las manos frías, la garganta seca y el latido de mi corazón en los oídos, como si fueran los tambores de guerra resonando en mi pulso. Y mi rostro tuvo que haber cambiado de color, ya que él se percató de ello.

—Adelántate si quieres —pidió gélido cuando estacionó frente al cuartel y sentí que la sangre me hirvió por su deseo de que lo dejara solo.

—Por supuesto, te dejo hablar tranquilo —dije e intenté camuflar la ironía—. ¡Ah! Y esta vez avísame si planean otro trío para no presenciarlo —pedí con fingida tranquilidad y abrí la puerta del coche.

Lo escuché soltar un bufido irónico e hice acopio de todo mi autocontrol para no cometer una locura porque sentí como si fuera una burla de su parte para mí.

—Eres un imbécil —espeté.

—¡Vamos, Bonita! Espera —pidió tomándome del brazo y me zafé de su agarre de inmediato—. Mierda, White, no me estaba burlando de ti —explicó y negué.

—Perfecto, gracias por aclararlo —aseveré intentando con todas mis fuerzas no hacerle una escena de celos, ya que él era libre de hacer lo que le salía de los cojones.

«Así como tú eras libre de hacer lo que te saliera de los ovarios, querida».
Touché.
—White…
—Habla tranquilo, LuzBel. Yo necesito ir adentro —zanjé interrumpiéndolo y lo vi maldecir.
—No es lo que tú piensas —aseguró.
—Y si lo es no me importa —refuté—. Así que perdón por actuar de esta manera cuando no somos nada y, sobre todo, porque sí somos libres de hacer lo que queramos donde sea y con quien nos plazca —puntualicé y salí del coche antes de que dijese algo más que me hiciera perder el control.

Y él tampoco acotó nada más, simplemente cogió su móvil y respondió la llamada de esa chica mientras yo caminaba sin dudar hacia el interior del cuartel, furiosa y herida por mis propios errores.

«Ya decía yo que todo estaba siendo muy perfecto».
Maldita entrometida.
Sentía que los celos me consumían y mientras caminaba a toda prisa, fantaseé con la idea de volver a ese coche y arrancarle el móvil a LuzBel para exigirle a esa tipa que no se atreviera a buscarlo más, pero cuando fui consciente de mis desvaríos, sacudí la cabeza y negué.

Jesús.

Yo no era así, además de que no tenía ningún derecho de rebajarme de esa manera.

—Chica americana, ¿puedo hablar contigo? —Ese inconfundible acento me sacó de mis pensamientos de inmediato en cuanto estuve a punto de llegar a la sala de comunicaciones.

—¡Maestro! —respondí con entusiasmo y corrí a abrazarlo—. Creí que se iría sin hablar conmigo.

Supe que estaba haciendo lo que debía para agilizar la cremación de su hermano y así volver a Tokio. Me lo dijo Lee-Ang cuando me llamó para asegurarse de que todavía no me había colgado de una soga, así que no quise interrumpirlo.

—Esa no era una opción para mí y sobre todo cuando supe lo que pediste a tus hombres.

—¿A qué se refiere? —pregunté, aunque tenía una idea.

—No tengo que repetirlo, Isabella, sabes bien de lo que hablo. Como también sabes que lo que haces no es correcto.

Negué con la cabeza y alcé una ceja por su señalamiento.

—Por favor, maestro, no me juzgue. Usted no tiene idea por lo que estoy pasando. —Tomó mi mano y me hizo ver la pulsera con dijes que me regalaron Tess y Elsa, y entre ellos señaló el que él me obsequió.

—Aki cometió errores y cosechó lo que sembró, pero era mi hermano —aclaró y me estremecí al darme cuenta de lo que dije.

—Maestro, lo siento —dije sincera.

No sentía la muerte de ese tipo, pero sí el dolor de un hombre que había sido como un padre para mí.

—Ahora eres uno de los líderes del clan Grigori, hiciste un juramento y te echaste encima un compromiso muy grande —me recordó, dejando de lado a su hermano y me mordí el interior de la mejilla—. Eres la responsable del bien y el mal que harán tus hombres. Eres un Yin Yang y tienes que saber el balance de lo que representas, tienes que dominarlo.

—Con honestidad, no sé ni lo que significa el Yin Yang, maestro. Y, con todo respeto, no quiero que se meta en mis decisiones —musité alejándome un poco de él, sabiendo que estaba siendo una perra.

Y sí, sabía el significado del Yin Yang, ya que fue lo primero que él me enseñó al llegar a Tokio. Pero entre lo de mi padre, lo de LuzBel y mis demonios, la educación la había mandado al carajo.

—No olvides tus enseñanzas y el respeto, Isabella White Miller. Así que ven aquí y siéntate —ordenó haciéndome sentir como una chiquilla malcriada.

«Y que en realidad lo estabas siendo».

Lo sabía.

—Perdón, maestro —repetí haciendo una reverencia esa vez y obedeciendo su petición.

—Voy de nuevo y esta vez no lo olvides —advirtió—. El Yin Yang son dos energías opuestas que se necesitan y complementan, la existencia de uno depende de la del otro —comenzó, señalando de nuevo el dije de mi pulsera—. No puede existir el bien si no existe el mal, aunque hay un balance para cada uno de ellos. —Mostró cada lado del dije y sus puntos—. Durante toda tu vida te enseñaron a ser buena y por eso cuando conociste el mundo de Grigori lo creíste malo y ahora con la muerte de tu padre, el mal que existe dentro de ti amenaza con salir y controlarte.

Cada palabra que salía de su boca provocaba que mi garganta ardiera y las ganas de llorar aumentaban, pero soporté esa vez porque odiaba ser débil.

—Necesitas aprender a balancear el bien y el mal que hay dentro de ti. Y controlarlo sin permitir que ellos te controlen a ti.

Entendía su punto, pero necesitaba que él también comprendiera el mío.

—Por eso necesito vengar la muerte de mi padre, maestro Cho, solo así obtendré ese balance —alegué y lo vi negar.

Entonces fui consciente de que él no comprendía lo que yo deseaba.

—La persona fuerte otorga perdón, el débil pide venganza y el sabio olvida, Isabella. ¿Cuál decides ser? —cuestionó con uno de sus proverbios.

Él había vivido desde muy pequeño en Tokio, aunque su procedencia era China.

—Usted no me comprende a mí y así me crea débil, quiero vengar a mis padres y a la chica que mataron por mi culpa.

—Veo que no te haré cambiar de opinión. —Negué con la cabeza dándole la razón—. Bien, entonces toma este consejo. Si quieres venganza, antes de obtenerla cava dos tumbas, una para tu enemigo y otra para ti misma porque con la venganza también acabarás contigo.

¡Por Dios! Apreciaba al maestro, pero justo en ese instante no estaba para más proverbios y consejos.

—Si me matan me harán un favor —confesé por mi primera vez uno de mis deseos más oscuros, con las lágrimas cayendo de mis ojos, permitiéndome ser débil frente a mi maestro.

De verdad ya estaba cansada.

—No siempre te destruirán quitándote la vida a ti, Chica americana —dijo tomándome de la barbilla para que lo mirara a los ojos—. Y solo espero que no te arrepientas de tus decisiones —finalizó y se puso de pie, dándose la vuelta y marchándose, dejándome ahí sentada y pensando en sus últimas palabras.

«El maestro Cho siempre te hablaba con sabiduría, tenías que pensar mejor lo que estabas haciendo».

Ya lo había pensado bien y sabía lo que quería.

CAPÍTULO 63

Sombra

Isabella

«No siempre te destruirán quitándote la vida a ti, Chica americana. Y solo espero que no te arrepientas de tus decisiones».

Esas palabras se seguían repitiendo en mi cabeza mientras manipulaba el bokken con el que practicaba en el salón de entrenamientos. La poca paz que obtuve en la casa del bosque y de camino al cuartel se esfumó gracias a LuzBel. Y el maestro Cho lo empeoró con sus consejos.

Así que entrenar fue mi salida para desfogar un poco de ira, celos y frustración.

La urgencia de prepararme para una batalla me corroía y no paré de entrenar ni siquiera cuando mi cuerpo se bañó en sudor y mis músculos comenzaron a arder. Todo lo contrario, necesitaba más de ese dolor físico para calmar mi mente.

Los *Kiai* que solté con cada golpe que di al aire fueron intensos, liberando con ellos la tensión retenida, llenando mi cabeza y mis oídos con el sonido de mi voz de guerra para no escuchar mis pensamientos y así olvidar por un instante lo que me lastimaba.

A LuzBel sobre todo, ya que desde que lo dejé en el estacionamiento hablando con su dichosa mejor amiga, no lo había vuelto a ver.

«¿Y si se hubiera ido con ella para otro trío?»

Mi conciencia era una maldita arpía.

—¡Puta mierda! —grité cuando sentí un horrible pinchazo en mi antebrazo.

El sonido de un *bip* intenso comenzó a sonar y luego se detuvo ante otro de un objeto quebrándose en pedazos. Elliot se encontraba a un par de pasos detrás de mí y miraba al suelo confundido y pálido.

—¡¿Pero qué carajos te sucede, Elliot?! —pregunté agarrándome fuerte la zona lastimada para evitar que más sangre saliera del pinchazo.

—¡Me cago en la puta, Isa! ¡Lo siento! —se apresuró a decir al reaccionar y llegó hasta mí para tomarme del brazo y revisarlo.

Me había pinchado con algo y gracias al movimiento que hice ante la impresión de alguien cogiéndome de pronto del hombro, provoqué que el objeto se hundiera más en el músculo de mi antebrazo al punto que sentí que me tocó el hueso.

—Te estuve llamando antes de acercarme, pero no me hiciste caso, así que creí que usabas audífonos o algo y por eso no me escuchabas —explicó y negué con la cabeza restándole importancia, aunque él siguió revisándome hasta asegurarse que dejara de salir sangre—. Mi error fue tocarte con la mano en la que traía ese aparato y con tu movimiento me fue inevitable pincharte.

—Ya, hombre —le dije.

—¿Estás bien? —insistió y asentí.

Se alejó de mí segundos después y maldijo al ver el pequeño aparato partido en dos pedazos.

—¿Qué es eso? —indagué cuando lo recogió.

—Era el prototipo que mandamos a fabricar para reconocer el ADN —explicó y me lo mostró.

Parecía un reloj sin el brazalete, había soltado una aguja y en ella todavía relucía un poco de mi sangre. Continuaba soltando un *bip* lejano, como si la pila ya se le hubiese acabado y en la pantalla lucía rayas negras desiguales que le ocasionó el impacto con el suelo.

—¿Dime que no era el único? —inquirí al ver que ese ya se había echado a perder.

—Lo era, nena —dijo y no dejó observarlo con el ceño fruncido, tratando de silenciar el suave sonido.

—¡Joder, Elliot! —me quejé soltando el bokken y llevándome las manos a la cabeza.

—Ha sido un accidente provocado por mí —dijo para que yo no me sintiera culpable y negué con la cabeza—. Pero no te preocupes, los ingenieros están aquí y sabrán ayudarnos con otro.

—¿Seguro? Porque sabes que necesito que esté listo cuanto antes —le recordé y asintió.

—Lo sé, Isa. Déjalo en mis manos —pidió—. De momento, solo quería mostrarte el diseño y que vieras cómo funcionará para seguir adelante.

—Pues me gusta que esos malnacidos sientan dolor, así que sigue adelante —pedí al recordar el dolor que experimenté y él alzó una ceja ante mi respuesta.

—Nena, entiendo tu dolor, pero no... —Calló ante lo que iba a decir y luego soltó el aire—. Olvídalo —susurró y no sé si fue por mi expresión de cansancio que decidió no continuar con su comentario—. Voy a ir en busca de los ingenieros y trabajaremos de inmediato en otro prototipo.

—Gracias —le dije y él sabía que no era por lo del aparato, sino por comprender que no necesitaba que me siguieran juzgando.

Se marchó luego de eso y continué con mi entrenamiento, concentrándome en ello y en el pensamiento de que pronto tendría a ese maldito Fantasma frente a mí para hacerle pagar por la muerte de papá.

«Dejando de lado los consejos del maestro».

Horas después, volví a la casa de los Pride con Ella y Max. Al salir al estacionamiento vi el *Jeep* en el que llegamos con LuzBel, estacionado en el mismo lugar y con eso deduje que él seguía en el cuartel.

Aunque la tentación de preguntarle a mis guardaespaldas por él estuvo a punto de hacerme caer, pero conseguí contenerme. No iría más por ese rumbo. No éramos pareja, así que debía entenderlo de una jodida vez para no torturarme con los celos.

Tras tomar una ducha, decidí ir al cementerio para dejar rosas en la tumba de mis padres. Y, aunque necesitara tener un poco de privacidad, no podía prescindir de todos los Grigoris que me cuidaban, así que pedí que solo Ella y Max se mantuvieran conmigo.

No obstante, Tess me encontró a punto de salir y quiso acompañarme.

—No quiero a más gente detrás, Tess. Así que deberías quedarte, ya que no soportaré que los Grigoris que te cuidan también se unan —le dije.

—Tú no deberías arriesgarte así, Isa. No después de todo lo que vivimos —reprochó y me mordí el labio con fuerza para no soltar una tontería, ya que tenía razón.

Pero me seguí negando porque me asfixiaba ver a toda esa gente detrás de mí.

—Deja que vaya solo Isaac al menos —suplicó, porque la terca se empecinó en no dejarme marchar sin ella.

—Bien, pero vayámonos ya —cedí.

Tomé el coche que era de papá y salí de la mansión con ella como copiloto, hablando de cosas triviales mientras íbamos de camino hacia una floristería a recoger las rosas que ya había encargado con anticipación.

El estéreo sonaba con música suave y en mi interior agradecí que la pelirroja no me dejara sola, ya que en el cinturón todavía prevalecía la fragancia de papá y eso me hacía pedazos y ella lo notó, pero no me dijo nada, solo me tomó de la mano dándome un apretón que me aseguraba que estaba ahí para mí.

La miré y le regalé una sonrisa, sabiendo que, así como yo, ella también era una sobreviviente con la que compartimos estadía en el infierno.

—¿Cómo va todo con Dylan? —pregunté saliendo del coche en cuanto llegamos al cementerio.

Isaac (su guardaespaldas), Ella y Max se mantuvieron en la distancia.

—Cada vez mejor, supongo. Aunque ya sabes cómo son ellos —respondió emocionada, ayudándome a sacar las rosas del baúl—, no les gusta mostrar sus sentimientos ante nadie. —Asentí dándole la razón—. ¿Y lo tuyo con Elijah?

Sonreí sin ganas ante su pregunta y negué con la cabeza.

El cementerio era inmenso y lucía como un jardín bien cuidado: con árboles grandes y flores de varios tipos. Las lápidas elevadas eran pocas, ya que la mayoría de las personas optaban por placas en el suelo. Aunque había varias estatuas de ángeles y arcángeles, así como monumentos de hombres o mujeres que marcaron historia en el país y ya descansaban en el lugar.

—No voy a negarte que ha sido un gran apoyo para mí luego de… todo —dije y sonrió con tristeza—. Pero sabes que no terminamos bien en Elite y decidí no seguir insistiendo, al menos no por un tiempo —aclaré mientras caminábamos hacia la tumba—. Además de que no estar juntos ha sido una excusa perfecta… Ya sabes, para darme tiempo de superar un poco lo que vivimos. —Se quedó perdida en sus pensamientos en cuanto dije eso y callamos al tocar una fibra peligrosa.

Hice un gesto de dolor cuando giré un poco el cuello luego de poner las rosas en el suelo al llegar a la tumba y sentí una punzada en la sien.

—¿Han seguido tus dolores de cabeza? —preguntó y negué.

La había encontrado bebiendo unos analgésicos noches atrás y me comentó que estaba padeciendo de jaquecas y justo yo estuve igual, pero con todo el estrés que estábamos experimentando, no tener dolores de cabeza habría sido lo extraño.

—Ya no ha sido a diario, pero con tanta presión encima, a veces aparecen —expliqué—. ¿Y tú?

—Sí, aunque han mermado. Ya no necesito tantas Tylenol —respondió con ironía y reí.

Continuamos hablando durante un rato de todo, a veces incluso tocando temas dolorosos, pero necesarios entre nosotras para desahogarnos. También terminé por confesarle que me había vuelto acostar con su hermano y que incluso estuvimos juntos en la casa del bosque, cosa que la emocionó. Sin embargo, en cuanto le dije cómo terminamos por la llamada de Laurel, se puso a despotricar como loca.

Y me hizo sentir bien que a pesar de ser su hermano del que hablábamos, no se ponía siempre de su lado.

—Es que no entiendo qué carajos tiene Laurel para que él no contenga su libido cada vez que la tipa aparece —espetó y sentí la bilis en mi garganta con esa declaración—. Te lo juro, no la odio porque al final tampoco lo obliga a nada, pero joder. Me enerva que ella vuelva a su vida y al imbécil se le olvide hasta que tiene novia. Sucedió con Amelia —aclaró.

Mierda.

«Creo que Laurel era más importante de lo que creías».

No me digas.

—¿Pero qué dices, Tess? Tu hermano amó a Amelia y creo que aún lo hace a pesar de que esté muerta —solté un tanto anonadada.

—Ya, tampoco lo aseguro, Isa —respondió—. Solo lo supongo porque mientras Elijah y Amelia estuvieron juntos, Laurel también apareció y luego de eso encontré a Amelia en varias ocasiones triste, aunque nunca me dijo la razón. Y la entendí, ya que tampoco éramos las mejores amigas, pero vamos, que no había que ser muy inteligente para sumar dos más y tres. Y que ellos tuvieran problemas tras la visita de Laurel, dejaba todo más claro —explicó.

No me gustaba ser de las que juzgaban ante suposiciones y con el historial de idioteces de LuzBel, suponer estaba a la orden del día. Pero tenía la esperanza de que hubiera sido diferente cuando su corazón no era frío, con Amelia sobre todo, quien significó mucho para él.

Así que me sentó pésimo creer que me equivoqué. Por lo que le cambié el tema y mejor conversamos de cosas menos amargas mientras acomodábamos las rosas y luego nos fuimos a la de Elsa, donde nos fue inevitable no soltar un par de lágrimas.

—Gracias por acompañarme —le dije a Tess cuando me puse de pie a su lado.

Su compañía me ayudó a no sentirme peor y a no caer muerta en llanto sobre la tumba de mis padres y la de Elsa.

—También necesitaba venir —admitió.

Iba a decirle algo, pero un sonido me distrajo y busqué de dónde provino, mas no encontré nada, a excepción de unos pájaros que salieron volando de un árbol cercano.

—¿Qué…?

Tess se quedó en silencio cuando le alcé la mano, ya que volví a escuchar el mismo sonido y eso me alertó.

—¿Escuchaste eso? —le pregunté y negó—. Mierda —dije y la vi ponerse alerta después de mis palabras—. ¿Trajiste tus armas?

—Sí aquí… ¡Ah! —gritó cuando una bala impactó en su brazo y logré ver que un maldito Vigilante nos apuntaba e intentaba volver a disparar.

Me cago en la puta madre.

Lancé a Tess al suelo y la protegí con mi cuerpo. Ella gruñó de dolor, pero incluso así sacó una glock y trató de sostenerla y apuntar con su brazo herido. El pulso le temblaba y le costaba manipularla, sobre todo cuando otro tiro llegó cerca de nosotras.

El imbécil estaba usando silenciador y necesitábamos deshacernos de él enseguida. Pensando en eso, puse mi mano sobre la de Tess cuando hizo otro intento de disparar y la guie a nuestro objetivo.

—Ahora —ordené y disparó de inmediato, consiguiendo que el malnacido perdiera el arma.

—¡Dios! ¡No! —rogó Tess cuando vimos a más Vigilantes saliendo de sus escondites, atrapándonos de nuevo en una emboscada.

Estuve a punto de congelarme al recordar la última en la que estuvimos y cómo terminamos. El miedo me penetró hasta la médula y volví a escuchar los gritos, risas y burlas desquiciadas.

No volvería allí.

—Llama a los chicos y activa nuestra ubicación para que vengan a buscarnos —le susurré a Tess, concentrándome en el presente y ella asintió.

—¿Dónde carajos está Isaac? —chilló dejándome ver su terror.

—Espero que vivo aún, junto con Ella y Max —respondí, sabiendo que tuvieron que sacarlos de juego para poder llegar a nosotras.

—Te dije que no era buena idea venir solas, Isa —me reprochó, tomando un poco de coraje.

—Ahora no, Tess. Luego me regañas si quieres, en estos momentos concéntrate en hacer lo que te pedí —espeté sin querer ser brusca.

Saqué la daga que siempre escondía en mi bota y tomé la otra glock que Tess tenía en la parte de atrás de su cinturón, preparándome para la batalla sin dejarme amedrentar por mis propios terrores.

La pelirroja volvió a disparar en cuanto tuvo oportunidad, acertando en dos de ellos, tirando a matar para que no volvieran a sorprendernos, pero eso provocó que los malditos nos devolvieran el ataque y me obligué a ponerme de pie junto a ella para cubrirnos detrás de unas lápidas cercanas.

—Tenemos que llegar al coche y salir de aquí, Isa —dijo y asentí.

Estaba jadeando por el dolor y se sostenía el brazo para detener un poco el sangrado sin éxito alguno y eso me preocupó.

—Voy a darme un tiro yo misma si llego a caer en sus manos de nuevo —aseguró y el terror en su voz me estremeció, pero la sangre me hirvió al recordar lo que vivimos.

—Cálmate y concéntrate —pedí con la voz ronca.

—No volveré a ese infierno —aseguró a punto de derrumbarse, con los ojos inundados por las lágrimas.

—No lo haremos, Tess —prometí.

Impulsadas por la adrenalina que el coraje de recordar aquellos momentos nos dio, logramos llegar al coche, sorteando entre las lápidas la lluvia de tiros que nos lanzaron.

A lo lejos vi el coche de mis guardaespaldas y el de Tess, y maldije en cuanto me percaté de ellos tirados en el suelo. El corazón se me desbocó al pensar lo peor, mas no podía detenerme para comprobar si seguían con vida, ya que eso era arriesgar la nuestra y me sentí como la mierda.

Pero no era por egoísmo o porque mi gente no me importara, sino porque Tess tenía razón: la muerte era una mejor salida que volver a ese infierno.

—Vamos, vamos —animé a Tess y le ayudé a subir al lado del copiloto, ya que la pérdida de sangre la estaba debilitando—. ¡Puta madre! —masculló al ver a más Vigilantes saliendo de otros escondites.

Corrí para el lado del piloto sintiendo que la distancia era demasiada por el miedo que me hacía más lenta y cuando intenté subirme al coche, me cogieron del cabello y me arrastraron fuera de él.

Mis demonios cobraron vida, apoderándose de mí y comencé a sentir el frío intenso de aquel congelador.

—¡No! —grité cuando vi cómo un maldito cobarde golpeó a Tess con un arma en la cabeza y la dejó inconsciente.

Ese fue el golpe de realidad que hizo encender mi ira, sobre todo al pensar en las palabras de Tess y su deseo de morir antes de volver a manos de los Vigilantes, lo que activó mi lucha y la necesidad de cumplirle la promesa que le hice. Así que, usando las piernas, peleé con el tipo que me cogió del cabello y lo derribé clavándole la daga en el cuello.

Ya no era más la chica que solo los dejaría inconscientes.

Tres más me rodearon enseguida que me apoyé en una rodilla y conseguí ponerme de pie, manteniendo la daga en la mano, girando para cubrir mis puntos ciegos. Y justo cuando intentaron atacarme en grupo, una voz robotizada los detuvo y estuve a punto de sucumbir.

No. Puede. Ser.

El miedo al escucharle fue indescriptible, aunque supe que no era la misma voz de Fantasma; esa se escuchaba más gruesa incluso con el aparato que usaban y también poderosa y demandante.

Me giré para buscar al dueño y me encontré con una persona vistiendo de negro de pies a cabeza, con un pantalón tipo cargo, botas de combate, una sudadera y camisa con cuello de tortuga debajo. Utilizaba guantes y gorro y la misma máscara sin expresión que recordaba de cuando nos rescataron.

El corazón se me aceleró más al verlo caminar con arrogancia y la forma de su cuerpo junto con la actitud que destilaba me hicieron pensar en una sola persona.

LuzBel.

«Era como una copia clandestina del Tinieblo».

—La tenemos rodeada, Sombra, lista para llevarla con Fantasma. —Me tensé ante la mención del asesino de mi padre, aunque rodé los ojos por la información innecesaria del imbécil, ya que era obvio lo que estaba pasando.

—Ya lo veo —respondió Sombra con esa voz cargada de arrogancia e ironía que había comenzado a erizarme la piel—. Aunque no olviden que ustedes responden a mí y obedecen mis órdenes, ¿cierto? —cuestionó observándolos a todos.

Mi posición de ataque no había cambiado y estaba dispuesta a darles pelea.

—Nuestra fidelidad está con usted, señor —respondió otro a su pregunta.

—Váyanse de aquí y hagan de cuenta que esto nunca sucedió.

—Pero… Sombra —Yo, al igual que el tipo que alegó, me quedé sin saber qué decir o pensar ante esa demanda.

—¡Les he dado una orden! ¡Largo de aquí! —gritó y esa maldita voz de robot me hizo pegar un respingo.

Vi a todos marcharse de inmediato; no obstante, él se quedó de espaldas a mí.

—¿Cuál es tu maldito juego? —cuestioné al quedarme con él—. ¿Crees que soy tan insignificante y puedes solo contra mí? —añadí y se volteó para mirarme.

Lo escuché reír detrás de la máscara.

—No, Isabella Miller —dijo y me fue inevitable no abrir demás los ojos cuando utilizó el apellido de mi madre—. Ni quiero matarte ni estoy de acuerdo con ninguna orden que se me ha dado contra ti —aseguró y empuñé más mi daga.

Eran pocas las personas que conocían el apellido de mamá y muy escasas las que lo usaban para referirse a mí con él, así que, que Sombra lo hiciera me puso nerviosa.

—¿Por qué debería creer tu buena fe? —ironicé—. Si esos imbéciles hablan, tú tendrás problemas por no cumplir la orden que se te dio. ¿Qué te detiene?

—¿Te preocupas por mí? —soltó y me reí de su estupidez.

Dio un par de pasos hacia mí sin intimidarse de que yo tuviera un arma y él no hubiera sacado ninguna.

—¿En qué momento escuchaste la preocupación en mis palabras? —inquirí y alcé la barbilla para encararlo. Lo escuché reír de nuevo y tragué con dificultad al ver sus ojos negros escaneando los míos.

De verdad eran negros, por completo. Vacíos. Ni una pizca de blanco en su globo ocular y eso me estremeció más, ya que comprobé que ese no era el mismo tipo que estuvo con Fantasma en la batalla. Este era más como un…

«Demonio». Terminó mi conciencia.

—Dañas mis ilusiones —satirizó, fingiendo tristeza.

—¿Qué pretendes? —cuestioné con la garganta seca.

Las articulaciones en mis dedos dolían por apretar la daga.

—Solo estoy dándole tiempo a mis hombres para que se alejen, así tú podrás irte tranquila y llevar a la pelirroja al hospital —respondió y su actitud confiada aumentó mi ansiedad—. No quiero dañarte, ya te lo dije.

—Pero mataron a mi gente y lastimaron a Tess —refuté y respiró pesado. Como si estuviera suspirando cansado.

—A veces debes darles un poco de carne a tus sabuesos para que estén tranquilos y controlados —explicó y la sorpresa me siguió atacando—, pero no están muertos. Solo sedados.

Me fue imposible no soltar un poco de aire sintiendo alivio y eso me asustó, porque bajé la guardia por un instante con él sin darme cuenta y eso podía costarme caro.

—Si es cierto que no estás de acuerdo con lo que te han ordenado, ¿por qué sigues trabajando para ese malnacido de Fantasma? —cuestioné con curiosidad.

—Tengo un juramento de protección hacia él, mas no soy su súbdito —explicó—. Y los tipos que acababan de irse tienen un juramento conmigo, así que no hablarán. Eres la hija de Enoc y asumo que te enseñó todo, incluso cómo cumplimos las promesas. —Asentí en respuesta.

Y, aunque al principio me extrañó que ellos usarán promesas y juramentos, luego encontré la lógica, pues dos de sus fundadores fueron Grigoris antes.

—Además, sería un desperdicio cortar una rosa tan hermosa como tú. —Intentó tocarme tras decir eso y se lo impedí en el instante con un manotazo en su mano enguantada—. Bien dicen que no hay perro sin suerte y ese maldito de LuzBel posee mucha al tenerte. —Ignoré lo que dijo, el tono que usó y me mantuve alerta.

—Estás cometiendo un error al dejarme vivir, Sombra, ya que tras irme de aquí tendrás que cuidar mejor a ese hijo de puta porque te prometo que lo voy a encontrar y me va a suplicar matarlo muy pronto —dije entre dientes, sintiéndome estúpidamente más confiada con él.

—No, pequeña. No es un error dejarte vivir. Así ambos tengamos que cumplir nuestras promesas luego —aseguró y mi respiración se volvió irregular—. Considera esto una ventaja que te doy de buena fe, al ponerte al tanto de mis órdenes, así la próxima vez estarás mejor preparada y me lo haces un poco difícil —dijo burlesco e intentó tocarme de nuevo.

Esa vez fui ágil y presioné la daga en su cuello.

—¿Así de difícil? —satiricé y casi sufrí una taquicardia cuando en lugar de alejarse, rio y se presionó más al filo de la daga, acercando su rostro enmascarado al mío.

Su fragancia amaderada se filtró en mis fosas nasales y me estremecí en cuanto sentí una presión justo en el medio de mis pechos.

«Joder, Colega».

—Sé que puedes hacerlo mejor y más divertido —susurró con socarronería y, tras notar una luz verde titilante en su cuello, miré el cañón de la glock que presionaba entre mis pechos.

¡Jodida mierda!

—¡Aléjate de ella! —La voz de LuzBel lo puso alerta y se separó, observándome con diversión y guardando el arma con agilidad como una señal para mí de que no me dañaría.

Me desconcertaba la actitud del tipo, su confianza de salir bien librado, como si ya tuviera todo resuelto.

Miré hacia donde LuzBel se encontraba y encontré a Elliot y los demás chicos con él, apuntándole, dispuestos a dejarlo muerto y enterrado de una vez, aprovechando donde nos encontrábamos.

—No la he dañado; al contrario, la escoltaba mientras tú y tus imbéciles llegaban —gritó Sombra hacia LuzBel y lo miré con sorpresa—. Que, por cierto, te has tardado mucho —se burló.

—Mierda —chillé cuando vi a LuzBel listo para dispararle, pero Sombra fue ágil y me cogió para ponerme frente a él, usando el arma de antes y pegándola a mi sien.

LuzBel y Elliot palidecieron al ver la situación.

—No voy a dañarla —gritó Sombra—. Simplemente me aseguro de que ustedes no cometan una locura —advirtió.

—Hijo de puta —espeté.

—Tú habrías hecho lo mismo, pequeña —dijo en mi oído y me tensé al sentir que con descaro me acarició la mandíbula sin dejar de presionar la glock en mi sien—. Te prometo por mi sangre que no voy a matarte, pero me ayudarás a irme de aquí sin un solo rasguño como acto de buena fe por cuidarte ese bonito culo.

—Patán infeliz —gruñí y rio.

—Solo es una pequeña tregua —aseguró y vi la impotencia de los chicos cuando Sombra me hizo caminar hacia atrás con él hasta que llegó a un gran árbol—. Cuídate y sobrevive —pidió antes de soltarme.

Me lancé al suelo en cuanto los chicos comenzaron a disparar, pero los escuché maldecir porque Sombra fue astuto al protegerse con las estatuas y monumentos.

Jacob y Evan se fueron detrás de él. Connor corrió hasta el coche para ver el estado de Tess y LuzBel se apresuró a llegar a mí para ayudarme a ponerme de pie mientras que Elliot cuidaba nuestras espaldas para no recibir más sorpresas.

—¿Estás bien? —preguntó LuzBel todavía pálido y asentí.

—Tess nos necesita —le dije y corrimos hasta el coche.

Connor nos informó que la pelirroja estaba inconsciente por el golpe en la cabeza y perdiendo mucha sangre del brazo. Le pedí que auxiliara a mis guardaespaldas y al de Tess junto a Elliot mientras nosotros con LuzBel nos encargábamos de llevarla al hospital y ambos asintieron.

En el camino ni siquiera hablé con LuzBel, la situación con su hermana nos mantuvo llenos de adrenalina y él se concentró en llevarnos vivos hacia el hospital privado en el que por orden del gobierno atendía a todos los Grigori. Al llegar, los doctores y enfermeras nos rodearon, atendiendo a mi amiga en un santiamén y por órdenes de ellos nos quedamos en la sala de espera, aguardando por noticias.

Tras varias horas, el doctor encargado nos informó que Tess estaba estable y nos permitió pasar a verla.

Myles y Eleanor ya estaban con nosotros y tuve que explicarles lo que sucedió mientras esperábamos. Y por supuesto que me llamaron la atención por habernos ido con tan pocos Grigoris como respaldo, pero no fueron demasiado crueles al darse cuenta de que no era momento para señalarme como responsable.

Insistieron además con que me revisara un médico, pero les aseguré que no era necesario. Yo no estaba herida. Y tras un rato con todos ellos y más tranquila de saber que Tess estaba bien, decidí marcharme a la mansión para tomar una ducha caliente y tratar de descansar.

—¿Me podrías llevar a casa de tus tíos? —le pedí a Elliot.

Él y los demás habían llegado al hospital, Dylan incluido, quien estaba furioso porque no le hicieron saber lo que pasó y no quiso entender la razón cuando le dijeron que lo evitaron debido a que todavía no se recuperaba de su lesión.

Así que terminó por mandar a la mierda a sus amigos.

Y gracias al cielo que Ella, Max e Isaac estaban estables y todavía recuperándose del sedante que les lanzaron por medio de dardos, confirmando con eso que Sombra no me mintió, lo que me ocasionó más intriga.

Él, por cierto, había escapado.

—Te llevaré yo, White. Tú y yo debemos hablar —se entrometió LuzBel acercándose a nosotros y Elliot me observó.

Le hice un leve asentimiento con la cabeza para que me esperara.

—Te espero allá —avisó señalando un lugar cerca de la salida y no esperó respuesta.

Se marchó dándome un espacio a solas con LuzBel.

—Me iré con Elliot. Hablemos luego —le dije y noté su molestia.

—Te irás conmigo, White —sentenció y le alcé una ceja.

—¿Recuerdas que hace unas horas te di tu espacio para que hablaras con Laurel? —ironicé y no lo dejé responder—. Ahora yo las necesito con Elliot, así que me iré con él.

Tan pronto le dije eso, me di la vuelta para marcharme, creyendo que dejé claro mi punto, pero él no estaba de acuerdo, ya que me tomó del brazo y me obligó a enfrentarlo.

—Laurel únicamente es mi amiga, White —alegó en voz baja para que solo yo pudiese escucharlo y me solté de su agarre.

—¡Claro! Una amiga con la que follas y haces tríos —le recordé con un sinsabor terrible, sin poder mantener la boca cerrada como me lo propuse antes.

—No sabes de lo que hablas, Bonita. Además, no quiero que te vayas con Elliot —zanjó.

—Elliot únicamente es mi amigo —aseguré igual que él con Laurel y rio irónico.

—Uno que te ama y al que amaste, un amigo con el que jugaste muchas veces y no precisamente a las muñecas —aclaró y logró ponerme nerviosa.

Aunque también me sentí menos ridícula por los celos que a mí me carcomía gracias a su *amiga,* ya que él también los seguía sintiendo por Elliot.

—Un amigo que tocó lo mío y ahora quiere comérselo —añadió.

Bien, era suficiente.

—¡Ya basta, Elijah! —pedí molesta—. Lo mío con Elliot es pasado y tú y yo no somos novios. Follamos y ya, lo has dejado bastante claro —espeté—. Y por lo que he notado, no eres fan de la exclusividad, así que si yo tengo que soportar a tus amigas en esta sexo-relación en la que nos hemos metido, entonces tú soportarás a los míos —aclaré.

—No te confundas, Castaña terca —resopló tomándome del brazo y alejándome de los demás para que no nos escucharan—. Porque a mí no me verás la cara de idiota.

—¡Agr! —gruñí y me zafé de su agarre—. No te veo la cara de idiota, LuzBel. Eres un idiota —largué—. Y me voy con Elliot. No quiero ni tengo ganas de discutir contigo, así que déjame en paz —exigí desesperada.

Me di la vuelta de nuevo para marcharme y esa vez no me detuvo, lo que agradecí, ya que no estaba actuando por capricho.

Necesitaba alejarme de él, por orgullo, terquedad, cansancio, frustración o lo que fuera, no me importaba. Solo quería analizar el rumbo que deseaba tomar con mi vida, ya que con lo que había pasado, estaba sintiéndome más perdida. Y entendiendo de una buena vez que el amor no siempre lo era todo, ya que, si no era mutuo, nunca sería suficiente por más que yo quisiera amarnos y sentir por ambos.

Y Dios sabía que quise seguir adelante sin importar que LuzBel no me correspondiera, ya que necesitaba tenerlo a mi lado, y como estúpida llegué a ilusionarme con la idea de que, a lo mejor con el tiempo, él cambiaría de opinión.

Pero esa tarde con la llamada de Laurel y con lo que Tess me dijo de ella y su hermano, vi lo estúpida que estaba siendo.

«Bueno, Colega, cada uno se engañaba con la mentira que más le gustaba».

Sí y yo fui muy ilusa al escoger la peor de todas.

Es de valientes tener la capacidad de llorar para limpiarte los ojos, el corazón y el alma.

CAPÍTULO 64

Mi mayor secreto

ISABELLA

Había llegado a la mansión de los Pride horas atrás y durante un tiempo me dediqué a hablar con Elliot sobre temas que no implicaran a LuzBel, ya que no necesitaba que mi sangre continuara hirviendo de rabia.

Tenía asuntos que resolver con las empresas de papá, en las que Elliot no podía meter su mano y el abogado había solicitado una reunión para darle lectura al testamento. También era necesario que viajara a California para presentarme de manera oficial con los Grigoris del estado y muchas otras cosas que estuve dejando de lado.

—¿Crees que debería mudarme de nuevo a Newport Beach? —le pregunté a Elliot.

Estábamos sentados en el mismo sofá de la sala de entretenimiento en la mansión.

—¿Quieres que te responda como Elliot o como Grigori? —inquirió y lo miré por unos segundos.

—Como amigo —le pedí y, aunque esa palabra todavía fuera un poco incómoda entre nosotros, era lo que éramos, lo que siempre fuimos a parte de novios cuando ambos nos enamoramos mutuamente.

Se quedó mirando a la nada por un rato y luego soltó el aire que ni siquiera me enteré de que había estado reteniendo.

—No de momento, Isa —dijo. Y, aunque noté que como Elliot no era lo que quería, sí lo que mi verdadero amigo me recomendaría—. El clan entenderá que no puedes estar personalmente ahora mismo en California y que tu orden es delegar a alguien de tu confianza para que se encargue de que todo lo que desees se cumpla. Igual en la compañía, tus abogados pueden hacer lo que sea necesario para que todo marche tan bien como si John siguiera al mando.

Respiré hondo y me recosté en su hombro.

—Apenas he comenzado mi carrera, una que ni siquiera tiene que ver con construir puentes y edificios y ya debo manejar compañías —me quejé y su cuerpo tembló, indicándome que reía.

—Y lo harás bien —aseguró.

—Tienes demasiada fe en mí —dije y me tomó del rostro para que lo mirara a los ojos.

Vi el amor que seguía sintiendo por mí en sus iris azules y en mi interior supe que todo sería más fácil a su lado si tomábamos la decisión de darnos una segunda oportunidad, sobre todo porque con él mis demonios no se aprovechaban de jugarme malas pasadas gracias a lo distinto que era de esos malditos engendros que me mostraron lo peor de la vida.

Pero, a pesar de saberlo, entendía que no cualquiera (por mucho que me amara) podía ser mis cimientos en esos momentos donde me derrumbaba.

—Sí, nena. La tengo porque ya antes has demostrado que así estés en mil pedazos, sigues siendo capaz de ser una hermosa composición del caos. —Pegué mi frente a la suya, anonada por sus palabras y respiré llenándome de su fragancia.

Habría sido tan fácil besarnos en ese momento, pero por fortuna, ambos sabíamos que yo no estaba para más confusiones ni problemas innecesarios, así que me limité a abrazarlo y le agradecí el que estuviera ahí para mí.

Rato después, nos despedimos y aproveché a irme a mi habitación para llamar a Eleanor y que me informara todo sobre Tess, quien por fortuna ya había despertado, con un humor de perros, pero bien. Añadió también que pronto la tendríamos en casa y eso me tranquilizó.

Ella y Max también habían reaccionado, al igual que Isaac, con un fuerte dolor de cabeza, así que se tomarían el tiempo que fuera necesario para recuperarse y ya Myles estaba buscando a los relevos que nos protegerían en ausencia de ellos. Con toda esa información en mi cabeza, me metí a la ducha y al salir, me vestí con el pijama. Mis intenciones eran acostarme a descansar, intentando no sobre pensar en lo que sucedió en el cementerio. Ya mañana, en la reunión que LuzBel programó, tendría tiempo para discutir lo que haríamos.

—Pero ¿qué...? —Me quedé sin palabras al salir del cuarto de baño y ver sobre el escritorio un enorme ramo de rosas.

Tendría que haber al menos unas tres docenas... o más en esa canasta de mimbre. Sobre ellas, se elevaba un globo con la palabra *perdón* y mi corazón estúpido dio una voltereta, ilusionado al imaginar quién las había enviado.

«¡Joder, Isa! Esa era la prueba de que el Tinieblo sí sentía algo por ti por más que lo negara».

Me apresuré a llegar al escritorio para buscar una nota y la encontré dentro un sobre blanco. Las manos me temblaban y el cuerpo se me estremecía de emoción e incredulidad, sintiendo que ahí estaba de nuevo, ignorando la verdad por una felicidad temporal.

Gracias por la tregua, pequeña.
Y jamás olvides que eres de esas reinas que hacen reyes.
Atte. S.

«Oh. Por. Dios».

—Mierda —susurré igual de anonada que mi conciencia al saber quién me había enviado esas rosas.

Y quizá la desilusión porque no fueran de LuzBel, me habría afectado si la impresión no hubiese sido más fuerte.

—¿Me dirás a quién debo matar?

Me giré soltando un jadeo al escuchar aquella voz, todavía con la nota en la mano. Encontré a LuzBel bajo el marco de la puerta de mi habitación. Su mandíbula estaba tensa y mi corazón se aceleró más que cuando me di cuenta del remitente de la nota.

Tragué con dificultad al no saber qué decirle, ya que seguía impresionada y vi atenta cuando se quitó la cazadora de cuero negro y la dejó sobre la cama para luego llegar a mí.

—¿Y? ¿Quién ha tenido la osadía de enviarte flores? —insistió.

—No tú, claro está —satiricé—. Y si no estuviera en *shock* por el remitente de esta nota, ya te hubiera dicho que no te importa —añadí en voz baja y alzó con ironía las comisuras de su boca.

—Pero lo estás diciendo, White —señaló y sacudí la cabeza para espabilar.

—Supongo que alguien del servicio las trajo luego de que revisaran que no contuviera nada peligroso. Pero la nota en sí es peligrosa —expliqué y se la tendí, dejando de lado las tonterías.

LuzBel frunció el ceño antes de tomarla y me crucé de brazos para esconder mis pezones endurecidos, ya que no pasé desapercibida su mirada clavada en ellos por mucho que lo quisiera evitar.

El cambio en su rostro, de intrigado a furioso, me demostró que también tomó el atrevimiento de Sombra como una provocación, en realidad. Y noté sus ganas de romper la nota, mas se contuvo sabiendo que no era su derecho.

—¿Qué sucedió en realidad en el cementerio, White? —inquirió con la voz ronca y le alcé una ceja.

Aunque entendí a lo que se refería.

En el hospital les hablé del ataque, pero no de lo que ese atrevido me dijo cuando me tomó como su escudo. Incluso debatimos porque LuzBel había asesinado a un Sombra durante la batalla en el rescate, llegando a la conclusión de que el tipo del cementerio era muy diferente al otro, sobre todo porque este era descarado y el otro un imbécil que deseaba asesinarme sin mediar palabra alguna.

Además de que después de cómo LuzBel narró que había apuñalado a aquel infeliz hasta hacerlo derramar sus intestinos, no existía probabilidad de que siguiera con vida.

—A parte de lo que ya dije en el hospital, él aseguró que no quería matarme, LuzBel. Y no le creí, sobre todo cuando me tomó de escudo contra ustedes y me apuntó con esa glock, pero me prometió por su sangre que no me dañaría, que simplemente estaba provocando una pequeña tregua en la que no cedí para huir sin un rasguño —confesé.

Lo vi inquieto, con ganas de salir de la mansión e ir en busca de Sombra para asesinarlo, pero también temeroso y eso me pareció extraño.

—Desde hoy solo saldrás de casa conmigo o con alguno de los chicos y los guardaespaldas —sentenció ganándose una mirada asesina de mi parte.

—¿Perdón? —ironicé—. Ni creas que a estas alturas de la vida me convertiré en una damisela en apuros y me dejaré amedrentar por esos imbéciles —zanjé y exhalé con pesadez y cansancio.

—No te estoy imponiendo nada, Isabella —aseguró y lo miré dubitativa.

—Entonces eres un impostor, porque el idiota que yo conozco pretende imponerme sus órdenes todo el tiempo —le recordé y noté que trató de esconder una sonrisa.

—¿Podríamos... no sé, hacer una tregua? —inquirió de pronto y lo miré sin entender—. Ven acá —pidió y me tomó de la mano, lanzando la nota sobre el escritorio.

Me puse nerviosa cuando me llevó hacia la cama, pero no le impedí que me guiara, supongo que yo también necesitaba una tregua entre nosotros.

—No tienes idea del puto miedo que experimenté cuando vi a ese imbécil apuntarte con su arma —admitió cuando estuvimos lado a lado y lo miré, notando que no mentía—. La frustración de no poder hacer nada sin provocar que ese hijo de puta te dañara, la impotencia de que por no poder... ¡mierda! —espetó y apretó los puños.

Su rostro estaba contraído por el agotamiento y justo en ese instante, noté que su cabello se encontraba desordenado, como si hubiese pasado mucho los dedos en él e intentó medio acomodarlo antes de llegar a la habitación.

—¿Quieres que te diga una verdad que me hace ser más idiota de lo que ya me crees? —soltó de pronto y eso me tomó por sorpresa, pero asentí, esperando un momento a que continuara—. Estoy tratando de hacer lo correcto, Isabella, no lo que quiero. —Su voz sonó quebrada y apagada.

Tragué con dificultad porque no me esperaba eso de él, pero sí sentí su frustración.

—Pero ¿cómo es posible que hacer lo correcto te obligue a que seas más idiota? —pregunté queriendo entenderlo mejor.

Sonrió sin gracia y miró hacia el parqué de la habitación como si fuera lo más interesante del mundo. En su interior, parecía estar atravesando por una tormenta y esa vez él estaba en el ojo de ella.

Y desde que lo conocí, era la primera ocasión en la que me demostró que no tenía el control que tanto le gustaba.

—Porque a veces los buenos tenemos que hacer cosas malas para que los malos paguen —admitió y lo entendí.

Dios.

Lo entendí porque yo estaba pasando por la misma situación que él, tal vez con la venganza siendo más fuerte, pero tratando de hacer que los malos pagaran.

—Porque ha llegado un punto en el que no puedo convencer a esos hijos de puta, así que ahora debo confundirlos —añadió y el odio en su voz me puso la piel chinita.

«Tú también tratabas de confundir, aunque a ti misma, porque no podías convencerte de que ya no estabas secuestrada».

Tragué con dificultad ante ese recordatorio de mi conciencia.

—White, necesito que no me hagas las cosas más difíciles —dijo de pronto—. No te estoy imponiendo nada, solo trato de protegerte, aunque no lo creas, así que de nuevo te digo: no vas a salir sola de aquí de ahora en adelante —zanjó y lo miré con ironía, aunque ya no para pelear con él o contradecir, fue más para chincharlo—. Y te prometo que no me importa que tenga que atarte a mí, no te perderé de vista. No dejaré que te expongas por muy furiosa que estés conmigo y menos con ese imbécil tras de ti.

—Okey, entonces solo para aclarar: ¿intentas protegerme de Sombra para que no me dañe o para que no vuelva a flirtear conmigo? —inquirí sardónica.

Me mordí el labio para no sonreír al verlo tensarse.

—Te aseguro que correría con mejor suerte si intenta matarte —aseguró y abrí la boca incrédula, aunque luego no pude contener la risa por sus celos descarados—. Me alegra que eso te cause gracia en lugar de querer matarme —susurró y tiró de mí para que me subiera en su regazo.

Me estaba metiendo en un círculo vicioso y tóxico con él, pero para ser sincera conmigo, en ese instante no quería evitarlo. Solo, estúpidamente, necesitaba seguir engañándome con mi mentira favorita.

Con mi felicidad momentánea.

—Me gusta verte así, Castaña gruñona —señaló e hizo mi cabello hacia un solo lado de mi cuello.

—¿Así cómo? —quise saber y lo rodeé con los brazos.

—Riendo en lugar de llorar y sufrir en silencio por los malos recuerdos que están en tu cabeza. —Me tensé cuando tocó aquel tema. Sabía que intentaba persuadirme para que hablara de una vez por todas con él.

Sin embargo, eso no pasaría, no podía, me daba miedo e hice un juramento.

—¿Podríamos hacer que nuestra tregua dure esta vez? —susurré, confundiéndolo al cambiar de tema—. Ayúdame a conseguir mi venganza pronto y te prometo que me marcharé para que dejes de hacer lo correcto en lugar de lo que quieres —propuse y se alejó unos centímetros de mí para mirarme a los ojos y entender de lo que hablaba.

—¿Marcharte? ¿A dónde? —preguntó y vi que esa vez yo lo tomé por sorpresa.

—A mi propio lugar —expliqué y sus ojos me dijeron que deseaba decir muchas cosas en voz alta, pero se contuvo.

—No tienes por qué hacer eso, Bonita —dijo con voz demandante—. Esta casa es muy grande, mis padres por lo visto te adoran y, además, si no te sientes a gusto aquí, podemos…

Calló y sonreí de lado, animándolo a que siguiera, pero negó.

—¿Podemos qué? —insistí y su nuez de adán se movió de arriba abajo con dificultad.

—Podemos irnos a mi apartamento —respondió y mis ojos se abrieron demás.

No me esperaba esa propuesta.

—Gracias, Elijah —dije cuando me recompuse—. Pero no es de la casa de tus padres que quiero irme, sino de la ciudad —admití—. A lo mejor vuelva a California para dejar todo en orden con las empresas y la organización y luego, posiblemente pase una temporada en Tokio —confesé.

Había puesto las manos en mis caderas y sentí cómo las presionó.

—No es seguro para ti que hagas eso, White —me recordó con dureza.

—Por eso lo haré cuando obtenga mi venganza. Me aseguraré de que nadie vuelva a joderme, Elijah —expliqué—. Y, para serte sincera, es eso lo que me retiene ahora mismo en Richmond —bufó incrédulo y su reacción me siguió sorprendiendo, pero continué—: Y una vez que lo consiga, buscaré nuevos horizontes, ya que ansío encontrar el centro de mi tierra, mi propio paraíso personal.

Solté el aire contenido tras decirle eso, sintiéndome liberada al confesar por primera vez mis planes.

La pregunta que le hice a Elliot no salió al azar, había estado planeando irme del país porque tras perder a mis padres y que él dejara claro que no podía corresponder a mi amor, supe que mi lugar no estaba en Richmond.

Necesitaba reencontrarme, conectarme de nuevo con mi interior y al fin resurgir de las cenizas en las que me mantuve desde que mamá me faltó, ya que por primera vez había aceptado que no estaba bien, nunca lo estuve y mi ser interior suplicaba por ayuda. Tuve que ser incluso más débil y caer más bajo, para ver mis errores de una vez por todas.

Y quería levantarme una vez más, necesitaba seguir luchando por mí, por mis sueños y mis objetivos.

—Richmond puede ser tu centro de la tierra, tu paraíso personal, White —aseguró él—. Eso que deseas tanto estará donde tú lo quieras. —Me acerqué a él y acaricié su hermoso rostro luego de escucharlo.

—A veces no es así, Elijah —musité—. Porque hay cosas que por más que las quieras, no puedes forzarlas, no se dan. Entonces te das cuenta de que has buscado en el lugar incorrecto y debes comenzar de nuevo. —Suspiré al notar cómo su expresión cambió de sorpresa a frialdad en un santiamén y me confundió.

Me hacía difícil leerlo o siquiera sospechar lo que pensaba, ya que, en un segundo, abría su caparazón y al siguiente, lo cerraba como una ostra protegiendo a su perla para que no se la arrebataran.

—¿Dónde está tu centro de la tierra, Elijah? ¿Tu paraíso personal? —pregunté haciendo un intento más por entenderlo, pero copiando mi acto anterior. Me acarició el rostro y sonrió.

—Si te confieso dónde está, entonces luego tendría que asesinarte, Isabella —admitió y no supe si mi corazón se aceleró de emoción o decepción—. Ese es y será siempre mi mayor secreto.

CAPÍTULO 65

Inferno

ISABELLA

El cumpleaños de LuzBel fue un hecho que me sorprendió, ya que él no quiso decirme nada porque alegó que lo veía como un día más, pero por supuesto que los chicos no se quedaron callados y así él lo odiara, terminaron por hacerle una fiesta sorpresa, con pastel y todo como una broma por parte de Dylan.

Esa noche como regalo de cumpleaños, acepté irme con él a su apartamento, ya que, debido a que mantuvimos nuestra sexo-relación, me avergonzaba que sus padres de alguna manera fueran a escuchar cómo su hijo se metía a mi cama por las noches. E irme a su habitación en casa de los Pride no era una opción, sobre todo con Elliot durmiendo en la recámara del frente cada vez que llegaba a la ciudad.

Y, por mi parte, decidí no darle más vueltas al asunto ni pensar en lo que estábamos haciendo o qué éramos; simplemente opté por disfrutar de nuestra tregua que, después de mis confesiones el día del ataque en el cementerio, LuzBel decidió tomar en serio e hizo todo lo que estuvo en sus manos para que dejáramos de discutir cada dos por tres.

Aunque cuando se trataba de nuestros temperamentos, era difícil no acalorarnos, pero ya no nos metimos a peleas donde adrede nos dañábamos el orgullo. Todo lo contrario, utilizábamos el enfado como excusa en la cama para ver quién dominaba a quien.

«Y ese, querida, era un juego más peligroso al que tenían al principio».

Mi conciencia tenía razón, pues esa versión de LuzBel me enamoraba más. Sin embargo, mi plan de irme tras conseguir lo que quería, seguía en pie y cada día me convencía de que lo cumpliría.

Luego de su cumpleaños, llegaron las celebraciones del día de *acción de gracias*, navidad y año nuevo. Momentos muy agridulces para mí; no obstante, agradecía que mi padre me hubiera dejado alrededor de grandes personas antes de marcharse, quienes consiguieron que disfrutara de esas épocas del año.

El semestre de otoño en la universidad lo terminé a duras penas, ya que tuve que meterme más en la cuestión de las empresas y de paso, fui más activa con Grigori. Incluso viajé a California con Tess, Jane, Dylan, Connor y LuzBel, ya que no había manera de que este último se perdiera de ese viaje. Y al final, los chicos lo tomaron como unas vacaciones.

Con Dylan habíamos entablado una relación más cercana y descubrí que era un excelente administrador y ya que también era el heredero del cincuenta por ciento de todo lo que fue de nuestro padre, me ayudaba con sus conocimientos para hacer crecer el patrimonio que nos dejaron.

—¿Quieres hacer algo especial? —me preguntó Elliot cuando enero entró de lleno y llegó el tercer año de fallecimiento de mamá.

—No, prefiero hacer algo cuando llegue el día en que debía cumplir cuarenta y cuatro años —le dije y él asintió estando de acuerdo.

Dos días después, regresamos a Richmond, puesto que pronto asistiríamos a una cena de gala ofrecida por Daniel Gibson, uno de los senadores del estado de Virginia y parte de los aliados de Grigori.

En esos meses, Myles se había encargado de ser mi mentor y me enseñó cada cosa importante de la que él tenía conocimiento, así como me informó cuál era la función del gobierno con la organización, sus alianzas y cada una de las operaciones que se llevaban a cabo; descubriendo con ello también, que todos los fundadores y algunos pocos miembros de Grigori, pertenecían a un grupo élite que tenía acceso a grandes secretos. Y que, por ende, era una especie de sentencia que te echabas encima al saberlos, ya que los protegerían a toda costa.

A pesar de esos contras, me alivié de ser más consciente de que no todo en ese mundo era malo y que mi padre hizo grandes obras para ayudar al país por las cuales seguía siendo respetado y admirado. Su reputación nos precedía a Dylan y a mí, nos abría muchas puertas y decidí seguir cosechando por mis propios méritos para demostrarme a mí misma que era digna de ocupar su lugar.

—¿Te gusta lo que ves? —le pregunté a LuzBel cuando apareció en el umbral de la puerta de su recámara, en el apartamento.

Me encontró frente al espejo de cuerpo completo, detallando cómo lucía enfundada en el vestido negro y largo; era de tirantes finos y con un escote en V que llegaba justo arriba de mi ombligo. De la cintura hacia los pies, tenía bastante vuelo, con una abertura en cada pierna que iniciaba un par de centímetros abajo de mis caderas, aunque encima lo cubría una gasa a juego con el color, y que me protegía más del frío que de la vista traviesa de ese demonio.

Admitía que el diseño era más sexi que elegante.

El cabello me lo recogí en un moño bajo y los ojos decidí maquillarlos de negro profundo, lo que jugaba en un contraste sensual con mis labios rojos. Y como accesorios, unos aretes pequeños a juego con la tira ancha de oro que se pegaba a mi cuello como collar.

—Ya sabes cómo me gustas más —respondió, comiéndome con la mirada

Tenía una sonrisa ladina, orgullosa y sensual adornando su hermoso rostro.

—¿Desnuda? —cuestioné alzando una ceja.

—Sí, además de despeinada y en mi cama —agregó y negué divertida al escucharlo—, pero debo admitir que luces malditamente hermosa vestida y maquillada de esa manera, a pesar de que quisiera ver tu cabello suelto. Ya sabes que me encanta de esa manera. —Me di la vuelta y suspiré al verlo enfundado con un esmoquin negro en su totalidad y el cabello peinado a la perfección.

Gracias a mis zapatos negros de enorme tacón, la estatura entre nosotros disminuyó un poco, aunque seguía siendo más alto.

—Tú y tu obsesión con mi cabello —dije y se encogió de hombros, lamiéndose los labios cuando detalló mis piernas.

—¡Mierda, White! Debo preguntar algo —avisó y sonreí.

—Llevo bragas —me adelanté y sonrió travieso.

—¿Pero por qué deben ser dos aberturas en el vestido esta vez? ¿No te bastaba torturarme solo con una? —refunfuñó y solté una carcajada.

—Es porque me da más comodidad para caminar, o pelear si se llegara a dar el caso —expliqué y suspiró rendido.

Tras eso, se acercó a mí y ya que había tenido las manos hacia atrás, hasta ese momento vi que llevaba una caja plateada en ellas.

—Ábrelo —me animó entregándomela.

Lo hice enseguida y encontré dentro dos máscaras negras, parecidas a un antifaz, pero esas cubrían casi todo el rostro en su totalidad.

—A la fiesta que vamos, todos usan una de estas —explicó y asentí, viendo que tomó una y lo miré dubitativa cuando la alzó y con la mirada me pidió que lo dejara ponérmela en el rostro—. Nos mezclaremos con millonarios, políticos corruptos, narcotraficantes y, con seguridad, también con algunos Vigilantes que lograrán colarse en ella —recordó y me estremecí mientras me colocaba el último accesorio, ese era más necesario que los demás—. Así que la mejor forma de protegernos es vestirnos de negro y cubrirnos el rostro.

Me hizo dar la vuelta para que me viera en el espejo y lo vi colocarse la suya, luego me tomó de la cintura y observamos nuestro reflejo, él detrás de mí, formando un retrato viviente.

Un retrato oscuro, retorcido y perfecto.

—Adicional a esto, yo tendré que usar un pañuelo de gasa negra ya que me conocen más que a ti. Así que debo cubrir mejor mis rasgos —añadió y asentí.

Tenía mucha lógica, él debía protegerse la mandíbula y el cuello.

—¿Los chicos también irán? —pregunté saliendo de mis pensamientos.

Debíamos ir a la gala, ya que era una oportunidad para conseguir nuevas alianzas y asegurarnos de que las que ya teníamos, se mantuvieran. Pero también éramos sabedores de que los Vigilantes podrían asistir para buscar lo mismo que nosotros, o para encontrar nuestros puntos débiles con alianzas poco confiables.

Los malditos habían estado jugando mejor sus cartas luego de perder a uno de sus fundadores y arrebatarnos el nuestro. Sombra no volvió a enviar sus provocaciones y sabía que Grigori lo estaba buscando por cielo, mar y tierra, igual que a Fantasma, convirtiéndose ambos en los mayores objetivos para la organización.

Más que Lucius para ser sincera.

—Solo Jacob y Evan entrarán a la recepción con nosotros, además de Roman, Ella y Dom; quienes fingirán ir por su cuenta y se mantendrán lo más cerca posible de ti para no levantar sospechas —respondió—. Los demás Grigoris cubrirán la zona para impedir cualquier sorpresa —aseguró.

—¿Y quién te cuidará a ti? —inquirí, ya que siempre trataban de que yo tuviera guardaespaldas, pero él no.

—Me apoyaré con los chicos —aseguró y, aunque sabía que Jacob y Evan lo protegían con su vida, quería más protección incluso para ellos—. Por ningún motivo te alejes de mí, White —demandó antes de que refutara algo—. Sé que no deseabas ir a esta fiesta, pero siendo la nueva líder, estás obligada a asistir —recordó ante la negativa que puse cuando se me comunicó de dicho evento.

—Tampoco tú te alejes de mí —pedí, pensado en que yo lo protegería a él, ya que se negaba a llevar más escoltas.

Asintió en respuesta.

—Nunca lo haré, Bonita —ratificó besando mi cuello y estremeciéndome en el acto, embriagándome con su aroma y haciéndome desear no salir de esa habitación en mucho tiempo—. Llegó la hora de irnos —avisó rompiendo el hechizo.

Aunque vi en sus ojos que, por un momento, él tampoco deseaba irse.

«Aburridos. Desaprovecharon la oportunidad de echar un rapidito».

Perra, bien sabías que con él nada era rápido.

«Buen punto».

Una hora más tarde, llegamos al hotel donde se llevaría a cabo la cena de gala. Inferno, se llamaba y, al analizar el tipo de personalidades con las que nos mezclaríamos, entendí que el nombre le quedaba perfecto.

Mantenía un mal presentimiento en mi interior desde que salimos del apartamento y al estar ahí aumentó, pero lo adjudiqué a que nunca me mezclé con ese tipo de personas en el pasado y me gustase o no, esa noche debería poner mi mejor sonrisa y creerme la dueña del mundo para no permitir que ningún tipo que me creyera menos por ser joven y la nueva líder de Grigori, intentara amedrentarme por sus años y poder dentro del gobierno o la corrupción.

—Es hora del *show* —avisó Jacob cuando estacionaron frente al hotel, donde los valet parking esperaban a que bajáramos del coche para aparcarlo por nosotros, pero no sería necesario que se lo llevaran a ningún lado, ya que hacíamos uso de nuestro propio conductor para evitar cualquier ataque sorpresa.

Vi a Evan, Jacob y LuzBel subirse la gasa negra que llevaban en el cuello hacia el tabique de la nariz y acomodarla también en las orejas, luego se bajaron los antifaces, quedando estos justo hasta la mitad de nuestros rostros.

Me estremecí al verlos, ya que no solo emanaban misterio y peligro, sino que también vestidos con esmóquines iguales y protegidos de esa manera, a simple vista parecían ser la misma persona; lo que les haría difícil a nuestros enemigos saber quién era quién.

Incluso a mí, si no llegaba a fijarme bien en el pin que usaban en el puño del esmoquin y que solo yo sabía que lo llevaban.

—Vamos —me animó LuzBel y bajó antes que yo.

La noche estaba fría y más oscura que de costumbre, aunque el abrigo sobre mi vestido me daba el calor necesario para no morir de hipotermia. Tomé la mano de LuzBel cuando me la tendió para ayudarme a bajar del coche, viendo su pin azul (el de Jacob era negro y el de Evan rojo) y el vaho que salió de mi boca me hizo desear un cuello de gasa como el que ellos usaban para cubrirme el rostro y protegerme del cruel invierno. Una estación que había comenzado a odiar porque el frío era sinónimo de malos recuerdos para mí.

Dejé los malos pensamientos de lado y tomé la mano enguantada de un más oscuro LuzBel para dejarme guiar por él. Yo también usaba guantes negros que me cubrían hasta el codo, no para que me aportaran más elegancia, sino para proteger mis huellas.

Cuando entramos a la recepción del hotel, agradecí la calefacción que me recibió, sintiendo en minutos que el abrigo era demasiado caliente para estar dentro.

—Aquí, por favor —pidió la recepcionista.

Le mostramos nuestro pase de identificación, mismo que el anfitrión de la gala nos hizo llegar semanas atrás y según lo que LuzBel explicó, solo el senador Gibson sabría nuestra identidad. Para los demás, éramos personas cualesquiera.

«Ni tan cualesquiera, contando con que te rodearías de políticos, mafiosos y todo tipo de élite corrupta de la alta sociedad».

Cuando la recepcionista vio que todo estaba en orden, nos invitó a seguir al gran salón de Inferno. LuzBel me tendió el brazo para que entrelazara el mío y los chicos tomaron diferentes direcciones para así distraer a cualquiera que intuyera quiénes éramos.

—Gibson nos hará saber por medio de su gente en qué momento nos reuniremos —avisó LuzBel y asentí.

El hombre había solicitado unos minutos con nosotros para presentarse conmigo y darme la bienvenida a Grigori. Lo que no creí necesario. Sin embargo, esos formalismos eran parte del juego de poder y como LuzBel me lo dijo antes: tendría que aprender a moverme como una verdadera reina, ya que dejé de ser la princesa del clan californiano cuando mi padre murió.

Mi abrigo lo habían tomado en la recepción para guardarlo y que así estuviera más cómoda en la gala y accedí sabiendo incluso que al salir del hotel tendría que tirarlo por la desconfianza que me embargó al estar entre un nido de víboras en un campo minado.

Y fue horrible ser más consciente de que no podía confiar en nadie que no fuera LuzBel o los chicos, pero ese era mi mundo y más me valía aprender a moverme si no quería que las víboras me mordieran o me hicieran dar un mal paso para pisar las minas y destruirme sola.

La música clásica me impactó cuando entramos al gran salón y, aunque ya había sido advertida, ver ese mar de máscaras y vestimentas negras fue lo más impresionante. Algunos de los invitados nos observaron en cuanto entramos e imaginé que estaban tratando de identificar quiénes éramos. Sin embargo, gracias a la jugada de LuzBel al usar la misma vestimenta con los chicos y cubrir la mayoría de sus rasgos (y que yo todavía no era conocida en Grigori), sería más difícil que alguien pudiese identificarnos.

Aunque eso de los antifaces y vestimenta también nos jugaba en contra, puesto que nosotros tampoco podíamos identificar a la perfección con quiénes nos codearíamos.

—¿Estás bien? —preguntó LuzBel tras unos minutos, cuando se percató de que miraba a mis espaldas.

Había sentido un escalofrío reptar por mi espalda, similar al que experimentaba cuando él estaba cerca y yo aún no lo veía. Solo que ese estremecimiento repentino me provocó un poco de malestar y temor, a tal punto que la piel se me erizó por presentir que alguien me observaba. Y tras analizar a las personas que me rodeaban, supe que mi reacción no se debió a ninguno de ellos.

—No consigo sentirme cómoda aquí —le respondí en cuanto lo miré, omitiendo mi sospecha.

Asintió comprensivo y quiso decirme algo, tranquilizarme tal vez, pero un tipo con un antifaz que le cubría solo la parte de los ojos nos interrumpió y le susurró algo en el oído. Me mantuve alerta, receptiva a lo que pudiera pasar y me tranquilicé únicamente cuando LuzBel sacudió la cabeza de forma afirmativa en respuesta.

—Tal parece que Gibson está ansioso por conocerte —murmuró en mi oído y puso una mano en mi espalda baja para hacerme caminar.

Noté al tipo que dio el aviso adelante de nosotros, guiándonos hacia un salón aledaño, alejado de donde se llevaba a cabo la gala. Había tomado la mano de LuzBel para no alejarme de él entre la multitud y, de pronto, fui golpeada (sin intención alguna) por una chica que, a pesar de usar su antifaz y un pañuelo de seda negra en la cabeza, en combinación con su sensual vestido, me dio la impresión de haberla visto antes en algún lugar lejos de ese hotel.

—¡Adelante! —Escuchamos a una voz masculina decir luego de que nuestro guía tocara la puerta de madera del salón.

El tipo abrió por nosotros tras la invitación y con la mano, nos invitó a pasar.

—¡Bienvenidos! —La voz alegre de un señor regordete de aproximadamente sesenta años, nos recibió. Y al ver cómo LuzBel retiró su máscara con confianza, me sentí más tranquila y decidí imitarlo.

Daniel Gibson resultó ser una persona bastante amena cuando no se le daba por llevársela de galán irresistible. Y luego de que LuzBel nos presentara y él me diera la bienvenida como tanto había querido, se dedicó a hablarme maravillas de papá, comentándome a la vez sobre algunos proyectos que dejó inconclusos. También me aconsejó, demostrándome con lo último que tenía una mente de tiburón y que no era un hombre que esperaba que todo le llegara a las manos como sucedía con algunos políticos.

—Seguiremos en contacto pronto —le dije al senador al terminar de hablar y me acerqué para darle la mano como despedida.

—Sé que así será, preciosa —aseguró tomándome con ambas manos.

—Se llama Isabella, senador. Así que evite los apodos —le pidió LuzBel con fingida educación.

Y quizá me habría molestado o avergonzado su descaro, pero agradecí que hiciera esa corrección, jugando él el papel del malo y yo quedando como la chica educada que solo estaba ahí para aprender, siendo de alguna manera, engañosamente inocente.

—Ya, muchacho. Deja los celos que solo estoy siendo amable. Yo bien podría ser el abuelo de tu novia —señaló el senador con diversión y me puse nerviosa cuando se refirió a mí como la novia de LuzBel.

Esperé unos minutos para que LuzBel lo corrigiera, mas no lo hizo.

—Bien, que bueno que lo tengas claro, viejo sarnoso —refutó ese demonio oscuro, bastante complacido y abrí los ojos.

No solo por el apodo que le puso al senador, sino porque no entendí qué fue lo que celebró en realidad: si el que tuviera claro que podía ser mi abuelo o que yo era su novia.

Pero las carcajadas que ambos soltaron me sacaron de mi confusión y así fuera por unos pocos minutos, dejaron las formalidades de lado, demostrándome que no tenían una relación estrictamente de trabajo.

Luego de eso, nos acomodamos los antifaces y el pañuelo en el caso de LuzBel y volvimos al salón principal.

—Veo que Gibson se unirá a la lista de tus admiradores —susurró LuzBel en mi oído cuando estábamos de regreso en medio del gentío, sentados en una mesa para dos—. Y, por supuesto, también a mi lista de tipos por asesinar —añadió.

—Déjate de tonterías —respondí con una sonrisa.

—Espero que lo sigas creyendo una tontería cuando cada uno de los que ose mirarte con deseo, aparezca sin ojos —advirtió y bufé con ironía.

Aunque por dentro esperé que no estuviera hablando en serio.

«Hablabas del mismo tipo que se creía tu dueño sin estar enamorado de ti, Colega. Así que no sé por qué dudaste».

Negué para mi conciencia y le di un trago a mi copa de champagne, una que, por cierto, Evan se encargó de buscar para ambos, asegurándose de que fuera seguro beberlas.

—Deja de mirarme tanto —le pedí a LuzBel, ya que tenía varios minutos de sentir sus ojos en mí.

—¿Te pongo nerviosa? —inquirió y me llevé el filo de la copa a mis labios, tratando de ocultar una sonrisa.

—No, solo evito que te veas como un obsesionado —refuté y escuché su risa divertida.

Mi nerviosismo e incomodidad había pasado luego de nuestra charla con el senador y me dediqué a disfrutar de la velada, conociendo a la vez a algunos de los aliados de Grigori que se pusieron en contacto con LuzBel para saludarnos en puntos específicos de la gala y así reconocerlos incluso con las máscaras.

—¿Bailamos? —me invitó de pronto y, una vez más en esa noche, me estaba sorprendiendo.

Antes de que le diera mi respuesta, se puso de pie y me tendió la mano enguantada. La música no era de mi agrado, mas no quería desaprovechar ese momento en el que solo éramos él y yo.

La última vez que bailamos todo terminó mal y su propuesta era una buena oportunidad para comenzar a reemplazar mis malos recuerdos con buenos, así que tomé su mano y caminando con elegancia y seguridad, nos dirigimos hacia la pista de baile viendo que en el trayecto LuzBel asintió en dirección al Dj y sonreí divertida al percatarme de que se trataba de Jacob.

Y, tras esa señal de su parte, el sonido de instrumentos como pianos, cellos y guitarras comenzó a reproducirse y no entendí la razón, pero mi piel se erizó al reconocer la melodía de *Apologize* de One Republic.

Había muchas parejas bailando a nuestro alrededor. Sin embargo, solo me enfoqué en ese hombre cargado de oscuridad, llevándose mis manos a sus hombros y colocando las suyas en mi cintura, dando dos pasos para atrás al compás de la música, sincronizando los míos yendo hacia adelante y así no despegarme de su cuerpo.

Nuestras miradas se conectaron, sus iris grises escaneando los míos miel, hipnotizándome, creando un hechizo y envolviéndome en un halo donde solo éramos él y yo. Estábamos haciendo nuestro ese momento y me estremecí ante la conexión que conseguimos en pocos segundos.

La canción se convirtió en la melodía mágica que nos unió más allá de cualquier etiqueta, pensamiento o negación; apretándome el pecho con una emoción inefable, sacándome de órbita y elevándome al cielo junto a él, sin despegar los pies de la tierra.

«Quiero mostrarte cómo un demonio puede ser capaz de llevarte al cielo sin que despegues los pies de la tierra».

Mis ojos ardieron al recordar sus palabras el día que estuvimos en el viejo estudio de ballet, comprobando esa noche que luego de meses llenos de tempestades, lo seguía cumpliendo, pues así él se creyera un demonio que merecía el infierno, para mí era el ángel oscuro que llegó a mi vida para cambiarla y complementarla para siempre.

—¿Por qué esa canción? —pregunté.

No quería que la melodía terminara ni que la magia se rompiera. Anhelé que ese instante junto a él durara para toda la eternidad y se tatuara en mi mente tanto como en la suya, ya que así se mostrara como un chico duro con corazón de hielo, el brillo en sus ojos me dijo que ese baile, esa canción y mi compañía, lo acababan de atrapar junto conmigo en el mismo hechizo.

—Alguien me dijo que era la canción perfecta para que tú me la dedicaras a mí y luego de escucharla, descubrí que sí, tenía razón. Pero también hay estrofas que yo te diría a ti —confesó y mi respiración se aceleró.

Intuí que quien fuera que le dijo tal cosa, lo hizo justo por la parte en la que alguien decía que era tarde para pedir disculpas.

—¿Qué estrofas? —musité con la voz débil y sonrió.

Creí que no diría nada, pero se acercó a mi oído y me mordí el labio ante su susurro.

—Recibiría una bala por ti, Castaña hermosa.

La garganta se me cerró y no supe qué decirle porque justo en esa parte de la canción, había otras palabras que dejó de lado. Sin embargo, él escogió esa y bastó para catapultar ese momento como uno que no olvidaría incluso si llegara a morir esa noche.

Además de que era la primera vez que cambiaba el apelativo que siempre precedía al *castaña*. Aunque conociéndonos, sabía que luego volvería a ser terca, gruñona, provocadora, maldita o bruja. Sin embargo, en ese instante era hermosa y lo disfrutaría el tiempo que durara.

—Te sigo amando con un rojo fuego, Elijah. Y no, no creo que el mío se vuelva azul —le dije antes que la canción se terminara y se tensó al entender lo que significaba, mirando detrás de mí a un punto fijo.

Y si bien todas las estrofas que bailamos se las podía dedicar con facilidad, dudaba que algún día mi amor por él se enfriara.

—Isabella…

Se quedó en silencio ante los gritos de los presentes porque las luces se apagaron de pronto, aunque fue fugaz, siendo como un parpadeo y, en cuanto volvieron a encenderse, todo lucía como si nada.

No obstante, algo me dijo que eso no fue un accidente.

—Quiero que te quedes aquí, White. Tengo algo que averiguar —pidió LuzBel de pronto y eso no me agradó para nada.

—Dime qué sucede —exigí, aunque solo negó y sin decir más, comenzó a alejarse de mí.

«Joder, ¿por qué tenían que esfumarse tan rápido los buenos momentos con ese Tinieblo?»

Negué con fastidio y preocupación al ver que LuzBel no pretendía decirme nada antes de asegurarse de lo que sea que lo puso así de alerta. Caminó dejándome en la mesa que estuvimos antes de bailar y se encontró con Evan (lo supe al ver el pin rojo), quien iba en busca de nosotros luego del apagón.

—¿Sabes lo que pasa? —le pregunté cuando llegó junto a mí luego de que LuzBel le ordenara que se mantuviera conmigo.

—No tengo la menor idea, solo me dijo que iría arriba. —Señaló los escalones que conducían a un segundo nivel.

Todo ahí era más oscuro, incluyendo los escalones.

Miré el camino por donde LuzBel se marchaba y el corazón se me aceleró horrible al percatarme de una chica que caminaba de forma sospechosa y maliciosa a unos pasos delante de él y que cada cierto tiempo, observaba sobre su hombro, asegurándose de que…

Dios, no.

«Él la seguía a ella», confirmó mi conciencia y la garganta se me cerró de manera dolorosa.

—Confiemos en que los demás crean que sigues con el mismo acompañante —dijo Evan sacándome de mi miseria y me tomó del rostro.

A simple vista, parecía un gesto íntimo entre pareja, pero en realidad, me colocó un intercomunicador en el oído.

Traté de hablar con él, disimulando que no me dolía lo que intuí, obligando a mi mente a que dejara de crear más monstruos y cuando pasaron varios minutos, pensé en cómo evadir a Evan sin levantar sospechas.

—Iré al baño —dije, fingiendo la necesidad de orinar.

—Están arriba. Vamos, te acompaño —se ofreció.

—Claro que no. Iré sola. Tengo mi intercomunicador activo —le recordé tocando mi arete para que entendiera—. Además, Ella y Dom no me pierden de vista y sé que me seguirán.

No mentía con eso, tanto ellos como Roman se habían dejado ver para que supiéramos que estaban atentos y, para ser sincera, prefería que ellos me siguieran y no Evan.

—Está bien, Bella. Ve —aceptó.

No esperé a que dijese más y me apresuré a llegar a los escalones y subirlos, sintiéndome extasiada y hasta alucinando, ya que podía jurar que el aroma de LuzBel todavía se mantenía por donde había pasado minutos atrás, mezclado con una fragancia dulzona que supuse que pertenecía a la chica que iba frente a él.

La decepción me acechaba siendo sincera conmigo misma y necesitaba comprobar mis sospechas en lugar de torturarme con la duda, puesto que tampoco quería enfrentarlo pareciendo una novia celosa. Y si para mi desgracia me llegaba a asegurar de que él estaba con ella con intenciones de follarla, entonces me alejaría mucho más rápido de lo que tenía planeado, ya que no estaba dispuesta a ser humillada de esa manera de nuevo.

—Mierda —susurré y me escondí detrás de una pared al verlo hablar con la chica a unos metros de mí.

«Puta madre. Sí la había estado siguiendo».

Y no era la misma con la que choqué horas atrás.

La luz mortecina me ayudaba a mantenerme oculta y escuché el latido de mi corazón hasta en mis oídos tras lo que vi. Las manos se me congelaron incluso con los guantes puestos y la calefacción. Me asomé de nuevo por el filo de la pared y los ojos por poco se me salieron de las cuencas al encontrarlos abrazados esa vez.

Sentí la garganta como si acabara de tragar papel de lija y apreté los puños al ver que segundos después del abrazo, LuzBel y la tipa cruzaron un pasillo y ella abrió una puerta, metiéndose ambos dentro de lo que supuse que era una habitación.

—Oh, mi Dios —dije, perdiendo la voz en el proceso y me llevé una mano a la boca.

Me quedé paralizada por varios minutos, observando esa puerta cerrada, sabiendo que era fácil cruzar la línea de la locura y acercarme para escuchar lo que fuera que dijeran o hicieran, pero entonces mi raciocinio me dijo que no podía ser tan patética y opté por recoger los pedazos de mi corazón y darme la vuelta de regreso al salón, para no dañarme o para torturarme incluso más.

Había pasado semanas aceptando que lo que vivíamos era momentáneo y estuve dispuesta a disfrutarlo mientras durara, sobre todo porque él lo convirtió en algo mágico; sin terceras personas de por medio, siendo solo nosotros dos y, de repente, alguien apareció una vez más en nuestras vidas y joder, dolía demasiado que después de sentirme en el cielo, este me cayera encima al confirmar que mantuve las esperanzas en algo que únicamente yo sentía.

Me seguía agarrando a esa cuerda que pendía de LuzBel y me mantenía a diez pies del infierno, disfrutándolo a ratos y sufriéndolo a veces. Dispuesta a darle otra oportunidad sin que me pidiera nada, necesitándolo como un corazón al latido, amándolo con rojo fuego como le aseguré mientras bailábamos.

Creyéndolo mi ángel oscuro, incluso cuando él me aseguraba que era un demonio.

Las ganas de llorar provocaron que mis ojos ardieran al saber que no tenía necesidad de ver ni escuchar nada para intuir lo que harían. El corazón se me seguía rompiendo con cada palpitación y ansié tener uno de hielo como el de él para que no me importara nada, pero eso era imposible.

Cuando llegué a los escalones de nuevo, ya no sabía ni cómo estaba respirando. Perdí la noción del tiempo y estaba a punto de perder también las lágrimas que aferraba a mis ojos. Sin embargo, en cuanto comencé a bajar el primer peldaño, lo vi de pie al final de la escalinata y enmudecí.

Llevaba el pequeño pin azul y sabía que Evan seguía esperándome y no vi a Jacob por ningún lado. Así que el pensamiento de que era él en lugar de LuzBel quien estaba con esa chica me llenó de vergüenza y emoción.

«Mierda, Colega. Acababas de formarte tremenda película en la cabeza».

Por primera vez me alegraba que hubiera sido una exageración de mi parte.

Y, al parecer, LuzBel me había estado buscando, ya que subió los escalones de prisa hasta llegar a mi lado y no me dio tiempo a decirle nada, solo me cogió de la mano y me llevó hasta una habitación cercana a la que creí haberlo visto meterse antes. Maldije porque todos usaran esmóquines esa noche, ya que eso provocó más mi confusión.

El lugar estaba oscuro cuando entramos y ni siquiera tuve oportunidad de encender las luces, ya que LuzBel (tras cerrar la puerta) me tomó entre sus brazos y me aferró a su cuerpo. Sentí mi propia necesidad en su tensión y la urgencia de saber que era yo, como si hubiésemos estado en posiciones contrarias y él me hubiera visto a mí entrando con otro tipo en otra habitación.

Lo que me causó gracia, ya que era irónico que viviéramos la misma situación hasta el punto de enloquecer.

—Te extrañé —le dije y lo escuché reír por lo bajo.

Envolví mis brazos en su cuello para asegurarle que era yo y lo abracé como si tuviese años sin verlo y lo hubiera extrañado como una desquiciada.

«No creo que le hubiera causado gracia si le decías que acababas de pensar que lo viste con otra y estuviste a punto de matarlo por ello».

Jamás pensé en matarlo.

Le reproché a mi conciencia y habría seguido la pelea con ella si LuzBel no hubiese arrancado mi antifaz. A penas conseguí jadear antes de que él estampara su boca en la mía, ignorando en qué momento se sacó la gasa del rostro y subió su máscara.

Mi piel se erizó por la forma tan fuerte y áspera con la que me besó, robándome el poco aliento y permitiendo que la oscuridad de la habitación penetrara más en mis huesos. Su lengua pronto encontró la mía y el *piercing* en ella resonó en mis dientes.

Ese hombre me estaba devorando: famélico y desesperado por hacerme suya y a esas alturas, dudaba de que me negaría si me subía el vestido para permitirle encontrarme incluso en las profundidades de mi ser. Sus manos enguantadas no se mantuvieron quietas, acariciando mi espalda y descendiendo hasta mi trasero y piernas.

Respondí a su beso con la misma intensidad y comencé a tocar su cuerpo con deseo, arrancando su esmoquin, yéndome enseguida a su cuello para deshacerme del corbatín, pero justo cuando llegué a él, mi cuerpo de heló y paralizó.

«¡Mierda!»

—¡Hijo de puta! —espeté y me alejé de él—. ¡¿Cómo te atreves?! —seguí buscando desesperada el interruptor de la luz en una pared cercana.

Bajo el corbatín usaba el collar que le cambiaba la voz y solo al palparlo me di cuenta de mi maldito error.

—No me culpes, Isabella —dijo el maldito Sombra con la voz robotizada—. Es difícil no probar el paraíso cuando lo ponen en tus narices —se excusó haciéndome hervir la sangre.

Palpé el maldito interruptor en ese instante y encendí la luz, encontrándolo cerca de mí, de nuevo con el antifaz puesto y una gasa más gruesa que la que LuzBel usaba.

Las luces mortecinas y mi ilusión porque fuera ese demonio idiota me hizo pasar desapercibido ese hecho. Aunque sí usaba el pin azul.

—¡Eres un cobarde, Sombra! —largué con indignación—. ¡Te escondes bajo una estúpida máscara y te aprovechas de parecerte a un hombre que a leguas se nota que jamás superarás! —grité notando que sus ojos no eran pozos oscuros en esa ocasión.

—¿Te refieres al mismo hombre que entró a una habitación con otra mujer hace unos momentos? —señaló con ímpetu y no me hizo ni puta gracia aquel recuerdo—. ¿Ese mismo por el que casi llorabas al llegar a los escalones?

—¡Cállate! —exigí furiosa y no por lo que hizo, sino porque no mentía.

—¡No lo haré! —aseguró—. Desde que entraste con él del brazo no he podido dejar de observarte. —En ese momento comprendí por qué me sentía vigilada.

Y si era tan inteligente como demostraba hasta el momento deduje que, por observar con detenimiento, supo encontrar la diferencia entre las vestimentas de los chicos y, por lo mismo, consiguió el pin azul.

—LuzBel tiene la puta suerte de tener a su lado a una mujer que hace alarde de su nombre, Bella.

La forma en la que saboreó ese apelativo en su lengua consiguió ponerme muy nerviosa y él lo notó.

—Y, aun así, es tan idiota de irse detrás de otra, de alguien que no te llega ni a los talones, pequeña —sentenció y la ira fue la única que impidió que llorara—. Entonces, sí, lo acepto. Soy un cobarde por valerme de esta máscara y mi parecido con él para probar tus labios. —Retrocedí al ver cómo intentaba acercarse de nuevo a mí—. Pero LuzBel lo es más al no valorarte cómo te lo mereces.

Mi espalda tocó la pared y Sombra aprovechó para llegar a mí.

Podía salir de la cárcel que formaron sus brazos a cada lado de mis hombros, claro que sí. Sin embargo, no pude hacerlo porque sus palabras calaron en mi interior.

El maldito aprovechado tenía razón, era él el que estaba conmigo mientras LuzBel quizá se revolcaba con aquella chica y el pensamiento volvió a doler.

—Acabo de tener en mis manos la oportunidad de hacerte mía, Bella.

—Porque te creía otro —le recordé entre dientes y por cómo entrecerró los ojos, imaginé que estaba sonriendo.

—Pude haberte puesto de espaldas a mí y enseñarte cómo una noche con mis demonios, te habrían hecho alzarte en el cielo —aseguró y entreabrí la boca, queriendo soltar miles de cosas que quedaron atascadas en mi garganta—, pero no iba permitir que el mérito se lo llevara ese imbécil, por eso dejé que descubrieras el cambiador de voz —admitió—. Para darte la oportunidad de que sepas quién estará entre tus piernas.

—No estaré contigo por despecho —aseguré mirando sus ojos negros.

—Claro que no. Hazlo por placer —recomendó, atreviéndose a acariciarme el rostro.

Y se lo permití.

«Al fin y al cabo eras libre, Colega y podías hacer lo mismo que el maldito Tinieblo hacía con otra en aquella habitación».

No era momento para tus tontos y malos consejos.

—Crees que me hará gracia estar con un tipo que no me deja verle el rostro —ironicé.

—Te prometo que te olvidarás de mi rostro cuando te pe...

—Atrévete a terminar esa frase y no respondo, maldito patán —advertí y rio.

—Solo soy sincero contigo, Bella.

—¿Por qué no me dejas verte? —pregunté entonces, probando si de verdad sería sincero.

—Es por tu propia seguridad —aseguró—. Que no sepas quién soy es mi mejor manera de protegerte. Ya suficientes dianas tienes en la espalda —añadió.

—No soy ninguna damisela —le reproché.

—Claro que no. Eres una diosa que vuelves locos a los hombres con tu belleza y sobre todo vestida de esa manera —juró y me acarició el brazo esa vez, comenzando a bajarlo hasta mi cintura.

En ese momento, sí lo detuve.

—Ya, pero no obtendrás ningún favor de esta diosa por mucha labia que tengas, así que aléjate de mí antes de que me des más motivos para matarte —sentencié y justo después de pronunciar esas palabras, la puerta se abrió.

Ambos miramos hacia esa dirección y encontramos a LuzBel sin su máscara, quien se detuvo de golpe bajo el umbral, en *shock* por lo que veía.

Al principio, vi terror y desesperación en sus rasgos, pero estos se deformaron por la ira que lo embargó y juré que su aura se acababa de volver más oscura que de costumbre al comprender lo que estaba sucediendo.

Me zafé de inmediato del agarré de Sombra al darme cuenta de cómo se podía malinterpretar todo en lugar de que se comprendiera y caminé hacia la puerta para salir de esa habitación y llevarme a LuzBel conmigo, pero en cuanto llegué a él, desenfundó su arma y apuntó a Sombra.

No obstante, esa vez Sombra también sacó su arma y la apuntó a LuzBel.

«Me cago en la puta madre».

CAPÍTULO 66

¿Lo disfrutaste?

I SABELLA

Me encontraba en el medio de nuevo, con la diferencia de que en ese momento no servía de escudo, sino más bien de apoyo, puesto que LuzBel posó su arma al lado derecho de mi cabeza y Sombra en el izquierdo, ambos apuntándose entre sí desde direcciones contrarias.

Tragué con dificultad al no reconocer a LuzBel, puesto que esa vez la maldad que habitaba en él oscurecía su mirada y lo cegaba.

«Vaya cosas en las que nos metíamos».

—Esta situación no es graciosa —me atreví a decir, nerviosa y rogando porque no dispararan.

—No me digas —ironizó LuzBel con la voz ronca y llena de furia—. De nuevo te cruzas en mi camino, hijo de puta. Y ahora no pienso dejarte vivo.

Maldije al escuchar a Sombra reír y provocar más la ira de su oponente cuando le dijo aquello.

—Esta vez no me crucé, tú me lo dejaste libre para pedirle disculpas personalmente a esta hermosura por lo del otro día —soltó Sombra con chulería y empuñé las manos.

—Me sorprenden tus ganas de morir —ironizó LuzBel.

—Más te sorprenderían mis ganas de folla...

—¡Por Dios! ¡Cállate! —me apresuré a decir yo y escuché cómo los dos quitaron el seguro de las armas—. LuzBel, creí que él eras tú y por eso estoy aquí —expliqué.

Aunque no lo mereciera, pero debía evitar una locura.

—Te dejé con Evan, pero siempre te es difícil hacer lo que te pido, ¿cierto? —me reprochó y eso solo me provocó.

—Sombra, vete de aquí. Necesito hablar con LuzBel en privado —pedí.

—Él saldrá de aquí metido en una bolsa negra, White —amenazó LuzBel.

—¡Él se va de aquí ya! —aseguré envalentonándome—. Su error ha sido hacerse pasar por ti mientras tú te ibas con otra tipa —reproché y lo vi tensarse más al escucharme—. ¿Querías que me quedara allá con Evan mientras tú te ibas a follar con ella?

—No es lo que piensas, White —aseveró entre dientes.

—¡Oh, por Dios! Esa excusa ya me la sé —bufé enfurecida—. Sombra, vete de aquí ya —volví a pedirle.

Y admito que me sorprendió cuando LuzBel bajó el arma, rindiéndose luego de escuchar mi reclamo. Sombra hizo lo mismo.

—La próxima vez que te me acerques así, no detendré a nadie que quiera matarte —le advertí a Sombra, observándolo cuando dio un paso a mi lado y rio.

—La próxima vez que me acerque a ti, tú no me detendrás a mí —aseguró.

LuzBel enloqueció y le dio un puñetazo que hizo gruñir a Sombra. Y apenas pude hacerme a un lado en cuanto ambos se metieron a una pelea que me heló la sangre.

Los dos dieron y recibieron puñetazos y patadas. Y fue una suerte para Sombra no perder ni el antifaz ni el pañuelo de gasa, manteniendo protegida su identidad.

Había muebles de todo tipo en esa habitación y si no era LuzBel quien los destruía con su cuerpo, era Sombra, lo que comenzó a aterrarme más, ya que no sabía qué hacer, puesto que muy ágil y entrenada podía estar, mas no sería estúpida de meterme en el medio de esos dos desquiciados vestida de gala y con unos tacones que me harían quebrarme el tobillo si por accidente me lanzaban a un lado para seguir matándose a golpes.

—¡Sigue golpeándome, hijo de puta y vas a aflojarme la lengua! —le advirtió Sombra a LuzBel cuando este último estaba sobre él dándole puñetazo tras puñetazo.

LuzBel; sin embargo, no se detuvo tan fácil, le dio dos trompadas más hasta que Sombra logró escaparse y cuando ambos volvieron a estar de pie: jadeando cansados por esa pelea, se miraron a los ojos por unos segundos.

—Vuelve a pisar mi puto territorio y te mataré, maldita mierda —gruñó LuzBel y Sombra lo enfrentó con la mirada.

—Ten en cuenta lo mismo —le advirtió Sombra y comenzó a alejarse.

Me miró una última vez y me guiñó un ojo, marchándose antes de que LuzBel volviera a írsele encima.

Me quedé de pie en mi lugar, alejada de todo el desastre que esos dos ocasionaron, incrédula porque uno quedara con vida, y más aún porque fueran los dos y LuzBel haya dejado que Sombra se marchara con una advertencia que dudaba que tomaría en cuenta.

Segundos después, di un respingo ante el grito de furia que LuzBel soltó y llegó hasta la puerta para cerrarla de golpe, aflojándose el corbatín en cuanto se giró, maldiciendo con una ceja herida igual que el labio inferior y la nariz sangrando.

—¿Me seguiste? —gruñó, sacudiendo los brazos y cerrando y abriendo las manos.

Al principio, no entendí de qué hablaba, hasta que recordé lo que inició todo ese desastre y asentí.

—¿Te quedaste para ver cómo salí casi de inmediato de esa habitación? —Me tensé ante ese cuestionamiento y lo notó.

—Te vi abrazando a esa tipa, LuzBel. Y luego ella te guio a esa habitación y, a menos que sea una hermana perdida tuya, no creo que hayas ido solo a charlar —espeté al darme cuenta de que podía tener una excusa para embaucarme.

—¡Puta mierda, White! —largó y noté que intentaba no perder el control—. No la abracé porque quise y ni siquiera la conocía hasta hoy —admitió y reí irónica—. ¡No, no te atrevas a reírte, maldita Castaña! Porque bien sabes que en todo este tiempo no te di un puto motivo para que creyeras que estaba con otra o que seguía en mis mierdas —me reprochó y alcé la barbilla.

«Punto para el Tinieblo».

—Siento mucho que me cueste olvidar tus costumbres —satiricé.

—Abracé a esa chica porque era de la única manera que creerían que estaba allí con ella con otras intenciones, Isabella. Cuando en realidad, ella me estaba haciendo saber que hay Vigilantes en la fiesta y como podía identificarlos. Pero debíamos fingir para no delatarla y que no terminara muerta en lugar de ti —espetó y la culpa comenzó a invadirme, sobre todo al pensar en lo que yo hice mientras creía que él follaba con ella.

—Me pidió que te sacara de aquí porque sigues siendo el objetivo principal de esas mierdas y volví enseguida al salón, donde supuestamente te dejé con Evan y cuando él me dijo que te habías ido al baño, enloquecí; ya que Ella y Dom no te encontraban por ningún lado y ni siquiera respondías en el maldito intercomunicador —señaló.

Abrí los ojos con sorpresa al recordar el intercomunicador y toqué mi oreja izquierda, pero no lo encontré. Deduje enseguida que Sombra se deshizo de él.

Puta madre.

—Busqué habitación por habitación mientras los demás se desplegaron en otras direcciones, White. Hasta que al fin te encontré —satirizó y tragué con dificultad, ya que así viera alivio en sus ojos, la decepción lo opacaba.

La culpa incrementó al recordar una vez más que mientras él me buscaba preocupado, yo le permití a Sombras acariciarme, cegada por el dolor de algo que ni siquiera pasó.

«Era difícil estar en el lugar del ofensor y no del ofendido, ¿cierto?»

¿Dónde estabas tú cuando debías actuar como una buena conciencia?

«Disfrutando como tú de los besos de Sombra».

¡Hija de puta!

—Me sentí herida al verte entrar con ella a esa habitación, Elijah. Y luego de lo que pasó con Laurel y Elena, no lo soporté y decidí marcharme, pero cuando estaba a punto de bajar los escalones, vi a Sombra al pie de ellos y creí que eras tú porque incluso llevaba el pin azul —expliqué con la voz débil—. La felicidad de saber que me equivoqué fue más fuerte y me dejé guiar por él aquí y descubrí quien era hasta que... —Callé de pronto sin saber cómo explicarlo.

Mierda.

—Hasta que... ¿qué? —exigió saber retándome con la mirada.

Por primera vez dudé en decirle la verdad u omitir todo. Y más al ver la ira en su mirada.

Así que opté por mirar de un lado a otro sin poder creer que estuviera en esa situación, pensando en omitir la verdadera razón por la que estuve a punto de arrancarle el corbatín a ese idiota con la intensión de follar con él luego.

Carajo.

¿Cómo era posible que temiera admitir algo que ni siquiera provoqué?

Y los segundos que pasaban tampoco me ayudaban a encontrar el valor para decirle la verdad a LuzBel; al contrario, me ponía más nerviosa y, sobre todo, cuando mis ojos se encontraron de nuevo con los suyos y seguí viendo ira y decepción en esos iris tormentosos, lo que provocó que mi corazón se acelerara más que cuando estuve en el medio de él y Sombra mientras se apuntaban, muchísimo más que cuando los dos se metieron a esa pelea de la cual todavía me seguía pareciendo un milagro que se detuviera sin muertes de por medio.

—Responde de una jodida vez, Isabella.

—Hasta que quise quitarle el corbatín —solté en simultáneo con él.

Mis manos sudaban y mi voz flaqueó, apretando los párpados con fuerza y sintiendo que la respiración me abandonó tal cual lo hacía mi conciencia en momentos críticos.

Abrí los ojos luego de varios segundos y noté la sorpresa en los suyos, junto a lo que creí que era también confusión o incredulidad por lo que salió de mi boca.

—¿Y por qué jodida mierda le estabas quitando el puto corbatín? —rugió y me estremecí.

¡Joder! ¿Por qué lo tenía que hacer tan difícil? ¿Por qué no solo lo imaginaba y ya?

«Tal vez porque no quería actuar como tú y cometer una cagada por lo que erróneamente iba a imaginar».

Puf.

—¡Lo confundí contigo, LuzBel! —dije alterada, sin soportar más esa situación.

Ser cuestionada así era horrible.

«Y no tener respuestas coherentes todavía más».

Me cago en la puta.

—¡Eso ya lo sé! ¡Maldita sea! —gritó y de alguna manera, eso me inyectó un poco de ira y valor. Y, sobre todo, la necesidad de dejarle claro que no tenía por qué hablarme así— ¡Ahora responde mi jodida pregunta! —exigió—. ¿Por qué le quitabas el jodido corbatín? Dímelo, Isa...

—¡Porque lo besé! ¡Joder! —grité en respuesta y logré acallar sus palabras de golpe.

¡Carajo! Como estúpida creí que su pelea con Sombra había sido lo peor de lo peor de la noche, cuando llegaría ese enfrentamiento entre nosotros a decirme que era una ilusa.

Y comprendía su actitud, por supuesto, ya que yo habría actuado igual si lo hubiese encontrado de sorpresa con una chica en la misma situación que él me encontró a mí mientras me buscaba desesperado. No echaba en cuenta lo que supuse antes, pues me fui en lugar de asegurarme qué pasaba, imaginando lo que quería.

Y terminé comportándome peor y por despecho en algún momento.

Cuando Sombra se fue, había supuesto que LuzBel imaginó lo que estuve haciendo. Sin embargo, al ver su reacción incrédula tras mis palabras, entendí que no, él no esperaba esa respuesta de mi parte.

—Bueno, él me besó a mí —aclaré— y le correspondí porque yo suponía que estaba contigo, Elijah y… ¡mierda! —bufé llevándome las manos al cuello—. Sé que fue mi error no asegurarme de lo que hacías en realidad, pero entiéndeme. Me partió en pedazos verte con otra, abrazados y luego yéndose a esa habitación…

Mis palabras eran tropezadas y creo que ni siquiera estaba respirando, solo solté mi verborrea aprovechando su *shock* para que entendiera que nada de lo que hice fue para dañarlo.

—Así que me fui porque no quería cometer una locura y cuando llegué a los escalones, herida y humillada una vez más, te vi abajo —continué—. Busqué el pin para reconocerte y al no ver a Jacob deduje que era él quien había estado con esa tipa porque sabía que Evan me estaba esperando en la mesa y entonces, Sombra aprovechó, me trajo aquí, con la luz apagada y me besó. Y lo único que pude pensar es en que fui una tonta al creerte con otra cuando tú me estabas buscando, quizá porque te apetecía que nos portáramos mal. Además, él tiene un *piercing* en la lengua igual que tú…

«Puta mierda, Colega. Necesitabas trabajar en esa diarrea verbal».

Maldije por milésima en la noche.

Siempre que estaba nerviosa, asustada o enojada, tendía a hablar hasta por los oídos y en ese momento sentía todo a la vez. Y muy tarde comprendí que había detalles que no tenía por qué darlos, ya que, en lugar de ayudarme, me condenaban más.

Como en ese momento, que el rostro de LuzBel cambió por completo de sorpresa a más ira, celos, dolor y frustración.

—Elijah —susurré y alzó las manos cuando vio mi amago de acercarme a él.

Se alejó de mí y me dio la espalda, maldiciendo por lo bajo, murmurando cosas ininteligibles y tomándose el cabello en señal de impotencia. Luego se giró para acercarse a mí, caminando como si fuese un león a punto de atrapar, desgarrar y matar a su presa y de forma instintiva me llevé la mano hacia mi espalda, buscando las dagas inexistentes. Lo hice creyendo que intentaría estrangularme o algo, segura de que no se lo permitiría por mucho que lo amara.

—¿Lo disfrutaste? —inquirió y me quedé pasmada, perdiendo la capacidad de hablar por un momento.

Una bofetada me habría impactado menos, siendo sincera.

Entreabrí la boca apenas jadeando, sintiendo que mis globos oculares saldrían volando de sus cuencas, conteniendo la respiración, enmudecida porque jamás esperé esa pregunta.

—¡Por Dios, LuzBel!

—Qué bueno que sepas que en este momento no hay nada de Elijah en mí para ti —señaló y titubeé.

—No seas injusto, por favor. Yo creía que estaba contigo.

—¿Incluso cuando la luz estaba encendida y te tomaba de la cintura? —siguió y tragué con dificultad, recordando lo que Sombra me dijo y cómo pudo manipular la situación con sus palabras, señalando lo que sabía que me dolía.

—Ese fue un momento de vulnerabilidad porque el imbécil me recalcó que estabas con otra —expliqué y rio sin gracia.

—Entonces, ¿sí lo disfrutaste? —insistió.

—Solo correspondí porque creía que eras tú, joder. ¿Qué acaso no viste que están vistiendo iguales, que incluso en la fisionomía ambos son muy parecidos? Es bastante obvio que me confundí, LuzBel.

—Yo no te pregunté eso, White —señaló desesperado—. ¿Lo disfrutaste? —repitió retándome a decirle la verdad. Era increíblemente absurdo que se enfocara en eso—. ¿Isabella? —insistió.

—Sí —dije sin más, harta de esa situación—. Lo disfruté porque en mi mente te besaba a ti, no a él —repetí por millonésima vez, intentando que comprendiera mi punto—. Si yo hubiera sabido que era otro hombre y no tú, no me hubieses encontrado aquí. ¡Entiéndelo, joder!

—Entiendo que el hubiera no existe, White. Y, sobre todo, entiendo que es muy fácil que me confundas con otro —dijo dolido, con los ojos brillosos, observando los míos mientras me tomaba de la barbilla, presionando, mas no lastimándome—. Esto se está volviendo demasiado difícil —susurró con decepción.

Mi corazón se puso como loco al palpar también desesperación en sus palabras y más cuando acercó sus labios a los míos y arrastró el pulgar por debajo de ellos con ira. Creí que iba a besarme y terminé cerrando los ojos, abriéndolos tras unos segundos al no sentir su añorado contacto.

—Envía a Ella y a Dom aquí, a la tercera habitación de la derecha —dijo de pronto y al ver que se presionaba el oído, imaginé que les hablaba a los chicos por el intercomunicador.

—Elijah —susurré.

—Necesito que te vayas para el apartamento con ellos y Evan —pidió y se alejó de mí, haciéndome ver que mi cercanía no le era grata en esos momentos.

—No estás siendo justo y lo sabes —aseveré y no respondió—. Quiero irme contigo, no con ellos —refuté tratando de acercarme a él, pero me detuvo.

Odiaba que Sombra, o los otros Vigilantes implicados se salieran con la suya y me negaba a rendirme y dejárselos fácil, pero al ver a LuzBel tan cerrado y aferrándose a su orgullo, comprendí que esos hijos de puta consiguieron darme un nuevo golpe.

—No los dejes ganar de nuevo, por favor —musité y negó con ironía.

Tocaron la puerta y reconocí a Ella detrás de ella sin verla, por la señal que siempre usaba para identificarse.

—Sabes que esto ha sido una maldita confusión —continué sintiendo que, si salía de esa habitación sin él, no sería fácil hacer las paces luego—. Yo jamás habría dejado que ese imbécil me besara por voluntad propia porque te am…

—¡No, White! —sentenció con enojo, callándome de golpe—. Solo vete, por favor y esta vez no me sigas.

Mi pecho dolió al escucharlo, por lo cerrado que podía ser cuando le herían el ego, cerrándose a mis explicaciones y a mi amor por simple capricho, dejándome ver una vez más que su orgullo era más grande que su corazón y razón.

—Necesito estar a solas y aclarar muchas cosas, así que vete porque tampoco quiero ofenderte solo porque me siento herido. Haya sido tu culpa o no —zanjó entre dientes—. Te buscaré cuando me sienta más calmado y preparado.

Quise hablar, decirle muchas cosas, pero mi voz no salió y estaba segura de que, si lo hacía, entonces también saldrían las lágrimas que me quemaban la garganta.

Y, además, dentro de mi dolor comprendí que tenía razón. Él estaba herido y, recordando todas las veces en que yo lo estuve por alguna de sus estupideces y que igual buscaba estar sola, decidí darle su espacio. Así que me di la vuelta y comencé a caminar hacia la puerta, derrotada por las artimañas de aquellos imbéciles.

—Isabella. —Detuve mis pasos al escucharlo y lo miré con la esperanza de que se hubiese arrepentido—. Ese hijo de puta te dejó el labial corrido luego del beso que se dieron. Límpiatelos —sugirió satírico y al recordar su pulgar arrastrándose debajo de mi boca, entendí la razón y apreté los puños, cerrando los ojos a la vez por vergüenza e impotencia.

Y con ello terminé de aceptar que Sombra hizo un buen trabajo, dándole a LuzBel en el ego y a mí en la dignidad, lo que consiguió que las lágrimas retenidas salieran sin permiso alguno de mis ojos.

Y, por segunda vez en una noche, el cielo se me estaba cayendo encima.

Llora, hija, deshace los nudos de tu alma y cuando la hayas limpiado, recuerda que, si caes siete veces, levántate ocho.

CAPÍTULO 67

Deseos de venganza

ISABELLA

Elijah no volvió al apartamento horas más tarde y ni siquiera en el día, tampoco lo vi en la reunión que hicimos con Myles para informarle de todo lo acontecido en la dichosa fiesta de gala. Y estuve a punto de preguntarle por él, pero me dio vergüenza y no quería dar explicaciones innecesarias a su padre.

Aunque con Evan y Jacob, les hicimos saber a todos que Sombra estuvo en la fiesta junto a otros Vigilantes, ya que, así no me dañara físicamente y fuera el único de esas lacras que había logrado llegar tan cerca de mí, jurando que no cumpliría órdenes para ganarse mi confianza, era obvio que estaban intentando perpetrar otro tipo de ataque en contra de nosotros.

Y Sombra hizo el primer movimiento con maestría.

—Si te hace sentir más tranquila, se quedó aquí —dijo Dylan al salir de la reunión e intuí que ya sabía que su amigo y yo no estábamos en nuestro mejor momento.

—¿Te dijo lo que pasó? —cuestioné, mordiéndome el labio con nerviosismo y negó.

—Ni lo hará. No hablará de ello hasta que logre controlar su enojo —explicó y asentí resignada.

La punzada de culpa me atravesó el pecho y exhalé pesado y con cansancio, pero no seguí hablando de lo sucedido para no darle más importancia de la que merecía, puesto que me frustraba demasiado.

Me quedé un rato en el cuartel, con la esperanza de que LuzBel volviera en algún momento y habláramos si ya era capaz de hacerlo, pero las horas pasaron y él no aparecía. Así que decidí concentrarme en los avances que Elliot me envió sobre el proyecto de los relojes identificadores de ADN, así como de algunas cosas de las empresas White que Dylan me pidió que resolviéramos.

Y los días transcurrieron sin que ese demonio caprichoso apareciera por el apartamento, cosa que ya comenzaba a provocarme ansiedad. Pero con el afán de hacer algo mejor por mi vida que llorar por ese tonto, decidí concentrarme más en la universidad, pues el semestre de primavera había iniciado a principios de enero y quería mejorar mis notas, ya que el de otoño lo terminé pésimo.

Por supuesto, LuzBel seguía sin buscarme, situación que, aunque me quería hacer la dura, dolía. Pero continué respetando su tiempo y ni siquiera insistí con llamadas o mensajes de texto. Solo me dediqué a estudiar, entrenar y seguir aprendiendo sobre Grigori, yendo y viniendo del cuartel con Ella y Dom como mis sombras, comprobando en el lapso que ese demonio podía ser escurridizo cuando el orgullo lo dominaba, ya que no conseguía cruzármelo por ninguna parte.

Bastante irónico, contando con que cuando lo conocí y quise odiarlo, lo veía hasta en la sopa.

—Jesús, el tiempo cuando no corre, vuela —dijo Jane mientras nos tomábamos un café.

Tess asintió estando de acuerdo. Las tres estábamos en el café donde conocí por primera vez a su hermano y los demás chicos.

Suspiré al recordar a Elsa.

—¿Van a celebrar su primer año de amistad? —nos preguntó la pelirroja.

—Deberíamos —dijo Jane mirándome a mí y sonreí.

Estábamos en la última semana de enero y gracias a mi inicio tardío de clases once meses atrás, cumpliría un año en esa universidad dentro de una semana y un par de días más.

—Podría ser en la fiesta de Lucas.

—¡Dios, no! —respondimos con Jane al unísono cuando Tess hizo tal sugerencia y las tres nos reímos.

Aunque minutos después, me quedé ensimismada, pensando en lo cruel que podía ser la vida al arrebatarte tanto en menos de un año y estar riendo en ese momento ahí con ellas, tratando de seguir adelante, yendo a veces de rodillas porque el peso que cargaba en los hombros no me dejaba ponerme en pie.

Pero la guerrera en mi interior se negaba a sucumbir y era ella la que me obligaba a continuar.

Las chicas siguieron hablando, comentando sobre la fiesta de Dylan, Evan, Jacob, Connor y Elijah, pues los cinco se graduarían en dos meses. Hacían planes y me incluían incluso cuando ni yo misma sabía lo que me deparaba el futuro, sobre todo con el último de ellos, ya que si seguía pasando de mí, daría por sentado que le puso fin a nuestra sexo relación de una vez por todas.

Y analicé lo fácil que era para LuzBel, gracias a que no sentía por mí lo que yo por él.

«Veías lo cierto que era que, quien sentía menos, era el de más poder en una relación así fuera solo sexual».

Un día después de la charla con las chicas, me encontraba en clases, escuchando la conversación de un compañero con el profesor.

—¿Y si no tenemos un lugar feliz? —preguntó el chico.

—Todos lo tenemos, Víctor. Pero si tú eres la excepción, puedes buscar uno que represente un cambio importante en tu vida o un giro inesperado en tu destino —le respondió el señor Sant.

Nos estaba dejando un proyecto muy interesante: un mosaico de imágenes hechas en nuestros lugares favoritos, donde tuviésemos recuerdos felices, y pidió que los inmortalizáramos logrando transmitir lo que sentimos cuando los visitamos.

Las clases finalizaron rato después y me fui para mi coche con la intención de volver al apartamento, pero cuando estuve a punto de marcharme, pensé de nuevo en el proyecto que nos dejaron.

Los sitios donde pasé algunos de los mejores momentos de mi vida estaban en California o Tokio. Y sí, había vivido unos cuantos en la casa que compartí con papá y la perra traidora, pero decidí venderla meses atrás y de ninguna manera volvería allí.

Pensé también en ir a la casa del bosque, ya que después de todo el tira y tira con Elijah, allí compartimos nuestro primer momento mágico. O en el Inferno con nuestro baile, dejando de lado lo que sucedió luego. Sin embargo, con todo lo que estaba pasando con los Vigilantes, no me arriesgaría a ir únicamente con Ella y Dom.

—Dios —murmuré, sintiendo el corazón acelerado al ver a una chica yendo hacia su coche con unos zapatos de ballet colgados en el cuello. El viejo estudio llegó a mi cabeza y recordé ese giro inesperado que me dio la vida dentro de aquellas paredes con espejos.

Tomé la cámara sin pensarlo más y salí del coche, dispuesta a ir al viejo estudio para rememorar con ese proyecto, uno de los momentos que más marcó mi vida al dejar entrar a Elijah en ella.

«Allí comenzó todo».

Allí se desencadenó todo, porque había comenzado mucho antes, le aclaré a mi conciencia.

—Voy hacia el viejo estudio de ballet —le avisé a Ella y asintió para seguirme desde lejos.

Caminé de prisa, sintiendo un cosquilleo en mi estómago y un escalofrío reptar por mi espalda cuando me metí entre los edificios y el jardín, lo que me obligó a mirar a mi alrededor, mas no encontré nada fuera de lugar, así que continué con mi cámara y el frío como mis compañeros.

El área del viejo estudio era solitaria, ya que no había edificios aledaños donde los estudiantes asistieran a clases, a excepción de algunas oficinas o salones de almacenamiento, así que sentí un poco de paz y confianza, ya que así Ella y Dom me dieran privacidad, tampoco me dejarían a merced de nuestros enemigos.

La garganta se me secó un poco al ver la puerta de madera y rogué porque estuviera abierta, pues tampoco estaba segura de sí pude acceder antes porque Elijah usó sus contactos.

—¡Sí! —celebré con un susurro en cuanto tomé la manija y la giré en dirección de las agujas del reloj y esta se abrió.

El olor de la madera me golpeó, también el del líquido que utilizaban para mantener los escritorios y sillas limpios, aunque esa vez todo tenía una pequeña capa de polvo.

Dejé eso de lado y agradecí que las ventanas rectangulares en lo alto del techo me dieran la luz natural que necesitaba para poder tomar excelentes fotografías. El nerviosismo permanecía latente en mi interior y el cosquilleo ya había subido a mi pecho.

—Y pensar que aquí provocaste ese giro inesperado, Tinieblo orgulloso —dije llegando al espacio abierto.

El piso de madera relucía y chirrió bajo mis botas cuando me paré en el medio y miré hacia el espejo del frente, respirando un poco acelerado en cuanto los recuerdos más calurosos llegaron a mi cabeza.

Aunque igual sentí un poco de tristeza porque el chico que había convertido ese lugar en algo inolvidable, quizá seguía odiándome a esas alturas.

—Concéntrate —me dije y le quité el protector al lente de mi cámara para luego encenderla y mientras regulaba el anillo de enfoque y el de zoom me puse de rodillas, sentándome sobre mis talones para conseguir el ángulo perfecto.

El sonido del obturador se escuchó segundos después cuando comencé a disparar imagen tras imagen: a los escritorios, a las ventanas y luego a los espejos.

«*¿Ves el humo, Bonita?*»

«*Sí*».

«*Es porque el fuego entre nosotros ya es inevitable*».

Cerré los ojos un instante cuando los recuerdos me atacaron con más intensidad y comencé a sentir calor en mi entrepierna. Sin embargo, traté de concentrarme en las fotografías y seguí captando algunas imágenes frente al espejo.

En unas salía yo reflejada.

«*Abre los ojos. No vuelvas a cerrarlos y mírate en el espejo. Mira cómo me montarías. Quiero conocer a la verdadera Isabella*».

—Jesús —susurré sintiendo demasiado calor de pronto y me saqué el abrigo.

Tras eso, volví a tomar la cámara y la apunté directo hacia otro espejo, llevándome una impresión tremenda cuando encontré a Elijah detrás de mí.

«*¡Al fin!*»

Estaba vestido todo de negro, con una sudadera y el gorro de ella puesto y juro que, si no hubiera reconocido su rostro en ese momento, habría creído que Sombra se acababa de salir con la suya de nuevo, pero no, era ese Tinieblo de ojos grisáceos quien me observaba atento y con una sonrisa maliciosa en los labios.

—Todo se ve mejor a través del espejo, ¿no, White? —inquirió y tragué con dificultad.

Seguía presionando el botón de la cámara para seguir captándolo en el reflejo del espejo y en cuanto comenzó a caminar hacia mí, el corazón pareció como si se me quisiera escapar del pecho.

—¿Todavía lo recuerdas? —inquirí y se puso en cuclillas al llegar detrás de mí.

—Todavía te huelo en mis dedos —aseguró y me quedé sin saber cómo se respiraba.

Se sacó el gorro de la sudadera y me dejó verlo con una gorra que usaba con la visera hacia atrás, luciendo como el perfecto chico malo que era.

Las mejillas se me sonrojaron por lo que dijo y puse la cámara en el suelo dispuesta a enfrentarlo porque así mi corazón galopara como loco por tenerlo frente a mí, después de dos semanas, también me sentía molesta por todo lo que se tardó.

—¿Te has cansado de evadirme? —pregunté, cambiando mi tono de nervioso a duro.

—No te he evadido, es solo que tú me has buscado en los lugares incorrectos mientras que siempre me has tenido a tus espaldas —admitió y se puso de rodillas, rozando su pecho con mi espalda.

La piel se me erizó y tragué con dificultad.

—Eras tú —dije recordando el escalofrío que sentí antes de llegar al viejo estudio.

—Querías hablar conmigo, aquí me tienes —respondió a cambio y me giré para tenerlo de frente.

La tristeza y decepción que había sentido la noche en Inferno me hicieron ignorar ese aroma suyo que tenía la capacidad de embriagarme y, en mi interior, me maldije por haberlo dejado pasar.

Tenía los labios un poco más rosados por el aire frío del exterior, sus cortes por la pelea con aquel idiota estaban sanados y sus ojos ya no se encontraban opacos por la rabia; todo lo contrario, noté un brillo lleno de picardía y hambre en ellos.

—Deja de huir de mí, Elijah —susurré poniendo las manos en sus hombros y la acción lo obligó a sentarse en el piso—. Sé que cometí un error esa noche, pero confío que en el fondo sepas que no todo fue mi culpa —añadí y aproveché su posición para ponerme a horcajadas sobre su cuerpo.

Trató de contener una sonrisa por mi arrebato y mi corazón se alborotó porque, en lugar de apartarse, me tomó de las caderas. Nuestros rostros quedaron al ras, respirándonos el uno al otro.

—No huyo, White. Al contrario, he venido a buscarte —susurró cerca de mis labios, mirándome a los ojos.

—Dos semanas después —acusé y estuve a punto de jadear cuando arrastró las manos hacia mis nalgas.

—En las que espero que hayas extrañado *mis besos* —refutó haciendo énfasis en lo último—. Y, además, confío en que hayas entendido que si yo, siendo el hijo de puta que odias la mayor parte del tiempo, te reconocería incluso drogado; deseo que tú, Castaña terca, me reconozcas a mí aun cuando yo mismo te diga que soy otro —aseveró y pegué la frente a la suya.

Sus palabras me estremecieron de una manera inexplicable porque le creí. Con todo mi ser sabía que me estaba diciendo la verdad, que podía ser ese idiota al que quisiera matar la mayor parte del tiempo, pero porque era demasiado sincero. Incluso cuando omitió que fui una venganza para él, fue directo en todo lo demás.

Joder. Si ni siquiera le importó dañarme meses atrás al decirme que no me amaba y menos que fingiría porque me tenía lástima. Mantuvo su postura sobre sus sentimientos y cuando hicimos esa tregua, se encargó de que siempre me sintiera segura sobre que solo estaba conmigo.

Pero tarde me estaba dando cuenta de que yo le daba más valor a que no me amaba, olvidando que me dio su sinceridad y confianza: dos cosas que no siempre te obsequiaba quien decía amarte.

—Son tus besos los que necesito, Elijah —musité acariciándole el rostro—, tus caricias, tu forma de tomarme —seguí. Él se removió un poco y me hizo sentir el bulto creciendo entre sus piernas, justo en mi feminidad, lo que me provocó a soltar un pequeño jadeo—. Te he extrañado tanto —confesé rozando sus labios con los míos.

—Yo también te he extrañado, Bonita —aceptó, acariciando mi cabello y metiéndolo detrás de mi oreja—. Y he necesitado hacerte mía cada noche —susurró y la manera en que su voz bajó una octava, me endureció los pezones y golpeó mi clítoris—. He ansiado como un maldito loco que grites mi nombre como si fuera tu oración favorita.

Movió mis caderas con su fuerte agarre para restregarme en él y solté un gemido cuando sentí la cresta de su polla frotándose donde más lo necesitaba, provocando un ardor de necesidad en mi vagina y la humedad que añoraba, recubrir su falo.

Ese chico me había devuelto mi libido, convirtiéndome en alguien insaciable.

—Perdóname por confundirte —susurré, pues eso era algo que quise decirle en esas semanas.

—¡Shhh! Calla, White. Olvidemos eso —pidió— y mejor déjame hacerte mía como tanto he deseado, deja que grabe mis besos y caricias en todo tu cuerpo como esa disculpa que yo también te debo. —Su voz fue seductora y suplicante al decirme eso—. Deja que te haga gritar mi nombre hasta que ya no puedas más.

—Hazme el amor, Elijah —pedí y sonrió de lado.

—Haré lo que me sale mejor —declaró él—, follarte hasta que ardas en mi infierno y te quemes con mi frío —prometió dando besos castos en mi mandíbula.

—Ya lo hago —dije entre jadeos y entonces se lanzó a mi boca.

Gemí ante el contacto, sintiendo que mi mundo comenzó a girar, pero en ese momento con la euforia y felicidad inundándome y desbordándose por cada poro. El beso se volvió profundo y sabía a añoranza, a desesperación, hambre, lujuria y un deseo que tuvimos que contener todo ese tiempo separados.

Subió ambas manos por mi columna hasta posar una en mi nuca con determinación, obligando a que nuestros cuerpos se fundieran como si fuera solo uno. Su lengua entró en mi boca y me estremeció desde la cabeza hasta los pies. Los ojos me ardieron, queriendo llorar de felicidad, pero también de miedo al pensar que ese podía ser un sueño.

Abracé su cuello y le devolví el beso con la misma intensidad, famélica incluso más que él.

—Te amo, Elijah —dije llorando porque no pude tragarme más esas dos palabras, sin importarme que él no respondiera, creyendo que si era un sueño o mi último día juntos, necesitaba que lo supiera.

Nos seguimos besando y mordisqueando los labios, jadeando y gimiendo, queriendo cada vez más y sin importarnos el lugar (confiando en que Ella y Dom mantuvieran a cualquiera alejados), le saqué la sudadera y la playera que llevaba debajo. Él me ayudó a quitar mi suéter de lana y solté un pequeño grito cuando me tumbó en el suelo frío, arrancándome las botas y los calcetines mientras yo desabrochaba el botón de mis vaqueros.

—Te prometo los juegos para después —dijo al verme desnuda por completo y sonreí.

Yo también estaba desesperada por sentirlo en mi interior.

Aunque él más, ya que ni siquiera se sacó el pantalón. Lo bajó a la mitad de sus muslos junto al bóxer y me deleitó con su enorme erección apuntando hacia mí, sabiendo dónde quería enterrarse. Tras eso, se apoyó con una mano en el piso y con la otra me tomó de la barbilla para besarme con ferocidad, sin usar la lengua en ese momento, solo siendo fuerte y posesivo, diciéndome a su manera que me extrañó como un desquiciado.

La cadena en su cuello hizo cosquillas en mi pecho con la placa fría por la separación que manteníamos entre nuestros cuerpos. Luego abrí las piernas para darle más acceso cuando se acomodó entre ellas: caliente, duro, ansioso. Jadeé sobre sus labios y llevó los besos a mi mandíbula y cuello mientras su falo encontró mi entrada.

—Oh, Dios —gemí y lo abracé con fuerzas en el instante que me penetró.

Mi humedad lo recibió y le facilitó el trabajo, pero mi corazón estaba tan frenético que lo aferré a mi cuerpo sin dejar que se volviese a separar, ya que tenía miedo de que se alejara de mí por otro par de semanas más.

—Eres jodidamente perfecta, Isabella —gruñó y sentí su erección palpitante y desesperada por obtener más fricción.

Nos miramos a los ojos, ambos tragándonos nuestros jadeos y cuando comenzó el lento vaivén, me besó la boca, la nariz, la frente y luego mi sien, empujando sus caderas cada vez con más potencia y desencadenando en mi interior más lujuria, pasión y urgencia.

Pero, sobre todo, amor.

—Míranos, Bonita —pidió y giré la cabeza en su dirección, viéndonos en el espejo—. Encajas perfecto en mi infierno.

Gemí, sintiendo que me estaba incendiando desde adentro, observando por el espejo su cuerpo cernido sobre el mío y su piel tatuada en un perfecto contraste con la mía. Su aroma se intensificó y anclé las piernas por debajo de sus nalgas, jadeando mientras él me llenaba con profundidad.

—¿Qué sientes? —preguntó de pronto y tomó mi cabello con el puño, sin dañarme, pero sí aumentando el morbo.

Veía mis pechos meciéndose con sus embistes, la fuerza de sus caderas al envararme con ímpetu y mi cuerpo sacudiéndose de gozo; mi boca entreabriéndose al jadear y la capa de sudor que ya nos perlaba la piel.

—Como me sigues quemando —respondí y tras eso, me giré para besarlo, clavando a la vez las uñas en su culo.

Mi estómago comenzó a calentarse con el placer acumulándose ahí, lista para volver a decirle que lo amaba, pero él bombeó más fuerte, tocando, rozando y ensanchándome justo como necesitaba.

—Y que quiero correrme —añadí apartándome de su boca unos pocos segundos.

Sus perlas frotaron en ese momento el punto exacto y el orgasmo atravesó mi cuerpo, ocasionando que el placer se deslizara entre mis piernas y comenzara a correrme.

—Mierda, Isabella —gimió sobre mi boca, golpeando mi coño con su pelvis.

—Elijah —jadeé.

El aliento pasó entre nuestros labios y apreté el estómago, explotando y sufriendo un hormigueo que se extendió por mis piernas, subió a mi pecho y me cerró la garganta. Mis paredes vaginales se contrajeron alrededor de su polla y el calor siguió llenándome profundamente.

Cada espasmo que experimenté iba lleno de gozo absoluto y cuando se calmaron, Elijah me puso sobre mis manos y rodillas, de frente al espejo mientras él se mantuvo atrás, separando mis muslos con su rodilla y bajando más mi espalda hasta que la arqueé y puse el culo en pompa, observando en su reflejo cómo se mordía el labio al verme en esa posición.

Volvió a entrar en mí, su glande empujándose con suavidad en mi interior hasta llenarme, tocando más profundo, sus perlas rozando puntos que me avergonzaba admitir, mas no sentir.

—¿Te gusta lo que ves? —preguntó al darse cuenta de que mi mirada no se movió del espejo.

—Y más lo que siento —acepté y sonrió de lado.

Tenía la gorra todavía puesta, el torso fuerte y tatuado brillando por el sudor y la forma de mi trasero escondiendo su pelvis, luciendo como un chico que, además de malo, era travieso; dejando sus rasgos fríos de lado y cambiándolos por unos llenos de lujuria.

Comencé a moverme al encuentro de sus embistes y los jadeos no se hicieron esperar. Elijah me tomó del cabello de nuevo con el puño y me obligó a arquear más la columna, exponiendo más mi cuello. Los sonidos de nuestros cuerpos chocando inundaron el estudio y amé esa conexión que estábamos teniendo porque así folláramos, existía algo más envolviéndonos.

Él le llamaba fuego, yo lo reconocía como amor.

Empujó más duro y rápido, mis pechos se mecieron de la misma manera y disfruté de la sensación de Elijah abriéndome a su antojo, gruñendo y apretando un cachete de mi culo y de pronto, dándome un azote que me sacudió hasta el alma.

—Joder —chillé y lo vi sonreír.

—Me enloquece tu culo rebotando así en mi pelvis —juró.

Seguí observándonos por el espejo, una imagen erótica que inmortalizaría en mi cabeza y que no podría mostrarle al mundo. Nadie merecía verme siendo envarada hasta la empuñadura por ese hermoso demonio que se excitaba cada vez más viendo mi trasero chocando con sus caderas.

Nuestro reflejo me dio tanto placer, que pronto volví a sentir el clímax acumulándose en mi vientre como una olla de presión a punto de explotar. Mis caderas se movieron buscando su propia fricción y grité en cuanto Elijah llevó el pulgar a mi trasero, acariciándolo, tentándolo y prometiéndole cosas que estaba dispuesta a aceptar si me lo proponía en ese momento.

—Elijah, joder —grité cuando hundió la punta y balanceó el empuje en mi coño.

Busqué su toqué desesperada y el gruñido que soltó fue una melodía para mis oídos.

De pronto, me vi envuelta en un espiral de placer incontenible, perdiendo la noción del tiempo y chillé, corriéndome en el proceso, estremeciéndome con el gozo traspasándome el clítoris, obligándome a echar la cabeza hacia atrás, dejando escapar el control de mi cuerpo.

Elijah gimió al verme enloquecida de placer, experimentando una explosión de fuegos artificiales en mi vientre. Me tomó entre el hombro y cuello con una mano y se empujó en mi interior con furia, moviéndose rápido y salvaje hasta que su cuerpo no pudo más y me embistió quedándose dentro, gruñendo y saliendo solo un poco para luego volver a hundirse fuerte, corriéndose en mi interior.

—Dios —dije casi llorando.

Lo sentí sacudirse un par de veces más y colapsó en mi espalda, dándome besos desesperados hasta que me giró el rostro y encontró mi boca.

—Isabella... —dijo sin aliento y en lugar de continuar hablando, me devoró la boca como un poseído, dejándome sentir los latidos de su corazón acelerado.

Fuimos infierno y paraíso en ese instante, abrazando el caos, ardiendo juntos.

Una semana después de nuestro encuentro, habíamos vuelto al apartamento y nos seguimos reconciliando como si fuéramos una pareja de novios de verdad, compartiendo juntos momentos que estaba segura de que me harían más difícil separarme de él cuando llegara la hora.

Aunque había decidido concentrarme en eso luego.

«Y disfrutar de todas esas folladas que te daba sin darte tregua alguna».

Sonreí al pensar en eso. Mi entrepierna dolía de una manera deliciosa porque en siete días habíamos desquitado el tiempo que estuvimos sin vernos y esa mañana fue especialmente mágica.

—¿Estás segura? —me preguntó por tercera vez.

—Ya, Elijah. Te dije que sí —respondí y soltó un bufido.

Estábamos en su estudio de tatuajes en ese instante, luego de llegar al cuartel para recibir el dote de relojes que Elliot llevó con él. Los habíamos revisado todos y, tras asegurarnos que estaban en perfecto estado y funcionando como debían, le entregamos uno a cada Grigori líder de su escuadrón.

Luego le pedí a Elijah que volviera a tatuarme, ya que estuvimos hablando de eso durante la semana y lo convencí para que me hiciera el diseño que él quisiera con la única condición de que no usara la palabra *mía,* y menos que intentara marcarme con su nombre.

Lo que le provocó una sonrisa llena de picardía, pero confiaba en que respetaría mis términos.

—Bien, pero lo haré en el lugar que yo quiera y no lo verás hasta que sane —advirtió.

—Hecho —acepté.

—Te vendaré los ojos para que no veas el proceso.

—Joder, Elijah. No es necesario —aseveré.

—¿Lo quieres o no? —dijo con su tono de voz de cabrón y rodé los ojos.

—Si me lo harás con esa emoción, pues entonces no —dije con sarcasmo y caminé hacia la puerta, pero me detuvo antes de que diera un paso.

Escondí mi sonrisa ante eso y me deleité en mi interior con ese momento, ya que así quisiera seguir siendo el mismo tipo frívolo conmigo, no siempre lo conseguía y a su manera, cedía a ciertos caprichos míos.

—Cierra los ojos al menos —demandó y me crucé de brazos—. Si lo haces y me dejas trabajar como yo quiero, te mostraré solo a ti el mío mañana que quite la protección.

—¿Lo juras? —inquirí y maldije al no esconder la emoción.

Se mordió el labio para no sonreír, el tonto se había hecho un nuevo tatuaje en un espacio que todavía tenía libre en el costado izquierdo, debajo de la axila. Y lo protegió con un apósito de color para que nadie viera el diseño hasta que fuera el momento, según él.

—No, Bonita. Te lo prometo —respondió con picardía y no pude contener la sonrisa ante los recuerdos que llegaron a mi cabeza con su respuesta.

Pero no dije nada, simplemente caminé hacia la camilla especial para tatuar y me saqué la blusa cuando lo pidió. Luego cerré los ojos para mantener mi promesa de no ver lo que haría y me conformé con los sonidos de sus movimientos, sintiéndome nerviosa cuando me tomó el cabello y lo sujetó bien con la liga que sacó de mi muñeca minutos atrás.

Tras eso, deduje que se puso los guantes por el sonido que hizo y me estremecí cuando llegó detrás de mí y desabrochó mi sostén.

—¿Tan grande será? —pregunté, alzando los brazos para que sacara la prenda.

—No, solo quiero verte las tetas mientras hago mi arte —aseguró y reí al sentir que me dio un beso en el cuello, aunque mi piel se erizó demostrándole cuánto me afectaba.

—Eres un pervertido —acusé.

—Solo contigo, Castaña insufrible —admitió y negué, todavía riéndome.

Lo sentí caminar hacia el frente y luego solté un pequeño gemido porque su boca llegó a uno de mis pechos y chupó el pezón con tanto deseo, que terminé humedeciéndome enseguida, como si no hubiéramos follado horas antes de llegar al cuartel.

—Elijah —gemí apretando más los ojos.

Me mordí el labio cuando me alzó el brazo y siguió besando mi teta hasta llegar al tatuaje que me hizo meses atrás y la respiración me abandonó. Esa era la segunda vez que hacía tal cosa y creí que lo había sentido especial la primera porque me besó de esa manera mientras me desfloraba, pero no.

En ese instante, volví a sentir el gesto muy íntimo, único y más especial.

—Nunca tatué antes algo que fuera tan significativo y a la vez acertado para la persona que usaría el diseño, ¿sabes? —dijo con la voz ronca y besó mis labios.

—¿A qué te refieres? —pregunté entre titubeos y volvió a besarme.

No abrí los ojos en ningún momento.

—Toda tú eres fuego, White. Por eso tu fortaleza incendia, ya que te sale del alma —respondió y después de sentir deseo por sus besos, quise llorar.

Pero de felicidad porque sus palabras no fueron dichas por halagar; todo lo contrario, él creía de verdad lo que dijo y descubrí que igual que Elliot, Elijah tenía más fe en mí de lo que yo misma me tenía.

—Ahora, voy a comenzar con tu tatuaje antes de que te folle de nuevo y deba dejarlo para después —advirtió.

Asentí estando de acuerdo, ya que así deseara sentirlo de nuevo en mi interior, sabía que si no hacía ese tatuaje en ese momento, ese *después* tardaría en llegar y yo lo quería ya.

Seguí con los ojos cerrados mientras escogía el lugar y probó el diseño, luego los abrí porque él consideró que ya no había peligro y me reí de ello, del misterio que quería mantener. Me preguntó si deseaba escuchar música mientras trabajaba y asentí, pidiéndole que también me deleitara con algo de su elección.

—Estás abusando hoy, eh.

—Solo aprovecho el momento —le respondí y negó divertido.

Me mordí el labio mientras lo vi ir al reproductor y alcé una ceja cuando *Die for you* de The Weeknd sonó por los altoparlantes. Se encogió de hombros restándole importancia y se sentó detrás mí.

Había escogido tatuarme debajo de la nuca y cuando el zumbido de la máquina sonó y sus manos me tocaron la piel, entré en una especie de mundo alterno, soñando despierta al escuchar con atención la letra de la melodía que escogió.

Me metí tanto en ello, que ni siquiera sentí dolor porque una vez más, Elijah Pride estaba creando para mí un momento mágico.

Desde que estuvimos en el viejo estudio de ballet me mantuvo en una burbuja, llegando a creer por momentos que después de dos semanas sin vernos, fue otro Elijah el que me buscó, uno que me hacía feliz, que le aportaba vida a todo lo que tocaba. Su presencia iluminaba cada rincón del apartamento y me hacía desear no querer salir de allí por nada, ya que todo lo que necesitaba, lo encontraba dentro de esas paredes.

Con él a mi lado.

—Listo —dijo dos horas después tras sellar el tatuaje con un apósito que, por supuesto, era de color para que no viera el diseño.

—Donde hayas usado una frase posesiva, te dejaré sin bolas —le advertí y rio.

—Muy tarde para esa advertencia, White —bromeó—. Además, tú sabes que eres mía, no tengo porque marcarlo en tu piel.

—Con tu ego, no lo creo mucho —dije y luego chillé cuando me dio un azote en el culo.

«Y tú le hacías crecer el ego al no negar lo que dijo».

Lo dejé pasar por ese azote.

«Ajá».

—Vamos a comer algo y luego nos prepararemos para esta noche —demandó y lo miré con ganas de asesinarlo.

Pero solo rio.

Habíamos charlado de todo un poco tras salir de mi ensoñación; de su abuelo, sobre todo, descubriendo con ello que fue un hombre al cual Elijah respetó demasiado. Y, ya que el padre de Eleanor fue un fanático empedernido y un excelente jugador de ajedrez, le pedí a Elijah que me dijera otro de los consejos que le dio.

Y terminé con la boca abierta tras escucharlo.

—*El sexo es como el ajedrez, hay que saber en qué posición poner a la Reina.*

—¿Es en serio? —inquirí incrédula cuando soltó eso con chulería y lo escuché reír.

669

—Muy en serio. Y para ser sincero, es de los consejos que más atesoro del abuelo —se jactó y rodé los ojos, aunque no me viera.

—Ya veo de donde sacaste lo pervertido —bufé y terminó carcajeándose.

Y yo lo acompañé porque me contagiaba mucho esos momentos tan raros entre nosotros, donde él apartaba su lado cabrón y me dejaba ver a un Elijah más humano.

—Deberías decirme algo sobre eso tan importante que quieres comunicarnos, para saber cómo vestir —dije cuando la noche llegó, queriendo coaccionarlo y se burló de mí.

Quería que fuéramos a Elite y, aunque el club no me traía buenos recuerdos después de todo, me pidió que lo acompañara, alegando que los chicos nos acompañarían porque necesitaba decirnos algo importante, además de que buscaba que volviéramos a tener la unidad que antes nos caracterizó.

—Así estás perfecta, White. Andando —me animó y blanqueé los ojos dándome por vencida.

Nos marchamos en su coche y durante el camino, envié mensajes de texto al grupo que teníamos con los chicos. Tess y Jane estaban emocionadas de volver a esas noches de fiesta y terminaron contagiándome, sintiendo por primera vez en meses que todo estaba volviendo a su cauce.

No importaba que Sombra y Fantasma estuvieran por allí esperando su oportunidad para atacar, ya que esa vez los recibiríamos a nuestro estilo para hacerles pagar. Al último de esos dos, sobre todo.

Miré el reloj en mi mano, no lo dejaría por ninguna razón, con la esperanza de que el destino me hiciera cruzarme con mi Némesis, teniendo en cuenta de que el mundo era demasiado pequeño para ambos y que no sería completamente feliz hasta que uno de los dos dejara de existir.

O me deshacía de Fantasma o él de mí. No había otra opción.

«A veces creo que buscas morir».

Por supuesto que no.

—Dicen que de amor no se vive ni se muere, pero ya dudo de eso, ¿sabes? —dijo Jacob en un momento en el que estuvimos hablando, ya en el club.

La música sonaba a todo volumen, el lugar se encontraba atestado de personas, aunque el privado que nos designaron nos daba la privacidad para charlar a gusto. Los chicos lucían felices, disfrutando del momento y de volver a estar juntos para divertirnos.

Aunque lejos de lo que alguna vez imaginé, la ausencia de Elsa me afectó y al principio no había sido fácil estar reunidos sin pensar en ella.

—Sé que la extrañas, incluso yo lo hago. —Sonreí con ironía y suspiré profundo.

No le mentía en eso.

La extrañaba y estar ahí sin ella por culpa del infierno que vivimos, me hizo pensar en la deuda que tenía con esa chica, una que se mantenía intacta, solo esperando el momento perfecto para hacer que el deudor pagara.

—Perdóname, Jacob. No supe defenderla —le dije de pronto, recordando por un momento lo que vivimos.

No le diría nada, claro que no, es algo que las tres habíamos acordado, sobre todo por respeto a la memoria de Elsa, quien no mereció vivir ese infierno ni morir de esa manera.

Jacob sonrió y negó al escucharme y me tocó el hombro para sacarme de mis malos pensamientos.

—No te preocupes, Isa. Los culpables de su muerte van a pagar muy caro, ya verás —aseguró y asentí dándole la razón.

Cada uno pagaría, iniciando con el malnacido de Derek: el ser más asqueroso del mundo.

Luego de esa charla con Jacob, fui a la pista de baile, arrastrada por Tess y Jane cuando ambas se dieron cuenta de que mi humor cambió.

Los chicos se quedaron charlando y bebiendo cervezas en el privado. Y, de vez en cuando, mi mirada buscaba la de Elijah, quien medio sonreía al verme bailar y gritar cada canción, observándome con esa mirada intensa que me prometía mucho al llegar al apartamento.

Esa noche había dejado de actuar con la frialdad que lo caracterizaba, sobre todo cuando estábamos en lugares públicos, donde tendía a actuar más como LuzBel y no como el Elijah que era si estábamos a solas. Incluso podía jurar que estaba emocionado y nervioso, pero de una buena manera, compartiendo más con sus amigos sin prepotencia o superioridad.

Disfrutaba de la noche como un chico normal.

—¡Dios! ¡Gracias! —grité de pronto, suspirando y sonriendo, cerrando los ojos y girando en la pista.

Agradecida de que la vida comenzara a sonreírme de nuevo.

«O al menos, ilusionándote un instante con esa idea».

Odiaba cuando mi conciencia acertaba con respecto a mis momentos felices y, en ese instante, mucho más mientras caminaba hacia afuera del club (por donde Dylan me sacó meses atrás) a paso rápido, siendo seguida por Tess.

Mi corazón latía a toda prisa, deseando estar en el lugar que esa nota decía.

«Y yo deseaba que no hubieras bebido esos dos tragos, así no estarías actuado con tanta estupidez».

¡Arg!

Cuando estaba todavía en la pista de baile, una chica se me acercó y me tendió una nota. Y tras leerla en ese momento, enloquecí y la busqué hasta encontrarla, llevándola al baño para exigirle que me dijera quién carajos se la dio, y luego de casi matarla de un paro cardiaco por el susto que le di, me di cuenta de que, en realidad, no sabía nada.

La usaron para hacerme llegar el mensaje con la excusa de que el tipo que se la dio era mi amante y buscaba un momento a solas conmigo sin que mi novio se enterara.

«Vaya ingenio el que tenían».

Una dirección, la promesa de que Fantasma estaría allí y la seguridad de conseguir mi añorada venganza, es lo que habían escrito, junto a la recomendación de que llevara el ID-DNA[19] para que estuviera segura de que mataría a la persona correcta.

Y, sumida por mis deseos de venganza, corrí hacia afuera del club, dispuesta a ir a esa dirección, con mi parte racional gritándome que no fuera estúpida, que eso apestaba a trampa, pero también estaba lo irracional animándome a que no me detuviera y que vengara a mi padre.

Tess y Jane me rogaron para que me detuviera, mas no les hice caso y decidí obedecer a mi parte irracional porque con los dos tragos ingeridos y, tras mi charla con Jacob, el deseo de venganza se avivó en mi interior como si hubiese sido una chispa que estuvo esperando a que la soplaran para ocasionar un incendio.

Y esa nota se convirtió en ese soplo.

—¡¿A dónde mierda crees que vas, White?! —La mano de Elijah en mi brazo y su voz, detuvieron mi paso de golpe.

—¡Déjame, LuzBel! ¡Esta es mi oportunidad para vengar a mi padre! —grité intentando zafarme de él.

«Vaya que eras idiota».

—¡Demonios, Isabella! Tú eres más inteligente que esto —aseveró, acunándome el rostro al ver mi reticencia—. Esa nota es una estúpida trampa y no te dejaré caer en ella. ¡Mírame, joder! —demandó y lo tomé de las muñecas, suplicándole con la mirada que me dejara ir—. Estás un poco achispada y no piensas bien. No irás allí —sentenció.

—Sí lo haré —contradije y negó con la cabeza.

—Hazlo por mí, Isabella —pidió tomándome por sorpresa que usara ese chantaje, ya que no era típico de él—. Déjame cuidar de ti y cumplir mi promesa —siguió y al ver sus ojos, logré notar la súplica y desesperación en ellos—. Vamos a nuestro apartamento y olvida tu venganza, así sea solo por hoy —añadió y mi corazón se mantuvo acelerado.

Pero ya no fue por la furia, sino por la emoción de que llamara *nuestro* a ese apartamento y que me incluyera de esa manera.

—Elijah —susurré y me dio un beso en la frente.

—Te prometo que mañana averiguaremos mejor sobre esa nota y juntos iremos a donde desees, pero lo haremos bien, White. Con la cabeza fría y sin alcohol en tu sistema —dijo y lo abracé dándome cuenta de mi error.

Él tenía razón, esa era una maldita trampa y no podía caer tan fácil.

Correspondió a mi abrazo y me dio un beso en la coronilla y cuando me sintió más calmada, me condujo hacia su coche y dejé que me ayudara a subir en él mientras avisaba que iríamos a casa de sus padres porque creyó que era mejor luego de esa nota que recibí.

El corazón me seguía latiendo acelerado y comencé a ser más consciente de lo que estaba a punto de hacer.

Tanto entrenamiento, tiempo invertido con un psicólogo en el pasado, enseñanzas sobre las lacras con las que tratábamos y me iba a dejar matar de una forma tan fácil. Era inaudito e imperdonable de mi parte y, por primera vez en

---

19 Siglas en inglés de Identificador de ADN.

semanas, analicé mejor los consejos del maestro Cho, entendiendo que todavía estaba a tiempo de tomarlos en cuenta.

Aún era tiempo de evitar que algo peor pasara.

—No perderé a nadie más por culpa de la venganza —susurré en cuanto llegamos a un semáforo en rojo.

Elijah me tomó de la mano al escucharme y me observó. Habíamos recorrido bastante del camino hacia casa de sus padres en silencio, solo escuchando la música de la radio, cada uno sumido en nuestros propios pensamientos.

—Gracias por estar allí y evitar que cometiera una idiotez —añadí y lo miré a los ojos—. Pero, sobre todo, gracias por dejarme estar a tu lado, por no alejarme incluso sabiendo cuanto te…

—Isabella, no…

—Elijah, no me detengas —supliqué callándolo de golpe—. Debo decírtelo, ya que lo que tengo atragantado en la garganta y es insoportable. Sé que te incomoda porque no me correspondes, pero te amo, joder. Te amo, maldito Tinieblo orgulloso y me es difícil callarlo cada vez que te veo porque tú eres mi…

Estampó su boca a la mía, callándome con sus labios desesperados, besándome como si lo necesitara tal cual el corazón a un latido, permitiéndose caer así fuera por un instante y con ello le entregué el alma, consciente de que ese beso no lo olvidaría ni en otra vida, porque valía todas mis lágrimas.

Toda mi angustia.

Todo el dolor.

Toda la lucha.

Toda la espera.

—¡Oh, Dios! —susurré, jadeando cuando se separó de mí.

—No tienes ni puta idea de lo que me has hecho, White —dijo él, pegando su frente a la mía, acariciándome el rostro con tanta ternura, con tanta delicadeza, que sentí ganas de llorar porque nunca hizo algo así en el tiempo que llevábamos en esa aventura—. Yo… yo… ¡Demonios! —gruñó.

Y no terminó de decir lo que quería porque ambos comenzamos a gritar en cuanto el mundo se nos puso de cabeza, dando vueltas en el aire, sacudiéndonos, estremeciéndonos, aterrándonos.

Una, dos, tres…

Perdí la cuenta de las veces que giramos e impactamos en el suelo cuando un camión nos embistió. Ensordecí y enmudecí de pronto, viendo colores como el azul, rojo, blanco y negro. Mucho negro hasta que quedamos de cabeza.

—¡Oh, Dios! ¡Oh, Dios! —repetí desesperada, aturdida y con náuseas.

La cabeza y el cuerpo comenzaron a dolerme al instante, pero aun así busqué a Elijah. Gruñía, luchando por zafarse del cinturón.

—¡Isabella! ¡Dime que estás bien, por favor! —suplicó.

No pude decirle nada porque el mareo me atravesó.

Lo escuché caer sobre el techo del coche, maldiciendo y gimiendo de dolor y luego buscó rescatarme de mi cinturón. Un zumbido en los oídos estaba ensordeciéndome más y a duras penas sentí que me sacaba, pidiéndome que me quedara con él, que no cerrara los ojos.

Jadeé al sentir el impacto del aire frío en cuanto me sacó y comencé a temblar.

—¡Isabella, mantente consciente, por favor! ¡Pediré ayuda! —pidió preocupado y asentí como pude.

No podía hablar ni moverme y, a pesar de que mi visión estaba borrosa, logré ver cuando muchos tipos comenzaron a rodearnos y le arrebataron el móvil con el cual intentaba hacer una llamada.

—¡Y es así como caen las ratas, señores! —gritó una voz que reconocí antes de desvanecerme.

Pero incluso así, el terror me alcanzó y estremeció.

«No, no, no. ¡Por Dios, él no!», supliqué en mi oscuridad.

CAPÍTULO 68

Infierno

ISABELLA

Cuando reaccioné, mi primer pensamiento fue abrir los ojos, pero en cuanto hice el más mínimo movimiento, sentí que el cuerpo completo me dolía y recordé lo que pasó.

Elijah a punto de decirme algo, el coche siendo embestido y luego dando vueltas en el aire. El impacto contra el suelo estremeciéndonos. Elijah sacándome y pidiendo que me mantuviera consciente y luego…, esa voz.

Un frío infernal me recorrió de pies a cabeza y mi corazón se aceleró desesperado. Y cuando fui más consciente, sentí las manos atadas, la ropa mojada y un paño en la boca que ya estaba hiriéndome las comisuras. Traté de mantener mi respiración controlada al escuchar voces susurrantes y pasos a mi alrededor, aunque el terror hizo que el cuerpo me temblara.

Todavía estaba aturdida y mareada. Sin embargo, mi instinto me quiso obligar a abrir los ojos para saber dónde estaba, y pensar en Elijah me comenzó a desesperar, ya que no lo escuchaba por ningún lado y me aterró más que mi estado actual imaginarlo a él mal.

Apreté los párpados con la intención de que el mareo desapareciera y agudicé mi oído para escuchar cualquier cosa, pero solo risas y planes macabros inundaban el lugar y la respiración se me cortó. Los brazos me hormigueaban por la posición incómoda y la mala circulación de la sangre hacia ellos y fui más consciente del agua que mojaba mis pies, lo que me llevó a captar que me habían quitado los zapatos.

«Ahora no, por favor. No en este momento», supliqué en mi interior cuando el dolor punzó en mis sienes como el aviso cruel de las migrañas que estuve sufriendo. Y estaba a punto de quejarme, mas me contuve porque las risas de fondo se escucharon más fuertes y cercanas y eso me alertó.

Cada centímetro de mi cuerpo sintió el peligro y…

—¡Dios! —jadeé, desesperada por coger aire y respirar en cuanto derramaron agua fría sobre mí.

Y por los múltiples pinchazos en mi piel, deduje que también contenía hielo.

—¡Despiertaaa, reina Grigori! —Rio ese hijo de puta, alargando las palabras con mucha emoción.

En cuanto el agua me permitió abrir los ojos, lo vi frente a mí y los recuerdos me golpearon brutalmente a tal punto que, me impulsé con los pies hacia atrás con la urgencia de alejarme de él y caí al suelo.

Me habían mantenido en una silla y gemí de dolor porque en el impacto, mi muñeca recibió todo el peso de mi cuerpo. Las risas burlescas explotaron a mi alrededor y la ira hizo su primera aparición, lo que agradecí, ya que no quería demostrarles miedo.

No más.

El miedo era la reacción ante los recuerdos del infierno que esa mierda me hizo vivir, pero el coraje era una decisión. Y decidí demostrarle que no me ganaría esta batalla de nuevo.

—¡Joder! ¡Ven por qué me encanta esta perra! —inquirió Derek a sus hombres y, aunque mi corazón galopaba con miedo al verlo y escucharlo, la ira fue en aumento—. Es como una fiera a la que nadie puede domar, como un toro que no se puede montar… Hasta que llegué yo —se jactó y sacudí la cabeza para espabilar en cuanto el terror quiso ganarle la batalla a mi ira.

Varios tipos rodeaban a ese engendro del infierno, todos vestidos de negro, con bates, macanas y látigos; carcajeándose por lo que esa mierda decía. Dos de ellos me levantaron con todo y silla, siendo bruscos, disfrutando de ver mi ropa destrozada y lamiéndose los labios con lascivia al notar mis pezones duros gracias al frío que aumentó el agua con hielo.

—Pónganla en la barra, es momento de seguir amansando a mi perra —ordenó Derek y los mismos tipos de antes, cortaron los amarres que me ataban a la silla.

Ni siquiera lo pensé al verme libre y enseguida los golpeé, a uno con la cabeza y al otro con los pies, lanzándolos al suelo y defendiéndome en cuanto los demás se me fueron encima. El terror y la ira estaban aumentando mi adrenalina y, así no tuviera un plan trazado, lucharía por escapar, pues me negaba a someterme a ese infierno.

Sin embargo, cuando creí que lo había conseguido, Derek alzó las manos para ordenarle a sus hombres que se detuvieran y me dejó escuchar un grito que me frenó de golpe.

—¡No! ¡Ah! —El dolor y la impotencia fueron palpables y me estremecí.

No había visto a Elijah por ningún lado y eso me llevó a la agonía, pero ese grito no era suyo y saber que el dueño estaba allí no solo aumentó mi estertor, sino también la confusión.

Gruñí al caer de rodillas luego de que un tipo me golpeó por la espalda y después me asestaron un latigazo que me hizo encorvarme, sintiendo como si hubiesen abierto la piel de mi espalda y, justo cuando me atizaron otro, cogí la correa y tiré de ella con todas mis fuerzas, consiguiendo que quien lo sostenía del otro lado, cayera al suelo.

Pero, de nuevo, me detuvieron al escuchar golpes, gruñidos y maldiciones a lo lejos.

—Sigue revelándote ante tu amo y tu perro pagará las consecuencias —advirtió Derek—. A diferencia de ti, él está encadenado —añadió.

—Hijo de puta, es de la única manera que tienes el valor de golpear, ¿no? —ironicé al arrancarme el paño de la boca.

Contuve el gruñido cuando me propinaron otro latigazo y dos tipos llegaron por mi espalda para contenerme.

—Soy un cazador estratega, mi pequeña perra. Si los encadeno es porque, en primer lugar, ustedes se han dejado cazar —se jactó y me sacudí de los tipos que me sostenían—. Persiste en hacerlo difícil y tu adorado Elliot Hamilton pagará por ti —advirtió y lo miré con asco y odio, apretando la mandíbula y respirando pesado.

Me mordí la lengua en ese instante para no soltar mi veneno, pero con la mirada le prometí una muerte lenta y muy dolorosa si me dejaba vivir.

Sus súbditos me llevaron hacia una barra de hierro que ya tenían preparada y me ataron a ella con alambre, asegurándose de que mi piel entrara en contacto con el metal. Gruñí en cuanto llegaron a mi muñeca lastimada y el hijo de puta que la sostenía sonrió y con toda la intención de dañarme, apretó la atadura hasta el punto de que sentí que me cortaría la carne.

Pero dejé de darle importancia al pensar en Elliot, en su silencio repentino, preguntándome una y otra vez cómo carajos terminó secuestrado junto a nosotros.

¿Y dónde estaba Elijah? ¿Por qué no lo había visto ni escuchado? Quise gritar de impotencia y desesperación al no tener las respuestas a ninguna de mis preguntas.

—Déjame adivinar, ¿te estás preguntando por ese intento patético de amo que te habías conseguido? —ironizó Derek y evité mirarlo—. Porque con él eres una perrita faldera muy obediente, ¿cierto? —siguió y sentí que mi respiración se volvía más pesada—. ¿Qué tiene él que yo no tenga?

Me fue imposible no alzar una ceja y mirarlo con burla ante semejante estupidez que preguntó. Y no porque fuera un tipo feo; el imbécil era muy guapo, en realidad e intuía que tenía la misma edad de LuzBel, aunque eso no le quitaba que me asqueara su cercanía.

Con Derek comprendía eso que decían de que el verdadero demonio muchas veces se disfrazaba de ángel. Y aquel rostro de rasgos muy varoniles, ojos del color del océano y labios rojos como la misma sangre, demostraban que el cielo con facilidad se convertía en infierno.

Y Derek Black era eso para mí: un verdadero infierno, el monstruo de mis pesadillas y el ser más vil y despreciable que había pisado la tierra.

—¡Ya sé! Te da por el culo y eso te encanta —continuó y las carcajadas resonaron en el enorme salón. Me seguí mordiendo la lengua porque sabía que Elliot pagaría por mí—. Pues podemos arreglar eso —se mofó.

Traté de retroceder sin éxito, presionándome más a la barra cuando el agua bajo sus zapatos chapoteó ante sus pasos acercándose a mí. Noté el triunfo en su mirada al ver el atisbo de miedo que le mostré. Contuve un jadeo al resbalar con lo que sea que hubiera en ese asqueroso, frío y húmedo suelo y mi hombro izquierdo dolió al sostener mi peso.

—¿Quieres que te folle por el culo, reina Grigori de mierda? —inquirió y me cogió del cuello para obligarme a verlo a los ojos—. Porque yo estaré encantado de hacerlo para darles una mejor bienvenida a nuestros invitados de honor: Elliot Puto Hamilton y Elijah Mierda Pride quien, por cierto, también está teniendo su recibimiento e intuyo que es mejor que el de su primo.

Oculté el terror en ese momento para que no notara cuánto me afectaba saber eso.

—Asegúrate de matarme esta vez, malnacido —le dije entre jadeos, sintiendo que cada vez se me hacía más difícil respirar por su agarre—, porque si no, te mostraré por qué soy como el vidrio.

—Porque puedo romperte fácilmente —se burló.

—Y porque puedo cortarte cuando me pises —zanjé y antes de que sus hombres lo defendieran, golpeé su ingle con mi rodilla y, en cuanto se encorvó y me soltó el cuello, le di un cabezazo en la nariz y alcé las caderas conectando una patada en su sien.

Cayó al suelo, gruñendo del dolor y con la nariz sangrando. Y así fuera estúpido lo que hice, sonreí satisfecha y ni siquiera el puñetazo que me lanzó uno de sus súbditos me borró la maldita satisfacción del rostro.

Aunque luego le siguió otro que volvió mi mundo oscuro en un santiamén.

«¡Dios, Isabella!»

A Dios necesitaba para que me defendiera.

Ya que cuando volví a reaccionar, me encontré con un escenario peor, pues me azotaron de frente con los látigos hasta hacerme sangrar de los brazos, el torso y los muslos, desgarrando más mi ropa. Y como todo un enfermo, Derek pidió más de mi sangre al verla.

Al maldito enfermo le excitaba.

Estaba sentado frente a mí, deleitándose con ese espectáculo que montaron para él, así que me negué a gemir o jadear y ni siquiera solté una sola lágrima porque no estaba dispuesta a sucumbir. Aunque, por instantes, al escuchar los golpes feroces a lo lejos y los gritos desesperados, estuve a punto de suplicar.

—Nunca en mi vida se me había animado tanto la polla como contigo, puta Grigori. Tu resistencia para no llorar me excita al punto de la locura —dijo Derek con la voz ronca.

Tenía la nariz hinchada tras mi golpe.

—¿Aún te funciona? —musité, jadeando por perder y recuperar el aire en varias ocasiones como si me hubiesen estado hundiendo y sacando del agua.

—¡Límpienla! Quiero que esté presentable para lo que sigue —ordenó el malnacido y vi a un tipo acercarse con una cubeta.

Derek sonrió antes de que me echaran encima lo que creí que era agua, pero en cuanto hizo contacto con mi piel, me mordí el labio y contuve la respiración para no gritar.

Era queroseno y juré que el ardor que me provocó en los cortes era como si hubiesen encendido un cerillo a la vez para prenderme fuego. Pero no grité, no lo hice porque había descubierto que eso provocaba que Elliot o Elijah enloquecieran y los dañaran por lo que fuera que intentaran, en vano, para defenderme.

Y la tortura psicológica era peor que la física.

—¡Diablos! Cómo me *prende* esta puta —alabó Derek, haciendo énfasis en lo que sabía que me pasaba.

Seguía prendida en fuego invisible ante el ardor y dolor en mi piel herida.

—Es hora de pasar al siguiente nivel —dijo de pronto y quise reír en mi interior. Por supuesto que hacía falta más—. Tráeme mis juguetes —le ordenó a uno de los tipos y obedeció de inmediato—. No, perra, todavía no te meteré nada por el culo, eso será para el otro nivel —avisó al encontrarme mirando hacia donde su súbdito se fue.

Y la sonrisa siniestra que me regaló me hizo creerle, aunque jamás hubiera dudado. Y su gesto creció cuando el tipo volvió arrastrando una mesa con ruedas y sobre ella reconocí un generador de electricidad.

«¡No, no, no!».

El miedo de mi conciencia aumentó el mío. El pecho me subió y bajó con brusquedad porque ya no podía ocultarlo más, siendo el coraje sucumbido por un instante al saber lo que me esperaba. Comencé a tirar de mis brazos con la esperanza de zafarme, desesperada y logrando que mis hombros y muñecas sufrieran más, ya que me estaba provocando más lesiones.

«*Al fin*», dijeron varios tipos, riéndose porque estaban viendo la reacción que tanto habían esperado: mi terror.

—¿Qué dice el público? ¿Comenzamos lento, medio o fuerte? —gritó el hijo de puta y creí que los demás imbéciles responderían, pero no lo hicieron.

Instantes después, todo el salón comenzó a iluminarse con una luz roja titilante y una sirena sonando fuerte me aceleró el corazón.

—¡Bien! La mayoría gana —celebró Derek como un niño travieso.

Observé por todas partes, queriendo entender qué pasaba. Las luces rojas seguían iluminando la estancia y eso me dejó ver en las paredes, las cámaras de seguridad. Entonces entendí por qué Elliot y Elijah reaccionaban a lo que me pasaba: los estaban obligando a presenciar todo.

—Fiera e inteligente. Te mereces un bonus por eso —alabó Derek y contuve el gemido cuando me dio una bofetada, haciendo que sintiera el sabor metálico en mi boca.

—Acércate más, hijo de puta —lo reté y sonrió.

—¿Ahora sí me quieres? —se burló y me estremecí—. ¿Tienes frío, putita? ¿Ansías mi calor?

Lo escupí cuando dio un paso hacia mí.

«¡Joder, Colega! ¿Por qué no podías ser sumisa por tu bien?»

Jamás.

—A Fantasma y a Lucius les encantaría verme penetrándote por el culo mientras uno de mis chicos te envara el coño —siguió, limpiándose el rostro y tragué con dificultad—, pero ¿crees que LuzBel y Elliot lo disfruten? Digo, porque según la última vez que los revisaron, el primero tuvo que ser contenido con electricidad y el segundo, estuvo a punto de estrangularse él mismo con la cadena en su cuello.

Las imágenes que puso en mi cabeza comenzaron la tortura mental y en mi interior sentí que comencé a quebrarme. Imaginé a Fantasma y a Lucius gozando como unos cobardes desde lejos, observando todo a través de la pantalla, mientras que Elliot y Elijah se dañaban a sí mismos por querer defenderme.

Pero me distraje en cuanto Derek le hizo un ademán con la cabeza al tipo de la mesa y este se acercó para conectar unas pinzas en los extremos de la barra, alejado de mí lo más que podía.

Le sonreí y miré con frialdad.

—Ruega que muera aquí, porque te juro por mi vida, por mi sangre que no olvidaré tu rostro de mierda —sentencié con la voz ronca y vi el miedo en los ojos del tipo, sobre todo cuando escupí cerca de él la sangre que todavía tenía en mi boca para sellar mi promesa.

—Joder, ahora puedo entender por qué los tienes locos —soltó Derek y me sacudí de nuevo cuando me tomaron de las piernas para que el imbécil pudiera acercarse a mí—. ¿Terminamos lo que tu amiga impidió? —propuso acercando demasiado su boca a la mía, provocándome asco.

Me tensé al ser consciente de su mano en mi muslo y de nuevo, me cogió del cuello. Sonrió con triunfo al sentirme temblar, sabiendo que estaba recordando aquellas horas del secuestro.

—Verde es suave, ámbar es medio, e intenso es el rojo —susurró y abrí los ojos al comprender—. El público escogió el rojo porque saben la guerrera que eres. No me decepciones.

No grité como lo había imaginado, no porque yo me negara, sino más bien porque no pude, no conseguí hacerlo y eso que lo intenté.

Derek se había alejado de mí y giró la perilla del generador, provocando que la electricidad corriera a través de la barra y el alambre, inundándome el cuerpo con un dolor fulgurante e intenso que creí que duraría una eternidad, impactándome como un rayo. Las contracciones musculares fueron insoportables. Apreté los dientes y cada nervio se me puso tirante.

Me habían mojado y dejado descalza para intensificar todo y solo cuando el maldito apagó el generador, el grito que no pude soltar antes salió como un rugido que me desgarró la garganta hasta sentir como si me pasaran miles de navajas en ella.

—¡Eso es, reina! Cinco segundos bien disfrutados —celebró Derek.

Esos no fueron cinco segundos, tenían que ser más porque se sintieron como una eternidad.

La taquicardia que se apoderó de mi corazón me hizo creer que estaba a punto de sufrir un fallo cardiaco, mis pulmones suplicaban por aire, pero sentía como si me hubieran hundido en lo profundo y a duras penas estaba consiguiendo llegar para a la superficie, perdiendo la esperanza de llegar.

—Otra ronda —ordenó el hijo de puta y creí que volvería a electrocutarme—. Reanímenla —añadió.

Dos tipos llegaron a ambos costados de las barras y jadeé al sentir agua con hielo derramándose en mi cuerpo y tras ello, le siguieron latigazos que, en ese momento, dolieron más que antes por mi piel templada y electrocutada.

Me sacudí con brusquedad, queriendo caer al suelo, pero los amarres en mis brazos no cedieron y el *crac* en mi hombro me alertó que acababa de dislocarme. Sin embargo, los siseos de los latigazos impactando en mi cuerpo enmascararon ese dolor y tras eso, el sonido de los golpes ensordeció con las risas de todos esos tipos.

Y solo gemí cuando la luz verde inundó el salón y Derek detuvo la tortura.

—La reanimación ha terminado —avisó, pero ni siquiera respiré con alivio porque estaba segura de que no se quedaría hasta ahí—. Veremos si esta vez consigues gritar antes y no después —ironizó y miré hacia el suelo—. ¿Verde, ámbar o rojo? —volvió a preguntar con júbilo.

La luz roja se encendió segundos después y antes de que volviera a girar la perilla, pensé en que después de vivir la muerte de mi madre, luego mi secuestro y el asesinato de papá, Elijah y Elliot me convencieron de que era fuerte. Y hubo un momento en el que me creí inquebrantable, pero ahí, a merced del dueño de mis pesadillas, entendí que la fortaleza era una ilusión en mí.

Era débil y estaba comenzando a doblegarme ante la presión. Cediendo y acercándome cada vez más a las puertas del verdadero infierno.

Me forzaron a despertar con un sobresalto tras inyectarme un estimulante en el cuerpo. Mi corazón seguía acelerado y no tenía idea de si habían pasado horas o minutos. Lo único que sí sabía con certeza era que cada segundo era una tortura y entendí mejor por qué Tess me dijo que se daría un tiro antes de volver a caer en las manos de esos engendros.

Pensé en el suicidio como mi única salvación y si no hubiese estado amarrada a la barra, lo habría intentado. Pero el cuerpo me dolía demasiado como para siquiera levantar la cabeza.

Tenía la ropa llena de mi propio vómito, me había orinado encima y me destruí las cuerdas vocales de tanto gritar luego de cada descarga eléctrica que siguieron dándome porque el hijo de puta quería que lo hiciera durante, sabiendo que no era posible ante el voltaje que usaba. Y se detuvo únicamente hasta que me desmayé en varias ocasiones.

Aunque la última vez fue más intensa al parecer, ya que necesitaron del estimulante.

—No te desmayes, perrita. Es hora de pasar al siguiente nivel —dijo de nuevo ese maldito.

Un sonido lastimero se me escapó de la garganta y esta me dolió. No era capaz de pronunciar palabra. Los malnacidos ganaron y me humillaron como quisieron.

—Ya no soportarás más estimulante y me pondré muy triste si a mi muñeca se le acaban las pilas. —Su tono de voz fue cantarín. El psicópata disfrutaba de lo que me hacía.

Se acercó a mí y terminó de desgarrarme la camisa, dejándome en sostén y el pantalón de sastre que usaba. Mi cabeza cayó rendida hacia el frente y ya ni siquiera luché.

Eso era todo.

Había acabado con mi combatividad y resistencia. Miré hacia el suelo para evitar que notara mis lágrimas, para eludir las cámaras y que nadie de los que observaba a través de ellas confirmara que acababa de darme por vencida.

No podía más y le supliqué a mis padres para que me llevaran con ellos. Le rogué a la muerte que se apiadara de mí.

—S-sol-solo má-ta-me ya —susurré con dificultad. Cada vez que intentaba hablar la garganta me escocía y mi voz salía ronca.

Gemí cuando Derek me tomó del cuello y me hizo verlo a la cara. Sonrió al encontrar la derrota en mis ojos y esa fue suficiente victoria para él.

—No hasta que lleguemos al nivel final del juego, reina —sentenció—. Ya te rompí el alma, ahora deseo romperte el culo —dijo y solté un sollozo—. ¡Shhh! Calma, cariño. Vamos por partes —me consoló—. Primero te marcaré, ese es el pase para que consigas ascender.

Se alejó de mí, extendió la mano y un tipo le entregó una barra de hierro enrojecida de la punta y al ver el humo, me di cuenta de que la habían tenido en el fuego y la V fulgurante se lucía en toda su gloria.

—¡Oh, mi Dios! —dije con miedo.

Me removí sacando fuerzas sin saber de dónde, queriendo huir aun sabiendo que era imposible. La carcajada de Derek fue demoniaca y el alambre se enterró en mi carne ante mi desesperación por soltarme y ponerme a salvo.

Grité sin importar tener la garganta desgarrada y la barra que me retenía se estremeció ante mi fuerza. Dos tipos me anclaron las piernas para que no me moviera, uno más llegó por detrás para sostenerme del pecho y entonces Derek tomó la barra con ambas manos y la acercó a mi estómago.

—¡No, joder!

—¡No lo hagan!

—¡Por favor, no!

—¡Isabella!

Grité viendo al techo al escuchar aquellas súplicas.

Y Derek presionó la barra fulgurante en mi piel, consiguiendo que una llamarada fugaz relumbrara por el queroseno que todavía tenía en mi cuerpo.

«¡Oh, mi Dios! ¡Oh, mi Dios! ¡Oh, mi Dios!»

Una vez mamá dijo que para ser fuertes precisamos ser pasados por el fuego. Que hay marcas que nos recordaban las dificultades de la vida y había dolores tan inmensos que no podían ni siquiera gritarse, porque entonces dolían más.

Y ahí estaba yo, comprobando eso último, saboreando la sangre en mi boca al morderme la lengua con fuerzas, rogando para que aquel acto cobarde acabara de una buena vez. Sintiendo cómo el hierro caliente marcaba un lado de mi abdomen, oliendo el hedor a carne quemada invadiendo mis fosas nasales, escuchando la risa de Derek y a lo lejos, los gritos de Elliot y Elijah al presenciar lo que me estaban haciendo.

El chico que amé y el hombre que amaba estaban siendo testigos de lo que era vivir el infierno en vida. Y a pesar de la impotencia que sabía que ambos sentían, agradecía ser yo la que lo atravesara, porque si hubiese sido; al contrario, entonces mi alma se habría destruido, ya que prefería el dolor físico y la humillación antes que verlos sufrir.

Porque el dolor físico lastimaba, pero el del alma desgarraba.

«La vida siempre te dará una segunda oportunidad, solo debes tener la fuerza suficiente para soportar el dolor».

La voz de mamá fue lo último que escuché antes de volver a flaquear.

CAPÍTULO 69

Vales todo

ISABELLA

No quería volver a despertar, deseaba estar muerta para dejar se sufrir, pero cuando recuperé la consciencia y sentí el dolor palpitante en todo mi cuerpo, supe que la salvación no fue hecha para mí.

Quise llorar en silencio.

Me negaba a abrir los ojos y traté de mantener la respiración lenta para que no se dieran cuenta de que había reaccionado, pero al sentir la cabeza sobre algo suave a pesar de que palpé el suelo frío debajo de mi cuerpo, la intriga se volvió insoportable.

Escuché un tintineo cuando me acariciaron el cabello de pronto y unas gotitas cayeron en mis mejillas. La persona se apresuró a limpiarme y al sentir ese toque tan delicado, la esperanza de estar con alguien que no me dañaría más me invadió. Entonces decidí removerme un poco, aunque me quejé ante el terrible dolor en mis hombros dislocados y el de mi abdomen junto al escozor que me atravesó.

El pecho me dolió cuando abrí los ojos y el corazón se me aceleró. El pobre músculo no soportaba más taquicardia, pero me fue inevitable al percibir a ese chico frente a mí. Tenía un ojo morado e hinchado al igual que la mejilla, sangre seca adornaba sus labios y en el cuello lucía arañazos que parecía haberse hecho con cuchillos desafilados y todavía llevaba un aro de metal que lo anclaba a la cadena y, al recordar el tintineo en una de sus manos al moverla, supe que también estaba encadenado de ellas.

Incluso así, sus ojos brillaron con las lágrimas y el alivio al verme reaccionar, aunque la tristeza e impotencia los atravesaron.

—¿Ya estoy en el cielo? —pregunté y a duras penas logré que me escuchara, ya que estaba perdiendo más la voz después de desgarrarme la garganta.

Mi ángel negó, incrédulo porque soltara tal cosa en una situación como la que vivíamos, aunque también frunció el ceño al imaginar el dolor que sentí al hablar.

—No te muevas —pidió al ver que me removía y jadeé, pero no le obedecí.

Lo miré suplicándole de esa manera que me ayudara a sentarme y me mordí el labio, conteniendo las lágrimas ante el suplicio que experimenté cuando lo hizo, pues por muy delicado que intentó ser, en ese instante me torturaban hasta las caricias.

Solté el aire y cerré los ojos en cuanto me apoyé sobre mi trasero. El rostro se me desfiguró de angustia, pero no me importó; quería que el mareo pasara, que las náuseas no me ganaran esa batalla y que el dolor mermara, sobre todo el de mi abdomen cuando la piel dañada se me arrugó.

—¿Estás bien? —inquirí apenas en un susurro por la falta de voz.

—No, nena. Jamás lo estaré —respondió con los ojos brillosos por las lágrimas y se dedicó a limpiar las que yo derramé sin querer por el esfuerzo de sentarme—. Nunca volveré a estarlo ni me perdonaré el no haberte protegido.

Negué con la cabeza, sintiendo las punzadas ya no solo en mis sienes, sino también en la parte de atrás.

—No fue tu culpa, Elliot —aseguré, frustrada por no poder hablar fuerte y porque me doliera tanto pronunciar palabra alguna—. Me basta con que no hayas sido tú en mi lugar —logré añadir y rio irónico.

—Es increíble que digas eso, Isabella —musitó—. Pero te prometo por mi vida que te sacaré de aquí, así tenga que morir en el intento —declaró y antes de responderle algo, unos tipos llegaron escoltando a Elijah.

La respiración se me cortó en cuanto quise ponerme de pie y Elijah forcejeó con los tipos que lo apresaban. Elliot me ayudó tomándome del torso y gracias a él conseguí mi cometido, ocultando lo más que pude mi dolor y el grito que deseé soltar en cuanto la piel de mi abdomen se desprendió porque la sangre y otros fluidos que soltaba la marca hicieron que se me pegara cuando estuve sentada.

Elijah observó con dolor el hilo de sangre que me corrió por todo el vientre y sus ojos se oscurecieron con ira, culpa y tristeza. Negué, diciéndole de esa manera que no estábamos en esa situación por él, aunque sabía que no me serviría de nada.

—Aprovechen el tiempo, porque el juego todavía no acaba y la perra debe seguir escalando los niveles finales —advirtió uno de los tipos y entre dos empujaron a Elijah hacia dentro de la celda en la que estábamos.

Apenas pudo mantenerse en pie porque lo tomaron desprevenido. Quise ir a su encuentro, pero la debilidad en mi cuerpo no me dejó responder y solo conseguí apoyarme en Elliot para no desvanecer.

Las lágrimas me bañaron las mejillas y nublaron mi mirada, pero incluso así pude ver su rostro desfigurado por los golpes; la nariz y la boca todavía le sangraban, tenía la piel de los nudillos deshecha y me estremecí al imaginar que lo blanco que vislumbré eran sus huesos. La ropa estaba desgarrada y al ver sus hombros desalineados, imaginé que también los tenía dislocados.

Solté un sonoro sollozo al pensar en todo lo que tuvieron que pasar para terminar así y eso interrumpió su mirada clínica repasándome de pies a cabeza.

El sostén era lo único que me seguía cubriendo los pechos, ya que antes habían comenzado a desgarrar mi pantalón, que todavía estaba húmedo por el agua.

Noté el instante en que apretó sus molares al ver la V en carne viva que dejaron en mi abdomen y sin pensarlo más, se acercó negando y alzando la mano con cuidado hasta acariciar con las yemas cerca de la marca.

Contuve el siseo para no asustarlo y que creyera que no era tan malo como se veía. Aunque toda la piel de mi estómago estaba roja y eso haría difícil que lo engañara.

«Además de que ambos fueron testigos de lo que viviste».

—¿Estás bien? —le pregunté, acariciando su cuello y gimiendo en el proceso porque el rayo de dolor al alzar el brazo fue insoportable, pero quería tocarlo.

Me miró a los ojos y rio sin gracia.

—No sabes lo estúpido que me hace sentir que tú preguntes eso cuando has pasado por algo peor —se quejó y con delicadeza acunó mi rostro entre sus manos.

Elliot se apartó todo lo que su cadena le permitió para intentar darnos espacio y me sentí pésimo porque no era mi intención hacer nada frente a él con Elijah, pero tampoco estábamos en una situación en la que pudiéramos escoger qué era correcto y qué no.

Estábamos viviendo contra el tiempo, en realidad y para ser sincera, había perdido las esperanzas de salir con vida de ese lugar.

—Perdóname por no haberte protegido —pidió Elijah y negué con la cabeza intentando decir algo, pero me silenció con uno de sus dedos sobre mis labios—. Le fallé a tu padre con mi juramento de vida.

Mi corazón se estremeció al saber al fin el tipo de juramento que hizo por mí y recordé cuando se negó a confesarlo el día en que hice mi voto con Grigori.

—Pero sé que puedo enmendarlo y te juro por mi vida que saldrás de aquí viva. Te lo prometo, Bonita —aseguró y lloré con más intensidad al escucharlo.

—Saldremos los tres de aquí —prometí yo y en ese momento, él y Elliot se miraron, dejando de lado el odio que se tenían.

Tras eso, Elliot asintió y los miré sin comprender.

—Necesito decirte algo así que escúchame bien, Isabella —pidió Elijah regresando su atención a mí y callando lo que quise preguntar sobre lo que sea que se dijo con Elliot a través de la mirada—. Pase lo que pase, prométeme que cuando salgas de aquí te olvidarás de LuzBel.

La impresión que sentí ante sus palabras fue peor que la electrocución y dejé de respirar. Incluso me anestesió el cuerpo, ya que alcé las manos sin sentir dolor y las coloqué en sus muñecas, negando con frenetismo.

—No, no, no, no Elijah —supliqué, sintiendo mi piel fría y el corazón afligido.

—Prométemelo, Isabella —demandó y apreté los párpados.

—Vamos a salir los tres de aquí —dije llorando.

—Lo haremos, White —afirmó y me dio un beso en la frente—, solo quiero asegurarme de que sepas que nunca fui LuzBel porque jamás pude sacarlo a luz contigo cerca, por más que lo intenté —confesó y abrí los ojos para mirarlo de nuevo—. Mi pequeño infierno —susurró sobre mis labios.

Me dio un beso casto y humedeció sus labios con las lágrimas que corrieron hacia mi boca en el momento que sintieron su contacto. Y gemí suave cuando se separó de mí.

—Yo también, White —dijo al pegar su frente a la mía y no comprendí esas palabras—. Yo también me quemé a mitad del camino —soltó y jadeé.

El *shock* de emociones que experimenté fue inefable y me congelé sin saber qué decir o hacer. Había soñado con que él cediera un poco ante los sentimientos entre nosotros, pero traté de mantener los pies sobre la tierra, sabiendo que no todo lo que deseabas se llegaba a cumplir.

Pero ahí estaba, en el que creí el peor día de mi vida, sintiendo un poco de paraíso en medio del infierno y fue como palpar el frescor en la piel tras salir de un incendio.

Como si respirara aire puro luego de inhalar humo espeso.

Como poder dormir tras días de insomnio.

O emerger del agua tras estarse hundiendo.

—No quería perder, Bonita. Pero para ser sincero contigo, lo hice desde el día en que me preguntaste por qué el cuadro con la pieza de la reina del ajedrez estaba sobre mi cama

—Dijiste que era solo decoración —le recordé.

—Hasta que te vi sobre mi cama, sentada sobre tus talones, viendo atenta ese cuadro —admitió y los labios me temblaron—. En ese instante, supe lo jodido que estaba porque nada contigo era sexo ocasional.

—Elijah, por Dios —lloré.

—Te he hecho cosas que no puedo describir sin siquiera quitarte la ropa, solo ha sido necesario besarte, Isabella —susurró.

Y, aunque me sentía mal porque Elliot estaba presenciando todo, no me negué cuando unió su boca a la mía en un beso que no era solo un roce de labios, sino la mezcla de nuestras almas. Se sintió como una caricia en el corazón, llena de vehemencia y sutileza.

Un beso que me hizo saber todo lo que había callado, prometiéndome mucho y asegurándome todo. Una chispa que me encendió el alma como un relámpago a un trueno.

Un beso que podría hacerme olvidar su apodo, incluso su nombre, pero jamás su ser. Porque me sacudió la boca y me haría temblar con el recuerdo.

«Ai shiteru[20]».

Susurró mi conciencia y estuve a punto de repetirlo en voz alta, sabiendo que era el momento. Pero cuando abrí la boca, Derek llegó.

—¡Ay! Ternuritas —pegué un respingo ante su grito.

Me fue inevitable luego de todo lo que me hizo pasar y comencé a temblar. Elijah maldijo con impotencia, quedándose a mi lado. Elliot llegó al otro; ambos protegiéndome y odié sentirme tan débil y ser la damisela a la que debían proteger.

—Diría que siento mucho interrumpir, pero no soy un mentiroso —aseguró—. Además, estoy emocionado por continuar el juego —añadió y no contuve la necesidad de tomar de las manos a los chicos.

---

20 Es la traducción literal de "te quiero" o "te amo" en japonés. Se utiliza para referirse a un amor profundo, romántico e incluso dramático y supuestamente, en la cultura japonesa es necesario tener cuidado y pensárselo dos veces antes de usar esta expresión. Y si se utiliza debe ser con aquella persona con la que desees pasar el resto de tu vida y solamente en momentos muy puntuales.

Derek les ordenó a los hombres que llegaron con él que apresaran a ambos al notar que me protegerían y por supuesto que los dos pusieron resistencia, negándose a abandonarme. Sin embargo, el malnacido me apuntó con un arma obligándolos a ceder.

Otro tipo llegó hacia mí y sabiendo que me dañaría y que ya me sentía demasiado débil como para seguir resistiendo, caminé por voluntad cuando soltaron a Elliot de sus cadenas y los sacaron a ambos de la celda. Además de que no era estúpida y estaba segura de que si me negaba, Derek optaría por torturar a los chicos y eso no me lo permitiría.

Casi arrastré los pies mientras nos dirigían a un salón distinto al que me tuvieron antes. El lugar parecía un edificio en remodelación, con algunas partes demasiado viejas, otras recién construidas y con mucho cableado en las paredes y unas pocas en demolición. El silencio y la calma que noté eran alarmantes y, a pesar de toda la mierda que ya vivía, presentí que podía ponerse peor.

—Frío, frío, muuuy frío —canturreó Derek. Un escalofrío me recorrió de pies a cabeza y me erizó la piel, provocándome dolor y escozor en la lesión de mi abdomen.

El imbécil estaba viendo algo en su móvil y hablando por medio de él.

Maldije y jadeé cuando el tipo que casi me había arrastrado por el camino, me sentó de golpe en una silla y amarró mis manos hacia atrás.

—Estoy jugando frío y caliente con los imbéciles de sus compañeros —nos dijo como si fuera lo más divertido del mundo—, pero esta vez me han decepcionado.

Miré a los chicos al escuchar a ese enfermo y noté la tensión en ellos. Era obvio que esta vez se esconderían mejor y eso me secó la garganta, sobre todo al ver cómo otros tipos amarraban a Elijah y a Elliot con las manos hacia atrás y luego los obligaron a arrodillarse frente a mí.

«¡No, no, no y no! ¡Otra vez no!»

Intenté ponerme de pie, pero fui devuelta a mi lugar con brusquedad. El dolor volvió a recorrerme el cuerpo, aunque no fue más fuerte que mi terror al verlos a los dos frente a mí, en posición de ejecución, recordándome lo que sucedió con Tess y Elsa y cómo terminó todo.

—Ya, perra. No seas aburrida —se quejó Derek y sentí que los ojos se me saldrían de las cuencas—. Ya sabes las reglas del juego, así que hagámoslo fácil —recomendó.

Negué con frenetismo y más al verlo posicionarse detrás de los chicos con el arma en la mano.

—No, por fa...

—Esta vez la suerte está de tu parte, o bueno... eso creo —dijo y luego se carcajeó, interrumpiendo mi súplica—. Como bonus extra en este nivel, contamos con un edificio totalmente minado que puedo hacer explotar en la secuencia que desee y cuando se me antoje —avisó mostrándonos el detonador.

Recordé en ese momento todo el cableado que noté en las paredes, pero que no le di importancia porque creí que eran parte de la remodelación.

—Y ya que sobreviviste a los otros niveles, te has ganado salir de aquí solo con uno de estos dos —añadió.

Negué de nuevo cuando Elijah y Elliot me miraron intentando calmarme con su tranquilidad, mas no lo consiguieron porque yo sabía lo que pasaría y cómo terminaría ese maldito juego enfermo.

—Lastimosamente para mí, debo dejarte ir con vida, reina de mierda, pero ansío poder seguir amansándote en otra ocasión —se jactó y noté que los chicos estuvieron a punto de perder el control en ese momento—. Así que elige bien y te prometo que te daré una tregua de un minuto para que corras hacia el ascensor al fondo del pasillo y escapes antes de que detone el edificio.

Comencé a llorar al no soportar más todo eso, dejando de importarme que me viera débil, ya que lo era. Él había ganado, me rompió de las maneras que quiso y seguía haciéndolo.

—Deja de llorar, puta y mejor comienza.

—¡No! ¡Para, para! —supliqué cuando Elijah se puso de pie e intentó golpearlo, dejándose cegar por la furia, cayendo en la provocación de ese malnacido.

Tres tipos llegaron para apuntarle en la cabeza a Elliot y evitar que hiciera algo cuando vieron su intención de unirse a Elijah, pero lo contuvieron con macanas eléctricas.

—¡Me cansé, hijos de puta! —espetó Derek y Elijah gruñó cuando lo pateó en las costillas luego de que lo obligaron a ponerse de rodillas.

—¡Ya! ¡Para, por favor! —supliqué.

—Entonces dime de una jodida vez a quién escoges —espetó—. ¿Le vuelo los putos sesos a tu ex? —Lloré y rogué al ver que apuntó a Elliot, empujando su cabeza hacia adelante por la brusquedad con la que presionó el cañón de la glock—. ¿O hago volar los de tu actual? —siguió.

A Elijah lo golpeó con más fuerza en la cabeza y la sangre se me comenzó a congelar, sintiendo que volvería a desvanecerme.

—¡Mátame a mí! —rogué—. ¡Déjalos a ellos fuera y haz conmigo lo que quieras! ¡Lo que quieras, Derek! —dije con dolor y miedo, haciendo énfasis en lo último.

—Cálmate, nena —pidió Elliot y lo miré incrédula—. No caigas. Solo quiere jugar con tu mente.

Ya sabía eso, pero también sabía el desenlace: si me levantaba de la silla para proteger a uno, el otro moría.

—¿Estás seguro, Hamilton? —se burló Derek, apuntándole y quitando el seguro del arma.

—¡No lo hagas! ¡Tómame a mí! —supliqué con el corazón en la boca, sudando del miedo y sintiéndome impotente.

—¡Esta vez escojo yo! —gritó Elijah y se puso de pie, dándose la vuelta para enfrentar de nuevo a Derek—. ¡Mátame a mí! —lo retó y mi corazón se paralizó al escucharlo.

—¡No, Elijah! —grité y me puse de pie, esa vez sin sentir dolor y sin que nadie me lo impidiera, siendo guiada por la adrenalina que el terror me provocaba.

—¡Esta vez no jugarás tú, White! Juego yo y decido que seré el que va a morir. —Su voz fría me desconcertó y por un momento hasta me paralizó, pero entonces vi cuando le hizo una señal a Elliot y él asintió.

Sin preverlo, ambos se soltaron de sus amarres y sacaron armas de no sabía dónde. Les dispararon a los tipos que nos escoltaban antes, matándolos en el instante.

La maldita rata de Derek corrió al ver lo que se había desatado y, aunque me sentía débil y mis manos seguían amarradas, intenté seguirlo, pero Elliot me detuvo, soltó mis ataduras y me obligó a correr hacia el ascensor.

Vislumbré a Elijah detrás de nosotros y corrí sacando mi último aliento, intentando salir de ese infierno con vida.

La esperanza me recorrió el cuerpo entero al ver el ascensor de cristal impoluto al final del pasillo y en cuanto llegamos, Elijah ya se había adelantado e hizo a un lado una mochila que se encontraba justo en el medio de las puertas y que parecía la lonchera de un trabajador.

—Joder, vamos —gritó al presionar el botón para que se abriera.

—Mierda —dijo Elliot desesperado.

Las puertas se abrieron y Elliot me tomó del brazo, metiéndome dentro.

—¡Das un paso más y hago detonar la bomba dentro del ascensor, LuzBel! —gritó una voz robotizada.

Vi con horror cuando Elijah empujó a Elliot sobre mí para que me cubriera y negué, intentando apartarme al ver que Elijah retrocedió lejos de nosotros ante la amenaza de Fantasma.

—¡No! —supliqué sintiendo que el mundo comenzó a ir en cámara lenta—. ¡Entra, Elijah! —me escuché gritar a lo lejos.

—Esas son las reglas del juego ahora —dijo de nuevo ese hijo de puta y apareció a unos metros atrás de LuzBel.

Había deseado tanto tenerlo frente a mí y, en ese momento que lo conseguí, solo quería correr lejos, con los chicos a mi lado para ponerlos a salvo.

Intenté dar un paso fuera del ascensor, pero Elliot me detuvo.

—Escogiste morir tú y así será —sentenció Fantasma.

—¡No! ¡Elliot, déjame! —supliqué y este me observó con el dolor marcado en sus rasgos—. ¡Si morimos, que sea juntos! —le pedí a Elijah y sonrió.

—Tú no vas a morir, White —puntualizó seguro y lo miré aterrada—. Es tu turno para cumplir tu promesa, Elliot —siguió y lo miró serio— y el turno de cumplir la mía. —De ninguna manera permitiría que algo le sucediera.

—Si tú mueres, yo muero —aseveré con convicción y sin que Elliot lo esperara, lo golpeé y salí del ascensor hasta llegar a Elijah—. Ya perdí a mis padres, así que entiende que no puedo vivir una vida sin ti, sin el centro de mi tierra, sin mi demonio. —Lloré y me aferré a él.

—¡No estoy jugando, LuzBel! —advirtió ese hijo de puta y escuché que un bip se activó dentro y fuera del ascensor.

Olí a la muerte, pero no le temí al estar entre los brazos del hombre que amaba.

—Siempre cuidando tu espalda, ¿recuerdas? —susurró de pronto Elijah en mi oído y no lo comprendí—. Eres una buena razón, Isabella —añadió y en cuanto me separé de él, me besó.

Fue solo un contacto, un roce. Un beso que estaba segura de que no olvidaría ni con otros labios, ni con otra vida, porque sabía a tristeza, a dolor y a muerte.

—¡No, no, no, no! —grité al verme dentro del ascensor en cuanto me lanzó hacia los brazos de Elliot y cuando reaccioné, Elijah ya se había alejado lo suficiente para quedar fuera y bloqueó las puertas—. ¡No, Elijah! —imploré golpeando el vidrio—. ¡Por favor, no! ¡No me hagas esto! —seguí, intentando abrir de nuevo.

Escuché que Elliot le gritó e intentó ayudarme a abrir, pero fue imposible. Las puertas estaban bloqueadas desde afuera. El mundo seguía girando en cámara lenta y sentí que mi alma abandonó mi cuerpo, llevándome a presenciar todo como si fuera un fantasma, viendo el dolor en los ojos de Elijah, aunque también la seguridad de lo que acababa de hacer y eso me rompió.

—¡Dios mío, Elijah! ¡No por mí, te lo suplico! ¡No por mí, amor! —rogué comprendiendo sus palabras, recordando cuando estuvimos en la casa del bosque.

Pero no cambió de opinión.

—¡Sí por ti, Bonita! —contradijo con orgullo sincero—. ¡No vales la pena, lo vales todo! ¡Vales mi vida! —aseguró y golpeé las puertas con los puños sin obtener nada.

—¡Dios nooo! ¡Te lo imploro! ¡Nooo! —grité con todas mis fuerzas, desgarrándome de nuevo la garganta y vi al maldito Fantasma sacar un detonador.

Y entonces presionó el botón sin remordimiento alguno y, en segundos, desapareció en un pasadizo que se abrió a sus pies. Seguido de eso, se escuchó la explosión.

¡BUUUM!

Mi corazón explotó junto a esa bomba.

—¡Oh, mi Dios! ¡No! —Escuché a Elliot decir mientras yo me quedé petrificada, horrorizada ante lo que veía.

«*No quiero morir, Isabella. ¿Contenta? Y si lo hago por lo menos espero que sea por un motivo que valga la pena*».

«*No hables de la muerte, White. Tú jamás morirás, no mientras yo viva y esté allí para protegerte. Siempre cuidando tu espalda, ¿recuerdas?*»

«*Siendo capaz de quemar el mundo*».

«*Yo también me quemé a mitad del camino*».

«*¿Ves el humo, Bonita?*»

«*¿Lo juras?*»

«*No, Bonita. Te lo prometo*».

«*Recibiría una bala por ti, Castaña hermosa*».

«*Jaque mate, White*».

Aquellas conversaciones llegaron a mi cabeza mientras veía las puertas del ascensor manchadas de rojo. Comencé a caer al suelo de rodillas, arrastrando las manos sobre el cristal, queriendo sentir el líquido carmesí que se barrió sobre él y apenas siendo consciente de que estábamos en movimiento y de las detonaciones que continuaron.

Elliot me gritaba desesperado, pero no comprendía nada. En cambio, las palabras de Elijah se seguían repitiendo en mi cabeza y no dejé de ver el cristal empañado con la sangre de mi demonio, sin querer aceptar lo que acababa de suceder.

La mochila que apartó antes de abrir las puertas llegó a mi cabeza. Era lo que contenía la bomba.

Lo hicieron explotar frente a mí. De todas las muertes que existían, fue condenado a la más horrible y mi mirada borrosa me hizo saber que estaba llorando, pero no escuchaba ningún sonido y seguí sin prestarle atención a Elliot. Únicamente me mantuve viendo cómo la sangre comenzó a desvanecerse mientras el ascensor seguía en movimiento y por el reflejo del cristal, noté el anaranjado del fuego que provocaron las detonaciones.

Pero no le tuve miedo a ese fuego porque ya uno peor me había quemado y me mantuve en la misma posición, de rodillas, muriendo en vida, negándome a creer lo que acababa de vivir.

«¡Elijah no podía haber muerto!»

Me negaba a aceptar que lo asesinaron de la forma más cruel, de la manera más sádica.

Y esa vez, esos malnacidos me destruyeron por completo, dándome el verdadero jaque mate que me rompió y pulverizó.

Y aquí estás, aquí sigues como un roble, echando raíces más profundas en cada tormenta.

CAPÍTULO 70

Fuego azul

I SABELLA

Dos meses después...

Cada vez que tenía la suficiente energía para hacerlo, me sentaba frente a la ventana de mi habitación porque de alguna manera me calmaba ver cómo los grandes abetos y árboles de hojas perennes se alzaban y cubrían de manera majestuosa la ciudad desde ese punto.

Puse la canción de siempre en el reproductor y abracé en mi pecho a Elijah mientras bailaba, meciéndome de un lado a otro, dejando que los recuerdos acompañaran la melodía triste.

Me encantaba verlo con su media sonrisa y mirada fría, sus ojos del color de la plata líquida me admiraban y prometían muchas travesuras.

Siempre le sonreía al verlo, con amor y añoranza mientras la mirada se me volvía borrosa por las lágrimas que me negaba a soltar, sobre todo con esa fotografía, donde lucía lleno de vida y con muchos sueños por delante.

Fue la última imagen que inmortalicé de él y Tess la imprimió para regalármela cuando me visitó justo después de la que debió ser la graduación de su hermano. Una a la que él nunca pudo asistir porque se había ido, dejándome en la oscuridad.

Ni la luna podía iluminarme porque él nunca más volvería a casa conmigo y ya no había estrellas en el cielo que encontrar.

Me dejó atrás cuando él era todo lo que estaba en mi mente.

Me dejó sin que le pudiera decir que lo amaba más de lo que podía imaginar.

Mi nuevo hogar era la casa de reposo St. James, así le llamaban para no hacerme sentir mal, pero lo cierto era que me encontraba en un hospital psiquiátrico.

Mi cabello ya comenzaba a crecer después de habérmelo cortado al rape e irónicamente, el día que hice eso porque no soportaba verlo y que la persona a la cual le encantaba que lo tuviera así no estaba más para acariciarlo, olerlo y obsesionarse con él, también descubrí mi tatuaje.

Un diseño que él escogió para mí.

Un símbolo que me marcó en la piel y que me hizo prometer que no lo vería hasta que sanara. Un tablero difuminado de ajedrez junto a una pieza negra: el rey con tres letras en la base: DFY.

Grité sin llorar en cuanto lo vi, lo hice peor que cuando estuve en aquel ascensor porque Elijah no estaba a mi lado para explicarme qué significaban esas letras.

«*Sobreviviste, Isabella. Así que tienes que ser fuerte*».

Eso me había dicho Jacob, pero nadie entendía que sobrevivir no era lo mismo que vivir.

Y yo había estado sobreviviendo desde el secuestro y me cansé. Ya ni siquiera quería vivir porque explotaron mis esperanzas, destruyeron mis ilusiones y me arrancaron la fe de raíz.

Cada vez que abría los ojos era como hundirme bajo el agua por gusto propio, sin poder respirar, escuchando a lo lejos, gritando porque me salvaran, porque me ayudaran a dejar de sufrir, pero solo me pedían que fuera fuerte.

Todavía no tenía idea de cómo llegué al hospital en aquel febrero, solo supe que alguien comentó que Elliot me había sacado del edificio en llamas justo cuando Jacob logró encontrarnos. Me llevaba inconsciente en sus brazos y reaccioné tres días después, en una camilla, con el olor a antiséptico encubriendo el aroma de la sangre que quedó impregnado en mi memoria.

Pero siendo sincera, la que despertó no fue la Isabella que todos conocieron; la consciencia la recuperó un espectro que lo único en lo que pensaba era en aquellos momentos dentro de un ascensor y que se negó a hablar de ello y todo lo demás.

No volví a soltar palabra alguna, ni siquiera un lamento o una lágrima. Tampoco sentí pena por la muerte de Ella, quien había fallecido en la emboscada que nos hicieron los Vigilantes. Max y Ella nos siguieron cuando salimos de Elite aquella noche, pero los atacaron antes de que pudieran auxiliarnos.

Me volví insensible incluso con las personas que eran capaces de protegerme sin importar el peligro que corrieran. Hasta ese punto había llegado.

Cuando me dieron el alta médica me llevaron a casa de los Pride y desde que puse un pie allí me fui directo a la habitación de Elijah y no salí de ella por una semana hasta que Tess (en un vano intento por animarme) propuso que nos fuéramos para el apartamento que compartí con su hermano.

No me negué porque ansiaba volver al lugar donde atesoraba tantos recuerdos y me aislé junto a una playera que todavía mantenía el aroma de mi Tinieblo y la almohada que guardaba con tanto recelo la fragancia de su cabello.

Había días en los que me sentaba frente aquel cuadro de ajedrez sobre la cama y rememoraba una de sus últimas confesiones. Y luego de tres semanas desde que me lo arrebataron, quise dejar de sobrevivir y volver a vivir por ruegos de Tess y Jane. Entonces me rapé el cabello, aprovechando los minutos en que me dejaron sola, pero vi el tatuaje que Elijah me hizo en el costado izquierdo y luego busqué el que plasmó debajo de mi nuca.

Y supe que nunca podría seguir sin él.

Así que tuve el valor suficiente para ponerle fin a mi agonía, cogiendo aquella katana que mi demonio me entregó el día que juré ser una Grigori y me corté las muñecas, atravesando las venas y luego me metí en la cama para poder dormir de verdad.

Sin embargo, Elliot apareció *justo a tiempo* según ellos e impidió que me encontrara con mi amado demonio y mis padres.

—¡Te odio! —*le grité, hablando por primera y última vez cuando me dijeron que él me rescató.*
—*Por favor, nena. Solo te salvé, entiéndelo* —dijo entre lágrimas.
Eleanor, Tess y Dylan nos rodeaban en la habitación del hospital.
—¡No, no me salvaste! ¡Me condenaste a un infierno en vida, Elliot! Porque yo ya no estoy viviendo, joder —grité mirándolos a todos, sufriendo un ataque desesperado de impotencia—. *Entiéndanlo de una maldita vez. Ya no sobrevivo ni vivo.*
—*No, cariño. No digas eso* —suplicó Eleanor.
—Te odio, Elliot —*seguí diciéndole y no paré de repetirlo hasta que me inyectaron un calmante y me dormí.*

Y desde ese día la clínica St. James se convirtió en mi hogar.

«Se sentía bien vivir en ese mundo».

Porque era mejor que el infierno al que nos condenaron.

Jane, Tess, Dylan y Elliot, por supuesto, me visitaban casi a diario desde que se los permitieron. Myles, Eleanor y el maestro Cho también fueron a verme, aunque a diferencia de los chicos, ellos siempre se marchaban tristes porque cometían el error de llegar con las esperanzas por las nubes y cuando el psiquiatra les decía que yo continuaba en mi mundo, sin pronunciar palabra alguna, entendían que, en efecto, me condenaron a un infierno en vida.

Aunque mis amigos y hermano no se dieron por vencidos, creyendo que en algún momento dejaría ese mundo que creé para mí; uno donde Elijah estaba vivo y éramos felices para siempre.

—¡Hola, Isa! —La enfermera en turno me saludó como si le hablase a una niña de un año.

Me levanté de mi lugar cuando la vi acercarse al reproductor para detener la canción que se seguía repitiendo y alzó las manos de inmediato.

—Ya, lo siento, cariño. Solo estoy emocionada porque tienes una nueva visita —dijo y le prometí con la mirada que, si insistía en hacer eso, nunca más volvería a trabajar en ese psiquiátrico ni en ningún otro.

Y volví al alféizar de la ventana solo cuando me aseguré de que no intentaría detener la canción y miré la fotografía.

—Voy a dejar pasar a tu amiga, te trae regalos y es la primera vez que te visita, eh. Así que luce muy emocionada —continuó hablando con el mismo tono estúpido.

La seguí ignorando y suspiró pesado para luego marcharse.

Me seguían creyendo una lunática porque no hablaba ni lloraba y me mantenía observando esa fotografía mientras escuchaba la misma canción cuando los malestares que me habían estado atacando no me tumbaban en la cama.

El dolor de cabeza, sobre todo.

No obstante, aunque aceptaba que muy equilibrada no me encontraba, era consciente de todo a mi alrededor y en mi vida. Y si me encerré en mi propio mundo fue más como un método de autodefensa, para protegerme del dolor que me volvería a hacer claudicar de nuevo ante la muerte si se lo permitía.

Ignoré el carraspeo que escuché minutos después de que la enfermera saliera e imaginé que se trataba de mi nueva visita.

—¿Isabella? —me llamó aquella voz que reconocí de inmediato y me erizó la piel.

La miré de pies a cabeza, con el corazón acelerado. Sintiendo una emoción distinta por primera vez en semanas. Ella puso su atención en mis muñecas vendadas y le alcé una ceja. La chica sonrió sabiendo que con ese gesto le estaba preguntando qué demonios hacía ahí.

—Para no hablar, te expresas bastante bien —señaló y me crucé de brazos con un gesto aburrido—. ¿Puedo sentarme? —inquirió y solo la miré.

Llevaba un bolso grande colgado en el brazo y vestía de negro.

—Tomaré eso como un sí —dijo y tras poner el bolso sobre la cama, se sentó en ella.

La habitación no tenía muebles ni nada con lo que pudiera hacerme daño a mí misma.

Se quedó observándome durante unos minutos y escuchó atenta la canción. Tragó con dificultad al fijarse en mi fotografía y la tomé para apretarla a mi pecho en un gesto posesivo. Ella sonrió y vi el brillo en sus ojos por las lágrimas que los surcaron.

—O eres demasiado fuerte o muy masoquista como para escuchar esa canción mientras miras su fotografía —señaló y apreté la mandíbula porque no le importaba si era lo uno o lo otro—. Yo pienso en él todos los días y solo con eso me torturo, ¿sabes? —admitió—. Me duele demasiado que ya no esté y a veces mejor finjo que cada uno siguió su camino, uno lejos del otro como siempre, para no dañarme.

Tragué con dificultad cuando su voz se quebró, pero seguí aferrando la imagen a mi pecho.

—Y es bastante irónico porque ni siquiera nos llamábamos o veíamos a diario; es más, pasábamos temporadas sin saber el uno del otro. Pero pasó lo que pasó y lo mantengo cada día en mi mente y… lo extraño demasiado. —Se limpió una lágrima con brusquedad—. Joder, creo que ya me están dando ganas de cortarme las venas tam…

Calló de golpe cuando se dio cuenta de lo que acababa de decir y miró mis muñecas. Pero para sorpresa de ambas, no me molestó su comentario, al contrario, me causó gracia y escondí una sonrisa.

—¡Carajo! Lo siento —se apresuró a decir—. Solo quería dejar claro que me duele y te entiendo así sea un poco.

Exhalé con pesadez y la miré, pidiéndole que me dijera a qué carajos había llegado porque amigas no éramos.

—Me dejó algo para ti —soltó y mis ojos se abrieron demás.

Sus palabras acababan de provocarme un escalofrío y tragué con dificultad, sintiendo el corazón más acelerado, segura de que esa era la primera vez que sentía algo distinto a la tristeza profunda y el dolor perpetuo.

Me puse de pie al verla abrir el bolso y sacar una caja roja. Me dio miedo acercarme, me aterrorizó que esa fuera una artimaña de los demás para hacerme reaccionar, algo cruel de su parte porque estaban jugando con mis emociones.

Y Laurel notó el miedo en mis rasgos.

—No estoy jugando contigo, Isabella. No soy tan cruel —aseguró y se bajó de la cama con la caja en manos—. Y para que me creas, voy a confesarte algo antes de entregarte esto —dijo y alzó *su regalo*.

Me mordí el labio inferior viendo esa caja, respirando con dificultad.

—Él no se acostó ni conmigo ni con Elena —confesó y la miré con más sorpresa, notando en sus ojos que me estaba diciendo la verdad.

Quise decirle que yo los vi metiéndose a esa oficina, que Elijah nunca negó haber participado en su trío y que tuvo muchas oportunidades para confesarme la verdad, pero no lo hizo, dejándome creer lo que yo quería. Así que era demasiado sorprendente que ella me dijera eso en ese instante.

—Se fue, Isabella y me dejó a mí con la española. Él no se acostó con nosotras —repitió y sentí que el aire comenzó a faltarme—. Esa noche fui testigo de la caída de un grande, de mi mejor amigo, mi otra mitad en un sentido que nada tiene que ver con el sexo. Y me confirmó que tú eras la única mujer capaz de calmar sus demonios y enloquecerlos cuando lo provocabas. —Sonrió sincera y, para ese momento, ya me encontraba con la respiración temblorosa, sintiendo mi estómago tensarse por las lágrimas que suplicaban salir de mis ojos.

—Semanas después de rescatarte, me pidió que hiciera algo para ti, para tu cumpleaños diecinueve —continuó y se acercó a mí cuando negué con la cabeza, anonadada por lo que me estaba diciendo—, porque quería que fuera único y especial y después de todo, yo fui su contraparte y también la persona capaz de entender lo que él quería explicar sin palabras. —Me temblaron las manos en cuanto me tendió la caja.

Y, por unos minutos, solo la miré.

¿Cómo era posible que Elijah hubiese pensado en un regalo para mi cumpleaños si faltaban meses en ese momento? Y que Laurel llegara a verme a dos semanas del veinticinco de abril. Fue algo que no sabía cómo enfrentar.

Solté el aire por la boca en el momento que las náuseas me atacaron por la revolución de sentimientos que esa mujer me estaba provocando y contuve la respiración en cuanto me animé a tomar la tapa de la caja y la abrí de una buena vez.

Era una rosa negra.

Preservada como la rosa de mi madre, pero en un color que nunca vi. Su belleza me atrapó de inmediato y la acaricié con los dedos, observando a su lado la cadena de plata con una placa igual a la que Elijah usó siempre.

La tomé entre mis manos y cuando la palpé con delicadeza, la placa se abrió de par en par, haciéndome saber que era un relicario y dejándome ver la imagen de él junto a mí, bailando en Inferno.

«¡Oh, mi Dios!»

Mi conciencia exclamó lo que yo quería decir.

Me estremecí viendo la imagen de nosotros y me transportó enseguida a esa noche en Inferno mientras bailábamos, reproduciendo en mi cabeza Apologize.

Todos los buenos recuerdos de esa noche me golpearon y miré a Laurel, pensando a la vez en aquella chica con la que choqué por accidente, vestida de negro, con el pañuelo en la cabeza. Su máscara no me dejó reconocerla esa vez, pero en ese instante no tuve dudas.

Era ella.

—Fui por petición de él —confirmó—, solo para captar la imagen de ustedes bailando. Todo estaba planeado.

Me llevé una mano al cuello porque las emociones estaban volviéndose más intensas, sobre todo al estar más segura en ese momento de que no era un plan de los demás el que ella estuviera ahí.

—Te lo dije, Isa. Mi amigo cayó contigo y te juro que nada pasó entre nosotros luego de que tú llegaras a su vida. —Apreté los labios y me los cubrí con ambas manos, llevándome el relicario a la boca—. Hay algo más —aseguró y miré el interior de la caja.

Vi un sobre color crema y ella lo tomó por mí al darse cuenta de que no podía moverme.

Leí en la parte de atrás del sobre y jadeé al reconocer la tipografía. Era la misma de mis tatuajes.

—La escribió con su puño y letra —susurró Laurel lo que yo ya no dudaba.

El temblor en mis manos era más intenso cuando la tomé, el corazón se me había vuelto frenético y las lágrimas me nublaron la mirada, pero no me detuve y saqué la carta, desdoblándola, sintiendo como si estuviera viviendo un sueño agridulce.

Me escuché sollozar al leer las primeras líneas, la respuesta a la pregunta en el sobre y seguí leyendo sus palabras.

> Lo entendí porque nunca tuve una reina, pero cuando te vi en mi cama, supe que eras ella. Y no, no quiero que un día te des la vuelta y me digas que es demasiado tarde para pedir perdón porque así te haya comenzado a sentir con un fuego azul, ahora se ha vuelto rojo, White. Te convertiste en el centro de mi tierra, en mi verdadero paraíso personal y quiero que estés a mi lado para toda la vida, Bonita. Y en lugar de una bandera blanca, te ofrezco esta rosa tan única, hermosa y especial como tú, esperando que no sea tarde para que perdones todas mis idioteces.

Caí rendida en el suelo con la nota pegada al pecho, aferrándome a ella como si de eso dependiera mi vida, sacando todo el dolor que reprimí durante ese tiempo, sufriendo por lo irónico de la nota.

Llorando después de semanas en las que me negué a hacerlo.

Elijah quería que estuviera a su lado para toda la vida y era él quien ya no estaba conmigo. Se había ido para siempre y cada día que pasaba odiaba el precio que tuve que pagar por obtener un poco de sus sentimientos.

Sentí los brazos de Laurel arropándome de pronto y sin negarme más, me aferré a ella.

—Llora si es lo que necesitas, Isabella, pero levántate de donde estás, de donde has caído —pidió con firmeza, sobándome la espalda—. Porque Elijah murió para que tú vivieras, así que no deshonres su memoria de esa manera y vive por él.

Sus palabras me calaron en lo más profundo y me hicieron llorar más al darme cuenta de que era verdad.

Mi demonio dio la vida por mí y yo en cambio quería morir por él.

—Levántate, Isabella White y resurge porque tú no eres cenizas, eres fuego mujer —sentenció y el sollozo que me abandonó fue sonoro—. Álzate como el águila porque mi amigo dejó algo más para ti —añadió entre lágrimas y me aparté de ella.

Sonreía y lloraba, asintiendo mientras me mostraba otro sobre, esa vez en color blanco y lo abrí de inmediato con la necesidad de seguir leyendo a Elijah.

Me encontraba sobre mis rodillas, pero al leer el papel, caí sentada sobre mi culo y la miré, negando, incrédula. Ella sonrió y me confirmó que no era mentira lo que estaba viendo.

—¡Oh, mi Dios! —hablé al fin, con la voz ronca por el llanto y porque mis cuerdas vocales seguían dañadas.

—También dije lo mismo cuando el señor chino me lo confesó —admitió.

Quise reírme por la forma en se refirió al maestro Cho, pero la noticia que acababa de darme no lo permitió.

—Él está aquí para sacarte del país, Isabella, porque todavía corres peligro —continuó y entendí que el maestro recurrió a ella porque sabía que yo me negaba a recibirlo—. Así que vete y busca tu felicidad porque te está esperando —pidió y asentí.

—Gracias, Laurel —dije—. Me has devuelto la ilusión —añadí y se mordió el labio para evitar llorar.

—No fui yo, fue tu demonio —aseguró y asentí.

Tenía razón, había sido él, quien volvió de la muerte para asegurarse de que siguiera adelante. Y cuando Laurel se fue y el maestro Baek Cho entró a la habitación para confirmarme lo que ella me había dicho, decidí actuar.

Myles y Eleanor se encargaron de todo en el hospital sabiendo lo que estaba pasando, asegurándome de que nadie más se enteraría de nada por seguridad. Así que esa noche me marché del país como si fuera una ladrona.

No le dije adiós a mis amigos y tampoco se les explicaría la verdadera razón de mi partida porque había aprendido a las malas, que no podía confiar ni en mi sombra.

Mi vida dio un vuelco y los golpes recibidos me marcaron con crueldad.

Pero lo intentaría una vez más e irme del país era el comienzo para aprender a sobrellevar la muerte de Elijah y para proteger la vida que él me regaló aquella noche cruel.

Aquella noche que me cambió para siempre y me dejó como regalo un *Corazón Oscuro*.

¿Fin?

Epílogo

Todo cambió para ellos en cuestión de segundos y la vida les enseñó que las oportunidades y regalos que otorgaba se tenían que aprovechar cuando ella decidía darlos, pues los lamentos futuros no cambiarían nada del pasado.

Tuvieron que aceptar que ya no se tenían el uno para el otro y les tocó acostumbrarse a vivir con la ausencia que ambos dejaron en sus vidas y corazones. Y era claro que los dos sufrían, ella por la terrible pérdida del amor de su vida y él porque debía aprender a vivir sin la mujer que le dio todo sin esperar nada a cambio.

Pero nunca imaginaron que para los dos estaba destinado un calvario, ya que ambos fueron condenados a vivir en la oscuridad y la soledad. Y las pruebas que les faltaba por enfrentar serían peores que las que ya habían vivido.

Y la mayor prueba de todas sería el engaño.

Mientras que la distancia y el tiempo se convertirían en sus peores enemigos.

—Si vuelves a desobedecer y a intentar escapar, ellas lo pagarán —le advertían a él sin dejar de golpearlo hasta que perdió la consciencia.

Antes de desmayarse, solo pudo pensar en su bella guerrera y se obligó a vivir por ella, aunque estaba convencido de que jamás volvería a verla.

—¡Tú puedes! ¡Una vez más! ¡Hazlo! ¡Ya casi acaba esta tortura! —la animó a ella su amiga.

La chica le obedeció dando su último aliento y descubrió luego de aquellos gritos, que no todo dolor era malo y que había uno capaz de dar luz.

La luz más pura que existía.

Y entre el cansancio y la debilidad que por poco la noqueó, vio a su amado a sus pies. Él le sonreía con amor y ella lloró de felicidad.

Él estaba ahí, no la abandonó y en esos momentos su plenitud fue completa.

La vida tenía formas misteriosas de actuar y cuando ambos se conocieron, aunque se atrajeron como el imán y el metal, también se repelieron como el agua y el aceite. Y con el tiempo se necesitaron como el frío y el calor. Pero al final, se separaron como el sol y la luna.

Sin embargo, pronto la vida volvería a cruzar sus caminos y propiciaría un eclipse total entre ambos, aunque como todo eclipse, habría daños colaterales y solo ellos podrían decidir si enfrentaban la catástrofe juntos o se separaban por supervivencia.

Antes, la luz intentó vencer a la frialdad, y la próxima batalla se estaba preparando y ya tenía fecha y hora, pero en ella, la clandestinidad se enfrentaría a la oscuridad.

MÚSICA UTILIZADA

1. Invincible — Pop Smoke
2. Sweet Dreams — Kat Leon
3. Middle of the Night — Elley Duhé
4. Shut Up and Listen. — Nicholas Bonnin y Angelicca
5. Venom — Eminem
6. Take my breath away — EZI
7. Maraschino Love — EZI
8. Lately — Celeste
9. Vega — Doja Cat
10. Ex — Kiana Ledé
11. Animal — AG y MOONZz
12. Enemy — Imagine Dragons
13. Boom Clap — Charli XCX
14. Afraid of the Dark — EZI
15. No Diggity — Yann Muller
16. Hotel — Montell Fish
17. Can't Get Enough — Kat Leon
18. Secret Smile — Semisonic
19. Chaotic — Ellise
20. I'll make you love me — Kat Leon
21. Pink Venom — Blackpink
22. Unholy — Sam Smith y Kim Petras
23. What the hell have you done — Sir Jude
24. Promiscuous — Nelly Furtado y Timbaland
25. Love Story — Taylor Swift
26. Lovely — Billie Eilish y Khalid
27. Demons — Imagine Dragons
28. Apologize — One Republic
29. Die for you — The Weeknd
30. 6.18.18 — America Valera

AGRADECIMIENTOS

Desde hace mucho tiempo necesitaba hacer esta nueva edición de *Corazón de Hielo*, pero por una razón u otra se me hacía difícil. Sin embargo, aquí estoy, feliz y satisfecha de haberla culminado; emocionada, además, porque comprobé cuánto sigo amando a estos personajes. Orgullosa porque esta vez les di todo lo que necesitaban y que, en el pasado, no pude darles.

Gracias a las personas que me animaron a hacer esta nueva edición; a Dani, sobre todo, quien me dio el empujoncito que necesitaba para ponerme en ello de una buena vez. A mi esposo, porque me ha apoyado siempre, animándome a no parar incluso cuando sacrifico un poco de mi tiempo con él.

Gracias a mis mejores amigas (quienes también son mis lectoras beta) por darme opiniones válidas que me ayudaron a mejorar esta historia, siendo siempre sinceras y no dejándose llevar por la amistad, aconsejándome de la mejor manera para crear una historia perfecta para muchas personas como ellas.

Gracias a mi editora por ser tan profesional, pero, además, por convertirse en un gran apoyo para mí en este proceso, regalándome su sabiduría y guiándome de la mejor manera a lo largo de este arduo trabajo que hemos hecho en conjunto.

Y, por supuesto, le agradezco a mi maquetadora, quien me ayuda a darle los toques especiales a este arte para entregarles a todos ustedes un libro de calidad: hermoso por dentro y por fuera. Jess, eres la Nutella de mis crepas.

Pero, sobre todo, le agradezco a Dios por darme vida, imaginación, ganas y los medios para seguir haciendo lo que tanto amo. Y, aún más importante, por traerlos a ustedes, mis lectores, quienes me ayudan a seguir cumpliendo mis sueños.

Nada de esto sería posible sin todos ustedes, mi conjunto perfecto.

BIOGRAFÍA

Jasmín Martínez, escritora de novela romántica y del subgénero Dark Romance. Nació en El Salvador un 31 de octubre de 1988.

Comenzó su aventura en el mundo literario a través de la plataforma de lectura y escritura Wattpad, donde actualmente cuenta con más de 149,000 seguidores. Luego se unió a Booknet, otra plataforma que también permite escribir y leer, pero, sobre todo, vender libros en formato digital únicamente. Ahí ha conseguido llegar a más de 16,000 lectores del mismo género que le apasiona escribir.

Emigró a Estados Unidos en el año 2016 con su esposo e hijos, y en el 2018 tuvo la oportunidad de publicar de manera independiente el primer libro de la trilogía Corazón, trilogía que le ha dado reconocimiento en varios países: tanto de América como Europa, conquistando así a más de 200,000 lectores que le ayudaron a posicionarse en el año 2021 como una de las autoras más vendidas de Amazon, KDP, lo cual le otorgó la oportunidad en el recién pasado año 2022, de vivir la experiencia única de las firmas y presentaciones de sus libros en ferias internacionales tales como:

—En la Feria Internacional del Libro de Bogotá, Colombia.
—En la Feria Internacional del Libro de Lima, Perú.
—En la Feria Internacional del Libro de Guayaquil, Ecuador.
—En la Feria Internacional del Libro de Guadalajara, México.

Actualmente, cuenta con nueve títulos publicados en papel de manera independiente en Amazon, KDP (De ellos, tres traducciones al inglés), uno con un contrato editorial con Cosmo Editorial, así como cuatro novelas publicadas en las plataformas anteriormente mencionadas, plataformas que le ayudaron y siguen ayudándole a darse a conocer en el mundo literario con un número de historias que promete ir en ascenso con la ayuda de su imaginación y la de sus lectores que la siguen apoyando en cada proyecto al que le da vida.

Ha fijado su residencia en Portsmouth, Virginia, ciudad del país que le ha dado la oportunidad de dedicarse por completo a sus letras y familia. Espera, poco a poco, ir sumando más logros con su gran pasión y escape.

Es la mayor de tres hermanos y se siente feliz de enorgullecer a su familia con cada meta que se propone y consigue, siempre con el apoyo de los que ama. Se define como una escritora aficionada: ama leer un buen libro y escribe para describir los mundos que imagina en su cabeza. Pero, sobre todo, creé fervientemente que los sueños se cumplen cuando luchas por ellos, cuando no te rindes.

Sigue escribiendo cada día y promete no parar mientras Dios le de vida e imaginación.

CONTENIDO

Advertencia... 7
Capítulo 1.. 11
Nunca mires atrás
Capítulo 2.. 21
Aston Martin
Capítulo 3.. 29
LuzBel
Capítulo 4.. 37
Chica mimada
Capítulo 5.. 47
Bullies
Capítulo 6.. 53
Tonta Castaña
Capítulo 7.. 59
Rompiendo las reglas
Capítulo 8.. 69
Grave error
Capítulo 9.. 77
Pequeña miedosa
Capítulo 10.. 85
Bonita
Capítulo 11.. 93
Sigue soñando
Capítulo 12.. 101
¿Acaso quemas?
Capítulo 13.. 109
En el dolor también hay placer
Capítulo 14.. 121
Una bruja hermosa de ojos miel
Capítulo 15.. 129
Tregua
Capítulo 16.. 139
Ángel de la muerte
Capítulo 17.. 147
Fuego que viene de tu alma
Capítulo 18.. 159
El efecto del ángel
Capítulo 19.. 167
Apagar el fuego no servía de nada

Capítulo 20 177
Bésame
Capítulo 21 189
¿Ves el humo?
Capítulo 22 199
Nunca digas nunca
Capítulo 23 209
Maldita bruja
Capítulo 24 219
Daño colateral
Capítulo 25 233
Nuestro secreto
Capítulo 26 243
Nadie entra donde no lo dejan
Capítulo 27 257
¿A quién pertenecen?
Capítulo 28 271
Paraíso e infierno
Capítulo 29 287
Quítame el aliento
Capítulo 30 303
Tu pecado
Capítulo 31 309
Dáñame con la verdad
Capítulo 32 327
Si bailas con el diablo
Capítulo 33 339
Mía
Capítulo 34 345
Venganza
Capítulo 35 355
Tómalo en cuenta
Capítulo 36 361
El arte de la felicidad
Capítulo 37 369
Beso de despedida
Capítulo 38 377
El club de la primera vez
Capítulo 39 391
No confíes en el sol
Capítulo 40 401
Mátame de una vez
Capítulo 41 413
No eres un juego
Capítulo 42 419
Jamás serás ella

Capítulo 43 427
Tendrás que arrastrarte por mi infierno
Capítulo 44 439
Secret smile
Capítulo 45 447
El cazador sería cazado
Capítulo 46 457
Vuelve aquí
Capítulo 47 467
Invirtamos papeles
Capítulo 48 475
Hora de enfrentar los miedos
Capítulo 49 481
Te quemaste con tu propio juego
Capítulo 50 489
Es de cobardes abandonar la partida
Capítulo 51 497
Solo jugábamos
Capítulo 52 507
Mercancía premium
Capítulo 53 519
Promételo
Capítulo 54 525
Mi pequeña traidora
Capítulo 55 537
La mujer correcta
Capítulo 56 547
Cruel final
Capítulo 57 557
Ángel de alas negras
Capítulo 58 567
Una nueva y gran líder
Capítulo 59 577
Una cara de la muerte
Capítulo 60 587
El juramento
Capítulo 61 599
Otoño
Capítulo 62 609
Eres un Yin Yang
Capítulo 63 619
Sombra
Capítulo 64 631
Mi mayor secreto
Capítulo 65 637
Inferno

Capítulo 66 651
¿Lo disfrutaste?
Capítulo 67 659
Deseos de venganza
Capítulo 68 675
Infierno
Capítulo 69 683
Vales todo
Capítulo 70 693
Fuego azul
Epílogo 701
Música utilizada 703
Agradecimientos 705
Biografía 707